BESTSELLER

Ken Follett nació en Cardiff (Gales), pero cuando tenía diez años su familia se trasladó a Londres. Se licenció en filosofía en la Universidad de Londres y posteriormente trabajó como reportero del *South Wales Echo*, el periódico de su ciudad natal. Más tarde consiguió trabajo en el *Evening News* de la capital inglesa y durante esta época publicó, sin mucho éxito, su primera novela. Dejó el periodismo para incorporarse a una editorial pequeña, Everest Books, y mientras tanto continuó escribiendo. Fue su undécima novela la que se convirtió en su primer gran éxito literario.

Ken Follett es uno de los autores más queridos y admirados por los lectores en el mundo entero y la venta total de sus libros supera los cien millones de ejemplares.

Está casado con Barbara Follett, activista política que fue representante parlamentaria del Partido Laborista durante trece años. Viven en Stevenage, al norte de Londres. Para relajarse, asiste al teatro y toca la guitarra con una banda llamada Damn Right I Got the Blues.

En 2010 fue galardonado con el Premio Qué Leer de los lectores por *La caída de los gigantes*.

Biblioteca

KEN FOLLETT

La caída de los gigantes

Traducción de
ANUVELA

DEBOLSILLO

Título original: *Fall of Giants*

Tercera edición en Debolsillo: septiembre, 2012

© 2010, Ken Follett
© 2010, Random House Mondadori, S. A.
   Travessera de Gràcia, 47-49. 08021 Barcelona
© 2010, ANUVELA (Ana Alcaina Pérez, Verónica Canales
   Medina, Roberto Falcó Miramontes, Laura Manero Jiménez
   y Nuria Salinas Villar), por la traducción

Printed in Spain – Impreso en España

ISBN: 978-84-9989-357-0 (vol. 98/20)
Depósito legal: B-16168-2012

Compuesto en La Nueva Edimac, S. L.

Impreso en Liberdúplex, S. L. U.
Sant Llorenç d'Hortons (Barcelona)

P 993570

La trilogía The Century combina la dimensión épica y el drama humano, sello distintivo en las obras de Ken Follett, a una escala nunca antes concebida, ni siquiera por él.

Con la misma habilidad que en sus novelas ambientadas en la Edad Media, en The Century el autor sigue los destinos entrelazados de tres generaciones de cinco familias: una galesa, una inglesa, una rusa, una alemana y otra estadounidense.

La primera novela, *La caída de los gigantes*, está enmarcada en los cruciales acontecimientos de la Primera Guerra Mundial y la Revolución rusa.
La siguiente se centra en la Segunda Guerra Mundial y la tercera, en la Guerra Fría.

The Century narra en esencia el siglo XX y permite contemplar en primera persona una de las épocas posiblemente más convulsas, violentas y determinantes de nuestra historia.

A la memoria de mis padres,
Martin y Veenie Follett

Personajes

Estadounidenses

Familia Dewar
Senador Cameron Dewar
Ursula Dewar, su esposa
Gus Dewar, su hijo

Familia Vyalov
Josef Vyalov, hombre de negocios
Lena Vyalov, su esposa
Olga Vyalov, su hija

Otros
Rosa Hellman, periodista
Chuck Dixon, amigo de escuela de Gus
Marga, cantante de club nocturno
Nick Forman, ladrón
Ilya, matón
Theo, matón
Norman Niall, contable deshonesto
Brian Hall, jefe sindical

Personajes históricos reales
Woodrow Wilson, 28.º presidente de Estados Unidos
William Jennings Bryan, secretario de Estado
Joseph Daniels, secretario de la Armada

Ingleses y escoceses

Familia Fitzherbert
Conde Fitzherbert, llamado Fitz
Princesa Elizaveta, llamada Bea, su esposa
Lady Maud Fitzherbert, hermana de Fitz
Lady Hermia, llamada tía Herm, tía pobre de Fitz y Maud
Duquesa de Sussex, tía rica de Fitz y Maud
Gelert, perro de montaña de los Pirineos
Grout, mayordomo de Fitz
Sanderson, sirvienta de Maud

Otros
Mildred Perkins, inquilina de Ethel
Bernie Leckwith, secretario de la delegación de Aldgate del Partido Laborista Independiente
Bing Westhampton, amigo de Fitz
Marqués de Lowther, «Lowthie», pretendiente rechazado de Maud
Albert Solman, gestor de los negocios de Fitz
Doctor Greenward, voluntario de la maternidad
Lord «Johnny» Remarc, subsecretario del Ministerio de Guerra
Coronel Hervey, asesor de sir John French
Teniente Murray, edecán de Fitz
Mannie Litov, dueño del taller de costura
Jock Reid, tesorero del Partido Laborista Independiente de Aldgate
Jayne McCulley, esposa de un soldado

Personajes históricos reales
Rey Jorge V
Reina María
Mansfield Smith-Cumming, llamado «C», jefe del Departamento de Exteriores de los servicios secretos (posteriormente MI6)
Sir Edward Grey, secretario del Foreign Office
Sir William Tyrrell, secretario personal de Grey
Frances Stevenson, amante de Lloyd George
Winston Churchill, miembro del Parlamento
H. H. Asquith, miembro del Parlamento, primer ministro
Sir John French, comandante de la Fuerza Expedicionaria Británica

Franceses

Gini, chica de bar
Coronel Dupuys, edecán del general Galliéni
General Lourceau, edecán del general Joffre

Personajes históricos reales
General Joffre, comandante en jefe del ejército francés
General Galliéni, comandante de la guarnición de París

Alemanes y austríacos

Familia Von Ulrich
Otto von Ulrich, diplomático
Susanne von Ulrich, su esposa
Walter von Ulrich, hijo de Otto, agregado militar de la embajada alemana de Londres
Greta von Ulrich, hija de Otto
Graf (conde) Robert von Ulrich, primo segundo de Walter, agregado militar de la embajada austríaca de Londres

Otros
Gottfried von Kessel, agregado cultural de la embajada alemana de Londres
Monika von der Helbard, mejor amiga de Greta

Personajes históricos reales
Príncipe Karl Lichnowsky, embajador alemán en Londres
Mariscal de campo Paul von Hindenburg
General de infantería Erich Ludendorff
Theobald von Bethmann-Hollweg, canciller
Arthur Zimmermann, ministro de Asuntos Exteriores

Rusos

Familia Peshkov
Grigori Peshkov, obrero metalúrgico
Lev Peshkov, mozo de caballos

Fábrica Putílov
Konstantín, operario de torno, moderador del círculo de debate
Isaak, capitán del equipo de fútbol
Varia, obrera, madre de Konstantín
Serge Kanin, supervisor de la sección de fundición
Conde Maklakov, director

Otros
Mijaíl Pinski, agente de policía
Ilia Kozlov, su compañero
Nina, doncella de la princesa Bea
Príncipe Andréi, hermano de Bea
Katerina, campesina recién llegada a la ciudad
Mishka, dueño de bar
Trofim, gángster
Fiódor, policía corrupto
Spiria, pasajero del *Ángel Gabriel*
Yákov, pasajero del *Ángel Gabriel*
Antón, empleado de la embajada rusa de Londres, también espía para
    Alemania
David, soldado judío
Sargento Gávrik
Teniente segundo Tomchak

Personajes históricos reales
Vladímir Iliich Lenin, jefe del partido bolchevique
León Trotski

Galeses

Familia Williams
David Williams, sindicalista
Cara Williams, su esposa
Ethel Williams, su hija
Billy Williams, su hijo
Abuelo, padre de Cara Williams

Familia Griffiths
Len Griffiths, ateo y marxista
Señora Griffiths
Tommy Griffiths, hijo de Len, mejor amigo de Billy Williams

Familia Ponti
Señora Minnie Ponti
Giuseppe «Joey» Ponti
Giovanni «Johnny» Ponti, su hermano menor

Mineros
David Crampton, Dai el Llorica
Harry el Seboso Hewitt
John Jones el Tendero
Dai Chuletas, hijo del carnicero
Pat el Papa, embarcador de superficie
Micky el Papa, hijo de Pat
Dai Ponis, mozo de caballos
Bert Morgan

Directivos de la mina
Perceval Jones, director de Celtic Minerals
Maldwyn Morgan, director de la mina de carbón
Rhys Price, capataz de seguridad de la mina de carbón
Arthur Llewellyn el Manchas, oficinista de la mina de carbón

Personal de Tŷ Gwyn
Peel, mayordomo
Señora Jevons, ama de llaves
Morrison, lacayo

Otros
Dai el Boñigas, encargado de la limpieza
Señora de Dai Ponis
Señora de Roley Hughes
Señora de Hywel Jones
Soldado George Barrow, Compañía B
Soldado Robin Mortimer, oficial apartado del servicio, Compañía B
Soldado Owen Bevin, Compañía B

Sargento Elijah Jones el Profeta, Compañía B
Teniente segundo James Carlton-Smith, Compañía B
Capitán Gwyn Evans, Compañía A
Teniente segundo Roland Morgan, Compañía A

Personajes históricos reales
David Lloyd George, miembro del Parlamento del Partido Liberal

Iniciación

1

22 de junio de 1911

El mismo día que Jorge V fue coronado rey en la abadía de Westminster, en Londres, Billy Williams bajó por primera vez a la mina en Aberowen, Gales del Sur.

El 22 de junio de 1911, Billy cumplía trece años. Su padre empleó su técnica habitual para despertarlo, un método que se caracterizaba por ser mucho más expeditivo y eficaz que cariñoso, y que consistía en darle palmaditas en la mejilla a un ritmo regular, con firmeza e insistencia, una y otra vez. El muchacho dormía profundamente y, por un momento, trató de hacer caso omiso de aquellos cachetes, pero los golpes se sucedían incesantes. Experimentó una brusca y fugaz sensación de enfado, pero entonces se acordó de que tenía que levantarse, de que hasta tenía ganas de hacerlo, de modo que abrió los ojos y se incorporó de golpe en la cama.

—Son las cuatro —anunció su padre antes de salir de la alcoba, y acto seguido se oyó el fuerte ruido de sus botas al bajar por los peldaños de la escalera de madera.

Ese día, Billy iba a empezar a trabajar como aprendiz minero, al igual que habían hecho la mayoría de los hombres de su ciudad a su misma edad. Le habría gustado sentirse más ilusionado ante la idea de ser minero, pero estaba decidido a no hacer el ridículo: David Crampton lloró en su primer día en la mina y aún lo llamaban Dai el Llorica, a pesar de que tenía veinticinco años y era la estrella del equipo de rugby local.

Era el día después del solsticio de verano, y la luminosa claridad de los primeros rayos del alba penetraba por el ventanuco del cuarto. Billy miró a su abuelo, acostado a su lado, y vio que tenía los ojos abiertos. Cuando Billy se levantaba, el anciano siempre estaba despierto, invariablemente; decía que los viejos no dormían demasiado.

El muchacho salió de la cama; solo llevaba los calzoncillos. Cuando hacía frío, dormía con camisola, pero aquel año las islas británicas estaban disfrutando de un verano caluroso, y las noches eran suaves. Sacó el orinal de debajo de la cama y levantó la tapa.

No había habido ningún cambio en el tamaño de su pene, al que llamaba su «pito»; seguía siendo la misma colita infantil que había sido siempre. Tenía la esperanza de que hubiese empezado a crecerle la víspera de su cumpleaños, o si no, al menos, de ver brotar algún que otro pelo negro alrededor, pero se llevó una gran decepción. Para su mejor amigo, Tommy Griffiths, que había nacido el mismo día que él, la cosa había sido distinta: le había cambiado la voz y hasta le había salido una pelusilla oscura encima del labio superior. Además, para colmo, su pito era como el de un hombre hecho y derecho. Aquello era humillante.

Mientras usaba el orinal, Billy miró por la ventana. Lo único que se veía desde allí era la escombrera, un montículo gris pizarra de estéril, la materia inservible de la mina de carbón, esquisto y arenisca en su mayor parte. Aquel era el aspecto que debía de tener el mundo el segundo día de la Creación, pensó Billy, antes de que Dios dijese: «Produzca la tierra hierba verde». Una brisa suave levantó una fina capa de polvo negro de la escombrera y la derramó sobre la hilera de casas.

En el interior de su alcoba, todavía había menos objetos que contemplar. Se encontraba en la parte posterior de la casa, era un espacio angosto en el que a duras penas cabía la cama estrecha, una cómoda y el viejo baúl del abuelo. Colgado de la pared había un dechado bordado donde se leía:

CREE EN EL
SEÑOR JESUCRISTO
Y ESTARÁS
A SALVO

No había espejo.

Una puerta llevaba a lo alto de la escalera y la otra al dormitorio principal, al que solo podía accederse atravesando la pequeña alcoba. La otra habitación era más grande, con espacio para dos camas, y allí dormían mamá y papá; incluso las hermanas de Billy habían dormido allí, varios años antes. La mayor, Ethel, ya no vivía con ellos, y las otras tres habían muerto, una de sarampión, otra de tos ferina y la tercera de difteria. También había tenido un hermano mayor, que compartió la cama con Billy antes del abuelo. Se llamaba Wesley y murió abajo, en la mina, arrollado por una vagoneta fuera de control, por uno de los carros con ruedas que transportaban el carbón.

Billy se puso la camisa, la misma que había llevado a la escuela la jornada anterior. Ese día era jueves, y solo se cambiaba de camisa los domingos. Sin embargo, sí tenía un par nuevo de pantalones, sus primeros pantalones largos, hechos de un recio algodón impermeable al que llamaban piel de topo. Eran el símbolo del ingreso en el mundo de los hombres, y se los puso con orgullo, disfrutando de la sensación fuertemente masculina de la tela. Se ciñó un grueso cinturón de cuero y las botas que había heredado de Wesley y, a continuación, bajó las escaleras.

La mayor parte de la planta baja estaba ocupada por la sala de estar, de unos veinte metros cuadrados, con una mesa en el centro y una chimenea en un costado, amén de una alfombra tejida a mano sobre el suelo de piedra. El padre estaba sentado a la mesa leyendo un ejemplar atrasado del *Daily Mail*, con unas lentes apoyadas en el puente de la nariz larga y aguileña. La madre estaba preparando el té. Dejó la tetera humeante en la mesa, besó a Billy en la frente y le preguntó:

—¿Cómo está mi hombrecito el día de su cumpleaños?

Billy no contestó. El diminutivo le había dolido en lo más hondo, porque seguía siendo pequeño y no era un verdadero hombre todavía. Se dirigió a la recocina, en la parte de atrás. Sumergió un cuenco de hojalata en el barril de agua, se lavó la cara y las manos y, a continuación, tiró el agua en la pileta baja de piedra. En la recocina había un caldero con una parrilla para el fuego debajo, pero solo se empleaba las noches del baño, que eran los sábados.

Les habían prometido que no tardarían en tener agua corriente, y las casas de algunos mineros ya disponían de ella. La familia de Tommy Griffiths se hallaba entre las afortunadas. Cada vez que iba a casa de Tommy, a Billy le parecía un milagro poder llenar un vaso de agua fresca y clara con solo abrir un grifo, sin tener que transportar ningún balde hasta el surtidor de la calle. Sin embargo, el milagro no había llegado todavía a Wellington Row, la calle donde vivían los Williams.

Volvió a la sala de estar y se sentó a la mesa. Su madre le puso delante una enorme taza de té con leche y azúcar. Cortó dos gruesas rebanadas de una hogaza de pan casero y le llevó un pedazo de manteca de la despensa, situada debajo de la escalera. Billy entrelazó las manos, cerró los ojos y dijo:

—Gracias, Señor, por estos alimentos. Amén.

Acto seguido, bebió un sorbo de té y untó la manteca en el pan. Los ojos azul claro de su padre lo miraron por encima del periódico.

—Échate sal en el pan —le dijo—. Vas a sudar bajo tierra.

El padre de Billy era representante minero de la Federación Minera de Gales del Sur, el sindicato más fuerte de toda Gran Bretaña, tal como decía cada vez que tenía ocasión. Lo conocían como Dai el Sindicalista. A muchos hombres los llamaban Dai, el diminutivo de David, o Dafydd en galés. Billy había aprendido en la escuela que el nombre de David era muy popular en Gales porque era el nombre del santo patrón del país, como san Patricio en Irlanda. No se distinguía a un Dai de otro por el apellido —porque allí casi todos se apellidaban Jones, Williams, Evans o Morgan—, sino por el apodo. Los nombres verdaderos se utilizaban muy rara vez cuando había alguna alternativa jocosa. Billy se llamaba William Williams, así que para todos era Billy Doble. A veces las mujeres recibían el apodo del marido, de modo que la madre de Billy era la señora de Dai el Sindicalista.

El abuelo bajó cuando Billy estaba comiéndose la segunda rebanada de pan. A pesar del calor, llevaba chaqueta y un chaleco. Cuando se hubo lavado las manos, se sentó frente a Billy.

—No estés tan nervioso —le dijo—. Yo bajé al pozo cuando tenía diez años, y mi mismísimo padre bajó a la mina encaramado a la espalda del suyo cuando tenía cinco, y trabajaba desde las seis de la mañana hasta las siete de la tarde. De octubre a marzo no veía la luz del sol.

—No estoy nervioso —repuso Billy.

No era verdad. Estaba muerto de miedo.

Pese a todo, el abuelo se mostró benevolente y no siguió insistiendo. A Billy le caía bien. Su madre lo trataba como un crío pequeño, y su padre era severo y sarcástico, pero el abuelo era tolerante y se dirigía a Billy hablándole como a un adulto.

—Escuchad —dijo el padre.

Él era incapaz de comprar el *Mail*, un periodicucho de derechas, pero a veces se llevaba a casa el ejemplar de otra persona y les leía el periódico en voz alta, con tono desdeñoso y mofándose de la estupidez y la falta de honradez de la clase dirigente.

—«Lady Diana Manners ha sido objeto de severas críticas por acudir con el mismo vestido a dos bailes distintos. La hija menor del duque de Rutland recibió el galardón del "mejor vestido de señora" en el baile del Savoy por el cuerpo ceñido de escote barco y falda de miriñaque, y obtuvo un premio de doscientas cincuenta guineas.» —Bajó el periódico y dijo—: Eso es, al menos, tu salario de cinco años, hijo mío. —Reanudó la lectura—: «Sin embargo, suscitó la reprobación de los *connoisseurs* al lucir el mismo vestido en la fiesta que lord Winterton y F. E. Smith celebraron en el hotel Claridge. En contra de lo que afirma el dicho popular, lo que abunda, y en este caso repite, en ocasiones sí daña, fue el comentario de los asistentes». —Levantó la mirada del periódico y dijo—: Así que ya lo sabes, mamá, será mejor que te cambies de vestido si no quieres suscitar la reprobación de los *connoisseurs*.

Aquello no hizo gracia a la madre de Billy. Llevaba un viejo vestido de lana de color pardo con los codos remendados y manchas bajo las axilas.

—Si tuviera doscientas cincuenta guineas, te aseguro yo que estaría mucho más elegante que ese adefesio de lady Diana Comosellame —dijo, no sin amargura.

—Es verdad —convino el abuelo—. Cara siempre fue la más guapa... igual que su madre. —La madre de Billy se llamaba Cara. El abuelo se dirigió entonces al chico—: Tu abuela era italiana, se llamaba Maria Ferrone. —Eso Billy ya lo sabía, pero al abuelo le encantaba relatar una y otra vez las viejas historias familiares—. De ahí heredó tu madre ese pelo negro tan brillante y esos hermosos ojos oscuros, y tu hermana también. Tu abuela era la mujer más guapa de Cardiff... ¡y yo me la quedé! —De pronto, una nube de tristeza le ensombreció el semblante—. Aquellos sí que eran buenos tiempos... —añadió en voz baja.

El padre frunció el ceño con aire reprobador porque, a su juicio, aquella conversación evocaba los placeres de la carne, pero la madre se sintió halagada con los cumplidos de su padre y sonrió contenta mientras le servía el desayuno.

—Huy, sí, ya lo creo —intervino—. A mis hermanas y a mí todo el mundo nos consideraba unas bellezas. Se iban a enterar esos duques de lo que es una mujer guapa si tuviéramos dinero para sedas y encajes...

Billy se quedó pasmado, pues nunca se le había pasado por la cabeza considerar guapa ni nada por el estilo a su madre, aunque cuando se vestía para las reuniones del templo el sábado por la tarde sí estaba radiante, sobre todo cuando llevaba sombrero. Suponía que debía de haber sido guapa alguna vez, hacía muchos años, pero le costaba imaginarlo.

—Y además, para que lo sepas —dijo el abuelo—, en la familia de tu abuela eran todos muy listos. Mi cuñado era minero, pero dejó la mina y abrió un café en Tenby. ¡Eso sí que es vida! Disfrutar de la brisa marina y sin hacer nada en todo el día más que preparar el café y contar el dinero de la caja.

El padre leyó otra noticia.

—«Como parte de los preparativos para la coronación, el palacio de Buckingham ha elaborado un manual de protocolo de doscientas doce páginas.» —Levantó de nuevo la vista del papel—. No te olvides de mencionar eso hoy abajo en el pozo, Billy. Los hombres se alegrarán de saber que, cuando de la coronación se trata, no se ha dejado nada al azar.

A Billy la realeza le traía sin cuidado; lo que le gustaba eran las historias de aventuras que el *Mail* solía publicar sobre corpulentos y valerosos alumnos de colegios privados que jugaban al rugby y atrapaban a escurridizos espías alemanes. Según el periódico, dichos espías infestaban las ciudades de toda la geografía británica, aunque, por desgracia, no parecía haber ninguno en Aberowen.

Billy se levantó de la mesa.

—Voy calle abajo —anunció.

Salió de la casa por la puerta principal. Lo de ir «calle abajo» era un eufemismo familiar: significaba ir a las letrinas, que quedaban a medio camino de Wellington Row. Había una choza baja de ladrillo con el techo de chapa ondulada, construida encima de un profundo hoyo excavado en el suelo. La choza estaba dividida en dos compartimientos, uno para los hombres y otro para las mujeres, y cada uno de ellos contaba, a su vez, con un asiento doble, para que la gente pudiese hacer sus necesidades de dos en dos. Nadie sabía por qué quienes habían construido las letrinas lo habían dispuesto de ese modo, pero todos lo aprovechaban al máximo: los hombres se limitaban a mirar hacia delante y no decían nada, pero, tal como Billy comprobaba a menudo, las mujeres charlaban alegremente. El olor era nauseabundo, a pesar de la costumbre y del hecho de ser un acto cotidiano que se repetía todos los días. Billy siempre intentaba contener la respiración con todas sus fuerzas para luego, al salir, inspirar desesperadamente. Un hombre al que todo el mundo llamaba Dai el Boñigas se encargaba de vaciar el hoyo periódicamente.

Cuando Billy volvió a la casa, se llevó una gran alegría al ver a su hermana, Ethel, sentada a la mesa.

—¡Feliz cumpleaños, Billy! —exclamó al verlo—. Tenía que venir a darte un beso antes de que bajaras al pozo.

Ethel tenía dieciocho años y, a diferencia de lo que le ocurría con su madre, a Billy no le costaba ningún esfuerzo ver lo guapa que era. Tenía el pelo de color rojo caoba, ensortijado, y los ojos negros centelleaban con un brillo pícaro. Tal vez su madre hubiese tenido aquel aspecto alguna vez, hacía mucho tiempo. Ethel llevaba el sencillo vestido negro y la cofia blanca de algodón que caracterizaba a las doncellas, un uniforme que le sentaba francamente bien.

Billy adoraba a su hermana. Además de hermosa, era divertida, lista y valiente, y a veces hasta le plantaba cara a su padre. Le explicaba a Billy cosas que ninguna otra persona era capaz de contarle, como lo de ese trance mensual al que las mujeres llamaban el «período», o en qué consistía ese delito contra la moral pública que había obligado al párroco anglicano a abandonar la ciudad con tanta precipitación. Había sido la primera de la clase durante su paso por la escuela, y su redacción sobre el tema «Mi ciudad o pueblo» ganó el primer premio en un concurso organizado por el *South Wales Echo*. La habían obsequiado con un ejemplar del *Atlas Mundial de Cassell*.

Ethel besó a Billy en la mejilla.

—Le he dicho a la señora Jevons, el ama de llaves, que nos estábamos quedando sin betún y que lo mejor sería que fuese a comprarlo a la ciudad. —Ethel vivía y trabajaba en Tŷ Gwyn, la mansión inmensa del conde Fitzherbert, a un kilómetro y medio colina arriba. Le dio a Billy algo envuelto en un trapo limpio—. He birlado un trozo de tarta para traértelo.

—¡Muchas gracias, Eth! —exclamó Billy. Le encantaban las tartas.

—¿Quieres que te la ponga con el almuerzo? —preguntó su madre.

—Sí, por favor.

La madre sacó una caja de hojalata de la alacena y guardó en ella la tarta. Cortó dos rebanadas más de pan, las untó de manteca, añadió sal y las metió en la caja. Todos los mineros se llevaban el almuerzo en una caja de hojalata, porque si bajaban la comida a la mina envuelta en un trapo, los ratones habrían dado buena cuenta de ella antes del receso de media mañana.

—Cuando me traigas el primer salario, podrás llevarte una loncha de tocino hervido en la caja del almuerzo.

Al principio, el sueldo de Billy no iba a ser gran cosa, pero a pesar de ello para su familia sí supondría una gran diferencia. Se preguntó con cuánto dinero le dejaría quedarse su madre para sus gastos, y si podría ahorrar suficiente para comprarse esa bicicleta que deseaba más que cualquier otra cosa en el mundo.

Ethel se sentó a la mesa y su padre le preguntó:

—¿Cómo van las cosas en la casa grande?

—Todo bien, sin novedades —contestó ella—. El conde y la princesa están en Londres, para la coronación. —Consultó el reloj de la repisa de la chimenea—. Se levantarán pronto, tienen que estar en la abadía muy temprano. A ella no le va a hacer ninguna gracia, claro, porque no está acostumbrada a madrugar, pero no puede presentarse tarde ante el mismísimo rey. —La esposa del conde, Bea, era una princesa rusa de ilustre cuna.

—Querrán sentarse delante, para poder ver mejor el espectáculo —dijo el padre.

—No, no… no puedes sentarte donde tú quieras —aclaró Ethel—. Han encargado la fabricación especial de seis mil sillas de madera de caoba con los nombres de los invitados en letras doradas en el respaldo.

—¡Pues menudo derroche! —exclamó el abuelo—. ¿Y qué piensan hacer con ellas luego, eh?

—No lo sé, a lo mejor se las llevan a casa como recuerdo.

—Diles que nos manden alguna que les sobre —dijo el padre con sequedad—. Aquí solo somos cinco, y tu pobre madre tiene que quedarse de pie.

Cuando el padre de Billy se ponía sarcástico, casi siempre significaba que, en el fondo, estaba realmente enfadado. Ethel se puso en pie de un salto.

—Lo siento, mamá, no me había dado cuenta…

—Quédate donde estás, estoy demasiado ocupada para sentarme —repuso su madre.

El reloj dio las cinco.

—Billy, hijo mío, más vale estar allí pronto —dijo el padre—. Será mejor que te pongas en marcha.

Billy se levantó de mala gana y recogió su almuerzo.

Ethel lo besó de nuevo y el abuelo le estrechó la mano. Su padre le tendió dos clavos de quince centímetros, oxidados y un poco torcidos.

—Guárdatelos en el bolsillo de los pantalones.

—¿Para qué son? —quiso saber el muchacho.

—Ya lo verás —le contestó el padre, sonriendo.

La madre le dio a Billy una botella de litro con tapón de rosca, llena de té frío con leche y azúcar, y le dijo:

—Bueno, Billy, no olvides que Jesús está siempre contigo, incluso abajo en la mina.

—Sí, mamá.

Vio una lágrima en los ojos de su madre y se volvió rápidamente, porque a él también le entraban ganas de llorar. Tomó su gorra del colgador.

—Hasta luego, entonces —dijo, como si solo fuera a la escuela, y salió por la puerta principal.

Había sido un verano soleado y caluroso hasta entonces, pero ese día en concreto estaba nublado y parecía incluso a punto de llover. Tommy estaba apoyado en el muro de la casa, esperando.

—Eh, Billy —saludó.

—Hola, Tommy.

Echaron a caminar juntos por la calle.

Billy había aprendido en la escuela que, antiguamente, Aberowen había sido una población pequeña con un mercado que servía a los granjeros de los alrededores. Desde lo alto de Wellington Row se veía el viejo núcleo comercial, con los corrales abiertos para las transacciones ganaderas, el edificio de la lonja de la lana y la iglesia anglicana, todo en la misma ribera del río Owen, que era poco más que un arroyo. Ahora, una línea ferroviaria atravesaba la ciudad como una cicatriz, e iba a morir a la entrada de la mina. Las viviendas de los mineros habían ido extendiéndose por las laderas del valle, centenares de casas de piedra gris con tejados de pizarra galesa de un gris más oscuro. Estaban construidas a lo largo de hileras serpenteantes que seguían el contorno de las pendientes, y las hileras estaban atravesadas por unas callejuelas más cortas que se precipitaban en vertical hacia el fondo del valle.

—¿Con quién crees que vas a trabajar? —le preguntó Tommy.

Billy se encogió de hombros. Los muchachos nuevos se asignaban a uno de los ayudantes del capataz de la mina.

—Ni idea.

—Yo espero que me pongan en los establos. —A Tommy le gustaban los caballos. En la mina vivían unos cincuenta ponis que tiraban de las vagonetas que llenaban los mineros, arrastrándolas por los raíles del ferrocarril—. ¿Qué trabajo te gustaría hacer?

Billy esperaba que no le diesen una tarea demasiado pesada para su físico de niño, pero no estaba dispuesto a admitirlo en voz alta.

—Engrasar las vagonetas —contestó.

—¿Por qué?

—Parece fácil.

Pasaron por delante de la escuela de la que, hasta el día anterior, habían sido alumnos. Se trataba de un edificio victoriano con ventanas ojivales como las de una iglesia. Había sido erigido por la familia Fitzherbert, tal como el director se encargaba de recordar de forma incansable a los alumnos. El conde aún contrataba personalmente a los maestros y decidía el contenido del programa académico. Las paredes estaban repletas de cuadros de heroicas victorias militares, y la grandeza de Gran Bretaña era un tema constante. En la clase sobre las Escrituras con la que daba comienzo cada jornada escolar se impartían estrictas doctrinas anglicanas, a pesar de que casi todos los niños provenían de familias pertenecientes a sectores disidentes, escindidos de la Iglesia anglicana, también llamados no conformistas. Había una junta escolar de la que formaba parte el padre de Billy, pero carecía de poder auténtico y sus funciones se limitaban únicamente a aconsejar y asesorar. El padre del chico aseguraba que el conde trataba la escuela como si fuese una propiedad personal.

En su último año de estudios, Billy y Tommy habían aprendido las nociones básicas de la minería, mientras que las chicas aprendían a coser y a guisar. A Billy le había sorprendido descubrir que el suelo que había bajo sus pies estaba formado por capas de distintas clases de tierra, como si hubiera un montón de emparedados apilados unos encima de otros. Una «veta de carbón», una expresión que había oído toda su vida sin entenderla realmente, era una de dichas capas. También le habían explicado que el carbón estaba hecho de hojas muertas y otras clases de materia vegetal, acumuladas durante años y años y comprimidas por el peso de la tierra que tenían encima. Tommy, cuyo padre era ateo, aseguraba que eso demostraba que lo que decía la Biblia era mentira, pero el padre de Billy afirmaba que solo era una interpretación.

La escuela estaba vacía a aquellas horas, y el patio del recreo, también desierto. Billy se sentía orgulloso de haber dejado atrás la escuela, aunque una pequeña parte de su ser deseaba poder volver allí en lugar de tener que bajar al pozo.

A medida que iban aproximándose a la mina, las calles empezaron a llenarse de mineros, todos con su caja de hojalata y una botella de té. Iban vestidos igual, con trajes viejos de los que se despojarían en cuanto llegasen a su lugar de trabajo. Algunas minas eran muy frías, pero en la de Aberowen hacía mucho calor, y los hombres trabajaban en ropa interior y con botas, o con los pantaloncillos de hilo basto a los que llamaban *bannickers*. Todos llevaban una gorra acolchada siempre, porque los techos de los túneles eran muy bajos y era fácil golpearse la cabeza.

Por encima de las casas, Billy vio el cabrestante, una torre coronada por dos ruedas de grandes dimensiones que rotaban en sentido opuesto, tirando de los cables que subían y bajaban la jaula. En todas las cuencas mineras de Gales del Sur se veían estructuras similares de brocales de mina, del mismo modo en que las agujas de las iglesias dominaban las localidades y aldeas agrícolas.

Había otras construcciones diseminadas alrededor de la boca de la mina, como si hubiesen caído allí por casualidad: la lamparería, las oficinas, la herrería, los almacenes… Las líneas ferroviarias serpenteaban entre los edificios. Por el suelo aparecían desperdigados varios vagones averiados, viejos travesaños resquebrajados, sacos de comida y piezas de maquinaria oxidada y en desuso, todo cubierto por una capa de polvo de carbón. El padre de Billy decía siempre que habría menos accidentes si los mineros tuvieran las cosas más ordenadas.

Billy y Tommy entraron en las oficinas de la mina. En la antesala estaba Arthur Llewellyn el Manchas, un empleado no mucho mayor que ellos. Llevaba el cuello y los puños de la camisa blanca sucios. Estaba esperándolos, pues los padres de ambos habían dispuesto previamente que empezasen a trabajar ese día. El Manchas escribió sus nombres en un libro y luego los condujo al despacho del capataz.

—El joven Tommy Griffiths y el joven Billy Williams, señor Morgan —anunció.

Maldwyn Morgan era un hombre alto y vestía un traje negro. No había restos de carbón en los puños de su camisa, y tenía las mejillas rosadas, lisas y suaves, lo que significaba que, probablemente, se afeitaba todos los días. Su titulación de ingeniero lucía enmarcada en la pared, y su bombín —la otra señal distintiva de su estatus— colgaba del perchero que había junto a la puerta.

Para sorpresa de Billy, no estaba solo. Junto a él había una figura aún más pavorosa: Perceval Jones, director de Celtic Minerals, la compañía que poseía y explotaba la mina de carbón de Aberowen, además de otras. Un hombrecillo menudo y agresivo al que los mineros llamaban Napoleón. Iba vestido formalmente con un frac negro y pantalones a rayas grises, y no se había quitado el sombrero de copa.

Jones miró a los chicos con gesto de reprobación.

—Griffiths —dijo—, tu padre es un socialista revolucionario.

—Sí, señor —contestó Tommy.

—Y un ateo.

—Sí, señor Jones.

Se volvió para dirigirse a Billy.

—Y tu padre es un dirigente de la Federación Minera de Gales del Sur.

—Sí, señor Jones.

—No me gustan los socialistas. Y los ateos están condenados al fuego eterno. Y los sindicalistas son los peores de todos.

Miró a ambos fijamente, pero no les había hecho ninguna pregunta, de modo que Billy no dijo nada.

—No quiero alborotadores —siguió diciendo Jones—. En el valle de Rhondda llevan cuarenta y tres semanas de huelga por culpa de gente como vuestros padres, que meten cizaña y les animan.

Billy sabía que la huelga de Rhondda no había sido provocada por los alborotadores, sino por los dueños de la mina de Ely, en Penygraig, que habían hecho un cierre patronal contra los mineros, pero mantuvo la boca cerrada.

—¿No seréis vosotros alborotadores? —Jones señaló a Billy con un dedo huesudo, y el muchacho se puso a temblar—. ¿No te habrá dicho tu padre que defiendas tus derechos mientras trabajes para mí?

Billy trató de hacer memoria, aunque era difícil teniendo el rostro amenazador de Jones a escasos centímetros del suyo. Su padre no le había dicho gran cosa esa mañana, pero la noche anterior sí le había dado algún consejo.

—Pues verá, señor, me ha dicho: «No les plantes cara ni te hagas el gallito con los patronos, que ese es mi trabajo».

A sus espaldas, Llewellyn el Manchas se rió por lo bajo.

A Perceval Jones, sin embargo, no le hizo ninguna gracia.

—Mocoso insolente... —masculló—. Pero si no te dejo entrar a trabajar en la mina, tendré a todo el valle en huelga.

A Billy no se le había pasado por la cabeza algo semejante. ¿Tan importante era? No, pero cabía la posibilidad de que los mineros se pusiesen en huelga para defender a los hijos de sus dirigentes sindicales. No llevaba ni cinco minutos trabajando y el sindicato ya lo estaba protegiendo.

—Llévatelos de aquí —ordenó Jones.

30

Morgan asintió.

—Sácalos fuera, Llewellyn —le apremió—. Rhys Price puede encargarse de ellos.

Billy protestó para sus adentros, pues Rhys Price era uno de los ayudantes del capataz que tenía más mala fama. Había puesto los ojos en Ethel el año anterior y esta lo rechazó de plano. La hermana de Billy había hecho lo mismo con la mitad de los solteros de Aberowen, pero Price se lo había tomado muy a pecho.

El Manchas negó con la cabeza.

—Fuera —dijo, y los acompañó mientras salían del despacho—. Esperad en el exterior al señor Price.

Billy y Tommy abandonaron el edificio y se apoyaron en el muro, junto a la puerta.

—Me encantaría darle un puñetazo a Napoleón en esa barriga gorda que tiene —dijo Tommy—. Ese sí es un cerdo capitalista.

—Y que lo digas —convino Billy, aunque nunca se le había pasado por la cabeza pensar algo así.

Rhys Price apareció al cabo de un minuto. Como todos los ayudantes del capataz, llevaba un sombrero de ala pequeña y abarquillada al que llamaban sombrero hongo, más caro que una gorra de minero pero más barato que un bombín. En los bolsillos del chaleco guardaba una libreta y un lápiz, y sostenía una regla de medir. Price lucía barba de dos días y tenía los dientes mellados. Billy sabía que gozaba de fama de listo pero también de ladino.

—Buenos días, señor Price —dijo Billy.

Price parecía suspicaz.

—¿Se puede saber qué es lo que estás tramando con eso de darme los buenos días, Billy Doble?

—El señor Morgan ha dicho que bajaríamos con usted a la mina.

—¿Conque eso ha dicho, eh? —Price tenía la curiosa costumbre de lanzar miradas bruscas a diestro y siniestro, y a veces incluso a su espalda, como si esperase que, en cualquier momento, fueran a lloverle los problemas desde todos los lados—. Eso ya lo veremos. —Miró al cabrestante, como si buscase allí una explicación—. No tengo tiempo para andar con mocosos. —Entró en las dependencias de la oficina.

—Espero que encuentren a otro que nos lleve abajo… —comentó Billy—. Porque ese odia a mi familia desde que mi hermana lo rechazó.

—Tu hermana se cree demasiado buena para los hombres de Aberowen —dijo Tommy, y era evidente que repetía en voz alta algo que había oído antes.

—Es que lo es, es demasiado buena para ellos —sentenció Billy, categórico.

Price salió de la oficina.

—Está bien, venid conmigo. —Y echó a andar con paso decidido.

Los muchachos lo siguieron al interior de la lamparería. El lamparero le dio a Billy una brillante lámpara de seguridad de latón y él se la enganchó al cinturón, tal como hacían los demás hombres.

Había aprendido mucho acerca de las lámparas de mineros en la escuela. Entre los peligros de la explotación del carbón se hallaba el metano, el gas inflamable que se filtraba por las vetas de carbón. Los hombres lo llamaban grisú, y era causa de todas las explosiones subterráneas. Las minas galesas eran especialmente famosas por el alto contenido en gas de sus galerías. La lámpara había sido diseñada de manera muy ingeniosa para que la llama no prendiese el grisú, sino que al entrar en contacto con el gas, la llama cambiaba de forma y se alargaba, sirviendo de este modo de aviso, pues el grisú no desprendía ningún olor.

Si la lámpara se apagaba, el minero no podía volver a encenderla. Estaba prohibido llevar cerillas a la mina, y la lámpara estaba cerrada con llave como medida disuasoria para que nadie contraviniese la norma. Una lámpara apagada debía llevarse a un punto de encendido, normalmente al fondo de la mina, cerca del tiro. Para ello a veces era necesario recorrer a pie más de un kilómetro y medio, pero merecía la pena con tal de evitar el riesgo de una explosión subterránea.

A los muchachos les habían enseñado en la escuela que las lámparas eran una de las maneras que tenían los patronos y propietarios de las minas de mostrar su preocupación por el bienestar y la seguridad de sus trabajadores. «Como si evitar las explosiones —había dicho el padre de Billy— no fuese a beneficiar al patrón, que así no tiene que interrumpir el trabajo en la mina ni reparar los daños en los túneles.»

Tras recoger sus lámparas, los hombres hicieron cola para subir a la jaula. Hábilmente colocado junto a la cola, había un tablón de anuncios en el que unos letreros escritos a mano o impresos de forma más o menos rudimentaria anunciaban partidos de críquet, un campeonato de dardos, el extravío de una navaja, un recital del Coro Masculino de Aberowen y una charla sobre la teoría del materialismo histórico de Karl Marx en la Biblioteca Libre. Sin embargo, los ayudantes del capataz no tenían que hacer cola, así que Price se abrió paso hasta la parte delantera, seguido de los chicos.

Como la mayoría de las minas, Aberowen contaba con dos pozos verticales con ventiladores para que el aire descendiera por uno y subiera por el otro, estableciendo así el circuito de ventilación adecuado. Los propietarios solían bautizar los pozos a su antojo, y los caprichosos nombres de aquellos dos eran Píramo y Tisbe. Aquel, Píramo, era el pozo ascendente, y Billy percibió la corriente de aire cálido que subía por él.

Un día, el año anterior, Billy y Tommy decidieron ir a curiosear al pozo y asomarse, de modo que el lunes de Pascua, cuando los hombres no trabajaban, sortearon al vigilante, atravesaron la escombrera a hurtadillas hasta la bocamina y luego treparon por la valla de protección. La plataforma de la jaula no llegaba a cubrir por completo la entrada del pozo, de modo que se tumbaron boca abajo y se asomaron al borde. Se quedaron mirando con aterrada fascinación las entrañas de aquel abismo imponente y Billy advirtió que se le encogía el estómago. La oscuridad parecía infinita. El muchacho experimentó una intensa emoción, una mezcla de alegría por no tener que bajar allí y de terror absoluto al pensar que algún día tendría que hacerlo. Arrojó una piedra al fondo y la oyeron rebotar contra la urdimbre de madera de la jaula y el revestimiento de ladrillo del pozo. Les pareció una terrorífica eternidad hasta que oyeron el ruido débil y lejano de la piedra al caer salpicando en el charco de agua abajo de todo.

En esos momentos, justo un año después, Billy estaba a punto de seguir la misma trayectoria de aquella piedra.

Se dijo que debía armarse de valor y no ser un cobarde, que tenía que comportarse como un hombre hecho y derecho, aunque en el fondo de su alma sintiese que no lo era. Lo peor de todo sería hacer el ridículo y convertirse en el hazmerreír del pozo. Eso le daba más miedo todavía que la muerte.

Vio la reja corredera que cerraba el pozo. Más allá solo estaba el vacío, pues la jaula iniciaba allí su recorrido ascendente. En el extremo opuesto del pozo vio el cabrestante que hacía girar las enormes ruedas más arriba. Unos chorros de vapor se desprendían del mecanismo. Los cables golpeaban los rieles con chasquidos similares a un latigazo, y por todo el recinto se extendía el olor a aceite caliente.

Con el chirrido del hierro, la jaula vacía apareció tras la reja. El operador de superficie, el encargado de la jaula en el extremo superior, abrió la reja deslizándola. Rhys Price entró en el espacio vacío y los dos muchachos lo siguieron. Trece mineros entraron detrás de ellos, ya que en la jaula cabían un total de dieciséis hombres. El operario cerró la reja de golpe.

Siguió una pausa. Billy se sintió muy vulnerable; el suelo bajo sus pies era sólido, pero podía colar el cuerpo sin problemas por entre los barrotes, ampliamente separados, de los laterales. La jaula colgaba de una maroma de acero, pero ni siquiera eso era seguro: todo el mundo sabía que el cable de Tirpentwys se soltó un buen día en 1902 y la jaula se precipitó al vacío hasta estrellarse contra el fondo del pozo. Murieron ocho hombres.

Saludó con la cabeza al minero que tenía a su lado; era Harry el Seboso Hewitt, un chico con cara de pudin y solo tres años mayor que él, aunque le sacaba una cabeza de altura. Billy se acordaba de cuando Harry iba a la escuela; había repetido tercer curso varias veces, siempre en la clase de los niños de diez años, y había suspendido el examen año tras año hasta alcanzar la edad para trabajar.

Sonó la señal que anunciaba que el embarcador que había al pie del pozo había cerrado su puerta. El operador de superficie accionó una palanca y sonó otra señal distinta. La maquinaria de vapor empezó a silbar y se oyó el sonido de otro golpe.

La jaula se precipitó al vacío.

Billy sabía que el elevador bajaba en caída libre al principio y que luego frenaba justo a tiempo de realizar un aterrizaje suave, pero no había teoría que valiese para prepararlo para la sensación de precipitarse en picado hacia las entrañas de la tierra. Sus pies se separaron del suelo y se puso a gritar, aterrorizado. No pudo evitarlo.

Los hombres se echaron a reír. Sabían que era su primera vez, y dedujo que debían de haber estado esperando su reacción. Vio, demasiado tarde, que todos se estaban agarrando a los barrotes de la jaula para evitar la sensación de flotar en el aire, pero aquello no sirvió para aplacar su miedo. No consiguió dejar de gritar hasta que apretó los dientes con todas sus fuerzas.

Por fin se accionó el freno. Se aminoró la velocidad de la caída y los pies de Billy tocaron el suelo. Se sujetó a uno de los barrotes e intentó dejar de temblar. Al cabo de un minuto, una intensa sensación de injusticia y humillación pasó a ocupar el lugar del miedo, tan profunda que sintió el escozor de las lágrimas en los ojos. Vio el rostro burlón del Seboso y exclamó a voz en grito, para que lo oyera pese al ruido:

—¡Cierra esa bocaza que tienes, Hewitt, pedazo de imbécil!

Al oír aquello, al Seboso le cambió la cara inmediatamente y puso un gesto furioso, pero los demás hombres se rieron aún más. Billy tendría que pedirle perdón a Jesús por haber insultado de aquel modo a su compañero, pero al menos ya no se sentía tan estúpido.

Miró a Tommy, que estaba pálido como el papel. ¿Había gritado Tommy? Billy temía preguntárselo por si la respuesta era negativa.

La jaula se detuvo, la reja se abrió y Billy y Tommy salieron con paso tembloroso al corazón de la mina.

Allí reinaba la oscuridad. Las lámparas de los mineros emitían menos luz que las lámparas de parafina que había en las paredes de su casa, y a su alrededor todo estaba oscuro como una noche sin luna. A lo mejor es que no hacía falta ver bien para sacar carbón, razonó Billy. Cruzó un charco y, al oír el ruido de la salpicadura, bajó la vista y vio agua y barro por todas partes, reluciendo bajo el débil reflejo de las llamas de las lámparas. Notó un sabor raro en la boca: a causa del polvo del carbón, el aire era muy espeso. ¿Cómo era posible que los hombres pudiesen pasar todo el día respirando aquello? Seguramente, por eso los mineros estaban siempre tosiendo y escupiendo.

Había cuatro hombres esperando para entrar en la jaula y subir a la superficie. Cada uno de ellos llevaba un maletín de cuero, y Billy se dio cuenta de que eran bomberos. Todas las mañanas, antes de que los mineros empezasen la jornada, los bomberos inspeccionaban las galerías para detectar los niveles de gas. Si la concentración de metano alcanzaba niveles inaceptables, ordenaban a los hombres que no trabajaran hasta que los mecanismos de ventilación hubiesen despejado el ambiente.

Justo a su lado, Billy vio una hilera de cajones para ponis y una puerta abierta que daba a una sala bien iluminada con un escritorio, seguramente una oficina para los ayudantes del capataz. Los hombres se dispersaron, adentrándose en cuatro túneles distintos que tenían su origen en el fondo del pozo. Los túneles se llamaban galerías y conducían a las secciones de la mina de donde se obtenía el carbón.

Price los llevó a un cobertizo y abrió un candado. Se trataba de un almacén de herramientas. Escogió dos palas, se las entregó a los chicos y volvió a cerrar el cobertizo.

Se dirigieron a los establos. Un hombre vestido únicamente con unos pantalones cortos y unas botas extraía con una pala la paja sucia de una de las cuadras y la cargaba en una vagoneta de carbón. El sudor le resbalaba por la musculosa espalda. Price se dirigió a él:

—¿Quieres un muchacho que te ayude?

El hombre se volvió y Billy reconoció a Dai Ponis, uno de los miembros del consejo de la Iglesia de Bethesda. Dai no dio muestras de haber reconocido a Billy.

—No quiero al esmirriado —dijo.

—Muy bien —aceptó Price—. El otro es Tommy Griffiths. Quédate con él.

Tommy parecía complacido. Había cumplido su deseo: a pesar de que solo se iba a ocupar de limpiar la bosta, iba a trabajar en los establos.

—Vamos, Billy Doble —dijo Price, y enfiló hacia una de las galerías.

Billy se echó la pala al hombro y lo siguió. Se sentía más inquieto ahora que Tommy ya no iba con él, y pensó que ojalá lo hubiesen enviado a limpiar la boñiga de los establos, como a su amigo.

—¿Qué voy a hacer yo, señor Price? —inquirió.

—¿A ti qué te parece? —espetó Price—. ¿Para qué cojones crees que te he dado esa puñetera pala?

Billy se quedó de piedra al oír cómo hablaba aquel hombre, haciendo uso de todas las palabras que estaban prohibidas en su casa. No tenía ni idea de lo que iba a hacer con aquella pala, pero optó por no preguntar nada más.

El túnel tenía forma redonda, y el techo estaba apuntalado con refuerzos semicirculares de acero. Una cañería de unos cinco centímetros de ancho recorría la parte superior, seguramente para transportar el agua. Todas las noches aquellos aspersores rociaban las galerías con agua para tratar de reducir la cantidad de polvo, no solo por el riesgo que suponía para la salud y los pulmones de los hombres —porque si fuera solo eso, a Celtic Minerals le traería sin cuidado—, sino porque constituía un peligro de incendio. Sin embargo, el sistema de aspersores no era el más adecuado. El padre de Billy había insistido en que se requería una cañería de quince centímetros de diámetro, pero Perceval Jones se había negado a invertir ese dinero.

Después de recorrer casi medio kilómetro, doblaron hacia un ramal secundario que ascendía cuesta arriba. Se trataba de un pasadizo más viejo y pequeño, con travesaños de madera en lugar de puntales de acero. Price tenía que agachar la cabeza cada vez que el techo se combaba. A intervalos de unos treinta metros pasaban por las entradas de los lugares donde los mineros ya estaban extrayendo el carbón. Billy oyó una especie de murmullo cada vez más intenso.

—A la alcantarilla —dijo Price.

—¿Qué? —Billy miró al suelo.

Una alcantarilla era algo que formaba parte de los pavimentos de las ciudades, y allí en el suelo el chico no veía nada más que las vías de ferrocarril por las que circulaban las vagonetas. Levantó la vista y vio un poni que se dirigía directamente hacia él, trotando a toda velocidad por las traviesas y arrastrando tras de sí un tren de vagonetas.

—¡A la alcantarilla! —gritó Price.

Billy seguía sin entender qué era lo que se suponía que debía hacer, pero se dio cuenta de que el túnel apenas era unos pocos centímetros más ancho que los vagones, y que estos estaban a punto de embestirlo y aplastarlo. A continuación, Price pareció meterse dentro de uno de los hastiales y desaparecer.

Billy soltó la pala, se volvió y echó a correr por donde había venido. Intentó sacarle ventaja al poni, pero el animal avanzaba a una velocidad asombrosa. En ese momento vio un nicho en la pared de roca y recordó que había visto esa misma clase de huecos, sin prestarles demasiada atención, cada veinte metros más o menos. Eso debía de ser lo que Price había querido decir con lo de «alcantarillas», de modo que se arrojó al interior del nicho y el tren pasó por su lado a toda velocidad.

Cuando hubo desaparecido, Billy salió del agujero con la respiración entrecortada.

Price fingió estar enfadado, pero sonreía.

—Tendrás que estar más alerta la próxima vez —le dijo—. O acabarás muerto aquí abajo… como tu hermano.

Billy descubrió que a la mayoría de los hombres les gustaba ridiculizar y burlarse de la ignorancia de los muchachos más jóvenes, y decidió no hacer lo mismo cuando fuese mayor.

Recogió la pala del suelo. Estaba intacta.

—Por suerte para ti —señaló Price—. Si alguna vagoneta la hubiera roto, te tocaría pagar una nueva.

Siguieron andando y no tardaron en entrar en un filón agotado y completamente desierto. Había menos agua en el suelo, que estaba cubierto por una gruesa capa de polvo de carbón. Doblaron varias veces a derecha e izquierda y Billy perdió el sentido de la orientación. Llegaron a un lugar en el que el túnel estaba bloqueado por una vieja vagoneta mugrienta.

—Hay que limpiar este sitio —dijo Price. Era la primera vez que se molestaba en explicarle algo, y Billy tuvo la sensación de que le estaba mintiendo—. Tu tarea consiste en meter toda la porquería en la vagoneta con la pala.

Billy miró a su alrededor. El polvo medía casi dos palmos de espesor hasta donde su lámpara alcanzaba a iluminar, y supuso que aún se extendía mucho más lejos. Podía pasarse una semana entera quitando aquel polvo con la pala sin que se notase ninguna diferencia. Además, ¿qué utilidad podía tener aquello? El filón estaba agotado. Sin embargo, optó por no hacer preguntas. Seguramente se trataba de alguna especie de prueba.

—Regresaré dentro de un rato a ver cómo te va —dijo Price, y volvió sobre sus pasos antes de dejar a Billy a solas.

El muchacho no se esperaba aquello. Había dado por supuesto que trabajaría al lado de los mineros expertos y aprendería de ellos, pero solo podía hacer lo que le habían ordenado.

Desenganchó la lámpara del cinturón y buscó alrededor algún lugar donde ponerla. No había ningún saliente donde poder colocarla, así que la dejó en el suelo, pero allí no le servía de nada. Entonces se acordó de los clavos que le había dado su padre. Conque servían para eso… Se sacó uno del bolsillo y, empleando la plancha de su pala, lo clavó en uno de los travesaños de madera y luego colgó la lámpara. Así estaba mucho mejor.

La vagoneta tenía la altura del pecho de un hombre adulto, pero a Billy le llegaba a la altura de los hombros, y en cuanto se puso manos a la obra, descubrió que la mitad del polvo se escurría de la pala antes de que pudiese arrojarlo por el borde del vagón. Ideó un método para evitarlo haciendo girar la plancha, pero al cabo de unos minutos estaba completamente empapado en sudor y descubrió para qué era el segundo clavo: lo clavó en otro travesaño y colgó de él la camisa y los pantalones.

Al cabo de un rato le asaltó la sensación de que había alguien observándolo. Por el rabillo del ojo, vio una figura tenue inmóvil como una estatua.

—¡Ay, Dios! —exclamó, y se volvió para verla de frente.

Era Price.

—Se me ha olvidado examinar tu lámpara —dijo. Descolgó la lámpara de Billy del clavo y la manipuló—. No tiene buena pinta —afirmó—. Te dejaré la mía. —Colgó la otra lámpara y desapareció.

Aquel individuo le ponía los pelos de punta, pero al menos parecía velar por la seguridad de Billy.

El chico se puso manos a la obra de nuevo. Al poco, empezaron a dolerle las piernas y los brazos. Estaba acostumbrado a trabajar con la pala, se dijo: su padre tenía un cochino en la escombrera que había detrás de su casa y, una vez a la semana, Billy se encargaba de limpiar la pocilga. Pero para eso solo tardaba un cuarto de hora. ¿Podría aguantar así todo el día?

Bajo la capa de polvo, el suelo era de roca y arcilla. Al cabo de un rato, ya había despejado un área de poco menos de medio metro cuadrado, la anchura del túnel. Los desechos apenas si cubrían el fondo de la vagoneta, pero él ya estaba exhausto.

Intentó empujar la vagoneta hacia delante para no tener que caminar tanto trecho con la pala llena, pero las ruedas parecían trabadas por el desuso.

No tenía reloj, y era difícil calcular cuánto tiempo habría pasado. Empezó a trabajar más despacio, tratando de ahorrar energías.

Y en ese momento, su lámpara se apagó.

Al principio, la llama parpadeó, y Billy miró con ansiedad la lámpara que colgaba del clavo, pero sabía que la llama se alargaría si había grisú. No era lo que estaba sucediendo, de modo que respiró aliviado, pero acto seguido, la llama se extinguió por completo.

Nunca había visto tanta oscuridad. No veía nada, absolutamente nada. Ni siquiera vislumbraba zonas teñidas de gris, ni distintas tonalidades de negro. Levantó la pala hasta situarla al mismo nivel que la cara y la sostuvo a dos dedos de la nariz, pero aun así, seguía sin verla. Así era como debía de sentirse un ciego.

Permaneció inmóvil. ¿Qué debía hacer ahora? Se suponía que tenía que llevar la lámpara a un punto de encendido, pero ni con todas las lámparas de minero del mundo sería capaz de encontrar el camino de vuelta a través de los túneles. Rodeado de aquella oscuridad, podía pasarse horas vagando por las galerías. No tenía ni la menor idea de a lo largo de cuántos kilómetros se extendían los filones abandonados, y no quería que los hombres tuviesen que enviar una partida de búsqueda para encontrarlo.

Se quedaría allí, muy quietecito, esperando a Price. El ayudante había dicho que volvería «dentro de un rato». Aquello tanto podía significar unos minutos como una hora o más, y Billy sospechaba que sería más tarde que temprano. Seguro que Price lo había hecho a propósito. Una lámpara de seguridad no se apagaba así como así, y además, allí dentro circulaba poco el aire. Price se había llevado la lámpara de Billy y la había sustituido por otra casi sin aceite.

Sintió una oleada de autocompasión y las lágrimas le inundaron los ojos. ¿Qué había hecho él para merecer aquello? Luego, recobró la serenidad. Era otra prueba, como lo de la jaula. Bien, pues les demostraría a todos lo duro que era.

Decidió que lo mejor sería que siguiera trabajando, aunque fuese en la oscuridad. Moviéndose por primera vez desde que se había extinguido la llama, apoyó la pala en el suelo y la deslizó hacia delante, intentando recoger algo de polvo. Cuando la levantó, supuso, por el peso, que debía de haber recogido un buen montón. Se volvió, dio dos zancadas y levantó la pala, tratando de arrojar los escombros al interior de la vagoneta, pero calculó mal la altura. La pala golpeó el costado de la vagoneta y de pronto se hizo más liviana, cuando la carga cayó al suelo.

Volvería a probar. Repitió de nuevo los mismos pasos y esta vez levantó la pala más alto. Cuando la hubo descargado, la dejó caer y notó que el mango de madera golpeaba el borde de la vagoneta. Así estaba mejor.

A medida que el trabajo lo iba alejando de la vagoneta, siguió equivocándose de vez en cuando y tirando el polvo recogido al suelo, hasta que empezó a contar en voz alta los pasos que daba. Logró establecer un patrón de trabajo y a pesar del dolor que sentía en los músculos, consiguió seguir con su labor.

Al tiempo que la tarea se hacía más automática, su cerebro tenía más libertad para divagar, lo cual no era demasiado bueno. Se preguntó hasta dónde llegaría el túnel que tenía delante, y si llevaría mucho fuera de servicio. Pensó en la tierra que había encima de su cabeza, que se extendía a lo largo de casi un kilómetro, y en el peso que soportaban aquellos viejos puntales de madera. Se acordó de su hermano, Wesley, y de los otros hombres que habían muerto en aquella mina. Pero sus espíritus no estaban allí, por supuesto. Wesley estaba con Jesús. Los otros también debían de estarlo; si no, es que habrían ido a parar a otro lugar…

De pronto, sintió miedo y decidió que no era una buena idea pensar en espíritus. Empezaba a tener hambre. ¿Era la hora de tomarse su tentempié? No tenía ni idea, pero pensó que se lo comería igualmente. Rehízo el camino hasta el lugar donde había colgado la ropa, palpó a tientas el suelo y encontró la botella y la caja de hojalata.

Se sentó, apoyando la espalda en el hastial, y tomó un largo sorbo de té frío y dulzón. Cuando se estaba comiendo el pan untado con manteca, oyó un ruido débil. Esperaba que se tratase del crujido de las botas de Rhys Price, pero era inútil engañarse, porque sabía perfectamente quién emitía aquellos chillidos: eran las ratas.

No le asustaban; había montones de ratas en las zanjas que recorrían las calles de Aberowen, pero en la oscuridad, aquellas alimañas parecían más audaces, y al cabo de un segundo sintió cómo una le correteaba por las piernas desnudas. Después de coger la comida con la mano izquierda, agarró la pala y empezó a dar golpetazos con ella, pero la maniobra no las asustó lo más mínimo, y Billy sintió cómo volvían a clavarle las garras diminutas en la piel. Esta vez una intentó subirle por el brazo. Era evidente que habían olido la comida. Los chillidos fueron en aumento, y se preguntó cuántas habría.

Se levantó y se metió rápidamente el último mendrugo de pan en la boca. Bebió un poco más de té y luego se comió la tarta. Estaba deliciosa, llena de fruta seca y almendras, pero una rata se le encaramó a la pierna y se vio obligado a engullir la tarta a toda prisa.

Fue como si supieran que ya no quedaba comida, porque los chillidos fueron cesando poco a poco hasta desaparecer del todo.

La ingesta de comida le dio a Billy energías renovadas para un rato y se puso a trabajar de nuevo, pero sentía un dolor punzante en la espalda. Siguió trabajando, esta vez más despacio, deteniéndose a descansar con frecuencia. Para animarse, se dijo que debía de ser más tarde de lo que él creía, puede que hasta fuese ya mediodía. Alguien iría por él al final del turno. El lamparero siempre comprobaba los números, así que sabría si algún hombre no había regresado aún. Sin embargo, Price se había llevado la lámpara de Billy y la había sustituido por otra distinta. ¿Es que acaso pensaba dejarlo allí toda la noche?

Eso no podía ser. Su padre se subiría por las paredes y removería cielo y tierra hasta dar con él. Los jefes tenían miedo de su padre, Perceval Jones prácticamente lo había admitido. Tarde o temprano, sin duda alguien iría a buscar a Billy. Pero cuando volvió a sentir los retortijones del hambre, se dio cuenta de que debían de haber pasado muchas horas. Empezó a asustarse de verdad, y esta vez le era imposible sacudirse el miedo de encima. Era la oscuridad lo que lo ponía más nervioso. Habría podido soportar la espera si hubiera podido ver, pero sumido en aquellas tinieblas, era como si estuviese perdiendo el juicio. Carecía de sentido de la orientación, y cada vez que volvía sobre sus pasos desde la vagoneta se preguntaba si no estaría a punto de chocarse contra el lateral del túnel. Antes le preocupaba echarse a llorar como un niño, pero ahora le estaba costando horrores reprimir los gritos.

Entonces se acordó de las palabras de su madre: «No olvides que Jesús está siempre contigo, incluso abajo en la mina». Cuando se lo dijo creyó que solo lo hacía para que se portase bien, pero en ese momento comprendió que su madre había querido decir algo más. Por supuesto que Jesús estaba con él: Jesús estaba en todas partes. La oscuridad no importaba, ni el paso del tiempo. Billy tenía a alguien a su lado que cuidaba de él y lo protegía.

Para recordarlo más intensamente, empezó a cantar un himno. No le gustaba su voz, que seguía siendo muy aguda, pero no había nadie allí para oírlo, así que se puso a cantar a pleno pulmón. Cuando cantó todas las estrofas y advirtió que la sensación de miedo volvía a apoderarse de él, se imaginó a Jesús justo al otro lado de la vagoneta, observándolo, con un gesto de profunda compasión en su semblante de barba poblada.

El muchacho entonó un nuevo himno y empezó a mover la pala y a caminar siguiendo el compás de la música. La mayoría de los himnos tenían ritmo. De vez en cuando le asaltaba de nuevo el temor de que se hubieran olvidado de él, de que hubiese acabado el turno y él se hubiera quedado solo allí abajo, y entonces volvía a recordar a la figura vestida con una túnica larga que lo acompañaba en la oscuridad.

Se sabía muchísimos himnos. Llevaba acudiendo al templo de la Iglesia de Bethesda tres veces todos los domingos, desde que era lo bastante mayor para permanecer sentado sin hacer ruido. Los libros de himnos eran muy caros y no toda la congregación sabía leer, por lo que todo el mundo se aprendía la letra de memoria.

Cuando hubo cantado doce himnos, calculó que debía de haber pasado una hora. Aquello seguro que era el final del turno, ¿no? Pero se dispuso a cantar otros doce más. Después de eso, le resultó difícil seguir la cuenta. Cantó sus himnos favoritos dos veces, y siguió trabajando, cada vez más despacio.

Estaba cantando *La tumba lo encerró* a voz en grito cuando vio una luz. La tarea se había hecho ya tan automática que ni siquiera se detuvo, sino que recogió una nueva palada y la llevó a la vagoneta, sin dejar de cantar, hasta que la luz se hizo más intensa. Cuando terminó de cantar el himno, se apoyó en la pala. Rhys Price estaba observándolo, con la lámpara colgada del cinto, con una expresión extraña en su rostro entre las sombras.

Billy no quiso exteriorizar su alivio: no pensaba darle a Price el gusto de ver cómo se había sentido. Se puso la camisa y los pantalones, descolgó la lámpara apagada del clavo y se la enganchó al cinturón.

—¿Qué le ha pasado a tu lámpara? —le preguntó Price.

—Ya sabe lo que le ha pasado —contestó Billy, con un tono de voz que sonó asombrosamente adulto.

Price le dio la espalda y echó a andar por el túnel.

Billy vaciló unos instantes. Miró en la dirección contraria; justo al otro lado de la vagoneta vio un rostro barbudo y una túnica de color claro, pero la figura se desvaneció como un fantasma.

—Gracias —dijo Billy al túnel vacío.

Mientras seguía a Price, las piernas le dolían tanto que pensaba que le fallarían y que iba a caerse de un momento a otro, pero eso le traía sin cuidado. Ya veía otra vez, y el turno había terminado. Pronto estaría en casa y podría tumbarse a descansar.

Llegaron al fondo del pozo vertical y se metieron en la jaula con un grupo de mineros con el rostro tiznado. Tommy Griffiths no estaba entre ellos, pero el Seboso Hewitt, sí. Mientras aguardaban la señal desde arriba, Billy advirtió que todos lo miraban de reojo, esbozando sonrisas maliciosas.

—Dinos, ¿cómo te ha ido en tu primer día, Billy Doble?

—Bien, gracias —contestó.

La expresión de Hewitt era rencorosa; sin duda recordaba que Billy lo había llamado «pedazo de imbécil».

—¿No has tenido ningún problema? —preguntó.

Billy vaciló antes de contestar; saltaba a la vista que sabían algo, pero quería que viesen que no había sucumbido al miedo.

—Se me ha apagado la lámpara —dijo, consiguiendo que no le temblara la voz. Miró a Price, pero decidió que era más propio de un hombre hecho y derecho no acusarlo—. Me ha costado mucho trabajar así, en la oscuridad, con la pala todo el día —explicó. Se había quedado bastante corto con aquella explicación, porque podían pensar que en realidad no había sido para tanto, pero eso era mejor que reconocer ante ellos todo el miedo que había pasado.

Entonces habló uno de los hombres mayores. Era John Jones el Tendero, a quien llamaban así porque su esposa regentaba una pequeña tienda en la parte trasera de su casa.

—¿Todo el día? —inquirió.

—Sí —contestó Billy.

John Jones miró a Price y dijo:

—Maldito hijo de perra, se supone que solo tenía que durar una hora...

Las sospechas de Billy se vieron confirmadas. Todos estaban al tanto de lo ocurrido y, por lo visto, debían de hacerles algo parecido a los nuevos, pero Price había sido más duro con él que de costumbre.

El Seboso Hewitt sonreía de oreja a oreja.

—¿Y no tenías miedo, Billy, tú solo ahí abajo, en la oscuridad?

El muchacho meditó antes de responder. Todos estaban mirándolo, esperando a oír lo que iba a decir, ya sin ningún rastro de las sonrisas maliciosas, y todos parecían un poco avergonzados. Decidió decir la verdad.

—He pasado miedo, sí, pero no estaba solo.

Hewitt se quedó estupefacto.

—¿Que no estabas solo?

—No, claro que no —dijo Billy—. Jesús estaba conmigo.

Hewitt estalló en carcajadas, pero fue el único. Su risa retumbó en el silencio y cesó de repente.

El silencio se prolongó durante varios minutos. Luego se oyó un ruido metálico, seguido de una sacudida, y la jaula emprendió su ascenso. Harry se dio media vuelta.

A partir de entonces, empezaron a llamarlo Billy de Jesús.

PRIMERA PARTE

El cielo amenazador

2

Enero de 1914

I

El conde Fitzherbert, de veintiocho años de edad, conocido por su familia y amigos como Fitz, era el noveno hombre más rico de toda Gran Bretaña.

No había hecho nada en absoluto para ganar sus cuantiosos ingresos, sino que, sencillamente, se había limitado a heredar miles de hectáreas de tierra en Gales y en Yorkshire. Las granjas no producían muchos beneficios, pero debajo de ellas había grandes cantidades de carbón, y el abuelo de Fitz se había hecho inmensamente rico otorgando las concesiones para la explotación del mineral.

Estaba claro que era la voluntad de Dios que los Fitzherbert gobernasen a sus semejantes y que viviesen de manera acorde a su condición, pero Fitz pensaba que no había hecho nada que justificase la fe que Dios había depositado en él.

Su padre, el anterior conde, había sido un caso distinto. Oficial de la Armada, había sido nombrado almirante tras el bombardeo de Alejandría en 1882, se había convertido en embajador británico en San Petersburgo y, finalmente, había sido ministro en el gabinete de lord Salisbury. Los conservadores perdieron las elecciones generales de 1906 y el padre de Fitz murió escasas semanas más tarde, una muerte precipitada —de eso Fitz estaba seguro— por el hecho de ver a liberales irresponsables como David Lloyd George y Winston Churchill hacerse cargo del gobierno de Su Majestad.

Fitz ocupó su escaño en la Cámara de los Lores, la cámara legislativa superior del Parlamento británico, como par conservador. Hablaba un francés muy correcto y se defendía en ruso, y su sueño era llegar a convertirse algún día en jefe del Foreign Office. Por desgracia, los

47

liberales no dejaban de ganar las elecciones continuamente, de modo que aún no había tenido ocasión de ser ministro del gobierno.

Su carrera militar había sido igual de mediocre. Había asistido a la academia de entrenamiento de oficiales del ejército de Sandhurst, y pasó tres años con el regimiento de los Fusileros Galeses para convertirse en capitán. Tras su matrimonio abandonó la carrera militar, pero pasó a ser coronel honorífico de los Territorials de Gales del Sur. Lamentablemente, los coroneles honoríficos nunca ganaban medallas.

Sin embargo, había algo de lo que sí se sentía orgulloso, pensaba mientras la locomotora de vapor avanzaba por los valles del sur del País de Gales: dos semanas más tarde, el rey en persona iba a pasar unos días en la casa de campo de Fitz. El rey Jorge V y el padre de Fitz habían sido compañeros en la Armada en su juventud. Recientemente, el rey había expresado su deseo de conocer qué era lo que pensaban sus súbditos más jóvenes, y Fitz había organizado una discreta velada en casa para que Su Majestad conociera a algunos de los más brillantes de su generación. En aquellos momentos, Fitz y su esposa, Bea, iban de camino a la mansión para terminar de disponerlo todo para la visita del monarca.

Fitz sentía un gran apego por las tradiciones. No había nada en la historia de la humanidad capaz de rivalizar con la estabilidad que proporcionaba el orden establecido, basado en los cuatro estamentos de la sociedad: monarquía, aristocracia, comerciantes y campesinado. Sin embargo, al mirar por la ventanilla del tren, como en esos precisos momentos, veía que la sombra de una seria amenaza pendía sobre las costumbres tradicionales de la sociedad británica, una amenaza mayor que cualquiera de las que se hubiesen cernido sobre ella en los cuatrocientos años anteriores. Cubriendo por completo las laderas de los montes, otrora tan verdes, extendiéndose como una plaga de manchas grisáceas en las hojas de los rododendros, surgían las casas de los mineros del carbón. En aquellas mugrientas casuchas se hablaba de republicanismo, de ateísmo y de revolución. Solo había pasado un siglo más o menos desde que habían llevado a la nobleza francesa en carretas hasta la guillotina, y lo mismo ocurriría allí si algunos de aquellos mineros musculosos con la cara tiznada lograban salirse con la suya.

Fitz estaría encantado de renunciar a las ganancias que obtenía del carbón, se dijo, con tal de que Gran Bretaña volviese a la sencillez de otros tiempos. La familia real era un poderoso bastión contra la insurrección. Sin embargo, además de hacerle sentirse orgulloso, la visita del monarca también le provocaba cierta inquietud, pues había muchas cosas que podían salir mal. Con la realeza, cualquier descuido podía ser una señal de negligencia y, por tanto, una falta de respeto. Hasta el último detalle del fin de semana sería comentado posteriormente, por los sirvientes de los visitantes a otros sirvientes y, de estos, a los señores de dichos sirvientes, por lo que todas las damas de la alta sociedad londinense acabarían sabiendo si, durante su estancia en Tŷ Gwyn, al rey le habían dado una almohada demasiado dura, una patata podrida o la botella de champán equivocada.

El Rolls-Royce Silver Ghost de Fitz estaba esperándolos en la estación de ferrocarril de Aberowen. Se sentó junto a Bea y el chófer los condujo a lo largo de un kilómetro y medio hasta Tŷ Gwyn, su casa de campo. Estaba cayendo una llovizna fina pero pertinaz, como era habitual en Gales.

«Tŷ Gwyn» significaba «Casa Blanca» en galés, pero el nombre había acabado resultando un tanto irónico porque, como todo lo demás en aquel rincón del mundo, el edificio estaba cubierto por una capa de polvo de carbón, y los bloques de piedra que en otros tiempos habían sido de un blanco inmaculado ofrecían en esos momentos un color gris oscuro que emborronaba las faldas de las señoras que, en un descuido, rozaban las paredes.

Pese a todo, era un edificio magnífico que llenaba a Fitz de orgullo a medida que el vehículo avanzaba por el camino de entrada a la casa. La mansión privada más grande de todo el País de Gales, Tŷ Gwyn contaba con doscientas habitaciones. Una vez, de pequeño, él y su hermana, Maud, contaron las ventanas hasta sumar un total de 523. Había sido construida por su abuelo, y en el diseño de las tres plantas se apreciaba una agradable armonía. Los ventanales de la planta noble eran altos y dejaban entrar una gran cantidad de luz en los majestuosos salones. En la planta superior había multitud de habitaciones de invitados, mientras que en la buhardilla se hallaban los innumerables dormitorios del servicio que, aun siendo minúsculos, eran evidentes por las largas hileras de lucernarios que poblaban los tejados en pendiente.

Las veinte hectáreas de jardines eran la debilidad de Fitz; él mismo se encargaba de supervisar la labor de los jardineros, tomando decisiones sobre la selección de variedades que debían plantarse, sobre la poda y el emplazamiento de cada una de ellas.

—Una casa digna de la visita de un monarca —comentó cuando el vehículo se detuvo en el majestuoso pórtico.

Bea no dijo nada; los viajes la ponían de mal humor.

Al bajarse del coche, Gelert, su perro de montaña de los Pirineos, acudió a su encuentro, un animal del tamaño de un oso que le lamió la mano y luego empezó a correr alegremente alrededor del patio para celebrar la llegada de su amo.

Una vez en el vestidor, Fitz se despojó de su ropa de viaje y se puso un traje de tweed marrón claro. A continuación, atravesó la puerta que comunicaba con los aposentos de Bea.

La sirvienta rusa, Nina, estaba quitando los alfileres del elaborado sombrero que su señora se había puesto para el viaje. Fitz vio el rostro de Bea reflejado en el espejo del tocador y se le aceleró el corazón. Retrocedió cuatro años en el tiempo, hasta el salón de baile de San Petersburgo donde había visto por primera vez aquel rostro de belleza deslumbrante, rodeado por una cascada de tirabuzones rubios imposibles de domeñar. En aquel lejano día, al igual que en esos momentos, su cara mostraba un mohín enfurruñado que a él le resultaba extrañamente atractivo. No le costó más que un instante decidir que era ella, de entre todas las mujeres, a la que quería convertir en su esposa.

Nina era una mujer de mediana edad y, en esos instantes, le temblaba el pulso. Bea ponía nerviosas a sus doncellas a menudo. Mientras Fitz la miraba, uno de los alfileres se clavó en el cuero cabelludo de su mujer, quien soltó un chillido. Nina palideció.

—¡Lo siento muchísimo, su alteza! —se disculpó en ruso.

Bea cogió un alfiler de la superficie del tocador.

—¡A ver si te gusta! —exclamó y pinchó a la sirvienta en el brazo.

Nina rompió a llorar y salió corriendo de la habitación.

—Deja que te ayude —le dijo Fitz a su esposa en tono apaciguador. Sin embargo, ella no pensaba calmarse.

—Lo haré yo sola.

Fitz se aproximó a la ventana. Abajo, había un ejército de jardineros podando los setos, cortando el césped y rastrillando la gravilla. Había varios arbustos en flor: viburnos de invierno, jazmines amarillos, hamamelis y fragante madreselva. Al otro lado del jardín se divisaba la suave ondulación verde de la ladera de la montaña.

Tenía que ser paciente con Bea y no olvidar que era extranjera, que estaba aislada en un país extraño, lejos de su familia y de todo aquello que le proporcionaba seguridad. Había sido fácil en los primeros meses de su matrimonio, cuando él aún estaba embriagado por su belleza física, por su olor y por el tacto de su piel suave. Ahora le costaba cierto esfuerzo.

—¿Por qué no descansas? —sugirió—. Yo iré a hablar con Peel y la señora Jevons y veré cómo marchan los preparativos. —Peel era el mayordomo y la señora Jevons el ama de llaves. En teoría, era Bea la encargada de organizar al personal, pero Fitz estaba lo suficientemente nervioso con la visita del rey como para no desperdiciar la ocasión de participar más activamente en los planes—. Ya te informaré más tarde, cuando estés descansada. —Extrajo su cigarrera.

—No fumes aquí dentro —lo reconvino ella.

Él lo interpretó como un consentimiento y se dirigió a la puerta. Deteniéndose de camino, dijo:

—Escucha, ¿no irás a comportarte así delante del rey y la reina, verdad? Me refiero a lo de maltratar al servicio.

—Yo no la he maltratado, le he clavado una aguja para que aprenda.

Los rusos hacían esa clase de cosas. Cuando el padre de Fitz se quejó de la desidia de los sirvientes de la embajada británica en San Petersburgo, sus amigos rusos le contestaron que era porque no les azotaba lo suficiente.

—Sería un poco embarazoso para el rey tener que presenciar algo semejante —le dijo Fitz a Bea—. Como ya te he dicho en anteriores ocasiones, eso no se hace en Inglaterra.

—Cuando era niña, me obligaron a presenciar cómo ahorcaban a tres campesinos —respondió ella—. A mi madre no le gustaba la idea, pero mi abuelo insistió. Me dijo: «Así aprenderás a castigar a tus sirvientes. Si no les azotas o les pegas por pequeñas faltas como haber cometido algún descuido sin importancia o por ser perezosos, al final acabarán cometiendo fechorías mucho más graves y terminarán en el patíbulo». Él me enseñó que la indulgencia con las clases inferiores, a la postre, es mucho más cruel.

Fitz empezaba a perder la paciencia con su esposa. Bea rememoraba una infancia rodeada de lujos y riquezas inmensas, con una legión de sirvientes fieles y obedientes y hordas de campesinos felices. Si su abuelo, un hombre implacable y extremadamente competente, no hubiese muerto, puede que esa vida hubiese seguido siendo así; sin embargo, entre el padre de Bea, un borracho empedernido, y el hermano estúpido de esta, quien se dedicaba a vender la madera sin antes replantar el bosque, habían conseguido dilapidar la totalidad de la fortuna familiar.

—Los tiempos han cambiado —le explicó Fitz—. Te estoy pidiendo... mejor dicho, te ordeno, que no me dejes en mal lugar delante de mi rey. Espero haberme expresado con suficiente claridad. —Y dicho esto, salió y cerró la puerta.

Echó a andar por el amplio pasillo, irritado y un poco triste. Poco después de casarse, aquella clase de rifirrafes lo dejaban desconcertado y abatido, pero últimamente se estaba acostumbrando. ¿Ocurría lo mismo en todos los matrimonios? No lo sabía.

Un lacayo de gran estatura que estaba bruñendo el pomo de una puerta se incorporó, se colocó con la espalda hacia la pared y bajó la mirada, tal como los miembros del personal del servicio de Tŷ Gwyn tenían instrucciones de hacer cada vez que el conde desfilaba ante ellos. En algunas mansiones, el servicio tenía que colocarse de cara a la pared, pero eso a Fitz le parecía demasiado feudal. El conde reconoció al hombre, pues lo había visto jugando un partido de críquet entre el personal de Tŷ Gwyn y los mineros de Aberowen. Era un buen bateador.

—Morrison —dijo Fitz, que recordó su nombre—. Avisa a Peel y a la señora Jevons para que acudan a la biblioteca.

—Enseguida, milord.

Fitz bajó la majestuosa escalera. Se había casado con Bea porque esta lo había encandilado, pero también por una razón más poderosa: soñaba con la idea de fundar una insigne dinastía anglorrusa cuyo dominio se extendiese hasta los últimos confines de la Tierra, tal como los Habsburgo habían gobernado diversas partes de Europa durante siglos.

Sin embargo, para eso necesitaba un heredero, y el mal humor de Bea significaba que aquella noche no iba a dejarlo entrar en su dormitorio. Podía insistir, pero eso nunca resultaba demasiado satisfactorio. Habían pasado ya un par de semanas desde la última vez. No quería una esposa que estuviese siempre dispuesta a hacer aquellas cosas, sería una vulgaridad, pero, por otra parte, dos semanas era mucho tiempo.

Su hermana, Maud, seguía soltera a sus veintitrés años, y para colmo, sería capaz de educar a cualquier hijo suyo para que acabara siendo un socialista rabioso que no vacilaría en malgastar toda la fortuna familiar imprimiendo panfletos revolucionarios.

Él llevaba casado tres años y empezaba a preocuparse. Bea solo se había quedado encinta una vez, el año anterior, pero perdió el niño a los tres meses. Ocurrió justo después de una disputa entre ambos. Fitz había cancelado un viaje que tenían planeado a San Petersburgo y Bea se alteró muchísimo, comenzó a llorar y a gritar que quería irse a su casa. Fitz se mantuvo en sus trece y se negó rotundamente —al fin y al cabo, un hombre no podía dejar que su mujer le diese órdenes— pero entonces, cuando ella sufrió el aborto, la culpabilidad que sintió lo convenció de que había sido culpa suya. Si ella se quedaba embarazada de nuevo, se juró a sí mismo que no haría absolutamente nada que pudiese turbarla hasta el nacimiento de su hijo.

Tras posponer mentalmente esa preocupación para más tarde, el conde entró en la biblioteca y se sentó al escritorio con incrustaciones de cuero para confeccionar una lista. Al cabo de uno o dos minutos, Peel apareció acompañado de una doncella. El mayordomo era el hijo menor de un granjero, y su rostro plagado de pecas y el pelo entrecano evocaban cierto aire a campo y a labores al aire libre, pero llevaba toda su vida trabajando como sirviente en Tŷ Gwyn.

—La señora Jevons está mala, milord —dijo. Hacía tiempo que Fitz había renunciado a tratar de mejorar el habla y el léxico de sus sirvientes galeses—. La barriga —añadió Peel con tono lúgubre.

—Ahórrame los detalles. —Fitz miró a la doncella, una joven hermosa de unos veinte años. Su cara le resultaba vagamente familiar—. ¿Y esta quién es?

La propia muchacha contestó.

—Ethel Williams, milord. Soy la ayudante de la señora Jevons. —Hablaba con el acento cantarín de los valles de Gales del Sur.

—Bueno, Williams, lo cierto es que pareces muy joven para asumir las tareas de un ama de llaves.

—Permítame, señor, pero la señora Jevons dijo que seguramente mandaría llamar al ama de llaves de Mayfair, aunque espera que, entretanto, tal vez yo consiga satisfacer sus necesidades.

¿Acaso vio un brillo pícaro en sus ojos cuando habló de satisfacer sus necesidades? A pesar de que hablaba con la debida deferencia, tenía aspecto de descarada.

—Muy bien —dijo Fitz.

Williams llevaba un grueso cuaderno en una mano y dos lápices en la otra.

—He ido a ver a la señora Jevons a su cuarto y se sentía con fuerzas suficientes para repasarlo todo conmigo.

—¿Por qué llevas dos lápices?

—Por si se rompe uno —contestó ella, y sonrió.

Las sirvientas no debían sonreír al conde, pero Fitz no pudo evitar devolverle la sonrisa.

—Bien —dijo—, dime qué es lo que has anotado en ese cuaderno.

—Tres cosas —contestó la joven—: huéspedes, personal y provisiones.

—Muy bien.

—Por la carta que envió el señor, tenemos entendido que habrá veinte huéspedes. La mayoría de ellos vendrán acompañados por uno o dos asistentes personales, supongamos un promedio de dos, de modo que eso suma un total de cuarenta personas más en cuanto a alojamiento del servicio. Todos llegarán el sábado y se marcharán el lunes.

—Correcto. —Fitz sentía una mezcla de aprensión y placer muy similar a las emociones que había experimentado antes de pronunciar su primer discurso ante la Cámara de los Lores: estaba entusiasmado por hacer aquello y, al mismo tiempo, preocupado por hacerlo bien.

Williams siguió hablando.

—Obviamente, Sus Majestades se alojarán en las Habitaciones Egipcias.

Fitz asintió. Aquellas eran las dependencias privadas más espaciosas. El papel pintado de las paredes contenía motivos ornamentales de los templos egipcios.

—La señora Jevons ha sugerido qué otras dependencias deberíamos acondicionar y las he anotado *en aquí*.

La expresión «en aquí» era un localismo, una forma de hablar que resultaba redundante, pues significaba exactamente lo mismo que «aquí».

—A ver, enséñame eso —dijo Fitz.

La muchacha rodeó el escritorio y colocó el cuaderno abierto delante del conde. Los sirvientes domésticos estaban obligados a bañarse una vez a la semana, de modo que no olía tan mal como solían hacerlo los miembros de la clase trabajadora. De hecho, su cuerpo cálido desprendía una fragancia floral. Tal vez había robado el jabón aromático de Bea. Leyó la lista que le había enseñado.

—Muy bien —sentenció—. La princesa se encargará de asignar los huéspedes a las distintas habitaciones. Puede que tenga ideas muy concretas al respecto.

Williams pasó la página.

—Esta es una lista del personal adicional que vamos a necesitar: seis muchachas en la cocina, para lavar las verduras y fregar los cacharros; dos hombres con las manos limpias para servir la mesa; tres doncellas más y tres mozos para limpiar las botas y encender las velas.

—¿Y sabes dónde podemos conseguir a toda esa gente?

—Huy, sí, milord, tengo una lista de lugareños que ya han trabajado aquí antes, y si con ellos no basta, les podemos pedir que nos recomienden a otros.

—Nada de socialistas, sobre todo —dijo Fitz con cierta angustia—. Intentarían hablarle al rey de las perversidades del capitalismo. —«Con los galeses, nunca se sabe», pensó.

—Por supuesto, milord.

—¿Qué hay de las provisiones?

La doncella pasó otra página del cuaderno.

—Esto es lo que necesitamos, basándonos en los banquetes previos que se han celebrado en la casa.

Fitz examinó la lista: cien barras de pan, veinte docenas de huevos, cuarenta litros de nata, cuarenta y cinco kilos de tocino, trescientos kilos de patatas… Empezó a aburrirse.

—¿No deberíamos dejar eso hasta que la princesa haya decidido los menús?

—Es que hay que traerlo todo de Cardiff —repuso Williams—. Las tiendas en Aberowen no pueden asumir pedidos tan cuantiosos, y hasta a los proveedores de Cardiff hay que avisarlos con tiempo, para asegurarnos de que tengan cantidades suficientes el día en cuestión.

La muchacha tenía razón. El conde se alegró de que estuviera a cargo de la organización: tenía la capacidad de prever las cosas y verlas venir, adelantándose a los acontecimientos, una cualidad muy poco frecuente, según había descubierto.

—No me vendría mal tener a una muchacha como tú en mi regimiento —dijo.

—No puedo vestir de color caqui, no me sienta bien con esta piel tan clara —contestó ella con descaro.

El mayordomo parecía escandalizado.

—¡Williams, compórtate! No seas desvergonzada.

—Le ruego me perdone, señor Peel.

Fitz se dio cuenta de que había sido culpa suya, por dirigirse a la muchacha con aquella familiaridad. Aunque… lo cierto era que no le desagradaba la desfachatez de la joven. De hecho, le gustaba y todo.

—A la cocinera se le han ocurrido algunas ideas para los menús, milord —dijo Peel, que le entregó a Fitz una hoja de papel un tanto sucia y emborronada con la letra infantil, de trazo cuidadoso, de la cocinera—. Por desgracia, es un poco pronto para el cordero lechal, pero nos pueden enviar una gran variedad de pescado fresco desde Cardiff, en bloques de hielo.

—Todo esto se parece mucho a lo que ofrecimos en nuestra cacería en noviembre —dijo Fitz—. Aunque, por otra parte, no queremos hacer experimentos con cosas nuevas en esta ocasión; es mejor ceñirse a platos que ya hayamos probado antes.

—Exacto, milord.

—Y ahora, los vinos. Vayamos a la bodega.

Peel parecía sorprendido; el conde no solía bajar a los sótanos.

En ese momento, a Fitz le asaltó un pensamiento que había permanecido agazapado en algún recoveco de su cerebro, pero prefirió no prestarle atención. Vaciló unos instantes y luego dijo:

—Williams, ven también. Así tomarás notas.

El mayordomo sujetó la puerta y Fitz salió de la biblioteca y bajó por la escalera trasera. La cocina y la sala de los sirvientes estaban en un semisótano. Allí abajo, la etiqueta funcionaba de un modo distinto, y las sirvientas y los mozos se inclinaban o hacían una reverencia cuando pasaba él.

La bodega estaba en un sótano. Peel abrió la puerta.

—Con su permiso, yo iré delante —dijo.

Fitz asintió. Peel prendió una cerilla, encendió una vela colgada de la pared y empezó a bajar los peldaños. Al llegar abajo, encendió otra palmatoria.

Fitz poseía una bodega más bien modesta, compuesta por unas doce mil botellas, la mayor parte de las cuales eran herencia de su padre y de su abuelo. El champán, el oporto y el vino blanco del Rin eran las bebidas predominantes, con cantidades menores de clarete y borgoña blanco. Fitz no era ningún entendido en vinos, pero sentía especial debilidad por la bodega porque le recordaba a su padre. «Una bodega de vino requiere orden, capacidad de previsión y buen gusto —solía decir el anciano—. Esas son las virtudes que conforman la grandeza de Gran Bretaña.»

Fitz quería servirle lo mejor a su soberano, por supuesto, pero para eso había que tener criterio. El champán sería Perrier-Jouët, el más caro, pero ¿de qué cosecha? Un champán maduro, de veinte o treinta años, tenía menos burbujas y más sabor, aunque lo cierto era que las cosechas jóvenes poseían algo especial, algo chispeantemente delicioso. Escogió una botella al azar. Estaba mugrienta, completamente cubierta de polvo y telarañas. Echó mano del pañuelo de hilo del bolsillo delantero de su chaqueta para limpiar la etiqueta. Seguía sin ver la fecha bajo la tenue luz de las velas. Le mostró la botella a Peel, que se había puesto unas lentes.

—1857 —dijo el mayordomo.

—Dios santo, me acuerdo de esa botella… —recordó Fitz—. Fue la primera cosecha que probé en mi vida, y seguramente la mejor.

—De pronto, recordó la presencia de la doncella, que había inclinado el cuerpo hacia él y estaba examinando la botella que era mucho, muchísimo más vieja que ella. Para su consternación, la proximidad del cuerpo de la joven lo dejó momentáneamente sin aliento.

—Me temo que la cosecha del cincuenta y siete ya ha dejado atrás su mejor momento —comentó Peel—. ¿Puedo sugerir la del noventa y dos?

Fitz miró otra botella, dudó y tomó una decisión.

—No veo nada con esta luz —anunció—. Tráeme una lupa, Peel, ¿quieres?

Peel subió los peldaños de piedra.

Fitz miró a Williams. Estaba a punto de cometer una locura, pero no podía contenerse.

—Qué guapa eres… —dijo.

—Gracias, milord.

Bajo la cofia de doncella, asomaban unos rizos rebeldes de pelo oscuro. El conde le acarició el pelo. Sabía que algún día se arrepentiría de aquello.

—¿Has oído hablar de lo que los franceses llaman el *droit de seigneur*, el derecho de pernada? —Percibió el tono ronco de su propia voz.

—Soy galesa, no francesa —contestó Ethel, con el mismo movimiento insolente de la barbilla que Fitz ya reconocía como característico en ella.

Desplazó la mano del pelo de la joven hasta la nuca y la miró a los ojos. Ella le sostuvo la mirada con audaz aplomo, pero ¿significaba aquella expresión que quería que él siguiera adelante… o que estaba dispuesta a montarle una escena humillante?

El conde oyó el ruido de unos pasos en las escaleras de la bodega; Peel ya estaba allí. Fitz se apartó de la sirvienta.

Las risas de la joven cogieron al conde por sorpresa.

—¡Debería verse la cara de culpabilidad, señor! —exclamó—. Parece usted un colegial.

Peel asomó entre la penumbra con una bandeja de plata en la que llevaba una lupa con el mango de marfil.

Fitz intentó recobrar el aliento. Cogió la lupa y reanudó la inspección de las botellas de vino, con mucho cuidado de no tropezarse con la mirada de Williams.

«Dios mío —pensó—. Qué muchacha tan extraordinaria…»

II

Ethel Williams se sentía rebosante de energía. Nada la inquietaba, podía enfrentarse a cualquier situación, solucionar cualquier problema. Cuando se miraba al espejo, veía que le brillaba la piel y le centelleaban los ojos. El domingo, después del oficio religioso, su padre había hecho algún comentario al respecto, con su dosis de sarcasmo habitual.

—Te veo muy contenta —le dijo—. ¿Es que te has tropezado con un saco de dinero?

A menudo se sorprendía corriendo, y no caminando, por los interminables pasillos de Tŷ Gwyn, y todos los días llenaba hojas y más hojas de su cuaderno con listas de la compra, calendarios de trabajo del servicio, horarios para recoger las mesas y ponerlas otra vez, y cálculos: números de fundas de almohada, jarrones, servilletas, velas, cucharas…

Aquella era su gran oportunidad. Pese a su juventud, estaba haciendo las veces de ama de llaves en ocasión de una visita real. La señora Jevons no mostraba señales de mejoría ni de que fuese a levantarse de su lecho de convalecencia, así que sobre Ethel recaía toda la responsabilidad de preparar la mansión de Tŷ Gwyn para dar el recibimiento que merecían el rey y la reina. En el fondo, siempre había estado segura de que era capaz de hacer las cosas mejor que nadie y destacar, siempre y cuando le diesen la posibilidad, pero en la rígida jerarquía del servicio doméstico, había escasas oportunidades de demostrar que era mejor que los demás. De pronto, se le había presentado la ocasión, y estaba decidida a aprovecharla al máximo. Después de aquello, puede que asignasen a la señora Jevons una tarea con menos responsabilidades y que nombrasen a Ethel ama de llaves, con el doble del sueldo que cobraba entonces, con un dormitorio para ella sola y su propia sala de estar en las dependencias del servicio.

Sin embargo, todavía no había llegado ese momento. Era evidente que el conde estaba satisfecho con su labor, porque al final había optado por no llamar al ama de llaves de Londres, lo que Ethel interpretó como un cumplido. Aunque... pensó la joven con verdadera aprensión, todavía había tiempo para cometer ese pequeño desliz, para ese error fatal que podía estropearlo todo: un plato de la cena sucio, un sumidero atascado, un ratón muerto en la bañera... Y entonces el conde sí se pondría furioso.

La mañana del sábado en que estaba prevista la llegada de los reyes, Ethel se encargó personalmente de supervisar todas y cada una de las habitaciones de invitados, para asegurarse de que las chimeneas estaban encendidas y de que los almohadones habían sido ahuecados. En cada cuarto había al menos un jarrón con flores, llevadas esa misma mañana del invernadero; en cada escritorio había papel de cartas con el escudo de Tŷ Gwyn, y habían provisto toallas, jabón y agua para el aseo personal. Al anterior conde no le gustaba la fontanería moderna, y Fitz aún no había encontrado el momento de ordenar la instalación de agua corriente en todas las habitaciones. Solo había tres retretes en una casa con cien dormitorios, de manera que en la mayoría de las habitaciones seguían haciendo falta orinales. También habían colocado flores secas aromáticas en todas ellas, elaboradas por la señora Jevons según su propia receta, para eliminar los malos olores.

Se esperaba la llegada de la comitiva real para la hora del té. El conde acudiría a recibirlos a la estación de ferrocarril de Aberowen, donde sin duda se habría formado una gran multitud, esperando poder entrever fugazmente a los soberanos, aunque no había prevista allí ninguna aparición pública de los reyes. Fitz los llevaría a la casa en su Rolls-Royce, un automóvil grande y cerrado. El ayuda de cámara del rey, sir Alan Tite, y el resto del séquito que los acompañaba en el viaje irían detrás, con el equipaje, en una serie de vehículos tirados por caballos. Delante de Tŷ Gwyn, un batallón de los Fusileros Galeses ya estaba formando a uno y otro lado del camino de entrada para actuar como guardia de honor.

La pareja real aparecería públicamente ante sus súbditos el lunes por la mañana. Planeaban realizar un paseo por las aldeas de los alrededores en un coche de caballos descubierto y detenerse en el ayuntamiento de Aberowen para reunirse con el alcalde y los concejales antes de dirigirse a la estación de ferrocarril.

La llegada del resto de los huéspedes estaba prevista a mediodía.

Peel se encontraba en el salón, asignando a las doncellas que debían conducirlos a sus habitaciones y a los mozos que debían subir el equipaje. Los primeros en llegar fueron los tíos de Fitz, el duque y la duquesa de Sussex. El duque era primo hermano del rey, y había sido invitado a fin de que este se sintiera más cómodo, en un entorno más familiar. La duquesa era la tía de Fitz y, al igual que la mayor parte de la familia, sentía un profundo y apasionado interés por la política, hasta el extremo de que en su casa de Londres celebraba una tertulia frecuentada por los miembros del gabinete ministerial.

La duquesa informó a Ethel acerca de que el rey Jorge V estaba un poco obsesionado con los relojes, y que no le gustaba nada ver que distintos relojes en una misma casa anunciasen una hora diferente. Ethel maldijo para sus adentros, pues en Tŷ Gwyn había más de un centenar de relojes. Tomó prestado el reloj de bolsillo de la señora Jevons y se dispuso a recorrer toda la casa para ajustar la hora.

Cuando entró en el comedor pequeño, se encontró con el conde. Este estaba de pie ante el ventanal, y parecía consternado. Ethel se paró a observarlo un momento. Era el hombre más guapo que había visto en su vida; era como si aquella tez pálida, iluminada por la tenue luz invernal, estuviese cincelada en mármol blanco. Tenía la mandíbula cuadrada, los pómulos prominentes y la nariz griega. Su cabello era negro y los ojos verdes, una combinación poco frecuente. No llevaba barba ni bigote, ni siquiera patillas. Con una cara tan hermosa como esa, pensó Ethel, ¿para qué taparla con pelo?

Él la sorprendió mirándolo.

—Acabo de saber que al rey le gusta tener cestos de naranjas en la habitación —exclamó—. ¡Y no hay una maldita naranja en toda la casa!

Ethel frunció el ceño. Ni uno solo de los tenderos de Aberowen tendría naranjas, pues sus clientes no podían permitirse semejantes lujos. Ocurriría lo mismo en todas las demás poblaciones de los valles del sur de Gales.

—Si pudiera usar el teléfono, tal vez podría hablar con un par de fruterías de Cardiff —repuso ella—. Puede que tengan naranjas en esta época del año.

—Pero ¿cómo haremos para que nos las manden hasta aquí?

—Les pediré que coloquen una cesta en el tren. —Consultó el reloj que había estado ajustando—. Con un poco de suerte, las naranjas llegarán a la vez que el rey.

—Eso es —dijo él—. Eso es lo que haremos. —La miró directamente—. Eres asombrosa —exclamó—. No estoy seguro de haber conocido alguna vez a una muchacha como tú.

Ethel le sostuvo la mirada. A lo largo de las dos semanas anteriores, él se había dirigido a ella de forma muy similar a aquella, en un tono extremadamente familiar, con cierta intimidad, y eso le había hecho sentir extraña, le había provocado una especie de incómoda euforia, como si algo peligrosamente emocionante estuviese a punto de suceder. Era como ese momento en los cuentos de hadas en el que el príncipe entra en el castillo encantado.

El chirrido de unas ruedas fuera, en el camino de entrada, rompió el hechizo. Se oyó una voz familiar.

—¡Peel! ¡Cuánto me alegro de verte!

Fitz miró por la ventana e hizo una mueca.

—¡Oh, no! —exclamó—. ¡Es mi hermana!

—Bienvenida a casa, lady Maud —repuso la voz de Peel—, aunque lo cierto es que no la esperábamos.

—Al conde se le olvidó invitarme, pero he venido de todos modos.

Ethel contuvo una sonrisa. Fitz adoraba a su díscola hermanita, pero le resultaba difícil tratar con ella. Sus opiniones políticas eran alarmantemente liberales: era una sufragista, una activa militante del movimiento que propugnaba la concesión del voto a la mujer. A Ethel, Maud le parecía maravillosa, justo la clase de mujer independiente que a ella le habría gustado ser.

Fitz salió del comedor y Ethel lo siguió al salón, una estancia imponente decorada con el estilo gótico por el que tanta predilección sentían los victorianos como el padre de Fitz: revestimientos de madera oscura, papel de pared con abundantes motivos ornamentales y sillas de madera de roble labradas como si fueran tronos medievales. Maud ya estaba entrando por la puerta.

—Fitz, querido, ¿cómo estás? —lo saludó.

Maud era alta como su hermano, y ambos guardaban un gran parecido, pero las facciones cinceladas que hacían que el conde evocase la estatua de un dios no resultaban tan favorecedoras en el rostro de una mujer, por lo que Maud era más bien atractiva, en lugar de verdaderamente guapa. Contradiciendo la fama de anticuadas en la forma de vestir de las feministas, la joven iba ataviada según los cánones de la última moda, y llevaba una falda larga de tubo encima de unos botines abotonados, un abrigo de color azul marino con cinturón ancho y puños de varios botones, y un sombrero con una pluma clavada en la parte delantera como si fuera una bandera de regimiento.

La acompañaba tía Herm. Lady Hermia era la otra tía de Fitz. A diferencia de su hermana, que se había casado con un duque rico, Herm había contraído matrimonio con un barón despilfarrador que murió joven y en la ruina más absoluta. Diez años antes, cuando los padres de Fitz y Maud fallecieron en un intervalo de escasos meses, tía Herm se fue a vivir con ellos para cuidar principalmente de Maud, quien a la sazón tenía trece años, y aún seguía ejerciendo de señora de compañía de la joven, sin tener sobre esta ni sobre sus actos ninguna clase de autoridad.

—¿Qué haces aquí? —le preguntó Fitz a Maud.

—Ya te dije que no le iba a hacer ninguna gracia —murmuró tía Herm.

—No podía faltar a la visita del rey —contestó Maud—. Habría sido una falta de respeto.

—No quiero que le hables al rey sobre los derechos de las mujeres —replicó Fitz con un deje de exasperación.

Ethel no creía que el conde tuviese razones para preocuparse. Pese al radicalismo de las ideas políticas de Maud, sabía cómo coquetear y apelar a la vanidad de los hombres poderosos, y era capaz de meterse en el bolsillo incluso a los amigos más conservadores de Fitz.

—Toma mi abrigo, por favor, Morrison —dijo Maud. Se desabrochó los botones y se volvió para que el lacayo la ayudara a quitárselo—. Hola, Williams, ¿cómo estás? —le preguntó a Ethel.

—Bienvenida, milady —respondió la muchacha—. ¿Desea ocupar la Suite Gardenia?

—Sí, gracias. Me encantan esas vistas.

—¿Querrá almorzar mientras le preparo la habitación?

—Sí, por favor, me muero de hambre.

—Hoy lo estamos sirviendo al estilo club, señora, puesto que los invitados están llegando en momentos distintos.

El llamado «estilo club» hacía referencia a que se servía el almuerzo a los invitados a medida que iban entrando, como en los comedores de los clubes de caballeros o en un restaurante, en lugar de servirlo a todos los comensales a la vez. Ese día el almuerzo era más bien modesto: sopa india con especias, fiambres y pescado ahumado, trucha rellena, chuletas de cordero y un surtido de postres y quesos.

Ethel sujetó la puerta y siguió a Maud y a tía Herm al comedor principal. Los primos Von Ulrich ya estaban almorzando. Walter von Ulrich, el más joven, era un hombre apuesto y encantador, y parecía entusiasmado de estar en Tŷ Gwyn, mientras que Robert, por el contrario, era más quisquilloso: había enderezado el cuadro del castillo de Cardiff colgado en la pared, había pedido más almohadones y había descubierto que el tintero de su escritorio estaba seco, un descuido que hizo que Ethel se preguntase, inquieta, qué otros detalles podía haber pasado por alto.

Ambos se levantaron cuando entraron las damas. Maud se fue directa a Walter y exclamó:

—¡Estás exactamente igual que cuando tenías dieciocho años! ¿Te acuerdas de mí?

Al joven se le iluminó el rostro.

—Pues claro, aunque debo decir que tú sí que has cambiado desde que tenías trece…

Ambos se estrecharon la mano y luego Maud le dio sendos besos en las mejillas, como si fueran parientes.

—Estaba completamente loca por ti a esa edad —confesó con asombrosa sinceridad.

Walter sonrió.

—Tú a mí también me tenías robado el corazón.

—¡Pero si siempre te comportabas como si tuviera la peste!

—Tenía que disimular mis sentimientos delante de Fitz, que te protegía como un perro guardián.

Tía Herm se puso a toser, indicando de ese modo su desaprobación ante aquel arrebato de intimidad.

—Tía, te presento a herr Walter von Ulrich, un viejo compañero de escuela de Fitz que venía aquí en vacaciones. Ahora trabaja en el cuerpo diplomático de la embajada alemana en Londres.

—Les presento a mi primo, el *Graf* Robert von Ulrich. —Ethel sabía que *Graf* era el término en alemán que designaba a los condes—. Es agregado militar de la embajada austríaca.

En realidad eran primos segundos, le había explicado Peel en tono de confidencia a Ethel: los abuelos de ambos eran hermanos, el menor de los cuales se casó con una rica heredera alemana y abandonó Viena para irse a vivir a Berlín, razón por la que Walter era alemán, mientras que Robert era austríaco. A Peel le gustaba dejar esa clase de cosas muy claras.

Todos se sentaron. Ethel retiró la silla de tía Herm.

—¿Quiere un poco de sopa de especias, lady Hermia? —le preguntó.

—Sí, por favor, Williams.

Ethel le hizo una seña a un lacayo, quien se dirigió al aparador donde se hallaba la sopa, en un recipiente especial para que no se enfriara. Tras comprobar que las recién llegadas se hallaban a gusto, Ethel desapareció discretamente para preparar sus habitaciones. Cuando cerraba la puerta a su espalda, oyó decir a Walter von Ulrich:

—Me acuerdo de lo mucho que te gustaba la música, Maud. Justo estábamos hablando del ballet ruso. ¿Qué opinas de Diaguilev?

No había muchos hombres que preguntasen a una mujer su parecer. Eso le gustaría a Maud. Mientras Ethel se apresuraba a bajar los escalones para ir en busca de dos doncellas que hiciesen las habitaciones, pensó: «Ese alemán es todo un encanto».

III

El Salón Escultórico de Tŷ Gwyn era una antesala del comedor, y los invitados solían reunirse allí antes de la cena. Fitz no sentía un gran interés por el arte, pues en realidad, todas aquellas piezas las había reunido su abuelo, pero las esculturas daban a sus huéspedes algo de que hablar mientras aguardaban el momento de la cena.

Al tiempo que conversaba con su tía, la duquesa, Fitz miró angustiado a su alrededor a los hombres vestidos de rigurosa etiqueta y a las mujeres con sus vestidos escotados y sus tiaras. El protocolo exigía que todos los invitados estuviesen presentes en la sala antes de que el rey y la reina hiciesen su entrada. Pero ¿dónde estaba Maud? ¿No iría a provocar un incidente? No, ahí estaba, con un traje de seda púrpura y con los diamantes de su madre, charlando animadamente con Walter von Ulrich.

Fitz y Maud siempre habían estado muy unidos. El padre de ambos había sido un héroe distante, y su madre, la infeliz seguidora incondicional de su marido; los dos hermanos habían obtenido el cariño y el afecto que necesitaban el uno del otro, y a la muerte de sus progenitores, ambos se habían unido más aún, compartiendo su dolor. En aquel trance, Fitz tenía dieciocho años, y había tratado por todos los medios de proteger a su hermanita de aquel mundo implacable y cruel.

Ella, a su vez, le había mostrado su adoración absoluta. Con el paso de los años, al llegar a la edad adulta, Maud se había convertido en una joven independiente, capaz de pensar por sí misma, mientras que él continuaba creyendo que, como cabeza de familia, todavía ejercía algún tipo de autoridad sobre ella. Sin embargo, su afecto mutuo había demostrado ser más fuerte que sus diferencias... por el momento.

En esos instantes, Maud dirigía la atención de Walter hacia un cupido de bronce. A diferencia de Fitz, ella sí entendía de esas cosas. Fitz rezó por que su hermanita se pasara toda la velada hablando de arte y no enturbiase la cena con su discurso sobre los derechos de las mujeres. Jorge V odiaba a los liberales, era un secreto a voces. Por regla general, los monarcas solían ser conservadores, pero los acontecimientos recientes habían acentuado aún más el sentimiento de animadversión del rey. Había ascendido al trono en plena crisis política y, contra su voluntad, se había visto obligado por el primer ministro liberal H.H. Asquith —con el pleno respaldo de la opinión pública— a recortar el poder de la Cámara de los Lores. La herida de aquella humillación aún seguía abierta, y Su Majestad sabía que Fitz, como par conservador de la Cámara de los Lores, había luchado con todas sus fuerzas contra la llamada reforma. Pero a pesar de ello, si a Maud se le ocurría soltarle una arenga esa noche, el rey nunca perdonaría a Fitz.

Walter ejercía como diplomático de rango inferior, pero su padre era uno de los mejores amigos del káiser. Robert también tenía buenos contactos: era amigo del archiduque Francisco Fernando, heredero al trono del Imperio austrohúngaro. Otro de los invitados que se movía en círculos selectos era el joven norteamericano, de gran estatura, que en esos precisos instantes hablaba con la duquesa. Se llamaba Gus Dewar, y su padre, un senador, era consejero personal del presidente de Estados Unidos, Woodrow Wilson. Fitz sintió que había hecho bien reuniendo allí a aquel grupo de jóvenes, la élite dirigente del futuro. Esperaba que fuese del agrado del rey.

Gus Dewar era un joven simpático pero un poco raro. Siempre encorvaba la espalda, como si hubiese preferido ser más bajo y no destacar tanto. No parecía muy seguro de sí, pero se mostraba agradablemente cortés con todo el mundo.

—El pueblo estadounidense está más preocupado por los problemas de la nación que por la política exterior —le decía a la duquesa—, pero el presidente Wilson es un liberal, y como tal, es más probable que simpatice con democracias como las de Francia y Gran Bretaña que con las monarquías autoritarias de Austria y Alemania.

En ese momento, se abrieron las puertas dobles, se hizo el silencio en la habitación, y el rey y la reina entraron en la sala. La princesa Bea hizo una reverencia, Fitz inclinó la cabeza y todos los demás siguieron su ejemplo. A continuación se sucedieron unos minutos de incómodo silencio, pues no estaba permitido que nadie hablase hasta que la pareja real hubiese dicho algo. Al fin, el rey se dirigió a Bea:

—Ya me alojé en esta casa hace veinte años, ¿lo sabía? —le dijo, y los demás empezaron a relajarse.

El rey era un hombre elegante, pensó Fitz mientras los cuatro mantenían una distendida charla. Llevaba la barba y el bigote muy cuidados. Empezaba a tener entradas en el cabello, pero aún conservaba el suficiente para peinárselo con una raya tan recta como una regla. El traje de etiqueta sentaba como un guante a su estilizada figura: a diferencia de su padre, Eduardo VII, no era ningún gourmet. Se relajaba con aficiones que requerían precisión: le gustaba coleccionar sellos, pegándolos meticulosamente en álbumes, un pasatiempo que suscitaba las burlas de los irrespetuosos intelectuales de Londres.

La reina era una figura que inspiraba más temor, con el pelo rizado y ceniciento y un rictus severo en los labios. Tenía un busto generoso, realzado sobremanera por el vertiginoso escote de su vestido, siguiendo la moda *de rigueur*. Era la hija de un príncipe alemán. En un principio, había estado comprometida con el hermano mayor de Jorge, Alberto, pero este murió de neumonía justo antes del enlace. Cuando Jorge se convirtió en el heredero al trono, también se quedó con la prometida de su hermano, una costumbre que algunos tildaron de un tanto medieval.

Bea estaba en su elemento. Iba vestida de forma arrebatadora en seda rosa y, con un efecto perfectamente estudiado, sus tirabuzones rubios parecían un tanto alborotados, como si acabase de interrumpir un beso ilícito. Conversaba animadamente con el rey. Intuyendo que las charlas superficiales no eran del agrado de Jorge V, la princesa estaba contándole cómo Pedro el Grande había creado la armada rusa, y el monarca asentía con gesto de interés genuino.

Peel se asomó por la puerta del comedor con una expresión expectante en el rostro cubierto de pecas. Captó la atención de Fitz y le hizo una señal muy elocuente. Fitz se dirigió a la reina:

—¿Desea que pasemos a cenar, majestad?

Ella le ofreció el brazo. Detrás de ellos, el rey entrelazó el suyo con el de Bea y el resto de los comensales formaron parejas conforme al protocolo. Cuando todos estuvieron listos, entraron en el comedor en procesión.

—Qué bonita... —murmuró la reina al ver la mesa.

—Gracias, majestad —contestó Fitz, y exhaló un imperceptible suspiro de alivio.

Bea había hecho un trabajo maravilloso: había tres arañas de luces colgadas a escasa altura encima de la alargada mesa, cuyos reflejos destellaban en las copas de cristal distribuidas en el sitio de cada comensal. La totalidad de la cubertería era de oro, al igual que los saleros y los pimenteros, y aun las minúsculas cerilleras para los fumadores. El mantel blanco estaba cubierto de rosas procedentes del invernadero y, para conferir un último toque espectacular al conjunto, Bea había colocado delicadas hojas de helecho que descendían desde las arañas hasta las pirámides de uvas sobre las bandejas doradas.

Todos tomaron asiento, el obispo bendijo la mesa y Fitz se tranquilizó. Las reuniones que empezaban bien casi siempre transcurrían sin incidencias; por lo general, el vino y la comida hacían que los asistentes estuvieran menos dispuestos a encontrar defectos.

El menú comenzaba con los *hors d'oeuvres* rusos, un guiño a la tierra natal de Bea: blinis con caviar y nata, tostadas con pescado ahumado, galletitas saladas con arenques en vinagre, todo regado con el champán Perrier-Jouët de 1892, tan delicioso y suave como Peel había prometido. Fitz no apartaba la mirada del mayordomo, y este no le quitaba la vista de encima al rey. En cuanto Su Majestad soltaba los cubiertos, Peel retiraba su plato, y esa era la señal para que los lacayos se llevaran el resto. El comensal que todavía siguiese disfrutando del plato tenía que dejarlo en señal de deferencia.

A continuación, sirvieron la sopa, un *pot-au-feu* acompañado de un oloroso jerez de Sanlúcar de Barrameda. El pescado era lenguado, regado con un maduro Meursault Charmes que sabía a gloria. Para los medallones de cordero galés, Fitz había escogido el Château Lafite de 1875, pues el de 1870 todavía no estaba listo para su consumo. Siguió corriendo el vino tinto con el *parfait* de hígado de oca que sirvieron después y con el último plato de carne: hojaldre relleno de codorniz con uvas.

Nadie se comía todo aquello: los hombres seleccionaban lo que les gustaba y hacían caso omiso del resto, mientras que las mujeres picoteaban de uno o dos platos. Muchas de las viandas regresaban a la cocina intactas.

Hubo ensalada, un postre, surtido de aperitivos salados, fruta y *petits fours*. Finalmente, la princesa Bea alzó una discreta ceja en dirección a la reina, quien respondió con un asentimiento casi imperceptible. Ambas se pusieron en pie, todos los demás las imitaron y las damas abandonaron la sala.

Los hombres volvieron a tomar asiento, los lacayos llevaron cajas de cigarros y Peel depositó un decantador de oporto Ferreira de 1847 a la derecha del rey. Fitz aspiró agradecido el humo de un cigarro. Las cosas habían ido bien. El rey era célebre por su escasa afición a la vida social, pues solo se sentía cómodo entre sus viejos compañeros de sus felices días en la Marina. Sin embargo, aquella noche se había mostrado muy afable y todo había ido como la seda. Hasta las naranjas habían llegado a tiempo.

Fitz había hablado antes con sir Alan Tite, el ayuda de cámara del rey, un oficial retirado que aún lucía anticuadas patillas. Habían acordado que, al día siguiente, el rey dispondría de aproximadamente una hora a solas para departir con cada uno de los hombres sentados a la mesa, todos ellos depositarios de información privilegiada de un gobierno u otro. Aquella noche, Fitz debía romper el hielo entablando una conversación política de carácter general. Carraspeó unos segundos y se dirigió a Walter von Ulrich.

—Walter, tú y yo somos amigos desde hace quince años, fuimos juntos a Eton. —Le habló entonces a Robert—: Y conozco a tu primo desde que los tres compartimos apartamento en Viena cuando éramos estudiantes. —Robert sonrió y asintió. A Fitz le caían bien ambos: Robert era un tradicionalista, como Fitz, y si bien Walter no era tan conservador como ellos, lo cierto es que era muy inteligente—. Ahora asistimos con perplejidad a los rumores de una posible guerra entre nuestros países —siguió diciendo Fitz—. ¿Creéis que cabe realmente la posibilidad de que se produzca semejante tragedia?

Fue Walter quien contestó.

—Si hablar de la guerra puede hacer que esta estalle, entonces sí, no tendremos más remedio que enfrentarnos, porque todo el mundo se está preparando para esa eventualidad, pero ¿existe en verdad una razón de peso? Yo no lo creo.

Gus Dewar levantó la mano tímidamente. A Fitz le gustaba Dewar, pese a sus devaneos con la política liberal. Se suponía que los norteamericanos se comportaban con un exceso de desparpajo, pero aquel tenía buenos modales y era un poco tímido. También estaba asombrosamente bien informado. En ese momento dijo:

—Gran Bretaña y Alemania tienen muchas razones para enfrentarse.

Walter se volvió hacia él.

—¿Como por ejemplo?

Gus exhaló el humo de su cigarro.

—La rivalidad naval.

Walter asintió.

—Mi káiser no cree que exista ninguna ley divina por la que la armada alemana deba seguir siendo inferior en número a la británica.

Fitz lanzó una mirada nerviosa al rey; el monarca amaba la Royal Navy por encima de todas las cosas, y podía sentirse ofendido. Por otra parte, el káiser Guillermo era su primo. El padre de Jorge y la madre de Guillermo eran hermanos, ambos hijos de la reina Victoria. Fitz sintió un gran alivio al comprobar que Su Majestad esbozaba una sonrisa indulgente.

Walter siguió hablando.

—Eso ha sido motivo de fricciones en el pasado, pero hace dos años que estamos de acuerdo, de manera extraoficial, sobre el tamaño relativo de nuestras flotas.

—¿Y qué hay de la rivalidad económica? —preguntó Dewar.

—Es verdad que Alemania se está haciendo cada día más próspera y que puede que pronto alcance a Gran Bretaña y a Estados Unidos en cuanto a sus niveles de economía productiva, pero ¿por qué habría de suponer eso un problema? Alemania es uno de los principales clientes de Gran Bretaña. Cuanto más dinero tengamos para gastar, más compraremos. ¡Nuestro poderío económico es bueno para los productores británicos!

Dewar volvió a la carga.

—Se rumorea que los alemanes quieren más colonias.

Fitz volvió a mirar de soslayo al rey, preguntándose si no le molestaría que aquellos dos hombres monopolizasen la conversación, pero Su Majestad parecía fascinado.

—Ha habido guerras a causa de las colonias —contestó Walter— sobre todo en su país de origen, señor Dewar. Sin embargo, hoy en día parece ser que podemos dirimir esos conflictos sin recurrir a las armas. Hace tres años Alemania, Francia e Inglaterra se pelearon por culpa de

Marruecos, pero la disputa se resolvió sin recurrir a ninguna guerra. Más recientemente, Gran Bretaña y Alemania han llegado a un acuerdo respecto al espinoso asunto del ferrocarril de Bagdad. Si seguimos haciendo las cosas de este modo, no entraremos en ninguna guerra.

—¿Me perdonaría usted el uso del término «militarismo alemán»? —inquirió Dewar.

Aquello era pasarse de la raya, y Fitz sintió un escalofrío.

Walter se ruborizó, pero respondió con calma.

—Le agradezco su franqueza. El Imperio alemán está dominado por los prusianos, que desempeñan prácticamente el mismo papel que los ingleses en el Reino Unido de Su Majestad.

Era una osadía equiparar a Gran Bretaña con Alemania, o a Inglaterra con Prusia. Walter estaba rozando el límite de lo permisible según las normas de urbanidad que regían el arte de la conversación, pensó Fitz con cierta desazón.

Walter prosiguió con su argumentación.

—Los prusianos poseen una fuerte tradición militar, pero no van a la guerra sin tener un motivo.

—Entonces, Alemania no es agresiva —dijo Dewar en tono escéptico.

—Ni mucho menos —dijo Walter—; les aseguro que Alemania es la única… y subrayo, la única… potencia de la Europa continental que no es agresiva.

Alrededor de la mesa se propagó un murmullo de sorpresa, y Fitz vio que el rey arqueaba las cejas. Dewar se recostó en la silla, con gesto de asombro, y preguntó:

—Ah, ¿por qué lo dice?

Los modales exquisitos de Walter, así como su tono amigable, quitaban hierro a sus provocadoras palabras.

—En primer lugar, examinemos el caso de Austria —prosiguió—. Mi primo vienés Robert, aquí presente, no negará que al Imperio austrohúngaro le gustaría ampliar sus fronteras al sudeste.

—Aunque no sin razón —protestó Robert—. Esa parte del mundo, a la que los británicos llaman los Balcanes, ha formado parte del dominio otomano durante siglos, pero el Imperio otomano se ha desmoronado, y ahora en los Balcanes reina la inestabilidad. El emperador austríaco considera su deber sagrado mantener el orden y la religión cristiana en esa región.

—Es cierto —repuso Walter—, pero también Rusia quiere territorio en los Balcanes.

Fitz se creyó en la obligación de defender al gobierno ruso, quizá a causa de Bea.

—Ellos también tienen buenas razones —dijo—. La mitad de su comercio exterior atraviesa el mar Negro y llega hasta el Mediterráneo a través de los estrechos. Rusia no puede dejar que ninguna otra potencia domine los estrechos anexionándose territorio en los Balcanes orientales. Sería como poner una soga al cuello de la economía rusa.

—Exacto —dijo Walter—. En cuanto al extremo occidental de Europa, Francia alberga la ambición de arrebatarle a Alemania los territorios de Alsacia y Lorena.

En ese momento, el único invitado francés, Jean-Pierre Charlois, estalló indignado.

—¡Robados a Francia hace cuarenta y tres años!

—No voy a entrar en discusiones acerca de ese punto en concreto —repuso Walter con ánimo conciliador—. Dejémoslo en que los territorios de Alsacia y Lorena fueron anexionados al Imperio alemán en 1871, tras la derrota de Francia en la guerra franco-prusiana. Robado o no, *monsieur le compte*, convendrá conmigo en que Francia desea recuperar dichos territorios.

—Naturalmente. —El francés se recostó en la silla y tomó un sorbo de su copa de oporto.

Walter retomó su discurso.

—Hasta a Italia le gustaría quitarle a Austria los territorios de Trentino...

—¡Donde la mayoría de la población habla italiano! —exclamó el *signor* Falli.

—... además de buena parte de la costa dálmata...

—¡Que está llena de leones de Venecia, iglesias católicas y columnas romanas!

—... y el Tirol, una provincia con una larga historia de autogobierno, donde la mayor parte de la población habla alemán.

—Pura necesidad estratégica.

—Por supuesto.

Fitz advirtió lo inteligente que había sido Walter. Sin ser descortés, sino discretamente provocador, había azuzado a los representantes de cada nación para que confirmasen, en un lenguaje más o menos beligerante, sus ambiciones territoriales.

En esos momentos, Walter decía:

—Pero ¿qué territorios nuevos está reclamando Alemania? —Miró a su alrededor en la mesa, pero nadie contestó—. Ninguno —repuso en tono triunfal—. ¡Y el único país de Europa, aparte de Alemania, que puede decir lo mismo es Gran Bretaña!

Gus Dewar pasó la botella de oporto y dijo con su acento norteamericano:

—Supongo que tiene razón.

—Entonces —dijo Walter—, ¿por qué, mi viejo amigo Fitz, deberíamos ir a la guerra?

IV

El lunes por la mañana, antes del desayuno, lady Maud mandó llamar a Ethel.

La joven doncella tuvo que contener un suspiro de exasperación, pues estaba extremadamente ocupada. Era temprano, pero el servicio ya llevaba rato trabajando con ahínco. Antes de que los huéspedes se despertaran, había que limpiar las chimeneas, volver a encender todos los fuegos y llenar los cajones para el carbón. Había que ordenar y ventilar los salones principales como el comedor, la sala de estar, la biblioteca, el salón de fumadores y las habitaciones más pequeñas de acceso general. Ethel estaba supervisando las flores de la sala de billar, sustituyendo las que empezaban a marchitarse, cuando la llamaron. Pese a la debilidad que sentía por la hermana de ideas radicales de Fitz, esperaba que Maud no tuviese reservada para ella ninguna tarea especialmente complicada.

Cuando Ethel entró a trabajar en la mansión de Tŷ Gwyn, a la edad de trece años, la familia Fitzherbert y sus huéspedes eran personajes prácticamente irreales para ella: se le antojaban los protagonistas de algún cuento, o unas tribus extrañas de la Biblia, los hititas tal vez, y lo cierto es que la aterrorizaban. La aterraba pensar en la posibilidad de cometer algún error y perder su trabajo, pero también sentía una gran curiosidad por ver a aquellas extrañas criaturas más de cerca.

Un día, una de las criadas que ayudaba en la cocina le dijo que subiera a la sala de billar y trajera el tántalo. Estaba demasiado nerviosa para preguntar qué era aquello, de modo que fue a la sala y buscó por todas partes, esperando que fuera algo evidente, como una bandeja de platos sucios, pero no vio nada cuyo sitio pudiese estar en la cocina. Ya se le empezaban a saltar las lágrimas cuando Maud entró en la habitación.

Maud era entonces una espigada muchacha de quince años, una mujer vestida con ropa de niña, malhumorada y rebelde. Hasta más tarde no le dio sentido a su vida canalizando toda su rabia y su descontento en una cruzada personal. Sin embargo, a los quince años ya poseía esa compasión inmediata que la hacía sensible a las injusticias y a la opresión.

Le preguntó a Ethel qué le pasaba. El tántalo resultó ser un recipiente de plata con decantadores de brandy y whisky. Era engañoso, porque estaba provisto de un mecanismo de cierre para impedir que los sirvientes pudiesen beber a escondidas, le explicó. Ethel se lo agradeció enormemente, con emoción. Esa sería la primera de las muchas atenciones que Maud tuvo para con ella y, con el tiempo, Ethel llegó a encariñarse tanto con aquella muchacha algo mayor, que lo cierto es que sentía por ella verdadera adoración.

Ethel subió a la habitación de Maud, llamó a la puerta y entró. La Suite Gardenia estaba decorada con papel pintado de flores de intrincado diseño, pero que ya había pasado de moda con el cambio de siglo. Sin embargo, desde el balcón mirador se veía la parte más bonita del jardín de Fitz, el paseo del ala oeste, un largo sendero recto que atravesaba los macizos de flores hasta llegar a un pabellón de verano.

Ethel comprobó contrariada que Maud se estaba calzando las botas.

—Voy a salir a dar un paseo, y tienes que hacerme de carabina —dijo—. Ayúdame con el sombrero y cuéntame todos los chismes, anda.

Ethel no tenía tiempo para aquellas cosas, pero lo cierto es que estaba intrigada, además de molesta. ¿Con quién iba Maud a dar un paseo, dónde estaba tía Herm, su carabina habitual, y por qué se estaba poniendo un sombrero tan elegante solo para dar una vuelta por el jardín? ¿Era posible que todo aquello tuviese algo que ver con algún hombre?

Mientras colocaba los alfileres para sujetar el sombrero en el pelo oscuro de Maud, Ethel dijo:

—Esta mañana se ha armado un verdadero escándalo abajo. —A Maud le encantaba oír chismes del mismo modo que al rey le encantaba coleccionar sellos—. Morrison no se ha ido a dormir hasta las cuatro de la madrugada; es uno de los lacayos... el alto con el bigote rubio.

—Sé quién es Morrison. Y sé con quién ha pasado la noche. —Maud se calló, vacilante.

Ethel aguardó un momento y luego preguntó:

—¿Y no me lo vas a decir?

—Es que te vas a escandalizar.

Ethel sonrió.

—Pues razón de más.

—Pasó la noche con Robert von Ulrich. —Maud miró a Ethel en el reflejo del espejo del tocador—. ¿Te has quedado horrorizada?

Ethel estaba fascinada con aquella revelación.

—¡Caramba! Nunca lo habría... Sabía que Morrison no parecía demasiado interesado en las mujeres, pero no creía que fuese uno de... «esos», no sé si me entiendes...

—Pues verás, Robert sí es uno de «esos», desde luego, y lo pillé lanzándole miraditas a Morrison varias veces durante la cena.

—¡Y delante del rey, además! ¿Cómo sabes lo de Robert?

—Walter me lo dijo.

—Pero ¡qué clase de caballero le cuenta una cosa así a una dama! Desde luego, la gente lo cuenta todo... ¿Qué chismes circulan por Londres?

—El señor Lloyd George es la comidilla de todo el mundo.

David Lloyd George era el canciller del Exchequer, y estaba a cargo de las finanzas del país. De origen galés, era un brillante orador de izquierdas. El padre de Ethel decía que Lloyd George debería haberse afiliado al Partido Laborista. Durante la huelga minera de 1912, había llegado a hablar incluso de nacionalizar las minas.

—¿Y qué dicen de él? —preguntó Ethel.

—Que tiene una amante.

—¡No! —Esta vez Ethel estaba verdaderamente escandalizada—. ¡Pero si es baptista!

Maud se echó a reír.

—¿Y sería menos escandaloso si fuera anglicano?

—¡Sí...! —Ethel se contuvo a tiempo para no añadir «por supuesto»—. ¿Y quién es ella?

—Frances Stevenson. Entró a trabajar como institutriz de su hija, pero es una mujer muy lista, tiene una titulación en lenguas clásicas, y ahora es su secretaria personal.

—Eso es terrible.

—Él la llama «Conejito».

Ethel estuvo a punto de ruborizarse. No sabía qué decir ante aquello. Maud se levantó y Ethel la ayudó a ponerse el abrigo.

—¿Y su mujer, Margaret? —quiso saber la doncella.

—Vive aquí, en Gales, con los cuatro hijos de ambos.

—Tenían cinco, pero uno se les murió. Pobre mujer.

Maud estaba lista. Recorrieron el pasillo y bajaron por la majestuosa escalera central. Walter von Ulrich las aguardaba en el vestíbulo, arropado por un abrigo largo y oscuro. Lucía un bigote corto y tenía unos ojos de un suave tono avellana. Mostraba un aspecto arrebatador con aquella vestimenta abotonada hasta arriba, al más puro estilo alemán; era la clase de hombre capaz de hacer una reverencia, dar un taconazo y luego guiñarte un ojo, pensó Ethel. De modo que era por eso por lo que Maud no quería que lady Hermia fuese su carabina...

—Williams vino a trabajar a la casa cuando yo era una niña, y somos amigas desde entonces.

A Ethel le gustaba Maud, pero decir que eran amigas era ir demasiado lejos. Maud era amable y Ethel sentía por ella una gran admiración, pero seguían siendo ama y criada. En realidad, lo que Maud estaba diciendo es que se podía confiar en Ethel.

Walter se dirigió a la doncella con la educada deferencia que empleaban las personas de su clase al tratar con los estamentos inferiores.

—Encantado de conocerla, Williams. ¿Cómo está usted?

—Gracias, señor. Iré por mi abrigo.

Corrió escaleras abajo. Lo cierto es que no tenía ningunas ganas de salir a pasear durante la estancia del rey en la casa, porque habría preferido permanecer cerca para supervisar el trabajo de las criadas, pero no podía negarse.

En la cocina, la doncella de la princesa Bea, Nina, estaba preparando el té a la manera rusa para su señora. Ethel se dirigió a una doncella:

—Herr Walter ya se ha levantado —la informó—. Ya puedes limpiar la Habitación Gris. —En cuanto aparecían los huéspedes, las doncellas tenían que ir a los dormitorios a limpiar, hacer las camas, vaciar los orinales y cambiar el agua de las palanganas para el aseo. Vio a Peel, el mayordomo, contando platos—. ¿Hay movimiento arriba? —le preguntó.

—Diecinueve, veinte —dijo—. El señor Dewar ha llamado para pedir agua caliente para el afeitado y el *signor* Falli ha pedido café.

—Lady Maud quiere que salga con ella.

—Qué contrariedad… —exclamó Peel, disgustado—. Te necesitamos en la casa.

Ethel ya lo sabía.

—¿Y qué quiere que haga, señor Peel? ¿Que le diga que se vaya al cuerno? —repuso con sarcasmo.

—No seas tan caradura, jovencita. Regresa lo antes posible.

Cuando volvió arriba, el perro del conde, Gelert, estaba delante de la puerta principal, jadeando con avidez ante la perspectiva de dar un paseo por el campo. Todos salieron y atravesaron los jardines del ala este en dirección al bosque.

Walter se dirigió a Ethel.

—Supongo que lady Maud ya te habrá instruido convenientemente para que te declares sufragista.

—En realidad, fue al contrario —le explicó Maud—. Williams fue la primera persona que me habló de las ideas liberales.

—Todo me lo enseñó mi padre —dijo Ethel.

La doncella sabía que, en el fondo, no querían hablar con ella. La etiqueta no les permitía estar a solas, pero dentro de su abanico de posibilidades, salir acompañados de la doncella era lo más parecido a estar solos. Ethel llamó a Gelert y se adelantó para ponerse a jugar con el perro y proporcionarles así la intimidad que tanto debían de estar deseando. Cuando se volvió a mirar atrás, vio que se habían cogido de la mano.

Maud no era de las que perdían el tiempo, pensó Ethel. Por lo que había dicho el día anterior, no había visto a Walter desde hacía diez años, y ni siquiera entonces había habido entre ellos ningún idilio, solo una atracción inconfesable. Algo debía de haber sucedido la noche anterior. Tal vez se habían quedado charlando hasta altas horas de la madrugada. Maud coqueteaba con todos los hombres —así era como les sonsacaba la información—, pero saltaba a la vista que aquello era algo más serio.

Al cabo de un momento, Ethel oyó a Walter entonar el comienzo de una canción. Maud lo imitó y luego ambos se callaron y se echaron a reír. A Maud le encantaba la música, y sabía tocar muy bien el piano, a diferencia de Fitz, que no tenía oído musical. Al parecer, Walter tenía la misma afición y facilidad para la música que ella. Poseía una agradable voz de barítono que haría las delicias de toda la congregación de la Iglesia de Bethesda, se dijo Ethel.

Se puso a pensar en su trabajo. No había visto ningún par de zapatos ya lustrados en la puerta de los dormitorios de la mansión; tendría que echar el guante a esos granujas de los limpiabotas y decirles que se apresurasen.

Se preguntó, nerviosa, qué hora sería. Si aquel paseo se prolongaba mucho más, puede que tuviese que insistir para que regresasen a la casa.

Miró atrás, pero esta vez no vio a Walter ni a Maud por ninguna parte. ¿Se habrían detenido? ¿Y si habían seguido otro camino? Permaneció inmóvil uno o dos minutos, pero no podía quedarse allí a esperar de brazos cruzados toda la mañana, de modo que volvió sobre sus pasos a través del bosque.

Los vio al cabo de un momento. Estaban abrazados, besándose apasionadamente. Walter tenía las manos en el trasero de Maud, y la estaba apretando contra sí. Ambos se besaban con la boca abierta, y Ethel oyó que Maud lanzaba un gemido.

Los estuvo observando, preguntándose si algún día un hombre la besaría a ella de aquella manera. Llewellyn el Manchas la había besado en la playa durante una excursión de la iglesia, pero no había sido con la boca abierta ni se habían apretado el uno contra el otro, y desde luego el beso no le había arrancado a Ethel ningún gemido. El pequeño Dai Chuletas, el hijo del carnicero, le había metido la mano por debajo de la falda en el cine Palace de Cardiff, pero ella se la apartó de un manotazo al cabo de unos segundos. Le había gustado mucho Llewellyn Davies, hijo de un maestro, quien le había hablado del gobierno liberal y le había dicho que sus pechos eran como pajarillos recién nacidos en el nido, muy cálidos y suaves, pero se marchó a estudiar a la universidad y nunca le había escrito. Con ellos había sentido curiosidad, y el deseo de explorar e ir más allá, pero no había llegado a sentir pasión de verdad. Tenía envidia de Maud.

En ese momento, Maud abrió los ojos, vio a Ethel y se separó bruscamente de Walter.

De pronto, Gelert empezó a aullar y se puso a caminar en círculos con el rabo entre las patas. ¿Qué le pasaba al animal?

Al cabo de unos segundos, Ethel sintió una especie de temblor en el suelo, como si estuviera pasando un tren expreso, a pesar de que la línea del ferrocarril terminaba a un kilómetro y medio de allí.

Maud arrugó la frente y abrió la boca para decir algo, pero entonces se oyó un restallido como de un trueno.

—¿Se puede saber qué ha sido eso? —preguntó Maud.

Ethel lo sabía.

Lanzó un grito y echó a correr.

V

Billy Williams y Tommy Griffiths habían parado para descansar.
Estaban trabajando en un yacimiento llamado del «carbón de cuatro pies», por su espesor, que solo estaba a seiscientos metros de profundidad, no tan abajo como el nivel principal. El filón estaba dividido en cinco secciones, cada una de ellas bautizadas con el nombre de los distintos hipódromos británicos y, concretamente, los muchachos se encontraban en Ascot, la más cercana al tiro ascendente. Ambos trabajaban como mozos, como ayudantes de los mineros más experimentados. El minero empleaba su mandril, un pico de hoja recta, para extraer el carbón de la capa externa de la veta y su ayudante lo introducía, con ayuda de una pala, en una vagoneta con ruedas. Habían empezado a trabajar a las seis de la mañana, como siempre, y en esos momentos, después de un par de horas, estaban haciendo una pausa para descansar, sentados en el suelo húmedo con la espalda apoyada en la pared del túnel, dejando que el soplo suave del sistema de ventilación les refrescase la piel, mientras iban dando sorbos del té tibio y dulzón que contenían sus botellas.

Ambos habían nacido el mismo día de 1898, y les faltaban seis meses para cumplir los dieciséis años. La diferencia en su desarrollo físico, tan embarazosa para Billy cuando este tenía trece años, había desaparecido por completo; ahora los dos eran unos muchachos de espalda ancha y brazos musculosos, que se afeitaban una vez a la semana a pesar de que en realidad no lo necesitaban. Iban vestidos únicamente con pantalones cortos y con botas, y tenían el cuerpo tiznado de negro con una mezcla de sudor y carbonilla. Bajo la tenue luz de la lámpara, ambos brillaban como si fueran sendas estatuas de ébano de un dios pagano. Tan solo las gorras estropeaban el efecto.

El trabajo era duro, pero ya estaban acostumbrados. No se quejaban del dolor de espalda y las articulaciones, como hacían los mineros más viejos. Transpiraban energía por los cuatro costados, y en sus días libres también se dedicaban a actividades igual de agotadoras, como jugar a rugby, cavar parterres o incluso boxear a puño limpio en el granero que había detrás del pub Two Crowns.

Billy no había olvidado su iniciación tres años antes y, de hecho, aún bullía de indignación cada vez que recordaba aquel día. Había jurado entonces que jamás maltrataría a los chicos nuevos. Ese mismo día, sin ir más lejos, le había advertido al pequeño Bert Morgan: «No te extrañe si los hombres te gastan alguna jugarreta. Puede que te dejen a oscuras durante una hora o alguna tontería parecida. A las mentes obtusas solo se les ocurren mezquindades». Los mineros mayores de la jaula lo fulminaron con la mirada, pero él se la sostuvo: sabía que tenía razón, y ellos también.

En aquella ocasión, tras la novatada sufrida por Billy, su madre se había puesto aún más furiosa que él.

—Dime —le había dicho al padre del chico, de pie en medio de la sala de estar con los brazos en jarras y los ojos negros enfebrecidos ante la injusticia—, ¿cómo se sirve a la voluntad de Dios torturando a unos chiquillos?

—Tú no lo entiendes. Eres una mujer —le había contestado, una respuesta nada propia de él.

Billy pensaba que el mundo en general, y la mina de Aberowen en particular, serían mejores lugares si todos los hombres llevasen una vida temerosa de Dios. Tommy, cuyo padre era ateo y discípulo de Karl Marx, creía que el sistema capitalista no tardaría en destruirse a sí mismo, con algo de ayuda de una clase obrera revolucionaria. Los dos chicos siempre acababan discutiendo acaloradamente, pero seguían siendo muy amigos.

—No es propio de ti trabajar un domingo —dijo Tommy.

Era verdad. En la mina se estaban haciendo turnos extraordinarios para poder hacer frente a la demanda de carbón pero, por deferencia a la religión, la compañía Celtic Minerals había convertido en optativos los turnos dominicales. Sin embargo, Billy estaba trabajando pese a su devoción al día de descanso religioso.

—Creo que el Señor quiere que tenga una bicicleta —dijo.

Tommy se echó a reír, pero Billy no bromeaba. La Iglesia de Bethesda había abierto un templo hermano en una aldea a dieciséis kilómetros de distancia, y Billy era uno de los miembros de la congregación de Aberowen que se había ofrecido voluntario para atravesar la montaña cada dos domingos para impulsar el nuevo templo. Si tuviese una bicicleta, podría ir también las noches de entre semana y ayudar a organizar clases de Biblia o asambleas de oración. Había discutido aquel plan con los miembros del consejo del templo y todos habían acordado de manera unánime que el Señor aprobaría que Billy trabajase el día de descanso dominical durante unas pocas semanas.

Billy estaba a punto de explicarle aquello a su amigo cuando el suelo empezó a temblar, se oyó un estrépito ensordecedor, como si fuese el fin del mundo, y un viento huracanado le arrancó la botella de té de las manos.

Fue como si se le parara el corazón. Recordó de pronto que estaba a un kilómetro bajo tierra, con millones de toneladas de roca y estratos minerales encima de su cabeza, sostenidas tan solo por unos pocos puntales de madera.

—¿Se puede saber qué cuernos ha sido eso? —preguntó Tommy con voz asustada.

Billy se levantó de un salto, temblando de miedo. Alzó la lámpara y miró a uno y otro lado de la galería. No vio ninguna llama, ni desprendimientos de tierra, ni siquiera más polvo del habitual. Cuando cesaron las reverberaciones, no se oía ningún ruido.

—Ha sido una explosión —dijo con voz trémula.

Era la pesadilla de todo minero, su mayor miedo. Cualquier desprendimiento de una roca podía provocar la súbita emisión de grisú, o incluso un minero que estuviese golpeando con el pico la grieta de un filón. Si nadie percibía las señales de advertencia, o sencillamente, si la concentración se incrementaba con demasiada rapidez, el gas inflamable podía prender fuego con la chispa de la pezuña de un poni, o con el timbre eléctrico de una jaula, o por culpa de algún minero estúpido que, infringiendo el reglamento de seguridad, decidiese encender su pipa.

—Pero ¿dónde? —inquirió Tommy.

—Debe de ser abajo, en el nivel principal... por eso nos hemos librado.

—Que Dios nos asista.

—Lo hará —dijo Billy, y el terror que sentía empezó a ceder—. Sobre todo si nos ayudamos a nosotros mismos. —No había ni rastro de los dos mineros para los que los muchachos habían estado trabajando, quienes se habían ido a disfrutar de su tiempo de descanso a la sección de Goodwood. Ahora les correspondía a Billy y a Tommy tomar sus propias decisiones—. Será mejor que vayamos al pozo.

Se vistieron, se engancharon las lámparas a los cinturones y corrieron al pozo ascendente, llamado Píramo. El embarcador de turno, a cargo del funcionamiento de la jaula, era Dai Chuletas.

—¡La jaula no sube! —exclamó, presa del pánico—. ¡Estoy llamándola y llamándola sin parar!

El miedo de aquel hombre era contagioso, y Billy tuvo que hacer un gran esfuerzo por dominar su propio pánico. Al cabo de un momento, preguntó:

—¿Qué hay del teléfono? —El operario se comunicaba con su compañero en la superficie a través de las señales de un timbre eléctrico, pero hacía poco tiempo que habían instalado aparatos de teléfono en ambos niveles, conectados con el despacho del capataz de la mina, Maldwyn Morgan.

—No contestan —dijo Dai.

—Volveré a intentarlo. —El teléfono estaba acoplado a la pared que había junto a la jaula. Billy lo descolgó y accionó la manivela—. ¡Vamos, vamos!

Respondió una voz temblorosa.

—¿Diga? —Era Arthur Llewellyn, el secretario del capataz.

—¡Manchas, soy Billy Williams! —gritó Billy al aparato—. ¿Dónde está el señor Morgan?

—No está aquí. ¿Qué ha sido ese estruendo?

—¡Una explosión en la mina, idiota! ¿Dónde está el jefe?

—Se ha ido a Merthyr —contestó el Manchas lastimeramente.

—Pero ¿por qué se ha ido…? Bueno, no importa, olvídalo. Te diré lo que tienes que hacer. ¿Me estás escuchando?

—Sí. —Ahora la voz sonaba más fuerte.

—En primer lugar, envía a alguien a la iglesia metodista y dile a Dai el Llorica que reúna a su cuadrilla de rescate.

—De acuerdo.

—Luego telefonea al hospital y diles que envíen una ambulancia a la bocamina.

—¿Hay alguien herido?

—Seguro que sí, con una explosión como esa… Tercero, que todos los hombres vayan al cobertizo de limpieza del carbón para sacar mangueras para el fuego.

—¿Fuego?

—El polvo estará en llamas. Cuarto, llama a la comisaría de policía y dile a Geraint que ha habido una explosión. Él telefoneará a Cardiff.

—A Billy no se le ocurría nada más—. ¿De acuerdo?

—De acuerdo, Billy.

Billy colgó el aparato. No estaba seguro de lo eficaces que serían sus instrucciones, pero hablar con Llewellyn le había servido para serenarse y poder pensar con claridad.

—Habrá heridos en el nivel principal —le dijo a Dai Chuletas—. Tenemos que bajar ahí.

—No podemos —repuso Dai—. La jaula no está aquí.

—Hay una escalera en la pared del pozo, ¿no?

—¡Pero si son doscientos metros!

—Bueno, es que si fuese un cobardica no me habría hecho minero, ¿no crees? —Hablaba con valentía, aunque en el fondo estaba asustado.

La escalera del pozo no se usaba casi nunca, por lo que podía estar en muy malas condiciones. Un resbalón o un travesaño roto podía hacer que cayese al vacío y se matase.

Dai abrió la verja con un ruido metálico. El pozo estaba revestido de ladrillo y olía a moho y humedad. Un saliente estrecho recorría horizontalmente el perímetro del revestimiento, al otro lado de la estructura donde se encajaba la jaula de madera. Había una escalera de hierro sujeta por abrazaderas que se adherían al ladrillo por medio de cemento. Las frágiles barandillas laterales y los estrechos peldaños no inspiraban demasiada confianza. Billy vaciló un momento, arrepintiéndose de su impulsivo y temerario arranque. Sin embargo, echarse atrás ahora sería demasiado humillante, de modo que inspiró hondo, rezó una oración en silencio y a continuación, se encaramó al saliente.

Lo recorrió hasta alcanzar el pie de la escalera. Se limpió las manos en los pantalones, se agarró a las barandillas laterales y puso los pies en los peldaños.

Comenzó el descenso. El hierro tenía un tacto áspero y rugoso, y el óxido se desprendía y se le quedaba adherido a las manos. En algunos puntos, las abrazaderas estaban sueltas, y la escalera se tambaleaba de forma inquietante bajo sus pies. La lámpara que le colgaba del cinturón emitía luz suficiente para iluminar los peldaños que tenía inmediatamente debajo, pero no el fondo del pozo, aunque no sabía si lamentarlo o agradecerlo.

Por desgracia, el descenso le dio tiempo para pensar. Repasó todas las formas posibles en que podía morir un minero; la muerte a consecuencia de la propia explosión era un final misericordiosamente rápido para los más afortunados. El metano, al arder, producía un dióxido de carbono asfixiante al que los mineros llamaban «mofeta».

Muchos de ellos quedaban atrapados en los desprendimientos de roca, e incluso llegaban a perecer desangrados antes de que acudiesen los equipos de rescate. Algunos morían de sed, cuando sus compañeros se hallaban apenas a unos pocos metros de ellos, tratando desesperadamente de abrir un túnel entre los escombros.

De pronto, sintió la necesidad imperiosa de regresar, de volver a subir los peldaños en lugar de adentrarse en aquella cueva de destrucción y de caos... pero no podía hacerlo, sabiendo que Tommy bajaba justo encima de él, siguiéndolo hacia el abismo.

—¿Estás ahí, Tommy? —gritó.

Oyó la voz de su amigo sobre él.

—¡Sí!

Aquello logró refortalecerle el ánimo. Empezó a bajar más rápido, recuperando la confianza y la seguridad en sí mismo. No tardó en ver una luz y, al poco, oyó también unas voces. A medida que se iba aproximando al nivel principal, empezó a percibir el olor a humo.

A continuación oyó unos ruidos espeluznantes, unos chillidos y unos golpes, y trató por todos los medios de descifrar su significado. Aquello estuvo a punto de minar toda su confianza, pero decidió serenarse y hacer acopio de todo su valor: tenía que haber alguna explicación racional. Segundos más tarde se dio cuenta de que estaba oyendo los relinchos aterrorizados de los ponis y el sonido que hacían al golpear los costados de madera de los cajones donde estaban encerrados, desesperados por escapar de allí. El hecho de saber de dónde procedía no hacía que aquel ruido resultara más tranquilizador, sino que se sentía exactamente igual que los animales.

Llegó al nivel principal, avanzó a gatas por el saliente de ladrillo, abrió la verja desde dentro y aterrizó de un salto en el suelo enfangado. La escasa luz subterránea era aún menos nítida por el efecto del humo, pero veía los túneles principales.

El embarcador de la parte inferior del pozo era Patrick O'Connor, un hombre de mediana edad que había perdido una mano en un derrumbe. De profundas convicciones católicas, todos lo conocían por el inevitable apodo de Pat el Papa. Lo miró sin dar crédito a lo que veían sus ojos.

—¡Billy de Jesús! —exclamó—. ¿De dónde carajo sales tú?

—Del filón de los cuatro pies —respondió Billy—. Hemos oído la explosión.

Tommy apareció en ese momento detrás de Billy y dijo:

—¿Qué ha pasado, Pat?

—Creo que la explosión debe de haber sido en el otro extremo de este nivel, en Tisbe —dijo Pat—. El ayudante del capataz y los demás han ido a ver qué ha pasado. —Hablaba en tono tranquilo, pero había un brillo de desesperación en su mirada.

Billy se aproximó al teléfono y accionó la manivela. Al cabo de un momento, oyó la voz de su padre.

—Williams al aparato, ¿quién es?

Billy no se paró a preguntarse por qué un representante sindical estaba respondiendo al teléfono del capataz de la mina; en una emergencia, podía pasar cualquier cosa.

—Papá, soy yo, Billy.

—Gracias a Dios Todopoderoso... ¡estás bien! —exclamó su padre, con la voz quebrada. Acto seguido, volvió a recobrar su entereza habitual—. Cuéntame lo que sabes, muchacho.

—Tommy y yo estábamos en el filón de los cuatro pies. Hemos bajado por Píramo hasta el nivel principal. Creemos que la explosión ha sido por la zona de Tisbe, y hay algo de humo, no mucho, pero la jaula no funciona.

—El mecanismo del cabrestante ha quedado dañado por la onda expansiva ascendente —dijo el padre con voz serena—, pero estamos tratando de repararlo y estará arreglado dentro de unos minutos. Procura reunir al máximo número de hombres en el fondo del pozo para que podamos empezar a subirlos en cuanto la jaula vuelva a funcionar.

—De acuerdo.

—El pozo Tisbe ha quedado completamente inutilizado, así que asegúrate de que nadie intenta escapar por ahí, porque podrían quedar atrapados por el fuego.

—Es verdad.

—Hay aparatos respiradores de oxígeno en la puerta de la oficina de los ayudantes.

Billy ya lo sabía, pues se trataba de una innovación reciente, reclamada por el sindicato y obligatoria tras la aprobación de la Ley de Minas de Carbón de 1911.

—El aire no está contaminado ahora mismo —dijo.

—Puede que no donde te encuentras tú, pero más adentro puede estar peor.

—Tienes razón. —Billy colgó el aparato.

Repitió a Tommy y a Pat lo que había dicho su padre. Pat señaló una hilera de armarios nuevos.

—La llave debería estar en la oficina.

Billy corrió a la oficina de los ayudantes del capataz, pero no vio ninguna llave. Supuso que alguien debía de llevarlas colgadas del cinturón. Miró de nuevo la hilera de armarios, cada uno de ellos con una etiqueta donde se leía: APARATO RESPIRADOR. Estaban hechos de hojalata.

—¿Hay alguna palanqueta, Pat? —dijo.

El operario tenía una caja de herramientas para reparaciones de poca envergadura, y le dio un destornillador de aspecto resistente. Billy abrió rápidamente el primer armario.

Estaba vacío.

Billy se quedó boquiabierto, incrédulo.

—¡Nos han engañado! —exclamó Pat.

—Cerdos capitalistas... —murmuró Tommy.

Billy abrió otro armario, que también resultó estar vacío. Abrió los demás con brutalidad furiosa, ansioso por denunciar la falta de escrúpulos de Celtic Minerals y Perceval Jones.

—Ya nos las arreglaremos sin ellos —dijo Tommy, que estaba impaciente por ponerse en marcha.

Sin embargo, Billy trataba de decidir cuáles eran las mejores opciones. Dirigió la vista hacia la vagoneta de incendios, el penoso sucedáneo que la dirección de la mina había encontrado para paliar la falta de un camión de bomberos en condiciones: una vagoneta llena de agua equipada con una bomba manual. No era inútil del todo, porque Billy la había visto en funcionamiento después de lo que los mineros llamaban un «destello», cuando una pequeña cantidad de grisú entraba en combustión, brevemente, y se arrojaban todos al suelo. El destello a veces incendiaba el polvo de carbón de las paredes de la galería, que entonces debían ser rociadas con agua.

—Nos llevaremos la vagoneta de incendios —le propuso a Tommy.

Ya estaba en los raíles, y los dos lograron empujarla para hacerla avanzar. A Billy se le pasó por la cabeza engancharle un poni delante, pero luego decidió que eso les haría perder tiempo, sobre todo teniendo en cuenta que los animales estaban aterrorizados.

Pat el Papa dijo:

—Mi hijo, Micky, está trabajando en la sección de Marigold, pero no puedo ir a buscarlo, tengo que quedarme aquí. —Su cara era el vivo reflejo de la desesperación, pero en caso de emergencia, el embarcador debía permanecer junto al pozo, era una regla inquebrantable.

—Haré todo lo que pueda por encontrarlo —le prometió Billy.

—Gracias, chico.

Los dos muchachos empujaron la vagoneta por la vía principal. Las vagonetas no iban equipadas con frenos, sino que los conductores las detenían colocando una pesada cuña de madera en los radios de las ruedas. Las vagonetas sueltas, que circulaban sin control, habían causado muchas muertes e innumerables heridas entre los mineros.

—No vayamos muy rápido —dijo Billy.

Ya llevaban recorrido medio kilómetro del interior del túnel cuando advirtieron que se elevaba la temperatura y el humo se espesaba. No tardaron en oír voces. Siguiendo la trayectoria del sonido, enfilaron hacia el ramal de una galería. Saltaba a la vista que era un filón en pleno proceso de explotación, pues, a uno y otro lado y a intervalos regulares, Billy vislumbró las entradas de los lugares de trabajo de los hombres, a los que solían llamar puertas, pero que a veces eran simples agujeros. Cuando el ruido empezaba a hacerse más intenso, dejaron de empujar la vagoneta y miraron hacia delante.

El túnel estaba en llamas, y el fuego lamía con furia las paredes y el suelo. Había un puñado de hombres a un lado del incendio, con la silueta recortada contra el resplandor como las almas de los condenados en el infierno. Uno de ellos llevaba una manta en la mano y golpeaba con ella un cúmulo de maderas para extinguir el fuego, sin éxito. Otros hombres gritaban, pero nadie atendía sus gritos. A lo lejos, apenas visible, había un tren de vagonetas. El humo estaba impregnado de una extraña pestilencia a carne asada, y Billy se dio cuenta, con una sensación de náusea, de que el olor seguramente provenía del poni que tiraba de las vagonetas.

Billy habló con uno de los hombres.

—¿Qué pasa?

—Hay compañeros atrapados en sus puertas… pero no podemos llegar hasta ellos.

Billy vio que el hombre que había contestado era Rhys Price. Con razón allí nadie hacía nada…

—Hemos traído la vagoneta de incendios —anunció.

Otro minero se volvió hacia él y Billy se sintió aliviado al comprobar que era John Jones el Tendero, un hombre mucho más sensato.

—¡Buen trabajo! —exclamó—. Acabemos con este maldito infierno a golpes de manguera.

Billy extendió la manguera mientras Tommy conectaba la bomba. Billy dirigió el chorro de agua al cielo del túnel, para que el agua resbalase por las paredes. No tardó en percatarse de que el sistema de ventilación de la mina, que bajaba por Tisbe y subía por Píramo, estaba empujando las llamas y el humo hacia él. En cuanto tuviera ocasión, les diría a los operarios que había en la superficie que invirtiesen el sentido de los ventiladores. Según la normativa, los aparatos de ventilación reversibles eran ya obligatorios en cualquier explotación minera, otro de los requisitos promulgados por la ley de 1911.

Pese a las dificultades, el fuego empezó a ceder y Billy pudo ir avanzando muy lentamente. Al cabo de un minuto, en la puerta más cercana el fuego ya se había extinguido por completo, y dos mineros salieron corriendo de inmediato, respirando el aire relativamente limpio del túnel. Billy reconoció a los hermanos Ponti, Giuseppe y Giovanni, conocidos como Joey y Johnny.

Algunos de los hombres se precipitaron en el interior de la puerta. John Jones salió con el cuerpo desfallecido de Dai Ponis, el encargado de los caballos, aunque Billy no sabía apreciar si estaba muerto o simplemente había perdido el conocimiento.

—Hay que llevarlo a Píramo, no a Tisbe —le dijo.

—¿Quién eres tú para ir dando órdenes, Billy de Jesús? —lo increpó Price.

Pero Billy no pensaba perder el tiempo discutiendo con Price. Se dirigió a Jones.

—He hablado por teléfono con la superficie. Tisbe ha quedado muy afectado por la explosión, pero la jaula de Píramo pronto estará en funcionamiento. Me han dicho que les diga a todos que se dirijan a Píramo.

—De acuerdo, se lo diré a los demás —contestó Jones, y se fue.

Billy y Tommy siguieron combatiendo el incendio, apagando las llamas de distintas puertas y rescatando a más hombres atrapados. Algunos sangraban, otros presentaban quemaduras por todo el cuerpo y unos cuantos habían sufrido heridas a causa del desprendimiento de las rocas. Quienes podían caminar acarreaban a los muertos y a las víctimas de heridas graves en una lúgubre procesión.

El agua se terminó demasiado pronto.

—Volveremos a empujar la vagoneta y la llenaremos con el agua que hay en el fondo del pozo —sugirió Billy.

Regresaron juntos, corriendo. La jaula seguía sin funcionar, y ya había aproximadamente una docena de mineros esperando, así como varios cuerpos en el suelo, algunos profiriendo alaridos de dolor, otros inquietantemente inmóviles. Mientras Tommy llenaba la vagoneta con agua manchada de barro, Billy se dirigió al teléfono. De nuevo fue su padre quien contestó la llamada.

—El cabrestante volverá a funcionar dentro de cinco minutos —dijo—. ¿Cómo van las cosas ahí abajo?

—Hemos sacado a algunos muertos y malheridos de las puertas. Envía vagonetas llenas de agua en cuanto puedas.

—¿Cómo estás tú?

—Yo estoy bien. Escucha, papá, deberías invertir el sentido de la ventilación. Haz que el aire circule hacia abajo por Píramo y que suba por Tisbe, eso alejará el humo y los gases de los equipos de rescate.

—No podemos hacerlo —repuso su padre.

—Pero… ¡es la ley! ¡La ventilación de la mina tiene que ser reversible!

—Perceval Jones les contó a los inspectores una historia lacrimógena y le han dado otro año de plazo para modificar la estructura.

Billy habría blasfemado como un poseso si su padre no hubiese estado al otro lado del teléfono.

—¿Y si enciendes los aspersores? ¿Puedes hacerlo?

—Sí, eso sí podemos hacerlo —contestó su padre—. ¿Por qué no se me habrá ocurrido antes? —Se estaba dirigiendo a otra persona.

Billy colgó el aparato. Ayudó a Tommy a llenar la vagoneta, turnándose en el manejo de la bomba manual. Tardaba tanto en llenarse como en vaciarse. La procesión de hombres que acudían desde la sección afectada por el incendio empezó a menguar a medida que el fuego seguía campando a sus anchas. Por fin lograron llenar el vagón hasta su capacidad máxima y emprendieron el regreso.

Los aspersores se habían puesto en marcha, pero cuando Billy y Tommy llegaron al lugar del incendio, descubrieron que el chorro de agua que caía de la estrecha cañería superior era demasiado débil para extinguir las llamas. Pese a todo, John Jones había conseguido organizar a los hombres: los supervivientes que habían resultado ilesos debían permanecer a su lado, mientras que enviaba a los heridos capaces de caminar al pozo. En cuanto Billy y Tommy hubieron conectado la manguera, la agarró él mismo y ordenó a otro hombre que empezara a bombear.

—¡Vosotros dos volved y traed otra vagoneta de agua! Así podemos seguir trabajando con la manguera —dijo.

—De acuerdo —convino Billy, pero antes de dar media vuelta, hubo algo que captó su atención: una figura se dirigía corriendo hacia él, atravesando la cortina de fuego, con la ropa en llamas—. ¡Dios santo! —exclamó Billy, horrorizado. Ante su mirada desolada, la figura se tambaleó y cayó al suelo.

—¡Apúntame con la manguera! —gritó Billy a Jones y, sin aguardar respuesta, echó a correr en dirección al túnel.

Sintió que un chorro de agua le golpeaba la espalda. El calor era insoportable; le dolía la cara y le ardía la ropa. Agarró al hombre tendido en el suelo por debajo de los brazos y tiró de él, corriendo marcha atrás. No le veía la cara, pero podía ver que se trataba de un muchacho de su misma edad.

Jones seguía manteniendo la manguera enfocada hacia Billy, sin apartarla de él, empapándole el pelo, la espalda y las piernas, pero la parte delantera de su cuerpo estaba completamente seca, y el joven percibió el olor de su propia piel chamuscándose. Chilló de dolor, pero logró sujetar con fuerza al muchacho inconsciente. Un segundo después, ya había salido de la zona del incendio. Se volvió hacia Jones y dejó que le remojara por completo; el agua que le corría por la cara era como una bendición porque, a pesar de que seguía doliéndole, el dolor era soportable.

Jones roció con agua al hombre que yacía en el suelo. Billy le dio la vuelta y vio que se trataba de Michael O'Connor, conocido como Micky el Papa, el hijo de Pat. Este le había pedido a Billy que mantuviera los ojos abiertos por si veía a su hijo.

—Jesús misericordioso, ten piedad de Pat —dijo Billy.

Se agachó y recogió a Micky. El cuerpo estaba inerte y sin fuerzas.

—Lo llevaré al pozo —anunció.

—De acuerdo —dijo Jones, mirando a Billy con una expresión extraña—. Llévalo allí, hijo.

Tommy acompañó a Billy. Este se sentía un poco mareado, pero todavía podía cargar con Micky en brazos. En la galería principal encontraron un equipo de rescate con un poni que tiraba de un pequeño tren de vagones llenos de agua. Debían de venir de la superficie, lo que

significaba que la jaula funcionaba y que el rescate ya se estaba realizando de forma organizada, razonó Billy con cansancio.

Tenía razón. Cuando llegó al pozo, la jaula acababa de abrirse de
nuevo y de ella salieron más equipos de rescate vestidos con ropa protectora y más vagonetas llenas de agua. Cuando los recién llegados se
hubieron dispersado, dirigiéndose al foco del incendio, los heridos empezaron a subir a bordo de la jaula, transportando a los muertos y a los
mineros inconscientes.

Cuando Pat el Papa envió la jaula hacia arriba, Billy se acercó a él,
con Micky en brazos.

Pat miró a Billy con expresión aterrorizada, negando con la cabeza, como si con aquel gesto pudiese impedir lo inevitable.

—Lo siento mucho, Pat —dijo Billy.

Pat no quería mirar aquel cuerpo.

—No —dijo—. Ese no es mi Micky.

—Lo saqué del fuego —explicó Billy—, pero ya era demasiado tarde, eso es todo. —Y en ese momento, rompió a llorar.

VI

La cena había sido un gran éxito, en todos los sentidos. Bea estuvo de
un humor extraordinario, y aseguró que, si por ella fuese, celebraría
una recepción real todas las semanas. Fitz acudió a su cama y, tal como
él esperaba, ella lo recibió con los brazos abiertos. Se quedó allí hasta
la mañana siguiente, cuando se escabulló de la habitación justo antes
de que Nina llegase con el té.

El conde temía que el debate entre los hombres hubiese sido demasiado controvertido para una cena real, pero no tenía por qué preocuparse. El rey le dio las gracias durante el desayuno:

—Una discusión fascinante, muy reveladora, justo lo que quería.
—Y Fitz se sintió muy orgulloso de sí mismo.

Reflexionando sobre el tema mientras daba unas chupadas a su cigarro de después del desayuno, Fitz descubrió que, en el fondo, la idea
de entrar en guerra no le disgustaba. La noche anterior, movido por
una especie de acto reflejo, la había calificado de tragedia, cuando lo
cierto era que no sería una mala cosa del todo. La guerra lograría unir
a toda la nación contra un enemigo común y sofocaría las hogueras del

malestar social. Ya no habría más huelgas, y todo el mundo consideraría hablar de republicanismo como un gesto antipatriótico. Puede que hasta las mujeres dejaran de exigir el sufragio. Y en el aspecto más personal, tenía que confesar que le atraía la perspectiva de una guerra, pues sería su oportunidad de ser útil, de demostrar su valor, de servir a su país, de hacer algo a cambio de las riquezas y los privilegios con los que se había visto colmado durante toda su vida.

La noticia de la explosión en la mina, que llegó a media mañana, vino a agriar el buen sabor de boca que había dejado la recepción. Solo uno de los invitados se acercó hasta Aberowen, Gus Dewar, el norteamericano. No obstante, todos tenían la sensación, muy poco habitual para ellos, de estar lejos del centro de atención. Sobre el almuerzo planeó continuamente un ambiente sombrío y lúgubre, y los actos de entretenimiento de la tarde quedaron cancelados. Fitz temía que el rey estuviese disgustado con él, a pesar de que el conde nada tenía que ver con el funcionamiento de la mina. No era director ni accionista de Celtic Minerals, sino que se limitaba a ceder en concesión los derechos de explotación a la empresa, que le pagaba una regalía por tonelada, de modo que estaba seguro de que ninguna persona razonable podía responsabilizarlo por lo ocurrido. Aun así, la nobleza no podía entregarse a pasatiempos mundanos y frívolos mientras había hombres atrapados en el subsuelo, en especial cuando el rey y la reina se hallaban de visita en la zona. Eso significaba que leer y fumar eran las únicas actividades que estaban permitidas. Sin duda la pareja real se aburriría soberanamente.

Fitz estaba muy enfadado. Los hombres morían a todas horas: soldados que perecían en el campo de batalla, marineros que se hundían con sus barcos, trenes que sufrían accidentes, hoteles llenos de huéspedes que se incendiaban hasta quedar reducidos a cenizas... ¿Por qué tenía que ocurrir una catástrofe en la mina justo cuando el rey pasaba unos días de descanso en su casa?

Poco antes de la cena, Perceval Jones, alcalde de Aberowen y director de Celtic Minerals, llegó a la mansión para informar al conde de lo ocurrido y Fitz le preguntó a sir Alan Tite si creía que al rey le gustaría asistir al relato del director de la compañía. «Por supuesto que sí», fue la respuesta, y Fitz se sintió aliviado; así al menos el monarca tendría algo que hacer.

Los hombres se reunieron en la pieza de recibo, un espacio informal con sillas de tapicería suave, macetas de palmeras y un piano. Jones llevaba el mismo frac negro que sin duda se habría puesto para ir a la iglesia esa mañana. Un hombre menudo y pretencioso, parecía un pájaro pavoneándose, ataviado con aquel chaleco cruzado gris.

El rey iba vestido con traje de etiqueta.

—Está bien que haya venido —dijo sin más preámbulos.

—Tuve el honor de estrechar la mano de Su Majestad en 1911 —dijo Jones—, cuando vino a Cardiff para la investidura del príncipe de Gales.

—Me alegro de que volvamos a vernos, aunque lamento que sea en tan dramáticas circunstancias —repuso el rey—. Cuénteme lo sucedido en un lenguaje sencillo, como si se lo estuviera relatando a uno de sus compañeros directores mientras están sentados tranquilamente tomando una copa en su club.

«Muy inteligente», pensó Fitz, pues ayudaba a crear el ambiente adecuado... a pesar de que nadie le había ofrecido ninguna copa a Jones y el rey no le había invitado a sentarse.

—Su Majestad es muy amable. —Jones hablaba con acento de Cardiff, más marcado que la entonación de los valles—. Había doscientos veinte hombres en el interior de la mina cuando tuvo lugar la explosión, una cifra inferior al número habitual, porque se trata del turno especial de los domingos.

—¿Conoce la cifra exacta? —preguntó el rey.

—Oh, sí, majestad, anotamos el nombre de todos los hombres que bajan al pozo.

—Perdone la interrupción. Por favor, prosiga.

—Los dos pozos han resultado dañados, pero los equipos de extinción de incendios han logrado controlar el fuego, con ayuda de nuestro sistema de aspersión, y han evacuado a los hombres. —Consultó su reloj—. Según el último recuento, hace dos horas, han sido rescatados doscientos quince.

—Parece que ha logrado hacer frente a la emergencia con mucha eficacia, Jones.

—Muchas gracias, majestad.

—¿Están los doscientos quince vivos?

—No, señor. Ocho han muerto, y otros cincuenta tienen heridas de consideración. Van a necesitar un médico.

—Santo cielo... —exclamó el rey—. Cuánto lo siento...

Mientras Jones explicaba las medidas que se estaban tomando para localizar y rescatar a los cinco mineros restantes, Peel se deslizó en la habitación y se acercó a Fitz. El mayordomo iba ataviado con el uniforme vespertino, listo para servir la cena. Hablando en voz muy baja, dijo:

—Por si resulta de su interés, milord...

—¿Qué? —susurró Fitz.

—La doncella Williams acaba de regresar de la bocamina. Al parecer, su hermano ha actuado como una especie de héroe. ¿Cree el señor que al rey le gustaría oír la historia de sus propios labios...?

Fitz se quedó pensativo un momento. Williams estaría muy alterada, y cabía la posibilidad de que dijese algo inconveniente en presencia del monarca. Por otra parte, al rey seguro que le gustaría hablar con alguien afectado directamente por la tragedia. Decidió correr el riesgo.

—Majestad —dijo—: una de mis sirvientas acaba de regresar de la mina y puede que traiga noticias más recientes. Su hermano se encontraba en el interior del pozo cuando se produjo la explosión. ¿Desea interrogarla?

—Sí, sí, por supuesto —contestó el rey—. Que venga aquí, por favor.

Al cabo de un momento, Ethel Williams entró por la puerta. Tenía el uniforme manchado de polvo de carbón, pero se había lavado la cara. Hizo una reverencia y el rey preguntó:

—¿Cuáles son las últimas noticias?

—Majestad, hay cinco hombres atrapados en la sección de Carnation a causa de un derrumbe. El equipo de rescate está abriéndose paso entre los escombros, pero todavía no han podido extinguir el fuego.

Fitz advirtió que la actitud del monarca hacia Ethel era algo distinta. Si apenas había mirado a Perceval Jones y se había dedicado a tamborilear con el dedo en el brazo de la silla mientras lo escuchaba, a Ethel, en cambio, la miraba fijamente, y parecía mucho más interesado en ella. Con un tono de voz más grave, preguntó:

—¿Qué dice su hermano?

—La explosión de grisú prendió fuego al polvo de carbón, y eso es lo que está ardiendo. El fuego sorprendió a muchos de los hombres en sus lugares de trabajo, y algunos han muerto asfixiados. Mi hermano y los demás no han podido salvarles la vida porque en la mina no había aparatos de respiración.

—Eso no es cierto —protestó Jones.

—Pues yo tengo entendido que sí —lo contradijo Gus Dewar.

93

Como siempre, el estadounidense se mostraba un poco retraído, pero hizo un esfuerzo por hablar en tono insistente—. He hablado con algunos de los hombres que salían del pozo y me han contado que parece ser que los armarios marcados con el cartel de «aparato respirador» estaban vacíos. —Su tono era de indignación contenida.

Ethel Williams intervino:

—Y no han podido apagar el fuego porque no había agua suficiente en los depósitos subterráneos del interior de la mina. —En sus ojos destellaba un brillo furioso que Fitz encontraba absolutamente irresistible, y el conde sintió cómo se le aceleraba el corazón.

—¡Pero si hay un camión de bomberos! —se defendió Jones.

Gus Dewar volvió a hablar.

—Una vagoneta de carbón llena de agua y una bomba de mano.

Ethel Williams siguió relatando los hechos.

—Deberían haber podido invertir el sentido de la ventilación, pero el señor Jones no ha modificado la maquinaria tal como exige la ley.

Jones parecía indignado.

—No se podía…

Fitz lo interrumpió:

—Tranquilícese, Jones, no estamos ante ninguna comisión de investigación; Su Majestad solo pretende obtener las impresiones de la gente.

—En efecto —dijo el rey—, pero hay una cuestión acerca de la cual tal vez podría usted aconsejarme, Jones.

—Será para mí un honor…

—Tenía previsto visitar Aberowen y algunos de los pueblos de los alrededores mañana por la mañana, así como ir a verlo a usted en su ayuntamiento, pero dadas las circunstancias, una visita de la comitiva real, con toda su fastuosidad, por la comarca no me parece una idea muy oportuna.

Sir Alan, sentado detrás del hombro izquierdo del monarca, negó con la cabeza y murmuró:

—Imposible.

—Por otra parte —siguió diciendo el rey—, tampoco me parece adecuado marcharme sin dar ninguna muestra pública de mi preocupación ante el desastre. El pueblo podría pensar que nos resulta indiferente.

Fitz supuso que había discrepancias entre las intenciones del rey y los deseos de sus asistentes personales, quienes seguramente querían cancelar la visita, pensando que era la opción menos arriesgada, mientras que el rey sentía la necesidad de realizar algún gesto.

Se produjo un silencio mientras Perceval sopesaba las ventajas y los inconvenientes del asunto.

Cuando al fin habló, se limitó a decir:

—Es una cuestión peliaguda.

Ethel Williams intervino entonces.

—¿Podría hacer una sugerencia?

Peel se mostró horrorizado.

—¡Williams! —exclamó—. ¡Habla solo cuando se dirijan a ti!

Fitz estaba estupefacto por la impertinencia de la doncella en presencia del rey, de modo que intentó conservar el tono tranquilo de su voz cuando dijo:

—Tal vez más tarde, Williams.

Sin embargo, el rey sonrió. Para alivio de Fitz, parecía muy impresionado con Ethel.

—No, no importa. Oigamos lo que esta jovencita tiene que proponernos —dijo.

Eso era todo cuanto Ethel necesitaba. Sin más preámbulos, le espetó:

—La reina y Su Majestad deberían visitar a las familias de los fallecidos. Nada de comitivas reales, solo un carruaje con caballos negros. Eso significaría mucho para ellas, y todo el mundo pensaría que es un soberano maravilloso. —Se mordió el labio y se quedó en silencio.

Esa última frase contravenía todas las normas del protocolo, pensó Fitz, angustiado; el rey no necesitaba que la gente pensase que era maravilloso.

Sir Alan estaba horrorizado.

—Nunca se ha hecho nada semejante —repuso, alarmado.

Pero el rey parecía intrigado ante aquella idea.

—Visitar a los familiares de los fallecidos... —dijo en tono reflexivo. Se volvió hacia su ayuda de cámara—. ¡Cielos! Me parece que eso es fundamental, Alan: acompañar a mi pueblo en su sufrimiento. Nada de comitiva real, solo un carruaje. —Se dirigió a la doncella—: Muy bien, Williams —dijo—. Gracias por darme su opinión.

Fitz lanzó un suspiro de alivio.

VII

Al final, hubo más de un carruaje, por supuesto. El rey y la reina iban delante con sir Alan y una dama de honor; Fitz y Bea los seguían en el segundo, junto al obispo, mientras que un puñado de sirvientes encima de una carreta tirada por un poni cerraba la comitiva. A Perceval Jones le habría gustado formar parte del séquito, pero Fitz rechazó semejante posibilidad. Tal como Ethel había señalado, al verlo, los familiares de los fallecidos se le habrían arrojado a la yugular.

Hacía mucho viento, y una lluvia fría azotaba el lomo de los caballos mientras recorrían al trote el largo camino de entrada de Tŷ Gwyn. Ethel ocupaba el tercer vehículo. Gracias al trabajo de su padre, la muchacha conocía a todas las familias mineras de Aberowen, y era la única persona de la mansión que sabía los nombres de las víctimas mortales y los heridos. Había dado instrucciones a los cocheros, y su labor consistiría en recordarle al ayuda de cámara del rey quién era quién. En ese momento, la doncella tenía los dedos cruzados; había sido idea suya, y si algo salía mal todos le echarían la culpa.

Cuando atravesaban las majestuosas puertas de hierro forjado, Ethel sintió una mezcla de desasosiego y desconcierto, como siempre, ante el súbito contraste. En el interior del recinto de la finca todo era orden, encanto y belleza, mientras que fuera se hallaba la monstruosidad del mundo real. Junto a la carretera se veía la hilera de casas de los labriegos, casuchas diminutas de dos habitaciones, con leños y cachivaches desperdigados por toda la parte delantera y un par de chiquillos sucios jugando en la cuneta. A pocos metros de allí empezaban las casas de los mineros, mejores que las viviendas de los campesinos pero anodinas y sin gracia pese a todo para el gusto estético de Ethel, mal acostumbrado por las proporciones perfectas de los ventanales, los tejados y los dinteles de Tŷ Gwyn. Los habitantes de aquellas zonas vestían ropas baratas que no tardaban en adquirir un aspecto informe y gastado, y estaban teñidas con tintes que enseguida perdían el color, de manera que todos los hombres iban con trajes grisáceos y las mujeres, con vestidos del mismo tono pardusco. El uniforme de doncella de Ethel era la envidia del vecindario por la cálida lana de la falda y la blusa de algodón almidonado, a pesar de que algunas de las muchachas se jactaban de que nunca serían capaces de rebajarse a trabajar como sirvientas. Sin embargo, la mayor diferencia estaba en las propias personas: fuera de Tŷ Gwyn todos tenían la piel llena de manchas, el pelo sucio y las uñas negras. Los hombres tosían, las mujeres se sorbían la nariz y todos los niños iban llenos de mocos. Los pobres recorrían cojeando o caminando con gran esfuerzo las mismas carreteras por las que los ricos transitaban con paso seguro y arrogante.

Los carruajes descendieron por la ladera de la colina en dirección a Mafeking Terrace. La mayoría de los habitantes del distrito abarrotaban las calles, esperando el paso de la comitiva, pero ninguno de ellos portaba ninguna bandera, y tampoco lanzaban vítores, sino que se limitaban a inclinar la cabeza y hacer una reverencia mientras la carroza real se detenía en la puerta del número 19.

Ethel bajó de un salto y habló en voz baja con sir Alan.

—Sian Evans, cinco hijos, ha perdido a su marido, David Evans, mozo de caballos. —También llamado Dai Ponis, Ethel lo había conocido en vida, pues era uno de los miembros del consejo de la Iglesia de Bethesda.

Sir Alan asintió con la cabeza y Ethel dio un paso atrás hábilmente mientras el ayuda de cámara le murmuraba la información al rey al oído. Ethel vio que Fitz la miraba y le hacía una seña de aprobación con la cabeza. La muchacha sintió que resplandecía de orgullo: estaba ayudando al rey... y el conde se mostraba muy contento con ella.

El rey y la reina se dirigieron a la puerta de la casa, cuya pintura se estaba descascarillando, pero el escalón se veía reluciente. «Nunca me habría imaginado algo así —se dijo Ethel—: el rey llamando a la puerta de la casa de un minero.» El monarca iba vestido con traje de etiqueta y sombrero de copa, pues Ethel había insistido a sir Alan diciéndole que a los habitantes de Aberowen no les gustaría ver a su rey luciendo la misma clase de traje de tweed que podían llevar ellos mismos.

La viuda acudió a abrir la puerta ataviada con sus mejores galas, tocada incluso con un sombrero. Fitz había sugerido que la visita del rey cogiese por sorpresa a los habitantes del valle, pero Ethel había desaconsejado esa posibilidad y sir Alan se había mostrado de acuerdo con ella. Durante una visita sorpresa a una familia destrozada por el dolor, la pareja real podría haberse encontrado con un puñado de hombres borrachos, mujeres semidesnudas y niños enzarzados en una pelea. Lo mejor era avisar de antemano a todo el mundo.

—Buenos días, soy el rey —dijo el monarca, levantándose el sombrero educadamente—. ¿Es usted la señora Evans?

La mujer pareció quedarse perpleja un momento, porque estaba más acostumbrada a que la llamasen señora de Dai Ponis.

—He venido a transmitirle cuánto lamento la pérdida de su marido, David —dijo el rey.

La señora de Dai Ponis estaba demasiado nerviosa para sentir alguna emoción.

—Muchas gracias —dijo con rigidez.

Ethel vio que la situación era demasiado formal: el rey estaba tan incómodo como la viuda, y ninguno era capaz de expresar lo que sentía realmente.

En ese momento, la reina tocó el brazo de la señora de Dai Ponis.

—Debe de ser muy duro para usted, querida —dijo.

—Sí, señora, lo es —respondió la viuda en un susurro, y acto seguido se echó a llorar.

La propia Ethel se secó una lágrima que le rodaba por la mejilla.

El rey se sentía incómodo, pero logró, pese a todo, estar a la altura, murmurando:

—Muy triste, muy triste…

La señora Evans lloraba desconsoladamente, pero parecía clavada al suelo, y ni siquiera volvió la cara. El dolor no tenía nada de elegante, se dijo Ethel: la cara de aquella mujer estaba colorada como un tomate, la boca abierta delataba que había perdido al menos la mitad de los dientes, y en sus sollozos se oía el aliento bronco de la desesperación.

—Llore, querida, llore —dijo la reina, al tiempo que le ofrecía su pañuelo—. Tenga, tome esto.

La señora de Dai Ponis no había cumplido todavía la treintena, pero tenía las enormes manazas hinchadas y llenas de bultos por la artritis, como si fuera una anciana. Se limpió la cara con el pañuelo de la reina, y poco a poco se fue calmando.

—Era un buen hombre, señora —dijo—. Nunca me puso la mano encima.

La reina no sabía qué decir de un hombre cuya principal virtud era que no pegaba a su mujer.

—Era amable hasta con sus ponis —añadió la señora Evans.

—Estoy convencida de que lo era —repuso la reina, pisando de nuevo terreno familiar.

Un niño pequeño salió del interior de la casa y se aferró a las faldas de su madre. El rey volvió a intentarlo.

—Tengo entendido que es madre de cinco hijos —dijo.

—Oh, señor, ¿y qué van a hacer los pobrecillos sin un padre?

—Es muy triste —repitió el rey.

Sir Alan emitió un carraspeo y el rey anunció:

—Ahora vamos a ir a ver a otras familias en la misma situación que la suya.

—Oh, señor, ha sido muy amable por venir aquí. No sabe cuánto significa eso para mí. Gracias, muchísimas gracias.

El rey se volvió para marcharse.

—Rezaré por usted esta noche, señora Evans —dijo la reina. Y a continuación siguió al rey.

Cuando subían al carruaje, Fitz entregó a la señora Evans un sobre en cuyo interior, tal como Ethel ya sabía, había cinco soberanos de oro y una nota escrita a mano en el papel de cartas azul con el escudo de Tŷ Gwyn, con la siguiente frase: «Es el deseo del conde Fitzherbert que acepte esto en señal de sus profundas condolencias».

Y aquello, también, había sido idea de Ethel.

VIII

Una semana después de la explosión, Billy acudió a la iglesia con su padre, su madre y el abuelo.

El templo de la Iglesia de Bethesda era una estancia encalada con las paredes desnudas, desprovistas de cuadros u otras imágenes religiosas. Las sillas estaban dispuestas en filas ordenadas a cada uno de los cuatro costados de una sencilla mesa sobre la que había una barra de pan blanco en una bandeja de porcelana de Woolworth y una jarra de jerez barato: el pan y el vino simbólicos. El oficio no recibía el nombre de «comunión» o «misa», sino sencillamente la «partición del pan».

Hacia las once de la mañana, la congregación formada por un centenar de fieles aproximadamente se hallaba sentada en sus asientos, los hombres vestidos con sus mejores trajes, las mujeres con la cabeza cubierta por sombreros y los niños bien lavados y aseados a conciencia, trasteando en las filas del fondo. No había ningún ritual preestablecido: los hombres harían lo que el Espíritu Santo les impulsase a hacer, como improvisar una oración, anunciar un himno, leer un pasaje de la Biblia o pronunciar un breve sermón. Las mujeres permanecerían en silencio, por supuesto.

Aunque, en la práctica, sí se seguían ciertas pautas: la primera oración siempre la pronunciaba uno de los miembros más veteranos de la comunidad, quien entonces partía el pan y pasaba la bandeja al siguiente. Cada uno de los miembros de la congregación, excepto los niños, tomaba un pequeño pedazo y se lo comía. A continuación, se pasaba el vino, y todos bebían de la jarra, las mujeres dando pequeños sorbos y algunos de los hombres echándose unos buenos tragos. Después, todos se mantenían callados hasta que alguien sentía la necesidad de hablar.

Cuando Billy le preguntó a su padre a qué edad podía empezar a participar activamente, tomando la palabra, en el oficio, este le contestó: «No hay ninguna regla establecida. Seguimos lo que nos dicta el Espíritu Santo». Billy aplicó aquello al pie de la letra. Si le venía a la cabeza la primera frase de algún himno en algún momento de la hora que duraba el servicio, el muchacho lo interpretaba como una señal del Espíritu Santo y se levantaba para anunciar el himno. Era precoz por hacer algo así a tan temprana edad, lo sabía, pero la congregación lo aceptaba de buena gana. La historia de que Jesús se le había aparecido durante su iniciación en la galería había corrido como la pólvora en la mitad de las iglesias de los valles mineros de Gales del Sur, y todos consideraban a Billy un chico especial.

Aquella mañana, todas las plegarias iban dirigidas al consuelo de los familiares de los fallecidos, en especial de la señora de Dai Ponis, que estaba allí sentada con el rostro cubierto por un velo, acompañada de su hijo mayor, que parecía asustado. El padre de Billy pidió a Dios generosidad del corazón para perdonar la maldad de los dueños de la mina por haber burlado las leyes sobre los equipos de respiración y los sistemas de ventilación reversible. Billy sintió que se olvidaba de algo; no bastaba con pedir consuelo, lo que él quería era ayuda para comprender cómo encajaba aquella explosión en los designios de Dios.

Nunca había improvisado una oración. Muchos de los hombres rezaban con frases grandilocuentes y citas de las Escrituras, casi como si estuviesen pronunciando un sermón. Billy, por su parte, sospechaba que el Señor no se impresionaba con tanta facilidad, que siempre se conmovía más con las plegarias sencillas que nacían directamente del corazón.

Hacia el final del oficio, distintas frases y palabras empezaron a tomar forma en su cabeza, y Billy sintió el poderoso impulso de ponerles voz. Interpretando aquello como la voluntad del Espíritu Santo, decidió ponerse en pie.

Con los ojos cerrados, dijo:

—Oh, Dios, te hemos pedido esta mañana que brindes consuelo a aquellas personas que han perdido a un marido, a un padre, a un hijo, especialmente a nuestra hermana en el Señor, la señora Evans, y oramos para que los familiares abran sus corazones para recibir Tu bendición.

Otros antes que él habían dicho eso mismo. Billy hizo una pausa y a continuación, prosiguió su discurso:

—Y ahora, Señor, te pedimos que nos concedas otra bendición: otórganos el don de la comprensión. Tú, que todo lo puedes, ¿por qué permitiste que el grisú inundase la galería principal, y por qué dejaste que se prendiese fuego? ¿Cómo permites, Señor, que nos dirijan personas, los directores de Celtic Minerals, que en su afán por ganar dinero, descuidan las vidas de Tu gente? ¿Cómo es posible que las muertes de hombres buenos y la mutilación de los cuerpos que Tú mismo creaste sirvan a Tu propósito divino?

Hizo otra pausa de nuevo. Era consciente de que no estaba bien ir con exigencias a Dios, como si estuviese negociando con el patrón de la empresa, de manera que añadió:

—Sabemos que el sufrimiento de los habitantes de Aberowen tiene que desempeñar algún papel en Tu plan para la eternidad. —Se le ocurrió que seguramente era mejor dejarlo ahí, pero no pudo reprimir el impulso de proseguir—: Pero, Señor, no vemos cómo, así que, por favor, ilumínanos.

Terminó diciendo:

—En el nombre de Jesucristo Nuestro Señor.

—Amén —respondió la congregación al unísono.

IX

Esa tarde, todos los habitantes de Aberowen habían sido invitados a ver los jardines de Tŷ Gwyn, y el acontecimiento implicaba mucho trabajo para Ethel.

Habían colgado un anuncio en los pubs el sábado por la noche, y el mensaje se había leído en las iglesias y los templos después del culto del domingo por la mañana. Los jardines estaban espectacularmente hermosos con motivo de la visita del rey, pese a la estación invernal, y el conde Fitzherbert deseaba compartir aquella belleza con sus vecinos, según rezaba la invitación. El conde llevaría corbata negra y le gustaría que los visitantes luciesen un detalle similar en señal de respeto por los muertos. A pesar de que, por razones evidentes, sería impropio celebrar un ágape, se servirían algunos refrigerios.

Ethel había ordenado la instalación de tres toldos en el césped de los jardines del ala este. En uno de ellos había una docena de barriles de cerveza de malta de quinientos litros de capacidad, que habían sido transportados en tren desde la fábrica de cerveza Crown de Pontyclun. Para los abstemios, muy numerosos en Aberowen, en el siguiente toldo había mesas de caballetes con vasijas de té gigantescas y centenares de tazas y platos. En el tercer toldo, el más pequeño, se ofrecía jerez a la exigua clase media de la ciudad, entre los que se contaban el párroco anglicano, los dos médicos y el capataz de la mina, Maldwyn Morgan, a quien ya todo el mundo llamaba Morgan «Se ha ido a Merthyr».

Por fortuna, hacía un día espléndido, frío pero seco, con unas pocas nubes blancas de aspecto inofensivo en un cielo azul intenso. Acudieron cuatro mil personas, casi la totalidad de la población de la ciudad, y casi todos llevaban una corbata, un lazo o un brazalete negros en señal de duelo. Se paseaban entre los arbustos, se asomaban a los ventanales que daban al interior de la casa y pisoteaban el césped.

La princesa Bea optó por quedarse en su habitación, pues no se trataba de la clase de acto social en el que quisiera prodigarse. Según la propia experiencia de Ethel, todos los componentes de las clases altas de la sociedad solían ser personas muy egoístas, pero Bea había elevado aquel egoísmo a la categoría de arte. Concentraba todas sus energías en complacer sus propios antojos y en salirse siempre con la suya. Incluso cuando ofrecía una recepción o una fiesta —algo que se le daba estupendamente— lo hacía movida únicamente por su afán de hacer gala ante los demás de todo su encanto y hermosura.

Fitz decidió recibir a los asistentes en el esplendor gótico-victoriano del Gran Salón, con su enorme perro tumbado en el suelo junto a él, como si fuera una alfombra de piel. Llevaba el traje de tweed de color marrón que le hacía parecer más accesible, aunque lo combinaba con una camisa de cuello duro y corbata negra. «Está más guapo que nunca», pensó Ethel. La doncella era la encargada de llevar ante él a los familiares de los muertos y los heridos, en grupos de tres o cuatro personas, para que el conde pudiese ofrecer su más sentido pésame a todos los habitantes de Aberowen afectados por la tragedia. Hablaba con cada uno de ellos con su don de gentes habitual, y todos se despedían sintiéndose especiales.

Ethel se había convertido en la nueva ama de llaves. Tras la visita del rey, la princesa Bea insistió en que la señora Jevons se jubilase definitivamente; no tenía tiempo para sirvientas viejas y cansadas. Vio en Ethel a alguien capaz de trabajar de manera incansable para colmar todos sus deseos, y se encargó personalmente de concederle el ascenso a pesar de su juventud e inexperiencia. Así, Ethel consiguió su máxima ambición: se trasladó al pequeño cuarto del ama de llaves, en el ala del servicio, y colgó en la pared una fotografía de sus padres, engalanados con sus mejores trajes, tomada delante de la Iglesia de Bethesda el día que el templo abrió sus puertas.

Cuando Fitz llegó al final de la lista, Ethel pidió permiso para pasar un rato con su familia.

—Por supuesto, no faltaba más... —contestó el conde—. Tómate el tiempo que quieras. Has estado absolutamente maravillosa. No sé cómo nos las habríamos ingeniado sin ti. El rey también quiso que te transmitiera su agradecimiento. ¿Cómo puedes recordar todos esos nombres?

La muchacha sonrió. No estaba segura de por qué sentía esa extraña emoción en el estómago cada vez que él le dedicaba un halago.

—La mayoría de ellos han estado en nuestra casa alguna vez, para hablar con mi padre sobre posibles compensaciones por un accidente laboral, o acerca de una disputa con algún capataz, o por algún problema relacionado con las medidas de seguridad en la mina.

—Bueno, pues a mí me parece toda una proeza —dijo, y la obsequió con la sonrisa irresistible que esbozaba de vez en cuando y que casi le hacía parecer un hombre normal y corriente, cercano y familiar—. Presenta mis respetos a tu padre de mi parte.

La joven salió y atravesó el césped corriendo; se sentía la reina del universo. Encontró a su padre, a su madre, al abuelo y a Billy en la carpa del té. Su padre estaba muy elegante con su traje negro de los domingos y la camisa blanca de cuello duro. Billy tenía una quemadura de muy mal aspecto en la mejilla.

—¿Cómo te encuentras, Billy, hermanito? —preguntó Ethel.

—Mucho mejor. La quemadura tiene una pinta espantosa, pero dice el médico que es mejor que no me la tape.

—Todo el mundo comenta lo valiente que fuiste.

—Sí, ya, pero no lo bastante para llegar a tiempo de salvar a Micky el Papa.

No se podía decir nada ante aquellas palabras, pero Ethel le tocó el brazo en un gesto de compasión.

—Billy ha dirigido una plegaria esta mañana en Bethesda —dijo la madre con orgullo.

—¡Buen trabajo, Billy! Siento habérmela perdido. —Ethel no había ido al templo, pues había mucho por hacer en la casa—. ¿En qué consistía tu plegaria?

—Le he pedido al Señor que nos ayude a entender por qué ha permitido que haya habido una explosión en la mina. —Billy lanzó una mirada inquieta a su padre, que no sonreía.

—Billy habría hecho mejor pidiéndole a Dios que fortaleciese su fe —repuso el cabeza de familia con tono severo—, para que pueda creer sin necesidad de entender.

Saltaba a la vista que ambos ya habían discutido por culpa de aquello. Ethel no tenía paciencia para disputas teológicas que, al final, nunca llevaban a ninguna parte. Trató de distender un poco el ambiente.

—El conde Fitzherbert me ha pedido que te presente sus respetos de su parte, papá —dijo—. ¿No te parece todo un detalle?

El padre no se inmutó.

—Lamenté mucho ver cómo participabas en esa farsa del lunes pasado —contestó en tono férreo.

—¿El lunes? —exclamó ella, incrédula—. ¿Cuando el rey fue a visitar a las familias?

—Te vi susurrarle los nombres a ese fantoche.

—Ese «fantoche», como tú lo llamas, era nada menos que sir Alan Tite.

—Me da lo mismo cómo se haga llamar, sé reconocer a un lameculos en cuanto lo veo.

Ethel no salía de su asombro. ¿Cómo era posible que su padre menospreciase de ese modo uno de los mayores logros de su vida? Tuvo ganas de echarse a llorar.

—¡Creí que te sentirías orgulloso de mí, por haber ayudado al rey!

—¿Cómo se atreve el rey a ofrecer sus condolencias a nuestra gente, eh? ¿Qué sabe el rey del peligro y de una vida llena de penalidades?

Ethel luchó por contener las lágrimas.

—Pero, papá, significó mucho para tantas personas que el rey en persona acudiera a verlas…

—Con eso, lo único que hizo fue desviar la atención de las acciones peligrosas e ilegales de Celtic Minerals.

—¡Pero necesitan consuelo! —¿Cómo no se daba cuenta su padre de aquello?

—El rey los ha ablandado. El domingo por la tarde, esta ciudad estaba dispuesta a levantarse y encabezar una revuelta, pero el lunes por la noche, de lo único que hablaban era de cómo la reina le había dado su pañuelo a la señora de Dai Ponis.

Ethel pasó de la tristeza a la indignación en un abrir y cerrar de ojos.

—Pues lamento mucho que pienses así —dijo fríamente.

—No tienes que lamentar...

—Lo lamento porque estás equivocado —repuso la joven, que lo interrumpió con firmeza.

El padre se quedó de una pieza. No estaba acostumbrado a que los demás le dijesen que estaba equivocado, y mucho menos una mocosa como aquella.

—Oye, Eth... —trató de intervenir su madre.

—Las personas tienen sentimientos, papá —dijo la joven temerariamente—. Eso es lo que siempre se te olvida.

El padre se había quedado sin habla.

—¡Bueno, basta ya! —exclamó la madre.

Ethel miró a Billy. A través de un velo de lágrimas, vio su expresión de impresionada admiración, y eso la envalentonó aún más. Suspiró, se secó los ojos con el dorso de la mano y siguió hablando:

—Tú y tu sindicato, y tus normas de seguridad y tus Escrituras... ya sé que son importantes, papá, pero no puedes olvidarte de los sentimientos de la gente. Espero que algún día el socialismo consiga hacer que el mundo sea un lugar mejor para la clase trabajadora, pero entretanto, las personas necesitan consuelo.

El padre consiguió recobrar la voz al fin.

—Me parece que ya hemos tenido bastante por hoy —dijo—. Lo de estar con el rey se te ha subido a la cabeza. Solo eres una cría, y no eres quién para ir por ahí dando sermones a tus mayores.

Ethel estaba hecha un mar de lágrimas, demasiado nerviosa para seguir discutiendo con su padre.

—Lo siento, papá —dijo. Tras un silencio que se hizo eterno, añadió—: Será mejor que vuelva al trabajo.

El conde le había dicho que se tomara el tiempo que quisiera, pero lo que deseaba era estar sola. Le dio la espalda a la mirada impregnada de ira de su padre y regresó a la mansión cabizbaja, con la esperanza de que nadie se percatase de que estaba llorando.

No quería tropezarse con nadie, de modo que se deslizó en el interior de la Suite Gardenia. Lady Maud había regresado a Londres, por lo que la habitación estaba vacía y la cama, deshecha. Ethel se arrojó encima del colchón desnudo y siguió dando rienda suelta a sus lágrimas.

Se sentía tan orgullosa de sí misma… ¿Cómo podía su padre rechazar así todo lo que había conseguido? ¿Es que quería acaso que no destacase en su trabajo, que lo hiciese todo mal? Trabajaba para la nobleza, sí, pero exactamente igual que todos los mineros del carbón en Aberowen. A pesar de que la empresa que los contrataba era Celtic Minerals, era el carbón del conde lo que extraían de la mina, y a este le pagaban lo mismo por tonelada que al minero que lo sacaba de la tierra, un hecho que su padre nunca se cansaba de señalar. Si estaba bien ser un buen minero, eficiente y productivo, ¿qué tenía de malo ser una buena ama de llaves?

Oyó el ruido de la puerta al abrirse, y se incorporó de un salto. Era el conde.

—¿Se puede saber qué diablos te ocurre? —preguntó, inquieto—. Se te oye desde el otro lado de la puerta.

—Lo siento mucho, milord. No debería haber entrado aquí.

—No pasa nada. —Su gallardo rostro mostraba una preocupación auténtica—. ¿Por qué lloras?

—Estaba tan orgullosa por haber ayudado al rey… —le confió, compungida—, pero mi padre dice que todo fue una farsa, que solo fue para aplacar la ira de la gente hacia Celtic Minerals. —Y rompió a llorar de nuevo.

—Menuda tontería… —dijo el conde—. Todo el mundo vio que la preocupación del rey era auténtica, al igual que la de la reina. —Extrajo el pañuelo de hilo blanco del bolsillo delantero de su chaqueta. Ethel esperaba que se lo ofreciera, pero en lugar de eso, el conde le enjugó las lágrimas él mismo, con suma delicadeza—. Yo me sentí muy orgulloso de ti el lunes pasado, aunque tu padre no lo estuviera.

—Es usted muy amable.

—Bueno, bueno, no es para tanto… —dijo, y se inclinó hacia ella y la besó en los labios.

Ethel se quedó atónita. Era lo último que esperaba. Cuando él se incorporó, ella lo escrutó con expresión de perplejidad.

Él la miró fijamente.

—Eres absolutamente encantadora —dijo en voz baja, y la besó de nuevo.

Esta vez, ella lo apartó de sí.

—Milord, ¿qué hace? —exclamó en un susurro escandalizado.

—No lo sé.

—Pero ¿en qué está pensando para hacer una cosa así?

—No estoy pensando nada en absoluto.

La joven se quedó mirando su rostro cincelado. Aquellos ojos verdes la observaban muy atentamente, como tratando de leerle el pensamiento. Se dio cuenta de hasta qué punto adoraba a aquel hombre, y de pronto, una oleada de deseo y excitación se apoderó de su cuerpo.

—Es que no puedo evitarlo —dijo él, a modo de excusa.

Ella lanzó un suspiro de felicidad.

—Pues en ese caso, béseme otra vez.

3

Febrero de 1914

I

A las diez y media, el espejo de la entrada de la casa de Mayfair del conde Fitzherbert reflejaba la imagen de un hombre alto, vestido de forma impecable con el traje de día de un caballero inglés de clase alta. Llevaba una camisa de cuello duro que delataba su desdén por los cuellos lacios, y lucía una perla prendida en la corbata plateada. Algunos de sus amigos opinaban que era indecoroso vestir bien. «Te aseguro, Fitz, que pareces un maldito sastre, a punto de abrir su comercio por la mañana», le había dicho una vez el joven marqués de Lowther. Sin embargo, Lowthie era un hombre sucio y desaliñado, que siempre iba con el chaleco lleno de migas y los puños de la camisa manchados de ceniza de cigarro, y quería que todo el mundo fuese igual de desastrado que él. Fitz detestaba llevar la ropa sucia; le sentaba bien ir siempre pulcro y elegante.

Se puso un sombrero de copa de color gris. Empuñando el bastón con la mano derecha y con un par de guantes de ante gris en la izquierda, salió de la casa en dirección al sur de la ciudad. A la altura de Berkeley Square, una muchacha de unos catorce años se acercó a él, le guiñó un ojo y le dijo:

—¿Te la chupo por un chelín?

Atravesó Piccadilly y entró en Green Park. Unos cuantos copos de nieve se arremolinaban en torno a las raíces de los árboles. Pasó por delante del palacio de Buckingham y se adentró en un vecindario muy poco atractivo cerca de la estación Victoria. Tuvo que pedirle a un policía indicaciones para llegar a Ashley Gardens. Al final, resultó que la calle estaba detrás de la catedral católica. «Francamente —se dijo Fitz—, si uno espera recibir la visita de un miembro de la nobleza, lo mínimo que podría hacer es tener el despacho en un barrio respetable.»

Lo había convocado allí un viejo amigo de su padre llamado Mansfield Smith-Cumming. Oficial retirado de la Armada, Smith-Cumming trabajaba ahora en algún asunto impreciso dentro del Ministerio de Guerra. Le había remitido a Fitz una nota más bien sucinta: «Me complacería enormemente intercambiar unas palabras con usted en relación con una cuestión de importancia nacional. ¿Podría venir a verme mañana por la mañana hacia las once, por ejemplo?». La nota estaba escrita a máquina y firmada, con tinta verde, únicamente con la letra «C».

En el fondo, Fitz se sentía gratamente complacido por que un miembro del gobierno quisiera hablar con él. Le horrorizaba pensar que lo considerasen una especie de figura decorativa, un aristócrata adinerado sin otra función en la vida más que aderezar con su presencia las reuniones sociales. Esperaba que fueran a pedirle asesoramiento, tal vez acerca de su antiguo regimiento, los Fusileros Galeses, o quizá le encomendaran alguna tarea relacionada con los Territorials de Gales del Sur, de los cuales él era coronel honorífico. En cualquier caso, lo cierto era que el simple hecho de que lo hubieran convocado a una reunión en el Ministerio de Guerra le hacía sentir que no era del todo superfluo.

Si es que aquello era en verdad el Ministerio de Guerra… La dirección resultó corresponder con un moderno edificio de apartamentos. Un portero dirigió a Fitz a un ascensor. El apartamento de Smith-Cumming parecía ser mitad vivienda, mitad despacho, pero un joven extremadamente eficiente con aspecto de militar le dijo a Fitz que «C» lo recibiría enseguida.

Por contra, lo cierto era que «C» no mostraba aspecto de militar. Rollizo y con una calva incipiente, poseía una nariz enorme y aguileña y llevaba monóculo. Tenía el despacho atestado de un surtido de objetos de toda índole: maquetas de aviones, un telescopio, una brújula y un óleo de unos campesinos frente a un pelotón de fusilamiento. El padre de Fitz solía referirse a Smith-Cumming como al «capitán de barco que siempre se mareaba», y su carrera en la Armada no había sido brillante. ¿Qué estaba haciendo allí?

—¿A qué se dedica exactamente este departamento? —inquirió Fitz.

—Es el Departamento de Exteriores de los servicios secretos —contestó C.

—No sabía que tuviéramos servicios secretos.

—Si la gente lo supiera, ya no serían secretos.

—Entiendo. —Fitz sintió una punzada de entusiasmo; era muy halagador recibir información confidencial.

—Confío en que tendrá la amabilidad de no mencionárselo a nadie.

Fitz se dio cuenta de que le acababa de dar una orden, aunque formulada muy educadamente.

—Por supuesto —contestó. Se sentía muy complacido por formar parte de un círculo restringido. ¿Significaba aquello que C iba a pedirle que trabajase para el Ministerio de Guerra?

—Lo felicito por el éxito de la recepción que ofreció a los reyes en su casa. Tengo entendido que reunió a un nutrido grupo de jóvenes muy bien relacionados para que Su Majestad pudiera conocerlos.

—Gracias. A decir verdad, fue una reunión social más bien discreta, pero me temo que es imposible impedir que se propaguen esa clase de noticias.

—Y ahora se lleva usted a su esposa a Rusia.

—La princesa es rusa y quiere visitar a su hermano. Es un viaje que llevamos retrasando ya demasiado tiempo.

—Y Gus Dewar va a acompañarlos.

Por lo visto, C estaba al tanto de todo.

—Está dando la vuelta al mundo —explicó Fitz—. Nuestros planes han coincidido.

C se recostó en el asiento y empezó a hablar en tono informal.

—¿Sabe usted por qué pusieron al almirante Alexéiev al frente del ejército ruso en la guerra contra Japón, a pesar de que carecía por completo de experiencia en el combate terrestre?

Puesto que había pasado algún tiempo en Rusia cuando apenas era un muchacho, Fitz había seguido con atención el desarrollo de la guerra ruso-japonesa de 1904-1905, pero no conocía aquella historia.

—No. ¿Por qué?

—Bien, parece ser que el gran duque Alexis se vio implicado en una pelea en un burdel de Marsella y fue detenido por la policía francesa. Alexéiev acudió en su auxilio y contó a los gendarmes que había sido él y no el zarevich el causante de los disturbios. La similitud de sus nombres dio credibilidad a la historia y dejaron en libertad al gran duque. La recompensa de Alexéiev consistió en su nombramiento al mando del ejército.

—Con razón perdieron la guerra.

—Pese a todo, los rusos poseen el ejército más numeroso del mundo: seis millones de hombres, según algunos cálculos, contando a los reservistas. Pero ¿cuán eficientes serían… en una guerra europea, pongamos por caso?

—No he vuelto desde que me casé —contestó Fitz—. No estoy seguro.

—Nosotros tampoco. Ahí es donde entra usted; me gustaría que realizase algunas pesquisas durante su estancia en el país.

Fitz estaba muy sorprendido.

—Pero estoy convencido de que nuestra embajada sabría encargarse de algo así.

—Por supuesto. —C se encogió de hombros—. Pero a los diplomáticos siempre les interesa mucho más la política que los asuntos militares.

—Sí, es cierto, pero debe de haber algún agregado militar.

—Alguien ajeno a los círculos habituales como usted mismo podría aportar una visión más fresca y mucho más diáfana… de modo similar a la manera en que su grupo de Tŷ Gwyn supo facilitar al rey una información que este no habría podido obtener del Foreign Office. Pero si no se cree capaz…

—No me estoy negando a hacerlo —se apresuró a decir Fitz. Al contrario, se sentía muy halagado por el hecho de que quisiesen asignarle una misión por su país—. Es solo que me sorprende que las cosas se hagan de este modo.

—Somos un departamento más bien nuevo con escasos recursos. Mis mejores informadores son viajeros inteligentes con suficiente formación militar para entender lo que están presenciando.

—Muy bien.

—Me interesa saber, sobre todo, si tiene la impresión de que entre los oficiales del ejército ruso se ha producido algún cambio desde 1905. ¿Se han modernizado o siguen aferrándose a las viejas ideas de siempre? Se reunirá con la flor y nata de la comandancia en San Petersburgo, porque su mujer está emparentada con la mitad de ellos.

Fitz estaba pensando en la última vez que Rusia había participado en una guerra.

—La razón principal de su derrota ante Japón fue porque la red ferroviaria rusa no consiguió hacer entrega de los suministros a sus tropas en el plazo necesario.

—Pero desde entonces han estado intentando mejorar la red de ferrocarril, con el dinero que les ha prestado Francia, su aliada.

—¿Y han hecho muchos progresos?

—Ese es el asunto clave. Usted viajará en tren. ¿Son puntuales los trenes? Mantenga los ojos bien abiertos. Las vías, ¿siguen siendo vías únicas o dobles? Los generales alemanes tienen un plan de emergencia en caso de guerra basado en un cálculo de cuánto se tardaría en movilizar al ejército ruso. Si estalla una guerra, muchas cosas van a depender de la precisión de ese horario de trenes.

Fitz se sentía tan entusiasmado como un niño, pero se forzó a sí mismo a hablar en tono solemne.

—Averiguaré todo cuanto pueda.

—Gracias. —C consultó su reloj.

Fitz se levantó y se estrecharon la mano.

—¿Cuándo se marchan exactamente? —preguntó C.

—Salimos mañana —dijo Fitz—. Adiós.

II

Grigori Peshkov vio a su hermano menor, Lev, aceptando dinero del norteamericano alto. El atractivo rostro de Lev traslucía una expresión de avidez infantil, como si su principal objetivo fuese mostrarles a todos su talento. Grigori experimentó una punzada de ansiedad, como tantas otras veces; temía que algún día Lev se metiese en un lío del que ni siquiera echando mano de todo su encanto consiguiese salir.

—Es una prueba de retentiva —dijo Lev en inglés. Se había aprendido las palabras de memoria—. Escoja cualquier carta. —Tuvo que levantar la voz para hacerse oír pese al estruendo de la fábrica: el fragor de las máquinas, el silbido del vapor y los obreros dando instrucciones y haciendo preguntas a gritos.

El nombre del visitante era Gus Dewar. Llevaba una chaqueta, chaleco y pantalones, todo de la misma tela de lana fina de color gris. Grigori sentía un interés especial por él porque era de Buffalo.

Dewar era un joven simpático. Se encogió de hombros, escogió una carta de la baraja de Lev y la miró.

—Póngala boca abajo en la mesa —dijo Lev.

Dewar colocó la carta sobre la tosca mesa de trabajo de madera.

Lev extrajo un billete de un rublo del bolsillo y lo colocó encima de la carta.

—Y ahora, ponga un dólar boca abajo. —Aquello solo podía hacerse con los visitantes ricos.

Grigori sabía que Lev ya había cambiado la carta. En la mano, oculta por el billete de rublo, guardaba una carta distinta. El truco, que Lev había practicado durante horas, consistía en coger la primera carta y esconderla en la palma de la mano inmediatamente después de dejar el billete de rublo y, de paso, la carta ya preparada.

—¿Está seguro de que puede permitirse perder un dólar, señor Dewar? —preguntó Lev.

El estadounidense sonrió, como hacían siempre todas las víctimas llegado ese momento.

—Eso creo —contestó.

—¿Recuerda cuál era su carta? —En realidad, Lev no sabía hablar inglés. También sabía decir esas mismas frases en alemán, francés e italiano.

—El cinco de picas —respondió Dewar.

—Se equivoca.

—Estoy completamente seguro.

—Dele la vuelta.

Dewar puso la carta boca arriba. Era la reina de tréboles.

Lev recogió el billete de dólar y su rublo original.

Grigori contuvo la respiración; aquel era el momento más peligroso. ¿Protestaría el estadounidense diciendo que lo habían engañado y acusaría a Lev?

Dewar esbozó una sonrisa de amargura y dijo:

—Lo reconozco, he perdido.

—Me sé otro juego —comentó Lev.

Ya era suficiente; Lev estaba tentando su suerte. A pesar de que ya tenía veinte años, Grigori aún tenía que protegerlo.

—No juegue contra mi hermano —le dijo Grigori a Dewar en ruso—. Siempre gana.

Dewar sonrió y respondió con tono inseguro en la misma lengua:

—Un buen consejo.

Dewar era el primero de un pequeño grupo de visitantes en realizar un recorrido por las instalaciones de la planta metalúrgica Putílov, la mayor fábrica de San Petersburgo, que daba trabajo a treinta mil hombres, mujeres y niños. La tarea de Grigori consistía en enseñarles su propia sección, que no por pequeña dejaba de ser importante. La fábrica producía locomotoras y otras piezas de acero de gran tamaño. Grigori era el encargado del taller que fabricaba las ruedas de los trenes.

Grigori se moría de ganas de hablar con Dewar sobre Buffalo, pero antes de poder formularle alguna pregunta, apareció el supervisor de la sección de la fundición, Kanin. Ingeniero cualificado, era un hombre alto y delgado y con entradas en la frente.

Iba acompañado de un segundo visitante y Grigori dedujo, por su vestimenta, que aquel debía de ser el lord inglés. Iba vestido como un aristócrata ruso, con frac y sombrero de copa. Tal vez aquella era la ropa que lucían las clases dirigentes de todo el mundo.

Por lo que Grigori había podido averiguar, el nombre del lord era conde Fitzherbert. Era el hombre más apuesto que Grigori había visto en su vida, con el pelo negro y unos intensos ojos verdes. Las mujeres del taller de fabricación de ruedas lo miraban arrobadas, como si fuera un dios.

Kanin se dirigió a Fitzherbert en ruso.

—Ahora estamos produciendo dos locomotoras nuevas cada semana —explicó con orgullo evidente.

—Asombroso —comentó el lord inglés.

Grigori comprendía el interés de aquellos extranjeros. Leía los periódicos y acudía a las conferencias y a los círculos de debate que organizaba el Comité Bolchevique de San Petersburgo. Las locomotoras que allí se fabricaban eran piezas esenciales de la capacidad de Rusia para defenderse. Puede que los visitantes fingiesen sentir una curiosidad inocente, pero en realidad estaban reuniendo información sobre asuntos de inteligencia militar.

Kanin presentó a Grigori.

—Peshkov es el campeón de ajedrez de la fábrica. —Kanin formaba parte del comité de dirección de la fábrica, pero no era mal jefe.

Fitzherbert se mostraba encantador con todo el mundo. Se puso a hablar con Varia, una mujer de unos cincuenta años con el pelo gris recogido en un pañuelo.

—Muy amable por su parte por enseñarnos su lugar de trabajo —le dijo en tono alegre, hablando un ruso muy fluido con un marcado acento extranjero.

Varia, una mujer monumental, corpulenta y de busto generoso, se puso a reír como una colegiala.

La demostración estaba lista. Grigori había colocado varios lingotes de acero en la tolva y encendido el horno, y el metal ya se estaba fundiendo. Sin embargo, aún quedaba un último visitante por llegar, la esposa del conde, de quien se rumoreaba que era rusa, de ahí que Fitzherbert dominase de ese modo el idioma, lo cual no era muy habitual tratándose de un extranjero.

Grigori quería hacer un montón de preguntas a Dewar sobre Buffalo, pero antes de que tuviera ocasión de hacerlo, la esposa del conde entró en el taller de fabricación de ruedas. La falda del vestido, que le llegaba hasta el suelo, era como una escoba, barriendo a su paso toda la mugre y las virutas que tenía delante. Llevaba un abrigo corto encima del vestido, y la seguía un criado con una capa de pieles, una doncella con un bolso y uno de los directores de la fábrica, el conde Maklakov, un hombre joven vestido igual que Fitzherbert. Era evidente que Maklakov solo tenía ojos para su visitante, sonriéndole, hablándole en voz baja y tomándola del brazo innecesariamente. La mujer poseía una belleza extraordinaria, con unos preciosos tirabuzones rubios y una graciosa forma de ladear la cabeza con una coquetería especial.

Grigori la reconoció de inmediato: era la princesa Bea.

El corazón le dio un vuelco, empezó a sentir náuseas y trató con todas sus fuerzas de reprimir el doloroso recuerdo que pugnaba por salir de un pasado lejano. Acto seguido, como en cualquier emergencia, buscó a su hermano con la mirada. ¿Se acordaría Lev de aquello? Su hermano solo tenía seis años cuando todo ocurrió. Lev observaba a la princesa con curiosidad, como tratando de ubicarla en su memoria. Luego, cuando vio que Grigori lo miraba, le cambió la cara y lo recordó todo. Palideció y parecía estar a punto de desmayarse, pero luego, de pronto, se puso lívido de ira.

Para entonces, Grigori ya había llegado junto a él.

—Tranquilízate —le murmuró—. No digas nada. Recuerda, nos vamos a América… no podemos dejar que nada interfiera con nuestros planes. —Lev chasqueó la lengua, asqueado—. Vuelve a los establos —dijo Grigori. Lev era conductor de ponis, y trabajaba con los muchos caballos que se utilizaban en la fábrica.

Lev fulminó con la mirada a la princesa, quien proseguía con la visita ajena a todo. A continuación, el joven se volvió, se fue, y el momento de peligro pasó.

Grigori comenzó la demostración e hizo una seña a Isaak, que tenía más o menos su edad y era el capitán del equipo de fútbol de la fábrica. El muchacho abrió la cavidad del molde y, acto seguido, Varia y él levantaron un modelo de madera de una rueda acanalada de ferro-carril. El modelo en sí mismo ya era una obra de máxima precisión, con radios de sección elíptica y un estrechamiento en relación veinte a uno desde el cubo a la llanta. La rueda era para una locomotora 4-6-4, y el modelo era casi tan alto como las personas que lo sujetaban.

Lo colocaron a presión en el interior de una caja profunda con una mezcla compactada de arena de moldeo húmeda. Isaak cerró la caja del molde para formar la pestaña y la banda de rodadura, y finalmente, accionó los pasadores para cerrar el molde.

Abrieron el montaje y Grigori inspeccionó el agujero que había dejado el modelo. A simple vista, no había irregularidades. Roció la arena de moldeo con un líquido negro oleaginoso y luego volvió a cerrar el frasco.

—Por favor, ahora apártense —les pidió a los visitantes.

Isaak desplazó la boca de carga de la tolva hacia la abertura para la alimentación que había encima del molde y entonces Grigori retiró despacio la palanca que inclinaba la tolva.

El acero líquido fue cayendo lentamente encima del molde; el vapor procedente de la arena húmeda emitió un sonido sibilante al tiempo que se filtraba por los orificios de ventilación. Grigori sabía por experiencia cuándo retirar la tolva e interrumpir de ese modo la circulación del acero fundido.

—El siguiente paso consiste en pulir la forma de la rueda —explicó—. Como el metal caliente tarda tanto en enfriarse, tengo aquí una rueda ya fría.

Ya estaba colocada en un torno, y Grigori hizo una seña a Konstantín, el tornero, que era el hijo de Varia. Konstantín era el moderador del Círculo de Debate Bolchevique y el mejor amigo de Grigori. Puso en marcha el motor eléctrico, haciendo girar la rueda a gran velocidad, y empezó a darle forma con una muela.

—Por favor, manténganse alejados del torno —conminó Grigori a los visitantes, alzando la voz para hacerse oír pese al fragor de la máquina—. Podrían perder un dedo si lo tocan. —Levantó la mano izquierda—. Como me pasó a mí a los doce años. —Su dedo anular era un horrible muñón.

Percibió la mirada de irritación que le lanzó el conde Maklakov, a quien no le gustaba que le recordaran el coste humano de los beneficios que percibía de aquella fábrica. La mirada que le dedicó la princesa Bea era una mezcla perfecta de asco y fascinación, y Grigori se preguntó si no sentiría un interés morboso por la sordidez y el sufrimiento. Al fin y al cabo, no era muy habitual que una dama quisiera ir a visitar una fábrica.

Hizo una señal a Konstantín, quien detuvo el torno.

—A continuación, se comprueban las dimensiones de la rueda con calibres. —Les enseñó la herramienta que empleaban—. Las ruedas de los trenes deben tener un tamaño exacto; si existe una variación de un milímetro y medio de diámetro, el grosor aproximado de la mina de grafito de un lápiz, hay que volver a fundir la rueda y rehacerla.

Fitzherbert decidió intervenir, en un ruso algo rudimentario.

—¿Cuántas ruedas fabrican al día?

—Un promedio de seis o siete, contando las rechazadas.

—¿Cuántas horas trabajan? —preguntó Dewar, el norteamericano.

—Desde las seis de la mañana hasta las siete de la tarde, de lunes a sábado. El domingo tenemos permiso para ir a la iglesia.

Un chiquillo de unos ocho años entró corriendo en el taller de fabricación de ruedas, perseguido por una mujer que iba tras él dando voces, sin duda su madre. Grigori quiso atraparlo para alejarlo del horno, pero el chico lo esquivó y se topó de bruces con la princesa Bea, estrellando su cabecita pelada contra las costillas de la aristócrata con un contundente golpe. Ella lanzó un quejido, dolorida. El chico se paró, aturdido. Furiosa, la princesa cogió impulso con el brazo y le plantó un sonoro bofetón en la cara, con tanta fuerza, que el muchacho se tambaleó y Grigori creyó que iba a caerse redondo al suelo. El estadounidense soltó un exabrupto en inglés, algo que expresaba su sorpresa y su indignación. Al cabo de un momento, la madre levantó al chico en volandas con sus poderosos brazos y se dio media vuelta.

Kanin, el supervisor, parecía asustado, a sabiendas de que podían echarle la culpa a él, de modo que se dirigió a la princesa:

—¡Excelencia! ¿Se ha hecho daño?

Saltaba a la vista que la princesa Bea estaba fuera de sí, pero respiró hondo y respondió:

—No es nada.

Su marido y el conde Maklakov se acercaron a ella, con el semblante preocupado. Solo Dewar permaneció al margen; en su rostro se reflejaba toda la reprobación y la repulsión que sentía en aquellos momentos. La bofetada lo había indignado, dedujo Grigori, preguntándose si todos los norteamericanos tenían tan buen corazón. Una bofetada no era nada: cuando todavía eran unos niños, a Grigori y a su hermano los habían azotado con una vara en aquella misma fábrica.

Los visitantes empezaron a dispersarse. Grigori temía perder la oportunidad de interrogar al turista de Buffalo, de modo que, haciendo acopio de todo su valor, tiró a Dewar de la manga de su chaqueta. Un noble ruso habría reaccionado con indignación y lo habría apartado de sí de un empujón o le habría dado un golpe por la insolencia, pero el norteamericano se limitó a volverse hacia él con una sonrisa cortés.

—¿Es usted de Buffalo, Nueva York, señor? —preguntó Grigori.

—Así es.

—Mi hermano y yo estamos ahorrando para irnos a América. Viviremos en Buffalo.

—¿Por qué en esa ciudad?

—Aquí en San Petersburgo hay una familia que nos puede conseguir los papeles necesarios, a cambio de una cantidad, por supuesto, y nos han apalabrado trabajos con sus parientes en Buffalo.

—¿Y quiénes son esas personas?

—Se llaman Vyalov. —Los Vyalov eran una banda criminal, aunque también regentaban negocios legales. No eran gente muy de fiar, por lo que Grigori quería comprobar realmente si era cierto lo que decían—. Señor, ¿es verdad que la familia Vyalov, de Buffalo, Nueva York, es una familia muy rica e importante?

—Sí —contestó Dewar—. Josef Vyalov da empleo a centenares de personas en sus hoteles y bares.

—Gracias —dijo Grigori con alivio—. Es bueno saberlo.

III

El primer recuerdo que Grigori atesoraba en la memoria era del día que el zar había ido a Bulovnir. Él tenía entonces seis años.

Los habitantes del pueblo llevaban varios días sin hablar de otra cosa. Todos se levantaron al amanecer, pese a que era evidente que el zar desayunaría antes de emprender el viaje, por lo que era imposible que llegase allí antes de media mañana. El padre de Grigori sacó la mesa al exterior de su vivienda de una sola habitación y la colocó junto a la carretera. Depositó encima de ella una barra de pan, un ramillete de flores y un salero pequeño, y le explicó a su hijo mayor que aquellos eran los símbolos tradicionales rusos de bienvenida. La mayoría de los demás aldeanos hicieron lo propio, y hasta la abuela de Grigori había estrenado un pañuelo amarillo para ponérselo en la cabeza. Era un día seco de principios de otoño, antes de la llegada del crudo frío del invierno. Los campesinos esperaban sentados en cuclillas, y los ancianos del pueblo se paseaban arriba y abajo vestidos con sus mejores galas, con aspecto de gente importante, pero también esperaban con impaciencia, como todos los demás. Grigori no tardó en aburrirse y empezó a jugar en el descampado que había junto a la casa. Su hermano, Lev, solo tenía un año, y su madre aún le daba el pecho.

Pasaba ya de mediodía, pero nadie quería entrar en sus casas a preparar la comida por temor a perderse el paso del zar. Grigori intentó comerse un mendrugo del pan que había encima de la mesa, pero le propinaron un cachete, aunque su madre luego le trajo un tazón de gachas frías.

Grigori no estaba muy seguro de quién o qué era el zar. En la iglesia solían mencionarlo a menudo, hablando de él como alguien que amaba a todos los campesinos y que velaba por ellos mientras dormían, por lo que sin duda debía de estar al mismo nivel que san Pedro, Jesucristo o el arcángel Gabriel. Grigori se preguntó si tendría alas o una corona de espinas, o si por el contrario, solo iría con un abrigo bordado como los ancianos del pueblo. En cualquier caso, saltaba a la vista que la gente quedaba bendecida solo con verle, como las multitudes que seguían a Jesús.

Era la última hora de la tarde cuando una nube de polvo apareció a lo lejos. Grigori notó las vibraciones en el suelo bajo sus botas de fieltro, y no tardó en percibir el repiqueteo de los cascos de los caballos. Los aldeanos se pusieron de rodillas, y Grigori hizo lo propio al lado de su abuela. Los ancianos se colocaron boca abajo con la frente en el suelo, como hacían cuando venían el príncipe Andréi y la princesa Bea.

Aparecieron unos escoltas, seguidos por un carruaje cubierto y tirado por cuatro caballos. Los animales eran enormes, los más grandes que Grigori había visto en su vida, y galopaban a toda velocidad, con el lomo brillante de sudor y la boca llena de espuma alrededor de las bridas. Los ancianos se dieron cuenta de que no iban a detenerse, de modo que lograron apartarse justo a tiempo, antes de que las caballerías los arrollasen. Grigori lanzó un alarido aterrorizado, pero su grito fue inaudible. Cuando el carruaje desfiló ante ellos, su padre exclamó:

—¡Larga vida al zar, padre de su pueblo!

Para cuando terminó de decir aquello, el carruaje ya estaba dejando atrás la aldea. Grigori no había podido ver a los pasajeros a causa del polvo, y se dio cuenta de que no había visto al zar y que, por tanto, no iba a recibir ninguna bendición, y se echó a llorar a lágrima viva.

Su madre cogió la barra de pan de la mesa, partió un extremo y se lo dio para que se lo comiera, y el niño se sintió mucho mejor.

IV

Cuando a las siete en punto terminaba el turno en la fábrica Putílov, Lev tenía por costumbre irse a echar una partida con sus compañeros de timba o a beber con sus alegres amiguitas. Grigori siempre solía acudir a algún tipo de reunión: una charla sobre ateísmo, algún círculo de debate socialista, un espectáculo de la linterna mágica sobre tierras extranjeras, un recital de poesía. Sin embargo, esa noche no tenía nada que hacer. Se iría a casa, prepararía un estofado para cenar, le dejaría algo a Lev en la cazuela para que pudiese comer más tarde y se iría a la cama temprano.

La fábrica estaba en los arrabales del sur de San Petersburgo, y su aglomeración de chimeneas y de naves se prolongaba hasta cubrir casi la totalidad de una enorme extensión de la costa del mar Báltico. Muchos de los obreros vivían en la fábrica, algunos en barracones, pero otros se acostaban a dormir junto a sus máquinas, por eso siempre había tantos chiquillos correteando por allí.

Grigori estaba entre los que disponían de un hogar fuera de la fábrica. En las sociedades socialistas, podían planificarse las casas para los trabajadores al mismo tiempo que las fábricas, pero el arbitrario capitalismo ruso dejaba a millares de personas sin techo. Grigori ganaba un buen sueldo, pero vivía en una sola habitación a media hora a pie de la fábrica. Sabía que en Buffalo los operarios de las fábricas tenían electricidad y agua corriente en sus casas. Le habían dicho que algunos hasta tenían sus propios teléfonos, pero eso le parecía ridículo, como decir que las calles estaban pavimentadas con oro.

Su encuentro con la princesa Bea lo había transportado en el tiempo hasta su infancia. Mientras recorría las calles heladas, se negó a rememorar ni un minuto más de lo necesario aquel recuerdo insoportable. Y pese a todo, recordó la cabaña de madera en la que había vivido entonces, y volvió a ver el rincón sagrado donde se colgaban los iconos y, frente a él, el rincón de dormir, donde se acostaba todas las noches, normalmente al lado de una cabra o un ternero para no pasar frío. Lo que recordaba con toda nitidez era algo en lo que apenas había reparado en aquel entonces: el olor. Procedía de la cocina, de los animales, del humo negro de la lámpara de queroseno, y del tabaco liado a mano que fumaba su padre, envuelto en cigarrillos de papel de periódico. Cerraban firmemente las ventanas con trapos alrededor de los marcos para que no entrara el frío, de modo que el ambiente estaba muy cargado. En ese momento recreaba aquel olor en su imaginación, y sentía nostalgia de los días anteriores a la pesadilla, la última vez en su vida que se había sentido seguro.

No muy lejos de la fábrica, se topó con una escena que lo hizo detenerse en seco. En el cerco de luz que proyectaba una farola, dos policías, vestidos de uniforme negro con entretelas verdes, interrogaban a una muchacha. Por su abrigo tejido a mano y por la forma en que se había anudado el pañuelo en la nuca, Grigori dedujo que era una campesina que acababa de llegar a la ciudad. A primera vista, le echó unos dieciséis años, la misma edad que tenía él cuando su hermano Lev y él se quedaron huérfanos.

El más bajo y robusto de los dos policías dijo algo y dio unas palmaditas a la chica en la cara. La muchacha dio un respingo y el otro policía se echó a reír. Grigori recordó que cuando era un huérfano de dieciséis años, cualquier representante de la autoridad se creía con el derecho a maltratarlo, y sintió una compasión instantánea por aquella chica vulnerable. En contra de lo que le aconsejaba el buen juicio, se acercó al pequeño grupo. Solo por decir algo, anunció:

—Si estás buscando la fábrica Putílov, puedo enseñarte el camino.

El policía robusto se echó a reír y dijo:

—Encárgate de él, Ilia.

Su compinche tenía la cabeza pequeña y una cara malvada.

—Largo de aquí, escoria —le espetó.

Grigori no tenía miedo. Era alto y fuerte, con los músculos fortalecidos por el trabajo físico diario. Había participado en multitud de peleas callejeras desde que era un crío y no había perdido ninguna en muchos años. Lo mismo que Lev. Pese a todo, era mejor no meterse en líos con la policía.

—Trabajo de encargado en la fábrica —le explicó a la chica—. Si buscas trabajo, puedo ayudarte.

La muchacha le dedicó una mirada agradecida.

—Un encargado no es nada —dijo el policía corpulento, y fue la primera vez que miró a Grigori a la cara.

Bajo la luz amarillenta de la farola de queroseno, Grigori reconoció el semblante redondo con aquella estúpida expresión de hostilidad: el hombre era Mijaíl Pinski, el capitán de la comisaría local. A Grigori le dio un vuelco el corazón, porque era una locura enfrentarse en una pelea al capitán de la policía... pero lo cierto era que ya había ido demasiado lejos para dar marcha atrás.

En ese momento, la chica habló, y por el tono de voz, Grigori supo que estaba más cerca de los veinte años que de los dieciséis.

—Muchas gracias. Lo acompañaré, señor —le dijo a Grigori. Este vio que era muy guapa, de facciones delicadamente modeladas y con una boca amplia y sensual.

Grigori miró a su alrededor. Por desgracia, allí no había nadie más. Había salido de la fábrica varios minutos después del apelotonamiento de las siete en punto. Sabía que lo más sensato era dar media vuelta y marcharse, pero no podía abandonar a aquella pobre chica a su suerte.

—Te llevaré a las oficinas de la fábrica —le aseguró, aunque la verdad era que a aquellas horas ya estaban cerradas.

—Esta se viene conmigo... ¿a que sí, Katerina? —dijo Pinski, y empezó a manosearla, sobándole los pechos a través de la fina tela del abrigo y metiéndole la mano entre las piernas.

Ella retrocedió de un salto y exclamó:

—¡Quítame tus asquerosas manos de encima!

Con una velocidad y una precisión asombrosas, Pinski le pegó un puñetazo en la boca.

La chica chilló y escupió sangre.

Grigori estaba furioso. Olvidándose de la sensatez, dio un paso adelante, apoyó la mano en el hombro de Pinski y le propinó un fuerte empujón. Pinski se tambaleó hacia un lado y se cayó sobre una rodilla. Grigori se dirigió a Katerina, que estaba llorando:

—¡Echa a correr! —le ordenó, y luego sintió un dolor atroz en la nuca. El otro policía, Ilia, le había golpeado con la porra más rápido de lo que Grigori esperaba. El dolor era insoportable y cayó de rodillas, pero no se desmayó.

Katerina se volvió y echó a correr, pero no llegó muy lejos. Pinski extendió el brazo, la agarró del pie, y la muchacha cayó de bruces al suelo.

Grigori se giró y vio que la porra se cernía amenazante sobre él. Esquivó el golpe y logró ponerse en pie. Ilia trató de golpearlo de nuevo y otra vez volvió a fallar. Grigori lanzó un puñetazo al pómulo del policía y le pegó con todas sus fuerzas. Ilia cayó al suelo.

Grigori se dio la vuelta y vio a Pinski encima de Katerina, dándole patadas y puntapiés con las pesadas botas.

Oyó el ruido de un automóvil que se aproximaba, procedente de la zona de la fábrica. Al pasar por delante de ellos, el conductor pisó el freno y el vehículo se detuvo bajo la farola. En solo un par de zancadas, Grigori dio alcance a Pinski, agarró al capitán de policía por detrás con ambos brazos, lo inmovilizó y lo levantó varios palmos del suelo. Pinski se puso a dar patadas en el aire y a gesticular furiosamente, sin mucho éxito.

La puerta del vehículo se abrió y, para sorpresa de Grigori, el norteamericano de Buffalo salió del interior.

—¿Qué está pasando aquí? —preguntó. Su rostro juvenil, iluminado por la luz de la farola, era la viva imagen de la indignación, y se dirigió a Pinski, que seguía retorciéndose en el aire—. ¿Se puede saber por qué golpea a una mujer indefensa?

Era una suerte inmensa, pensó Grigori. Solo un extranjero podía poner objeciones al hecho de que un policía estuviese golpeando a una mujer.

La figura delgada y alargada de Kanin, el supervisor, se bajó del coche detrás de Dewar.

—Suelte al policía, Peshkov —le dijo a Grigori.

Grigori dejó a Pinski en el suelo y lo soltó. Este se dio media vuelta y Grigori se dispuso a propinarle un nuevo golpe, pero Pinski se contuvo. Con la voz emponzoñada, lo amenazó:

—No me voy a olvidar de ti, Peshkov.

Grigori lanzó un gemido: aquel hombre conocía su nombre.

Katerina se incorporó hasta ponerse de rodillas, gimoteando. Dewar la ayudó con galantería a levantarse, diciendo:

—¿Está usted malherida, señorita?

Kanin parecía sentirse incómodo; ningún ruso se dirigiría nunca a una campesina tan cortésmente.

Ilia se levantó, con expresión perpleja.

Del interior del automóvil surgió la voz de la princesa Bea que, hablando en inglés, parecía irritada e impaciente.

Grigori se dirigió a Dewar.

—Con su permiso, excelencia, voy a llevar a esta mujer al médico más cercano.

Dewar miró a Katerina.

—¿Es eso lo que quiere?

—Sí, señor —contestó ella, con los labios ensangrentados.

—Muy bien —dijo.

Grigori la tomó del brazo y se la llevó antes de que alguien pudiese sugerir lo contrario. Al llegar a la esquina, miró hacia atrás. Los dos policías estaban discutiendo con Dewar y Kanin bajo la farola.

Sin soltar aún el brazo de Katerina, siguió tirando de ella apresuradamente, a pesar de que la muchacha iba cojeando. Necesitaban ganar distancia entre ellos y Pinski.

En cuanto hubieron doblado la esquina, ella dijo:

—No tengo dinero para un médico.

—Yo podría hacerte un préstamo —dijo él, con cierto remordimiento; el dinero que tenía ahorrado era para un pasaje a América, no para curar moretones de chicas guapas.

Ella le lanzó una mirada calculadora.

—En realidad no necesito un médico —contestó—. Lo que necesito es un trabajo. ¿Podrías llevarme a las oficinas de la fábrica?

Aquella chica tenía agallas, desde luego, pensó, admirado. Un policía acababa de darle una paliza, y en lo único que pensaba era en conseguir trabajo.

—Las oficinas están cerradas, he dicho eso para confundir a los policías, pero puedo llevarte allí por la mañana.

—No tengo ningún sitio donde dormir.

Le lanzó una mirada recelosa que él no acabó de entender. ¿Acaso se le estaba ofreciendo? Muchas de las campesinas que llegaban a la ciudad, siendo apenas unas niñas, terminaban haciendo eso. Aunque tal vez su mirada significase justo lo contrario, que quería una cama pero no estaba preparada para hacer favores sexuales.

—En el edificio donde vivo hay una habitación que comparten varias mujeres —le explicó él—. Duermen tres o más en la misma cama, y siempre pueden encontrar sitio para otra.

—¿Está muy lejos?

Grigori señaló hacia delante, hacia una calle que seguía paralela a un terraplén junto a la línea ferroviaria.

—Está aquí mismo.

La chica asintió con la cabeza, y al cabo de unos momentos, entraron en la casa.

Grigori ocupaba un cuarto en la parte trasera del primer piso. El estrecho camastro que compartía con Lev estaba colocado junto a una de las paredes. Había una chimenea con un hueco para el fuego, y una mesa y dos sillas junto a la ventana que daba al ferrocarril. Una caja de embalaje colocada del revés hacía las veces de mesilla de noche, y encima de ella había un jarro y una palangana para el aseo.

Katerina inspeccionó el lugar paseándose con la mirada por todos los rincones, y luego dijo:

—¿Tienes todo esto para ti solo?

—¡No, no soy rico! Comparto el cuarto con mi hermano, que vendrá luego.

La muchacha se quedó pensativa. Tal vez temía que quisieran que se acostara con los dos, por lo que, para tranquilizarla, Grigori dijo:

—¿Te presento a las otras mujeres que viven en el edificio?

—Ya habrá tiempo para eso. —Tomó asiento en una de las dos sillas—. Déjame descansar un poco.

—Por supuesto.

Todo estaba preparado para encender el fuego; Grigori siempre lo dejaba ya listo por la mañana, antes de irse a trabajar. Acercó una cerilla a la leña. De repente, se oyó un estruendo parecido a un trueno, y Katerina se asustó.

—Solo es un tren —le explicó Grigori—. Estamos al lado de las vías.

Vertió agua del jarro en un caldero y luego lo colocó en el fuego para que se calentara un poco. Se sentó frente a Katerina y la miró. Tenía el pelo liso y claro, y el cutis también claro. Al principio le había parecido muy guapa, pero en ese momento vio que en realidad era bellísima, con un aire oriental en la estructura ósea que sugería unos orígenes siberianos. Su cara también tenía los rasgos de un carácter fuerte, con una boca grande que resultaba muy sensual, pero que también indicaba determinación, y una voluntad de hierro que se reflejaba en la intensa mirada de sus ojos azul verdoso.

La hinchazón de los labios que le había provocado el puñetazo de Pinski era cada vez más visible.

—¿Cómo te encuentras? —le preguntó él.

La muchacha se palpó los hombros, las costillas, las caderas y los muslos.

—Tengo magulladuras por todas partes —dijo—, pero me quitaste de encima a ese animal antes de que pudiera hacerme daño de verdad.

No pensaba compadecerse de sí misma. A Grigori, eso le gustó.

—Cuando se caliente el agua, te limpiaré la sangre.

Guardaba la comida en una caja de hojalata, de la que extrajo un pedazo de jamón para, acto seguido, echarlo en la sartén. Añadió un poco de agua del jarro, lavó un nabo y empezó a cortarlo a tiras encima de la sartén. Miró de reojo a Katerina y vio que lo escrutaba con expresión de extrañeza.

—¿Es que tu padre cocinaba en casa? —le preguntó.

—No —contestó Grigori, y en un segundo se vio arrastrado en el tiempo hasta la época en que tenía once años. Era inútil seguir resistiéndose a rememorar los terribles recuerdos que la visión de la princesa Bea le habían provocado. Dejó la sartén con un gesto cansino encima de la mesa, fue a sentarse al borde de la cama y hundió la cabeza entre las manos, abrumado por la pena y el dolor—. No —repitió—, mi padre no cocinaba.

V

Llegaron al pueblo al amanecer, el capitán territorial y seis soldados de caballería. En cuanto su madre oyó el ruido de los cascos de los caballos, cogió a Lev en brazos. Este tenía ya seis años y pesaba mucho, pero ella era una mujer fuerte y robusta, capaz de cargar con él un buen trecho. Tomó a Grigori de la mano y los tres salieron corriendo de la casa. Guiaban a los soldados los ancianos del pueblo, quienes debían de haberse encontrado con ellos a las afueras de la aldea. Como solo había una puerta, la familia de Grigori no tenía medio de esconderse, y en cuanto aparecieron, los soldados espolearon a sus monturas.

La madre se deslizó por el costado de la casa y se puso a espantar a las gallinas y a asustar a la cabra, de manera que esta se soltó de la correa y salió huyendo también. Atravesó corriendo el erial que había detrás de la vivienda y salió en dirección a los árboles. Podrían haber escapado, pero de repente, Grigori se dio cuenta de que habían dejado atrás a su abuela. Dejó de correr y se soltó de la mano.

—¡Nos hemos olvidado a la abuela! —gritó.

—Pero ¡es que no puede correr! —contestó la madre.

Grigori ya lo sabía; su abuela apenas podía ya caminar, pero a pesar de todo, sentía que no podían abandonarla allí.

—¡Grishka, vamos! —gritó su madre, y siguió corriendo, aún acarreando a Lev en brazos, que chillaba aterrorizado.

Grigori los siguió, pero aquel retraso fue funesto. Los soldados a caballo se aproximaron, cercándolos a cada lado, y les bloquearon el sendero de entrada al bosque. Desesperada, la madre corrió hacia el estanque, pero los pies se le hundieron en el barro, lo que le impidió seguir avanzando y, al final, se cayó en el agua.

Los hombres se echaron a reír a carcajadas. Le ataron las manos a la espalda y la obligaron a regresar.

—Aseguraos de que la acompañen los niños —dijo el capitán—. Son órdenes del príncipe.

Se habían llevado al padre de Grigori una semana antes, junto a otros dos hombres. El día anterior, los carpinteros del príncipe Andréi habían construido un patíbulo en la pradera norte. En ese momento, mientras seguía a su madre en dirección al prado, Grigori vio a tres hombres en lo alto del patíbulo, atados de pies y manos y con una soga al cuello. Junto al patíbulo, aguardaba un sacerdote.

—¡No! —gritó su madre, que empezó a forcejear para quitarse la cuerda que le rodeaba las muñecas. Uno de los soldados extrajo el fusil de la funda que llevaba en la silla de montar, le dio la vuelta y pegó a la mujer en la cara con la culata de madera del arma. La madre dejó de forcejear y empezó a gritar.

Grigori sabía lo que significaba aquello: su padre iba a morir allí. Había visto a cuatreros ahorcados por los ancianos de la aldea, aunque aquello era distinto, porque las víctimas eran hombres a los que no conocía. Una oleada de terror se apoderó de su cuerpo, y sintió de pronto que empezaba a temblar y le flaqueaban las piernas.

Aún cabía la esperanza de que, al final, ocurriese algo inesperado capaz de impedir la ejecución; puede que el zar decidiese intervenir, si de verdad velaba por su pueblo. O acaso un ángel, tal vez. Sintió que se le humedecía la cara y comprendió que estaba llorando.

Él y su madre se vieron obligados a colocarse de pie justo delante del patíbulo. Los demás aldeanos se reunieron alrededor. Al igual que a su madre, habían tenido que arrastrar hasta allí a las mujeres de los otros dos hombres, entre gritos y sollozos, maniatadas, con los niños aferrándose a sus faldas y profiriendo alaridos de terror.

En el sendero de tierra que había detrás de la verja del recinto aguardaba un carruaje, con un par de caballos alazanes que pastaban la hierba del margen del camino. Cuando hubieron acudido todos, una figura de barba negra y vestida con un largo abrigo oscuro se apeó del carruaje: era el príncipe Andréi. Se volvió y le ofreció la mano a su hermana pequeña, la princesa Bea, que llevaba una estola de piel alrededor de los hombros para protegerse del frío de la mañana. Grigori no pudo evitar fijarse en la belleza de la princesa, con la piel y el pelo muy claros, con el mismo aspecto que imaginaba que debían de tener los ángeles, a pesar de que era evidente que era un diablo.

El príncipe se dirigió a los aldeanos.

—Este prado pertenece a la princesa Bea —dijo—, y nadie puede apacentar el ganado en él sin su permiso. Hacerlo es robar la hierba de la princesa.

Se oyó un murmullo de resentimiento entre la multitud. No creían en aquella clase de derechos de propiedad, a pesar de lo que les decían todos los domingos en la iglesia. Ellos obedecían unas leyes campesinas más antiguas según las cuales la tierra era del que la trabajaba.

El príncipe señaló a los tres hombres que había en el patíbulo.

—Esos tres insensatos de ahí arriba han quebrantado la ley, no solo una vez, sino en repetidas ocasiones. —Hablaba con la voz preñada de indignación, como un niño al que le hubiesen robado su juguete—. Peor aún, les han dicho a los demás que la princesa no tiene ningún derecho a impedirles que apacienten aquí el ganado, y que los campos que no use el terrateniente deberían quedar a la disposición de los campesinos más pobres. —Grigori había oído a su padre decir aquellas cosas a menudo—. Como consecuencia, algunos hombres venidos de otras partes han empezado a apacentar el ganado en tierras propiedad de la nobleza, y en lugar de arrepentirse de sus pecados, ¡estos tres han convertido a sus vecinos también en pecadores! Por eso han sido condenados a muerte. —Hizo una seña al sacerdote.

El cura subió por la escalera provisional y habló en voz baja con cada uno de los hombres, por turnos. El primero asintió inexpresivamente; el segundo se echó a llorar y empezó a rezar en voz alta, mientras que el tercero, el padre de Grigori, escupió al clérigo en la cara. Nadie se escandalizó, pues en los pueblos no se tenía una buena opinión de los curas, y Grigori había oído decir a su padre que le contaban a la policía todo lo que oían en el confesionario.

El sacerdote bajó las escaleras y el príncipe Andréi hizo una señal a uno de sus sirvientes, que estaba sosteniendo una maza en la mano.

Grigori advirtió por primera vez que los tres condenados estaban encima de una plataforma de madera con unas rudimentarias bisagras que descansaba sobre un solo soporte, y descubrió horrorizado que la maza servía para derribar al suelo ese único puntal.

«Ahora es cuando debería aparecer un ángel», pensó.

Los lugareños empezaron a emitir gemidos lastimeros, y las mujeres se pusieron a chillar, y esta vez los soldados no hicieron nada por impedírselo. El pequeño Lev lloraba desconsoladamente; lo más probable era que no entendiese lo que estaba a punto de ocurrir, pensó Grigori, pero estaba asustado por los gritos de su madre.

Su padre no mostraba ninguna emoción. Con el rostro pétreo, tenía la mirada fija en algún punto distante, aguardando su destino. Grigori quiso en ese momento llegar a ser tan fuerte como él. Trató con todas sus fuerzas de conservar su aplomo, a pesar de que sentía en las entrañas la necesidad de ponerse a gritar como Lev. No logró contener las lágrimas, pero se mordió el labio y permaneció igual de mudo que su padre.

El sirviente levantó la maza, la acercó al puntal para calcular la distancia necesaria, tomó impulso hacia atrás y asestó el golpe fatídico. El puntal salió despedido por los aires y la plataforma de bisagras se hundió en medio de un gran estruendo. Los tres hombres cayeron al vacío y luego, en el momento en que la soga que les rodeaba el cuello detenía su caída, sus cuerpos se estremecieron en una fuerte sacudida.

Grigori era incapaz de apartar la vista de la escena, y se quedó mirando a su padre. Este no murió en el acto, sino que abrió la boca, tratando de respirar, o de gritar, pero no pudo hacer ninguna de las dos cosas. Con el rostro cada vez más enrojecido, forcejeó con las cuerdas que lo tenían atado. La agonía se prolongó durante largo rato, mientras su cara se teñía de un rojo cada vez más intenso.

Luego, la tez adquirió una tonalidad más azulada y sus movimientos fueron haciéndose cada vez más débiles. Al final, se quedó inmóvil.

Su madre dejó de chillar y rompió a llorar.

El cura se puso a rezar en voz alta, pero los aldeanos no le hacían caso, y uno a uno, fueron alejándose del escenario de los tres hombres muertos.

El príncipe y la princesa volvieron a subirse al carruaje y, al cabo de un momento, el cochero hizo restallar el látigo y se marcharon.

VI

Cuando hubo terminado de relatar la historia, Grigori recobró la calma. Se pasó la manga de la camisa por la cara para secarse las lágrimas y luego volvió a dirigir su atención a Katerina, quien lo había escuchado en respetuoso silencio, aunque no parecía demasiado horrorizada ni sorprendida. Sin duda debía de haber presenciado ella misma escenas muy similares: los ahorcamientos, las azotainas y las mutilaciones eran castigos corrientes en los pueblos.

El joven dejó el caldero de agua caliente encima de la mesa y buscó una toalla limpia. Katerina echó la cabeza hacia atrás y Grigori colgó la lámpara de queroseno de un gancho en la pared para ver mejor.

La muchacha tenía un corte en la frente y un morado en la mejilla, además de los labios hinchados. Y pese a todo, al mirarla tan de cerca, Grigori se quedó sin aliento. Ella le correspondió con una mirada franca y valiente que a él se le antojó maravillosa.

Mojó la punta de la toalla en el agua caliente.

—Con cuidado —le advirtió ella.

—Por supuesto. —Empezó limpiándole la frente. Cuando le hubo retirado la sangre, vio que la herida era un simple rasguño.

—Así está mucho mejor —dijo ella.

Lo miraba a la cara mientras le aplicaba la toalla. Él le lavó las mejillas y el cuello y luego dijo:

—He dejado la parte más dolorosa para el final.

—Seguro que no me haces daño —repuso ella—. Hasta ahora has sido muy delicado. —Pero pese a todo, la chica se estremeció de dolor cuando la toalla le rozó los labios hinchados.

—Lo siento —dijo él.

—Sigue.

A medida que las iba limpiando, vio que las heridas ya estaban sanando. Katerina tenía la dentadura blanca y perfecta de una muchacha muy joven. Le limpió las comisuras de aquella boca sensual y, al agacharse para acercarse a ella, sintió el aliento cálido sobre su cara.

Cuando hubo terminado, Grigori experimentó una extraña sensación de decepción, como si hubiese estado esperando algo que no había llegado a suceder. Volvió a sentarse y enjuagó la toalla en el agua, que ahora estaba sucia y oscura por la sangre.

—Gracias —le dijo ella—. Tienes unas manos muy suaves.

Grigori advirtió que el corazón le latía desbocado. Ya había limpiado heridas de otras personas anteriormente, pero nunca había experimentado aquella vertiginosa sensación. Se sintió como si estuviera a punto de hacer una estupidez.

Abrió la ventana, vació el caldero y dejó un charco rosado sobre la nieve del patio.

Le pasó por la cabeza la extraña idea de que tal vez Katerina solo era un sueño. Se volvió, esperando a medias que su silla estuviera vacía, pero allí estaba, mirándolo con aquellos ojos azul verdoso, y se dio cuenta de que no quería que se fuese nunca.

Se le ocurrió que tal vez estaba enamorado.

Nunca jamás había pensado nada semejante. Por lo general, estaba demasiado ocupado cuidando de Lev para ir por ahí detrás de las mujeres, aunque no era virgen: se había acostado con tres mujeres distintas. Sin embargo, había sido una experiencia triste, tal vez porque no sentía nada por ninguna de ellas.

Ahora, en cambio, lo que quería —pensó casi temblando—, más que ninguna otra cosa en el mundo, era tumbarse con Katerina en el estrecho camastro que había junto a la pared, besar su rostro magullado y decirle...

Y decirle que estaba enamorado de ella.

«No seas idiota —se regañó—. Pero si hace solo una hora que la conoces... Lo que quiere de ti no es amor, lo que quiere es que le prestes algo de dinero, un trabajo y un sitio donde dormir.»

Cerró la ventana de golpe.

—Cocinas para tu hermano —dijo ella—, tienes las manos suaves y a pesar de todo eso, eres capaz de derribar a un policía al suelo de un puñetazo.

Grigori no sabía qué responder.

—Me has contado cómo murió tu padre —prosiguió ella—, pero tu madre también murió cuando aún eras un niño, ¿verdad que sí?

—¿Cómo lo sabes?

Katerina se encogió de hombros.

—Porque tuviste que dejar de ser niño para convertirte en madre.

VII

Murió el 9 de enero de 1905, según el calendario juliano. Era domingo, y en los días y los años que siguieron pasó a ser conocido como el Domingo Rojo o Sangriento.

Grigori tenía dieciséis años y Lev, once. Al igual que su madre, los dos chicos trabajaban en la fábrica Putílov. Grigori era aprendiz de fundidor y Lev, mozo de limpieza. Ese mes de enero, los tres estaban de huelga, junto con más de cien mil operarios de San Petersburgo, para reivindicar la jornada laboral de ocho horas y el derecho a organizarse en sindicatos. La mañana del día 9 se pusieron sus mejores ropas y salieron a la calle, cogidos de la mano y caminando por el manto de nieve recién caída, hasta una iglesia cerca de la fábrica Putílov. Después de misa se sumaron a los millares de trabajadores que, procedentes de todos los rincones de la ciudad, desfilaban en dirección al Palacio de Invierno.

—¿Por qué tenemos que caminar? —se quejaba el pequeño Lev, que habría preferido jugar al fútbol en cualquier callejón.

—Por la memoria de tu padre —contestó su madre—, porque los príncipes y las princesas son unos monstruos asesinos. Porque tenemos que derrocar al zar y a todos los de su clase. Porque no descansaré hasta que Rusia sea una república.

Hacía un día perfecto en San Petersburgo, frío pero seco, y el rostro de Grigori recibía el aliento cálido del sol, igual de reconfortante que el sentimiento de camaradería por avanzar todos unidos por una misma causa.

El líder que encabezaba la manifestación, el pope Gapón, era como un profeta del Antiguo Testamento, con la luenga barba, el lenguaje bíblico y el brillo de la gloria divina en sus ojos. No era ningún revolucionario, sino que sus asambleas para ayudar a los obreros, auspiciadas por el propio gobierno, daban comienzo a todas sus reuniones con la oración del Señor y terminaban con el himno nacional.

—Ahora entiendo qué esperaba el zar de Gapón —le dijo Grigori a Katerina nueve años más tarde, en aquella habitación que daba a la línea del ferrocarril—. Pretendía que fuera una especie de válvula de seguridad, concebida para que absorbiera la presión de los trabajadores para las reformas y la liberase, de manera inofensiva, en meriendas a base de té y bailes en el campo. Pero no le salió bien.

Ataviado con una larga túnica blanca y portando un crucifijo, Gapón encabezaba la procesión por el distrito de Narva. Grigori, Lev y su madre iban justo a su lado, pues él mismo había animado a las familias a que se colocasen delante en la marcha, asegurándoles que los soldados nunca serían capaces de disparar contra los niños. Detrás de ellos, dos vecinos portaban un enorme retrato del zar. Gapón les dijo que el zar era el padre de su pueblo, que él escucharía sus ruegos, que atendería sus súplicas, echaría a sus crueles ministros y satisfaría las razonables demandas de los trabajadores.

—Dijo Nuestro Señor Jesucristo: «Dejad que los niños se acerquen a mí», y el zar dice lo mismo —clamaba Gapón, y Grigori le creía.

Habían llegado a la Puerta de Narva, un arco de triunfo de dimensiones descomunales, y Grigori recordaba haber mirado a la estatua de un carro con seis caballos gigantescos; a continuación, un escuadrón de caballería abrió fuego y empezó a disparar al aire, casi como si los caballos de bronce que coronaban el monumento hubiesen cobrado vida de repente.

Algunos de los manifestantes salieron huyendo despavoridos, otros cayeron al suelo y fueron pisoteados sin piedad por los cascos de los caballos. Grigori se quedó paralizado, sin poder moverse, aterrorizado, al igual que su madre y Lev.

Los soldados no desenfundaban sus armas, y parecían contentarse con asustar a la gente para que se dispersara, pero había demasiados trabajadores en las calles, y al cabo de unos minutos, los soldados hicieron girar a los caballos y se fueron.

La marcha se reanudó, aunque con un espíritu muy distinto. Grigori intuyó que el día podía no acabar de forma pacífica. Pensó en todas las fuerzas que tenían en contra: la nobleza, los ministros y el ejército. ¿Hasta dónde serían capaces de llegar para impedir que el pueblo hablase con su zar?

La respuesta llegó casi inmediatamente. Al mirar por encima de las cabezas que tenía delante, vio a una fila de soldados de infantería y, con un escalofrío, se dio cuenta de que estaban preparados para abrir fuego.

La marcha prosiguió más despacio cuando los manifestantes comprendieron a qué se enfrentaban. El pope Gapón, a escasa distancia de Grigori, se volvió y gritó a sus seguidores:

—¡El zar nunca permitirá que sus soldados disparen contra su amado pueblo!

Se oyó un repiqueteo ensordecedor, como una lluvia de granizo sobre un tejado de chapa: los soldados acababan de disparar una salva. El olor acre de la pólvora inundó los orificios nasales de Grigori, y el miedo se apoderó por completo de su cuerpo.

—¡No temáis! —exclamó el pope—. ¡Solo disparan al aire!

Se oyó una nueva ráfaga de disparos, pero aunque ninguna bala parecía impactar en el suelo, al muchacho se le encogió el estómago de puro terror.

A continuación se produjo una nueva salva, y esta vez los proyectiles no pasaron surcando el cielo sin causar daños. Grigori oyó gritos y vio a la gente caer al suelo, mirando a su alrededor con el gesto confuso, y permaneció inmóvil, incapaz de moverse, hasta que su madre le dio un violento empujón.

—¡Túmbate en el suelo! —le ordenó.

El muchacho la obedeció y, acto seguido, la madre también tiró al suelo a Lev para, al instante, arrojarse sobre su hijo.

«Vamos a morir», pensó Grigori, y el sonido de los latidos de su corazón era más fuerte que el de las balas.

Los disparos se prolongaron indiscriminadamente, un ruido infernal imposible de acallar. Cuando la gente empezó a huir despavorida, Grigori sintió sobre su cuerpo el peso de las botas, pero su madre les protegía la cabeza a él y a su hermano. Permanecieron allí tumbados, temblando, rodeados de gritos y de la trayectoria de los proyectiles.

Luego, el fuego cesó de repente. La madre se apartó de ellos y Grigori levantó la cabeza para mirar a uno y otro lado. Había gente corriendo en todas direcciones, gritándose unos a otros, pero los gritos fueron apagándose poco a poco.

—Vamos, levantaos —les dijo su madre, y se pusieron de pie y corrieron a apartarse de la carretera, sorteando cuerpos inmóviles y esquivando a los heridos, con la ropa empapada de sangre.

Llegaron a un callejón y se detuvieron, y Lev le susurró a su hermano:

—¡Me he meado encima! ¡No se lo digas a mamá!

La madre estaba furiosa.

—¡Vamos a ir a hablar con el zar, y nadie podrá impedírnoslo! —gritó, y la gente se paró a mirar aquella expresiva cara de campesina y su mirada intensa. Con una voz extraordinariamente poderosa, el eco de sus palabras llegó hasta el otro lado de la calle—. No pueden impedírnoslo: ¡tenemos que llegar al Palacio de Invierno!

Algunos gritaron de entusiasmo ante sus palabras y otros asintieron con la cabeza. Lev empezó a llorar.

Escuchando la historia nueve años más tarde, Katerina dijo:

—¿Y por qué hizo eso? ¡Debería haberse llevado a sus hijos a casa, para ponerlos a salvo!

—Ella siempre decía que no quería que sus hijos tuviesen la misma vida que había tenido ella —contestó Grigori—. Creo que pensaba que, para todos nosotros, era mejor morir que renunciar a la esperanza de una vida mejor.

Katerina se quedó pensativa.

—Supongo que eso es ser muy valiente.

—Es más que valentía —repuso Grigori con voz solemne—. Es heroísmo.

—¿Y qué ocurrió luego?

Habían llegado al centro de la villa, junto a millares de personas más. Cuando el sol se elevó aún más por el cielo de la ciudad nevada, Grigori se desabrochó el abrigo y se quitó la bufanda. La caminata era muy larga para las cortas piernas de Lev, pero el chico estaba demasiado asustado y confuso para protestar.

Al fin llegaron a la avenida Nevski, el amplio paseo que atravesaba el corazón de la ciudad, que ya estaba abarrotada de gente. Los coches y los omnibuses transitaban las calles a toda velocidad, y los carruajes de caballos de alquiler circulaban en todas direcciones, sembrando el caos y el peligro… en aquellos tiempos, recordó Grigori, no había taxis a motor.

Se encontraron con Konstantín, un tornero de la fábrica Putílov, quien le contó a su madre un mal presagio: que habían matado a varios manifestantes en diversas partes de la ciudad. Sin embargo, la mujer no aminoró el paso, y el resto de la multitud parecía igual de decidida que ella. Prosiguieron con su marcha implacable desfilando por delante de tiendas que vendían pianos alemanes, sombreros de confección parisina y vasijas de plata especiales para rosas de invernadero. Grigori había oído decir que, en las joyerías de la ciudad, un noble podía gastar más dinero en alhajas para su amante de lo que un obrero de una fábrica llegaba a ganar en toda su vida. Pasaron por delante del cine Soleil, que Grigori se moría de ganas de visitar. Los vendedores ambulantes estaban haciendo su agosto, vendiendo té hecho en samovares y globos de colores para los niños.

Al llegar al extremo de la calle, se encontraron de frente con los tres símbolos más emblemáticos de la ciudad de San Petersburgo, a orillas del río Neva, cuyas aguas estaban congeladas: la estatua ecuestre de Pedro el Grande, más conocida como el Jinete de Bronce; el edificio del Almirantazgo, con su aguja dorada, y el Palacio de Invierno. La primera vez que había visto el palacio, a los doce años, Grigori no podía creer que un edificio tan gigantesco pudiese estar destinado a que vivieran personas en él; le parecía algo inconcebible, como sacado de un cuento de hadas, como una espada mágica o una capa para volverse invisible.

La plaza que había delante del palacio estaba cubierta de un manto blanco de nieve. En el extremo del fondo, formando en fila delante del edificio rojo oscuro, se veía a la caballería, fusileros vestidos con abrigos largos, y un cañón. La muchedumbre se arremolinó en torno a la orilla de la plaza, manteniendo la distancia, temerosos de los militares, pero el goteo de gente era incesante, ciudadanos que acudían desde todas las calles circundantes, como las aguas de los afluentes que iban a parar al Neva, y a Grigori no dejaban de empujarlo hacia delante. El muchacho advirtió, sorprendido, que no todos los presentes eran obreros, sino que muchos de ellos llevaban los cálidos abrigos de la clase burguesa, que regresaban de camino a sus casas después de acudir a la iglesia; también había estudiantes, y algunos incluso iban ataviados con el uniforme de la escuela.

Con prudencia, la madre de Grigori se los llevó a él y a su hermano lejos de las armas y en dirección a los Jardines Alexandrovski, un parque delante del edificio amarillo y blanco del Almirantazgo. Otros tuvieron la misma idea y la gente allí reunida empezó a caldear el ambiente. El hombre que solía ofrecer paseos en trineo de renos a los hijos de los burgueses se había ido a casa. Todos hablaban de matanza, de que, en toda la ciudad, los manifestantes habían sido abatidos por los disparos y muchos habían muerto a manos de los sables de los cosacos. Grigori habló con un chico de su misma edad y le contó lo ocurrido en la Puerta de Narva. A medida que los manifestantes iban descubriendo lo que les había pasado a los otros, los ánimos se enardecían por momentos.

Grigori se quedó mirando la enorme fachada del Palacio de Invierno, con sus centenares de ventanas. ¿Dónde estaba el zar?

—Más tarde averiguamos que esa mañana el zar no estaba en el Palacio de Invierno —le explicó Grigori a Katerina, y oyó en su propia voz el amargo resquemor de una víctima de la traición y la decepción—. Ni siquiera estaba en la ciudad. El padre de su pueblo se había ido a su palacio en la Villa de los Zares, a pasar el fin de semana dando paseos por el campo y jugando al dominó. Pero entonces nosotros eso no lo sabíamos, y lo llamamos a gritos, le suplicamos que apareciera ante sus leales súbditos.

La multitud era cada vez más numerosa, y los gritos para que el zar se asomara a recibir a su pueblo eran más insistentes; algunos de los manifestantes empezaron a abuchear a los soldados. Todo el mundo estaba muy tenso y enfadado. De repente, un destacamento de guardias irrumpió en los jardines y ordenó el desalojo del lugar. Grigori presenció, entre aterrorizado e incrédulo, cómo fustigaban a los presentes indiscriminadamente con el látigo, algunos utilizando incluso la empuñadura del sable. Miró a su madre en busca de ayuda.

—¡No podemos rendirnos ahora! —clamó ella.

Grigori no sabía qué era lo que esperaban todos que hiciese el zar, solo estaba seguro, como todos los demás, de que su soberano lograría de algún modo atender las quejas de sus súbditos si estos conseguían hacerlas llegar a sus oídos.

Los otros manifestantes exhibían la misma determinación que su madre, y aunque aquellos que eran atacados por los guardias se encogían con el gesto aterrorizado, nadie se movió de allí.

En ese momento, los soldados tomaron posiciones para abrir fuego.

Cerca de la fila delantera, varias personas se pusieron de rodillas, se quitaron los gorros y se santiguaron.

—¡Arrodillaos! —gritó su madre, y los tres se arrodillaron, como la mayoría de todos cuantos los rodeaban, hasta que la multitud hubo adoptado la posición de oración.

Todo quedó sumido en un silencio que hizo que a Grigori se le pusieran los pelos de punta. Se quedó mirando los fusiles que lo apuntaban y los fusileros le devolvieron una mirada vacía e indiferente, como si fueran estatuas.

A continuación, Grigori oyó el sonido de una corneta.

Era una señal. Los soldados abrieron fuego y, alrededor de Grigori, la gente gritó y cayó al suelo. Un chico que se había encaramado a una estatua para ver mejor, lanzó un alarido y se desplomó. Un niño se precipitó de un árbol como si fuera un pájaro.

Grigori vio a su madre tumbarse boca abajo en el suelo. Creyendo que trataba de evitar las balas, él hizo lo mismo, pero luego, al mirarla cuando ambos estaban tendidos en el suelo, advirtió el reguero de sangre, roja y brillante, en la nieve que le rodeaba la cabeza.

—¡No! —gritó—. ¡No!

Lev gritó también.

Grigori agarró a su madre por los hombros y la levantó. Tenía el cuerpo inerte y, al mirarla a la cara, la imagen que vio lo dejó completamente desconcertado. ¿Qué era lo que estaba viendo? Donde debían haber estado su frente y sus ojos, ahora solo había una masa amorfa de carne irreconocible.

Fue Lev quien puso palabras a la verdad.

—¡Está muerta! —gritó—. ¡Mamá está muerta! ¡Mi madre está muerta!

Los disparos cesaron. A su alrededor, la gente corría, escapaba cojeando o huía a rastras. Grigori intentó pensar. ¿Qué debía hacer? Tenía que sacar a su madre de allí como fuese, decidió. Le pasó los brazos por debajo del cuerpo y la levantó. No era ligera, pero él era fuerte.

Se volvió para tratar de localizar el camino de vuelta a casa. Lo veía todo borroso, y entonces se dio cuenta de que estaba llorando.

—Vamos —le dijo a Lev—. Deja de gritar. Tenemos que irnos.

Al llegar al final de la plaza, un anciano los retuvo un momento, un hombre con el rostro surcado de arrugas y los ojos llorosos. Llevaba el uniforme azul de un obrero de la fábrica.

—Tú eres joven —le dijo a Grigori. Había rabia y angustia en su voz—. No olvides nunca lo que ha pasado hoy aquí —le pidió—. No olvides nunca los crímenes cometidos por el zar.

Grigori asintió.

—No lo olvidaré, señor —le contestó.

—Que tengas una larga vida —siguió diciendo el anciano—. Lo bastante larga para vengarte del zar, que tiene las manos manchadas de sangre por todos los crímenes que ha cometido hoy.

VIII

—La llevé en brazos durante un kilómetro y medio, pero luego me cansé, así que me subí a un tranvía, con ella aún en brazos —le explicó Grigori a Katerina.

La joven lo miró fijamente. Su rostro tan hermoso, lleno de magulladuras, estaba ahora pálido de espanto.

—¿Llevaste a tu madre muerta a casa en tranvía?

Él se encogió de hombros.

—En esos momentos no pensé que estuviera haciendo nada extraordinario. O mejor dicho, todo lo que había pasado ese día era tan extraño, que ya nada me sorprendía.

—¿Y la gente que iba en el tranvía?

—El conductor no dijo nada. Supongo que estaba demasiado conmocionado para echarme y, por supuesto, no me pidió que le pagara el billete… que no habría podido pagar, claro.

—¿Y te sentaste, sin más?

—Me senté allí, con el cadáver en brazos y Lev a mi lado, llorando. Los pasajeros se limitaron a mirarnos. Me daba igual lo que pensasen, lo único que me preocupaba era qué hacer a continuación, que era llevarla a casa.

—Así que te convertiste en el cabeza de familia, a los dieciséis años.

Grigori asintió. Aunque los recuerdos eran dolorosos, el hecho de que Katerina le estuviese dedicando toda su atención le producía un placer indescriptible. Tenía la mirada clavada en él, y lo escuchaba boquiabierta, con una expresión en aquel rostro adorable, mezcla de fascinación y horror.

—Lo que más recuerdo de aquella época es que nadie nos ayudó —dijo, y volvió a experimentar el sentimiento terrible de estar completamente solo en un mundo hostil. El recuerdo siempre conseguía que una intensa oleada de rabia inundara toda su alma.

«Eso ya pasó —se dijo—, ahora tengo una casa y un trabajo, y mi hermano se ha convertido en un hombre fuerte y noble. Los malos tiempos ya han quedado atrás.» Pero pese a todo, le daban ganas de coger a alguien del cuello, ya fuese un soldado, un policía, un ministro del gobierno o el mismísimo zar, y retorcérselo hasta que no quedase una gota de vida en su cuerpo. Cerró los ojos, estremeciéndose, hasta que se le pasó.

—En cuanto acabó el funeral, el casero nos echó, diciendo que no podríamos pagarle, y se quedó con nuestros muebles como compensación por los alquileres atrasados, a pesar de que nuestra madre jamás se retrasaba en los pagos. Fui a la iglesia y le conté al cura que no teníamos ningún lugar donde dormir.

Katerina se rió con una carcajada cruel.

—Creo que adivino lo que pasó allí.

Grigori estaba sorprendido.

—¿Ah, sí?

—El cura os ofreció una cama: la suya. Eso fue lo que me pasó a mí.

—Algo así —dijo Grigori—. Me dio unos cópecs y me envió a comprar patatas. La tienda no estaba donde él me había dicho, pero en lugar de ponerme a buscarla, regresé a la iglesia porque aquel hombre me daba mala espina. Efectivamente, cuando entré en la sacristía, estaba bajándole los pantalones a Lev.

Katerina asintió con la cabeza.

—Los curas llevan haciéndome eso mismo a mí desde que tenía doce años.

Grigori se quedó de una pieza. Había dado por sentado que solo aquel cura en concreto era una mala persona, pero era evidente que Katerina estaba convencida de que, entre el clero, la depravación era la norma.

—¿Es que son todos así? —exclamó él, indignado.

—Según mi experiencia, prácticamente todos.

Negó con la cabeza, asqueado.

—¿Y sabes lo que más me indignó? Que cuando lo sorprendí, ¡ni siquiera dio muestras de estar avergonzado! Solo parecía molesto, como si lo hubiese interrumpido mientras meditaba sobre la Biblia.

—¿Y qué hiciste?

—Le dije a Lev que se subiera los pantalones y nos fuimos. El cura me instó a que le devolviera los cópecs, pero yo le contesté que era una limosna para los pobres. Pagué con ellos una cama en una casa de huéspedes esa noche.

—¿Y luego?

—Al final encontré un trabajo que no estaba mal, mintiendo sobre mi verdadera edad, busqué una habitación y aprendí, día tras día, a ser independiente.

—Y ahora, ¿eres feliz?

—Desde luego que no. Mi madre quería para nosotros una vida mejor, y voy a asegurarme de que así sea. Nos vamos a ir de Rusia. Ya casi tengo ahorrado el dinero suficiente: me voy a América, y cuando llegue, le enviaré a Lev el dinero para un pasaje. En América no hay zares, ni emperadores ni reyes de ninguna clase. El ejército no puede disparar así como así a la gente. ¡Es el pueblo el que gobierna el país!

La muchacha se mostró escéptica.

—¿Y tú de verdad te crees eso?

—¡Es que es verdad!

Se oyeron unos golpes en la ventana y Katerina se sobresaltó —estaban en la primera planta—, pero Grigori sabía que era Lev. Por la noche, cuando ya era tarde y la puerta principal de la casa estaba cerrada con llave, Lev tenía que cruzar la línea del ferrocarril hacia el patio trasero, encaramarse al tejado del lavadero y entrar a través de la ventana.

Grigori le abrió la ventana a su hermano y este entró. Iba vestido muy elegantemente, con una chaqueta de botones de nácar y una gorra con una cinta de terciopelo. En el chaleco llevaba un reloj de bolsillo con una cadena de bronce, y lucía un moderno corte de pelo al estilo «polaco», con la raya al lado en lugar de en el centro como la llevaban los campesinos. Katerina parecía sorprendida, y Grigori dedujo que no esperaba que su hermano fuese tan atractivo.

Normalmente, Grigori siempre se alegraba al ver a Lev, y sentía un gran alivio al comprobar que estaba sobrio y había vuelto a casa de una sola pieza. Sin embargo, en ese momento deseaba haber podido disfrutar de más tiempo a solas con Katerina.

Los presentó y los ojos de Lev emitieron un brillo especial cuando le estrechó la mano. Ella se secó las lágrimas de las mejillas.

—Grigori me ha estado contando cómo murió vuestra madre —le explicó.

—Mi hermano ha sido un padre y una madre para mí durante los últimos nueve años —dijo Lev. Ladeó la cabeza y olisqueó el aire—. Y prepara un estofado estupendo.

Grigori sacó tazones y cucharas y puso una barra de pan negro encima de la mesa. Katerina le contó a Lev la pelea con el policía Pinski. En su versión de la historia, Grigori parecía más valiente de lo que él se sentía en realidad, pero se alegraba de parecer un héroe ante los ojos de la chica.

Lev miraba embelesado a Katerina. Con el cuerpo inclinado hacia delante, la escuchaba como si nunca en toda su vida hubiese escuchado una historia más fascinante, sonriendo y asintiendo, esbozando una expresión de asombro u otra de repudio en función de lo que ella estuviese diciendo.

Grigori sirvió el estofado en los tazones y acercó la caja de embalaje a la mesa para que hiciera las veces de silla. La comida estaba muy sabrosa: había añadido una cebolla a la cazuela, y el hueso de jamón daba un intenso regusto a carne a los nabos. Durante la cena, se fue creando un clima cada vez más distendido mientras Lev hablaba de pequeñas cuestiones sin importancia, de incidentes triviales en la fábrica y de cosas graciosas que decía la gente. Katerina no paraba de reír.

Cuando acabaron, Lev le preguntó a Katerina por qué se había ido a vivir a la ciudad.

—Mi padre murió y mi madre volvió a casarse —les explicó—. Por desgracia, parece ser que empecé a gustarle a mi padrastro más que mi madre. —Hizo un movimiento brusco con la cabeza, y Grigori no pudo discernir si era un gesto de vergüenza o desafiante—. El caso es que eso es lo que creía mi madre, y me echó de casa.

—La mitad de la población de San Petersburgo procede del campo —observó Grigori—. Pronto no quedará nadie para cultivar la tierra.

—¿Cómo fue tu viaje hasta aquí? —preguntó Lev.

Lo que siguió fue la consabida historia de la muchacha que tiene que viajar con un billete de tren en tercera clase y suplicar que la lleven en distintos trayectos en carro, pero Grigori estaba embelesado con su rostro mientras ella hablaba.

Una vez más, Lev la escuchaba extasiado, haciendo comentarios divertidos y formulando alguna pregunta de vez en cuando. Grigori no tardó en darse cuenta de que Katerina se había vuelto hacia un lado en su asiento y ahora se dirigía exclusivamente a Lev.

«Casi como si yo ni siquiera estuviera aquí», pensó Grigori.

4

Marzo de 1914

I

Bueno —le dijo Billy a su padre—. Todos los libros de la Biblia fueron escritos originalmente en varios idiomas y luego se tradujeron al inglés.

—Así es —dijo el padre—. Y la Iglesia católica romana intentó prohibir las traducciones, no quería que la gente como nosotros leyera la Biblia por su cuenta y que discutiera con los curas.

Su padre no era muy cristiano cuando hablaba de los católicos. Parecía odiar más el catolicismo que el ateísmo. Pero le encantaban las buenas discusiones.

—Y, entonces, ¿dónde están los originales? —preguntó Billy.

—¿Qué originales?

—Los libros originales de la Biblia, escritos en hebreo y griego. ¿Dónde los guardan?

Estaban sentados, uno frente al otro, a la mesa cuadrada de la cocina de la casa de Wellington Row. Era media tarde. Billy había vuelto a casa de la mina y se había lavado las manos y la cara, pero aún llevaba puesta la ropa de trabajo. El padre había colgado la americana, estaba sentado en mangas de camisa, con el chaleco y la corbata ya que pensaba salir de nuevo después de cenar, para acudir a una reunión del sindicato. La madre calentaba el estofado al fuego. El abuelo estaba sentado con ellos, escuchando la discusión con una leve sonrisa, como si ya hubiera oído todo aquello antes.

—Los originales de verdad ya no existen —dijo el padre—. Con el paso de los siglos se estropearon y desgastaron. Tenemos copias.

—¿Y dónde están las copias?

—En distintos lugares, en monasterios, en museos...

—Deberían tenerlos en un mismo sitio.

—Pero hay más de una copia de cada libro, y algunas son mejores que otras.

—¿Cómo va a ser una copia mejor que otra? No pueden ser diferentes.

—Sí. Con los años, se deslizaron errores humanos.

Billy se quedó sorprendido.

—Entonces, ¿cómo sabemos cuál está bien?

—Gracias a unos estudios llamados crítica textual, que comparan las diferentes versiones y proponen un texto consensuado.

Billy estaba anonadado.

—¿Me estás diciendo que no existe un libro incuestionable que pueda ser considerado la verdadera palabra de Dios? ¿Que los hombres discuten sobre él y lo juzgan?

—Sí.

—¿Cómo sabemos que están en lo cierto?

El padre sonrió de forma cómplice, una clara señal de que estaba en un aprieto.

—Creemos que si trabajan con devota humildad, Dios guiará su trabajo.

—Pero ¿y si no lo hacen así?

La madre puso cuatro platos soperos en la mesa.

—No discutas con tu padre —le reconvino, y cortó cuatro rebanadas gruesas de pan.

—No te metas, Cara. Deja que el chico pregunte lo que quiera —terció el abuelo.

—Hay ciertas cosas que escapan a nuestra comprensión —repuso el padre.

Esa respuesta fue la menos convincente de todas y Billy la pasó por alto.

—Si los copistas pudieron cometer errores, entonces los eruditos también.

—Debemos tener fe, Billy.

—Fe en la palabra de Dios, sí; ¡no fe en un puñado de catedráticos de griego!

La madre se sentó a la mesa y se apartó su pelo canoso de los ojos.

—Entonces tú tienes razón, y los demás se equivocan, como siempre, imagino.

Aquella estratagema tan habitual siempre le hería, porque parecía justificada. No era posible que fuera más inteligente que los demás.

—No soy yo —se quejó—. ¡Es la lógica!

—Oh, tú y tu lógica —dijo su madre—. Cómete la cena.

Se abrió la puerta y entró la señora de Dai Ponis. Era lo habitual en Wellington Row: solo los desconocidos llamaban a la puerta. Llevaba un delantal y botas de hombre: fuera cual fuese el motivo que la llevaba hasta allí, era tan urgente que no había tenido tiempo de ponerse un sombrero antes de salir de casa. Visiblemente alterada, agitaba una hoja de papel.

—¡Van a desahuciarme! —exclamó—. ¿Qué voy a hacer?

El padre de Billy se puso en pie y le cedió su silla.

—Siéntate y recupera el aliento —le dijo a la mujer, con calma—. Déjame echarle un vistazo a la carta. —Tomó la carta de la mano roja y nudosa de la viuda y la dejó sobre la mesa.

Billy vio que llevaba el membrete de Celtic Minerals.

—Estimada señora Evans —leyó el padre en voz alta—: La casa sita en la dirección antedicha es requerida para el uso de un minero en activo. —Celtic Minerals había construido la mayoría de las casas de Aberowen. Con los años, había vendido algunas a sus inquilinos, incluida la de la familia Williams; pero la mayor parte aún se alquilaba a los mineros—. De acuerdo con las condiciones de su contrato de arrendamiento, por —el padre hizo una pausa y Billy vio cómo se escandalizó—... ¡por la presente le comunico que dispone de dos semanas para abandonar la casa! —acabó.

—Aviso de desahucio... —dijo la madre—. ¡Y no hace ni seis semanas que enterró a su marido!

La señora de Dai Ponis gritó:

—¿Adónde voy a ir con cinco hijos?

Billy también se quedó horrorizado. ¿Cómo podía hacerle eso la compañía a una mujer cuyo marido había muerto en su mina?

—Está firmado por «Perceval Jones, director de la junta directiva» —dijo el padre.

—¿Qué arrendamiento? —preguntó Billy—. No sabía que los mineros tenían contratos de arrendamiento.

—No hay contrato escrito —contestó su padre—, pero la ley dice que existe un contrato implícito. Es una batalla que ya hemos librado y perdido. —Se volvió hacia la viuda—. En teoría, la casa es un beneficio del trabajo, pero, por lo general, a las viudas les permiten quedarse en ellas. A veces deciden dejarlas e irse a vivir a otro lado, quizá con sus padres. A menudo se casan de nuevo, con otro minero, que se hace cargo del contrato de arrendamiento. En realidad, a la compañía no le interesa echar a las viudas.

—Entonces, ¿por qué quieren deshacerse de mis hijos y de mí? —se lamentó la señora de Dai Ponis.

—Perceval Jones tiene prisa —intervino el abuelo—. Debe de creer que el precio del carbón va a subir. Por eso ha creado el turno del domingo.

El padre asintió.

—Quieren subir la producción, eso está claro, sea cual sea el motivo. Pero no lo lograrán desahuciando a viudas. —Se puso en pie—. No si puedo evitarlo.

II

Iban a desahuciar a ocho mujeres, todas viudas de hombres que habían muerto en la explosión. Habían recibido cartas idénticas de Perceval Jones, tal y como comprobó el padre esa misma tarde cuando fue a visitar a todas las viudas, acompañado de Billy. Sus reacciones variaron de la histeria de la señora de Hywel Jones, que no podía parar de llorar, al deprimente fatalismo de la señora de Roley Hughes, que dijo que su país necesitaba una guillotina como la de París para hombres como Perceval Jones.

Billy estaba indignadísimo. ¿Acaso no era suficiente castigo que estas mujeres hubieran perdido a sus maridos en la mina? ¿Debían quedarse sin hogar, además de viudas?

—¿Puede hacer esto la compañía, papá? —preguntó, mientras avanzaban por las terrazas de un gris sombrío, en dirección a la bocamina.

—Solo si lo permitimos, hijo. La clase trabajadora es más numerosa que la dirigente, y más fuerte. Dependen de nosotros para todo. Les proporcionamos la comida, construimos sus casas, les hacemos la ropa, y sin nosotros se mueren. No pueden hacer nada a menos que se lo permitamos. Nunca lo olvides.

Entraron en el despacho del capataz y se guardaron la gorra en el bolsillo.

—Buenas tardes, señor Williams —dijo Llewellyn el Manchas, nervioso—. Si no le importa esperar un momento, voy a ver si el señor Morgan puede atenderlo.

—No seas tonto, hijo, por supuesto que puede atenderme —dijo el padre, que, sin más preámbulos, entró en el despacho, seguido de Billy.

Maldwyn Morgan miraba un libro de contabilidad, pero Billy tenía la sensación de que fingía. El capataz alzó la mirada, sus mejillas rosadas, perfectamente afeitadas, como siempre.

—Entre, Williams —dijo, a pesar de que ya era innecesario.

A diferencia de muchos hombres, no tenía miedo al padre de Billy. Morgan había nacido en Aberowen, era hijo de un maestro de escuela y había estudiado ingeniería. Billy se dio cuenta de que su padre y el capataz se parecían mucho: eran inteligentes, se consideraban superiores a los demás y eran tercos.

—Ya sabe qué me trae por aquí, señor Morgan —dijo el padre.

—Lo imagino, pero aun así, cuéntemelo.

—Quiero que retire los avisos de desahucio.

—La compañía necesita las casas para los mineros.

—Habrá problemas.

—¿Me está amenazando?

—Menos humos —replicó el padre con buenas maneras—. Esas mujeres han perdido a sus maridos en su mina. ¿No se siente responsable de ellas?

Morgan alzó el mentón en un gesto defensivo.

—La comisión de investigación pública concluyó que la explosión no se debió a una negligencia de la compañía.

A Billy le entraron ganas de preguntarle cómo era posible que un hombre inteligente dijera tal cosa y no se avergonzara de sí mismo.

—La comisión halló una lista de infracciones tan larga como el tren de Paddington: material eléctrico que no estaba debidamente protegido, falta de aparatos respiradores, falta de medios de extinción de incendios adecuados…

—Pero todas esas infracciones no causaron la explosión, ni las muertes de los mineros.

—No se pudo demostrar, más bien, que las infracciones causaran la explosión o las muertes.

Morgan se revolvió en el sillón, incómodo.

—No ha venido aquí a hablar sobre la comisión de investigación.

—He venido para hacerlo entrar en razón. Mientras hablamos, la noticia sobre el envío de estas cartas se está extendiendo por la ciudad. —El padre señaló hacia la ventana y Billy vio que el sol invernal se ponía tras la montaña—. Los hombres están ensayando con los coros, bebiendo en los pubs, acudiendo a reuniones de oración, jugando a ajedrez... Todos están hablando sobre el desahucio de las viudas. Y puede apostarse lo que quiera a que están furiosos.

—Debo preguntárselo de nuevo: ¿está intentando intimidar a la compañía?

A Billy le entraron ganas de estrangular a Morgan, pero su padre lanzó un suspiro.

—Mire, Maldwyn, nos conocemos desde la escuela. Sea razonable. Sabe que hay hombres del sindicato que serán más agresivos que yo. —Se refería al padre de Tommy Griffiths. Len Griffiths creía en la revolución y siempre albergaba la esperanza de que la siguiente disputa fuera la chispa que provocase el incendio. También quería el trabajo del padre de Billy. Era uno de aquellos hombres que propondría medidas drásticas.

—¿Me está diciendo que va a convocar una huelga? —inquirió Morgan.

—Le estoy diciendo que los hombres se pondrán furiosos. No puedo predecir lo que harán. Pero yo no quiero problemas, y usted tampoco. Estamos hablando de ocho casas de ¿cuántas? ¿Ochocientas? He venido a preguntarle, ¿vale la pena?

—La compañía ha tomado la decisión —respondió Morgan, y Billy tuvo la intuición de que Maldwyn no estaba de acuerdo con la compañía.

—Pídale a la junta directiva que reconsidere la decisión. ¿Qué daño puede hacer eso?

Los modos afables de su padre impacientaban a Billy. Debería alzar la voz, señalarlo con el dedo y acusar a Morgan de la despiadada crueldad de la que la compañía era culpable a todas luces. Aquello era lo que habría hecho Len Griffiths.

Morgan no se inmutó.

—Estoy aquí para ejecutar las decisiones de la junta, no para cuestionarlas.

—De modo que los desahucios ya han sido aprobados por la junta —dijo el padre.

Morgan parecía nervioso.

—No he dicho eso.

Pero lo había dado a entender, pensó Billy, gracias al astuto interrogatorio de su padre. Quizá los buenos modales no eran tan mala idea.

Su padre probó una táctica distinta.

—¿Y si encontrara ocho casas cuyos ocupantes estuvieran dispuestos a alojar a los nuevos mineros como inquilinos?

—Estos hombres tienen familia.

El padre respondió de forma lenta y deliberada:

—Podríamos alcanzar un acuerdo, si está dispuesto a ello.

—La compañía debe tener el poder de gestionar sus propios asuntos.

—¿Sin tener en cuenta las consecuencias hacia los demás?

—Es nuestra mina de carbón. La compañía hizo prospecciones del terreno, negoció con el conde, construyó la mina y compró la maquinaria; y construyó las casas para alojar a los mineros. Asumimos los gastos de todo esto y es propiedad nuestra, y no permitiremos que nadie nos diga lo que debemos hacer con ello.

El padre se puso la gorra.

—Pero usted no puso el carbón bajo la tierra, ¿verdad, Maldwyn? —preguntó—. Lo hizo Dios.

III

El padre intentó reservar la sala de actos del ayuntamiento para celebrar una reunión a las siete y media de la tarde del día siguiente, pero se le había adelantado el Club de Teatro Aficionado de Aberowen, que estaba ensayando *Enrique IV, Primera parte*, por lo que decidió que los mineros se reunirían en el templo de Bethesda. Billy y su padre, junto con Len, Tommy Griffiths y unos cuantos sindicalistas activos más, fueron por la ciudad anunciando la reunión verbalmente y colgando carteles hechos a mano en pubs y templos.

A las siete y cuarto del día siguiente, la iglesia estaba llena a rebosar. Las viudas se sentaron en primera fila, y los demás permanecieron en pie. Billy se encontraba en un lateral, cerca de la parte delantera, donde podía ver las caras de los hombres. Tommy Griffiths estaba a su lado.

Billy se sentía orgulloso de su padre por su audacia, su inteligencia y por el hecho de que se hubiera vuelto a poner la gorra antes de salir del despacho de Morgan. Aun así, le habría gustado que hubiera sido más agresivo. Debería haberse dirigido a Morgan del mismo modo en que lo hizo a la congregación de Bethesda, anunciando el fuego eterno y azufre para aquellos que se negaran a ver la simple verdad.

A las siete y media en punto, David Williams pidió silencio. Con su voz autoritaria y de predicador, leyó la carta que Perceval Jones le había enviado a la señora de Dai Ponis.

—Esta misma carta se ha enviado a las ocho viudas de los hombres que murieron en la explosión de la mina, hace seis semanas.

Varios hombres gritaron:

—¡Vergüenza!

—De acuerdo con nuestras reglas, los asistentes hablarán únicamente cuando el moderador de la reunión les conceda la palabra, ya que de este modo podremos escuchar a todo el mundo. Quiero pediros que respetéis la norma, incluso en una ocasión como esta en que los sentimientos están a flor de piel.

—¡Es una puta vergüenza! —gritó alguien.

—Basta, basta, Griff Pritchard, nada de palabras malsonantes, por favor. Nos encontramos en un templo y, además, hay damas entre nosotros.

Dos o tres de los hombres dijeron:

—Eso, eso. —Pronunciaron las palabras con su acento galés cerrado.

Griff Pritchard, que se había pasado toda la tarde en el Two Crowns, desde que acabó su turno, dijo:

—Lo siento, señor Williams.

—Ayer tuve una reunión con el capataz de la mina, y le pedí formalmente que retirara los avisos de desahucio, pero se negó. Me insinuó que la junta directiva había tomado la decisión, y que no tenía potestad para cambiarla, ni tan siquiera para cuestionarla. Lo presioné para que accediera a negociar alternativas, pero dijo que la compañía tenía derecho a gestionar sus propios asuntos sin intromisiones. Es toda la información que puedo daros. —Billy pensó que fue una intervención muy mesurada. Quería que su padre llamara a la revolución, pero se limitó a señalar a un hombre que había levantado la mano—. John Jones el Tendero.

—He vivido en el número 23 de Gordon Terrace toda mi vida —dijo Jones—. Nací allí y no me he movido de allí. Pero mi padre murió cuando tenía once años. Fue una situación muy dura para mi madre, pero le permitieron quedarse. Cuando yo tenía trece años empecé a bajar a la mina y ahora pago el alquiler. Siempre ha sido así. Nadie nos amenazó con echarnos.

—Gracias, John Jones. ¿Deseas presentar alguna moción?

—No, solo quería comentar mi caso.

—Yo sí quiero presentar una moción —exclamó una nueva voz—. ¡Huelga!

Se alzó un coro unánime de asentimiento.

—Dai el Llorica —dijo el padre de Billy, concediéndole la palabra.

—Este es mi punto de vista —dijo el capitán del equipo de rugby de la ciudad—: no podemos consentir que la compañía se salga con la suya. Si les permitimos que desahucien a las viudas, ninguno de nosotros creerá que nuestras familias están seguras. Un hombre podría trabajar toda su vida para Celtic Minerals y morir en la mina, y al cabo de dos semanas su familia podría encontrarse de patitas en la calle. Dai el Sindicalista ha estado en el despacho de Morgan «Se ha ido a Merthyr» y ha intentado hacerlo entrar en razón, pero no ha servido de nada; de modo que la única alternativa que nos queda es ir a la huelga.

—Gracias, Dai —dijo el padre—. ¿Debo considerarlo como una moción formal para convocar una huelga?

—Así es.

A Billy le sorprendió que su padre aceptase tan rápidamente. Sabía que prefería evitar las huelgas.

—¡Votemos! —gritó alguien.

—Antes de someter la propuesta a votación —repuso el padre de Billy—, tenemos que decidir cuándo debería celebrarse la huelga.

«Ah —pensó Billy—, no va a aceptarlo.»

—Podríamos empezar el lunes —prosiguió su padre—. De este modo, mientras llevamos a cabo los preparativos, la amenaza de una huelga podría hacerlos cambiar de opinión, y nosotros nos saldríamos con la nuestra sin perder ingresos.

Billy se dio cuenta de que su padre quería lograr un aplazamiento como mal menor.

Sin embargo, Len Griffiths había llegado a la misma conclusión.

—¿Puedo hablar, señor moderador? —preguntó. El padre de Tommy estaba calvo, pero tenía flequillo y bigote negros. Dio un paso al frente y se situó junto al padre de Billy, de cara a la multitud, para transmitir la sensación de que ambos poseían la misma autoridad. Los hombres callaron. Len, al igual que Williams y Dai el Llorica, era uno

de los pocos elegidos a los que siempre escuchaban con un respetuoso silencio—. Os pregunto, ¿es una decisión sabia dar cuatro días de
gracia a la compañía? Imaginemos que no cambian de opinión, lo cual
parece muy probable, dado lo tercos que han sido hasta ahora. Llegará el lunes, no habremos logrado nada, y a las viudas les quedará menos tiempo. —Alzó un poco más la voz para aumentar el efecto retó-
rico—. Os digo, camaradas: ¡no cedáis ni un milímetro!

Hubo una ovación y Billy se unió a ella.

—Gracias, Len —dijo Williams—. Así pues, tengo dos mociones
sobre la mesa: huelga ahora o huelga el lunes. ¿Quién más quiere hablar?

Billy observó cómo moderaba la reunión su padre. El siguiente
hombre al que llamó fue Giuseppe «Joey» Ponti, solista del Coro de
Voces Masculinas de Aberowen, hermano mayor de Johnny, el compañero de escuela de Billy. A pesar de su nombre italiano, había nacido en Aberowen y hablaba con el mismo acento que los demás presentes. Él también estaba a favor de ir a la huelga de inmediato.

Entonces dijo el padre:

—Para ser justos, ¿podría salir a hablar alguien que estuviera a favor de convocar la huelga el lunes?

Billy se preguntó por qué su padre no se aprovechaba de su autoridad personal para equilibrar la situación. Si defendía la opción del
lunes, tal vez lograría que los demás mineros cambiasen de opinión.
Pero, claro, si fracasaba, se encontraría en una posición incómoda, ya
que tendría que declarar una huelga a la que se había mostrado contrario. Se dio cuenta de que su padre no tenía total libertad para decir
lo que sentía.

La discusión abarcó diversos temas más. Había grandes reservas de
carbón, por lo que la dirección podía aguantar cierto tiempo; sin embargo, también había mucha demanda, por lo que seguramente querrían vender mientras pudieran. La primavera estaba a la vuelta de la
esquina, por lo que dentro de poco las familias de los mineros podrían
apañárselas sin su cupo gratuito de carbón. Los argumentos de los mineros se fundamentaban en una antigua práctica, pero, a buen seguro,
las leyes debían de estar del lado de los patronos.

El padre de Billy dejó que prosiguiera la discusión, y algunas de las
intervenciones fueron muy aburridas. El muchacho se preguntó qué
motivaba a su padre a comportarse de aquel modo, e imaginó que debía de estar esperando a que se enfriaran los ánimos. Pero, al final, tuvo
que someter la cuestión a votación.

—En primer lugar, todos los que se opongan a convocar la huelga.
Unos cuantos hombres levantaron la mano.

—Ahora, los que estén a favor de empezar la huelga el lunes.

La propuesta recibió muchos votos, pero Billy no estaba seguro de que bastaran para ganar. Dependería del número de hombres que se abstuvieran.

—Para finalizar, los que estén a favor de ir a la huelga mañana.

Estalló una gran ovación y un mar de brazos se agitó en el aire. No había dudas acerca del resultado.

—Se aprueba la moción de declarar la huelga a partir de mañana —dijo el padre de Billy.

Nadie propuso un recuento de votos.

Se disolvió la asamblea. Mientras salían, Tommy exclamó con alegría:

—Pues parece que mañana vamos a tener el día libre.

—Sí —concedió Billy—. Y sin dinero que gastar.

IV

La primera vez que Fitz se acostó con una prostituta, intentó besarla; no porque quisiera, sino porque creía que era lo habitual. «No beso», le espetó ella con su acento *cockney*, y desde entonces no había vuelto a intentarlo. Bing Westhampton decía que muchas prostitutas se negaban a besar, lo cual era extraño, teniendo en cuenta el poco pudor que mostraban en otros aspectos de las relaciones carnales. Tal vez aquella prohibición les servía para conservar un vestigio de su dignidad.

Las chicas que pertenecían a la clase social de Fitz no podían besar a nadie antes del matrimonio. Lo hacían, por supuesto, pero solo en contados momentos de breve intimidad, en una sala lateral que de repente quedaba vacía, o tras un rododendro, en un jardín campestre. Nunca había tiempo para que la pasión fuera a más.

La única mujer a la que Fitz había besado como es debido era su mujer, Bea. Ella le entregó su cuerpo del mismo modo en que un cocinero presentaría un pastel especial, aromático, recubierto de azúcar y decorado de una manera preciosa, para su disfrute personal. Ella le dejaba hacer lo que quería, pero no le pedía nada. Le ofrecía los labios para que se los besara, abría la boca a su lengua, pero Fitz nunca tenía la sensación de que su mujer anhelaba su roce.

Ethel besaba como si solo le quedara un minuto de vida.

Se encontraban en la Suite Gardenia, junto a la cama cubierta con las sábanas para protegerla del polvo, abrazados el uno al otro. Ella le devoraba la lengua, le mordía los labios, le lamía la garganta y, al mismo tiempo, le acariciaba el pelo, lo agarraba de la nuca y le metía las manos bajo el chaleco para poder frotar las palmas en su pecho. Cuando se separaron, sin aliento, ella le agarró la cara con ambas manos, le inmovilizó la cabeza, lo miró fijamente y le dijo:

—Eres tan guapo...

Fitz se sentó en el borde de la cama, cogiéndole las manos, y ella permaneció frente a él. El conde sabía que algunos hombres tenían la costumbre de seducir a sus sirvientas, pero él no. Cuando tenía quince años se enamoró de una camarera de la casa de Londres: su madre tardó pocos días en descubrirlo y despidió a la chica de inmediato. Su padre se limitó a sonreír y dijo: «Aun así, has hecho una buena elección». Desde entonces, no había tocado a ninguna sirvienta. Pero no pudo resistirse a Ethel.

—¿Por qué has vuelto? —le preguntó la chica—. Se suponía que debías quedarte en Londres durante todo el mes de mayo.

—Quería verte. —Se dio cuenta de que Ethel no acababa de creerlo—. No dejaba de pensar en ti, todo el día, a diario; tenía que regresar.

Ella se inclinó hacia delante y lo besó de nuevo. Fitz alargó el beso, se dejó caer lentamente sobre la cama y la arrastró consigo hasta que Ethel quedó encima de él. Era tan delgada que apenas pesaba más que una niña. Se le escapó un mechón de pelo de la horquilla y Fitz hundió los dedos en sus brillantes rizos.

Al cabo de un rato, Ethel se quitó de encima de él, jadeando. El conde se apoyó en el codo y la miró fijamente. Ella le había dicho que era muy guapo, pero en ese preciso instante la joven era el ser más hermoso que jamás había visto. Tenía las mejillas sonrojadas, el cabello alborotado, y los labios, rojos, húmedos y entreabiertos. Los ojos oscuros de la chica lo miraban con adoración.

Fitz puso una mano sobre su cadera y le acarició el muslo. Ella le tomó la mano y se la agarró con fuerza, como si tuviera miedo de que fuera a llegar demasiado lejos.

—¿Por qué te llaman Fitz? —le preguntó—. Tu nombre es Edward, ¿verdad?

El conde estaba convencido de que era una artimaña para intentar que la pasión se enfriara.

—Empezó en la escuela —respondió él—. Todos los niños tenían un apodo. En cierta ocasión, Walter von Ulrich vino conmigo a casa durante unas vacaciones, y a Maud se le pegó de él.

—Antes de eso, ¿cómo te llamaban tus padres?

—Teddy.

—Teddy —repitió Ethel, para recrearse en su sonido—. Me gusta más que Fitz.

El conde le acarició el muslo de nuevo, y esta vez ella se lo permitió. La besó y levantó lentamente la larga falda de su vestido negro de ama de llaves. Ethel llevaba medias de media pierna, y Fitz le acariciaba las rodillas desnudas. Por encima llevaba unos calzones largos de algodón. Le acarició las piernas por encima del algodón y acercó la mano al punto donde se unían sus muslos. Cuando la tocó ahí, Ethel lanzó un gemido y levantó las caderas para sentir el roce de su mano.

—Quítatelos —susurró él.

—¡No!

Fitz encontró el cordón en la cintura. Estaba atado con un lazo y lo deshizo de un tirón.

Ella volvió a poner su mano sobre la del conde.

—Para.

—Solo quiero tocarte ahí.

—Yo lo quiero más que tú —replicó ella—. Pero no.

Fitz se arrodilló en la cama.

—No haremos nada que no quieras —le dijo—. Te lo prometo. —Entonces agarró los calzones con ambas manos y los rasgó.

Ethel dio un grito de sorpresa, pero no opuso resistencia. Fitz volvió a tumbarse y la exploró con la mano. La chica abrió las piernas de inmediato. Cerró los ojos y empezó a jadear, como si hubiera corrido. El conde supuso que nadie la había tocado de aquel modo antes, y una vocecilla le dijo que no se aprovechara de su inocencia, pero había sucumbido al deseo y ya no escuchaba.

El conde se desabrochó los pantalones y se puso encima de ella.

—No —dijo Ethel.

—Por favor.

—¿Y si me quedo embarazada?

—Me apartaré antes de acabar.

—¿Me lo prometes?

—Te lo prometo —dijo, y se introdujo en ella.

Sintió una obstrucción. Ethel era virgen. Su conciencia habló de nuevo, y esta vez no fue con una vocecilla. Se detuvo. Sin embargo, entonces era ella quien había llegado demasiado lejos. Lo agarró de las caderas y lo atrajo hacia sí, mientras ella se alzaba un poco al mismo tiempo. Fitz sintió algo que se desgarraba, la chica soltó un grito agudo de dolor y desapareció la obstrucción. Mientras él entraba y salía, ella se acoplaba a su ritmo con ansiedad. Abrió los ojos y lo miró a la cara.

—Oh, Teddy, Teddy —exclamó, y Fitz se dio cuenta de que Ethel lo amaba.

Aquel pensamiento lo conmovió de tal manera que estuvo a punto de romper a llorar y, al mismo tiempo, lo excitó tanto que le hizo perder el control y alcanzó el clímax mucho antes de lo previsto. Se retiró de forma rápida y desesperada, y derramó su semilla sobre el muslo de Ethel, con un gemido, mezcla de pasión y decepción. Ella lo agarró de la nuca, lo atrajo hacia sí, lo besó apasionadamente, cerró los ojos y soltó un pequeño grito preñado de sorpresa y placer; entonces todo acabó.

«Espero haberme apartado a tiempo», pensó Fitz.

V

Ethel prosiguió con sus quehaceres habituales, pero se sentía como si tuviera un diamante secreto en el bolsillo que podía tocar de vez en cuando, y sentir su superficie pulida y sus bordes afilados mientras nadie la veía.

En sus momentos más serenos le preocupaba lo que significaba aquel amor y hacia dónde iba, y de vez en cuando la aterraba el pensamiento de lo que diría su padre socialista, temeroso de Dios, si llegaba a averiguarlo alguna vez. Pero gran parte del tiempo se sentía como si estuviera cayendo y no tuviera forma de evitarlo. Le gustaba todo lo referente a Fitz, su modo de caminar, su olor, su ropa, sus buenos modales, su aire de autoridad. También le gustaba la cara de desconcierto que ponía algunas veces. Y cuando salía del dormitorio de su mujer con aquella mirada dolida, se le partía el corazón. Estaba enamorada de él y había perdido el control sobre sí misma.

La mayoría de los días hablaba con él al menos una vez y, por lo general, lograban pasar un rato a solas y darse un beso largo y anhelado. El simple hecho de besarlo hacía que se mojara, y en ocasiones tenía que limpiarse los calzones en mitad del día. Fitz también se tomaba otras libertades siempre que se le presentaba la oportunidad, y le acariciaba todo el cuerpo, lo que la excitaba aún más. Habían tenido la oportunidad de encontrarse y tumbarse en la cama de la Suite Gardenia en dos ocasiones más.

Una cosa desconcertó a Ethel: las dos ocasiones en que se acostaron, Fitz la mordió, con bastante fuerza, primero en la parte interior del muslo y luego en un pecho, lo que provocó que soltara un grito de dolor, que él se apresuró a silenciar. Su reacción pareció enardecerlo aún más. Y, aunque le dolió, a ella también le excitó el mordisco o, cuando menos, el pensamiento de que Fitz la deseaba con tal pasión, que se veía obligado a expresarlo de aquel modo. Ethel no sabía si aquello era normal, y tampoco podía preguntárselo a nadie.

No obstante, su principal preocupación era que un día Fitz no pudiera apartarse en el momento preciso. La tensión era tan alta que casi era un alivio cuando la princesa Bea y él tenían que regresar a Londres.

Antes de que el conde se fuera, Ethel lo convenció de que diera de comer a los hijos de los mineros en huelga.

—No a los padres, porque no puedes tomar partido públicamente —dijo—. Solo a los niños. La huelga ya dura dos semanas, y les están dando raciones ínfimas. No te costaría demasiado. Deben de ser unos quinientos, calculo. Y te amarían por ello, Teddy.

—Podríamos poner un toldo en el jardín —dijo él, tumbado en la cama de la Suite Gardenia, con los pantalones desabrochados y la cabeza apoyada en el regazo de Ethel.

—Y podemos preparar la comida aquí, en la cocina —dijo el ama de llaves, entusiasmada—. Un guiso con carne y patatas, y todo el pan que puedan comer.

—Y un pudin de sebo con pasas, ¿sí?

Ethel se preguntó si Fitz la amaba. En ese momento sintió que el conde habría hecho cualquier cosa que le hubiera pedido: le habría regalado joyas, la habría llevado a París, les habría comprado una bonita casa a sus padres. Ella no quería nada de eso, pero ¿qué quería? No lo sabía y se negaba a dejar que su felicidad quedara arruinada por una serie de preguntas sin respuesta sobre el futuro.

Al cabo de unos días se encontraba en el jardín del ala este, el sábado a mediodía, observando cómo los niños de Aberowen devoraban su primer almuerzo gratuito. Fitz no se dio cuenta de que aquella comida era mejor que la que podían ofrecerles sus padres cuando trabajaban. ¡Estaban comiendo pudin de sebo con pasas! A los padres no les permitieron entrar, pero la mayoría de las madres se quedaron fuera, mirando a sus afortunados retoños. Mientras los observaba, vio que alguien le hacía gestos con la mano, y se dirigió hacia la persona en cuestión por el camino.

El grupo que había frente a las puertas estaba formado principalmente por mujeres: los hombres no cuidaban de los hijos, ni tan siquiera durante una huelga. Se arremolinaron en torno a Ethel, con inquietud.

—¿Qué ha sucedido? —preguntó ella.

—¡Han desahuciado a todo el mundo! —contestó la señora de Dai Ponis.

—¿A todo el mundo? —preguntó Ethel, que no entendió la respuesta—. ¿A quién?

—A todos los mineros que tienen la casa arrendada a Celtic Minerals.

—¡Cielos! —Ethel se quedó horrorizada—. Que Dios se apiade de nosotros. —El desconcierto siguió a la conmoción—. Pero ¿por qué? ¿En qué beneficia esta decisión a la compañía? Se quedarán sin mineros.

—Esos hombres —dijo la señora de Dai Ponis—, en cuanto se meten en pelea, lo único que les importa es ganar. No cederán, sea cual sea el precio que tienen que pagar. Son todos iguales. Aunque si pudiera, ya lo creo que me gustaría tener a Dai a mi lado de nuevo.

—Es horrible.

Ethel se preguntó cómo iba a encontrar suficientes esquiroles la compañía para mantener el pozo en funcionamiento. Si cerraban la mina, la ciudad moriría. No habría clientes para las tiendas, no habría niños para las escuelas, no habría pacientes para los médicos… Y su padre también se quedaría sin trabajo. Nadie se había imaginado que Perceval Jones se mostraría tan obstinado.

—Me pregunto qué diría el rey si lo supiera —dijo la señora de Dai Ponis.

Ethel también se lo preguntó. Le pareció que el rey mostraba una compasión sincera, pero no debía de saber que habían desahuciado a las viudas.

Entonces, se le ocurrió algo.

—Quizá deberías decírselo —repuso.

La señora de Dai Ponis se rió.

—Lo haré la próxima vez que lo vea.

—Podrías escribirle una carta.

—No digas tonterías, Ethel.

—Hablo en serio. Deberías hacerlo. —Miró al grupo de mujeres que las rodeaba—. Una carta firmada por las viudas a las que el rey visitó, en la que le decís que van a echaros de vuestra casa y que la ciudad está en huelga. Entonces seguro que se interesaría por el asunto.

La señora de Dai Ponis se asustó.

—No me gustaría meterme en problemas.

La señora Minnie Ponti, una mujer rubia y delgada de firmes opiniones, le dijo:

—No tienes marido, ni hogar, ni lugar adonde ir, ¿en qué otros problemas podrías meterte?

—Es cierto. Pero no sabría qué decirle. ¿Qué se pone? ¿«Estimado rey» o «Estimado Jorge V» o qué?

—Se pone: «Su Excelentísima Majestad». Sé todas estas tonterías de trabajar aquí. Venga, hagámoslo. Vamos a la sala de los sirvientes.

—¿Podemos hacerlo?

—Ahora soy el ama de llaves. Soy quien dice qué se puede hacer y qué no.

La mujer la siguió por el camino que conducía a la parte posterior de la mansión, a la cocina. Se sentaron a la mesa de los criados y la cocinera preparó una tetera. Ethel tenía una pila de hojas en blanco que utilizaba para mantener la correspondencia con los comerciantes.

—«Su Excelentísima Majestad» —dijo, mientras escribía—. ¿Y ahora qué?

La señora de Dai Ponis dijo:

—«Disculpe nuestra osadía al escribir a Su Majestad.»

—No —dijo Ethel, con contundencia—. No pidas disculpas. Es nuestro rey, tenemos derecho a realizar una petición. Pongamos: «Somos las viudas a las que Su Majestad visitó en Aberowen después de la explosión de la mina».

—Muy bien —exclamó la señora Ponti.

Ethel prosiguió:

—«Nos honró con su visita, y nos sentimos consoladas por sus amables condolencias y por la gentil compasión que mostró Su Majestad la reina.»

—Posee un don para este tipo de situaciones, como su padre —dijo la señora de Dai Ponis.

—Ya basta de darle coba —terció la señora Ponti.

—De acuerdo. Y ahora: «Acudimos a Su Majestad para solicitarle ayuda. Porque nuestros maridos han muerto y van a desahuciarnos».

—«Celtic Minerals va a desahuciarnos» —la corrigió la señora Ponti.

—«Celtic Minerals va a desahuciarnos. Todos los mineros se han declarado en huelga por nosotras, pero ahora también van a desahuciarlos a ellos.»

—No te alargues demasiado —dijo la señora de Dai Ponis—. Quizá esté demasiado ocupado para leerla.

—De acuerdo. Pues acabemos así: «¿Es este el tipo de comportamiento que debería permitirse en su reino?».

—Es una expresión un poco blanda.

—No, ya está bien —dijo la señora de Dai Ponis—. Apela a su sentido de la justicia.

—«Tenemos el honor de ser, señor, los más humildes y obedientes sirvientes de Su Majestad» —dijo Ethel.

—¿Hay que poner eso? —preguntó la señora Ponti—. No soy una sirvienta. Sin ánimo de ofender, Ethel.

—Es un formalismo habitual. El conde lo utiliza cuando escribe una carta a *The Times.*

—Entonces, de acuerdo.

Ethel pasó la carta a las presentes.

—Poned vuestras direcciones junto a vuestras firmas.

—Tengo muy mala letra, escribe tú mi nombre —le pidió la señora Ponti.

Ethel iba a quejarse, cuando se le ocurrió que tal vez la señora Ponti era analfabeta, de modo que no dijo nada y se limitó a escribir: «Señora Minnie Ponti, 19 Wellington Row».

Escribió la dirección en el sobre:

Su Majestad el Rey
Palacio de Buckingham
Londres

Cerró el sobre y puso un sello.

—Pues ya está —dijo, y las mujeres le dedicaron un fuerte aplauso.

Envió la carta el mismo día.

Jamás recibieron respuesta.

VI

El último sábado de marzo era un día gris en Gales del Sur. Las nubes bajas ocultaban las cimas de las montañas y una lluvia incesante caía sobre Aberowen. Ethel y la mayoría de las sirvientas de Tŷ Gwyn abandonaron sus puestos de trabajo (ya que el conde y la princesa estaban en Londres) y fueron caminando a la ciudad.

Habían enviado policías de Londres para evitar altercados durante los desahucios; estaban por todas las calles, con sus pesadas gabardinas empapadas. La huelga de las viudas se había convertido en una noticia de alcance nacional, varios periodistas de Cardiff y Londres habían llegado en el primer tren de la mañana, y se dedicaban a fumar cigarrillos y a escribir en sus libretas. Había, incluso, una gran cámara montada sobre un trípode.

Ethel se encontraba con su familia, frente a su casa, observando lo que acontecía. Su padre estaba contratado por el sindicato, no por Celtic Minerals, y la casa era de su propiedad; pero gran parte de sus vecinos iban a ser desahuciados. Durante el transcurso de la mañana, sacaron sus posesiones a la calle: camas, mesas y sillas, ollas y orinales, una fotografía enmarcada, un reloj, una caja naranja con la vajilla y la cubertería, unas cuantas piezas de ropa envueltas en periódico y atadas con un cordel. Frente a cada puerta había un pequeño montón de objetos sin apenas valor, como si fuera la ofrenda de un sacrificio.

El rostro de su padre era una máscara de rabia contenida. Billy parecía dispuesto a pelearse con cualquiera. El abuelo no dejaba de negar con la cabeza y de decir:

—Jamás había visto algo así en mis setenta años de vida.

La madre tan solo tenía una expresión adusta.

Ethel se echó a llorar y no pudo parar.

Algunos de los mineros habían encontrado trabajo, pero no era fácil: un minero no siempre se adaptaba bien a un empleo de dependiente o de conductor de autobús, los empresarios lo sabían y se negaban a darles trabajo cuando veían el polvillo de carbón bajo sus uñas. Media docena de hombres se habían convertido en marineros mercantes, contratados como fogoneros; pidieron un adelanto del sueldo para dárselo a sus mujeres antes de echarse a la mar. Unos cuantos habían decidido irse a Cardiff o Swansea, con la esperanza de hallar ocupación en una fundición. Muchos se habían ido a vivir con familiares, en las ciudades cercanas. Los demás encontraron un hueco en otras casas de Aberowen, con familias no mineras, hasta que finalizara la huelga.

—El rey no ha respondido a la carta de las viudas —le dijo Ethel a su padre.

—No has manejado bien el asunto —le dijo él—. Fíjate en Emmeline Pankhurst. No creo que las mujeres deban tener derecho a voto, pero sabe cómo llamar la atención.

—¿Qué debería haber hecho? ¿Lograr que me detuvieran?

—No es necesario llegar a ese extremo. Si hubiera sabido lo que estabas haciendo, te habría aconsejado que enviaras una carta al *Western Mail*.

—No se me pasó por la cabeza. —Ethel quedó abatida al darse cuenta de que había fracasado y de que podría haber hecho algo para evitar los desahucios.

—El periódico habría preguntado a palacio si habían recibido la carta, y al rey le habría resultado más difícil decir que no iba a haceros caso.

—Maldita sea, ojalá te hubiera pedido consejo.

—No digas palabrotas —le ordenó su madre.

—Lo siento, mamá.

Los policías de Londres observaban la escena con perplejidad, sin entender el orgullo y la tozudez insensatos que habían conducido a esa situación. No se veía a Perceval Jones por ningún lado. Un periodista del *Daily Mail* le pidió una entrevista a su padre, pero el periódico era hostil hacia los trabajadores, por lo que Williams se negó.

No había suficientes carretillas en la ciudad, de modo que la gente tuvo que turnarse para trasladar sus bienes. El proceso se alargó durante varias horas, pero a media tarde el último montón de posesiones había desaparecido, y las llaves colgaban de las cerraduras de las puertas de la calle. Los policías regresaron a Londres.

Ethel se quedó fuera un rato. Las ventanas de las casas vacías la miraban inexpresivamente, y la lluvia corría por las calles sin finalidad. Miró hacia la pizarra gris y mojada de los tejados, cuesta abajo hacia los edificios de la bocamina, desperdigados por la vaguada del valle. Vio a un gato caminando por las vías del tren, pero, por lo demás, no se apreciaba movimiento alguno. No salía humo de la sala de máquinas, y las grandes ruedas gemelas del cabrestante permanecían en lo alto de la torre, inmóviles e inútiles bajo la lluvia fina e incesante.

5

Abril de 1914

I

La embajada alemana era una espléndida mansión situada en Carlton House Terrace, una de las calles más elegantes de Londres. Por un lado tenía vistas al frondoso jardín del pórtico con pilares del Athenaeum, el club para caballeros intelectuales. Sin embargo, en la parte posterior, los establos daban a The Mall, la ancha avenida que iba de Trafalgar Square al palacio de Buckingham.

Walter von Ulrich no vivía ahí, aún. Tan solo el propio embajador, el príncipe Lichnowsky, poseía ese privilegio. Walter, un mero agregado militar, vivía en un apartamento de soltero, a diez minutos a pie, en Piccadilly. Sin embargo, albergaba la esperanza de que un día podría habitar los esplendorosos aposentos privados del embajador, que se encontraban en el interior de la embajada. Walter no era príncipe, pero su padre era un buen amigo del káiser Guillermo II. Asimismo, hablaba inglés como un antiguo etoniano, puesto que lo era. Había pasado dos años en el ejército y tres más en la academia militar antes de ingresar en el servicio diplomático. Tenía veintiocho años y era una figura emergente.

No le atraía únicamente el prestigio y la gloria de ser embajador. Sentía de forma apasionada que no existía vocación más alta que servir a su país. Su padre compartía sus sentimientos.

En todo lo demás, estaban en desacuerdo.

Se encontraban en el vestíbulo de la embajada y se miraban mutuamente. Tenían la misma altura, pero Otto era más fornido, y calvo, y lucía un mostacho a la antigua usanza, de tipo húngaro, mientras que Walter se decantaba por un estilo más moderno, por un bigote del tipo de «cepillo de dientes». Ese día vestían de modo idéntico, con sendos trajes de terciopelo negro, pantalones bombachos hasta las rodillas, calcetines de seda y zapatos de hebilla. Ambos llevaban espada y el sombrero ladeado. Por increíble que parezca, era el atuendo habitual con el que debían presentarse ante la corte real británica.

—Parece que estamos a punto de salir al escenario —dijo Walter—. Es un traje ridículo.

—En absoluto —replicó su padre—. Es una antigua costumbre fantástica.

Otto von Ulrich había pasado gran parte de su vida en el ejército alemán. Cuando era un joven oficial, participó en la guerra franco-prusiana y, al mando de su compañía, cruzó un pontón en la batalla de Sedán. Posteriormente, Otto fue uno de los amigos del joven káiser Guillermo a los que este acudió tras romper su relación con Bismarck, el Canciller de Hierro. Ahora Otto tenía una misión sin destino fijo, ya que se dedicaba a visitar las capitales europeas como una abeja que iba de flor en flor, sorbía el néctar de los servicios secretos diplomáticos y lo trasladaba a la colmena. Creía en la monarquía y en la tradición militar prusiana.

Walter era tan patriótico como Otto, pero opinaba que Alemania debía modernizarse y convertirse en una sociedad más igualitaria. Al igual que su padre, estaba orgulloso de los logros de su país en ciencia y tecnología, y del eficiente y trabajador pueblo alemán; sin embargo, pensaba que aún tenían mucho que aprender: democracia de los liberales estadounidenses, diplomacia de los astutos británicos y el arte del estilo de vida refinado de los elegantes franceses.

Padre e hijo abandonaron la embajada y bajaron un amplio tramo de escaleras que conducía a The Mall. Walter iba a ser recibido por el rey Jorge V, un ritual que se consideraba un privilegio, a pesar de que no conllevaba ningún beneficio concreto. Los diplomáticos de segundo nivel como él no acostumbraban a ser dignos de tales honores, pero su padre no tuvo reparo alguno en mover hilos para potenciar la carrera de su hijo.

—Las ametralladoras hacen obsoletas todas las armas de mano —dijo Walter, con la intención de retomar una discusión.

Las armas eran su especialidad, y estaba totalmente convencido de que el ejército alemán debía contar con la última tecnología en potencia de fuego.

Otto pensaba de modo distinto.

—Se atascan, se recalientan y no son precisas. Un hombre armado con un fusil puede apuntar bien, pero si le das una ametralladora la empuñará como una manguera de jardín.

—Si su casa está ardiendo, no le echará tacitas de agua, por muy precisas que sean. Querrá una manguera.

Otto negó con un gesto del dedo.

—Nunca has estado en una batalla, no tienes ni idea de lo que es. Escúchame porque sé de lo que hablo.

Así acababan a menudo sus discusiones.

Walter creía que la generación de su padre era arrogante. Sabía por qué se comportaban de ese modo. Habían ganado una guerra, habían creado el Imperio alemán a partir de Prusia y un grupo de monarquías independientes más pequeñas, y luego convirtieron Alemania en uno de los países más prósperos. Era normal que se consideraran maravillosos. Pero aquella actitud los volvía incautos.

Tras recorrer unos cientos de metros de The Mall, Walter y Otto se desviaron hacia el palacio de St. James. El edificio de ladrillo rojo del siglo XVI era más viejo y menos impresionante que el cercano palacio de Buckingham. Dieron sus nombres a un portero que vestía igual que ellos.

Walter sentía un leve nerviosismo. Era sumamente fácil cometer un error de etiqueta, y los errores pequeños no existían cuando uno trataba con la realeza.

Otto se dirigió al portero en inglés.

—¿Está aquí el señor Díaz?

—Sí, señor, ha llegado hace unos momentos.

Walter frunció el ceño. Juan Carlos Diego Díaz era un representante del gobierno mexicano.

—¿Por qué ha preguntado por Díaz, padre? —inquirió en alemán mientras atravesaban una serie de salones decorados con espadas y pistolas.

—La Royal Navy está reconvirtiendo su flota para pasar del carbón al petróleo.

Walter asintió. La mayoría de las naciones avanzadas estaban haciendo lo mismo. El petróleo era más barato, limpio y fácil de manejar; bastaba con bombearlo, por lo que no era necesario recurrir a ejércitos de fogoneros con la cara tiznada de hollín.

—Y los británicos reciben petróleo de México.

—Han comprado los pozos mexicanos para asegurar el suministro de su marina de guerra.

—Pero si nos entrometemos en México, ¿qué pensarán los estadounidenses?

Otto se tocó la aleta de la nariz.

—Escucha y aprende. Y, hagas lo que hagas, no abras la boca.

Los hombres que estaban a punto de ser presentados aguardaban en una antesala. La mayoría lucía el mismo traje palaciego de terciopelo, aunque uno o dos de los presentes iban ataviados con trajes de ópera bufa de generales del siglo XIX, y uno, a buen seguro escocés, llevaba un uniforme de gala con kilt. Walter y Otto daban vueltas por la sala, saludando con un leve gesto de la cabeza a los rostros familiares del circuito diplomático, hasta que llegaron ante Díaz, un hombre fornido con un bigote imperial.

Tras las cortesías de rigor, Otto dijo:

—Debe de alegrarse de que el presidente Wilson haya levantado la prohibición de la venta de armas a México.

—La venta de armas a los rebeldes —dijo Díaz, como si lo estuviera corrigiendo.

El presidente estadounidense, que siempre mostraba cierta tendencia a adoptar una postura moral, se había negado a reconocer al general Huerta, que había alcanzado el poder tras el asesinato de su predecesor. El hecho de que Wilson calificara a Huerta de asesino, implicaba que apoyaba al grupo rebelde, a los constitucionalistas.

—Si se puede vender armas a los rebeldes, también se podrán vender al gobierno —dijo Otto.

Díaz pareció sorprenderse.

—¿Me está diciendo que Alemania estaría dispuesta a hacerlo?

—¿Qué necesitan?

—Debe de saber que estamos desesperados por conseguir fusiles y munición.

—Podríamos hablar sobre el tema.

Walter estaba tan sorprendido como Díaz. Aquello causaría problemas.

—Pero, padre, Estados Unidos… —protestó.

—¡Un momento! —Otto levantó la mano para hacerlo callar.

—Por supuesto que debemos proseguir con esta conversación —dijo Díaz—. Pero, dígame, ¿qué otros temas podrían surgir en la charla? —Imaginaba que Alemania querría algo a cambio.

La puerta que daba a la Sala del Trono se abrió, y entró un lacayo con una lista. La ceremonia estaba a punto de empezar. Sin embargo, Otto prosiguió sin apresurarse:

—En tiempos de guerra, un país soberano tiene derecho a retener suministros estratégicos.

—Se refiere al petróleo —dijo Díaz. Era el único suministro estratégico que tenía México.

Otto asintió.

—De modo que ustedes nos darían armas… —repuso el mexicano.

—Se las venderíamos, no regalaríamos —murmuró Otto.

—Nos venderían armas ahora, a cambio de la promesa de que suspendiéramos la venta de petróleo a los británicos en caso de guerra.

—Era evidente que Díaz no estaba acostumbrado a los complejos rodeos de una conversación diplomática normal.

—Tal vez valdría la pena tratar la cuestión. —En el lenguaje diplomático era un «sí».

El lacayo empezó a llamarlos:

—¡Monsieur Honoré de Picard de la Fontaine! —Y dio comienzo la ceremonia.

Otto miró a los ojos a Díaz.

—Lo que me gustaría saber es cómo se recibiría tal propuesta en Ciudad de México.

—Creo que el presidente Huerta se mostraría interesado.

—De modo que, si el embajador alemán en México, el almirante Paul von Hintze, presentara una propuesta formal a su presidente, no sería rechazada.

Walter sabía que su padre deseaba recibir una respuesta clara en este aspecto. No quería que el gobierno alemán corriera el riesgo de sufrir el bochorno de que les rechazaran la propuesta en la cara.

En opinión de Walter, que se mostraba muy inquieto, el bochorno no era el mayor peligro al que se enfrentaba Alemania en aquella estratagema diplomática. Se arriesgaba a convertirse en enemigo de Estados Unidos. Pero resultaba muy difícil y frustrante señalar ese aspecto en presencia de Díaz.

El mexicano respondió a la pregunta:

—No sería rechazada.

—¿Está convencido? —insistió Otto.

—Se lo garantizo.

—Padre, ¿podría hablar…? —Pero el lacayo lo llamó:

—¡Herr Walter von Ulrich!

Walter titubeó y su padre le ordenó:

—Ha llegado tu turno. ¡Ve!

Walter se volvió y entró en la Sala del Trono.

A los británicos les gustaba intimidar a sus invitados. El techo alto artesonado tenía molduras con dibujos de diamantes, de las suntuosas paredes rojas colgaban enormes retratos, y en el extremo más alejado se hallaba el trono, situado bajo un dosel alto, adornado con colgaduras de terciopelo negro. Frente al trono se encontraba el rey, ataviado con un uniforme naval. Walter se alegró al ver el rostro familiar de sir Alan Tite al lado del monarca; sin lugar a dudas estaba susurrando los nombres al oído real.

Walter se aproximó al soberano e hizo una reverencia.

—Me alegra verlo de nuevo, Ulrich.

Walter había ensayado lo que iba a decir.

—Espero que a Su Majestad le resultaran interesantes los debates de Tŷ Gwyn.

—¡Mucho! Aunque la fiesta quedó muy eclipsada, por supuesto.

—Debido a la tragedia de la mina. Fue un desgraciado suceso.

—Deseo que llegue nuestra próxima reunión.

Walter se dio cuenta de que aquello era la despedida. Se alejó sin darle la espalda al rey, haciendo varias reverencias, tal y como era preceptivo, hasta que llegó a la puerta.

Su padre lo esperaba en la sala de al lado.

—¡Ha sido rápido! —dijo Walter.

—Al contrario, has estado más rato de lo habitual —dijo Otto—. Por lo general el rey se limita a decir: «Me alegra verlo en Londres», y ese es el final de la conversación.

Abandonaron el palacio juntos.

—Un pueblo admirable, el británico, en muchos sentidos, pero blando —comentó Otto mientras recorrían St. James's Street, en dirección a Piccadilly—. El rey está sometido a sus ministros, los ministros al Parlamento, y los miembros del Parlamento son elegidos por los ciudadanos de a pie. ¿Qué forma es esta de dirigir un país?

Walter no mordió el anzuelo de aquella provocación. Creía que el sistema político alemán estaba desfasado, con su débil Parlamento, que no podía hacer frente al káiser ni a los generales; pero ya había mantenido esa discusión con su padre en numerosas ocasiones y, además, aún le preocupaba la conversación con el enviado mexicano.

—Lo que le ha dicho a Díaz es muy arriesgado. Al presidente Wilson no le hará gracia que vendamos fusiles a Huerta.

—¿Y qué importa lo que piensa Wilson?

—El peligro es que nos convertiremos en amigos de una nación débil, México, haciéndonos enemigos de una nación fuerte, Estados Unidos.

—No va a haber una guerra en América.

Walter imaginaba que era cierto, pero aun así se sentía intranquilo. No le gustaba la idea de que su país se malquistara con Estados Unidos.

Al llegar a su apartamento, se quitaron sus antiguas vestimentas y se pusieron un traje de tweed, una camisa sin el cuello almidonado y un sombrero de fieltro. De vuelta en Piccadilly se subieron a un ómnibus motorizado que iba en dirección este.

A Otto le impresionó la invitación que había recibido Walter en enero para conocer al rey en Tŷ Gwyn.

—El conde Fitzherbert es un buen contacto —le dijo entonces—. Si el Partido Conservador asciende al poder, podría ser nombrado ministro, tal vez jefe del Foreign Office, algún día. Debes cultivar esa amistad.

Walter tuvo una idea.

—Debería ir a visitar su clínica de beneficencia y realizar un pequeño donativo.

—Excelente ocurrencia.

—¿Le gustaría acompañarme?

Su padre picó el anzuelo.

—Aún mejor.

Walter tenía otras intenciones ocultas, pero su padre no sospechaba nada.

El ómnibus dejó atrás los teatros del Strand, las oficinas de los periódicos de Fleet Street y los bancos del barrio financiero. Entonces las calles se hicieron más estrechas y más sucias. Los sombreros de copa y los bombines fueron sustituidos por gorras de tela. Predominaban los vehículos tirados por caballos y escaseaban los de motor. Se encontraban en el East End.

Se bajaron en Aldgate. Otto miró alrededor con un gesto de desdén.

—No sabía que me llevabas a los suburbios —dijo.

—Vamos a una clínica para pobres —contestó Walter—. ¿Dónde creía que estaría?

—¿El conde Fitzherbert en persona viene hasta aquí?

—Imagino que se limita a financiarlo. —Walter sabía de sobra que Fitz no había pisado aquel lugar en su vida—. Pero nuestra visita llegará a sus oídos.

Recorrieron los intrincados callejones hasta llegar a un templo no conformista. En un cartel pintado a mano podía leerse: CALVARY GOSPEL HALL. En la tabla de madera había una hoja de papel clavada que decía:

MATERNIDAD
Atención gratuita
hoy y todos los miércoles

Walter abrió la puerta y entraron.

Otto lanzó una exclamación de asco, se sacó el pañuelo y se tapó la nariz. No era la primera vez que Walter acudía a aquel lugar, por lo que esperaba el olor, pero, aun así, era sumamente desagradable. El vestíbulo estaba lleno de mujeres envueltas en harapos y niños medio desnudos, todos sucios y mugrientos. Las mujeres estaban sentadas en bancos y los niños jugaban en el suelo. Al fondo de la sala había dos puertas con unos carteles improvisados en los que podía leerse «Doctor» y «Benefactora».

Cerca de la puerta se encontraba sentada la tía Herm de Fitz, apuntando nombres en un libro. Walter le presentó a su padre.

—Lady Hermia Fitzherbert, mi padre herr Otto von Ulrich.

Se abrió la puerta del doctor y salió una mujer harapienta, con un bebé en brazos y un frasco de medicamento. Una enfermera asomó la cabeza y dijo:

—El siguiente, por favor.

Lady Hermia consultó la lista y llamó a la paciente:

—¡Señora Blatsky y Rosie!

Una anciana y una chica entraron en la consulta del médico.

—Espere un momento aquí, padre, por favor, que voy a buscar al jefe —dijo Walter.

Si dirigió corriendo hacia el fondo de la sala, sorteando a los niños que gateaban por el suelo. Llamó a la puerta en la que colgaba el cartel de «Benefactora» y entró.

La habitación era pequeña como el cuarto de la limpieza y, de hecho, había una fregona y un cubo en un rincón. Lady Maud Fitzherbert estaba sentada a una pequeña mesa, escribiendo en un libro de contabilidad. Llevaba un sencillo vestido gris perla y un sombrero de ala ancha. Alzó la mirada y la sonrisa que le iluminó la cara cuando vio a Walter fue tan deslumbrante que hizo que a este se le empañaran los ojos. Lady Maud se levantó de la silla y lo abrazó.

Se había pasado el día ansiando la llegada de ese momento. La besó en la boca, que no opuso resistencia alguna. Walter había besado a varias mujeres, pero Maud era la única que restregaba su cuerpo contra el suyo de aquel modo. Se sintió avergonzado, por miedo a que ella notara la erección, e intentó apartarse un poco; pero aquello provocó que Maud se arrimara aún más a él, como si quisiera notarla, por lo que acabó cediendo al placer.

Maud era muy apasionada con todo: la pobreza, los derechos de las mujeres, la música… y Walter se sentía sorprendido y un privilegiado de que ella se hubiera enamorado de él.

Maud se apartó, jadeando.

—Tía Herm empezará a sospechar algo —dijo ella.

Él asintió.

—Mi padre está fuera.

Maud se atusó el pelo y se alisó el vestido.

—De acuerdo.

Walter abrió la puerta y regresaron a la sala de espera. Otto charlaba con Hermia: le gustaban las damas mayores y respetables.

—Lady Maud Fitzherbert, le presento a mi padre, herr Otto von Ulrich.

Otto se inclinó sobre su mano. Había aprendido a no dar un taconazo: a los ingleses les parecía un gesto cómico.

Walter los observó mientras se miraban atentamente. Maud sonrió, divertida, y Walter supuso que se estaba preguntando si aquel era el aspecto que tendría él dentro de unos años. Otto se fijó en el caro vestido de cachemir y en el moderno sombrero con una mirada de aprobación. De momento, todo marchaba bien.

Otto no sabía que estaban enamorados. El plan de Walter era que su padre conociera antes a Maud. A Otto le gustaban las mujeres acaudaladas que hacían obras de beneficencia, e insistió en que la madre y la hermana de Walter fueran a ver a las familias pobres de Zumwald, su residencia de verano en Prusia Oriental. Si todo salía según lo previsto, Otto se daría cuenta de que Maud era una mujer maravillosa y excepcional, y tendría la guardia baja cuando supiera que Walter quería casarse con ella.

El joven sabía que era una tontería estar tan nervioso. Tenía veintiocho años: tenía derecho a elegir a la mujer a la que amaba. Pero ocho años antes se había enamorado de otra mujer. Tilde era apasionada e inteligente, como Maud, pero tenía diecisiete años y era católica. Los Von Ulrich eran protestantes. Ambas familias se mostraron furiosamente hostiles a la relación amorosa, y Tilde fue incapaz de desobedecer a su padre. Ahora Walter se había enamorado de una mujer poco apropiada por segunda vez. Le iba a costar que su padre aceptara a una feminista y extranjera. Sin embargo, Walter era mayor y más astuto, y Maud más fuerte e independiente que Tilde.

Aun así, el joven agregado militar estaba aterrado. Nunca había sentido lo mismo por una mujer, ni tan siquiera por Tilde. Quería casarse con Maud y pasar la vida con ella; de hecho, no la concebía sin ella. Y no quería que su padre se opusiera.

Maud hizo gala de sus mejores modales.

—Es muy amable que venga a visitarnos, herr Von Ulrich —dijo—. Debe de ser un hombre ocupadísimo. Imagino que un confidente leal de un monarca, como lo es usted del káiser, no debe de tener ni un instante de asueto.

Otto se sintió halagado, tal y como era la intención de Maud.

—Me temo que es cierto —dijo—. Sin embargo, su hermano, el conde, es amigo de Walter desde hace tanto tiempo, que tenía muchas ganas de venir.

—Permítame que le presente a nuestro doctor. —Maud los condujo hasta la consulta y llamó a la puerta. Walter sentía cierta curiosidad ya que nunca había conocido al médico—. ¿Podemos pasar? —preguntó.

Entraron en lo que en el pasado debió de ser el despacho del pastor, en el que había un pequeño escritorio y un estante con libros de contabilidad y un himnario. El doctor, un hombre joven, atractivo, con las cejas negras y una boca sensual, estaba examinando la mano a Rosie Blatsky. Walter sintió un pequeño arrebato de celos: Maud se pasaba días enteros con aquel tipo atractivo.

—Doctor Greenward, tenemos una visita muy distinguida. Le presento a herr Von Ulrich —dijo Maud.

—¿Cómo está usted? —preguntó Otto, formalmente.

—El doctor trabaja de forma gratuita —explicó Maud—. Le estamos muy agradecidas.

Greenward asintió con un gesto brusco. Walter se preguntó qué debía de causar la evidente tensión entre su padre y el doctor.

El médico volvió a centrar su atención en la paciente, que tenía un corte muy feo en la palma de la mano, y la muñeca hinchada. Miró a la madre y preguntó:

—¿Cómo se lo ha hecho?

—Mi madre no habla inglés —respondió la niña—. Me he cortado en el trabajo.

—¿Y tu padre?

—Está muerto.

Maud dijo en voz baja:

—La clínica es para familias sin padre, aunque, en realidad, atendemos a todo aquel que acuda a nosotros.

—¿Cuántos años tienes? —le preguntó Greenward a Rosie.

—Once.

—Creía que los niños no podían trabajar hasta los trece años —murmuró Walter.

—Hecha la ley, hecha la trampa —contestó Maud.

—¿De qué trabajas? —preguntó el médico.

—Como chica de la limpieza en la fábrica textil de Mannie Litov. Había una cuchilla en la basura.

—Cuando te cortes, tienes que lavarte la herida y ponerte un vendaje limpio. Luego tienes que cambiarte el vendaje cada día para que no se ensucie. —Greenward era un hombre de modales bruscos, pero no desagradable.

La madre le preguntó algo a la hija en ruso y casi a gritos. Walter no la entendió, pero comprendió lo esencial, que estaba traduciendo las instrucciones del doctor.

Greenward se volvió hacia la enfermera.

—Límpiele la mano y véndesela, por favor —y le dijo a Rosie—: Voy a darte un ungüento. Si se te hincha el brazo, debes venir a verme el próximo lunes. ¿Me entiendes?

—Sí, señor.

—Si dejas que empeore la infección, podrías perder la mano.

A Rosie se le saltaron las lágrimas.

—Siento haberte asustado, pero quiero que seas consciente de lo importante que es que tengas la mano limpia —dijo el doctor.

La enfermera preparó un cuenco de lo que debía de ser líquido antiséptico.

—Me gustaría transmitirle la admiración y respeto que siento por la labor que está llevando a cabo aquí, doctor —dijo Walter.

—Gracias. Me alegra poder dedicar mi tiempo a esta tarea, pero tenemos que comprar suministros médicos. Les estaremos muy agradecidos por cualquier ayuda que puedan prestarnos.

—Debemos dejar que el doctor prosiga con sus visitas, hay al menos veinte pacientes esperando —terció Maud.

Los visitantes salieron de la consulta. Walter estaba exultante de orgullo. Maud mostraba algo más que compasión. Cuando a las damas de la aristocracia les hablaban de los niños que trabajaban explotados en las fábricas, la mayoría se limpiaban las lágrimas con un pañuelo bordado; sin embargo, Maud mostraba la determinación y el valor para ayudar de verdad.

«¡Y me quiere!», pensó Walter.

—¿Puedo ofrecerle un refrigerio, herr Von Ulrich? Mi despacho es pequeño, pero tengo una botella del mejor jerez de mi hermano.

—Es muy amable por su parte, pero debemos irnos.

La visita iba a ser un poco breve, pensó Walter. El encanto de Maud había dejado de surtir efecto en su padre. Tenía el horrible presentimiento de que algo había salido mal.

Otto sacó la cartera y cogió un billete.

—Por favor, acepte una modesta contribución para la excelente labor que están llevando a cabo, lady Maud.

—¡Qué generoso! —exclamó ella.

Walter le dio otro billete.

—Quizá también yo pueda realizar un pequeño donativo.

—Le estoy muy agradecida por todo aquello que pueda ofrecerme —dijo.

Walter esperó que fuera el único que había reparado en la pícara mirada que le había lanzado.

—Le ruego que le transmita mis respetos al conde Fitzherbert —dijo Otto.

Se despidieron. A Walter le preocupaba la reacción de su padre.

—¿No cree que lady Maud es maravillosa? —le preguntó alegremente mientras regresaban hacia Aldgate—. Fitz lo financia todo, por supuesto, pero es Maud quien hace el trabajo.

—Es vergonzoso —exclamó Otto—. Una absoluta vergüenza.

Walter se dio cuenta de que su padre estaba de mal humor, pero, aun así, su reacción lo sorprendió.

—¿De qué demonios habla? ¡Le gustan las mujeres de alta cuna que ayudan a los pobres!

—Visitar a campesinos enfermos y llevarles algo de comida en una cesta es una cosa —dijo Otto—. ¡Pero me horroriza ver a la hermana de un conde en un lugar como ese con un médico judío!

—Oh, Dios —gruñó Walter. Claro, el doctor Greenward era judío. Sus padres debían de ser de origen alemán y apellidarse Grunwald. Walter no había conocido al doctor hasta entonces, aunque, de todos modos, quizá no habría caído en la cuenta ni le habría importado su raza. Sin embargo, Otto, al igual que la mayoría de los hombres de su generación, concedía una gran importancia a aquel tipo de cosas—. Padre, ese hombre trabaja sin cobrar nada a cambio; lady Maud no puede permitirse el lujo de rechazar la ayuda de un médico perfectamente válido por el mero hecho de que sea judío.

Otto no lo escuchaba.

—Familias sin padre, ¿de dónde habrá sacado esa expresión? —se preguntó, asqueado—. Se refiere a la prole de las prostitutas.

A Walter le afectaron mucho las palabras de su padre. Su plan había fracasado por completo.

—¿No se da cuenta de lo valiente que es? —preguntó, abatido.

—Me da igual. Si fuera mi hermana, le daría una buena zurra.

II

Había una crisis en la Casa Blanca.

Era el 21 de abril, y Gus Dewar se encontraba en el Ala Oeste, a altas horas de la madrugada. El nuevo edificio proporcionaba más espacio para despachos, algo que hacía mucha falta, y permitía que el resto de la Casa Blanca se utilizara únicamente como residencia. Gus estaba sentado en el estudio del presidente, cerca del Despacho Oval, una habitación pequeña y sin gracia, iluminada por una bombilla que emitía una luz tenue. Sobre el escritorio se encontraba la máquina de escribir portátil, marca Underwood, que Woodrow Wilson utilizaba para escribir sus discursos y notas de prensa.

A Gus le interesaba más el teléfono. Si sonaba, debía decidir si despertaba o no al presidente.

Una telefonista no podía tomar tal decisión. Sin embargo, los consejeros más importantes del presidente también necesitaban sus horas de sueño. Gus era el último en el escalafón de los consejeros, o el primero en el de los funcionarios, según el punto de vista. Sea como fuere, le había tocado a él permanecer toda la noche junto al teléfono para decidir si debía interrumpir el sueño del presidente, o el de la primera dama, Ellen Wilson, que sufría una misteriosa enfermedad. Gus estaba nervioso por temor a hacer o decir algo erróneo. De repente, la cara educación que había recibido le parecía superflua: ni tan siquiera en Harvard les habían enseñado cuándo convenía despertar al presidente. Esperaba que el teléfono no llegara a sonar.

Gus estaba ahí gracias a una carta que había escrito. Le había contado a su padre la fiesta real que se celebró en Tŷ Gwyn, y el debate que se celebró después de la cena sobre el peligro de una guerra en Europa. Al senador Dewar le pareció una carta tan interesante y entretenida que se la mostró a su amigo, Woodrow Wilson, que dijo: «Me gustaría tener a ese muchacho en mi despacho». Gus se había tomado un año sabático después de Harvard, donde había estudiado derecho internacional, y antes de empezar en su primer trabajo, en un bufete de abogados de Washington. Se encontraba a medio camino de su viaje alrededor del mundo, pero redujo gustosamente la duración de sus vacaciones para servir a su presidente.

Nada fascinaba tanto a Gus como las relaciones entre naciones, el odio y las amistades, las alianzas y las guerras. De adolescente asistió a sesiones del comité del Senado sobre Relaciones Exteriores, al que pertenecía su padre, y le resultaron más fascinantes que una obra teatral.

—Así es como los países crean paz y prosperidad; o guerra, desolación y hambruna —dijo su padre—. Si quieres cambiar el mundo, las relaciones internacionales es el campo en el que puedes hacer más bien... o mal.

Y, ahora, Gus se encontraba en medio de su primera crisis internacional.

Un funcionario muy celoso del gobierno mexicano había detenido a ocho marineros estadounidenses en el puerto de Tampico. Los hombres ya habían sido puestos en libertad, el funcionario se había disculpado y el trivial incidente podría haber acabado ahí. Pero el comandante del escuadrón, el almirante Mayo, había exigido una salva de veintiún cañonazos. El presidente Huerta se había negado. Para añadir más presión al asunto, Wilson había amenazado con ocupar Veracruz, el mayor puerto de México.

De modo que Estados Unidos estaba al borde de la guerra. Gus admiraba a Woodrow Wilson y su integridad. El presidente no estaba de acuerdo con aquel cínico punto de vista, según el cual un bandido mexicano era igual a cualquier otro. Huerta era un reaccionario que había asesinado a su predecesor, y Wilson quería encontrar un pretexto para derrocarlo. A Gus le entusiasmaba que un dirigente mundial dijera que era inaceptable que los hombres alcanzaran el poder mediante el asesinato. ¿Llegaría un día en que ese principio fuera aceptado por todas las naciones?

La crisis se agravó por culpa de los alemanes. Un barco alemán de nombre *Ypiranga* se aproximaba a Veracruz con un cargamento de fusiles y munición para el gobierno de Huerta.

La tensión había reinado durante todo el día, pero ahora Gus debía hacer verdaderos esfuerzos para mantenerse despierto. En el escritorio que había frente a él, iluminado por una lámpara con pantalla verde, había un informe mecanografiado del servicio de espionaje del ejército sobre los efectivos de los rebeldes de México. El servicio de espionaje era uno de los departamentos más pequeños del ejército, ya que solo contaba con dos oficiales y dos funcionarios, y el informe no era muy completo. Gus no dejaba de pensar en Caroline Wigmore.

Cuando llegó a Washington llamó al catedrático Wigmore para intentar verlo un día. Era uno de sus profesores de Harvard, que se había trasladado a la Universidad de Georgetown. Wigmore no estaba en casa, pero su segunda y joven esposa sí. Gus había visto a Caroline en varias ocasiones en diversos acontecimientos del campus, y le atraía mucho su comportamiento atento y discreto y su rápida inteligencia.

—Me ha dicho que tenía que ir a encargar camisas nuevas —dijo ella, pero Gus se fijó en su expresión crispada, y añadió—: Pero sé que está con su amante.

Gus le secó las lágrimas con el pañuelo y ella le besó en los labios.

—Ojalá estuviera casada con alguien digno de confianza.

Caroline resultó ser una mujer muy apasionada. Aunque no le había permitido llegar a mantener relaciones sexuales, hacían todo lo demás. Tenía unos orgasmos estremecedores aunque él únicamente la acariciaba.

Su aventura tan solo había empezado un mes antes, pero Gus ya sabía que quería que se divorciara de Wigmore y se casara con él. Sin embargo, ella no quería ni oír hablar del tema, a pesar de que no tenían hijos. Decía que le arruinaría la carrera a Gus y, a buen seguro, tenía razón. No era algo que se pudiera hacer con discreción ya que el escándalo se convertiría en un tema demasiado jugoso: la atractiva mujer que abandonaba al catedrático de renombre y acto seguido se casaba con un hombre más joven y adinerado. Gus sabía a la perfección lo que diría su madre sobre tal matrimonio: «Es comprensible, si su marido le ha sido infiel, pero resultaría incómodo que pasara a formar parte de nuestro círculo social». El presidente se sentiría avergonzado, y también el tipo de personas que podían ser clientes de un abogado. Sin duda alguna, echaría por tierra todas las esperanzas de Gus de seguir la carrera de su padre para llegar al Senado.

Gus se dijo a sí mismo que no le importaba. Amaba a Caroline y la rescataría de su marido. Tenía mucho dinero, y cuando muriera su padre sería millonario. Emprendería otra carrera. Tal vez podría convertirse en periodista y enviar sus crónicas desde las capitales extranjeras.

No obstante, sentía un dolor punzante de arrepentimiento. Acababa de encontrar trabajo en la Casa Blanca, algo con lo que soñaban muchos jóvenes. Sería durísimo tener que renunciar a él, junto a todo lo que conllevaba.

Sonó el teléfono y Gus se sobresaltó debido a los timbrazos que resonaron en el silencio del Ala Oeste de noche.

—Oh, Dios mío —dijo, mientras miraba el aparato—. Oh, Dios mío, ha llegado el momento. —Titubeó varios segundos y, al final, descolgó el auricular. Oyó la voz pastosa del secretario de Estado William Jennings Bryan.

—Tengo a Joseph Daniels en la otra línea, Gus. —Daniels era el secretario de la Armada—. Y la secretaria del presidente está escuchando por un teléfono supletorio.

—Sí, señor secretario —dijo Gus. Logró expresarse con voz calma, pero el corazón le latía desbocado.

—Despierta al presidente, por favor —le ordenó el secretario Bryan.

—Sí, señor.

Gus atravesó el Despacho Oval y salió al Jardín de las Rosas y al frío aire de la noche. Cuando llegó al edificio antiguo, un guardia lo dejó entrar. Subió corriendo las escaleras, recorrió el pasillo y se detuvo frente a la puerta del dormitorio. Respiró hondo y llamó con tanta fuerza que se hizo daño en los nudillos.

Al cabo de un instante oyó la voz de Wilson.

—¿Quién es?

—Gus Dewar, señor presidente —respondió—. El secretario Bryan y el secretario Daniels están al teléfono.

—Un minuto.

El presidente Wilson salió del dormitorio mientras se ponía sus gafas con montura al aire. Vestía pijama y bata, lo que le daba un aspecto vulnerable. Era alto, aunque no tanto como Gus. Tenía cincuenta y siete años y el pelo oscuro aunque surcado por canas. Se consideraba feo, y no estaba del todo equivocado. Tenía una nariz prominente y orejas de soplillo, pero su gran mentón le confería un aspecto que reflejaba de forma precisa la fortaleza de carácter que Gus respetaba. Cuando hablaba, mostraba sus dientes torcidos.

—Buenos días, Gus —dijo amablemente—. ¿A qué viene tanta agitación?

—No me lo han dicho.

—Bueno, es mejor que escuches por el supletorio del despacho de al lado.

Gus obedeció rápidamente y descolgó el auricular.

Oyó la voz sonora de Bryan.

—Está previsto que el *Ypiranga* atraque a las diez de la mañana.

Gus sintió cierta aprensión. El presidente mexicano tenía que ceder, ya que, de lo contrario, habría un baño de sangre.

Bryan leyó un telegrama del cónsul estadounidense en Veracruz.

—El vapor *Ypiranga*, propiedad de la naviera Hamburg-Amerika, llegará mañana procedente de Alemania con doscientas ametralladoras y quince millones de cartuchos; atracará en el muelle cuatro y empezará a descargar a las diez y media.

—¿Es consciente de lo que significa eso, señor Bryan? —preguntó Wilson, y Gus tuvo la sensación de que lo hacía con voz quejumbrosa—. Daniels, ¿está ahí, Daniels? ¿Qué opina?

—No deberíamos permitir que Huerta reciba la munición —contestó Daniels. A Gus le sorprendió aquella respuesta tan contundente por parte del secretario de la Armada—. Puedo enviarle un telegrama al almirante Fletcher para que lo impida y tome las aduanas.

Hubo una larga pausa. Gus estaba agarrando el teléfono con tanta fuerza que le dolía la mano.

Al final, el presidente tomó una decisión:

—Daniels, envíele esta orden al almirante Fletcher: «Tome Veracruz de inmediato».

—Sí, señor presidente —dijo el secretario de la Armada.

Y Estados Unidos entró en guerra.

III

Gus no se fue a la cama esa noche ni al día siguiente.

Poco después de las ocho y media, el secretario Daniels les comunicó la noticia de que un buque de guerra estadounidense se había interpuesto en la ruta del *Ypiranga*. El barco alemán, un carguero desarmado, dio marcha atrás y abandonó el lugar. Los marines estadounidenses tomarían tierra en Veracruz esa misma mañana, dijo Daniels.

A Gus le consternó la rapidez con la que evolucionaba la crisis, pero estaba encantado de encontrarse en el corazón del lugar donde se tomaban las decisiones.

A Woodrow Wilson no lo amedrentaba la guerra. Su obra de teatro favorita era *Enrique V*, de Shakespeare, y le gustaba la cita: «Si es pecado codiciar el honor, soy el mayor de todos los pecadores».

Las noticias llegaban por radio y por telegrama, y era tarea de Gus llevarle los mensajes al presidente. A mediodía los marines tomaron el control de la aduana de Veracruz.

Poco después, le dijeron que alguien quería verlo, una tal señora Wigmore.

Gus arrugó el entrecejo, preocupado. Aquello era una indiscreción. Debía de haber sucedido algo.

Se fue corriendo hacia el vestíbulo. Caroline parecía muy angustiada. Aunque llevaba un elegante abrigo de tweed y un sombrero sencillo, tenía el pelo alborotado y los ojos rojos de tanto llorar. A Gus le impresionó y le dolió verla en aquel estado.

—¡Cariño! —dijo en voz baja—. ¿Qué ha sucedido?

—Esto es el fin —dijo—. No puedo volver a verte. Lo siento. —Rompió a llorar.

Gus tenía ganas de abrazarla pero no podía hacerlo ahí. Tampoco tenía despacho propio. Miró alrededor. El guardia de la puerta los observaba. No había ningún sitio donde pudieran disfrutar de un poco de intimidad. Se estaba volviendo loco.

—Vayamos fuera —dijo Gus, que la agarró del brazo—. Daremos un paseo.

Ella negó con la cabeza.

—No. Estoy bien. Podemos quedarnos aquí.

—¿Por qué estás tan alterada?

Caroline era incapaz de mirarlo a los ojos, no alzaba la vista del suelo.

—Debo ser fiel a mi marido. Tengo obligaciones.

—Déjame ser tu marido.

Ella levantó la vista y su mirada de anhelo le partió el corazón.

—No sabes cuánto desearía poder hacerlo.

—¡Pero puedes!

—Ya tengo marido.

—No te es fiel, ¿por qué deberías serlo tú?

Ella hizo caso omiso de la pregunta.

—Ha aceptado una cátedra en Berkeley. Nos trasladamos a California.

—No vayas.

—Ya he tomado una decisión.

—Eso es obvio —replicó Gus de forma inexpresiva. Se sentía como si lo hubieran atropellado. Notaba un dolor en el pecho y le costaba respirar—. California —dijo—. Joder.

Caroline vio que Gus había aceptado lo inevitable, y la mujer empezó a recuperar la compostura.

—Es nuestro último encuentro —dijo.

—¡No!

—Escúchame, por favor. Quiero decirte una cosa y esta es mi última oportunidad.

—De acuerdo.

—Hace un mes estaba dispuesta a suicidarme. No me mires así, es cierto. Me consideraba una nulidad y creía que a nadie le importaría si me moría. Entonces apareciste en la puerta de mi casa. Eras tan afectuoso, tan educado, tan atento, que me hiciste pensar que valía la pena seguir viviendo. Tú me apreciabas. —Las lágrimas le corrían por las mejillas, pero aun así prosiguió—. Además, eras muy feliz cuando te besaba. Me di cuenta de que si era capaz de colmar de dicha a una persona, entonces no podía ser una nulidad; y ese pensamiento me llevó a seguir adelante. Me has salvado la vida, Gus. Que Dios te bendiga.

Gus sentía algo que rayaba en la ira.

—¿Y eso qué me deja?

—Recuerdos —respondió ella—. Espero que los atesores, como yo haré con los míos.

Caroline se volvió. Gus la siguió hasta la puerta, pero ella no volvió la vista atrás. Salió y él la dejó marchar.

Cuando la perdió de vista echó a caminar de forma automática hacia el Despacho Oval, pero cambió de dirección: estaba demasiado alterado para estar con el presidente. Se fue al baño de hombres para hallar un momento de paz. Por suerte, estaba vacío. Se lavó la cara y se miró en el espejo. Vio a un hombre delgado con la cabeza grande: parecía una piruleta. Tenía el cabello de color castaño claro y los ojos marrones; no era muy atractivo, pero acostumbraba a gustar a las mujeres, y Caroline lo había amado.

Al menos, durante un tiempo.

No debería haberla dejado marchar. ¿Cómo podía haberse limitado a mirarla mientras se alejaba? Tendría que haberla convencido para que aplazara su decisión, para que meditara sobre la cuestión, para que lo hablara más con él. Quizá debería haber pensado en alternativas. Sin embargo, en el fondo de su corazón sabía que no las había. Supuso que Caroline ya le había dado vueltas a todo aquello. Debía de haber permanecido en vela muchas noches, con su marido roncando a su lado, meditando sobre la situación. Había tomado una decisión antes de ir a verlo.

Él, por su parte, debía regresar a su puesto de trabajo. Estados Unidos estaba en guerra. Pero ¿cómo podía quitarse todo aquello de la cabeza? El día que no podía verla, no hacía más que pensar en su próxima cita. Ahora no dejaba de pensar en cómo sería su vida sin ella. Y le parecía una perspectiva muy extraña. ¿Qué iba a hacer?

Un funcionario entró en el lavabo. Gus se secó las manos con una toalla y regresó a su lugar de trabajo, en el estudio que había junto al Despacho Oval.

Al cabo de unos instantes, un mensajero le entregó un telegrama del cónsul estadounidense en Veracruz. Gus lo leyó y dijo:

—¡Oh, no!

El telegrama decía: CUATRO DE NUESTROS HOMBRES HAN MUERTO. VEINTE HERIDOS. DISPAROS ALREDEDOR DEL CONSULADO.

Cuatro hombres muertos, pensó Gus, horrorizado; cuatro buenos estadounidenses con madres y padres, y esposas o novias. La noticia atenuó la tristeza que sentía. «Al menos —reflexionó—, Caroline y yo estamos vivos.»

Llamó a la puerta del Despacho Oval y le entregó el telegrama a Wilson. El presidente lo leyó y palideció.

Gus lo miró fijamente. ¿Cómo debía de sentirse al saber que aquellos hombres habían muerto a causa de la decisión que había tomado en mitad de la noche?

Aquello no tendría que haber sucedido. ¿Acaso los mexicanos no querían que los liberasen de un gobierno tirano? Deberían haber recibido a los estadounidenses como liberadores. ¿Qué había salido mal?

Bryan y Daniels aparecieron al cabo de unos minutos, seguidos por el secretario de la Guerra, Lindley Garrison, un hombre que acostumbraba a ser más beligerante que Wilson, y Robert Lansing, el asesor del Departamento de Estado.

El presidente estaba más tenso que la cuerda de un violín. Pálido, inquieto y nervioso, no paraba de dar vueltas. Gus pensó que era una pena que Wilson no fumara, ya que quizá el tabaco lo habría ayudado a calmarse.

«Todos sabíamos que podía estallar la violencia —pensó Gus—, pero, en cierto modo, la realidad es más espantosa de lo que imaginábamos.»

Iban llegando más detalles de forma paulatina, y Gus le entregó los mensajes a Wilson. Todas las noticias eran malas. Las tropas mexicanas habían opuesto resistencia y dispararon contra los marines desde su fortín. La población, además, apoyaba a su ejército, que disparaba al azar contra los estadounidenses desde las ventanas superiores de sus casas. Como represalia, el *USS Prairie* atracó cerca de la costa, apuntó con sus cañones de 75 milímetros contra la ciudad y la bombardeó.

El número total de bajas era: seis estadounidenses muertos, ocho, doce y más heridos. Sin embargo, era un enfrentamiento del todo desigual ya que habían muerto más de cien mexicanos.

El presidente parecía confuso.

—No queremos luchar contra los mexicanos —dijo—. Queremos ayudarlos, si podemos. Queremos servir a la humanidad.

Por segunda vez ese mismo día, Gus se sintió totalmente desconcertado. El presidente y sus consejeros siempre se habían guiado por sus buenas intenciones. ¿Cómo era posible que todo hubiera salido tan mal? ¿Tan difícil era hacer el bien en asuntos internacionales?

Llegó un mensaje del Departamento de Estado. El embajador alemán, el conde Johann von Bernstorff, había recibido instrucciones del káiser para reunirse con el secretario de Estado, y deseaba saber si podía concertar la cita a las nueve de la mañana. Su personal le había hecho saber, de modo informal, que el embajador iba a presentar una queja formal por el incidente del *Ypiranga*.

—¿Una queja? —preguntó Wilson—. ¿De qué puñetas hablan?

Gus se dio cuenta enseguida de que el derecho internacional les daba la razón a los alemanes.

—Señor, no ha habido declaración de guerra, ni tampoco un bloqueo, de modo que, en un sentido estricto, los alemanes tienen razón.

—¿Cómo? —Wilson se volvió hacia Lansing—. ¿Es eso cierto?

—Lo comprobaremos de nuevo, por supuesto —dijo el asesor del Departamento de Estado—. Pero estoy prácticamente convencido de que Gus tiene razón. Lo que hemos hecho viola el derecho internacional.

—¿Y eso qué significa?

—Significa que vamos a tener que pedir disculpas.

—¡Jamás! —exclamó Wilson, furioso.

Pero lo hicieron.

IV

Maud Fitzherbert se sorprendió al darse cuenta de que se había enamorado de Walter von Ulrich. Aunque también se habría sorprendido si se hubiera enamorado de cualquier otro hombre. Pocas veces conocía a uno que le gustara. Muchos eran los que se habían sentido atraídos por ella, sobre todo desde que fue presentada en sociedad, pero la mayoría fueron ahuyentados por su feminismo. Otros intentaron domeñarla, como el marqués de Lowther, que le dijo a Fitz que Maud se daría cuenta de su error al comportarse de aquel modo cuando conociese a un hombre autoritario de verdad. El pobre Lowthie acabó por comprender que el error lo cometió él.

Walter creía que era una mujer maravillosa tal y como era. Hiciera lo que hiciese, siempre lo asombraba. Si defendía puntos de vista extremos, lo impresionaban sus argumentos; cuando Maud escandalizaba a la sociedad ayudando a madres solteras y a sus hijos, él admiraba su valor; y le encantaba lo guapa que estaba cuando se ponía ropa que desafiaba los cánones de la moda.

A Maud la aburrían los ingleses adinerados de clase alta que consideraban que el modo en que estaba organizada la sociedad era satisfactorio. Walter era distinto. A pesar de provenir de una familia alemana conservadora, era sorprendentemente radical. Desde el lugar en el que estaba sentada Maud, en la fila trasera del palco que tenía su hermano en la ópera, podía ver a Walter en el patio de butacas, con un pequeño grupo de la embajada alemana. No tenía aspecto de rebelde, con su cabello bien cepillado, su bigote bien estilizado y su ropa de noche, conjuntada a la perfección. Incluso sentado, estaba erguido y tenía los hombros rectos. Miraba al escenario con una intensa concentración mientras Don Giovanni, acusado de intentar violar a una ingenua campesina, fingía, con descaro, haber atrapado a su sirviente, Leporello, cometiendo el crimen.

De hecho, pensó Maud, «rebelde» no era la palabra adecuada para Walter. Aunque era de una mentalidad más abierta de lo habitual, en ocasiones también podía ser convencional. Estaba orgulloso de la gran tradición musical del pueblo germanohablante, y le molestaba la actitud displicente del público londinense que llegaba tarde, hablaba con sus amistades durante las actuaciones y se iba antes de que acabaran. Seguro que ahora estaba enfadado con Fitz, por los comentarios que este le hacía a su amigo Bing Westhampton sobre la figura de la soprano; y con Bea por hablar con la duquesa de Sussex sobre la tienda de Madame Lucille, en Hanover Square, donde habían comprado sus vestidos. Incluso sabía lo que debía de decir Walter: «¡Solo escuchan la música cuando se les han acabado los chismorreos!».

Maud correspondía a los sentimientos de Walter, pero estaban en minoría. Para gran parte de la alta sociedad londinense, la ópera no era más que otra oportunidad para lucir ropa y joyas. Sin embargo, incluso esa gente guardó silencio hacia el final del primer acto, cuando Don Giovanni amenazó con matar a Leporello, y la percusión y los bajos dobles atronaron en el teatro. Entonces, con su característica indiferencia, Don Giovanni liberó a Leporello y se fue alegremente, desafiando a todo el mundo a que lo detuviera; y bajó el telón.

Walter se puso en pie de inmediato, miró hacia el palco y saludó con la mano. Fitz le devolvió el saludo.

—Ese es Von Ulrich —le dijo a Bing—. Todos esos alemanes están muy ufanos porque han dejado en ridículo a los estadounidenses en México.

Bing era un crápula pícaro y con el pelo rizado, pariente lejano de la familia real. Sabía poco de cuestiones internacionales y sus principales intereses eran jugar y beber en las mejores capitales europeas. Frunció el entrecejo y preguntó, desconcertado:

—¿Y a los alemanes qué les importa México?

—Buena pregunta —dijo Fitz—. Si creen que pueden conseguir colonias en Sudamérica, se engañan… Estados Unidos jamás lo permitirá.

Maud salió del palco y bajó por la imponente escalinata, asintiendo y sonriendo a los conocidos. Sabía algo que también sabía la mitad de la gente que había allí: la sociedad londinense era un círculo sorprendentemente pequeño. En el rellano, enmoquetado de rojo, encontró un grupo de personas que rodeaban la figura pulcra y delgada de David Lloyd George, el canciller del Exchequer.

—Buenas noches, lady Maud —dijo, con el brillo que aparecía en sus ojos azul intenso cuando hablaba con una mujer atractiva—. He oído que la fiesta real en su casa fue muy bien. —Tenía el acento nasal de Gales del Norte, menos musical que la cadencia de los habitantes del sur—. Por cierto, qué tragedia la explosión de la mina de Aberowen.

—A las familias de los fallecidos les consoló mucho el mensaje de condolencia del rey —dijo Maud. En el grupo había una mujer atractiva de unos veinte años. Maud la saludó—: Buenas noches, señorita Stevenson, qué alegría verla de nuevo. —La secretaria política y amante de Lloyd George era una rebelde, y Maud se sentía atraída por ella. Además, un hombre siempre se mostraba agradecido con la gente que era cortés con su amante.

Lloyd George se dirigió al grupo.

—Ese barco alemán acabó entregando las armas a México. Tan solo atracó en otro puerto y descargó sin problemas. De modo que han muerto diecinueve soldados estadounidenses en vano. Es una gran humillación para Woodrow Wilson.

Maud sonrió y le tocó el brazo a Lloyd George.

—¿Le importaría explicarme una cosa, canciller?

—Si puedo, querida —dijo con indulgencia.

Maud sabía que a la mayoría de los hombres les encantaba que una mujer, sobre todo si era joven y atractiva, les pidiera que le explicaran algo.

—¿Por qué es tan importante lo que sucede en México?

—El petróleo, querida señora, el petróleo —repitió Lloyd George. Alguien le preguntó algo y el canciller se volvió.

Maud vio a Walter. Se encontraron a los pies de la escalinata. Él se inclinó sobre su mano enguantada, y ella tuvo que resistirse a la tentación de tocarle su pelo rubio. Su amor por Walter había despertado en su interior como un león aletargado, ávido de deseo físico, un animal que era acicateado y atormentado por los besos robados y los roces furtivos.

—¿Está disfrutando de la ópera, lady Maud? —le preguntó Walter cortésmente, pero sus ojos de color avellana decían «me gustaría estar a solas contigo».

—Mucho. Don Giovanni tiene una voz maravillosa.

—En mi opinión, el director de orquesta sigue un tempo demasiado elevado.

Walter era la única persona que conocía que se tomaba la música tan en serio como ella.

—No estoy de acuerdo —replicó—. Es una comedia, de modo que las melodías deben fluir ágilmente.

—Pero no es tan solo una comedia.

—Es cierto.

—Quizá reduzca un poco el tempo cuando las cosas se pongan feas en el segundo acto.

—Parece que habéis ganado una especie de batalla diplomática en México —dijo Maud, cambiando de tema.

—Mi padre está… —tuvo que pensar para encontrar la palabra adecuada, algo poco habitual en él— … exultante —dijo tras una pausa.

—¿Y tú no?

Arrugó el entrecejo.

—Me preocupa que el presidente estadounidense quiera devolvérnosla algún día.

En ese momento Fitz pasó a su lado y dijo:

—Hola, Von Ulrich, ¿por qué no nos acompañas a nuestro palco? Tenemos un asiento libre.

—¡Será un placer! —dijo Walter.

Maud estaba encantada. Fitz solo intentaba ser hospitalario: no sabía que su hermana estaba enamorada de Walter. Tendría que ponerlo al corriente dentro de poco. Sin embargo, no estaba convencida de cómo asimilaría la noticia. Sus países estaban enfrentados, y aunque

Fitz consideraba a Walter su amigo, de ahí a recibirlo con los brazos abiertos como cuñado iba un trecho.

Walter y ella subieron la escalinata y recorrieron el pasillo. La hilera trasera del palco de Fitz solo tenía dos asientos y un ángulo de visión muy malo. Maud y Walter ocuparon esos asientos sin pensarlo.

Al cabo de unos minutos, se apagaron las luces. En la penumbra, Maud se imaginó a solas con Walter. El segundo acto empezó con el dueto entre Don Giovanni y Leporello. A Maud le gustaba el modo en que Mozart hacía cantar juntos a amos y criados, mostrando las complejas e íntimas relaciones entre las clases altas y bajas. Muchos dramas solo reflejaban la vida de las clases altas, y representaban a los sirvientes como si fueran una parte más del mobiliario, tal y como deseaba mucha gente.

Bea y la duquesa regresaron al palco durante el trío «Ah! Taci, ingiusto core». Todo el mundo parecía haber agotado los temas de conversación, ya que apenas se oía hablar a la gente. Nadie hablaba con Maud ni Walter, ni tan siquiera los miraba, y Maud se preguntó, presa de la excitación, si podría aprovecharse del entorno y el momento. Con la confianza que da la audacia, estiró el brazo y le agarró la mano a Walter con disimulo. Él sonrió, y le acarició los dedos con la yema del pulgar. Maud se moría por besarlo, pero hacerlo sería una imprudencia.

Cuando Zerlina cantó su aria «Vedrai, carino», en un romántico compás de tres por ocho, un impulso irresistible tentó a Maud y, cuando Zerlina se llevó la mano de Masetto a su corazón, Maud se puso la de Walter en el pecho. El joven agregado alemán dio un grito ahogado involuntario, pero nadie lo oyó porque Masetto estaba haciendo un ruido similar, tras ser derribado por Don Giovanni.

Maud le dio la vuelta a la mano para que pudiera sentir su pezón con la palma. A Walter le enloquecían sus pechos, y se los tocaba siempre que podía, lo cual sucedía pocas veces. Ella deseaba que fuera más a menudo: le encantaba. Aquello fue otro descubrimiento. Otras personas se los habían acariciado (un médico, un cura anglicano, una chica mayor en la clase de baile, un hombre en una multitud), y a ella le molestaba y, al mismo tiempo, halagaba el mero pensamiento de que fuera capaz de despertar la lujuria de la gente, pero hasta entonces jamás lo había disfrutado. Miró a Walter a la cara y vio que tenía la vista fija en el escenario, pero unas gotas de sudor brillaban en su frente. Maud se preguntó si estaba mal excitarlo de aquel modo, cuando no podía proporcionarle mayor satisfacción; pero él no hizo el menor ademán de retirar la mano, por lo que ella dedujo que le gustaba lo que estaba haciendo. Y a Maud también. Pero, como siempre, quería más.

¿Qué la había cambiado? Ella nunca había sido así. Era Walter, claro, y la conexión que sentía con él, una proximidad tan intensa que tenía la sensación de que podía decirle cualquier cosa, hacer lo que le viniera en gana, sin reprimir nada. ¿Qué lo hacía a él tan diferente de los demás hombres que la habían atraído? Un hombre como Lowthie, o incluso Bing, esperaba que una mujer se comportara como un niño bien educado: que escuchase con respeto cuando él soltaba una perorata, que riera para reconocer su gran ingenio, que obedeciera cuando adoptaba un papel autoritario y que le diera un beso siempre que se lo pidiera. Walter la trataba como un adulto. No flirteaba, no era condescendiente, no era presuntuoso e invertía el mismo esfuerzo, como mínimo, en escucharla que cuando le hablaba.

La música se volvió siniestra, la estatua cobró vida y el Commendatore entró en el comedor de Don Giovanni con una disonancia que Maud reconoció como una séptima disminuida. Era el punto culminante dramático de la ópera, y Maud estaba casi segura de que nadie los miraría. Tal vez podía proporcionarle una pequeña satisfacción a Walter, pensó; y la mera idea la dejó sin respiración.

Mientras los trombones resonaban sobre la voz grave de barítono del Commendatore, ella puso la mano sobre el muslo de Walter. Podía sentir el calor de su piel a través de la fina lana de sus pantalones de vestir. Él no la miró, pero Maud vio que abrió la boca y que jadeaba. Deslizó la mano por el muslo y, cuando Don Giovanni cogió al Commendatore de la mano, ella encontró el pene erecto de Walter y lo agarró.

Maud estaba muy excitada y, al mismo tiempo, sentía mucha curiosidad. Jamás había hecho aquello. Lo palpó por encima de los pantalones. Era más grande de lo que esperaba, y también más duro, parecía un pedazo de madera más que una parte del cuerpo. Era raro, pensó, que pudiera suceder un cambio físico tan extraordinario gracias al tacto de una mujer. Cuando ella se excitaba, los cambios eran muy pequeños: aquella forma de henchirse apenas perceptible, y la humedad en su interior. Para los hombres era como izar una bandera.

Maud sabía lo que hacían los chicos, ya que había espiado a Fitz cuando tenía quince años; entonces imitó la acción que le había visto llevar a cabo, ese movimiento hacia arriba y hacia abajo de la mano, mientras el Commendatore exigía a Don Giovanni que se arrepintiera, y este se negaba una y otra vez. Walter resollaba, pero nadie podía oírlo porque la orquesta tocaba muy fuerte. Ella estaba encantada de poder satisfacerlo. Veía las nucas de las demás personas que había en el palco, y la aterraba la posibilidad de que alguien pudiera volverse, pero se sentía demasiado embargada por lo que estaba haciendo para detenerse. Walter le cogió la mano con la suya, para enseñarle cómo tenía que hacerlo, para agarrarla con fuerza cuando bajaba y aliviar la presión cuando subía, y ella lo imitó. Mientras Don Giovanni era arrastrado a la hoguera, Walter dio un respingo en el asiento. Maud sintió una especie de espasmos en el pene (una, dos y tres veces) y entonces, mientras Don Giovanni moría de miedo, Walter se desplomó, exhausto.

De repente Maud se dio cuenta de que lo que había hecho era una absoluta locura y apartó la mano rápidamente. Se sonrojó, avergonzada. Ella también jadeaba e intentó respirar con normalidad.

En el escenario empezó el *ensemble* final y Maud se relajó. No sabía qué la había poseído, pero se había salido con la suya. El alivio de tensión hizo que le entraran ganas de reír, pero logró contener la risa.

Miró a Walter a los ojos. Él la observaba, embelesado. Maud sintió un gran placer. Él se inclinó junto a ella y le susurró al oído:

—Gracias.

Maud lanzó un suspiro y respondió:

—Ha sido un placer.

6

Junio de 1914

I

A principios de junio Grigori Peshkov por fin tenía suficiente dinero para comprar un pasaje a Nueva York. La familia Vyalov de San Petersburgo le vendió el billete y los papeles necesarios para pasar el control de inmigración al llegar a Estados Unidos, incluida una carta del señor Josef Vyalov de Buffalo, en la que prometía darle trabajo a Grigori.

Grigori besó el billete. Se moría de ganas de marcharse. Era como un sueño, y tenía miedo de despertarse antes de que zarpara el barco. Ahora que faltaba tan poco para la partida, anhelaba aún más el momento cuando estuviera en cubierta y mirara hacia atrás para ver desaparecer Rusia por el horizonte y de su vida para siempre.

La noche antes de su marcha, los amigos le organizaron una fiesta. Se celebró en el bar de Mishka, un local situado cerca de la fábrica metalúrgica Putílov. Había una docena de compañeros del trabajo, la mayoría de los miembros del Círculo de Debate Bolchevique sobre socialismo y ateísmo, y las chicas de la casa donde vivían Grigori y Lev. Todos estaban en huelga, al igual que la mitad de las fábricas de San Petersburgo, de modo que nadie tenía mucho dinero, pero unieron fuerzas y compraron un barril de cerveza y unos cuantos arenques. Era una cálida noche y se sentaron en los bancos, en un pequeño terreno abandonado que había junto al bar.

A Grigori no le entusiasmaban las fiestas. Habría preferido pasar la noche jugando al ajedrez. El alcohol atontaba a la gente, y le parecía absurdo coquetear con las esposas o las novias de otros hombres. Su amigo Konstantín, que tenía el pelo alborotado, el jefe del círculo de debate, estaba discutiendo sobre la huelga con Isaak, el agresivo futbolista, y acabaron peleándose a gritos. Varia, la fornida madre de Konstantín, se bebió gran parte de la botella de vodka, le dio un puñetazo a su marido y perdió el conocimiento. Lev llevó a un puñado de amigos —a hombres que Grigori no conocía y a chicas a las que no quería conocer— y se bebieron toda la cerveza sin aportar ni un rublo.

Grigori se pasó la noche mirando tristemente a Katerina, que estaba de buen humor ya que le gustaban las fiestas. Su falda larga se arremolinaba en sus piernas, y sus ojos azules centelleaban mientras iba de un lado a otro, provocando a los hombres y cautivando a las mujeres, con aquella boca generosa y grande que siempre lucía una sonrisa. Llevaba ropa vieja y remendada, pero tenía un cuerpo maravilloso, del tipo que encantaba a los hombres rusos, con mucho pecho y las caderas anchas. Grigori se enamoró de ella el día en que la conoció, y su amor no había menguado en cuatro meses. Sin embargo, ella prefería a su hermano.

¿Por qué? No tenía nada que ver con el aspecto. Ambos hermanos eran tan parecidos que, en ocasiones, la gente los confundía. Tenían la misma altura y peso, y podían llevar la ropa del otro. No obstante, Lev poseía encanto a raudales. Era informal y egoísta, y vivía al borde de la ley, pero las mujeres lo adoraban. Grigori era honesto y digno de confianza, un hombre que trabajaba duro, serio y que pensaba las cosas, y estaba soltero.

Sería distinto en Estados Unidos. Todo iba a ser distinto allí. Los terratenientes estadounidenses no podían ahorcar a sus campesinos. La policía norteamericana tenía que llevar a juicio a la gente antes de castigarla. El gobierno ni tan siquiera podía encarcelar a los socialistas. No había nobles: todo el mundo era igual, hasta los judíos.

¿Podía ser real? En ocasiones, Norteamérica le parecía un país de fantasía, como las historias que la gente contaba de las islas de los mares del Sur, donde bellas doncellas entregaban sus cuerpos a todo aquel que se lo pedía. Sin embargo, debía de ser cierto: miles de emigrantes habían escrito cartas a casa. En la fábrica, un grupo de socialistas revolucionarios había iniciado una serie de lecturas sobre la democracia norteamericana, pero la policía les prohibió continuar.

Se sentía culpable por dejar atrás a su hermano, pero era lo mejor.

—Cuida de ti —le dijo a Lev hacia el final de la velada—. Ya no estaré aquí para sacarte de todos los problemas.

—No me pasará nada —replicó Lev de forma despreocupada—. Cuida tú de ti mismo.

—Te enviaré el dinero para el pasaje. No tardaré mucho gracias a los sueldos americanos.

—Lo estaré esperando.

—No te traslades o perderemos el contacto.

—No me iré a ningún lado, hermano mayor.

No habían decidido si también Katerina acabaría yendo a Estados Unidos. Grigori dejó que fuera Lev quien sacara a relucir el tema, pero no lo había hecho. Grigori no sabía si debía alegrarle o temer que Lev quisiera llevarla consigo.

Lev agarró a Katerina del brazo y le dijo:

—Tenemos que irnos.

Grigori se sorprendió.

—¿Adónde vais a esta hora de la noche?

—Voy a reunirme con Trofim.

Trofim era un miembro menor de la familia Vyalov.

—¿Por qué tienes que verlo esta noche?

Lev le guiñó un ojo.

—Eso da igual. Volveremos antes de que amanezca, con tiempo de sobra para llevarte a la isla Gutuyevski. —Era el lugar donde atracaban los vapores transatlánticos.

—De acuerdo —dijo Grigori—. No hagas nada peligroso —añadió, sabiendo que de nada servía que se lo dijera.

Lev le dijo adiós con un gesto alegre de la mano y desapareció.

Era casi medianoche. Grigori se despidió de todos. Varios de sus amigos lloraron, aunque no sabía si era de pena o por la bebida. Regresó a casa con algunas de las chicas y todas lo besaron en el vestíbulo. Luego se fue a su habitación.

Su maleta de cartón de segunda mano estaba sobre la mesa. Aunque era pequeña, estaba medio vacía. Se llevaba camisas, ropa interior y su juego de ajedrez. Solo tenía un par de botas. No había acumulado demasiadas pertenencias en los nueve años que habían transcurrido desde la muerte de su madre.

Antes de irse a la cama, abrió el armario donde Lev guardaba su revólver, un Nagant M1895 de fabricación belga. Vio, con gran desazón, que el arma no se encontraba en su lugar habitual.

Descorrió el pestillo de la ventana para no tener que levantarse de la cama para abrirla cuando volviera Lev.

Tumbado en la cama, despierto, escuchando el estruendo familiar de los trenes, se preguntó cómo sería su vida a seis mil quinientos kilómetros de allí. Siempre había vivido con Lev, y había ejercido el papel de madre y padre. A partir del día siguiente, no sabría cuándo pasaba toda la noche fuera su hermano, armado con un revólver. ¿Sería un alivio o se preocuparía aún más?

Como siempre, Grigori se despertó a las cinco. Su barco partía a las ocho, y el muelle estaba a una hora de camino a pie. Tenía tiempo de sobra.

Lev no había vuelto a casa.

Grigori se lavó las manos y la cara. Frente al pedazo de espejo, se recortó el bigote y la barba con unas tijeras de cocina. Luego se puso su mejor traje. Pensaba dejarle el otro a Lev.

Estaba calentando un cazo de gachas de avena cuando alguien llamó a la puerta con fuerza.

Sin duda tenían que ser malas noticias. Los amigos se quedaban fuera y gritaban; solo las autoridades llamaban a la puerta. Grigori se puso la gorra, salió al pasillo y miró hacia abajo por la escalera. La casera dejó entrar a dos hombres que vestían el uniforme negro y verde de la policía. Tras observarlos detenidamente, Grigori reconoció la cara redonda y gordinflona de Mijaíl Pinski, y la cabeza pequeña, de rata, de su adlátere, Ilia Kozlov.

Pensó rápido. Estaba claro que había algún sospechoso de asesinato en el edificio. El culpable con más probabilidades era Lev. Tanto si era él como otro huésped, interrogarían a todo el mundo. Ambos policías recordaban el incidente de febrero, cuando Grigori rescató a Katerina de sus garras, y estaba claro que pretendían aprovechar la oportunidad para detenerlo.

Lo que provocaría que Grigori perdiera su barco.

Aquel horrible pensamiento lo paralizó. ¡Perder el barco! Después de la espera, de todo lo que había ahorrado, de lo mucho que anhelaba la llegada de aquel día. «No —pensó—; no permitiré que ocurra.»

Regresó a su habitación mientras los dos policías empezaban a subir por las escaleras. De nada serviría suplicarles; al contrario: si Pinski descubría que Grigori estaba a punto de emigrar, disfrutaría aún más encarcelándolo. Ni tan siquiera tendría la oportunidad de devolver el pasaje y recuperar el dinero. Todos aquellos años de ahorro al garete.

Era necesario que huyera.

Escudriñó la habitación frenéticamente. Había una puerta y una ventana. Tendría que salir por donde acostumbraba a entrar Lev de noche. Miró hacia fuera: el patio posterior estaba vacío. La policía de San

Petersburgo se caracterizaba por su brutalidad, pero nadie los había acusado jamás de ser listos, y a Pinski y a Kozlov no se les pasó por la cabeza la idea de vigilar la parte trasera de la casa. Tal vez sabían que la única salida por el patio trasero consistía en cruzar las vías del tren; sin embargo, aquello no suponía un gran obstáculo para un hombre desesperado.

Grigori oyó los gritos y chillidos de las chicas que ocupaban la habitación de al lado: los policías habían empezado por ellas.

Se dio unas palmadas en la pechera de la chaqueta. El billete, los papeles y el dinero estaban en el bolsillo. El resto de sus posesiones mundanas se encontraban en la maleta de cartón.

Cogió la maleta y se asomó por la ventana hasta donde le permitió su sentido del equilibrio. Lanzó la maleta, que aterrizó de costado y, al parecer, sin sufrir daños.

La puerta de su habitación se abrió de golpe.

Grigori sacó las piernas por la ventana, se sentó en el alféizar durante una fracción de segundo y saltó al tejado del lavadero. Resbaló por culpa de las tejas y cayó de culo. Acto seguido, se deslizó por el tejado, hasta el canalón. Oyó un grito detrás de él pero no miró atrás. Saltó del tejado del lavadero al suelo y aterrizó sin hacerse daño.

Agarró la maleta y echó a correr.

Se oyó un disparo, lo que lo asustó y lo obligó a correr aún más rápido. La mayoría de los policías eran incapaces de acertar a darle al Palacio de Invierno desde tres metros, pero a veces sucedían accidentes. Subió por el terraplén de la vía férrea, consciente de que mientras ascendía se convertía en un objetivo fácil. Oyó el golpeteo y el ruido entrecortado de una locomotora, miró a la derecha y vio un tren de mercancías que se aproximaba muy rápido. Hubo otro disparo, y notó un golpe en algún lado, pero no sintió dolor, por lo que imaginó que la bala había impactado en su maleta. Alcanzó la cima del terraplén, sabiendo que su cuerpo se perfilaba de forma visible sobre el cielo claro del amanecer. El tren estaba a unos cuantos metros de distancia. El maquinista dio un bocinazo largo. Se oyó un tercer disparo. Grigori se tiró a las vías, frente al tren, para cruzar al otro lado.

La locomotora pasó aullando junto a él, con el estruendo de las ruedas de acero al entrechocar con los raíles, dejando tras de sí una estela de vapor, mientras el ruido de la bocina se apagaba. Grigori se puso en pie como buenamente pudo. Ahora estaba protegido de los disparos por un tren cargado con carbón. Cruzó las demás vías. Cuando pasó el último vagón, bajó por el terraplén y cruzó el patio de una pequeña fábrica para llegar a la calle.

Miró su maleta, que tenía un agujero en un borde. No le habían dado por poco.

Echó a caminar con brío, intentando recuperar el aliento, y se preguntó qué debía hacer. Ahora que estaba a salvo, al menos de momento, empezó a preocuparse por su hermano. Tenía que saber si Lev estaba en problemas y, en tal caso, de qué tipo.

Decidió ir al último lugar donde había visto a Lev, que era el bar de Mishka.

Mientras se dirigía al bar, se puso nervioso ante la posibilidad de que lo vieran. Tendría que tener muy mala suerte, pero no era imposible: Pinski podía rondar por las calles. Se caló bien la gorra aunque, en realidad, no creía que le ayudara a ocultar su identidad. Se cruzó con unos trabajadores que se dirigían al muelle y se unió al grupo, pero la maleta le hacía destacar entre los demás.

Aun así, logró llegar al bar de Mishka sin problemas. El local estaba decorado con bancos y mesas de madera caseras. Olía a la cerveza y el humo de tabaco de la noche anterior. Por las mañanas Mishka servía pan y té a la gente que no podía desayunar en casa, pero en los últimos tiempos el negocio iba mal por culpa de la huelga, y el establecimiento estaba casi vacío.

Grigori quería preguntarle a Mishka si sabía adónde se dirigía Lev cuando se fue, pero antes de poder hacerlo vio a Katerina. Parecía que había pasado toda la noche en vela. Tenía sus ojos azules inyectados en sangre, el pelo rubio alborotado, y la falda arrugada y manchada. Estaba muy alterada, le temblaban las manos y los regueros de las lágrimas surcaban las mejillas mugrientas. Sin embargo, aquello hizo que Grigori la encontrara aún más bella; sintió el deseo de abrazarla y consolarla. Puesto que no podía reaccionar de aquel modo, acudiría en su ayuda, que era lo único que podía hacer.

—¿Qué ha pasado? —preguntó—. ¿Qué sucede?

—Gracias a Dios que estás aquí —dijo ella—. La policía busca a Lev.

Grigori lanzó un gruñido. De modo que su hermano se había metido en problemas. Precisamente ese día.

—¿Qué ha hecho? —No se le pasó por la cabeza la posibilidad de que fuera inocente.

—Anoche hubo un altercado. Teníamos que descargar unos cigarrillos de una barcaza. —Debían de ser cigarrillos robados, pensó Grigori. Katerina prosiguió—: Lev los pagó, pero entonces el barquero dijo que no había suficiente dinero y empezó una discusión. Alguien disparó, Lev también, y huimos.

—¡Gracias a Dios que no os hirieron!

—Ahora no tenemos ni los cigarrillos ni el dinero.

—Qué desastre. —Grigori miró el reloj que había sobre la barra. Eran las seis y cuarto. Aún tenía tiempo de sobra—. Sentémonos. ¿Quieres un té? —Le hizo una seña a Mishka y le pidió dos tés.

—Gracias —dijo Katerina—. Lev cree que uno de los heridos debe de haber hablado con la policía. Y ahora lo buscan.

—¿Y a ti?

—Eso no es problema, nadie sabe mi nombre.

Grigori asintió.

—De modo que lo que debemos hacer es impedir que la policía le eche el guante a Lev. Tendrá que permanecer escondido durante una semana, y luego irse de San Petersburgo.

—No tiene dinero.

—Claro que no. —Lev nunca tenía dinero para lo básico, aunque siempre podía tomarse un trago, hacer apuestas e invitar a las chicas—. Puedo darle algo. —Grigori tendría que echar mano del dinero que había ahorrado para el viaje—. ¿Dónde está?

—Me ha dicho que se reuniría contigo en el barco.

Mishka trajo los tés. Grigori se dio cuenta de que tenía hambre, había dejado las gachas de avena en el fuego, y pidió un poco de sopa.

—¿Cuánto dinero podrás darle a Lev? —preguntó Katerina, que lo miraba con seriedad.

Cuando le ponía aquella cara, Grigori siempre tenía la sensación de que haría todo aquello que ella le pidiera. Apartó la mirada.

—Lo que necesite —respondió.

—Eres muy bueno.

Grigori se encogió de hombros.

—Es mi hermano.

—Gracias.

A Grigori le gustó que Katerina fuera tan agradecida, pero también se sintió avergonzado. Llegó la sopa y empezó a comer; por fin una distracción. La comida le hizo sentirse más optimista. Lev siempre andaba metiéndose en problemas, pero al final lograba salir indemne. Estaba convencido de que esta vez también lo conseguiría. Aquello no significaba que Grigori tuviera que perder su barco.

Katerina lo miraba, mientras sorbía el té. Ya no tenía aquella mirada de desesperación. «Lev te pone en peligro —pensó Grigori—, yo acudo al rescate y, sin embargo, lo prefieres a él.»

Por entonces Lev ya debía de estar en el muelle, tratando de pasar inadvertido entre las sombras de una grúa, nervioso, alerta ante la posible presencia de policías, mientras esperaba. Grigori debía ponerse en marcha. Sin embargo, tal vez no volvería a ver a Katerina jamás, y no soportaba la idea de despedirse de ella para siempre.

Acabó la sopa y miró el reloj. Eran casi las siete. Estaba apurando demasiado.

—Debo irme —dijo, muy a su pesar.

Katerina lo acompañó hasta la puerta.

—No seas muy duro con Lev —le pidió.

—¿Lo he sido alguna vez?

Katerina le puso las manos sobre los hombros, se alzó de puntillas y le dio un beso fugaz en los labios.

—Buena suerte —le deseó.

Grigori se fue.

Recorrió a toda prisa las calles del sudoeste de San Petersburgo, un barrio industrial lleno de depósitos, fábricas, almacenes y casuchas superpobladas. El vergonzoso impulso de llorar se le pasó al cabo de unos minutos. Caminaba por el lado de la sombra, con la gorra bien calada y la cabeza gacha, y evitaba las zonas muy abiertas. Si Pinski había hecho circular una descripción de Lev, un policía atento podía detener a Grigori fácilmente.

Sin embargo, llegó al muelle sin que nadie reparase en él. Su barco, el *Ángel Gabriel*, era un buque pequeño y herrumbroso que transportaba mercancías y pasajeros. En ese preciso instante estaban cargando unos cajones de madera remachados con clavos y que llevaban el nombre del mayor peletero de la ciudad. Mientras observaba la escena, los estibadores metieron la última caja en la bodega y la tripulación cerró la escotilla.

Una familia de judíos mostraba sus billetes al encargado de la plancha. Según su propia experiencia, todos los judíos querían irse a América. Tenían incluso más motivos que él. En Rusia las leyes les impedían poseer tierras, convertirse en funcionarios, ser oficiales del ejército y un sinfín de cosas más. Ni tan siquiera podían vivir donde quisieran, y existían cuotas que limitaban el número de judíos que podían asistir a la universidad. Era un milagro que pudieran ganarse la vida. Y si prosperaban, a pesar de las pocas probabilidades que tenían de conseguirlo, no pasaba mucho tiempo antes de que fueran agredidos por una multitud, por lo general acicateada por policías como Pinski: les daban una paliza, las familias quedaban aterrorizadas, les rompían los escaparates y prendían fuego a sus propiedades. Lo sorprendente era que aún quedara alguno de ellos.

Sonó la sirena del barco para avisar a los pasajeros de que subieran a bordo.

No veía a su hermano por ningún lado. ¿Qué le había pasado? ¿Había vuelto a cambiar de planes? ¿O acaso lo habían detenido?

Un niño tiró a Grigori de la manga.

—Un hombre quiere hablar con usted —le dijo.

—¿Qué hombre?

—Se parece a usted.

«Gracias a Dios», pensó Grigori.

—¿Dónde está?

—Detrás de las tablas.

Había una pila de madera en el muelle. Grigori se dirigió corriendo hacia el lugar y encontró a Lev escondido, fumando un cigarrillo y hecho un manojo de nervios. Estaba alterado y pálido, algo muy poco habitual en él ya que, por regla general, acostumbraba a mostrarse alegre en la adversidad.

—Tengo problemas —dijo Lev.

—De nuevo.

—¡Esos barqueros son unos mentirosos!

—Y, a buen seguro, también unos ladrones.

—No te pongas sarcástico conmigo. No hay tiempo.

—No, tienes razón. Tenemos que sacarte de la ciudad hasta que la situación se calme un poco.

Lev negó con la cabeza y expulsó el humo al mismo tiempo.

—Uno de los barqueros ha muerto. Me buscan por asesinato.

—Oh, joder. —Grigori se sentó sobre las tablas y hundió la cabeza entre las manos—. Asesinato —dijo.

—Trofim está muy mal herido y la policía lo ha hecho hablar. Me ha acusado.

—¿Cómo sabes todo esto?

—He visto a Fiódor hace media hora. —Fiódor era un policía corrupto, conocido de Lev.

—Eso son malas noticias.

—Y la cosa no acaba ahí. Pinski ha jurado que me detendría, para vengarse de ti.

Grigori asintió.

—Es lo que me temía.

—¿Qué voy a hacer?

—Tendrás que ir a Moscú. San Petersburgo no será una ciudad segura para ti durante un tiempo, y quizá no vuelva a serlo jamás.

—No sé si Moscú estará lo bastante lejos, ahora que la policía tiene telégrafos.

Grigori se dio cuenta de que tenía razón.

Volvió a sonar la sirena del barco. No tardarían en retirar las planchas.

—Solo tenemos un minuto —dijo Grigori—. ¿Qué vas a hacer?

—Podría ir a América.

Grigori se quedó mirándolo.

—Podrías darme tu pasaje —dijo Lev.

Grigori ni tan siquiera quería pensar en esa posibilidad.

Sin embargo, Lev prosiguió con su lógica implacable.

—Podría utilizar tu pasaporte y tus papeles para entrar en Estados Unidos; nadie se daría cuenta de la diferencia.

Grigori vio que su sueño se desvanecía, como el final de una película en el cine Soleil de la avenida Nevski, cuando se encendían las luces que mostraban de nuevo los colores apagados y el suelo sucio del mundo real.

—Darte mi billete —repitió, intentando posponer de forma desesperada el momento de la decisión.

—Me salvarías la vida —dijo Lev.

Grigori sabía que debía hacerlo, y al darse cuenta de ello sintió una punzada en el corazón.

Sacó los papeles del bolsillo de su mejor traje y se los dio a Lev. Asimismo, le entregó todo el dinero que había ahorrado para el viaje. Finalmente, le tendió la maleta de cartón con el agujero de bala.

—Te enviaré el dinero para que puedas comprarte otro pasaje —dijo Lev, enardecido. Grigori no dijo nada, pero el escepticismo debió de reflejarse en su rostro ya que Lev añadió—: Lo haré de verdad, te lo juro. Ahorraré.

—De acuerdo —repuso Grigori.

Se abrazaron.

—Siempre has cuidado de mí —dijo Lev.

—Sí, lo he hecho.

Lev se volvió y echó a correr hacia el barco.

Los marineros estaban soltando las amarras. Estaban a punto de retirar la plancha, pero Lev les gritó y esperaron unos segundos más a que embarcara.

Subió corriendo a cubierta.

Se volvió, se apoyó en la barandilla y le dijo adiós a Grigori con la mano.

El hermano mayor fue incapaz de devolverle el saludo. Se volvió y echó a caminar.

Sonó la sirena, pero no miró hacia atrás.

Notaba una extraña sensación de ligereza en el brazo derecho ahora que ya no debía cargar con la maleta. Atravesó el muelle, mirando la oscura agua, y se le pasó por la cabeza la extraña posibilidad de tirarse. Se estremeció: no iba a ser presa de ideas tan tontas. Aun así, se sentía deprimido y amargado. La vida nunca le daba una mano ganadora.

Era incapaz de alegrarse mientras desandaba sus pasos y recorría el barrio industrial. Caminaba con los ojos gachos, sin molestarse en estar atento a la policía: no le importaba demasiado que lo detuvieran.

¿Qué iba a hacer? Sentía que no tenía fuerzas para nada. Cuando acabase la huelga le volverían a dar trabajo en la fábrica: era un buen trabajador y lo sabían. Seguramente era ahí adonde debía ir entonces, para averiguar si había habido algún adelanto en las negociaciones, pero le daba igual.

Al cabo de una hora, estaba a punto de llegar al bar de Mishka. En un principio su intención era pasar de largo, sin embargo, echó un vistazo al interior y vio a Katerina, sentada donde la había dejado dos horas antes, frente a un vaso de té frío; se dio cuenta de que debía decirle lo que había sucedido.

Entró en el local. Tan solo estaban Katerina y Mishka, que barría el suelo.

Katerina se puso en pie, asustada.

—¿Qué haces aquí? —preguntó—. ¿Has perdido el barco?

—No exactamente. —No sabía cómo darle la noticia.

—Entonces, ¿qué ha sucedido? —inquirió ella—. ¿Lev está muerto?

—No, está bien. Pero lo buscan por asesinato.

Katerina lo miró fijamente.

—¿Dónde está?

—Ha tenido que huir.

—¿Adónde?

No había forma agradable de decirlo.

—Me ha pedido que le diera mi pasaje.

—¿Tu pasaje?

—Y el pasaporte. Se ha ido a América.

—¡No! —gritó ella.

Grigori se limitó a asentir.

—¡No! —gritó Katerina de nuevo—. ¡Él nunca me dejaría! ¡No me digas eso, no lo digas jamás!

—Intenta mantener la calma.

Le dio un bofetón a Grigori. No era más que una chica, y él apenas parpadeó.

—¡Cerdo! —chilló—. ¡Es culpa tuya!

—Lo he hecho para salvarle la vida.

—¡Cabrón! ¡Perro! ¡Te odio! ¡Odio tu estúpida cara!

—Nada de lo que digas me hará sentir peor.

Pero Katerina no lo escuchaba. Al final, Grigori decidió no hacer caso de sus insultos y se fue. La voz de la muchacha se apagó mientras atravesaba la puerta.

Los gritos cesaron y oyó unos pasos que recorrían la calle en dirección a él.

—¡Espera! —gritó ella—. Espera, Grigori, por favor, no me des la espalda. Lo siento mucho.

Grigori se volvió.

—Vas a tener que cuidar de mí ahora que Lev se ha ido.

Él negó con la cabeza.

—No me necesitas. Los hombres de esta ciudad harán cola ante tu puerta para cuidar de ti.

—No es verdad —replicó ella—. Hay algo que no sabes.

«¿Y ahora qué pasa?», pensó Grigori.

—Lev no quería que te lo dijera —confesó ella.

—Venga, dímelo.

—Estoy embarazada —dijo, y rompió a llorar.

Grigori se quedó petrificado mientras asimilaba la noticia. De Lev, claro. Y él lo sabía. Y, sin embargo, se había ido a América.

—Un bebé —dijo Grigori.

Ella asintió, entre lágrimas.

El hijo de su hermano. Su sobrino o sobrina. Su familia.

La abrazó y la estrechó contra él. Katerina temblaba a causa de los sollozos. Hundió la cara en su chaqueta. Él le acarició el pelo.

—Venga —le dijo—. No te preocupes. No te pasará nada. Y a tu bebé tampoco. —Lanzó un suspiro—. Me ocuparé de vosotros dos.

II

Viajar en el *Ángel Gabriel* era duro, incluso para un chico de los arrabales de San Petersburgo. Solo había una clase, tercera, y los pasajeros eran tratados como mercancías. El barco estaba sucio y en unas condiciones insalubres, sobre todo cuando había mucho oleaje y la gente se mareaba. De nada servía quejarse porque ninguno de los tripulantes hablaba ruso. Lev no sabía a ciencia cierta qué nacionalidad tenían, pero fracasó en sus intentos por comunicarse con ellos en su inglés rudimentario o con las pocas palabras que conocía de alemán. Alguien dijo que eran holandeses. Lev nunca había oído hablar de los holandeses.

A pesar de todo, entre los pasajeros imperaba un gran optimismo. Lev se sentía como si hubiera reventado los muros de la prisión del zar, se hubiera escapado y ahora fuera libre. Estaba de camino a América, donde no habría nobles. Cuando el mar estaba en calma, los pasajeros se sentaban en la cubierta y contaban historias que habían oído sobre América: el agua caliente que salía de los grifos, la buena calidad de las botas de cuero que llevaban incluso los trabajadores y, sobre todo, la libertad para practicar cualquier religión, afiliarse a cualquier partido político y expresar la opinión en público sin tener miedo de la policía.

La noche del décimo día, Lev estaba jugando a cartas. Le tocaba repartir, pero estaba perdiendo. Todo el mundo perdía excepto Spiria, un chico de aspecto inocente que debía de tener la misma edad que Lev y que también viajaba solo.

—Spiria gana todas las noches —dijo otro jugador, Yákov. Lo cierto era que Spiria ganaba siempre que repartía Lev.

Avanzaban lentamente entre la niebla. El mar estaba en calma, y solo se oía el leve murmullo de los motores. Lev no había podido averiguar cuándo iban a llegar a su destino. La gente respondía distintas cosas. Los más entendidos decían que dependía del tiempo. La tripulación era, como siempre, inescrutable.

Mientras caía la noche, Lev tiró su mano.

—Estoy limpio —dijo. De hecho, tenía dinero de sobra en el interior de la camisa, pero sabía que a los demás se les acababa el dinero, a todos salvo a Spiria—. Ya está —añadió—. Cuando lleguemos a América, voy a tener que echarle el ojo a una mujer mayor y rica y vivir como un perrito en su palacio de mármol.

Los demás se rieron.

—¿Quién te iba a querer como mascota? —preguntó Yákov.

—Las mujeres mayores tienen frío de noche —dijo—. Necesitará que le dé calor.

La partida acabó de buen humor, y los jugadores se dispersaron.

Spiria se fue hacia popa y se apoyó en la barandilla, para observar cómo la estela desaparecía en la niebla. Lev acudió junto a él.

—Mi parte asciende a siete rublos —dijo Lev.

Spiria sacó unos billetes del bolsillo y se los dio, ocultando la transacción con su cuerpo para que nadie pudiera ver cómo el dinero cambiaba de manos.

Lev se guardó los billetes en el bolsillo y cargó la pipa.

Spiria le preguntó:

—Dime una cosa, Grigori. —Lev usaba los papeles de su hermano, por lo que tenía que decirle a la gente que se llamaba Grigori—. ¿Qué me harías si me negara a darte tu parte?

Aquel tipo de conversaciones eran peligrosas. Lev guardó el tabaco lentamente y dejó la pipa apagada en el bolsillo de la chaqueta. Entonces agarró a Spiria de las solapas y lo empujó contra la barandilla, de modo que inclinó el cuerpo hacia atrás y se asomaba sobre el mar. Spiria era más alto que Lev, pero no tan duro, ni mucho menos.

—Te partiría la nuca, estúpido —le espetó—. Luego te quitaría todo el dinero que has ganado gracias a mí. —Lo empujó aún más—. Después te lanzaría al maldito mar.

Spiria estaba aterrorizado.

—¡De acuerdo! —dijo—. ¡Suéltame!

Lev obedeció.

—¡Caray! —exclamó Spiria, con la voz entrecortada—. Solo era una pregunta.

Lev encendió la pipa.

—Y yo te he dado la respuesta —dijo—. No lo olvides.

Spiria se alejó.

Cuando se levantó la niebla, vieron tierra. Era de noche, pero Lev vislumbró las luces de una ciudad. ¿Dónde estaban? Algunos decían que en Canadá, otros que en Irlanda, pero nadie lo sabía.

Las luces se aproximaban y el barco aminoraba la marcha. Iban a atracar. Lev oyó que alguien comentaba que ¡ya habían llegado a América! Diez días le pareció poco. Pero ¿qué sabía él? Se quedó junto a la barandilla, con la maleta de cartón de su hermano. El corazón le latía más rápido.

La maleta le recordó que debería haber sido Grigori quien estuviera a punto de llegar a América. Lev no había olvidado que le había dicho a su hermano que le enviaría el dinero de un pasaje. Era una promesa y pensaba cumplirla. Seguramente Grigori le había salvado la vida... de nuevo. «Tengo suerte de tener un hermano como él», pensó Lev.

En el barco estaba ganando dinero, pero no lo suficientemente rápido. Siete rublos no le permitirían llegar muy lejos. Necesitaba un buen pellizco. Pero América era la tierra de las oportunidades. E iba a hacer fortuna allí.

A Lev le intrigó el agujero de bala que vio en la maleta, y una bala incrustada en una caja que contenía un juego de ajedrez. Aun así, se lo vendió a uno de los judíos por cinco cópecs. Se preguntó cómo era posible que le hubieran disparado a Grigori.

Echaba de menos a Katerina. Le gustaba pasear con una chica como ella colgada de su brazo, consciente de que era la envidia de todos los hombres. Pero seguro que en América habría chicas de sobra.

Se preguntó si Grigori ya sabía que Katerina estaba embarazada. Sintió una punzada de arrepentimiento: ¿llegaría a ver algún día a su hijo o hija? Se dijo a sí mismo que no debía preocuparse por dejar que Katerina criara el bebé sola. Encontraría a alguien que cuidara de ella. Era una superviviente.

Eran las doce pasadas cuando atracó el último barco. El muelle estaba iluminado con una luz muy débil y no se veía a nadie. Los pasajeros desembarcaron con sus bolsas, cajas y baúles. Un miembro de la tripulación del *Ángel Gabriel* los acompañó hasta un cobertizo donde había unos cuantos bancos.

—Tienen que esperar aquí hasta que vengan a buscarlos la gente de inmigración por la mañana —dijo, con lo que demostró que, en realidad, sí que sabía un poco de ruso.

Aquello fue una pequeña decepción para la gente que había ahorrado durante años. Las mujeres se sentaron en los bancos y los niños se pusieron a dormir mientras los hombres fumaban y esperaban a que llegara la mañana. Al cabo de un rato, oyeron los motores del barco; Lev salió y vio que se alejaba lentamente de su atracadero. Tal vez las cajas de pieles se descargaban en otra parte.

Intentó recordar lo que le había contado Grigori, durante una conversación distendida, sobre los primeros pasos que había que dar en el nuevo país. Los inmigrantes debían pasar una inspección médica, un momento tenso, ya que la gente no apta era enviada de nuevo a su país, sin el dinero y con las esperanzas hechas añicos. En ocasiones los agentes de inmigración cambiaban el nombre a la gente, para que fueran más fáciles de pronunciar para los estadounidenses. Fuera de la zona de los muelles los estaría esperando un representante de la familia Vyalov, para llevarlos en tren a Buffalo, donde les darían trabajo en hoteles y fábricas propiedad de Josef Vyalov. Lev se preguntó a qué distancia se encontraba Buffalo de Nueva York. ¿Tardarían una hora en llegar allí, o una semana? Se arrepentía de no haber prestado más atención a Grigori.

El sol se alzó sobre miles de muelles abarrotados de gente y Lev volvió a sentir la emoción de unas horas antes. Mástiles antiguos y jarcias rodeadas de las chimeneas de los vapores. En el muelle convivían edificios imponentes y cobertizos ruinosos, grúas altas y cabrestantes achaparrados, escaleras, cabos y carretas. Tierra adentro Lev podía ver filas enteras de vagones de mercancías llenos de carbón, centenares de ellos —no, miles—, que se perdían en el horizonte, más allá de donde alcanzaba la vista. Le decepcionó no poder ver la famosa Estatua de la Libertad con su antorcha: debía de quedar oculta tras un cabo o promontorio, supuso.

Empezaron a llegar los trabajadores del puerto, primero en pequeños grupos y luego en tromba. Unos barcos partían y otros arribaban. Una docena de mujeres comenzaron a descargar sacas de patatas de una pequeña embarcación que había frente al cobertizo. Lev se preguntó cuándo iban a llegar los policías de inmigración.

Entonces, se le acercó Spiria, que parecía haber olvidado el modo en que lo había amenazado.

—Se han olvidado de nosotros —le dijo.

—Eso parece —admitió Lev, confundido.

—¿Vamos a dar un paseo a ver si encontramos a alguien que hable ruso?

—Buena idea.

Spiria se dirigió a uno de los ancianos.

—Vamos a ver si podemos averiguar qué sucede.

El hombre parecía nervioso.

—Quizá deberíamos quedarnos aquí, tal y como nos han ordenado.

Sin embargo, los dos muchachos no le hicieron caso y se acercaron a las mujeres de las patatas.

—¿Alguien habla ruso?

Una de las mujeres más jóvenes sonrió, pero nadie respondió a la pregunta. Lev se sintió frustrado: sus modos de ganador eran inútiles con la gente que no entendía lo que les decía.

Spiria y Lev echaron a andar en la dirección de la que provenían la mayoría de los trabajadores. Nadie reparó en ellos. Llegaron a unas grandes verjas, las atravesaron y se hallaron en una calle muy transitada en la que había tiendas y oficinas. Los automóviles, los tranvías eléctricos, los caballos y las carretillas eran los amos de la calzada. Lev intentaba hablar con alguien cada pocos metros, pero nadie le hacía caso.

Estaba perplejo. ¿Cómo era posible que un recién llegado pudiera bajar de un barco y entrar en la ciudad sin permiso alguno?

Entonces vio un edificio que lo intrigó. Parecía un hotel, pero había un par de hombres mal vestidos con gorras de marinero, sentados en los escalones, fumando.

—¿Has visto ese edificio? —le preguntó a Spiria.

—¿Qué le pasa?

—Creo que es un centro misionero para marineros, como el que hay en San Petersburgo.

—No somos marineros.

—Pero quizá haya alguien allí que hable idiomas extranjeros.

Entraron en el edificio. Los atendió una mujer con el pelo entrecano que estaba sentada tras un mostrador.

—No hablamos americano —dijo Lev en su propio idioma.

Ella contestó con una única palabra en la misma lengua:

—¿Ruso?

Lev asintió.

La mujer les hizo un gesto con el dedo para que la siguieran y Lev recuperó los ánimos.

Recorrieron un largo pasillo hasta llegar a un pequeño despacho con una ventana que daba al mar. Sentado al escritorio había un hombre que parecía ruso de origen judío, en opinión de Lev, aunque no sabía a ciencia cierta por qué.

—¿Habla ruso? —le preguntó Lev.

—Soy ruso —respondió el hombre—. ¿En qué puedo ayudarlos?

A Lev le entraron ganas de abrazarlo. Sin embargo, se limitó a mirarlo a los ojos y le dedicó una sonrisa cordial.

—Alguien tenía que venir a buscarnos al puerto para llevarnos a Buffalo, pero no ha aparecido —dijo, con voz amable, pero con un deje de preocupación—. Somos unos trescientos... —Para ganarse la compasión de su compatriota, añadió—: incluidas mujeres y niños. ¿Cree que podría ayudarnos a localizar a nuestro contacto?

—¿Buffalo? —preguntó el hombre—. ¿Dónde cree que están?

—En Nueva York, por supuesto.

—Esto es Cardiff.

Lev nunca había oído hablar de Cardiff, pero entonces, al menos, entendió el problema.

—Ese estúpido capitán nos ha desembarcado en el puerto equivocado —dijo—. ¿Cómo podemos llegar a Buffalo desde aquí?

El hombre señaló por la ventana, en dirección al mar, y Lev tuvo el mal presentimiento de que sabía la que se le avecinaba.

—Es por ahí —dijo el hombre—. A unos cinco mil kilómetros.

III

Lev preguntó el precio de un pasaje de Cardiff a Nueva York. Convertido en rublos, era una cantidad diez veces superior a la que llevaba encima.

Contuvo la rabia. Los había timado la familia Vyalov, o el capitán del barco, o ambos, probablemente, ya que era más fácil organizar el chanchullo entre ambos. Aquellos cerdos mentirosos le habían robado todo el dinero que Grigori había ganado con el sudor de su frente. Si hubiera podido agarrar al capitán del *Ángel Gabriel* del cuello, se lo habría retorcido y, una vez muerto, se habría reído de él.

Sin embargo, de nada servía soñar con la venganza. La situación no iba a cambiar. Pensaba encontrar trabajo, aprender inglés y participaría en partidas de cartas de grandes apuestas. Le llevaría su tiempo. Debía ser paciente y aprender a comportarse más como Grigori.

Aquella primera noche todos durmieron en el suelo de la sinagoga. Lev permaneció con el resto del grupo. Los judíos de Cardiff no sabían, o quizá no les importaba, que algunos de los pasajeros eran cristianos.

Por primera vez en su vida, se dio cuenta de la ventaja de ser judío. En Rusia estaban tan perseguidos que siempre se había preguntado por qué no había más judíos que renunciaran a su religión, se cambiasen de ropa y se mezclasen con los demás. Se habrían salvado muchas vidas. Pero entonces cayó en la cuenta de que, como judío, podías ir a cualquier parte del mundo y siempre encontrarías a alguien que te trataría como un miembro de su familia.

Al final, resultó que aquel no era el primer grupo de emigrantes rusos que compraban pasajes a Nueva York y acababan en otro lugar. Había sucedido en otras ocasiones, en Cardiff y en otros puertos británicos; y, como muchos emigrantes rusos eran judíos, los ancianos de la sinagoga ya tenían una rutina. Al día siguiente proporcionaban un desayuno caliente a los pasajeros abandonados, les cambiaban el dinero a libras, chelines y peniques británicos, y los acompañaban a una pensión, donde podían alquilar una habitación barata.

Al igual que todas las ciudades del mundo, Cardiff tenía miles de cuadras. Lev aprendió suficiente inglés para decir que tenía experiencia en el trato con caballos y se fue por la ciudad, para pedir trabajo. La gente no tardaba en darse cuenta de que tenía mano para los animales, pero incluso los patrones mejor predispuestos querían formularle algunas preguntas, y él era incapaz de entenderlas y responderlas.

Presa de la desesperación, decidió que debía aprender el idioma más rápido, y al cabo de unos días podía entender los precios y pedir pan o cerveza. Sin embargo, la gente que podía ofrecerle trabajo hacía preguntas complicadas, probablemente sobre los lugares en los que había trabajado antes, y sobre si había tenido problemas con la policía.

Regresó al centro misionero para marineros y le contó su problema al ruso que ocupaba el pequeño despacho. Le dio una dirección de Butetown, el barrio que estaba más cerca de los muelles, y le dijo que preguntase por Filip Kowal, pronunciado «coul», y al que todo el mundo conocía como Kowal el Polaco. El hombre en cuestión resultó ser un capataz que contrataba a mano de obra extranjera y barata y que chapurreaba la mayoría de los idiomas europeos. Le dijo a Lev que acudiera a la entrada de la estación de ferrocarriles principal de la ciudad, con su maleta, al lunes siguiente, a las diez en punto de la mañana.

Lev se puso tan contento que ni tan siquiera le preguntó cuál era el trabajo que le iban a dar.

Se presentó junto con unos doscientos hombres más, principalmente rusos, pero entre los que había alemanes, polacos, eslavos y un africano de piel oscura. Se alegró al ver que Spiria y Yákov también habían acudido.

Los metieron en un tren, pagado por Kowal, y se dirigieron hacia el norte, atravesando un bonito paisaje montañoso. Las ciudades industriales se extendían entre las colinas verdes como un río de aguas oscuras. Lev se dio cuenta de que todas las ciudades compartían un rasgo común: siempre había una torre alta coronada por un par de ruedas gigantes. Alguien le dijo que el motor económico de la región era la explotación de minas de carbón. Varios de los hombres que lo acompañaban eran mineros; algunos tenían otros oficios, como trabajadores metalúrgicos; y muchos eran mano de obra no cualificada.

Al cabo de una hora, bajaron del tren. Mientras salían de la estación Lev comprendió que no se trataba de un trabajo normal. Una multitud de varios cientos de hombres, todos vestidos con las gorras y la ropa basta de los obreros, los esperaban en la plaza. Al principio los hombres guardaban un silencio que no presagiaba nada bueno, entonces uno de ellos gritó algo y los demás lo secundaron de inmediato. Lev no tenía la más remota idea de lo que decían, pero sin duda era un mensaje hostil. También había unos veinte o treinta policías, situados frente a la muchedumbre, para evitar que los hombres rebasaran una línea imaginaria.

—¿Quién es esa gente? —preguntó Spiria con voz asustada.

—Hombre fornidos, bajos, de facciones duras y las manos limpias. Diría que son mineros en huelga.

—Parece que quieran matarnos. ¿Qué demonios sucede?

—Somos esquiroles —dijo Lev, con amargura.

—Que Dios nos salve.

Kowal el Polaco gritó «¡Seguidme!» en varios idiomas, y todos echaron a andar por la calle principal. La multitud no dejó de gritar, los hombres siguieron agitando los puños, pero nadie rompió el cordón imaginario. Era la primera vez que Lev se sentía agradecido por la presencia de la policía.

—Esto es horrible —dijo.

—Ahora sabes lo que se siente al ser judío —le espetó Yákov.

Dejaron atrás a los mineros y echaron a caminar cuesta arriba, por calles de casas adosadas. Lev se percató de que muchas de las casas parecían vacías. La gente seguía mirándolos, pero los insultos habían cesado. Kowal empezó a adjudicar casas a los hombres. Lev y Spiria se quedaron asombrados cuando les dieron una casa para ellos. Antes de irse, Kowal señaló la bocamina, la torre con las ruedas gemelas, y les dijo que debían presentarse allí a la mañana siguiente a las seis. Aquellos que eran mineros se dedicarían a extraer carbón, y los demás al mantenimiento de los túneles y del material de trabajo o, como en el caso de Lev, a cuidar de los ponis.

Lev miró su nueva casa. No era un palacio, pero estaba limpia y seca. Tenía una gran sala en la planta baja y dos habitaciones arriba: ¡un dormitorio para cada uno! Lev nunca había tenido un cuarto para él solo. No había muebles, pero estaban acostumbrados a dormir en el suelo, y en junio ni tan siquiera necesitaban mantas.

Lev no quería irse de casa, pero les entró el hambre. Y como no tenían comida, tuvieron que salir a buscar algo de cena, muy a su pesar. Atemorizados, entraron en el primer pub que vieron, pero la docena de clientes que había los fulminó con la mirada y cuando Lev dijo: «Dos pintas, mitad rubia y mitad negra», el camarero no le hizo caso.

Caminaron calle abajo, en dirección al centro de la ciudad, y encontraron un café. Parecía que, al menos, la clientela no tenía ganas de pelea. Sin embargo, permanecieron sentados durante media hora y vieron cómo la camarera sirvió a todos los que entraron después de ellos. De modo que acabaron marchándose.

Lev se dio cuenta de que les iba a resultar difícil vivir allí. No obstante, no pensaba quedarse mucho tiempo. En cuanto ahorrara suficiente dinero, se iría a América. Aun así, tenía que comer mientras siguiera en aquella ciudad.

A continuación, entraron en una panadería. Lev estaba decidido a obtener lo que quería. Señaló un estante de hogazas de pan y dijo en inglés:

—Un pan, por favor.

El panadero fingió que no lo entendía. Lev estiró el brazo y cogió la hogaza que quería. «Que intente quitármelo», pensó.

—¡Eh! —gritó el panadero, pero se quedó en su lado del mostrador.

Lev sonrió y preguntó:

—¿Cuánto, por favor?

—Un penique y cuarto —respondió el panadero, de malos modos.

Lev dejó las monedas en el mostrador.

—Muchas gracias —dijo.

Partió la hogaza de pan, le dio la mitad a Spiria y siguieron caminando por la calle, comiendo con apetito. Llegaron a la estación de tren, pero la multitud se había dispersado. Frente a la entrada, un vendedor de periódico anunciaba su mercancía. Prácticamente le quitaban los periódicos de las manos, y Lev se preguntó si había sucedido algo importante.

Un gran coche pasó junto a ellos a toda velocidad y tuvieron que apartarse de un salto. Lev se quedó asombrado al ver a la pasajera del asiento posterior: la princesa Bea.

—¡Dios mío! —exclamó.

De pronto se vio transportado a Bulovnir, y la imagen de pesadilla de su padre muerto en la horca mientras aquella mujer lo observaba se apoderó de su mente. Jamás había vuelto a sentir un pánico mayor que entonces. Nada había de volver a asustarlo como aquello, ni las peleas callejeras, ni las porras de los policías, ni las pistolas que lo apuntaban.

El coche se detuvo en la entrada de la estación. Una mezcla de odio, asco y náuseas hizo mella en Lev mientras la princesa bajaba del vehículo. El pan que tenía en la boca se convirtió en gravilla y lo escupió.

—¿Qué te pasa? —preguntó Spiria.

Lev intentó recuperar la compostura.

—Esa mujer es una princesa rusa —respondió—. Ordenó que ahorcaran a mi padre hace catorce años.

—Puta. ¿Qué demonios hace aquí?

—Se casó con un lord inglés. Deben de vivir aquí cerca. Quizá la mina de carbón es suya.

El chófer y la doncella cargaron con el equipaje. Lev oyó que Bea se dirigía a la doncella en ruso, y que esta contestaba en la misma lengua. Todos entraron en la estación. Al cabo de un instante salió la doncella y compró el periódico.

Lev se acercó a la mujer. Se quitó la gorra, hizo una reverencia y dijo en ruso:

—Debe de ser la princesa Bea.

La mujer rió alegremente.

—No seas estúpido. Soy su doncella, Nina. ¿Quién eres tú?

Lev se presentó a sí mismo y a Spiria y le explicó cómo habían llegado hasta allí y por qué no podían comprar nada de cena.

—Regresaré esta noche —dijo Nina—. Solo vamos a Cardiff. Venid a la puerta de la cocina de Tŷ Gwyn y os daré un poco de fiambre. Seguid la carretera que se dirige hacia el norte hasta que lleguéis a un palacio.

—Gracias, bella dama.

—Soy lo bastante vieja para ser tu madre —le dijo, pero aun así sonrió—. Más vale que le lleve el periódico a la princesa.

—¿Qué dice la portada?

—Ah, es una noticia internacional —respondió la mujer con desdén—. Ha habido un asesinato. La princesa está muy alterada. El archiduque Francisco Fernando ha sido asesinado en un lugar llamado Sarajevo.

—Para la princesa eso debe de ser espantoso.

—Sí —dijo Nina—. Aunque imagino que eso no va a suponer ningún cambio para gente como tú y yo.

—No —dijo Lev—. Supongo que no.

7

Principios de julio de 1914

I

La iglesia de St. James, en Piccadilly, contaba con la congregación más elegante del mundo. Era el lugar de culto predilecto de la élite de Londres. En teoría, la ostentación no estaba muy bien vista, pero una mujer tenía que llevar sombrero, y en aquellos días era prácticamente imposible comprar ninguno que no tuviera plumas de avestruz, cintas, lazos y flores de seda. Walter von Ulrich, desde el fondo de la nave, contemplaba aquella selva de colores y formas extravagantes. Los hombres, por el contrario, iban todos vestidos igual, con sus abrigos negros y sus cuellos altos y blancos; todos sujetaban sus sombreros de copa en el regazo.

La mayoría de esa gente no alcanzaba a comprender lo que había sucedido en Sarajevo hacía siete días, pensó con acritud. Algunos de ellos ni siquiera sabían dónde estaba Bosnia. Habían quedado conmocionados por el asesinato del archiduque, pero no lograban entender las implicaciones que tendría para el resto del mundo. Se sentían vagamente desconcertados.

Walter no estaba desconcertado ni mucho menos. Sabía exactamente qué presagiaba ese asesinato. Suponía una grave amenaza para la seguridad de Alemania, y era cometido de personas como él proteger y defender su país en momentos de peligro como ese.

Aquel día, su primera labor consistía en descubrir lo que pensaba el zar de Rusia. Eso era lo que quería saber todo el mundo: el embajador alemán, el padre de Walter, el ministro de Exteriores de Berlín y hasta el mismísimo káiser. Y Walter, como buen agente secreto que era, contaba con una fuente de información.

Paseó la mirada por la congregación intentando identificar a su hombre entre todas aquellas nucas, temiendo que no hubiera acudido. Antón era empleado de la embajada de Rusia. Siempre se encontraban en iglesias anglicanas porque así podía estar seguro de que no se tropezaría con nadie de la embajada: la mayoría de los rusos pertenecían a la Iglesia ortodoxa, y los que no, nunca los empleaban en el servicio diplomático.

Antón era el encargado de la oficina de telégrafos de la embajada rusa, de manera que veía todos los telegramas que entraban y salían de allí. La información de que disponía no tenía precio, pero era un hombre de trato difícil y eso le provocaba a Walter muchos quebraderos de cabeza. A Antón le daba miedo andar metido en espionaje, y cuando se asustaba no se presentaba a sus citas… a menudo en momentos de tensión internacional como ese, cuando él más lo necesitaba.

Walter se distrajo al ver allí a Maud. Reconoció el cuello largo y grácil que asomaba desde una moderna confección con solapas de corte masculino, y el corazón le dio un vuelco. Besaba ese cuello siempre que tenía ocasión.

Cuando meditaba acerca del peligro de la guerra, su primer pensamiento era para Maud, y solo después para su país. Le avergonzaba ese egoísmo suyo, pero no podía hacer nada por remediarlo. Su mayor miedo era que se la arrebataran; la amenaza a la patria ocupaba un segundo lugar. Estaba dispuesto a morir por Alemania, pero no a vivir sin la mujer a quien amaba.

Una cabeza de la tercera fila contando desde el fondo se volvió y Walter cruzó una mirada con Antón. El hombre tenía el cabello ralo y castaño, y una barba irregular. Walter, aliviado al verlo, caminó hacia el pasillo sur como si buscara un sitio y, después de un breve momento de duda, tomó asiento.

Un sentimiento de amargura se había apoderado del alma de Antón. Cinco años antes, un sobrino al que le tenía mucho aprecio había sido acusado de actividades revolucionarias por la policía secreta del zar, y lo habían encarcelado en la Fortaleza de Pedro y Pablo, al otro lado del río del Palacio de Invierno, en el corazón de San Petersburgo. El muchacho era estudiante de teología, y del todo inocente del delito de subversión; sin embargo, antes de que pudieran ponerlo en libertad contrajo una pulmonía y murió. Antón había estado urdiendo desde entonces su callada y mortífera venganza contra el gobierno del zar.

Era una lástima que la iglesia estuviera tan bien iluminada. El arquitecto, Christopher Wren, la había dotado de largas hileras de enormes ventanas de medio punto. Para esa clase de misión habría sido más adecuada una lúgubre penumbra gótica, pero Antón, de todas formas, había escogido bien su posición: al final de una fila, con un niño a su lado y un enorme pilar de madera detrás.

—Buen sitio para sentarse —murmuró Walter.

—Todavía se nos puede ver desde la galería —dijo Antón con preocupación.

Walter negó con la cabeza.

—Todos estarán mirando hacia la cabecera.

Antón era un solterón de mediana edad. Era más bien bajo, y pulcro hasta la escrupulosidad: la corbata apretada en un nudo ceñido, todos los botones de la chaqueta abrochados, zapatos relucientes. Su gastado traje brillaba un poco de tanto cepillarlo y plancharlo durante años. Walter creía que se trataba de su forma de reaccionar ante la suciedad del espionaje. A fin de cuentas, aquel hombre estaba allí para traicionar a su país. «Y yo estoy aquí para alentarlo», pensó con gravedad.

No dijo nada más durante el silencio que precedió al oficio, pero en cuanto arrancó el primer himno, preguntó en voz baja:

—¿Qué clima se respira en San Petersburgo?

—Rusia no quiere la guerra —dijo Antón.

—Bien.

—El zar teme que la contienda desemboque en una revolución. —Cuando Antón mencionaba al zar parecía que estuviera a punto de escupir—. La mitad de San Petersburgo ya está en huelga. Desde luego, no se le ha ocurrido que es su propia brutalidad estúpida lo que hace que la gente desee la revolución.

—Desde luego. —Walter siempre tenía que calcular contando con el hecho de que las opiniones de Antón estaban distorsionadas por el odio, pero en este caso el espía no se equivocaba del todo. Walter no odiaba al zar, pero sí lo temía. Tenía a su disposición el mayor ejército del mundo, y toda discusión sobre la seguridad de Alemania debía tomar en consideración esa fuerza militar. Alemania era como un hombre cuyo vecino de al lado tiene un oso gigante atado con una cadena en el jardín de delante de casa—. ¿Qué hará el zar?

—Depende de Austria.

Walter reprimió una réplica impaciente. Todo el mundo estaba esperando a ver qué hacía el emperador austríaco. Alguna cosa tenía que hacer, porque el archiduque asesinado era el heredero a su trono. Walter confiaba en enterarse de qué intenciones tenía Austria ese mismo día, más tarde, a través de su primo Robert. Esa rama de la familia era católica, igual que toda la élite austríaca, y en ese mismo instante Robert asistía a misa en la catedral de Westminster, pero Walter había quedado con él para comer. Mientras tanto, necesitaba averiguar más sobre los rusos.

Tenía que esperar hasta que empezara otro himno. Intentó ser paciente. Miró arriba y contempló el extravagante dorado de las bóvedas de cañón de Wren.

La congregación atacó el *Roca de la eternidad*.

—Supongamos que en los Balcanes estalla la lucha —le murmuró a Antón—. ¿Se mantendrán los rusos al margen?

—No. El zar no puede hacerse a un lado si Serbia se ve atacada.

Walter sintió un escalofrío. Era exactamente la clase de intensificación del conflicto que temía.

—¡Sería una locura declarar una guerra por eso!

—Cierto, pero los rusos no pueden dejar que Austria controle la región de los Balcanes… tienen que proteger la ruta del mar Negro.

Eso no tenía discusión. La mayor parte de las exportaciones rusas (grano de los campos de cereales del sur y petróleo de los pozos de la zona de Bakú) se cargaban en barcos que zarpaban hacia el resto del mundo desde los puertos del mar Negro.

—Por otro lado —prosiguió Antón—, el zar también le está insistiendo a todo el mundo en que sean cuidadosos cuando den cualquier paso.

—En resumen, que aún está dándole vueltas a la cabeza.

—Si a eso lo llama usted cabeza…

Walter asintió. El zar no era un hombre inteligente. Su sueño era devolver Rusia a la época dorada del siglo xvii, y era lo bastante idiota para creer que algo así era posible. Era como si el rey Jorge V intentara recrear la alegre Inglaterra de Robin Hood. Puesto que el zar era un hombre muy poco racional, resultaba endiabladamente difícil predecir cuál sería su reacción.

Durante el último himno, la mirada de Walter se deslizó hasta Maud, que estaba sentada dos filas por delante, al otro lado del pasillo. Contempló cariñosamente su perfil mientras la veía cantar con entusiasmo.

El ambivalente informe de Antón resultaba desconcertante. Walter se sentía más preocupado de lo que lo había estado una hora antes.

—A partir de ahora tendremos que vernos a diario —dijo entonces.

Antón puso cara de terror.

—¡Imposible! —exclamó—. Es demasiado arriesgado.

—Pero el panorama cambia de una hora a otra.

—El domingo que viene por la mañana, en Smith Square.

Ese era el problema de los espías idealistas, pensó Walter con frustración, no había forma de presionarlos. Por otra parte, los hombres que espiaban por dinero nunca eran dignos de confianza. Eran capaces de decirte lo que querías oír con la esperanza de conseguir una prima. Con Antón, si él decía que el zar estaba titubeando, Walter podía estar seguro de que el zar no había tomado aún ninguna decisión.

—Pero ¿por qué no nos vemos al menos una vez a media semana? —rogó mientras el himno llegaba a su fin.

Antón no contestó. En lugar de sentarse, se escabulló y salió de la iglesia.

—Maldita sea —dijo Walter en voz baja, y el niño que estaba sentado a su lado le lanzó una mirada de reprobación.

Cuando el oficio terminó, se quedó aguardando junto al cementerio enlosado, saludando a conocidos, hasta que vio salir a Maud, acompañada por Fitz y Bea. Irradiaba una elegancia sobrenatural con aquel estiloso vestido de terciopelo gris estampado y su sobretodo de crepé en un gris más oscuro. Puede que no fuera un color muy femenino, pero realzaba su belleza escultórica y parecía conseguir que su piel brillara. Walter les estrechó la mano a todos, mientras anhelaba pasar unos cuantos minutos a solas con ella. Intercambió cortesías con Bea, un pastelito color rosa confite con encajes de crema, y convino con un solemne Fitz en que aquel asesinato era un «mal asunto». Los Fitzherbert se alejaron entonces y Walter temió perder su oportunidad, pero en el último momento Maud musitó:

—Iré a tomar el té a casa de la duquesa.

Walter le sonrió a su elegante espalda. Había visto a Maud el día anterior y la vería al siguiente, pero le aterró pensar que quizá no tuviera ocasión de verla otra vez ese mismo día. ¿De veras era incapaz de pasar veinticuatro horas sin ella? No se tenía por un hombre débil, pero esa mujer lo había atrapado en su hechizo. Walter, no obstante, no tenía ningún deseo de escapar.

Era el espíritu independiente de Maud lo que le resultaba tan atractivo. La mayoría de las mujeres de su generación parecían contentarse con interpretar el papel pasivo que les otorgaba la sociedad: vestirse con bonitas ropas, organizar fiestas y obedecer a sus maridos. Walter estaba aburrido de la mujer felpudo. Maud se parecía más a algunas de las damas que había conocido en Estados Unidos durante la temporada que había pasado en la embajada alemana de Washington. Eran elegantes y encantadoras, pero no serviles. Ser amado por una mujer así era sumamente estimulante.

Avanzó por Piccadilly con andar garboso y se detuvo frente a un quiosco de prensa. Leer los periódicos británicos nunca resultaba agradable: la mayoría eran crudamente antialemanes, sobre todo el virulento *Daily Mail*. Hacían creer a los británicos que estaban rodeados de espías germanos. ¡Cómo hubiera deseado Walter que fuera verdad! Contaba más o menos con una docena de agentes en las ciudades de la costa, hombres que tomaban nota de las idas y venidas que tenían lugar en los muelles, igual que hacían los británicos en los puertos alemanes; pero ni mucho menos los miles de los que informaban esos histéricos directores de periódico.

Compró un ejemplar de *The People*. En él, los problemas de los Balcanes no figuraban como gran noticia: los británicos estaban más preocupados por Irlanda. Allí, la minoría protestante llevaba cientos de años señoreando con muy escasa estima por la mayoría católica. Si Irlanda conseguía la independencia, se volverían las tornas. Los dos bandos estaban fuertemente armados y existía la amenaza de una guerra civil.

Un único párrafo, al final de la portada, hacía referencia a la «crisis austro-serbia». Como de costumbre, los periódicos no tenían ni idea de lo que sucedía en realidad.

Justo cuando Walter torcía para entrar en el hotel Ritz, Robert bajó con ímpetu de un taxi a motor. Llevaba un chaleco negro y una corbata negra también, en señal de luto por el archiduque. Robert había formado parte de la camarilla de Francisco Fernando: pensadores progresistas para los estándares de la corte vienesa, aunque conservadores si se los contemplaba desde cualquier otro ángulo. Walter sabía que apreciaba y respetaba al fallecido y a su familia.

Dejaron sus sombreros de copa en el guardarropa y entraron juntos en el comedor. A Walter, su primo Robert le despertaba un instinto protector. Desde que eran niños había sabido que era diferente. La gente llamaba a esos hombres «afeminados», pero ese adjetivo resultaba demasiado burdo: Robert no era una mujer atrapada en un cuerpo de varón. Sin embargo, sí que tenía muchísimos rasgos femeninos, y eso hacía que Walter lo tratara con una especie de caballerosidad comedida.

Se parecía a él, tenía las mismas facciones regulares y los ojos color avellana, pero llevaba el cabello más largo y se enceraba y rizaba el bigote.

—¿Cómo van las cosas con lady M? —le preguntó mientras se sentaban. Walter se había sincerado con él: Robert lo sabía todo acerca de su amor prohibido.

—Es maravillosa, pero mi padre no es capaz de olvidar el hecho de que trabaja en una clínica de los suburbios con un médico judío.

—Ay, vaya… eso sí que es duro —dijo Robert—. Podrían entenderse sus reparos si ella fuese judía.

—Yo esperaba que poco a poco fuese tomándole cariño, que se vieran de vez en cuando en algún acto social, y que se diera cuenta de que Maud tiene amistad con la mayoría de los hombres poderosos del país; pero no está funcionando.

—Por desgracia, la crisis de los Balcanes solo hará que aumentar la tensión en… —Robert sonrió—, ya me perdonarás, las relaciones internacionales.

Walter se obligó a reír.

—Lo superaremos, pase lo que pase.

Robert no dijo nada, pero pareció no estar demasiado convencido.

Mientras degustaban un cordero de Gales con patatas y salsa de perejil, Walter le transmitió a su primo la información tan poco concluyente que le había sacado a Antón.

Robert tenía sus propias noticias.

—Hemos conseguido averiguar que los asesinos obtuvieron las armas y las bombas a través de Serbia.

—Maldita sea —dijo Walter.

Robert dejó ver entonces su ira.

—Las armas les fueron suministradas por el jefe de los servicios secretos del ejército serbio. Los asesinos realizaron prácticas de tiro en un parque de Belgrado.

—Los agentes secretos a veces actúan de manera unilateral —comentó Walter.

—A menudo. Y la confidencialidad de su trabajo favorece que en muchas ocasiones salgan impunes de ello.

—De manera que eso no demuestra que el gobierno serbio sea el responsable del asesinato, y si uno se detiene a pensarlo con lógica, para una pequeña nación como Serbia, que intenta preservar su independencia a toda costa, sería una locura provocar a un vecino tan poderoso.

—Incluso es posible que los servicios secretos serbios actuaran contraviniendo directamente los deseos del gobierno —coincidió Robert. Sin embargo, enseguida añadió con firmeza—: Pero eso no cambia nada en absoluto. Austria debe emprender acciones contra Serbia.

Era lo que temía Walter. El asunto ya no podía seguir viéndose como un mero crimen del que debían encargarse la policía y los tribunales. Había adquirido nuevas proporciones; de pronto, un imperio debía castigar a una pequeña nación. El emperador Francisco José de Austria había sido un gran hombre en su época, conservador y fervientemente religioso, pero un dirigente fuerte. Ya tenía ochenta y cuatro años, sin embargo, y con la edad no se había vuelto ni un tanto menos autoritario y estrecho de miras. Era la clase de hombre que creía saberlo todo solo porque era viejo. El padre de Walter era igual.

«Mi destino está en manos de dos monarcas —pensó Walter—, el zar y el emperador. Uno es idiota, el otro está senil; aun así, controlan el destino de Maud y el mío, igual que el de innumerables millones de europeos. ¡Qué gran argumento en contra de la monarquía!»

Mientras tomaban el postre meditó con detenimiento y, cuando llegó el café, dijo con optimismo:

—Supongo que tu objetivo será darle a Serbia una dura lección sin implicar a ningún otro país.

Robert acabó rápidamente con sus esperanzas.

—Al contrario. Mi emperador le ha escrito una carta personal a tu káiser.

Walter se quedó de piedra. No tenía noticia de eso.

—¿Cuándo?

—Fue entregada ayer.

Como cualquier diplomático, Walter detestaba que los monarcas hablaran directamente entre sí, en lugar de hacerlo a través de sus ministros. En tales casos podía suceder cualquier cosa.

—Y ¿qué le ha dicho?

—Que Serbia debe ser eliminada como potencia política.

—¡No! —Era peor aún de lo que Walter había temido. Conmocionado, preguntó—: ¿De verdad lo cree?

—Todo depende de la respuesta.

Walter arrugó la frente. El emperador Francisco José le estaba pidiendo su aprobación al káiser Guillermo: ese era el auténtico mensaje de la carta. Los dos países eran aliados, así que el káiser estaba obligado a mostrarle cierto apoyo, pero podía darle un énfasis entusiasta o renuente, alentador o cauteloso.

—Confío en que Alemania respalde a Austria sea cual sea la decisión de mi emperador respecto a las acciones que se llevarán a cabo —dijo Robert con severidad.

—¡No es posible que desees que Alemania ataque a Serbia! —protestó Walter.

Robert se sintió ofendido.

—Deseamos algo que nos garantice que Alemania cumplirá con sus obligaciones como aliada nuestra.

Walter controló su impaciencia.

—El problema de esa forma de pensar es que pone en juego muchas otras cosas. Igual que si Rusia transmite señales de apoyo a Serbia; así solo se promueve la agresión. Lo que deberíamos hacer es aplacar a todo el mundo.

—No estoy seguro de poder darte la razón —replicó Robert con frialdad—. Austria ha sufrido un golpe terrible. El emperador no puede dar la imagen de que se lo ha tomado a la ligera. El que desafía al gigante debe ser aplastado.

—Intentemos no exagerar las cosas.

Robert alzó la voz:

—¡Han asesinado al heredero al trono! —Un comensal de la mesa de al lado levantó la mirada y puso ceño al oír hablar alemán en tono de discusión. Robert suavizó su voz, pero no su expresión—. No me hables de exageraciones.

Walter intentó reprimir sus propios sentimientos. Sería necio y peligroso que Alemania se implicara en ese altercado, pero decírselo así a Robert no serviría de nada. El trabajo de Walter era sonsacar información, no enzarzarse en discusiones.

—No creas que no lo entiendo —dijo—. ¿En Viena todo el mundo comparte tu opinión?

—En Viena, sí —respondió Robert—. Tisza se opone. —István Tisza era el primer ministro de Hungría, aunque súbdito del emperador austríaco—. La alternativa que propone es el cerco diplomático a Serbia.

—Menos drástico, quizá, pero también menos arriesgado —observó Walter con cautela.

—Demasiado débil.

Walter pidió la cuenta. Estaba profundamente inquieto por lo que acababa de saber, pero no quería que hubiera malos sentimientos entre su primo y él. Confiaban el uno en el otro y se ayudaban, y no deseaba que eso cambiase. Fuera, en la acera, le estrechó la mano a Robert y le agarró el codo en un gesto de firme camaradería.

—Pase lo que pase, debemos permanecer unidos, primo —dijo—. Somos aliados y siempre lo seremos. —Dejó que fuera Robert quien decidiera si estaba hablando de ellos dos o de sus respectivos países. Se despidieron como amigos.

Walter cruzó Green Park apretando el paso. Los londinenses estaban disfrutando del sol, pero una nube sombría se cernía sobre su cabeza. Había esperado que Alemania y Rusia se mantuvieran al margen de la crisis de los Balcanes, pero las noticias que le habían llegado hasta el momento sugerían agoreramente todo lo contrario. Al llegar al palacio de Buckingham, torció a la izquierda y caminó a lo largo de The Mall para acercarse a la embajada alemana por la entrada trasera.

Su padre tenía allí un despacho: era donde pasaba una de cada tres semanas, más o menos. En la pared había un retrato del káiser Guillermo, y una fotografía enmarcada de Walter vestido con su uniforme de teniente en el escritorio. Otto sostenía una pieza de loza en la mano. Coleccionaba cerámica inglesa y le encantaba ir en busca de objetos fuera de lo común. Al mirar con más atención, Walter vio que se trataba de un frutero de loza blanca con los bordes delicadamente perforados y modelado de tal forma que imitaba un cesto. Conociendo el gusto de su padre, supuso que sería del siglo XVIII.

Encontró a Otto reunido con Gottfried von Kessel, un agregado cultural por quien Walter sentía bastante antipatía. Gottfried tenía un cabello oscuro y espeso que se peinaba con la raya a un lado, y llevaba gafas de gruesas lentes. Era de la misma edad que él y también tenía un padre en el servicio diplomático, pero, a pesar de todo lo que compartían, no eran amigos. Walter pensaba que era un cobista.

Le dirigió un breve gesto con la cabeza y se sentó.

—El emperador de Austria ha escrito a nuestro káiser.

—Ya lo sabemos —se apresuró a replicar Gottfried.

Walter no le hizo caso. Gottfried tenía la fastidiosa costumbre de convertirlo todo en una competición.

—No me cabe duda de que la respuesta del káiser será amistosa

—le dijo a su padre—, pero hay muchas cosas que podrían depender del matiz.

—Su Majestad todavía no me ha comentado nada.

—Pero lo hará.

Otto asintió.

—Es la clase de asunto por el que suele consultarme.

—Y, si exhorta a la prudencia, podría convencer a los austríacos para que se muestren menos beligerantes.

—¿Por qué habría de hacer algo así? —preguntó Gottfried.

—¡Para evitar que Alemania se vea arrastrada a una guerra por un territorio tan irrisorio como Serbia!

—¿De qué tienes miedo? —inquirió Gottfried con desdén—. ¿Del ejército serbio?

—Tengo miedo del ejército ruso, y también tú deberías tenerlo —respondió Walter—. Es el mayor de toda la historia...

—Eso ya lo sé —replicó Gottfried.

Walter pasó por alto la interrupción.

—En teoría, el zar puede sacar a seis millones de hombres al campo de batalla en apenas unas semanas...

—Lo sé...

—... y eso supera a la población total de Serbia.

—Lo sé.

Walter suspiró.

—Pareces saberlo todo, Von Kessel. ¿Sabes de dónde sacaron los asesinos las armas y las bombas?

—De los nacionalistas eslavos, presumo.

—¿Algunos nacionalistas eslavos en concreto, presumes?

—¿Quién sabe?

—Los austríacos lo saben, según tengo entendido. Creen que las armas procedían del jefe de los servicios secretos serbios.

Otto soltó un gruñido de asombro.

—Eso sí que despertaría sed de venganza en los austríacos.

—Austria sigue siendo gobernada por su emperador. Al final, la decisión de declarar la guerra solo puede tomarla él —dijo Gottfried.

Walter asintió con la cabeza.

—No es que el emperador Habsburgo haya necesitado nunca demasiadas excusas para mostrarse despiadado y brutal.

—¿Qué otra forma hay de gobernar un imperio?

Walter no mordió el anzuelo.

—Aparte del primer ministro húngaro, cuya voz no tiene mucho peso, no parece haber nadie que llame a la prudencia. Ese papel debe recaer en nosotros. —Walter se levantó. Había informado de sus investigaciones y no quería permanecer ni un minuto más en la misma habitación que ese molesto Gottfried—. Si me disculpa, padre, iré a tomar el té a casa de la duquesa de Sussex y ver qué más se comenta por la ciudad.

—Los ingleses no hacen visitas los domingos —observó Gottfried.

—Tengo invitación —repuso Walter, y se marchó antes de perder los papeles.

Avanzó abriéndose paso por Mayfair hacia Park Lane, donde el duque de Sussex tenía su palacio. El duque no ocupaba ningún cargo en el gobierno de Gran Bretaña, pero la duquesa organizaba tertulias políticas. Cuando Walter llegó a Londres en diciembre, Fitz lo había presentado a la duquesa, quien se ocupó de que lo invitaran a todas partes.

Entró en el salón, se inclinó, estrechó la regordeta mano de la dama y dijo:

—En Londres todo el mundo desea saber qué sucederá en Serbia, así que, aunque sea domingo, he decidido venir a preguntárselo a usted, excelencia.

—No habrá guerra —respondió ella, sin demostrar haberse dado cuenta de que Walter bromeaba—. Siéntese y tome una taza de té. Lo del pobre archiduque y su esposa es una tragedia, desde luego, y sin duda los culpables serán castigados, pero ¡qué tontería pensar que naciones tan grandes como Alemania y Gran Bretaña estarían dispuestas a ir a la guerra por Serbia!

A Walter le habría gustado poder sentirse tan convencido de ello. Tomó asiento cerca de Maud, que sonreía con alegría, y de lady Hermia, que lo saludó con una inclinación de cabeza. En el salón había una docena de personas, incluido el primer lord del Almirantazgo, Winston Churchill. La decoración era grandiosamente anticuada: un mobiliario de recargadísimas tallas, suntuosas telas con una docena de estampados diferentes, y hasta el último rincón cubierto de adornos, fotografías enmarcadas y jarrones con ramitos de espigas secas. Un lacayo le acercó a Walter una taza de té y le ofreció leche y azúcar.

Walter se alegraba de estar cerca de Maud, pero quería más, como siempre, e inmediatamente empezó a preguntarse si habría alguna forma de ingeniárselas para estar los dos solos, aunque no fuera más que unos minutos.

—El problema, desde luego, es la debilidad del Turco —dijo la duquesa.

Esa cotorra pomposa tenía razón, pensó Walter. El Imperio otomano estaba en decadencia, y el conservador clero musulmán lo mantenía al margen de la modernización. El sultán había logrado conservar el orden en la península balcánica durante siglos, desde la costa mediterránea de Grecia hasta latitudes tan septentrionales como Hungría; pero ahora, década a década, se iba retirando y las grandes potencias más cercanas, Austria y Rusia, estaban intentando llenar ese vacío. Entre Austria y el mar Negro se encontraban los territorios de Bosnia, Serbia y Bulgaria, dispuestos en fila. Hacía cinco años, Austria se había hecho con el control de Bosnia. De pronto tenía un altercado con Serbia, el segundo de la fila. Los rusos miraban el mapa y veían que Bulgaria era la siguiente ficha del dominó, y que los austríacos podían terminar controlando la costa occidental del mar Negro y amenazando el comercio internacional de Rusia.

Mientras tanto, los pueblos súbditos del Imperio austríaco empezaban a pensar que más les valía gobernarse a sí mismos… razón por la cual el nacionalista bosnio Gavrilo Princip había disparado al archiduque Francisco Fernando en Sarajevo.

—Es una tragedia para Serbia —comentó Walter—. Yo diría que su primer ministro está a punto de arrojarse al Danubio.

A lo que Maud replicó:

—Querrá decir el Volga.

Walter la miró, contento de tener una excusa para embriagarse con su imagen. Se había cambiado de ropa y llevaba un vestido para el té de color azul marino con una blusa de encaje rosa pálido y un sombrero de fieltro rosa con una borla azul.

—En modo alguno quiero decir eso, lady Maud —repuso.

—El Volga cruza Belgrado, que es la capital de Serbia —insistió ella.

Walter estaba a punto de volver a protestar, pero entonces titubeó. Maud sabía perfectamente que el Volga no pasaba ni a mil quinientos kilómetros de Belgrado. ¿Qué estaba tramando?

—No soy amigo de contradecir a alguien tan bien informado como usted, lady Maud —dijo—. Y sin embargo…

—Lo consultaremos —dijo ella—. Mi tío, el duque, posee una de la mayores bibliotecas de Londres. —Se puso en pie—. Acompáñeme y le demostraré que se equivoca.

Se trataba de un comportamiento algo osado para una joven de buena cuna, y la duquesa frunció los labios.

Walter se encogió de hombros con fingida impotencia y siguió a Maud hasta la puerta.

Por un momento pareció que lady Hermia iba a acompañarlos también, pero estaba tan cómodamente hundida en la tapicería de terciopelo, con una taza y un platito en la mano, que moverse le resultaba un esfuerzo demasiado grande.

—No tardéis —dijo en voz baja, y le dio otro bocado a su pastel mientras ellos abandonaban el salón.

Maud cruzó el vestíbulo, donde un par de lacayos montaban guardia como si fueran centinelas, caminando por delante de Walter. Se detuvo ante una puerta y esperó a que él se la abriera. Entraron.

En la gran sala reinaba el silencio. Estaban solos. Maud se lanzó a sus brazos y Walter la estrechó con fuerza, apretando su cuerpo contra el de él. Ella miró hacia arriba.

—Te quiero —dijo, y lo besó con avidez.

Al cabo de un minuto, sin aliento, se separó de él. Walter la miró con adoración.

—Eres una calamidad —dijo—. ¡Mira que decir que el Volga cruza Belgrado!

—Ha funcionado, ¿o no?

Él negó con la cabeza, admirado.

—Jamás se me habría ocurrido. Qué lista eres.

—Necesitamos un atlas —dijo Maud—. Por si entra alguien.

Walter repasó las estanterías con la mirada. Aquella era la biblioteca de un coleccionista más que de un lector. Todos los libros tenían elegantes encuadernaciones, la mayoría parecían no haber sido abiertos jamás. En un rincón acechaban unas cuantas obras de consulta, y se hizo con un atlas en el que encontró un mapa de los Balcanes.

—La crisis… —empezó a decir Maud con preocupación—. A largo plazo… no nos separará, ¿verdad?

—No si puedo evitarlo —dijo Walter.

Se la llevó detrás de una estantería para que no pudieran verlos de inmediato si entraba alguien, y allí volvió a besarla. Ese día estaba deliciosamente ansiosa, sus manos le recorrían los hombros y los brazos mientras correspondía a su beso, y entonces lo interrumpió un momento para susurrar:

—Levántame la falda.

Walter tragó saliva. Había soñado despierto con aquel momento. Agarró la tela y la deslizó hacia arriba.

—La enagua también.

Walter apretó un puñado de tela en cada mano.

—¡No la arrugues! —dijo Maud. Walter intentó levantarle las prendas sin aplastar la seda, pero todo se le escurría entre los dedos. Impaciente, ella se inclinó, agarró falda y enagua por el dobladillo y se las levantó ambas hasta la cintura—. Tócame —dijo, mirándole a los ojos.

Le ponía nervioso pensar que pudiera entrar alguien, pero se sentía demasiado embargado por el amor y el deseo para refrenarse. Deslizó la mano derecha hasta la horca de los muslos de ella... y contuvo una exclamación de sobresalto: no llevaba nada allí abajo. Al darse cuenta de que Maud debía de haber planeado ofrecerle ese placer, se encendió más aún. La acarició con dulzura, pero ella lanzó las caderas hacia delante, buscando su mano, y él apretó con más fuerza.

—Eso es —gimió Maud. Walter cerró los ojos, pero ella dijo—: Mírame, cariño mío, por favor, mírame mientras lo haces. —Y él volvió a abrirlos. Ella tenía el rostro ruborizado, respiraba con fuerza y con la boca abierta. Entonces le agarró la mano y lo guió, igual que él había guiado la de ella en el palco de la ópera—. Mete el dedo —susurró, y se inclinó contra su hombro.

Walter sintió su ardoroso aliento a través de la ropa. Ella se movía hacia delante y hacia atrás sin parar, entonces profirió un leve sonido desde el fondo de la garganta, como el grito ahogado de quien está soñando; y luego, por fin, se dejó caer contra él.

Walter oyó que se abría la puerta, y la voz de lady Hermia, que dijo:

—Ven, Maud, querida, debemos irnos ya.

Retiró la mano y la joven se alisó la falda a toda prisa.

—Me temo que estaba equivocada, tía Herm, y herr Von Ulrich tenía razón: es el Danubio, no el Volga, el que cruza la ciudad de Belgrado —respondió con voz temblorosa—. Acabamos de comprobarlo en el atlas.

Se inclinaron sobre el libro justo cuando lady Hermia daba la vuelta por el extremo de la estantería.

—No tenía la menor duda —dijo la mujer—. Los hombres siempre suelen tener razón con estas cosas, y herr Von Ulrich es diplomático, por lo que debe de conocer muchísimos detalles con los que las mujeres no tienen por qué importunarse. No deberías discutir con él, Maud.

—Supongo que tiene usted razón —dijo Maud con una sobrecogedora falta de sinceridad.

Los tres salieron de la biblioteca y cruzaron el vestíbulo. Walter abrió la puerta del salón. Lady Hermia fue la primera en entrar. Cuando Maud la siguió, cruzó una mirada con él, que levantó la mano derecha, se metió la yema del dedo en la boca y lo chupó.

II

Aquello no podía continuar así, pensó Walter durante el camino de vuelta a la embajada. Era como volver a ser un colegial. Maud tenía veintitrés años y él veintiocho, y aun así se veían obligados a recurrir a subterfugios absurdos para poder pasar cinco minutos juntos a solas. Había llegado el momento de casarse.

Tendría que pedir el permiso de Fitz. El padre de Maud había muerto, por lo que su hermano era el cabeza de familia. Era evidente que Fitz habría preferido que Maud se desposara con un caballero inglés. Sin embargo, seguramente acabaría por dar su brazo a torcer: debía de preocuparle no conseguir casar nunca a su combativa hermana.

No, el mayor problema era Otto. Él querría que Walter se casara con una doncella prusiana de buenos modales, quien estaría encantada de pasar el resto de su vida pariendo herederos. Y cuando Otto quería algo, hacía cuanto estaba en su mano por conseguirlo y aplastaba sin miramientos a todo el que se oponía; era precisamente eso lo que lo había convertido en un gran oficial del ejército. Jamás se le ocurriría que su hijo tuviera derecho a escoger a su futura esposa sin que nadie intercediera ni lo presionara. Walter habría preferido contar con el apoyo y el beneplácito de su padre; estaba claro que no esperaba con ilusión la inevitable confrontación abierta. No obstante, el amor que sentía era una fuerza muchísimo más poderosa que la deferencia filial.

Era domingo por la tarde, pero Londres no descansaba. Pese a que no había sesión en el Parlamento y que los mandarines de Whitehall se habían retirado a sus hogares de las afueras, la política seguía viva en los palacios de Mayfair, los clubes para caballeros de St. James y las embajadas. En la calle, Walter reconoció a varios parlamentarios, a algunos diplomáticos europeos y a un par de subsecretarios del Foreign

Office. Se preguntó si el ministro, el ornitólogo aficionado sir Edward Grey, se habría quedado en la ciudad ese fin de semana o se habría trasladado a su amada casa de campo de Hampshire.

Walter encontró a su padre sentado a su escritorio, leyendo telegramas ya descifrados.

—Puede que no sea el momento más oportuno para la noticia que debo darle —empezó a decir.

Otto masculló algo incomprensible y continuó leyendo.

Su hijo siguió a la carga.

—Estoy enamorado de lady Maud.

Otto levantó la vista.

—¿La hermana de Fitzherbert? Ya lo sospechaba. Te acompaño en el sentimiento.

—Sea serio, padre, por favor.

—No, el que tiene que ser serio eres tú. —Otto dejó los papeles que estaba leyendo—. Maud Fitzherbert es una feminista, una sufragista y una inconformista social. No es esposa apropiada para nadie, y menos aún para un diplomático alemán de buena familia. Así que no quiero oír ni una palabra más al respecto.

Unas palabras candentes afluyeron a los labios de Walter, pero apretó los dientes y supo mantener la calma.

—Es una mujer maravillosa, y la quiero, así que será mejor que hable de ella en términos más corteses, sea cual sea su opinión.

—Diré lo que pienso —repuso Otto sin ningún reparo—. Es un horror. —Y volvió a enfrascarse en la lectura de sus telegramas.

La mirada de Walter recayó en el frutero de loza blanca que había comprado su padre.

—No —dijo. Cogió el frutero—. No dirá lo que piensa.

—Ten cuidado con eso.

Walter contaba de pronto con toda la atención de su padre.

—Siento por lady Maud el instinto de protegerla, igual que siente usted por esta baratija.

—¿Baratija? Déjame decirte que vale…

—Salvo, claro está, que el amor es un sentimiento más fuerte que la codicia del coleccionista. —Walter lanzó al aire el delicado objeto y lo atrapó con una sola mano. Su padre profirió un angustiado grito de inarticulada protesta. Walter siguió hablando sin hacer caso de ello—: Así que, cuando se refiere a ella en tono insultante, me siento como usted cuando cree que voy a dejar caer esto… solo que peor.

—Mocoso insolente...

Walter alzó la voz por encima de la de su padre.

—Y si sigue pisoteando así mis sentimientos, haré añicos esta estúpida pieza de cerámica con mi tacón.

—Está bien, ya has dicho lo que querías decir. Deja ese frutero, por el amor de Dios.

Walter tomó aquello como el consentimiento de su padre y dejó el adorno en una mesita auxiliar.

Otto habló entonces con malicia:

—Aunque hay algo más que deberías tener en cuenta... si me está permitido decirlo sin pisotear tus «sentimientos».

—Está bien.

—Es inglesa.

—¡Por el amor de Dios! —exclamó Walter—. Los alemanes de buena familia llevan años casándose con la aristocracia inglesa. El príncipe Alberto de Sajonia-Coburgo y Gotha se casó con la reina Victoria; su nieto es ahora rey de Inglaterra. ¡Y la reina de Inglaterra nació siendo princesa de Würtemberg!

—¡Las cosas han cambiado! —dijo Otto levantando la voz—. Los ingleses están decididos a relegarnos a potencia de segunda clase. Entablan amistad con nuestros adversarios, Rusia y Francia. Te estarías casando con una enemiga de tu patria.

Walter sabía que esa era la mentalidad de la vieja guardia, pero era muy irracional.

—No deberíamos ser enemigos —dijo con exasperación—. No hay motivo para ello.

—Jamás nos permitirán competir en igualdad de condiciones.

—¡Pero es que eso no es cierto! —Walter se dio cuenta de que estaba gritando e intentó calmarse un poco—. Los ingleses creen en el libre comercio: nos permiten vender los productos que manufacturamos por todo el Imperio británico.

—Pues lee esto. —Otto lanzó el telegrama que estaba leyendo sobre el escritorio—. Su Majestad el káiser me ha pedido opinión.

Era un esbozo de respuesta a la carta personal del emperador austríaco. Walter lo leyó con creciente alarma. Terminaba diciendo: «El emperador Francisco José puede, sin embargo, confiar en que Su Majestad el káiser apoyará con lealtad a Austria-Hungría, tal como requieren de él las obligaciones de su alianza y de su antigua amistad».

Walter quedó horrorizado.

—¡Pero esto le da carta blanca a Austria! —exclamó—. ¡Pueden hacer lo que les plazca y nosotros los apoyaremos!

—Hay ciertas salvedades.

—No muchas. ¿Ha sido enviado ya?

—No, pero ha sido aprobado. Se enviará mañana.

—¿Podemos detenerlo?

—No, y yo no deseo hacerlo.

—Pero esto nos compromete a apoyar a Austria en una guerra contra Serbia.

—No es nada malo.

—¡Nosotros no queremos la guerra! —protestó Walter—. Necesitamos la ciencia, y la industria, y el comercio. Alemania tiene que modernizarse para ser liberal y crecer. Queremos la paz y la prosperidad.

—«Y también queremos un mundo en el que un hombre pueda casarse con la mujer a la que ama realmente sin que lo acusen de traición», añadió para sí.

—Escúchame —dijo Otto—. Tenemos enemigos poderosos a ambos lados: Francia al oeste y Rusia al este… y son uña y carne. No podemos librar una guerra en dos frentes.

Walter era consciente de ello.

—Para eso tenemos el Plan Schlieffen —adujo—. Si nos vemos obligados a ir a la guerra, primero invadimos Francia con una fuerza aplastante, conseguimos la victoria en unas cuantas semanas y, luego, con el oeste asegurado, nos volvemos para enfrentarnos a Rusia.

—Es nuestra única esperanza —dijo Otto—. Pero cuando el ejército alemán adoptó ese plan, hace nueve años, nuestros servicios secretos nos decían que el ejército ruso tardaría cuarenta días en movilizarse. Eso nos daba a nosotros casi seis semanas para conquistar Francia. Desde entonces, sin embargo, Rusia ha mejorado sus vías férreas… ¡con dinero prestado por los franceses! —Otto dio un puñetazo sobre el escritorio, como si pudiera aplastar Francia bajo su puño—. A medida que la velocidad de movilización de los rusos aumenta, el Plan Schlieffen se hace más arriesgado. Lo cual significa… —señaló teatralmente a Walter con un dedo— que, cuanto antes declaremos esta guerra, ¡mejor para Alemania!

—¡No! —¿Por qué no podía ver el viejo lo peligrosa que era su forma de pensar?—. Significa que deberíamos estar buscando soluciones pacíficas para estas disputas insignificantes.

—¿Soluciones pacíficas? —Otto negó con la cabeza como quien se sabe en posesión de la verdad—. Eres un joven idealista. Crees que todas las preguntas tienen una respuesta.

—De verdad desea usted la guerra —dijo Walter con incredulidad—. La desea de verdad.

—Nadie quiere una guerra —replicó Otto—. Pero a veces es mejor que la alternativa.

III

Maud había heredado una miseria de su padre: trescientas libras anuales que apenas le bastaban para comprarse los vestidos de la temporada. Fitz se había quedado con el título nobiliario, las tierras, las casas y casi todo el dinero. Así era el sistema inglés, pero no era eso lo que la enfurecía. El dinero significaba muy poco para ella: en realidad, ni siquiera necesitaba sus trescientas libras. Fitz le pagaba todo lo que quería sin preguntar, porque le parecía poco caballeroso andarse con tiento en cuestiones de dinero.

El mayor resentimiento de Maud nacía de no haber recibido una educación. A los diecisiete años anunció que quería ir a la universidad... pero todo el mundo se rió de ella. Resultó que tenía que salir uno de una buena escuela, y pasar unos exámenes, antes de que te aceptaran. Maud nunca había ido a la escuela y, aunque era capaz de debatir sobre política con los grandes hombres del país, toda una serie de institutrices y tutores habían fracasado por completo en el empeño de prepararla para aprobar cualquier tipo de examen. Se había pasado días llorando y pataleando, y todavía se ponía de muy mal humor solo con recordarlo. Aquello era lo que la había convertido en sufragista: sabía que las niñas nunca conseguirían una educación decente hasta que las mujeres tuvieran derecho al voto.

A menudo había reflexionado sobre por qué se casaban las mujeres. Se encadenaban a una vida entera de esclavitud y, ¿qué obtenían a cambio? Siempre se lo había preguntado. De pronto, sin embargo, conocía la respuesta. Jamás había sentido nada con tanta intensidad como su amor por Walter. Y las cosas que hacían para expresar ese amor le proporcionaban un placer exquisito. Ser capaces de tocarse uno al otro siempre que lo quisieran debía de ser como estar en el cielo. Ella se habría esclavizado hasta tres veces seguidas, si ese era el precio que había que pagar.

Sin embargo, no había que pagar con esclavitud, al menos no con Walter. Maud le había preguntado si creía que una mujer tenía que obedecer en todo a su marido, y él contestó:

—De ninguna manera. No veo que la obediencia tenga nada que ver en el matrimonio. Dos adultos que se aman deberían ser capaces de tomar decisiones juntos, sin tener que obedecerse uno al otro.

Ella pensaba muchísimo en cómo sería su vida juntos. Durante unos cuantos años, a él seguramente lo enviarían de una embajada a otra y viajarían por todo el mundo: París, Roma, Budapest, puede que incluso más allá, hasta Addis Abeba, Tokio, Buenos Aires. Recordaba la historia de Ruth, en la Biblia: «Dondequiera que vayas, yo iré». Sus hijos aprenderían a tratar a las mujeres como iguales, y sus hijas crecerían independientes y con una voluntad de hierro. Quizá al final se establecerían en Berlín, en una casa unifamiliar, para que sus hijos pudieran ir a buenas escuelas alemanas. En algún momento, sin duda, Walter heredaría Zumwald, la casa de campo que tenía su padre en la Prusia Oriental. Cuando fueran viejos y sus hijos hubiesen crecido, pasarían más tiempo en el campo, paseando por la finca, de la mano, leyendo uno junto al otro por las tardes y reflexionando sobre lo mucho que había cambiado el mundo desde que fueran jóvenes.

A Maud le costaba pensar en ninguna otra cosa. Estaba sentada en su despacho de Calvary Gospel Hall, mirando fijamente una lista de precios de material médico, y recordó la forma en que Walter se había chupado el dedo en la puerta del salón de la duquesa. La gente empezaba a notar que estaba muy despistada: el doctor Greenward le había preguntado si se encontraba bien, y tía Herm le había dicho que despertara.

Intentó volver a concentrarse en el formulario de pedido, pero esta vez la interrumpieron unos golpes en la puerta. Tía Herm asomó la cabeza y dijo:

—Ha venido alguien a verte. —Parecía algo atemorizada, y le dio una tarjeta a Maud.

GENERAL OTTO VON ULRICH
Agregado
Embajada del Imperio de Alemania
Carlton House Terrace, Londres

—¡El padre de Walter! —exclamó Maud—. Pero ¿qué querrá...?

—¿Qué le digo? —susurró tía Herm.

—Pregúntele si quiere té o si prefiere un jerez, y hágalo pasar.

Von Ulrich iba vestido con formalidad; llevaba una levita negra con solapas de satén, un chaleco de piqué blanco y pantalones de raya diplomática. Su rostro congestionado sudaba a causa del calor estival. Era más orondo que Walter, y no tan apuesto, pero tenían la misma planta militar, barbilla alzada y espalda erguida.

Maud adoptó su habitual aire despreocupado.

—Mi querido herr Von Ulrich, ¿se trata de una visita formal?

—Quiero hablarle acerca de mi hijo —dijo el hombre. Su inglés era casi tan bueno como el de Walter, aunque tenía acento, al contrario que él.

—Es usted muy amable al entrar en materia tan deprisa —repuso Maud con un deje de sarcasmo que a él le pasó totalmente inadvertido—. Haga el favor, siéntese. Lady Hermia nos pedirá algún tentempié.

—Walter desciende de una antigua familia aristocrática.

—Igual que yo —dijo Maud.

—Somos tradicionales, conservadores, devotamente religiosos... puede que un tanto anticuados.

—Igual que mi familia —repuso Maud.

Aquello no estaba yendo tal como Otto lo había planeado.

—Somos prusianos —dijo con un tinte de exasperación.

—Ah —exclamó Maud, como dándose por vencida—. Mientras que nosotros, desde luego, somos anglosajones.

Estaba batiéndose con él como si aquello no fuera más que una batalla de ingenio, pero por dentro sentía miedo. ¿Por qué había ido a verla? ¿Cuál era su propósito? Presentía que el motivo no podía ser nada benévolo. Ese hombre estaba en su contra. Intentaría interponerse entre Walter y ella, lo intuía con cruda certeza.

Sea como fuere, el general no se dejaría amedrentar por una actitud burlona.

—Alemania y Gran Bretaña están enfrentadas. Gran Bretaña ha entablado amistad con nuestros enemigos, Rusia y Francia. Eso la convierte en adversario nuestro.

—Siento oír que tal es su opinión. Muchos no lo creen así.

—A la verdad no se llega mediante el voto de la mayoría.

De nuevo, Maud percibió un deje de aspereza en su voz. Ese hombre estaba acostumbrado a ser escuchado sin ninguna crítica, sobre todo por parte de las mujeres.

La enfermera del doctor Greenward trajo té en una bandeja y les sirvió. Otto guardó silencio hasta que la mujer salió de la habitación.

—Puede que en el transcurso de las próximas semanas entremos en guerra —dijo entonces—. Si no luchamos por Serbia, habrá otros *casus belli.* Tarde o temprano, Gran Bretaña y Alemania tendrán que combatir por la supremacía en Europa.

—Siento que sea usted tan pesimista.

—Muchos otros piensan igual que yo.

—Pero a la verdad no se llega mediante el voto de la mayoría.

Otto parecía molesto. Era evidente que había esperado que la joven se quedara allí sentada a escuchar su pomposo discurso en silencio. No le gustaba que le replicaran. Enfadado, dijo:

—Haría usted bien en prestarme atención. Le estoy explicando algo que la incumbe. La mayoría de los alemanes consideran a Gran Bretaña un enemigo. Piense en qué consecuencias tendría que Walter se casara con una inglesa.

—Ya lo he hecho, desde luego. Walter y yo hemos hablado largo y tendido sobre esto.

—Primero, recibiría mi desaprobación. Jamás podría aceptar a una nuera inglesa en la familia.

—Walter cree que el amor que siente usted por su hijo le ayudaría a superar, al final, la repugnancia que le despierto yo. ¿De verdad no hay ninguna probabilidad de que eso ocurra?

—Segundo —prosiguió él sin hacer caso alguno de su pregunta—, sería considerado como un traidor al káiser. Hombres de su misma clase ya no serían sus amigos. Su esposa y él no serían recibidos en las mejores casas.

Maud estaba empezando a enfadarse.

—Eso me parece difícil de creer. Sin duda, no todos los alemanes serán tan estrechos de miras.

Otto no pareció oír su grosería.

—Y en tercer y último lugar, Walter tiene una carrera en el Ministerio de Asuntos Exteriores. Destacará. Lo envié a escuelas y universidades de diferentes países. Habla un inglés perfecto y un ruso aceptable. A pesar de sus inmaduras opiniones idealistas, está bien considerado por sus superiores, y el káiser le ha hablado con afecto en más de una ocasión. Podría llegar a ministro de Exteriores algún día.

—Es un hombre brillante —dijo Maud.

—Pero, si se casa con usted, su carrera habrá terminado.

—Eso es absurdo —replicó ella con asombro.

—Mi querida y joven dama, ¿acaso no es evidente? No se puede confiar en un hombre que está casado con una enemiga.

—Ya hemos hablado de ello. Su lealtad, como es natural, estaría con Alemania. Yo lo quiero lo bastante para aceptar eso.

—Puede que estuviera demasiado preocupado por la familia de su esposa para ofrecerle a su propio país lealtad total. Y, aunque él desoyera esa relación de forma implacable, los demás seguirían haciéndose esa pregunta.

—Está exagerando —dijo Maud, aunque empezaba a perder su seguridad.

—Está claro que no podría trabajar en ningún campo que requiriese secretismo. Los hombres no hablarían de asuntos confidenciales en su presencia. Estaría acabado.

—No tiene por qué estar en el servicio secreto militar. Puede dedicarse a otras áreas de la diplomacia.

—Toda diplomacia requiere secretismo. Y, luego, está también mi propio cargo.

Maud se sorprendió al oír eso. Walter y ella no habían pensado en la carrera de Otto.

—Soy un estrecho confidente del káiser. ¿Seguiría depositando una confianza absoluta en mí si mi hijo estuviera casado con una extranjera enemiga?

—Debería.

—Puede que lo hiciera, si yo tomase medidas firmes e indudables, y repudiara a mi hijo.

Maud contuvo una exclamación.

—No haría usted semejante cosa.

Otto alzó la voz.

—¡Me vería obligado a hacerlo!

Ella negó con la cabeza.

—Alguna alternativa habría —dijo con desesperación—. Un hombre siempre tiene alternativa.

—No sacrificaré todo lo que he conseguido, mi cargo, mi carrera, el respeto de mis compatriotas... por una «muchacha» —dijo él con desdén.

Maud se sintió como si la hubieran abofeteado.

—Pero Walter sí, por supuesto —añadió Otto.

—¿De qué está hablando?

—Si Walter se casara con usted, perdería a su familia, su país y su carrera. Pero está dispuesto a hacerlo. Ha declarado su amor por usted sin considerar a fondo las consecuencias, y tarde o temprano comprenderá el catastrófico error que ha cometido. Con todo, no me cabe ninguna duda de que se considera comprometido con usted de forma extraoficial, y no faltará a su palabra con un compromiso. Es demasiado caballero para eso. «Adelante, repúdieme», me dirá. Si no lo hiciera así, se consideraría un cobarde.

—Es cierto —admitió Maud. Se sentía apabullada. Aquel viejo horrible veía la verdad con más claridad que ella.

—Así que debe ser usted quien rompa el compromiso —continuó Otto.

Maud sintió una puñalada.

—¡No!

—Es la única forma de salvarlo. Debe abandonarlo usted.

Maud abrió la boca para volver a protestar, pero Otto tenía razón, y no se le ocurrió nada que decir.

Otto se inclinó hacia delante y habló con apremiante intensidad:

—¿Romperá usted con él?

A Maud le caían lágrimas por las mejillas. Sabía lo que tenía que hacer. No podía destrozar la vida de Walter, aunque fuera por amor.

—Sí —dijo entre sollozos. Había perdido su dignidad, y no le importaba; el dolor era demasiado grande—. Sí, romperé con él.

—¿Lo promete?

—Sí, lo prometo.

Otto se levantó.

—Gracias por haber tenido la amabilidad de escucharme. —Se inclinó—. Le deseo que pase una buena tarde. —Y salió.

Maud hundió el rostro entre sus manos.

8

Mediados de julio de 1914

I

En la nueva habitación de Ethel en Tŷ Gwyn había un espejo de pie. Era viejo, la madera estaba agrietada y el cristal empañado, pero podía verse toda entera y ella lo consideraba un lujo enorme.

Se contempló en ropa interior. Parecía que estaba más voluptuosa desde que se había enamorado. Había engordado un poquito alrededor de la cintura y las caderas, y tenía los pechos más turgentes, a lo mejor porque Fitz los acariciaba y los apretaba mucho. Cuando pensaba en él, le dolían los pezones.

Fitz había llegado esa mañana con la princesa Bea y lady Maud, y le había susurrado que iría a verla a la Suite Gardenia después de comer. Ethel había instalado a Maud en la Habitación Rosa, inventando un excusa sobre unos arreglos que había que hacer en la madera del suelo de sus aposentos habituales.

Acababa de ir a su habitación para lavarse y ponerse una muda limpia. Le encantaba prepararse así para él, imaginando ya cómo Fitz acariciaría su cuerpo, cómo besaría su boca, oyendo con antelación la forma en que gemiría de deseo y placer, recordando el olor de su piel y la textura sensual de su ropa.

Abrió un cajón para sacar unas medias, y su mirada recayó en un montoncito de tiras limpias de algodón blanco, los «paños» que usaba cuando menstruaba. Se le ocurrió entonces pensar que no los había lavado desde que se había trasladado a esa habitación. De pronto, en su mente apareció una diminuta semilla de auténtico pánico. Se sentó con pesadez en la estrecha cama. Ya estaban a mediados de julio. La señora Jevons se había marchado a principios de mayo. De eso hacía ya diez semanas. En ese tiempo, Ethel debería haber usado los paños no una, sino dos veces.

—Ay, no —dijo en voz alta—. ¡Ay, por favor, no!

Se obligó a pensar con calma y volvió a calcularlo. La visita del rey había tenido lugar en enero. A Ethel la habían nombrado ama de llaves inmediatamente después, pero la señora Jevons todavía estaba demasiado enferma para marcharse. Fitz se había ido a Rusia en febrero y había regresado en marzo, que era cuando habían hecho el amor de verdad por primera vez. La señora Jevons se había recuperado en abril, y el gestor de los negocios de Fitz, Albert Solman, se había acercado desde Londres para hablarle de la pensión que le quedaría. La mujer se había marchado a principios de mayo, y fue entonces cuando Ethel se había instalado en esa habitación y había guardado en el cajón esa pequeña pila de tiras de algodón blanco que tanto miedo le daban ahora. Eso había sido hacía diez semanas. No conseguía que el resultado de los cálculos fuera ningún otro.

¿Cuántas veces se habían visto en la Suite Gardenia? Por lo menos ocho. Fitz siempre se retiraba antes del final, pero a veces salía un poquito tarde, y ella percibía el primero de sus espasmos cuando todavía lo tenía dentro. Había sentido una felicidad delirante al estar con él así y, embargada por el éxtasis, había cerrado los ojos ante el peligro. De pronto, el peligro la había atrapado.

—Ay, Dios mío, perdóname —dijo en voz alta.

Su amiga Dilys Pugh se había quedado encinta. Dilys era de la misma edad que Ethel. Trabajaba como doncella para la mujer de Perceval Jones y estaba ennoviada con Johnny Bevan. Ethel recordaba cómo le habían crecido los pechos a Dilys más o menos por la época en que se dio cuenta de que en realidad sí podías quedarte embarazada haciéndolo de pie. Ahora estaban casados.

¿Qué le sucedería a Ethel? Ella no podía casarse con el padre de su hijo. Aparte de todo lo demás, ya estaba casado.

Había llegado la hora de encontrarse con él. Ese día no retozarían en la cama, tendrían que hablar acerca del futuro. Se puso su vestido negro de seda de ama de llaves.

¿Qué diría él? No tenía hijos: ¿se mostraría encantado, o más bien horrorizado? ¿Acogería a ese hijo del amor, o se avergonzaría de él? ¿Querría a Ethel más aún por haber concebido, o la odiaría?

Salió de su habitación del desván y avanzó por el estrecho pasillo antes de bajar hacia el ala oeste por la escalera del servicio. Ese familiar papel de pared con su estampado de gardenias avivaba su deseo, igual que la visión de sus braguitas excitaba a Fitz.

Él ya estaba allí, de pie junto a la ventana, contemplando el jardín bañado por la luz del sol mientras fumaba un puro; al verlo, Ethel se quedó de nuevo asombrada de lo apuesto que era. Le rodeó el cuello con los brazos. El tweed marrón de su traje tenía un tacto suave porque, según había descubierto, estaba hecho de cachemir.

—Oh, Teddy, tesoro mío, qué feliz me hace verte —le dijo. Le gustaba ser la única persona que lo llamaba Teddy.

—Y a mí verte a ti —repuso él, pero no le acarició los pechos enseguida.

Ella le dio un beso en la oreja.

—Tengo algo que decirte —anunció Ethel con solemnidad.

—¡Y yo algo que decirte a ti! ¿Puedo ser el primero?

La muchacha estaba a punto de responder que no, pero él se liberó de su abrazo y dio un paso atrás. De repente, un mal presentimiento se apoderó de su corazón.

—¿Qué? —preguntó—. ¿Qué sucede?

—Bea espera un niño —contestó Fitz. Le dio una calada al puro y exhaló humo como en un suspiro.

Al principio Ethel no logró encontrar sentido a esas palabras.

—¿Qué? —preguntó en tono desconcertado.

—La princesa Bea, mi mujer, está embarazada. Va a tener un niño.

—¿Quieres decir que lo has estado haciendo con ella a la vez que lo hacías conmigo? —preguntó Ethel con enfado.

Él pareció extrañarse. Por lo visto no esperaba que pudiera tomárselo a mal.

—¡Debo hacerlo! —protestó—. Necesito un heredero.

—¡Pero dijiste que me querías!

—Te quiero, y siempre te querré, en cierta forma.

—¡No, Teddy! —gritó ella—. ¡No lo digas así… no, por favor!

—¡No des voces!

—¿Que no dé voces? ¡Me estás echando! ¿Qué me importa a mí ahora que se entere la gente?

—A mí me importa mucho.

Ethel estaba destrozada.

—Teddy, por favor, yo te quiero.

—Pero lo nuestro ha terminado. Tengo que ser un buen marido y padre de mi hijo. Debes comprenderlo.

—Comprenderlo... ¡y un cuerno! —bramó Ethel—. ¿Cómo puedes decirlo tan fácilmente? ¡Te he visto mostrar más compasión por un perro que debía ser sacrificado!

—Eso no es cierto —contestó él, y se le entrecortó la voz.

—Me entregué a ti, en esta habitación, en esa cama de ahí.

—Y yo no... —Se interrumpió. Su rostro, impertérrito hasta entonces, trabado en una expresión de rígido autocontrol, mostró de repente angustia. Se volvió para ocultarse de los ojos de ella—. No lo olvidaré —susurró.

Ethel se acercó a él, vio cómo las lágrimas se deslizaban por sus mejillas, y su ira se desvaneció.

—Oh, Teddy, lo siento mucho —dijo.

Él intentó recuperar la calma.

—Te tengo mucho aprecio, pero debo cumplir con mi deber —dijo. Las palabras eran frías, pero su voz parecía atormentada.

—Ay, Dios mío. —Ethel intentaba parar de llorar. Todavía no le había contado sus nuevas. Se enjugó los ojos con la manga y tragó saliva—. ¿Tu deber? —dijo—. No sabes aún ni la mitad.

—¿De qué estás hablando?

—Yo también estoy embarazada.

—Oh, Dios bendito. —Se llevó el puro a los labios mecánicamente, después volvió a dejarlo caer sin dar ninguna calada—. ¡Pero si siempre me retiraba antes!

—Pues no lo bastante deprisa.

—¿Desde cuándo lo sabes?

—Acabo de darme cuenta. He mirado en mi cajón y he visto mis paños limpios. —Fitz se estremeció. Era evidente que no le gustaba que le hablaran de la menstruación. Bueno, tendría que soportarlo—. Lo he calculado y no me ha venido el período desde que me trasladé a la antigua habitación de la señora Jevons, y de eso hace diez semanas.

—Dos ciclos. Eso lo confirma. Es lo mismo que dijo Bea. Demonios. —Volvió a llevarse el puro a los labios, se dio cuenta de que se había apagado y lo tiró al suelo con un gruñido de enojo.

Un pensamiento irónico le vino a Ethel a la cabeza.

—Puede que tengas dos herederos.

—No seas ridícula —dijo él, cortante—. Un bastardo no hereda.

—Oh —repuso Ethel. No había sido su intención reclamar nada en serio para su hijo. Por otro lado, hasta ese momento no había pensado que sería un bastardo—. Pobrecillo —dijo—. Mi niño, el bastardo.

Él parecía sentirse culpable.

—Lo siento —dijo—. No he querido decir eso. Perdóname.

Ethel veía que su bondad estaba luchando contra sus instintos más egoístas. Le puso una mano en el brazo.

—Pobre Fitz.

—No quiera Dios que Bea se entere de esto —dijo.

Ella se sintió herida de muerte. ¿Por qué había de ser la otra mujer su principal preocupación? Bea estaría perfectamente: era rica, estaba casada y llevaba en su seno al querido y venerado heredero del clan Fitzherbert.

—Una conmoción de este calibre sería demasiado para ella —añadió Fitz.

Ethel recordó el rumor que decía que Bea había sufrido un aborto natural el año anterior. Todas las criadas de la casa lo habían comentado. Según Nina, la doncella rusa, la princesa le echaba la culpa del aborto a Fitz, que la había disgustado al cancelar un viaje a Rusia que tenían planeado.

Ethel se sintió terriblemente rechazada.

—¿Conque lo que más te preocupa es que la noticia de nuestro hijo altere a tu mujer?

Él se quedó mirándola.

—No quiero que vuelva a perderlo… ¡Es importante! —No se imaginaba lo cruel que estaba siendo.

—¡Maldito seas! —gritó Ethel.

—¿Qué esperabas? El hijo que lleva Bea lo he estado esperando, he rezado por que llegara. El tuyo no lo queríamos ni tú, ni yo, ni nadie.

—No es así como yo lo veo —dijo ella, sin apenas voz, y se echó a llorar otra vez.

—Tengo que meditar sobre esto —replicó él—. Necesito estar a solas. —La agarró de los hombros—. Volveremos a hablar mañana. Mientras tanto, no se lo digas a nadie. ¿Me has entendido?

Ethel asintió.

—Prométemelo.

—Te lo prometo.

—Buena chica —dijo él, y salió de la habitación.

Ethel se agachó y recogió la colilla del puro.

No se lo dijo a nadie, pero era incapaz de actuar como si todo fuera bien, así que fingió sentirse enferma y fue a acostarse. Mientras pasaba una hora tras otra tumbada, sola, el dolor fue dando lentamente paso a la angustia. ¿De qué vivirían su hijo y ella?

Perdería su trabajo en Tŷ Gwyn; eso sería automático, aunque su hijo no hubiera sido del conde. Solo eso ya le dolía. Se había sentido tan orgullosa de sí misma cuando la nombraron ama de llaves... Al abuelo le gustaba decir que el orgullo viene antes de la caída. En ese caso había acertado.

No estaba muy segura de poder regresar a casa de su familia: la deshonra mataría a su padre. Casi estaba tan disgustada por eso como lo estaba por su propio deshonor. Le haría más daño a él, en cierta forma; él, que era tan estricto con esa clase de cosas.

De todas formas, tampoco quería vivir en Aberowen siendo madre soltera. Allí ya había dos: Maisie Owen y Gladys Pritchard. Eran personajes tristes que no tenían un lugar concreto en el orden social de la pequeña ciudad. No estaban casadas, pero ningún hombre estaba interesado en ellas; eran madres, pero vivían todavía con sus padres, como si aún fueran niñas; no eran bien recibidas en ninguna iglesia, pub, tienda ni club. ¿Cómo iba ella, Ethel Williams, que siempre se había considerado por encima de los demás, a rebajarse hasta el nivel más bajo de todos?

Así pues, no podía volver a Aberowen. No lo lamentaba. Se sentiría contenta de darle la espalda a esas hileras de casas lúgubres, los pequeños templos bien cuidados y las incesantes disputas entre mineros y patronos. Pero ¿adónde iría? Y, ¿podría seguir viendo a Fitz?

Mientras caía la oscuridad, ella yacía despierta, mirando las estrellas por la ventana, y por fin trazó un plan. Empezaría una nueva vida en un nuevo lugar. Se pondría una alianza y explicaría una historia sobre un difunto marido. Buscaría a alguien para que cuidara de su niño, conseguiría algún trabajo y ganaría dinero. Llevaría a su hijo al colegio. O a su hija. Presentía que sería una niña, y sería lista, escritora o médico, o quizá toda una luchadora como la señora Pankhurst, una defensora de los derechos de las mujeres a quien arrestarían a las puertas del palacio de Buckingham.

Había creído que no podría dormir, pero las emociones la habían dejado exhausta y, a eso de la medianoche, empezó a adormilarse y acabó conciliando un sueño pesado y sin ensoñaciones.

El sol del alba la despertó. Se sentó erguida, impaciente como siempre por empezar el nuevo día; pero entonces recordó que su antigua vida había terminado, que estaba destrozada, y que se encontraba en medio de una tragedia. Casi volvió a sucumbir al dolor, pero luchó contra él. No podía permitirse el lujo de derramar unas lágrimas. Tenía que empezar una nueva vida.

Se vistió y bajó a la sala del servicio, donde anunció que ya estaba del todo recuperada de la dolencia del día anterior y lista para realizar su trabajo habitual.

Lady Maud la mandó llamar antes del desayuno. Ethel preparó una bandeja de café y se la llevó a la Habitación Rosa. Maud estaba sentada delante de su tocador con un salto de cama de seda color morado. Había estado llorando. Ethel tenía sus propios problemas, pero la joven señora despertó de todas formas su compasión.

—¿Qué sucede?

—Ay, tengo que romper con él.

Ethel supuso que se refería a Walter von Ulrich.

—Pero ¿por qué?

—Su padre vino a verme. La verdad es que no me había percatado del hecho de que Gran Bretaña y Alemania son enemigas y de que, casándose conmigo, Walter destruiría su carrera… y seguramente también la de su padre.

—Pero todo el mundo dice que no habrá guerra. Serbia no es lo bastante importante.

—Si no es ahora, será más adelante; y, aunque no llegue a suceder nunca, con la amenaza sería suficiente. —Sobre el tocador había un volante de encaje rosa, y Maud lo toqueteaba con nerviosismo, rasgando las caras puntillas. Ethel pensó que se tardarían horas en remendarlo. Maud prosiguió—: En el Ministerio de Asuntos Exteriores alemán, nadie le confiaría a Walter ningún secreto si estuviera casado con una inglesa.

Ethel sirvió el café y le acercó una taza a Maud.

—Herr Von Ulrich dejará su trabajo si de verdad te ama.

—¡Pero yo no quiero que lo haga! —Maud dejó de tironear el encaje y bebió un poco de café—. No puedo ser la persona que acabe con su carrera. ¿Qué clase de base sería esa para un matrimonio?

«Walter puede labrarse otra carrera —pensó Ethel—; y, si de verdad te amase, lo haría.» Entonces pensó en el hombre a quien ella ama-ba, y en lo deprisa que se había enfriado su pasión en cuanto se había vuelto inapropiada. «Me guardaré mis opiniones para mí —se dijo—. Qué narices sé yo.» Y preguntó:

—¿Qué ha dicho Walter?

—No lo he visto. Le escribí una carta y luego dejé de ir a todos los sitios donde solíamos vernos. Así que empezó a venir a la casa y, como se estaba haciendo ya algo embarazoso pedirles siempre a los criados que le dijeran que no estaba, al final bajé con Fitz.

—¿Por qué no quieres hablar con él?

—Porque sé lo que ocurrirá. Me estrechará entre sus brazos y me besará, y yo me derrumbaré.

«Conozco esa sensación», pensó Ethel.

Maud suspiró.

—Estás muy callada esta mañana. Seguramente tienes tus propias preocupaciones. ¿Se ha puesto muy difícil la situación con esa huelga?

—Sí. Toda la ciudad vive de raciones escasas.

—¿Todavía dan de comer a los niños de los mineros?

—Cada día.

—Bien. Mi hermano es muy generoso.

—Sí. —«Cuando le interesa», pensó.

—Bueno, será mejor que sigas con tu trabajo. Gracias por el café. Supongo que te aburro con mis problemas.

Ethel, impulsivamente, agarró a Maud de la mano.

—Por favor, no digas eso. Siempre has sido muy buena conmigo. Siento mucho lo de Walter, y espero que siempre me cuentes tus preo-cupaciones.

—Qué cosas dices… —Más lágrimas afloraron a los ojos de Maud—. Muchísimas gracias. —Le estrechó la mano y luego la soltó.

Ethel recogió la bandeja y salió de la habitación. Cuando llegó a la cocina, Peel, el mayordomo, dijo:

—¿Has hecho algo malo?

«No lo sabes tú bien», pensó ella.

—¿Por qué lo preguntas?

—Su Señoría desea verte en la biblioteca a las diez y media.

De manera que sería una conversación formal, pensó Ethel. Quizá fuera mejor así. Estarían separados por un escritorio y ella no se vería tentada a lanzarse a sus brazos. Eso la ayudaría a contener las lágrimas.

Tendría que mostrarse fría y desapasionada. El curso entero del resto de su vida quedaría determinado por esa conversación.

Siguió realizando sus labores domésticas. Echaría de menos Tŷ Gwyn. Durante los años que había trabajado allí, había llegado a amar el elegante mobiliario antiguo. Había memorizado los nombres de las piezas y había aprendido a reconocer un candelero, un bufet, un aparador o un musiquero. Mientras quitaba el polvo y pulía, se fijaba en las curvas y los contornos de la marquetería, en las patas talladas en forma de garras de león posadas sobre orbes. Alguna que otra vez, alguien como Peel decía: «Eso es francés, Luis XV», y ella se había fijado en que cada habitación estaba decorada y amueblada coherentemente siguiendo un estilo, ya fuera barroco, neoclásico o gótico. Jamás volvería a vivir con un mobiliario así.

Al cabo de una hora se dirigió a la biblioteca. Aquellos libros habían sido recopilados por los antepasados de Fitz. En esos días la sala no se usaba demasiado: a Bea solo le gustaban las novelas francesas, y Fitz no leía nada en absoluto. Los huéspedes de la casa acudían allí a veces en busca de un poco de paz y tranquilidad, o para utilizar el juego de ajedrez de marfil que había en la mesa central. Esa mañana, siguiendo las instrucciones de Ethel, habían bajado las persianas hasta media ventana para proteger la estancia del sol de julio y mantenerla fresca. Así pues, el espacio estaba en penumbra.

Fitz se había sentado en un sillón de cuero verde. Ethel se sorprendió al ver que también estaba allí Albert Solman, vestido con un traje negro y una camisa de cuello almidonado. Abogado de oficio, Solman era lo que los caballeros eduardianos llamaban un gestor de negocios. Gestionaba el dinero de Fitz, comprobaba los ingresos que recibía de las regalías y las rentas del carbón, pagaba las facturas y suministraba el efectivo para el pago de los salarios del servicio. También se ocupaba de los contratos de arrendamiento y de cualquier otro tipo, y a veces interponía demandas contra gente que intentaba estafar al conde. Ethel lo había conocido en otra ocasión, y no le había caído en gracia. Le había parecido un sabelotodo. A lo mejor todos los abogados lo eran, pero ella no podía decirlo: Solman era el único al que conocía.

Fitz se levantó con expresión de bochorno.

—Me he confiado con el señor Solman —anunció.

—¿Por qué? —preguntó Ethel. Ella había tenido que prometer que no se lo contaría a nadie. Le parecía una traición que Fitz se lo hubiera explicado a su abogado.

Estaba claro que el conde se sentía avergonzado de sí mismo: una visión insólita.

—Solman te explicará lo que propongo —dijo.

—¿Por qué? —repitió Ethel.

Fitz le devolvió una mirada suplicante, como rogándole que no se lo pusiera aún más difícil.

Pero ella no se sentía compasiva. Para ella no era fácil; ¿por qué habría de serlo para él?

—¿Qué es eso que tanto te asusta decirme tú mismo? —inquirió, desafiándolo.

Fitz había perdido toda su arrogante seguridad.

—Dejaré que sea él quien te lo explique —dijo y, para asombro de ella, salió de la biblioteca.

Cuando cerró la puerta tras de sí, Ethel miró a Solman y pensó: «¿Cómo voy a hablar del futuro de mi hijo con este desconocido?».

El abogado le sonrió.

—Bueno, bueno, ha sido usted traviesa, ¿verdad?

Aquello le dolió.

—¿Le ha dicho lo mismo al conde?

—¡Desde luego que no!

—Porque él hizo lo mismo que yo, ¿sabe? Se necesitan dos personas para hacer un niño.

—Está bien, no hay necesidad de entrar en todo eso.

—Pues no me hable como si lo hubiera hecho todo yo sola.

—Muy bien.

Ethel tomó asiento y luego volvió a mirarlo.

—Puede sentarse si lo desea —le dijo, como si fuera la señora de la casa, teniendo una deferencia para con el mayordomo.

Al hombre se le encendió la cara. No sabía si sentarse, y que pareciera que había estado esperando su permiso, o quedarse de pie, como un criado. Al final decidió caminar de un lado para otro.

—Su Señoría me ha dado instrucciones para que le haga una oferta —dijo. Eso de caminar no le estaba funcionando, así que se detuvo frente a ella—. Se trata de una oferta generosa, y le aconsejo que la acepte.

Ethel no dijo nada. La crueldad de Fitz había tenido una consecuencia útil: le había hecho comprender que se encontraba en medio de una negociación, y ese era un terreno familiar para ella. Su padre siempre estaba metido en negociaciones, discutiendo y llegando a acuerdos con la dirección de la mina, siempre intentando conseguir salarios más altos, jornadas de trabajo más cortas y mejores medidas de seguridad. Una de sus máximas era: «Nunca hables a menos que te veas obligado a hacerlo», así que Ethel guardó silencio.

Solman la miraba con expectación. Cuando se dio cuenta de que no iba a contestar nada, pareció ofendido. Volvió a empezar:

—Su Señoría está dispuesto a concederle una pensión de veinticuatro libras anuales, pagadas mensualmente por adelantado. Me parece que es muy generoso por su parte, ¿no cree?

«Maldito avaro podrido —pensó Ethel—. ¿Cómo puede portarse tan mal conmigo?» Veinticuatro libras eran el salario de una doncella. Era la mitad de lo que ganaba Ethel como ama de llaves, y además perdería la habitación y la manutención.

¿Por qué pensaban los hombres que podían desentenderse de esa manera? Seguramente porque casi siempre lo conseguían. Las mujeres no tenían derechos. Se necesitaban dos personas para hacer un niño, pero solo una estaba obligada a cuidar de él. ¿Cómo habían permitido las mujeres verse relegadas a una posición tan débil? Estaba furiosa.

Seguía sin abrir la boca.

Solman acercó una silla y se sentó cerca de ella.

—Bien, debe usted mirarlo por el lado bueno. Dispondrá de diez chelines semanales…

—No basta —se apresuró a puntualizar Ethel.

—Bueno, pongamos que sean veintiséis libras anuales, eso sí hará los diez chelines a la semana. ¿Qué me dice?

Ethel no dijo nada.

—Puede encontrar una habitacioncita bonita en Cardiff por dos o tres chelines, y tendrá el resto para sus gastos. —Le dio unos golpecitos en la rodilla—. Además, ¿quién sabe?, a lo mejor encuentra a otro generoso caballero que le haga la vida más fácil… ¿eh? Es usted una joven muy atractiva, ¿sabe?

Ethel fingió no haber entendido su indirecta. La idea de ser la querida de un abogado asqueroso como Solman le repugnaba. ¿De verdad creía que podía ocupar el lugar dc Fitz? No respondió a sus insinuaciones.

—¿Hay condiciones? —preguntó con frialdad.

—¿Condiciones?

—Adjuntas a la oferta del conde.

Solman tosió.

—Las habituales, desde luego.

—¿Las habituales? ¿De modo que usted ya había hecho esto antes?

—No para el conde Fitzherbert —se apresuró a decir el abogado.

—Pero sí para otros.

—Ciñámonos al asunto que nos ocupa, por favor.

—Continúe cuando quiera.

—No debe usted incluir el nombre del conde en la partida de nacimiento del niño, ni desvelarle a nadie de ninguna otra forma que él es el padre.

—Y, por lo que usted ha podido comprobar, señor Solman, ¿suelen aceptar las mujeres estas condiciones suyas?

—Sí.

«Por supuesto que lo hacen —pensó Ethel con amargura—. ¿Qué alternativa les queda? No tienen derecho a nada, así que aceptan cualquier cosa que les ofrezcan. Por supuesto que aceptan esas condiciones.»

—¿Hay alguna más?

—Cuando se marche usted de Tŷ Gwyn, no debe intentar ponerse en contacto con Su Señoría por ningún medio.

«O sea —pensó Ethel— que no quiere vernos ni a su hijo ni a mí.» La decepción cayó sobre ella como una oleada de debilidad: si no hubiera estado sentada, seguramente se habría desplomado. Apretó las mandíbulas para contener las lágrimas. Cuando hubo recuperado el control de sí misma, dijo:

—¿Algo más?

—Me parece que eso es todo.

Ethel se puso en pie.

—Tendrá que ponerse en contacto conmigo para comunicarme dónde habrá que realizar los pagos mensuales —dijo Solman. Buscó una cajita de plata que llevaba encima y sacó de ella una tarjeta.

—No —dijo Ethel cuando se la tendió.

—Pero tendrá que ponerse en contacto conmigo…

—No, no pienso hacerlo —repitió.

—¿Qué quiere decir?

—Que la oferta es inaceptable.

—Vamos, no sea necia, señorita Williams…

—Se lo diré otra vez, señor Solman, para que no le quede ni rastro de duda. La oferta no es aceptable. Mi respuesta es no. No tengo nada más que decirle. Que pase un buen día. —Salió y cerró la puerta de golpe.

Regresó a su cuarto, cerró con pestillo y lloró desconsoladamente. ¿Cómo podía ser Fitz tan cruel? ¿De verdad no quería volver a verla nunca? ¿No quería ver a su hijo? ¿Pensaba acaso que todo lo que había existido entre ambos podía borrarse con veinticuatro libras anuales?

¿De verdad ya no la quería? ¿La había querido alguna vez? ¿Había sido una necia?

Ella había creído que la amaba. Estaba convencida de que lo suyo había significado algo. Puede que él hubiera estado actuando todo el tiempo y la hubiera engañado... Pero no, no lo creía. Una mujer se daba cuenta de cuándo fingía un hombre.

Entonces, ¿a qué venía todo eso? Debía de estar reprimiendo sus sentimientos. O a lo mejor era un hombre de emociones superficiales. Era posible. Puede que la hubiera amado sinceramente, pero con un amor que se olvidaba con facilidad cuando se volvía inapropiado. Semejante debilidad de carácter bien podía habérsele pasado por alto, cegada como estaba por la pasión.

Al ver cuán duro era el corazón de Fitz, por lo menos se le hacía más sencillo negociar con firmeza. No tenía necesidad de pensar en los sentimientos del conde. Podía concentrarse en intentar conseguir lo mejor para el niño y para ella. Debía pensar siempre en cómo habría llevado las cosas su padre. Una mujer no estaba tan indefensa, a pesar de la ley.

Supuso que su respuesta preocuparía a Fitz. Seguramente esperaba que Ethel aceptara la oferta o, en el peor de los casos, que pidiera un precio más alto; y después habría sentido que su secreto ya estaba a salvo. De pronto se sentiría perplejo, además de angustiado.

Ethel no le había dado a Solman ocasión de preguntarle qué era lo que quería ella. Era mejor dejar que dieran vueltas en la oscuridad durante un tiempo. Fitz empezaría a temer que estuviera dispuesta a vengarse y contarle lo del embarazo a la princesa Bea.

Miró por la ventana, al reloj que había en el tejado del establo. Faltaban unos minutos para las doce. En el jardín delantero, el personal se estaría preparando ya para servir el almuerzo a los niños de los mineros. A la princesa Bea solía gustarle reunirse con el ama de llaves a eso del mediodía. A menudo tenía quejas: no le gustaban las flores del vestíbulo, los uniformes de los lacayos no estaban bien planchados, la pintura del descansillo se estaba desconchando. El ama de llaves, a su vez, tenía preguntas que hacer sobre dónde alojar a los huéspedes, cómo reponer la porcelana y la cristalería, contratar y despachar a doncellas y pinches de cocina. Fitz solía entrar en la sala de estar a eso de las doce y media para tomarse una copita de jerez antes de la comida. Ethel le apretaría las tuercas entonces.

III

Fitz observaba cómo hacían cola los hijos de los mineros para la comida… para el «almuerzo», como decían ellos. Tenían la cara sucia, iban despeinados y llevaban la ropa hecha harapos, pero parecían felices. Los niños eran asombrosos. Aquellos eran de los más pobres del país, y sus padres estaban atrincherados en una cruenta confrontación, pero los pequeños no daban muestras de darse cuenta de ello.

Desde que se había casado con Bea, hacía cinco años, había anhelado tener un hijo. Ella ya había perdido a uno antes de dar a luz, y a Fitz le aterraba que pudiera volver a suceder. La última vez, su mujer se había llevado un berrinche solo porque él había cancelado su viaje a Rusia. Si descubría que había dejado embarazada al ama de llaves, su furia sería incontrolable.

Y el terrible secreto estaba en las manos de la joven criada.

La preocupación lo torturaba. Era un castigo espantoso por el pecado que había cometido. En otras circunstancias, incluso podría haberse alegrado de tener un niño con Ethel. Podría haber enviado a madre e hijo a una pequeña casita de Chelsea, donde los habría visitado una vez por semana. Sintió otra punzada de remordimiento y anhelo a causa de la intensidad de esa ensoñación. No quería tratar a Ethel con dureza. Su amor le había hecho mucho bien: sus besos ansiosos, su tacto ávido, el ardor de su pasión juvenil. Incluso mientras le comunicaba las malas noticias, había deseado poder recorrer su pequeño cuerpo con las manos y sentir cómo le besaba el cuello con esa voracidad que le resultaba tan tonificante. Pero tenía que ser duro de corazón.

Aparte de ser la mujer más excitante a la que había besado nunca, era inteligente, divertida y bien informada. Le había contado que su padre siempre le hablaba de los asuntos de actualidad. Además, el ama de llaves de Tŷ Gwyn tenía derecho a leer los periódicos del conde después de que el mayordomo hubiera acabado con ellos; una regla de la sala del servicio de la que él no había tenido conocimiento. Ethel le hacía preguntas inesperadas que él no siempre sabía responder, como: «¿Quién gobernaba Hungría antes de los austríacos?». La echaría de menos, pensó con tristeza.

Sin embargo, Ethel no estaba dispuesta a comportarse como se suponía que debía hacer una amante abandonada. Solman había quedado desconcertado tras su conversación con ella. Fitz le preguntó: «¿Qué es lo que quiere?», pero el abogado no lo sabía. El conde abrigaba la horrible sospecha de que Ethel pudiera contárselo todo a Bea solo por una especie de retorcido deseo moral de hacer salir la verdad a la luz. «Que Dios me ayude a mantenerla alejada de mi esposa», rezaba.

Se sorprendió al ver la pequeña figura redondeada de Perceval Jones cruzando al trote el césped con unos bombachos cortos de color verde y botas de caminar.

—Buenos días, milord —dijo el alcalde, quitándose el sombrero de fieltro marrón.

—Buenos días, Jones. —Como director de Celtic Minerals, Jones era la fuente de gran parte de la riqueza de Fitz, pero, aun así, aquel hombre no le caía bien.

—Las noticias que llegan no son buenas —dijo Jones.

—¿Quiere decir de Viena? Tengo entendido que el emperador austríaco sigue trabajando en la redacción de su ultimátum para Serbia.

—No, quiero decir de Irlanda. Los hombres del Ulster no están dispuestos a aceptar la autonomía, ¿sabe usted? Los convertiría en una minoría bajo un gobierno católico. El ejército ya se está amotinando.

Fitz arrugó la frente. No le gustaba oír hablar de motines en el ejército británico.

—No importa lo que puedan decir los periódicos, no creo que los oficiales británicos desobedezcan las órdenes de su gobierno soberano —comentó con aspereza.

—¡Ya lo han hecho! —dijo Jones—. ¿Qué me dice del motín de Curragh?

—Nadie desobedeció órdenes.

—Cincuenta y siete oficiales dimitieron cuando les ordenaron marchar sobre los Voluntarios del Ulster. Puede que no lo llame usted motín, milord, pero es el nombre que le da todo el mundo.

Fitz gruñó. Jones tenía razón, por desgracia. Lo cierto era que los oficiales ingleses se habían negado a atacar a sus compatriotas en defensa de una muchedumbre de irlandeses católicos.

—Nunca habría que haberle prometido la independencia a Irlanda —dijo.

—Ahí estoy de acuerdo con usted —repuso Jones—. Pero lo cierto es que he venido a hablar con usted de esto. —Señaló a los niños, que estaban sentados en bancos dispuestos a lo largo de varias mesas de caballetes, comiendo bacalao hervido con col—. Me gustaría que acabara usted con ello.

A Fitz no le gustaba que individuos inferiores a él en el orden social le dijeran lo que tenía que hacer.

—No pienso dejar que los niños de Aberowen se mueran de hambre, aunque la culpa sea de sus padres.

—Solo está usted prolongando la huelga.

El hecho de que Fitz recibiera una regalía por cada tonelada de carbón no quería decir, según su parecer, que estuviera obligado a ponerse del lado de los propietarios de la mina y en contra de los hombres. Ofendido, replicó:

—La huelga es asunto suyo, no mío.

—Bien que se da prisa en aceptar el dinero...

Fitz estaba escandalizado.

—No tengo más que decirle. —Y le volvió la espalda.

Jones se sintió contrito al instante.

—Le pido perdón, milord, discúlpeme... un comentario apresurado y de lo más poco juicioso, pero es que este asunto resulta extremadamente cansino.

A Fitz le costaba mucho no aceptar una disculpa. No se había aplacado, pero de todas formas se volvió de nuevo hacia Jones y le habló con educación.

—Está bien, pero seguiré dándoles el almuerzo a los niños.

—Verá, milord, un minero del carbón puede ser testarudo él solo y pasar una barbaridad de apuros por culpa de su estúpido orgullo; pero lo que le parte, al final, es ver pasar hambre a sus hijos.

—De todas formas siguen explotando la mina.

—Con mano de obra extranjera de tercera. La mayoría de los hombres no son mineros cualificados, y el rendimiento es muy bajo. Sobre todo los estamos usando para conservar los túneles y mantener con vida a los caballos. No estamos sacando mucho carbón.

—Por más que lo intento, no logro comprender por qué desahució usted a esas desdichadas viudas de sus casas. Solo eran ocho, al fin y al cabo, y acababan de perder a sus maridos en la maldita mina.

—Es un principio peligroso. La casa va con el minero. Si no nos atenemos a eso, acabaremos siendo dueños de un arrabal de miseria y nada más.

«Pues quizá no debieran construir tan miserablemente esos arrabales», pensó Fitz, pero se mordió la lengua. No quería prolongar la conversación con ese pequeño tirano presuntuoso. Consultó su reloj. Eran las doce y media: hora de su copita de jerez.

—No hay nada que hacer, Jones —dijo—. Yo no libraré sus batallas por usted. Que tenga un buen día. —Se alejó caminando hacia la casa con paso enérgico.

Jones era la menor de sus preocupaciones. ¿Qué iba a hacer con Ethel? Tenía que asegurarse de que Bea no se alterara. Aparte del peligro que suponía para el nonato, Fitz tenía la sensación de que ese embarazo podía representar un nuevo comienzo para su matrimonio. El niño podría unirlos más y recuperar el ambiente cálido e íntimo en el que habían vivido al principio de estar juntos. Sin embargo, esa esperanza se desvanecería si Bea llegaba a saber que él se había estado divirtiendo con el ama de llaves. Se pondría hecha una furia.

Le sentó bien la temperatura fresca del vestíbulo, con sus suelos enlosados y su techo de viguería de madera vista. Fue su padre quien eligió la decoración feudal. El único libro que leyó jamás el hombre, aparte de la Biblia, fue la *Historia de la decadencia y caída del Imperio romano*, de Gibbon, y siempre estuvo convencido de que el Imperio británico, aún mayor, seguiría ese mismo camino a menos que los nobles lucharan por preservar sus instituciones, en especial la Royal Navy, la Iglesia de Inglaterra y el Partido Conservador.

Y tenía razón, a Fitz no le cabía duda.

Una copa de jerez seco era justo lo que le apetecía antes de comer. Lo animaba y le abría a uno el apetito. Entró en la sala de estar con agradable impaciencia y se quedó horrorizado al ver allí a Ethel hablando con Bea. Se detuvo en el umbral y las miró con consternación. ¿Qué le estaba diciendo? ¿Había llegado demasiado tarde?

—¿Qué sucede aquí? —preguntó con aspereza.

Bea lo miró sorprendida y, con serenidad, comentó:

—Estoy hablando de almohadas con mi ama de llaves. ¿Esperabas algo más espectacular? —Su acento ruso marcó la *r* de «esperabas».

Durante unos instantes, Fitz no supo qué decir. Se dio cuenta de que estaba mirando a su mujer y a su amante. Le resultaba inquietante pensar en la intimidad de la que había disfrutado con aquellas dos mujeres.

—No lo sé, no estoy seguro —masculló, y se sentó a su escritorio, dándoles la espalda.

Las dos mujeres siguieron con su conversación. Sí que versaba sobre almohadas: cuánto duraban, si las gastadas podían remendarse para uso del servicio, y si era mejor comprarlas bordadas o elegirlas sencillas y hacer que las doncellas se ocuparan de los bordados. Pero Fitz seguía conmocionado. Aquel pequeño cuadro vivo —señora y criada en calmada conversación— le recordaba lo terriblemente fácil que le resultaría a Ethel contarle a Bea toda la verdad. Aquello no podía seguir así. Tenía que tomar cartas en el asunto.

Sacó del cajón una hoja de papel de carta azul con su emblema, sumergió una pluma en el tintero y escribió: «Ven a verme después de la comida». Secó la nota y la metió en un sobre a juego.

Al cabo de un par de minutos, Bea acabó de hablar con Ethel. Cuando el ama de llaves ya se iba, Fitz habló sin volver la cabeza:

—Venga un momento, por favor, Williams.

Ella se acercó hasta él, que percibió la leve fragancia del jabón aromático; Ethel había admitido que se lo robaba a Bea. A pesar de su furia, Fitz era incómodamente consciente de la cercanía de sus esbeltos y fuertes muslos bajo la seda negra del uniforme de ama de llaves. Le entregó el sobre sin mirarla.

—Envíe a alguien a la clínica veterinaria de la ciudad para que compre un bote de estas píldoras para los perros. Son para la gripe canina.

—Muy bien, milord. —Y salió.

Fitz resolvería la situación en un par de horas.

Se sirvió su jerez. Le ofreció una copa a Bea, pero ella la rechazó. El vino le caldeó el estómago y le calmó los nervios. Se sentó junto a su mujer y ella le dedicó una afable sonrisa.

—¿Cómo te encuentras? —le preguntó.

—Con náuseas por las mañanas —dijo ella—. Pero se pasa. Ahora estoy bien.

Fitz volvió a pensar enseguida en Ethel. Lo tenía entre la espada y la pared. No había dicho nada, pero la amenaza de contárselo todo a Bea estaba implícita. Era sorprendentemente astuto por su parte. Él se retorcía de impotencia. Le habría gustado poder zanjar la cuestión antes aun de esa misma tarde.

Comieron en el comedor pequeño, sentados a una mesa de roble de patas cuadradas que bien podía proceder de un monasterio medieval. Bea le dijo que había descubierto que en Aberowen vivían algunos rusos.

—Más de un centenar, por lo que me dice Nina.

Con cierto esfuerzo, Fitz apartó a Ethel de su pensamiento.

—Deben de contarse entre los esquiroles que ha traído Perceval Jones.

—Por lo visto los han condenado al ostracismo. No consiguen que los atiendan en las tiendas y los cafés.

—Debo hablar con el pastor Jenkins para que dé un sermón sobre el amor al prójimo, aunque el prójimo sea un esquirol.

—¿No puedes ordenarles a los tenderos que los atiendan y ya está?

Fitz sonrió.

—No, querida, en este país no.

—Bueno, lo siento por ellos y querría hacer algo por ayudarlos.

A Fitz le gustó la idea.

—Es un impulso muy gentil. ¿En qué habías pensado?

—Tengo entendido que hay una iglesia rusa ortodoxa en Cardiff. Haré venir a un sacerdote un domingo para que les oficie una misa.

Fitz frunció el entrecejo. Bea se había convertido a la Iglesia de Inglaterra cuando se casaron, pero sabía que añoraba la iglesia de su infancia, y lo veía como una señal de que no era feliz en su país de adopción. Sin embargo, no quería disgustarla.

—Muy bien —dijo.

—Después podríamos darles el almuerzo en la sala del servicio.

—Es una idea muy bonita, querida, pero podrían ser un gentío algo peligroso.

—Solo daremos de comer a los que asistan al oficio. Así excluiremos a los judíos y a los alborotadores más problemáticos.

—Qué inteligente. Desde luego, puede que la gente de la ciudad no se lo tome a bien.

—Pero eso no nos concierne ni a ti ni a mí.

Fitz asintió con la cabeza.

—Muy bien. Jones ha venido a quejarse de que, si doy de comer a los niños, estoy apoyando la huelga. Si tú te ocupas de los esquiroles, al menos nadie podrá decir que nos hayamos puesto de parte de ningún bando.

—Gracias —repuso Bea.

Fitz pensó que el embarazo ya había empezado a mejorar su relación.

Se tomó dos copas de vino blanco del Rin con la comida, pero el nerviosismo se apoderó de nuevo de él en cuanto salió del comedor y se dirigió a la Suite Gardenia. Ethel tenía el destino de Fitz en sus manos. Su naturaleza era dulce y emotiva, como la de todas las mujeres, pero a esa muchacha no se le podía ordenar que hiciera nada. No podía controlarla, y aquello lo asustaba.

Sin embargo, Ethel no estaba allí. Fitz consultó su reloj. Eran ya las dos y cuarto. Le había dicho «después de comer». Ethel debería haber sabido cuándo les habían servido el café y tendría que haber estado esperándolo. No le había especificado el lugar, pero estaba convencido de que ella lo deduciría.

Empezó a sentir aprensión.

Al cabo de cinco minutos, estuvo tentado de marcharse. A él nadie lo hacía esperar de esa manera, pero no quería dejar el asunto sin resolver ni un día más, ni siquiera una hora más, de modo que perseveró.

Ethel llegó a las dos y media.

—¿Qué estás intentando hacerme? —preguntó Fitz con enfado.

Ella no hizo caso de su pregunta.

—¿En qué demonios estabas pensando para obligarme a hablar con un abogado de Londres?

—Creía que así sería menos emotivo.

—No seas bobo, puñetas.

Fitz se quedó de piedra. Nadie le había hablado así desde que era un colegial. Ethel prosiguió:

—Voy a tener un hijo tuyo. ¿Cómo quieres que no sea emotiva?

Tenía razón, había sido un necio y sus palabras le dolieron, pero al mismo tiempo no podía evitar sentirse embargado por la musicalidad de su acento: la palabra «emotiva» tenía una nota diferente para cada una de sus sílabas, de modo que sonaba como una melodía.

—Lo siento —dijo—. Te pagaré el doble...

—No lo empeores más, Teddy —dijo ella, pero su tono fue más afable esta vez—. No regatees conmigo como si esto fuera cuestión de encontrar el precio justo.

Él la señaló con un dedo acusador.

—Ni se te ocurra hablar con mi mujer, ¿me oyes? ¡No lo toleraré!

—No me des órdenes, Teddy. No tengo ningún motivo para obedecerte.

—¿Cómo te atreves a hablarme así?

—Calla y escucha, y te lo diré.

Estaba furioso por el tono que había usado ella, pero recordó que no podía permitirse ponérsela en contra.

—Habla, entonces —dijo.

—Te has portado conmigo de una forma muy poco amable.

Fitz sabía que era cierto y sintió una punzada de culpabilidad. Se arrepentía de haberle hecho daño, pero intentó no demostrarlo.

Ethel siguió hablando:

—Todavía te quiero demasiado como para acabar con tu felicidad.

Fitz se sintió aún peor.

—No quiero hacerte daño —dijo ella. Tragó saliva y se volvió de espaldas, pero él ya había visto las lágrimas de sus ojos. Fitz quiso decir algo, pero ella levantó la mano para hacerle callar—. Me estás pidiendo que deje mi trabajo y mi hogar, así que debes ayudarme a empezar una nueva vida.

—Por supuesto —dijo—. Si eso es lo que deseas. —Hablar en términos más prácticos los ayudaba a ambos a reprimir sus sentimientos.

—Me voy a Londres.

—Buena idea. —No podía evitar sentirse satisfecho: así, en Aberowen nadie sabría que había tenido un niño, y menos aún de quién era.

—Me vas a comprar una casita. Nada demasiado lujoso, un barrio trabajador me vendrá bien. Pero quiero seis habitaciones para poder vivir en la planta baja y hospedar a un inquilino. El alquiler servirá para pagar los arreglos y el mantenimiento. Aun así, tendré que trabajar.

—Lo has pensado con mucho detenimiento.

—Te estás preguntando cuánto costará, supongo, pero no quieres hacerme esa pregunta porque a un caballero no le gusta preguntar el precio de las cosas.

Era cierto.

—He mirado en el periódico —siguió diciendo Ethel—. Una casa así cuesta alrededor de unas trescientas libras. Seguramente te saldrá más barato que pagarme dos libras al mes durante el resto de mi vida.

Para Fitz, trescientas libras no eran nada. Bea era capaz de gastarse esa cantidad en vestidos de la Maison Paquin de París en una sola tarde.

—Pero ¿prometerás guardar el secreto? —dijo.

—Y prometo amar y cuidar a tu hijo, o a tu hija, y criarlo para que sea feliz y crezca sano, y darle una buena educación, aunque tú no muestres señal alguna de que nada de eso te importe.

Fitz estaba indignado, pero se dio cuenta de que Ethel tenía razón. Apenas había pensado en el niño un solo momento.

—Lo siento —dijo—. Estoy demasiado preocupado por Bea.

—Ya lo sé —repuso Ethel con un tono más conciliador, como siempre que él se permitía mostrar su angustia.

—¿Cuándo te marcharás?

—Mañana por la mañana. Tengo tanta prisa como tú. Tomaré el tren para Londres y empezaré a buscar la casa enseguida. Cuando haya encontrado el lugar adecuado, escribiré a Solman.

—Tendrás que hospedarte en pensiones mientras buscas la casa. —Sacó la cartera del bolsillo interior de su chaqueta y le dio dos billetes blancos de cinco libras.

Ella sonrió.

—No tienes ni idea de cuánto cuestan las cosas, ¿verdad, Teddy? —Le devolvió uno de los billetes—. Cinco libras son muchísimo.

Fitz parecía ofendido.

—No quiero que sientas que soy injusto contigo.

El ánimo de Ethel cambió, y Fitz entrevió parte de la furia que la consumía por dentro.

—Oh, lo eres, Teddy, lo eres —dijo con amargura—. Pero no por el dinero.

—Los dos lo hicimos —dijo él, a la defensiva, mirando a la cama.

—Pero solo uno de nosotros va a tener un hijo.

—Bueno, no discutamos. Le diré a Solman que haga lo que has propuesto.

Ella extendió una mano.

—Adiós, Teddy. Sé que mantendrás tu palabra. —Su voz sonó tranquila, pero él se dio cuenta del trabajo que le costaba guardar la compostura.

Se estrecharon la mano, aunque parecía extraño entre dos personas que habían hecho el amor apasionadamente.

—La mantendré —dijo.

—Por favor, vete ya, deprisa —pidió ella, y se volvió hacia un lado.

Fitz titubeó un momento más y después salió de la habitación.

Mientras se alejaba, le sorprendió y le avergonzó sentir que unas lágrimas muy poco viriles le anegaban los ojos.

—Adiós, Ethel —susurró en el pasillo vacío—. Que Dios te bendiga y te guarde.

IV

Ethel subió al almacén del equipaje del desván y robó una maleta pequeña, vieja y maltrecha. Nadie la echaría nunca en falta. Había sido del padre de Fitz, y llevaba su escudo estampado en el cuero; el dorado se había desgastado hacía mucho, pero todavía podía distinguirse el sello. Dentro metió medias, alguna muda y un poco del jabón perfumado de la princesa.

Esa noche, mientras estaba tumbada en la cama, se dio cuenta de que al final no quería ir a Londres. Le daba demasiado miedo pasar sola por todo aquello. Quería estar con su familia. Precisaba hacerle preguntas a su madre sobre el embarazo. Estaría en un lugar conocido cuando llegara el niño. Su hijo necesitaría a sus abuelos y a su tío Billy.

Por la mañana, temprano, se puso su propia ropa, dejó el vestido de ama de llaves colgado de su clavo y salió a hurtadillas de Tŷ Gwyn. Al final del camino de entrada echó la vista atrás para mirar la casa, los sillares negros a causa del polvo del carbón, las largas hileras de ventanas que reflejaban el sol naciente, y pensó en lo mucho que había aprendido desde que llegó allí a trabajar con trece años y recién salida del colegio. Ahora sabía cómo vivía la élite. Tenían alimentos extraños, preparados de formas complicadas, y malgastaban más de lo que comían. Todos hablaban con el mismo acento estrangulado, incluso algunos de los extranjeros. Se había encargado de cuidar la bonita ropa interior de las mujeres ricas, hecha de delicado algodón y finísima seda, cosida y bordada a mano, y adornada con encajes, doce prendas de cada bien ordenadas en sus cómodas. Podía mirar un aparador y decir con un solo vistazo en qué siglo había sido fabricado. Y sobre todo, pensó con amargura, había aprendido que no se puede confiar en el amor.

Bajó por la loma hasta Aberowen y se dirigió a Wellington Row. La puerta de la casa de sus padres no estaba cerrada, como siempre. Entró. La habitación principal, la cocina, era más pequeña que la Habitación de los Jarrones de Tŷ Gwyn, que se usaba solo para hacer arreglos florales.

Su madre estaba amasando el pan, pero cuando vio la maleta se quedó quieta y preguntó:

—¿Qué ha pasado?

—Vuelvo a casa —dijo Ethel. Dejó la maleta y se sentó a la mesa cuadrada de la cocina. Le daba demasiada vergüenza explicar lo ocurrido.

Sin embargo, su madre lo adivinó.

—¡Te han despachado!

Ethel no era capaz de mirarla.

—Sí. Lo siento, mamá.

Su madre se limpió las manos en un trapo.

—¿Qué has hecho? —preguntó, enfadada—. ¡Desembucha, venga!

Ethel suspiró. ¿Por qué lo estaba postergando?

—Me he quedado encinta —dijo.

—Ay, no… ¡Serás desvergonzada!

Ethel intentó contener las lágrimas. Había esperado recibir compasión, no condena.

—Soy una desvergonzada, sí. —Se quitó el sombrero, intentando mantener la compostura.

—Se te ha subido todo a la cabeza: trabajar en la casa grande y conocer al rey y a la reina. Se te ha olvidado cómo te educamos.

—Supongo que tienes razón.

—Matarás a tu padre del disgusto.

—Él no tiene que dar a luz —replicó Ethel con sarcasmo—. Supongo que no le pasará nada.

—No seas descarada. Se le va a partir el corazón.

—¿Dónde está?

—Ha ido a otra reunión de la huelga. Piensa en la reputación que tiene en la ciudad: miembro del consejo del templo, representante de los mineros, secretario del Partido Laborista Independiente… ¿Cómo va a tener la cabeza alta en las reuniones, mientras todo el mundo piensa que su hija es una fulana?

Ethel perdió los nervios.

—Siento mucho ser una vergüenza para él —dijo, y rompió a llorar.

La expresión de su madre cambió.

—Ay, bueno —dijo—. Es la historia más vieja del mundo. —Dio la vuelta a la mesa y estrechó la cabeza de Ethel contra su pecho—. No pasa nada, no pasa nada —musitó, igual que hacía cuando Ethel era pequeña y se rasguñaba las rodillas.

Los sollozos de la muchacha remitieron al cabo de un rato.

Su madre la soltó y dijo:

—Lo mejor será que nos tomemos un té. —Cara siempre tenía una tetera sobre los hornillos. Echó unas hojas de té en un cazo, vertió agua hirviendo sobre ellas y después dio vueltas a la mezcla con una cuchara de palo—. ¿Para cuándo lo esperas?

—Para febrero.

—Ay, válgame Dios. —Su madre se volvió de espaldas al fuego para mirarla—. ¡Voy a ser abuela!

Las dos se echaron a reír. Su madre sacó unas tazas y sirvió cl té. Ethel bebió un poco y se sintió mejor.

—¿Tuviste partos fáciles o difíciles? —preguntó.

—No hay partos fáciles, pero los míos fueron mejores que los de la mayoría, me dijo mi madre. De todas formas, desde Billy tengo la espalda mal.

Billy bajó por la escalera diciendo:

—¿Quién habla de mí? —Ethel cayó en la cuenta de que su hermano había podido dormir hasta tarde porque estaba en huelga. Cada vez que lo veía le parecía más alto y más fornido—. Hola, Eth —dijo, y le dio un beso con un bigote que rascaba—. ¿Por qué traes una maleta? —Se sentó y su madre le sirvió un té.

—He hecho una tontería, Billy —dijo Ethel—. Voy a tener un niño.

Él se la quedó mirando, demasiado sorprendido para decir nada. Después se ruborizó, sin duda pensando en lo que había hecho para quedarse embarazada. Bajó la mirada, avergonzado. Entonces bebió algo de té y, por fin, dijo:

—¿Quién es el padre?

—Nadie que conozcas. —Lo había estado pensando y había inventado una especie de historia—. Era un ayuda de cámara que vino a Tŷ Gwyn con uno de los huéspedes, pero ahora se ha ido al ejército.

—Pero te apoyará.

—Ni siquiera sé dónde está.

—Encontraré a ese miserable.

Ethel le puso una mano en el brazo.

—No te enfades, cariño mío. Si necesito tu ayuda, te la pediré.

Era evidente que Billy no sabía qué decir. Estaba claro que amenazar con vengarse no servía de nada, pero no sabía de qué otra forma reaccionar. Parecía desconcertado. Solo tenía dieciséis años.

Ethel lo recordaba de niño. Ella solo tenía cinco años cuando nació él, pero quedó completamente fascinada por su hermanito, por su perfección y su vulnerabilidad. «Pronto tendré un niño hermoso e indefenso», pensó, y no supo si sentirse feliz o aterrorizada.

—Papá tendrá algo que decir sobre esto, digo yo —añadió Billy.

—Eso es lo que me preocupa —dijo Ethel—. Ojalá pudiera hacer algo para que le pareciera bien.

Entonces bajó el abuelo.

—Despachada, ¿a que sí? —dijo al ver la maleta—. ¿Has sido demasiado descarada?

—No seas cruel con ella, anda, papá. Está esperando un niño —dijo su madre.

—Ay, caray —exclamó—. Uno de esos encopetados de la casa grande, ¿a que sí? No me extrañaría que hubiera sido el mismísimo conde.

—No diga bobadas, abuelo —lo atajó Ethel, consternada al ver que había adivinado la verdad tan deprisa.

—Ha sido un ayuda de cámara de un huésped de la casa. Ahora está en el ejército, se ha ido y Ethel no quiere que vayamos tras él —explicó Billy.

—¿Cómo que no? —dijo el abuelo. Ethel vio que no estaba muy convencido, pero no insistió más. Por el contrario, añadió—: Es tu parte italiana, niña mía. Tu abuela era de sangre caliente. En buenos líos se habría metido si no me hubiera casado con ella. La verdad es que no quiso ni esperar hasta la boda. De hecho…

—¡Papá! —lo interrumpió su hija—. Delante de los niños no.

—¿Qué les va a sorprender tanto, después de esto? —dijo—. Yo ya estoy muy viejo para cuentos de hadas. Las muchachas quieren acostarse con los muchachos, y lo desean tanto que acaban haciéndolo, estén casadas o no. Y el que pretenda hacer creer lo contrario es que es un tonto… y eso incluye a tu marido, Cara, niña mía.

—Ten cuidado con lo que dices —le advirtió ella.

—Sí, está bien —dijo el abuelo. Decidió guardar silencio y se bebió su té.

Un minuto después llegó el padre. Cara lo miró con sorpresa.

—¡Qué temprano vuelves! —exclamó.

Él percibió el disgusto de su voz.

—Lo dices como si no fuera bienvenido.

La mujer se levantó de la mesa para dejarle sitio.

—Haré otra infusión de té.

El padre no se sentó.

—Han cancelado la reunión. —Su mirada recayó en la maleta—. ¿Qué es eso?

Todos miraron a Ethel. La muchacha vio miedo en la expresión de su madre, rebeldía en la de Billy y una especie de resignación en la del abuelo. De ella dependía responder a la pregunta.

—Tengo algo que explicarte, papá —dijo—. Te vas a enfadar cuando lo sepas, y lo único que puedo decir es que lo siento.

El rostro de su padre se ensombreció.

—¿Qué has hecho?

—He dejado mi trabajo en Tŷ Gwyn.

—Eso no es nada que haya que sentir. Nunca me gustó que les hicieras reverencias y fregaras para esos parásitos.

—Me he ido porque tengo un motivo para ello.

Él se acercó más y se quedó de pie muy cerca de su hija.

—¿Bueno o malo?

—Me he metido en un lío.

Su padre parecía colérico.

—¡Espero que no aludas a lo que se refieren a veces las chicas cuando dicen eso!

Ethel bajó la mirada hasta la mesa y asintió con la cabeza.

—¿Es que has…? —Se detuvo, buscando las palabras adecuadas—. ¿Es que has cometido una falta contra la moralidad?

—Sí.

—¡Serás desvergonzada!

Era lo mismo que había dicho su madre. Ethel se encogió como huyendo de él, aunque en realidad no creía que fuera a pegarle.

—¡Mírame! —dijo.

Ella lo miró a través de una bruma de lágrimas.

—¿Conque me estás diciendo que has cometido el pecado de la fornicación…?

—Lo siento, papá.

—¿Con quién? —gritó.

—Un ayuda de cámara.

—¿Cómo se llama?

—Teddy. —Le salió antes de que pudiera pensarlo.

—¿Teddy qué más?

—No importa.

—¿Que no importa? ¿Qué narices quieres decir?

—Vino a la casa de visita con su señor. Para cuando descubrí que estaba embarazada, ya se había ido al ejército. He perdido el contacto con él.

—¿De visita? ¿Has perdido el contacto? —La voz de su padre se convirtió en un rugido de ira—. ¿Me estás diciendo que ni siquiera estáis prometidos? Has cometido ese pecado de… —Barbotaba, apenas capaz de pronunciar en voz alta esas repugnantes palabras—. ¿Que has cometido ese horrible pecado con toda tranquilidad?

—No te enfades con ella, anda, papá —dijo Cara.

—¿Que no me enfade? ¿Y cuándo, si no, ha de enfadarse un hombre? El abuelo intentó calmarlo.

—Tranquilízate, Dai, chico. De nada sirve gritar.

—Siento tener que recordarle, abuelo, que esta es mi casa, y seré yo quien juzgue qué sirve y qué no sirve de nada.

—Sí, está bien —dijo el abuelo, en son de paz—. Que sea como tú quieras.

Cara no estaba dispuesta a claudicar.

—Anda, papá, no digas nada de lo que puedas arrepentirte.

Los intentos por calmar la furia de su marido solo lo estaban encolerizando más aún.

—¡No dejaré que me gobiernen mujeres ni viejos! —gritó. Señaló a Ethel con un dedo—. ¡Y no permitiré que haya una fornicadora en mi casa! ¡Fuera!

Cara se echó a llorar.

—¡No, por favor, no digas eso!

—¡Fuera! —gritó—. ¡Y no vuelvas nunca!

—¡Pero tu nieto…! —dijo Cara.

Billy terció:

—¿Dejarás que te gobierne la Palabra de Dios, papá? Jesús dijo: «No he venido a llamar a los justos al arrepentimiento, sino a los pecadores». Evangelio de Lucas, capítulo cinco, versículo treinta y dos.

Su padre se volvió contra él.

—Déjame que te diga una cosa, mocoso ignorante. Mis abuelos nunca se casaron. Nadie sabe quién fue mi abuelo. Mi abuela cayó todo lo bajo que puede caer una mujer.

Cara ahogó un grito. Ethel estaba conmocionada, pero vio que Billy se había quedado atónito. El abuelo parecía haberlo sabido ya.

—Oh, sí —dijo David, bajando la voz—. Mi padre creció en una casa de mala reputación, no sé si sabes lo que quiero decir; un lugar al que iban los marineros, en los muelles de Cardiff. Entonces, un día, cuando su madre estaba sumida en el sopor etílico, Dios guió sus infantiles pasos hasta un templo durante la catequesis dominical, y allí conoció a Jesús. En ese mismo lugar aprendió a leer y a escribir, y al final a educar a sus propios hijos para que siguieran el buen camino.

Cara dijo en voz baja:

—Nunca me lo habías contado, David. —Casi nunca lo llamaba por su nombre de pila.

—Esperaba no tener que recordarlo nunca. —Su rostro se crispó en una mueca de vergüenza e ira. Se inclinó sobre la mesa, fulminó a Ethel con la mirada y su voz se convirtió en un murmullo—: Cuando cortejaba a tu madre, nos dábamos la mano y yo me despedía de ella todas las noches con un beso en la mejilla, hasta el día de la boda. —Dio un puñetazo en la mesa que hizo temblar las tazas—. Por la gracia de Nuestro Señor Jesucristo, mi familia consiguió salir de aquella alcantarilla apestosa. —Su voz volvió a elevarse de nuevo hasta convertirse en un grito—: ¡No regresaremos allí! ¡Nunca! ¡Jamás! ¡Nunca!

Se produjo un largo momento de silencio estupefacto.

David miró a Cara.

—Saca a Ethel de aquí —dijo.

Ethel se levantó.

—Tengo la maleta hecha y cuento con algo de dinero. Tomaré el tren para Londres. —Miró a su padre con dureza—. No arrastraré a la familia a la alcantarilla.

Billy le cogió la maleta.

—¿Adónde vas tú, hijo? —le preguntó su padre.

—La acompaño a la estación —dijo Billy con cara de asustado.

—Que cargue ella con su maleta.

Billy se agachó para dejarla en el suelo, pero entonces cambió de opinión. Su rostro adoptó una expresión obstinada.

—La acompaño a la estación —repitió.

—¡Harás lo que yo te ordene! —gritó su padre.

Billy todavía parecía asustado, pero de pronto también se mostraba desafiante.

—¿Qué vas a hacerme, papá? ¿Echarme de casa a mí también?

—Te pondré sobre mis rodillas y te azotaré —respondió su padre—. Todavía no eres tan mayor.

Billy palideció, pero miró a su padre a los ojos.

—Sí, sí que lo soy —dijo—. Ya soy mayor. —Se pasó la maleta a la mano izquierda y cerró el puño derecho.

Su padre dio un paso al frente.

—Ya te enseñaré yo a amenazarme con el puño, hijo.

—¡No! —gritó Cara. Se interpuso entre ambos y empujó a su marido por el pecho—. ¡Ya basta! No dejaré que nadie pelee en mi cocina. —Señaló con un dedo a la cara de David—. David Williams, baja esos puños. Recuerda que eres miembro del consejo de la Iglesia de Bethesda. ¿Qué pensaría la gente?

Con eso lo calmó.

Después se volvió hacia Ethel.

—Será mejor que te vayas. Billy te acompañará. Anda, deprisa.

Su padre se sentó a la mesa.

Ethel le dio un beso a su madre.

—Adiós, mamá.

—Escríbeme —le dijo ella.

—¡Ni se te ocurra escribirle a nadie de esta casa! ¡Quemaremos las cartas sin abrirlas! —gritó su padre.

Su madre se apartó, llorosa. Ethel salió y Billy fue tras ella.

Recorrieron las empinadas calles de la ciudad hacia el centro. Ethel no apartaba la mirada del suelo, no quería tener que hablar con algún conocido y que le preguntaran adónde se iba.

En la estación compró un billete a Paddington.

—Bueno —dijo Billy cuando estaban en el andén—, dos sorpresas en un solo día. Primero tú, luego papá.

—El pobre ha tenido eso guardado dentro todos estos años —dijo Ethel—. No me extraña que sea tan estricto. Casi puedo perdonarle que me haya echado de casa.

—Yo no —replicó Billy—. Nuestra fe habla de redención y piedad, no de guardarse las cosas dentro y castigar a los demás.

Llegó un tren de Cardiff, y Ethel vio a Walter von Ulrich bajar de él. La saludó llevándose la mano al sombrero, lo cual fue un gesto muy amable por su parte: los caballeros no solían hacer eso con los criados. Lady Maud había dicho que había roto con él. A lo mejor había ido a recuperarla. En silencio, le deseó buena suerte.

—¿Quieres que te compre un periódico? —preguntó Billy.

—No, gracias, cariño —dijo—. No creo que pueda concentrarme en la lectura.

Mientras esperaba su tren le preguntó:

—¿Te acuerdas de nuestro código? —De niños habían inventado una forma sencilla de escribirse notas para que sus padres no pudieran entenderlas.

Billy pareció desconcertado un momento, pero después se le iluminó la cara.

—Ah, sí.

—Te escribiré en código para que papá no pueda leerlo.

—Está bien —dijo—. Y envía las cartas a través de Tommy Griffiths.

El tren entró en la estación dando resoplidos y soltando vaharadas de vapor. Billy abrazó a Ethel y ella se dio cuenta de que su hermano intentaba no llorar.

—Cuídate mucho —le dijo—. Y cuida de nuestra madre.

—Sí —contestó él, y se secó los ojos con la manga—. Estaremos bien. Tú ten mucho cuidado en Londres, anda.

—Lo tendré.

Ethel subió al tren y se sentó junto a la ventanilla. Un minuto después, la locomotora echó a andar. A medida que iba cogiendo velocidad, vio el gran cabrestante de la bocamina alejándose y se preguntó si algún día volvería a ver Aberowen.

V

Maud desayunó tarde y con la princesa Bea en el comedor pequeño de Tŷ Gwyn. La princesa estaba de muy buen humor. Normalmente se quejaba muchísimo de la vida en Gran Bretaña... aunque Maud, por la época que había pasado en la embajada británica siendo niña, sabía que la vida en Rusia era mucho menos cómoda: las casas eran frías; la gente, hosca; el servicio, de poca confianza; y el gobierno, desorganizado. Ese día, sin embargo, Bea no tenía queja alguna. Estaba feliz por haber concebido al fin.

Incluso hablaba de Fitz con más generosidad.

—Salvó a mi familia, ¿sabes? —le dijo a Maud—. Pagó las hipotecas de nuestra propiedad, pero hasta ahora no había nadie que pudiera heredarla: mi hermano no tiene hijos. Sería una tragedia enorme que todas las tierras de Andréi y de Fitz fueran a parar a manos de algún primo lejano.

Maud no podía ver eso como una tragedia. El primo lejano en cuestión bien podía acabar siendo un hijo suyo. Sin embargo, nunca había esperado heredar una fortuna y apenas pensaba en esas cosas.

Lady Maud, mientras se bebía el café y jugueteaba con una tostada, se dio cuenta de que no era buena compañía esa mañana. La verdad es que estaba muy abatida. Sentía incluso que la agobiaba el papel de la pared (una victoriana efusión de follaje que cubría el techo, además de las paredes), aunque había vivido con él toda la vida.

No le había contado a su familia nada de su historia de amor con Walter, así que tampoco podía explicarles que se había terminado, y eso quería decir que no tenía a nadie que se compadeciera de ella. Solo aquella joven ama de llaves tan vivaracha, Williams, conocía la historia, y por lo visto había desaparecido.

Maud leyó la crónica que hacía *The Times* del discurso que había pronunciado Lloyd George la noche anterior en la cena de Mansion House. Se había mostrado optimista en cuanto a la crisis de los Balcanes y había dicho que podría resolverse de forma pacífica. Maud esperaba que tuviera razón. Aunque había dejado a Walter, todavía le horrorizaba la idea de que pudiera tener que vestirse de uniforme y acabar muerto o lisiado en una guerra.

Leyó también un breve artículo fechado en Viena y titulado LA AMENAZA SERBIA, y le preguntó a Bea si Rusia defendería a Serbia de un posible ataque de los austríacos.

—¡Espero que no! —exclamó la princesa, alarmada—. No querría que mi hermano fuese a la guerra.

Maud recordaba haber desayunado allí con Fitz y Walter durante las vacaciones escolares, cuando ella tenía doce años y ellos diecisiete. Recordaba muy bien que los chicos tenían un apetito enorme y todas las mañanas devoraban huevos, salchichas y grandes montones de tostadas con mantequilla antes de salir a montar a caballo o a nadar en el lago. Walter le había parecido un personaje muy seductor, apuesto y extranjero. La trataba tan cortésmente como si fueran de la misma edad, lo cual resultaba muy halagador para una niña... y, tal como veía ahora, fue una forma sutil de cortejarla.

Mientras estaba absorta en sus recuerdos, el mayordomo, Peel, entró y la sobresaltó al decirle a Bea:

—Herr Von Ulrich está aquí, alteza.

Walter no podía estar allí, pensó Maud, aturdida. ¿Sería Robert? Era igual de improbable.

Un momento después entró Walter.

Maud se quedó demasiado estupefacta para decir nada, y fue Bea quien habló:

—Qué agradable sorpresa, herr Von Ulrich.

Walter llevaba un traje ligero de verano, de un suave tweed azul grisáceo. Su corbata de satén azul era del mismo color que sus ojos. Maud deseó haberse puesto algo que no fuera ese sencillo vestido de línea huso color crema que le había parecido perfectamente adecuado para tomar el desayuno con su cuñada.

—Perdone la intrusión, princesa —le dijo Walter a Bea—. Tenía que visitar nuestro consulado de Cardiff: un tedioso asunto sobre unos marineros alemanes que se han buscado problemas con la policía local.

Aquello eran tonterías. Walter era agregado militar, su trabajo no consistía en sacar a marineros del calabozo.

—Buenos días, lady Maud —dijo mientras le estrechaba la mano—. Qué deliciosa sorpresa encontrarla aquí.

Más tonterías, pensó ella. Había ido allí para verla. Maud se había marchado de Londres para que Walter no pudiera asediarla, pero en el fondo de su corazón no podía evitar sentirse encantada con la insistencia de él en seguirla hasta aquella casa. Algo aturullada, logró decir:

—Hola, ¿cómo está usted?

—Sírvase un poco de café, herr Von Ulrich. El conde ha salido a montar, pero regresará pronto —dijo Bea, que había asumido con toda naturalidad que Walter estaba allí para ver a Fitz.

—Qué amable de su parte. —Walter se sentó.

—¿Se quedará a comer?

—Me encantaría. Después debo coger un tren para regresar a Londres.

Bea se levantó.

—Será mejor que hable con la cocinera.

Walter se puso en pie con presteza y le retiró la silla.

—Charle con lady Maud —dijo Bea mientras salía del comedor—. Anímela un poco. Está preocupada por la situación internacional.

Walter enarcó las cejas al oír el tono burlón de la voz de Bea.

—Todas las personas sensatas están preocupadas por la situación internacional —dijo.

Maud se sentía incómoda. Desesperada por decir algo, señaló el ejemplar de *The Times*.

—¿Cree que es cierto que Serbia ha llamado a filas a setenta mil reservistas?

—Dudo que tengan setenta mil reservistas —comentó Walter con gravedad—, pero intentan apostar fuerte. Tienen la esperanza de que el peligro de una guerra más amplia haga que Austria muestre cautela.

—¿Por qué están tardando tanto los austríacos en enviar sus exigencias al gobierno serbio?

—Oficialmente, quieren acabar de cosechar antes de hacer nada que pueda requerir llamar a los hombres a filas. Extraoficialmente, saben que el presidente de Francia y su ministro de Asuntos Exteriores se encuentran casualmente en Rusia, lo cual facilita de forma muy peligrosa que esos dos aliados acuerden una respuesta común. No habrá ningún comunicado oficial por parte de Austria hasta que el presidente Poincaré se marche de San Petersburgo.

Maud se maravilló de la claridad de sus reflexiones. Era algo que le encantaba de Walter.

De repente, Walter perdió la compostura. Su máscara de cortesía y formalidad cayó y dejó ver su rostro angustiado.

—Por favor, vuelve conmigo —dijo con brusquedad.

Ella abrió la boca para decir algo, pero la garganta parecía habérsele cerrado de la emoción y no logró pronunciar ni una palabra.

Él, abatido, añadió:

—Sé que me has dejado por mi bien, pero no funcionará. Te amo demasiado.

Maud encontró las palabras.

—Pero tu padre…

—Él debe ocuparse de su propio destino. No puedo obedecerlo, no en esto. —Su voz se convirtió en un susurro—: No puedo soportar perderte.

—Tal vez tenga razón, a lo mejor un diplomático alemán no puede tener una esposa inglesa, por lo menos no ahora.

—Entonces cambiaré de carrera, pero nunca podría encontrar a otra Maud.

La entereza de la muchacha se vino abajo y sus ojos se anegaron en lágrimas.

Él alargó el brazo por encima de la mesa y le estrechó la mano.

—¿Puedo hablar con tu hermano?

Maud arrugó la servilleta de lino blanco y se enjugó las lágrimas.

—No hables todavía con Fitz —le dijo—. Espera unos días, hasta que la crisis serbia haya pasado.

—Para eso falta más que unos días.

—En tal caso, volveremos a pensarlo.

—Haré lo que tú desees, por supuesto.

—Te amo, Walter. Pase lo que pase, quiero ser tu esposa.

Walter le besó la mano.

—Gracias —dijo con solemnidad—. Me has hecho muy feliz.

VI

Un silencio tenso se había adueñado de la casa de Wellington Row. Cara hizo el almuerzo, y David, Billy y el abuelo se lo comieron, pero nadie dijo nada. Billy estaba consumido por una ira que no era capaz de expresar. Por la tarde, subió la ladera de la montaña y dio un paseo de varios kilómetros él solo.

A la mañana siguiente, su cabeza no hacía más que volver una y otra vez sobre la historia de Jesús y la mujer a quien habían sorprendido cometiendo adulterio. Sentado en la cocina con la ropa del domingo, mientras esperaba para ir al templo de Bethesda con sus padres y con el abuelo y asistir a la ceremonia de partición del pan, abrió su Biblia por el Evangelio de Juan y encontró el capítulo ocho. Leyó la historia una y otra vez. Parecía versar exactamente sobre la misma clase de desgracia que había acontecido en su familia.

Siguió pensando en ello en el templo. Miró en derredor, a sus amigos y vecinos: la señora de Dai Ponis, John Jones el Tendero, la señora Ponti y sus dos hijos mayores, el Seboso Hewitt... Todos estaban enterados de que Ethel se había marchado de Tŷ Gwyn el día anterior y había comprado un billete de tren a Paddington; y, aunque no sabían por qué, se lo imaginaban. En sus mentes ya la estaban juzgando. Pero Jesús no.

Durante los himnos y las oraciones improvisadas, decidió que el Espíritu Santo lo estaba guiando para que leyera esos versículos en voz alta. Hacia el final de la hora, se levantó y abrió su Biblia.

Se produjo un breve murmullo de sorpresa. Todavía era algo joven para dirigir a la congregación. Aun así, tampoco existía un límite de edad: el Espíritu Santo podía inspirar a cualquiera.

—Unos versículos del Evangelio de Juan —dijo. Le temblaba un poco la voz e intentó calmarse—. «Y le dijeron: Maestro, esta mujer ha sido sorprendida en el acto mismo del adulterio».

El templo de Bethesda se quedó de pronto en silencio: nadie movía un dedo, susurraba ni tosía.

Billy siguió leyendo:

—«Y, en la ley, Moisés nos mandó apedrear a tales mujeres. Tú, pues, ¿qué dices? Mas se lo decían tentándolo, para poder acusarlo después. Pero Jesús se inclinó hacia el suelo y escribió en la tierra con el dedo, como si no los oyera. Y, como insistieran en preguntarle, se enderezó y les dijo…».

Ahí Billy se detuvo y alzó la mirada.

Con cuidadoso énfasis, remachó:

—«El que de vosotros esté libre de pecado, que tire la primera piedra contra ella».

Todos los rostros de la sala lo miraban. Nadie se movía.

Billy retomó la lectura:

—«E inclinándose de nuevo hacia el suelo, siguió escribiendo en la tierra. Pero ellos, al oír esto, acusados por su conciencia, salieron uno a uno, comenzando desde los más viejos, hasta el último de ellos; y quedó solo Jesús, y la mujer que estaba en el centro. Enderezándose Jesús y no viendo a nadie más que a la mujer, le dijo: Mujer, ¿dónde están los que te acusaban? ¿Ninguno te ha condenado? Ella dijo: Ninguno, Señor».

Billy levantó la vista del libro. No le hacía falta leer el último versículo; se lo sabía de memoria. Miró al rostro pétreo de su padre y habló muy despacio:

—«Entonces Jesús le dijo: Tampoco yo te condeno; vete, y no peques más».

Después de un largo momento, cerró la Biblia con un golpe que resonó como un trueno en el silencio.

—Esta es la palabra de Dios —dijo.

No se sentó. En lugar de eso, caminó hacia la salida mientras toda la congregación lo observaba, cautiva. Billy abrió la gran puerta de madera y salió.

Nunca regresó.

9

Finales de julio de 1914

I

Walter von Ulrich no sabía tocar ragtime.

Sabía tocar las melodías, que eran sencillas, y también los acordes más característicos, que solían emplear el intervalo de la séptima disminuida. Y podía tocar las dos cosas a la vez... solo que no sonaba a música de ragtime. No lograba reproducir el compás. Su versión recordaba más a la clase de música que se podía oír en los parques de Berlín, y para alguien capaz de tocar sonatas de Beethoven prácticamente sin esfuerzo, aquello resultaba frustrante.

Ese sábado por la mañana en Tŷ Gwyn, Maud había intentado enseñarle, sentados frente al Bechstein vertical entre las palmeras de la pequeña sala de estar, mientras la luz del sol de verano se filtraba por los altos ventanales. Se habían sentado pegados el uno junto al otro en el taburete del piano, con los brazos entrelazados, y Maud se había reído de sus vanos intentos. Había sido un momento de dorada felicidad.

El humor de Walter se agrió cuando ella le explicó que su padre había tratado de convencerla para que rompiese su compromiso con él. Si hubiese visto a su padre la noche que volvió a Londres, habrían tenido una bronca monumental, pero Otto se había ido a Viena, y Walter había tenido que tragarse toda su rabia. No había vuelto a ver a su padre desde entonces.

Había estado de acuerdo con la sugerencia de Maud de que mantuviesen su compromiso en secreto hasta que terminase la crisis de los Balcanes, que aún seguía abierta, aunque las aguas empezaban a volver a su cauce. Habían pasado casi cuatro semanas desde el atentado en Sarajevo, pero el emperador austríaco no había enviado aún a los serbios la nota cuyo contenido llevaba meditando tanto tiempo. El retraso le permitió a Walter albergar la esperanza de que los ánimos se hubiesen templado y la sensatez y la moderación hubiesen prevalecido en Viena.

Sentado ante el piano de media cola del sobrio salón de su piso de soltero en Piccadilly, meditó sobre las muchas alternativas a la guerra a las que podían recurrir los austríacos como medio para castigar a los serbios y restituir su orgullo herido. Por ejemplo, podían obligar al gobierno serbio a cerrar los periódicos antiaustríacos y purgar a los nacionalistas del ejército serbio y la administración pública. Los serbios podían claudicar ante aquellas exigencias, sería algo humillante para ellos, pero mejor que una guerra que no podían ganar.

Luego, los líderes de las grandes potencias europeas se tranquilizarían y se concentrarían en sus problemas nacionales. Los rusos podrían sofocar su huelga general, los ingleses podrían apaciguar a los rebeldes protestantes irlandeses y los franceses podrían disfrutar del juicio por asesinato a madame Caillaux, que le había pegado un tiro al director de *Le Figaro* por haber publicado las cartas de amor de su marido.

Y Walter podría casarse con Maud.

Aquella era entonces su máxima preocupación, y cuanto más pensaba en las dificultades, más decidido estaba a superarlas. Tras haber pasado unos días contemplando la triste perspectiva de una vida sin ella, se había reafirmado aún más en su propósito de casarse con la joven, fuera cual fuese el precio que ambos tuvieran que pagar. Mientras seguía con atención la partida diplomática que se estaba librando en el tablero de Europa, analizaba todos y cada uno de los movimientos para evaluar las posibles repercusiones que podían tener sobre él y Maud, primero, y solo en segundo término, sobre Alemania y el mundo.

Iba a verla esa noche, en la cena del baile de la duquesa de Sussex. Iba vestido con frac, pues ya era la hora de salir. Sin embargo, cuando cerró la tapa del piano, sonó el timbre de la puerta, y su sirviente anunció al conde Robert von Ulrich.

Robert tenía el gesto hosco y taciturno, una expresión muy habitual en él. Su primo ya era un muchacho atormentado e infeliz cuando ambos estudiaban en Viena. Sus sentimientos se veían irresistiblemente atraídos hacia un grupo que, por la educación recibida, se suponía que debía condenar. Entonces, cada vez que regresaba a casa después de una velada con hombres iguales que él, siempre lucía esa misma expresión en la cara, de culpa pero desafiante. Con el tiempo, había descubierto que la homosexualidad, como el adulterio, estaba oficialmente castigada pero, al menos en los círculos más sofisticados, se toleraba extraoficialmente, y al final se había resignado a la idea de ser como era. Sin embargo, ese día estaba huraño por otras razones.

—Acabo de ver el texto de la nota del emperador —dijo Robert de inmediato.

A Walter se le aceleró el corazón, lleno de esperanza. Aquella podía ser la solución pacífica que había estado esperando.

—¿Y qué dice?

Robert le dio un trozo de papel.

—He copiado la parte principal.

—¿Se la han entregado ya al gobierno serbio?

—Sí, a las seis en punto, hora de Belgrado.

Había diez exigencias. Walter comprobó aliviado que las primeras de ellas seguían las pautas que él mismo ya había vaticinado: Serbia tenía que suprimir los periódicos liberales, desmantelar la organización secreta conocida como Mano Negra y tomar medidas contundentes contra la propaganda nacionalista. Tal vez los moderados de Viena habían ganado la batalla, después de todo, pensó, agradecido.

El cuarto punto parecía razonable al principio —los austríacos exigían una purga de nacionalistas en el cuerpo de funcionarios públicos serbios—, pero era una propuesta envenenada: serían los propios austríacos quienes proporcionarían los nombres.

—Eso parece un poco excesivo —señaló Walter con angustia—. El gobierno serbio no puede echar a quienes le dicten los austríacos.

Robert se encogió de hombros.

—Pues tendrán que hacerlo.

—Supongo que sí. —Por el bien de un final pacífico a la crisis, Walter esperaba que lo hiciesen.

Sin embargo, lo peor estaba por llegar.

El punto cinco exigía que Austria ayudase al gobierno serbio a aplastar la subversión, y el punto número seis —leyó Walter con consternación— insistía en que las autoridades austríacas tomasen parte en la investigación judicial que Serbia iba a llevar a cabo sobre el asesinato.

—¡Pero los serbios no lo aceptarán jamás! —protestó Walter—. Eso equivaldría a renunciar a su soberanía.

El rostro de Robert se ensombreció más aún.

—No opino lo mismo —repuso malhumoradamente.

—Ningún país del mundo aceptaría semejante condición.

—Pues Serbia tendrá que hacerlo. O será destruida.

—¿En una guerra?

—Si es necesario.

—¡Que implicaría a toda Europa!

Robert blandió un dedo amenazador.

—No si los demás gobiernos actúan con sensatez.

«A diferencia del tuyo», pensó Walter, pero se abstuvo de expresarlo en voz alta. Los puntos restantes estaban formulados de forma muy arrogante, pero a buen seguro los serbios podían vivir con aquello: detención de los conspiradores, prohibición de introducir armas en territorio austríaco y medidas contundentes contra todos aquellos funcionarios serbios que hiciesen declaraciones públicas en contra de Austria.

Sin embargo, había un plazo de cuarenta y ocho horas para responder.

—Dios santo, esto es muy duro… —dijo Walter.

—Es lo que cabe esperar para todos aquellos que desafían al emperador austríaco.

—Lo sé, lo sé, pero ni siquiera les ha dado tiempo para salvar la cara.

—¿Y por qué iba a hacerlo?

Walter no disimuló más su exasperación.

—Por el amor de Dios, ¿es que acaso quiere la guerra?

—La familia del emperador, la dinastía de los Habsburgo, ha extendido sus dominios sobre gran parte de Europa durante siglos. El emperador Francisco José sabe que es la voluntad de Dios que gobierne a los pueblos eslavos inferiores. Es su destino por voluntad divina.

—Que Dios nos libre de los hombres con un destino dictado por la voluntad divina —masculló Walter—. ¿Ha visto esto mi embajada?

—Lo verán de un momento a otro.

Walter se preguntó cómo reaccionarían los demás. ¿Lo aceptarían sin más, tal como había hecho Robert, o se indignarían como Walter? ¿Habría un clamor internacional de protesta o solo una reacción diplomática de indiferencia e impotencia? Lo averiguaría esa misma noche. Consultó el reloj de la repisa de la chimenea.

—Llego tarde a la cena. ¿Vas a asistir al baile de la duquesa de Sussex, después?

—Sí. Nos vemos allí.

Salieron del edificio y se separaron al llegar a Piccadilly. Walter siguió en dirección a casa de Fitz, donde iba a cenar. Se había quedado sin aliento, como si acabasen de derribarlo al suelo de un puñetazo. La guerra que tanto temía estaba cada vez más peligrosamente cerca.

Llegó justo a tiempo para saludar con una reverencia a la princesa Bea —que lucía un vestido color malva festoneado con lazos de seda—, y para estrechar la mano de Fitz —extremadamente apuesto con un cuello de camisa de frac y una pajarita blanca—, en el momento preciso en que anunciaban la cena. Se alegró al ver que le asignaban acompañar a Maud al interior del comedor. La joven llevaba un vestido rojo oscuro de alguna tela muy suave que se ceñía a su cuerpo de un modo que a Walter le resultaba irresistible. Cuando le retiraba la silla para que se sentase, le dijo:

—Qué vestido tan bonito…

—Paul Poiret —dijo ella, nombrando a un *couturier* tan famoso que hasta Walter había oído hablar de él. Bajó un poco más la voz—. Pensé que te gustaría.

El comentario no era de una intimidad exagerada, pero le provocó, pese a todo, un estremecimiento en todo el cuerpo, seguido de una punzada de temor ante la posibilidad de perder a aquella extraordinaria mujer.

La casa de Fitz no era exactamente un palacio. Su alargado salón comedor, en la esquina de la calle, daba a dos vías muy transitadas. Las arañas de cristal eléctricas estaban encendidas pese a la luminosa tarde de verano que imperaba en el exterior, y los reflejos de las luces brillaban en las copas de cristal y la cubertería de plata, colocada en el sitio de cada comensal. Al mirar a su alrededor en la mesa a las otras mujeres presentes, Walter se asombró de nuevo ante la indecente cantidad de busto que enseñaban las inglesas de clase alta en las cenas de etiqueta.

Pero semejantes observaciones eran más propias de un adolescente, mientras que a él ya le había llegado la hora de casarse.

En cuanto se sentó, Maud se descalzó y desplazó la punta del pie, enfundada en el sedoso tejido de las medias, por la pernera del pantalón de él, en sentido ascendente. Walter le respondió con una sonrisa, pero ella vio de inmediato que su cabeza estaba en otra parte.

—¿Qué pasa? —le dijo.

—¿Podrías dar pie a una conversación sobre el ultimátum de Austria? —le pidió él con un murmullo—. Di que has oído que ya lo han entregado.

Maud se dirigió a Fitz, que presidía la mesa.

—Tengo entendido que el emperador austríaco ya ha enviado al fin su nota a Belgrado —anunció—. ¿Tú has oído algo de eso, Fitz?

Fitz soltó la cuchara de la sopa.

—Lo mismo que tú, pero nadie sabe lo que dice la nota.

—Creo que se trata de una nota muy dura —terció Walter—. Los austríacos insisten en tomar parte activa en el proceso judicial serbio.

—¡Tomar parte activa! —exclamó Fitz—. Pero si el presidente serbio accediese a una cosa así… ¡tendría que dimitir!

Walter asintió con la cabeza. Fitz preveía las mismas consecuencias que él.

—Es casi como si los austríacos quisiesen la guerra. —Estaba a punto de hablar con deslealtad acerca de uno de los aliados de Alemania, pero también estaba lo suficientemente nervioso para que le trajera sin cuidado. Vio que Maud lo miraba. Estaba pálida y muy callada; ella también había comprendido de inmediato la magnitud de aquella amenaza.

—Por supuesto, uno no puede por menos de comprender la postura de Francisco José —dijo Fitz—. La subversión nacionalista puede desestabilizar un imperio si no se ataca con mano dura. —Walter supuso que estaba pensando en los defensores del independentismo irlandés y en los bóers sudafricanos, y en la amenaza que representaban para el Imperio británico—. Pero no hace falta matar moscas a cañonazos —sostuvo el conde.

Los sirvientes retiraron los platos de sopa y ofrecieron un vino distinto. Walter no probó su copa. Iba a ser una velada muy larga, y necesitaba tener la cabeza despejada.

—Hoy he visto por casualidad al primer ministro Asquith —dijo Maud, con toda naturalidad—. Ha dicho que podríamos estar ante un auténtico apocalipsis. —Parecía asustada—. En ese momento no me lo he tomado muy en serio… pero ahora veo que podría llevar razón.

—Eso es justo lo que todos tememos —dijo Fitz.

Como siempre, Walter se quedó impresionado con la clase de contactos de Maud, pues se relacionaba como si tal cosa con los hombres más poderosos de Londres. Walter recordó que, cuando era una cría de once o doce años, y su padre era ministro del gobierno conservador, interrogaba con aire solemne a sus colegas de gabinete cada vez que estos visitaban Tŷ Gwyn, y ya entonces, aquellos hombres de semejante estatura política escuchaban atentamente a la niña y respondían a todas sus preguntas haciendo gala de una enorme paciencia.

—Por el lado positivo —siguió diciendo Maud—, si estalla una guerra, Asquith cree que Gran Bretaña no tiene por qué implicarse.

Walter sintió que se le aceleraba el corazón: si Gran Bretaña permanecía ajena a la contienda, la guerra no tenía por qué separarlo de Maud.

Sin embargo, Fitz no parecía tan contento.

—¿De veras? —exclamó—. Aunque... —Miró a Walter—. Perdóname, Von Ulrich... ¿aunque Francia fuese invadida por Alemania?

—Asquith dice que seremos espectadores —contestó Maud.

—Tal como yo me temía —repuso Fitz con pomposidad—, el gobierno no entiende el equilibrio de poder en Europa.

Como conservador, el conde desconfiaba del gobierno liberal, y personalmente, detestaba a Asquith, quien había mermado el poder de decisión de la Cámara de los Lores, pero, lo que era más importante, no estaba del todo horrorizado ante la perspectiva de entrar en guerra. En cierto modo, puede que hasta acariciase la idea, al igual que Otto, pensó Walter. Y desde luego, seguro que la guerra le parecía sin duda preferible a cualquier posible debilitamiento del poder de Gran Bretaña.

—¿Estás seguro, mi querido Fitz —preguntó Walter—, de que una victoria alemana sobre Francia descompensaría el equilibrio de poder? —Aquella línea de argumentación era bastante delicada para una cena distendida, pero el asunto era demasiado importante para esconderlo bajo la costosa alfombra de Fitz.

—Con el debido respeto por tu honorable país y por Su Majestad el káiser Guillermo, me temo que Gran Bretaña no podría tolerar que Alemania asumiese el control sobre Francia.

Ese era precisamente el problema, pensó Walter, haciendo un gran esfuerzo por disimular la ira y la frustración que le provocaban aquellas palabras insustanciales. Un ataque de Alemania sobre la aliada de Rusia, Francia, sería en realidad una maniobra defensiva, pero los ingleses hablaban como si Alemania pretendiese hacerse con el dominio de toda Europa. Con una sonrisa forzada, dijo:

—Derrotamos a Francia hace cuarenta y tres años en el conflicto que vosotros llamáis la guerra franco-prusiana. Gran Bretaña ya fue una mera espectadora en aquel entonces, y nuestra victoria no supuso para vosotros ningún motivo de sufrimiento.

—Eso es lo mismo que dijo Asquith —añadió Maud.

—Hay una diferencia —objetó Fitz—. En 1871, Francia fue derrotada por Prusia y por un grupo de pequeños reinos alemanes. Después de la guerra, esa coalición se convirtió en un solo país, la Alemania moderna, y estoy seguro en que convendrás conmigo, querido Von Ulrich, amigo mío, que la Alemania de hoy es una presencia mucho más formidable que la vieja Prusia.

Los hombres como Fitz eran tan peligrosos... se dijo Walter para sus adentros. Con sus formas y sus modales impecables serían capaces de llevar el mundo a la destrucción. Hizo todo cuanto pudo por conservar un tono amigable.

—Tienes razón, por supuesto... pero tal vez formidable no sea lo mismo que hostil.

—Esa es la cuestión, ¿no te parece?

En el otro extremo de la mesa, Bea se puso a toser, en un gesto de reproche. Sin duda aquel tema le parecía demasiado polémico para una conversación educada, de modo que preguntó con tono alegre:

—¿Tiene ganas de acudir al baile de la duquesa, herr Von Ulrich?

Walter sintió que le recriminaba su conducta.

—Estoy seguro de que el baile será absolutamente extraordinario —respondió con un entusiasmo desmesurado, y Bea lo recompensó con un asentimiento agradecido.

—¡Es usted un bailarín estupendo! —intervino tía Herm.

Walter sonrió con calidez a la anciana.

—¿Me concedería usted el honor del primer baile, lady Hermia?

La mujer se sintió halagada.

—¡Oh, cielos! Soy demasiado mayor para bailes... Además, ustedes los jóvenes tienen pasos que ni siquiera existían cuando yo era una debutante.

—La última moda es la zarda, una danza popular húngara. Tal vez debería enseñársela.

—¿Y no crees que eso constituiría un incidente diplomático? —inquirió Fitz.

No era muy gracioso, pero todos se echaron a reír y la conversación siguió otros cauces más triviales pero menos peligrosos.

Después de cenar, los asistentes se subieron a los coches de caballos para recorrer los cuatrocientos metros que los separaban de Sussex House, el palacio del duque en Park Lane.

Ya había anochecido, y en las ventanas brillaban todas las luces: la duquesa se había rendido al fin y había instalado la electricidad. Walter subió la majestuosa escalera y entró en el primero de tres fastuosos salones. La orquesta estaba tocando la canción más popular en esos momentos, «Alexander's Ragtime Band», de Irving Berlin, y a Walter se le iba la mano izquierda: la síncopa era el elemento crucial.

Hizo honor a su promesa y bailó con tía Herm. Esperaba que tuviese multitud de parejas de baile, porque en realidad lo que quería era que la mujer danzase hasta caer rendida y se fuese a dormitar a un rincón para que así Maud pudiese librarse de su carabina. No podía dejar de pensar en lo que él y Maud habían hecho en la biblioteca de aquella casa unas pocas semanas antes, y se moría de ganas de tocarla y recorrer con las manos la ceñida tela de aquel vestido.

Pero antes tenía trabajo que hacer. Se separó de tía Herm con una reverencia, tomó una copa de champán rosado que le ofrecía un lacayo y empezó a pasearse por las distintas estancias de la casa. Recorrió el salón de baile pequeño, la sala principal y el salón de baile grande, hablando con los políticos y los diplomáticos allí presentes. Todos los embajadores de Londres habían sido invitados, y muchos de ellos habían acudido, incluido el jefe de Walter, el príncipe Lichnowsky. También se hallaban allí numerosos parlamentarios, la mayoría de ellos conservadores, como la duquesa, aunque había algunos liberales, entre los que se incluían varios ministros del gobierno. Robert estaba enfrascado en una conversación con lord Remarc, un subsecretario del Ministerio de Guerra. No había ningún parlamentario del Partido Laborista: la duquesa se consideraba a sí misma una mujer de mente abierta, pero todo tenía un límite.

Walter descubrió que los austríacos habían enviado copias de su ultimátum a las principales embajadas de Viena, y que el mensaje sería transmitido por cablegrama y traducido a lo largo de la noche, por lo que a la mañana siguiente, todo el mundo estaría al corriente de su contenido. Casi todos los presentes estaban conmocionados por las exigencias de Austria, pero nadie sabía cómo reaccionar al respecto.

Hacia la una de la madrugada, Walter ya había averiguado todo cuanto pudo y se fue en busca de Maud. Bajó la escalera y salió al jardín, donde habían servido un bufet en un toldo de rayas. ¡Cuánta comida se servía en la alta sociedad inglesa! Encontró a Maud jugueteando con unas uvas y comprobó con gran alivio que no había ni rastro de tía Herm.

Walter decidió olvidar sus preocupaciones durante un rato.

—¿Cómo podéis comer tanto los ingleses? —le dijo a Maud en tono jovial—. La mayoría de esta gente ya se ha tomado un opíparo desayuno, un almuerzo de cinco o seis platos, té con pastas y sándwiches y una cena de al menos ocho platos. ¿De veras necesitan ahora comer sopa, codornices rellenas, langosta, melocotones y helado?

Ella se echó a reír.

—Te parecemos vulgares, ¿a que sí?

No era eso lo que pensaba de ellos, pero decidió tomarle un poco el pelo fingiendo que había acertado.

—Bueno, veamos, ¿qué cultura tienen los ingleses? —La tomó del brazo y, caminando aparentemente sin rumbo fijo, la llevó fuera del toldo, al jardín. Los árboles estaban engalanados con guirnaldas de luces que proveían una iluminación más bien escasa. Otras parejas paseaban por los senderos serpenteantes entre los arbustos, algunas charlando y otras cogidas discretamente de la mano bajó la penumbra. Walter volvió a ver a Robert en compañía de lord Remarc y se preguntó si ellos también habrían encontrado el amor—. ¿Compositores ingleses? —dijo, tratando todavía de provocar a Maud—. Gilbert y Sullivan. ¿Pintores? Mientras los impresionistas franceses estaban cambiando la forma en que el mundo se ve a sí mismo, los ingleses retrataban a niños de mejillas sonrosadas jugando con sus cachorros. ¿Ópera? Toda italiana, cuando no alemana. ¿El ballet? Ruso.

—Y a pesar de todo eso, dominamos medio mundo —repuso ella con una sonrisa burlona.

Él la tomó en brazos.

—Y sabéis tocar el ragtime.

—Es fácil, una vez que coges el ritmo.

—Esa es la parte que me resulta más difícil.

—Porque necesitas que alguien te la enseñe.

Walter le acercó la boca al oído y murmuró:

—¿Y tú me la enseñarás, por favor?

El murmullo se convirtió en un gemido cuando ella lo besó y, después de eso, se quedaron sin palabras durante largo rato.

II

Todo eso ocurría la madrugada del viernes 24 de julio. A la noche siguiente, cuando Walter asistió a otra cena y a otro baile, el rumor de que los serbios iban a aceptar todas y cada una de las exigencias de los austríacos, salvo por una aclaración de los puntos quinto y sexto, circulaba en boca de todo el mundo. Eufórico, Walter pensó que sin duda los austríacos no podían rechazar una respuesta tan sumamente servil... a menos, por supuesto, que estuviesen decididos a lanzarse de lleno a una guerra a cualquier precio.

De camino a casa, al alba del sábado, se detuvo en la embajada para escribir una nota sobre lo que había descubierto esa noche. Estaba sentado a su mesa cuando el embajador en persona, el príncipe Lichnowsky, apareció vestido de manera impecable con un chaqué, la vestimenta protocolaria para los actos diurnos, y un sombrero de copa de color gris. Sorprendido, Walter se levantó de un salto, hizo una reverencia y dijo:

—Buenos días, alteza.

—Llega muy temprano, Von Ulrich —contestó el embajador, pero entonces, fijándose en el traje de etiqueta de Walter, dijo—: O mejor dicho, muy tarde. —Era un hombre apuesto a su particular manera, con unas facciones muy marcadas y una enorme nariz aguileña encima del bigote.

—Estaba escribiéndole una nota acerca de los acontecimientos de anoche. ¿Puedo hacer algo por usted, alteza?

—Sir Edward Grey me ha mandando llamar. Puede acompañarme y tomar notas, si es que dispone de algún otro traje.

Walter no cabía en sí de gozo. El secretario del Foreign Office británico era uno de los hombres más poderosos sobre la faz de la tierra. Walter ya lo había conocido, por supuesto, en el reducido círculo de la diplomacia de Londres, pero nunca había intercambiado más que unas pocas palabras con él. Ahora, gracias a la invitación típicamente informal de Lichnowsky, Walter iba a estar presente en una reunión extraoficial de dos de los hombres que decidían el destino de Europa. Gottfried von Kessel se pondría verde de envidia, pensó.

Se reprendió a sí mismo por ser tan frívolo y mezquino. Aquel podía ser un encuentro decisivo. A diferencia del emperador austríaco, tal vez Grey no quisiera una guerra. ¿Habría convocado aquella reunión con el objetivo de buscar un modo de impedirla? Era difícil hacer predicciones con Grey. ¿Por dónde iba a salir? Si estaba en contra de la guerra, Walter aprovecharía la menor oportunidad para ayudarlo.

Guardaba una levita en un perchero detrás de la puerta para casos de emergencia como aquel. Se quitó el traje de etiqueta de noche y se abotonó la indumentaria de día por encima del chaleco blanco. Cogió una libreta y salió del edificio junto al embajador.

Los dos hombres atravesaron St. James's Park rodeados del frío de primera hora de la mañana. Walter le contó a su jefe el rumor sobre la respuesta serbia, y el embajador le confió a su vez el rumor que había llegado a sus oídos.

—Albert Ballin cenó anoche con Winston Churchill —dijo. Ballin, un magnate naviero alemán, se movía en los círculos íntimos del káiser, a pesar de ser judío. Churchill estaba al frente de la Royal Navy—. Me encantaría saber qué se dijo durante esa cena —concluyó Lichnowsky.

Obviamente, temía que el káiser estuviese pasando por encima de él y enviando mensajes a los británicos a través de Ballin.

—Trataré de averiguarlo —contestó Walter, complacido ante la oportunidad.

Entraron en el Foreign Office, un edificio neoclásico que recordó a Walter la imagen de una tarta nupcial. Los condujeron al opulento despacho del secretario Grey, con vistas al parque. «Los británicos somos el pueblo más rico del mundo —parecía querer decir el ostentoso edificio— y podemos haceros a los demás lo que nos venga en gana.»

Sir Edward Grey era un hombre enjuto con una cara huesuda como una calavera. Sentía aversión hacia los extranjeros y casi nunca viajaba fuera del país: a ojos de los británicos, eso lo convertía en el secretario del Foreign Office perfecto.

—Muchas gracias por venir —dijo con afabilidad. Estaba acompañado únicamente por un ayudante pertrechado con un cuaderno. En cuanto se sentaron, fueron directos al grano—. Tenemos que hacer todo lo posible por calmar la situación en los Balcanes.

Walter sintió renacer sus esperanzas; aquellas palabras sonaban pacíficas, era evidente que Grey no quería la guerra.

Lichnowsky asintió con la cabeza. El príncipe formaba parte de la facción pacífica del gobierno alemán, y había enviado un contundente telegrama a Berlín instando a que contuviesen a los austríacos. No estaba de acuerdo con el padre de Walter y otros que sostenían que, para Alemania, una guerra en esos momentos era mejor que otras más adelante, cuando Rusia y Francia pudiesen haberse fortalecido.

—Sea lo que sea lo que hagan los austríacos —prosiguió Grey—, no debe suponer para Rusia una amenaza capaz de provocar una respuesta militar del zar.

«Exacto», pensó Walter, entusiasmado.

Saltaba a la vista que Lichnowsky era de la misma opinión.

—Si me lo permite, señor, ha dado usted en el clavo.

Grey era inmune a los cumplidos.

—Mi sugerencia es que ustedes y nosotros, es decir, Alemania y Gran Bretaña, solicitemos de forma conjunta a los austríacos que amplíen el plazo. —Miró con aire reflexivo al reloj de la pared: eran poco después de las seis de la mañana—. Han exigido una respuesta para las seis de esta tarde, hora de Belgrado. No podrán negarse a dar a los serbios un día más.

Walter se llevó una decepción. Esperaba que Grey contase con un plan para salvar el mundo, pero aquella prórroga era un pequeño parche inútil: seguramente no serviría para nada. Además, en opinión de Walter, los austríacos eran tan beligerantes que cabía la posibilidad, en absoluto remota, de que sí se negasen a acceder a aquella petición, por inocua que fuera. Sin embargo, nadie le preguntó su opinión, y ante tan excelsa compañía, no pensaba hablar a menos que se dirigiesen directamente a él.

—Una idea magnífica —señaló Lichnowsky—. La transmitiré a Berlín junto con mi recomendación.

—Gracias —dijo Grey—, pero por si eso falla, tengo otra propuesta.

De modo que, en el fondo, Grey no confiaba en que los austríacos fueran a darle más tiempo a Serbia, pensó Walter.

—Propongo que Gran Bretaña, Alemania, Italia y Francia —prosiguió Grey— actúen todos juntos como mediadores y convoquen una conferencia a cuatro bandas a fin de buscar una solución que satisfaga a Austria sin amenazar a Rusia.

«Eso me parece más razonable», pensó Walter con alborozo.

—Por supuesto, Austria no aceptará de antemano someterse a la resolución que se alcance en la conferencia —continuó Grey—. Pero eso no es necesario. Podríamos pedirle al emperador austríaco que al menos no tome ninguna determinación hasta que oiga las conclusiones de la conferencia.

Walter estaba encantado. Austria tendría dificultades para rechazar un plan que le ofrecían sus aliados además de sus rivales.

Lichnowsky también parecía complacido.

—Se lo recomendaré encarecidamente a Berlín.

—Les agradezco mucho que hayan venido a verme a una hora tan temprana —dijo Grey.

Lichnowsky interpretó aquellas palabras como una señal de que la reunión había concluido y se levantó.

—En absoluto, no tiene que darnos las gracias —repuso—. ¿Irá hoy a Hampshire?

Las aficiones de Grey eran la pesca con mosca y el avistamiento de aves, y donde más a gusto se encontraba era en su casa del río Itchen, en Hampshire.

—Esta noche, espero —contestó Grey—. Hace un tiempo fabuloso para la pesca.

—Le deseo que pase usted un domingo estupendo —dijo Lichnowsky, y se marcharon.

Cuando volvían a atravesar el parque andando, Lichnowsky comentó:

—Los ingleses son asombrosos: Europa al borde de la guerra y el secretario del Foreign Office se va de pesca.

Walter estaba exultante de alegría. Puede que Grey no supiese distinguir lo que era apremiante de lo que no lo era, pero se trataba de la primera persona a la que se le había ocurrido una solución plausible. Walter se sentía agradecido. «Lo invitaré a mi boda —se dijo— y le daré las gracias en mi discurso.»

Cuando volvieron a la embajada, se llevó una sorpresa al ver a su padre. Otto llamó a Walter a su despacho. Gottfried von Kessel se encontraba de pie junto al escritorio. Walter estaba ansioso por hablar cara a cara con su progenitor sobre lo ocurrido con Maud, pero no pensaba comentar esa clase de cosas delante de Von Kessel, de modo que dijo:

—¿Cuándo ha llegado?

—Hace unos minutos. He viajado de noche en el tren-barco de París. ¿Qué hacías con el embajador?

—Nos han llamado para reunirnos con sir Edward Grey. —Walter se alegró al ver aflorar en el rostro de Von Kessel una expresión de envidia.

—¿Y qué os ha dicho? —quiso saber Otto.

—Ha propuesto celebrar una conferencia a cuatro bandas para mediar entre Austria y Serbia.

—Una pérdida de tiempo —sentenció Von Kessel.

Walter hizo caso omiso de su comentario y se dirigió a su padre.

—¿Qué opina usted?

Otto entrecerró los ojos.

—Interesante... —comentó—. Ese Grey es muy hábil.

Walter no pudo disimular su entusiasmo.

—¿Cree que el emperador austríaco aceptará?

—En absoluto. Por supuesto que no.

Von Kessel soltó una risotada burlona.

Walter se quedó desolado.

—Pero ¿por qué?

—¿Y si la conferencia propone una solución y Austria la rechaza? —preguntó Otto.

—Grey ha mencionado esa posibilidad. Ha dicho que Austria no estaría obligada a aceptar la recomendación de la conferencia.

Otto negó con la cabeza.

—Claro que no... pero ¿y entonces? Si Alemania forma parte de una conferencia que elabora una propuesta de paz y Austria rechaza nuestra propuesta, ¿cómo podríamos dar nuestro apoyo a los austríacos cuando vayan a la guerra?

—No podríamos.

—En ese caso, al realizar esa propuesta, el propósito de Grey es enemistar a Austria y Alemania.

—Ah. —Walter se sintió como un idiota. No había reparado en nada de eso, y todo su optimismo se vino abajo. Con tono desolado, añadió—: Entonces, ¿no vamos a secundar el plan de paz de Grey?

—Imposible —contestó su padre.

III

La propuesta de sir Edward Grey quedó en agua de borrajas y Walter y Maud vieron cómo, hora tras hora, el mundo se iba acercando cada vez más al borde del desastre.

Al día siguiente era domingo, y Walter se reunió con Antón. Una vez más, todos estaban ansiosos por saber qué harían los rusos. Los serbios habían claudicado ante casi la totalidad de las exigencias de Austria, y solo habían pedido un poco más de tiempo para discutir las dos cláusulas más duras, pero los austríacos habían anunciado que tal pretensión era inaceptable, y Serbia había empezado a movilizar a su reducido ejército. Habría contienda, pero ¿participaría Rusia?

Walter fue a la iglesia de St. Martin-in-the-Fields que, a diferencia de lo que sugería su nombre, no se hallaba en ningún campo sino en Trafalgar Square, el cruce con más tráfico de todo Londres. La iglesia era un edificio del siglo XVIII de estilo palladiano, y Walter pensó que, además de información sobre las intenciones de Rusia, merced a sus encuentros con Antón estaba descubriendo infinidad de detalles acerca de la historia de la arquitectura inglesa.

Subió los escalones y pasó a través de las inmensas columnas hacia la nave central. Miró a su alrededor con nerviosismo: aun en las mejores condiciones, siempre tenía el temor de que Antón no acudiera a sus citas, y aquel sería el peor momento de todos para que el hombre hubiese optado por acobardarse y no aparecer. El interior estaba fuertemente iluminado por una ventana veneciana en el extremo más oriental, y vio a Antón de inmediato. Con gran alivio, se sentó junto al vengativo espía segundos antes de que comenzase el oficio.

Como de costumbre, hablaron durante el transcurso de los himnos.

—El consejo de ministros se reunió el viernes —dijo Antón.

Walter ya lo sabía.

—¿Qué fue lo que decidieron?

—Nada. Solo hacen recomendaciones. Es el zar quien decide.

Eso también lo sabía, pero logró dominar su impaciencia.

—Perdón. ¿Qué fue lo que recomendaron, entonces?

—Permitir que cuatro distritos militares rusos se preparen para movilizarse.

—¡No! —El grito de Walter fue involuntario, y los feligreses que en esos momentos entonaban los himnos junto a él, se volvieron y le lanzaron miradas recriminatorias. Aquellas eran las maniobras preliminares antes de la guerra. Haciendo un gran esfuerzo por tranquilizarse, Walter dijo—: ¿Y el zar ha dado su consentimiento?

—Ratificó la decisión ayer.

—¿Qué distritos? —quiso saber Walter, con un deje de desesperación.

—Moscú, Kazán, Odesa y Kiev.

Durante la oración, Walter dibujó un mapa de Rusia. Moscú y Kazán estaban en medio del inmenso país, a más de mil kilómetros de sus fronteras europeas, pero Odesa y Kiev estaban en el sudoeste, cerca de los Balcanes. En el siguiente himno, dijo:

—Se están movilizando contra Austria.

—No es una movilización, es una preparación para la movilización.

—Sí, ya lo entiendo —dijo Walter pacientemente—. Pero ayer hablábamos de la posibilidad de que Austria atacase Serbia, un conflicto menor limitado a la zona de los Balcanes. Hoy hablamos de Austria y Rusia, y de una guerra europea de primera magnitud.

El himno terminó y Walter aguardó con impaciencia al siguiente. Había sido educado por una devota madre protestante, y siempre sentía remordimientos por el hecho de utilizar el oficio en la iglesia como tapadera para su trabajo clandestino. Oró en silencio para pedir perdón.

Cuando la congregación empezó a cantar de nuevo, Walter preguntó:

—¿Por qué tienen tanta prisa por realizar todos esos preparativos para la guerra?

Antón se encogió de hombros.

—Los generales le dicen al zar: «Cada día de retraso es un día de ventaja para el enemigo». Siempre la misma canción.

—¿Es que acaso no ven que los preparativos hacen la guerra más probable?

—Los soldados quieren ganar las guerras, no evitarlas.

El himno terminó, poniendo punto final al oficio. Cuando Antón se levantó, Walter lo sujetó del brazo.

—Tengo que verle con más frecuencia —dijo.

Antón parecía presa del pánico.

—Ya lo hemos hablado...

—No me importa. Europa está al borde de una guerra. Dice que los rusos están preparándose para movilizarse en algunos distritos. ¿Y si autorizan a otros distritos más para prepararse? ¿Qué otras medidas tomarán? ¿Cuándo se convierten los preparativos en algo más serio? Necesito informes diarios; cada hora sería aún mejor.

—No puedo asumir ese riesgo. —Antón intentó retirar el brazo.

Walter lo sujetó con más fuerza.

—Nos reuniremos en la abadía de Westminster todas las mañanas antes de que acuda a trabajar a la embajada. En el Poet's Corner, en la nave lateral del crucero. La iglesia es tan grande que nadie reparará en nuestra presencia.

—Absolutamente imposible.

Walter lanzó un suspiro. No le quedaba más remedio que amenazarlo, algo que no le gustaba nada, sobre todo porque se arriesgaba a que el espía no volviese a aparecer nunca más, pero tenía que correr ese riesgo.

—Si no está allí mañana, iré a su embajada y preguntaré por usted.

Antón palideció.

—¡No puede hacer eso! ¡Me matarán!

—¡Necesito esa información! Estoy tratando de impedir una guerra.

—¡Pues yo espero con toda mi alma que la guerra estalle! —replicó el funcionario, rabioso. Bajó la voz y prosiguió en un susurro—: Espero que el ejército alemán aplaste y destruya a mi país. —Walter lo miró incrédulo—. Espero que muera el zar, que sea brutalmente asesinado, y con él toda su familia. Y espero que todos vayan al infierno, tal como merecen.

Giró sobre sus talones y salió apresuradamente del templo para sumergirse en el bullicio de Trafalgar Square.

IV

La princesa Bea estaba «en casa» los martes por la tarde, a la hora del té, momento en que sus amigas iban a visitarla para comentar las fiestas a las que habían acudido y para lucir sus trajes de paseo. Maud estaba obligada a asistir a esas reuniones, al igual que tía Herm, siendo ambas parientes pobres que vivían de la generosidad de Fitz. Ese día, a Maud la conversación le parecía especialmente tediosa, cuando lo único de lo que quería hablar era de si iba a haber guerra o no.

La sala de estar de la casa de Mayfair era moderna, pues Bea seguía con atención las últimas tendencias en decoración: había sillones y sofás de bambú a juego dispuestos en pequeños grupos, con gran amplitud de espacio entre ellos para que la gente pudiese desplazarse sin dificultad. La tapicería exhibía un discreto estampado en color malva y la alfombra era de color marrón claro. Las paredes no estaban empapeladas, sino pintadas de un relajante beige. No había rastro de la obsesión victoriana por acumular fotografías enmarcadas, adornos, cojines y jarrones, pues según los aficionados a la moda, no hacía falta alardear de la boyante situación económica de uno abarrotando todos los salones de cacharros... Y Maud estaba de acuerdo con ellos.

Bea estaba hablando con la duquesa de Sussex, chismorreando sobre la amante del primer ministro, Venetia Stanley. «Bea tiene que estar preocupada —pensó Maud—: si Rusia participa en la guerra, su hermano, el príncipe Andréi, tendrá que combatir.» Sin embargo, Bea no parecía en absoluto inquieta, y de hecho, esa tarde estaba especialmente radiante. A lo mejor tenía un amante, algo que no era raro en los círculos sociales más selectos, donde muchos matrimonios eran de conveniencia. Había quienes reprobaban el comportamiento de los adúlteros —la propia duquesa sería capaz de borrar de su lista de invitados a una mujer adúltera para el resto de la eternidad—, pero hacían la vista gorda. Sin embargo, en el fondo Maud no creía que Bea fuese de esa clase de mujeres.

Fitz entró a tomar el té, tras haber escapado una hora de la Cámara de los Lores, y Walter apareció tras él. Ambos estaban muy elegantes con sus trajes grises y sus chalecos cruzados. De forma involuntaria, Maud se los imaginó a los dos vestidos con el uniforme del ejército. Si la guerra se extendía a los demás países, cabía la posibilidad de que ambos tuvieran que entrar en combate y luchar... casi con toda certeza en bandos opuestos. Serían oficiales, pero ninguno de los dos aceptaría arreglárselas para conseguir un trabajo sin riesgos en algún cuartel general: querrían liderar a sus hombres en el frente. Los dos hombres a los que más quería podían acabar disparándose el uno al otro. Maud sintió un escalofrío, pues no podía soportar esa idea.

Maud rehuyó la mirada de Walter. Tenía la sensación de que las mujeres más intuitivas del círculo de amistades de Bea habían advertido la cantidad de tiempo que pasaba hablando con él. Le traían sin cuidado sus sospechas, pues tarde o temprano acabarían por enterarse, pero no deseaba que los rumores llegaran a oídos de Fitz antes de que se lo comunicaran oficialmente. Se enfadaría muchísimo, de modo que estaba intentando no dejar traslucir sus sentimientos.

Fitz se sentó a su lado. Tratando de pensar en algún tema de conversación que no tuviese nada que ver con Walter, Maud pensó en Tŷ Gwyn y preguntó:

—¿Qué le ha pasado a tu ama de llaves galesa, Williams? Ha desaparecido, y cuando les pregunto a los demás sirvientes, me salen con evasivas.

—Tuve que librarme de ella —contestó Fitz.

—¡Ah! —Maud estaba sorprendida—. No sé, pero tenía la impresión de que te gustaba cómo trabajaba esa chica.

—No especialmente. —Parecía incómodo.

—¿Qué fue lo que hizo para que estés tan disgustado con ella?

—Sufrió las consecuencias de la falta de castidad.

—¡Fitz, no seas pedante! —Maud se echó a reír—. ¿Quieres decir que se quedó embarazada?

—Baja la voz, por favor. Ya sabes cómo es la duquesa.

—Pobre Williams… ¿Y quién es el padre?

—Querida mía, ¿crees que se lo pregunté?

—No, por supuesto que no. Espero que no la deje en la estacada y se preste a «ayudarla», como suele decirse.

—No tengo ni idea. Es una sirvienta, por el amor de Dios.

—No acostumbras a ser cruel con los criados.

—No se puede recompensar la inmoralidad.

—Me gustaba esa chica, Williams. Era más inteligente e interesante que la mayoría de estas mujeres de la alta sociedad.

—No seas ridícula.

Maud se rindió. Por alguna razón, Fitz fingía que Williams le traía sin cuidado, pero lo cierto es que nunca le había gustado dar explicaciones, y era inútil presionarlo.

Walter se acercó, haciendo equilibrios con una taza y un plato de pastel en una mano. Dedicó una sonrisa a Maud, pero se dirigió a Fitz.

—Conoces a Churchill, ¿verdad?

—¿Al pequeño Winston? —preguntó Fitz—. Desde luego. Empezó en mi partido, pero se pasó a los liberales. Sin embargo, me parece que su corazón sigue aún con nosotros, los conservadores.

—El viernes pasado cenó con Albert Ballin. Me encantaría saber lo que le dijo Ballin.

—Puedo complacerte, Winston se lo ha dicho a todo el mundo. Si estalla la guerra, Ballin ha dicho que Gran Bretaña se mantendrá al margen, Alemania prometerá dejar Francia intacta después, sin anexionarse ningún territorio… a diferencia de la última vez, cuando se quedaron con Alsacia y Lorena.

—Ah —exclamó Walter con satisfacción—. Gracias. Llevo días intentando averiguarlo.

—¿Es que tu embajada no lo sabe?

—Obviamente, se suponía que ese mensaje debía sortear los canales diplomáticos habituales.

Maud estaba intrigada. Parecía una fórmula esperanzadora para mantener a Inglaterra ajena a cualquier guerra europea. Puede que, a fin de cuentas, Fitz y Walter no tuvieran que dispararse el uno al otro.

—¿Cómo respondió Winston?

—Con evasivas —dijo Fitz—. Refirió la conversación al consejo de ministros, pero no discutieron nada al respecto.

Maud estaba a punto de preguntar, indignada, por qué no lo habían hecho cuando Robert von Ulrich hizo su aparición, con el semblante desencajado, como si acabasen de darle la noticia de la muerte de un ser querido.

—Pero ¿se puede saber qué le pasa a Robert? —dijo Maud mientras el austríaco hacía una reverencia ante Bea.

Se volvió para hablar ante todos los presentes en la reunión.

—Austria ha declarado la guerra a Serbia —anunció.

Por un momento, Maud sintió como si el mundo se hubiese detenido. Nadie se movió ni pronunció una sola palabra. La joven se quedó mirando la boca de Robert, bajo aquel bigote imperial, exhortándolo mentalmente a que se desdijese de sus palabras. Acto seguido, el reloj de la repisa dio la hora, y un murmullo de consternación se extendió entre los hombres y las mujeres de la estancia.

Las lágrimas afloraron a los ojos de Maud, y Walter le ofreció un pañuelo de hilo blanco perfectamente doblado. La joven se dirigió a Robert:

—Tendrás que combatir.

—Desde luego que sí —repuso Robert. Pronunció aquellas palabras en tono brusco, como subrayando lo evidente, pero parecía asustado.

Fitz se levantó.

—Será mejor que vuelva a la Cámara de los Lores y averigüe qué sucede.

Varias personas más se fueron también. En medio de la conmoción general, Walter se dirigió en voz baja a Maud.

—De repente, la propuesta de Albert Ballin se ha hecho diez veces más importante.

Maud pensaba lo mismo.

—¿Hay algo que podamos hacer?

—Necesito saber qué piensa realmente el gobierno británico de la propuesta.

—Intentaré averiguarlo. —Maud se alegraba de poder hacer algo útil.

—Tengo que volver a la embajada.

Maud vio marcharse a Walter, deseando poder haberle dado un

beso de despedida. La mayoría de los invitados se fueron al mismo tiempo, y Maud subió a su cuarto.

Se quitó el vestido y se tumbó en la cama. La idea de pensar que Walter iba a irse a la guerra le provocó un intenso llanto, lágrimas de rabia e impotencia, y siguió llorando un buen rato hasta quedarse dormida.

Cuando se despertó, era ya la hora de salir. Estaba invitada a la velada musical de lady Glenconner, y aunque sentía la tentación de quedarse en casa, se le ocurrió que tal vez allí habría algún ministro del gobierno. Puede que averiguase alguna información útil para Walter. Se levantó y se vistió.

Ella y tía Herm atravesaron Hyde Park en el carruaje de Fitz hasta llegar a Queen Anne's Gate, donde vivían los Glenconner. Entre los invitados se encontraba un amigo de Maud, Johnny Remarc, subsecretario del Ministerio de Guerra, pero lo que era aún más importante, sir Edward Grey estaba allí.

Maud estaba decidida a hablar con él sobre Albert Ballin, pero la música empezó antes de que tuviera oportunidad de hacerlo, de modo que se sentó a escuchar. Campbell McInnes estaba cantando un repertorio de Händel, un compositor alemán que había vivido la mayor parte de su vida en Londres, pensó Maud con ironía.

Observó discretamente a sir Edward durante el recital. No sentía especial predilección por aquel hombre: pertenecía a un grupo político llamado la Liga Imperialista Liberal, más tradicional y conservador que la mayoría del partido. Pese a todo, sintió una punzada de compasión por él. Nunca estaba demasiado alegre, pero aquella noche, su rostro habitualmente cadavérico se veía aún más pálido, como si tuviera todo el peso del mundo sobre sus hombros… cosa que además era verdad, por supuesto.

McInnes cantaba bien, y Maud pensó con tristeza en lo mucho que le habría gustado a Walter asistir, si no hubiese tenido que irse corriendo a la embajada.

En cuanto terminó el concierto, acorraló al secretario del Foreign Office.

—Me ha contado el señor Churchill que le transmitió a usted un mensaje harto interesante de parte de Albert Ballin —dijo. Vio que Grey se ponía tenso, pero siguió hablando pese a todo—. Si nos mantenemos al margen de una guerra europea, los alemanes prometen que no se anexionarán ningún territorio francés.

—Sí, algo así —repuso Grey fríamente.

Saltaba a la vista que había sacado a relucir un tema incómodo, y el protocolo dictaba que lo abandonase de inmediato, pero aquello no era una mera maniobra diplomática, de aquello dependía que Fitz y Walter fueran o no al frente. Maud siguió insistiendo.

—Tenía entendido que nuestra mayor preocupación era no alterar el equilibrio de poder en Europa, y supuse que la propuesta de herr Ballin iba en ese sentido y podría satisfacernos. ¿Acaso me equivoco?

—Desde luego que se equivoca —contestó—. Es una propuesta infame. —Casi le había provocado una reacción visceral.

Maud se quedó destrozada. ¿Cómo podía rechazar una propuesta así? ¡Era lo único que ofrecía un resquicio de esperanza!

—¿Podría explicarle a una mujer incapaz de comprender esos conceptos tan rápido como usted, por qué dice eso de una forma tan tajante?

—Hacer lo que sugiere Ballin sería ofrecer a Francia en bandeja de plata para que Alemania la invada. Seríamos cómplices. Supondría la traición inmunda de una nación amiga.

—Ah —exclamó ella—. Creo que ahora lo entiendo. Es como si alguien dijera: «Voy a robar a tu vecino, pero si te mantienes al margen y no te inmiscuyes, te prometo que además no le quemaré la casa», ¿es eso?

Grey se mostró más cordial.

—Una buena analogía —comentó con una leve sonrisa—. La emplearé yo mismo.

—Gracias —dijo Maud. Sentía una inmensa decepción, y sabía que se le notaba en la cara, pero no podía disimularlo. Con tono lúgubre, añadió—: Por desgracia, eso nos acerca peligrosamente al precipicio de la guerra.

—Me temo que así es —admitió el ministro.

V

Como la mayoría de los parlamentos del mundo, el británico contaba con dos cámaras. Fitz pertenecía a la Cámara de los Lores, que incluía a la aristocracia más ilustre, los obispos y los jueces veteranos. La Cámara de los Comunes, por su parte, estaba compuesta por representantes electos conocidos como parlamentarios. Ambas cámaras se reunían en el palacio de Westminster, un edifico gótico victoriano construido a tal efecto con una torre con un reloj cuyo nombre era Big Ben, aunque a Fitz le gustaba recalcar que ese era, en realidad, el nombre de la gigantesca campana.

Cuando el Big Ben anunció las doce del mediodía el miércoles 29 de julio, Fitz y Walter pidieron un jerez como aperitivo en la terraza a orillas del maloliente río Támesis. Fitz contempló el palacio con orgullo, como siempre: era extraordinariamente grande, opulento y sólido, como el imperio que se gobernaba desde sus cámaras y pasillos. El edificio tenía todo el aspecto de durar mil años, pero ¿sobreviviría el imperio? Fitz se echaba a temblar cada vez que pensaba en las amenazas que se cernían sobre él: sindicalistas agitadores, mineros en huelga, el káiser, el Partido Laborista, los irlandeses, las feministas militantes… incluso su propia hermana.

Sin embargo, no puso voz a esos pensamientos tan oscuros, sobre todo teniendo en cuenta que su acompañante era extranjero.

—Este lugar es como un club —explicó animadamente—. Tiene bares, comedores y una estupenda biblioteca; y solo se permite la entrada a la clase de gente adecuada. —Justo en ese momento, un parlamentario laborista pasó por su lado junto a un par liberal, y Fitz puntualizó—: Aunque de vez en cuando se cuela algún que otro indeseable.

Walter estaba impaciente por contarle las últimas noticias.

—¿Ya lo sabes? —dijo—. El káiser ha dado un vuelco radical a los acontecimientos.

Fitz no sabía de qué hablaba.

—¿En qué sentido?

—Dice que la respuesta serbia ya no da motivos para comenzar una guerra y que los austríacos deben detenerse en Belgrado.

Los planes de paz siempre despertaban las suspicacias de Fitz. Su máxima preocupación era que Gran Bretaña mantuviese su posición hegemónica como la nación más poderosa del mundo. Temía que el gobierno liberal pudiese hacer que perdiesen esa hegemonía, por culpa del absurdo principio según el cual todas las naciones eran igualmente soberanas. Sir Edward Grey era un hombre bastante sensato, pero el sector de izquierdas en el seno de su partido —encabezado con toda probabilidad por Lloyd George— podía destituirlo, y entonces podía pasar cualquier cosa.

—Detenerse en Belgrado... —repitió con aire reflexivo. La capital estaba en la frontera: para capturarla, el ejército austríaco solo tenía que adentrarse un kilómetro y medio en territorio serbio, y se podía convencer a los rusos para que interpretasen ese movimiento como una acción policial de ámbito local que no suponía ninguna amenaza para ellos—. Me pregunto...

Fitz no quería la guerra, pero en el fondo, una parte de él acariciaba en secreto aquella posibilidad: sería su oportunidad de demostrar su valor. Su padre había ganado una distinción por su participación en contiendas navales, pero Fitz nunca había intervenido en ningún combate. Había ciertas cosas que se tenían que hacer antes de poder llamarse a sí mismo realmente un hombre, y luchar por su rey y su país era una de ellas.

Se les acercó un mensajero de librea, con pantalones bombachos de terciopelo y medias blancas de seda.

—Buenas tardes, conde Fitzherbert —dijo—. Ya han llegado sus invitados y han pasado directamente al comedor, milord.

Cuando se hubo marchado, Walter preguntó:

—¿Por qué los obligáis a vestirse de esa manera?

—Por tradición —respondió Fitz.

Apuraron sus copas y pasaron adentro. En el pasillo había una gruesa alfombra roja y las paredes estaban revestidas con un friso de madera tallada. Se dirigieron al comedor de los pares. Maud y tía Herm ya estaban sentadas.

El almuerzo había sido idea de Maud, quien utilizó el pretexto de que Walter nunca había estado en el interior del palacio. Cuando Walter hizo una reverencia y Maud lo obsequió con una cálida sonrisa, a Fitz le pasó por la cabeza un curioso pensamiento: ¿no habría algo de *tendresse* entre ellos? No, era ridículo. Maud era capaz de cualquier disparate, claro, pero Walter era un hombre demasiado sensato para plantearse un matrimonio entre una inglesa y un alemán en aquella época de convulsión política. Además, su hermana y su amigo eran casi como hermanos.

—Esta mañana he estado en tu maternidad, Fitz —dijo Maud cuando ambos se sentaron.

El conde arqueó las cejas.

—¿Es que acaso es mi maternidad?

—Pagas por ella.

—Si la memoria no me falla, me dijiste que debería haber una maternidad en el East End para madres con hijos que no contasen con el apoyo económico de ningún hombre, y yo te contesté que desde luego que debería haberla. Y la siguiente noticia que tuve, fue cuando empezaron a llegarme las facturas.

—Es que eres tan generoso...

A Fitz no le importaba. Un hombre de su posición podía permitirse realizar obras benéficas, y resultaba útil que Maud se encargara de todo el trabajo. No mencionó el hecho de que la mayoría de las madres no estaban casadas ni nunca lo habían estado: no quería que su tía, la duquesa, se sintiese ofendida.

—No adivinarías nunca quién ha venido esta mañana —siguió diciendo Maud—. Williams, el ama de llaves de Tŷ Gwyn. —Fitz palideció, y Maud añadió alegremente—: Qué casualidad, ¿no crees? ¡Justo anoche hablábamos de ella!

Fitz intentó mantener una expresión de indiferencia pétrea en su rostro. A Maud, al igual que la mayoría de las mujeres, se le daba bien leerle el pensamiento, y él no quería que sospechara la verdadera naturaleza de su relación con Ethel: era demasiado bochornoso.

Sabía que Ethel estaba en Londres, que había encontrado una casa en Aldgate, y Fitz había dado instrucciones a Solman para que la comprara en su nombre. Fitz temía la situación incómoda de encontrarse a Ethel en la calle, pero era Maud quien se había tropezado con ella.

¿Por qué había ido a la maternidad? Esperaba que estuviese bien.

—Confío en que no esté enferma —dijo, tratando de parecer únicamente cortés.

—No, no es nada serio —respondió Maud.

Fitz sabía que las embarazadas padecían afecciones de poca importancia. Bea había sangrado un poco y se había preocupado, pero el profesor Rathbone había dicho que era algo que solía ocurrir en torno al tercer mes y que no significaba nada, a pesar de que no debía hacer demasiados esfuerzos... aunque desde luego, tratándose de Bea, no había ningún peligro a ese respecto.

—Me acuerdo de Williams —dijo Walter—. La del pelo rizado y la sonrisa descarada. ¿Quién es el marido?

—Un ayuda de cámara que visitó Tŷ Gwyn con su señor hace unos meses —contestó Maud—. Se llama Teddy Williams.

Fitz se sonrojó levemente. ¡Conque llamaba Teddy a su marido ficticio! Pensó que habría preferido que Maud no se la hubiese encontrado. Quería olvidar a Ethel, pero no conseguía alejarla de su vida. Para disimular su desasosiego, se puso a hacer grandes aspavientos tratando de atraer la atención de algún camarero.

Se dijo que no podía ser tan sensible; Ethel era una sirvienta y él era un conde. Los hombres de alta cuna siempre habían obtenido sus placeres de allí donde quisiesen, una costumbre que seguramente llevaba en vigor cientos de años, tal vez miles. Era estúpido ponerse sentimental por una cosa así.

Cambió de tema repitiendo, para las señoras, las noticias de Walter sobre el káiser.

—Yo también lo he oído —dijo Maud—. Dios mío, espero que los austríacos les hagan caso... —añadió con vehemencia.

Fitz arqueó una ceja.

—¿A qué viene tanto apasionamiento?

—¡No quiero que te maten de un disparo! —exclamó—. Y no quiero que Walter sea nuestro enemigo. —Hablaba con la voz entrecortada. Las mujeres eran demasiado sentimentales.

—¿No sabrá por casualidad, lady Maud, cómo han recibido Asquith y Grey la sugerencia del káiser? —preguntó Walter.

Maud se serenó.

—Grey dice que combinada con su propuesta de una conferencia a cuatro bandas, podría impedir la guerra.

—¡Excelente! —exclamó Walter—. Eso era lo que esperaba. —Exhibía una excitación infantil, y la expresión de su rostro recordó a Fitz sus días de estudiantes. Walter había tenido ese mismo aspecto cuando ganó el premio de música en el día del Discurso.

—¿Habéis visto que han declarado inocente a esa odiosa madame Caillaux? —dijo tía Herm.

Fitz se quedó perplejo.

—¿Inocente? ¡Pero si disparó al pobre hombre! Se fue a la armería, compró un arma, la cargó, se dirigió a las oficinas de *Le Figaro*, preguntó por el director y lo mató: ¿cómo pueden haberla declarado inocente?

—Por lo visto, aseguró que esas armas se disparaban solas —respondió tía Herm—. ¡Os lo juro!

Maud se echó a reír.

—Al jurado debía de gustarle esa mujer —dijo Fitz. Estaba molesto con Maud porque se hubiera reído; los jurados caprichosos eran una amenaza para el orden establecido de cualquier sociedad. No se podía tomar a la ligera algo tan serio como el asesinato—. Muy típico de los franceses —comentó, indignado.

—Yo admiro a madame Caillaux —dijo Maud.

Fitz lanzó un gruñido reprobatorio.

—¿Cómo puedes decir eso de una asesina?

—A mí me parece que deberían matar de un tiro más a menudo a los directores de periódicos —soltó Maud alegremente—. Tal vez así mejoraría la prensa.

VI

Walter seguía aún lleno de esperanza al día siguiente, el jueves, cuando fue a ver a Robert.

El káiser estaba dudando sobre tomar la decisión, a pesar de las presiones de hombres como Otto. El ministro de Guerra, Erich von Falkenhayn, había exigido la declaración del *Zustand drohender Kriegsgefahr*, una especie de estado de emergencia y que, a efectos prácticos, equivalía a la antesala de la guerra. Sin embargo, el káiser se había negado, convencido de que podía evitarse un conflicto general si los austríacos se detenían en Belgrado. Y cuando el zar ruso ordenó a su ejército que se movilizase, Guillermo le remitió un telegrama personal pidiéndole que reconsiderase su decisión.

Los dos monarcas eran primos, pues la madre del káiser y la suegra del zar habían sido hermanas, ambas hijas de la reina Victoria. El káiser y el zar se comunicaban en inglés, y se llamaban el uno al otro «Nicky» y «Willy», respectivamente. El zar Nicolás se había sentido conmovido con el cablegrama de su primo Willy y había revocado la orden de movilización.

Solo con que ambos lograsen mantenerse firmes en sus decisiones, tal vez la vida les depararía un brillante porvenir a Walter y a Maud y a tantos otros millones de personas que solo querían vivir en paz.

La embajada de Austria era uno de los edificios más imponentes de la prestigiosa Belgrave Square. Condujeron a Walter al despacho de Robert. Siempre compartían las noticias, no había ninguna razón para no hacerlo, pues sus dos naciones eran íntimas aliadas.

—El káiser parece decidido a hacer que su plan de «detenerse en Belgrado» funcione —dijo Walter al sentarse—. Luego, todo lo demás puede solucionarse.

Robert no compartía su optimismo.

—No va a surtir efecto —repuso.

—Pero ¿por qué no?

—No estamos dispuestos a detenernos en Belgrado.

—¡Por el amor de Dios! —exclamó Walter—. ¿Estás seguro?

—Los ministros lo discutirán mañana en Viena, pero me temo que el resultado ya lo sabemos de antemano. No podemos detenernos en Belgrado sin garantías de Rusia.

—¿Garantías? —espetó Walter con indignación—. Lo primero que tenéis que hacer es dejar de luchar y luego hablar de los problemas. ¡No podéis exigir garantías de antemano!

—Me temo que nosotros no lo vemos así —contestó Robert fríamente.

—Pero somos vuestros aliados. ¿Cómo podéis rechazar nuestro plan de paz?

—Muy fácil. Piénsalo, ¿qué podéis hacer? Si Rusia moviliza sus tropas, estaréis amenazados, así que también tendréis que movilizar las vuestras.

Walter abrió la boca para protestar, pero se dio cuenta de que Robert tenía razón; el ejército ruso, una vez movilizado, suponía una amenaza demasiado grande.

Robert siguió hablando, implacable.

—Tenéis que combatir en nuestro bando, os guste o no. —Esbozó una expresión de disculpa—. Perdona si parezco arrogante; solo constato un hecho.

—Maldita sea… —exclamó Walter. Sintió ganas de llorar. Había estado aferrándose a la esperanza hasta el último momento, pero las duras palabras de Robert lo habían destrozado—. Todo esto es completamente inútil, ¿verdad? —dijo—. Los que quieren la paz van a perder la partida.

Robert cambió el tono de voz, y de pronto parecía triste, muy triste.

—Eso lo he sabido desde el principio —afirmó—. Austria debe atacar.

Hasta ese instante, Robert había mantenido una actitud ansiosa y combativa, no triste. ¿A qué se debía ese cambio? Tanteando el terreno, Walter aventuró:

—Es posible que tengas que irte de Londres.

—Y tú también.

Walter asintió con la cabeza. Si Gran Bretaña participaba en la contienda, todo el personal de las embajadas austríaca y alemana tendría que volver a sus países sin tardanza. Bajó la voz.

—¿Hay… hay alguien a quien vayas a echar especialmente de menos?

Robert asintió y se le saltaron las lágrimas.

Walter decidió arriesgarse.

—¿Lord Remarc?

Robert se echó a reír con amargura.

—¿Tan evidente es?

—Solo para alguien que te conozca bien.

—Y Johnny y yo que nos creíamos tan discretos… —Robert meneó la cabeza con gesto desolado—. Al menos tú puedes casarte con Maud.

—Ojalá pudiese.

—¿Y por qué no?

—¿Un matrimonio entre un alemán y una inglesa, cuando los dos países se enfrentan en una guerra? Toda su familia y sus amigos la repudiarían, y a mí me ocurriría lo mismo. A mí eso me trae sin cuidado, pero no podría imponerle una vida así a ella.

—Casaos en secreto.

—¿En Londres?

—Casaos en Chelsea. Allí nadie os conocería.

—¿No hay que ser residente?

—Tienes que enseñarles un sobre con tu nombre y una dirección local. Yo vivo en Chelsea, puedo darte una carta dirigida al señor Von Ulrich. —Rebuscó en un cajón de su escritorio—. Aquí tienes, una factura de mi sastre, dirigida al señor Von Ulrich. Creen que Von es mi nombre de pila.

—Tal vez no quede tiempo.

—Puedes solicitar un permiso especial.

—Dios mío… —exclamó Walter. Estaba atónito—. Tienes razón. Claro que puedo.

—Tienes que ir al ayuntamiento.

—Sí.

—¿Quieres que te enseñe el camino?

Walter se quedó pensativo durante un buen rato y luego dijo:

—Sí, por favor.

VII

—Han ganado los generales —dijo Antón, de pie frente a la tumba de Eduardo el Confesor, en la abadía de Westminster, el viernes 31 de julio—. El zar cedió ayer por la tarde. Los rusos se están movilizando.

Era una sentencia de muerte. Walter sintió que un escalofrío le recorría la espina dorsal.

—Es el principio del fin —siguió diciendo Antón, y Walter advirtió en sus ojos el brillo de la sed de venganza—. Los rusos se creen fuertes, porque su ejército es el mayor del mundo, pero tienen un mando mediocre. Va a ser el apocalipsis.

Era la segunda vez esa semana que Walter oía esa misma palabra, pero esta vez sabía que estaba justificada. Al cabo de unas pocas semanas, el ejército ruso de seis millones de hombres —nada menos que seis millones— se trasladaría en masa a las fronteras de Alemania y Hungría. Ningún dirigente europeo podía hacer caso omiso de semejante amenaza. Los alemanes tendrían que movilizar sus tropas: el káiser ya no tenía elección.

Walter no podía hacer nada más. En Berlín, el Estado Mayor General estaba presionando a favor de la movilización alemana, y el canciller, Theobald von Bethmann Hollweg, había prometido tomar una decisión a mediodía. Aquellas noticias significaban que solo le quedaba una salida.

Walter tenía que informar a Berlín de inmediato. Se despidió bruscamente de Antón y salió de la majestuosa iglesia. Echó a andar todo lo aprisa que pudo por la callejuela llamada Storey's Gate, apretó el paso al llegar a la orilla de St. James's Park y subió los escalones junto a la estatua conmemorativa del duque de York en dirección a la embajada alemana.

La puerta del despacho del embajador permanecía abierta. El príncipe Lichnowsky estaba sentado a su mesa, y Otto se hallaba de pie a su lado. Gottfried von Kessel hablaba al teléfono y había varias personas más en la habitación, además de los secretarios que, ajetreados, entraban y salían sin cesar.

Walter se había quedado sin aliento tras la carrera por llegar hasta allí. Jadeando, se dirigió a su padre.

—¿Qué ocurre?

—Berlín ha recibido un telegrama de nuestra embajada en San Petersburgo que dice: «Primer día de movilización 31 de julio». Berlín está tratando de confirmar la información.

—¿Qué hace Von Kessel?

—Mantener abierta la comunicación telefónica con Berlín para que podamos estar informados de forma permanente.

Walter respiró hondo y dio un paso adelante.

—Alteza —dijo, dirigiéndose al príncipe Lichnowsky.

—¿Sí?

—Puedo confirmar la movilización rusa. Mi fuente me ha informado hace menos de una hora.

—De acuerdo. —Lichnowsky pidió el teléfono y Von Kessel se lo dio.

Walter consultó la hora; faltaban diez minutos para las once: en Berlín, escasos minutos para que se cumpliera el plazo de mediodía.

Lichnowsky habló por teléfono.

—La movilización rusa ha sido confirmada por una fuente de confianza.

Permaneció a la escucha unos minutos. La sala se sumió en un silencio sobrecogedor. Nadie se movió.

—Sí —dijo Lichnowsky al fin—. Comprendo. Muy bien.

Colgó con un chasquido que resonó como un trueno.

—El canciller ha decidido declarar… —empezó a decir, y a continuación repitió las palabras que Walter tanto había temido—: el *Zustand drohender Kriegsgefahr.* Hay que prepararse para una guerra inminente.

10

1-3 de agosto de 1914

I

Maud se sentía desesperada. Era sábado por la mañana, estaba sentada en la sala del desayuno de la casa de Mayfair, y todavía no había podido probar bocado. El sol de verano penetraba por los ventanales. Se suponía que la decoración debía ser relajante —alfombras persas, cuadros verde nilo, cortinas azul pastel—, pero nada lograba tranquilizarla. La guerra estaba a punto de estallar y nadie parecía capaz de detenerla, ni el káiser, ni el zar, ni sir Edward Grey.

Bea entró en la habitación, vestida con un vaporoso vestido veraniego y un chal de encaje. Grout, el mayordomo, le sirvió el café con las manos enguantadas y la princesa escogió un melocotón de una bandeja de fruta.

Maud hojeaba el periódico, pero era incapaz de leer más allá de los titulares, pues estaba demasiado nerviosa para concentrarse. Apartó a un lado el ejemplar y Grout lo recogió y lo dobló ordenadamente.

—No se preocupe, milady —dijo—. Les daremos a los alemanes una buena tunda, ya lo verá.

Ella lo fulminó con la mirada, pero no dijo nada. Era inútil discutir con los sirvientes, siempre terminaban dándoles la razón a sus amos, por deferencia.

Tía Herm se libró de él con suma delicadeza.

—Estoy segura de que tienes razón, Grout —dijo—. Trae más bollos, ¿quieres?

Fitz entró en la sala. Le preguntó a Bea cómo se encontraba y esta se encogió de hombros. Maud percibió que algo en su relación había cambiado, pero estaba demasiado absorta en sus propias preocupaciones para darle más importancia. Le preguntó a Fitz inmediatamente:

—¿Qué sucedió anoche? —Sabía que había asistido a una reunión con dirigentes conservadores en una casa de campo llamada Wargrave.

—F. E. llegó con un mensaje de Winston. —F. E. Smith, un parlamentario conservador, era amigo íntimo del liberal Winston Churchill—. Ha propuesto un gobierno de coalición liberal-conservador.

Maud se quedó perpleja. Normalmente sabía lo que se tramaba en los círculos liberales, pero el primer ministro Asquith había mantenido aquello en secreto.

—¡Eso es indignante! —dijo—. Eso hace la guerra más probable.

Con una calma exasperante, Fitz extrajo unas salchichas calientes del bufet que había en el aparador.

—El sector izquierdista del Partido Liberal viene a ser prácticamente un hatajo de pacifistas recalcitrantes. Imagino que Asquith teme que intenten atarle las manos, pero no cuenta con el apoyo suficiente en el seno de su propio partido para poder prescindir de ellos, de modo que ¿a quién puede recurrir? Solo a los conservadores. De ahí la propuesta de una coalición.

Era eso precisamente lo que Maud se temía.

—¿Qué ha dicho Bonar Law sobre la oferta? —Andrew Bonar Law era el jefe de los conservadores.

—La ha rechazado.

—Gracias a Dios.

—Y yo lo he secundado.

—¿Por qué? ¿Es que no quieres que Bonar Law ocupe un escaño en el gobierno?

—Apunto aún más alto: si Asquith quiere la guerra y Lloyd George encabeza una rebelión de la izquierda radical, los liberales podrían estar demasiado divididos para gobernar. ¿Y qué pasa entonces? Pues que nosotros, los conservadores, tenemos que asumir el poder… y que Bonar Law se convierte en primer ministro.

Furiosa, Maud dijo:

—¿Te das cuenta de que todo conspira en favor de la guerra? Asquith quiere una coalición con los conservadores porque son más agresivos; si Lloyd George encabeza una rebelión contra Asquith, los conservadores se harán con el poder igualmente. ¡Todo el mundo trata de ganar posiciones en lugar de intentar alcanzar acuerdos para mantener la paz!

—¿Y tú? —preguntó Fitz—. ¿Fuiste a Halkyn House anoche? —La casa del conde de Beauchamp era el cuartel general del sector pacifista.

A Maud se le iluminó la cara. Aún había un rayo de esperanza.

—Asquith ha convocado un consejo de ministros esta mañana. —Aquello era insólito tratándose de un sábado—. Morley y Burns quieren una declaración de que Gran Bretaña no se enfrentará a Alemania bajo ninguna circunstancia.

Fitz negó con la cabeza.

—No pueden hacer esa clase de exigencias así, de antemano. Grey tendría que dimitir.

—Grey siempre está amenazando con dimitir, pero nunca lo hace.

—Aun así, ahora mismo no pueden arriesgarse a que haya una escisión en el gabinete ministerial, sobre todo con mi grupo esperando entre bastidores, ansiosos por hacerse con el poder.

Maud sabía que Fitz tenía razón. Le entraron ganas de gritar de frustración.

Bea soltó el cuchillo y emitió un extraño ruido.

—¿Estás bien, querida? —dijo Fitz.

La princesa se levantó, llevándose la mano al vientre. Tenía la cara muy pálida.

—Perdón —dijo, y salió precipitadamente de la habitación.

Maud se levantó, preocupada.

—Será mejor que la acompañe.

—Iré yo —dijo Fitz, sorprendiendo a su hermana—. Tú termina el desayuno.

La curiosidad de Maud no le permitía dejar las cosas así, de modo que cuando Fitz ya estaba en la puerta, le preguntó:

—¿Tiene Bea náuseas matutinas?

Fitz se detuvo en el umbral.

—No se lo digas a nadie —dijo.

—Enhorabuena, me alegro mucho por ti.

—Gracias.

—Pero el niño… —A Maud se le atragantaron las palabras.

—¡Ah! —exclamó tía Herm, cayendo en la cuenta entonces—. ¡Qué maravilla!

Maud continuó, haciendo un gran esfuerzo:

—¿Ese niño nacerá en un mundo en guerra?

—Oh, cielo santo… —exclamó tía Herm—. No había pensado en eso.

Fitz se encogió de hombros.

—A un recién nacido, eso le dará igual.

Maud sintió que se le escapaban las lágrimas.

—¿Para cuándo lo esperáis?

—Para enero —respondió Fitz—. ¿Por qué estás tan disgustada?

—Fitz —dijo Maud, y ya no pudo contener más el llanto—. Fitz, ¿estarás vivo todavía para entonces?

II

El sábado por la mañana, la embajada alemana era un hervidero de actividad. Walter estaba en el despacho del embajador, atendiendo llamadas telefónicas, llevando telegramas y tomando notas. Habrían sido los días más emocionantes de su vida de no haber estado tan preocupado por su futuro con Maud. No podía disfrutar de la excitación de participar de forma activa en el importantísimo juego de poder que se libraba en el tablero internacional, porque le consumía el miedo de que él y la mujer a la que amaba se convirtieran en enemigos de guerra.

No hubo más mensajes amistosos entre Willy y Nicky. La tarde del día anterior, el gobierno alemán había enviado un frío ultimátum a los rusos, dándoles doce horas para detener la movilización de su monumental ejército.

El plazo había expirado sin que hubiera habido respuesta por parte de San Petersburgo.

A pesar de todo, Walter aún creía que la guerra podía limitarse al este de Europa, y de ese modo, Alemania y Gran Bretaña seguirían siendo naciones amigas. El embajador Lichnowsky compartía su optimismo, e incluso Asquith había dicho que Francia y Gran Bretaña podían ser meros espectadores. Después de todo, ninguno de los dos países estaba especialmente implicado en el futuro de Serbia y la región de los Balcanes.

Francia era la clave: Berlín había enviado un segundo ultimátum la tarde anterior, esta vez a París, instando a los franceses a que se declararan neutrales. Era una esperanza más bien remota, aunque Walter se aferraba a ella desesperadamente. El ultimátum expiraba a mediodía. Entretanto, el jefe del Estado Mayor, Joseph Joffre, había exigido la movilización inmediata de las tropas francesas y el consejo de ministros se reunía esa mañana para deliberar. Como en todos los países, pensó Walter con tristeza, los oficiales del ejército estaban presionando a sus dirigentes políticos para que encaminaran sus pasos hacia la guerra.

Era extremadamente difícil, además de frustrante, hacer conjeturas acerca de la respuesta de los franceses.

A las once menos cuarto, cuando faltaban setenta y cinco minutos para que a Francia se le acabara el tiempo, Lichnowsky recibió una visita inesperada: sir William Tyrrell. Secretario personal de sir Edward Grey, Tyrrell era una figura clave, un militar con una dilatada experiencia en asuntos exteriores. Walter lo condujo de inmediato al despacho del embajador, y Lichnowsky le hizo señas para que se quedase.

Tyrrell habló en alemán.

—El secretario del Foreign Office me ha pedido que le informe de que en estos precisos instantes se está celebrando un consejo de ministros que podría culminar en una declaración dirigida a usted.

Era evidente que se trataba de un discurso ya ensayado previamente, y Tyrrell hablaba alemán con perfecta fluidez, pero pese a todo, a Walter se le escapaba el significado de aquellas palabras. Miró a Lichnowsky y vio que también el príncipe parecía perplejo.

Tyrrell siguió hablando.

—Una declaración que, tal vez, podría resultar de gran ayuda para impedir el desarrollo de la catástrofe.

Todo aquello era muy esperanzador, pero demasiado vago. A Walter le entraron ganas de exclamar: «¡Vaya al grano!».

Lichnowsky respondió con la misma formalidad diplomática forzada.

—¿Qué indicación podría darme acerca de la naturaleza de dicha declaración, sir William?

«¡Por el amor de Dios —pensó Walter—, estamos hablando de una cuestión de vida o muerte!»

El funcionario habló con meticulosa precisión.

—Cabría la posibilidad de que, si Alemania se abstuviese de atacar Francia, tanto París como Londres podrían considerar si verdaderamente están obligadas a intervenir en el conflicto en el este de Europa.

Walter estaba tan conmocionado que se le cayó el lápiz. Francia y Gran Bretaña podrían mantenerse al margen del conflicto… ¡justo lo que él quería! Miró fijamente a Lichnowsky, quien también estaba asombrado y complacido a la vez.

—Eso es muy prometedor —señaló.

Tyrrell levantó una mano en señal de advertencia.

—Por favor, entienda que no estoy haciendo ninguna promesa.

«De acuerdo —pensó Walter—, pero tampoco has venido hasta aquí para una charla insustancial.»

—Baste decir, simplemente —intervino Lichnowsky—, que una propuesta de confinar la guerra a la parte oriental de Europa sería examinada con gran interés por Su Majestad el káiser Guillermo y el gobierno alemán.

—Gracias. —Tyrrell se levantó—. Informaré a sir Edward conforme a lo expuesto aquí.

Walter mostró a Tyrrell la salida. Estaba exultante de alegría; si Francia y Gran Bretaña se mantenían al margen de la guerra, no habría nada que le impidiera casarse con Maud. ¿Era un sueño?

Regresó al despacho del embajador. Antes de que tuvieran ocasión de hablar de la iniciativa de Tyrrell, sonó el teléfono. Walter respondió y oyó una voz familiar hablando en inglés:

—Soy Grey. ¿Puedo hablar con Su Excelencia?

—Por supuesto, señor. —Walter pasó el teléfono al embajador—. Sir Edward Grey.

—Lichnowsky al habla. Buenos días... Sí, sir William acaba de irse...

Walter no apartó la mirada del embajador, escuchando atentamente la mitad de su conversación y tratando de interpretar las distintas expresiones de su rostro.

—Una sugerencia muy interesante... Permítame que le deje clara nuestra posición: Alemania no tiene ninguna disputa con Francia o Gran Bretaña.

Parecía que Grey abordaba el tema con la misma cautela que Tyrrell, andándose con pies de plomo. Era evidente que los ingleses iban en serio.

—La movilización de las tropas rusas —dijo Lichnowsky— representa una amenaza que, evidentemente, no podemos soslayar, pero se trata de una amenaza para nuestra frontera oriental, así como para nuestro aliado, el Imperio austrohúngaro. Hemos pedido a Francia garantías de neutralidad. Si Francia puede garantizarnos eso o, como alternativa, si Gran Bretaña puede garantizar la neutralidad de los franceses, no habría razones para extender la guerra al oeste de Europa... Gracias, señor. Perfecto... Iré a verlo esta tarde a las tres. —Colgó el teléfono.

Miró a Walter y ambos esbozaron una sonrisa triunfal.

—¡Caramba! —exclamó Lichnowsky—. ¡Eso sí que no lo esperaba!

III

Maud estaba en Sussex House, donde un grupo de parlamentarios conservadores y de pares se había reunido en la sala de estar de la duquesa a tomar el té, cuando Fitz entró por la puerta, hecho una furia.

—¡Asquith y Grey se están viniendo abajo! —exclamó. Señaló una bandeja de plata donde se exhibían varios pedazos de tartas y dulces—. Se están viniendo abajo como ese maldito pastel de pasas de ahí. Van a traicionar a nuestros amigos. ¡Me avergüenzo de ser británico!

Maud temía que llegase ese momento: Fitz no sabía alcanzar soluciones negociadas, creía que Gran Bretaña debía dar órdenes y los demás, limitarse a obedecerlas, sin más. La idea de que el gobierno pudiese tener que negociar con otras partes, de igual a igual, le parecía una aberración. Y por desgracia, había muchos otros que pensaban como él.

—Cálmate, Fitz, y cuéntanos qué ha pasado —dijo la duquesa.

—Asquith ha enviado una carta esta mañana a Douglas —explicó Fitz. Maud supuso que se refería al general sir Charles Douglas, jefe del Estado Mayor General Imperial—. ¡Nuestro primer ministro quería dejar constancia oficialmente de que el gobierno nunca ha prometido enviar soldados británicos a Francia en caso de una guerra con Alemania!

Maud, la única partidaria de los liberales presente en la estancia, se sintió obligada a defender al gobierno.

—Pero es verdad, Fitz. Asquith solo está dejando claro que seguimos teniendo abiertas todas nuestras opciones.

—¡Maldita sea! Entonces, ¿se puede saber para qué eran todas esas conversaciones que hemos mantenido con los militares franceses?

—¡Para explorar las distintas posibilidades! ¡Para elaborar planes de emergencia! Las conversaciones no son contratos… sobre todo en política internacional.

—Los amigos son los amigos. Gran Bretaña es una potencia mundial. Una mujer no tiene por qué entender de esas cosas, pero la gente espera que defendamos a nuestros vecinos. Como caballeros, aborrecemos el engaño bajo cualquiera de sus formas, y deberíamos hacer lo mismo como país.

Esas eran precisamente la clase de palabras que podían hacer que Gran Bretaña se viera implicada en una guerra, pensó Maud con un escalofrío. Era imposible que consiguiera que su hermano comprendiese el peligro. El amor que sentían el uno por el otro siempre había sido más fuerte que sus diferencias políticas, pero ahora estaban tan enfadados que, si discutían, podían llegar a palabras mayores, y cuando Fitz se enemistaba con alguien, nunca hacía las paces. Y eso que, a pesar de todo, sería él quien tendría que ir al frente y luchar y tal vez hasta morir, víctima de un disparo, de la embestida de una bayoneta o incluso hecho pedazos tras el estallido de un obús... Fitz, y también Walter. ¿Por qué no pensaba Fitz en todo eso? Maud sintió ganas de gritar de rabia.

Mientras la joven trataba por todos los medios de encontrar los términos adecuados, uno de los otros invitados terció en la conversación, y Maud lo reconoció como al jefe de la sección de Internacional de *The Times*, un hombre llamado Steed.

—Puedo decirle que ha habido un burdo intento por parte de un entramado financiero internacional judío-germánico de forzar a mi periódico para que respalde la neutralidad —dijo.

La duquesa frunció los labios: detestaba el lenguaje de la prensa sensacionalista.

—¿Qué le hace decir eso? —preguntó Maud fríamente a Steed.

—Lord Rothschild habló ayer con nuestro director financiero —dijo el periodista—. Quiere que moderemos el tono antigermánico de nuestros artículos en el interés de la paz.

Maud conocía a Natty Rothschild, que era liberal.

—¿Y qué opina lord Northcliffe de la propuesta de Rothschild? —inquirió ella. Northcliffe era el propietario de *The Times*.

Steed esbozó una sonrisa maliciosa.

—Nos ha ordenado publicar hoy un editorial aún más contundente. —Recogió un ejemplar de una mesa auxiliar y lo mostró ante todos—. «La paz no obra a favor de nuestros intereses» —citó textualmente.

A Maud no se le ocurría nada más execrable que abogar públicamente por la guerra, y vio que incluso Fitz despreciaba la actitud frívola del periodista. Estaba a punto de decir algo cuando su hermano, haciendo gala de su exquisita cortesía habitual aun con los más cretinos, cambió de tema.

—Acabo de entrevistarme con el embajador francés, Paul Cambon, a la salida del Ministerio de Exteriores —explicó—. Estaba tan blanco como ese mantel de ahí. Me ha dicho: «*Ils vont nous lacher.* Nos van a abandonar a nuestra suerte». Había estado con Grey.

—¿Y sabes qué le había dicho Grey para disgustar a monsieur Cambon de ese modo? —preguntó la duquesa.

—Sí, Cambon me lo ha contado. Por lo visto, los alemanes están dispuestos a dejar en paz a Francia si promete mantenerse al margen de la guerra... y si los franceses rechazan esa oferta, los británicos no se sentirán obligados a defender el territorio francés.

Maud sintió lástima por el embajador francés, pero el corazón le dio un brinco de alegría ante la perspectiva de que Gran Bretaña pudiese quedar al margen de la contienda.

—Pero Francia no tiene más remedio que rechazar esa oferta —afirmó la duquesa—. Firmó un tratado con Rusia según el cual ambos países deben acudir en auxilio del otro en caso de guerra.

—¡Exactamente! —exclamó Fitz, furioso—. ¿Qué sentido tienen las alianzas internacionales si se rompen cuando surge una crisis?

—Eso es absurdo —dijo Maud, sabiendo que estaba actuando con insolencia, pero le traía sin cuidado—. Las alianzas internacionales se rompen cada vez que resulta conveniente. Esa no es la cuestión.

—¿Y cuál es la cuestión, si puede saberse? —replicó Fitz en tono glacial.

—Creo que, sencillamente, Asquith y Grey tratan de asustar a los franceses enfrentándolos a la realidad: Francia no puede derrotar a Alemania sin nuestra ayuda. Si creen que tienen que ir solos a la guerra, entonces tal vez los franceses cambien de idea y se conviertan en defensores de la paz y presionen a sus aliados rusos para que no respalden la guerra con Alemania.

—¿Y qué ocurre con Serbia?

—Todavía no es demasiado tarde para que Rusia y Austria se sienten a una mesa a negociar y buscar una solución para los Balcanes que resulte satisfactoria para ambas partes —dijo Maud.

Se produjo un silencio que se prolongó varios segundos y entonces Fitz añadió:

—Dudo mucho que llegue a pasar algo así.

—Pero sin duda —dijo Maud, y hasta ella percibió la desesperación en su propia voz—, sin duda debemos mantener viva la esperanza, ¿no es así?

IV

Sentada en su cuarto, Maud no lograba reunir las fuerzas necesarias para vestirse para la cena. Su doncella le había preparado un vestido y algunas joyas, pero la joven se limitaba a contemplarlos con la mirada perdida.

Asistía a fiestas prácticamente todas las noches durante la temporada de Londres, porque buena parte de las actividades políticas y diplomáticas que tanto le fascinaban se daban cita en aquella clase de reuniones sociales. Sin embargo, aquella noche no se sentía con ánimos para hacerlo, no podía estar glamurosa ni encantadora, ni engatusar a los hombres más poderosos del país para que le confiasen sus pensamientos; no podía jugar al juego de hacerles cambiar de parecer sin que llegasen a sospechar siquiera que los estaba manipulando.

Walter iba a ir a la guerra, se vestiría un uniforme y llevaría un arma, y los soldados enemigos le lanzarían proyectiles, granadas y ráfagas de ametralladora con la intención de matarlo o de herirlo gravemente, tanto como para que le resultara imposible volver a caminar. Le costaba mucho pensar en cualquier otra cosa, y constantemente se hallaba al borde del llanto. Hasta había intercambiado palabras agrias con su amado hermano.

Llamaron a la puerta. Era Grout, el mayordomo.

—Herr Von Ulrich está aquí, milady —anunció.

Aquello era una sorpresa; no esperaba a Walter. ¿Para qué había ido a verla?

Al advertir su gesto de asombro, Grout añadió:

—Cuando le he dicho que el señor no estaba en casa, ha preguntado por usted.

—Gracias —dijo Maud, y sorteó a Grout y corrió escaleras abajo.

Grout la llamó:

—Herr Von Ulrich está en el salón. Le diré a lady Hermia que acuda a reunirse con ustedes.

Hasta Grout sabía que se suponía que Maud no debía quedarse a solas con un hombre joven, pero tía Herm no se movía con demasiada agilidad, por lo que aún tardaría varios minutos en llegar.

Maud se precipitó en el interior del salón y se arrojó en brazos de Walter.

—¿Qué vamos a hacer? —exclamó, entre sollozos—. Walter, ¿qué vamos a hacer?

La abrazó con fuerza y luego le dirigió una mirada grave. Tenía el rostro demacrado y estaba ojeroso.

—Francia no ha respondido al ultimátum alemán.

—¿No han dicho nada en absoluto? —exclamó ella.

—Nuestro embajador en París ha insistido en que exigía una respuesta. El mensaje del primer ministro Viviani fue: «Francia tendrá que velar por sus propios intereses». No van a prometer neutralidad.

—Pero puede que todavía haya tiempo…

—No. Han decidido movilizar sus tropas. Joffre ganó la discusión, como el resto de los militares en todos los países. Los telegramas fueron enviados a las cuatro de la tarde, hora de París.

—¡Tiene que haber algo que podáis hacer!

—Alemania se ha quedado sin alternativas —repuso él—. No podemos luchar contra Rusia con una Francia hostil a nuestra espalda, armada y ansiosa por recuperar los territorios de Alsacia y Lorena. Así que debemos atacar a Francia. El Plan Schlieffen ya se ha puesto en marcha. En Berlín, las multitudes cantan el *Kaiserhymne* por las calles.

—Tendrás que incorporarte a tu regimiento —dijo ella, y no pudo contener el llanto.

—Por supuesto.

Maud se enjugó las lágrimas. Su pañuelo era demasiado pequeño, un trozo ridículo de batista bordada, de modo que se limpió con la manga.

—¿Cuándo? —preguntó—. ¿Cuándo tendrás que abandonar Londres?

—Todavía me quedan unos días. —Maud vio que él también estaba luchando por reprimir las lágrimas—. ¿Hay alguna posibilidad, por remota que sea, de que Gran Bretaña se mantenga al margen del conflicto? En ese caso al menos no tendría que combatir contra tu país.

—No lo sé —contestó ella—. Lo sabremos mañana. —Lo atrajo hacia sí—. Por favor, abrázame fuerte. —Apoyó la cabeza en su pecho y cerró los ojos.

V

El domingo por la tarde, Fitz se irritó sobremanera al ver una manifestación en contra de la guerra en Trafalgar Square. Keir Hardie, el parlamentario del Partido Laborista, era el encargado de leer el discurso, vestido con un traje de tweed, como si fuera un vulgar guarda de caza, pensó Fitz. Se había encaramado al pedestal de la Columna de Nelson, y estaba desgañitándose con su acento escocés, profanando la memoria del héroe que había muerto por Gran Bretaña en la batalla de Trafalgar.

Hardie decía que la guerra inminente iba a ser la mayor catástrofe que había presenciado el mundo. Representaba una circunscripción minera, Merthyr, en las proximidades de Aberowen. Era el hijo ilegítimo de una doncella, y había sido minero del carbón hasta que se había metido en política. ¿Qué sabría él de la guerra?

Fitz pasó de largo sintiéndose profundamente indignado y fue a tomar el té a casa de la duquesa. En el salón principal encontró a Maud absorta en una conversación con Walter, y Fitz pensó con una gran tristeza que aquella crisis lo estaba alejando de ambos. Quería a su hermana y se consideraba un buen amigo de Walter, pero Maud era una liberal y Walter era alemán, y en aquellos tiempos revueltos le resultaba difícil el mero hecho de hablar con ellos. Sin embargo, hizo todo lo posible por aparentar afabilidad cuando se dirigió a Maud.

—Tengo entendido que la reunión del consejo de ministros de esta mañana ha sido muy tormentosa.

Ella asintió.

—Churchill movilizó la flota anoche sin consultárselo a nadie. John Burns ha dimitido esta mañana como protesta.

—No puedo fingir que lo lamento. —Burns era un viejo radical, el más enconado detractor de la guerra de todo el gabinete ministerial—. Entonces, el resto debe de haber secundado la acción de Winston.

—De mala gana.

—Bueno, podría ser peor. —Era una desgracia, pensó Fitz, que en aquellos momentos de enorme peligro para el país, el gobierno estuviera en manos de aquella panda de indecisos de izquierdas.

—Pero rechazaron la propuesta de Grey de un compromiso para defender a Francia —dijo Maud.

—Entonces, todavía actúan como cobardes —señaló Fitz. Sabía que estaba siendo muy brusco con su hermana, pero se sentía demasiado irritado para contenerse.

—No del todo —replicó Maud sin alterarse—. Acordaron impedir el paso de la armada alemana a través del canal de la Mancha para invadir Francia.

A Fitz se le iluminó el rostro.

—Bueno, algo es algo…

—El gobierno alemán —terció Walter— ha respondido diciendo que no tenemos intención de enviar buques de guerra al canal de la Mancha.

—¿Ves lo que pasa cuando te mantienes firme? —le dijo Fitz a Maud.

—No seas tan engreído, Fitz —le recriminó ella—. Si al final vamos a la guerra será porque personas como tú no habrán puesto suficiente empeño por intentar impedirla.

—Ah, conque eso crees, ¿eh? —Estaba ofendido—. Bueno, pues deja que te diga una cosa: anoche hablé con sir Edward Grey, en el club Brooks's. Les ha pedido tanto a los franceses como a los alemanes que respeten la neutralidad de Bélgica. Los franceses aceptaron de inmediato. —Fitz lanzó una mirada desafiante a Walter—. Los alemanes, en cambio, no han respondido.

—Es cierto. —Walter se encogió de hombros a modo de disculpa—. Mi querido Fitz, como soldado, entenderás perfectamente que no podíamos responder a esa petición, en un sentido o en otro, sin desvelar nuestros planes.

—Lo entiendo, pero teniendo en cuenta eso que dices, me gustaría saber por qué mi hermana opina que soy un belicista mientras que a ti te considera un pacifista.

Maud rehuyó la pregunta.

—Lloyd George cree que Gran Bretaña debería intervenir únicamente si el ejército alemán viola el territorio belga de forma sustancial. Podría sugerirlo en la reunión del consejo de ministros de esta noche.

Fitz sabía lo que eso significaba.

—Entonces, ¿vamos a dar permiso a los alemanes para que ataquen Francia a través del extremo sur de Bélgica? —exclamó, enfurecido.

—Supongo que eso es exactamente lo que significa.

—Lo sabía —dijo Fitz—. Traidores… Están planeando eludir sus responsabilidades. ¡Son capaces de hacer cualquier cosa con tal de evitar la guerra!

—Ojalá tengas razón —comentó Maud.

VI

Maud tenía que ir a la Cámara de los Comunes el lunes por la tarde a escuchar el discurso de sir Edward Grey ante los miembros del Parlamento. Todos estaban de acuerdo en que aquel discurso iba a suponer un punto de inflexión. Acompañada de tía Herm, Maud se alegró, por una vez en la vida, de contar con la reconfortante compañía de una dama de edad.

El destino de Maud iba a decidirse esa tarde, al igual que el de miles de hombres en edad de combatir. De las palabras de Grey y de la reacción del Parlamento dependía que las mujeres de toda Europa fuesen a convertirse en viudas, y sus hijos, en huérfanos.

Maud ya no estaba enfadada, quizá había dejado de estarlo por puro agotamiento. Ahora solo estaba asustada: la guerra o la paz, el matrimonio o la soledad, la vida o la muerte… su destino.

Era una jornada festiva, de modo que el enorme grueso de la población de empleados bancarios, funcionarios, abogados, corredores de bolsa y comerciantes de la ciudad se había tomado el día libre. Al parecer, la mayoría de ellos se habían reunido en las inmediaciones de los edificios de los distintos departamentos gubernamentales de Westminster con la esperanza de ser los primeros en enterarse de las noticias. El chófer se abrió paso despacio con la limusina Cadillac con capacidad para siete pasajeros a través de las hordas de gente de Trafalgar Square, Whitehall y Parliament Square. El día estaba nublado pero hacía calor, y los hombres jóvenes que vestían a la moda lucían sombreros canotier. Maud se fijó en un letrero del *Evening Standard* donde se leía: AL BORDE DE LA CATÁSTROFE.

La multitud empezó a lanzar gritos de entusiasmo cuando el automóvil se detuvo frente al palacio de Westminster, y entonces se oyó un leve murmullo de decepción cuando del interior no surgió nada más interesante que dos damas. Los espectadores querían ver a sus héroes, hombres como Lloyd George y Keir Hardie.

Maud pensó que el palacio era el paradigma de la obsesión victoriana por la ornamentación: la piedra estaba labrada con intrincados diseños, había frisos de madera tallada por todas partes, las baldosas del suelo eran de múltiples colores, las vidrieras exhibían una gran variedad de tonalidades y las alfombras estaban estampadas.

A pesar de que era un día festivo, la cámara se había reunido y el lugar estaba abarrotado de parlamentarios y pares, la mayoría de ellos con el uniforme de rigor: chaqué negro y sombrero de copa de seda también negro. Solo los parlamentarios laboristas desafiaban la etiqueta luciendo trajes de tweed o de paseo.

El sector pacifista seguía siendo mayoritario en el gabinete, de eso Maud estaba segura. Lloyd George había conseguido lo que quería la noche anterior, y el gobierno se mantendría al margen si Alemania cometía una mera violación técnica del espacio territorial belga.

Por suerte, los italianos se habían declarado neutrales, afirmando que su tratado con Austria los obligaba a participar únicamente en una guerra defensiva, mientras que la acción de Austria contra Serbia era a todas luces agresiva. Hasta entonces, pensó Maud, Italia era el único país que había mostrado un poco de sentido común.

Fitz y Walter esperaban en el vestíbulo central, de forma octagonal. Maud los abordó de inmediato:

—No he oído qué ha ocurrido esta mañana en la reunión del gabinete, ¿y vosotros?

—Tres dimisiones más —contestó Fitz—: Morley, Simon y Beauchamp.

Los tres estaban en contra de la guerra. Maud se sintió desanimada, además de desconcertada.

—¿Y Lloyd George no?

—No.

—Qué raro… —Maud tuvo un mal presentimiento. ¿Acaso había una división en el sector que estaba a favor de la paz?—. ¿Qué estará tramando Lloyd George?

—No lo sé, pero me lo imagino —repuso Walter. Estaba muy serio—. Anoche, Alemania exigió el libre paso de nuestras tropas a través de territorio belga. —Maud dio un respingo y Walter siguió hablando—: El consejo de ministros belga estuvo reunido desde las nueve de la noche de ayer hasta las cuatro de esta madrugada, y luego rechazó la exigencia y dijo que se enfrentarían en combate.

Aquello era terrible.

—Entonces, Lloyd George se equivocaba —dijo Fitz—: el ejército alemán no va a cometer una mera violación técnica de la soberanía territorial belga…

Walter no dijo nada, pero extendió las manos en un gesto de impotencia.

Maud temía que el rudo ultimátum alemán y el temerario desafío del gobierno belga hubiesen minado la determinación del sector pacifista del gabinete. Bélgica y Alemania recordaban demasiado a David y Goliat. Lloyd George tenía olfato para sondear a la opinión pública: ¿habría detectado que el sentir general de la población británica estaba a punto de cambiar?

—Tenemos que ocupar nuestros sitios —señaló Fitz.

Acongojada y consumida por la angustia, Maud pasó por una portezuela y subió una larga escalera hasta llegar a la galería para los espectadores, que daba a la Cámara de los Comunes. Allí se reunía el gobierno soberano del Imperio británico; en aquella sala se decidían asuntos de vida o muerte para los 444 millones de personas que vivían bajo alguna forma de mandato británico. Cada vez que acudía allí, Maud siempre se asombraba de ver lo pequeño que era, con mucho menos espacio que cualquiera de las iglesias de Londres.

El gobierno y la oposición se sentaban enfrentados en hileras escalonadas de bancos, separados por un hueco que, según la leyenda, medía la longitud de dos espadas, para que los oponentes no pudieran enfrentarse en la lucha cuerpo a cuerpo. En la mayoría de los debates, la cámara estaba casi siempre vacía, con poco más de una docena de parlamentarios arrellanados cómodamente en la tapicería de cuero verde. Sin embargo, ese día, los bancos estaban llenos hasta los topes, y los parlamentarios que no habían encontrado sitio estaban sentados en la entrada. Solo las filas delanteras estaban libres, unos sitios reservados por tradición para los ministros del gabinete, en el lado que ocupaba el gobierno, y los líderes de la oposición, en el otro.

A Maud le pareció significativo que el debate de esa jornada fuese a tener lugar en aquella cámara, y no en la Cámara de los Lores. De hecho, muchos de los pares estaban, como Fitz, allí en la galería, observando. La Cámara de los Comunes poseía la autoridad que le confería el haber sido elegida por el pueblo, a pesar de que poco más de la mitad de los hombres adultos tenían derecho al voto, y ninguna de las mujeres. Asquith había pasado buena parte de su mandato como primer ministro peleándose con los lores, en especial por el plan de Lloyd George de dar una pequeña pensión a todos los ancianos. Las peleas habían sido encarnizadas, pero al final, los comunes habían ganado todas y cada una de ellas. La razón subyacente, a juicio de Maud, era que la aristocracia inglesa temía que la Revolución francesa fuese a repetirse allí, de modo que al final siempre alcanzaban un acuerdo.

Llegaron los ocupantes de los asientos delanteros, y a Maud le sorprendió de inmediato el ambiente que se respiraba entre los liberales.

El primer ministro, Asquith, estaba sonriendo por algo que había dicho el cuáquero Joseph Pease, y Lloyd George departía con sir Edward Grey.

—Oh, Dios… —murmuró Maud.

Walter, sentado a su lado, le preguntó:

—¿Qué ocurre?

—Míralos —dijo ella—. Ahora son todos amigos. Han salvado todas sus diferencias.

—No puedes saber eso solo con mirarlos.

—Sí, sí que puedo.

El presidente de la Cámara de los Comunes entró tocado con una anticuada peluca y se sentó en el trono elevado. Llamó al jefe del Foreign Office y Grey se levantó, con la cara pálida, demacrada y con el semblante preocupado.

No era un buen orador, pues tenía tendencia a la verborrea y resultaba sobremanera cargante. A pesar de todo, los parlamentarios seguían el hilo de sus palabras pegados a sus asientos y los visitantes de la galería escuchaban con atención a la espera de que llegara la parte verdaderamente importante.

Estuvo hablando durante tres cuartos de hora antes de mencionar a Bélgica, y luego, por fin, desveló los detalles del ultimátum alemán del que Walter le había hablado a Maud una hora antes. Los parlamentarios se quedaron petrificados. Maud vio que, tal como ella se temía, aquello lo cambiaba todo: ambas facciones del Partido Liberal, tanto los imperialistas de extrema derecha como los defensores izquierdistas de los derechos de las pequeñas naciones, estaban absolutamente indignados.

Grey citó las palabras de Gladstone, al preguntar:

—Teniendo en cuenta las circunstancias, este país, dotado como está de influencia y poder, ¿se quedará discretamente al margen y se limitará a presenciar la comisión del crimen más terrible que haya manchado jamás las páginas de la historia, y se convertirá así en cómplice del pecado?

Todo aquello era una solemne tontería, pensó Maud. La invasión de Bélgica no sería el crimen más terrible de la historia; ¿qué era entonces la matanza de Kanpur? ¿Y el comercio de esclavos? Gran Bretaña no intervenía cada vez que un país era invadido. Era ridículo afirmar que su pasividad convertía al pueblo británico en cómplice del pecado.

Sin embargo, muy pocos de los presentes compartían el punto de vista de Maud; los miembros de ambos sectores aplaudían, y la joven observó consternada el banco delantero, ocupado por los componentes del gobierno. Todos los ministros que hasta el día anterior se habían opuesto fervientemente a la guerra asentían ahora con entusiasmo: el joven Herbert Samuel, Lewis «Lulu» Harcourt, el cuáquero Joseph Pease, que era presidente de la Asociación por la Paz, y, lo que era aún peor, el mismísimo Lloyd George. Maud dedujo, con desesperación, que el hecho de que Lloyd George apoyase a Grey significaba que la batalla política había terminado; la amenaza alemana a Bélgica había unido a las dos facciones enfrentadas.

Grey no sabía aprovecharse de las emociones de su público, como hacía Lloyd George, ni sabía hablar como un profeta del Antiguo Testamento, como hacía Churchill, pero ese día no le hacía falta ninguna de las dos cosas: los hechos se encargaban por méritos propios de hacer todo el trabajo. Maud se volvió hacia Walter y dijo con un susurro cargado de rabia:

—¿Por qué? ¿Por qué ha hecho esto Alemania?

El joven torció el gesto con una expresión de angustia, pero respondió con la serena lógica que lo caracterizaba.

—El sur de Bélgica, la frontera entre Alemania y Francia, está fuertemente fortificada. Si atacáramos por ahí, ganaríamos, pero tardaríamos demasiado, y Rusia tendría tiempo de movilizar sus tropas y atacarnos por la retaguardia. El único modo que tenemos de asegurarnos una victoria rápida es avanzando a través de territorio belga.

—¡Pero eso también implica que Gran Bretaña os declare la guerra!

Walter asintió con la cabeza.

—Pero el ejército británico es muy pequeño. Dependéis de vuestras fuerzas navales, y esta no es una guerra marítima. Nuestros generales creen que Gran Bretaña no influirá demasiado en el resultado.

—¿Y tú estás de acuerdo?

—Yo opino que convertir en enemigo a un vecino rico y poderoso nunca es una maniobra inteligente. Pero no logré convencerlos.

«Y eso es lo que ha pasado en repetidas ocasiones a lo largo de las últimas dos semanas», pensó Maud con consternación. En todos los países, quienes estaban a favor de la guerra habían acabado por imponer su opinión. Los austríacos habían atacado Serbia cuando podrían haberse contenido; los rusos se habían movilizado en lugar de negociar; los alemanes se habían negado a asistir a una conferencia internacional para encontrar una solución dialogada al conflicto; a los franceses les habían ofrecido la ocasión de permanecer neutrales y la habían rechazado, y ahora los británicos estaban a punto de tomar parte activa cuando podrían haberse quedado fácilmente al margen.

Grey había llegado al final de su discurso.

—He presentado ante esta cámara los hechos fundamentales y si, tal como parece probable, nos vemos obligados, rápidamente además, a adoptar una postura firme al respecto, entonces creo que, cuando el país se percate de lo que está en juego, de cuáles son los verdaderos problemas y cuál la magnitud de los inminentes peligros que se ciernen sobre el oeste de Europa y que he intentado transmitir hoy a esta cámara, obtendremos un apoyo unánime, no solo por parte de la Cámara de los Comunes, sino en virtud de la determinación, la resolución, el coraje y la capacidad de resistencia del país entero.

Cuando se sentó, se vio obsequiado con una intensa ovación procedente de todos los bancos. No había habido ninguna votación, y Grey ni siquiera había propuesto nada concreto, pero era evidente por la reacción generalizada que los parlamentarios estaban listos para ir a la guerra.

El jefe de la oposición, Andrew Bonar Law, tomó la palabra para decir que el gobierno podía contar con el apoyo de los conservadores. Aquello no supuso ninguna sorpresa para Maud, pues siempre eran más belicistas que los liberales, pero se quedó perpleja, al igual que el resto de los presentes, cuando vio al líder nacionalista irlandés anunciar lo mismo. Maud se sintió como si todo el mundo a su alrededor hubiese enloquecido. ¿Es que era la única persona del mundo que quería la paz?

Solo el dirigente del Partido Laborista mostró su disconformidad.

—Creo que se equivoca —dijo Ramsay MacDonald, hablando de Grey—. Creo que el gobierno al que representa y en nombre del que habla se equivoca. Creo que el veredicto de la historia será que se equivocan.

Sin embargo, nadie lo escuchaba. Algunos de los parlamentarios ya estaban abandonando la cámara, y la galería de los espectadores también empezaba a quedarse vacía. Fitz se levantó y el resto de su grupo hizo lo propio. Maud los siguió, desanimada y sin fuerzas. Abajo en la cámara, MacDonald decía:

—Si un caballero justo y honorable hubiese venido hoy aquí y nos hubiese dicho que nuestro país corre un grave peligro, no me importa

a qué partido hubiese apelado, ni a qué clase se hubiese dirigido, nosotros estaríamos con él... ¿Qué sentido tiene hablar de acudir en auxilio de Bélgica cuando, en realidad, se trata de intervenir en una guerra
que engloba a toda Europa?

Maud salió de la galería y ya no oyó nada más.

Aquel era el peor día de su vida. Su país iba a participar en una guerra innecesaria, su hermano y el hombre al que amaba iban a arriesgar
sus vidas, y ella iba a separarse de su prometido, tal vez para siempre.
Había perdido toda esperanza y se hallaba sumida en la desesperación
más absoluta.

Cuando bajaron las escaleras, Fitz encabezaba el grupo.

—Muy interesante, Fitz querido —dijo tía Herm educadamente,
como si la hubiesen llevado a una exposición de arte que le hubiese gustado más de lo que esperaba.

Walter agarró a Maud del brazo y la retuvo. La joven dejó que la
adelantaran otras tres o cuatro personas para que Fitz no pudiese oírlos, pero no estaba preparada para lo que vino a continuación.

—Cásate conmigo —dijo él en voz baja.

A la joven se le aceleró el corazón.

—¿Qué? —susurró—. ¿Cómo?

—Cásate conmigo, por favor, mañana.

—No puede ser...

—Tengo un permiso especial. —Se dio unos golpecitos en el bolsillo delantero de su levita—. Esta mañana he ido al Registro Civil de
Chelsea.

La cabeza le daba vueltas, y lo único que se le ocurrió decir fue:

—Habíamos acordado esperar. —En cuanto hubo pronunciado
aquellas palabras, ya se estaba arrepintiendo.

Sin embargo, él se apresuró a responder.

—Y hemos esperado. La crisis ha terminado. Tu país y el mío van
a entrar en guerra mañana o al día siguiente. Tendré que marcharme de
Gran Bretaña y quiero casarme contigo antes de irme.

—¡Pero no sabemos lo que va a pasar! —exclamó ella.

—Desde luego que no, pero sea lo que sea lo que nos depare el futuro, quiero que te conviertas en mi esposa.

—Pero... —Maud se calló. ¿Por qué estaba poniendo objeciones?
Él tenía razón. Nadie sabía lo que iba a suceder, pero ¿qué importancia tenía aquello entonces? Ella también quería ser su esposa, y nada
de lo que pasase en el futuro podía cambiarlo.

Antes de que pudiera decir algo más, llegaron al pie de la escalera y salieron al vestíbulo central, inundado de gente que bullía de nerviosismo en agitada conversación. Maud quería desesperadamente hacerle más preguntas a Walter, pero Fitz insistió con galantería en acompañarlas afuera a ella y a tía Herm, a causa del gentío. En Parliament Square, Fitz ayudó a ambas mujeres a subir al coche. El chófer accionó la manivela automática, el motor emitió un rugido y el vehículo se alejó deslizándose suavemente por la calzada; Fitz y Walter se quedaron en la acera, con la multitud de espectadores esperando a escuchar su destino.

VII

Maud quería ser la esposa de Walter, era de lo único de lo que estaba segura. Se aferró a ese pensamiento mientras un sinnúmero de preguntas y especulaciones se agolpaban en su cerebro. ¿Debía seguir el plan de Walter o era mejor esperar? Si accedía a casarse con él al día siguiente, ¿a quién se lo diría? ¿Adónde irían después de la ceremonia? ¿Vivirían juntos? Y si así era, ¿dónde?

Esa noche, antes de la cena, su doncella le trajo un sobre en una bandeja de plata. Contenía una sola hoja de papel color crema con la letra precisa e impoluta de Walter en tinta azul.

Seis en punto de la tarde
Amada mía:
Mañana a las tres y media te estaré esperando en un coche al otro lado de la calle, frente a la casa de Fitz. Llevaré conmigo los dos testigos pertinentes. Tenemos cita en el registro a las cuatro en punto. He reservado una suite en el hotel Hyde. Yo ya he dejado allí mi equipaje, para que podamos subir a nuestra habitación directamente sin necesidad de demorarnos en la recepción. Seremos el señor y la señora Woolridge. Lleva un velo.
Te quiero, Maud.
Tu prometido,

W.

Con mano temblorosa, dejó la hoja de papel en la superficie de madera de caoba de su tocador. Sintió que se le había acelerado el pulso.

Se quedó mirando el papel pintado de las paredes y trató de serenarse para pensar con claridad.

Walter había escogido bien la hora, porque a las tres y media de la tarde era un buen momento para que Maud pudiese salir de la casa sin que nadie reparara en ello. Su tía Herm echaba la siesta después de comer y Fitz estaría en la Cámara de los Lores.

Fitz no debía sospechar nada, porque intentaría detenerla. Podía encerrarla en su cuarto, sencillamente, y podía llegar incluso a hacer que la internasen en un manicomio. Cualquier hombre adinerado de clase alta podía lograr que encerrasen a una mujer de su familia sin demasiada dificultad, lo único que Fitz tendría que hacer sería encontrar dos médicos dispuestos a convenir con él que debía de estar loca para querer casarse con un alemán.

No se lo diría absolutamente a nadie.

El nombre falso y el velo indicaban que Walter quería que fuese una boda secreta. El Hyde era un hotel discreto de Knightsbridge, donde no era muy probable que se tropezasen con algún conocido. Sintió un escalofrío de emoción al pensar que iba a pasar la noche con Walter.

Pero ¿qué harían al día siguiente? Una boda no podía mantenerse en secreto toda la vida. Walter se marcharía de Gran Bretaña al cabo de dos o tres días. ¿Iría ella con él? Temía arruinar su carrera. ¿Cómo le creerían capaz de luchar por su país si estaba casado con una inglesa? Y si realmente iba al frente, se iría lejos de su casa, y entonces, ¿qué sentido tenía que ella lo acompañara a Alemania?

Pese a todas las incógnitas, sentía una ilusión y un entusiasmo desbordantes.

—La señora Woolridge —dijo, sola en el dormitorio, y se abrazó las rodillas, radiante de felicidad.

11

4 de agosto de 1914

I

Al amanecer, Maud se levantó y se sentó a su tocador para escribir una carta. Tenía una pila del papel azul de Fitz en el cajón, y cada día le llenaban el tintero de plata. «Cariño mío», empezó a escribir, pero entonces se detuvo a pensar.

Vio su reflejo en el óvalo del espejo. Llevaba el pelo alborotado y el camisón arrugado. Tenía la frente surcada de arrugas y un gesto triste. Se quitó un trocito de verdura verde de entre los dientes. «Si pudiera verme ahora —pensó—, a lo mejor no querría casarse conmigo.» Entonces se dio cuenta de que, si seguía adelante con su plan, así sería exactamente como la vería al día siguiente por la mañana. Era un pensamiento extraño, que le suscitaba miedo y emoción al mismo tiempo.

Escribió:

> Sí, con todo mi corazón, deseo casarme contigo. Pero ¿qué plan tienes? ¿Dónde viviremos?

Había pasado la mitad de la noche pensando en ello. Los obstáculos parecían insalvables.

> Si te quedas en Gran Bretaña, te encerrarán en un campo de prisioneros. Si nos vamos a Alemania, jamás te veré porque estarás lejos de casa, con el ejército.

Además, sus familias podían suponer más problemas que las autoridades.

¿Cuándo les hablaremos de la boda a nuestros familiares? No con antelación, por favor, porque Fitz encontrará la forma de detenernos. Incluso después tendremos dificultades con él y con tu padre. Dime qué piensas.

Te quiero muchísimo.

Selló el sobre y escribió la dirección del apartamento de Walter, que quedaba a unos cuatrocientos metros de allí. Tocó la campanilla y, unos minutos después, su doncella llamó a la puerta. Sanderson era una muchacha regordeta y con una sonrisa enorme.

—Si el señor Ulrich ha salido, ve a la embajada alemana, que está en Carlton House Terrace —dijo Maud—. De cualquier forma, espera su respuesta. ¿Está claro?

—Sí, milady.

—Y no hace falta que le cuentes a nadie más del servicio lo que vas a hacer.

Una expresión de preocupación tiñó el joven rostro de Sanderson. Muchas doncellas participaban en las intrigas de sus señoras, pero Maud nunca había tenido amoríos secretos, y Sanderson no estaba acostumbrada al engaño.

—¿Qué digo cuando el señor Grout me pregunte adónde voy?

Maud lo pensó un momento.

—Dile que tienes que comprarme ciertos artículos femeninos. —El bochorno pondría freno a la curiosidad de Grout.

—Sí, milady.

Sanderson salió de la habitación y Maud se vistió.

No estaba segura de cómo iba a mantener una apariencia de normalidad delante de su familia. Puede que Fitz no percibiera su estado de ánimo —los hombres rara vez eran capaces de hacerlo—, pero tía Herm no era ajena por completo a cuanto la rodeaba.

Bajó a la hora del desayuno, aunque estaba demasiado nerviosa para tener hambre. Tía Herm estaba dando buena cuenta de un arenque ahumado, y a Maud el olor le revolvió un poco el estómago. Dio unos sorbitos de café.

Fitz apareció un minuto después. Se sirvió un arenque del aparador y abrió *The Times*. «¿Qué hago yo normalmente? —se preguntó Maud—. Hablo de política, así que eso es lo que debo hacer ahora.»

—¿Pasó algo anoche? —dijo.

—Vi a Winston después de la reunión del gabinete —contestó

Fitz—. Vamos a pedirle al gobierno alemán que retire su ultimátum a Bélgica. —Imprimió un énfasis desdeñoso a la palabra «pedirle».

Maud no se atrevió a sentir esperanza.

—¿Significa eso que no hemos dejado por completo de trabajar por la paz?

—Como si lo hubiéramos hecho —repuso él con desprecio—. No sé qué se traerán entre manos los alemanes, pero no parece probable que cambien de opinión por recibir una petición educada.

—A veces hay que agarrarse a un clavo ardiendo.

—No nos estamos agarrando a ningún clavo ardiendo. Estamos siguiendo el ritual preliminar a una declaración de guerra.

Maud, consternada, pensó que su hermano tenía razón. Todos los gobiernos querrían decir que ellos no habían deseado la guerra, pero que se habían visto obligados a entrar en ella. Fitz no daba muestras de que hubiera peligro alguno para él mismo, en ningún momento había dado a entender que esas escaramuzas diplomáticas pudieran resultar en una herida mortal para él. Maud deseaba protegerlo y, al mismo tiempo, tenía ganas de estrangularlo por su necia obstinación.

Para distraerse, hojeó un poco el *Manchester Guardian*. Contenía un anuncio a toda plana publicado por la Liga de la Neutralidad con la siguiente consigna: «Británicos, cumplid con vuestro deber y no permitáis que vuestro país entre en una guerra infame y estúpida». A Maud le gustó saber que todavía quedaba gente que pensaba igual que ella, aunque no tuvieran posibilidad alguna de prevalecer.

Sanderson llegó con un sobre en una bandejita de plata. Sobresaltada, Maud reconoció la letra de Walter. Sintió terror. ¿En qué estaba pensando la doncella? ¿Acaso no se daba cuenta de que, si la nota original debía mantenerse en secreto, la respuesta debía ser tratada de la misma forma?

No podía leer la nota de Walter delante de Fitz. Con el corazón acelerado, la cogió fingiendo despreocupación, la dejó caer junto a su plato y después le pidió a Grout un poco más de café.

Se puso a mirar su periódico para ocultar el pánico. Fitz no le censuraba el correo, pero, como cabeza de familia, tenía derecho a leer toda carta dirigida a cualquier mujer emparentada con él que viviera en su casa. Ninguna dama respetable pondría objeciones a eso.

Tenía que acabarse el desayuno lo más deprisa posible y llevarse el sobre de allí sin abrir. Intentó comer un pedazo de tostada y tuvo que esforzarse para hacer pasar las migas por su garganta seca.

Fitz apartó la vista de *The Times*.

—¿Es que no piensas leer tu carta? —preguntó. Y luego, para horror de Maud, añadió—: Parece que sea la letra de Von Ulrich.

No tenía alternativa. Rasgó el sobre con un cuchillo de la mantequilla limpio e intentó que su cara mostrara una expresión neutra.

> Nueve de la mañana
> Amor mío:
> A todos los de la embajada nos han dicho que hagamos la maleta, paguemos nuestras cuentas y estemos listos para abandonar Gran Bretaña avisados con unas horas de antelación.
> Tú y yo no debemos hablarle a nadie de nuestro plan. Después de esta noche regresaré a Alemania y tú te quedarás aquí, viviendo con tu hermano. Todo el mundo coincide en que esta guerra no puede durar más que unas cuantas semanas o, como mucho, unos meses. En cuanto haya terminado, si los dos seguimos vivos, haremos partícipe al mundo de nuestras noticias y comenzaremos una nueva vida juntos.
> Y, por si no logramos sobrevivir a la guerra, oh, por favor, disfrutemos de una noche de felicidad como marido y mujer.
> Te quiero.
>
> W.
>
> P. D. Alemania ha invadido Bélgica hace una hora.

A Maud le daba vueltas la cabeza. ¡Casados en secreto! Nadie tendría noticia. Los superiores de Walter seguirían confiando en él sin saber que estaba casado con una enemiga; y él podría luchar tal como le exigía su honor, e incluso trabajar en los servicios secretos. Los hombres seguirían cortejando a Maud, creyéndola soltera, pero ella sería capaz de manejar la situación: llevaba años dando calabazas a sus pretendientes. Vivirían separados hasta el final de la guerra, que se produciría al cabo de unos cuantos meses, a más tardar.

Fitz interrumpió el hilo de sus pensamientos.

—¿Qué dice?

Maud se quedó en blanco. No podía contarle a Fitz nada de eso. ¿Cómo iba a responder a su pregunta? Bajó la mirada hacia la hoja de papel color crema y la recta caligrafía, y sus ojos se toparon con la posdata.

—Dice que Alemania ha invadido Bélgica a las ocho en punto de esta mañana.

Fitz dejó el tenedor.

—Entonces, ya está. —Por una vez, incluso parecía conmocionado.

—¡Pobre Bélgica, con lo pequeñita que es! Me parece que esos alemanes son unos matones de mucho cuidado —dijo tía Herm. Entonces pareció desconcertada y añadió—: Salvo herr Von Ulrich, desde luego. Él es encantador.

—Adiós a la educada petición del gobierno británico —dijo Fitz.

—Es una locura —replicó Maud, desolada—. Miles de hombres van a morir en un conflicto que nadie desea.

—Creía que apoyarías la guerra —dijo Fitz, con ganas de discutir—. A fin de cuentas, estaremos defendiendo a Francia, que es la única democracia auténtica que hay en Europa, aparte de nosotros. Y nuestros enemigos serán Alemania y Austria, cuyos parlamentos electos carecen prácticamente de poder.

—Pero nuestro aliado será Rusia —adujo Maud con amargura—. Así que estaremos luchando para preservar también la monarquía más brutal y retrógrada de Europa.

—Entiendo lo que quieres decir.

—En la embajada les han dicho a todos que hagan las maletas —siguió explicando Maud—. Puede que no volvamos a ver a Walter. —Dejó la carta en la mesa, como sin darle más importancia.

No sirvió de nada.

—¿Puedo verla? —preguntó Fitz.

Maud se quedó de piedra. No podía enseñársela de ninguna manera. No solo la encerraría: si leía esa frase de «una noche de felicidad», puede que se hiciera con una pistola y fuese a matar a Walter.

—¿Puedo? —repitió Fitz, tendiendo una mano.

—Desde luego —convino ella. Dudó un segundo más y entonces cogió la carta. En el último instante recibió una inspiración y volcó su taza, con lo que el café se derramó sobre el papel—. Ay, vaya por Dios —dijo, comprobando con alivio que el café había hecho que la tinta azul se corriera y que las palabras resultaran ya ilegibles.

Grout se acercó enseguida y empezó a limpiar el estropicio. Fingiendo querer ser de ayuda, Maud cogió la carta y la dobló, asegurándose de que la letra que pudiera haber escapado al café quedara esta vez bien empapada.

—Lo siento, Fitz —dijo—. Pero la verdad es que no había más información que esa.

—No importa —repuso él, y siguió leyendo su periódico.

Maud se llevó las manos al regazo para ocultar su temblor.

II

Aquello no fue más que el principio.

A Maud iba a resultarle difícil salir de casa sola. Igual que todas las damas de clase alta, se suponía que no debía ir a ninguna parte sin acompañante. Los hombres fingían que era porque les preocupaba mucho la protección de sus mujeres, pero en realidad se trataba de una forma de control. No cabía duda de que seguiría siendo así hasta que las mujeres consiguieran el voto.

Maud se había pasado la mitad de la vida buscando formas de desobedecer esa regla. Tendría que salir a hurtadillas, sin ser vista, lo cual era bastante complicado. Aunque en la mansión de Fitz en Mayfair solo vivían cuatro miembros de la familia, en todo momento había en la casa por lo menos una docena de criados.

Además, tendría que pasar toda la noche fuera sin que nadie se diera cuenta.

Preparó su plan con sumo cuidado.

—Tengo jaqueca —dijo cuando terminaron de comer—. Bea, ¿me disculparás si no bajo a cenar esta noche?

—Faltaría más —dijo Bea—. ¿Puedo ayudarte en algo? ¿Quieres que envíe a buscar al profesor Rathbone?

—No, gracias, no es nada grave. —Una jaqueca que no era grave era el eufemismo habitual para referirse al período menstrual, y todo el mundo lo aceptaba sin más comentarios.

Hasta ahí, todo bien.

Subió a su habitación y llamó a su doncella.

—Me voy a acostar, Sanderson —dijo, poniendo en práctica la pantomima que había ensayado con esmero—. Seguramente me quedaré guardando cama lo que queda del día. Por favor, dile al resto del servicio que no deseo que me molesten por ningún motivo. A lo mejor llamo para que me suban la cena en una bandeja, pero lo dudo. Me siento como si pudiera dormir un día entero.

Con eso se aseguraba de que nadie notase su ausencia durante el resto del día.

—¿Se encuentra mal, milady? —preguntó Sanderson con cara de preocupación. Había señoras que guardaban cama a menudo, pero en Maud no era habitual.

—No es más que la común dolencia femenina, solo que más fuerte que otras veces.

Maud se dio cuenta de que Sanderson no la creía. Ese mismo día ya había hecho salir a la doncella con un mensaje secreto, algo que nunca antes había sucedido. Sanderson sabía que ocurría algo fuera de lo normal, pero a las doncellas no se les permitía interrogar a sus señoras. La muchacha tendría que quedarse con la curiosidad.

—Y no me despiertes por la mañana —añadió Maud. No sabía a qué hora regresaría, ni cómo entraría en la casa sin que nadie la viera.

Sanderson se marchó. Eran las tres y cuarto. Maud se desvistió deprisa y luego miró en su armario.

No estaba acostumbrada a sacar de allí su propia ropa; normalmente lo hacía Sanderson. Su vestido de paseo de color negro tenía un sombrero con velo a juego, pero no podía ir de negro en su boda.

Miró la hora en el reloj que había encima de la chimenea: las tres y veinte. No tenía tiempo para titubeos.

Escogió un elegante conjunto francés. Se puso una blusa ceñida con encajes blancos y cuello alto para realzar su cuello estilizado y, encima de la blusa, un vestido de un azul cielo tan pálido que era casi blanco. Siguiendo la última moda más atrevida, llegaba solo hasta cuatro o cinco centímetros por encima de los tobillos. Lo combinó con un sombrero de paja de ala ancha azul oscuro que llevaba un velo del mismo color, y un alegre parasol azul con forro blanco. También tenía un bolso de terciopelo con cierre de cordón que hacía juego con el conjunto. En él metió un peine, un frasquito de perfume y un par de calzones limpios.

El reloj dio las tres y media. Walter ya estaría fuera, esperando. Maud sintió que el corazón le palpitaba con fuerza.

Se bajó el velo y se contempló en un espejo de cuerpo entero. No es que fuera un vestido de novia, pero daría el pego, supuso, en un registro civil. Nunca había asistido a una boda no religiosa, así que no estaba muy segura.

Sacó la llave de la cerradura y se quedó un momento junto a la puerta cerrada, aguzando el oído. No quería encontrarse con nadie que pudiera hacerle preguntas. Quizá no pasara nada si la veía un lacayo o un limpiabotas, a quienes no les importaría lo que hiciera, pero a esas alturas todas las doncellas sabrían ya que se suponía que estaba indispuesta y, si se cruzaba con alguien de la familia, su engaño quedaría descubierto al instante. El bochorno era lo que menos le importaba, lo que temía era que intentaran detenerla.

Estaba a punto de abrir la puerta cuando oyó unos pasos vigorosos y percibió un olor a humo. Debía de ser Fitz, terminándose aún el puro de después de comer mientras salía hacia la Cámara de los Lores, o quizá al White's Club. Maud esperó con impaciencia.

Al cabo de unos momentos, asomó la cabeza. El amplio pasillo estaba desierto. Salió, cerró la puerta, giró lá llave y luego la guardó en su bolso de terciopelo. Así, cualquiera que intentara abrir daría por sentado que estaba durmiendo dentro.

Caminó sin hacer ruido por el pasillo enmoquetado hacia lo alto de la escalera y miró abajo. No había nadie en el vestíbulo. Bajó los escalones a toda prisa. Cuando llegó al descansillo de la mitad, oyó un ruido y se quedó inmóvil. La puerta del sótano se abrió de pronto y salió Grout. Maud contuvo la respiración. Miró hacia abajo y vio la cúpula pelada de la cabeza del mayordomo, que cruzaba el vestíbulo con dos decantadores de oporto. Caminaba de espaldas a la escalera y entró en el comedor sin mirar arriba.

Cuando cerró la puerta tras de sí, Maud bajó corriendo el último tramo de la escalera, mandando a paseo toda precaución. Abrió la puerta principal, salió y cerró de golpe. Demasiado tarde, deseó entonces haber sido más cuidadosa al cerrar.

La tranquila calle de Mayfair se caldeaba al sol de agosto. Maud miró a uno y otro lado, vio el carro de un pescadero tirado a caballo, a una niñera con un cochecito de paseo y a un chófer cambiando la rueda de un taxi a motor. A un centenar de metros, del otro lado de la calle, había un coche blanco con cubierta de lona azul. A Maud le gustaban los automóviles y reconoció ese: era un Benz 10/30 que pertenecía a Robert, el primo de Walter.

Mientras cruzaba la calle, vio a Walter bajar del coche y el corazón se le llenó de dicha. Llevaba un traje de mañana de color gris claro con un clavel rojo. Sus miradas se encontraron y, al ver su expresión, Maud supo que hasta ese momento no estuvo seguro de que ella acudiera a la cita. Aquella idea hizo que se le saltara una lágrima.

Sin embargo, el rostro de Walter enseguida se iluminó con deleite. Qué extraño y maravilloso era, pensó Maud, ser capaz de provocarle tanta felicidad a otra persona.

Se volvió con inquietud para mirar hacia la casa. Grout estaba en el umbral, mirando a un lado y a otro de la calle y arrugó la frente, extrañado. Maud supuso que había oído el portazo. Miró hacia delante con decisión, y lo que le vino entonces a la cabeza fue: «¡Libre al fin!».

Walter le besó la mano. Ella quería darle un beso de verdad, pero el velo se interponía entre ambos. Además, no era apropiado antes de la boda. Tampoco había necesidad de tirar por la ventana todas las convenciones.

Vio entonces que Robert iba al volante. Se llevó una mano al sombrero de copa gris para saludarla. Walter confiaba en él. Sería uno de los testigos.

Walter abrió la puerta y Maud subió al asiento de atrás. Ya había alguien en el interior, y la joven reconoció al ama de llaves de Tŷ Gwyn.

—¡Williams! —exclamó.

Williams sonrió.

—Será mejor que ahora me llames Ethel —dijo—. Voy a ser tu testigo de boda.

—Desde luego… lo siento. —Impulsivamente, Maud le dio un abrazo—. Gracias por venir.

El coche arrancó.

Maud se inclinó hacia delante para hablar con Walter.

—¿Cómo has encontrado a Ethel?

—Me dijiste que había ido a la maternidad. Le pedí su dirección al doctor Greenward. Sabía que confiabas en ella porque la elegiste para que fuera nuestra carabina en Tŷ Gwyn.

Ethel le dio a Maud un pequeño ramillete de flores.

—Tu ramo.

Eran rosas de color coral: la flor de la pasión. ¿Conocía Walter el lenguaje de las flores?

—¿Quién las ha elegido?

—Ha sido sugerencia mía —dijo Ethel—. Y a Walter le ha gustado cuando le he explicado lo que significan. —Se ruborizó.

Maud comprendió entonces que Ethel sabía lo apasionados que eran porque los había visto besarse.

—Son perfectas —dijo.

Ethel llevaba un vestido rosa pálido que parecía nuevo y un sombrero decorado con más rosas de color rosa. Walter debía de habérselo pagado. Qué considerado era.

Avanzaron por Park Lane y se dirigieron hacia Chelsea. «Voy a casarme», pensó Maud. En el pasado, siempre que había imaginado su boda había supuesto que sería como las de todas sus amigas, un largo día de tediosa ceremonia. Esa era una forma mejor de hacer las cosas. No había planificación, lista de invitados ni servicio de restauración. No habría himnos ni discursos, y nada de familiares borrachos intentando besarla: solo la novia y el novio, y dos personas de su agrado en quienes confiaban.

Desterró de su mente todo pensamiento sobre el futuro. Europa estaba en guerra y podía suceder cualquier cosa. Ella simplemente disfrutaría de ese día… y de esa noche.

Estaban ya en King's Road cuando de repente sintió nerviosismo. Apretó la mano de Ethel para infundirse valor. Tuvo una visión como salida de una pesadilla en la que Fitz los seguía en su Cadillac y gritaba: «¡Detengan a esa mujer!». Miró atrás. Por supuesto, no había ni rastro de su hermano ni de su coche.

Aparcaron frente a la clásica fachada del ayuntamiento de Chelsea. Robert tomó a Maud del brazo y subió con ella los escalones hasta la entrada; Walter los siguió con Ethel. Los transeúntes se detenían a mirarlos: a todo el mundo le gustaban las bodas.

Por dentro, el edificio tenía una extravagante decoración de estilo victoriano, con suelos de coloridas baldosas y molduras de yeso en las paredes. Daba la impresión de ser el sitio adecuado para casarse.

Tuvieron que esperar en el vestíbulo: a las tres y media había tenido lugar otra boda y todavía no había terminado. Los cuatro se quedaron de pie formando un pequeño corro; a nadie se le ocurría nada que decir. Maud inhaló el aroma de sus rosas, el perfume se le subió a la cabeza y le hizo sentir como si hubiera dado un sorbo a una copa de champán.

Al cabo de unos minutos salieron los de la boda anterior. La novia llevaba un vestido de diario y el novio iba engalanado con un uniforme de sargento del ejército. A lo mejor también ellos habían tomado la decisión repentinamente a causa de la guerra.

Maud y sus acompañantes entraron. El secretario del registro civil estaba sentado a una mesa sencilla, llevaba chaqué y una corbata de color plata. Se había puesto un clavel en el ojal; un toque bonito, pensó Maud. A su lado había un empleado en traje de calle. Ellos le indicaron que sus nombres eran «el señor Von Ulrich y la señorita Maud Fitzherbert». Maud se levantó el velo.

—Señorita Fitzherbert, ¿puede presentar pruebas de su identidad? —dijo el secretario.

Maud no sabía de qué le estaba hablando.

Al ver su mirada de incomprensión, el funcionario añadió:

—¿Su partida de nacimiento, quizá?

No tenía su partida de nacimiento. No sabía que fuera a necesitarla, y, aunque así hubiera sido, no habría sido capaz de hacerse con ella, ya que Fitz la guardaba en la caja fuerte junto con otros documentos de la familia, como su testamento. La invadió el pánico.

Entonces Walter dijo:

—Creo que esto servirá. —Sacó de su bolsillo un sobre sellado y franqueado, dirigido a la señorita Maud Fitzherbert y a la dirección postal de la maternidad. Debía de haberla conseguido al ir a ver al doctor Greenward. ¡Qué listo era!

El secretario le pasó el sobre al otro empleado sin mediar palabra. Después dijo:

—Es mi deber recordarles la naturaleza solemne y vinculante de los votos que están a punto de pronunciar.

Maud se sintió algo ofendida por la insinuación de que tal vez no supiera lo que estaba haciendo, pero después se dio cuenta de que era algo que el funcionario tenía que decirle a todo el mundo.

Walter se irguió más. «Ha llegado el momento —pensó Maud—, ya no hay vuelta atrás.» Estaba bastante segura de que deseaba casarse con Walter... pero, más que eso, era plenamente consciente de que había llegado a la edad de veintitrés años sin haber conocido a ningún otro a quien hubiera considerado ni remotamente como posible marido. Todos los hombres a los que había conocido la habían tratado, tanto a ella como a las demás mujeres, como si fueran niñas grandes. Solo Walter era diferente. Era él o nadie más.

El secretario estaba declamando unas palabras que Walter tenía que repetir.

—Declaro solemnemente que no conozco ningún impedimento legal para que yo, Walter von Ulrich, no pueda unirme en matrimonio a Maud Elizabeth Fitzherbert. —Pronunció su propio nombre a la inglesa, «Wall-ter», en lugar de con la correcta pronunciación alemana, «Val-ter».

Maud no dejaba de mirar su rostro mientras hablaba. Su voz era firme y clara.

Cuando le llegó el turno a ella, también él la observó con solemnidad mientras pronunciaba esa misma declaración. Adoraba esa seriedad suya. La mayoría de los hombres, aun los que eran muy inteligentes, parecían volverse algo bobos cuando conversaban con mujeres. Walter le hablaba con la misma inteligencia como cuando hablaba con Robert o con Fitz, y (lo que era aún más infrecuente) escuchaba sus respuestas.

A continuación vinieron los votos. Walter la miró a los ojos al tomarla por esposa, y esta vez ella percibió un ligero temblor de emoción en su voz. Esa era la otra cosa que adoraba de él: sabía que podía minar su seriedad. Podía hacerlo temblar de amor, felicidad o deseo.

Maud hizo el mismo voto.

—Requiero a los aquí presentes para que sean testigos de que yo, Maud Elizabeth Fitzherbert, te tomo a ti, Walter von Ulrich, para que seas mi legítimo esposo.

No hubo titubeos en la voz de ella, y se sintió algo avergonzada por no haberse emocionado visiblemente… pero es que ese no era su estilo. Prefería parecer serena aunque no lo estuviera. Walter lo entendía, y él más que nadie sabía de las tormentas de pasión que arreciaban en su corazón.

—¿Tienen anillo? —preguntó el secretario.

Maud ni siquiera había pensado en ello; pero Walter sí. Sacó una sencilla alianza de oro del bolsillo de su chaleco, le tomó la mano y la deslizó en su dedo. Debía de haber escogido el tamaño a ojo, pero casi había acertado, quizá era solo una o dos tallas mayor. Puesto que su matrimonio tenía que ser secreto, Maud no se la pondría durante una buena temporada después de ese día.

—Yo los declaro marido y mujer —dijo el secretario—. Puede besar a la novia.

Walter la besó en los labios con ternura. Ella le pasó un brazo por la cintura y lo acercó más.

—Te quiero —le susurró.

El secretario dijo:

—Y ahora vamos con el certificado de matrimonio. Quizá quiera usted sentarse… señora Ulrich.

Walter sonrió, Robert soltó una risita y a Ethel se le escapó un pequeño grito de alegría. Maud supuso que al secretario le gustaba ser la primera persona que llamaba a la novia por su nombre de casada. Todos tomaron asiento, y el asistente del secretario empezó a cumplimentar el certificado. Walter hizo constar la ocupación de su padre como oficial del ejército y su lugar de nacimiento como Danzig. Maud consignó a su padre como George Fitzherbert, granjero —lo cierto es que sí había un pequeño rebaño de ovejas en Tŷ Gwyn, de modo que la descripción no era del todo falsa—, y Londres como su ciudad natal. Robert y Ethel firmaron como testigos.

De repente ya habían terminado y estaban saliendo de la sala y cruzando el vestíbulo… donde otra hermosa novia esperaba con un novio nervioso para contraer un compromiso de por vida. Mientras bajaban los escalones agarrados del brazo hacia el coche que estaba aparcado en la acera, Ethel lanzó un puñado de confeti sobre ellos. Entre los curiosos, Maud se fijó en una mujer de clase media y de su misma edad que iba cargada con un paquete de una tienda. La mujer miró a Walter muy fijamente, después volvió su mirada hacia Maud, y lo que esta vio en sus ojos fue envidia. «Sí —pensó—, soy una chica con mucha suerte.»

Walter y Maud se sentaron en el asiento de atrás del coche, y Robert y Ethel fueron delante. Mientras arrancaban, Walter le tomó la mano y se la besó. Se miraron a los ojos y se echaron a reír. Maud había visto a otras parejas hacer eso, y siempre había pensado que era una reacción estúpida y almibarada, pero de pronto le parecía la cosa más natural del mundo.

Al cabo de unos minutos llegaron al hotel Hyde. Maud se bajó el velo. Walter la tomó del brazo y juntos cruzaron el vestíbulo en dirección a la escalera.

—Yo pediré el champán —anunció Robert.

Walter había reservado la mejor suite y la había llenado de flores. Debía de haber un centenar de rosas de color coral. A Maud se le saltaron las lágrimas, y Ethel ahogó una exclamación de asombro. Había un enorme frutero en un aparador, y una caja de bombones. El resplandeciente sol de la tarde entraba por los grandes ventanales y caía sobre las mesas y los sofás tapizados con alegres tejidos.

—¡Pongámonos cómodos! —exclamó Walter con jovialidad.

Mientras Maud y Ethel inspeccionaban la suite, llegó Robert, seguido de un camarero que llevaba el champán y las copas en una bandeja. Walter descorchó la botella y sirvió. Cuando todos tuvieron la copa llena, Robert dijo:

—Quisiera proponer un brindis. —Se aclaró la garganta, y Maud, divertida, se dio cuenta de que iba a dar un discurso.

—Mi primo Walter es un hombre poco corriente. Siempre ha parecido mayor que yo, aunque de hecho somos de la misma edad. Cuando estudiábamos juntos en Viena, nunca se emborrachaba. Si salíamos en grupo por la noche a frecuentar ciertos establecimientos de la ciudad, él se quedaba en casa a estudiar. Pensé entonces que quizá fuera la clase de hombre al que no le gustan las mujeres. —Robert sonrió con ironía—. Lo cierto es que era yo quien era así... pero esa es otra historia, como dicen los ingleses. Walter ama a su familia, ama su trabajo y ama Alemania, pero nunca había amado a una mujer... hasta ahora. Ha cambiado. —Esbozó una sonrisa picarona—. Se compra corbatas nuevas. Me hace preguntas: cuándo se besa a una chica, si los hombres deben ponerse colonia, qué colores le favorecen... como si yo supiera algo de lo que les gusta a las mujeres. Y... lo más terrible de todo, a mi modo de ver... —Robert hizo una pausa teatral—. ¡Toca ragtime!

Todos rieron. Robert alzó la copa.

—Brindemos por la mujer que ha provocado todos esos cambios: ¡la novia!

Bebieron, y entonces, para sorpresa de Maud, Ethel tomó la palabra.

—Es cosa mía proponer el brindis por el novio —dijo, como si llevara toda la vida dando discursos.

¿De dónde había sacado esa seguridad una criada de Gales? Entonces Maud recordó que su padre era predicador y activista político, así que la muchacha había tenido un ejemplo que seguir.

—Lady Maud es diferente a todas las demás mujeres de su clase que haya conocido —empezó a decir Ethel—. Cuando llegué a Tŷ Gwyn para trabajar de doncella, ella fue el único miembro de la familia que se fijó en mí. Aquí, en Londres, cuando una joven soltera tiene un hijo, las damas más respetables mascullan con descontento sobre la decadencia moral... pero Maud les ofrece una ayuda práctica de verdad. En el East End de Londres la consideran una santa. Sin embargo, también tiene sus defectos, y son graves.

«¿Y esto a qué viene?», pensó Maud.

—Es demasiado seria para atraer a un hombre normal —siguió diciendo Ethel—. Todos los mejores partidos de Londres se han sentido atraídos hacia ella por su espectacular belleza y su personalidad vivaz, pero solo han hecho que huir espantados por su cerebro y su crudo realismo político. Hace algún tiempo me di cuenta de que haría falta un hombre fuera de lo común para ganarse su corazón. Tendría que ser inteligente, pero abierto de miras; de una moral estricta, pero no ortodoxo; fuerte, pero no dominante. —Ethel sonrió—. Pensé que era imposible. Y entonces, en enero, ese hombre subió por la loma de Aberowen en el taxi de la estación y entró en Tŷ Gwyn, y la espera llegó a su fin. —Levantó la copa—. ¡Por el novio!

Todos volvieron a beber, y entonces Ethel tomó a Robert del brazo.

—Y ahora ya puede usted llevarme a cenar al Ritz, Robert —dijo.

Walter parecía sorprendido.

—Había supuesto que cenaríamos aquí todos juntos —dijo.

Ethel le dirigió una mirada maliciosa.

—No sea tonto, hombre —repuso, y caminó hasta la puerta, tirando consigo de Robert.

—Buenas noches —dijo este, aunque no eran más que las seis de la tarde. Los dos salieron y cerraron la puerta.

Maud se echó a reír.

—Esa ama de llaves es de lo más inteligente —dijo Walter.

—Me entiende —repuso Maud. Se acercó a la puerta y cerró con llave—. Bueno... —dijo—. Al dormitorio.

—¿Prefieres desvestirte en privado? —preguntó Walter, que parecía preocupado.

—La verdad es que no —contestó Maud—. ¿Quieres mirar?

Él tragó saliva y, cuando habló, la voz le salió algo ronca.

—Sí, por favor —dijo—. Me gustaría. —Le abrió la puerta del dormitorio y ella pasó dentro.

A pesar de su exhibición de osadía, estaba nerviosa y se sentó en el borde de la cama para descalzarse. Nadie la había visto desnuda desde que tenía ocho años. No sabía si su cuerpo era hermoso, porque nunca había visto el de nadie más. Comparada con los desnudos de los museos, tenía unos pechos pequeños y las caderas anchas. Y entre las piernas le crecía un vello que nunca salía en las pinturas. ¿Pensaría Walter que su cuerpo era feo?

Él se quitó la chaqueta y el chaleco y los colgó con naturalidad. Maud supuso que algún día se acostumbrarían a eso. Todo el mundo lo hacía continuamente. Pero de momento era extraño, en cierto modo, y más intimidante que excitante.

Se bajó las medias y se quitó el sombrero. No le quedaba nada más que fuera superfluo. El siguiente paso era el grande. Se puso de pie.

Walter dejó de desatarse la corbata.

Deprisa, Maud se desabrochó el vestido y lo dejó caer al suelo. Después se deshizo de la enagua y se quitó la blusa con encaje por la cabeza. Se quedó de pie delante de él en ropa interior y observó su rostro.

—Eres preciosa —dijo Walter casi en un susurro.

Maud sonrió. Siempre acertaba con sus palabras.

La estrechó entre sus brazos y la besó. Maud empezó a sentirse menos nerviosa, casi relajada. Disfrutó del roce de su boca sobre la de ella, sus suaves labios y el cosquilleo de su bigote. Le acarició las mejillas, le apretó el lóbulo de la oreja con los dedos y pasó la mano por la columna de su cuello, sintiéndolo todo con una intensidad suprema, pensando: «Ahora todo esto es mío».

—Tumbémonos —dijo Walter.

—No. Todavía no. —Se apartó de él—. Espera. —Se quitó la camisola y mostró que llevaba uno de esos sostenes modernos. Se llevó las manos a la espalda, desabrochó el cierre y lo dejó caer al suelo. Lo miró en actitud desafiante, retándolo a que no le gustaran sus pechos.

—Son preciosos… ¿Puedo besarlos? —dijo él.

—Puedes hacer todo lo que quieras —contestó ella, que se sentía deliciosamente descocada.

Él inclinó la cabeza hacia sus pechos y besó primero uno, luego el otro, dejando que sus labios rozaran delicadamente los pezones, que de repente se irguieron, como si el aire se hubiera vuelto frío. Maud sintió el súbito impulso de hacerle lo mismo a él, y se preguntó si le parecería extraño.

Walter le habría besado los pechos toda la eternidad. Ella lo apartó con delicadeza.

—Quítate el resto de la ropa —le dijo—. Deprisa.

Él se quitó los zapatos, los calcetines, la corbata, la camisa, la camiseta y los pantalones; entonces vaciló un instante.

—Me da vergüenza —repuso, riendo—. No sé por qué.

—Yo primero —dijo Maud.

Desanudó el cordón de sus calzones y se los quitó. Cuando levantó la mirada, también él estaba desnudo, y vio con asombro que su pene sobresalía erecto de entre la mata de pelo de la entrepierna. Se acordó de cuando lo había asido por entre su ropa en la ópera, y entonces deseó tocarlo otra vez.

—¿Podemos tumbarnos ya? —dijo Walter.

Fue una petición tan educada que Maud se echó a reír. Una expresión de dolor asomó al rostro del hombre, y ella enseguida quiso disculparse.

—Te quiero —le dijo, y la expresión de él se relajó—. Por favor, tumbémonos. —Estaba tan excitada que se sentía a punto de explotar.

Al principio se quedaron echados uno junto al otro, besándose y tocándose.

—Te quiero —volvió a decir Maud—. ¿Cuánto tardarás en aburrirte de que te lo diga?

—Nunca —contestó él con gallardía.

Maud lo creyó.

Al cabo de un rato, Walter preguntó:

—¿Ahora?

Y ella asintió con la cabeza.

Separó las piernas. Él se tumbó encima de ella, descansando su peso sobre los codos. Maud estaba tensa a causa de la expectación. Cargando todo su peso sobre el brazo izquierdo, Walter metió una mano entre los muslos de ella, que sintió cómo sus dedos le abrían los húmedos labios, y luego notó algo más grande. Él empujó, y de repente ella sintió un dolor y gritó.

—¡Lo siento! —dijo él—. Te he hecho daño. Lo siento muchísimo.

—Espera un momento. —El dolor no era tan terrible. Estaba más sorprendida que otra cosa—. Inténtalo otra vez —dijo—. Pero con más cuidado.

Sintió que la cabeza de su pene volvía a rozarle los labios y supo que no entraría: era demasiado grande, o el agujero era demasiado pequeño, o las dos cosas. Pero le dejó empujar, esperando lo mejor. Le dolía, pero esta vez apretó los dientes y reprimió los gritos. Su estoicismo no servía de nada. Al cabo de unos momentos, Walter se detuvo.

—No entro —dijo.

—¿Qué sucede? —preguntó ella con tristeza—. Pensaba que esto era algo que ocurría con naturalidad.

—Tampoco yo lo entiendo —dijo Walter—. No tengo experiencia.

—Ni yo, desde luego. —Alargó una mano y le agarró el pene.

Le encantaba sentirlo en su mano, duro pero sedoso. Intentó hacerlo entrar en su cuerpo levantando las caderas para que resultara más fácil, pero al cabo de un momento él se echó atrás.

—¡Ay! ¡Lo siento! A mí también me duele.

—¿Crees que la tienes más grande de lo normal? —preguntó, insegura.

—No. Cuando estaba en el ejército vi a muchos hombres desnudos. Algunos la tienen grandísima, y se sienten muy orgullosos, pero yo soy de la media, y de todas formas nunca oí que ni uno solo de ellos se quejara de estas dificultades.

Maud asintió. El único pene que había visto ella era el de Fitz, y, por lo que podía recordar, era más o menos del mismo tamaño que el de Walter.

—A lo mejor soy yo la que lo tiene muy pequeño.

Walter negó con la cabeza.

—Cuando tenía dieciséis años, pasé una temporada en el castillo que posee la familia de Robert en Hungría. Allí había una doncella, Greta, que era muy... vivaracha. No tuvimos relaciones sexuales, pero sí que experimentamos. Yo la tocaba igual que te toqué a ti en la biblioteca de Sussex House. Espero que no te enfades porque te cuente esto.

Ella le besó la barbilla.

—Ni mucho menos.

—Greta no era muy diferente a ti en esa zona.

—Entonces, ¿qué estamos haciendo mal?

Walter suspiró y se retiró de encima de ella. Puso el brazo bajo la cabeza de Maud y la acercó hacia sí para besarle la frente.

—He oído decir que las parejas recién casadas pueden tener dificultades. A veces el hombre está tan nervioso que no consigue una erección. También he oído hablar de hombres que se excitan demasiado y eyaculan aun antes de que tenga lugar la relación. Me parece que debemos ser pacientes, amarnos y esperar a ver qué pasa.

—¡Pero es que solo tenemos una noche! —Maud se echó a llorar.

Walter le dio unas palmaditas cariñosas.

—Tranquila, tranquila.

Pero no sirvió de nada. Maud se sentía fracasada. «Me creía tan lista —pensó—, escapando de mi hermano y casándome con Walter en secreto, y ahora ha resultado ser todo un desastre.» Estaba decepcionada por ella misma, pero más aún por Walter. ¡Qué horrible para él tener que esperar hasta la edad de veintiocho años para casarse con una mujer que no podía satisfacerlo!

Deseó poder hablar con alguien de eso, con otra mujer, pero... ¿con quién? La idea de comentárselo a tía Herm era ridícula. Había mujeres que compartían secretos con sus doncellas, pero Maud nunca había disfrutado de esa clase de relación con Sanderson. Tal vez podía hablar con Ethel. Ahora que lo pensaba, era ella quien le había dicho que era normal tener vello entre las piernas. Pero Ethel se había ido con Robert.

Walter se sentó en la cama.

—Pidamos la cena, y quizá también una botella de vino —dijo—. Nos sentaremos juntos como marido y mujer y hablaremos un rato de esto y de aquello. Después, más tarde, lo intentaremos otra vez.

Maud no tenía apetito y no lograba imaginarse charlando «de esto y de aquello», pero tampoco tenía una idea mejor, así que accedió. Abatida, volvió a ponerse la ropa. Walter se vistió deprisa, fue a la habitación contigua y tocó la campanilla para llamar a un camarero. Maud oyó cómo pedía fiambres, pescado ahumado, ensaladas y una botella de vino blanco del Rin.

Se sentó junto a una ventana abierta y miró a la calle de abajo. Un cartel de anuncio de un periódico decía: ULTIMÁTUM BRITÁNICO A ALEMANIA. Puede que Walter muriera en esa guerra. No quería que muriera virgen.

Walter la llamó cuando llegó la cena, y ella se reunió con él en la otra habitación. El camarero había extendido un mantel blanco y había servido salmón ahumado, lonchas de jamón, lechuga, tomates, pepino y pan blanco en rebanadas. Maud no tenía hambre, pero bebió a sorbitos el vino blanco que le ofreció Walter, y también mordisqueó un poco de salmón para dar muestras de buena voluntad.

Al final sí que hablaron de esto y de aquello. Walter estuvo recordando su infancia, a su madre y su época en Eton. Maud le habló de las fiestas que daban en Tŷ Gwyn cuando aún vivía su padre. Sus invitados eran los hombres más poderosos del país, y su madre tenía que reorganizar la asignación de habitaciones para que todos ellos pudieran estar cerca de sus amantes.

Al principio, Maud se esforzaba conscientemente por darle conversación, como si fueran dos personas que apenas se conocían; pero no tardaron en relajarse y recuperar su habitual intimidad, y entonces empezó a decir simplemente lo que se le pasaba por la cabeza. El camarero recogió la cena y ellos se trasladaron al sofá, donde siguieron charlando agarrados de la mano. Especularon sobre la vida sexual de otras personas: sus padres, Fitz, Robert, Ethel, incluso la duquesa. A Maud le fascinó saber acerca de hombres como Robert: dónde se encontraban, cómo se reconocían unos a otros y qué hacían. Se besaban igual que un hombre besa a una mujer, le explicó Walter, y hacían lo que ella le había hecho a él en la ópera, y otras cosas… Dijo que no estaba muy seguro de conocer los detalles, pero a ella le dio la impresión de que sí lo sabía, aunque le daba demasiada vergüenza decirlo.

Se sorprendió cuando el reloj de la chimenea tocó la medianoche.

—Vayamos a acostarnos —dijo—. Quiero dormir en tus brazos, aunque las cosas no sucedan tal y como se suponía que debían hacerlo.

—Está bien. —Walter se levantó—. ¿Te importa que antes me ocupe de algo? Hay un teléfono para uso de los clientes en el vestíbulo. Quisiera llamar a la embajada.

—Desde luego.

Walter salió. Maud fue al baño que había al final del pasillo y luego regresó a la suite. Se quitó la ropa y se metió en la cama desnuda. Casi sentía que ya no le importaba lo que ocurriera. Se amaban y estaban juntos, y si eso era todo lo que tenían, sería suficiente.

Walter volvió unos minutos después. Traía una expresión sombría, y Maud supo de inmediato que le habían dado malas noticias.

—Gran Bretaña le ha declarado la guerra a Alemania —dijo él.

—¡Oh, Walter, lo siento muchísimo!

—La embajada ha recibido el mensaje hace una hora. El joven Nicolson lo ha traído desde el Foreign Office y ha sacado de la cama al príncipe Lichnowsky.

Sabían que era prácticamente seguro que iba a suceder, pero, aun así, la realidad golpeó a Maud como un mazo. También Walter, vio ella entonces, estaba alterado.

Se quitó la ropa con movimientos automáticos, como si llevara años desvistiéndose delante de su mujer.

—Nos vamos mañana —dijo. Se quitó los calzones, y ella vio que su pene en estado normal era pequeño y arrugado—. Tengo que estar en la estación de Liverpool Street con la maleta hecha a las diez en punto. —Apagó la luz eléctrica y se metió en la cama con ella.

Se quedaron tumbados uno junto al otro, sin tocarse, y durante unos horribles instantes Maud pensó que se quedaría dormido así; entonces Walter se volvió hacia ella, la abrazó y le dio un beso en la boca. A pesar de todo, ella se sentía embriagada de deseo por él; de hecho, era casi como si sus problemas le hubieran hecho amarlo con más intensidad y más desesperación. Maud sintió cómo su pene crecía y se endurecía contra su suave barriga. Un momento después, se puso sobre ella. Igual que antes, se inclinó sobre el brazo izquierdo y la tocó con la mano derecha. Igual que antes, Maud sintió su pene erecto que intentaba abrirse paso entre sus labios. Igual que antes, le dolió... pero solo un instante. Esta vez se deslizó dentro de ella.

Se produjo un momento más de resistencia, y entonces perdió la virginidad; de repente, él había entrado hasta el fondo y quedaron unidos en el abrazo más antiguo del mundo.

—Oh, gracias al cielo —dijo Maud.

Después, el alivio dio paso al placer, y empezó a moverse con él a un ritmo feliz. Y así, por fin, hicieron el amor.

SEGUNDA PARTE

La guerra de los gigantes

12

Agosto de 1914

I

Katerina estaba angustiada. Cuando los carteles que anunciaban la movilización de las tropas empapelaron San Petersburgo, se quedó llorando sentada en la habitación de Grigori, peinándose su larga y rubia melena con los dedos, como si estuviera loca, y repitiendo: «¿Qué voy a hacer? ¿Qué voy a hacer?».

Al verla, Grigori sintió ganas de estrecharla entre sus brazos, besar sus lágrimas hasta enjugarlas y prometerle que jamás la abandonaría. Sin embargo, no podía prometerle tal cosa y, además, ella estaba enamorada de su hermano, no de él.

Grigori había hecho el servicio militar y, por tanto, era reservista; en teoría, un soldado listo para entrar en combate. De hecho, gran parte de su instrucción había consistido en practicar la marcha y la construcción de carreteras. No obstante, creía que iba a estar entre los primeros llamados a filas.

Aquello lo hacía sentirse furioso. La guerra era algo tan estúpido y descabellado como todo lo que hacía el zar Nicolás. Se había cometido un asesinato en Bosnia, y un mes después, ¡Rusia estaba en guerra con Alemania! Miles de trabajadores y campesinos perderían la vida en ambos bandos, y no se lograría nada. Para Grigori y para todos sus conocidos, aquella era la prueba de que la nobleza rusa era demasiado idiota para gobernar.

Incluso en el caso de que Grigori sobreviviera, la guerra daría al traste con sus planes. Estaba ahorrando para comprar otro pasaje a América. Con su salario de la fábrica Putílov podría lograrlo en dos o tres años, pero con la paga del ejército tardaría una eternidad. ¿Cuántos años más tendría que sufrir las injusticias y la brutalidad del gobierno zarista?

Estaba incluso más preocupado por Katerina. ¿Qué haría ella si él tenía que ir a la guerra? Compartía habitación con otras tres chicas en el edificio y trabajaba en la fábrica Putílov, embalando cartuchos de fusil en cajas de cartón. Pero tendría que dejar de trabajar cuando naciera el niño, al menos durante un tiempo. Sin Grigori, ¿de qué vivirían el bebé y ella? Se vería en una situación desesperada, y él sabía lo que hacían las chicas de pueblo en San Petersburgo cuando estaban necesitadas de dinero. No quisiera Dios que Katerina vendiera su cuerpo en las calles.

No obstante, no lo llamaron a filas el primer día, ni la primera semana. Según los periódicos, el último día del mes de julio se había movilizado a dos millones y medio de reservistas, pero no era más que una patraña. Era imposible reunir a tantos hombres, repartirles los uniformes y distribuirlos en los trenes con destino al frente de batalla en un solo día o, para el caso, en un mes. Fueron llamándolos en grupos, a algunos antes y a otros después.

A medida que transcurrían los primeros y calurosos días de agosto, Grigori empezó a pensar que debería haberse marchado. Era una posibilidad tentadora. El ejército era una de las instituciones peor gestionadas en un país totalmente desorganizado, y seguramente habría miles de hombres cuya ausencia sería pasada por alto debido a una profunda incompetencia.

Katerina había tomado la costumbre de entrar en la habitación de Grigori a primera hora de la mañana, mientras él estaba preparando el desayuno. Era el mejor momento del día. A esas horas, Grigori ya estaba aseado y vestido, aunque ella se presentaba bostezando, con la combinación con la que dormía y el pelo alborotado, lo que le daba un aire encantador. La prenda le quedaba pequeña porque había aumentado unos kilos. Grigori calculó que debía de estar de unos cuatro meses o cuatro y medio de embarazo. Le habían crecido los senos, se le habían ensanchado las caderas y tenía en el vientre un bulto pequeño, aunque vistoso. Su voluptuosidad era una tortura deliciosa. Grigori intentaba no mirarle el cuerpo.

Una mañana, ella entró mientras él estaba preparando dos huevos revueltos en una sartén que tenía al fuego. Grigori ya no se limitaba a las gachas de avena para el desayuno: el futuro bebé de su hermano necesitaba alimentarse en condiciones para crecer fuerte y sano. La mayoría de los días, Grigori conseguía algún alimento nutritivo para compartir con Katerina: jamón, arenques, o el plato favorito de ella, salchichas.

La futura madre siempre tenía hambre. Se sentaba a la mesa, se cortaba una gruesa rebanada de pan negro y empezaba a comer, demasiado impaciente para esperar a nadie.

—Cuando un soldado muere, ¿quién recibe las pagas que no ha cobrado? —preguntó con la boca llena.

Grigori recordó que había dado el nombre y dirección de su pariente más cercano.

—En mi caso, Lev —respondió.

—Me gustaría saber si ya está en Estados Unidos.

—Ya tiene que estar allí. No se tardan ocho semanas en llegar.

—Espero que haya encontrado trabajo.

—No tienes que preocuparte. Estará perfectamente. Es un chico que cae bien a todo el mundo.

Grigori sintió una punzada de amargo resentimiento al mencionar a su hermano. Tendría que haber sido Lev el que estuviera allí, en Rusia, cuidando de Katerina y de su futuro hijo y preocupándose por la llamada a filas, mientras Grigori iniciaba la nueva vida que había planeado y para la que había ahorrado. Pero era Lev quien había aprovechado esa oportunidad. Y, a pesar de todo, Katerina se preocupaba por el hombre que la había abandonado, no por el que se había quedado a su lado.

—Estoy segura de que está yéndole bien en Estados Unidos, pero, aun así, me gustaría recibir carta de él —dijo ella.

Grigori ralló un pedazo de queso duro sobre los huevos y añadió la sal. Se preguntó con tristeza si llegarían a tener noticias de allende los mares. Lev jamás había sido un sentimental y bien podría haber decidido desprenderse de su pasado, como un lagarto que se deshace de su vieja piel. Sin embargo, Grigori no lo expresó en voz alta, por respeto a Katerina, quien todavía albergaba la esperanza de que Lev la mandase a buscar.

—¿Crees que entrarás en combate? —preguntó ella.

—No si puedo evitarlo. ¿Por qué luchamos?

—Por Serbia, dicen.

Grigori sirvió los huevos en dos platos y los puso en la mesa.

—Lo que importa es si Serbia quedará bajo la tiranía del emperador austríaco o del zar ruso. Dudo que los serbios tengan alguna preferencia por uno u otro. Sinceramente, creo que les da igual. —Empezó a comer.

—Entonces, que sea el zar.

—Yo lucharía por ti, por Lev, por mí o por tu niño… pero ¿por el zar? Ni hablar.

Katerina se comió el huevo a toda prisa y rebañó el plato con una nueva rebanada de pan.

—¿Qué nombres de niño te gustan?

—Mi padre se llamaba Serguéi, y su padre era Tijon.

—Me gusta Mijaíl —dijo ella—. Como el arcángel.

—Le gusta a mucha gente. Por eso es un nombre muy común.

—Tal vez debería ponerle Lev. O Grigori incluso.

Grigori se sintió conmovido por el gesto. Le habría encantado tener un sobrino que llevase su nombre. Sin embargo, no quería que ella se sintiera obligada.

—Lev estaría muy bien —comentó.

Sonó la sirena de la fábrica —era un ruido que podía oírse por todo el barrio de Narva—, y Grigori se levantó para marcharse.

—Yo lavaré los platos —dijo Katerina. No entraba a trabajar hasta las siete, una hora más tarde que Grigori.

Ella lo miró, le acercó una mejilla y Grigori la besó. No fue más que un beso breve, y no dejó posados los labios durante mucho tiempo; aun así, él disfrutó de la suave tersura de su piel y del cálido perfume a recién despertada que emanaba su cuello.

Luego se puso el sombrero y salió.

El tiempo estival era cálido y húmedo, pese a ser la primera hora del día. Grigori empezó a sudar a medida que recorría las calles con paso enérgico.

Durante los dos meses que hacía que Lev se había marchado, Grigori y Katerina habían entablado una tensa amistad. Ella confiaba en él y él la cuidaba, pero eso no era lo que querían ni uno ni otro. Grigori quería amor, no amistad. Katerina quería a Lev, no a Grigori. Sin embargo, Grigori se sentía realizado hasta cierto punto gracias al empeño que ponía en asegurarse de que ella se alimentara en condiciones. Era la única forma que tenía de expresar su amor. Difícilmente podía ser una situación sostenible durante mucho tiempo, aunque, en ese preciso instante, era complicado hacer planes a largo plazo. Él seguía pensando en huir de Rusia y dar con la forma de llegar a la tierra prometida: Estados Unidos.

A la entrada de la fábrica habían pegado nuevos carteles anunciando la movilización de tropas, y los hombres se amontonaban para leerlos; los analfabetos pedían a sus compañeros que se los leyeran en voz alta. Grigori se quedó junto a Isaak, el capitán de fútbol. Tenían la misma edad y habían coincidido como reservistas. Grigori echó un vistazo rápido al aviso en busca del nombre de su unidad.

Ese día sí que figuraba en el cartel.

Lo miró para cerciorarse, pero no cabía duda: regimiento de Narva. Consultó la lista de nombres y encontró el suyo.

En realidad no lo había imaginado como una posibilidad real. Pero había estado engañándose a sí mismo. Tenía veinticinco años, estaba en forma y era fuerte, era perfecto como soldado. Por supuesto que iba a ir a la guerra.

¿Qué ocurriría con Katerina? ¿Y con su bebé?

Isaak blasfemó en voz alta. Su nombre también constaba en la lista.

Alguien que estaba detrás de ellos dijo:

—No tenéis de qué preocuparos.

Se volvieron y vieron la alargada y delgada silueta de Kanin, el afable supervisor de la sección de fundición, un ingeniero de treinta y tantos.

—¿Que no tenemos que preocuparnos? —preguntó Grigori con escepticismo—. Katerina va a tener al hijo de Lev y no queda nadie que la cuide. ¿Qué voy a hacer?

—He ido a ver al encargado de la movilización de este barrio —anunció Kanin—. Me ha prometido la excedencia para cualquiera de mis trabajadores. Solo tendrán que ir los alborotadores.

A Grigori volvió a llenársele el corazón de esperanza. Parecía demasiado bueno para ser cierto.

—¿Qué tenemos que hacer? —preguntó Isaak.

—Basta con que no vayáis a los barracones. Eso es todo. Ya está arreglado.

Isaak tenía un carácter agresivo —sin duda, eso era lo que lo convertía en un buen deportista— y no quedó satisfecho con la respuesta de Kanin.

—¿Arreglado cómo? —exigió saber.

—El ejército entrega a la policía una lista de los hombres que no se presentan a filas, y la policía tiene que marcarlos con un círculo. Sencillamente, vuestro nombre no estará en la lista.

Isaak emitió un gruñido de disgusto. A Grigori tampoco le gustaban aquellos arreglillos que no acababan de ser oficiales —quedaban demasiados cabos sueltos que podían terminar dando problemas—, aunque las negociaciones con el gobierno siempre eran así. Kanin o bien había sobornado a algún oficial o había hecho algún tipo de favor. No tenía sentido reaccionar con grosería ante aquel gesto.

—Eso es fantástico —dijo Grigori a Kanin—. Gracias.

—A mí no me lo agradezcas —respondió Kanin con amabilidad—. Lo he hecho por mí… y por Rusia. Necesitamos hombres cualificados para construir trenes, no para parar las balas alemanas… eso puede hacerlo cualquier campesino analfabeto. El gobierno aún no lo ha pensado, pero ya se les ocurrirá y entonces me lo agradecerán.

Grigori e Isaak atravesaron las puertas de la fábrica.

—Será mejor que confiemos en él —dijo Grigori—. ¿Qué podemos perder? —Se colocaron en la cola para fichar echando en una caja una pieza cuadrada y metálica con un número—. Son buenas noticias —concluyó.

Isaak no estaba convencido.

—Ojalá estuviera más seguro —respondió.

Se dirigieron hacia el taller de fabricación de ruedas. Grigori apartó a un lado las preocupaciones y se preparó para la jornada laboral. La planta Putílov estaba fabricando más trenes que nunca. El ejército debía de calcular que las locomotoras y los vagones quedarían destruidos por los bombardeos y que, por tanto, necesitarían recambios en cuanto empezase la contienda. El grupo de Grigori trabajaba bajo la presión de producir ruedas a mayor velocidad.

Empezó a arremangarse al entrar al taller. Se trataba de un cobertizo de dimensiones reducidas y la caldera lo calentaba en invierno, pero, en pleno verano, era un verdadero horno. El metal chirriaba y tañía mientras los tornos le daban forma y lo pulían.

Grigori vio a Konstantín de pie junto a su torno; la postura de su amigo le hizo fruncir el ceño. La cara del operario anunciaba problemas: algo iba mal. Isaak también se dio cuenta. Reaccionó antes que Grigori, se detuvo, lo agarró por el brazo y le dijo:

—¿Qué…?

No terminó la pregunta.

Una silueta ataviada con un uniforme negro y verde apareció por detrás de la caldera y golpeó a Grigori en la cara con un mazo.

Él intentó esquivar el golpe, pero reaccionó con demasiada lentitud y no lo consiguió por un segundo. Aunque se agachó, la cabeza de madera de la herramienta lo golpeó en un pómulo y lo dejó tendido en el suelo. Sintió un dolor atroz en la cabeza y empezó a gritar.

Tardó bastante en recuperar la visión. Al final alzó la vista y vio la fornida figura de Mijaíl Pinski, el capitán de la policía local.

Grigori debería de haberlo imaginado. Se había librado tras aquella pelea en febrero. Los policías jamás olvidan algo así.

También vio a Isaak luchando con el ayudante de Pinski, Ilia Kozlov, y otros dos policías.

Grigori siguió tendido en el suelo. No pensaba devolver el golpe si podía evitarlo. Que Pinski se cobrara su venganza, así quizá quedara satisfecho.

Sin embargo, en cuestión de segundos, tuvo que actuar en contra de aquella decisión.

Pinski levantó el mazo. Como en una imagen que pasó de forma fugaz, Grigori reconoció la herramienta como propia: era la que utilizaba para encajar los moldes en la arena de fundición. En ese momento descendía hacia su cabeza.

Se desplazó rápidamente hacia la derecha, pero Pinski desvió el golpe y la pesada herramienta de madera de roble aterrizó en el hombro izquierdo de Grigori. Bramó de dolor y de rabia. Mientras su atacante recuperaba el equilibrio, él se levantó de un salto. Tenía el brazo izquierdo muerto e inutilizado, pero no le ocurría nada en el derecho, y echó hacia atrás el puño para golpear a Pinski, sin pensar en las consecuencias.

No llegó a dar el golpe. Dos siluetas que no había visto se materializaron a ambos lados de él con sus uniformes negros y verdes; sintió cómo lo agarraban por los brazos y lo sujetaban con firmeza. Intentó zafarse de sus captores, pero no tuvo éxito. A través de un velo de ira vio cómo Pinski echaba el mazo hacia atrás y le golpeaba. El golpe le impactó en el pecho y oyó cómo se le rompían las costillas. El siguiente porrazo fue más bajo y le dio en el vientre. Se convulsionó y vomitó el desayuno. Un nuevo impacto le golpeó en la cabeza. Quedó inconsciente unos instantes y al despertar se encontró colgando en el aire, agarrado por los dos policías. Isaak también estaba atrapado por otros dos.

—¿Ya estás más tranquilo? —preguntó Pinski.

Grigori escupió sangre. Su cuerpo era una maraña de dolor y no podía pensar con claridad. ¿Qué estaba ocurriendo? Pinski lo odiaba, pero debía de haber ocurrido algo que hubiera actuado como detonante. Y era un atrevimiento por parte del agente de policía el actuar ahí, en medio de la fábrica, rodeado de trabajadores a los que no tenía por qué gustarles la policía. Por algún motivo, su atacante se sentía seguro.

Pinski levantó el mazo y adoptó un gesto reflexivo, como si estuviera planteándose el volver o no a golpearle. Grigori se dispuso a recibir el mazazo y a combatir la tentación de suplicar piedad. Entonces Pinski preguntó:

—¿Cómo te llamas?

Grigori intentó hablar. Al principio no le salía más que sangre de la boca. Pero al final consiguió decir:

—Grigori Serguéievich Peshkov.

Pinski volvió a golpearle en el estómago. Grigori gruñó y vomitó sangre.

—Mentiroso —dijo Pinski—. ¿Cómo te llamas? —Volvió a levantar el mazo.

Konstantín se apartó de su torno y dio un paso al frente.

—Agente, ¡este hombre es Grigori Peshkov! —protestó—. ¡Todos lo conocemos desde hace años!

—¡No me mientas! —advirtió Pinski, que levantó el mazo—. O tú también probarás esto.

La madre de Konstantín, Varia, intervino.

—No es mentira, Mijaíl Mijaílovich —dijo. El hecho de que hubiera utilizado el patronímico indicaba que conocía a Pinski—. Es quien dice ser. —Se quedó con los brazos cruzados sobre su generoso busto como si desafiara al policía a que pusiera en duda su palabra.

—Entonces explica esto —dijo Pinski, y se sacó del bolsillo una hoja—. Grigori Serguéievich Peshkov salió de San Petersburgo hace dos meses a bordo del *Ángel Gabriel*.

Kanin, el supervisor, apareció y dijo:

—¿Qué está pasando aquí? ¿Por qué no hay nadie trabajando? Pinski señaló a Grigori.

—Este hombre es Lev Peshkov, el hermano de Grigori, ¡buscado por el asesinato de un agente de policía!

Todos empezaron a gritar a coro. Kanin levantó una mano para silenciarlos y dijo:

—Agente, conozco a Grigori y a Lev Peshkov, y durante años los he visto a ambos casi a diario. Se parecen, como suele ocurrir entre hermanos, pero puedo asegurarle que este es Grigori. Y usted está obstaculizando el trabajo de esta sección.

—Si este es Grigori —soltó Pinski como si estuviera sacándose un as de la manga—¿quién embarcó en el *Ángel Gabriel*?

En cuanto formuló la pregunta, la respuesta resultó evidente. Pasados unos minutos, Pinski también cayó en la cuenta y quedó como un idiota.

—Me robaron el pasaporte y el billete —dijo Grigori.

El agente de policía empezó a ponerse bravucón.

—¿Por qué no denunciaste el robo a la policía?

—¿Y para qué? Lev había salido del país. No pueden obligarlo a regresar, ni tampoco recuperar mis posesiones.

—Eso te convierte en cómplice de la fuga.

Kanin intervino de nuevo.

—Capitán Pinski, ha empezado acusando a este hombre de asesinato. Quizá ese fuera un buen motivo para detener la producción de ruedas. Pero luego ha reconocido que estaba equivocado y ahora lo único de lo que le acusa es de no haber informado del robo de unos papeles. Mientras tanto, su país está en guerra y usted está retrasando la fabricación de locomotoras que el ejército ruso necesita desesperadamente. A menos que desee que su nombre salga mencionado en el próximo informe remitido al alto mando militar, le sugiero que ponga fin a sus asuntos aquí lo antes posible.

Pinski miró a Grigori.

—¿En qué unidad de reservistas estás?

Sin pensarlo, Grigori respondió:

—En el regimiento de Narva.

—¡Ja! —exclamó Pinski—. Hoy mismo los han llamado a filas. —Miró a Isaak—. Apuesto a que a ti también.

Isaak no dijo nada.

—Soltadlos —ordenó Pinski.

Grigori se tambaleó cuando le soltaron los brazos, aunque consiguió mantenerse en pie.

—Será mejor que os aseguréis de estar en la estación como dictan las órdenes —dijo Pinski a Grigori y a Isaak—. En caso contrario, yo mismo iré a buscaros. —Se volvió sobre los talones y salió con la poca dignidad que le había quedado. Sus hombres lo siguieron.

Grigori se dejó caer con pesadez sobre un taburete. Tenía una migraña que le provocaba incluso ceguera, le dolían las costillas y estaba saliéndole un hematoma en el abdomen. Necesitaba quedarse hecho un ovillo en un rincón y perder el conocimiento. El pensamiento que lo mantenía consciente era el deseo feroz de destruir a Pinski y la totalidad del sistema del que este formaba parte. No paraba de pensar que, uno de esos días, acabarían con el policía, con el zar y con todo cuanto ellos representaban.

—El ejército no os perseguirá; ya me he asegurado de eso —dijo Kanin—. Pero me temo que no puedo hacer nada para detener a la policía.

Grigori asintió, disgustado. Ya se lo había imaginado. El golpe más brutal de Pinski, peor que cualquier impacto propinado por el mazo, sería asegurarse de que Grigori e Isaak se incorporasen al ejército.

—Sentiré perderte —afirmó Kanin—. Has sido un buen trabajador.

Parecía sinceramente conmovido, pero tenía las manos atadas. Hizo una nueva pausa, levantó las manos con gesto de impotencia y salió de la nave.

Varia apareció delante de Grigori con un cuenco de agua y un trapo limpio. Le limpió la sangre de la cara. Era una mujer corpulenta, pero sus manazas se movían con delicadeza.

—Deberías ir a los barracones de la fábrica. Busca una cama vacía y túmbate una hora.

—No —respondió Grigori—. Me voy a casa.

Varia se encogió de hombros y se dirigió hacia Isaak, quien no estaba tan mal herido.

Haciendo un esfuerzo, Grigori se levantó. Todo le dio vueltas durante un instante y Konstantín lo agarró del brazo cuando se tambaleó; aunque al final se sintió con fuerzas para permanecer de pie sin ayuda.

Konstantín le recogió la gorra del suelo y se la entregó.

Se sintió inseguro al empezar a caminar, aunque rechazó con un gesto los ofrecimientos de ayuda y, tras dar un par de pasos, recuperó el equilibrio habitual. El esfuerzo le despejó la mente, pero el dolor en las costillas lo obligó a avanzar con cuidado. Poco a poco fue abriéndose paso entre la maraña de bancos y tornos, calderas y presas, hasta el exterior de la nave para dirigirse, a continuación, hacia la puerta de la fábrica.

Allí se encontró con Katerina, que estaba entrando.

—¡Grigori! —exclamó—. ¡Te han llamado a filas! ¡He visto tu nombre en el cartel! —Entonces vio su cara magullada—. ¿Qué ha ocurrido?

—Un encuentro con tu capitán de policía favorito.

—Ese cerdo de Pinski. ¡Estás herido!

—Los golpes se curan.

—Te llevaré a casa.

Grigori estaba sorprendido. Habían cambiado los papeles. Katerina jamás se había ofrecido a cuidar de él.

—Puedo hacerlo solo —respondió.

—Te acompañaré de todas formas.

Lo agarró del brazo y avanzaron por las angostas calles contra la corriente de miles de trabajadores que se dirigían en tropel hacia la fábrica. A Grigori le dolía el cuerpo y se encontraba mal, pero le daba igual, porque era un placer estar paseando agarrado del brazo de Katerina mientras el sol se alzaba sobre las casas ruinosas y las calles mugrientas.

No obstante, el paseo familiar lo cansó más de lo que hubiera imaginado, y cuando llegaron a casa, se desplomó con pesadez sobre la cama; poco después, tuvo que tumbarse.

—Tengo una botella de vodka escondida en el dormitorio de las chicas —dijo Katerina.

—No, gracias, pero sí me apetece una taza de té.

No tenía samovar, pero preparó el té en un cazo y se lo sirvió con un montoncito de azúcar. Tras bebérselo, Grigori se sentía algo mejor.

—Lo peor de todo esto es que podría haber evitado acudir a la llamada del ejército, pero Pinski ha jurado que se aseguraría de que no pudiera hacerlo.

Katerina se sentó en la cama junto a él y se sacó un folleto del bolsillo.

—Una de las chicas me ha dado esto.

Grigori le echó un vistazo. Parecía un texto aburrido y oficial, una especie de publicación del gobierno. Se titulaba: «Ayuda a los familiares de los soldados».

—Si eres esposa de un soldado, tienes derecho a un subsidio mensual del ejército —dijo Katerina—. No es solo para los pobres, se lo pagan a todo el mundo.

Grigori recordaba vagamente haber escuchado algún comentario al respecto. No había prestado mucha atención, porque a él no le afectaba.

Katerina prosiguió:

—Hay más. Te hacen descuentos al comprar carbón, billetes de tren y te ayudan con los gastos del colegio de los niños.

—Eso está bien —comentó Grigori. Tenía ganas de dormir—. No es muy típico del ejército ser tan considerado.

—Pero tienes que estar casado.

Grigori prestó más atención. Estaba claro que ella no podía estar pensando en...

—¿Por qué me cuentas todo eso? —preguntó.

—En mi situación, no recibiría nada.

Grigori se incorporó apoyándose en un codo y se quedó mirándola. Tenía el corazón desbocado.

—Si estuviera casada con un soldado, me las arreglaría mejor. Y también mi bebé.

—Pero... si amas a Lev.

—Ya lo sé. —Empezó a llorar—. Pero Lev está en Estados Unidos y no se preocupa lo suficiente por mí como para escribir y preguntar cómo estoy.

—Entonces... ¿Qué quieres hacer? —Grigori conocía la respuesta, pero deseaba escucharla.

—Quiero casarme —dijo ella.

—Solo para poder recibir las ayudas a las esposas de soldados.

Ella asintió en silencio y, con ese gesto, eliminó de un plumazo la tonta y fugaz esperanza que él había albergado durante un instante.

—Supondría tanto para mí... —dijo ella—. Podría recibir algo de dinero cuando nazca el bebé... Sobre todo, teniendo en cuenta que tú estarás en el frente.

—Lo entiendo —respondió él con un nudo en la garganta.

—¿Podemos casarnos? —preguntó Katerina—. ¿Por favor?

—Sí —respondió él—. Por supuesto.

II

Cinco parejas se casaban al mismo tiempo en la iglesia de la Santísima Virgen. El sacerdote ofició la ceremonia a toda prisa, y Grigori observó, irritado, que ni siquiera los miraba a la cara. El hombre no se habría dado ni cuenta si una de las novias hubiera sido un gorila.

A Grigori no le importaba mucho. Siempre que pasaba por delante de una iglesia recordaba al cura que había intentado abusar sexualmente del pequeño Lev de once años. El desprecio que sentía hacia el cristianismo se había reforzado más tarde gracias a la asistencia a charlas sobre el ateísmo del Círculo de Debate Bolchevique de Konstantín.

El enlace de Grigori y Katerina se celebró de forma muy precipitada, como el de las otras cuatro parejas. Todos los hombres iban de uniforme. La movilización había causado una oleada de matrimonios, y la iglesia trabajaba a marchas forzadas para responder a la alta demanda. Grigori odiaba el uniforme por ser símbolo de servidumbre.

No había contado a nadie lo de la boda. No lo sentía como un motivo de celebración. Katerina había dejado claro que era únicamente una medida práctica, un medio para recibir la ayuda del ejército. Como tal era una buena idea, y Grigori podría sentirse menos preocupado cuando se marchara al frente, con la certeza de que ella contaba con esa seguridad económica. De todas formas, no podía evitar sentir que había algo terriblemente absurdo en aquella boda.

Katerina no fue tan reservada, y todas las chicas del edificio estaban en la ceremonia, así como varios trabajadores de la fábrica Putílov.

Después de la ceremonia, se celebró una fiesta en el inmueble, en el dormitorio de las chicas, con cerveza, vodka y un violinista que tocaba melodías populares que todos conocían. Cuando los invitados empezaron a estar borrachos, Grigori se escapó a su habitación. Se quitó las botas y se tumbó en la cama con los pantalones y la camisa del uniforme puestos. Apagó la llama de la vela de un soplido, pero seguía viendo gracias a las luces de la calle. Todavía estaba dolorido por la paliza de Pinski: el brazo izquierdo le dolía cada vez que intentaba usarlo y las costillas rotas se le clavaban como un puñal cada vez que se volvía sobre la cama.

Al día siguiente estaría embarcado en un tren con dirección al oeste. Los disparos empezarían cualquier día a partir de entonces. Estaba asustado: solo un loco no lo estaría. Pero era un tipo inteligente y decidido, e intentaría por todos los medios seguir vivo, que era lo que había hecho desde la muerte de su madre.

Todavía estaba despierto cuando Katerina entró.

—Te has marchado muy pronto de la fiesta —se quejó.

—No quería emborracharme.

Ella se levantó la falda del vestido.

Él se quedó pasmado. Le miró el cuerpo perfilado por la luz de las farolas de la calle: las infinitas curvas de sus muslos y los rizos rubios de su vello púbico. Se sintió excitado y confuso.

—¿Qué haces? —le preguntó.

—Meterme en la cama, claro.

—Aquí no.

Katerina se quitó los zapatos y les dio una patada.

—Pero ¿qué dices? Estamos casados.

—Solo para que tú puedas recibir las ayudas.

—Aun así, te mereces algo a cambio. —Se tumbó en la cama y lo besó en los labios con el aliento apestando a vodka.

Él no pudo evitar el deseo que le quemaba las entrañas, y se ruborizó de pasión y vergüenza. De todas formas consiguió articular un ahogado «no».

Ella le tomó una mano y se la puso en un seno. Contra su voluntad, Grigori la acarició, y apretujó con suavidad la tersa piel, rebuscando con los dedos el pezón por encima de la tosca tela del vestido.

—¿Lo ves? —dijo ella—. Lo deseas.

Ese tono de triunfalismo lo exasperó.

—¡Claro que lo deseo! —replicó—. Te he amado desde el día que te conocí. Pero tú amas a Lev.

—Pero ¡bueno!, ¿por qué estás siempre pensando en Lev?

—Es una costumbre que adquirí cuando él era pequeño e indefenso.

—Bien, pues ahora ya es un hombre adulto y tú, o yo, no le importamos ni dos cópecs. Se llevó tu pasaporte, tu billete y tu dinero y nos dejó solos con el bebé.

Katerina tenía razón, Lev siempre había sido un egoísta.

—Pero uno no quiere a su familia porque sea amable y considerada. Se la quiere porque es la familia.

—¡Venga ya! ¡Date un gusto! —le espetó ella con irritación—. Mañana te vas al frente. No querrás morir arrepintiéndote de no haberte acostado conmigo cuando pudiste hacerlo.

Grigori se sintió poderosamente tentado. Aunque ella estaba medio borracha, su cuerpo estaba caliente y dispuesto junto a él. ¿Es que no tenía derecho a una noche de placer?

Katerina ascendió por su pierna con una mano y le agarró el pene erecto.

—Vamos, te has casado conmigo, toma aquello que te pertenece.

Grigori pensó que ese era precisamente el problema. Ella no lo amaba. Estaba ofreciéndose como pago a cambio de lo que él había hecho. Eso era prostitución. Grigori se sintió insultado hasta el punto de enfurecer, y el hecho de estar deseando dejarse llevar no hacía más que empeorar esa sensación.

Ella empezó a acariciarle el pene subiendo y bajando la mano. Enfadadísimo y excitado, él la empujó. El empujón fue más fuerte de lo que había pretendido, y Katerina se cayó de la cama.

La chica soltó un grito de sorpresa y de dolor.

Grigori no lo había hecho a propósito, pero estaba demasiado furioso para disculparse.

Durante unos minutos interminables, ella se quedó tendida en el suelo, gimoteando y blasfemando al mismo tiempo. Él resistió la tentación de ayudarla. Ella se levantó a duras penas, tambaleándose por el vodka.

—¡Eres un cerdo! —exclamó—. ¿Cómo puedes ser tan cruel? Se bajó el vestido y cubrió sus hermosas piernas—. ¡Menuda noche de bodas para una chica! ¡Su marido va y la tira de una patada de la cama!

Grigori se sintió herido por sus palabras, pero se quedó quieto y sin decir nada.

—Jamás creí que pudieras ser tan frío —siguió despotricando ella—. ¡Vete al infierno! ¡Vete al infierno! —Recogió sus zapatos, abrió la puerta de golpe y salió hecha una furia de la habitación.

Grigori se quedó hundido en la miseria. En su último día como civil había discutido con la mujer a la que adoraba. Ahora, si moría en el frente, moriría infeliz. «¡Qué mundo tan miserable —pensó—, qué vida tan estúpida!»

Se dirigió hacia la puerta para cerrarla. Al hacerlo, escuchó a Katerina en la habitación contigua, hablando con alegría forzada.

—A Grigori no se le empina, ¡está demasiado borracho! —exclamó—. ¡Servidme más vodka y que siga el baile!

Grigori cerró de un portazo y se dejó caer en la cama.

III

Logró dormirse, aunque bastante inquieto. A la mañana siguiente se despertó temprano. Se aseó, se puso el uniforme y comió algo de pan.

Cuando asomó la cabeza por el dormitorio de las chicas, las vio profundamente dormidas; el suelo estaba cubierto de botellas y el aire cargado por el olor a humo del tabaco y cerveza derramada. Se quedó mirando durante largo rato a Katerina, que dormía con la boca abierta. Luego salió del edificio, sin saber si volvería a ver a la chica alguna vez, convenciéndose de que no le importaba.

Sin embargo, se sintió animado por la emoción y la confusión de presentarse ante su regimiento, recibir un arma y munición, encontrar el tren correcto y conocer a sus nuevos camaradas. Dejó de pensar en Katerina y se centró en el futuro inmediato.

Embarcó en un tren con Isaak y otros varios cientos de reservistas ataviados con sus guerreras y sus pantalones verdes nuevos. Como todos los demás, llevaba un fusil de fabricación rusa Mosin-Nagant, tan alto como él y equipado con una alargada y puntiaguda bayoneta. El enorme cardenal que le había dejado el mazo, que le cubría casi todo un lado de la cara, hizo que los demás pensaran que se trataba de una especie de matón, y lo trataban con respeto por precaución. El tren abandonó San Petersburgo entre una nube de vapor y avanzó con brío y ritmo constante pasando por campos y bosques.

El sol del ocaso quedaba siempre por delante de la máquina y a su derecha, así que debían de dirigirse al sudoeste, hacia Alemania. A Grigori le pareció algo evidente, aunque cuando lo comentó a sus compañeros, ellos se sorprendieron y se mostraron impresionados: la mayoría ni siquiera sabía en qué dirección quedaba Alemania.

Aquel no era más que el segundo viaje en tren de Grigori y recordaba con toda nitidez el primero. Cuando tenía once años, su madre los había llevado a Lev y a él a San Petersburgo. Habían ahorcado a su padre unos días antes, y la joven cabecita de Grigori estaba llena de miedo y tristeza, aunque, como cualquier niño, le había embargado la emoción por el viaje: el olor a combustible de la poderosa locomotora, las gigantescas ruedas, la camaradería de los campesinos en el vagón de tercera clase y la embriagadora velocidad a la que pasaba el campo. Parte de esa sensación de júbilo volvía a invadirlo en ese momento y no pudo evitar sentir que estaba viviendo una aventura que podía ser a un tiempo emocionante y terrible.

Esta vez, no obstante, viajaba en un vagón para el ganado, en el que iban todos menos los oficiales. El coche transportaba a unos cuarenta hombres: obreros de fábricas con la piel pálida y la mirada astuta procedentes de San Petersburgo; campesinos de largas barbas y pronunciación pausada que lo miraban todo con una asombrada curiosidad; y media docena de judíos de cabello y ojos oscuros.

Uno de los judíos se sentó junto a Grigori y se presentó como David. Según dijo, su padre fabricaba cubos de acero en el patio trasero de su casa y él viajaba de aldea en aldea vendiéndolos. Había muchísimos judíos en el ejército, le explicó, porque era más difícil para ellos que les concedieran la excedencia del servicio militar.

Estaban todos al mando del sargento Gávrik, un militar de carrera que parecía ansioso, que vociferaba las órdenes y usaba un gran número de tacos. Al parecer creía que todos los hombres eran campesinos y los llamaba «enculavacas». Tenía aproximadamente la misma edad que Grigori, era demasiado joven para haber estado en la guerra japonesa de 1904-1905, y Grigori supuso que, bajo esa apariencia de gallito, había un tipo asustado.

Cada pocas horas, el tren se detenía en una estación de pueblo y los hombres se apeaban. Algunas veces les servían sopa y cerveza, otras, solo agua. Entre parada y parada, permanecían sentados en el vagón. Gávrik se aseguró de que sabían limpiar el fusil y les recordó los rangos militares y cómo debían dirigirse a los oficiales. A los tenientes y capitanes había que llamarles «señor», pero para hablar con los oficiales de rango superior se requería toda una serie de tratamientos de cortesía cuya máxima expresión era «excelencia» para aquellos que, además, eran miembros de la aristocracia.

Llegado el segundo día, Grigori calculó que debían de encontrarse en el territorio ruso de Polonia.

Preguntó al sargento a qué parte del ejército pertenecían. Grigori sabía que eran el regimiento de Narva, pero nadie les había dicho cuál era exactamente su papel en el esquema general.

—Eso no es asunto tuyo, enculavacas —le respondió Gávrik—. Tú limítate a ir a donde te envíen y a hacer lo que te digan.

Grigori supuso que el joven suboficial desconocía la respuesta.

Tras un día y medio, el tren se detuvo en una ciudad llamada Ostrolenka. Grigori jamás había oído hablar de ella, pero sí advirtió que allí acababa la vía y supuso que el lugar debía de estar próximo a la frontera con Alemania. Estaban descargando cientos de vagones. Hombres y caballos sudaban y bufaban durante las maniobras de descarga de enormes ametralladoras de los trenes. Miles de soldados andaban dando vueltas mientras oficiales malhumorados intentaban organizarlos en secciones y compañías. Al mismo tiempo, toneladas de suministros tenían que ser cargados en carromatos tirados por caballos: medias reses, sacos de harina, barriles de cerveza, cajones de munición, embalajes de proyectiles y toneladas de forraje para todos los caballos.

En cierto momento, Grigori vio la detestada cara del príncipe Andréi. Vestía un uniforme espléndido —Grigori no estaba lo bastante familiarizado ni con los galones ni con las insignias como para identificar el regimiento ni el rango— y montaba un alto caballo zaino. A la zaga le iba, caminando, un cabo que portaba una jaula con un canario. «Podría pegarle un tiro ahora mismo —pensó Grigori—, y vengar a mi padre.» Era una idea estúpida, por supuesto, pero acarició el gatillo de su fusil mientras el príncipe y su pájaro enjaulado se confundían entre la multitud.

El ambiente era caluroso y seco. Esa noche, Grigori durmió en el suelo con los demás hombres de su vagón. Se dio cuenta de que formaban un pelotón, y de que estarían juntos en el futuro próximo. A la mañana siguiente conocieron a su oficial, un teniente segundo de juventud desconcertante apellidado Tomchak. Los sacó de Ostrolenka por un camino que llevaba al noroeste.

El teniente segundo Tomchak dijo a Grigori que eran el XIII Cuerpo, que estaban a las órdenes del general Klúev, y que formaban parte del II Ejército ruso, cuyo comandante era el general Samsonov. Cuando Grigori transmitió esa información a los demás hombres, estos se asustaron, porque el número trece daba mala suerte, y el sargento Gávrik dijo:

—Ya te dije que no era asunto tuyo, Peshkov, maldito marica chupapollas.

No se habían alejado mucho de la ciudad cuando terminó el camino de grava para dar paso a una senda arenosa que atravesaba el bosque. Los carros de avituallamiento quedaron encallados, y los conductores vieron que un solo caballo no podía tirar de un carromato del ejército por la arena. Tuvieron de desenjaezar todas las bestias y enjaezar dos por carromato, y hubo que abandonar a la vera del camino todos los carros que iban a remolque.

Marcharon el día entero y volvieron a dormir bajo las estrellas. Todas las noches, al acostarse, Grigori pensaba: «Un día más y sigo vivo para cuidar de Katerina y del bebé».

Esa noche Tomchak no recibió órdenes, así que se quedaron sentados bajo los árboles hasta la mañana siguiente. Grigori se alegró; le dolían las piernas por la marcha del día anterior y los pies por las botas nuevas. Los campesinos estaban acostumbrados a caminar todo el día y se reían de la debilidad de los soldados de ciudad.

A mediodía un mensajero les llevó órdenes de partir a las ocho de la mañana, cuatro horas antes de lo previsto.

No había provisiones para suministrar agua a los hombres que iniciaban la marcha, así que tendrían que saciar la sed en los pozos o cauces que encontrasen en el camino. Pronto aprendieron a beber hasta hartarse siempre que tenían la ocasión y a mantener la cantimplora reglamentaria llena hasta arriba. Tampoco contaban con medios para cocinar, y la única comida que tenían eran unas galletas secas, elaboradas con harina, agua y sal, a las que llamaban «pan duro». Cada pocos kilómetros los reunían a todos para empujar un cañón encallado en algún pantano o banco de arena.

Marchaban hasta que se ponía el sol y volvían a dormir bajo los árboles.

Al mediodía de la tercera jornada salieron de un bosque y encontraron una granja en medio de unos campos de trigo y avena maduros. Era un edificio de dos plantas con un tejado inclinadísimo. En el patio había un cabezal de pozo de cemento y una estructura baja que tenía aspecto de pocilga, salvo por el hecho de que estaba limpia. El lugar parecía el hogar de un acaudalado terrateniente o, quizá, del hijo pequeño de un noble. Estaba cerrado con llave y deshabitado.

Kilómetro y medio más allá, para asombro de todos, el camino atravesaba una aldea con edificaciones similares, todas abandonadas. El descubrimiento empezó a hacer pensar a Grigori que habían cruzado la frontera y se habían adentrado en Alemania, y que aquellas lujosas casas eran los hogares de granjeros alemanes que habían huido, con sus familias y sus cabezas de ganado, escapando de la inminente llegada del ejército ruso. Pero ¿dónde estaban las casuchas de los campesinos pobres? ¿Qué había pasado con las boñigas de los cerdos y las vacas? ¿Por qué no había vaquerizas en ruinas con las paredes llenas de agujeros tapados con tablones y techos plagados de boquetes?

Los soldados estaban exultantes.

—¡Están huyendo de nosotros! —exclamó un campesino—. Nos tienen miedo, a nosotros, a los rusos. ¡Tomaremos Alemania sin pegar ni un solo tiro!

Grigori sabía, gracias al círculo de debate de Konstantín, que el plan de los alemanes era conquistar primero Francia y luego ocuparse de Rusia. Los alemanes no se habían batido en retirada, estaban escogiendo el mejor momento para luchar. Aun así, habría sido sorprendente que hubieran entregado aquel excelente territorio sin combatir.

—¿Qué parte de Alemania es esta, señor? —preguntó a Tomchak.

—Lo llaman Prusia Oriental.

—¿Es la parte más rica del país?

—No creo —respondió Tomchak—. No veo ningún palacio.

—¿La gente corriente de Alemania es lo bastante rica como para vivir en casas como estas?

—Supongo que sí.

A todas luces, Tomchak, quien parecía recién salido del colegio, no sabía mucho más que Peshkov.

Grigori siguió avanzando, aunque se sentía desmoralizado. Siempre se había considerado un hombre bien informado, pero no tenía ni idea de que los alemanes vivieran tan bien.

Fue Isaak quien expresó sus dudas en voz alta.

—Nuestro ejército ya está teniendo problemas para alimentarnos, aunque no hemos pegado ni un solo tiro —dijo en voz baja—. ¿Cómo se supone que podemos combatir contra un pueblo que está tan bien organizado que tiene a los cerdos en casas de piedra?

IV

Walter estaba eufórico por los acontecimientos acaecidos en Europa. Había muchas probabilidades de que estallara una guerra de corta duración y resultara en una victoria rápida para Alemania. Podría reunirse con Maud en Navidad.

A menos que muriera, por supuesto. Aunque, si eso ocurría, moriría feliz.

Se estremecía de alegría cada vez que recordaba la última noche que habían pasado juntos. No habían perdido ni un minuto de su valioso tiempo en dormir. Habían hecho el amor tres veces. La dificultad inicial, descorazonadora, había servido en realidad para intensificar su euforia. Entre acto y acto habían dormido juntos, hablando y acariciándose como sin darse cuenta. Fue una conversación sin igual. Cualquier cosa que Walter pudiera decirse a sí mismo, podía decírsela también a Maud. Jamás se había sentido tan unido a una persona.

Al rayar el alba, habían vaciado el frutero y se habían comido todos los bombones. Y, al final, habían tenido que marcharse: Maud para regresar a hurtadillas a la casa de Fitz, fingiendo ante el servicio que había salido a pasear temprano; y Walter a su apartamento, para cambiarse de ropa, preparar la bolsa de viaje y dar a su criado instrucciones de que enviara el resto de sus posesiones a su casa de Berlín.

En el taxi en el que hicieron el breve recorrido desde Knightsbridge a Mayfair fueron fuertemente agarrados de la mano sin apenas decir nada. Walter hizo detenerse al conductor antes de doblar la esquina y llegar a casa de Fitz. Maud lo besó una vez más, buscando con su lengua la de Walter, con una pasión desesperada. Se marchó y lo dejó preguntándose si volvería a verla alguna vez.

La guerra había empezado bien. El ejército alemán cruzaba Bélgica como una exhalación. Al sur, los franceses —movidos por el instinto más que por la estrategia— habían invadido Lorena, y lo único que habían logrado era que los acribillase la artillería alemana. En ese momento se batían en retirada total.

Japón se había puesto del lado de los aliados británicos y franceses, que, por desgracia, habían liberado a los soldados rusos del frente de Extremo Oriente para cnviarlos al campo de batalla europeo. Sin embargo, los estadounidenses ya habían confirmado su neutralidad, lo que supuso un gran alivio para Walter. Reflexionó sobre lo pequeño que se había vuelto el mundo: Japón estaba en el extremo más oriental del planeta y Estados Unidos en el más occidental. La guerra abarcaba todo el globo.

Según los servicios secretos alemanes, los franceses habían enviado una serie de telegramas a San Petersburgo, en los que rogaban al zar que atacara con la esperanza de distraer la atención de los alemanes. Y los rusos habían avanzado más deprisa de lo que nadie esperaba. Su I Ejército había asombrado al mundo al cruzar la frontera con Alemania en apenas doce días a contar desde el inicio de la movilización. Mientras tanto, el II Ejército invadió los frentes situados más al sur, desde la cabeza de estación de Ostrolenka. De este modo, los rusos describieron una trayectoria envolvente cuyos flancos se cerraron en tenaza en las proximidades de una ciudad llamada Tannenberg. Ambos ejércitos se encontraron sin oposición.

El atípico letargo de los alemanes que permitió que esto ocurriera estaba a punto de tocar a su fin. El comandante en jefe de la región, el general Prittwitz, conocido como *der Dicke*, el Gordo, fue convenientemente despedido por el alto mando y sustituido por el dúo formado por Paul von Hindenburg, reincorporado de su jubilación, y Erich Ludendorff, uno de los pocos militares de carrera sin un aristocrático «von» en el nombre. Con cuarenta y nueve años, Ludendorff se encontraba entre los generales más jóvenes. Walter lo admiraba por haber llegado tan alto gracias exclusivamente a sus méritos, y estaba encantado de ser su oficial de enlace del servicio secreto.

El domingo 23 de agosto, en su viaje desde Bélgica a Prusia, hicieron una breve parada en Berlín, donde Walter pasó un momento fugaz con su madre en el andén de la estación. La nariz afilada de la mujer estaba enrojecida por un resfriado de verano. Abrazó a su hijo con fuerza, temblando de emoción.

—Estás a salvo —afirmó la dama.

—Sí, madre, estoy a salvo.

—Me preocupa muchísimo Zumwald. ¡Los rusos están tan cerca! —Zumwald era la finca campestre que los Von Ulrich tenían en la zona oriental del país.

—Estoy seguro de que allí todo va bien.

Pero a su madre no se la engañaba tan fácilmente.

—He hablado con la mujer del káiser. —La conocía bien—. Otras muchas damas también lo han hecho.

—No debería molestar a la familia real —la reprendió Walter—. Ya tienen muchas preocupaciones tal como están las cosas.

Su madre hizo un amago de sollozo.

—¡No podemos abandonar nuestras fincas y dejarlas a merced del ejército ruso!

Walter lo entendía. Él también detestaba imaginar a los primitivos campesinos rusos y sus bárbaros señores, que lo hacían todo látigo en mano, invadiendo las tierras de pastura y las huertas tan bien mantenidas del legado de los Von Ulrich. Los laboriosos granjeros alemanes, con sus musculosas mujeres, sus pulcros hijos lavados con estropajo y sus gordas reses, merecían protección. ¿No consistía en eso la guerra? Y él planeaba llevar a Maud a Zumwald algún día y enseñar el lugar a su esposa.

—Ludendorff detendrá el avance ruso, madre —dijo Walter. Esperaba estar en lo cierto.

Antes de que su madre pudiera responder, sonó la bocina del tren; Walter la besó y subió al vagón.

Von Ulrich sintió la presión de la responsabilidad personal por los reveses que estaba sufriendo Alemania en el frente oriental. Él era uno de los expertos de los servicios secretos que había previsto que los rusos no podrían atacar con tanta celeridad desde la orden de movilización de las tropas. Ese pensamiento lo mortificaba. Aunque tenía la sospecha de que no se había equivocado del todo, y de que los rusos estaban enviando tropas sin mucha formación en avanzadilla sin el avituallamiento necesario.

Esa sospecha se confirmó cuando llegó a Prusia Oriental a última hora de ese domingo con el séquito de Ludendorff, gracias a los informes que relataban que el I Ejército ruso, situado en el norte, había detenido la marcha. Habían entrado en Alemania, estaban a unos pocos kilómetros de la frontera, y la lógica militar dictaba que debían seguir avanzando a cualquier precio. ¿A qué estaban esperando? Walter se preguntó si estarían quedándose sin víveres.

Sin embargo, el brazo de la tenaza que quedaba situado más al sur seguía avanzando, y la prioridad de Ludendorff era detenerlo.

A la mañana siguiente, el lunes 24 de agosto, Walter entregó a Ludendorff dos informes valiosísimos. Ambos eran telegramas rusos, interceptados y traducidos por los servicios secretos alemanes.

El primero, enviado a las cinco y media de esa misma mañana por el general Rennenkampf, daba órdenes de marchar al I Ejército ruso. Al final Rennenkampf volvía a moverse, pero, en lugar de virar hacia el sur para cerrar la tenaza al reunirse con el II Ejército, inexplicablemente se dirigía hacia el oeste siguiendo una línea que no constituía amenaza alguna para las tropas germanas.

El segundo mensaje había sido remitido una hora después por el general Samsonov, comandante del II Ejército ruso. Ordenó que el XIII y el XV Cuerpos rusos fueran tras el XX Cuerpo alemán, que él creía que estaba en retirada.

—¡Esto es asombroso! —exclamó Ludendorff—. ¿Cómo hemos conseguido esta información? —Parecía sospechar algo, como si Von Ulrich pudiera haberlo traicionado. Walter tenía la sensación de que su superior desconfiaba de él como miembro de la rancia aristocracia militar—. ¿Conocemos sus códigos? —exigió saber Ludendorff.

—No usan códigos —respondió Walter.

—¿Envían las órdenes decodificadas? ¡Por el amor de Dios!, ¿por qué?

—Los soldados rusos no tienen la formación suficiente como para saber utilizar los códigos —explicó Walter—. Los informes de nuestro servicio secreto de preguerra indicaban que apenas están lo bastante formados como para saber utilizar los transmisores de telégrafo.

—Y, entonces, ¿por qué no usan los teléfonos de campaña? Una llamada de teléfono no puede ser interceptada.

—Seguramente se habrán quedado sin cable telefónico.

Ludendorff tenía la barbilla prominente y las comisuras de la boca hacia abajo; siempre parecía como si tuviera el gesto torcido con agresividad.

—Esto no será una trampa, ¿verdad?

Walter negó con la cabeza.

—La simple idea resulta inconcebible, señor. Los rusos apenas son capaces de organizar las comunicaciones más corrientes. El uso de falsos telegramas para engañar al enemigo es una posibilidad tan remota como la de que el hombre vaya a la Luna.

Ludendorff agachó la cabeza, que empezaba a ralear, sobre el mapa de la mesa que tenía delante. Era un trabajador incansable, aunque a menudo se sentía afligido por terribles dudas, y Walter se preguntó si se sentiría forzado a actuar por miedo al fracaso. Ludendorff puso un dedo en el mapa.

—El XIII y el XV Cuerpos de Samsonov desde el centro de la línea rusa —señaló—. Si avanzan…

Walter entendió de inmediato lo que estaba pensando Ludendorff: los rusos caerían en una «trampa envolvente»; acabarían rodeados por tres flancos.

—A nuestra derecha tenemos a Von François y su I Cuerpo —prosiguió Ludendorff—. En el centro, a Scholtz y el XX Cuerpo, que se han replegado pero no están en retirada, al contrario de lo que creen los rusos, por lo visto. Y, a nuestra izquierda, aunque a cincuenta kilómetros al norte, tenemos a Mackensen y el XVII Cuerpo. Mackensen vigila el brazo septentrional de la tenaza rusa, pero si esos rusos se dirigen al lugar que no es, tal vez podamos ignorarlos, por el momento, y hacer que Mackensen vire hacia el sur.

—Una maniobra clásica —comentó Walter.

Era sencilla, pero a él no se le había ocurrido hasta que Ludendorff lo había señalado. Esa era la razón, pensó con admiración, de que Ludendorff fuera adjunto del jefe del Estado Mayor.

—Pero solo funcionará si Rennenkampf y el I Ejército ruso siguen avanzando en la dirección inadecuada —sentenció el general.

—Ya ha visto los telegramas interceptados, señor. Las órdenes rusas ya se han enviado al frente.

—Esperemos que Rennenkampf no cambie de opinión.

V

El batallón de Grigori no tenía comida, pero les había llegado una carretada de palas para que pudieran cavar una trinchera. Los hombres cavaban por turnos, relevándose cada media hora, así que no tardaron mucho en terminar. El resultado no quedó muy pulido, pero serviría.

Más temprano, ese mismo día, Grigori, Isaak y sus camaradas se habían topado con una posición alemana abandonada, y Grigori se había fijado en que sus trincheras describían una especie de zigzag a intervalos regulares, motivo por el cual no se podía ver bien a lo largo. El teniente segundo Tomchak dijo que el zigzag se llamaba través, pero que no sabía para qué servía. No ordenó a sus hombres que copiaran el diseño germano. Pero Grigori estaba seguro de que debía de tener alguna finalidad.

Grigori todavía no había disparado su fusil. Había escuchado tiroteos, fusiles, ametralladoras y fuego de artillería, y su unidad había tomado una parte importante del territorio alemán, pero, hasta el momento, no había disparado a nadie y nadie le había disparado a él. Adondequiera que llegaba el XIII Cuerpo, descubría que los alemanes acababan de marcharse.

Aquello no tenía ninguna lógica. Grigori empezaba a darse cuenta de que todo en la guerra resultaba confuso. Nadie estaba muy seguro de dónde se encontraban o de dónde se hallaba el enemigo. Habían muerto dos hombres del pelotón de Grigori, pero no a manos de los alemanes: uno se había pegado un tiro por accidente en el muslo con su propio fusil y se había desangrado hasta morir increíblemente rápido, y el otro había sido arrollado por un caballo desbocado y no había recuperado el conocimiento.

Llevaban días sin ver un carromato de cocina. Habían terminado con las raciones de emergencia e incluso se había acabado el pan duro. Ninguno de ellos había comido nada desde la mañana del día anterior. Después de cavar la trinchera, se durmieron con hambre. Por suerte era verano, así que al menos no pasaron frío.

El tiroteo empezó al amanecer del día siguiente.

Se inició a cierta distancia hacia la izquierda de Grigori, aunque él veía las nubes de metralla estallando en lo alto y la tierra que se levantaba como en una erupción cuando los proyectiles impactaban contra ella. Sabía que debía de haber estado asustado, pero no lo estaba. Sentía hambre, sed, cansancio, dolor y aburrimiento, pero no miedo. Se preguntó si los alemanes se sentirían igual.

Se oyeron fuertes cañonazos a su derecha, a unos cuantos kilómetros al norte, pero donde estaban ellos permanecía todo en silencio.

—Como el ojo del huracán —sentenció David, el vendedor de cubos judío.

No tardaron en llegar las órdenes de avanzar. Agotados, salieron de la trinchera y empezaron a caminar.

—Supongo que deberíamos estar agradecidos —dijo Grigori.

—¿Por qué? —preguntó Isaak.

—Marchar es mejor que luchar. Nos han salido ampollas, pero seguimos vivos.

Por la tarde se acercaban a la ciudad que el teniente segundo Tomchak les había dicho que se llamaba Allenstein. Se dispusieron en formación de marcha a la entrada de la población y así llegaron al centro.

Para su asombro, Allenstein estaba llena de ciudadanos alemanes bien vestidos, encargándose de sus quehaceres normales de un jueves por la tarde: enviando cartas y comprando alimentos, paseando a sus bebés en los cochecitos. La unidad de Grigori se detuvo en un pequeño parque donde los hombres se sentaron a la sombra de unos árboles altos. Tomchak entró a una barbería que había por allí cerca y salió afeitado y con el pelo cortado. Isaak fue a comprar vodka, pero regresó contando que el ejército había puesto unos carteles en el exterior de todas las bodegas donde daban la orden de prohibir la entrada a los soldados.

Al final, llegó un carromato tirado por un caballo con un barril de agua fresca. Los hombres hicieron cola para llenar sus cantimploras. A medida que la tarde refrescaba y se acercaba la noche, fueron llegando más carros cargados con barras de pan, compradas o requisadas en las panaderías de la ciudad. Cayó la noche y durmieron bajo los árboles.

Al amanecer no hubo desayuno. Dejando un batallón atrás para mantener la posición en la ciudad, Grigori y los demás hombres del XIII Cuerpo recibieron la orden de abandonar Allenstein, en dirección sudoeste por el camino hacia Tannenberg.

Aunque no había visto acción, Grigori apreció un cambio de humor entre los oficiales. Recorrían la línea de arriba abajo al galope y se consultaban entre ellos apiñándose en grupitos y preocupados. Levantaban la voz al discutir: un comandante señalaba hacia un punto y un capitán hacía gestos en la dirección opuesta. Grigori seguía oyendo el estallido de la artillería pesada al norte y al sur, aunque parecía que se dirigía hacia el este mientras que el XIII Cuerpo avanzaba hacia el oeste.

—¿De quién es el fuego que se oye? —preguntó el sargento Gávrik—. ¿Nuestro o de ellos? ¿Y por qué se dirige hacia el este si nosotros vamos hacia el oeste? —El hecho de que no usara ninguna blasfemia hizo pensar a Grigori que estaba seriamente inquieto.

A unos pocos kilómetros de la salida de Allenstein, dejaron un batallón para vigilar la retaguardia, lo que sorprendió a Grigori, ya que él suponía que el enemigo iba por delante, no por detrás de ellos. Pensó, con el gesto torcido, que el XIII Cuerpo no daba abasto.

Alrededor del mediodía, su batallón se separó del de la marcha principal. Mientras sus camaradas siguieron en dirección sudoeste, a ellos los dirigieron hacia el sudeste, por un ancho sendero que cruzaba un bosque.

Allí, por fin, Grigori se topó con el enemigo.

Se detuvieron a descansar junto a un arroyo, y los hombres llenaron sus cantimploras. Grigori se metió entre los árboles para responder a una llamada de la naturaleza. Estaba de pie, oculto tras el grueso tronco de un pino, cuando oyó un ruido a su izquierda y se quedó atónito al ver, a un par de metros de distancia, a un oficial alemán, con su casco acabado en punta y todo, a lomos de un hermoso caballo negro. El alemán estaba mirando por un telescopio hacia el lugar donde se había detenido el batallón. Grigori se preguntó qué estaría mirando: el hombre no podría ver mucho a través de los árboles. Tal vez intentaba imaginar si los uniformes eran rusos o alemanes. Estaba sentado con la quietud de una estatua de la plaza de San Petersburgo, pero su caballo no estaba tan quieto, y se movía y repetía el ruido que había puesto en alerta a Grigori.

El joven se abrochó con cuidado la bragueta, agarró su fusil y se retiró caminando de espaldas, manteniendo siempre el árbol entre el alemán y él.

De pronto, el hombre se movió. Grigori sufrió un instante de pavor pues creía que lo habían visto; pero el alemán hizo un experto viraje con el caballo y se dirigió hacia el oeste al trote.

Grigori regresó corriendo junto al sargento Gávrik.

—¡He visto un alemán! —dijo.

—¿Dónde?

Grigori señaló con el dedo.

—Por allí... yo estaba meando.

—¿Estás seguro de que era un alemán?

—Llevaba un casco acabado en punta.

—¿Qué estaba haciendo?

—Estaba sentado sobre su caballo, mirando por un telescopio.

—¡Era de la unidad de reconocimiento! —exclamó Gávrik—. ¿Le has disparado?

Fue en ese momento cuando Grigori recordó que se suponía que debía matar soldados alemanes, no huir de ellos.

—Se me ocurrió que tenía que venir a contárselo —respondió, apocado.

—¡Eres un maldito cagado! ¿Para qué crees que te hemos dado un arma, imbécil? —gritó Gávrik.

Grigori miró el fusil cargado que llevaba en las manos, con su bayoneta de aspecto amenazante. Claro que debería de haber disparado. ¿En qué estaría pensando?

—Lo siento —dijo.

—Ahora que lo has dejado escapar, ¡el enemigo sabrá dónde estamos!

Grigori se sentía humillado. Durante su formación como reservista jamás habían hablado de esa situación, aunque debería haber sido capaz de imaginársela.

—¿En qué dirección se ha ido? —exigió saber Gávrik.

Al menos, Grigori sí podía responder a eso.

—Hacia el oeste.

Gávrik se volvió y se dirigió a toda prisa hacia el teniente segundo Tomchak, que estaba apoyado contra un árbol, fumando. Unos minutos después, Tomchak tiró el cigarrillo y se dirigió hacia el comandante Bobrov, un atractivo oficial de más edad y melena canosa.

Después de aquello, todo sucedió muy deprisa. No tenían artillería, pero la sección de ametralladoras descargó sus armas de los carros. Los seiscientos hombres del batallón fueron distribuidos en una línea irregular que iba de norte a sur y que cubría una extensión de novecientos metros. Escogieron un par de hombres para ir por delante. A continuación, los demás avanzaron lentamente hacia el oeste, en dirección a la puesta de sol, agachados entre la maleza.

Pasados unos minutos, empezaron a caer los proyectiles. Producían una especie de chillido al cruzar el aire, luego impactaban contra la cúpula del bosque para acabar aterrizando en el suelo a unos metros por detrás de Grigori y explotaban con una ruidosa deflagración que sacudía la tierra.

—Ese soldado de reconocimiento les ha dado nuestra posición y el alcance de tiro —dijo Tomchak—. Disparan al lugar donde estábamos. Menos mal que nos hemos movido.

Pero los alemanes también sacaban sus conclusiones y, al parecer, se dieron cuenta de su error, porque el siguiente proyectil cayó justo enfrente de la trayectoria en la que avanzaban los rusos.

Los hombres que rodeaban a Grigori estaban con los nervios de punta. Miraban a su alrededor constantemente, sostenían el fusil en alto, listo para disparar, y se insultaban a la menor provocación. David no dejaba de mirar al cielo como si hubiera podido ver cómo caía el proyectil y agacharse para esquivarlo. Isaak tenía una expresión agresiva, como la que ponía en el campo de fútbol cuando el equipo contrario empezaba a jugar sucio. Grigori descubrió que la certeza de que alguien estaba haciendo todo lo posible por matarte resultaba terriblemente angustiante. Se sentía como si le hubieran dado una malísima noticia pero no pudiera recordar cuál. Tenía la alocada fantasía de cavar un agujero en el suelo y esconderse dentro.

Se preguntó qué verían los francotiradores enemigos. ¿Había un vigilante apostado en una colina o batiendo el bosque con un par de potentes binoculares alemanes? No se veía a ningún otro hombre en el bosque, aunque tal vez hubiera seiscientos agrupados moviéndose entre los árboles.

Alguien había decidido que el alcance de tiro era el adecuado, porque durante los segundos que siguieron impactaron varios proyectiles en ese punto, y algunos dieron en el blanco. Se producían explosiones ensordecedoras a ambos lados de Grigori; surtidores de tierra se elevaban en el aire, los hombres gritaban y salían volando partes de cuerpos desmembrados. Grigori temblaba, aterrorizado. No se podía hacer nada, no había forma de protegerse: todo dependía de que te alcanzara un proyectil o no te alcanzara. Apretó el paso, como si ir más deprisa pudiera ayudar. Los demás hombres debían de haber pensado lo mismo, porque, sin orden previa, todos empezaron a avanzar a paso ligero.

Grigori agarró su fusil con las manos sudorosas e intentó no dejarse llevar por el miedo. Cayeron más proyectiles, por delante y por detrás de él, a derecha e izquierda. Corrió más deprisa.

El fuego de artillería se intensificó de tal manera que ya no era capaz de distinguir los proyectiles por separado: no había más que un ruido continuo como de un centenar de trenes expresos. Luego fue como si el batallón penetrase en la zona de tiro de los francotiradores, porque los impactos empezaron a producirse detrás de ellos. Pronto, la lluvia de proyectiles fue disminuyendo. Pasados unos minutos, Grigori se dio cuenta del porqué. Delante de él apareció una ametralladora y entendió, angustiado y aterrorizado, que estaba cerca de la línea enemiga.

Ráfagas de ametralladora barrían el bosque, desgarrando el follaje y astillando los pinos. Grigori escuchó una explosión a su lado y vio caer a Tomchak. Se arrodilló junto al teniente segundo, y vio la sangre en su cara y en la pechera de la guerrera. Con horror, observó que uno de sus ojos había quedado destrozado. Tomchak intentó moverse, pero entonces chilló de dolor. Grigori se preguntó en voz alta: «¿Qué hago? ¿Qué hago?». Podría haber vendado una herida en la piel, pero ¿cómo podía ayudar a un hombre al que habían disparado en el ojo?

Sintió un golpe en la cabeza y vio que Gávrik pasaba por su lado corriendo y gritando:

—Sigue moviéndote, Peshkov, ¡maldito estúpido!

Se quedó mirando durante un rato más a Tomchak. Le pareció que el oficial había dejado de respirar. No podía estar seguro, pero de todas formas se puso en pie y salió disparado.

El fuego se intensificó. El miedo de Grigori se tornó rabia. Las balas del enemigo producían una sensación de indignación. En su fuero interno, sabía que se trataba de un pensamiento irracional, pero no podía evitarlo. De pronto quiso matar a esos bastardos. Un par de cientos de metros por delante, pasado el claro, vio uniformes grises y cascos acabados en punta. Hincó una rodilla en el suelo detrás de un árbol, echó un vistazo por un lado del tronco, levantó el fusil, avistó un alemán y, por primera vez, apretó el gatillo.

No ocurrió nada, y entonces recordó el seguro.

No era posible quitar el seguro de un Mosin-Nagant si se tenía apoyado en el hombro. Bajó el fusil, se sentó en el suelo detrás del árbol y se apoyó la culata en la cara interior del codo; luego giró el enorme cerrojo curvo con el que se quitaba el seguro.

Echó un vistazo a su alrededor. Sus camaradas habían dejado de correr y se habían puesto a cubierto como él. Algunos estaban disparando, otros recargando sus fusiles, otros se retorcían de dolor por las heridas, y otros estaban tendidos, paralizados por la muerte.

Grigori se asomó por un lado del tronco, se apoyó el arma en el hombro y entrecerró un ojo para mirar por el cañón. Vio un fusil que sobresalía por detrás de un arbusto y un casco acabado en punta justo por encima. Tenía el corazón henchido de odio y apretó el gatillo a toda velocidad, cinco veces seguidas. El fusil al que apuntaba se retiró a toda prisa, pero no cayó, y Grigori supuso que había fallado. Se sintió decepcionado y frustrado.

El Mosin-Nagant solo tenía cinco disparos. Sacó sus cartuchos y recargó el fusil. En ese momento quería matar tantos alemanes como pudiera.

Volvió a mirar por un lado del árbol y localizó a un alemán escapando por un claro del bosque. Vació el cargador, pero el hombre siguió corriendo y desapareció tras una arboleda.

Grigori se dio cuenta de que no todo consistía en disparar. Abatir al enemigo era difícil; mucho más difícil en la contienda real que en la reducida cantidad de prácticas de tiro que había hecho durante su formación. Tendría que intentarlo con más ahínco.

Mientras volvía a recargar, oyó los disparos de una ametralladora y la vegetación que lo rodeaba quedó arrasada. Pegó la espalda al tronco del árbol y encogió las piernas, para convertirse en un blanco más pequeño. Su oído le indicó que la ametralladora debía de estar a unos cientos de metros a su derecha.

Cuando el arma dejó de disparar, Grigori escuchó gritar a Gávrik:

—¡Apuntad a esa ametralladora, imbéciles! ¡Disparadles mientras están recargando!

Grigori asomó la cabeza y buscó el nido de ametralladoras. Localizó el trípode colocado entre dos grandes árboles. Apuntó con su fusil y luego hizo una pausa. Se recordó que no todo consistía en disparar. Respiró con calma, equilibró el pesado cañón y apuntó al casco que tenía en el punto de mira. Bajó un poco el arma hasta apuntar al pecho del hombre. La guerrera del uniforme estaba desabrochada a la altura del tórax: el hombre estaba acalorado por el esfuerzo.

Grigori apretó el gatillo.

Falló. Por lo visto, el alemán no se había percatado del disparo. Grigori no tenía ni idea de adónde podía haber ido a parar la bala.

Volvió a disparar y vació el cargador sin obtener resultados. Era una locura. Esos cerdos intentaban matarlo y él era incapaz de darle siquiera a uno. Tal vez estuviera demasiado lejos. O tal vez, simplemente, era mal tirador.

La ametralladora reanudó los disparos y todo el mundo se quedó de piedra.

Apareció el comandante Bobrov, avanzando a cuatro patas sobre el manto del bosque.

—¡Hombres! —gritó—. ¡A mi orden, carguen contra esa ametralladora!

«Debes de estar loco —pensó Grigori—. Pues yo no lo estoy.»

El sargento Gávrik repitió la orden.

—¡Preparaos para cargar contra ese nido de ametralladoras! ¡Esperad la orden!

Bobrov se enderezó y corrió en cuclillas a lo largo de la línea. Grigori lo escuchó gritar la misma orden un poco más allá. «Pierdes el tiempo —pensó Grigori—. ¿Te has creído que somos suicidas?»

El traqueteo de la ametralladora se acalló, y el comandante se puso en pie y quedó expuesto sin remedio. Había perdido la gorra y su pelo cano lo convertía en un blanco muy visible.

—¡Adelante! —gritó.

Gávrik repitió la orden.

—¡Vamos, vamos, vamos!

Tanto Bobrov como Gávrik dieron ejemplo y salieron corriendo entre los árboles y en dirección hacia el nido de ametralladoras. De pronto, Grigori se encontró haciendo lo mismo, pisoteando los matojos y las hojas caídas, corriendo medio agachado e intentando que no se le cayera su fusil pesado y difícil de manejar. La ametralladora permanecía en silencio, pero los alemanes disparaban con todas sus demás armas, y el efecto de docenas de fusiles disparando al mismo tiempo resultaba casi enloquecedor, pero Grigori siguió corriendo como si fuera lo único que pudiera hacer. Vio al equipo de tiradores de la ametralladora recargando desesperado, toqueteando torpemente el cañón, con el rostro desencajado por el miedo. Algunos soldados rusos estaban disparando, pero Grigori no tuvo tanta presencia de ánimo; se limitaba a seguir corriendo. Seguía a cierta distancia de la ametralladora cuando vio a tres alemanes ocultos tras un arbusto. Parecían terriblemente jóvenes, y se quedaron mirándolo, asustados. Los encañonó con su fusil de bayoneta levantado ante sí, como si fuera una lanza medieval. Oyó que alguien gritaba y se dio cuenta de que había sido él mismo. Los tres jóvenes salieron huyendo.

Grigori fue tras ellos, pero estaba débil por el hambre y ellos no tardaron en escaparse. Recorridos unos cientos de metros, se detuvo, agotado. Por todos lados había alemanes a la fuga y rusos persiguiéndolos. El grupo de la ametralladora había abandonado el arma. Grigori supuso que debía de ponerse a disparar, pero, por el momento, no tenía fuerzas ni para levantar el fusil.

El comandante Bobrov reapareció corriendo a lo largo de la línea rusa.

—¡Avancen! —gritó—. ¡No los dejen escapar!, ¡mátenlos a todos o ellos volverán a matarlos algún día! ¡Adelante!

Exhausto, Grigori empezó a correr. Pero giraron las tornas. Estalló el caos a su izquierda: tiros, gritos, insultos. De pronto aparecieron soldados rusos procedentes de esa dirección corriendo para salvar la vida. Bobrov, quien estaba de pie junto a Grigori, exclamó:

—Pero ¿qué demonios...?

Grigori se dio cuenta de que estaban atacándolos por un flanco.

—¡Manténganse firmes! —gritó Bobrov—. ¡A cubierto y disparen!

Nadie lo escuchaba. Los recién llegados salieron corriendo hacia el bosque, muertos de miedo, y los compañeros de Grigori empezaron a unirse al grupo en desbandada, que se volvía hacia la derecha y salía corriendo en dirección al norte.

—¡Conserven la posición, soldados! —gritó Bobrov. Sacó su pistola—. ¡He dicho que mantengan la posición! —Apuntó al grupo de soldados rusos que pasó corriendo junto a él—. ¡Se lo advierto, dispararé a los desertores!

Se oyó un estallido y la sangre le manchó el pelo. Cayó al suelo. Grigori no sabía si había caído por una bala perdida alemana o por una de su propio bando.

Se volvió para huir corriendo con los demás.

Llegaban tiros de todas partes. Grigori no sabía quién disparaba a quién. Los rusos se dispersaron por el bosque, y, poco a poco, le pareció que iba dejando el fragor de la batalla atrás. Siguió corriendo mientras pudo, pero al final cayó sobre un lecho de hojas, agotado, incapaz de continuar. Se quedó allí tirado durante largo rato, con la sensación de estar paralizado. Vio que seguía llevando el fusil, lo que le sorprendió: no sabía por qué no lo había soltado.

Al final se levantó como pudo. Advirtió que hacía ya un rato que le dolía la oreja derecha. Se la tocó y chilló de dolor. Le quedaron los dedos pegajosos por la sangre. Volvió a palparse la oreja con cuidado. Espantado, descubrió que gran parte del cartílago había desaparecido. Lo habían herido y no se había dado cuenta. En algún momento, una bala le había arrancado media oreja.

Revisó su fusil. El cargador estaba vacío. Lo recargó, aunque no estaba seguro de por qué lo hacía: parecía incapaz de dar a nadie. Puso el seguro.

Supuso que los rusos habían caído en una emboscada. Los habían hecho avanzar hasta quedar rodeados y, entonces, los alemanes habían cerrado la trampa.

¿Qué debía hacer? No había nadie a la vista; no recibiría órdenes de ningún oficial. Sin embargo, no podía quedarse donde estaba. El cuerpo estaba en retirada, eso era seguro, así que pensó que debía retroceder. Si quedaba alguna tropa rusa, seguramente estaría al este.

Se volvió, dejando el sol de poniente a su espalda, y empezó a caminar. Avanzó por el bosque con el mayor sigilo posible, sin saber dónde podrían estar los alemanes. Se preguntó si la totalidad del II Ejército habría sido abatida o si habría huido. Comprendió que podía morir de hambre en el bosque.

Después de una hora de recorrido se detuvo a beber en un arroyo. Pensó en limpiarse la herida, pero decidió que sería mejor no tocarla. Tras saciar su sed, descansó, acurrucado en el suelo, con los ojos cerrados. No tardaría en anochecer. Por suerte, el clima era seco y podía dormir a ras de suelo.

Estaba medio dormido cuando oyó un ruido. Levantó la mirada y se quedó impactado al ver que se trataba del oficial alemán a caballo, que avanzaba entre los árboles a unos diez metros de distancia. El hombre había pasado sin ver a Grigori tendido junto al arroyo.

Con sigilo, Peshkov agarró su fusil y quitó el seguro. Se arrodilló, se lo apoyó en el hombro y apuntó con cuidado al centro de la espalda del alemán. El hombre se encontraba en ese momento a unos trece metros: un blanco perfecto para un fusil.

En el último momento, el alemán percibió el peligro gracias a su sexto sentido y se volvió sobre la silla de montar.

Grigori apretó el gatillo.

El tiro sonó ensordecedor en el silencio del bosque. El caballo dio un salto hacia delante. El oficial cayó hacia un lado y golpeó contra el suelo, pero le quedó un pie enganchado en el estribo. El caballo lo arrastró sobre el manto del bosque durante unos cien metros, luego deceleró y se detuvo.

Grigori permaneció escuchando atentamente por si el ruido del disparo había atraído a alguien más. Solo se oía la suave brisa que revolvía las hojas.

Se dirigió hacia el caballo. A medida que se acercaba se puso el fusil al hombro y apuntó al oficial, aunque fue una precaución innecesaria. El hombre estaba tendido sin moverse, boca arriba, con los ojos muy abiertos y su casco acabado en punta tirado junto a él. Tenía el pelo rubio y muy corto, y unos ojos verdes bastante bonitos. Podía ser el hombre que Grigori había visto antes; no podía asegurarlo. Lev sí lo habría sabido, se habría acordado del caballo.

Grigori destapó las alforjas. En una iban los mapas y el telescopio. En la otra había una salchicha y un trozo de pan negro. Grigori estaba muerto de hambre. Le dio un mordisco a la salchicha. Era un embutido de fuerte sabor especiado, con pimienta, finas hierbas y ajo. La pimienta le subió los colores y le hizo sudar. Masticó a toda prisa, tragó y luego se metió un montón de pan en la boca. La comida estaba tan buena que podría haber roto a llorar. Se quedó ahí de pie, apoyado contra el flanco del enorme caballo, comiendo todo lo rápido que podía, mientras el hombre al que había matado lo miraba con sus ojos verdes de muerto.

VI

—Calculamos unas treinta mil bajas rusas, general —indicó Walter a Ludendorff. Intentaba que su entusiasmo no resultara muy evidente, pero la victoria alemana era sobrecogedora y no podía dejar de sonreír.

Ludendorff mantenía fríamente sus emociones bajo control.

—¿Prisioneros?

—En el último recuento eran unos noventa y dos mil, señor.

Eran unas cifras asombrosas, pero Ludendorff se tomaba las cosas con calma.

—¿Algún general?

—El general Samsonov se ha suicidado. Tenemos su cuerpo. Martos, comandante del XV Cuerpo ruso, ha sido hecho prisionero. Hemos requisado quinientas armas de artillería.

—En resumen —dijo Ludendorff, que al final levantó la mirada de su escritorio de campaña—. El II Ejército ruso ha sido borrado del mapa. Ya no existe.

Walter no podía evitar sonreír.

—Sí, señor.

Ludendorff no correspondió la sonrisa. Agitó la hoja de papel que había estado estudiando.

—Lo que hace que estas noticias resulten aún más irónicas.

—¿Señor?

—Nos envían refuerzos.

Walter se quedó boquiabierto.

—¿Qué? Disculpe, general... ¿refuerzos?

—Estoy tan sorprendido como usted. Tres cuerpos de infantería y una división de caballería.

—¿Desde dónde?

—Desde Francia, donde necesitamos hasta al último hombre si queremos que el Plan Schlieffen funcione.

Walter recordó que Ludendorff había trabajado en los detalles del Plan Schlieffen, con su acostumbrada energía y meticulosidad, y sabía lo que era necesario en Francia, hasta el último hombre, caballo y bala.

—Pero ¿cómo se ha tomado esa decisión? —preguntó Walter.

—No lo sé, pero lo puedo suponer. —El tono de Ludendorff se tornó más amargo—. Es una cuestión política. Las princesas y las condesas de Berlín han estado lloriqueando y suplicando a la esposa del káiser por la protección de sus fincas familiares, de las que se están apoderando los rusos. El alto mando ha cedido a la presión.

Walter sintió que se ruborizaba. Su propia madre era una de las damas que habían estado dando la lata a la esposa del káiser. Porque el hecho de que las mujeres se preocupasen y pidiesen protección era algo comprensible, pero que el ejército cediera a sus súplicas y se arriesgase a hacer descarrilar toda la estrategia de ataque, resultaba imperdonable.

—¿Eso no es exactamente lo que quieren los aliados? —preguntó, indignado—. Los franceses convencieron a los rusos para que invadieran con un ejército que no estaba preparado del todo, con la esperanza de que a nosotros nos entrara el miedo y corriéramos a enviar refuerzos al frente oriental, ¡y así dejar debilitadas a nuestras filas en Francia!

—Exacto. Los franceses se están retirando: están superados en número, en armamento, se sienten moralmente derrotados. Su única esperanza era que pudiéramos distraernos. Y han visto su deseo cumplido.

—Y bien —dijo Walter con desesperación—, pese a nuestra gran victoria en el este, ¡los rusos han logrado la ventaja estratégica que sus aliados necesitaban en el oeste!

—Sí —corroboró Ludendorff—. Exacto.

13

Septiembre-diciembre de 1914

I

El llanto de una mujer despertó a Fitz.
Al principio pensó que era Bea. Luego recordó que su mujer estaba en Londres y que él se encontraba en París. La chica tendida en la cama junto a él no era una princesa embarazada de veintitrés años, sino una camarera francesa de diecinueve con cara de ángel.

Se incorporó apoyándose en un codo y la miró. Tenía unas pestañas rubias que reposaban sobre sus mejillas como mariposas sobre pétalos. En ese momento estaban húmedas por las lágrimas.

—*J'ai peur* —dijo gimoteando—. Tengo miedo.

Él le acarició el pelo.

—*Calme-toi* —le dijo—. Tranquilízate. —Había aprendido más francés con mujeres como Gini que en el colegio.

Gini era el diminutivo de Ginette, pero aun así sonaba a nombre inventado. Seguramente la habían bautizado con un apelativo tan prosaico como Françoise.

Era una mañana agradable, una brisa cálida entró soplando por la ventana abierta de la habitación de Gini. Fitz no oyó disparos, ni las pisadas de las botas militares marchando en formación sobre los adoquines.

—París todavía no ha caído —dijo él murmurando con un tono que pretendía calmarla.

Pero la afirmación no cumplió su cometido, pues intensificó el llanto.

Fitz se miró el reloj de pulsera. Eran las ocho y media. Tenía que estar de regreso en el hotel a las diez sin falta.

—Si llegan los alemanes, ¿me protegerás? —preguntó Gini.

—Por supuesto, *chérie* —respondió, intentando soslayar una ligera sensación de culpabilidad. Lo habría hecho de haber podido, pero ella no era lo más prioritario en su vida.

—¿Llegarán? —preguntó ella con un hilillo de voz.

Fitz deseó poder saberlo. El ejército alemán doblaba en número la cifra que había predicho el servicio secreto francés. Había irrumpido como un torbellino en el noreste de Francia y había ganado todas las batallas. En ese momento, la avalancha había alcanzado una línea que se encontraba al norte de París, aunque Fitz no sabría a qué distancia exacta hasta pasadas un par de horas.

—Algunos dicen que nadie defenderá la ciudad —balbució Gini entre sollozos—. ¿Es verdad?

Fitz tampoco conocía ese dato. Si París resistía, sería destrozada por la artillería alemana. Sus magníficos edificios quedarían en ruinas, sus amplios bulevares, llenos de cráteres, sus *bistros* y *boutiques*, reducidos a escombros. Resultaba tentador imaginar que la ciudad se entregaría y se libraría de todo eso.

—Podría ser mejor para ti —dijo a Gini con falso entusiasmo—. Te acostarás con un gordo general prusiano que te llamará *Liebling*.

—No quiero a ningún prusiano. —Su voz quedó convertida en un susurro—. Te quiero a ti.

Y él pensó que tal vez fuera cierto, o que tal vez solo lo veía como su billete para huir de allí. Todo el que podía estaba abandonando la ciudad, pero no era fácil. La mayoría de los coches particulares habían sido requisados por el ejército. Con los trenes ocurría lo mismo sin previo aviso, y los pasajeros civiles quedaban tirados en medio de la nada. Un taxi hasta Burdeos costaba mil quinientos francos, el precio de una casa pequeña.

—Puede que no ocurra —le dijo Fitz—. A estas alturas, los alemanes deben de estar agotados. Llevan un mes de marcha y lucha continuadas. No pueden mantener el mismo ritmo eternamente.

Creía solo a medias en lo que decía. Los franceses habían luchado con denuedo en la retaguardia. Los soldados estaban exhaustos, muertos de hambre y desmoralizados, pero pocos habían sido hechos prisioneros y no habían perdido más que un puñado de armas. El imperturbable comandante en jefe, el general Joffre, había mantenido las fuerzas aliadas unidas y se había retirado a una línea del frente al sudeste de París, donde estaba reagrupando a las tropas. Además, había despedido sin ningún tipo de miramientos a los oficiales profesionales franceses que sencillamente no daban la talla: dos comandantes del ejército, siete comandantes de diversos cuerpos y docenas de otros rangos a los que había echado sin piedad.

Los alemanes no eran conscientes de ello. Fitz había leído mensajes decodificados de los que se podía deducir que los germanos se sentían exageradamente seguros. De hecho, el alto mando alemán había ordenado la retirada de tropas de Francia y las había enviado como refuerzo a Prusia Oriental. Fitz creía que eso podía ser un error. Los franceses todavía no habían terminado.

No estaba muy seguro de los movimientos de los ingleses.

La Fuerza Expedicionaria Británica era un grupo reducido: cinco divisiones y media, en comparación con las setenta divisiones francesas ya en el frente. Habían luchado con valentía en Mons, lo que llenaba a Fitz de orgullo; pero en cinco días habían perdido a quince mil de sus cien mil hombres y se habían batido en retirada.

Los Fusileros Galeses formaban parte de la fuerza británica, pero Fitz no estaba con ellos. Al principio le decepcionó que lo destinaran a París como oficial de enlace: anhelaba combatir con su regimiento. Estaba seguro de que los generales lo trataban como a un aficionado que había sido enviado a otro lugar para que no pudiera perjudicar mucho al conjunto. Sin embargo, él conocía París y hablaba francés, así que no se podía negar que estaba muy bien cualificado.

Al final resultó que su cometido era más importante de lo que había imaginado. Las relaciones entre los altos mandos franceses y sus homólogos británicos estaban peligrosamente deterioradas. La Fuerza Expedicionaria Británica estaba dirigida por un maniático demasiado susceptible cuyo nombre, ligeramente confuso, era sir John French. En un momento bastante inicial de la contienda, se sintió ofendido por lo que él consideró una falta de consulta por parte del general Joffre, y se enfurruñó. Fitz se esforzaba por mantener un flujo constante de información general y secreta entre los dos comandantes aliados pese a la atmósfera de hostilidad.

Todo esto resultaba embarazoso y un tanto vergonzoso, y Fitz, como representante de los ingleses, se sentía mortificado por el desdén mal disimulado de los oficiales franceses. Sin embargo, la situación había empeorado sobremanera hacía cuestión de una semana. Sir John había dicho a Joffre que sus hombres necesitaban dos jornadas de descanso. Al día siguiente cambió su petición y la aumentó a diez días. Los franceses se quedaron horrorizados, y Fitz se sintió profundamente avergonzado de su propio país.

Había mantenido una acalorada discusión con el coronel Hervey, un adulador asesor de sir John, pero sus quejas encontraron por toda respuesta la indignación y la negación. Al final, Fitz habló por teléfono con lord Remarc, subsecretario del Ministerio de Guerra. Habían sido compañeros en Eton, y Remarc era uno de los chismosos amigos de Maud. Fitz no se sintió bien al actuar a espaldas de sus oficiales superiores de aquel modo, pero la lucha por París pendía de un hilo tan fino que creyó que debía tomar cartas en el asunto. Había aprendido que el patriotismo no era algo sencillo.

El resultado de sus quejas fue explosivo. El primer ministro Asquith envió al nuevo ministro de Guerra, lord Kitchener, a toda prisa a París, y el jefe de sir John le echó la bronca el día antes. Fitz tenía grandes esperanzas de ser sustituido en breve. Si eso no sucedía, al menos saldría de golpe del letargo en que se encontraba.

No tardaría en descubrirlo.

Volvió la espalda a Gini y apoyó los pies en el suelo.

—¿Te vas? —preguntó ella.

Él se levantó.

—Tengo trabajo pendiente.

Ella se retiró la sábana de una patada. Fitz contempló sus senos perfectos. Gini captó su mirada, sonrió a pesar de las lágrimas y separó las piernas de forma provocativa.

Él resistió la tentación.

—Prepara café, *chérie* —dijo.

La chica se puso un batín de seda de color verde claro y calentó agua mientras Fitz se vestía. La noche anterior había cenado en la embajada británica con el uniforme de gala de su regimiento, pero, después de la cena, había cambiado la guerrera militar de color escarlata, que habría levantado demasiadas sospechas, por un chaqué corto para visitar los bajos fondos.

Ella le sirvió un café bastante cargado en una gran taza del tamaño de un cuenco.

—Te esperaré esta noche en el Albert's Club —dijo ella.

Los clubes nocturnos estaban oficialmente cerrados, al igual que los cines y los teatros. Incluso el Folies Bergère estaba a oscuras. Las cafeterías cerraban a las ocho y los restaurantes, a las nueve y media. Sin embargo, no era tan fácil echar el cierre a la vida nocturna de una gran ciudad, y personalidades empresariales como Albert no habían tardado en abrir garitos clandestinos donde podían vender champán a precios abusivos.

—Intentaré estar allí a medianoche —aseguró él.

El café era amargo, pero acabó con los últimos rastros de la somnolencia que sentía. Dio a Gini un soberano de oro británico. Era un pago generoso por una noche y, en aquella época, el dorado metal era mucho más preciado que los billetes.

Cuando él le dio un beso de despedida, ella se le abrazó con fuerza.

—Te presentarás allí esta noche, ¿verdad? —preguntó.

Él sintió lástima por la chica. Su mundo se venía abajo y ella no sabía qué hacer. A Fitz le habría gustado cobijarla bajo su ala y prometerle que la protegería, pero era imposible. Tenía una esposa embarazada y, si Bea se disgustaba, podía perder el bebé. Aunque hubiera sido un hombre soltero, cargar con una fulana francesa lo hubiera convertido en un hazmerreír. En cualquier caso, Gini no era más que una entre un millón. Todo el mundo tenía miedo, salvo los que estaban muertos.

—Haré lo que pueda —respondió y se zafó del abrazo.

Su Cadillac azul estaba aparcado en la acera. Llevaba una pequeña bandera británica ondeando en el capó. Quedaban pocos coches particulares en las calles, y la mayoría llevaba un banderín, normalmente, una insignia tricolor o una de la Cruz Roja, como prueba de que se utilizaban para cometidos de guerra esenciales.

El conseguir que el coche llegase hasta allí desde Londres había costado a Fitz el uso indiscriminado de sus contactos y una pequeña fortuna en sobornos, pero estaba contento de haberse tomado tantas molestias. Necesitaba desplazarse a diario entre los cuarteles generales británicos y franceses, y era un alivio no tener que suplicar para que le prestasen un coche o un caballo a los ejércitos que ya de por sí se veían en apuros.

Presionó el mando de encendido automático, el motor empezó a girar e hizo ignición. Las calles estaban prácticamente desiertas de vehículos. Incluso los autobuses habían sido requisados para servir al ejército en el frente. Tuvo que detenerse por un enorme rebaño de ovejas que cruzaba la ciudad, supuestamente de camino a la Gare de l'Est, para ser enviadas por tren como carne para las tropas.

Le intrigó ver a un pequeño grupo de gente reunida alrededor de un cartel recién pegado en la fachada del Palais Bourbon. Estacionó el coche y se unió a las personas que estaban leyéndolo.

EJÉRCITO DE PARÍS
CIUDADANOS DE PARÍS

Fitz dirigió la vista al final del bando y vio que estaba firmado por el general Galliéni, el gobernador militar de la ciudad. Galliéni, un viejo soldado gruñón, había sido recuperado de la jubilación. Era conocido por celebrar reuniones en las que nadie tenía permiso para sentarse: creía que las personas tomaban decisiones con mayor rapidez de esa forma.

El cuerpo del mensaje rezumaba su característico tono lacónico.

Los miembros del gobierno de la República han abandonado París para dar un nuevo empuje a la defensa nacional.

Fitz estaba consternado. ¡El gobierno había huido! Hacía unos días que se rumoreaba que los ministros se esfumarían para irse a Burdeos, pero los políticos habían tenido ciertas dudas, pues no querían abandonar la capital. Sin embargo, se habían marchado. Era una muy mala señal.

El resto del comunicado tenía un tono desafiante.

Me han encomendado la misión de defender París contra el invasor.

«Así que, al final, París no se entregará —pensó Fitz—. La ciudad luchará. ¡Bien!» Eso era sin duda lo que interesaba a los británicos. Si la capital tenía que caer, que al menos el enemigo pagara cara su conquista.

Debo llevar a cabo esta misión hasta sus últimas consecuencias.

Fitz no pudo evitar sonreír. ¡Que Dios bendijera a los viejos soldados!

Al parecer, las personas que lo rodeaban tenían sentimientos encontrados. Algunos comentarios expresaban admiración. Alguien dijo con satisfacción que Galliéni era un luchador; no permitiría que tomasen París. Otros se mostraban más realistas. «El gobierno nos ha abandonado —dijo una mujer—. Eso significa que los alemanes estarán aquí hoy mismo o mañana.» Un hombre con un maletín comentó que había enviado a su mujer y a sus hijos a la casa que su hermano tenía en el campo. Una elegante dama explicó que tenía treinta kilos de alubias secas almacenados en la despensa de la cocina.

Fitz se limitó a sentir que la contribución británica a la campaña de la contienda, y la parte que él había tomado en la misma, se había vuelto más importante que nunca.

Con una intensa sensación de estar yendo en pos de su destino, condujo hasta el Ritz.

Entró en el vestíbulo de su hotel favorito y fue directo a una cabina de teléfono. Una vez dentro, llamó a la embajada británica y dejó un mensaje para el embajador, en el que le hablaba del comunicado de Galliéni, solo por si la noticia no había llegado todavía a la rue du Faubourg Saint-Honoré.

Al salir de la cabina se topó con el asesor de sir John, el coronel Hervey.

Hervey miró el chaqué de Fitz y dijo:

—¡Comandante Fitzherbert! ¿Por qué demonios va vestido así?

—Buenos días, coronel —dijo Fitz, sin responder de forma deliberada a la pregunta. Resultaba evidente que había estado fuera toda la noche.

—¡Son las nueve de la mañana, diantre! ¿Es que no sabe que estamos en guerra?

Esa era otra pregunta que no precisaba respuesta. Fitz contestó con frialdad:

—¿Puedo hacer algo por usted, señor?

Hervey era un matón que odiaba a todo aquel al que no pudiera intimidar.

—No sea tan insolente, comandante —respondió—. Ya tenemos bastante trabajo tal como están las cosas, para encima tener que aguantar a los malditos visitantes metomentodo de Londres.

Fitz enarcó una ceja.

—Lord Kitchener es el ministro de Guerra.

—Los políticos deberían dejarnos hacer nuestro trabajo. Pero alguien con amigos en las altas esferas ha hecho que se larguen. —Miró a Fitz con recelo, pero no tuvo el valor de decirlo en voz alta.

—No creo que le haya sorprendido que el Ministerio de Guerra esté preocupado —dijo Fitz—. ¡Un descanso de diez días con los alemanes a las puertas!

—¡Los hombres están agotados!

—En diez días podría haber terminado la guerra. ¿Para qué estamos aquí si no es para salvar París?

—Kitchener se ha llevado a sir John de su cuartel general en un día fundamental para la batalla —bramó Hervey.

—Vi que sir John no tenía mucha prisa por volver con sus tropas —replicó Fitz—. Lo encontré cenando aquí en el Ritz esa misma noche. —Sabía que estaba siendo insolente, pero no podía contenerse.

—¡Fuera de mi vista! —espetó Hervey.

Fitz dio media vuelta sobre los talones y subió la escalera.

No era tan indiferente como había fingido. Nada lo haría doblegarse ante idiotas como Hervey, aunque para él era importante tener una carrera militar de éxito. Odiaba pensar que la gente pudiera decir que no era un hombre como fue su padre. Hervey no era un personaje muy útil para el ejército porque se pasaba el tiempo promocionando a sus favoritos y desprestigiando a sus enemigos. No obstante, por esa misma razón, podía acabar con las trayectorias de hombres que se concentraban en otros asuntos, como ganar la guerra.

Fitz estuvo rumiándolo mientras se bañaba, se afeitaba y se vestía con el uniforme caqui de comandante de los Fusileros Galeses. Como sabía que era posible que no comiera nada hasta la cena, pidió al servicio de habitaciones una tortilla y más café.

A las diez en punto de la mañana empezaba su jornada laboral, y se quitó de la cabeza al malicioso Hervey. El teniente Murray, un simpático joven escocés, llegó del cuartel general británico, y llevó a la habitación de Fitz el polvo del camino y el informe del reconocimiento aéreo de la mañana.

Fitz no tardó en traducir el documento al francés y lo transcribió con su clara caligrafía cursiva en el papel de carta celeste del Ritz. Todas las mañanas, los aviones británicos sobrevolaban las posiciones alemanas y tomaban nota de la dirección en que se movían las fuerzas enemigas. El cometido de Fitz era transmitir la información lo antes posible al general Galliéni.

Al salir al vestíbulo, el botones principal le avisó de que tenía una llamada telefónica.

La voz que se encontraba al otro lado de la línea dijo:

—Fitz, ¿eres tú? —Se oía lejos y con interferencias, pero, para asombro de Fitz, era, sin lugar a dudas, su hermana, Maud.

—¿Cómo diantre has conseguido llamar aquí? —preguntó.

Solo el gobierno y los militares podían llamar a París desde Londres.

—Estoy en el despacho de Johnny Remarc, en el Ministerio de Guerra.

—Me alegro de escuchar tu voz —dijo Fitz—. ¿Cómo estás?

—Por aquí todo el mundo está muy preocupado —respondió ella—. Al principio, los periódicos solo publicaban buenas noticias. Solo las personas con ciertos conocimientos de geografía eran conscientes de que después de cada aguerrida victoria francesa, los alemanes avanzaban otros ochenta kilómetros más por territorio francés. Pero el domingo, *The Times* publicó una edición especial. Qué curioso, ¿no? El periódico de la semana está plagado de mentiras, así que, para decir la verdad, tienen que publicar una edición especial.

Intentaba sonar ocurrente y cínica, pero Fitz se percató del miedo y la rabia subyacentes en sus palabras.

—¿Qué decía la edición especial?

—Hablaba de nuestro «ejército abatido y en retirada». Asquith está furioso. Ahora, todo el mundo espera que París caiga cualquier día. —El muro que había levantado se resquebrajó, y se mezcló el sollozo con su voz mientras decía—: Fitz, ¿estarás bien?

No podía mentirle.

—No lo sé. El gobierno se ha trasladado a Burdeos. A sir John French le han leído la cartilla, pero sigue aquí.

—Sir John se ha quejado al Ministerio de Guerra de que Kitchener se fue a París con el uniforme de mariscal de campo, y que eso contrariaba las normas de etiqueta, porque ahora es ministro del gobierno y, por tanto, un civil.

—¡Por el amor de Dios! En un momento como este, ¡y él está pensando en la etiqueta! ¿Por qué no lo han echado?

—Johnny dice que eso sería como admitir un error.

—¿Y qué parecerá si París cae en manos de los alemanes?

—¡Oh, Fitz! —Maud empezó a llorar—. ¿Y qué ocurre con el bebé que está esperando Bea… tu hijo?

—¿Cómo está Bea? —preguntó Fitz, al tiempo que recordaba con sentimiento de culpa dónde había pasado la noche.

Maud se sorbió la nariz y tragó saliva. Con más serenidad, dijo:

—Bea está radiante, y ya no sufre esas agotadoras náuseas matutinas.

—Dile que la echo de menos.

Se produjo una interferencia, y se oyó otra voz por la línea durante unos segundos, luego dejó de oírse. Eso significaba que podían cortarles la llamada en cualquier momento. Cuando Maud volvió a hablar, lo hizo con un tono lastimero.

—Fitz, ¿cuándo terminará?

—Dentro de un par de días —respondió Fitz—. De una forma u otra.

—Por favor, ¡cuídate!

—Por supuesto.

Se cortó la comunicación.

Fitz colgó el teléfono, dio una propina al jefe de mozos y salió a la Place Vendôme.

Se subió al coche y se puso en marcha. Maud lo había disgustado al hablarle del embarazo de Bea. Fitz estaba deseando morir por su país y esperaba hacerlo como un valiente, pero también quería conocer a su bebé. Todavía no había sido padre y estaba ansioso por conocer a su hijo, por verlo aprender y crecer, por ayudarlo a convertirse en un hombre adulto. No quería que su hijo o hija creciera sin un padre.

Cruzó con el coche uno de los puentes del Sena en dirección al complejo de edificios del ejército conocido con el nombre de Les Invalides. Galliéni había establecido su cuartel general en una escuela cercana a la zona llamada Lycée Victor-Duruy, que quedaba oculta tras unos árboles. La entrada estaba celosamente vigilada por centinelas con guerreras de un intenso color azul y pantalones rojos con gorras del mismo color; mucho más elegante que el caqui de tono terroso de los ingleses. Los franceses todavía no se habían dado cuenta de que los avanzados fusiles de precisión eran una señal de que el soldado moderno pretendía confundirse con el paisaje.

Fitz era un viejo conocido de los guardias y entró sin problemas en el recinto. Se trataba de un colegio femenino, con cuadros de mascotas y flores, y verbos en latín conjugados en pizarras que habían sido quitadas del paso. Los fusiles de los centinelas y las botas de los oficiales parecían una ofensa a la amabilidad de lo que allí había sucedido antes.

Fitz fue directamente a la sala de profesores. En cuanto entró, se apercibió de la atmósfera de entusiasmo. En la pared había un gran mapa del centro de Francia en el que las posiciones de los ejércitos se habían marcado con alfileres. Galliéni era alto, delgado y permanecía siempre muy erguido pese al cáncer de próstata que lo había obligado a jubilarse en febrero. En ese momento, de nuevo ataviado de uniforme, miraba con agresividad el mapa a través de sus quevedos.

Fitz saludó y luego, muy al estilo francés, estrechó la mano a su homólogo, el coronel Dupuys, y le preguntó entre susurros qué estaba ocurriendo.

—Estamos intentando localizar a Von Kluck —dijo Dupuys.

Galliéni tenía un escuadrón de nueve aviones antiguos que utilizaba para seguir los movimientos del ejército invasor. El general Von Kluck estaba al mando del I Ejército, la fuerza alemana más próxima a París.

—¿Qué han conseguido? —preguntó Fitz.

—Dos informes. —Dupuys señaló el mapa—. Nuestro reconocimiento aéreo indica que Von Kluck está avanzando en dirección sudeste, en dirección al río Marne.

Aquello fue una confirmación de la información que habían dado los ingleses. Siguiendo esa trayectoria, el I Ejército se trasladaría hasta el este de París. Y, puesto que Von Kluck estaba al mando del ala derecha alemana, todas sus fuerzas evitarían el paso por la ciudad. ¿Acabaría París librándose de la invasión?

Dupuys prosiguió:

—Y tenemos un informe de un soldado de la patrulla de reconocimiento de la división de caballería que sugiere lo mismo.

Fitz asintió con expresión reflexiva.

—La teoría militar alemana se basa en destruir el ejército enemigo y tomar posesión de las ciudades más adelante.

—Pero ¿es que no lo ve? —preguntó Dupuys de forma exaltada—. ¡Están dejando expuesto su flanco!

Fitz no había pensado en eso. Se había concentrado en el destino de París. En ese momento se dio cuenta de que Dupuys estaba en lo cierto, y de que esa era la razón de tanta euforia. Si el servicio secreto no se equivocaba, Von Kluck había cometido un error militar clásico. El flanco de un ejército era más vulnerable que su cabecera. Un ataque por el flanco era como una puñalada por la espalda.

¿Por que había cometido un error así Von Kluck? Debía de creer que la debilidad de los franceses era tal que no podían contraatacar.

En tal caso, estaba equivocado.

Fitz se dirigió al general.

—Creo que esto puede interesarle mucho, señor —dijo, y le pasó el sobre que llevaba encima—. Es nuestro informe del reconocimiento aéreo de esta mañana.

—¡Ajá! —exclamó Galliéni con entusiasmo.

Fitz se acercó al mapa.

—¿Me permite, general?

El militar hizo un gesto de asentimiento. Los ingleses no eran populares, pero cualquier información secreta era bienvenida.

Tras consultar el original en inglés, Fitz dijo:

—Los nuestros han situado al ejército de Von Kluck aquí. —Clavó un nuevo alfiler en el mapa—. Y moviéndose en esta dirección. —Aquello confirmaba lo que ya pensaban los franceses.

Durante un instante, los presentes en la sala permanecieron en silencio.

—Entonces es cierto —comentó Dupuys en voz baja—. Han dejado expuesto el flanco.

Al general Galliéni le brillaron los ojos bajo sus quevedos.

—Pues bien —dijo—, es nuestro momento de atacar.

II

Fitz se puso de un humor terriblemente pesimista a las tres de la madrugada, acostado junto al delgado cuerpo de Gini, cuando terminó el acto sexual con la chica y descubrió que añoraba a su esposa. Entonces pensó, muy abatido, que, seguramente, Von Kluck se habría dado cuenta de su error y habría dado marcha atrás.

Sin embargo, a la mañana siguiente, el viernes 4 de septiembre, para deleite de los defensores de los franceses, Von Kluck siguió avanzando hacia el sudeste. Con eso bastó al general Joffre. Dio órdenes al VI Ejército francés de salir de París a la mañana siguiente y atacar a Von Kluck por la retaguardia.

Pero los ingleses siguieron batiéndose en retirada.

Esa noche, Fitz estaba desesperado cuando se encontró con Gini en Albert's.

—Esta es nuestra última oportunidad —explicó a la chica mientras bebía un cóctel de champán que estaba consiguiendo de todo menos animarlo—. Si ahora podemos debilitar con contundencia a los alemanes, cuando están agotados y sus líneas de abastecimiento ya no dan más de sí, conseguiremos detener su avance. Pero si este contraataque falla, París caerá.

Ella estaba sentada en un taburete de la barra, y cruzó sus largas piernas provocando el susurro de sus medias de seda.

—Pero ¿por qué estás tan triste?

—Porque, en un momento como este, los ingleses se baten en retirada. Si París cae ahora, jamás nos libraremos de la vergüenza que eso supondría.

—¡El general Joffre tiene que enfrentarse a sir John y exigirle que los ingleses luchen! ¡Tienes que hablar en persona con Joffre!

—No concede citas a los comandantes ingleses. Además, seguramente creería que se trata de alguna jugarreta de sir John. Y yo me metería en un buen lío, y no es que me interese mucho.

—Entonces habla con uno de sus asesores.

—Supondría el mismo problema. No puedo presentarme en el cuartel general de los franceses y anunciar que los ingleses están traicionándolos.

—Pero podrías hablar de forma confidencial con el general Lourceau, sin que nadie se enterase.

—¿Cómo?

—Está sentado ahí.

Fitz siguió su mirada y vio a un francés de unos sesenta años vestido de civil y acomodado en una mesa con una joven de vestido rojo.

—Es muy simpático —añadió Gini.

—¿Lo conoces?

—Fuimos amigos durante un tiempo, pero prefirió a Lizette.

Fitz dudó un instante. Una vez más consideraba la posibilidad de actuar a espaldas de sus superiores. Aunque aquel no era momento para andarse con muchos miramientos. París estaba en juego. Tenía que hacer lo que estuviera en su mano.

—Preséntamelo —dijo.

—Dame unos minutos. —Gini bajó deslizándose con elegancia del taburete y cruzó el club, contoneándose ligeramente al ritmo de la música ragtime del piano, hasta llegar a la mesa del general. Lo besó en los labios, sonrió a su acompañante y se sentó. Pasado un rato de animada conversación, hizo un gesto a Fitz.

Lourceau se levantó, y ambos se estrecharon la mano.

—Es un honor conocerle, señor —dijo Fitz.

—Este no es lugar para mantener una conversación seria —comentó el general—. Pero Gini me ha asegurado que lo que tiene que decirme es de máxima urgencia.

—Desde luego que lo es —afirmó Fitz, y se sentó.

III

Al día siguiente, Fitz fue al campamento británico en Melun, a unos cuarenta kilómetros al sudeste de París, y se enteró, para su desesperación, de que la Fuerza Expedicionaria seguía batiéndose en retirada.

Tal vez su mensaje no había llegado a Joffre. O tal vez sí le había llegado, y Joffre había creído, sencillamente, que no podía hacer nada al respecto.

Fitz entró en Vaux-le-Pénil, el magnífico castillo de Luis XV que sir John utilizaba como cuartel general, y se topó con el coronel Hervey en el vestíbulo.

—Si me permite la pregunta, señor, ¿por qué estamos batiéndonos en retirada cuando nuestros aliados están lanzando un contraataque? —preguntó con la mayor educación posible.

—No, no le permito la pregunta —respondió Hervey.

Fitz insistió, conteniendo la rabia.

—Los franceses tienen la sensación de que los alemanes y ellos están igualados en fuerzas, y que incluso nuestra pequeña guarnición podría desequilibrar la balanza.

Hervey rió con desdén.

—Estoy seguro de que eso es lo que creen. —Hablaba como si los franceses no tuvieran derecho a exigir ayuda de sus aliados.

Fitz sintió que empezaba a perder la paciencia.

—¡Podemos perder París por culpa de nuestra timidez!

—¡No se atreva a usar esa palabra, comandante!

—Nos enviaron aquí para salvar Francia. Esta puede ser la batalla decisiva. —Fitz no pudo evitar levantar la voz—. Si perdemos París y, con la capital, Francia, ¿cómo explicaremos, ya en casa, que pasamos el tiempo descansando?

En lugar de contestar, Hervey miró a Fitz por encima del hombro. Fitz se volvió y vio una pesada y lenta figura ataviada con el uniforme francés: una guerrera negra desabrochada por la amplia cintura, unos bombachos rojos demasiado ajustados, unas polainas estrechas, y una gorra roja y dorada de general muy calada hacia delante. Unos ojos incoloros miraron a Fitz y a Hervey enmarcados por unas cejas de vellos blancos y negros. Fitz reconoció al general Joffre.

Cuando el general hubo pasado con sus andares cansinos, seguido por su séquito, Hervey preguntó:

—¿Es usted responsable de esto?

Fitz era demasiado orgulloso para mentir.

—Es posible —respondió.

—Pues todavía no se ha dicho la última palabra —sentenció Hervey, que se volvió y salió corriendo a la zaga de Joffre.

Sir John recibió a Joffre en una pequeña sala con la única presencia de un par de oficiales, y Fitz no se encontraba entre ellos. Él esperaba en el comedor de oficiales, preguntándose qué estaría diciendo Joffre y pensando en si podría convencer a sir John de que pusiera fin a la vergonzosa retirada británica y se uniera al ataque.

Obtuvo la respuesta dos horas después a través del teniente Murray.

—Dicen que Joffre lo ha intentado todo —le informó Murray—. Que ha suplicado, ha llorado y hasta ha insinuado que el honor de los ingleses corría peligro de quedar manchado para siempre. Y les ha convencido. Mañana viraremos hacia el norte.

Fitz sonrió de oreja a oreja.

—¡Aleluya! —exclamó.

Un minuto después se acercó el coronel Hervey. Fitz se levantó con cortesía.

—Ha ido usted demasiado lejos —dijo Hervey—. El general Lourceau me ha contado lo que ha hecho. Él creyó que estaba haciéndole un cumplido.

—No seré yo quien lo niegue —repuso Fitz—. El resultado sugiere que fue una decisión acertada.

—Escúcheme, Fitzherbert —respondió Hervey, bajando la voz—. Está usted acabado, imbécil. Ha sido desleal a un oficial superior. Hay una mancha negra sobre su nombre que jamás se borrará. No conseguirá un ascenso, ni aunque la guerra siga un año más. Es usted comandante y con esa graduación se quedará.

—Gracias por su sinceridad, coronel —respondió Fitz—. Pero entré en el ejército para ganar batallas, no para que me ascendieran.

IV

Fitz tuvo la sensación de que el avance dirigido por sir John el domingo fue de una prudencia vergonzosa, pero, para su alivio, bastó para obligar a que Von Kluck respondiera a la amenaza enviando a la zona soldados que no podía permitirse desperdiciar a la ligera. En ese momento, el germano estaba luchando en dos frentes, el del oeste y el del sur: la pesadilla de cualquier comandante.

Fitz se despertó el lunes por la mañana tras pasar la noche sobre una manta en el suelo del castillo, sintiéndose optimista. Desayunó en el comedor de oficiales y luego esperó con impaciencia que llegaran los aviones de reconocimiento de su recorrido matutino. La guerra podía ser o una carrera de locos o de una inactividad fútil. En los terrenos pertenecientes al castillo había una iglesia que decían databa del año 1000. Fitz fue a visitarla, aunque jamás había entendido qué le veía la gente a las iglesias antiguas.

El parte de la misión de reconocimiento se dio en un magnífico salón con vistas al parque y al río. Los oficiales se sentaron en sillas de campamento frente a una vulgar mesa compuesta por un tablón y unos caballetes situada en el espléndido decorado dieciochesco que los rodeaba. Sir John tenía la barbilla prominente y una boca, bajo su mostacho de morsa, que parecía estar siempre retorcida en un gesto de orgullo herido.

Los aviadores informaron de que, por delante de las fuerzas británicas, el terreno estaba despejado, ya que las columnas alemanas avanzaban en dirección norte.

Fitz estaba eufórico. El contraataque de los aliados se había producido de forma inesperada y, al parecer, había pillado a los alemanes con la guardia baja. Resultaba claro que no tardarían en reagruparse, pero, por el momento, estaban metidos en un buen lío.

Fitz esperaba que sir John ordenase un avance rápido, pero, para su decepción, el comandante solo confirmó los apocados objetivos marcados con anterioridad.

Fitz redactó el informe en francés y luego se dirigió a su coche. Condujo los cuarenta kilómetros hasta París a la máxima velocidad posible luchando contra el flujo de camiones, coches y carromatos que abandonaban la ciudad, abarrotados de personas y cargados hasta los topes de equipaje, en dirección al sur, para escapar de los alemanes.

Una vez en la capital francesa, lo retrasó una formación de soldados argelinos que marchaba por la ciudad de una estación de tren a otra. Sus oficiales iban montados en mulas y vestían capotes de un rojo intenso. A su paso, las mujeres los obsequiaban con flores y fruta, y los dueños de las cafeterías les servían bebidas frías.

En cuanto hubieron pasado, Fitz siguió su camino hasta Les Invalides y entregó su informe en el colegio.

Una vez más, el reconocimiento aéreo de los ingleses quedó confirmado por los informes franceses. Algunas fuerzas alemanas se batían en retirada.

—¡Debemos forzar el ataque! —exclamó el viejo general—. ¿Dónde están los ingleses?

Fitz se acercó al mapa y señaló la posición británica y los objetivos de la marcha que había establecido sir John para antes de que finalizara la jornada.

—¡Con eso no basta! —replicó Galliéni, airado—. ¡Tiene que ser más agresivo! Necesitamos que ataque y así Von Kluck estará demasiado ocupado para reforzar su flanco. ¿Cuándo cruzará el río Marne?

Fitz no lo sabía. Se sintió avergonzado. Estaba de acuerdo con las cáusticas palabras que había pronunciado Galliéni, pero no podía reconocerlo, así que se limitó a decir:

—Haré hincapié en ello al hablar con sir John, general.

Sin embargo, Galliéni ya estaba pensando en cómo compensar la lasitud de los ingleses.

—Enviaremos la 7.ª División del VII Cuerpo como refuerzo para el ejército de Manoury, quien estará en el río Ourcq esta tarde —dijo con decisión.

De inmediato, su personal empezó a redactar las órdenes.

Entonces el coronel Dupuys dijo:

—General, no tenemos trenes suficientes para conseguir que estén todos allí esta tarde.

—Pues utilicen coches —ordenó Galliéni.

—¿Coches? —Dupuys parecía perplejo—. ¿De dónde vamos a sacar tantos coches?

—¡Consigan taxis!

Todos los presentes se quedaron mirándolo. ¿Es que el general se había vuelto loco?

—Llame al jefe de policía —dijo Galliéni—. Dígale que ordene a sus hombres detener a todos los taxis de la ciudad, que saquen a los pasajeros a patadas y que los conductores vengan hasta aquí. Los cargaremos de soldados y los enviaremos al campo de batalla.

Fitz sonrió de oreja a oreja cuando se dio cuenta de que Galliéni hablaba en serio. Esa era la actitud que a él le gustaba. Hacer lo que sea necesario siempre que el resultado sea la victoria.

Dupuys se encogió de hombros y levantó el teléfono.

—Por favor, póngame con el jefe de policía de inmediato —dijo.

«Esto tengo que verlo», pensó Fitz.

Salió de la sala y encendió un cigarro. No tuvo que esperar mucho. Pasados un par de minutos, un taxi rojo de la marca Renault llegó cruzando el puente de Alejandro III, rodeó el enorme jardín ornamental y aparcó delante del edificio principal. A ese coche lo siguieron dos más, luego una docena y más adelante, una centena.

En un par de horas, varios cientos de taxis igualmente rojos estaban aparcados en Les Invalides. Fitz jamás había visto nada parecido.

Los taxistas aguardaban apoyados en sus coches, fumando en pipa y hablando animadamente, esperando instrucciones. Cada conductor tenía una teoría diferente sobre la razón por la que se encontraban allí.

Al final, Dupuys salió de la escuela y cruzó la calle con un megáfono en una mano y un fajo de formularios del ejército para los requisamientos oficiales en la otra. Se subió al capó de un taxi y los conductores se quedaron callados.

—El comandante militar de París necesita quinientos taxis para ir desde aquí hasta Blagny —gritó a través del megáfono.

Los conductores se quedaron mirándolo, incrédulos y en silencio.

—Allí, cada coche recogerá a cinco soldados y los llevará hasta Nanteuil.

Nanteuil estaba a unos cincuenta kilómetros al este y muy cerca de la primera línea del frente. Los conductores empezaron a entenderlo todo. Se miraron entre sí, sonriendo y asintiendo. Fitz supuso que les alegraba tomar parte en la campaña de guerra, sobre todo, de una forma tan peculiar.

—Por favor, recojan uno de estos formularios antes de partir y rellénenlo con sus datos para poder recibir el pago correspondiente a su regreso.

La reacción fue un murmullo de agitación. ¡Iban a pagarles! Eso reforzó las ganas que ya tenían de ayudar.

—Cuando los quinientos coches hayan salido, daré instrucciones a los siguientes quinientos. *Vive Paris! Vive la France!*

Los taxistas estallaron de júbilo. Se agolparon alrededor de Dupuys para conseguir un formulario. Fitz, encantado, ayudó a distribuir los documentos.

Pronto empezaron a salir los coches: daban la vuelta ante el gran edificio y se dirigían hacia el puente bajo la luz del sol, tocando el claxon con entusiasmo. Formaban una alargada cuerda de salvamento de color rojo intenso que llegaría hasta el frente de batalla.

V

Los ingleses tardaron tres días en avanzar cuarenta kilómetros. Fitz estaba desesperado. En gran medida, no habían encontrado oposición a su paso: de haberse movido más rápido, podrían haber dado un golpe decisivo.

No obstante, la mañana del miércoles 9 de septiembre, encontró a los hombres de Galliéni de muy buen ánimo. Von Kluck estaba batiéndose en retirada.

—¡Los alemanes están asustados! —exclamó el coronel Dupuys.

Fitz no creía que los alemanes estuvieran asustados, y el mapa ofrecía una explicación más convincente. Los ingleses, pese a lo lentos y tímidos que eran, habían entrado en un hueco que había aparecido entre el I y el II Ejército alemán, un hueco creado cuando Von Kluck había empujado sus fuerzas hacia el oeste para enfrentarse al ataque procedente de París.

—Hemos encontrado un punto débil, y estamos abriendo una brecha en él —dijo Fitz, y le tembló la voz a causa de la esperanza.

Se obligó a tranquilizarse. Hasta el momento, los alemanes habían ganado todas las batallas. Por otro lado, sus líneas de abastecimiento habían sido aprovechadas hasta el límite, sus hombres estaban agotados y su número había quedado reducido por la necesidad de enviar refuerzos a Prusia Oriental. En comparación, los franceses que se encontraban en esa zona habían recibido refuerzos y supuestamente no tenían que preocuparse por las líneas de abastecimiento, pues estaban en casa.

Las esperanzas de Fitz recibieron un revés cuando los ingleses se detuvieron a ocho kilómetros al norte del río Marne. ¿Por qué paraba sir John? ¡Si no podía haber encontrado oposición alguna!

Sin embargo, los alemanes no se percataban de la timidez de los ingleses, porque seguían con su retirada, y la esperanza volvió a recuperarse en el *lycée*.

A medida que se alargaban las sombras de los árboles al otro lado de las ventanas de la escuela, y los últimos informes del día iban llegando, una sensación de alegría contenida empezó a invadir a todos los oficiales de Galliéni. Al final de la jornada, los alemanes estaban huyendo.

Fitz apenas daba crédito. La desesperación de una semana atrás se había convertido en esperanza. Se sentó en una silla demasiado estrecha para él y se quedó mirando el mapa de la pared. Hacía siete días, la línea alemana se le antojaba un trampolín para su ataque definitivo; en ese momento, parecía un muro desde el que los habían obligado a regresar.

Cuando el sol se puso tras la torre Eiffel, los aliados no habían logrado exactamente la victoria, pero, por primera vez, el avance alemán se había detenido.

Dupuys abrazó a Fitz, luego le plantó dos besos en las mejillas; y, por una vez, al conde no le molestó en absoluto.

—Los hemos detenido —dijo Galliéni y, ante el asombro de Fitz, unas lágrimas asomaron tras los quevedos del viejo general—. Los hemos detenido.

VI

Poco después de la batalla del Marne, ambos bandos empezaron a cavar trincheras.

El calor de septiembre dio paso a la fría y triste lluvia de octubre. El punto muerto en el extremo oriental de la línea se extendió de forma irremediable hacia el oeste, como una parálisis que avanzaba por el cuerpo de un hombre moribundo.

La batalla decisiva del otoño se produjo en la ciudad belga de Ypres, en el extremo más occidental de la línea, a treinta kilómetros del mar. Los alemanes atacaron con bravura en un intento desesperado de obligar a realizar un cambio de marcha al flanco inglés. Fueron cuatro semanas de lucha encarnizada. A diferencia de todas las batallas anteriores, ambos bandos permanecían ocultos en las trincheras, protegiéndose de la artillería enemiga, y salían solo para lanzar ataques suicidas contra las ametralladoras enemigas. Al final, los ingleses se salvaron por los refuerzos, entre los que se incluía un cuerpo de indios de piel cetrina, muertos de frío con su uniforme tropical. Al término de la contienda, habían fallecido setenta y cinco mil soldados ingleses, y la Fuerza Expedicionaria estaba destruida; pero los aliados habían levantado una barricada defensiva desde la frontera suiza hasta el canal de la Mancha y habían logrado detener a los invasores alemanes.

El 24 de diciembre, Fitz se encontraba en el cuartel general de los ingleses en la ciudad de Saint-Omer, no muy lejos de Calais, de un ánimo bastante abatido. Recordaba la palabrería que él y otros habían utilizado para contar a sus hombres que estarían en casa por Navidad. En ese momento, parecía que la guerra pudiera prolongarse durante un año o más tiempo. Los ejércitos enemigos permanecían sentados en sus trincheras un día tras otro, alimentándose con comida en descomposición, contrayendo disentería y pie de trinchera, llenándose de piojos y matando con desgana las ratas que merodeaban por los cuerpos amontonados en tierra de nadie de los soldados muertos. En algún momento a Fitz le había parecido muy clara la razón por la que Inglaterra debía ir a la guerra, aunque ahora ya no podía recordar el porqué.

Ese día dejó de llover y el tiempo se tornó frío. Sir John envió un mensaje a todas las unidades advirtiendo que el enemigo estaba planteándose la posibilidad de un ataque por Navidad. Fitz sabía que eran solo imaginaciones suyas: no había un servicio secreto que lo confirmase. La verdad era que sir John no quería que los hombres relajasen la vigilancia el día 25 de diciembre.

Todos los soldados recibirían un regalo de la princesa María, la hija de diecisiete años del rey y la reina. Era una caja de latón repujada que contenía tabaco de liar y cigarrillos, una foto de la princesa y una felicitación de Navidad del rey. Había otra clase de regalo para los no fumadores, los sijs y las enfermeras: todos ellos recibirían chocolate o caramelos en lugar de tabaco. Fitz ayudó a distribuir las cajas entre los Fusileros Galeses. Al acabar el día, demasiado tarde para regresar a la comodidad relativa de Saint-Omer, se encontraba en el cuartel general del 4.º Batallón, un húmedo refugio subterráneo a medio kilómetro de la primera línea del frente, leyendo un relato de Sherlock Holmes y fumándose uno de los pequeños y finos cigarros que había llevado hasta allí. No eran tan buenos como sus panetelas, aunque en aquella época era difícil encontrar un momento para fumarse un cigarro puro más grande. Estaba con Murray, quien había sido ascendido a capitán tras la batalla de Ypres. A Fitz no lo habían ascendido: Hervey estaba cumpliendo su promesa.

Acababa de caer la noche, cuando le sorprendió oír unos disparos perdidos de fusil. Resultó que los hombres habían visto unas luces y habían creído que el enemigo estaba intentando un ataque por sorpresa. En realidad, las luces eran unos farolillos de colores con los que los alemanes estaban decorando su parapeto.

Murray, que llevaba un tiempo en primera línea, hablaba sobre los soldados indios que defendían el sector siguiente.

—Los pobres idiotas llegaron con sus uniformes de verano, porque alguien les había dicho que la guerra acabaría antes de que el tiempo refrescase —comentó—. Pero le diré algo, Fitz: esos morenos son tipos ingeniosos. ¿Sabías que hemos estado pidiendo al Ministerio de Guerra que nos envíe a las trincheras morteros como los que tienen los alemanes, de esos que lanzan una granada en parábola sobre el parapeto? Bueno, pues los indios se han fabricado el suyo con piezas desechadas de hierro fundido. Parece una chapuza de fontanería del baño de un pub, ¡pero funciona!

La mañana despertó con una niebla helada y la tierra estaba dura. Fitz y Murray entregaron los regalos de la princesa al alba. Algunos de los hombres estaban apelotonados en torno a los braseros, intentando entrar en calor, aunque decían que agradecían el frío, pues era mejor que el barro, sobre todo para los que padecían pie de trinchera. Fitz se dio cuenta de que algunos hablaban en galés, aunque con los oficiales siempre utilizaban el inglés.

La línea alemana, a casi cuatrocientos metros de distancia, quedaba camuflada por una neblina matutina que era del mismo color que los uniformes germanos: un apagado azul grisáceo llamado «gris militar». Fitz oyó una musiquilla a lo lejos: los alemanes estaban cantando villancicos. Él no era muy melómano, pero le pareció reconocer la melodía de *Noche de paz*.

Regresó al refugio subterráneo para tomar un magro desayuno consistente en pan duro y jamón en lata con los demás oficiales. Al terminar, salieron a fumar. Jamás se había sentido tan triste en su vida. Pensó en el desayuno que estarían sirviendo en ese instante en Tŷ Gwyn: salchichas calientes, huevos frescos, riñones en salsa picante, arenques salados y ahumados, tostadas con mantequilla y un aromático café con leche. Soñaba con ropa interior limpia, con una camisa recién planchada, y tan almidonada que crujiera, y un terso traje de lana. Quería sentarse junto al reluciente fuego y sus ascuas en la sala de estar sin otra cosa que hacer que leer los chistes malos de la revista *Punch*.

Murray lo siguió al exterior del refugio y dijo:

—Le llaman por teléfono, comandante. Es del cuartel general.

Fitz estaba sorprendido. Alguien se había tomado muchas molestias para localizarlo. Esperó que no fuera la noticia de alguna contienda iniciada entre franceses e ingleses mientras él había estado repartiendo los regalos de Navidad. Con el ceño fruncido por la preocupación, se agachó para entrar al refugio y levantó el teléfono de campaña.

—Fitzherbert al habla.

—Buenos días, comandante —dijo una voz que no reconoció—. Capitán Davies al aparato. Usted no me conoce, pero me han pedido que le transmita un mensaje de su casa.

¿De su casa? Fitz esperó que no fueran malas noticias.

—Es usted muy amable, capitán —dijo—. ¿Qué dice el mensaje?

—Su esposa ha dado a luz un hermoso niño, señor. Madre e hijo se encuentran en perfecto estado de salud.

—¡Oh! —Fitz cayó desplomado de la sorpresa sobre una caja.

Al bebé todavía no le tocaba nacer... debía de haberse adelantado una o dos semanas. Los niños prematuros eran más débiles. Pero el mensaje decía que estaba bien de salud. Y Bea también.

Fitz tenía un hijo, y el título de conde, un heredero.

—¿Sigue ahí, comandante? —preguntó el capitán Davies.

—Sí, sí —dijo Fitz—. Solo un poco sorprendido. Todavía es pronto.

—Como es Navidad, señor, hemos pensado que la noticia le alegraría.

—Y así es, ¡se lo aseguro!

—Permítame ser el primero en felicitarlo.

—Muy amable —respondió Fitz—. Gracias. —Pero el capitán Davies ya había colgado.

Pasado un rato, Fitz se dio cuenta de que los demás oficiales del refugio estaban mirándolo en silencio. Al final, uno de ellos preguntó:

—¿Buenas o malas noticias?

—¡Buenas! —exclamó Fitz—. Estupendas, de hecho. He sido padre.

Todos le estrecharon la mano y le dieron palmaditas en la espalda. Murray sacó la botella de whisky, pese a lo temprano que era, y bebieron a la salud del bebé.

—¿Cómo va a llamarse? —preguntó Murray.

—Vizconde Aberowen, mientras yo viva —respondió Fitz, pero entonces se dio cuenta de que Murray no preguntaba por el título nobiliario del niño, sino por su nombre de pila—. George, por mi padre, y William, por mi abuelo. El padre de Bea se llamaba Petr Nikoláievich, así que, a lo mejor, también añadimos esos dos.

A Murray le hizo gracia.

—George William Peter Nicholas Fitzherbert, vizconde Aberowen —dijo—. ¡Son bastantes nombres!

Fitz asintió de buen humor.

—Sobre todo porque no debe de pesar más de tres kilos.

Se sentía rebosante de orgullo y alegría, y tenía la urgencia de compartir la noticia con todos.

—Podría ir a primera línea —dijo cuando hubieron acabado con el whisky—. Y repartir unos cuantos cigarros entre los hombres.

Salió del refugio y caminó hacia la trinchera de comunicaciones. Se sentía eufórico. No había disparos, y el aire estaba fresco y limpio, salvo cuando pasó junto a la letrina. Descubrió que estaba pensando no en Bea, sino en Ethel. ¿Ya habría tenido a su bebé? ¿Estaría feliz en la casa que se habría comprado con el dinero que le había sacado a Fitz con su chantaje? Se sentía desconcertado al pensar en cómo había negociado con él, pero no podía evitar recordar que la criatura que llevaba en su vientre era hijo suyo. Esperaba que pudiera dar a luz a salvo, como lo había hecho Bea.

Todos esos pensamientos abandonaron su mente cuando llegó a primera línea. Al doblar la esquina y llegar al frente se quedó impresionado.

No había ni un alma.

Recorrió toda la trinchera, zigzagueando por un travesaño, luego por el otro, y no vio a nadie. Era como una historia de fantasmas, o uno de esos barcos flotando intacto sin tripulantes a bordo.

Tenía que existir alguna explicación. ¿Es que se había producido algún ataque del que Fitz, por algún motivo, no se había enterado?

Se le ocurrió echar un vistazo al otro lado de un parapeto.

Aquello no podía ser una casualidad. Muchos hombres habían muerto el primer día en el frente por echar un vistazo rápido asomándose por la trinchera.

Fitz agarró una de las palas de mango corto llamadas «herramienta de trinchera». Metió la hoja de la pala por el borde del parapeto. Luego se subió al saliente de tierra en forma de escalón en el que se apoyaban los soldados para disparar y, poco a poco, fue asomando la cabeza para mirar a través de la pequeña ranura abierta con la hoja de la pala.

Lo que vio lo dejó atónito.

Los hombres se encontraban en el territorio lleno de cráteres que era tierra de nadie. Pero no estaban combatiendo. Estaban agrupados en corrillos, charlando.

Había algo curioso en su aspecto. Pasados unos segundos, Fitz se dio cuenta de que algunos uniformes eran de color caqui y otros, gris militar.

Los hombres estaban hablando con el enemigo.

Fitz tiró la pala de trinchera, sacó la cabeza por el parapeto y se quedó mirando. Había cientos de soldados en tierra de nadie, que llegaban hasta donde alcanzaba la vista, a derecha e izquierda, británicos y alemanes entremezclados.

¿Qué demonios estaba pasando?

Encontró una escalerilla de mano para salir de la trinchera y subió como pudo por el parapeto. Avanzó por la tierra revuelta. Los hombres enseñaban las fotos de sus familias y sus novias, ofrecían cigarrillos e intentaban comunicarse entre ellos, diciendo cosas como: «Yo Robert, ¿tú quién?».

Fitz localizó a dos sargentos, uno inglés y el otro alemán, totalmente enfrascados en la conversación. Dio un golpecito en el hombro al inglés.

—¡Eh, usted! —exclamó—. ¿Se puede saber qué demonios está haciendo?

El hombre le respondió con el acento gutural de los muelles de Cardiff.

—No sé cómo ha ocurrido exactamente, señor. Un par de *kartoffeln* se asomaron por su parapeto, desarmados, y gritaron: «¡Feliz Navidad!», y uno de los nuestros hizo lo mismo y empezaron a acercarse unos a otros caminando y, antes de poder decir esta boca es mía, todo el mundo estaba haciendo lo mismo.

—Pero ¡si no hay nadie en las trincheras! —dijo Fitz, enfadado—. ¿Es que no cree que puede ser una trampa?

El sargento echó un vistazo a ambos lados de la línea.

—No, señor, si le soy sincero, no puedo decirle que lo crea —respondió con frialdad.

El sargento tenía razón. ¿Cómo iba a aprovecharse el enemigo del hecho de que los soldados de primera línea de ambos bandos se hubieran hecho amigos?

El sargento señaló al alemán.

—Este es Hans Braun, señor —dijo—. Era camarero en el hotel Savoy de Londres. ¡Habla inglés!

El alemán saludó a Fitz.

—Es un placer conocerle, comandante —dijo—. Le deseo una feliz Navidad. —Tenía un acento menos marcado que el inglés de Cardiff. Le ofreció una petaca—. ¿Le apetece un trago de *schnapps*?

—¡Por el amor de Dios! —espetó Fitz, y se marchó.

No había nada que pudiera hacer. Aquella situación era difícil de detener incluso con la ayuda de los suboficiales como el sargento galés. Sin su ayuda era imposible. Decidió que lo mejor sería informar a un superior de lo ocurrido y pasarle la patata caliente a otro.

Sin embargo, antes de poder dejar atrás aquella escena oyó que alguien lo llamaba.

—¡Fitz! ¡Fitz! ¿De verdad eres tú?

La voz le sonó familiar. Se volvió y vio que se le acercaba un alemán. A medida que el hombre se aproximaba, lo reconoció.

—¿Von Ulrich? —preguntó, asombrado.

—¡El mismo!

Walter sonrió de oreja a oreja y alargó la mano. Fitz la estrechó sin pensarlo. Walter correspondió el apretón con vigor. A Fitz le pareció más delgado y su piel clara se había arrugado. «Supongo que yo también he cambiado», pensó.

—Esto es increíble —exclamó Walter—. ¡Qué coincidencia!

—Me alegro de verte en plena forma —respondió Fitz—. Aunque supongo que no debería alegrarme.

—¡Lo mismo digo!

—¿Qué vamos a hacer con esto? —Fitz hizo un gesto con la mano en dirección a los soldados que habían confraternizado—. Me parece preocupante.

—Estoy de acuerdo. Mañana puede que no quieran disparar a sus nuevos amigos.

—¿Y qué haremos entonces?

—Debemos librar pronto una batalla para que vuelvan a la normalidad. Si ambos bandos empiezan a dispararse por la mañana, no tardarán en volver a odiarse.

—Espero que tengas razón.

—¿Cómo estás tú, viejo amigo?

Fitz recordó la buena noticia que le habían dado y se alegró.

—Ya soy padre —dijo—. Bea ha dado a luz un varón. Toma un cigarro.

Encendieron los pitillos. Walter había estado en el frente oriental, según confesó.

—Los rusos son unos corruptos —comentó con desprecio—. Los oficiales venden los suministros en el mercado negro y dejan que la infantería pase hambre y frío. La mitad de la población de Prusia Oriental lleva botas del ejército ruso que han comprado por nada, mientras los soldados rusos marchan descalzos.

Fitz le explicó que había estado en París.

—Tu restaurante favorito, Voisin's, sigue abierto —le contó.

Los hombres empezaron un partido de fútbol, Inglaterra contra Alemania, y usaron pilas de gorras para delimitar las porterías.

—Tengo que informar de esto —dijo Fitz.

—Yo también —repuso Walter—. Pero, primero dime, ¿cómo está lady Maud?

—Bien, creo.

—Tengo un especial interés en que le transmitas mis recuerdos.

Fitz quedó impactado por el énfasis que puso Walter en esa manida frase de cortesía.

—Claro —respondió—. ¿Por algún motivo en especial?

Walter apartó la mirada.

—Justo antes de irme de Londres… bailé con ella en el baile de lady Westhampton. Fue el último acto civilizado del que disfruté antes de esta *verdammte* guerra.

Walter parecía estar embargado por la emoción. Le temblaba la voz y era muy poco frecuente en él decir algo en alemán cuando hablaba otro idioma. Tal vez le afectara también la atmósfera navideña que se respiraba.

Von Ulrich prosiguió:

—Me gustaría enormemente que ella supiera que estaba recordándola el día de Navidad. —Miró a Fitz con los ojos húmedos—. ¿Te asegurarás de decírselo, viejo amigo?

—Lo haré —respondió Fitz—. Estoy seguro de que se alegrará mucho de oírlo.

14

Febrero de 1915

I

He ido al médico —dijo la mujer que estaba sentada al lado de Ethel—. Le he dicho que me pica el conejo.

Un estallido de risas inundó la sala. Estaba en la planta alta de una pequeña casa del este de Londres, cerca de Aldgate. En ella había veinte mujeres sentadas frente a sendas máquinas de coser, en dos apretadas hileras a ambos lados de una larga mesa de trabajo. No había chimenea, y la única ventana de la estancia estaba cerrada a cal y canto para que no entrara el frío de febrero. Los tablones del suelo estaban desnudos. El revoque encalado de las paredes empezaba a desmenuzarse por efecto de los años, y en ciertos puntos se entreveían los listones que apenas cubría ya. Con veinte mujeres respirando el mismo aire, la sala resultaba sofocante, pero parecía no caldearse nunca, y las mujeres llevaban puestos gorros y abrigos.

Acababan de iniciar un descanso, y los pedales guardaron silencio brevemente bajo sus pies. Ethel estaba sentada al lado de Mildred Perkins, una mujer de su misma edad y natural de esa zona de la ciudad. Mildred también era inquilina de Ethel. Unos incisivos prominentes restaban belleza a un rostro que, por lo demás, podría haber sido hermoso. Los chistes verdes eran su especialidad. Siguió hablando:

—Y va el médico y me dice: «No debería hablar así, esa es una palabra grosera».

Ethel sonrió. Mildred se las ingeniaba para crear momentos alegres durante la lóbrega jornada laboral de doce horas. Ethel nunca había oído esa clase de lenguaje. El personal de Tŷ Gwyn había sido refinado. Aquellas mujeres londinenses eran capaces de decir cualquier cosa. Comprendían todas las edades y varias nacionalidades, y algunas apenas hablaban inglés, entre ellas dos refugiadas de la Bélgica ocupada por los alemanes. Lo único que todas tenían en común era que estaban lo bastante desesperadas para querer aquel trabajo.

—Y yo le pregunto: «Entonces, ¿qué debería decir, doctor?». Y él me responde: «Diga que le pica un dedo».

Cosían uniformes del ejército británico, miles de ellos, guerreras y pantalones. Día tras día llegaban piezas de gruesa tela caqui procedentes de un taller de corte situado en la calle de al lado, grandes cajas de cartón llenas de mangas, espaldas y perneras, y aquellas mujeres las montaban y las enviaban a otro pequeño taller donde añadirían los ojales y los botones. Se les pagaba por prenda acabada.

—Y él me dice: «El dedo, ¿le pica a todas horas, señorita Perkins, o solo de cuando en cuando?».

Mildred hizo una pausa y las mujeres guardaron silencio, esperando el desenlace.

—Y yo le digo: «No, doctor, solo cuando meo por él».

Las mujeres estallaron en carcajadas y vítores.

Una muchacha delgada de doce años de edad entró en la sala con una vara al hombro. De ella colgaban grandes tazones y picheles. Posó con cuidado la vara en la mesa de trabajo. Los tazones contenían té, chocolate caliente, caldo y café aguado. Todas las mujeres tenían un tazón propio. Dos veces al día, a media mañana y a media tarde, daban las monedas de penique y medio penique a la chica, Allie, y ella iba a llenar los tazones a la cafetería que tenían al lado.

Mientras se tomaban las bebidas a sorbos, las mujeres estiraban los brazos y las piernas y se frotaban los ojos. No era un trabajo tan duro como el de la mina, pensó Ethel, pero sí cansado, pues obligaba a estar inclinada sobre la máquina de coser hora tras hora, mirando fijamente las puntadas. Y tenía que hacerse bien. El jefe, Mannie Litov, inspeccionaba las prendas una por una, y si encontraba algún fallo en alguna no la pagaba, aunque Ethel sospechaba que también expedía los uniformes defectuosos.

Cinco minutos después, Mannie entró en el taller dando palmadas y diciendo:

—Vamos, volved al trabajo ya.

Todas apuraron los tazones y se colocaron de nuevo frente a la mesa.

Mannie era un negrero, pero no el peor, según decían las mujeres. Al menos no las manoseaba ni les exigía favores sexuales. Rondaba los treinta años, tenía los ojos oscuros y lucía una barba negra. Su padre era un sastre que había emigrado de Rusia y abierto una tienda en Mile End Road, en la que se dedicaba a la confección de trajes baratos para empleados de banca y corredores de bolsa. Mannie había aprendido el oficio de su padre y fundado después una ambiciosa empresa.

La guerra era buena para el negocio. Un millón de hombres se habían alistado en el ejército como voluntarios entre agosto y Navidad, y cada uno de ellos necesitaba un uniforme. Mannie estaba contratando a todas las costureras que podía encontrar. Por suerte, Ethel había aprendido a usar una máquina de coser en Tŷ Gwyn.

Necesitaba un empleo. Aunque su casa estaba pagada y recibía el arriendo de Mildred, tenía que ahorrar para cuando llegara el bebé. Pero la experiencia de buscar trabajo la había frustrado e irritado.

Las mujeres empezaban a tener acceso a toda clase de empleos nuevos, pero Ethel no había tardado en advertir que la desigualdad entre ellas y los hombres seguía existiendo. Puestos en los que los hombres ganaban tres o cuatro libras se ofrecían a las mujeres por una libra semanal. E incluso en tal caso ellas tenían que soportar hostilidades y acosos. Los pasajeros varones de los autobuses se negaban a mostrar el billete a las revisoras; los ingenieros vertían aceite en la caja de herramientas de sus compañeras, y a las obreras se les prohibía el acceso al pub que había a la entrada del taller. Lo que enfurecía aún más a Ethel era que esos mismos hombres llamarían vaga y holgazana a la mujer que llevara a sus hijos vestidos con harapos.

Al final, reticente y enojada, había optado por una industria que tradicionalmente había empleado a mujeres, prometiéndose que no moriría antes de cambiar aquel sistema injusto.

Se frotó la espalda. El bebé llegaría en una o dos semanas, y ella iba a tener que dejar de trabajar cualquier día. Se sentía torpe cosiendo con un vientre tan abultado, pero lo que le resultaba más arduo era el cansancio, que amenazaba ya con derrotarla.

Dos mujeres entraron en el taller, una de ellas con una mano vendada. Era frecuente que las costureras se pincharan con las agujas de coser o se cortaran con las afiladas tijeras que utilizaban para rematar su trabajo.

—Oiga, Mannie; aquí deberíamos tener un mínimo botiquín, una lata con vendas y un frasco de yodo y otras cosas —dijo Ethel.

—¿Creéis que me sale el dinero por las orejas? —era la invariable respuesta de él ante cualquier petición de sus empleados.

—Pero seguro que pierde dinero cada vez que alguna nos hacemos daño —repuso Ethel con un tono de dulce sensatez—. Esas dos mujeres, sin ir más lejos, se han ausentado de sus puestos casi una hora porque han tenido que ir a la botica a que les curaran la herida.

La mujer de la mano vendada sonrió y dijo:

—Además, he tenido que parar en el Dog and Duck para templar los nervios.

—Supongo que también querrás que incluya una botella de ginebra en el botiquín —le dijo sarcásticamente Mannie a Ethel.

Ethel obvió aquello.

—Haré una lista y averiguaré cuánto costaría cada cosa, y luego usted podría reconsiderarlo. ¿Le parece bien?

—No prometo nada —contestó Mannie, que era lo máximo que se acercaba a una promesa.

—Muy bien. —Ethel regresó a su máquina de coser.

Siempre era ella quien pedía a Mannie pequeñas mejoras en el lugar de trabajo, o quien protestaba cuando él hacía algún cambio perjudicial, como exigirles que pagaran por la afiladura de las tijeras. Sin pretenderlo, parecía haber asumido la misma función que había desempeñado su padre.

Al otro lado de la mugrienta ventana, la breve tarde se oscurecía. Las últimas tres horas de la jornada eran las más pesadas para Ethel. Le dolía la espalda, y la intensidad de las luces del techo le provocaba jaqueca.

No obstante, cuando llegaban las siete no quería volver a casa. La idea de pasar el resto de la noche sola le resultaba demasiado deprimente.

Cuando Ethel llegó a Londres, varios jóvenes se interesaron por ella, ninguno de los cuales llegó a gustarle. No obstante, aceptó invitaciones para ir al cine, al teatro de variedades, a recitales y a algún pub, y llegó a besar a uno, aunque sin demasiada pasión. Sin embargo, en cuanto su embarazo empezó a hacerse evidente todos perdieron el interés. Una chica guapa era una cosa, y una mujer con un bebé, otra muy distinta.

Afortunadamente, aquella noche el Partido Laborista celebraba un mitin. Ethel se había afiliado a la delegación de Aldgate del Partido Laborista Independiente poco después de comprar la casa. A menudo se preguntaba qué habría opinado al respecto su padre de haberlo sabido. ¿Querría expulsarla de su partido como lo había hecho de su casa? ¿O se sentiría complacido en secreto? Probablemente nunca lo sabría.

La ponente prevista para esa noche era Sylvia Pankhurst, una de las máximas representantes de las sufragistas, defensoras del derecho a voto de las mujeres. La guerra había escindido a la familia Pankhurst. Emmeline, la madre, había abandonado la campaña mientras durase la guerra. Una de sus hijas, Christabel, apoyaba a la madre, pero la otra, Sylvia, había roto con ellas y proseguido con la campaña. Ethel respaldaba a Sylvia: las mujeres estaban oprimidas tanto en la guerra como en la paz, y no conseguirían justicia hasta que pudieran votar.

Al salir se despidió de las otras mujeres. La calle, iluminada por lámparas de gas, estaba concurrida por obreros que volvían a casa, clientes que hacían la compra para la cena y parranderos camino de una noche de juerga. Un soplo de aire cálido y trivial brotaba por la puerta abierta del Dog and Duck. Ethel comprendía a las mujeres que pasaban la noche en lugares como aquel. Los pubs eran más bonitos que las casas de la mayoría de la gente, y allí encontraban compañía agradable y el barato anestésico de la ginebra.

Al lado del pub había una abacería llamada Lippmann's, pero estaba cerrada; la había destrozado un grupo de patriotas exaltados debido a su nombre alemán, y desde entonces estaba tapiada con tablones. Irónicamente, el propietario era un judío de Glasgow con un hijo en la Infantería Ligera Highland.

Ethel cogió un autobús. Solo eran dos paradas, pero estaba demasiado cansada para caminar.

El mitin se celebraba en el Calvary Gospel Hall, el lugar donde lady Maud tenía su clínica. Ethel había ido a Aldgate porque era el único barrio de Londres del que había oído hablar: Maud lo había mencionado numerosas veces.

La sala estaba iluminada por alegres manguitos incandescentes colocados a lo largo de las paredes, y en el centro una estufa de carbón caldeaba la estancia. Frente a una mesa y un atril se habían dispuesto hileras de sencillas sillas plegables. A Ethel la recibió el secretario de la delegación, Bernie Leckwith, un hombre de buen corazón, atento y pedante. En aquel momento parecía preocupado.

—La ponente ha cancelado el acto —dijo.

Ethel se sintió decepcionada.

—¿Qué vamos a hacer? —preguntó. Miró a su alrededor—. Ya tienes aquí a más de cincuenta personas.

—Han enviado a una suplente, pero aún no ha llegado, y no sé qué tal lo hará. Ni siquiera está afiliada al partido.

—¿Quién es?

—Se llama lady Maud Fitzherbert. —Bernie añadió con aire reprobatorio—: Tengo entendido que viene de una familia propietaria de explotaciones de carbón.

Ethel se rió.

—¡Mira por dónde! —dijo—. Yo trabajé para ella.

—¿Es buena oradora?

—Ni idea.

Ethel estaba intrigada. No había vuelto a ver a Maud desde el fatídico martes en que se casó con Walter von Ulrich y Gran Bretaña declaró la guerra a Alemania. Ethel aún guardaba el vestido que Walter había comprado para ella, esmeradamente envuelto en papel de seda y colgado en el armario ropero. Era de seda rosa, con una sobrefalda vaporosa, y sin duda lo más hermoso que jamás había tenido. Obviamente, en su estado ya no le valdría. Además, era demasiado bueno para lucirlo en un mitin del Partido Laborista. También conservaba aún el sombrero, en el estuche original de la tienda de Bond Street.

Se sentó, agradecida de poder aliviar la sensación de pesadez en los pies, y se acomodó esperando al comienzo del mitin. Nunca olvidaría la visita al Ritz, después de la boda, acompañada por el apuesto primo de Walter, Robert von Ulrich. Al entrar en el restaurante fue el objetivo de la severa mirada de una o dos mujeres, y Ethel supuso que, aunque llevaba un vestido caro, había algo en ella que delataba su condición obrera. Pero apenas le importó. Robert la hizo reír con comentarios maliciosos sobre la ropa y las joyas que lucían las otras mujeres, y ella le habló de su vida en una ciudad minera de Gales, una vida que a él le pareció más extraña que la de los esquimales.

¿Dónde estarían en esos momentos? Tanto Walter como Robert habían ido a la guerra, por supuesto, Walter con el ejército alemán y Robert con el austríaco, y Ethel no tenía modo de saber si estaban vivos o muertos. Tampoco sabía más de Fitz. Imaginaba que lo habrían destinado a Francia con los Fusileros Galeses, pero ni siquiera estaba segura de eso. Aun así, repasaba las listas de bajas que publicaban los periódicos, buscando temerosa el nombre Fitzherbert. Lo odiaba por cómo la había tratado, pero pese a ello se sentía profundamente agradecida de no encontrar su nombre.

Podría haberse mantenido en contacto con Maud solo con ir a la clínica, pero ¿cómo habría justificado su visita? Aparte de un susto leve en julio —una pequeña mancha de sangre en la ropa interior por la que el doctor Greenward le aseguró que no tenía por qué preocuparse—, no tenía ningún problema.

Pero Maud no había cambiado en seis meses. Entró en la sala vestida del mismo modo espectacular que siempre, con un enorme sombrero de ala ancha de cuya cinta asomaba una larga pluma que asemejaba el mástil de un yate. Ethel se sintió de pronto andrajosa con su viejo abrigo marrón.

Maud la vio y se acercó a ella.

—¡Hola, Williams! Perdona, quería decir Ethel. ¡Qué agradable sorpresa!

Ethel le estrechó la mano.

—Disculpa que no me levante —dijo, llevándose una mano al abultado vientre—. Ahora mismo creo que no podría hacerlo ni en presencia del rey.

—Ni se te ocurra intentarlo. ¿Probamos a encontrar un momento después del mitin para charlar?

—Me encantaría.

Maud se encaminó a la mesa, y Bernie dio comienzo al mitin. Bernie era un judío ruso, como tantos otros habitantes del East End. De hecho, había pocos ingleses en aquella zona de la ciudad y, sin embargo, abundaban galeses, escoceses e irlandeses. Antes de la guerra, también había habido muchos alemanes; su lugar lo ocupaban ya miles de refugiados belgas. El East End era donde desembarcaban y, como es natural, donde se establecían.

Aunque tenían a una invitada especial, Bernie insistió en empezar disculpándose por la ausencia de la ponente programada, leyó el acta del mitin anterior y otras rutinas tediosas. Trabajaba para el ayuntamiento, en el departamento de bibliotecas, y estaba obsesionado con los detalles.

Finalmente presentó a Maud, que habló con seguridad y erudición sobre la opresión de las mujeres.

—La mujer que hace el mismo trabajo que un hombre debe cobrar lo mismo que él —dijo—, pero a menudo nos dicen que el hombre tiene que mantener a una familia.

Varios hombres del público asintieron con actitud empática: eso era lo que siempre decían ellos.

—Pero ¿qué hay de las mujeres que tienen que mantener a una familia?

Esto despertó murmullos de acuerdo entre las mujeres.

—La pasada semana, en Acton, conocí a una joven que está intentando alimentar y vestir a sus cinco hijos con dos libras semanales, mientras que su esposo, que la abandonó y se fugó, está cobrando cuatro libras y diez chelines fabricando hélices para barcos en Tottenham, ¡y gastándose el dinero en el pub!

—¡Bien dicho! —dijo una mujer sentada detrás de Ethel.

—Hace poco, en Bermondsey, hablé con una mujer cuyo marido había muerto en Ypres. Tiene que criar a sus cuatro hijos, pero le pagan un salario de mujer.

—¡Qué vergüenza! —exclamaron varias de las presentes.

—Si al empresario le sale a cuenta pagar a un hombre un chelín por cada bulón que fabrica, también le sale a cuenta pagar a una mujer la misma tarifa.

Los hombres se removieron incómodos en sus sillas.

Maud barrió a la concurrencia con una mirada acerada.

—Cuando oigo a hombres socialistas argumentar en contra de la igualdad de jornal, les pregunto: «¿Permiten que empresarios codiciosos traten a las mujeres como mano de obra barata?».

Ethel pensó que se precisaba mucho valor e independencia para que una mujer con la educación de Maud albergara esas opiniones. También la envidiaba. Se sentía celosa de sus bonitos vestidos y de su fluida oratoria. Y, como guinda del pastel, Maud estaba casada con el hombre al que amaba.

Después de la charla, Maud fue sometida a un agresivo turno de preguntas por parte de los hombres del Partido Laborista. El tesorero de la delegación, un escocés rubicundo llamado Jock Reid, dijo:

—¿Cómo puede seguir quejándose de que las mujeres no tengan derecho a voto cuando nuestros chicos están muriendo en Francia?

Se oyó un fuerte murmullo de aprobación.

—Me alegro de que me pregunte eso, porque es una cuestión que molesta a muchos hombres, y también a muchas mujeres —contestó Maud. Ethel admiró el tono conciliador de su respuesta, que contrastaba claramente con la hostilidad de Jock Reid—. ¿Debe proseguir la actividad política normal durante la guerra? ¿Debería estar usted asistiendo a un mitin del Partido Laborista? ¿Deberían los sindicatos seguir luchando contra la explotación de los obreros? ¿Ha cerrado sus puertas el Partido Conservador durante la guerra? ¿Se han suspendido temporalmente la injusticia y la opresión? Yo digo no, camarada. No debemos permitir que los enemigos del progreso se aprovechen de la guerra. La guerra no debe convertirse en una excusa para que los tradicionalistas nos refrenen. Como dice el señor Lloyd George, aquí no ha pasado nada.

Finalizado el mitin, prepararon té —las mujeres, por descontado—; Maud se sentó al lado de Ethel y se quitó los guantes para sostener con sus suaves manos una taza y un platillo de recia loza azul. Ethel pensó que sería desconsiderado confesarle a Maud la verdad sobre su hermano, por lo que le refirió la última versión de su historia ficticia: que «Teddy Williams» había muerto en combate en Francia.

—Le digo a la gente que estábamos casados —confesó, tocándose el anillo barato que llevaba—, aunque en estos tiempos tampoco le importa a nadie. Cuando los chicos se van a la guerra, las chicas quieren complacerles, estén casados o no. —Bajó la voz—. Supongo que no habrás tenido noticias de Walter.

Maud sonrió.

—Ha ocurrido un hecho inverosímil. ¿Has leído algo en los periódicos sobre la tregua de Navidad?

—Sí, claro; ingleses y alemanes intercambiando regalos y jugando al fútbol en tierra de nadie. Es una lástima que no prolonguen la tregua y se nieguen a combatir.

—Desde luego. Pero… ¡Fitz se encontró con Walter!

—¡Vaya! ¡Es fantástico!

—Obviamente, Fitz no sabe que estamos casados, de modo que Walter tuvo que hablar con cautela. Pero le pidió que me dijera que pensó en mí el día de Navidad.

Ethel le apretó la mano.

—¡Así que está bien!

—Ha estado combatiendo en Prusia Oriental, y ahora está en Francia, en primera línea, pero ileso.

—¡Gracias a Dios! Aunque no creo que vuelvas a saber de él. Un golpe de suerte así no se repite.

—No. Mi única esperanza es que, por algún motivo, le envíen a un país neutral como Suecia o Estados Unidos desde donde pueda enviarme una carta. De lo contrario, tendré que esperar a que acabe la guerra.

—¿Y el conde?

—Fitz está bien. Pasó las primeras semanas de la guerra dándose la gran vida en París.

«Mientras yo buscaba trabajo en un taller de explotadores», pensó Ethel, resentida.

Maud prosiguió:

—La princesa Bea ha tenido un bebé, un varón.

—Fitz debe de estar muy contento por tener un heredero.

—Todos estamos contentos —dijo Maud, y Ethel recordó que, además de rebelde, Maud era aristócrata.

Los asistentes al mitin se dispersaron. Un taxi esperaba por Maud, y ambas se despidieron. Bernie Leckwith subió al autobús con Ethel.

—Lo ha hecho mejor de lo que esperaba —comentó—. De clase alta, por supuesto, pero íntegra. Y simpática, especialmente contigo. Supongo que se llega a conocer bien a una familia cuando se sirve en su casa.

«Ni te imaginas hasta qué punto», pensó ella.

Ethel vivía en una calle tranquila de casas pequeñas y adosadas, viejas pero robustas, en su mayoría habitadas por obreros, artesanos y supervisores con sus familias, algo más acomodadas que ella. Bernie la acompañó hasta la puerta. Ella sospechó que, probablemente, él quería darle un beso de buenas noches. Jugó con la idea de dejar que lo hiciera, solo porque se sentía agradecida de que hubiera un hombre en el mundo que aún la encontraba atractiva. Pero se impuso el sentido común: no quería darle falsas esperanzas.

—Buenas noches, camarada —le dijo con aire jovial, y entró en casa.

Arriba no se oía ruido ni se veía luz: Mildred y sus hijas ya dormían. Ethel se desvistió y se acostó. Estaba cansada, pero su mente seguía activa y no conseguía conciliar el sueño. Al cabo de un rato, se levantó y preparó té.

Decidió que escribiría a su hermano. Cogió el papel de carta y se dispuso a hacerlo.

«Querida hermanita Libby, recibe mi cariño…»

Según el código que compartían en su infancia, solo se leía una de cada tres palabras y los nombres familiares se alteraban, de modo que esta frase significaba simplemente: «Billy, cariño».

Recordaba que el método que había empleado en el pasado era escribir el mensaje que quería enviar y después rellenar los espacios en blanco. Así, escribió: «Sentada sola, con sensación de absoluta desdicha».

A continuación lo codificó: «Donde estoy sentada, ya esté sola o bien con compañía, la sensación nunca es de una felicidad absoluta, tampoco de desdicha».

De niña le encantaba este juego, inventar un mensaje imaginario para ocultar el auténtico. Ella y Billy habían ideado prácticos ardides: las palabras tachadas contaban, mientras que las subrayadas no.

Decidió escribir el mensaje completo y codificarlo al final.

«La calles de Londres no están pavimentadas con oro, al menos no en Aldgate.»

Se le pasó por la cabeza la idea de escribir una carta alegre, de restar importancia a sus problemas. Luego pensó: «¡Al cuerno con eso! A mi hermano puedo decirle la verdad».

«Antes me consideraba especial, no me preguntes por qué. "Se cree demasiado buena para Aberowen", decían, y tenían razón.»

Tuvo que pestañear para contener las lágrimas al pensar en aquella época: el uniforme impoluto, las suculentas comidas en el reluciente comedor del servicio, y, sobre todo, el esbelto y hermoso cuerpo que en una ocasión había sido suyo.

«Mírame ahora. Trabajo doce horas al día en el taller del explotador de Mannie Litov. Sufro jaqueca todas las noches y un dolor permanente en la espalda. Voy a tener un bebé al que nadie quiere. Tampoco nadie me quiere a mí, salvo un tedioso bibliotecario con gafas.»

Mordisqueó el extremo del lápiz durante un largo y reflexivo lapso, y luego escribió: «Más me valdría estar muerta».

II

El segundo domingo de cada mes, un sacerdote ortodoxo llegaba de Cardiff en el tren que ascendía por el valle hasta Aberowen, con una maleta llena de candeleros e iconos pulcramente envueltos que emplearía en la celebración de la Divina Liturgia para los rusos.

Lev Peshkov odiaba a los sacerdotes, pero siempre asistía a la santa misa; había que hacerlo para conseguir después el almuerzo gratis. La misa tenía lugar en la sala de lectura de la biblioteca pública. Era una biblioteca Carnegie, construida con el donativo del filántropo norteamericano, según informaba una placa en el vestíbulo. Lev sabía leer, pero en realidad no entendía a los que encontraban placer en ello. Allí los periódicos estaban sujetos a robustas pinzas de madera para que nadie pudiese robarlos, y había carteles que decían: SILENCIO. ¿Cuánto podía divertirse uno en un lugar así?

A Lev le desagradaba casi todo en Aberowen.

Los caballos eran iguales en todas partes, pero detestaba trabajar bajo tierra, siempre en semipenumbra y donde el denso polvo del carbón le hacía toser. En el exterior llovía a todas horas. Nunca había visto tanta lluvia. No llegaba en forma de tormenta o chaparrones repentinos con el consiguiente alivio del cielo despejado y el tiempo seco. Se trataba más bien de una llovizna fina que no cesaba en todo el día, a veces en toda la semana, que le trepaba por las perneras de los pantalones y le bajaba por la espalda de la camisa.

La huelga había cesado en agosto, después del estallido de la guerra, y los mineros habían vuelto, reticentes, al trabajo. A buena parte de ellos los contrataron de nuevo y les devolvieron sus antiguas casas. Las excepciones fueron aquellos a quienes la dirección consideraba alborotadores, la mayoría de los cuales se marcharon para alistarse en los Fusileros Galeses. Las viudas desalojadas habían encontrado otros lugares donde vivir. Los rompehuelgas ya no eran víctimas del ostracismo: los lugareños habían constatado que también los extranjeros habían sido manipulados por el sistema capitalista.

Pero no era ese el motivo por el que Lev había huido de San Petersburgo. Gran Bretaña era mejor que Rusia, por supuesto: estaban permitidos los sindicatos, la policía no estaba completamente fuera de control, incluso los judíos eran libres. De todos modos, él no iba a conformarse con un trabajo agotador en una ciudad minera situada en medio de la nada. Aquello no era lo que Grigori y él habían soñado. Aquello no era América.

Aun en el caso de que se hubiera sentido tentado a quedarse, tenía que seguir adelante por Grigori. Sabía que había tratado mal a su hermano, pero había jurado enviarle el dinero para que pudiera comprarse el billete. Lev había roto un sinfín de promesas a lo largo de su corta vida, pero estaba decidido a mantener aquella.

Ya había ahorrado casi la totalidad del pasaje de Cardiff a Nueva York. El dinero estaba escondido debajo de una losa, en la cocina de su casa de Wellington Row, junto con su revólver y el pasaporte de su hermano. No lo había ahorrado del jornal que cobraba todas las semanas, claro está, pues este apenas le daba para costearse la cerveza y el tabaco. Sus ahorros procedían de las timbas de cartas semanales.

Spiria ya no era su compinche. El joven se había marchado de Abe-rowen después de varios días y había regresado a Cardiff para buscar un trabajo menos duro. Pero nunca era difícil encontrar a un hombre codicioso, y Lev había trabado amistad con un ayudante de capataz llamado Rhys Price. Lev se aseguraba de que Rhys ganara de forma regular, y después compartían las ganancias. Era importante no excederse: de cuando en cuando debían ganar otros. Si los mineros descubrían lo que se llevaban entre manos, no solo darían al traste con las timbas amañadas sino que probablemente también matarían a Lev. De modo que iba atesorando el dinero muy poco a poco, y no podía permitirse rechazar una comida gratis.

El coche del conde iba siempre a recibir al sacerdote a la estación y luego lo llevaba a Tŷ Gwyn, donde se le ofrecía jerez y pastel. Si la princesa Bea se encontraba allí, lo acompañaba a la biblioteca, donde procuraba entrar varios segundos antes que él para ahorrarse tener que esperar demasiado con el populacho.

Ese día faltaban unos minutos para las once, según el gran reloj que colgaba de la pared de la sala de lectura, cuando ella entró, ataviada con un abrigo y un sombrero de pieles para protegerse del frío de febrero. Lev contuvo un escalofrío: no podía mirarla sin volver a sentir el terror puro de un niño de seis años viendo cómo ahorcan a su padre.

El sacerdote la siguió con su hábito de color crema con fajín dorado. Ese día, por primera vez, lo acompañaba otro hombre ataviado de novicio… y a Lev le conmocionó y horrorizó reconocer en él a su antiguo cómplice: Spiria.

La mente de Lev bullía mientras los dos clérigos preparaban las cinco hogazas de pan y aguaban el vino tinto para el oficio. ¿Había encontrado Spiria a Dios y se había enmendado? ¿O aquel atuendo eclesiástico no era sino otra tapadera para seguir robando y estafando?

El sacerdote de mayor edad entonó la bendición. Varios de los hombres más devotos habían formado un coro —una novedad que sus vecinos galeses aprobaban fervientemente— y cantaron el primer «amén». Lev se persignó cuando los demás lo hicieron, pero sus angustiados pensamientos se centraban en Spiria. Sería propio de un sacerdote desvelar la verdad y dar al traste con todo: las timbas de cartas, el pasaje a América, el dinero para Grigori.

Lev recordó el último día a bordo del *Ángel Gabriel*, cuando amenazó despiadadamente a Spiria con arrojarlo por la borda por el mero hecho de plantearle la posibilidad de traicionarlo. Spiria bien podría recordar aquel hecho en esos momentos. Lev deseó no haberlo humillado.

Lo observó atentamente durante toda la misa, tratando de interpretar su semblante. Cuando se acercó al frente de la sala para recibir la comunión, intentó que su mirada se encontrara con la de su amigo, pero no advirtió el menor indicio siquiera de que lo reconociera: Spiria estaba totalmente absorto en el rito, o fingía estarlo.

Después, los dos clérigos se marcharon en el coche con la princesa, y la treintena aproximada de rusos cristianos los siguieron a pie. Lev se preguntó si Spiria le hablaría en Tŷ Gwyn, y le consumía imaginar lo que pudiera decirle. ¿Fingiría que su timo nunca había ocurrido? ¿Levantaría la liebre y provocaría que la ira de los mineros cayera sobre él? ¿Pondría precio a su silencio?

Lev sintió la tentación de abandonar de inmediato la ciudad. Había trenes a Cardiff cada hora o cada dos horas. De haber tenido más dinero, se habría largado sin pensárselo. Pero no tenía suficiente para el billete, por lo que subió penosamente por la ladera de la colina en dirección al palacio del conde para asistir al almuerzo.

Les dieron de comer en las dependencias del servicio. La comida era sustanciosa: estofado de cordero con todo el pan que uno pudiera comer, y cerveza para acompañarlo. Nina, la doncella de la princesa, rusa y de mediana edad, se sumó a ellos e hizo las veces de intérprete. Tenía debilidad por Lev, y se aseguró de que le sirvieran más cerveza.

El sacerdote comió con la princesa, pero Spiria fue al comedor del servicio y se sentó al lado de Lev. Este esbozó su sonrisa más cordial.

—¡Vaya, viejo amigo! ¡Menuda sorpresa! —dijo en ruso—. ¡Enhorabuena!

Spiria no se dejó embelesar.

—¿Sigues jugando a las cartas, hijo mío? —contestó.

Lev conservó la sonrisa pero bajó la voz.

—Mantendré el pico cerrado con respecto a eso si tú también lo haces. ¿Te parece justo?

—Hablaremos después de comer.

Lev se sintió frustrado. ¿Qué camino tomaría Spiria: hacia la rectitud o hacia el chantaje?

Cuando el almuerzo concluyó, Spiria salió por la puerta trasera y Lev lo siguió. Sin pronunciar palabra, Spiria lo precedió hasta un templo griego blanco en miniatura, similar a una rotonda. Desde su plataforma elevada podían ver si alguien se acercaba. Llovía y el agua se escurría por las columnas de mármol. Lev se quitó la gorra, la sacudió y volvió a ponérsela.

—¿Recuerdas que en el barco te pregunté qué harías si me negaba a darte la mitad del dinero? —dijo Spiria.

Lev había empujado a Spiria por encima de la borda hasta dejarle medio cuerpo en el vacío, y había amenazado con romperle el cuello y arrojarlo al mar.

—No, no lo recuerdo —mintió.

—No importa —repuso Spiria—. Solo quería perdonarte.

«Rectitud, pues», pensó Lev aliviado.

—Lo que hicimos fue pecaminoso —prosiguió Spiria—. He confesado y he recibido la absolución.

—En tal caso, no le pediré a tu sacerdote que juegue conmigo a las cartas.

—No bromees.

A Lev le dieron ganas de agarrar a Spiria por el cuello, como lo había hecho en el barco, pero este ya no daba la impresión de poder ser intimidado. Irónicamente, el hábito le había infundido agallas.

Spiria continuó:

—Debería informar de tu delito a aquellos a quienes robaste.

—No te lo agradecerán. Y probablemente no solo querrían vengarse de mí, sino también de ti.

—Mi hábito sacerdotal me protegerá.

Lev negó con la cabeza.

—La mayoría de las personas a las que robamos eran judíos pobres. Es posible que recuerden a los sacerdotes que miraban con una sonrisa en los labios mientras los cosacos los apaleaban. Podrían matarte a patadas con más ansia aún precisamente por llevar hábito.

La sombra de la ira enturbió un instante el joven rostro de Spiria, pero este se obligó a esbozar una sonrisa benévola.

—Me preocupas más tú, hijo mío. No quisiera despertar la violencia contra ti.

Lev sabía cuándo lo amenazaban.

—¿Qué vas a hacer?

—La cuestión es qué vas a hacer tú.

—¿Mantendrás la boca cerrada si paro?

—Si confiesas, te arrepientes de corazón y cejas en tu pecado, Dios te perdonará… y entonces ya no tendré que castigarte yo.

«Y así tú también quedarás impune», pensó Lev.

—Muy bien, lo haré —dijo, pero al instante comprendió que había cedido demasiado deprisa.

Las siguientes palabras de Spiria confirmaron que no se le engañaba tan fácilmente.

—Lo comprobaré —repuso—. Y si descubro que rompes la promesa que nos has hecho a Dios y a mí, desvelaré tus delitos a tus víctimas.

—Y ellas me matarán. Buen trabajo, padre.

—En mi humilde opinión, es la mejor salida a un dilema moral. Y mi sacerdote conviene conmigo. De modo que o lo tomas o lo dejas.

—No tengo elección.

—Que Dios te bendiga, hijo mío —dijo Spiria.

Lev se alejó.

Salió del recinto de Tŷ Gwyn y se encaminó bajo la lluvia de vuelta a Aberowen, furioso.

Nada como un sacerdote, pensó resentido, para acabar con la posibilidad de prosperar de un hombre. Spiria llevaba una vida desahogada, con la comida, la ropa y el alojamiento suministrados, de por vida, por la Iglesia y por los fieles hambrientos que donaban un dinero que en absoluto les sobraba. Durante el resto de su vida, Spiria no tendría más que hacer que cantar en las misas y jugar con los monaguillos.

¿Qué podía hacer Lev? Si dejaba las timbas de cartas, tardaría una eternidad en ahorrar lo necesario para el pasaje. Estaría condenado a pasar años ocupándose de ponis a ochocientos metros bajo tierra. Y nunca se redimiría enviándole a Grigori el dinero para el pasaje a América.

Nunca había elegido el camino fácil.

Se dirigió al pub Two Crowns. En Gales, donde se respetaba el día del Señor, los pubs no podían abrir en domingo, pero en Aberowen no se cumplían las normas a rajatabla. Solo había un policía en la ciudad y, como la mayoría de la población, se tomaba los domingos libres. El Two Crowns cerraba la puerta principal, para salvar las apariencias, pero los asiduos entraban por la cocina, y el negocio funcionaba como de costumbre.

Los hermanos Ponti, Joey y Johnny, estaban en la barra bebiendo whisky, algo insólito, pues los mineros tomaban cerveza. El whisky era un brebaje de ricos, y en el Two Crowns una botella probablemente duraba de una Navidad hasta la siguiente.

Lev pidió un jarra de cerveza y saludó al hermano mayor.

—¿Qué hay, Joey?

—¿Qué hay, Grigori? —Lev seguía utilizando el nombre de su hermano, que era el que figuraba en el pasaporte.

—Parece que hoy te sobra el dinero, Joey.

—Sí. Ayer fui con el chaval a Cardiff para ver el boxeo.

Ellos sí que parecían boxeadores, pensó Lev: dos hombres de espaldas anchas, cuello de toro y grandes manos.

—¿Estuvo bien?

—Darkie Jenkins contra Roman Tony. Apostamos por Tony, porque es italiano como nosotros. Las apuestas estaban a trece a uno, y dejó fuera de combate a Jenkins en tres asaltos.

Lev a veces tenía dificultades con el inglés formal, pero entendió perfectamente lo de «trece a uno».

—Deberías venir a jugar a las cartas —dijo—. Estás... —vaciló, y al cabo dio con la frase—: estás en racha.

—Ah, no quiero perder el dinero tan rápido como lo gané —dijo Joey.

Sin embargo, cuando empezó la timba en el granero media hora después, Joey y Johnny estaban allí. Los demás jugadores eran una mezcla de rusos y galeses.

Jugaron a una versión local del póquer llamada *three-card brag*. A Lev le gustaba. Después de las tres cartas iniciales, ya no se repartían ni se cambiaban más, por lo que la partida era rápida. Si un jugador subía la apuesta, el siguiente tenía que igualarla inmediatamente —no podía seguir en la partida quedándose en la apuesta original—, y eso hacía que el bote aumentara deprisa. Se seguía apostando hasta que solo quedaban dos jugadores, y entonces uno de ellos podía zanjar la partida duplicando la apuesta anterior, lo que obligaba a su contrincante a enseñar sus cartas. La mejor mano era el trío, conocida como *prial*, y la más alta de estas era la *prial of trays*, un trío de treses.

Lev tenía un instinto natural para las apuestas y por lo general ganaba a las cartas sin hacer trampas, pero eso era demasiado lento.

El reparto de cartas avanzaba hacia la izquierda con cada mano, por lo que Lev solo podía amañarlas de cuando en cuando. No obstante, había mil maneras de hacer trampas, y Lev había ideado un sencillo código mediante el que Rhys le indicaba cuándo tenía una buena mano. Lev seguía entonces apostando, al margen de lo que tuviera, para forzar que las apuestas subieran y aumentaran el bote. La mayoría de las veces los demás se retiraban, y Lev perdía frente a Rhys.

Mientras se repartía la primera mano, Lev decidió que aquella sería su última partida. Si desplumaba a los hermanos Ponti, probablemente podría comprar el pasaje. El domingo siguiente Spiria indagaría para averiguar si Lev seguía organizando timbas, pero para entonces Lev pretendía estar ya en el mar.

Durante las siguientes dos horas, Lev vio cómo las ganancias de Rhys iban aumentando y pensó que con cada penique América se acercaba un poco más. Por lo general no le gustaba desplumar a nadie, porque le interesaba que todos volvieran la semana siguiente. Pero ese día tenía que ir a por todas.

Cuando la tarde empezaba a oscurecer, le tocó repartir. Dio tres ases a Joey Ponti y un trío de treses a Rhys. En ese juego, los treses superaban a los ases. Con la pareja de reyes que tenía él, tenía excusa para apostar alto. Siguió apostando hasta que Joey casi estaba arruinado; no quería aceptar pagarés. Joey invirtió lo último que le quedaba en ver la mano de Rhys. El semblante de Joey cuando Rhys enseñó un trío de treses fue tan cómico como lastimoso.

Rhys recogió el dinero. Lev se puso en pie y dijo:

—Estoy pelado.

La timba concluyó y todos volvieron a la barra, donde Rhys pidió una ronda para templar los ánimos de los perdedores. Los hermanos Ponti volvieron a la cerveza, y Joey dijo:

—Ah, tal como viene se va, ¿verdad?

Minutos después, Lev salió del local y Rhys lo siguió. No había retrete en el Two Crowns, de modo que los hombres utilizaban el callejón que quedaba en la parte trasera del granero, apenas iluminado por una farola alejada. Rhys entregó rápidamente a Lev la mitad de sus ganancias, una parte en monedas y la otra en billetes nuevos de intensos colores, verdes los de una libra y marrones los de diez chelines.

Lev sabía exactamente lo que le debía. Tenía una facilidad pasmosa con la aritmética, como le ocurría con las apuestas. Después contaría el dinero, pero estaba seguro de que Rhys no lo engañaría. Lo había intentado en una ocasión. Lev vio que en su parte faltaban cinco chelines, una cantidad que cualquier hombre descuidado habría pasado por alto. Lev fue a casa de Rhys, le embutió el cañón del revólver en la boca y lo amartilló. Rhys se manchó los pantalones de puro terror. Después de aquello, jamás había faltado un solo penique en las cuentas.

Lev se guardó el dinero en el bolsillo del abrigo y volvió al local.

En cuanto entró, vio a Spiria.

Spiria se había quitado el hábito y llevaba el mismo abrigo que en el barco. Estaba en la barra, no bebiendo sino charlando animadamente con un grupo de rusos, entre ellos varios de los participantes en la timba.

Su mirada se cruzó por un instante con la de Lev.

Lev dio media vuelta y salió, pero sabía que era demasiado tarde.

Se alejó a paso ligero colina arriba, en dirección a Wellington Row. Spiria lo traicionaría, estaba seguro. Tal vez en aquel preciso instante estaría ya explicando cómo se las arreglaba Lev para hacer trampas a las cartas y aun así dar la impresión de que perdía. Los hombres se pondrían furiosos, y los hermanos Ponti querrían que les devolviera su dinero.

Ya cerca de su casa vio a un hombre que caminaba en la dirección opuesta con una maleta, y a la luz de la farola lo identificó como un joven vecino conocido como Billy de Jesús.

—¿Qué hay, Grigori?

El chico parecía estar a punto de marcharse de la ciudad, y Lev sintió curiosidad.

—¿Te vas a algún sitio?

—A Londres.

El interés de Lev se acrecentó.

—¿En qué tren?

—En el de las seis a Cardiff. —Los pasajeros con destino a Londres tenían que cambiar de tren en Cardiff.

—¿Qué hora es ahora?

—Menos veinte.

—Vale, hasta luego. —Lev entró en su casa. Decidió que cogería el mismo tren que Billy.

Encendió la luz eléctrica de la cocina y levantó la losa. Sacó los ahorros, el pasaporte con el nombre y la fotografía de su hermano, una caja con balas de latón y el revólver, un Nagant M1895 que le había ganado en una timba de cartas a un capitán del ejército. Inspeccionó el tambor para asegurarse de que en cada recámara hubiera una bala nueva; el revólver no expulsaba las usadas de forma automática, sino que había que retirarlas manualmente cuando se volvía a cargar. Se guardó el dinero, el pasaporte y el arma en los bolsillos del abrigo.

En el piso de arriba encontró la maleta de cartón de Grigori con el orificio de bala. La abrió y dentro puso la munición junto con su otra camisa, una muda y dos barajas de cartas.

No tenía reloj, pero calculó que habían transcurrido cinco minutos desde que había visto a Billy. Eso le dejaba quince minutos para llegar a pie a la estación; era suficiente.

Oyó las voces de varios hombres, procedentes de la calle.

No quería un enfrentamiento. Él era duro, pero los mineros también. Aunque ganara en la pelea, perdería el tren. Podría emplear el arma, claro, pero en aquel país la policía se tomaba muy en serio el apresamiento de los asesinos, incluso cuando las víctimas no eran nadie. Cuando menos, revisarían a los pasajeros en la estación y tendría problemas para comprar el billete. En todos los sentidos, era preferible abandonar la ciudad sin violencia.

Salió por la puerta trasera y echó a caminar rápidamente por el sendero con todo el sigilo que le permitían las pesadas botas que llevaba. El suelo estaba embarrado, como ocurría prácticamente siempre en Gales, por lo que afortunadamente sus pasos hacían poco ruido.

Al final del sendero dobló por un callejón y salió a las luces de la calle. Los retretes en mitad de la calle le ocultaban de la vista de quien estuviera frente a su casa. Se alejó de allí a toda prisa.

Dos calles más adelante cayó en la cuenta de que el camino a la estación le haría pasar junto al Two Crowns. Se detuvo y pensó unos instantes. Conocía el trazado de la ciudad y que la única ruta alternativa lo obligaba a retroceder. Pero los hombres cuyas voces había oído podían seguir cerca de su casa.

Tenía que arriesgarse con el Two Crowns. Dobló por otro callejón y enfiló el sendero que pasaba por detrás del pub.

Mientras se acercaba al granero donde habían jugado a las cartas, oyó voces y divisó a dos o más hombres, cuyo tenue perfil iluminaba la luz de la farola que había al final del sendero. Se le acababa el tiempo, pero aun así se detuvo y esperó a que los hombres volvieran adentro. Se quedó junto a una cerca alta de madera para pasar inadvertido.

Los hombres parecían demorarse eternamente.

—Vamos —susurró—. ¿Es que no queréis volver a entrar en calor? —La gorra le goteaba, empapada por la lluvia, y le mojaba el cuello.

Al fin entraron, y Lev emergió de las sombras y reemprendió el camino a paso ligero. Pasó junto al granero sin incidentes, pero al dejarlo atrás oyó más voces. Maldijo para sí. Los clientes llevaban bebiendo cerveza desde el mediodía, y a esas horas de la tarde necesitaban visitar a menudo el callejón. Oyó que alguien le decía:

—¿Qué hay, compañero?

Era la palabra que empleaban cuando no reconocían a alguien. Fingió no oírles y siguió andando.

Oyó una conversación entre murmullos. La mayoría de las palabras eran ininteligibles, pero Lev creyó oír que uno de los hombres decía: «Parece un russki». La indumentaria rusa era diferente de la británica, y Lev supuso que habían atisbado la forma de su abrigo y de su gorro bajo la luz de la farola a la que se acercaba rápidamente. No obstante, las necesidades fisiológicas solían ser apremiantes para los hombres que salían de un pub, y pensó que no lo seguirían antes de haberlas satisfecho.

Dobló por el siguiente callejón y desapareció del campo de visión de los hombres. Por desgracia, dudó de si habría desaparecido también de sus pensamientos. Spiria debía de haber aireado ya su historia, y pronto alguien sospecharía de un hombre ataviado con ropa rusa y caminando hacia el centro de la ciudad con una maleta en la mano.

Tenía que subir a aquel tren.

Echó a correr.

La línea ferroviaria transcurría por la vaguada del valle, por lo que todo el camino a la estación era en descenso. Lev corría con soltura, a grandes zancadas. Alcanzaba a ver, por encima de los tejados, las luces de la estación, cada vez más próximas, y el vapor de la chimenea de un tren detenido en las vías.

Cruzó la plaza y entró en el vestíbulo. Las manecillas del gran reloj marcaban uno o dos minutos para las seis. Se precipitó a la ventanilla y rebuscó el dinero en el bolsillo.

—Un billete, por favor.

—¿Adónde desea ir esta tarde? —preguntó afablemente el expendedor.

Lev señaló hacia el andén con un gesto perentorio.

—¡Ese tren!

—Ese tren para en Aberdare, Pontypridd…

—¡Cardiff! —Lev alzó la mirada y vio la manecilla de los minutos saltar el último segmento y detenerse, trémula, en las doce.

—¿Solo ida, o ida y vuelta? —preguntó el expendedor con parsimonia.

—¡Solo ida! ¡Deprisa!

Lev oyó el pitido. Desesperado, barajó las monedas que tenía en la mano. Conocía la tarifa —había ido a Cardiff dos veces en los últimos seis meses— y dejó el dinero sobre el mostrador.

El tren empezó a moverse.

El expendedor le dio el billete.

Lev lo cogió y se dio la vuelta.

—¡No olvide el cambio! —dijo el hombre.

Lev recorrió el corto espacio que lo separaba de la barrera.

—Billete, por favor —le dijo el revisor, aunque acababa de ver cómo Lev lo compraba.

Lev vio que, tras la barrera, el tren ganaba velocidad.

El revisor perforó el billete y dijo:

—¿No quiere usted el cambio?

La puerta del vestíbulo se abrió de golpe y los hermanos Ponti irrumpieron en él.

—¡Allí está! —gritó Joey, y se precipitó hacia Lev.

Lev lo sorprendió embistiéndolo y le asestó un puñetazo en plena cara. Joey se detuvo en seco. Johnny se estampó contra la espalda de su hermano, y ambos cayeron de rodillas al suelo.

Lev arrebató el billete al revisor y salió corriendo al andén. El tren avanzaba ya deprisa. Corrió junto a él un momento. De pronto, una puerta se abrió y Lev vio la simpática cara de Billy de Jesús.

—¡Salta! —gritó Billy.

Lev saltó al tren y posó un pie en el estribo. Billy lo agarró de un brazo. Ambos titubearon un instante mientras el ruso trataba de subir a bordo. Entonces Billy tiró de él hacia dentro.

Lev se desplomó agradecido en un asiento.

Billy cerró la puerta y se sentó frente a él.

—Gracias —dijo Lev.

—Has apurado mucho —dijo Billy.

—Pero lo he conseguido —repuso Lev sonriendo—. Eso es lo único que cuenta.

III

La mañana siguiente, en la estación de Paddington, Billy preguntó las señas para ir a Aldgate. Un afable londinense le ofreció un raudal de

438

instrucciones detalladas, pero hasta la última palabra le resultó al joven del todo incomprensible. Dio las gracias al hombre y salió de la estación.

Nunca había estado en Londres, pero sabía que Paddington se encontraba en la zona oeste y que los pobres vivían en el este, de modo que se encaminó hacia el sol de media mañana. La ciudad era incluso más grande de lo que había imaginado, mucho más bulliciosa y desconcertante que Cardiff, pero lo deleitó: el ruido, el tráfico, el gentío y, sobre todo, las tiendas. No tenía idea de que hubiese tantas en el mundo. ¿Cuánto se gastaba a diario en las tiendas de Londres?, se preguntó. Debían de ser miles de libras... tal vez millones.

Lo invadió una sensación de libertad vertiginosa. Nadie allí lo conocía. En Aberowen, o incluso en sus viajes ocasionales a Cardiff, siempre cabía la posibilidad de que lo vieran amigos o parientes. En Londres podría caminar por la calle de la mano de una chica bonita y sus padres nunca llegarían a saberlo. No tenía intención de hacerlo, pero la sola idea de saber que podía —y el hecho de que hubiera tantas chicas bonitas y bien vestidas a su alrededor— resultaba embriagadora.

Al rato vio un autobús en cuya parte frontal se leía «Aldgate», y subió a él. Ethel mencionaba Aldgate en su carta.

Cuando acabó de decodificar la carta, se quedó consternado. Obviamente, no podía hablar de aquello con sus padres. Había esperado hasta que se marcharon para acudir al servicio vespertino en el templo de Bethesda —al que él ya no asistía— y luego había escrito una nota.

> Querida mamá:
> Estoy preocupado por Eth y me voy a buscarla. Siento marcharme así, pero no deseo discutir.
> Tu hijo que te quiere,
>
> BILLY

Como era domingo, ya se había bañado, afeitado y vestido con su mejor ropa. El traje, ya raído, lo había heredado de su padre, pero tenía una camisa blanca limpia y una corbata negra de punto. Había dormitado en la sala de espera de la estación de Cardiff y tomado el tren lechero a primera hora de la mañana.

El conductor del autobús lo avisó cuando llegaron a Aldgate, y Billy se apeó. Era una barriada pobre, con casuchas ruinosas, tenderetes callejeros en los que se vendía ropa de segunda mano, y niños descalzos jugando en malolientes huecos de escalera. No sabía dónde vivía Ethel; en su carta no figuraba dirección alguna. La única pista de la que disponía era: «Trabajo doce horas al día en el taller del explotador de Mannie Litov».

Estaba impaciente por compartir con Ethel todas las noticias de Aberowen. Ella sabría por los periódicos que la Huelga de las Viudas había fracasado. A Billy le hervía la sangre al pensar en eso. Los jefes podían comportarse de forma indignante porque tenían todas las cartas en su poder. Eran dueños de las minas y las casas, y actuaban como si también lo fueran de la gente. Debido a varias y complejas reglas del sufragio, la mayoría de los mineros no tenían derecho a voto, de modo que el parlamentario de Aberowen era un conservador que invariablemente secundaba a la compañía. El padre de Tommy Griffiths dijo que nada cambiaría nunca sin una revolución como la que habían tenido en Francia. El padre de Billy dijo que necesitaban un gobierno laborista. Billy no sabía cuál de ellos tenía razón.

Se acercó a un joven de aspecto cordial y le preguntó:

—¿Sabes cómo se llega al taller de Mannie Litov?

El hombre contestó en un idioma que parecía ruso.

Volvió a intentarlo, y en esta ocasión dio con un anglófono que nunca había oído hablar de Mannie Litov. Aldgate no era como Aberowen, donde todos los viandantes conocían el camino a todos los comercios y empresas de la ciudad. ¿Había ido hasta allí, y se había gastado todo aquel dinero en el billete del tren, para nada?

Sin embargo, aún no estaba dispuesto a rendirse. Buscó por la concurrida calle a personas de aspecto británico que parecieran estar haciendo alguna clase de trabajo, que llevaran herramientas o empujaran carretas. Preguntó a otras cinco, sin éxito, hasta que encontró a un limpiacristales que cargaba una escalera de mano.

—¿De Mannie Li'ov? —repitió el hombre. Consiguió articular «Litov» sin pronunciar la «t» y emitiendo en su lugar un sonido gutural similar a un carraspeo—. ¿El taller de ropa?

—¿Cómo dice? —preguntó cortésmente Billy—. ¿Le importaría repetirlo?

—El taller de ropa. El sitiese dond'hacen ropa: chaquetas y pantones y to'eso.

—Hum... probablemente, sí —concluyó Billy, desesperado.

El limpiacristales asintió.

—Todo retto, cuatrocinto metos, luego ala drecha, po' Ark Rav Ra.

—¿Todo recto? —repitió Billy—. ¿Cuatrocientos metros?

—Sasto, ala drecha.

—¿Doblo a la derecha?

—Ark Rav Ra.

—¿Ark Rav Road?

—No tié pérdida.

La calle resultó ser Oak Grove Road. No había ninguna arboleda y menos aún robles, tal y como sugería su nombre. Se trataba de un callejón angosto y sinuoso flanqueado por ruinosos edificios de ladrillo y repleto de gente, caballos y carretillas. Dos consultas más llevaron a Billy hasta una casa embutida entre el pub Dog and Duck y una tienda tapiada con tablones y llamada Lippmann's. La puerta principal de la casa estaba abierta. Billy subió la escalera que llevaba a la planta superior, donde se encontró en una sala con unas veinte mujeres cosiendo uniformes del ejército británico.

Todas siguieron trabajando, accionando los pedales sin atisbo de haber reparado en él, hasta que finalmente una dijo:

—Entra, cariño, no vamos a comerte… Aunque, pensándolo bien, podríamos darte un mordisquito para probarte. —Todas rompieron a reír.

—Estoy buscando a Ethel Williams —dijo él.

—No está —contestó la mujer.

—¿Por qué? —preguntó él, angustiado—. ¿Está enferma?

—¿Y a ti qué te incumbe? —La mujer se puso en pie—. Soy Mildred. ¿Quién eres tú?

Billy la miró atentamente. Era guapa, pese a tener los incisivos prominentes. Llevaba los labios pintados de un rojo brillante, y del sombrero asomaban rizos rubios. Iba arropada con un abrigo gris, grueso e informe, pero, pese a ello, Billy vio cómo le temblaban los labios mientras se dirigía hacia él. Estaba demasiado fascinado por aquella mujer para hablar.

—No serás el malnacido que le hizo el bombo y después se largó, ¿eh?

Billy recuperó la voz.

—Soy su hermano.

—¡Oh! —exclamó ella—. ¡Joder! ¿Eres Billy?

Billy se quedó boquiabierto. Nunca había oído a ninguna mujer emplear esa expresión.

Ella lo escrutó con una mirada audaz.

—Eres su hermano, sí, ya lo veo, aunque parece que tengas más de dieciséis años. —El tono de su voz se había suavizado y él sintió cómo su interior se templaba—. Tienes los mismos ojos oscuros y el mismo pelo rizado.

—¿Dónde puedo encontrarla? —preguntó.

Ella lo miró desafiante.

—Da la casualidad de que sé que no quiere que su familia sepa dónde vive.

—Le tiene miedo a nuestro padre —repuso Billy—, pero me ha escrito una carta. Estoy preocupado por ella y por eso he venido en tren.

—¿Desde ese poblacho de Gales de donde es ella?

—No es un poblacho —replicó Billy indignado. Luego se encogió de hombros y dijo—: Bueno, sí, supongo que sí lo es.

—Me encanta tu acento —dijo Mildred—. Para mí es como oír a alguien cantando.

—¿Sabes dónde vive?

—¿Cómo has encontrado esto?

—Me dijo que trabajaba en el taller de Mannie Litov, en Aldgate.

—Ya. Así que eres el puñetero Sherlock Holmes, ¿eh? —dijo ella, no sin una nota de admiración a su pesar.

—Si no me dices dónde está, algún otro lo hará —declaró él con más confianza de la que sentía—. No pienso volver a casa hasta que la vea.

—Me matará, pero vale —accedió Mildred—. Número 23 de Nutley Street.

Billy le preguntó cómo se llegaba allí. Le pidió que hablara despacio.

—No me des las gracias —añadió ella cuando él se disponía a marcharse—. Solo protégeme si Ethel intenta matarme.

—Muy bien —dijo Billy, imaginando lo emocionante que sería proteger a Mildred de algo.

Las otras mujeres se despidieron de él a voces y le lanzaron besos, situación que lo abochornó.

La calle Nutley era un remanso de paz. Las casas adosadas estaban construidas siguiendo una disposición que, tras solo un día en Londres, a Billy ya le resultaba conocida. Eran mucho más grandes que las chozas de los mineros, con pequeños jardines delanteros en lugar de una puerta directa a la calle. El efecto general de orden y regularidad se desprendía de las ventanas de guillotina idénticas, cada una de ellas con nueve paneles de vidrio y dispuestas en hileras a lo largo de toda la calle.

El joven llamó a la puerta del número 23, pero nadie contestó.

Estaba preocupado. ¿Por qué no habría ido a trabajar? ¿Estaría enferma? Si no lo estaba, ¿por qué no se encontraba en casa?

Atisbó por la ranura del buzón y vio un pasillo con el suelo de madera pulida y un perchero del que colgaba un abrigo marrón viejo, que reconoció de inmediato. Hacía frío aquel día; Ethel no habría salido sin el abrigo.

Se acercó a la ventana, pero no consiguió ver nada a través del visillo.

Regresó a la puerta y volvió a mirar por la ranura del buzón. En el interior todo permanecía igual, pero esta vez oyó un ruido. Fue un gemido largo, agónico. Acercó la boca a la ranura y gritó:

—¡Eth! ¿Eres tú? ¡Soy Billy!

Hubo un silencio largo, y luego el gemido se repitió.

—¡Maldita sea!

La puerta tenía una cerradura cilíndrica Yale. Eso significaba que el pasador probablemente estaba sujeto al marco con dos tornillos. Dio unos toques en la puerta con la base de la mano. No parecía especialmente recia; supuso que era de madera de pino de mala calidad. Retrocedió un paso, alzó el pie derecho y la golpeó con el talón de su pesada bota de minero. Oyó un astillazo. Le asestó varias patadas más, pero la puerta no cedía.

Deseó haber tenido un martillo.

Miró a un lado y al otro de la calle con la esperanza de ver a algún obrero con herramientas, pero la vía estaba desierta salvo por dos niños con la cara sucia que lo observaban con interés.

Retrocedió hasta la cancela por el corto sendero del jardín, dio media vuelta y echó a correr hacia la puerta; la golpeó con el hombro derecho. La puerta se abrió con el golpe y él cayó dentro.

Se recompuso, frotándose el hombro dolorido, y cerró la desvencijada puerta. La casa parecía sumida en el silencio.

—¿Eth? ¿Dónde estás?

Volvió a oír otro gemido y siguió el sonido, que lo llevó a la estancia principal de la planta baja. Era un dormitorio femenino, con objetos decorativos de porcelana en la repisa de la chimenea y cortinas floreadas en la ventana. Ethel estaba en la cama, con un vestido gris que la cubría como una tienda. No estaba tendida, sino a cuatro pies, gimiendo.

—¿Qué te pasa, Eth? —preguntó Billy, cuya voz brotó como un chillido aterrado.

Ella recuperó el aliento.

—Ya viene el bebé.

—¡Oh, mierda! Será mejor que vaya a buscar a un médico.

—Demasiado tarde, Billy. Cielos, duele mucho…

—¡Da la impresión de que te estés muriendo!

—No, Billy, así es el parto. Acércate y dame la mano.

Billy se arrodilló junto a la cama y Ethel le tomó una mano. La apretó y empezó a gemir de nuevo. El gemido fue más largo y angustioso que antes, y ella le apretaba tanto que pensó que le rompería algún hueso. El gemido concluyó en un grito, y luego Ethel jadeó como si hubiera corrido un kilómetro.

Al cabo de un minuto, dijo:

—Lo siento, Billy, pero vas a tener que levantarme la falda.

—¡Oh! —exclamó él—. Ah, vale. —En realidad no entendía aquello, pero creyó que era mejor que hiciera lo que Ethel le pedía. Levantó el bajo del vestido de Ethel—. ¡Oh, Dios! —exclamó. La sábana bajera estaba empapada en sangre. Allí, en el centro, había algo diminuto y rosa cubierto de baba. Distinguió una cabeza grande con los ojos cerrados, dos pequeños brazos y dos piernas—. ¡Es un bebé! —dijo.

—Cógelo, Billy —dijo Ethel.

—¿Qué? ¿Yo? —balbuceó—. Ah, bueno, vale.

Se inclinó sobre la cama. Colocó una mano bajo la cabeza y la otra bajo el culito. Vio que era un niño. El bebé estaba viscoso y resbaladizo, pero Billy consiguió levantarlo. Un cordón lo unía a Ethel.

—¿Lo tienes? —preguntó ella.

—Sí —contestó él—. Lo tengo. Es un niño.

—¿Respira?

—No lo sé. ¿Cómo puedo saberlo? —Billy trató de dominar el pánico—. No, no respira. Creo que no.

—Dale una palmada en el culo, no demasiado fuerte.

Billy dio la vuelta al bebé, lo sostuvo diestramente con una mano y le dio una palmada en las nalgas. Al instante, el niño abrió la boca, inhaló y protestó rompiendo a llorar. Billy estaba deleitado.

—¡Vaya! ¡Escucha eso! —exclamó.

—Quédatelo un momento mientras me doy la vuelta. —Ethel se sentó con esfuerzo y se estiró el vestido—. Dámelo.

Billy se lo tendió con cuidado. Ethel se colocó al bebé sobre un brazo y le limpió la cara con una manga.

—Es guapo —dijo.

Billy no estaba seguro.

El cordón unido al ombligo del bebé, antes azul y tenso, empezaba a marchitarse y palidecer.

—Abre ese cajón de ahí y tráeme las tijeras y una bobina de hilo —le dijo su hermana.

Ethel ató dos nudos en el cordón, y luego lo cortó con las tijeras por el medio.

—Bueno —dijo, y se desabotonó la pechera del vestido—. Supongo que no te dará vergüenza, después de lo que has visto. —Se sacó un seno y acercó la boca del bebé al pezón. El pequeño empezó a succionar.

Tenía razón: a Billy no le daba vergüenza. Una hora antes se habría sentido abochornado ante la visión del pecho desnudo de su hermana, pero ese sentimiento le parecía ya banal. Lo único que sentía era un alivio inmenso porque el bebé estaba bien. Lo contempló, vio cómo mamaba, se maravilló con sus deditos. Se sentía como si hubiese presenciado un milagro. Advirtió que tenía las mejillas húmedas por las lágrimas, y se preguntó cuándo había llorado en su vida: no recordaba haberlo hecho jamás.

El bebé no tardó en dormirse. Ethel se abotonó el vestido.

—Enseguida lo lavaremos —dijo. Y cerró los ojos—. Dios mío —añadió—, no sabía que iba a ser tan doloroso.

—¿Quién es el padre, Eth? —preguntó Billy.

—El conde Fitzherbert —contestó ella. Y abrió los ojos—. Oh, mierda, no quería decírtelo.

—Maldito canalla —dijo Billy—. Lo mataré.

15

Junio-septiembre de 1915

I

Mientras el barco arribaba al puerto de Nueva York, a Lev Peshkov se le ocurrió la posibilidad de que América no fuera tan maravillosa como decía su hermano Grigori. Se armó de valor para afrontar una decepción tremenda. América representaba todo aquello que anhelaba: era un país rico, bullicioso, fascinante y libre.

Tres meses después, una calurosa tarde de junio, trabajaba en un hotel de Buffalo, en las cuadras, cepillando el caballo de un huésped. El lugar era propiedad de Josef Vyalov, que había colocado una cúpula bulbosa en lo alto de la vieja Central Tavern y la había rebautizado como hotel San Petersburgo, tal vez por nostalgia de la ciudad de la que se había marchado siendo niño.

Lev trabajaba para Vyalov, al igual que muchos de los inmigrantes rusos de Buffalo, pero no lo había conocido en persona. Si algún día llegaba a conocerlo, no estaba seguro de qué le diría. En Rusia, la familia Vyalov lo había engañado y había acabado plantándolo en Cardiff, y eso le dolía. Por otra parte, los documentos que los Vyalov de San Petersburgo le habían proporcionado le permitieron pasar el control de inmigración sin el menor contratiempo. Y la mera mención del apellido Vyalov en un bar de Canal Street le había granjeado de inmediato un empleo.

Llevaba ya un año hablando inglés, desde que había desembarcado en Cardiff, y empezaba a hacerlo con fluidez. Los estadounidenses le decían que tenía acento británico, y no estaban familiarizados con expresiones que él había aprendido en Aberowen, como «en aquí», «en allí» o «¿verdad?» y «¿vale?» a final de frase. Pero prácticamente sabía decir todo cuanto necesitaba.

A pocos minutos de las seis, a punto de acabar la jornada laboral, su amigo Nick entró en el cercado de las cuadras con un cigarrillo entre los labios.

—Fatima —dijo. Exhaló el humo con exagerada satisfacción—. Tabaco turco. Fantástico.

El nombre completo de Nick era Nicolái Davídovich Fomek, pero todos le llamaban Nick Forman. Ocasionalmente asumía el papel que antes habían desempeñado Spiria y Rhys Price en las timbas de cartas de Lev, aunque esencialmente era ladrón.

—¿Cuánto? —preguntó Lev.

—En las tiendas, cincuenta centavos la lata de cien cigarrillos. Para ti, diez. Véndelos por veinticinco.

Lev sabía que Fatima era una marca conocida. Sería fácil venderlos a mitad de precio. Paseó la mirada por el cercado. El jefe no estaba a la vista.

—Hecho.

—¿Cuántos quieres? Tengo un cargamento.

Lev llevaba un dólar en el bolsillo.

—Veinte latas —dijo—. Te daré un dólar ahora y otro después.

—No fío.

Lev sonrió y posó una mano en el hombro de Nick.

—Vamos, tío, puedes confiar en mí. Somos colegas, ¿no?

—Vale, veinte. Vuelvo enseguida.

Lev encontró un viejo saco de forraje en un rincón. Nick volvió con veinte latas verdes y alargadas, en cuya tapa aparecía la imagen de una mujer con velo. Lev guardó las latas en el saco y le dio un dólar a Nick.

—Siempre es agradable echar una mano a un compatriota ruso —dijo Nick, y se alejó pausadamente.

Lev lavó la almohaza y el limpiacascos. A las seis y cinco se despidió del mozo de cuadra al cargo y se encaminó hacia First Ward. Tenía la sensación de que llamaba la atención, cargando con un saco de forraje por las calles, y se preguntó qué diría si algún poli lo paraba y le exigía que le mostrara lo que llevaba en él. Pero no estaba demasiado preocupado: gracias a su labia, era capaz de salir airoso de la mayoría de las situaciones.

Se dirigió a un bar grande y popular llamado Irish Rover. Se abrió paso entre el gentío, pidió una jarra de cerveza y se bebió la mitad con avidez, de un solo trago. Luego se sentó junto a un grupo de obreros que hablaban en una mezcla de polaco e inglés. Al rato, preguntó:

—¿Alguno de vosotros fuma Fatima?

Un hombre calvo que llevaba un mandil de cuero contestó:

—Sí, yo siempre fumo Fatima.

—¿Te interesa comprar una lata a mitad de precio? Veinticinco centavos cien cigarrillos.

—¿Dónde está el truco?

—Se extraviaron. Alguien los encontró.

—Parece un poco arriesgado.

—Hagamos una cosa. Deja el dinero en la mesa. No lo cogeré hasta que tú me digas.

Los hombres mostraron entonces más interés. El calvo rebuscó en un bolsillo y sacó una moneda de veinticinco centavos. Lev cogió una lata del saco y se la tendió. El hombre la abrió; sacó de ella un pequeño rectángulo de papel doblado, lo abrió y vio que se trataba de una fotografía.

—¡Eh! ¡Pero si viene con un cromo de béisbol y todo! —exclamó. Se llevó un cigarrillo a la boca y lo encendió—. Muy bien —le dijo a Lev—. Coge el dinero.

Otro hombre observaba la escena por encima del hombro de Lev.

—¿Cuánto? —preguntó.

Lev se lo dijo, y el hombre compró dos latas.

En la siguiente media hora Lev vendió todos los cigarrillos. Estaba encantado: había convertido dos dólares en cinco en menos de una hora. Trabajando tardaba un día y medio en ganar tres dólares. Quizá le comprara a Nick más latas robadas.

Pidió otra cerveza, se la tomó y salió tras dejar el saco vacío en el suelo. Una vez fuera, se encaminó hacia Lovejoy, un barrio pobre de Buffalo donde vivían la mayoría de los rusos, junto con numerosos italianos y polacos. Podría comprar un filete de camino a casa y freírlo con patatas. O podría recoger a Marga y llevarla a bailar. O podría regalarse un traje nuevo.

En realidad, debería ahorrar para el pasaje de Grigori a América, pensó con sentimiento de culpa, a sabiendas de que no iba a hacerlo. Tres dólares eran una gota en el océano. Lo que de verdad necesitaba era un gran golpe. Entonces podría enviar todo el dinero a Grigori de una sola vez, antes de sucumbir a las tentaciones de gastárselo.

Le arrancó de su ensimismamiento un golpecito en el hombro.

Le dio un vuelco el corazón. Se volvió, casi esperando ver un uniforme de policía. Pero la persona que lo había parado no era un policía. Era un hombre muy corpulento y ataviado con un mono, con el tabique nasal torcido y una mirada ceñuda y agresiva. Lev se tensó: un hombre así solo tenía una función.

El hombre dijo:

—¿Quién te ha dado permiso para vender cigarrillos en el Irish Rover?

—Solo intento ganarme unos cuantos pavos —contestó Lev con una sonrisa—. Espero no haber ofendido a nadie.

—¿Ha sido Nicky Forman? He oído que Nick hizo volcar un camión cargado de cigarrillos.

Lev no tenía intención de ofrecer esa información a un extraño.

—No conozco a nadie con ese nombre —dijo, empleando aún un tono de voz afable.

—¿No sabes que el propietario del Irish Rover es el señor V?

Lev sintió un arrebato de cólera. El señor V tenía que ser Josef Vyalov. Abandonó el tono conciliador.

—Pues que cuelgue un cartel.

—No se puede vender nada en los bares del señor V a menos que él dé permiso.

Lev se encogió de hombros.

—No lo sabía.

—Te daré algo que te ayudará a recordar —dijo el hombre, y le lanzó un puñetazo.

Lev esperaba el golpe y retrocedió rápidamente. El brazo atravesó el aire y el matón renqueó a punto de perder el equilibrio. Lev se adelantó y le asestó una patada en la espinilla. El puño solía ser un arma débil, ni de lejos tan dura como un pie enfundado en una bota. Lev le había dado con todas sus fuerzas, pero no bastó para romperle un hueso. El hombre, enfurecido, rugió y volvió a intentar asestarle un puñetazo, pero falló de nuevo.

No tenía sentido golpear a ese bruto en la cara; probablemente la tendría ya insensible. Lev le propinó una patada en la ingle. El hombre, con el aliento entrecortado, se llevó ambas manos a la entrepierna y se dobló sobre sí mismo. Lev le dio otra patada en el estómago. El hombre boqueaba como un pececillo, incapaz de respirar. Lev se apartó a un lado y le dio otro puntapié por detrás. El hombre cayó de espaldas. Lev apuntó con esmero y le pateó una rodilla, para que cuando se levantara no pudiera correr.

—Dile al señor V que debería ser más amable —le espetó, entre jadeos, a causa del esfuerzo.

Se alejó, aún con la respiración agitada. Oyó que alguien decía a sus espaldas:

—Eh, Ilya, ¿qué cojones ha pasado?

Dos calles más allá, Lev volvía a respirar ya con normalidad y su ritmo cardíaco se había ralentizado. «¡Al infierno con Josef Vyalov —pensó—. Ese malnacido me estafó y ahora no va a intimidarme.»

Vyalov no sabría quién había golpeado a Ilya. Nadie conocía a Lev en el Irish Rover.

Lev empezó a sentirse eufórico. «He derribado a Ilya —pensó—, ¡y no he sufrido ni un rasguño!»

Seguía teniendo un bolsillo lleno de dinero. Paró para comprar dos filetes y una botella de ginebra.

Vivía en una calle de casas de ladrillo en estado ruinoso y subdivididas en pequeños apartamentos. Sentada en el portal de la casa contigua, Marga se limaba las uñas. Era una joven rusa, hermosa, morena, de unos diecinueve años y sonrisa provocativa. Trabajaba como camarera, pero confiaba en labrarse un futuro como cantante. Él la había invitado a una copa en un par de ocasiones y la había besado en una. Ella le había devuelto el beso con entusiasmo.

—¡Hola, niña! —gritó él.

—¿A quién llamas niña?

—¿Qué haces esta noche?

—Tengo una cita —contestó ella.

Lev no la creyó. Ella nunca admitía que no tenía nada que hacer.

—Déjalo plantado —dijo él—. Le apesta el aliento.

Ella sonrió.

—¡Ni siquiera sabes quién es!

—Ven luego. —Levantó la bolsa de papel—. Voy a hacer filetes.

—Me lo pensaré.

—Trae hielo. —Lev entró en el edificio.

Vivía en un apartamento de renta baja, para el promedio del país, pero a Lev le parecía amplio y lujoso. Tenía una sala de estar dormitorio y una cocina, con agua corriente y luz eléctrica, ¡y todo era para él! En San Petersburgo un apartamento como aquel habría alojado a diez personas o más.

Se quitó la chaqueta, se arremangó y se lavó las manos y la cara en el fregadero. Confiaba en que Marga fuera a verlo. Era su tipo de chica, siempre dispuesta a reírse, bailar o montar una fiesta, nunca demasiado preocupada por el futuro. Peló y cortó varias patatas, puso una sartén sobre el hornillo y añadió un pedazo de manteca. Mientras se freían las patatas, Marga llegó con una jarra llena de hielo picado. Preparó las bebidas con ginebra y azúcar.

Lev tomó un sorbo de la suya, y luego le dio un beso fugaz en los labios.

—¡Está buena! —exclamó.

—Eres un fresco —repuso ella, pero no era una protesta seria. Él empezó a preguntarse si lograría llevársela a la cama más tarde.

Comenzó a freír los filetes.

—Estoy impresionada —comentó ella—. No hay muchos chicos que sepan cocinar.

—Mi padre murió cuando yo tenía seis años, y mi madre cuando tenía once —dijo Lev—. Me crió mi hermano, Grigori. Lo aprendimos a hacer todo solos. Aunque la verdad es que en Rusia nunca teníamos filetes.

Ella le preguntó acerca de Grigori, y él le narró su vida durante la cena. A la mayoría de las chicas les conmovía la historia de dos muchachos huérfanos que luchaban por salir adelante, trabajando en una gigantesca fábrica de locomotoras y viviendo en un piso minúsculo. Omitió, con sentimiento de culpa, la parte de la historia en que abandonaba a su novia embarazada.

Tomaron una segunda copa. Para cuando empezaron la tercera, ya anochecía y ella estaba sentada en el regazo de él. Entre trago y trago, Lev la besaba. Cuando ella abrió la boca para recibir su lengua, él le acarició los senos.

En ese instante, la puerta se abrió de golpe.

Marga gritó.

Entraron tres hombres. Marga se levantó de un salto del regazo de Lev, sin dejar de gritar. Uno de los hombres le dio una bofetada con el dorso de la mano y le ordenó:

—Cierra la puta boca, zorra.

Ella corrió hacia la puerta cubriéndose con las manos los labios sangrantes. Los intrusos la dejaron marchar.

Lev se levantó de un brinco y la emprendió a golpes contra el hombre que había agredido a Marga; uno de sus puñetazos le acertó en un ojo. Entonces los otros dos lo aferraron por los brazos. Eran fuertes y no podía zafarse. Mientras lo sujetaban, el primer hombre, que parecía ser el cabecilla, le asestó un puñetazo en la boca, y luego varios en el estómago. Lev escupió sangre y vomitó el filete.

Debilitado y terriblemente dolorido, lo obligaron a bajar la escalera y a salir del edificio. Un Hudson azul esperaba en el bordillo con el motor en marcha. Los hombres lo arrojaron al suelo en la parte posterior del vehículo. Dos de ellos se sentaron con los pies apoyados en él, y el otro se puso al volante.

Sentía demasiado dolor para pensar adónde lo llevaban. Supuso que aquellos hombres trabajaban para Vyalov, pero ¿cómo lo habían encontrado? ¿Y qué iban a hacer con él? Intentó no sucumbir al miedo.

Minutos después, el coche se detuvo y lo sacaron a rastras. Se encontraban frente a un almacén. La calle estaba desierta y en penumbra. Lev percibió el olor del lago, por lo que supo que estaban cerca de él. Era un buen lugar para matar a alguien, concluyó con lúgubre fatalismo. No habría testigos, y el cuerpo podría acabar en el lago Erie, atado dentro de un saco junto con varios ladrillos para garantizar que se hundiera hasta el fondo.

Lo arrastraron al interior del edificio. Lev intentó calmarse. Aquel era el peor aprieto en el que se había encontrado nunca. No estaba seguro de que pudiera salir airoso de él gracias a su labia. «¿Por qué hago estas cosas?», se preguntó.

El almacén estaba lleno de neumáticos nuevos, en pilas de quince o veinte cada una. Le condujeron entre ellas a la parte trasera y se pararon frente a una puerta que estaba vigilada por otro hombre corpulento, que alzó un arma para detenerlos.

No se medió palabra.

Al cabo de un minuto, Lev dijo:

—Parece que vamos a tener que esperar un rato. ¿Alguien ha traído una baraja?

Nadie sonrió siquiera.

Finalmente, la puerta se abrió y Nick Forman salió por ella. Tenía el labio superior hinchado y un ojo cerrado. Al ver a Lev, dijo:

—He tenido que hacerlo. Me habrían matado.

«Así que me han encontrado por medio de Nick», pensó Lev.

Un hombre delgado con anteojos salió a la puerta de la oficina. No podía tratarse de Vyalov de ninguna de las maneras, dedujo Lev: era demasiado enclenque.

—Llévalo adentro, Theo —dijo.

—Enseguida, señor Niall —contestó el cabecilla de los matones.

El despacho recordó a Lev la cabaña de campo en la que había nacido: también allí hacía demasiado calor y el aire estaba saturado de humo. En un rincón había una mesa pequeña con iconos de santos.

Detrás de un escritorio de acero estaba sentado un hombre de mediana edad con las espaldas insólitamente anchas. Llevaba un terno de calle con cuello y corbata, y lucía dos anillos en la mano con que sujetaba el cigarrillo.

—¿Qué es ese puto olor? —preguntó.

—Lo siento, señor V. Es vómito —contestó Theo—. Dio guerra y tuvimos que calmarlo un poco, y después vomitó la comida.

—Soltadlo.

Obedecieron pero permanecieron a su lado.

El señor V lo observó.

—Recibí tu mensaje —dijo—, el mensaje en el que me decías que debería ser más amable.

Lev hizo acopio de todo su valor. No iba a morir lloriqueando.

—¿Es usted Josef Vyalov?

—Vaya, sin duda tienes coraje, para preguntarme quién soy —dijo el hombre.

—Lo he estado buscando.

—¿Tú me has estado buscando a mí?

—La familia Vyalov me vendió un pasaje de San Petersburgo a Nueva York, pero me dejó tirado en Cardiff —dijo Lev.

—¿Y?

—Quiero recuperar mi dinero.

Vyalov lo escrutó largo rato y entonces se echó a reír.

—No puedo evitarlo —dijo—. Me caes bien.

Lev contuvo el aliento. ¿Significaba eso que Vyalov no iba a matarlo?

—¿Tienes trabajo? —preguntó Vyalov.

—Trabajo para usted.

—¿Dónde?

—En el hotel San Petersburgo, en las cuadras.

Vyalov asintió.

—Creo que podemos ofrecerte algo mejor —dijo.

II

En junio de 1915, Estados Unidos se acercó un paso más a la guerra.

Gus Dewar estaba consternado. No creía que Estados Unidos debiera participar en la guerra europea. El pueblo norteamericano opinaba lo mismo, y también el presidente Woodrow Wilson. Pero, de algún modo, el peligro acechaba cada vez más cerca.

La crisis llegó en mayo, cuando un submarino alemán torpedeó el *Lusitania*, un transatlántico británico que transportaba ciento setenta y tres toneladas de fusiles, munición y granadas de metralla. También llevaba a bordo a dos mil pasajeros, entre ellos ciento veintiocho ciudadanos estadounidenses.

La noticia conmocionó a los norteamericanos como si de un asesinato se hubiera tratado. Los periódicos estallaron en proclamas de indignación.

—¡El pueblo le está pidiendo que haga lo imposible! —le dijo irritado Gus al presidente, que se encontraba en el Despacho Oval—. Quieren que sea duro con los alemanes, pero sin arriesgarse a entrar en guerra.

Wilson convenía con él y asintió. Alzó la mirada de la máquina de escribir y dijo:

—No hay ninguna ley que afirme que la opinión pública tenga que ser coherente.

La calma de su superior le parecía admirable, si bien algo frustrante.

—¿Cómo demonios va a solucionar esto?

Wilson sonrió, dejando a la vista su mala dentadura.

—Gus, ¿te ha dicho alguien que la política fuera fácil?

Al final, Wilson envió un severo comunicado al gobierno alemán, exigiéndole que detuviera los ataques a buques. Sus asesores, entre ellos Gus, y él confiaban en que los alemanes accederían a llegar a algún acuerdo. Pero si optaban por una actitud desafiante, Gus no veía cómo Wilson iba a poder evitar el aumento de la tensión. Era un juego peligroso, y Gus se dio cuenta de que era incapaz de mantener una actitud fría y distante, como el presidente, con respecto al riesgo que corrían.

Mientras los telegramas diplomáticos cruzaban el Atlántico, Wilson fue a su casa de veraneo, en New Hampshire, y Gus, a Buffalo, donde se alojó en la mansión que sus padres tenían en Delaware Avenue. Su padre poseía también una casa en Washington, pero Gus vivía en un apartamento propio, y cuando volvía a Buffalo disfrutaba enormemente de las comodidades de una casa gobernada por su madre: el cuenco de plata con capullos de rosa en la mesilla de noche de su dormitorio, los panecillos calientes del desayuno, la mantelería blanca impoluta en cada comida, la aparición de un traje lavado con esponja y planchado en su ropero sin que él hubiese advertido que nadie se lo hubiera llevado de allí.

La casa estaba amueblada con deliberada sencillez, la reacción de su madre contra las modas decorativas de su propia generación. Gran parte del mobiliario era Biedermeier, un estilo alemán funcional que empezaba a resurgir. El comedor lucía un exquisito cuadro en cada una de sus cuatro paredes, y un único candelabro de tres brazos sobre la mesa. Durante el almuerzo del primer día, su madre dijo:

—Supongo que tienes previsto ir a los suburbios a ver peleas.

—No hay nada malo en el boxeo —repuso Gus.

Era su gran pasión. Incluso había llegado a probarlo, siendo un temerario chico de dieciocho años; sus largos brazos le habían granjeado un par de victorias, pero carecía de instinto asesino.

—Bah, *canaille* —dijo ella con desdén. Era una expresión esnob que había aprendido en Europa y que significaba «clase baja».

—Me gustaría evadirme un poco de la política internacional, si puedo.

—Esta tarde dan una conferencia sobre Tiziano, con proyección de transparencias con una linterna mágica, en el Albright —le informó ella. El Albright Art Gallery, un edificio clásico blanco situado en Delaware Park, era una de las instituciones culturales más importantes de Buffalo.

Gus había crecido rodeado de cuadros renacentistas, y le gustaban en particular los retratos de Tiziano, pero no le interesaba demasiado asistir a la conferencia. No obstante, era la clase de acto que solían frecuentar los hombres y las mujeres jóvenes de buena familia y, por tanto, una oportunidad para retomar antiguas amistades.

El Albright estaba a un breve trayecto en coche de Delaware Avenue. Entró en el atrio y tomó asiento. Tal como esperaba, entre los asistentes había varias personas a las que conocía. De pronto se sorprendió al ver que a su lado estaba sentada una chica de belleza extraordinaria que le resultaba conocida.

La miró y esbozó una sonrisa vaga, y ella dijo alegremente:

—Has olvidado quién soy, ¿no es así, señor Dewar?

Él se sintió como un tonto.

—Eh… He estado un tiempo fuera de la ciudad.

—Soy Olga Vyalov —dijo, y le tendió una mano enguantada.

—Por supuesto —dijo él.

Su padre era un inmigrante ruso cuyo primer empleo había consistido en echar a los borrachos de un bar de Canal Street. En ese momento era ya propietario de toda la calle. Era concejal del ayuntamiento y un pilar de la Iglesia ortodoxa rusa. Gus había visto a Olga en varias ocasiones, aunque no recordaba que fuera tan atractiva; tal vez había crecido de golpe… Tenía unos veinte años, supuso él, la tez pálida y los ojos azules, y llevaba una chaqueta rosa con cuello vuelto y un sombrero cloché con flores de seda rosa.

—He oído que trabajas para el presidente —comentó—. ¿Qué opinas del señor Wilson?

—Lo admiro enormemente —respondió Gus—. Es un político pragmático que sigue siendo fiel a sus ideales.

—Qué emocionante debe de ser estar en el centro del poder.

—Es emocionante pero, por extraño que parezca, uno no se siente allí en el centro del poder. En una democracia, el presidente depende de los electores.

—Pero sin duda no se limita a hacer lo que los ciudadanos quieren.

—No exactamente, no. El presidente Wilson dice que un líder debe tratar a la opinión pública del mismo modo en que un marinero se aprovecha del viento, utilizándolo para impulsar la nave en una dirección u otra, pero nunca intentando ir directamente contra él.

Olga suspiró.

—Me habría encantado estudiar esas cosas, pero mi padre no me deja ir a la universidad.

Gus sonrió.

—Supongo que cree que aprenderías a fumar cigarrillos y a beber ginebra.

—Y a algo peor, no me cabe duda —dijo ella. Era un comentario subido de tono para una mujer soltera, y el rostro de él debió de delatar su sorpresa, pues ella añadió—: Lo siento, te he incomodado.

—En absoluto. —De hecho, se sentía cautivado. Con la voluntad de que siguiera hablando, le preguntó—: ¿Qué estudiarías si pudieras ir a la universidad?

—Historia, creo.

—Adoro la historia. ¿Alguna época en particular?

—Me gustaría entender mi propio pasado. ¿Por qué tuvo que marcharse de Rusia mi padre? ¿Por qué Estados Unidos es mucho mejor? Debe de haber motivos para estas cosas.

—¡Exacto!

A Gus le emocionaba que una joven hermosa compartiera su curiosidad intelectual. De pronto se imaginó a ambos como una pareja casada, en el vestidor después de una fiesta, charlando sobre acontecimientos del mundo mientras se preparaban para acostarse, él en pijama, sentado y contemplándola mientras ella se quitaba pausadamente las joyas y se desnudaba... Luego la miró a los ojos; tuvo la impresión de que ella había adivinado lo que tenía en la cabeza y se sintió azorado. Intentó pensar en algo que decir, pero se había quedado mudo.

En ese momento llegó el conferenciante, y el público guardó silencio.

Disfrutó de la charla más de lo que había esperado. El orador había preparado transparencias Autochrome a color de algunos lienzos de Tiziano, y su linterna mágica las proyectaba sobre una gran pantalla blanca.

Cuando la conferencia acabó, quiso seguir hablando con Olga, pero no pudo hacerlo. Chuck Dixon, un hombre a quien conocía de la escuela, se acercó a ellos. Chuck poseía un encanto natural que Gus envidiaba. Tenían la misma edad, veinticinco años, pero Chuck lo hacía sentir como un colegial torpe.

—Olga, tienes que conocer a mi primo —dijo Dixon con aire jovial—. Te ha estado mirando desde el otro extremo de la sala. —Dedicó una sonrisa cordial a Gus—. Siento privarte de una compañía tan cautivadora, Dewar, pero, ya sabes, no puede ser solo tuya toda la tarde. —Rodeó a Olga por la cintura con un brazo en un gesto posesivo y se la llevó.

Gus se sintió despojado. Tenía la sensación de haber congeniado tan bien con ella... Para él, esas primeras conversaciones con una chica solían ser las más arduas, pero con Olga le había sido fácil charlar. Y entonces Chuck Dixon, que en la escuela siempre había sido el último de la clase, se alejaba con ella con la misma desenvoltura con que habría cogido una copa de la bandeja de un camarero.

Mientras Gus buscaba con la mirada a algún conocido, se le acercó una chica tuerta.

La primera vez que vio a Rosa Hellman —en una cena benéfica

para la Orquesta Sinfónica de Buffalo, en la que tocaba el hermano de esta— creyó que ella le guiñaba un ojo. En realidad, tenía un ojo cerrado permanentemente. Por lo demás, su rostro era hermoso, lo que hacía que su defecto fuera más llamativo. Además, siempre vestía con elegancia, como en una actitud desafiante. Ese día llevaba un canotier extrañamente ladeado, pese a lo cual seguía estando guapa.

La última vez que la había visto dirigía un periódico radical de poca tirada llamado *Buffalo Anarchist*, y Gus le preguntó:

—¿A los anarquistas les interesa el arte?

—Ahora trabajo para el *Evening Advertiser* —contestó ella.

Gus se sorprendió.

—¿Está al corriente el director de tus opiniones políticas?

—Mis opiniones ya no son tan extremistas como antes, pero conoce mi historial.

—Supongo que dedujo que, si eres capaz de convertir un periódico anarquista en un éxito, debes de ser buena.

—Dice que me dio el empleo porque tengo más pelotas que cualquiera de los hombres que tiene en plantilla.

Gus sabía que a ella le gustaba impactar, pero aun así se quedó boquiabierto.

Rosa se rió.

—Pero sigue enviándome a cubrir exposiciones de arte y desfiles de moda. —Cambió de tema—. ¿Qué se siente trabajando en la Casa Blanca?

Gus era consciente de que cualquier cosa que dijera podría aparecer en su periódico.

—Mucha emoción —contestó—. Creo que Wilson es un gran presidente, tal vez el mejor de la historia.

—¿Cómo puedes decir eso? Está peligrosamente cerca de meternos en una guerra europea.

La actitud de Rosa era común entre la comunidad alemana, que obviamente solo veía la vertiente alemana de la historia, y entre los izquierdistas, que querían ver al zar derrocado. Sin embargo, muchas personas que no eran alemanas ni izquierdistas compartían su opinión. Gus contestó, precavido:

—Mientras submarinos alemanes sigan matando a ciudadanos estadounidenses, el presidente no puede… —Estuvo a punto de decir «hacer la vista gorda». Vaciló, se sonrojó y dijo—: obviarlo.

Ella no pareció reparar en su azoramiento.

—Pero los ingleses están bloqueando los puertos alemanes, violando la legislación internacional, y a consecuencia de ello las mujeres y los niños alemanes se están muriendo de hambre. Mientras tanto, la guerra en Francia está en un punto muerto: ningún bando ha variado su posición en más de unos pocos metros en los últimos seis meses. Los alemanes tienen que hundir barcos británicos; de lo contrario perderán la guerra.

Tenía una capacidad impresionante para captar las complejidades; esa era la razón por la que Gus disfrutaba hablando con ella.

—He estudiado derecho internacional —dijo él—. Desde un punto de vista estricto, los ingleses no están actuando de forma ilegal. Los bloqueos navales se prohibieron en la Declaración de Londres de 1909, aunque nunca fue ratificada.

No era fácil hacerla cambiar de tema.

—Olvídate de la legalidad. Los alemanes advirtieron a los estadounidenses que no viajaran en transatlánticos británicos. ¡Por el amor de Dios, pero si publicaron un anuncio en los periódicos! ¿Qué más pueden hacer? Imagina que estuviéramos en guerra con México y que el *Lusitania* hubiese sido un barco mexicano cargado con armamento destinado a matar a soldados norteamericanos. ¿Se le habría permitido pasar?

Era una buena pregunta, y Gus no tenía una respuesta razonable.

—Bien, al menos el secretario de Estado Bryan opinaba como tú. —William Jennings Bryan había dimitido tras el envío del comunicado de Wilson a los alemanes—. Creyó que lo único que teníamos que hacer era advertir a los estadounidenses de que no viajaran en los barcos de los países beligerantes.

Ella no estaba dispuesta a dejarle salir del atolladero.

—Bryan ve que Wilson ha asumido un grave riesgo —dijo—. Si los alemanes no reculan ahora, difícilmente podremos evitar la guerra contra ellos.

Gus no admitiría ante una periodista que compartía sus recelos. Wilson había exigido al gobierno alemán que pusiera fin a los ataques contra la marina mercante, ofreciera compensaciones por los ya cometidos e impidiera que volvieran a producirse. En otras palabras: concedía a los británicos libertad para navegar mientras aceptaba que los barcos alemanes estuvieran varados en puerto debido al bloqueo. Resultaba difícil imaginar a algún gobierno accediendo a tales demandas.

—Pero la opinión pública aprueba lo que el presidente ha hecho.

—La opinión pública puede equivocarse.

—Pero el presidente no puede pasarla por alto. Mira, Wilson está en la cuerda floja. Desea mantenernos al margen de la guerra, pero no quiere que Estados Unidos dé una imagen débil en la diplomacia internacional. Creo que ha conseguido el equilibrio correcto en el momento actual.

—Pero ¿y en el futuro?

Era una pregunta inquietante.

—Nadie puede predecir el futuro —contestó Gus—. Ni siquiera Woodrow Wilson.

Ella se rió.

—La respuesta de un político. Llegarás lejos en Washington. —Alguien le habló y ella se volvió.

Gus se alejó, con la ligera sensación de haber participado en un combate de boxeo que había acabado en tablas.

Parte del público estaba invitado a tomar el té con el ponente. Gus se contaba entre los privilegiados porque su madre era mecenas del museo. Dejó a Rosa y se encaminó a una sala privada. Cuando entró, se regocijó de ver allí a Olga. Sin duda su padre también donaba dinero.

Cogió una taza de té y se acercó a ella.

—Si algún día vas a Washington, me encantaría enseñarte la Casa Blanca —le dijo.

—¡Oh! ¿Podrías presentarme al presidente?

A Gus le dieron ganas de contestar: «¡Sí, todo lo que quieras!», pero dudó antes de prometer algo que tal vez no podría cumplir.

—Es probable —dijo—. Dependerá de lo ocupado que esté. Cuando se sienta frente a la máquina de escribir y empieza a redactar discursos o comunicados de prensa, nadie puede molestarle.

—Me entristeció mucho la muerte de su esposa —dijo Olga.

Ellen Wilson había muerto hacía algo menos de un año, poco después del estallido de la guerra en Europa.

Gus asintió.

—Se quedó desolado.

—Pero he oído que ya corteja a una viuda acaudalada.

Gus se sintió desconcertado. En Washington era un secreto a voces que Wilson se había enamorado con una pasión adolescente, solo ocho meses después de que su esposa falleciera, de la voluptuosa señora Edith Galt. El presidente tenía cincuenta y ocho años; su amada, cuarenta y una. Justo en esos momentos estaban juntos en New

Hampshire. Gus formaba parte del reducido grupo que también sabía que Wilson le había propuesto matrimonio hacía un mes, y que la señora Galt aún no le había dado una respuesta.

—¿Quién te ha contado eso? —le preguntó a Olga.

—¿Es cierto?

Estaba desesperado por impresionarla con la información confidencial de que disponía, pero consiguió resistir la tentación.

—No puedo hablar de esas cosas —contestó, a regañadientes.

—Oh, qué desilusión. Confiaba en que me revelarías algún que otro chisme confidencial.

—Siento decepcionarte de este modo.

—No seas tonto. —Le tocó un brazo, y su tacto provocó en él un estremecimiento similar a una descarga eléctrica—. Mañana por la tarde jugaré un partido de tenis —dijo—. ¿Tú juegas?

Gus tenía los brazos y las piernas largas; era un deporte que se le daba bastante bien.

—Sí —contestó—. Me encanta el tenis.

—¿Vendrás?

—Iré encantado —declaró.

III

Lev aprendió a conducir en un día. Dominar la otra habilidad principal de un chófer, cambiar neumáticos pinchados, le llevó un par de horas. Cuando acabó la semana también sabía llenar el depósito, cambiar el aceite y ajustar los frenos. Si el coche no funcionaba, sabía comprobar si la batería se había descargado o si el conducto del combustible se había atascado.

Los caballos eran ya el transporte del pasado, le dijo Josef Vyalov. Los mozos de cuadra cobraban poco: había demasiados. Los chóferes escaseaban, y tenían buenos salarios.

Además, a Vyalov le gustaba disponer de un conductor que fuera lo bastante duro para hacer las veces de guardaespaldas.

El coche de Vyalov era un Packard Twin Six nuevo, una limusina de siete plazas. Los otros chóferes se quedaban impresionados. El modelo había salido al mercado apenas hacía unas semanas, y su motor de doce cilindros era la envidia incluso de los conductores del Cadillac V8.

A Lev no le impresionó tanto la mansión ultramoderna de Vyalov. En su opinión, parecía la vaqueriza más grande del mundo. Era alargada y baja, con grandes aleros voladizos. El jardinero jefe le dijo que era una «casa campestre» a la última moda.

—Si yo tuviera una casa tan grande, querría que pareciera un palacio —dijo Lev.

Pensó en escribir a Grigori y hablarle de todo aquello, de Buffalo, del empleo y del coche, pero dudó. Le habría gustado decirle que había apartado dinero para su pasaje, pero en realidad no había ahorrado nada. En cuanto tuviera un pellizco le escribiría, se prometió. Mientras tanto, Grigori no podría escribirle a él porque no conocía su dirección.

La familia Vyalov estaba compuesta por tres miembros: el propio Josef; su esposa, Lena, que apenas hablaba, y Olga, su hija, una bella joven de aproximadamente la edad de Lev y mirada audaz. Josef era atento y afable con su esposa, aunque pasaba la mayoría de las veladas fuera, con sus compinches. Con su hija, era afectuoso pero estricto. A menudo volvía a casa al mediodía para almorzar con ellas. Después, Lena y él echaban una siesta.

Mientras Lev esperaba para llevar de vuelta a Josef al centro, a veces charlaba con Olga.

A ella le gustaba fumar cigarrillos, algo que le tenía prohibido su padre, que había tomado la firme determinación de que fuera una dama respetable y se casara con algún miembro de la élite social. Había algunos lugares de la finca a los que Josef nunca iba, y el garaje era uno de ellos, por lo que Olga acudía allí para fumar. Se sentaba en el asiento trasero del Packard, su vestido de seda sobre el cuero nuevo, y Lev se apoyaba contra la portezuela, con un pie sobre el estribo, y hablaba con ella.

Era consciente de que estaba atractivo con el uniforme de chófer, y se echaba la gorra atrás. Pronto descubrió que la manera de complacer a Olga era halagarla por su pertenencia a la clase alta. A ella le encantaba que le dijera que caminaba como una princesa, que hablaba como la esposa del presidente y que vestía como una figura de la alta sociedad parisina. Era una esnob, como su padre. La mayor parte del tiempo, Josef era un bruto y un matón, pero Lev observó que se tornaba cortés, y adoptaba una actitud casi deferente, cuando se dirigía a hombres de condición elevada, como presidentes de banco y congresistas.

Lev tenía una intuición ágil, y pronto captó a Olga. Era una chica rica sobreprotegida que no daba rienda suelta a sus impulsos naturales románticos y sentimentales. A diferencia de las chicas que Lev había conocido en los suburbios de San Petersburgo, Olga no podía escabullirse para encontrarse con un chico al anochecer y dejar que la manoseara en la penumbra del portal de una tienda. Tenía veinte años y era virgen. Era incluso posible que nunca la hubieran besado.

Lev vio el partido de tenis desde cierta distancia, sin quitarle el ojo al cuerpo fuerte y esbelto de Olga, y al modo en que sus senos se movían bajo el algodón fino del vestido mientras corría por la pista. Jugaba contra un hombre muy alto que llevaba pantalones blancos de franela. De pronto, a Lev le pareció reconocerlo. Lo observó un rato y finalmente recordó dónde lo había visto antes. Había sido en la fábrica Putílov. Lev le timó un dólar y Grigori le preguntó si Josef Vyalov era de verdad un hombre poderoso en Buffalo. ¿Cómo se llamaba? Tenía el mismo nombre que una marca de whisky... Dewar, eso era. Gus Dewar.

Un grupo de media docena de jóvenes miraban el partido, las chicas con alegres vestidos veraniegos, los hombres con canotiers de paja. La señora Vyalov observaba el encuentro bajo un parasol con una sonrisa complacida. Una doncella uniformada le servía limonada.

Gus Dewar venció a Olga y ambos abandonaron la pista, donde otra pareja los reemplazó de inmediato. Olga aceptó osadamente el cigarrillo que le ofreció su oponente. Lev vio cómo él se lo encendía. Ansiaba ser uno de ellos, jugar al tenis con aquella bonita ropa y beber limonada.

Un golpe errado envió la pelota en su dirección. Él la recogió y, en lugar de lanzarla, la llevó hasta la pista y se la dio a uno de los jugadores. Miró a Olga. Estaba absorta en una animada conversación con Dewar, cautivándolo con una actitud coqueta, como hacía con Lev en el garaje. Sintió una punzada de celos y le dieron ganas de darle un puñetazo en la boca al tipo alto. Olga lo miró y él le brindó su sonrisa más encantadora, pero ella apartó la mirada sin saludarlo. Los demás jóvenes no le hicieron el menor caso.

Era perfectamente normal, se dijo: una chica podía mostrarse simpática con el chófer mientras fumaban en el garaje y luego tratarlo como a un mueble cuando estaba rodeada de sus amigos. Aun así, se sintió herido en el orgullo.

Se dio la vuelta... y vio al padre de Olga acercándose a la pista de tenis por el sendero de grava. Vyalov llevaba un elegante traje con chaleco. Había ido a saludar a los invitados de su hija antes de volver a sus negocios en el centro, supuso Lev.

En cualquier instante vería a Olga fumando, y el castigo sería inimaginable.

Lev no lo pensó dos veces: en dos zancadas cruzó hasta donde Olga estaba sentada y, con un gesto raudo, le arrebató el cigarrillo encendido de entre los dedos.

—¡Eh! —protestó ella.

Gus Dewar arrugó la frente y le preguntó:

—¿Qué diablos te propones?

Lev se dio la vuelta y se llevó el cigarrillo a la boca. Un instante después, Vyalov lo alcanzó.

—¿Qué estás haciendo aquí? —le espetó con sequedad—. Saca el coche.

—Sí, señor —obedeció Lev.

—Y apaga el maldito cigarrillo cuando hables conmigo.

Lev descabezó la colilla y se la guardó en el bolsillo.

—Discúlpeme, señor Vyalov. Ha sido un descuido.

—Asegúrate de que no se repita.

—Sí, señor.

—Y ahora, vete.

Lev se alejó precipitadamente, y luego volvió la mirada atrás. El joven se había puesto en pie de un salto y Vyalov estrechaba una mano tras otra con aire jovial. Olga, con aspecto de sentirse culpable, le presentaba a sus amigos. Habían estado a punto de sorprenderla in fraganti. Sus ojos se cruzaron con los de Lev, y le dirigió una mirada de agradecimiento.

Lev le guiñó un ojo y siguió andando.

IV

En el salón de Ursula Dewar había pocos muebles, todos muy valiosos en diferentes sentidos: un busto de mármol obra de Elie Nadelman, una primera edición de la Biblia de Ginebra, una única rosa en un jarrón de cristal tallado y una fotografía enmarcada de su abuelo, que había abierto uno de los primeros grandes almacenes de Estados Unidos. Cuando Gus entró, a las seis en punto, su madre estaba sentada, ataviada con un vestido de noche de seda, y leía una novela titulada *El buen soldado*.

—¿Qué tal está el libro? —le preguntó.

—Es extraordinariamente bueno, aunque, paradójicamente, he oído que el autor es un auténtico canalla.

Gus le preparó un Old Fashioned como a ella le gustaba, con angostura pero sin azúcar. Estaba nervioso. «A mi edad no debería temer a mi madre», pensó. Pero la mujer podía ser mordaz. Le tendió la copa.

—Gracias —dijo ella—. ¿Estás disfrutando tu descanso estival?

—Mucho.

—Temía que por estas fechas estuvieras ya ansioso por regresar a la emoción de Washington y de la Casa Blanca.

Gus también había esperado eso, pero las vacaciones le habían proporcionado placeres inesperados.

—Volveré en cuanto lo haga el presidente, pero mientras tanto me estoy divirtiendo mucho.

—¿Crees que Woodrow va a declararle la guerra a Alemania?

—Confío en que no. Los alemanes están dispuestos a recular, pero quieren que nosotros dejemos de vender armas a los aliados.

—¿Y dejaremos de hacerlo? —Ursula era de ascendencia alemana, al igual que aproximadamente la mitad de la población de Buffalo, pero al hablar en plural se refería a los estadounidenses y se contaba entre ellos.

—Por supuesto que no. Nuestras fábricas están ganando mucho dinero con los pedidos británicos.

—Entonces, ¿la situación está en un punto muerto?

—No, todavía. Seguimos tanteándonos. Mientras tanto, como para recordarnos las presiones a las que están sometidos los países neutrales, Italia se ha unido a los aliados.

—¿Cambiará eso algo?

—No lo suficiente. —Gus respiró hondo—. Esta tarde he ido a jugar al tenis a la finca de los Vyalov —dijo. El tono de su voz no resultó tan despreocupado como había pretendido.

—¿Has ganado, querido?

—Sí. Tienen una casa campestre. Es impresionante.

—Los *nouveau riches*…

—Supongo que hubo un tiempo en que nosotros también fuimos *nouveau riches*, ¿no es así? ¿Cuando tu abuelo abrió su almacén, tal vez?

—Resultas tedioso cuando hablas como un socialista, Angus, aunque sé que no es tu intención hacerlo. —Tomó un sorbo del cóctel—. Mmm, es perfecto.

Gus inspiró una larga bocanada de aire.

—Madre, ¿me harías un favor?

—Por supuesto, querido, siempre que esté en mis manos.

—No va a gustarte.

—¿De qué se trata?

—Quiero invitar al té a la señorita Vyalov.

Su madre bajó la copa con un movimiento pausado y cuidado.

—Entiendo —dijo.

—¿No vas a preguntar por qué?

—Sé por qué —repuso ella—. Solo hay una razón posible. He conocido a la deslumbrante y cautivadora hija.

—No tienes por qué enojarte. Vyalov es un hombre prominente en esta ciudad, y muy poderoso. Y Olga es un ángel.

—Si no un ángel, al menos sí cristiana.

—Los Vyalov son rusos ortodoxos —dijo Gus. «Quizá debería poner todas las malas noticias sobre la mesa», pensó—. Van a la iglesia de los Santos Pedro y Pablo, en Ideal Street. —Los Dewar eran episcopalianos.

—Pero no judía, gracias a Dios. —La madre había temido durante algún tiempo que Gus se casara con Rachel Abramov, que le había gustado mucho a su hijo pero a la que nunca había llegado a amar—. Y supongo que podemos estar agradecidos de que Olga no sea una cazafortunas.

—En efecto, no lo es. Diría incluso que Vyalov es más rico que papá.

—No tengo la menor idea.

Se suponía que las mujeres como Ursula no entendían de dinero. Gus, en cambio, sospechaba que todas sabían hasta el último centavo que poseían sus respectivos esposos y los de las demás, pero tenían que fingir ignorancia.

Su madre no parecía tan enojada como él había esperado.

—Entonces, ¿lo harás? —preguntó él, ansioso.

—Por supuesto. Enviaré una nota a la señorita Vyalov.

Gus se sintió eufórico, pero un nuevo temor lo asaltó.

—Por cierto, no invitarás a tus amigas esnobs para que hagan sentirse inferior a la señorita Vyalov…

—Yo no tengo amigas esnobs.

El comentario era demasiado absurdo siquiera para replicar.

—Invita a la señora Fischer, es simpática. Y a tía Gertrude.

—Muy bien.

—Gracias, mamá. —Gus experimentó un gran alivio, como si hubiese sobrevivido a una ordalía—. Sé que Olga no es la prometida que habrías soñado para mí, pero estoy seguro de que le tomarás cariño enseguida.

—Mi querido hijo, tienes casi veintiséis años. Tal vez hace cinco habría intentado convencerte de que no te casaras con la hija de un turbio empresario. Pero últimamente me he preguntado si llegaré a tener nietos. Si en estos momentos anunciases que deseas casarte con una camarera polaca divorciada, me temo que mi principal preocupación radicaría en si sería lo bastante joven para tener hijos.

—No te precipites… Olga no ha accedido aún a casarse conmigo. Ni siquiera se lo he pedido.

—¿Cómo se va a resistir a ti? —Se puso en pie y le besó—. Y ahora, prepárame otra copa.

V

—¡Me has salvado la vida! —le dijo Olga a Lev—. Papá me habría matado.

Lev sonrió.

—Lo vi llegar. Tuve que reaccionar deprisa.

—Te estoy tan agradecida… —dijo Olga, y le besó en los labios.

Lev se quedó perplejo. Ella se apartó antes de que él pudiera aprovecharse, pero Lev sintió de pronto que su relación había cambiado por completo. Nervioso, echó un vistazo a su alrededor en el garaje, pero estaban solos.

Ella sacó una cajetilla de cigarrillos y se llevó uno a los labios. Él lo encendió, emulando lo que Gus Dewar había hecho el día anterior. Era un gesto íntimo, que obligaba a la mujer a agachar la cabeza y permitía al hombre mirarle fijamente los labios. Tenía algo de romántico.

La joven se recostó contra el respaldo del asiento trasero del Packard y exhaló el humo. Lev subió al coche y se sentó a su lado. Ella no puso objeción. Él se encendió también un cigarrillo. Permanecieron sentados un rato en la penumbra; el humo de sus cigarrillos se mezclaba con el olor a aceite, a cuero y al perfume floral que Olga se había puesto.

—Espero que hayas disfrutado del partido de tenis —comentó Lev para romper el silencio.

Ella suspiró.

—Todos los chicos de esta ciudad temen a mi padre —dijo—. Creen que les pegaría un tiro si me besaran.

—¿Les pegaría un tiro?

Olga se rió.

—Es probable.

—Yo no lo temo. —Lev no mentía. No era que no le tuviera miedo, tan solo intentaba no hacer caso de sus temores, con la esperanza de que su labia le permitiría salir airoso de cualquier apuro.

Pero ella parecía incrédula.

—¿De veras?

—Por eso me contrató. —Aquella afirmación tampoco era una mentira—. Pregúntaselo.

—Lo haré.

—Le gustas mucho a Gus Dewar.

—A mi padre le encantaría que me casara con él.

—¿Por qué?

—Es rico, su familia pertenece a la rancia aristocracia de Buffalo, y su padre es senador.

—¿Siempre haces lo que tu papá quiere?

Ella dio una larga calada al cigarrillo.

—Sí —contestó, y exhaló el humo.

—Me encanta mirarte los labios cuando fumas —dijo Lev.

Ella no respondió, pero le dirigió una mirada especulativa.

Para Lev, aquello fue una invitación, y la besó.

Ella emitió un leve gemido y lo empujó débilmente con una mano contra el pecho, pero ninguna de esas protestas fue lo bastante firme. Él arrojó el cigarrillo fuera del coche y posó la mano sobre sus pechos. Ella le aferró la muñeca, como para apartársela, pero en lugar de hacerlo la apretó aún más contra su tierna carne.

Lev acarició con la lengua sus labios cerrados. Ella apartó la cabeza y lo miró atónita. Él comprendió que Olga no sabía nada de aquella clase de besos. Realmente no tenía experiencia.

—No pasa nada —dijo él—. Confía en mí.

Ella tiró también el cigarrillo, atrajo a Lev contra sí, cerró los ojos y lo besó con la boca abierta.

Después de eso, todo transcurrió muy deprisa. Había en el deseo de la chica un anhelo desesperado. Lev había estado con varias mujeres, y prefería dejar que fueran encontrando su ritmo. No se podía apremiar a una mujer titubeante, ni frenar a una impaciente. Cuando su mano se abrió paso entre la ropa interior de Olga y acarició el suave montículo de su sexo, ella se excitó de tal modo que sollozó. Si era cierto que había llegado a los veinte años sin ser besada por ninguno de los tímidos chicos de Buffalo, debía de haber acumulado gran cantidad de frustración, supuso él. Levantó las caderas con ganas para que él le bajara las calzas. Cuando la besó entre las piernas, ella soltó un grito de sorpresa y excitación. Tenía que ser virgen, pero él también estaba demasiado excitado para que tal pensamiento le hiciera vacilar.

Olga estaba tendida de espaldas, con un pie sobre el asiento y el otro en el suelo, la falda enrollada a la cintura, los muslos separados, preparados para él. Tenía la boca abierta y la respiración agitada. Lo miró con ojos anhelantes mientras él se desabotonaba. La penetró con cuidado, consciente de la delicadeza de esa parte de la anatomía femenina, pero ella lo agarró por las caderas y lo apretó contra sí impaciente, como si temiera que en el último momento fueran a privarla de lo que deseaba. Él sintió cómo la membrana de su virginidad se le resistía brevemente y luego se rompía con facilidad, provocando en ella apenas un gemido, como una punzada de dolor que remitía con la misma rapidez con que había llegado. Ella se movía a su propio ritmo, y de nuevo Lev dejó que Olga lo impusiera, percibiendo que estaba respondiendo a una llamada que no le sería denegada.

Aquel fue el acto amoroso más apasionante de todos cuantos había experimentado. Algunas chicas eran expertas; otras, inocentes, pero fáciles de complacer; algunas ponían esmero en satisfacer al hombre antes de buscar su propio placer. Pero Lev nunca había topado con un ansia tan salvaje como la de Olga, y eso lo encendía sin mesura.

Se contuvo. Olga gritó y él le tapó la boca con una mano para silenciar el chillido. Ella corcoveó como un potro, y luego hundió la cara en el hombro de él. Con un grito sofocado, alcanzó el clímax, y un instante después él la siguió.

Lev se echó a un lado y se sentó en el suelo. Ella se quedó inmóvil, jadeando. Ninguno de los dos habló durante unos instantes. Al final, ella se sentó.

—Oh, Dios —dijo—. No sabía que sería así.

—No suele serlo —respondió él.

Hubo un silencio largo, reflexivo, y luego ella dijo, con voz más tenue:

—¿Qué he hecho?

Él no contestó.

Ella recogió las calzas del suelo y se las puso. Se quedó sentada un momento más, recuperando el aliento, y después bajó del coche.

Lev la miró, esperando a que dijera algo, pero no lo hizo. Se encaminó a la puerta trasera del garaje, la abrió y se marchó.

Pero al día siguiente volvió.

VI

Edith Galt aceptó la propuesta de matrimonio del presidente Wilson el 29 de junio. En julio, el presidente regresó temporalmente a la Casa Blanca.

—Tengo que volver a Washington unos días —le dijo Gus a Olga mientras paseaban por el zoológico de Buffalo.

—¿Cuántos días?

—Los que me necesite el presidente.

—¡Es fascinante!

Gus asintió.

—Es el mejor trabajo del mundo, pero me impide ser dueño de mí mismo. Si la crisis con Alemania se agrava, podría pasar mucho tiempo antes de que pudiera volver a Buffalo.

—Te echaremos de menos.

—Yo te echaré de menos a ti. Nos hemos hecho muy amigos desde que volví.

Habían montado en barca en Delaware Park y se habían bañado en Crystal Beach; habían remontado el río hasta Niágara en los vapores y cruzado el lago hasta la orilla canadiense, y habían jugado al tenis día sí día no… siempre con un grupo de amigos y siempre bajo la atenta mirada de al menos una madre que hacía las veces de carabina. Ese día, la señora Vyalov iba con ellos, unos pasos por detrás y charlando con Chuck Dixon.

—Me pregunto si te haces una idea de cuánto te echaré de menos —prosiguió Gus.

Olga sonrió, pero no contestó.

—Ha sido el verano más feliz de mi vida —añadió él.

—¡Para mí también! —dijo ella, haciendo girar la sombrilla de topos de color rojo y blanco.

Aquel comentario colmó de alegría a Gus, aunque no estaba convencido de que fuera su compañía lo que la había hecho feliz. No lograba comprender a Olga. Ella siempre parecía alegrarse de verlo, y disfrutar charlando con él hora tras hora. Pero él no había percibido ninguna emoción, ninguna muestra de que sus sentimientos hacia él fueran apasionados y no meramente amistosos. Ninguna chica respetable, claro está, debía dar tales muestras, al menos hasta que estuviera prometida, pero aun así Gus estaba desconcertado. Quizá eso fuera parte del atractivo de la joven.

Recordó nítidamente que Caroline Wigmore le había comunicado sus necesidades con una inequívoca claridad. Se sorprendió pensando mucho en ella, la única otra mujer a la que había amado en la vida. Si ella era capaz de verbalizar lo que necesitaba, ¿por qué Olga no? Pero Caroline era una mujer casada, mientras que Olga era una chica virgen que había crecido bien protegida.

Gus se detuvo frente al foso de los osos, y ambos contemplaron un pequeño ejemplar marrón que estaba sentado y que también los miraba.

—Me pregunto si todos nuestros días serán así de felices —dijo Gus.

—¿Por qué no? —repuso ella.

¿Lo estaba alentando? Él la miró. Ella siguió observando al oso sin devolverle la mirada. Él escrutó sus ojos azules, la tenue curva de su mejilla rosada, la piel delicada de su cuello.

—Ojalá fuera Tiziano —dijo—. Te pintaría.

Su madre y Chuck pasaron por su lado y siguieron caminando, dejando a Gus y a Olga atrás. Tendrían pocas oportunidades de volver a quedarse solos.

Ella lo miró al fin, y a Gus le pareció ver algo parecido al cariño en sus ojos. Eso le infundió coraje. Pensó: «Si un presidente que hace menos de un año que ha enviudado puede, sin duda yo también».

—Te amo, Olga —declaró

Ella no respondió, pero siguió mirándolo.

Él tragó saliva. Seguía sin saber comprenderla.

—¿Existe alguna posibilidad…? ¿Puedo albergar la esperanza de que algún día tú también me ames? —Mantuvo la mirada clavada en sus ojos y contuvo el aliento. En ese momento, ella tenía su vida en las manos.

Hubo una larga pausa. ¿Estaba meditando? ¿Sopesándolo? ¿O tan solo dudaba ante una decisión trascendental para su vida?

Finalmente, Olga sonrió y dijo:

—Oh, sí.

Él apenas daba crédito.

—¿De veras?

Ella se rió con alegría.

—De veras.

Gus tomó una de sus manos.

—¿Me amas?

Ella asintió.

—Tienes que decirlo.

—Sí, Gus. Te amo.

Él le besó la mano.

—Hablaré con tu padre antes de irme a Washington.

Ella sonrió.

—Creo que sé lo que dirá.

—Después podremos decírselo a todos.

—Sí.

—Gracias —dijo fervientemente—. Me has hecho muy feliz.

VII

Gus llamó al despacho de Josef Vyalov por la mañana y pidió permiso formalmente para proponer matrimonio a su hija. Vyalov se declaró encantado. Aunque esa era la respuesta que Gus había esperado, el alivio que sintió al oírla le provocó cierta flojera.

Gus se encontraba ya camino de la estación para tomar el tren a Washington, por lo que convinieron en celebrar el enlace en cuanto pudiera regresar. Mientras tanto, Gus accedió de buen grado a dejar la planificación de la boda en manos de la madre de Olga.

Al entrar en la Estación Central por Exchange Street, se encontró a Rosa Hellman, que salía de ella con un sombrero rojo y un pequeño bolso de viaje.

—Hola —dijo—. ¿Puedo ayudarte con el equipaje?

—No, gracias, no pesa —contestó ella—. Solo he pasado fuera una noche. He ido a una entrevista en una agencia de noticias.

Gus arqueó las cejas.

—¿Para un trabajo como reportera?

—Sí… y me lo han dado.

—¡Enhorabuena! Disculpa que parezca sorprendido… Creía que no contrataban a mujeres…

—No es habitual, pero tampoco soy la primera. *The New York Times* contrató a su primera periodista en 1869. Se llamaba Maria Morgan.

—¿De qué te encargarás?

—Seré la ayudante de su corresponsal en Washington. La verdad es que la vida amorosa del presidente les ha llevado a creer que necesitan a una mujer allí. Los hombres son propensos a pasar por alto historias románticas.

Gus se preguntó si habría mencionado su amistad con uno de los asesores más próximos a Wilson. Supuso que lo habría hecho: los reporteros nunca se andaban con remilgos. Sin duda eso habría contribuido a que le dieran el empleo.

—Yo vuelvo ahora —dijo él—. Supongo que nos veremos allí.

—Eso espero.

—También tengo buenas noticias —añadió el joven con alegría—. Le he propuesto matrimonio a Olga Vyalov… y ha aceptado. Vamos a casarnos.

Ella lo miró largo rato, y al final dijo:

—Idiota.

Si en lugar de insultarlo lo hubiera abofeteado, Gus no se habría quedado más sorprendido. La miró fijamente, boquiabierto.

—Maldito idiota —le espetó ella, y se alejó.

VIII

Dos estadounidenses más murieron el 19 de agosto cuando los alemanes torpedearon otro gran transatlántico británico, el *Arabic*.

Gus lamentaba las víctimas, pero le horrorizaba aún más que Estados Unidos se viera arrastrado inexorablemente al conflicto europeo. Tenía la impresión de que el presidente estaba al límite. Gus quería casarse en un mundo de paz y felicidad; le aterraba un futuro asolado por el caos, la crueldad y la destrucción de la guerra.

Siguiendo las instrucciones de Wilson, Gus informó a varios periodistas, de forma extraoficial, de que el presidente estaba a punto de romper las relaciones diplomáticas con Alemania. Mientras tanto, el nuevo secretario de Estado, Robert Lansing, trataba de llegar a algún acuerdo con el embajador alemán, el conde Johann von Bernstorff.

Podía ser un grave error, pensó Gus. Los alemanes podían poner a Wilson en evidencia y desafiarlo. Y entonces, ¿qué haría él? Si no hacía nada, quedaría como un necio. Le dijo a Gus que romper las relaciones diplomáticas no conduciría necesariamente a la guerra. Gus se quedó con la aterradora sensación de que la crisis estaba fuera de control.

Pero el káiser no quería entrar en guerra con Estados Unidos y, para inmenso alivio de Gus, la apuesta de Wilson mereció la pena. A finales de agosto, los alemanes prometieron no atacar barcos de pasajeros sin previa advertencia. Aquello no suponía una tranquilidad del todo satisfactoria, pero puso fin a la situación de punto muerto.

Los periódicos estadounidenses, que obviaron los matices, se mostraron eufóricos. El 2 de septiembre, Gus le leyó a Wilson con aire triunfal un párrafo de un artículo muy elogioso de aquel mismo día, publicado en el *Evening Post* de Nueva York.

—«Sin movilizar un regimiento ni reunir una flota, gracias a una perseverancia tenaz e inquebrantable para defender el bien, ha forzado la rendición de la más ufana, la más arrogante y la mejor armada de las naciones.»

—Todavía no se han rendido —dijo el presidente.

IX

Una tarde de finales de septiembre, llevaron a Lev al almacén, lo desnudaron y le ataron las manos a la espalda. Acto seguido, Vyalov salió de su despacho.

—Canalla —dijo—. Maldito canalla.

—¿Qué he hecho? —se defendió Lev.

—Ya sabes lo que has hecho, perro sarnoso —contestó Vyalov.

Lev estaba aterrado. No podía salir airoso de aquella situación gracias a su labia si Vyalov no lo escuchaba.

Su jefe se quitó la chaqueta y se arremangó la camisa.

—Tráemelo —ordenó.

Norman Niall, su enclenque contable, fue al despacho y volvió con un knut.

Lev lo miró fijamente. Era el típico modelo ruso, tradicionalmente utilizado para castigar a los criminales. Tenía una empuñadura larga de madera y tres correas de cuero, cada una de ellas rematada por una bola de plomo. Lev nunca había sido azotado, pero había visto hacerlo. En las regiones rurales era un castigo habitual para el hurto y el adulterio. En San Petersburgo, el knut se empleaba a menudo con transgresores políticos. Veinte latigazos lisiaban a un hombre; cien lo mataban.

Vyalov, ataviado aún con el chaleco, del que colgaba la cadena de oro del reloj, sopesó el knut. Niall soltó una risilla nerviosa. Ilya y Theo miraban con interés.

Lev se encogió de miedo, se volvió de espaldas y se agarró a la pila de neumáticos. El látigo llegó con un silbido cruel y le mordió el cuello y los hombros. Lev aulló de dolor.

Vyalov volvió a restallar el látigo. Esta vez dolió más.

Lev no podía creer lo insensato que había sido. Se había acostado con la hija virgen de un hombre poderoso y violento. ¿En qué había pensado? ¿Por qué nunca conseguía resistir la tentación?

Vyalov volvió a darle un latigazo. En esta ocasión, Lev se hizo a un lado para intentar eludir el knut. Solo le rozaron los extremos de las correas, que se clavaron sin piedad en su carne, y él volvió a gritar de dolor. Intentó zafarse, pero los hombres de Vyalov lo devolvieron a su sitio, riéndose.

Vyalov alzó de nuevo el látigo, empezó a bajarlo… y se detuvo a medio camino cuando Lev trató de esquivarlo; entonces le dio el latigazo. Lev tenía las piernas rajadas, y las heridas sangraban. Cuando Vyalov lo azotó otra vez, se apartó desesperadamente, tropezó y cayó al suelo de cemento. Se quedó tumbado de espaldas, perdiendo fuerzas por momentos, y Vyalov le fustigó y le alcanzó en el vientre y los muslos. Lev rodó sobre sí mismo, demasiado mortificado y aterrado para ponerse en pie, pero el knut siguió torturándolo. Hizo acopio de energía para gatear unos pasos como un bebé, pero resbaló con su propia sangre, y el látigo cayó de nuevo sobre él. Dejó de gritar: no le quedaba aliento. Concluyó que Vyalov lo azotaría hasta matarlo. Empezó a desear que el final llegara pronto.

Pero Vyalov le negó tal alivio. Soltó el knut, jadeando por el esfuerzo.

—Debería matarte —dijo cuando recuperó la respiración—, pero no puedo.

Lev estaba desconcertado. Yacía en un charco de sangre, con la mirada clavada en su torturador.

—Está embarazada —reveló Vyalov.

Aturdido por el miedo y el dolor, Lev intentó pensar. Había usado preservativo. Era fácil comprarlos en cualquier ciudad grande del país. Siempre lo había usado… excepto aquella vez, claro, cuando él no esperaba que ocurriera nada… y tampoco cuando ella le enseñó la casa, en la que no había nadie, y lo hicieron en la gran cama de la habitación de invitados… ni aquel otro día, en el jardín al anochecer…

Cayó en la cuenta de que habían sido varias veces.

—Iba a casarse con el hijo del senador Dewar —dijo Vyalov, y él captó la acritud y también la ira en su voz áspera—. Mi nieto podría haber sido presidente.

A Lev le costaba pensar con claridad, pero comprendió que tendrían que suspender la boda. Gus Dewar no se casaría con una chica embarazada de otro, por mucho que la amara. A menos que…

Lev consiguió gruñir unas cuantas palabras.

—No tiene por qué tener el bebé… En esta misma ciudad hay médicos que…

Vyalov levantó el knut con un gesto raudo y Lev se ovilló.

—¡Ni se te ocurra pensar en eso! ¡Va contra la voluntad de Dios! —gritó Vyalov.

Lev se sorprendió. Todos los domingos llevaba a la familia Vyalov a la iglesia, pero él había dado por hecho que la religión era una impostura de Josef. El hombre vivía de la deshonra y la violencia. ¡Y, con todo, no soportaba oír hablar del aborto! Le dieron ganas de preguntarle si la Iglesia no prohibía el soborno y la tortura.

—¿Puedes imaginar la humillación que me estás causando? —espetó Vyalov—. Todos los periódicos de la ciudad han anunciado el enlace. —Su rostro se encendió y su voz se transformó en un rugido—. ¿Qué voy a decirle al senador Dewar? ¡He reservado la iglesia! ¡He contratado cocineros! ¡Las invitaciones están en la imprenta! Ya estoy viendo a la señora Dewar, esa vieja orgullosa y malnacida, riéndose de mí, con la cara oculta tras sus arrugadas manos… ¡Y todo por culpa de un maldito chófer!

Volvió a levantar el knut, pero lo arrojó al suelo con violencia.

—No puedo matarte. —Se volvió hacia Theo—. Lleva al médico a este imbécil —ordenó—. Que lo remienden. Va a casarse con mi hija.

16

Junio de 1916

I

¿Podemos hablar, muchacho? —preguntó el padre de Billy.

El muchacho se quedó anonadado. Durante casi dos años, desde que había dejado de acudir al templo de Bethesda, apenas habían conversado. Siempre se respiraba cierta tensión en la pequeña casa de Wellington Row. Billy prácticamente había olvidado lo que era oír voces amables charlando con distensión en la cocina, o incluso las voces más elevadas de las apasionadas discusiones que solían mantener. El ambiente negativo era una de las dos razones por las que Billy se había alistado en el ejército.

En ese momento, el tono de su padre sonó casi humilde. Billy lo miró con detenimiento a la cara. Su expresión le transmitía lo mismo: ausencia de agresividad y de actitud desafiante, solo le comunicaba un deseo.

En cualquier caso, Billy no estaba preparado para seguirle la corriente.

—¿Para qué? —preguntó.

Su padre abrió la boca para espetar la respuesta, pero fue evidente que se contuvo.

—He actuado movido por el orgullo —dijo—. Eso es pecado. Puede que tú también hayas sido orgulloso, pero esa es una cuestión entre el Señor y tú, y no justifica mi comportamiento.

—Has tardado dos años en darte cuenta.

—Me habría costado aún más si no llegas a alistarte en el ejército.

Billy y Tommy se habían presentado voluntarios el año anterior, y habían mentido sobre su edad. Se habían unido al 8.º Batallón de Fusileros Galeses, conocido con el sobrenombre de Aberowen Pals, los

Amigos de Aberowen. Esos batallones eran una idea novedosa. Los componían hombres de la misma población que tenían un fuerte sentido de la unidad a la hora de prepararse y combatir junto a personas con las que habían crecido. Se creía que era positivo para la moral de las tropas.

El grupo de Billy había realizado un año de formación, gran parte de la misma en un nuevo campamento militar levantado a las afueras de Cardiff. Él había disfrutado. Aquello era más fácil que trabajar en la mina de carbón y mucho menos peligroso. Además de sufrir un aburrimiento considerable y cansino —«entrenamiento militar» a menudo era sinónimo de «espera»—, habían practicado deporte y diversos juegos, así como gozado de la camaradería de un grupo de hombres jóvenes con los que compartir nuevos aprendizajes. Durante un largo período sin nada que hacer, había escogido un libro de forma aleatoria y había leído la obra teatral *Macbeth*. Para su sorpresa, encontró la historia emocionante y la poesía, extrañamente fascinante. El lenguaje de Shakespeare no resultaba difícil para alguien que había pasado tantas horas estudiando el inglés del siglo XVII de la Biblia protestante. Desde esa primera lectura, había leído la obra completa del dramaturgo y había releído los mejores títulos varias veces.

En ese momento, cuando el entrenamiento ya había finalizado, los Pals dispusieron de un permiso de dos días antes de partir para Francia. Su padre pensó que aquella podría ser la última ocasión en que viera vivo a Billy. Esa sería la razón por la que se humillaba al hablar.

Billy miró el reloj. Había ido a despedirse de su madre. Planeaba pasar su permiso en Londres, con su hermana Ethel y su atractiva inquilina. El hermoso rostro de Mildred, con sus labios rojos y sus graciosos dientes de conejo, se le había grabado a fuego en la memoria desde que ella lo había dejado anonadado al decir eso de: «¡Joder! ¿Eres Billy?». Tenía el macuto en el suelo, junto a la puerta, cargado y listo para partir. Llevaba las obras completas de Shakespeare en su interior. Tommy estaba esperándolo en la estación.

—Tengo que coger un tren —dijo.

—Hay muchos trenes —respondió su padre—. Siéntate, Billy... por favor.

Billy no se sentía cómodo en presencia de su progenitor con esa actitud. Su padre podía ser estricto, arrogante y severo, pero al menos era fuerte. El muchacho no quería ver cómo flaqueaba.

El abuelo se encontraba en su asiento de costumbre, escuchando.

—Venga, sé buen chico, Billy —dijo, intentando sonar convincente—. Dale una oportunidad a tu padre, ¿vale?

—Está bien. —Billy se sentó a la mesa de la cocina.

Su madre llegó del lavadero.

Se hizo un momento de silencio. El muchacho se dio cuenta de que podía no volver jamás a esa casa. Al regresar del campamento militar, se había percatado por primera vez de que su casa era pequeña, de que las habitaciones eran oscuras y de que el aire estaba cargado por el olor al polvillo del carbón y los aromas de la cocina. Después de vivir en el ambiente distendido de bromas y guasas de los barracones, comprendió que en aquella casa lo habían criado con una rectitud regida por los más estrictos mandamientos bíblicos, en la que la mayoría de las manifestaciones más humanas o espontáneas no encontraban cabida. Y, con todo, la idea de marcharse lo entristecía. No era solo por el lugar, era por la vida que estaba dejando atrás. Allí, todo había sido simple. Creía en Dios, obedecía a su padre y confiaba en sus compañeros de la mina. Los dueños eran malos, el sindicato protegía a los hombres y el socialismo les ofrecía un futuro más esperanzador. Pero la vida no era tan simple. Quizá regresara a Wellington Row, pero jamás volvería a ser el muchacho que había vivido allí.

Su padre entrelazó las manos, cerró los ojos y dijo:

—Oh, Señor, ayuda a tu siervo a ser humilde y manso como lo fuera Jesús. —Entonces abrió los ojos y preguntó—: ¿Por qué lo hiciste, Billy? ¿Por qué te alistaste?

—Porque estamos en guerra —respondió su hijo—. Te guste o no, tenemos que combatir.

—Pero ¿es que no entiendes...? —Su padre se calló y levantó las manos para hacer un gesto apaciguador—. Volveré a empezar. No te creerás eso que dicen los periódicos de que los alemanes son demonios que se dedican a violar monjitas, ¿no?

—No —repuso Billy—. Todo lo que los periódicos han dicho siempre sobre los mineros ha sido mentira, así que supongo que no cuentan la verdad sobre los alemanes.

—Yo opino que esta es una guerra capitalista que no tiene nada que ver con los trabajadores —dijo su padre—. Pero puedes no estar de acuerdo.

Billy estaba asombrado ante el esfuerzo que estaba haciendo su padre por mostrarse conciliador. Nunca antes le había escuchado decir la frase «puedes no estar de acuerdo».

—No sé mucho sobre capitalismo —replicó—, pero espero que tengas razón. De todas formas, alguien tiene que parar los pies a los alemanes. ¡Se creen que están destinados a dominar el mundo!

—Somos ingleses —añadió su padre—. Nuestro imperio mantiene el dominio sobre más de cuatrocientos millones de personas. Muy pocas de ellas tienen derecho a voto. No poseen control sobre sus países. Pregúntale al inglés de a pie el porqué y te responderá que nuestro destino es dominar a los pueblos inferiores. —El padre de Billy separó las manos con un gesto que expresaba el pensamiento: «¿Acaso no resulta evidente?»—. Billy, muchacho, no son los alemanes los que creen que deberían dominar el mundo, ¡somos nosotros!

Billy suspiró. Estaba de acuerdo con todo lo que había dicho su padre.

—Pero están atacándonos. Puede que las razones para la guerra no sean las adecuadas, pero, sea como sea, tenemos que luchar.

—¿Cuántos hombres han muerto en los últimos dos años? —preguntó su padre—. ¡Millones! —Alzó un poco el tono, pero estaba más triste que enfadado—. Y así seguirá siendo mientras haya jóvenes que estén dispuestos a matar sea como sea, como tú has dicho.

—Seguirá siendo así hasta que alguien gane, imagino.

—Supongo que te da miedo que la gente piense que estás asustado —terció la madre.

—No —respondió Billy, pero su madre tenía razón.

Las explicaciones racionales que daba para haberse alistado no eran toda la verdad. Como siempre, su madre había adivinado lo que en realidad sentía. Durante casi dos años había estado oyendo y leyendo que jóvenes sanos y fuertes como él eran unos cobardes por no ir al frente. Lo decían los periódicos, la gente lo comentaba en las tiendas y en los pubs, en el centro de Cardiff las chicas guapas entregaban plumas blancas a cualquier chico que no fuera vestido de uniforme y los sargentos encargados de reclutar soldados insultaban a los jóvenes vestidos de civil que se cruzaban por la calle. Billy sabía que era una cuestión propagandística, pero le afectaba de todas formas. Le resultaba difícil soportar la idea de que los demás creyeran que era un cobarde.

Fantaseaba con explicar, a aquellas chicas que entregaban las plumas blancas, que la extracción del carbón era más peligrosa que estar en el ejército. Con la salvedad de los hombres que se encontraban en primera línea del frente, la mayoría de los soldados tenían menos probabilidad de morir que un minero. Y Gran Bretaña necesitaba el carbón. Era el combustible de la mitad de la Armada. En realidad, el gobierno había dicho que no quería que los mineros participasen en la guerra. Pero nada de todo aquello le había hecho cambiar de opinión. Desde que se había puesto la áspera guerrera de color caqui, los pantalones, las botas nuevas y la gorra de visera, se había sentido mejor.

—Dicen que vamos a lanzar una ofensiva importante a finales de mes —comentó su padre.

Billy asintió en silencio.

—Los oficiales no sueltan prenda, pero está en boca de todos. Espero que a eso se deban estas prisas repentinas por llevar a más hombres a esa zona.

—Los periódicos dicen que esta podría ser la contienda que cambie las tornas… el principio del fin.

—En cualquier caso, esperemos que así sea.

—Ahora tendríais que tener artillería suficiente, gracias a Lloyd George.

—Sí.

El año anterior habían sufrido escasez de proyectiles. El revuelo que se había armado en los periódicos por el Escándalo de los Proyectiles había estado a punto de provocar la destitución del primer ministro británico. Asquith había creado una coalición de gobierno y la nueva cartera de ministro de Municiones; había asignado el cargo al hombre más popular del gabinete, David Lloyd George. Desde entonces, la producción armamentística había remontado.

—Intenta cuidarte —le pidió su padre.

—No te hagas el héroe —le dijo su madre—. Déjaselo a los que empezaron la guerra: a los de clase alta, a los conservadores, a los oficiales. Limítate a hacer lo que te ordenen.

—La guerra es la guerra. No existe una forma segura de hacerla —terció el abuelo.

Billy se dio cuenta de que estaban despidiéndose. Sintió unas ganas repentinas de llorar e intentó contenerse.

—Pues eso es todo —dijo, y se levantó.

El abuelo le estrechó la mano. Su madre lo besó. Su padre le dio un apretón de manos, luego se dejó llevar por un impulso y le dio un abrazo. Billy no recordaba cuándo había sido la última vez que lo había hecho.

—Que Dios te bendiga y te proteja, Billy —dijo su padre, a quien se le saltaban las lágrimas.

El muchacho estuvo a punto de derrumbarse.

—Bueno, pues entonces, adiós —concluyó.

Agarró su macuto del suelo. Oyó a su madre gimotear. Salió sin echar la vista atrás y cerró la puerta al salir.

Respiró hondamente, intentó recuperarse y empezó a bajar la empinada cuesta de la calle que conducía a la estación.

II

El río Somme serpenteaba de este a oeste cruzando Francia en su camino hacia la desembocadura del mar. La primera línea del frente, que se extendía de norte a sur, cruzaba el río no muy lejos de Amiens. Al sur de aquel lugar, la línea aliada era defendida por los franceses hasta Suiza. Al norte, la mayoría de las fuerzas eran británicas y de la Commonwealth.

Desde ese punto, y de norte a oeste, una cadena de montes se extendía a lo largo de unos treinta kilómetros. Las trincheras alemanas de esa zona se habían excavado en montes de escarpadas laderas. Desde una de aquellas trincheras, Walter von Ulrich miraba a través de unos potentes prismáticos Zeiss *Doppelfernrohr* a las posiciones británicas.

Era un día soleado de principios de verano, y se oía el canto de los pájaros. En un huerto cercano que hasta entonces se había librado de los bombardeos, los manzanos florecían de forma espectacular. El hombre era el único animal que acababa con la vida de los de su propia especie por millones y que convertía el paisaje en un terreno yermo, plagado de cráteres provocados por las bombas y alambradas de espino. Walter tuvo el pensamiento apocalíptico de que, tal vez, la humanidad se borraría a sí misma de la faz de la tierra y dejaría el mundo a los pájaros y a los árboles. Tal vez eso fuera lo mejor.

Volviendo a las cuestiones prácticas, Walter pensó que la situación elevada de la colina tenía numerosas ventajas. Los ingleses tendrían que atacar ascendiendo por la ladera. Por tanto, la posibilidad de los alemanes para observar todo cuanto hacían los ingleses era aún más importante. El joven estaba seguro de que, en ese preciso instante, el enemigo estaba preparando una ofensiva a gran escala.

La preparación de un ataque así era difícil de ocultar. Resultaba inquietante que, durante meses, los ingleses se hubieran dedicado a reparar las carreteras y las vías férreas en la otrora aletargada campiña francesa. En ese momento, el bando británico utilizaba esas líneas de abastecimiento para transportar hasta el frente cientos de armas de artillería pesada, miles de caballos y decenas de miles de hombres. Tras las primeras líneas del frente, un flujo constante de camiones y trenes descargaba cajones de munición, barriles de agua fresca y balas de paja. Walter enfocó las lentes de los prismáticos sobre un destacamento encargado de las comunicaciones: estaban cavando una trinchera muy angosta y desenrollando lo que era a todas luces un enorme carrete de cable telefónico.

Con fría aprensión, pensó que los ingleses debían de albergar grandes esperanzas. La inversión en hombres, dinero y esfuerzos era colosal. Solo podía estar justificada por la idea de que el enemigo creyera que aquel sería el ataque decisivo de aquella guerra. Walter esperaba que así fuera, ganasen o perdiesen.

Siempre que miraba a territorio enemigo, pensaba en Maud. La foto que llevaba de ella en la cartera, recortada de la revista *Tatler*, la mostraba en el hotel Savoy con un sencillo vestido de baile sobre el pie de foto: «Lady Maud Fitzherbert siempre viste a la última moda». Supuso que, en esos días, Maud no acudiría a muchos bailes. ¿Habría encontrado alguna forma de participar en el esfuerzo bélico de la población civil, como lo había hecho Greta, la hermana de Walter, en Berlín, quien llevaba pequeños caprichos a los hombres heridos internados en los hospitales de guerra? ¿O se habría retirado al campo, como la madre de Walter, y habría plantado patatas en los arriates de flores debido a la escasez de comida?

No sabía si a los ingleses les faltaba alimento. La armada alemana estaba atrapada en el puerto por el bloqueo británico, así que, al menos durante dos años, no había llegado nada por la vía de la importación. Sin embargo, los ingleses continuaban recibiendo suministros de Estados Unidos. Los submarinos alemanes atacaban a los transatlánticos de forma intermitente, pero el alto mando se retiró de una campaña general —que dio en llamarse guerra submarina sin restricciones— por miedo a que los estadounidenses entraran en la guerra. Así que Walter supuso que Maud no estaría pasando tanta hambre como él. Y él estaba saliendo mejor parado que los civiles alemanes. Se habían producido huelgas y manifestaciones en contra del racionamiento de comida en algunas ciudades.

Walter no había escrito a Maud, ni ella a él. No había servicio postal entre Alemania y Gran Bretaña. La única posibilidad habría sido que uno de ellos hubiera viajado a algún país neutral, como Estados Unidos o Suiza, y hubiera enviado una carta desde allí; pero esa oportunidad no había surgido para él ni, supuestamente, para ella.

No saber nada de Maud era una tortura. Le obsesionaba el miedo de que pudiera estar ingresada en algún hospital sin él enterarse. Anhelaba el final de la guerra para poder acudir junto a ella. Deseaba con todas sus fuerzas que Alemania ganara, por supuesto, aunque había veces que sentía una total indiferencia por la victoria siempre que Maud se encontrara bien. Su pesadilla era que llegara el fin, fuera a Londres a buscarla y le comunicasen que había muerto.

Apartó esa idea terrible de su mente. Bajó los prismáticos, los enfocó para ver más de cerca y examinó la barrera de alambrada de espinos del bando alemán levantada en tierra de nadie. Estaba dispuesta en dos filas, cada una de ellas separada por unos cuatro metros de distancia. La alambrada estaba fijada con fuerza al suelo mediante unos postes de acero que no podían moverse fácilmente. Era una barrera protectora formidable que proporcionaba gran sensación de seguridad a las tropas.

Descendió del parapeto de la trinchera y desenrolló una escalerilla plegable de madera para llegar al refugio subterráneo. La desventaja de que su posición estuviera en lo alto de una colina era que las trincheras resultaban un blanco más visible para el fuego enemigo, así que, para compensar, los refugios subterráneos del sector estaban excavados en lo más profundo del suelo calcáreo, a la profundidad suficiente para ofrecer protección frente a cualquier arma con excepción del impacto directo de los proyectiles de mayor dimensión. Había espacio para albergar a todos los hombres de la guarnición de trincheras durante un bombardeo. Algunos refugios estaban comunicados entre sí y proporcionaban una vía de escape alternativa si los bombardeos bloqueaban la entrada.

Walter se sentó en un banco de madera y sacó su libreta. Dedicó un par de minutos a tomar unas cuantas notas con las que poder recordar todo cuanto había visto. Su informe confirmaría lo que contaran otras fuentes de los servicios secretos. Los agentes secretos llevaban un tiempo llamando la atención sobre un fenómeno que los ingleses calificaban de «gran ofensiva».

Von Ulrich se abrió paso hacia la retaguardia atravesando el laberinto. Los alemanes habían construido tres líneas de trincheras con dos o tres kilómetros de separación, así, si los desplazaban de la primera línea podían introducirse en otra trinchera y, si esa fallaba, podían entrar en una tercera. Walter pensó, bastante satisfecho, que, ocurriera lo que ocurriese, no habría victoria rápida para los ingleses.

Fue a por su caballo y volvió cabalgando al cuartel general del II Ejército, donde llegó a la hora de comer. En la cantina de los oficiales le sorprendió encontrar a su padre. Este era un oficial de alto rango del Estado Mayor, y en esos momentos viajaba a toda prisa de un campo de batalla a otro, al igual que, en tiempos de paz, había viajado de una capital europea a otra.

Otto parecía más viejo. Había perdido peso, todos los alemanes habían adelgazado. Su flequillo cortado al estilo monacal era tan minúsculo que parecía calvo. Sin embargo, mostraba una actitud enérgica y vital. La guerra le sentaba bien. Le gustaba la emoción, las prisas, las decisiones rápidas y la sensación constante de emergencia.

Jamás hablaba de Maud.

—¿Qué has visto? —preguntó.

—Se producirá un ataque importante en esta zona en las próximas semanas —anunció Walter.

Su padre sacudió la cabeza con escepticismo.

—La zona del Somme es la franja mejor defendida de nuestra línea. Dominamos el sector más elevado y tres líneas de trincheras. En la guerra, se ataca el punto más débil del enemigo, no su punto más fuerte... incluso los ingleses lo saben.

Walter ató cabos teniendo en cuenta lo que acababa de ver: los camiones, los trenes y el destacamento de comunicaciones tendiendo los cables telefónicos.

—Creo que es todo una farsa —dijo Otto—. Si este fuera el verdadero lugar de ataque, se esforzarían más por ocultar sus maniobras. Se producirá un amago aquí, seguido por una ofensiva real más al norte, en Flandes.

Walter preguntó:

—¿Qué cree Von Falkenhayn? —Erich von Falkenhayn había sido jefe del Estado Mayor durante casi dos años.

Su padre sonrió.

—Cree lo que yo le diga.

III

Mientras servían el café al final de la comida, lady Maud preguntó a lady Hermia:

—En caso de emergencia, tía, ¿sabrías cómo ponerte en contacto con el abogado de Fitz?

Tía Herm se quedó un tanto sorprendida.

—Querida, ¿qué puedo tener yo que ver con los abogados?

—Nunca se sabe. —Maud se volvió hacia el mayordomo mientras este posaba la cafetera sobre un salvamanteles plateado—. Grout, ¿serías tan amable de traerme una hoja de papel y un lápiz?

Grout se marchó y regresó con los utensilios de escritura. Maud escribió el nombre y dirección del abogado de la familia.

—¿Para qué quiero esto? —preguntó tía Herm.

—Esta misma tarde podrían detenerme —dijo Maud de forma despreocupada—. De ser así, por favor, pídele que venga a sacarme de la cárcel.

—¡Oh! —exclamó tía Herm—. ¡No puedes estar hablando en serio!

—No, estoy segura de que no ocurrirá —afirmó Maud—. Pero, bueno, ya sabes, es solo por si acaso… —Besó a su tía y salió de la sala.

La actitud de tía Herm enfureció a Maud, aunque la mayoría de las mujeres se comportaban igual. No era nada apropiado para una dama conocer siquiera el nombre de su propio abogado, ni mucho menos entender qué derechos tenía ante la ley. No era de extrañar que se explotase sin piedad a las mujeres.

Maud se puso el sombrero y los guantes y un fino abrigo de entretiempo. Salió a la calle y tomó el autobús a Aldgate.

Estaba sola. Las normas sobre el acompañamiento a las damas se habían relajado desde el estallido de la guerra. Ya no se consideraba escandaloso que una mujer soltera saliera sin acompañante durante el día. Tía Herm desaprobaba el cambio, pero no podía encerrar bajo llave a Maud, ni tampoco podía recurrir a Fitz, que estaba en Francia, así que no le quedaba más que aceptar la situación, si bien es cierto que lo hacía de mala gana.

Maud era directora de la publicación *The Soldier's Wife*, un rotativo de pequeña tirada que hacía campaña para conseguir un mejor trato para las personas que dependían de los hombres en el frente. Un diputado conservador del Parlamento británico había descrito el periódico como «un cargante fastidio para el gobierno», frase que, desde ese instante, apareció en las cabeceras de todas las ediciones. La fuerza que Maud tenía para hacer campaña por esa causa estaba alimentada por su indignación contra la subyugación de las mujeres combinada con el horror de la carnicería sinsentido que era la guerra. Maud subvencionaba el periódico con su humilde herencia. De todas formas, no necesitaba el dinero: Fitz siempre pagaba todo cuanto ella necesitaba.

Ethel Williams era la directora editorial del periódico. Había dejado con mucho gusto el taller de costura donde la explotaban y lo había cambiado por un sueldo más cuantioso y el papel que desempeñaba en la campaña por la causa. Ethel compartía el furor de Maud, pero tenía una serie de habilidades distintas. Maud entendía la política de alto nivel: había conocido en acontecimientos de sociedad a los ministros del gabinete británico y hablaba con ellos sobre las cuestiones de actualidad. Ethel conocía un mundo político distinto: el Sindicato Nacional de los Trabajadores de la Confección, el Partido Laborista Independiente, las huelgas, los encierros en las fábricas y las manifestaciones callejeras.

Tal como se habían citado, Maud se reunió con Ethel justo en la acera que quedaba delante de la oficina de Aldgate de la Asociación de Familiares de Soldados y Marinos.

Antes de la guerra aquella asociación benéfica bienintencionada había conseguido que damas de buena posición tuvieran la deferencia de ofrecer ayuda y consejo a las necesitadas esposas de los hombres en el frente. En ese momento, la organización desempeñaba un nuevo papel. El gobierno pagaba una libra con un chelín a las esposas con dos hijos separadas de sus esposos por la guerra. No era gran cosa —más o menos la mitad del sueldo de un minero—, pero bastaba para sacar a millones de mujeres y a sus hijos de la pobreza más absoluta. La Asociación de Familiares de Soldados y Marinos administraba esa ayuda por separación.

No obstante, la subvención solo se concedía a las mujeres con «buen comportamiento», y las damas de la caridad en ocasiones negaban el dinero a las mujeres que rechazaban sus consejos sobre la crianza de los niños, la gestión doméstica y los peligros de visitar los locales de música y beber ginebra.

Maud opinaba que esas mujeres estarían mejor sin la ginebra, pero eso no daba a nadie el derecho de dejarlas sumidas en la pobreza. Se ponía hecha una furia al ver cómo acomodadas personas de clase media juzgaban a las esposas de los soldados y las privaban de los medios para alimentar a sus hijos. Pensó que el Parlamento no permitiría un abuso de tal magnitud si las mujeres tuvieran derecho a voto.

Contando con Ethel, se habían reunido doce mujeres de clase trabajadora y un hombre, Bernie Leckwith, secretario del Partido Laboralista Independiente de Aldgate. El partido aprobaba el papel desempeñado por Maud y apoyaba sus campañas.

Cuando Maud se reunió con el grupo que se encontraba sobre la calzada, Ethel estaba hablando con un joven que sostenía una libreta.

—La ayuda por la separación no es un donativo de la beneficencia —declaró—. Las esposas de los soldados lo reciben por pleno derecho. ¿Acaso tiene que pasar usted un examen de buena conducta para recibir su sueldo de reportero? ¿Al señor Asquith le preguntan cuánto madeira bebe antes de poder cobrar su sueldo como miembro del Parlamento? Esas mujeres tienen derecho a recibir ese dinero como si fuera un salario.

Maud pensó que Ethel había encontrado voz propia. Se expresaba con sencillez y fuerza. Tal vez hubiera heredado ese talento de su padre, el sindicalista.

El reportero miraba con admiración a Ethel: parecía medio enamorado de ella.

—Sus detractores dicen que una mujer que ha sido infiel a su marido soldado no debe recibir la ayuda —repuso con tono de disculpa.

—¿Es que están vigilando a los maridos? —respondió Ethel con indignación—. Creo que hay casas con muy mala fama en Francia y Mesopotamia, y en otros lugares donde sirven los hombres. ¿Es que el ejército apunta los nombres de los hombres casados que entran en esas casas y les retira la paga? El adulterio es un pecado, pero ese no es motivo para empobrecer aún más a los pecadores y dejar que sus hijos se mueran de hambre.

Ethel llevaba a su hijo, Lloyd, apoyado en la cadera. Ya tenía dieciséis meses y sabía andar, o al menos tambalearse. Tenía un hermoso pelo negro y los ojos verdes, y era tan guapo como su madre. Maud le tendió los brazos para cogerlo, y el pequeño se acercó entusiasmado. La joven sintió un intenso deseo: podía decirse que quería haberse quedado embarazada durante aquella única noche con Walter, pese a todos los problemas que pudieran haberse derivado de esa condición.

No había sabido nada de Walter desde la Navidad pasada. No sabía si estaba vivo o muerto. En aquellos momentos bien podía ser viuda. Intentó no dejarse llevar por la imaginación, pero esos pensamientos horribles la asaltaban sin previo aviso y, a veces, tenía que reprimir el llanto.

Ethel terminó de encandilar al reportero y luego presentó a Maud a una joven con dos niños agarrados a sus faldas.

—Esta es Jayne McCulley, de quien ya te he hablado. —Jayne tenía un hermoso rostro y una mirada decidida.

Maud le estrechó la mano.

—Espero que hoy podamos hacer justicia por usted, señora McCulley —dijo.

—Muy amable por su parte, estoy segura de que lo conseguirá, señora. —Las costumbres de deferencia difícilmente desaparecían en los movimientos políticos igualitarios.

—¿Estamos listos? —preguntó Ethel.

Maud devolvió a Lloyd a los brazos de Ethel, y todos juntos, en grupo, cruzaron la calle y se dirigieron a la puerta de entrada de la asociación de beneficencia. Había una zona de recepción donde se encontraba una mujer de mediana edad sentada a un escritorio. Se asustó al ver la multitud.

—No tiene por qué preocuparse —dijo Maud—. La señora Williams y yo estamos aquí para ver a la señora Hargreaves, su jefa.

La recepcionista se levantó.

—Iré a ver si está —respondió con nerviosismo.

—Sé que está —replicó Ethel—. Hace media hora la he visto entrar por la puerta.

La recepcionista se fue corriendo.

La mujer que regresó con ella era más difícil de intimidar. La señora Hargreaves era una robusta mujer de unos cuarenta años, llevaba abrigo y falda al estilo francés, y un sombrero a la última ornamentado con un enorme lazo plisado. Maud pensó con malicia que el conjunto perdía todo su encanto continental en esa percha baja y fornida, pero la mujer hacía gala de la seguridad que daba el dinero. Además, tenía una nariz enorme.

—¿Sí? —preguntó con brusquedad.

Maud reflexionó que, en la lucha por la igualdad de derechos para las mujeres, algunas veces también había que luchar contra las propias mujeres, no solo contra los hombres.

—He venido a verla porque me preocupa el trato que le ha dispensado a la señora McCulley.

La señora Hargreaves parecía asombrada, sin duda alguna, por la forma de hablar de Maud, tan característica de la alta sociedad. Le echó una mirada de arriba abajo. Seguramente, en ese momento, estaba tomando conciencia de que la ropa de la joven era tan cara como la que ella misma llevaba puesta. Al volver a hablar, su tono resultó menos arrogante.

—Me temo que no puedo discutir casos en particular.

—Pero la señora McCulley me ha pedido que hable con usted… y ella está aquí para corroborarlo.

—¿No me recuerda, señora Hargreaves? —dijo entonces Jayne McCulley.

—De hecho, sí la recuerdo. Fue usted muy grosera conmigo.

Jayne se volvió hacia Maud.

—Le dije que fuera a meter las narices en los asuntos de otra persona.

Las mujeres soltaron una risilla nerviosa al escuchar la referencia a la nariz, y la señora Hargreaves se ruborizó.

Maud dijo:

—Pero usted no puede rechazar una petición para la prestación por separación argumentando que una solicitante ha sido maleducada con usted. —Maud contuvo su ira e intentó hablar con un tono de fría desaprobación—. Estoy segura de que ya lo sabe.

La señora Hargreaves alzó la barbilla y se puso a la defensiva.

—La señora McCulley fue vista en el pub Dog and Duck, y en el teatro de variedades Stepney; en ambas ocasiones, en compañía de un joven. La prestación por separación se concede a esposas de conducta intachable. No es el deseo del gobierno financiar comportamientos indecorosos.

A Maud le dieron ganas de estrangularla.

—Parece que no ha entendido usted muy bien el papel que debe desempeñar —replicó—. No está en sus manos el negar una ayuda por las sospechas que pueda tener de alguien.

La señora Hargreaves parecía algo menos segura de sí misma.

—Supongo que el señor Hargreaves se encuentra sano y salvo en casa, ¿verdad? —intervino Ethel.

—No, no es así —respondió la mujer a toda prisa—. Está con el ejército, en Egipto.

—¡Vaya! —exclamó Ethel—. Así que usted también recibe la prestación por separación.

—Eso no viene al caso.

—¿Alguien va a su casa, señora Hargreaves, para vigilar su conducta? ¿Revisan el nivel de la botella de jerez que tiene en el mueble bar? ¿Le preguntan sobre su relación con el chico de los pedidos de la tienda de ultramarinos?

—¿Cómo se atreve...?

—Su indignación es comprensible —respondió Maud—, aunque tal vez ahora pueda entender por qué la señora McCulley reaccionó como lo hizo ante sus preguntas.

La señora Hargreaves levantó la voz.

—¡Eso es ridículo! ¡No hay ni punto de comparación!

—¿Ni punto de comparación? —repitió Maud, indignada—. El marido de esta señora, al igual que el suyo, está arriesgando su vida por su país. Tanto ella como usted han solicitado la prestación por separación. Pero ¿usted tiene derecho a juzgar su comportamiento y a negarle la ayuda aunque nadie puede juzgarla a usted? ¿Por qué no? En ocasiones, las esposas de los oficiales beben demasiado.

—Y también cometen adulterio —terció Ethel.

—¡Ya está bien! —gritó la señora Hargreaves—. Me niego a ser insultada.

—Lo mismo le ocurre a Jayne McCulley —dijo Ethel.

—El hombre que usted vio con la señora McCulley era su hermano —añadió Maud. Había llegado de permiso desde Francia. Solo tenía dos días, y ella quería que se lo pasara bien antes de volver al frente. Por eso lo llevó al pub y al teatro de variedades.

La señora Hargreaves parecía avergonzada, aunque adoptó un aire desafiante.

—Debió de explicármelo cuando se lo pregunté. Y ahora debo pedirles que abandonen el recinto.

—Ahora que ya sabe la verdad, confío en que apruebe la solicitud de la señora McCulley.

—Ya veremos.

—Insisto en que lo haga aquí y ahora.

—Eso es imposible.

—No nos marcharemos hasta que lo haga.

—Entonces llamaré a la policía.

—Pues muy bien.

La señora Hargreaves se retiró.

Ethel se volvió hacia el reportero que tanto la admiraba.

—¿Dónde está su fotógrafo?

—Esperando fuera.

Pasados un par de minutos, un corpulento agente de policía de mediana edad entró en el local.

—Bueno, bueno, señoras —dijo—. No pongan problemas, por favor. Márchense sin armar jaleo.

Maud dio un paso adelante.

—Yo me niego a marcharme —respondió—. No me importa lo que hagan las demás.

—¿Y usted es, señora?

—Soy lady Maud Fitzherbert, y si quiere que me marche de aquí, tendrá que sacarme usted.

—Si insiste —dijo el policía, y la levantó en volandas.

Cuando abandonaban el edificio, el fotógrafo captó la imagen con su cámara.

IV

—¿No estás asustado? —preguntó Mildred.

—Sí —admitió Billy—. Un poco.

Con Mildred sí podía hablar. De todas formas, ya parecía saber todo lo referente a él. Había vivido con su hermana un par de años y las mujeres siempre se lo contaban todo. No obstante, Mildred tenía otra cosa que hacía que Billy se sintiera cómodo en su presencia. Las chicas de Aberowen siempre estaban intentando impresionar a los chicos, soltando frases resultonas y mirándose al espejo, pero Mildred se limitaba a ser ella misma. A veces decía cosas escandalosas y hacía reír a Billy. Él tenía la sensación de que podía contarle cualquier cosa.

La belleza de la joven le resultaba prácticamente abrumadora. No era por su cabello rubio y rizado, ni por sus ojos azules, sino por esa actitud despreocupada que lo cautivaba. Y luego estaba el tema de la diferencia de edad. Ella tenía veintitrés años y él no había cumplido todavía los dieciocho. Mildred era una mujer de mundo y, aun así, parecía muy interesada en él, y eso, a Billy, le resultaba bastante halagador. La miró con anhelo desde el otro lado de la estancia, deseando tener la oportunidad de hablar con ella a solas, preguntándose si se atrevería a tocarle la mano, a rodearla con un brazo y besarla.

Estaban sentados a una mesa cuadrada en la cocina de Ethel: Billy, Tommy, Ethel y Mildred. Era una tarde cálida y la puerta del patio trasero permanecía abierta. Sobre la losa de piedra, las dos hijas de Mildred estaban jugando con Lloyd. Enid y Lillian tenían tres y cuatro años, respectivamente, aunque Billy todavía no sabía distinguir a una de la otra. Las mujeres no habían querido salir por los niños, así que Billy y Tommy habían llevado un par de botellas de cerveza del pub.

—No te pasará nada —le dijo Mildred a Billy—. Has recibido formación.

—Sí. —El entrenamiento no había hecho gran cosa por mejorar la confianza de Billy. Habían marchado mucho de un lado para otro, habían saludado y recibido instrucción con bayoneta. No tenía la sensación de que le hubieran enseñado a sobrevivir.

—Si resulta que los alemanes son todos una panda de muñecos rellenos y atados a unos postes, sabremos cómo clavarles la bayoneta —comentó Tommy.

—Sabéis disparar, ¿no? —preguntó Mildred.

Durante un tiempo, habían entrenado con fusiles oxidados y rotos con las iniciales «F. P.» grabadas en la culata, «Fusiles de Prácticas», con las que se indicaba que no estaban destinados para disparar en ningún caso. Sin embargo, al final habían entregado a cada uno un fusil de cerrojo Lee-Enfield con cargador extraíble y capacidad para diez balas del calibre 303. Billy resultó ser un buen tirador, era capaz de vaciar el cargador en menos de un minuto y darle a un blanco de la altura de un hombre a una distancia de casi trescientos metros. Dijeron a los reclutas que el Lee-Enfield era conocido por su velocidad de repetición: el récord mundial estaba en treinta y ocho disparos por minuto.

—Estamos bien pertrechados —aseguró Billy a Mildred—. Los que me preocupan son los oficiales. Hasta ahora no he conocido a ninguno del que me fiara en un caso de emergencia en la mina.

—Supongo que los buenos están todos en Francia —comentó Mildred con optimismo—. Han dejado a los idiotas en casa para que se encarguen del entrenamiento.

Billy rió por la palabra que ella había usado. No tenía pelos en la lengua.

—Espero que tengas razón.

Lo que de verdad lo asustaba era la posibilidad de que, cuando los alemanes empezaran a dispararle, sintiera ganas de dar media vuelta y salir corriendo. Eso era lo que más lo aterrorizaba. Pensó que la humillación sería peor que cualquier herida. Algunas veces sentía tanta angustia por esa sensación que anhelaba la llegada del terrible momento, para poder saber ya cómo reaccionaría.

—De todas formas, me alegra que vayáis a pegarles unos tiros a esos desgraciados alemanes —dijo Mildred—. Son todos unos violadores.

—Yo de ti —dijo Tommy—, no daría crédito a todo lo que lees en *The Daily Mail*. Te podrían hacer creer que todos los sindicalistas son unos traidores. Sé que eso no es verdad, la mayoría de los miembros de mi sector del sindicato se han alistado en el ejército como voluntarios. Así que es posible que los alemanes no sean tan malos como los pinta el *Mail*.

—Sí, seguramente tienes razón. —Mildred se volvió hacia Billy—. ¿Has visto *Charlot vagabundo*?

—Sí, me encanta Charlie Chaplin.

Ethel tomó en brazos a su hijo.

—Di buenas noches al tío Billy. —El crío se revolvió en sus brazos porque no quería irse a dormir.

Billy lo recordó cuando era un recién nacido y la forma en que había abierto la boquita y había roto a llorar. Qué grande y fuerte parecía en ese momento.

—Buenas noches, Lloyd —le dijo.

Ethel le había puesto el nombre por Lloyd George. Billy era la única persona enterada de que también tenía un segundo nombre: Fitzherbert. Constaba en su certificado de nacimiento, pero Ethel no se lo había contado a nadie.

A Billy le habría gustado tener al conde Fitzherbert en el punto de mira de su Lee-Enfield.

—Se parece al abuelo, ¿verdad? —preguntó Ethel.

Billy no veía el parecido.

—Ya te contestaré cuando se deje bigote.

Mildred metió a sus dos pequeñas en la cama al mismo tiempo. Las mujeres anunciaron que querían cenar. Ethel y Tommy fueron a comprar unas ostras y dejaron a Billy y a Mildred solos.

En cuanto se marcharon, Billy dijo:

—Me gustas mucho, Mildred.

—A mí también me gustas —respondió la chica, así que él acercó su silla a la de ella y la besó.

Mildred correspondió al beso con entusiasmo.

Él ya lo había hecho antes. Había besado a muchas chicas en la última fila del cine Majestic de Cwm Street. Ellas abrían la boca enseguida, y él hizo lo propio en ese momento.

Mildred lo apartó con amabilidad.

—No tan deprisa —le dijo—. Haz esto. —Y lo besó con la boca cerrada, acariciándole con los labios la mejilla, las pestañas y el cuello y luego los labios. Era algo raro, pero a él le gustó—. Hazme lo mismo. —Y él siguió sus instrucciones—. Ahora, haz esto —le indicó y él sintió la punta de su lengua en sus labios, tocándolos con una delicadeza increíble.

Una vez más, la imitó. Luego ella le enseñó otra forma más de besar, mordisqueándole el cuello y los lóbulos de las orejas. Billy sentía que habría podido pasarse la eternidad de aquel modo.

Cuando pararon para respirar, ella le acarició el cuello y le dijo:

—Aprendes deprisa.

—Eres adorable —respondió él.

El chico volvió a besarla y le apretujó un seno. Ella se lo permitió un rato, pero cuando él empezó a respirar de forma demasiado agitada, le apartó la mano.

—No te embales demasiado —le advirtió—. Volverán en cualquier momento.

Pasados unos minutos, Billy oyó la puerta.

—¡Maldita sea! —exclamó.

—Ten paciencia —le susurró ella.

—¿Paciencia? —preguntó él—. ¡Si mañana me voy a Francia!

—Bueno, pero todavía no es mañana, ¿no?

Billy seguía preguntándose qué habría querido decir con eso cuando Ethel y Tommy entraron en la estancia.

Se tomaron la sopa y terminaron las cervezas. Ethel les contó la historia de Jayne McCulley, y de cómo un policía había sacado a lady Maud del local de beneficencia. Lo relató como si fuera algo cómico, pero Billy se sintió henchido de orgullo por su hermana y por la forma en que había defendido los derechos de las mujeres pobres. ¡Y ella era la directora editorial de un periódico y amiga de lady Maud! Había decidido que un día él también sería protector de la gente corriente. Era lo que admiraba de su padre. Su padre era terco y de mentalidad muy cerrada, pero había luchado toda su vida por los trabajadores.

Cayó la noche, y Ethel anunció que era hora de irse a la cama. Utilizó unos cojines para improvisar un par de camas en el suelo de la cocina para Billy y para Tommy. Todos se retiraron.

Billy se quedó despierto, preguntándose qué habría querido decir Mildred con aquello de «Todavía no es mañana». Tal vez solo estaba prometiéndole besarlo por la mañana, cuando se fuera para tomar el tren a Southampton. Pero parecía que había querido decir algo más. ¿De verdad querría decir con eso que deseaba volver a verlo esa misma noche?

La idea de ir a su habitación lo excitó tanto que no podía dormir. Llevaría puesto el camisón y, bajo las sábanas, su cuerpo resultaría cálido al tacto. Se imaginó su cara sobre la almohada, y envidió a la funda por estar en contacto con la mejilla.

Cuando le pareció que la respiración de Tommy era regular, Billy salió a hurtadillas de debajo de las sábanas.

—¿Adónde vas? —preguntó Tommy, que no estaba tan dormido como había pensado Billy.

—Al baño —respondió Billy susurrando—. Demasiada cerveza.

Tommy soltó un gruñido y se dio media vuelta.

Vestido solo con la ropa interior, Billy subió de puntillas la escalera. Había tres puertas en el mismo rellano. Dudó. ¿Y si había malinterpretado las palabras de Mildred? Puede que gritase al verlo. Eso habría sido muy vergonzoso.

«No —pensó—, no es de las que gritan.»

Abrió la primera puerta que encontró. Entraba una tenue luz desde la calle y vio una cama estrecha con las dos cabecitas rubias de las niñas sobre la almohada. Cerró la puerta con suavidad. Se sentía como un ladrón.

Lo intentó con la puerta siguiente. En esa habitación ardía una vela y le costó un rato adaptar la visión a la luz temblorosa. Vio una cama más grande, con una cabeza sobre la almohada. El rostro de Mildred estaba orientado hacia él, pero no podía distinguir si tenía los ojos abiertos o cerrados. Esperó a ver si ella se quejaba, pero no dijo nada.

Entró y cerró la puerta al pasar.

—¿Mildred? —preguntó en susurros, dubitativo.

—Maldita sea, Billy, ya era hora. Rápido, métete en la cama —respondió ella con una voz muy clara.

Se metió bajo las sábanas y la abrazó. No llevaba el camisón como él había imaginado. En realidad, le impactó darse cuenta de que estaba desnuda.

De pronto le entraron los nervios.

—Yo nunca... —empezó a decir.

—Ya lo sé —respondió ella—. Serás mi primer virgen.

V

En junio de 1916, el comandante conde Fitzherbert fue destinado al 8.º Batallón de los Fusileros Galeses y puesto al mando de la Compañía B, compuesta por 128 hombres y cuatro tenientes. Jamás había dirigido a los soldados en la batalla y, en su interior, lo atormentaba la impaciencia.

Estaba en Francia, aunque el batallón seguía en Gran Bretaña. Había reclutas que acababan de finalizar su formación. El general de brigada explicó a Fitz que el roce con los veteranos los fortalecería. El ejército profesional que había sido enviado a Francia en 1914 ya no existía —más de la mitad de sus componentes estaban muertos— y ese era el nuevo ejército de Kitchener. El grupo de Fitz eran los Aberowen Pals. «Seguramente los conocerás a todos», dijo el general de brigada, que parecía no darse cuenta de lo profundo que era el abismo que separaba a los condes de los mineros.

Fitz recibió sus órdenes al mismo tiempo que otra media docena de oficiales e invitó a una ronda en la cantina para celebrarlo. El capitán al que habían encomendado el mando de la Compañía A levantó su vaso de whisky y dijo:

—¿Fitzherbert? Debe de ser el dueño de la mina de carbón. Soy Gwyn Evans, el tendero. Seguramente me ha comprado todas sus sábanas y toallas.

En ese momento, había muchos de esos comerciantes engreídos en el ejército. Era típico de los de su clase hablar como si ellos y Fitz fueran iguales, y que simplemente se dedicasen a negocios distintos. Sin embargo, Fitz también sabía que las habilidades organizativas de los hombres de negocios eran muy valoradas en el ejército. Al decir de sí mismo que era tendero, el capitán se comportaba con falsa modestia. Gwyn Evans era el nombre de los grandes almacenes de las ciudades más importantes de Gales del Sur. Tenía a muchas más personas en plantilla que las que tenía a su cargo en la Compañía A. Fitz jamás había organizado nada más complejo que un equipo de críquet y la sobrecogedora complejidad del entramado bélico lo hacía sentirse muy consciente de su inexperiencia.

—Supongo que este es el ataque que acordaron en Chantilly —dijo Evans.

Fitz sabía a qué se refería. En diciembre, al menos habían herido ya a sir John French, y sir Douglas Haig había tomado el mando de comandante en jefe del ejército británico en Francia. Unos días después, Fitz —quien todavía desempeñaba labores de agente de enlace— había acudido a la conferencia de los aliados en Chantilly. Los franceses habían propuesto un ataque a gran escala en el frente occidental durante 1916, y los rusos habían accedido a propinar un golpe similar en el frente oriental.

Evans prosiguió:

—Lo que he oído es que los franceses atacarían con cuarenta divisiones y nosotros con veinticinco. Y eso no va a ocurrir ahora.

A Fitz no le gustaba esa forma tan negativa de hablar —tal como ya estaban las cosas, se sentía bastante preocupado—, aunque, por desgracia, Evans tenía razón.

—Es por Verdún —dijo Fitz.

Desde el pacto de diciembre, los franceses habían perdido doscientos cincuenta mil hombres defendiendo la ciudad fortificada de Verdún, y no les quedaban muchos efectivos para destinarlos al Somme.

—Sea cual sea el motivo, estamos prácticamente solos —repuso Evans.

—No estoy muy seguro de que eso cambie mucho las cosas —respondió Fitz con un aire de despreocupación del todo fingido—. Atacaremos a lo largo de toda la extensión de la línea del frente, sin importar lo que ellos hagan.

—Disiento —replicó Evans, con una seguridad que no resultó del todo insolente—. La retirada francesa libera gran cantidad de reservas alemanas. Pueden llegar todos empujados a nuestro sector como refuerzos.

—Creo que nos movemos demasiado deprisa para que eso nos afecte.

—¿De verdad lo cree así, señor? —preguntó Evans con frialdad, de nuevo quedándose a un paso de cruzar la fina línea del desacato—. Si logramos atravesar la primera línea de la alambrada de espino de los alemanes, todavía tendremos que arreglárnoslas para pasar por la segunda y la tercera.

Evans estaba empezando a molestar a Fitz. Ese tipo de conversación resultaba desmoralizante.

—La alambrada de espino quedará destruida por nuestra artillería —aseguró Fitz.

—Por mi experiencia, la artillería no resulta efectiva contra la alambrada de espino. Un proyectil con metralla dispara bolas de acero hacia abajo y hacia delante...

—Ya sé lo que es la metralla, pero gracias por la aclaración.

Evans no hizo caso del comentario.

—Así que tiene que hacer explosión a tan solo unos metros por encima y por delante del objetivo; de no ser así, no tiene efecto alguno. Nuestras armas no son tan precisas. Un proyectil de grandes dimensiones estalla al impactar contra el suelo; aunque impacte de forma directa, a veces se limita a elevar una alambrada por los aires y la deja caer sin haber llegado a dañarla en realidad.

—Subestima usted la dimensión de nuestra cortina de fuego. —La irritación de Fitz con Evans se acrecentó por la molesta sospecha de que podía tener razón. Lo que era peor, el nerviosismo del conde aumentaba por esa sospecha—. Después de eso no quedará nada. El frente alemán será destruido por completo.

—Espero que tenga razón. Si se ocultan en sus refugios subterráneos durante la cortina de fuego, y luego salen con sus ametralladoras, nuestros hombres caerán abatidos.

—Parece no entender lo que digo —dijo Fitz, enfadado—. Jamás se ha producido un bombardeo tan intenso en toda la historia de la guerra. Tenemos un cañón cada veinte metros de la primera línea del frente. ¡Planeamos disparar más de un millón de proyectiles! No quedará nada ni nadie con vida.

—Bueno, al menos estamos de acuerdo en una cosa —dijo el capitán Evans—. Como usted dice, esto no se ha hecho nunca; así que ninguno de nosotros puede tener la certeza de que funcionará.

VI

Lady Maud apareció en los juzgados de Aldgate con un enorme sombrero rojo, ornamentado con lazos y plumas de avestruz; le impusieron una guinea de fianza por alteración del orden público.

—Espero que el primer ministro Asquith tome nota —dijo a Ethel cuando salieron del tribunal.

Ethel no se mostró muy optimista.

—No tenemos forma de recurrir a él para que intervenga en el asunto —dijo con exasperación—. Esta clase de comportamiento continuará hasta que las mujeres no tengan el poder de votar a un gobierno que suba al poder. —Las sufragistas tenían pensado convertir el voto femenino en el gran tema de las elecciones generales de 1915, pero el Parlamento había pospuesto los comicios debido a la guerra—. Puede que tengamos que esperar hasta el final del conflicto.

—No necesariamente —dijo Maud. Se detuvieron para posar para un fotógrafo en los escalones de los juzgados, y luego se dirigieron hacia las oficinas de *The Soldier's Wife*—. Asquith está luchando por mantener unida la coalición de conservadores y liberales. Si se separa, tendrán que celebrarse elecciones. Y eso nos daría una oportunidad.

Ethel estaba sorprendida. Ella había pensado que el tema del voto para las mujeres era un asunto zanjado.

—¿Por qué?

—El gobierno tiene un problema. Según el sistema actual, los soldados en activo no pueden votar porque no son propietarios ni inquilinos de una casa. Eso no importaba mucho antes de la guerra, cuando solo había unos cien mil soldados en el ejército. Pero en la actualidad son más de un millón. El gobierno no se atrevería a celebrar unas elecciones y dejarlos al margen, esos hombres están muriendo por su país. Habría un motín.

—Y si reforman el sistema, ¿cómo van a dejar fuera a las mujeres? —objetó Ethel.

—Ahora mismo, el alfeñique de Asquith está buscando una forma de conseguirlo —afirmó Maud.

—Pero ¡no puede! Las mujeres son una pieza tan fundamental como los hombres en la campaña de guerra: fabrican la munición, se ocupan de los soldados heridos en Francia y desempeñan muchas labores que antes solo realizaban los hombres.

—Asquith espera encontrar una forma que le permita evitar ese debate.

—Entonces debemos asegurarnos de que no lo consiga.

Maud sonrió.

—Exacto —dijo—. Esa es nuestra siguiente causa.

VII

—Me alisté para salir del correccional —dijo George Barrow, apoyándose en la barandilla del buque de guerra mientras se alejaban del puerto de Southampton. El correccional era el centro penitenciario para delincuentes menores de edad—. A los dieciséis me pillaron por entrar a robar a las casas, y me cayeron tres años. Pasado un año, me cansé de chupársela al director y dije que quería alistarme como voluntario. Él mismo me llevó al centro de reclutamiento, y fin de la historia.

Billy lo miró. Tenía la nariz torcida, una oreja mutilada y una cicatriz en la frente. Parecía un boxeador retirado.

—¿Cuántos años tienes? —preguntó Billy.

—Diecisiete.

Los chicos no tenían permitido alistarse en el ejército con menos de dieciocho años y debían tener diecinueve antes de ser enviados a un destino allende los mares, oficialmente. El ejército violaba de forma constante ambas normas. A los sargentos y oficiales médicos de reclutamiento les pagaban media corona por cada hombre que admitían, y rara vez hacían preguntas a los chicos que afirmaban tener más edad de la que aparentaban. Había un muchacho en el batallón que se llamaba Owen Bevin que parecía tener unos quince.

—¿Acabamos de pasar por una isla? —preguntó George.

—Sí —respondió Billy—. Era la isla de Wight.

—¡Oh! —exclamó el chico—. Creía que eso era Francia.

—No, está mucho más lejos.

El viaje se alargó hasta primera hora de la mañana siguiente, cuando desembarcaron en Le Havre. Billy descendió por la pasarela y pisó tierra extranjera por primera vez en toda su vida. De hecho, no era un suelo de tierra, sino de piedras, lo que les ayudó a descubrir la dificultad de marchar calzando botas con clavos. Pasaron por la ciudad y fueron observados con desgana por la población francesa. Billy había escuchado historias sobre las hermosas francesas que abrazaban con agradecimiento a los ingleses recién llegados, pero no vio más que mujeres de mediana edad totalmente apáticas con la cabeza cubierta con pañuelos.

Marcharon hasta un campamento donde pasaron la noche. A la mañana siguiente, subieron a un tren. Estar en el extranjero resultaba menos emocionante de lo que Billy había imaginado. Todo era distinto, pero solo un poco. Como en Gran Bretaña, en Francia, la mayor parte de terreno eran campos y aldeas, carreteras y vías de tren. Los campos estaban vallados en lugar de estar delimitados por setos, y las casas rurales parecían más grandes y mejor construidas, pero eso era todo. Fue un chasco para él. Al final del día llegaron a su alojamiento en un campamento enorme y nuevo con barracones levantados a toda prisa.

Billy había sido ascendido a cabo, así que estaba al mando de su sección; ocho hombres entre los que se incluían: Tommy, el joven Owen Bevin y George Barrow, el chico del correccional. Se les unió el misterioso Robin Mortimer, que era soldado raso pese a tener aspecto de haber cumplido ya la treintena. Cuando se sentaron para tomar algo de té con un poco de pan y mermelada en una gigantesca sala donde había al menos un millar de hombres, Billy dijo:

—Bueno, Robin, somos todos nuevos, pero tú pareces más experimentado. ¿Cuál es tu historia?

Mortimer respondió con un ligero acento galés culto, aunque usaba el lenguaje de la mina.

—No me jodas, *taffy*, eso no es asunto tuyo —respondió, y se retiró a otro lugar.

Billy se encogió de hombros. *Taffy*, que era la forma vulgar de llamar a los galeses, en realidad no era un insulto, y menos viniendo de boca de otro galés.

Cuatro secciones formaban un pelotón, y el sargento de su pelotón era Elijah Jones, de veinte años, hijo de John Jones el Tendero. Se le consideraba un veterano endurecido por la experiencia porque había pasado un año en el frente. Jones pertenecía a la Iglesia de Bethesda y Billy lo conocía desde que ambos iban a la escuela, donde lo habían apodado Jones el Profeta por su nombre, tomado del Antiguo Testamento.

El Profeta había escuchado por casualidad la conversación con Mortimer.

—Ya conversaré yo con él, Billy —dijo—. Es un tipo muy creído y estirado, pero no puede hablarle así a un cabo.

—¿Por qué está de tan mal humor?

—Antes era comandante. No tengo ni idea de qué hizo, pero lo juzgó un tribunal militar y lo degradaron, lo que significa que perdió su rango de oficial. Después, como estaba en condiciones de entrar en combate, lo llamaron a filas de inmediato como soldado raso. Es lo que hacen con los oficiales que no tienen una buena conducta.

Después del té se reunieron con el jefe del pelotón, el teniente segundo James Carlton-Smith, un chico de la misma edad que Billy. Estaba tenso y avergonzado, y parecía demasiado joven para estar al mando de nadie.

—Muchachos —dijo con un ahogado acento de clase alta—, me siento honrado de ser vuestro jefe y sé que seréis fieros como leones en la batalla que ha de llegar.

—Maldito verruga —susurró Mortimer.

Billy sabía que a los tenientes segundos los llamaban verrugas, pero solo otros oficiales.

Carlton-Smith presentó entonces al comandante de la Compañía B, el conde Fitzherbert.

—¡Maldita sea! —blasfemó Billy.

Se quedó boquiabierto mientras el hombre que más odiaba en el mundo se subía a una silla para dirigirse a la compañía. Fitz llevaba un uniforme caqui de confección impecable y portaba el bastón de mando de madera de fresno que a algunos oficiales les gustaba usar. Hablaba con el mismo acento que Carlton-Smith y, en su discurso, cayó en los mismos lugares comunes. Billy no daba crédito a su condenada mala suerte. ¿Qué estaba haciendo Fitz ahí?, ¿preñar a las criadas francesas? El hecho de que aquel gandul acabado fuera su comandante resultaba difícil de digerir.

Cuando los oficiales se fueron, el Profeta habló tranquilamente con Billy y Mortimer.

—El teniente segundo Carlton-Smith estaba en Eton hasta hace un año —les informó.

Eton era una escuela para ricos: Fitz también había estudiado allí.

—Entonces, ¿por qué es oficial? —inquirió Billy.

—En Eton era prefecto de estudios.

—¡Ah, bueno! —respondió Billy con tono sarcástico—. Entonces estamos en buenas manos.

—No sabe mucho de la guerra, pero tiene la buena costumbre de no ser muy mandón, así que lo hará bien siempre que no lo perdamos de vista. Si veis que va a meter la pata, avisadme. —Miró fijamente a Mortimer—. Ya sabes cómo funcionan estas cosas, ¿verdad?

Mortimer hizo un gesto hosco de asentimiento.

—Entonces cuento contigo.

Pasados unos minutos, las luces se apagaron. No había catres, solo jergones de paja a ras de suelo dispuestos en filas. Como estaba despierto, Billy pensó con admiración en lo que el Profeta había conseguido con Mortimer. Había tratado con un subordinado difícil y lo había convertido en su aliado. Así era como manejaba su padre a los alborotadores.

El Profeta había transmitido a Billy y a Mortimer el mismo mensaje. ¿Es que el Profeta también había identificado a Billy como un tipo rebelde? Recordó que Jones se encontraba en la congregación ese domingo en que Billy había leído la parábola de la mujer pillada cometiendo adulterio. «Vale, tiene razón —pensó—, soy un alborotador.»

Billy no tenía sueño y fuera todavía había luz, pero no tardó en quedarse dormido. Lo despertó un ruido terrorífico, como un trueno procedente de lo alto. Se incorporó enseguida. La mortecina luz del alba penetraba por las ventanas azotadas por la lluvia, pero no había ninguna tormenta.

Los demás hombres estaban igual de sobresaltados.

—¡Por Cristo bendito!, ¿qué ha sido eso? —preguntó Tommy.

Mortimer estaba encendiéndose un cigarrillo.

—Fuego de artillería —respondió—. Son nuestros cañones. Bienvenido a Francia, *taffy*.

Billy no escuchaba. Miraba a Owen Bevin, quien ocupaba el jergón que le quedaba justo enfrente. El muchacho estaba sentado con una punta de la sábana metida en la boca, llorando.

VIII

Maud soñó que Lloyd George le metía la mano por debajo de la falda, y ella le decía que estaba casada con un alemán; él informaba a la policía, que había ido a detenerla y estaba aporreando la ventana de su dormitorio.

Se sentó en la cama, confundida. Pasados unos segundos, se dio cuenta de que era imposible que la policía aporrease la ventana de un dormitorio que se encontraba en la segunda planta por más que quisieran detenerla. El sueño se esfumó, pero el ruido continuaba. También se oía el estruendo grave y lejano de un tren.

Encendió la lámpara de la mesilla de noche. El reloj de plata de estilo *art nouveau* que tenía sobre la repisa de la chimenea marcaba las cuatro de la madrugada. ¿Se había producido un terremoto? ¿Una explosión en una fábrica de municiones? ¿El choque de dos trenes? Retiró la colcha bordada a mano y se levantó.

Descorrió la pesada cortina a rayas verdes y azul marino y miró por la ventana a Mayfair Street. Con la luz del amanecer vio a una joven con un vestido rojo, seguramente era una prostituta de regreso a casa, hablando con impaciencia al conductor de un carro tirado por caballos que transportaba leche. No se veía a nadie más. La ventana de Maud seguía temblando a pesar de no haber razón aparente para ello. Ni siquiera soplaba el viento.

Se puso un batín de muaré sobre el camisón y se miró en el espejo de cuerpo entero. Tenía el pelo alborotado pero, salvo por eso, presentaba un aspecto bastante decente. Salió al pasillo.

Tía Herm estaba ahí plantada con la gorra de dormir junto a Sanderson, la sirvienta de Maud, cuya cara redonda estaba blanca como la cera por el miedo. Entonces apareció Grout en la escalera.

—Buenos días, lady Maud; buenos días, lady Hermia —dijo con formalidad imperturbable—. No hay por qué alarmarse. Son los cañones.

—¿Qué cañones? —preguntó Maud.

—Los de Francia, señora —respondió el mayordomo.

IX

La cortina de fuego británica prosiguió durante una semana.

Se suponía que debía durar cinco días, pero solo una de esas jornadas hizo buen tiempo, para consternación de Fitz. Aun siendo verano, todos los demás días el cielo estuvo encapotado y llovió. Esas condiciones dificultaban la precisión de tiro de los cañoneros. También implicaba que los aviones localizadores de blancos no podían hacer un seguimiento exhaustivo de los resultados y así ayudar a los cañoneros a afinar la puntería. Eso complicaba las cosas, sobre todo para el fuego de contrabatería —el destinado a la destrucción de la artillería alemana—, porque los alemanes seguían la inteligente táctica de desplazar sus cañones para que los proyectiles británicos impactaran sin tener efecto alguno en posiciones abandonadas.

Fitz se sentó en el húmedo refugio subterráneo que era el cuartel general del batallón; se dedicó a fumar cigarros con desgana e intentar no oír el incesante bombardeo. Como no contaban con fotografías aéreas, otros comandantes de la compañía y él habían organizado patrullas para acometer incursiones a las trincheras. Estas, al menos, les permitían una observación directa del enemigo. No obstante, era un asunto arriesgado, y las partidas de asalto que tardaban demasiado en realizar la inspección jamás regresaban. Por eso, los hombres tenían que analizar a toda prisa una reducida parte de la línea del frente y salir huyendo.

Para gran disgusto de Fitz, las patrullas volvían con informes contradictorios. Algunas trincheras alemanas estaban destruidas, otras permanecían intactas. Algunos tramos de las alambradas de espino habían sido cortados, pero ni mucho menos en su totalidad. Lo más preocupante era que algunas patrullas tuvieron que retroceder ante el fuego enemigo. Si los alemanes podían disparar, estaba claro que la artillería conseguiría su objetivo de barrer con las posiciones inglesas.

Fitz sabía que el número exacto de prisioneros alemanes hechos por el IV Ejército durante la cortina de fuego era doce. Todos ellos habían sido interrogados, pero, para ira de los interrogadores, daban información contradictoria. Algunos decían que sus refugios subterráneos habían quedado destruidos, otros, que los alemanes estaban sanos y salvos bajo tierra mientras los ingleses malgastaban su munición en la superficie.

Los ingleses estaban tan poco seguros del resultado de sus bombardeos que Haig pospuso el ataque que se había programado para el 29 de junio. Pero el tiempo continuaba siendo malo.

—Tendremos que cancelarlo —anunció el capitán Evans a la hora del desayuno, la mañana del 30 de junio.

—No lo creo —comentó Fitz.

—No atacamos hasta no tener la confirmación de que las defensas del enemigo han quedado destruidas —dijo Evans—. Es un axioma de la guerra de asedio.

Fitz sabía que ese principio había sido acordado en el momento más inicial de planificación del conflicto, pero que, más adelante, se había descartado.

—Sea realista —le dijo a Evans—. Hemos estado preparando esta ofensiva durante seis meses. Esta es nuestra acción más importante de 1916. Hemos volcado todos nuestros esfuerzos en ella. ¿Cómo va a cancelarse? Haig tendrá que dimitir. Podría provocar incluso la caída del gobierno de Asquith.

Evans pareció enojado por ese comentario. Le subieron los colores y empezó a hablar en un tono de voz más agudo.

—Mejor que caiga el gobierno y no que nosotros enviemos a nuestros hombres contra las ametralladoras colocadas en las trincheras.

Fitz sacudió la cabeza.

—Tenga en cuenta los millones de toneladas de suministros que se han enviado en barco, las carreteras y vías férreas que hemos construido para traerlos hasta aquí, los cientos de miles de hombres entrenados y armados, y trasladados hasta este lugar desde Gran Bretaña. ¿Qué haremos… enviarlos a todos a casa?

Se produjo un largo silencio; entonces Evans dijo:

—Tiene razón, por supuesto, comandante. —Sus palabras eran cordiales, pero su tono era de rabia contenida—. No vamos a enviarlos de regreso a casa —lo dijo con los dientes apretados—. Los enterraremos aquí.

A mediodía, la lluvia dejó de caer y salió el sol. Poco después, llegó la confirmación: «Atacaremos mañana».

17

1 de julio de 1916

I

Walter von Ulrich estaba en el infierno.

El bombardeo británico duraba ya siete días y siete noches. Todos los hombres en las trincheras alemanas parecían haber envejecido diez años en una semana. Se acurrucaban en sus refugios subterráneos —cuevas abiertas por la mano del hombre en el terreno que quedaba justo por detrás de las trincheras—, pero el ruido continuaba siendo ensordecedor, y la tierra que tenían bajo los pies no dejaba de temblar. Y lo peor de todo era que sabían a ciencia cierta que un impacto directo del proyectil más potente de todos podía acabar incluso con el refugio más resistente.

En los momentos en los que se detenía la cortina de fuego salían a las trincheras y se preparaban para repeler la gran ofensiva que todo el mundo esperaba. En cuanto comprobaban que los ingleses no estaban avanzando, hacían un balance de los daños. Encontraban una trinchera hundida, la entrada de un refugio subterráneo enterrada bajo una montaña de tierra y, una aciaga tarde, una cantina reducida a escombros llena de vajilla rota y latas de mermelada y jabón líquido que se vaciaban a chorros. Con total desgana, retiraron con las palas la tierra, parchearon los revestimientos con nuevos tablones y encargaron nuevos suministros.

Pero dichos suministros no llegaban. Muy pocos alcanzaron la primera línea del frente. El bombardeo hacía que cualquier aproximación resultara peligrosa. Los hombres se morían de hambre y sed. Walter había bebido más agradecido que nunca y más de una vez el agua de lluvia acumulada en algún cráter abierto por un proyectil.

Los soldados no podían permanecer en los refugios subterráneos entre bombardeo y bombardeo. Tenían que estar en las trincheras, preparados para el ataque de los ingleses. Los centinelas se mantenían en vigilancia constante. Los demás se quedaban sentados dentro del refugio o cerca de las entradas al mismo, listos bien para salir corriendo, bien para bajar a toda prisa por la escalerilla hasta el refugio subterráneo cuando empezaran a disparar los grandes proyectiles, o incluso para correr hasta el parapeto y defender su posición si se producía el ataque. Las ametralladoras tenían que ser transportadas bajo tierra todo el tiempo, para luego volver a subirlas y situarlas nuevamente en sus emplazamientos habituales.

Entre cortina y cortina de fuego, los ingleses atacaban con morteros de trinchera. Aunque esos pequeños proyectiles hacían poco ruido al estallar, eran lo suficientemente potentes para reventar los tablones del revestimiento. Sin embargo, cruzaban tierra de nadie describiendo un lento arco y, por eso, era posible divisarlos y ponerse a cubierto. Walter había esquivado uno, y se había alejado lo bastante como para evitar que lo hiriera, aunque le echó tierra en la comida, lo que lo obligó a tirar todo un cuenco de apetitoso estofado de cerdo. Ese había sido el último plato caliente que había visto, y, de haberlo tenido en ese momento, se lo hubiera comido, con tierra y todo.

Los proyectiles no eran el único problema. Esa zona había sufrido un ataque con gases tóxicos. Los hombres tenían máscaras antigás, pero el fondo de la trinchera estaba alfombrado de cadáveres de ratas, ratones y otras sabandijas que habían muerto a causa del cloro. Los cañones de los fusiles se habían teñido de un negro verdoso.

Poco después de la medianoche, la séptima de bombardeo, el número de proyectiles lanzados disminuyó, y Walter decidió salir a patrullar.

Se puso una gorra de lana y se frotó la cara con tierra para oscurecerla. Sacó su pistola, la Luger 9 mm estándar que se entregaba a los oficiales alemanes. Extrajo el cargador de la culata y revisó cuántas balas tenía. Estaba totalmente cargada.

Subió por una escalerilla y pasó por encima del parapeto, un acto con el que se desafiaba a la muerte a la luz del día pero que resultaba relativamente seguro en la oscuridad. Corrió, se agachó y descendió por la suave pendiente hasta la maraña de alambrada de espino de los alemanes. Había un hueco abierto —ya durante la colocación de la alambrada— justo enfrente de una ametralladora alemana. Pasó gateando por esa abertura.

Aquella situación le recordaba a las historias de aventuras que leía de niño. Normalmente las protagonizaban jóvenes alemanes de mandíbula cuadrada amenazados por indios pieles roja, pigmeos armados con cerbatanas o malvados espías ingleses. Recordaba muchos momentos en los que el protagonista avanzaba a rastras por los mantos del bosque, la jungla y la hierba de las praderas.

Allí no había mucho manto. Dieciocho meses de guerra habían dejado solo un par de montones de hierba y arbustos, y algún que otro arbolillo, desperdigados por una tierra yerma, cubierta de barro y agujeros abiertos por los proyectiles.

Aquello empeoraba la situación, porque no había ningún lugar donde ponerse a cubierto. Esa noche no había luna, aunque el paisaje se iluminaba de vez en cuando por el destello de alguna explosión o la intensa y feroz luz de una bengala. En esas ocasiones, lo único que podía hacer Walter era mantenerse pegado al suelo e inmóvil como una estatua. Si lograba llegar hasta el cráter de un proyectil, sería difícil que lo vieran. De no ser así, solo le quedaba desear que nadie estuviera mirando en su dirección.

Había muchísimos proyectiles ingleses sin explotar en el suelo. Walter calculó que aproximadamente un tercio de su munición no estallaba. Sabía que Lloyd George era el encargado del armamento, y supuso que aquel demagogo y adulador de masas había dado prioridad a la cantidad sobre la calidad. «Los alemanes jamás habrían cometido un error así», pensó.

Llegó a la alambrada británica, se arrastró literalmente hasta encontrar un hueco y lo atravesó.

A medida que la línea inglesa iba haciéndose visible, como el rastro de una pincelada negra sobre un fondo de cielo gris oscuro, se tumbó boca abajo e intentó avanzar en silencio. Tenía que acercarse: ese era el objetivo. Quería escuchar lo que decían los hombres en las trincheras.

Ambos bandos mandaban patrullas a hacer rondas nocturnas. Por lo general, Walter enviaba una pareja de hombres, de los más avispados, que estuvieran aburridos y con la suficiente sed de aventuras como para pasar por alto el peligro. Aunque a veces iba él mismo; en parte lo hacía para demostrar que estaba dispuesto a arriesgar su vida y, en parte, porque, normalmente, sus observaciones eran más detalladas.

Se quedó escuchando, aguzando el oído para captar una tos, un par de palabras entre murmullos, quizá un pedo seguido por un suspiro de satisfacción. Al parecer, estaba delante de una sección tranquila. Se volvió hacia la izquierda, se arrastró unos cincuenta metros y se detuvo. Entonces oyó un sonido desconocido que era ligeramente parecido al murmullo de una maquinaria lejana.

Siguió reptando, esforzándose para no desorientarse. Era fácil perder todo sentido de la orientación en la oscuridad. Una noche, después de reptar durante mucho tiempo, había llegado a la alambrada por la que acababa de pasar media hora antes, y se dio cuenta de que había dado la vuelta en círculo.

Escuchó a alguien decir en voz baja:

—Por aquí.

Se quedó de piedra. La luz de una linterna con el foco velado apareció en su campo de visión, como una libélula. Gracias al tenue haz pudo distinguir a tres soldados con cascos de acero de estilo inglés a unos treinta metros de distancia. Se sintió tentado de huir de ellos rodando por el suelo, pero decidió que ese movimiento no haría más que delatar su presencia allí. Agarró la pistola: si iba a morir se llevaría a algún enemigo por delante. El seguro estaba en el lado izquierdo, justo por encima de la empuñadura. Lo levantó y lo echó hacia delante con el dedo pulgar. Se oyó un clic que a él le sonó como un trueno, pero que los soldados ingleses no parecieron percibir.

Dos de ellos transportaban un rollo de alambrada de espino. Walter supuso que iban a renovar una sección que habría quedado dañada por la artillería alemana durante el día. «Tal vez tendría que dispararles deprisa —pensó—: uno, dos, tres. Me matarán mañana.» Pero tenía una tarea más importante que realizar, y se resistió a apretar el gatillo mientras los observaba alejarse y adentrarse en la oscuridad.

Volvió a poner el seguro con el pulgar, metió la pistola en la cartuchera y se arrastró para acercarse aún más a la trinchera inglesa.

El sonido subió de volumen. Se quedó quieto durante un instante, para concentrarse, y se dio cuenta de que el ruido era el producido por una multitud. Intentaban permanecer en silencio, pero los hombres reunidos en grupo siempre acababan siendo oídos. Era el ruido causado por un montón de pies moviéndose, el frufrú de la ropa, las respiraciones, bostezos y eructos. Por encima de ese rumor de fondo, de pronto se oían las calmadas palabras de una voz de autoridad.

Sin embargo, lo que sorprendió y sobresaltó a Walter fue el hecho de que parecía una gran multitud. No fue capaz de calcular cuántos la formaban. En esos últimos tiempos, los ingleses habían excavado nuevas trincheras, más anchas, como si quisieran almacenar enormes cantidades de suministros, o grandes armas de artillería. Aunque tal vez sirvieran para albergar a ingentes grupos de soldados.

Walter debía averiguarlo.

Siguió avanzando a rastras. El ruido era cada vez más intenso. Tenía que mirar en el interior de la trinchera, pero ¿cómo podría hacerlo sin que lo vieran?

Escuchó una voz detrás de él y se le paró el corazón.

Se volvió y vio la luz de la linterna parecida a una luciérnaga. La bobina de alambrada de espino estaba regresando. Avanzó por el barro y, poco a poco, sacó la pistola.

Los soldados con la alambrada avanzaban a toda prisa, sin preocuparse por guardar silencio, contentos de haber cumplido con su misión y de volver sanos y salvos. Pasaron cerca de él, pero no miraron en su dirección.

Cuando hubieron pasado, sintió una inspiración repentina, y se levantó de un salto.

En ese momento, si alguien lo alumbraba y lo veía, creería que formaba parte del grupo.

Lo siguió. No pensó en que los hombres podían escuchar sus pasos y distinguirlos de los que ellos mismos daban. Ninguno de los soldados se volvió a mirar.

Walter dirigió la vista hacia el origen del ruido. Entonces sí pudo ver el interior de la trinchera, aunque al principio solo pudo vislumbrar un par de puntos de luz, que supuestamente eran de linternas. Pero la vista se le fue adaptando poco a poco, y al final distinguió lo que estaba viendo; se quedó atónito.

Estaba viendo a miles de hombres.

Se detuvo. La amplia trinchera, cuyo propósito no había quedado claro, resultó ser una trinchera de reunión. Los ingleses se estaban agrupando en elevado número para su gran ofensiva. Estaban de pie, a la espera, moviéndose sin parar, la luz de las linternas de los oficiales destellando sobre las bayonetas y los cascos metálicos; una fila tras otra de ellos. Walter intentó contar: diez filas de diez hombres hacían cien, otra más, hacían doscientos, cuatrocientos, ochocientos... había mil seiscientos hombres en su campo de visión; más allá, la oscuridad se cerraba sobre el resto.

El ataque estaba a punto de empezar.

Intentó regresar lo más rápido posible con aquella información.

Si la artillería alemana abría fuego en ese momento, podían matar a miles de enemigos justo allí, tras las líneas inglesas, antes de que lanzasen la ofensiva. Era una oportunidad caída del cielo o, tal vez, la brindaba el infierno, que era donde se lanzaban los crueles dados para decidir el destino de la guerra. En cuanto llegase a su línea del frente haría una llamada telefónica al cuartel general.

Una bengala ascendió al cielo. Gracias a su luz, Walter vio a un centinela inglés mirando por encima del parapeto, fusil en ristre, apuntando en su dirección.

Walter se tiró al suelo y hundió la cara en el barro.

Se oyó un tiro. Luego uno de los soldados del destacamento de la alambrada de espinos gritó:

—No dispares, cabrón, ¡somos nosotros! —El acento recordó a Walter el servicio de la casa de Fitz en Gales, y supuso que se trataba de un regimiento galés.

El destello se apagó. Von Ulrich se levantó de un salto y salió corriendo en dirección al bando alemán. El centinela no tendría visión durante un par de segundos, pues estaría cegado por el destello de la bengala. Walter corrió más rápido que nunca en toda su vida, a la espera de que el fusil volviera a disparar en cualquier momento. En cuestión de medio minuto llegó a la alambrada de los ingleses y, agradecido, se tiró de rodillas al suelo. Gateó a toda prisa para pasar por el hueco. Lanzaron otra bengala. Seguía dentro del ángulo de tiro, aunque ya no se le veía fácilmente. Se tiró al suelo. El destello lo iluminó de forma directa, un peligroso fragmento cargado de magnesio ardiente cayó a un metro de su mano, pero no se produjeron más disparos.

Cuando el destello se apagó, Walter se levantó y salió corriendo hacia la línea alemana.

II

A algo más de tres kilómetros por detrás de la primera línea del frente británico, Fitz observaba con ansiedad cómo el 8.º Batallón inglés estaba formando poco antes de las dos de la mañana. Tenía miedo de que aquellos hombres que acababan de recibir su formación lo dejaran en evidencia, pero no lo hicieron. Se mostraban dóciles y obedecían sus órdenes con presteza.

El general de brigada, montado a lomos de su caballo, dirigió unas breves palabras a los soldados. Un sargento lo alumbraba con su linterna desde abajo y parecía el malo de una película americana.

—Nuestra artillería ha acabado con las defensas alemanas —dijo—. Cuando lleguen al otro lado, no encontrarán más que alemanes muertos.

Alguien con acento galés, que se encontraba cerca del sargento, murmuró:

—¡Es increíble!, ¿no?, que los alemanes puedan dispararnos incluso estando fiambres, ¡maldita sea!

Fitz echó un vistazo a las filas para poder identificar al que lo había dicho, pero no lo logró en la oscuridad.

El general de brigada prosiguió:

—Tomen y aseguren la posición en sus trincheras, y les seguirán las cocinas de campaña para servirles un plato de comida caliente.

La Compañía B salió marchando hacia el campo de batalla, seguida por los sargentos del pelotón. Cruzaron los campos, y dejaron así las carreteras despejadas para que pasara el transporte rodado. Iban cantando *Guíame, oh, Jehová*. Sus voces permanecieron en el aire de la noche durante unos minutos hasta que se ahogaron en la oscuridad.

Fitz regresó al cuartel general del batallón. Un camión con el remolque abierto estaba esperando para llevar a los oficiales a primera línea. Fitz se sentó junto al teniente segundo Roland Morgan, hijo del jefe de la mina de carbón de Aberowen.

Fitz hacía todo lo posible por desalentar el discurso derrotista, pero no podía evitar preguntarse si el general de brigada no se habría pasado yéndose al otro extremo. Jamás había existido un ejército que superase una ofensiva como aquella y nadie podría garantizar cuál sería el resultado. Siete días seguidos de incesante fuego de artillería no habían arrasado con las defensas enemigas: los alemanes seguían respondiendo con disparos, tal como había señalado con sarcasmo aquel soldado anónimo. De hecho, Fitz había dicho exactamente lo mismo en un informe, ante lo que el coronel Hervey le había preguntado si tenía miedo.

Fitz estaba preocupado. Cuando el Estado Mayor cerraba los ojos ante las malas noticias, morían hombres.

Como demostración de lo que pensaba, explotó un proyectil justo en la carretera que tenían a sus espaldas. El conde echó la vista atrás y vio los fragmentos de un camión como en el que él viajaba volando por los aires. Un coche que le seguía dio un volantazo y se dirigió al arcén; al virar recibió el impacto de otro camión. Fue una carnicería, pero el conductor del camión de Fitz no se detuvo a socorrer a los heridos, y obró de forma correcta. Había que dejar los heridos a los paramédicos.

Cayeron más proyectiles en los campos, a izquierda y derecha. Los alemanes estaban disparando a puntos cercanos a la primera línea británica, y no al frente en sí. Debían de haber imaginado que la gran ofensiva estaba a punto de producirse: un movimiento tan numeroso de hombres difícilmente se le podía ocultar a los servicios secretos alemanes y, con eficacia letal, estos estaban matando hombres que todavía no habían llegado a las trincheras. Fitz luchaba contra el pánico, pero no se le quitó el miedo. La Compañía B podía incluso no alcanzar el campo de batalla.

Llegó al punto de reunión sin mayor dificultad. Varios miles de hombres ya se encontraban allí, apoyados en sus fusiles y hablando entre susurros. Fitz escuchó que algunos grupos ya habían quedado diezmados por el bombardeo. Esperó mientras se preguntaba con aprensión si su propia compañía seguiría existiendo. Sin embargo, al final, los Aberowen Pals llegaron sanos y salvos, para su tranquilidad, y se colocaron en formación. Fitz los dirigió durante los últimos cientos de metros hasta la trinchera de reunión de la primera línea del frente.

Entonces no les quedó más que esperar la hora cero. Había agua en la trinchera, y las polainas de Fitz no tardaron en quedar empapadas. En ese momento no estaba permitido cantar: podrían ser oídos por las líneas enemigas. Fumar también estaba prohibido. Algunos de los hombres rezaban. Un soldado alto sacó su cartilla de la paga y empezó a escribir en la página que tenía el encabezamiento «Última voluntad y testamento», bajo el estrecho haz de luz de la linterna del sargento Elijah Jones. Escribía con la mano izquierda, y Fitz se dio cuenta de que era Morrison, un antiguo lacayo de Tŷ Gwyn y lanzador zurdo del equipo de críquet.

Amaneció pronto; hacía unos días que habían dejado atrás el solsticio de verano. Con la llegada de la luz, algunos hombres sacaron las fotos que llevaban encima; se quedaban mirándolas y las besaban. A Fitz le pareció algo muy sentimental, y por un momento dudó si imitarles; pasado un rato, lo hizo. La fotografía que él sacó era la de su hijo, George, a quien llamaba Boy. Tenía dieciocho meses, pero la foto se la habían hecho el día de su primer cumpleaños. Bea debió de llevarlo al estudio de un fotógrafo, porque detrás tenía un fondo, de muy poco gusto, que reflejaba un claro florido del bosque. Con el aspecto que tenía, pues vestía una especie de trajecito de chaqueta blanco y una gorra, no parecía un niño; pero se le veía fuerte y sano, y estaba allí para convertirse en el heredero del condado si Fitz moría en esa contienda.

El conde suponía que Bea y Boy debían de encontrarse en Londres en ese momento. Era julio, y la temporada de reuniones sociales seguía su curso, aunque de forma más discreta: las jóvenes tenían que presentarse en sociedad, pues, de no ser así, ¿cómo iban a conocer a los buenos partidos disponibles?

La luz se intensificó y el sol hizo aparición. Los cascos metálicos de los Aberowen Pals brillaron y sus bayonetas proyectaron los destellos del nuevo día. La mayoría de ellos jamás habían entrado en combate. Menudo bautismo les esperaba, ganasen o perdiesen.

Una descomunal cortina de fuego estalló con la llegada de la luz. Los cañoneros estaban totalmente entregados. Tal vez, aquel último esfuerzo destruiría por fin las posiciones alemanas. A buen seguro, el general Haig debía de estar rezando para que sucediera eso.

Los Aberowen Pals no estaban en la primera oleada de hombres, pero Fitz fue por delante para echar un vistazo al campo de batalla, y dejó a los tenientes al cargo de la Compañía B. Se abrió paso entre la multitud de hombres que permanecían a la espera en la primera línea del frente, y se quedó de pie en el escalón de tiro de la trinchera y miró por un agujero hecho en el parapeto de sacos de arena.

La neblina matutina empezaba a disiparse, perseguida por los rayos del sol naciente. El cielo azul estaba moteado por el humo oscuro de los proyectiles que explotaban. Fitz vio que iba a ser un bonito y agradable día de verano francés.

—Buen tiempo para matar alemanes —dijo sin dirigirse a nadie en particular.

Permaneció en primera línea mientras se acercaba la hora cero. Quería ver qué le ocurría a la primera oleada de hombres. Puede que hubiera cosas que aprender. Aunque había sido oficial en Francia durante al menos dos años, aquella sería la primera vez que dirigiría a hombres en el combate, y eso le ponía más nervioso que no el riesgo de que lo mataran.

Dieron una ración de ron a cada soldado. Fitz bebió un poco. Pese al calor que sintió en el estómago gracias al alcohol, notaba que cada vez estaba más tenso. La hora cero eran las siete y media. A partir de las siete en punto, los hombres permanecieron inmóviles.

A las siete y veinte, los cañones británicos se silenciaron.

—¡No! —gritó Fitz—. ¡Todavía no! ¡Es demasiado pronto!

Nadie lo escuchaba, por supuesto. Pero él estaba aterrado. Aquello informaría a los alemanes de que el ataque era inminente. En ese instante estarían saliendo como pudieran de sus refugios subterráneos, sacando sus ametralladoras y tomando posiciones. ¡Los cañoneros habían dado al enemigo diez minutos para prepararse! Deberían haber aguantado hasta el último momento para disparar, hasta las siete veintinueve y cincuenta y nueve segundos.

Pero ya no se podía dar marcha atrás.

Fitz se preguntó, con angustia, cuántos hombres morirían a causa de aquel error garrafal.

Los sargentos vociferaban las órdenes y los hombres que rodeaban a Fitz subían por la escalerilla y remontaban el parapeto a trompicones. Formaron en la parte más próxima a la alambrada inglesa. Estaban a medio kilómetro de la línea alemana, pero nadie les había disparado todavía. Para sorpresa de Fitz, los sargentos gritaron:

—¡Formación en línea! ¡A la derecha, ar!

Los hombres empezaron a formar como si estuvieran en un desfile, ajustando las distancias entre ellos hasta que estuvieron dispuestos simétricamente, con la perfección de un grupo de bolos listos para el lanzamiento. En opinión de Fitz aquello era una locura: daba más tiempo a los alemanes para prepararse.

A las siete y media sonó un silbato, los encargados de señales bajaron sus banderines y la primera línea avanzó.

No salieron corriendo, pues el peso del equipo era demasiado: munición extra, una manta impermeable, agua y comida, y dos bombas de mano Mill, que era el nombre que recibían las granadas de mano que pesaban casi un kilo cada una. Los hombres iban trotando, salpicando agua al pasar por los cráteres abiertos por los impactos de proyectil, hasta que cruzaron a través de los huecos de la alambrada británica. Tal como les habían ordenado, volvieron a formar en filas y siguieron adelante; hombro con hombro, cruzaron tierra de nadie.

Cuando se encontraban a mitad de camino, las ametralladoras alemanas abrieron fuego.

Fitz vio que los hombres empezaban a caer un segundo antes de que sus oídos captasen el ruido ya familiar de las ametralladoras. Cayó uno, luego una docena, luego una veintena y al final, más. «¡Oh, Dios mío!», exclamó Fitz mientras los abatían: cincuenta, luego cien más. Se quedó contemplando la carnicería, horrorizado. Algunos levantaban las manos en el aire al recibir el impacto; otros gritaban o se convulsionaban; otros avanzaban con dificultad y acababan cayendo al suelo como petates derribados.

Aquel panorama era peor de lo que había previsto el pesimista Gwyn Evans, peor que la más horrible de las pesadillas de Fitz.

Antes de que llegaran a la alambrada alemana, la mayoría de ellos habían caído.

Sonó otro silbato, y avanzó la segunda fila de hombres.

III

El soldado raso Robin Mortimer estaba furioso.

—Esto es una maldita estupidez —dijo cuando oyó el ruido de las ametralladoras—. Tendríamos que haber atacado en la oscuridad. No se puede cruzar tierra de nadie cuando da toda la puta luz del sol. Ni siquiera han lanzado una puta cortina de humo. Es un puto suicidio.

Los hombres en la trinchera de reunión se mostraban nerviosos. Billy estaba preocupado por la baja moral de los Aberowen Pals. Durante la marcha desde su alojamiento hasta la primera línea, habían experimentado su primer ataque de artillería. No habían sufrido un impacto directo, pero algunos grupos que iban por delante y otros que quedaban por detrás habían quedado diezmados. Y lo que resultaba casi tan desmoralizador: habían pasado por una serie de agujeros recién cavados, todos de exactamente dos metros de profundidad, y habían deducido que eran fosas comunes para los hombres que cayeran muertos ese día.

—El viento sopla demasiado fuerte para lanzar una cortina de humo —dijo el Profeta con calma—. Por eso, tampoco usamos las bombas de gas.

—Es una puta locura —murmuró Mortimer.

George Barrow comentó con alegría:

—Los de arriba saben lo que se hacen. Los criaron para mandar. Yo digo que los dejemos hacer.

Tommy Griffiths no pudo pasar por alto el comentario.

—¿Cómo puedes creer algo así si ellos te enviaron al correccional?

—Tienen que meter a la gente como yo en la cárcel —respondió

George con firmeza—. Si no, todo el mundo estaría robando. ¡Yo podría robarme a mí mismo!

Todos rieron, excepto el taciturno Mortimer.

El comandante Fitzherbert reapareció; parecía apagado y llevaba una jarra de ron. El teniente repartió una ración a todos, se la servía en las tazas de latón de la cantina que sostenían con las manos. Billy se bebió su ron sin disfrutarlo. El alcohol abrasador animaba a los hombres, pero no durante mucho tiempo.

El único momento en que Billy se había sentido así fue su primer día en el interior de la mina, cuando Rhys Price lo dejó solo y se le apagó la lámpara. En esa ocasión, lo había ayudado una visión. Por desgracia, Jesús se aparecía a los chicos con imaginaciones febriles, no a hombres sobrios y racionales. Ese día, Billy estaba solo.

Estaba a punto de pasar la prueba definitiva, tal vez a un par de minutos. ¿Podría mantener la calma? Si no lo lograba —si se quedaba hecho un ovillo en el suelo y cerraba los ojos, y rompía a llorar o salía huyendo—, se sentiría avergonzado durante el resto de su vida. «Preferiría morir —pensó—, pero ¿me sentiré así cuando empiecen los disparos?»

Todos avanzaron unos pasos.

Sacó la cartera. Mildred le había dado una foto suya. Llevaba un abrigo y un sombrero: él habría preferido recordarla tal como la había visto la noche que fue a su habitación.

Se preguntó qué estaría haciendo en ese momento. Era sábado, así que seguramente estaba en el taller de Mannie Litov, cosiendo uniformes. Era media mañana, y las mujeres habrían dejado de trabajar para hacer un descanso en ese mismo instante. Mildred podía estar contándoles alguna anécdota divertida.

Pensaba en ella todo el tiempo. La noche que habían pasado juntos había sido una continuación de la lección de besos. Ella lo había frenado y le había enseñado a no comportarse como un animal en celo; le había enseñado a ir más despacio, a jugar más, le había enseñado caricias que resultaban en extremo placenteras, más de lo que nunca habría imaginado. Le había besado el miembro y le había pedido que él hiciera lo mismo con sus zonas íntimas. Lo que era aún mejor, le había enseñado cómo hacerlo para lograr que ella gritara de placer. Al final, había sacado un condón del cajón de su mesilla de noche. Billy nunca había visto uno, aunque los chicos hablaban de ellos, y los llamaban gomas. Mildred se lo había puesto, e incluso eso había resultado excitante.

Había sido como si lo hubiera soñado, y tenía que recordarse constantemente que había ocurrido en realidad. Nada en toda su educación lo había preparado para la actitud abierta y dispuesta de Mildred ante el sexo, y para él había sido como una revelación. Sus padres y la mayoría de las personas de Aberowen la habrían calificado de «inapropiada», con dos hijos y sin rastro de marido a la vista; pero a Billy no le habría importado aunque tuviera seis hijos. Le había abierto las puertas del paraíso, y lo único que quería era volver a ese lugar. Más que ninguna otra cosa en el mundo, deseaba sobrevivir a ese día para poder volver a ver a Mildred y pasar otra noche con ella.

A medida que el batallón de los Pals avanzaba como podía, acercándose poco a poco a la primera línea del frente, Billy se dio cuenta de que estaba sudando.

Owen Bevin empezó a llorar. Billy le dijo con brusquedad:

—No pierdas la calma, soldado Bevin. Llorar no sirve de nada, ¿verdad?

—Quiero irme a casa —respondió el chico.

—Yo también, muchacho, yo también.

—Por favor, cabo. No imaginé que fuera así.

—¿Cuántos años tienes?

—Dieciséis.

—¡Por todos los demonios! —exclamó Billy—. ¿Cómo conseguiste que te reclutaran?

—Le dije al médico la edad que tenía y me soltó: «Vete, y vuelve mañana por la mañana. Eres alto para la edad que tienes, podrías haber cumplido los dieciocho mañana». Y me guiñó el ojo, así que supe que tenía que mentir.

—Cabrón —dijo Billy. Miró a Owen. El chico no iba a servir para nada en el campo de batalla. Estaba temblando y llorando.

Billy habló con el teniente segundo Carlton-Smith.

—Señor, Bevin solo tiene dieciséis años, señor.

—Por el amor de Dios —dijo el teniente segundo.

—Tendríamos que enviarlo a la retaguardia. Será un lastre.

—No lo sé. —Carlton-Smith parecía desconcertado y perdido.

Billy recordó la forma en que Jones el Profeta había intentado convertir a Mortimer en su aliado. El Profeta era un buen líder: pensaba para adelantarse a los acontecimientos y actuaba para prevenir los problemas. Carlton-Smith, por el contrario, parecía no tener ninguna habilidad destacable, aunque era un oficial de rango superior. «Por eso lo llaman sistema de clases», habría dicho el padre de Billy.

Un minuto después, Carlton-Smith acudió a Fitzherbert y le dijo algo en voz baja. El comandante negó con la cabeza, y Carlton-Smith se encogió de hombros, en un gesto de impotencia.

Billy no había sido educado para ser testigo mudo de la crueldad.

—¡El chico solo tiene dieciséis años, señor!

—Es demasiado tarde para decirlo ahora —respondió Fitzherbert—. Y no hable si no se lo he ordenado antes, cabo.

Billy sabía que Fitzherbert no lo había reconocido. Billy era simplemente uno de los cientos de hombres que trabajaban en las minas del conde. Fitzherbert no sabía que él era el hermano de Ethel. En cualquier caso, el desprecio que le hizo enfureció al muchacho.

—Va en contra de la ley —insistió con tozudez.

En otras circunstancias, Fitzherbert habría sido el primero en pontificar sobre el respeto de la ley.

—Yo seré quien juzgue eso —respondió Fitz, irritado—. Por eso soy yo el oficial.

A Billy empezó a hervirle la sangre. Fitzherbert y Carlton-Smith estaban ahí, con sus uniformes hechos a medida, mirando a Billy, con su áspero uniforme de color caqui, diciéndole que no podían hacer nada.

—La ley es la ley —sentenció Billy.

El Profeta habló con calma.

—Veo que ha olvidado su bastón de mando esta mañana, comandante Fitzherbert. ¿Quiere que envíe a Bevin al cuartel a buscárselo?

Con esa misión conseguiría lo que quería, pensó Billy. «Bien hecho, Profeta.»

Pero Fitzherbert no tragó.

—No sea usted ridículo —respondió.

De pronto, Bevin salió disparado como un rayo. Se mezcló con el grupo de hombres que iba detrás y se esfumó en un segundo. Fue algo tan sorprendente que algunos de los hombres rieron.

—No llegará lejos —dijo Fitzherbert—. Y, cuando lo cojan, no será muy divertido.

—¡Es un crío! —exclamó Billy.

Fitzherbert lo miró fijamente.

—¿Cómo se llama? —preguntó.

—Williams, señor.

Fitzherbert se quedó perplejo, aunque no tardó en recuperarse.

—Hay cientos de Williams —dijo—. ¿Cuál es su nombre de pila?

—William, señor. Me llaman Billy Doble.

Fitzherbert lo fulminó con la mirada.

«Lo sabe —pensó Billy—. Sabe que Ethel tiene un hermano que se llama Billy Williams.» Le devolvió la mirada.

—Una palabra más, soldado William Williams, y acabará ante un consejo de guerra —dijo Fitzherbert.

Se oyó un silbido en lo alto. Billy se agachó. Desde detrás les llegó una deflagración ensordecedora. Estalló un huracán a su alrededor: montones de tierra y fragmentos de tablones salieron volando por los aires. Billy oyó gritos. De pronto se encontró tendido en el suelo; no estaba seguro de si lo habían derribado o de si se había tirado él. Algo pesado le golpeó la cabeza, y blasfemó. Luego cayó una bota produciendo un ruido sordo en el suelo, junto a su cara. Había una pierna metida dentro, pero nada más.

—¡Oh, Dios! —exclamó.

Se levantó. No estaba herido. Miró a su alrededor, a los componentes de su sección: Tommy, George Barrow, Mortimer... todos estaban en pie. Todos avanzaron; de pronto vieron la primera línea como una vía de escape.

El comandante Fitzherbert gritó:

—¡Mantengan las posiciones!

—¡Tal como estaban, tal como estaban! —dijo Jones el Profeta.

El repentino avance fue detenido. Billy intentó sacudirse el barro del uniforme. Luego, otro proyectil estalló detrás de ellos. En todo caso, ese explotó más lejos, aunque no suponía una gran diferencia. Se oyó una deflagración, un huracán, y cayó una lluvia de residuos y miembros amputados. Los hombres empezaron a salir a rastras de la trinchera de reunión de la primera línea y a dirigirse hacia el otro lado. Billy y su sección hicieron lo propio. Fitzherbert, Carlton-Smith y Roland Morgan gritaban a los hombres que se quedasen donde estaban, pero nadie los escuchaba.

Avanzaban corriendo, intentando alcanzar una distancia de seguridad con respecto al lugar donde estallaban los proyectiles. A medida que se acercaban a la alambrada de espinos de los ingleses, empezaron a frenar, y se detuvieron en la linde de tierra de nadie al darse cuenta de que por delante los esperaba un peligro tan grande como el que habían dejado atrás.

Con el propósito de sacar partido de la situación, los oficiales se unieron a los hombres.

—¡Formación en línea! —gritó Fitzherbert.

Billy miró al Profeta. El sargento dudó por un instante, y luego refrendó la orden.

—¡Alinéense! ¡Alinéense! —gritó.

—Mira eso —le dijo Tommy a Billy.

—¿El qué?

—Detrás de la alambrada.

Billy miró.

—Los cuerpos —aclaró Tommy.

Billy vio lo que quería decir. El suelo estaba plagado de cadáveres vestidos de color caqui, algunos retorcidos de forma espantosa, otros tendidos pacíficamente como si estuvieran durmiendo y otros abrazados como amantes.

Se contaban por miles.

—Dios, ayúdanos —susurró Billy.

Se sintió mareado. ¿En qué mundo vivían? ¿Qué pretendía Dios al dejar que aquello ocurriera?

La Compañía A se alineó, y Billy y el resto de la Compañía B avanzaron como pudieron para colocarse detrás de ellos.

El horror que sentía Billy se tornó rabia. El conde Fitzherbert y los de su clase habían planeado todo aquello. Ellos estaban al mando y ellos eran los culpables de aquella carnicería. «Tendrían que fusilarlos —pensó con furia—; a todos y cada uno de ellos, ¡joder!»

El teniente segundo Morgan tocó un silbato, y la Compañía A corrió hacia delante como en un partido de rugby. Carlton-Smith tocó su silbato, y Billy se lanzó a la carrera.

En ese momento, las ametralladoras alemanas abrieron fuego.

Los soldados de la Compañía A empezaron a caer, y Morgan fue el primero. No habían disparado sus armas. Eso no era una batalla, era una carnicería. Billy miró a los hombres que tenía a su alrededor. Se sentía desafiante. Los oficiales habían fracasado. Los hombres tenían que tomar sus propias decisiones. ¡Al diablo con las órdenes!

—¡A la mierda con todo! —gritó Billy—. ¡Poneos a cubierto! —Y se tiró al agujero hecho por una bomba.

Los laterales estaban fangosos y había agua estancada en el fondo, pero él, agradecido, hizo presión con el cuerpo sobre la tierra húmeda mientras las balas le pasaban volando por encima de la cabeza. Transcurridos unos segundos, Tommy aterrizó a su lado, luego, el resto de la sección. Los soldados de otras secciones imitaron a los hombres de Billy.

Fitzherbert pasó corriendo junto al agujero.

—¡Sigan moviéndose! —gritó.

—Si sigue insistiendo —masculló Billy—, voy a disparar a ese cabrón.

Entonces Fitzherbert fue alcanzado por el fuego de una ametralladora. Le salió un chorro de sangre de la mejilla y le quedó una pierna doblada por debajo del cuerpo. Se desplomó sobre el suelo.

Billy se dio cuenta de que los oficiales corrían el mismo peligro que los demás hombres. Ya no estaba furioso. En cambio, sí se sentía avergonzado por el ejército inglés. ¿Cómo podía ser tan incompetente? Después de todos los esfuerzos que habían hecho, del dinero que habían gastado, de los meses que habían dedicado a la planificación… la gran ofensiva había sido un fracaso. Resultaba humillante.

Billy echó un vistazo a su alrededor. Fitz estaba tendido, inmóvil, inconsciente. Ni el teniente segundo Carlton-Smith ni el sargento Jones estaban a la vista. Los demás hombres de la sección miraban a Billy. Él solo era cabo, pero esperaban que les dijera qué hacer.

Se volvió hacia Mortimer, que antes había sido oficial.

—¿Tú qué crees que…?

—A mí no me mires, *taffy* —respondió Mortimer con sequedad—. Tú eres el puto cabo.

Billy comprendió que tenía que ocurrírsele un plan.

No iba a hacerlos retroceder. Ni se había planteado esa posibilidad. Habría sido como desperdiciar las vidas de los hombres que ya habían muerto. «Tenemos que sacar algún provecho de esto —pensó—; tenemos que dar lo mejor de nosotros mismos.»

Por otro lado, no pensaba cargar contra una ametralladora.

Lo primero que necesitaban era un análisis del panorama.

Agarró su casco de acero, lo levantó tanto como pudo estirando el brazo, y lo utilizó por encima del borde del cráter como señuelo, por si un alemán tenía visión sobre aquel agujero. Pero no ocurrió nada.

Asomó la cabeza por el borde, a la espera de que, en cualquier momento, un tiro le agujerease el cráneo. Pero también sobrevivió a esa prueba.

Miró más allá de la línea divisoria y a lo alto de la colina, por encima de la alambrada de espinos de la primera línea del frente alemán, enterrada en la ladera. Vio los cañones de los fusiles asomando por los agujeros del parapeto.

—¿Dónde está esa puta ametralladora? —preguntó a Tommy.

—No estoy seguro.

La Compañía C pasó corriendo. Algunos se pusieron a cubierto, pero otros mantuvieron la posición. La ametralladora volvió a abrir fuego y recorrió la línea; los hombres cayeron como bolos. Billy ya no estaba impresionado. Intentaba localizar el punto de procedencia de las balas.

—Lo tengo —dijo Tommy.

—¿Dónde?

—Traza una línea recta desde aquí hasta ese montón de arbustos en lo alto de la colina.

—Ya.

—Mira esa parte en que la línea cruza la trinchera alemana.

—Sí.

—Ahora desvíate un poco hacia la derecha.

—¿Cuánto…?, da igual, ya veo a esos cabrones.

Justo enfrente y un poco hacia la derecha de donde estaba Billy, asomaba algo que podría ser un armazón metálico protector que se levantaba por encima del parapeto, y el inconfundible cañón de una ametralladora. Billy creyó poder distinguir tres cascos alemanes a su alrededor, aunque era difícil asegurarlo.

El joven pensó que el enemigo debía de estar concentrando sus esfuerzos en el hueco de la alambrada británica. Disparaban sin descanso a los hombres que surgían desde ese punto. La forma de atacarlos podía consistir en adoptar un ángulo distinto. Si su sección lograba encontrar una forma de avanzar en diagonal por tierra de nadie, llegarían a la ametralladora por la izquierda de los alemanes, mientras estos estaban mirando hacia la derecha.

Trazó una ruta utilizando tres grandes cráteres abiertos por proyectiles; el tercero de ellos se encontraba justo pasada la zona derribada de la alambrada alemana.

No tenía ni idea de si se trataba de una estrategia militar correcta. Pero la estrategia correcta había costado la vida a miles de hombres esa misma mañana, así que, ¡al diablo con lo correcto!

Volvió a agacharse y miró a los hombres que tenía a su alrededor. George Barrow era un tirador muy preciso pese a su juventud.

—La próxima vez que esa ametralladora abra fuego, prepárate para disparar. En cuanto pare, empieza tú. Con un poco de suerte, se pondrán a cubierto. Yo saldré corriendo hacia ese agujero que hay ahí. Tira con firmeza y vacía el cargador. Tienes diez disparos, consigue que duren medio minuto. En el momento en que los alemanes levanten la cabeza, yo debería de haber llegado al siguiente agujero. —Miró a los demás—. Esperad a la pausa siguiente; luego, salid corriendo mientras Tommy os cubre. La tercera vez, yo os cubriré, y Tommy podrá correr.

La Compañía D llegó a tierra de nadie. La ametralladora abrió fuego. Los fusiles y los morteros de trinchera dispararon al unísono. Pero la carnicería fue menos sangrienta porque había más hombres poniéndose a cubierto en los agujeros de los proyectiles en lugar de seguir corriendo hacia la lluvia de balas.

«En cualquier momento a partir de ahora», pensó Billy. Ya había dicho a los hombres qué iba a hacer, y habría sido una vergüenza retroceder. Apretó los dientes. Era mejor morir que ser un cobarde, volvió a repetirse.

El fuego de ametralladora cesó.

En un segundo, Billy se puso de pie. En ese momento se había convertido en un blanco perfecto. Se agachó y empezó a correr.

A sus espaldas, oyó cómo Barrow disparaba. Su vida estaba en manos de ese chico de correccional de diecisiete años. George disparaba de forma constante: disparo, dos, tres; disparo, dos, tres; tal como le habían ordenado.

Billy cruzó el campo de batalla tan deprisa como pudo, agachado por el peso del macuto. Las botas se le hundían en el barro, respiraba a bocanadas ahogadas, le dolía el pecho, y el único pensamiento que tenía en la mente era que debía ir más deprisa. Estaba más cerca de la muerte de lo que jamás había experimentado.

Cuando se encontraba a un par de metros de distancia del agujero indicado, tiró el arma a su interior y se lanzó como si estuviera placando a un jugador del equipo contrario en un partido de rugby. Cayó en el borde del cráter y se arrastró como pudo al fondo embarrado. Le parecía increíble que aún siguiera con vida.

Escuchó gritos de júbilo lejanos. Su sección aplaudía la carrera. Le asombraba que pudieran estar tan animados en medio de una carnicería como aquella. ¡Qué raros eran los hombres!

Cuando recuperó el aliento, miró con cuidado por encima del borde. Había recorrido algo menos de cien metros. A ese ritmo, le iba a costar un tiempo cruzar tierra de nadie. Pero la alternativa era un suicidio.

La ametralladora volvió a abrir fuego. Cuando paró, Tommy empezó a disparar. Siguió el ejemplo de George e iba haciendo pausas entre los disparos. «Con qué rapidez aprendemos cuando nuestras vidas están en peligro», pensó Billy. Cuando la décima y última bala salió del cargador de Tommy, el resto de la sección llegó al agujero junto a Billy.

—Colocaos a este lado —les gritó, y les hizo una señal para que se situaran por delante.

La posición alemana se encontraba en lo alto de la colina, y Billy temía que el enemigo tuviera visibilidad sobre la parte de atrás del cráter.

Apoyó el fusil en el borde del agujero y apuntó a la ametralladora. Pasado un rato, los alemanes volvieron a abrir fuego. Cuando pararon, Billy disparó. Deseó que Tommy corriera más deprisa. Se dio cuenta de que se preocupaba más por su amigo que por todos los demás hombres de la sección juntos. Mantuvo firme el fusil y disparó a intervalos de unos cinco segundos. No le importaba dar a nadie, siempre que obligase a los alemanes a mantener la cabeza agachada mientras Tommy corría.

El cargador del fusil emitió el ruido característico al quedarse vacío y Tommy aterrizó a su lado.

—¡Por todos los demonios! —dijo Tommy—. ¿Cuántas veces más tendremos que hacerlo?

—Calculo que dos más —respondió Billy al tiempo que recargaba—. Luego o estaremos lo bastante cerca para lanzar una granada de mano… o seremos putos fiambres.

—Por favor, no digas tacos ahora, Billy —dijo Tommy, muy serio—. Ya sabes que lo encuentro de mal gusto.

Billy soltó una carcajada. Y entonces se preguntó cómo había sido capaz de hacerlo. «Estoy en un agujero mientras el ejército alemán me dispara, y estoy riéndome —pensó—. ¡Que Dios me asista!»

Avanzaron de la misma forma hasta el cráter siguiente, aunque este estaba más lejos, y, esta vez, perdieron a un hombre. Joey Ponti recibió un disparo en la cabeza mientras corría. George Barrow lo levantó y lo llevó a cuestas, pero estaba muerto, tenía un sanguinolento agujero en el cráneo. Billy se preguntó dónde estaría su hermano pequeño Johnny: no lo había visto desde que habían salido de la trinchera de reunión. «Tendré que ser yo quien le informe», pensó Billy. Johnny adoraba a su hermano mayor.

Había otros hombres muertos en aquel agujero; tres cuerpos vestidos de caqui flotando en el agua estancada. Debieron de ser de los primeros que corrieron hacia la cumbre de la colina. Billy se preguntó cómo habrían llegado hasta allí. Tal vez fuera pura casualidad. Los cañones debieron de fallar un par de tiros en la primera ráfaga, y los abatieron al regresar.

En ese momento había otros grupos que se aproximaban a los alemanes siguiendo tácticas similares. O bien imitaban al grupo de Billy, o lo que era más probable: habían llegado a las mismas conclusiones y habían descartado la estúpida idea de cargar en la formación lineal ordenada por los oficiales para diseñar sus propias tácticas más lógicas. El resultado era que los alemanes ya no lo tenían todo a su favor. Como estaban recibiendo disparos, ya no eran capaces de mantener la misma cortina de fuego constante. Tal vez por esa razón, el grupo de Billy llegó al último agujero sin sufrir más bajas.

De hecho, contaban con un hombre más. Un completo desconocido estaba tendido junto a Billy.

—¿De dónde cojones sales tú? —le preguntó Billy.

—He perdido a mi grupo —respondió el soldado—. Parece que sabéis lo que hacéis, así que os he seguido. Espero que no te importe.

Hablaba con un acento que Billy imaginó que podía ser canadiense.

—¿Eres buen lanzador? —le preguntó Billy.

—Jugaba en el equipo de béisbol de mi instituto.

—Bien. Entonces, cuando te dé la orden, intenta alcanzar el emplazamiento de esa ametralladora con una granada de mano.

Billy dijo a Llewellyn el Manchas y a Alun Pritchard que lanzasen sus granadas mientras los demás hombres de la sección los cubrían disparando. Una vez más, esperaron a que cesaran las ráfagas de la ametralladora.

—¡Ahora! —gritó Billy, y se levantó.

Se oyó un breve estruendo de disparos de fusil procedente de la trinchera alemana. El Manchas y Alun, asustados por las balas, lanzaron sin control las granadas. Ninguna llegó a la trinchera, que estaba a unos cincuenta metros de distancia, sino que cayeron cerca e hicieron explosión sin causar daños. Billy blasfemó: no habían acabado con la ametralladora y, seguramente, los alemanes volverían a abrir fuego unos segundos después. El Manchas se convulsionó de forma espantosa cuando una ráfaga de balas lo alcanzó.

Billy se sentía extrañamente tranquilo. Se tomó un segundo para centrarse en su objetivo y echó el brazo hacia atrás. Calculó la distancia como si estuviera lanzando una pelota de rugby. Apenas se dio cuenta de que el canadiense, que estaba a su lado, estaba igual de centrado. La ametralladora disparó y se volvió hacia ellos.

Ambos lanzaron al mismo tiempo.

Las granadas cayeron en el interior de la trinchera, cerca del emplazamiento de la ametralladora. Se oyeron dos ruidos sordos. Billy vio el cañón de la ametralladora salir volando por los aires y lanzó un grito triunfal. Sacó la anilla de la segunda granada y ascendió corriendo la ladera, gritando: «¡A la carga!».

La euforia corría por sus venas como una droga. Apenas era consciente del peligro. No tenía ni idea de cuántos alemanes podían estar en esa trinchera apuntándole con sus fusiles. Los demás hombres lo siguieron. Lanzó su segunda granada, y ellos lo imitaron. Algunas salieron propulsadas sin orden ni concierto, otras aterrizaron en la trinchera y explotaron dentro.

Billy llegó a la trinchera. En ese momento se dio cuenta de que iba con el fusil en bandolera. Antes de poder colocarse en posición de tiro, un alemán podría haberlo matado.

Pero no quedaban alemanes vivos.

Las granadas habían causado daños devastadores. El suelo de la trinchera estaba plagado de cadáveres y —lo que era más insoportable de ver— de restos de cuerpos mutilados. Si había sobrevivido algún alemán a aquella carnicería, se habría batido en retirada. Billy saltó al interior de la trinchera y al final consiguió agarrar el fusil con ambas manos para adoptar la postura de disparo. Pero no fue necesario. No quedaba nadie a quien disparar.

Tommy llegó de un salto a su lado.

—¡Lo hemos conseguido! —gritó, eufórico—. ¡Hemos tomado una trinchera alemana!

Billy sentía un regocijo desmedido. Habían intentado matarlo, pero él había sido quien los había matado a ellos. Era un sentimiento de profunda satisfacción, incomparable a nada que pudiera haber sentido antes.

—Tienes razón —le dijo a Tommy—. Lo hemos conseguido.

Billy se quedó impresionado por la calidad de las fortificaciones alemanas. Tenía ojo de minero para valorar una estructura segura. Las paredes estaban reforzadas con tablones, las traviesas eran cuadradas y los refugios subterráneos tenían una profundidad sorprendente: de entre seis y hasta nueve metros, con puertas provistas de dintel y escalones de madera. Eso explicaba cómo habían sobrevivido tantos alemanes durante siete días de bombardeos ininterrumpidos.

Supuestamente, los alemanes cavaban sus trincheras y construían redes gracias a las trincheras de comunicación, mediante las que se vinculaba la primera línea destinada al almacenamiento con las zonas de servicios de la retaguardia. Billy debía asegurarse de que no había tropas enemigas esperando para lanzar una emboscada. Dirigió a los demás en una patrulla de exploración, con los fusiles en ristre, pero no encontraron a nadie.

La red de trincheras acababa en la cumbre de la colina. Desde ese punto, Billy echó un vistazo a su alrededor. A la izquierda de su posición, más allá de la zona en peores condiciones a causa de los proyectiles, otros soldados ingleses habían tomado el sector siguiente; a su derecha, la trinchera terminaba y la ladera descendía hasta un valle con un arroyuelo.

Miró hacia el este, en dirección a territorio enemigo. Sabía que a dos o tres kilómetros había otra red de trincheras: la segunda línea de defensa alemana. Estaba listo para seguir avanzando con su grupo, aunque lo dudó por un instante. No veía a otros soldados ingleses avanzando, y se preguntó si sus hombres ya habrían usado casi toda la munición. Supuso que, en cualquier momento, llegarían los camiones de suministros dando tumbos por los cráteres del terreno con más munición y órdenes para la siguiente acción.

Elevó la vista al cielo. Era mediodía. Los hombres no habían comido nada desde la noche anterior.

—Vamos a ver si los alemanes han dejado algo de comer —dijo.

Situó al Seboso Hewitt en lo alto de la colina como vigía por si los alemanes contraatacaban.

No había mucho que echarse al estómago. Al parecer, los alemanes no estaban muy bien alimentados. Encontraron pan negro enmohecido y salami seco. No había ni una triste cerveza. Se suponía que los alemanes eran famosos por su cerveza.

El general de brigada había prometido que a las tropas que avanzaran les seguirían las cocinas de campaña, pero cuando Billy echó la vista atrás con impaciencia hacia tierra de nadie, no vio ni rastro de los suministros.

Se sentaron a comer sus raciones de pan seco y ternera en lata.

Se dio cuenta de que debía enviar a alguien de vuelta para informar de lo ocurrido. Pero antes de poder hacerlo, la artillería alemana cambió su objetivo. Habían empezado a lanzar proyectiles desde la retaguardia de los ingleses. En ese momento, se centraban en tierra de nadie. Volcanes de tierra hacían erupción entre la línea británica y la alemana. El bombardeo era tan intenso que nadie podría haber retrocedido y haber salido con vida.

Por suerte, los artilleros estaban evitando dar a su propia primera línea. Seguramente no sabían con certeza qué sectores habían sido tomados por los ingleses y cuáles seguían en poder de las tropas alemanas.

El grupo de Billy estaba atrapado. No podían avanzar sin munición, y no podían retroceder por el bombardeo. Aunque Billy parecía ser el único preocupado en su posición. Los demás empezaron a buscar recuerdos. Recogían los cascos acabados en punta, las insignias de las gorras y las navajas de bolsillo. George Barrow registraba todos los cadáveres y les quitaba el reloj y los anillos. Tommy se quedó con una Luger 9 mm de un oficial y una caja de municiones.

Empezaron a sentirse aletargados. No era de extrañar: llevaban toda la noche despiertos. Billy nombró a dos vigías y dejó a los demás echar una cabezada. Se sentía desilusionado. En su primer día de combate había logrado una pequeña victoria y deseaba contárselo a alguien.

Por la noche, la cortina de fuego cesó. Billy pensó en batirse en retirada. Parecía no tener sentido hacer otra cosa, pero temía ser acusado de deserción ante el enemigo. Era imposible imaginar de qué serían capaces los oficiales.

No obstante, los alemanes decidieron por él. El Seboso Hewitt, el vigía en lo alto de la colina, los vio avanzar desde el este. Billy divisó un grupo numeroso —de unos cincuenta o cien hombres— atravesando el valle a la carrera hacia donde ellos estaban. Sus hombres no podrían defender el territorio que acababan de tomar si no conseguían munición.

Por otra parte, si se batían en retirada, los podían acusar.

Reunió a sus hombres.

—Bien, muchachos —dijo—. Disparad a discreción, y batíos en retirada cuando se os acaben las balas.

Vació su cargador apuntando hacia el grupo que se acercaba a ellos, que se encontraba todavía a un kilómetro de distancia, luego se volvió y salió corriendo. Los demás hicieron lo mismo.

Cruzaron tambaleantes las trincheras alemanas y regresaron por tierra de nadie hacia el sol del ocaso, saltando sobre los cadáveres y esquivando a los camilleros que recogían a los heridos. Pero nadie les disparó.

Cuando Billy llegó al lado británico, saltó al interior de la trinchera plagada de cadáveres, heridos y supervivientes exhaustos como él. Vio al comandante Fitzherbert tendido sobre una camilla, con el rostro cubierto de sangre, pero los ojos abiertos, vivo y respirando todavía. «Ahí va uno al que no me habría importado perder», pensó. Había muchos hombres sentados o tendidos en el barro, mirando al vacío, abrumados por la impresión y paralizados por el miedo. Los oficiales intentaban organizar el regreso de los hombres y de los cuerpos a las secciones de retaguardia. No se respiraba sensación de triunfo; nadie avanzaba, los oficiales ni siquiera miraban al campo de batalla. La gran ofensiva había sido un fracaso.

Los hombres que quedaban en la sección de Billy lo siguieron hasta la trinchera.

—¡Qué follón! —exclamó Billy—. ¡Por el amor de Dios, qué follón!

IV

Una semana después, Owen Bevin fue acusado de deserción y cobardía por un tribunal militar.

En el juicio, le dieron la oportunidad de contar con la defensa de un oficial designado como «amigo del prisionero», pero lo rechazó. Como el delito estaba castigado con la pena de muerte, se interpuso de forma automática la apelación de inocencia. Sin embargo, Bevin no dijo nada en su defensa. El juicio duró menos de una hora. Bevin fue declarado culpable.

Lo condenaron a muerte.

Se envió la documentación del fallo al cuartel general para que la revisaran. El comandante en jefe ratificó la sentencia de muerte. Dos semanas después, en un enfangado prado de pastura francés, Bevin se encontraba de pie ante un pelotón de fusilamiento con los ojos vendados.

Algunos hombres debieron de apuntar mal a propósito, porque, tras abrir fuego, Bevin seguía vivo, aunque sangraba. El oficial al mando del pelotón de fusilamiento se acercó, sacó su pistola y disparó dos tiros a bocajarro en la frente del muchacho.

Al final, Owen Bevin murió.

18

Finales de julio de 1916

I

Desde que Billy se había marchado a Francia, Ethel pensaba mucho en la vida y en la muerte. No ignoraba que era posible que no volviera a verlo. Le alegraba saber que había perdido la virginidad con Mildred.

—Reconozco que tu hermano dejó salir su lado más salvaje conmigo —comentó Mildred con despreocupación cuando él se fue—. ¡Qué rico! ¿Tenéis más como él en Gales?

Sin embargo, Ethel sospechaba que lo que sentía Mildred no era tan superficial como fingía, porque, en sus oraciones nocturnas, Enid y Lillian pedían a Dios que cuidase al tío Billy en Francia y que lo devolviese sano y salvo a casa.

Lloyd contrajo una grave infección bronquial en los días siguientes, y Ethel, con angustiosa desesperación, lo acunaba en sus brazos mientras el pequeño luchaba por respirar. Ante el temor de que pudiera morir, se lamentó con amargura de que sus padres no lo conocieran. Cuando el niño mejoró, Ethel decidió llevarlo a Aberowen.

Regresaba exactamente dos años después de haberse marchado. Estaba lloviendo.

El lugar no había cambiado demasiado, aunque le impactó por su aspecto deprimente. Durante los primeros veintiún años de su vida no lo había visto como lo veía en ese mismo momento, después de haber vivido en Londres; se dio cuenta de que Aberowen era todo del mismo color. Todo era gris: las casas, las calles, los montones de escombros y los nubarrones de tormenta que acariciaban con desconsuelo la cordillera.

Se sentía cansada cuando salió de la estación del tren en plena tarde.

Llevar a un niño de dieciocho meses en un trayecto de un día entero era una tarea dura. Lloyd se había portado bien, había sido adorable con todos los compañeros de viaje y les había sonreído mostrándoles sus dientecillos, a pesar de que tuvo que darle de comer en un vagón traqueteante, cambiarlo en un baño maloliente y conseguir que se durmiera cuando empezaba a alborotarse. Ethel se vio sometida a una gran tensión ya que tuvo que hacerlo todo frente a las miradas de los desconocidos.

Con Lloyd apoyado en la cadera y una pequeña maleta en la mano, Ethel salió de la estación y ascendió por la cuesta de Clive Street. No tardó en faltarle el aire. Esa era otra cosa que había olvidado. Londres era prácticamente plano, pero, en Aberowen, era difícil ir a ningún sitio sin tener que subir y bajar por alguna colina empinada.

No sabía qué habría ocurrido allí desde que ella se había marchado. Billy era su única fuente de noticias, y a los hombres no se les daban muy bien los chismorreos. Estaba segura de que ella misma había sido el tema principal de muchas conversaciones durante algún tiempo. Sin embargo, desde entonces, debían de haberse producido nuevos escándalos.

Su regreso sería una gran noticia. Muchas mujeres la miraron con descaro cuando pasaba por la calle con su niño. Sabía muy bien qué estaban pensando. «Ethel Williams, ella que se creía mejor que nosotras, y ahora vuelve con un vestido viejo y marrón, con un bebé en brazos y sin marido. Los orgullosos siempre reciben su merecido», dirían, disfrazando su malicia de lástima.

Fue a Wellington Row, pero no a casa de sus padres. Su padre le había dicho que no regresara jamás. Había escrito a la madre de Tommy Griffiths, a la que llamaban señora Griffiths la Socialista, debido a las radicales ideas políticas de su esposo. (De la misma forma que en la misma calle había una señora Griffiths Iglesia.) Los Griffiths no eran asiduos del templo, y desaprobaban la rigidez de David Williams. Ethel había alojado a Tommy una noche en Londres, y la señora Griffiths estaba encantada de poder devolverle el favor. Tommy era hijo único, así que mientras estaba en el frente, a ella le sobraba una cama.

Los padres de Ethel no sabían que estaba allí.

La señora Griffiths dio una cálida bienvenida a la joven y se deshizo en arrumacos con Lloyd. Tenía una hija de la edad de Ethel que había muerto de tos ferina; ella la recordaba perfectamente, era una chica rubia llamada Gwenny.

Ethel dio de comer y cambió a Lloyd, luego se sentó en la cocina para tomar una taza de té. La señora Griffiths se fijó en su alianza de matrimonio.

—¿Casada? —preguntó.

—Viuda —respondió Ethel—. Murió en Ypres.

—¡Qué pena!

—Se apellidaba Williams, así que no tuve que cambiar de apellido.

La historia no tardó en propagarse por la ciudad. Algunos preguntaban si el tal señor Williams habría existido y si realmente se habría casado con Ethel. No importaba que la creyeran o no. Una mujer que fingía estar casada era alguien aceptable; una madre que admitía su soltería era una fresca despendolada. El pueblo de Aberowen tenía sus principios.

—¿Cuándo vas a ir a ver a tu madre? —preguntó la señora Griffiths.

Ethel no sabía cómo reaccionarían sus padres al verla. Puede que volvieran a echarla, puede que la perdonasen, o tal vez encontrasen alguna forma de condenar su pecado sin prohibirle que los visitara.

—No lo sé —respondió—. Estoy nerviosa.

La señora Griffiths se mostró comprensiva.

—Sí, bueno, tu padre puede ser una fiera. Pero te quiere.

—La gente siempre dice lo mismo. «Tu padre te quiere de verdad.» Pero si es capaz de echarme de su casa, no sé cómo pueden llamar amor a eso.

—Las personas actuamos sin pensar cuando nos hieren en el orgullo —dijo la señora Griffiths para consolarla—. Sobre todo los hombres.

Ethel se levantó.

—Bueno, no tiene sentido retrasarlo, supongo. —Alzó a Lloyd del suelo—. Ven aquí, amor mío. Ha llegado la hora de que descubras que tienes abuelos.

—Buena suerte —le deseó la señora Griffiths.

La casa de los Williams estaba a solo unas puertas de distancia. Ethel esperaba que su padre hubiera salido. De esa forma, al menos tendría algo de tiempo para estar con su madre, que era menos estricta.

Pensó en llamar a la puerta, luego se le ocurrió que era una ridiculez, así que decidió entrar directamente.

Pasó a la cocina donde habían transcurrido tantos días de su vida. Ninguno de sus progenitores estaba allí, pero el abuelo estaba dormitando en su silla. Abrió los ojos, pareció confundido, y luego dijo, lleno de cariño:

—¡Es nuestra Eth!

—Hola, abuelo.

El anciano se levantó y se acercó a ella. Se le veía más frágil: se apoyó en la mesa solo para cruzar la pequeña estancia. La besó en la mejilla y volcó su atención en el bebé.

—Pero bueno, ¿quién es este? —preguntó, encantado—. ¿Podría ser mi primer bisnieto?

—Este es Lloyd —dijo Ethel.

—Pero ¡qué nombre tan bonito!

Lloyd hundió la cara en el hombro de Ethel.

—Es tímido —aclaró ella.

—Ah, es que le asusta este viejo extraño con bigote canoso. Ya se acostumbrará a mí. Siéntate, querida, y cuéntamelo todo.

—¿Dónde está mamá?

—Ha ido a la cooperativa a por una lata de jamón. —La tienda de ultramarinos local era una cooperativa, y compartía sus beneficios con los clientes. Las tiendas de esa clase eran comunes en Gales del Sur, aunque muchas personas no sabían pronunciar la palabra de forma correcta, y las variaciones iban desde la «corporativa» a la «contemplativa»—. Volverá en cualquier momento.

Ethel dejó a Lloyd en el suelo. El pequeño empezó a explorar la estancia, avanzando tambaleante y ayudándose de los pomos de los armarios, algo parecido a lo que hacía el abuelo. Ethel le habló de su trabajo como directora editorial de *The Soldier's Wife*: trabajaba con el impresor, distribuía los paquetes de periódicos, recuperaba los ejemplares que no se habían vendido, conseguía clientes para que se anunciaran en el rotativo. El abuelo se preguntó cómo se las arreglaba para saber hacer todo aquello, y su nieta reconoció que tanto Maud como ella iban improvisando sobre la marcha. La relación con el hombre de la imprenta le resultaba difícil —no le gustaba recibir órdenes de mujeres—, pero se le daba bien vender el espacio destinado a los anuncios. Mientras hablaban, el abuelo sacó su reloj de bolsillo y lo columpió con la mano sin mirar a Lloyd. El niño se quedó mirando la brillante cadena primero y luego se acercó a ella. El abuelo permitió que la agarrase. Lloyd no tardó en estar apoyado sobre las rodillas del anciano para sostenerse en pie mientras examinaba el reloj.

Ethel se sentía rara en la vieja casa. Había imaginado que le resultaría conocida y acogedora, como un par de botas que habían adoptado la forma del pie de quien las había llevado durante años. Pero, en realidad, se sentía ligeramente incómoda. Le daba la sensación de estar en casa de unos antiguos vecinos. No dejaba de mirar los desvaídos dechados bordados con sus cansinos versículos bíblicos y de preguntarse por qué su madre no los habría cambiado en décadas. No sentía que fuera un lugar al que ella perteneciera.

—¿Has sabido algo de nuestro Billy? —preguntó al abuelo.

—No, ¿y tú?

—No, desde que se marchó a Francia.

—Supongo que estará en esa importante batalla del río Somme.

—Espero que no. Dicen que ha ido mal.

—Sí, ha sido terrible; a juzgar por los rumores, terrible.

Los rumores eran lo único que tenían todos, pues los periódicos hacían gala de una alegre ambigüedad en su información. No obstante, muchos heridos habían regresado a hospitales de Gran Bretaña, y las historias que ellos mismos relataban sobre la incompetencia militar de consecuencias letales habían pasado de boca en boca.

Llegó la madre de Ethel.

—Estaban ahí hablando en la tienda como si no tuvieran otra cosa que hacer… ¡vaya! —Se calló de pronto—. ¡Dios de los cielos! ¿Es nuestra Eth? —Rompió a llorar.

Ethel la abrazó.

—Mira, Cara, te presento a tu nieto, Lloyd —dijo el abuelo.

La madre de Ethel se secó las lágrimas y lo levantó en brazos.

—Pero ¡qué guapo es! —exclamó—. ¡Qué pelito tan rizado! Es igualito a Billy cuando tenía su edad. —Lloyd se quedó mirando muy enfadado a la madre de Ethel durante un rato, luego se puso a llorar.

Ethel lo tomó en brazos.

—Últimamente está muy enmadrado —dijo disculpándose.

—Les pasa a todos a su edad —respondió su madre—. Tú aprovéchalo, porque dentro de nada, cambiará.

—¿Dónde está papá? —preguntó Ethel, intentando no parecer demasiado impaciente.

Su madre se puso tensa.

—Ha ido a Caerphilly, a una reunión del sindicato. —Miró el reloj—. Llegará a casa a la hora del té, en cualquier momento, a menos que haya perdido el tren.

Ethel supuso que su madre esperaba que llegase tarde. Ella deseaba lo mismo. Quería estar más tiempo a solas con su madre antes de que estallara la crisis.

Cara le preparó una taza de té y sirvió un plato de tortitas galesas. Ethel tomó una.

—Llevo dos años sin probarlas —dijo—. Son deliciosas.

—Esto sí que es agradable —dijo el abuelo, muy contento—. Tengo a mi hija, a mi nieta y a mi bisnieto en la misma habitación. ¿Qué más puede pedir un hombre en esta vida? —Tomó una tortita galesa.

Ethel pensó en que mucha gente creería que el abuelo no había tenido una gran vida, todo el día sentado en una cocina humeante con el único traje que poseía. Pero se sentía agradecido con lo que tenía, y, al menos, ella lo había hecho feliz ese día.

Entonces entró su padre.

Su madre acababa de empezar una frase.

—Una vez tuve la oportunidad de ir a Londres, cuando tenía tu edad, pero el abuelo dijo...

Se abrió la puerta y Cara dejó de hablar en seco. Todos se quedaron mirando al padre de Ethel mientras entraba de la calle. Llevaba su traje para las reuniones y una gorra de minero, estaba sudando por la ascensión de la colina. Luego dio un paso para entrar a la sala y se quedó parado, mirando.

—Mira quién ha venido —dijo la madre de Ethel con alegría forzada—. Ethel y tu nieto. —Tenía la cara pálida de los nervios.

El padre no dijo nada. Se quitó la gorra.

—Hola, papá. Este es Lloyd.

No la miró.

—El pequeño se parece a ti, Dai, muchacho... por la boquita, ¿lo ves? —dijo el abuelo.

Lloyd percibió la hostilidad que se respiraba en la habitación y empezó a llorar.

El padre de Ethel seguía sin abrir la boca. Ethel se dio cuenta de que había cometido un error al presentarle aquella situación de golpe. No había querido darle la oportunidad de prohibirle que fuera a su casa. Sin embargo, en ese momento comprendió que la sorpresa lo había puesto a la defensiva. Miraba de soslayo. Ethel recordó que siempre había sido un error poner a su padre entre la espada y la pared.

David Williams puso gesto de tozudez. Miró a su mujer y dijo:

—Yo no tengo ningún nieto.

—Venga, vamos —dijo Cara intentando apaciguar los ánimos.

Su esposo siguió con expresión de rigidez. Estaba quieto, mirando a su mujer, sin hablar. Estaba esperando algo, y Ethel se dio cuenta de que no se movería hasta que ella se marchase. Empezó a llorar.

—Oh, ¡por el amor de Dios! —exclamó el abuelo.

Ethel recogió a Lloyd.

—Lo siento, mamá —dijo la joven llorando—. Creí que tal vez… —Se quedó sin voz por el llanto y no pudo acabar la frase. Con Lloyd en brazos pasó junto a su padre. No lo miró a los ojos.

Ethel salió de allí y dio un portazo.

II

Por la mañana, después de que los hombres se hubieran ido a trabajar a la mina y los niños se hubieran ido al colegio, las mujeres realizaban sus labores en el exterior de la casa. Fregaban la acera, los escalones de la entrada de la vivienda o limpiaban las ventanas. Algunas iban a la tienda o salían a hacer otros recados. Ethel pensó que necesitaban ver mundo más allá de sus pequeñas casas, algo que les recordase que la vida no estaba confinada a aquellas cuatro paredes mal construidas.

Se quedó de pie bajo el sol delante de la puerta de la señora Griffiths la Socialista, apoyada contra la pared. A lo largo de toda la calle, las mujeres habían encontrado algún motivo para salir al sol. Lloyd estaba jugando con una pelota. Había visto a otros niños lanzar balones e intentaba imitarlos, pero no lo lograba. Ethel advirtió lo complicada que era la acción de lanzamiento, había que utilizar el hombro y el brazo, la muñeca y la mano juntos. Los dedos tenían que soltar la pelota justo en el momento previo en que el brazo alcanzase su máxima extensión. Lloyd no dominaba todavía aquella técnica, y la dejaba ir demasiado rápido; algunas veces la tiraba por detrás del hombro, o demasiado tarde, así que no tenía velocidad. Pero seguía intentándolo. Ethel suponía que acabaría consiguiéndolo, y entonces jamás lo olvidaría. Hasta que no se tiene un hijo, no se entiende lo mucho que tienen que aprender.

No lograba comprender cómo su padre podía rechazar a ese pequeñín. Lloyd no había hecho nada malo. Ethel era una pecadora, pero también lo eran la mayoría de las personas. Dios perdonaba sus pecados, así que, ¿quién era su padre para juzgarla? Aquello la enfadaba y la entristecía al mismo tiempo.

El chico de la oficina de correos llegó por la calle con su caballo y lo ató cerca de los retretes públicos. Se llamaba Geraint Jones. Su trabajo consistía en entregar paquetes y telegramas, aunque ese día no parecía llevar ningún paquete. Ethel sintió un escalofrío repentino, como si una nube hubiera tapado el sol. En Wellington Row, los telegramas no eran muy frecuentes y por lo general traían malas noticias.

Geraint descendió la cuesta, alejándose de Ethel. Se sintió aliviada: las noticias no eran para su familia.

De pronto, le vino a la memoria una carta que había recibido de lady Maud. Ethel, Maud y otras mujeres habían iniciado una campaña para garantizar que el voto femenino formara parte de cualquier debate en la reforma por el derecho a voto de los soldados. Habían conseguido publicidad suficiente como para asegurarse de que el primer ministro Asquith no pudiera pasar por alto la cuestión.

Las noticias de Maud eran que el primer ministro había evitado enfrentarse a esa causa poniendo todo el asunto en manos de un comité llamado Conferencia Parlamentaria. Pero era algo bueno, según dijo Maud. Se produciría un debate tranquilo y en privado en lugar de los histriónicos discursos de la Cámara de los Comunes. Tal vez se impusiera el sentido común. De todas formas, ella estaba intentando por todos los medios averiguar quiénes eran los designados por Asquith para ese comité.

Unas puertas más allá y calle arriba, el abuelo salió de la casa de los Williams, se sentó en el alféizar que quedaba muy cerca del suelo y encendió la primera pipa del día. Vio a Ethel, le sonrió y la saludó con la mano.

En el otro lado de la calle, Minnie Ponti, la madre de Joey y Johnny, empezó a atizar la alfombrilla con un sacudidor, quitando el polvo a golpes, lo que la hacía toser.

La señora Griffiths salió con una pala llena de ceniza de la cocina de carbón y la tiró en un bache del camino de tierra.

—¿Puedo hacer algo? —le preguntó Ethel—. Puedo ir a la tienda si quieres. —Ya había hecho las camas y había lavado los platos del desayuno.

—Está bien —respondió la señora Griffiths—. Te hago una lista en un momento. —Se apoyó en la pared, jadeando. Era una mujer obesa y cualquier esfuerzo la dejaba sin aliento.

Ethel se percató del revuelo que se había armado al fondo de la calle. Varias personas levantaron la voz. Luego oyó un chillido.

La señora Griffiths y ella se miraron, entonces Ethel recogió a Lloyd y se dieron tanta prisa como pudieron para ir a averiguar qué estaba ocurriendo cerca de los retretes más alejados.

Lo primero que vio Ethel fue un reducido grupo de mujeres apelotonadas en torno a la señora Pritchard, que estaba gritando a pleno pulmón. Las demás intentaban tranquilizarla. Pero ella no era la única. Pugh el Retaco, un antiguo trabajador de la mina que había perdido una pierna en el hundimiento de un techo, estaba con dos vecinos, uno a cada lado. Al otro extremo de la calle, la señora de John Jones el Tendero estaba en la puerta, llorando, agarrando una hoja de papel.

Ethel vio a Geraint, el chico de la oficina de correos, blanco como la cera y a punto de llorar también; estaba cruzando la calle y tocando a la puerta de una nueva casa.

—Telegramas del Ministerio de Guerra… —dijo la señora Griffiths—. ¡Oh! ¡Dios nos asista!

—La batalla del Somme —dijo Ethel—. Los Aberowen Pals deben de haber participado.

—Alun Pritchard tiene que estar muerto, y Clive Pugh, y Jones el Profeta… era sargento, y sus padres estaban tan orgullosos…

—Pobre señora Jones, su otro hijo murió en la explosión de la mina.

—Por favor, Dios, que mi Tommy esté bien —rogaba la señora Griffiths, aunque su marido fuera un ateo recalcitrante—. ¡Oh!, salva a Tommy.

—Y a Billy —dijo Ethel; y luego, susurrando al pequeño oído de Lloyd, añadió—: Y a tu papá.

Geraint llevaba una bolsa de lona colgada del hombro. Ethel se preguntó con miedo cuántos telegramas más llevaría dentro. El chico iba cruzando la calle en zigzag: era el ángel de la muerte con gorra de cartero.

Cuando dejó atrás los retretes públicos y llegó a la mitad superior de la calle, todo el mundo estaba sobre el asfalto. Las mujeres habían dejado de hacer sus tareas y estaban esperando. Los padres de Ethel salieron a la calle: su padre todavía no se había marchado a trabajar. Estaban ahí parados con el abuelo, en silencio y asustados.

Geraint se acercó a la señora Llewellyn. Su hijo Arthur debía de haber muerto. Lo conocían con el sobrenombre del Manchas, según recordaba Ethel. El pobre chico ya no tendría que preocuparse más por su piel.

La señora Llewellyn levantó las manos como para impedir que Geraint siguiera avanzando.

—¡No! —gritó—. ¡No, por favor!

El chico le entregó el telegrama.

—Yo no puedo hacer nada, señora Llewellyn —dijo. No tenía más que diecisiete años—. Lleva su dirección en el destinatario, ¿lo ve?

Aun así, la mujer se negaba a recibir el sobre.

—¡No! —gritó, se volvió de espaldas y se tapó la cara con las manos.

Al chico le temblaban los labios.

—Por favor, tómelo —le rogó—. Aún tengo que repartir todos estos. Y hay más en la oficina, ¡cientos de ellos! Ya son las diez y no sé si voy a poder hacerlo todo antes de que anochezca. Por favor.

La vecina de al lado, la señora de Parry Price, dijo:

—Yo lo recibiré por ella. No he tenido hijos.

—Muchas gracias, señora Price —dijo Geraint, y siguió caminando.

Sacó otro telegrama de la bolsa y pasó de largo por la casa de la señora Griffiths.

—¡Oh, gracias a Dios! —exclamó la señora Griffiths—. Mi Tommy está bien, gracias a Dios. —Empezó a llorar de alivio.

Ethel se cambió a Lloyd a la otra cadera y abrazó a su anfitriona.

El chico se acercó a Minnie Ponti. Ella no gritó, pero empezaron a caerle las lágrimas por las mejillas.

—¿Cuál de los dos? —preguntó con la voz rota—. ¿Joey o Johnny?

—No lo sé, señora Ponti —respondió Geraint—. Tendrá que leer lo que dice ahí.

La señora Ponti rasgó el sobre.

—¡No veo nada! —gritó. Se frotó, intentando aclararse la visión, borrosa por las lágrimas, y volvió a mirar—. ¡Giuseppe! —dijo—. Mi Joey está muerto. ¡Oh, mi pobre niñito!

La señora Ponti vivía casi al final de la calle. Ethel se quedó esperando, con el corazón en un puño, para ver si Geraint se dirigía hacia casa de los Williams. ¿Billy estaba vivo o muerto?

El chico volvió la espalda a la señora Ponti, que era un mar de lágrimas. Miró al otro lado de la calle y vio al padre de Ethel, a su madre y al abuelo, que lo observaban aterrados y en vilo. Echó un vistazo a la bolsa y levantó la mirada.

—Ya no hay nada más para Wellington Row —anunció.

Ethel estuvo a punto de desmayarse. Billy seguía vivo.

Ella miró a sus padres. Su madre estaba llorando. El abuelo intentaba encender su pipa, pero le temblaban las manos.

Su padre la escrutaba. Ethel no podía mirarlo a la cara. El hombre era presa de un fuerte sentimiento, pero ella no sabía cuál.

Dio un paso hacia ella.

No fue mucho, pero sí suficiente. Con Lloyd en brazos, corrió hacia su padre.

Él los rodeó a ambos con un abrazo.

—Billy está vivo —dijo—. Y tú también.

—¡Oh, papá! —exclamó ella—. Siento haberte decepcionado.

—Eso no importa —respondió él—. Eso no importa ahora. —Le daba palmaditas en la espalda como cuando era pequeña y se caía y se lastimaba las rodillas—. Vamos, vamos —le decía—. Tranquila.

III

Un funeral interconfesional era algo poco común entre los cristianos de Aberowen, y Ethel lo sabía. Para los galeses, las diferencias de doctrinas siempre habían sido una cuestión de importancia. Un grupo se negaba a celebrar la Navidad argumentando que no existían pruebas bíblicas de la fecha de nacimiento de Jesucristo. Otro prohibía votar en las elecciones porque el apóstol Pablo escribió: «Nuestra ciudadanía está en los cielos». A ninguno de ellos les gustaba rendir culto junto a personas con las que estaban en desacuerdo.

No obstante, tras el Miércoles del Telegrama, esas diferencias se tornaron triviales en un santiamén.

El párroco de Aberowen, el reverendo Thomas Ellis-Thomas, propuso celebrar un oficio religioso conjunto en memoria de los fallecidos. Cuando se hubieron repartido todos los telegramas, se contaban un total de doscientos once muertos y, como la batalla continuaba, a diario llegaban una o dos notificaciones más. En todas las calles habían perdido a alguien, y en los abarrotados callejones de las casuchas habitadas por los mineros habían sufrido alguna pérdida cada pocos metros.

Los metodistas, los baptistas y los católicos estuvieron de acuerdo con la propuesta del párroco anglicano. Los grupos más minoritarios quizá prefiriesen mantenerse al margen: los baptistas del Evangelio

Completo, los testigos de Jehová, los evangélicos de la Segunda Venida de Cristo y la Iglesia de Bethesda. Ethel se dio cuenta de que su padre luchaba contra su propia conciencia. Sin embargo, nadie quería quedar excluido de lo que prometía ser el oficio religioso más multitudinario en la historia de la ciudad, y, al final, todos participaron. No había sinagoga en Aberowen, pero Jonathan Goldman se contaba entre los fallecidos, y el pequeño grupo de judíos practicantes de la población decidió asistir a la ceremonia, aunque no se hicieran concesiones a su religión.

El oficio se celebró la tarde del domingo a las dos y media en un parque municipal conocido como el Rec, que era la forma abreviada de Parque de Recreo. El ayuntamiento de la ciudad levantó una tribuna provisional para que el párroco oficiase desde allí la ceremonia. Era un día bonito, soleado, y asistieron tres mil personas.

Ethel observó con detenimiento a la multitud. Perceval Jones llevaba un sombrero de copa. Además de ser el alcalde de la ciudad, ahora era miembro del Parlamento. También era oficial al mando honorífico de los Aberowen Pals, y había dirigido la campaña de reclutamiento. Otros muchos directores de Celtic Minerals estaban con él. «Como si ellos tuvieran algo que ver con la heroicidad de los muertos», pensó Ethel con amargura. Morgan «Se ha ido a Merthyr» se presentó con su esposa, pero Ethel pensó que ellos sí estaban en todo su derecho, pues su hijo Roland había muerto.

Entonces vio a Fitz.

Al principio no lo reconoció. Vio a la princesa Bea, con vestido y sombrero negros, seguida por una niñera que llevaba al pequeño vizconde de Aberowen, un niño de aproximadamente la misma edad que Lloyd. Junto a Bea iba un hombre con muletas y la pierna izquierda enyesada, la cabeza vendada y el ojo izquierdo tapado con un parche. Pasado un largo rato, Ethel se dio cuenta de que era Fitz, y soltó un grito de la impresión.

—¿Qué ocurre? —le preguntó su madre.

—¡Mira al conde!

—¿Es él? ¡Oh, por Dios, pobrecillo!

Ethel se quedó mirándolo. Ya no estaba enamorada de él... había sido demasiado cruel. Pero no podía mostrarse indiferente. Le habría dado un beso al rostro que estaba bajo la venda, y habría acariciado ese cuerpo alto y fuerte tan terriblemente lisiado. Era un hombre vanidoso —era el más perdonable de sus defectos—, y ella sabía que la mortificación que sentiría al mirarse al espejo le dolería más que las heridas.

—Supongo que no ha querido quedarse en casa —comentó su madre—. El pueblo lo habría entendido.

Ethel sacudió la cabeza.

—Es demasiado orgulloso —dijo ella—. Él condujo a los hombres a la muerte. Tenía que venir.

—Tú lo conoces bien —respondió Cara con una mirada que hizo pensar a Ethel que su madre sospechaba la verdad—. Aunque supongo que espera que el pueblo se dé cuenta de que las clases altas también sufren.

Ethel asintió en silencio. Su madre tenía razón. Fitz era un arrogante y un prepotente, pero, paradójicamente, también anhelaba el respeto del ciudadano de a pie.

Dai Chuletas, el hijo del carnicero, se acercó a ellas.

—Es muy agradable ver que has vuelto a Aberowen —dijo.

Era un hombre menudo con traje nuevo.

—¿Cómo estás, Dai? —preguntó Ethel.

—Muy bien, gracias. Hay una nueva película de Charlie Chaplin que se estrena mañana. ¿Te gusta Chaplin?

—No he tenido tiempo de ir al cine.

—¿Por qué no dejas al pequeño con tu madre mañana por la noche y vienes al cine conmigo?

Dai había intentado meter la mano por debajo de la falda de Ethel en el Palace Cinema en Cardiff. Aquello sucedió cinco años atrás, pero ella supo por su mirada que él no lo había olvidado.

—No, gracias, Dai —respondió la joven con sequedad.

El muchacho no estaba dispuesto a renunciar tan pronto.

—Ahora trabajo en la mina, pero me quedaré con la tienda cuando mi padre se jubile.

—Sé que te irá muy bien.

—Algunos hombres ni siquiera mirarían a una chica con un hijo —comentó—. Pero yo no soy de esos.

El comentario fue algo condescendiente, pero Ethel decidió no ofenderse.

—Adiós, Dai. Ha sido una invitación muy considerada por tu parte.

Él sonrió a regañadientes.

—Sigues siendo la chica más guapa que he conocido. —Se tocó en la gorra y se alejó.

—¿Qué tiene de malo? —preguntó la madre con indignación—. Necesitas un marido, ¡y él es un buen partido!

¿Que qué tenía de malo? Era bajito, pero lo compensaba con su encanto. Poseía buenas posibilidades de futuro y estaba deseoso de hacerse cargo del hijo de otro hombre. Ethel se preguntó por qué estaba tan segura de que no quería ir al cine con él. ¿Es que todavía creía, en el fondo de su corazón, que era demasiado buena para Aberowen?

Había una hilera de sillas en primera fila para la élite. Fitz y Bea tomaron asiento junto a Perceval Jones y Maldwyn Morgan, y empezó el oficio.

Ethel creía vagamente en la religión cristiana. Suponía que debía de haber un Dios, aunque sospechaba que Él era más razonable de lo que su padre había imaginado. Los acalorados desacuerdos de su padre con las demás iglesias se habían convertido para Ethel en una simple manía contra los iconos, el incienso o el latín. En Londres, ella acudía de vez en cuando a Calvary Gospel Hall los domingos por la mañana, sobre todo porque el pastor era un ferviente socialista que permitía que en su iglesia se celebrasen las reuniones de la clínica de Maud y del Partido Laborista.

En el Rec no había órgano, por supuesto, así que los puritanos no tuvieron que pasar por alto su objeción a los instrumentos musicales. Ethel sabía, por su padre, que se habían producido discusiones sobre la persona que debía dirigir los cánticos, un papel que, en aquella ciudad, era más importante que pronunciar el sermón. Al final, el Coro Masculino de Aberowen fue situado delante, y su director, que no pertenecía a ningún credo en particular, fue puesto al mando de la música.

Empezaron con la pieza de Händel *Apacentará a su rebaño como pastor*, un conocido himno con una elaborada estructura que la congregación interpretó a la perfección. Mientras cientos de voces tenores resonaban en el parque cantando el verso: «Y reunirá a las ovejas con sus manos», Ethel se dio cuenta de que había echado de menos aquella música tan emocionante mientras estaba en Londres.

El cura católico recitó el salmo 129, *De Profundis*, en latín. Habló tan alto como pudo, pero los que estaban más al fondo apenas lo escuchaban. El pastor anglicano leyó la colecta del oficio de entierros del *Libro de oración común*. Dilys Jones, una joven metodista, cantó *Divino amor*, himno compuesto por Charles Wesley. El pastor baptista leyó el capítulo 15 de la Primera Carta a los Corintios, desde el versículo 20 hasta el final.

Algún pastor tenía que representar a los grupos independientes, y le había tocado al padre de Ethel.

Empezó leyendo un único versículo de Romanos 8:11: «Y si el Espíritu de aquel que levantó de los muertos a Jesús mora en vosotros, el que levantó de los muertos a Cristo Jesús vivificará también vuestros cuerpos mortales por su Espíritu que mora en vosotros». La potente voz de su padre retumbó con fuerza por todo el parque.

Ethel se sentía orgullosa de él. Aquel honor era un reconocimiento a su posición como uno de los prohombres de la ciudad, guía espiritual y político. Además, estaba muy elegante: su madre le había comprado una corbata negra, de seda, en los grandes almacenes de Gwyn Evans, en Merthyr.

Habló sobre la resurrección y la vida del más allá, y la concentración de Ethel se dispersó: ya había escuchado todo eso antes. Ella suponía que había una vida después de la muerte, aunque no estaba segura; de todas formas, tarde o temprano, lo averiguaría.

Cierto movimiento entre la multitud la alertó de que su padre se había desviado de los temas de siempre. Lo escuchó decir:

—Cuando este país decidió entrar en guerra, espero que todos los miembros del Parlamento consultaran con su conciencia de forma sincera y piadosa, y que buscaran la orientación del Señor. Pero ¿quién llevó a esos hombres al Parlamento?

«Va a ponerse en plan político —pensó Ethel—. Bien hecho, papá. Eso le borrará la expresión de petulante al párroco.»

—En principio, todos los hombres de este país están obligados a realizar el servicio militar. Pero no todos los hombres han podido participar en la toma de la decisión de entrar en guerra.

Se alzaron vítores de apoyo entre la multitud.

—¡Las leyes sobre el sufragio excluyen a más de la mitad de los hombres de este país de las votaciones!

Ethel dijo en voz alta:

—¡Y a todas las mujeres!

—¡Ahora a callar! —le reprochó su madre—. El discurso lo da tu padre, no tú.

—Más de doscientos hombres de Aberowen perdieron la vida el 1 de julio, allí, en la ribera del Somme. Me han dicho que el total de bajas británicas ¡supera los cincuenta mil hombres!

Se alzó un suspiro de horror entre la multitud. No había muchas personas que conocieran esa cifra. Ethel se la había facilitado a su padre. A Maud se lo habían contado sus contactos en el Ministerio de Guerra.

—Cincuenta mil bajas, y veinte mil muertos —su padre prosiguió—. Y la batalla continúa. Día tras día, mueren más jóvenes. —Entre el público se alzaron voces de desacuerdo, pero quedaron acalladas por los gritos de quienes estaban conformes con lo dicho. Su padre levantó la mano para pedir silencio—. Yo no estoy acusando a nadie. Solo diré una cosa: una carnicería así no puede estar bien cuando se ha negado a esos hombres la oportunidad de decidir si quieren ir a la guerra.

El pastor dio un paso hacia delante e intentó apartar al padre de Ethel, y Perceval Jones pretendió, en vano, subir a la plataforma.

Sin embargo, el padre de Ethel ya casi había terminado.

—Si vuelven a pedirnos que entremos en guerra, no debería hacerse sin el consentimiento de todo el pueblo.

—¡Tanto hombres como mujeres! —gritó Ethel, pero su voz quedó ahogada entre los gritos de aprobación de los mineros.

Había varios hombres que se situaron delante de su padre, discutiendo acaloradamente con él, pero su voz se alzaba por encima del alboroto.

—¡Jamás volveremos a entrar en guerra porque lo diga una minoría! —gritaba a pleno pulmón—. ¡Jamás! ¡Jamás! ¡Jamás!

Se sentó y los vítores resonaron atronadores.

19

Julio-octubre de 1916

I

Kovel era un nudo ferroviario en el territorio de Rusia que en el pasado había pertenecido a Polonia, cerca de la antigua frontera con Austria-Hungría. El ejército ruso se agrupó a unos treinta kilómetros al este de la ciudad, a orillas del río Stokhod. Toda la región era un cenagal, centenares de kilómetros cuadrados de tremedal surcado por veredas. Grigori encontró un pequeño terreno algo más seco y ordenó a su pelotón que acampara allí. No disponían de tiendas: el comandante Azov las había vendido tres meses antes a una fábrica de corte y confección de Pinsk. Dijo que los hombres no necesitaban tiendas en verano, y que para cuando llegara el invierno ya estarían todos muertos.

Por obra de algún milagro, Grigori seguía vivo. Era sargento y su amigo Isaak, cabo. Los que quedaban de la quinta de 1914 eran ya en su mayor parte suboficiales. El batallón de Grigori había sido diezmado, trasladado, reforzado y de nuevo diezmado. Los habían enviado a todas partes excepto a casa.

En los últimos dos años, Grigori había matado a muchos hombres, con fusil, bayoneta y granadas de mano, a la mayoría desde una distancia lo bastante corta para verlos morir. Era algo que provocaba pesadillas a algunos de sus compañeros, particularmente a los mejor educados, pero no a Grigori. Había nacido en la brutalidad de un pueblo rural y había sobrevivido, huérfano, en las calles de San Petersburgo; la violencia no le alteraba el sueño.

Lo que lo había horrorizado era la estupidez, la insensibilidad y la corrupción de los oficiales. Vivir y luchar al lado de la clase gobernante lo había transformado en un revolucionario.

Tenía que seguir con vida. No había nadie más que pudiera cuidar de Katerina.

Le escribía con regularidad, y de cuando en cuando recibía una carta suya, escrita con una pulcra caligrafía de colegiala, con numerosas faltas y tachaduras. Las conservaba todas, cuidadosamente atadas en un fajo que llevaba siempre en el petate, y cuando pasaba algún tiempo sin recibir ninguna, releía las antiguas.

En la primera ella le decía que había dado a luz a un niño, Vladímir, que en ese momento tenía ya dieciocho meses: el hijo de Lev. Grigori anhelaba verlo. Recordaba vívidamente a su hermano de bebé. ¿Tendría Vladímir la sonrisa irresistible y mellada de Lev?, se preguntaba; claro que ya debía de tener dientes, y andar, y farfullar algunas palabras. Grigori quería que el niño aprendiera a decir «tío Grishka».

A menudo recordaba la noche en que Katerina había ido a su cama. En sus fantasías a veces cambiaba el curso de los acontecimientos de modo que, en lugar de rechazarla, la abrazaba, besaba su generosa boca y le hacía el amor. Pero sabía que en la vida real ella pertenecía a su hermano.

Grigori no había tenido noticias de Lev desde que se había marchado, hacía ya más de dos años. Temía que algo terrible le hubiera ocurrido en América. Sus flaquezas lo metían en frecuentes aprietos, aunque daba la impresión de que siempre era capaz de salir airoso de ellos. Su tendencia a buscarse problemas era fruto del modo en que Lev había crecido, viviendo al día sin una disciplina adecuada, y tan solo con Grigori como precaria figura suplente de un padre. Grigori deseaba haber podido hacerlo mejor, pero a la sazón no era más que un niño.

La consecuencia final de todo ello era que Katerina no tenía a nadie que la cuidara, y tampoco a su hijo, excepto Grigori. Él estaba firmemente decidido a conservar la vida, pese a la caótica ineficacia del ejército ruso, para poder regresar algún día al lado de Katerina y de Vladímir.

El comandante de la zona era el general Brusílov, un soldado profesional, a diferencia de muchos de los generales, que no eran sino cortesanos. A las órdenes de Brusílov, los rusos habían ganado terreno en junio, haciendo retroceder a los austríacos, presa de la confusión. Grigori y sus hombres luchaban con ahínco cuando las órdenes tenían alguna lógica. De lo contrario, consagraban sus energías a permanecer fuera de la línea de fuego. Grigori había llegado a dominar esa táctica, y de este modo se había granjeado la lealtad de su pelotón.

En julio, el avance de los rusos se había ralentizado, como siempre, por la falta de suministros. Pero acababa de llegar el refuerzo del Ejército de Guardias. Los Guardias eran un grupo de élite, formado por los más altos y fuertes de los soldados rusos. A diferencia del resto del ejército, disponían de buenos uniformes —de color verde oscuro con galones dorados— y botas nuevas. Pero estaban a las órdenes de un comandante pésimo, el general Bezobrázov, otro cortesano. Grigori creía que Bezobrázov no conseguiría tomar Kovel, por muy altos que fueran los Guardias.

Fue el comandante Azov quien dictó las órdenes al amanecer. Era un hombre espigado y fornido, ataviado con un uniforme ceñido; como era habitual por las mañanas, tenía los ojos enrojecidos. Le acompañaba el teniente Kirílov; este convocó a los sargentos y Azov les dijo que debían vadear el río y seguir los senderos que transcurrían por la ciénaga en dirección al oeste. Los austríacos estaban emplazados allí, aunque no atrincherados: la tierra era demasiado húmeda para cavar trincheras.

Grigori se dio cuenta de que aquel plan iba a acabar en desastre. Los austríacos aguardarían agazapados, a cubierto, en posiciones que habrían podido escoger con esmero. Los rusos estarían concentrados en las veredas y no podrían desplazarse con rapidez por aquel suelo cenagoso. Serían masacrados.

Además, les quedaba poca munición.

—Excelencia, necesitamos un envío de municiones —dijo Grigori.

Azov se movió con presteza pese a su sobrepeso. Sin previo aviso, asestó un puñetazo a Grigori en la boca, que sintió una punzada de dolor abrasador en los labios y cayó de espaldas.

—Eso te mantendrá callado un rato —dijo Azov—. Tendrás la munición cuando tus superiores consideren que la necesitas. —Se volvió hacia los demás—. Formad en filas y avanzad cuando oigáis la señal.

Grigori se puso en pie con el sabor de la sangre en la boca. Se palpó la cara con cautela, y advirtió que había perdido un incisivo. Maldijo su falta de tacto. En un descuido se había acercado en exceso a un oficial. Debería haber sido más prudente: hacían restallar el látigo a la menor provocación. Había tenido suerte de que Azov no fuera armado con un fusil, porque de lo contrario habría sido la culata lo que le hubiese estampado en la cara.

Convocó a su pelotón y les hizo formar en una fila irregular. Tenía previsto rezagarse y dejar que fueran los otros quienes avanzaran, pero

Azov hizo marchar enseguida a su compañía, y el pelotón de Grigori quedó en la vanguardia.

Tendría que idear otro plan.

Se dispuso a vadear el río y los treinta y cinco hombres que componían su pelotón le siguieron. El agua estaba fría, pero era un día despejado y cálido, por lo que a ninguno le importó demasiado mojarse. Grigori caminaba despacio, y sus hombres hacían lo propio, permaneciendo tras él, esperando a ver qué haría.

El Stokhod era ancho y somero, y alcanzaron la orilla opuesta sin mojarse más allá de los muslos. Grigori observó con satisfacción que ya los habían rebasado hombres más aplicados.

Cuando alcanzaron la angosta vereda que transcurría entre el cenagal, el pelotón tuvo que seguir el ritmo de los demás, y Grigori no pudo llevar a término su plan de rezagarse. Empezó a inquietarse. No quería que sus hombres formaran parte de aquella aglomeración cuando los austríacos abrieran fuego.

Tras algo más de un kilómetro, el sendero volvió a estrecharse y el ritmo se ralentizó cuando los hombres que iban al frente tuvieron que constreñirse en una fila de a uno. Grigori vio en ello una oportunidad. Fingiendo impacientarse por el retraso, abandonó la vereda y se internó en la ciénaga. El resto de sus hombres lo siguieron prestos. El pelotón que iba detrás de ellos avanzó y enseguida cubrió el hueco.

El agua le llegaba al pecho a Grigori, y el barro era denso. Resultaba arduo y lento caminar por el cenagal y, tal como había previsto, el pelotón se rezagó.

El teniente Kirílov advirtió lo que ocurría y gritó, irritado:

—¡Eh! ¡Vosotros! ¡Volved al camino!

Grigori le contestó:

—Sí, excelencia. —Pero alejó aún más a sus hombres, como buscando suelo firme.

El teniente renegó y abandonó el intento.

Grigori inspeccionaba el terreno con la misma cautela que los demás oficiales, aunque con distintas intenciones. Los otros buscaban al ejército austríaco; él buscaba un lugar donde esconderse.

Siguió avanzando, y permitiendo que centenares de soldados lo rebasaran. «Los Guardias están muy orgullosos de sí mismos —pensó—. Dejemos que sean ellos quienes luchen.»

A media mañana oyó los primeros disparos al frente. La vanguardia había abierto combate con el enemigo. Había llegado el momento de refugiarse.

Grigori llegó a una pequeña loma donde la tierra estaba más seca. El resto de la compañía del comandante Azov estaba ya lejos, fuera de su campo de visión. Desde lo alto de la loma, Grigori gritó:

—¡A cubierto! ¡Emplazamiento enemigo al frente y a la izquierda!

No había ningún emplazamiento enemigo, y sus hombres lo sabían, pero se agazaparon detrás de arbustos y árboles, y apuntaron con los fusiles al otro lado de la pendiente. Grigori disparó una ráfaga a una mata de vegetación situada a unos quinientos metros, solo por si habían tenido la mala fortuna de elegir un punto donde sí hubiera algunos austríacos, pero no hubo respuesta.

Estarían a salvo mientras permanecieran allí, pensó Grigori satisfecho. Con el transcurso del día, la situación solo podría tener dos desenlaces posibles. Lo más probable era que en pocas horas los soldados rusos retrocedieran renqueantes por el cenagal cargando con los heridos y perseguidos por el enemigo, en cuyo caso el pelotón de Grigori se sumaría a ellos. De no ser así, al caer la noche Grigori concluiría que los rusos habían ganado la batalla y haría avanzar a su grupo para sumarse a la celebración de la victoria.

Mientras tanto, el único problema era obligar a los hombres a seguir fingiendo un combate con un emplazamiento enemigo. Resultaba tedioso yacer en tierra una hora tras otra, con la mirada al frente, como rastreando el terreno en busca de soldados enemigos. Los hombres solían ponerse a comer y a beber, a fumar, a jugar a las cartas e incluso a dormitar, lo cual daba al traste con la farsa.

Pero antes de que tuvieran tiempo para acomodarse, el teniente Kirílov apareció a unos doscientos metros a la derecha de Grigori, al otro extremo de una charca. Grigori gruñó: aquello podía estropearlo todo.

—¿Qué estáis haciendo?

—¡Al suelo, excelencia! —gritó Grigori.

Isaak disparó el fusil al aire y Grigori se agachó. Kirílov hizo lo propio y luego retrocedió por donde había llegado.

Isaak chasqueó la lengua.

—Siempre funciona.

Grigori no estaba seguro. Kirílov parecía molesto, no complacido, como si supiera que lo estaban engañando pero fuera incapaz de hacer nada al respecto.

El joven escuchó el estruendo, el estrépito y el fragor de la batalla que se desataba más allá, calculó que a algo menos de un kilómetro y sin desplazarse en ninguna dirección.

El sol siguió alzándose en el cielo y le secó la ropa húmeda. Grigori empezó a acusar el hambre y pellizcó un trozo de pan seco de la fiambrera, procurando evitar la zona dolorida de la boca, donde Azov le había asestado el puñetazo.

Cuando la bruma se dispersó, vio los aviones alemanes volando bajo a unos dos kilómetros al frente. A juzgar por el sonido, estaban ametrallando a los soldados que había en tierra. Los Guardias, apiñados en las estrechas veredas o vadeando por el barro, debían de constituir un objetivo terriblemente fácil. Grigori se alegró aún más de no encontrarse allí con sus hombres.

Hacia la media tarde, el fragor de la batalla pareció aproximarse. Los rusos se estaban viendo obligados a retroceder. Se preparó para ordenar a su pelotón que se sumara a las tropas en su huida… pero aún no. No quería llamar la atención. Retirarse despacio era casi tan importante como avanzar despacio.

Vio a varios hombres desperdigados a izquierda y derecha, chapoteando en el cenagal camino del río, algunos de ellos obviamente heridos. La retirada había comenzado, pero todavía no era total.

Desde algún lugar próximo oyó un relincho. La presencia de un caballo significaba la presencia de un oficial. Grigori disparó de inmediato a austríacos imaginarios. Sus hombres lo emularon al instante y hubo ráfagas de fuego disperso. A continuación, miró a su alrededor y vio al comandante Azov a lomos de un gran caballo de caza gris, trotando por el barro. Azov gritaba a un grupo de soldados en retirada, ordenándoles que reanudaran la lucha. Ellos le replicaron hasta que él sacó un revólver Nagant —igual que el de Lev, pensó Grigori, sin que viniera al caso— y los apuntó con él, tras lo cual los hombres dieron media vuelta y, a regañadientes, empezaron a deshacer el camino andado.

Azov enfundó el arma y trotó hasta la posición de Grigori.

—¿Qué estáis haciendo aquí, imbéciles? —preguntó.

Grigori permaneció tendido pero rodó sobre sí mismo y volvió a cargar el fusil, colocando en posición el cargador de cinco proyectiles y fingiendo prisa.

—Emplazamiento enemigo en aquella arboleda, excelencia —contestó—. Será mejor que desmonte, señor. Pueden verlo.

Azov no se movió de la silla.

—¿Y qué estáis haciendo? ¿Esconderos?

—Su Excelencia el teniente Kirílov nos ha ordenado que acabemos con ellos. He enviado a una patrulla para que se aproxime por un flanco mientras nosotros los cubrimos desde aquí.

Azov no era del todo estúpido.

—Pues no parece que estén disparando.

—Los tenemos cercados.

Azov sacudió la cabeza.

—Se habrán retirado… si es que en algún momento llegaron a estar ahí.

—No lo creo, excelencia. Hace un momento trataban de acribillarnos.

—Allí no hay nadie. —Azov alzó la voz—. ¡Alto el fuego! ¡Vosotros! ¡Alto el fuego!

El pelotón de Grigori dejó de disparar y miró al comandante.

—¡A mi señal, atacad! —dijo. Desenfundó la pistola.

Grigori no sabía qué hacer. Obviamente, la batalla había sido el desastre que él había presagiado. Después de haberla evitado todo el día, no quería arriesgar vidas cuando sin duda ya había concluido. Pero el conflicto directo con oficiales era peligroso.

En ese instante, un grupo de soldados emergió de entre la vegetación en el lugar donde Grigori había fingido que había un emplazamiento enemigo. Grigori los miró atónito. Sin embargo, no eran austríacos, advirtió en cuanto pudo distinguir sus uniformes: eran rusos en retirada.

Pero Azov no cambió de parecer.

—¡Esos hombres son cobardes desertores! —vociferó—. ¡Atacad! —Y disparó con el revólver contra los rusos, que se encaminaban hacia ellos.

Los hombres del pelotón estaban perplejos. Los oficiales a menudo amenazaban con disparar contra soldados que parecían reticentes a entrar en batalla, pero los hombres de Grigori nunca habían recibido la orden de atacar a los de su mismo bando. Lo miraron desconcertados.

Azov apuntó con el revólver a Grigori.

—¡Atacad! —gritó—. ¡Disparad a esos traidores!

Grigori tomó una decisión.

—¡Adelante, soldados! —gritó. Se puso en pie. Se volvió de espaldas a los rusos, miró a derecha e izquierda y levantó el fusil—. ¡Ya habéis oído al comandante! —Giró el fusil fingiendo prepararse para obedecer la orden, pero apuntó con él a Azov.

Si tenía que disparar contra los de su bando, antes mataría a un oficial que a un soldado.

Azov lo miró petrificado unos instantes, y en ese segundo Grigori apretó el gatillo.

El primer disparo alcanzó al caballo, y el animal renqueó. Eso le salvó la vida a Grigori, pues Azov le disparó, pero la repentina sacudida del caballo desvió la trayectoria de la bala. Automáticamente, Grigori accionó el cerrojo del fusil y volvió a disparar.

Falló. Grigori blasfemó. En esos momentos corría verdadero peligro. Pero el comandante también.

Azov forcejeaba con el caballo y ello le impedía apuntar con el arma. Grigori siguió sus bruscos movimientos por la mira del fusil, disparó por tercera vez y alcanzó a Azov en el pecho. Vio cómo el comandante caía lentamente del caballo. Fue presa de una sensación de macabra satisfacción cuando el pesado cuerpo del oficial fue a dar a una charca enlodada.

El caballo se alejó con paso vacilante y, de pronto, se sentó sobre los cuartos traseros, como un perro.

Grigori se acercó a Azov. El comandante yacía de espaldas sobre el barro, con la mirada clavada en el cielo, inmóvil pero aún con vida, sangrando por el costado derecho del pecho. Grigori miró a su alrededor. Los soldados en retirada seguían estando demasiado lejos para ver con claridad lo que ocurría. Sus hombres eran absolutamente leales: él les había salvado la vida en numerosas ocasiones. Posó el cañón del fusil contra la frente de Azov.

—Esto es por todos los rusos decentes a los que has matado, perro asesino —dijo, e hizo una mueca que dejó su dentadura a la vista—. Y por mi diente —añadió, y apretó el gatillo.

Azov quedó inerte y dejó de respirar.

Grigori miró a sus hombres.

—Desgraciadamente, el comandante ha muerto víctima del fuego enemigo —dijo—. ¡Retirada!

Todos lo vitorearon y echaron a correr.

Grigori fue hasta el lugar donde se encontraba el caballo. El animal intentó incorporarse, pero Grigori vio que tenía una pata rota. Acercó el fusil a una de sus orejas y disparó el último proyectil. El caballo cayó de costado y quedó inmóvil.

Grigori sintió más lástima por él que por el comandante Azov. Corrió tras sus hombres.

II

Cuando la ofensiva Brusílov llegó a un punto muerto, Grigori fue destinado a la capital, renombrada ya como Petrogrado porque San Petersburgo tenía connotaciones demasiado alemanas. Al parecer, se requerían soldados curtidos en la lucha para proteger a la familia del zar y a sus ministros de los ciudadanos furiosos. Los supervivientes del batallón fueron fusionados con el 1.er Regimiento de Artillería, un cuerpo de élite, y Grigori se instaló en sus cuarteles de la avenida Samsonievski, en el distrito de Viborg, un barrio obrero de fábricas y suburbios. Los artilleros del 1.er Regimiento comían bien y disponían de un techo, en un intento de mantenerlos lo bastante contentos para defender el detestado régimen.

Se alegraba de estar de vuelta, y aun así la perspectiva de ver a Katerina lo aterraba. Ansiaba verla, oír su voz, coger en brazos a su bebé, su sobrino. Pero el deseo que ella despertaba en él lo angustiaba. Era su esposa, pero eso no era más que un mero tecnicismo. La realidad era que ella había elegido a Lev, y que su bebé era hijo de Lev. Grigori no tenía derecho a amarla.

Meditó incluso la idea de no decirle que había vuelto. En una ciudad de más de dos millones de habitantes, era muy probable que nunca se encontraran de forma accidental. Pero eso le habría resultado demasiado difícil de soportar.

En su primer día de regreso no se le permitió abandonar los cuarteles. Se sintió frustrado de no poder ir a ver a Katerina. En lugar de eso, por la noche Isaak y él se pusieron en contacto con otros bolcheviques en los cuarteles. Grigori decidió organizar un grupo de debate.

La mañana siguiente, su pelotón pasó a formar parte de la brigada designada para la custodia del hogar del príncipe Andréi, su antiguo patrón, durante la celebración de un banquete. El príncipe vivía en un palacio rosa y ocre en el Muelle Inglés, calle que daba al río Neva. Al mediodía, los soldados formaron en sendas filas a lo largo de la escalinata. Unas nubes bajas y tormentosas oscurecían la ciudad, pero la luz brillaba en todas las ventanas de la casa. Detrás de sus cristales, enmarcados por cortinas de terciopelo como en una obra teatral, lacayos y criadas con uniformes impolutos correteaban llevando botellas de vino, fuentes con exquisiteces y bandejas de plata con pilas de fruta. En el salón había una pequeña orquesta y desde fuera se oían los compases de una sinfonía. Los grandes y brillantes coches se detenían al pie de la escalinata; los lacayos se apresuraban a abrir las portezuelas y de ellos bajaban invitados, los hombres con abrigos negros y sombreros altos, las mujeres envueltas en pieles. Una pequeña muchedumbre se había congregado al otro lado de la calle para verlos.

Era una escena conocida, pero con una diferencia: cada vez que alguien se apeaba de un coche, la muchedumbre lo abucheaba y se mofaba de él. En los viejos tiempos, la policía los habría dispersado en un minuto a golpe de porra. Pero ya no había policía, y los invitados subían la escalinata tan raudos como podían entre dos hileras de soldados y cruzaban a toda prisa la regia entrada, muy nerviosos ante la posibilidad de permanecer demasiado rato en el exterior.

Grigori creía que aquella gente estaba en su derecho de abuchear a la nobleza que había convertido la guerra en semejante desastre. Si se producían disturbios, se decantaría por apoyar a aquellos ciudadanos. No tenía la menor intención de dispararles, y sospechaba que la mayoría de los soldados tampoco.

¿Cómo podían los nobles celebrar suntuosas fiestas en un momento como ese? La mitad de Rusia se moría de hambre, y las raciones de los soldados en el frente escaseaban. Hombres como Andréi merecían que se les matara mientras dormían. «Como lo vea —pensó Grigori—, voy a tener que contenerme para no dispararle como al comandante Azov.»

La procesión de coches concluyó sin incidentes, y la muchedumbre, aburrida, acabó por dispersarse. Grigori pasó la tarde escrutando los rostros de las mujeres que cruzaban por allí, deseando ver a Katerina, a pesar de las pocas posibilidades de que ello sucediera. Para cuando los invitados empezaron a marcharse, anochecía y hacía frío, y nadie quería estar ya en la calle, por lo que no hubo más abucheos.

Después de la fiesta, a los soldados se les invitó a entrar por la puerta trasera y dar cuenta de las sobras que había dejado el servicio: restos de carne y pescado, verdura fría, bollos de pan a medio comer, manzanas y peras. Todo estaba desperdigado en una mesa de caballete, mezclado de cualquier manera: lonchas de jamón embadurnadas con paté de pescado, fruta con salsa de carne, pan con ceniza de cigarro.

Pero habían comido peor en las trincheras, y habían pasado muchas horas desde el desayuno de gachas y bacalao desalado, de modo que lo engulleron todo con ansia.

En ningún momento vio Grigori el odiado rostro del príncipe Andréi. Quizá fuese mejor así.

Cuando regresaron a los cuarteles y entregaron las armas, se les concedió el resto de la jornada libre. Grigori estaba eufórico: era su oportunidad de visitar a Katerina. Se dirigió a la cocina de los cuarteles, entró por la puerta trasera y allí mendigó un poco de pan y carne para llevárselo; un sargento tenía sus privilegios. Luego se lustró las botas y salió.

Viborg, donde estaban los cuarteles, se hallaba en la zona nororiental de la ciudad, y Katerina vivía en el extremo opuesto en diagonal, en el barrio de Narva, en el sudoeste, si es que aún conservaba la antigua habitación cerca de la fábrica Putílov.

Se encaminó al sur por la avenida Samsonievski y cruzó el puente Liteini en dirección al centro. Algunas de las tiendas más lujosas seguían abiertas, las ventanas iluminadas con luz eléctrica, pero muchas otras estaban cerradas. En los comercios más modestos había poca mercancía a la venta. El escaparate de una panadería lucía un único pastel y un cartel escrito a mano en el que se leía: «No habrá pan hasta mañana».

El amplio bulevar de la avenida Nevski le recordó el fatídico día de 1905 en que caminaba por allí con su madre y vio cómo soldados del zar la mataban de un disparo. Él mismo era ya un soldado del zar, pero jamás dispararía a una mujer ni a sus hijos. Si el zar intentaba algo así, habría problemas de otra índole.

Vio a diez o doce jóvenes con aspecto de matones, ataviados con abrigos y gorros negros, que lucían un retrato del zar Nicolás de joven, aún con una cabellera poblada y una barba rojiza y lustrosa. Uno de ellos gritó: «¡Larga vida al zar!», y todos se detuvieron, se quitaron el gorro y vitorearon. Varios viandantes se descubrieron también la cabeza.

Grigori había topado antes con bandas similares. Se les llamaba los Cientos Negros, miembros de la Unión del Pueblo Ruso, un grupo de derechas que pretendía el retorno a la época dorada en que el zar era el padre incontestado de su pueblo, y Rusia no tenía liberales, ni socialistas, ni judíos. El gobierno financiaba sus periódicos, y sus panfletos se imprimían en el sótano de la jefatura de la policía, según la información que los bolcheviques habían recibido de sus contactos en el cuerpo.

Grigori pasó junto a ellos y les dirigió una mirada desdeñosa. Uno de ellos lo abordó.

—¡Eh, tú! ¿Qué haces con el gorro puesto?

Grigori siguió caminando sin replicar, pero otro miembro de la banda lo agarró de un brazo.

—¿Qué eres tú, un judío? —lo increpó el segundo hombre—. ¡Quítate el gorro!

Grigori respondió con calma:

—Vuelve a tocarme y te arranco la puta cabeza, niñato bocazas.

El joven retrocedió, y luego le ofreció un panfleto.

—Lee esto, amigo —le dijo—. Explica cómo los judíos os están traicionando a los soldados.

—Apártate de mi camino o te meto ese panfleto por el culo —repuso Grigori.

El hombre miró a sus camaradas en busca de apoyo, pero los demás empezaron a apalear a un hombre de mediana edad que llevaba un gorro de pieles. Grigori siguió su camino.

Al pasar junto a la puerta de una tienda tapiada con tablones, una mujer se dirigió a él.

—Eh, muchachote —le dijo—. Por un rublo nos vamos a la cama.

Era la típica cháchara de prostituta, pero su voz le sorprendió: parecía educada. Le dirigió una mirada rápida. Llevaba un abrigo largo, y al ver que la miraba ella lo abrió para mostrarle que no llevaba nada debajo, a pesar del frío. Tendría unos treinta años, grandes senos y un vientre generoso.

Grigori sintió un acceso de lujuria. Hacía años que no estaba con una mujer. Las prostitutas de las trincheras eran infames y sucias, y estaban enfermas. Pero aquella mujer parecía alguien a quien no le importaría abrazar.

Ella se cerró el abrigo.

—¿Sí o no?

—No tengo dinero —dijo Grigori.

—¿Qué llevas ahí? —preguntó señalando con la cabeza el petate de Grigori.

—Algo de comida.

—Puedes pagarme con una hogaza de pan —dijo la mujer—. Mis hijos están hambrientos.

Grigori pensó en esos senos voluptuosos.

—¿Dónde?

—En la trastienda.

«Al menos —pensó Grigori—, la frustración sexual no me volverá loco cuando vea a Katerina.»

—De acuerdo.

Ella abrió la puerta, lo llevó adentro y luego cerró con pestillo. Cruzaron la tienda vacía hasta otra sala. A la tenue luz que se filtraba de la calle, Grigori vio un colchón en el suelo cubierto con una manta.

La mujer se dio la vuelta para mirarlo y volvió a abrirse el abrigo. Él contempló la mata de vello negro de su entrepierna. Ella le tendió una mano.

—Primero el pan, por favor, sargento.

Él sacó una hogaza de pan grande del petate y se la dio.

—Vuelvo enseguida —dijo ella.

Subió corriendo la escalerilla y abrió la puerta. Grigori oyó una voz infantil. Y luego la tos de un hombre, seca y áspera, que brotaba de lo más profundo de sus pulmones. Durante un rato le llegaron ruidos amortiguados de movimiento y voces susurradas. Después volvió a oír la puerta y ella bajó.

Se quitó el abrigo, se tendió en el colchón y abrió las piernas. Grigori se acostó a su lado y la abrazó. Ella tenía una cara atractiva e inteligente, aunque surcada por la tensión y el sufrimiento.

—¡Vaya, eres fuerte!

Él acarició su suave piel, pero el deseo lo había abandonado. La escena en su conjunto era patética: la tienda vacía, el esposo enfermo, los niños hambrientos y la coquetería impostada de la mujer.

Ella le desabotonó los pantalones y le rodeó el fláccido pene con la mano.

—¿Quieres que te la chupe?

—No. —Él se incorporó y le tendió el abrigo—. Tápate.

Ella le contestó, con voz atemorizada:

—No puedo devolverte el pan… Ya deben de habérselo comido…

Él negó con la cabeza.

—¿Qué te ha pasado? —preguntó a la mujer.

Ella se puso el abrigo y se lo abrochó.

—¿Tienes un cigarrillo?

Él le dio uno y se encendió otro para sí.

Ella exhaló el humo.

—Teníamos una zapatería, zapatos de calidad a precios razonables para la clase media. Mi marido es un buen comerciante y vivíamos bien. —Había un deje de amargura en su voz—. Pero en esta ciudad, nadie, aparte de la nobleza, se ha comprado unos zapatos nuevos en dos años.

—¿No puedes hacer alguna otra cosa?

—Sí. —En sus ojos refulgió la ira—. No nos quedamos cruzados de brazos y aceptamos nuestra suerte sin más. Mi marido vio que podía suministrar botas buenas para los soldados a mitad del precio que estaba pagando el ejército. Todas las pequeñas fábricas a las que habíamos comprado género estaban desesperadas por recibir pedidos. Fue al Comité de Industrias de Guerra.

—¿Eso qué es?

—Has pasado un tiempo fuera, ¿verdad, sargento? Hoy todo lo que funciona aquí lo gestionan comités independientes, el gobierno es demasiado incompetente para hacer nada. El Comité de Industrias de Guerra abastece al ejército… o lo hacía, cuando Polivánov era ministro de Guerra.

—¿Qué falló?

—Conseguimos el pedido, mi marido invirtió todos sus ahorros en pagar a los fabricantes, y luego el zar fusiló a Polivánov.

—¿Por qué?

—Polivánov consentía la presencia en el comité de representantes elegidos por los obreros, por lo que la zarina concluyó que debía de ser un revolucionario. En cualquier caso, se canceló el pedido y nosotros nos arruinamos.

Grigori sacudió la cabeza, asqueado.

—Y yo creía que solo eran los comandantes del frente los que estaban locos.

—Probamos otras cosas. Mi marido estaba dispuesto a trabajar en lo que fuese, de camarero o conductor de tranvías o reparando carreteras, pero nadie lo contrataba, y luego enfermó por la preocupación y la mala alimentación.

—Y ahora haces esto.

—No se me da muy bien, pero algunos hombres son amables, como tú. Otros… —Se estremeció y apartó la mirada.

Grigori apuró el cigarrillo y se puso en pie.

—Adiós. No voy a preguntarte cómo te llamas.

Ella también se levantó.

—Gracias a ti, mi familia sigue viva. —Se le entrecortó la voz un instante—. Y no tendré que volver a la calle hasta mañana. —Se puso de puntillas y le besó levemente en los labios—. Gracias, sargento.

Grigori se marchó.

El frío arreciaba. Apuró el paso por las calles hacia el barrio de Narva. A medida que se alejaba de la esposa del comerciante, fue recuperando la libido y recordó pesaroso su suave cuerpo.

Pensó que, como él, Katerina también tendría necesidades físicas. Dos años sin amor eran mucho tiempo para una mujer joven, y ella aún tenía solo veintitrés años, y también pocos motivos para ser fiel a Lev o a Grigori. Una mujer con un bebé bastaba para ahuyentar a muchos hombres, pero, por otra parte, era una mujer seductora, o lo había sido hacía dos años. Tal vez no estuviera sola esa noche. Sería algo espantoso...

Siguió caminando hacia su viejo hogar siguiendo las vías del tren. ¿Lo traicionaba la imaginación, o la calle parecía estar en peor estado que hacía dos años? Daba la impresión de que en aquel tiempo no se hubiera pintado, reparado o incluso limpiado nada. Vio a varias personas haciendo cola en una esquina a la puerta de una panadería, aunque estaba cerrada.

Aún tenía la llave. Entró en la casa.

Se sintió atemorizado al subir la escalera. No quería encontrarla con un hombre. Deseó haberla avisado de su llegada para que ella se hubiera asegurado de estar sola.

Llamó a la puerta.

—¿Quién es?

El sonido de su voz le puso al borde de las lágrimas.

—Una visita —contestó con aspereza, y abrió la puerta.

Ella estaba de pie junto a la chimenea, con una cazuela en las manos. La dejó caer y, con ella, la leche que contenía, y se llevó las manos a la boca. Dejó escapar un leve chillido.

En el suelo, a su lado, estaba sentado un niño con una cuchara de estaño en una mano. Parecía que acababa de aporrear con ella una lata vacía. Se quedó mirando a Grigori un instante, sorprendido, y luego arrancó a llorar.

Katerina lo cogió en brazos.

—No llores, Volodia —le dijo, acunándolo—. No tienes de qué asustarte. —Él se calmó, y Katerina añadió—: Este es tu papá.

Grigori no estaba seguro de querer que Vladímir creyera que era su padre, pero aquel no era momento para discutir. Entró en la estancia y cerró la puerta a su paso. Los abrazó, besó al niño y después a Katerina en la frente.

Se retiró y los miró a los dos. Ella ya no era la muchacha de cara lozana a la que había rescatado de las atenciones no deseadas del jefe de policía Pinski. Estaba más delgada y tenía un aspecto fatigado, crispado.

Curiosamente, el niño no se parecía demasiado a Lev. No había en él indicios de su atractivo, ni de su sonrisa triunfal. En todo caso, Vladímir tenía la intensa mirada azul que Grigori veía cuando se miraba en el espejo.

Grigori sonrió.

—Es muy guapo.

—¿Qué te ha pasado en la oreja? —le preguntó Katerina.

Él se tocó lo que le quedaba de la oreja derecha.

—Me hirieron en la batalla de Tannenberg.

—¿Y a tu diente?

—Disgusté a un oficial. Pero ya está muerto, así que le gané la partida.

—Ya no eres tan atractivo.

Ella nunca le había dicho que lo encontrara atractivo.

—Son heridas sin importancia. Tengo suerte de estar vivo.

Echó un vistazo a su antigua habitación. Había cambiado sutilmente. En la repisa de la chimenea, donde Grigori y Lev dejaban siempre las pipas, el tarro con tabaco, fósforos y pajuelas, Katerina había puesto un jarrón de cerámica, una muñeca y una postal a color de Mary Pickford. Una cortina cubría la ventana. Estaba hecha de retales, como una colcha, pero Grigori nunca había tenido cortinas. También apreció el olor, su ausencia, y cayó en la cuenta de que el aire de aquella estancia siempre había estado saturado de humo de tabaco y del hedor de col hervida y hombres desaseados. Ese día olía a limpio.

Katerina limpió la leche derramada.

—He tirado la cena de Volodia —dijo—. No sé qué voy a darle de comer. Mis pechos ya no dan leche.

—No te preocupes. —Grigori extrajo un trozo de salchicha, una col y una lata de mermelada del petate. Katerina miró incrédula todo aquello—. De la cocina de los cuarteles —explicó él.

Ella abrió la mermelada y le dio un poco a Vladímir con una cucharilla. El pequeño la comió y dijo:

—¿Más?

Katerina se llevó una cucharada a la boca y luego siguió dándole al niño.

—Esto es como un cuento de hadas —dijo—. ¡Tanta comida! ¡No voy a tener que dormir a la puerta de la panadería!

Grigori frunció el entrecejo.

—¿Qué quieres decir?

Ella tomó otra cucharada de mermelada.

—Nunca hay suficiente pan. Por la mañana, en cuanto la panadería abre, ya está todo vendido. La única forma de conseguir pan es hacer cola. Y si no estás allí antes de medianoche, para cuando llegas al mostrador ya no queda nada.

—Dios mío. —No soportaba imaginarla durmiendo en la calle—. ¿Y Volodia?

—Una de las chicas está pendiente de él en mi ausencia, aunque ahora ya duerme de un tirón toda la noche.

No era de extrañar que la mujer del comerciante estuviera dispuesta a vender su cuerpo a Grigori a cambio de una hogaza de pan. Probablemente se había excedido con lo que le había pagado.

—¿Cómo te las arreglas?

—Gano doce rublos a la semana en la fábrica.

Él se sorprendió.

—Pero… ¡eso es el doble de lo que ganabas cuando me fui!

—Y entonces el alquiler de esta habitación era de cuatro rublos semanales; ahora es de ocho. Eso me deja cuatro rublos para todo lo demás. Y una bolsa de patatas antes costaba un rublo, pero ahora cuesta siete.

—¡Siete rublos por una bolsa de patatas! —Grigori no daba crédito—. ¿Cómo vive la gente?

—Todo el mundo pasa hambre. Los niños se desploman y mueren. Los ancianos se apagan. Cada día es peor, y nadie hace nada.

Grigori se sintió abatido. Mientras sufría en el ejército, se consolaba pensando que Katerina y el niño estaban mejor que él, con un lugar cálido donde dormir y suficiente dinero para comida. Se había estado engañando. La rabia se apoderó de él al pensar que ella tenía que dejar allí a Vladímir para dormir en la calle a la puerta de la panadería.

Se sentaron a la mesa y Grigori cortó la salchicha en rodajas con la navaja.

—Nos sentaría muy bien un té.

Katerina sonrió.

—Llevo un año sin tomar té.

—Traeré un poco de los cuarteles.

Katerina comió la salchicha.

Grigori sintió cómo lo embargaba una serena alegría. En el frente había fantaseado con aquella escena, la pequeña habitación, la mesa con comida, el bebé, Katerina. En ese momento se hacía realidad.

—Esto no debería ser tan difícil —dijo con aire meditabundo.

—¿A qué te refieres?

—Tú y yo somos jóvenes, y fuertes, y trabajadores. Lo único que deseo es esto: una habitación, algo de comer, descansar al final del día. Esto es lo que deberíamos tener todos los días.

—Los partidarios de los alemanes en la corte real nos han traicionado —dijo ella.

—¿De veras? ¿Cómo ha sido?

—Bueno, ya sabes que la zarina es alemana.

—Sí. —La esposa del zar había nacido en el Imperio alemán; era la princesa Alix de Hesse y del Rin.

—Y Stürmer obviamente también es alemán.

Grigori se encogió de hombros. Por lo que sabía, el primer ministro Stürmer había nacido en Rusia. Muchos rusos tenían apellidos alemanes, y viceversa; habitantes de ambos países llevaban siglos cruzando la frontera en ambas direcciones.

—Y Rasputín es proalemán.

—¿Sí? —Grigori sospechaba que el excéntrico monje estaba interesado, ante todo, en fascinar a las mujeres de la corte y ganar influencia y poder.

—Todos están juntos en esto. A Stürmer le han pagado los alemanes para que mate de hambre al campesinado. El zar llama por teléfono a su primo, el káiser Guillermo, y le informa de dónde van a estar nuestras tropas. Rasputín quiere que nos rindamos. Y la zarina y su dama de honor, Anna Virubova, se acuestan a la vez con Rasputín.

Grigori tenía conocimiento de la mayoría de esos rumores. No creía que la corte fuera proalemana. Se trataba, sencillamente, de que era necia e incompetente. Pero muchos soldados creían esas historias y, a juzgar por Katerina, muchos civiles también. Era tarea de los bolcheviques explicar los verdaderos motivos por los que los rusos estaban perdiendo la guerra y muriendo de hambre.

Pero no esa noche. Vladímir bostezó, y Grigori se levantó y lo acunó, paseándolo por la habitación mientras Katerina lo ponía al día. Le habló de su vida en la fábrica, de los otros inquilinos de la casa y de las personas que conocía. El capitán Pinski era ya teniente de la policía secreta, y se dedicaba a desenmascarar liberales y demócratas peligrosos. Había miles de niños huérfanos en las calles, robando y prostituyéndose para sobrevivir, o muriendo de hambre y frío. Konstantín, el amigo más íntimo de Grigori en la fábrica Putílov, era miembro del Comité Bolchevique de Petrogrado. Los miembros de la familia Vyalov eran los únicos que se estaban enriqueciendo: por muy aguda que fuera la carestía, ellos siempre tenían vodka, caviar, cigarrillos y chocolate para vender.

Grigori contempló su amplia boca y sus labios carnosos. Era un placer verla hablar. Tenía un mentón imponente y unos audaces ojos azules, aunque a él siempre le parecía vulnerable.

Vladímir se durmió, arrullado por los brazos de Grigori y la voz de Katerina. Grigori lo dejó con cuidado en la cama que ella había improvisado en un rincón. No era más que un saco lleno de trapos viejos y cubierto con una manta, pero el pequeño se ovilló cómodamente en él y se llevó el pulgar a la boca.

El reloj de una iglesia marcó las nueve, y Katerina le preguntó:

—¿A qué hora tienes que volver?

—A las diez —contestó Grigori—. Será mejor que me vaya.

—Todavía no. —Ella le rodeó el cuello con los brazos y lo besó.

Fue un momento dulce. Notó sus labios suaves y anhelantes. Él cerró los ojos un instante e inhaló el aroma de su piel. Luego la apartó de sí.

—Esto está mal —dijo.

—No seas tonto.

—Tú amas a Lev.

Ella lo miró a los ojos.

—Yo era una chica de campo de veinte años y recién llegada a la ciudad. Me gustaban los trajes elegantes de Lev, y sus cigarrillos y su vodka, su generosidad. Era encantador, atractivo y divertido. Pero ahora tengo veintitrés y un hijo, ¿y dónde está Lev?

Grigori se encogió de hombros.

—No lo sé.

—Pero tú estás aquí. —Le acarició una mejilla. Él sabía que debía apartarla, pero no pudo—. Ahora tú pagas el alquiler y traes comida para mi hijo —dijo—. Me he dado cuenta de lo idiota que fui al amar a Lev en lugar de amarte a ti. ¿No comprendes que ahora lo veo claro? ¿No puedes entender que he aprendido a amarte?

Grigori siguió mirándola, incapaz de creer lo que acababa de oír. Aquellos ojos azules le devolvían una mirada franca.

—Es verdad —declaró ella—. Te amo.

Él gimió, cerró los ojos, la tomó en sus brazos y se rindió.

20

Noviembre-diciembre de 1916

I

Ethel Williams examinó con inquietud la lista de bajas en el periódico. Aparecían varios Williams, pero ningún cabo William Williams de los Fusileros Galeses. Dando las gracias al cielo en silencio, dobló el periódico, se lo dio a Bernie Leckwith y puso a calentar agua para hacer chocolate.

No podía estar segura de que Billy siguiera con vida. Podrían haberlo matado en los últimos días u horas. La acosaba el recuerdo del día de los telegramas en Aberowen, y los rostros de las mujeres, crispados por el miedo y el dolor; unos rostros que lucirían de por vida las marcas dejadas por las noticias de aquella jornada. Se avergonzó de sí misma por alegrarse de que Billy no estuviera entre los fallecidos.

Los telegramas siguieron llegando a Aberowen. La batalla del Somme no concluyó aquel primer día. A lo largo de todo julio, agosto, septiembre y octubre, el ejército británico arrojó a sus jóvenes soldados a una tierra de nadie para que las ametralladoras segaran sus vidas. Una y otra vez, los periódicos proclamaban una victoria, pero los telegramas narraban una historia bien distinta.

Bernie estaba en la cocina de Ethel, como hacía la mayoría de las tardes. El pequeño Lloyd se había encariñado con el «tío» Bernie. Solía sentarse en su regazo, y Bernie le leía el periódico. El niño apenas entendía lo que significaban aquellas palabras, pero aun así parecía disfrutar. Esa noche, no obstante, por algún motivo Bernie estaba nervioso y no le prestó atención.

Mildred bajó de la planta superior con una tetera.

—¿Me prestas una cucharada de té, Eth? —preguntó.

—Sírvete tú misma, ya sabes dónde está. ¿Prefieres una taza de chocolate?

—No, gracias. El chocolate me da gases. Hola, Bernie. ¿Cómo va la revolución?

Bernie alzó la mirada del periódico y sonrió. Le caía bien Mildred. Como a todo el mundo.

—La revolución ha quedado ligeramente aplazada —contestó.

Mildred vertió las hojas del té en la tetera.

—¿Tienes noticias de Billy?

—Ninguna, últimamente —dijo Ethel—. ¿Y tú?

—Nada desde hace un par de semanas.

Ethel recogía el correo del suelo del recibidor por la mañana, por lo que sabía que Mildred recibía frecuentes cartas de Billy. Ethel sospechaba que se trataba de cartas de amor; ¿por qué, si no, iba a escribir un chico a la inquilina de su hermana? Al parecer, Mildred correspondía a los sentimientos de Billy: le preguntaba por él de forma regular, adoptando un aire de despreocupación que no conseguía ocultar su inquietud.

También a Ethel le caía bien Mildred, pero se preguntaba si Billy, con dieciocho años, estaría preparado para hacerse cargo de una mujer de veintitrés y con dos hijastras. Cierto era que Billy siempre había sido extraordinariamente maduro y responsable para su edad, y que aún podían pasar años antes de que acabara la guerra. En cualquier caso, Ethel quería que volviera vivo a casa. Después de eso, nada importaría demasiado.

—Su nombre no figura en la lista de bajas del periódico de hoy, gracias a Dios.

—Me pregunto cuándo le concederán un permiso.

—Solo lleva cinco meses fuera.

Mildred dejó la tetera.

—Ethel, ¿puedo pedirte algo?

—Por supuesto.

—Estoy pensando en trabajar por mi cuenta… Como costurera, quiero decir.

Ethel se quedó sorprendida. Mildred era ya supervisora en el taller de Mannie Litov, y en consecuencia cobraba un jornal mejor.

—Tengo una amiga que podría conseguirme un trabajo de confección de sombreros —prosiguió Mildred—; se trataría de coserles el velo, lazos, plumas y cuentas. Es un trabajo cualificado y se cobra más que cosiendo uniformes.

—Parece fantástico.

—El único inconveniente es que tendría que trabajar en casa, al menos al principio. Más adelante me gustaría contratar a otras chicas y alquilar un local pequeño.

—¡Vaya, pues sí que miras hacia el futuro!

—Tengo que hacerlo, ¿no crees? Cuando acabe la guerra, ya no querrán más uniformes.

—Es verdad.

—Entonces, ¿no te importa que utilice la planta de arriba como taller durante algún tiempo?

—Por supuesto que no. ¡Te deseo mucha suerte!

—Gracias. —En un acto impulsivo, Mildred le dio un beso en la mejilla, y luego cogió la tetera y se marchó.

Lloyd bostezó y se frotó los ojos. Ethel lo agarró en brazos y lo acostó en la habitación de al lado. Lo contempló enternecida un par de minutos mientras el pequeño se dormía. Como siempre, su indefensión la conmovía. «Este será un mundo mejor cuando crezcas, Lloyd —le prometió en silencio—. Nosotros nos encargaremos de que así sea.»

Cuando volvió a la cocina, intentó distraer a Bernie para que se le pasara el mal humor.

—Debería haber más libros para niños —comentó.

Él asintió.

—Me gustaría que en todas las bibliotecas hubiese una sección de libros infantiles. —Bernie hablaba sin levantar la vista del periódico.

—Quizá si vosotros, los bibliotecarios, animarais a los editores a que publiquen más…

—Confío en que lo hagan.

Ethel echó más carbón al fuego y sirvió chocolate para ambos. No era habitual que Bernie se mostrara tan retraído. Por lo general disfrutaba de aquellas veladas cálidas. Eran dos forasteros, una chica galesa y un judío, aunque en Londres no faltaban galeses ni judíos. Fuera cual fuese el motivo, en los dos años que llevaba viviendo en Londres él se había convertido en un buen amigo para ella, junto con Mildred y Maud.

Ethel dedujo lo que consternaba a Bernie. La noche anterior, un ponente de la Sociedad Fabiana había pronunciado un discurso para la delegación del Partido Laborista sobre el «Socialismo de posguerra». Ethel había debatido con él, y era evidente que el hombre se había prendado de ella. Después del mitin, él coqueteó con ella, aunque todos los presentes sabían que estaba casado, y ella disfrutó con sus atenciones, sin tomarlas en serio en absoluto. Pero tal vez Bernie estuviera celoso.

Decidió respetar su silencio, si era eso lo que necesitaba. Se sentó a la mesa de la cocina y abrió un sobre grande lleno de cartas de soldados que estaban en primera línea. Lectoras de *The Soldier's Wife* enviaban al periódico cartas destinadas a sus esposos, que pagaba un chelín por cada una que se publicara. Las cartas proporcionaban una imagen más real de la vida en el frente que todas las crónicas que publicaba la prensa generalista. Maud redactaba la práctica totalidad del contenido de *The Soldier's Wife*, pero las cartas habían sido idea de Ethel y ella editaba esa página, que se había convertido en la sección más popular del periódico.

Le habían ofrecido un empleo mejor remunerado, como organizadora a jornada completa para el Sindicato Nacional de Trabajadores de la Confección, pero lo había rechazado porque quería continuar al lado de Maud y seguir haciendo campaña.

Leyó media docena de cartas. Cuando acabó, suspiró y miró a Bernie.

—Era de esperar que la gente se pronunciara contra la guerra —dijo.

—Pero no lo han hecho —replicó él—. Mira los resultados de las elecciones.

El mes anterior, en Ayrshire, se habían celebrado unas elecciones extraordinarias, en una sola circunscripción, debido al fallecimiento del representante parlamentario. El conservador Hunter-Weston, un teniente general que había combatido en el Somme, se enfrentó a un candidato por la paz, el reverendo Chalmers. El oficial del ejército había obtenido una victoria abrumadora: 7.149 votos contra 1.300.

—Son los periódicos —dijo Ethel con frustración—. ¿Qué pueden hacer nuestras pequeñas publicaciones para promover la paz frente a la propaganda que lanza la sanguinaria prensa de Northcliffe? —Lord Northcliffe, un fanático militarista, era propietario de *The Times* y del *Daily Mail*.

—No son solo los periódicos —replicó Bernie—. Es el dinero.

Bernie prestaba mucha atención a las finanzas gubernamentales, algo insólito en un hombre que nunca había tenido más de unos pocos chelines. Ethel vio una oportunidad para arrancarlo de su abatimiento y le preguntó:

—¿Qué quieres decir?

—Antes de la guerra, nuestro gobierno se gastaba medio millón de libras al día en total: el ejército, los juzgados y las prisiones, la educación, las pensiones, la gestión de las colonias... todo.

—¿Tanto? —Ethel le brindó una sonrisa afectuosa—. Esa es la clase de estadísticas que mi padre sabía siempre.

Él se tomó el chocolate y dijo:

—Adivina cuánto gasta ahora.

—¿El doble? ¿Un millón al día? Parece imposible.

—Ni te has acercado. La guerra cuesta cinco millones de libras al día. Eso es un coste diez veces superior al del gobierno del país.

Ethel estaba perpleja.

—¿De dónde sale el dinero?

—Ese es el problema: lo pedimos prestado.

—Pero hace ya más de dos años que estamos en guerra. Debemos de haber pedido... ¡casi cuatro mil millones de libras!

—Sí, más o menos. El gasto de veinticinco años.

—Pero ¿cómo vamos a devolver eso?

—Nunca podremos devolverlo. Si un gobierno tratara de crear suficientes impuestos para devolver el préstamo provocaría una revolución.

—Entonces, ¿qué ocurrirá?

—Si perdemos la guerra, nuestros acreedores, principalmente estadounidenses, se arruinarán. Y si ganamos, haremos que paguen los alemanes. «Reparaciones» es la palabra que utilizan para referirse a eso.

—¿Cómo se las arreglarán?

—Morirán de hambre. Pero a nadie le importa lo que sea de los perdedores. En cualquier caso, los alemanes les hicieron lo mismo a los franceses en 1871. —Bernie se levantó y llevó la taza al fregadero—. ¿Ves por qué no podemos hacer las paces con Alemania? ¿Quién pagaría entonces la factura?

Ethel no daba crédito a lo que oía.

—Y por eso tenemos que seguir enviando muchachos a morir a las trincheras, porque no podemos pagar la factura. Pobre Billy. Qué mundo tan perverso.

—Pero vamos a cambiarlo.

«Eso espero», pensó Ethel. Bernie creía que para conseguirlo se necesitaría una revolución. Ella había leído acerca de la Revolución francesa y sabía que esas cosas no siempre resultaban como la gente pretendía. Pese a ello, estaba decidida a que Lloyd tuviera una vida mejor.

Guardaron silencio un rato, y entonces Bernie se levantó. Se dirigió a la puerta, como para marcharse, pero cambió de idea.

—El ponente de anoche era interesante.

—Sí —convino ella.

—E inteligente.

—Sí, era inteligente.

Bernie se sentó de nuevo.

—Ethel… Hace dos años me dijiste que querías una amistad, no un idilio.

—Siento mucho haber herido tus sentimientos.

—No lo sientas. Nuestra amistad es lo mejor que me ha ocurrido nunca.

—Yo también la aprecio.

—Aseguraste que pronto olvidaría todo ese sentimentalismo, y que seríamos amigos sin más. Pero te equivocabas. —Bernie se inclinó hacia delante en la silla—. A medida que he ido conociéndote mejor, he llegado a amarte más que nunca.

Ethel advirtió el anhelo en sus ojos, y lamentó desesperadamente no poder corresponder a sus sentimientos.

—Yo también te tengo mucho cariño —dijo—, pero no esa clase de cariño.

—¿Qué sentido tiene que estemos solos? Nos apreciamos. ¡Formamos un gran equipo! Tenemos los mismos ideales, los mismos propósitos en la vida, opiniones similares… Estamos hechos el uno para el otro.

—En el matrimonio hay más que eso.

—Lo sé. Y deseo abrazarte. —Movió un brazo, como a punto de alargar una mano y tocarla, pero ella cruzó las piernas y se volvió de lado en la silla. Él retiró la mano y una sonrisa amarga nubló su semblante habitualmente cordial—. Sé que no soy el hombre más atractivo que has conocido. Pero, créeme, nadie te ha amado nunca como te amo yo.

En eso tenía razón, pensó Ethel apesadumbrada. Muchos hombres la habían pretendido, y uno la había seducido, pero nadie le había dado muestras de la paciente devoción de Bernie. Si se casaba con él, sin duda sería para siempre. Y, en algún recoveco de su alma, era eso lo que deseaba.

Percibiendo su vacilación, Bernie dijo:

—Cásate conmigo, Ethel. Te amo. Consagraré mi vida a hacerte feliz. Es lo único que quiero.

¿Necesitaba ella todo eso? No era infeliz. Lloyd constituía una alegría constante, con su torpe caminar, sus balbuceos y su curiosidad sin límites. Él le bastaba.

—El pequeño Lloyd necesita un padre —dijo Bernie.

Aquello le provocó una punzada de culpa. Bernie ya estaba desempeñando esa función a tiempo parcial. ¿Debía casarse con él por el bien de Lloyd? Aún no era demasiado tarde para que empezara a llamarlo «papá».

Eso significaría renunciar a las pocas esperanzas que le quedaban de volver a encontrar la pasión arrolladora que había sentido con Fitz. La añoranza seguía asaltándola cada vez que pensaba en ello. Pero se preguntó, intentando pensar con objetividad pese a sus sentimientos: «¿Qué gané yo con aquella aventura? Fitz me decepcionó, mi familia me rechazó y tuve que dejar mi ciudad. ¿Por qué iba a volver a querer eso?».

No obstante, por mucho que lo intentaba, no conseguía reunir el valor para aceptar la proposición de Bernie.

—Deja que lo piense —dijo.

A él se le iluminó la cara. Era sin duda una respuesta más positiva de la que se había atrevido a esperar.

—Piénsalo tanto tiempo como quieras —declaró él—. Esperaré.

Ethel abrió la puerta de la calle.

—Buenas noches, Bernie.

—Buenas noches, Ethel. —Se inclinó hacia ella y la joven lo besó en la mejilla. Los labios de él se demoraron un instante sobre la piel de Ethel, y ella se retiró de inmediato. Él la tomó de una muñeca—: Ethel...

—Que duermas bien, Bernie —dijo.

Él dudó, y asintió.

—Tú también —repuso, y se marchó.

II

La noche de las elecciones, en noviembre de 1916, Gus Dewar estaba seguro de que su trayectoria política había llegado a su fin.

Estaba en la Casa Blanca, filtrando llamadas telefónicas y transmitiendo mensajes al presidente Wilson, que se encontraba en Shadow Lawn, la nueva Casa Blanca de verano, en New Jersey, con su segunda esposa, Edith. Todos los días se le enviaban los periódicos desde Washington por medio del servicio de correos estatal, pero a veces el presidente necesitaba recibir las noticias con mayor celeridad.

A las nueve de esa noche se sabía ya que el republicano, un magistrado del Tribunal Supremo llamado Charles Evans Hughes, había ganado en cuatro estados trascendentales: Nueva York, Indiana, Connecticut y New Jersey.

Pero la realidad no se hizo evidente para Gus hasta que un mensajero le llevó las primeras ediciones de los periódicos de Nueva York y vio el titular:

HUGHES, PRESIDENTE ELECTO

Se quedó paralizado. Creía que Woodrow Wilson iba ganando. Los electores no habían olvidado la destreza de Wilson al abordar la crisis del *Lusitania*: había conseguido endurecer su postura para con los alemanes y seguir siendo neutral. El eslogan de la campaña de Wilson había sido: «Él nos mantuvo fuera de la guerra».

Hughes había acusado a Wilson de fracasar al preparar a Estados Unidos para la guerra, pero le había salido el tiro por la culata. Los estadounidenses estaban más decididos que nunca a que su país no se implicara en el conflicto tras la brutal represión del Alzamiento de Pascua en Dublín por parte de Gran Bretaña. El trato que los británicos habían brindado a los irlandeses no había sido mejor que el que los alemanes habían exhibido con los belgas, de modo que ¿por qué iba Estados Unidos a tomar partido?

Cuando acabó de leer los periódicos, Gus se aflojó la corbata y dormitó en el sofá del estudio adyacente al Despacho Oval. Lo agobiaba la perspectiva de dejar la Casa Blanca. Trabajar para Wilson se había convertido en la base de su existencia, comprendió en ese momento. Su vida sentimental era un fracaso, pero al menos sabía que el presidente de Estados Unidos lo valoraba.

Su inquietud no era solo egoísta. Wilson estaba decidido a crear un orden internacional en el que fuera posible evitar las guerras. Del mismo modo en que los vecinos ya no saldaban a tiros sus disputas por los límites de sus propiedades, debía llegar el día en que también los países sometieran sus conflictos a un juicio independiente. El secretario del Foreign Office, sir Edward Grey, había empleado las palabras «Liga de Naciones» en una carta remitida a Wilson, y al presidente le había gustado aquella frase. Si Gus podía contribuir a hacerla realidad, su vida tendría sentido.

Pero en esos momentos daba la impresión de que ese sueño no iba a materializarse, pensó, y se sumió en un sueño frustrado.

Lo despertó por la mañana, temprano, un cable que afirmaba que Wilson había ganado en Ohio —un estado obrero que aprobaba la postura del presidente frente a la jornada laboral de ocho horas—, y también en Kansas. Wilson volvía a estar en la carrera. Poco después ganó en Minnesota por menos de mil votos.

No todo estaba perdido, advirtió Gus, y se le levantó el ánimo.

El miércoles por la noche Wilson iba por delante con 264 votos electorales contra 254, una ventaja de diez. Pero un estado, California, aún no había comunicado el resultado, y equivalía a trece votos electorales. Quien ganara en California sería presidente.

El teléfono de Gus enmudeció. A él no le quedaba mucho que hacer. El recuento en Los Ángeles era lento. Las urnas sin abrir eran custodiadas por demócratas armados que creían que la manipulación les había robado una victoria presidencial en 1876.

El resultado seguía pendiente de un hilo cuando llamaron a Gus desde el vestíbulo para informarle de que tenía una visita. Para su sorpresa, era Rosa Hellman, la antigua directora del *Buffalo Anarchist*. Gus se alegró de verla; siempre resultaba interesante hablar con Rosa. Recordó que un anarquista había asesinado al presidente McKinley en Buffalo en 1901. Pero el presidente Wilson estaba en New Jersey, lejos de allí, así que condujo a Rosa al estudio y le ofreció una taza de café.

Rosa llevaba un abrigo rojo. Gus, que era más alto que ella, la ayudó a quitárselo y percibió el aroma de un perfume ligeramente floral.

—La última vez que nos vimos me dijiste que era un maldito idiota por haberme comprometido con Olga Vyalov —comentó Gus mientras colgaba el abrigo de Rosa en el perchero.

Ella pareció azorarse.

—Te ruego que me disculpes.

—Ah, tenías razón. —Cambió de tema—. De modo que ahora trabajas para una agencia de noticias, ¿no es así?

—Exacto.

—Como corresponsal en Washington.

—No, soy la ayudante tuerta del corresponsal.

Nunca antes había mencionado su defecto. Gus dudó unos instantes, y luego dijo:

—Antes me preguntaba por qué no llevabas un parche, pero ahora me alegro de que no lo hagas. Eres una mujer muy guapa con un ojo cerrado.

—Gracias. Tú eres un hombre muy amable. ¿Qué clase de trabajo haces para el presidente?

—Además de atender el teléfono cuando suena… leo los comedidos informes del Departamento de Estado y después le digo la verdad a Wilson.

—¿Por ejemplo?

—Nuestros embajadores en Europa afirman que la ofensiva del Somme está alcanzando algunos de sus objetivos pero no todos, con cuantiosas bajas en ambos bandos. Es casi imposible demostrar que eso sea falso… y al presidente no le aporta nada, así que le digo que el Somme está siendo un desastre para los británicos. —Se encogió de hombros—. O lo hacía. Es probable que mi trabajo haya terminado.

—Ocultaba sus verdaderos sentimientos. La perspectiva de que Wilson pudiera perder lo aterraba.

Ella asintió.

—Están repitiendo el recuento en California. Han votado casi un millón de personas, y la diferencia es de unos cinco mil votos.

—Cuánto depende de la decisión de una pequeña cantidad de personas con escasa educación…

—Eso es la democracia.

Gus sonrió.

—Una forma espantosa de gobernar un país, pero los demás sistemas son peores.

—Si Wilson gana, ¿cuál será su máxima prioridad?

—¿Extraoficialmente?

—Por supuesto.

—La paz en Europa —contestó Gus sin vacilar.

—¿De veras?

—En realidad nunca ha acabado de sentirse cómodo con el eslogan

«Él nos mantuvo fuera de la guerra». El asunto no está solo en sus manos. Podríamos vernos arrastrados a la guerra, queramos o no.

—Pero ¿qué puede hacer él?

—Presionará a los dos bandos para que lleguen a un acuerdo.

—¿Podría conseguirlo?

—No lo sé.

—Es evidente que no pueden seguir matándose de esa forma salvaje como han hecho en el Somme.

—Sabe Dios. —Volvió a cambiar de tema—. Cuéntame novedades de Buffalo.

Ella le dirigió una mirada franca.

—¿Quieres saber de Olga, o te resulta demasiado bochornoso?

Gus desvió la mirada. ¿Qué podía ser más bochornoso? Primero había recibido una nota de Olga, anulando el compromiso. En ella se deshacía en disculpas, pero no daba ninguna explicación. Gus no estaba dispuesto a aceptarlo y le escribió para pedirle que se vieran y lo hablaran en persona. Pero ese mismo día su madre descubrió, por medio de un entramado de amigas chismosas, que Olga iba a casarse con el chófer de su padre. «Pero ¿por qué?», preguntó Gus atormentado, y su madre respondió: «Mi querido muchacho, solo hay un motivo por el que una chica se case con un chófer». Él la miró desconcertado, y su madre finalmente le dijo: «Tiene que estar embarazada». Fue el momento más humillante de su vida, e incluso un año después seguía estremeciéndose de dolor cada vez que lo recordaba.

Rosa interpretó su semblante.

—No debería haberla mencionado. Lo siento.

Gus consideró que debía saber lo que ya sabían los demás. Le acarició la mano.

—Gracias por ser tan franca. Lo prefiero. Y, sí, siento curiosidad por Olga.

—Bien. Se casaron en una iglesia ortodoxa rusa de Ideal Street, y la recepción tuvo lugar en el hotel Statler. Hubo seiscientos invitados, y Josef Vyalov reservó el salón de baile y el comedor, e hizo servir caviar para todos. Fue la boda más espléndida de la historia de Buffalo.

—¿Y cómo es su marido?

—Lev Peshkov es atractivo, encantador y muy poco de fiar. Basta con mirarlo para saber que es un granuja. Y ahora es yerno de uno de los hombres más ricos de Buffalo.

—¿Y el niño?

—La niña, Daria, pero ellos la llaman Daisy. Nació en marzo. Y Lev ya no es chófer, claro. Creo que dirige uno de los clubes nocturnos de Vyalov.

Charlaron durante una hora, y luego Gus la acompañó abajo y avisó a un taxi para que la llevara a casa.

A primera hora de la mañana siguiente, Gus recibió un cable con el resultado de California. Wilson había ganado por 3.777 votos. Había sido reelegido presidente.

Gus se sintió eufórico. Otros cuatro años para tratar de conseguir lo que todos se proponían. Podrían cambiar el mundo en cuatro años.

Mientras releía el telegrama, sonó el teléfono. Descolgó y oyó decir al operador de la centralita:

—Tiene una llamada de Shadow Lawn. El presidente quiere hablar con usted, señor Dewar.

—Gracias.

Instantes después, Gus oyó la voz familiar de Wilson.

—Buenos días, Gus.

—Enhorabuena, señor presidente.

—Gracias. Haz la maleta. Quiero que vayas a Berlín.

III

Cuando Walter von Ulrich volvió de permiso a casa, su madre organizó una fiesta.

No se celebraban muchas fiestas en Berlín. Resultaba difícil comprar comida, incluso para una mujer acaudalada con un esposo influyente. Susanne von Ulrich no estaba bien: había perdido mucho peso y tenía una tos recurrente. Pese a ello, deseaba fervientemente hacer algo por Walter.

Otto tenía una bodega llena de vinos exquisitos que había comprado antes de la guerra. Susanne se decantó por una recepción vespertina para no tener que ofrecer una cena completa. Sirvió aperitivos ligeros de pescado ahumado y queso sobre triángulos de pan tostado, y compensó lo magro de la comida con una provisión ilimitada de mágnums de champán.

Walter se sentía agradecido por el detalle, pero en realidad no quería una fiesta. Tenía por delante dos semanas lejos del campo de batalla, y lo único que deseaba era una cama blanda, ropa seca y la oportunidad de holgazanear todo el día en el elegante salón de la casa que sus padres poseían en la ciudad, mirar por la ventana pensando en Maud o sentarse al piano de cola Steinway y tocar el *Frühlingsglaube* de Schubert: «Ahora todo, todo debe cambiar».

¡Con qué ligereza se habían dicho Maud y él entonces, en agosto de 1914, que volverían a estar juntos en Navidad! Habían pasado ya más de dos años desde la última vez que había visto su encantador rostro. Y probablemente Alemania tardaría otros dos años en ganar la guerra. Walter confiaba en que Rusia se derrumbara, lo que permitiría a los alemanes concentrar sus fuerzas en un ataque masivo definitivo hacia el oeste.

Mientras tanto, a veces le costaba recordar la imagen de Maud y tenía que mirar la fotografía, ya ajada, que había salido publicada en una revista y que siempre llevaba consigo: «Lady Maud Fitzherbert siempre viste a la última moda». No le apetecía asistir a una fiesta sin ella. Mientras se preparaba, deseó que su madre no se hubiera tomado aquella molestia.

La casa tenía un aspecto apagado. No había suficientes sirvientes para mantenerla impecable. Los hombres estaban en el ejército, las mujeres conducían tranvías y repartían el correo, y el personal de mayor edad se esforzaba al máximo por satisfacer el nivel de exigencia de la madre de Walter en cuanto a limpieza y lustre. También estaba fría y sucia. La asignación de carbón no bastaba para mantener en pleno funcionamiento la calefacción central, por lo que su madre había tenido que colocar estufas en el salón, el comedor y la sala de estar, pero eran insuficientes para combatir el frío de noviembre en Berlín.

No obstante, Walter se animó cuando las frías estancias se llenaron de jóvenes y una pequeña banda empezó a tocar en el salón. Su hermana pequeña, Greta, había invitado a todos sus amigos. Walter cayó en la cuenta de cuánto añoraba la vida social. Le gustaba ver a las chicas con hermosos vestidos y a los hombres con trajes inmaculados. Disfrutaba con las bromas, el flirteo y los chismes. Le había fascinado ser diplomático; aquella vida iba con él. Le resultaba fácil ser encantador y charlar con la gente.

La casa de los Von Ulrich no disponía de salón de baile, pero los invitados empezaron a bailar sobre el suelo enlosado del salón. Walter bailó varias veces con la mejor amiga de Greta, Monika von der Helbard, una chica alta, esbelta y con una larga melena pelirroja, rasgos que a él le recordaron los lienzos de aquellos artistas ingleses que se hicieron llamar prerrafaelitas.

Cogió una copa de champán y se sentó al lado de Monika. Ella le preguntó por la vida en las trincheras, como hacían todos. Él solía contestar que era dura, pero que los hombres estaban animados y que al final ganarían. Por alguna razón, a Monika le dijo la verdad.

—Lo peor de todo es que la situación es absurda —le confesó—. Llevamos dos años en las mismas posiciones, con una diferencia de tal vez unos pocos metros, y no veo cómo va a cambiar eso con las decisiones que está tomando el alto mando… o con ninguna de las que vaya a tomar. Pasamos frío y hambre, sufrimos catarros, pie de trinchera y dolor de estómago, y nos aburrimos mortalmente… y todo para nada.

—No es eso lo que leemos en los periódicos —dijo ella—. Es muy triste.

Monika le apretó el brazo con empatía. Su gesto fue como una descarga eléctrica para Walter. Ninguna mujer fuera de su familia le había tocado en dos años. De pronto pensó en lo maravilloso que sería abrazarla, estrechar su cálido cuerpo contra el suyo y besar sus labios. Los ojos ámbar de ella le devolvieron una mirada franca, y al instante comprendió que la joven le había leído los pensamientos. Las mujeres sabían con frecuencia lo que los hombres pensaban, según había llegado a descubrir. Se sintió azorado, pero era evidente que a ella no le importó, y esa idea lo excitó.

Un hombre se acercó a ellos, y Walter alzó la vista irritado, suponiendo que su intención era sacar a bailar a Monika. Pero entonces reconoció su cara.

—¡Dios mío! —exclamó. Recordó su nombre al instante; tenía una excelente memoria para las personas, como todos los buenos diplomáticos—. ¿Eres Gus Dewar? —le preguntó en inglés.

Gus le contestó en alemán.

—Sí, pero podemos hablar en alemán. ¿Cómo estás?

Walter se levantó y le estrechó la mano.

—Te presento a *Freiin* Monika von der Helbard. Este es Gus Dewar, asesor del presidente Woodrow Wilson.

—Qué placer conocerle, señor Dewar —dijo ella—. Caballeros, mejor los dejo solos para que puedan hablar.

Mientras ella se alejaba, Walter la observó con pesar y cierta culpa. Por un instante había olvidado que era un hombre casado.

Miró a Gus. El norteamericano le había caído bien en cuanto se conocieron en Tŷ Gwyn. Gus tenía una apariencia singular, con la cabeza grande y el cuerpo larguirucho y delgado, pero era astuto. Acabado de salir de Harvard en aquel entonces, Gus era un joven de una timidez entrañable, pero en los dos años que llevaba trabajando en la Casa Blanca había adquirido cierto grado de confianza en sí mismo. El estilo informe del terno que los estadounidenses habían empezado a llevar le confería un aire elegante.

—Me alegro de verte —dijo Walter—. Ahora ya no viene mucha gente de vacaciones.

—No son vacaciones, exactamente —repuso Gus.

Walter esperó a que dijera algo más, pero, al ver que no lo hacía, le dio pie a seguir hablando:

—¿Y qué es?

—Algo más parecido a meter un dedo en el agua para ver si está lo bastante caliente para que el presidente pueda nadar en ella.

De modo que era un viaje de trabajo.

—Entiendo.

—Para ser más concretos… —Gus volvió a dudar, y Walter esperó paciente. Al cabo de un instante Gus prosiguió, con un tono de voz más bajo—: El presidente Wilson quiere que los alemanes y los aliados mantengan conversaciones de paz.

Walter notó cómo el corazón se le aceleraba, pero enarcó una ceja, escéptico.

—¿Te ha enviado a ti para que me digas esto precisamente a mí?

—Ya sabes cómo funciona. El presidente no puede arriesgarse a sufrir un rechazo público; eso le haría parecer débil. Obviamente, podría decirle a nuestro embajador en Berlín que hablara con vuestro ministro de Asuntos Exteriores, pero entonces todo el asunto se haría oficial, y más tarde o más temprano saldría a la luz. Por eso pidió a su asesor más joven, yo, que viniera a Berlín y aprovechara algunos de los contactos que hice en 1914.

Walter asintió. Era una táctica muy habitual en el mundo diplomático.

—Si te rechazamos, nadie tiene por qué saberlo.

—E, incluso si la noticia se filtra, se trataría solo de unos hombres de bajo rango actuando por cuenta propia.

Eso tenía lógica, y Walter empezó a emocionarse.

—¿Qué es lo que quiere exactamente el señor Wilson?

Gus respiró hondo.

—Si el káiser escribiera a los aliados proponiendo una conferencia de paz, el presidente Wilson respaldaría públicamente la propuesta.

Walter contuvo un acceso de euforia. Esa inesperada conversación privada podía tener enormes consecuencias. ¿Realmente era posible poner fin a la pesadilla de las trincheras? ¿Y que él pudiera ver a Maud dentro de unos meses en lugar de años? Se esforzó para no dejarse llevar por el entusiasmo. Los tanteos diplomáticos extraoficiales como ese por lo general acababan en nada. Pero no podía evitar sentirse pletórico.

—Esto es trascendental, Gus —dijo—. ¿Estás seguro de que las intenciones de Wilson son firmes?

—Completamente. Fue lo primero que me dijo después de ganar las elecciones.

—¿Cuál es su motivación?

—No quiere llevar a Estados Unidos a la guerra, pero de todos modos existe el peligro de que nos veamos arrastrados a ella. Él desea la paz. Y después pretende que se establezca un nuevo sistema internacional que garantice que nunca vuelva a haber una guerra así.

—Votaré por eso —dijo Walter—. ¿Qué quieres que haga?

—Que hables con tu padre.

—Podría no gustarle esta propuesta.

—Utiliza tus tácticas de persuasión.

—Haré lo que pueda. ¿Te encontraré en la embajada estadounidense?

—No. Estoy de visita privada. Me alojo en el hotel Adlon.

—Ah, claro —dijo Walter, sonriente. El Adlon era el mejor hotel de la ciudad y en el pasado había sido considerado el más lujoso del mundo. Sintió nostalgia por aquellos últimos años de paz—. ¿Volveremos a ser algún día dos hombres jóvenes sin más preocupación que llamar al camarero para que nos sirva otra botella de champán?

Gus se tomó en serio la pregunta.

—No, no creo que esos tiempos regresen nunca, al menos no mientras nosotros vivamos.

En ese momento apareció la hermana de Walter, Greta. Sus rizos rubios oscilaban de un modo arrebatador cuando movía la cabeza.

—¿A qué se deben esas caras tan largas? —les preguntó con aire jovial—. Señor Dewar, ¡venga a bailar conmigo!

A Gus se le iluminó el semblante.

—¡Encantado! —contestó.

Greta se lo llevó.

Walter volvió a sumarse a la fiesta, pero, mientras charlaba con amigos y parientes, la mitad de sus pensamientos seguían centrados en la propuesta de Gus y en cómo llevarla a término. Cuando hablara con su padre, intentaría no parecer demasiado entusiasta. Su padre podría ser contrario a la idea. Walter encarnaría el papel de mensajero neutral.

Cuando los invitados se marcharon, su madre lo abordó en el salón. La estancia estaba decorada al estilo rococó, el preferido aún por los alemanes chapados a la antigua: espejos ornamentados, mesas con patas finas y curvas, una gran araña de luces...

—Qué muchacha tan agradable es Monika von der Helbard —dijo.

—Sí, es encantadora —convino Walter.

Su madre no llevaba joyas. Era presidenta del comité de recaudación de oro, al que había cedido su bisutería para que la vendieran. Lo único que conservaba era la alianza.

—Tengo que volver a invitarla; la próxima vez, con sus padres. Su padre es el *Markgraf* Von der Helbard.

—Sí, lo sé.

—Es de muy buena familia. Pertenecen a la *Uradel*, la antigua nobleza.

Walter se encaminó a la puerta.

—¿A qué hora espera que llegue padre?

—Pronto. Walter, siéntate y charlemos un momento.

Walter comprendió que había evidenciado su voluntad de irse. El motivo era que necesitaba pasar una hora a solas pensando en el mensaje de Gus Dewar. Pero había sido descortés con su madre, a quien quería, y se dispuso a rectificar.

—Será un placer. —Acercó una silla a la de ella—. Suponía que querría descansar, pero, si no es así, me encantará hablar con usted. —Se sentó frente a ella—. Ha sido una fiesta magnífica. Muchas gracias por organizarla.

Ella asintió agradecida, pero cambió de tema.

—No se sabe nada de tu primo Robert —dijo—. Se le perdió la pista durante la ofensiva Brusílov.

—Lo sé. Es probable que los rusos lo hayan hecho prisionero.

—Y también que haya muerto. Y tu padre ya tiene sesenta años. Pronto podrías ser el *Graf* Von Ulrich.

A Walter no le seducía esa posibilidad. Los títulos aristocráticos cada vez tenían menos relevancia. Quizá se enorgullecería de ser conde, pero quizá resultaría un inconveniente serlo en el mundo de la posguerra.

En cualquier caso, aún no poseía el título.

—No ha habido confirmación de que Robert haya muerto.

—Por supuesto, pero debes prepararte.

—¿En qué sentido?

—Deberías casarte.

—¡Oh! —Walter estaba sorprendido. «Tendría que haberlo previsto», pensó.

—Debes tener un vástago que herede el título cuando tú mueras. Y podrías morir pronto, aunque yo rezo... —Se le quebró la voz y calló. Cerró los ojos un instante para recuperar la compostura—. Aunque yo rezo todos los días para protegerte. Sería conveniente que tuvieras un hijo lo antes posible.

Temía perderlo, pero él también temía perderla a ella. La miró con ternura. Era rubia y hermosa como Greta, y quizá en un tiempo había sido igual de vital. De hecho, en ese preciso instante tenía los ojos brillantes y las mejillas sonrosadas por la excitación de la fiesta y el champán. Sin embargo, últimamente se fatigaba con solo subir las escaleras. Necesitaba descansar, comer bien y liberarse de las preocupaciones. La guerra la privaba de todo eso. No solo eran los soldados quienes morían, pensó Walter abatido.

—Por favor, piensa en Monika —dijo su madre.

Ansiaba hablarle de Maud.

—Monika es una chica encantadora, madre, pero no la amo. Apenas la conozco.

—¡No hay tiempo para eso! En la guerra pueden obviarse las convenciones. Vuelve a verla. Te quedan diez días de permiso. Ve a visitarla a diario. Podrías proponerle matrimonio el último día.

—¿Y qué hay de sus sentimientos? Puede que no quiera casarse conmigo.

—Le gustas. —Su madre desvió la mirada—. Y lo hará si sus padres se lo piden.

Walter no sabía si sentirse molesto o divertido.

—Usted y su madre han acordado esto, ¿verdad?

—Son tiempos desesperados. Podrías casarte dentro de tres meses. Tu padre se aseguraría de que te concedieran un permiso especial para la boda y la luna de miel.

—¿Lo ha dicho él? —Por lo general, su padre era sumamente reacio a los privilegios especiales para los soldados bien relacionados.

—Comprende la necesidad de un heredero para el título.

Sin duda había hablado al respecto con su padre. ¿Cuánto tiempo le habría llevado? Era un hombre que no cedía con facilidad.

Walter trató de no removerse en la silla. Estaba en una situación imposible. Casado con Maud, ni siquiera podía fingir interés en casarse con Monika… pero no podía explicar por qué.

—Madre, lamento decepcionarla, pero no voy a proponer matrimonio a Monika von der Helbard.

—¿Por qué no? —gritó ella.

Él se sentía mal.

—Lo único que puedo decir es que desearía hacerla feliz a usted.

Ella lo miró con severidad.

—Tu primo Robert no llegó a casarse. A ninguno nos sorprende, en su caso. Confío en que no se trate de un problema de esa naturaleza…

Walter se sintió azorado por la alusión a la homosexualidad de Robert.

—¡Oh, madre, por favor! Sé perfectamente a qué se refiere, y yo no soy como Robert en ese aspecto, de modo que tranquilícese.

Ella apartó la mirada.

—Siento haberlo mencionado. Pero ¿de qué se trata, entonces? ¡Tienes treinta años!

—No es fácil encontrar a la mujer adecuada.

—No exageres.

—Estoy buscando a alguien como usted.

—Y ahora me tomas el pelo… —le espetó, enojada.

Walter oyó una voz masculina fuera del salón. Instantes después, su padre, uniformado, entró frotándose las manos.

—Sigue nevando —dijo. Besó a su esposa y saludó con la cabeza a Walter—. ¿Ha ido bien la fiesta? Me ha sido imposible venir. Toda la tarde de reuniones…

—Ha sido fantástica —contestó Walter—. Madre ha hecho aparecer unos aperitivos deliciosos de la nada, y el Perrier-Jouët, soberbio.

—¿De qué cosecha era?

—De 1899.

—Deberías haber sacado el de 1892.

—No queda mucho.

—Ah.

—He mantenido una conversación interesante con Gus Dewar.

—Lo recuerdo... El chico norteamericano cuyo padre es una figura muy cercana al presidente Wilson.

—Ahora el hijo lo es incluso más. Gus está trabajando en la Casa Blanca.

—¿Y qué ha dicho?

La madre se puso en pie.

—Os dejo que habléis —dijo.

Los dos se levantaron.

—Por favor, piensa en lo que te he dicho, Walter, querido —le pidió mientras salía.

Momentos después, el mayordomo entró con una bandeja en la que llevaba una generosa copa de un coñac de color marrón dorado. Otto cogió la copa.

—¿Te apetece una? —preguntó a Walter.

—No, gracias. He bebido mucho champán.

Otto se tomó el coñac y estiró las piernas hacia el hogar.

—Así que el joven Dewar ha venido... ¿con alguna clase de mensaje?

—Es absolutamente confidencial.

—Por supuesto.

Walter no conseguía sentir mucho afecto por su padre. Sus desavenencias eran demasiado viscerales, y la intransigencia de Otto era excesivamente férrea. Era un hombre estrecho de miras, anticuado y que no atendía a la razón, y persistía en estos defectos con una especie de alegre obstinación que a Walter le resultaba repulsiva. La consecuencia de su estupidez, y de la estupidez de su generación en todos los países europeos, era la matanza del Somme. Walter no podía perdonar eso.

Con todo, se dirigió a él con voz templada y actitud cordial. Quería que aquella conversación fuese lo más amistosa y razonable posible.

—El presidente de Estados Unidos no quiere verse arrastrado a la guerra —empezó a explicarle.

—Bien.

—De hecho, le gustaría que propusiéramos la paz.

—¡Ja! —Fue un grito escarnecedor—. ¡La vía fácil para vencernos! ¡Qué cara dura tiene ese hombre!

Walter se sintió consternado con su inmediato desdén, pero insistió, escogiendo sus palabras con cuidado.

—Nuestros enemigos sostienen que fueron el militarismo y la agresividad alemanas lo que provocó esta guerra, pero obviamente no es así.

—Ciertamente, no —convino Otto—. Nos vimos amenazados por la movilización rusa en nuestra frontera oriental y la de Francia en la occidental. El Plan Schlieffen fue la única solución posible. —Como era habitual, Otto hablaba como si Walter aún tuviera doce años.

Walter replicó pacientemente:

—Exacto. Recuerdo que dijo que para nosotros era una guerra defensiva, una respuesta a una amenaza intolerable. Tuvimos que protegernos.

Si Otto se sorprendió al oír a Walter repitiendo los tópicos para justificar la guerra, no dio muestra de ello.

—Correcto —dijo.

—Y es lo que hemos hecho —añadió Walter, jugando su baza—. Ahora hemos logrado nuestros propósitos.

Su padre estaba perplejo.

—¿A qué te refieres?

—Hemos zanjado la amenaza. El ejército ruso está destruido, y el régimen del zar se tambalea al borde del colapso. Hemos conquistado Bélgica, invadido Francia, y combatido a los franceses y a sus aliados británicos hasta quedar en este punto muerto. Hemos hecho lo que nos propusimos hacer. Hemos protegido Alemania.

—Un triunfo.

—Entonces, ¿qué más queremos?

—¡La victoria absoluta!

Walter se inclinó hacia delante, mirando fijamente a su padre.

—¿Por qué?

—¡Nuestros enemigos deben pagar por sus agresiones! ¡Debe haber reparaciones, quizá ajustes de fronteras, concesiones coloniales!

—Esos no eran nuestros objetivos iniciales.

Otto no cedía ni un ápice de su postura.

—No, pero ahora que hemos invertido tanto esfuerzo y dinero, y las vidas de tantos alemanes jóvenes y brillantes, debemos recibir algo a cambio.

Era un argumento endeble, pero Walter sabía que no era conveniente intentar hacer cambiar de opinión a su padre. Aun así, había insistido en que los objetivos bélicos de Alemania se habían alcanzado. En ese momento decidió cambiar de tercio:

—¿Está seguro de que la victoria absoluta es factible?

—¡Sí!

—En febrero lanzamos un asalto a gran escala contra el bastión francés de Verdún. Fracasamos. Los rusos nos atacaron en el este, y los británicos invirtieron todos sus recursos en la ofensiva del río Somme. Ninguno de esos tremendos esfuerzos por parte de ambos bandos ha conseguido poner fin al punto muerto —dijo, y aguardó la respuesta.

A regañadientes, Otto contestó:

—De momento, no.

—De hecho, nuestro propio alto mando lo ha reconocido. Desde agosto, cuando Von Falkenhayn fue destituido y Ludendorff fue nombrado jefe del Estado Mayor, cambiamos de táctica, del ataque a la defensa en profundidad. ¿Cómo cree que la defensa en profundidad nos llevará a la victoria absoluta?

—¡Guerra submarina sin restricciones! —contestó Otto—. Los aliados se mantienen gracias a los suministros procedentes de Estados Unidos, mientras que nuestros puertos están bloqueados por la Royal Navy. Tenemos que cortar ese cordón umbilical; entonces se rendirán.

Walter no había querido llegar a eso, pero ya que había comenzado tenía que seguir. Apretando las mandíbulas y, con la voz templada, dijo:

—Eso sin duda arrastraría a Estados Unidos a la guerra.

—¿Sabes cuántos hombres componen el ejército de Estados Unidos? —replicó su padre.

—Solo unos cien mil, pero…

—Correcto. ¡Ni siquiera son capaces de pacificar México! No suponen una amenaza para nosotros.

Otto nunca había ido a Estados Unidos. Pocos hombres de su generación lo habían hecho. Sencillamente, no sabían de lo que hablaban.

—Estados Unidos es un país grande y rico —dijo Walter, que, pese a bullir de frustración, mantenía un tono coloquial para tratar de seguir fingiendo una discusión amistosa—. Puede aumentar sus tropas.

—Pero no de inmediato. Tardará al menos un año en hacerlo. Para entonces, los británicos y los franceses se habrán rendido.

Walter asintió.

—Ya hemos tenido esta discusión, padre —dijo con voz conciliadora—. Al igual que todos los expertos en estrategia militar. Ambos bandos tienen sus argumentos.

Difícilmente podía Otto negar eso, de modo que se limitó a emitir un gruñido reprobatorio.

—En cualquier caso, no está en mis manos decidir la respuesta de Alemania al acercamiento informal de Washington —afirmó Walter.

Otto captó la indirecta.

—Ni en las mías, por descontado.

—Wilson dice que si Alemania escribe formalmente a los aliados proponiendo conversaciones de paz, respaldará públicamente la propuesta. Supongo que es nuestro deber transmitir este mensaje a nuestro soberano.

—Por supuesto —convino Otto—. El káiser deberá decidir.

IV

Walter escribió una carta a Maud en una hoja de papel blanco sin membrete.

> Amada mía:
> Es invierno en Alemania y en mi corazón.

Escribió en inglés. No puso su dirección en el encabezamiento, ni se dirigió a ella por su nombre.

> No encuentro las palabras para decirte lo mucho que te amo y te echo de menos.

Resultaba difícil saber qué decir. La carta podría ser leída por algún policía entrometido, y Walter tenía que asegurarse de que nadie pudiera identificar a ninguno de los dos.

> Soy uno más del millón de hombres que vivimos separados de la mujer a la que amamos, y el viento del norte azota nuestras almas.

Su intención era redactar la carta que escribiría cualquier soldado alejado de su familia por la guerra.

Este es un mundo frío e inhóspito para mí, como debe de serlo también para ti, pero lo más difícil de soportar es nuestra separación.

Deseó poder hablarle de su trabajo en los servicios secretos del frente, del intento de su madre de casarlo con Monika, de la escasez de comida en Berlín, incluso del libro que estaba leyendo, una saga familiar titulada *Los Buddenbrook*. Pero temía que cualquier detalle pudiera ponerlos en peligro.

No puedo contarte mucho, pero quiero que sepas que te soy fiel...

Se interrumpió, recordando con cierta culpa el impulso que había sentido de besar a Monika. Pero no había sucumbido a él.

... y a las sagradas promesas que nos hicimos la última vez que estuvimos juntos.

Era la referencia más clara que podía hacer a su matrimonio. No quería arriesgarse a que alguien del entorno de Maud leyera la carta y descubriera la verdad.

Pienso a diario en el momento en que volvamos a encontrarnos, a mirarnos a los ojos y a decirnos: «Hola, mi amor».
Hasta entonces, recuérdame.

No firmó.
Introdujo la carta en un sobre que se guardó en el bolsillo delantero de la chaqueta.
No había servicio postal entre Alemania e Inglaterra.
Salió de su dormitorio, se caló un sombrero y un abrigo grueso con cuello de pieles, y se internó en las gélidas calles de Berlín.
Se encontró con Gus Dewar en el bar del Adlon. El hotel conservaba un atisbo de su antigua solemnidad, con camareros vestidos de etiqueta y un cuarteto de cuerda, pero no había bebidas de importación —ni whisky escocés, ni coñac, ni ginebra inglesa—, por lo que pidieron aguardiente.
—¿Y bien? —preguntó Gus, ansioso—. ¿Cómo ha sido recibido el mensaje?

Walter estaba muy esperanzado, pero sabía que los cimientos del optimismo eran frágiles, y prefirió minimizar su emoción. La noticia que tenía para Gus era positiva, aunque tampoco en exceso.

—El káiser va a escribir al presidente —dijo.

—¡Bien! ¿Qué va a decirle?

—He visto un borrador. Me temo que el tono no es muy conciliador.

—¿Qué quieres decir?

Walter cerró los ojos, recordando, y después citó:

—«La guerra más formidable de la historia lleva ardiendo dos años y medio. En ese conflicto, Alemania y sus aliados han dado prueba de su fuerza indestructible. Nuestras líneas inquebrantables resisten ataques incesantes. Los acontecimientos recientes demuestran que la guerra no puede doblegar nuestra capacidad de resistencia...» Y hay mucho más en esa línea.

—Ya veo por qué dices que no es muy conciliador.

—Al final aborda la cuestión. —Walter recordó cómo continuaba—: «Conscientes de nuestra fuerza militar y económica y dispuestos a seguir hasta el final, si nos vemos obligados a ello, en esta lucha que nos ha sido impuesta, pero animados al mismo tiempo por el deseo de detener el derramamiento de sangre y poner fin a los horrores de la guerra...». Y aquí viene la parte importante: «proponemos, incluso ahora, entrar en negociaciones de paz».

Gus estaba pletórico.

—¡Es fantástico! ¡Dice que sí!

—¡Discreción, por favor! —Walter miró a su alrededor, nervioso, pero no parecía que nadie los hubiera oído. La música del cuarteto de cuerda amortiguaba sus voces.

—Lo siento —dijo Gus.

—Aunque tienes razón. —Walter sonrió, dejando entrever su optimismo—. El tono es arrogante, combativo y desdeñoso... pero propone conversaciones de paz.

—No sabes lo agradecido que te estoy.

Walter alzó una mano a modo de advertencia.

—Deja que te diga algo con total franqueza: los hombres poderosos próximos al káiser que están contra la paz han respaldado cínicamente esta propuesta, solo para quedar bien a los ojos de tu presidente, con la certeza de que los aliados acabarán rechazándola.

—¡Confiemos en que se equivoquen!

—Así sea.

—¿Cuándo enviarán la carta?

—Siguen discutiendo sobre los términos que emplearán. Cuando convengan en eso, la carta será entregada al embajador de Estados Unidos en Berlín, con la petición de que se la haga llegar a los gobiernos aliados. —Este juego diplomático de intermediarios era necesario porque los gobiernos enemigos no disponían de canales de comunicación oficiales.

—Será mejor que vaya a Londres —dijo Gus—. Quizá pueda ayudarlos a prepararse para la recepción de la carta.

—Confiaba en que dijeras eso. Tengo que pedirte algo.

—¿Después de lo que has hecho por mí? ¡Lo que sea!

—Es estrictamente personal.

—Ningún problema.

—Me obliga a compartir un secreto contigo.

Gus sonrió.

—¡Qué intrigante!

—Me gustaría que le llevaras una carta a lady Maud Fitzherbert.

—Ah. —Gus se quedó pensativo. Sabía que solo podía haber un motivo por el que Walter escribiera en secreto a Maud—. Ya veo que requiere discreción. Pero acepto.

—Si te registran el equipaje cuando salgas de Alemania o entres en Inglaterra, tendrás que decir que es una carta de amor que un norteamericano destacado en Alemania le envía a su prometida, que se encuentra en Londres. En la carta no hay nombres ni direcciones.

—De acuerdo.

—Gracias —dijo Walter fervientemente—. No sabes cuánto significa para mí.

V

El sábado 2 de diciembre se organizó una cacería en Tŷ Gwyn. El conde Fitzherbert y la princesa Bea se habían demorado en Londres, por lo que Bing Westhampton, amigo de Fitz, y Maud hicieron las veces de anfitriones.

Antes de la guerra, Maud adoraba las cacerías. Las mujeres no participaban en ellas, por descontado, pero a ella le gustaba tener la casa llena de invitados, el picnic en el que las mujeres se reunían con los hombres, y la chimenea encendida y la comida abundante de las que disfrutaban en casa por la noche. Pero ese día se sentía incapaz de deleitarse con tales placeres cuando los soldados estaban sufriendo en las trincheras. Se dijo que una persona no puede pasarse toda la vida sintiéndose desgraciada, ni siquiera en tiempos de guerra, pero no surtió efecto. Fingió la sonrisa más radiante de que fue capaz, y animó a todos los presentes a comer y a beber, pero cuando oyó los disparos solo pudo pensar en los campos de batalla. Dejó intacto su espléndido plato, y el servicio retiró copas llenas de los inestimables vinos añejos de Fitz sin que siquiera se hubieran catado.

Detestaba estar ociosa esos días, porque lo único que hacía era pensar en Walter. ¿Estaría vivo o muerto? La batalla del Somme había concluido, al fin. Fitz dijo que los alemanes habían perdido a medio millón de hombres. ¿Se encontraría Walter entre ellos? ¿O yacería en algún hospital, lisiado?

Tal vez estuviera celebrando la victoria. Los periódicos apenas conseguían ocultar el hecho de que la mayor campaña de 1916 por parte del ejército británico tan solo había servido para ganar once miserables kilómetros de territorio. Los alemanes estaban legitimados para congratularse. Incluso Fitz decía, con discreción y en privado, que lo mejor a lo que podía aspirar Gran Bretaña en esos momentos era a que Estados Unidos entrara en la guerra. ¿Estaría Walter recreándose en algún burdel de Berlín, con una botella de aguardiente en una mano y alguna fräulein guapa y rubia en la otra? Prefería que estuviera herido, pensó, y al instante se sintió avergonzada de sí misma.

Gus Dewar era uno de los invitados en Tŷ Gwyn, y a la hora del té buscó a Maud. Todos los hombres llevaban bombachos de tweed abotonados justo por debajo de la rodilla, y el espigado norteamericano parecía algo desubicado entre ellos. Sostenía una taza de té en una mano como buenamente podía, mientras cruzaba la atestada sala de estar hacia donde ella se encontraba.

Maud contuvo un suspiro. Cuando un hombre solo se le acercaba, por lo general lo hacía con la intención de cortejarla, y ella tenía que rechazarlo sin admitir que estaba casada, lo cual en ocasiones resultaba difícil. En esos tiempos, eran tantos los solteros de clase alta que habían muerto en la guerra que hasta los hombres menos atractivos probaban suerte con ella: hijos de magnates arruinados, más jóvenes que ella; clérigos enclenques con mal aliento, incluso homosexuales en busca de una esposa que les diera una pátina de respetabilidad.

Gus, no obstante, tampoco era mal partido. No era atractivo ni poseía la elegancia natural de hombres como Walter y Fitz, pero era perspicaz, albergaba ideales elevados y compartía el interés apasionado de Maud por los asuntos del mundo. Pese a ello, su ligera torpeza, física y social, combinada con una franqueza algo tosca, le confería cierto encanto. De haber estado soltera Maud, habría podido incluso tener una oportunidad.

Gus se sentó a su lado en un sofá tapizado con seda amarilla.

—Es un placer volver a estar en Tŷ Gwyn —dijo.

—Estuvo aquí poco antes de la guerra —recordó Maud.

Nunca olvidaría aquel fin de semana de enero de 1914, cuando el rey se había alojado allí y se había producido la tragedia en la mina de Aberowen. Lo que recordaba con mayor claridad —le avergonzaba admitir— era su beso con Walter. Deseó poder volver a besarlo en ese momento. ¡Qué tontos habían sido de no ir más allá! Se arrepentía de no haber hecho el amor con él entonces, y de no haberse quedado embarazada, porque ello los habría obligado a casarse con indecorosa precipitación y a exiliarse para vivir en perpetua deshonra en algún lugar temible como Rodesia o Bengala. Todas las consideraciones que los habían cohibido —los padres, la sociedad, la trayectoria profesional— parecían banales en comparación con la terrible posibilidad de que Walter muriera y ella no pudiera volver a verlo.

—¿Cómo pueden ser los hombres tan estúpidos para ir a la guerra —le preguntó a Gus—, y para seguir luchando cuando el coste en vidas humanas hace ya mucho tiempo que empequeñeció cualquier posible ganancia?

—El presidente Wilson cree que ambos bandos deberían considerar la paz sin victoria.

Ella se sintió aliviada de que él no quisiera decirle que tenía los ojos muy bonitos o alguna sandez semejante.

—Estoy de acuerdo con el presidente —dijo Maud—. El ejército británico ya ha perdido a un millón de hombres. Solo en el Somme ha habido cuatrocientas mil bajas.

—Pero ¿qué opina el pueblo británico?

Maud meditó la respuesta.

—La mayoría de los periódicos siguen fingiendo que el Somme ha sido una gran victoria. Cualquier tentativa de hacer una valoración realista se tacha de antipatriótica. Estoy segura de que lord Northcliffe preferiría vivir en una dictadura militar. Pero la mayor parte de nuestro pueblo es consciente de que no estamos progresando mucho.

—Los alemanes podrían estar a punto de proponer conversaciones de paz.

—Oh, espero que esté en lo cierto.

—Creo que pronto podría alcanzarse una propuesta formal.

Maud lo miró fijamente.

—Discúlpeme —dijo—. Creía que solo estaba charlando conmigo por cortesía. Pero veo que no es así. —Se sentía emocionada. ¿Conversaciones de paz? ¿Cómo podría conseguirse eso?

—No, no hablo por hablar —le confirmó Gus—. Sé que tiene amigos en el gobierno liberal.

—En realidad, ya no es un gobierno liberal —repuso ella—. Es una coalición, con varios ministros conservadores en el gabinete.

—Discúlpeme, no me he expresado bien. Tenía conocimiento de la coalición. De todos modos, Asquith sigue siendo primer ministro, y es liberal, y sé que usted tiene relación con muchos líderes liberales.

—Sí.

—Por eso he venido a pedirle su opinión sobre cómo podría recibirse la propuesta alemana.

Ella reflexionó detenidamente. Sabía a quién representaba Gus. Era el presidente de Estados Unidos quien le hacía esa pregunta. Tenía que ser precisa. Pero se daba la circunstancia de que poseía una información clave.

—Hace diez días el gabinete debatió un informe de lord Lansdowne, antiguo secretario conservador del Foreign Office, en el que afirma que no podemos ganar la guerra.

A Gus se le iluminó la cara.

—¿De veras? Lo ignoraba.

—Es lógico, se hizo en secreto. En cualquier caso, se han propagado rumores, y Northcliffe ha mostrado una actitud fulminante contra lo que él denomina cháchara derrotista sobre la paz negociada.

—¿Y cómo han recibido el informe de Lansdowne? —preguntó Gus, ansioso.

—Diría que hay cuatro hombres que podrían ponerse de su parte: el secretario del Foreign Office, sir Edward Grey; el canciller del Exchequer, McKenna; el presidente del Departamento de Comercio, Runciman, y el propio primer ministro.

El sentimiento de esperanza iluminó el rostro de Gus.

—¡Es una facción muy poderosa!

—Y más ahora que el agresivo Winston Churchill ya no está. Nunca se recuperó de la catástrofe de la expedición a los Dardanelos, el proyecto en el que más creía.

—¿Quién está en contra de Lansdowne en el gabinete?

—David Lloyd George, secretario de Guerra, el político más popular del país. Y lord Robert Cecil, ministro de Bloqueo; Arthur Henderson, tesorero general, que también es el jefe del Partido Laborista, y Arthur Balfour, primer lord del Almirantazgo.

—Leí la entrevista a Lloyd George en los periódicos. Dijo que quería ver un combate hasta el KO.

—Por desgracia, la mayoría de la gente conviene con él, aunque tampoco tiene muchas oportunidades de escuchar otro punto de vista, claro está. Aquellos que se muestran contrarios a la guerra, como el filósofo Bertrand Russell, se ven constantemente acosados por el gobierno.

—Pero ¿cuál fue la conclusión del gabinete?

—No hubo conclusión. Las reuniones de Asquith suelen acabar así. La gente se queja de su indecisión.

—Debe de ser frustrante. De cualquier modo, parece que la propuesta de paz no caería en saco roto.

Resultaba alentador, pensó Maud, hablar con un hombre que la tomaba en serio. Incluso aquellos que mantenían con ella conversaciones inteligentes tendían a tratarla con cierta condescendencia. En realidad, Walter era el único otro hombre que conversaba con ella de igual a igual.

En ese instante, Fitz entró en el salón. Llevaba ropa londinense de color negro y gris, y era evidente que acababa de apearse del tren. Lucía un parche en el ojo y caminaba con la ayuda de un bastón.

—Siento haberos defraudado a todos —dijo, dirigiéndose a los invitados—. Anoche tuve que quedarme en la ciudad. Hay mucho revuelo en Londres a consecuencia de los últimos acontecimientos políticos.

—¿Qué acontecimientos? Aún no hemos visto los periódicos de hoy.

—Ayer Lloyd George escribió a Asquith pidiendo un cambio en nuestra forma de conducir la guerra. Quiere un Consejo de Guerra todopoderoso, compuesto por tres ministros que se encargarían de tomar todas las decisiones.

—¿Y Asquith accederá? —preguntó Gus.

—Por supuesto que no. Contestó diciendo que si existiera tal organismo, el primer ministro tendría que ser su presidente.

El pícaro amigo de Fitz, Bing Westhampton, estaba sentado junto a una ventana con los pies en alto.

—Eso garantizaría su fracaso —dijo—. Cualquier consejo presidido por Asquith será tan débil e indeciso como el gabinete. —Miró a su alrededor con aire humilde—. Suplico que me disculpen los ministros del gobierno aquí presentes.

—Sin embargo, tienes razón —convino Fitz—. La carta ciertamente supone un desafío al liderazgo de Asquith, más aún cuando Max Aitken, amigo de Lloyd George, ha filtrado la noticia a los periódicos. Ahora ya no hay posibilidad de compromiso. Es un combate hasta el KO, como diría Lloyd George. Si no se sale con la suya, tendrá que dimitir. Y si se sale con la suya, Asquith se marchará... y entonces tendremos que elegir a un nuevo primer ministro.

Maud miró a Gus y supo que ambos estaban pensando lo mismo. Con Asquith en Downing Street, la iniciativa de paz tendría una oportunidad. Si el beligerante Lloyd George ganaba ese combate, todo sería diferente.

El gong sonó en el vestíbulo, informando a los invitados de que había llegado la hora de cambiarse de ropa y vestirse de noche. La reunión se interrumpió. Maud se dirigió a su dormitorio.

Encontró su ropa preparada. El vestido era uno que había adquirido en París para la temporada de Londres de 1914. Desde entonces había comprado muy poca ropa. Se quitó el vestido que había llevado durante el té y se puso un salto de cama de seda. No avisaría aún a su doncella, quería unos minutos para sí. Se sentó al tocador y se miró en el espejo. Tenía veintiséis años, y los aparentaba. Nunca había sido guapa, pero todos la consideraban atractiva. Con la austeridad de los tiempos de guerra había perdido el último atisbo de ternura infantil, y sus facciones se habían vuelto más pronunciadas. ¿Qué pensaría Walter cuando la viera... si es que algún día volvían a verse? Se tocó los senos; al menos conservaban su turgencia. A él le complacería. Al pensar en su marido se le endurecieron los pezones. Se preguntó si tenía tiempo para...

Alguien llamó a la puerta y ella bajó las manos con cierto sentimiento de culpa.

—¿Quién es? —preguntó.

La puerta se abrió, y Gus Dewar entró en su dormitorio.

Maud se puso en pie, se ciñó el salto de cama y dijo con su voz más intimidatoria:

—Señor Dewar, por favor, ¡márchese de inmediato!

—No se asuste —dijo él—. Tengo que verla en privado.

—No se me ocurre ningún motivo...

—Vi a Walter en Berlín.

Maud guardó silencio, petrificada. Miró fijamente a Gus. ¿Cómo podía saber lo suyo con Walter?

—Me dio una carta para usted —añadió Gus. Se llevó una mano al bolsillo interior de la chaqueta de tweed y sacó un sobre.

Maud lo cogió con una mano trémula.

—Me dijo que no había escrito su nombre en la carta, por temor a que alguien la leyera en la frontera, pero nadie me registró el equipaje.

Maud sostuvo el sobre con inquietud. Había anhelado saber de él, pero en ese momento temía estar a punto de recibir malas noticias. Walter podía tener una amante y suplicarle en la carta que lo comprendiera. Tal vez se había casado con una chica alemana y le escribía para pedir que guardara silencio eterno sobre su anterior matrimonio. O, lo peor, quizá había iniciado los trámites del divorcio.

Abrió el sobre.

Y leyó:

Amada mía:

Es invierno en Alemania y en mi corazón. No encuentro las palabras para decirte lo mucho que te amo y te echo de menos.

Las lágrimas le anegaron los ojos.

—Oh —exclamó—. Oh, señor Dewar, ¡gracias por traerme esto!

Él dio un paso vacilante hacia ella.

—Tranquila, tranquila —le dijo, dándole suaves palmadas en el brazo.

Ella intentó leer el resto de la carta, pero no conseguía distinguir las palabras escritas en el papel.

—Estoy tan contenta... —sollozó.

Dejó caer la cabeza sobre el hombro de Gus, y él la abrazó.

—No pasa nada —le dijo él.

Maud cedió a sus sentimientos y rompió a llorar.

21

Diciembre de 1916

I

Fitz trabajaba en el Almirantazgo, en Whitehall. No era el puesto que deseaba. Ansiaba volver con los Fusileros Galeses a Francia. Por mucho que detestara la suciedad y la incomodidad de las trincheras, no podía sentirse bien estando a salvo en Londres mientras los demás arriesgaban la vida. Lo horrorizaba que lo consideraran cobarde. No obstante, los médicos insistieron en que aún no tenía la pierna lo bastante fuerte y que el ejército no le permitiría reincorporarse.

Dado que Fitz hablaba alemán, Smith-Cumming, de los servicios secretos —el hombre que se hacía llamar «C»—, lo había recomendado al servicio de espionaje de la Royal Navy, y lo habían destinado de forma temporal a un departamento conocido como Sala 40. Lo último que quería era un trabajo de despacho, pero, para su sorpresa, descubrió que su función era trascendental para el esfuerzo bélico.

El primer día de la guerra, un barco de correos llamado *CS Alert* zarpó en el mar del Norte, dragó del lecho marino todos los resistentes cables de telecomunicaciones alemanes y los cortó. Con ese astuto golpe, los británicos obligaron al enemigo a transmitir por radio la mayoría de los mensajes. Las señales de radio podían interceptarse, pero los alemanes no eran necios y enviaban todos los mensajes codificados. La Sala 40 era el lugar donde los británicos trataban de descifrar los códigos.

Fitz trabajaba con diversas personas —algunas de ellas ciertamente extrañas, la mayoría no muy militares— que pugnaban por interpretar los galimatías interceptados en estaciones de escucha repartidas por la costa. A Fitz no se le daba bien el desafío que suponía el rompecabezas de la descodificación —nunca había conseguido siquiera deducir quién era el asesino en ningún caso de Sherlock Holmes—, pero sí podía traducir al inglés los mensajes decodificados y, lo que era más decisivo, su experiencia en el campo de batalla lo capacitaba para juzgar cuáles eran importantes y cuáles no.

Aunque eso tampoco cambiaba demasiado las cosas. A finales de 1916, el frente occidental apenas se había movido de la posición que ocupaba al empezar el año, pese a los tremendos esfuerzos efectuados por ambos bandos: el implacable asalto alemán en Verdún y el ataque británico en el Somme, aún más costoso. Los aliados necesitaban perentoriamente un estímulo. Si Estados Unidos entraba en guerra, podría inclinar la balanza, pero por el momento no había indicios de que eso fuera a ocurrir.

Los comandantes de todos los ejércitos emitían sus órdenes entrada la noche o a primera hora de la mañana, por lo que Fitz empezaba temprano y trabajaba sin respiro hasta el mediodía. El miércoles, después de la cacería, salió del Almirantazgo a las doce y media y volvió a casa en taxi. El paseo cuesta arriba desde Whitehall hasta Mayfair, si bien corto, era excesivo para él.

Las tres mujeres con las que vivía —Bea, Maud y tía Herm— acababan de sentarse a almorzar. Fitz tendió el bastón y la gorra del uniforme a Grout y se reunió con ellas. Procedente del entorno funcional del despacho, disfrutaba de la calidez de su hogar: el opulento mobiliario, los silenciosos sirvientes, la loza francesa sobre el mantel níveo.

Preguntó a Maud por las novedades políticas. Asquith y Lloyd George estaban librando una batalla. El día anterior, Asquith había dimitido histriónicamente como primer ministro, algo que preocupó a Fitz: no admiraba al liberal Asquith, pero ¿y si su sustituto era seducido por la solución simplista de las conversaciones de paz?

—El rey se ha visto con Bonar Law —dijo Maud.

Andrew Bonar Law era el jefe de los conservadores. El último bastión del poder regio en la política británica era el derecho del monarca a nombrar a un primer ministro, aunque el candidato que elegía tenía que obtener el apoyo del Parlamento.

—¿Qué ha ocurrido? —preguntó Fitz.

—Bonar Law ha rehusado ser primer ministro.

Fitz se refrenó.

—¿Cómo ha podido rechazar la propuesta del rey? —Fitz creía que un hombre debía obedecer a su monarca, especialmente un conservador.

—Considera que tiene que serlo Lloyd George, pero el rey no quiere a este en el cargo.

—Confío en que así sea —intervino Bea—. Ese hombre no es mejor que un socialista.

—En efecto —convino Fitz—, pero su agresividad supera a la de todos los demás juntos. Cuando menos inyectará algo de energía al esfuerzo bélico.

—Me temo que no aprovecharía ninguna oportunidad de paz.

—¿Paz? —dijo Fitz—. No creo que debas preocuparte demasiado por eso. —Intentó no parecer airado, pero la cháchara derrotista sobre la paz le hacía pensar en todas las vidas que se habían perdido: el pobre teniente segundo Carlton-Smith, muchos otros jóvenes de Aberowen que habían combatido con los Fusileros Galeses, incluso el desdichado Owen Bevin, muerto a manos de un pelotón de fusilamiento. ¿Iba a ser en vano su sacrificio? La mera idea le parecía blasfema. Obligándose a hablar con un tono coloquial, añadió—: No habrá paz hasta que uno u otro bando haya ganado.

Aunque la ira refulgió en los ojos de Maud, también ella se controló.

—Debemos aprovechar lo mejor de los dos mundos: el liderazgo enérgico de la guerra por parte de Lloyd George como presidente del Consejo de Guerra, y un primer ministro con talante de estadista como Arthur Balfour para negociar la paz si decidimos que es eso lo que queremos.

—Hum. —A Fitz no le gustaba en absoluto esa idea, pero Maud tenía una forma de plantear las cosas que hacía difícil discrepar con ella. El conde cambió de tema—: ¿Qué tenéis previsto hacer esta tarde?

—Tía Herm y yo vamos a ir al East End. Hemos creado un Club de Viudas de Soldados. Les damos té y pastel… sufragados por ti, Fitz, lo cual te agradecemos, e intentamos ayudarlas con sus problemas.

—¿Como por ejemplo?

Fue tía Herm quien contestó:

—Conseguir un lugar decente donde vivir y encontrar niñeras de fiar son los más habituales.

A Fitz le hizo gracia aquello.

—Me sorprende, tía. Antes reprobaba las aventuras de Maud en el East End.

—Estamos en guerra —replicó lady Hermia, desafiante—. Tenemos que hacer todo cuanto podamos.

En un arrebato, Fitz contestó:

—Quizá vaya con vosotras. Será positivo para ellas ver que a los condes nos disparan con la misma facilidad que a los estibadores.

Maud se quedó perpleja, pero dijo:

—Bien, por supuesto, si te apetece…

Él advirtió su falta de entusiasmo. Era evidente que en su club se debatían estupideces típicas de la izquierda: el derecho a voto de las mujeres y paparruchas por el estilo. Sin embargo, ella no podía negarse a que las acompañara, pues era él quien lo sufragaba.

Cuando acabaron de almorzar, fueron a arreglarse. Fitz se dirigió al vestidor de su esposa. La doncella de pelo cano de Bea, Nina, la ayudaba a quitarse el vestido que había llevado en el almuerzo. Bea musitó algo en ruso y Nina le respondió en el mismo idioma; Fitz se sintió irritado al considerar que la intención de ambas era excluirlo. Habló en ruso, confiando en que creyeran que lo había entendido todo:

—Déjanos solos, por favor —le dijo a la doncella.

Ella hizo una reverencia y se ausentó.

—No he visto a Boy. —Había salido de casa temprano—. Tengo que ir a verlo antes de que lo saquen a pasear.

—De momento, no sale —contestó Bea, ansiosa—. Está un poco acatarrado.

Fitz frunció el entrecejo.

—Necesita aire fresco.

Para su sorpresa, vio que ella estaba al borde del llanto.

—Temo por él —dijo—. Arriesgando tú y Andréi vuestras vidas en la guerra, podría ser lo único que me quede.

El hermano de Bea, Andréi, estaba casado pero no tenía hijos. Si Andréi y Fitz morían, Boy sería toda la familia que tendría Bea. Eso explicaba su actitud sobreprotectora para con el niño.

—De todos modos, no le hará ningún bien que lo mimemos.

—No sé qué significa esa palabra —dijo ella, malhumorada.

—Creo que ya sabes a lo que me refiero.

Bea se quitó la enagua. Su figura era más voluptuosa que antes. Fitz la miró mientras ella se desenlazaba las cintas que sostenían sus calzones. Se imaginó mordiendo la carne blanda del interior de sus muslos.

Ella captó su mirada.

—Estoy cansada —dijo—. Tengo que dormir una hora.

—Podría dormir contigo.

—Creía que ibas a visitar los suburbios con tu hermana.

—No tengo por qué ir.

—Necesito descansar, de veras.

Él se irguió para marcharse, pero cambió de opinión. Se sentía airado y rechazado.

—Hace mucho tiempo que no me acoges en tu cama.

—No he contado los días.

—Yo sí, y han sido semanas, no días.

—Lo siento. Estoy muy preocupada por todo. —Volvía a estar al borde de las lágrimas.

Fitz sabía que temía por su hermano, y comprendía su impotente inquietud, pero millones de mujeres estaban sufriendo ese mismo calvario, y la nobleza tenía el deber de mantenerse estoica.

—Tengo entendido que has empezado a asistir a misa en la embajada rusa mientras yo he estado en Francia.

En Londres no había ninguna iglesia ortodoxa rusa, pero la embajada disponía de una capilla.

—¿Quién te lo ha dicho?

—Eso no importa. —Había sido tía Herm—. Antes de casarnos, te pedí que te convirtieras a la Iglesia anglicana, y lo hiciste.

Ella evitó su mirada.

—Creí que ir a una o dos misas no me haría ningún daño —contestó con voz pausada—. Siento haberte disgustado.

Fitz recelaba de los clérigos extranjeros.

—¿Te ha dicho ese sacerdote que es un pecado disfrutar yaciendo con tu esposo?

—¡Por supuesto que no! Pero cuando no estás y me siento sola, tan lejos de todo aquello con lo que crecí… me reconforta escuchar los himnos y las oraciones rusas.

Fitz sintió lástima por ella. Debía de ser difícil. Para él era impensable instalarse de forma permanente en otro país. Y sabía, por conversaciones que había mantenido con otros hombres casados, que no era insólito que la mujer se opusiera a las insinuaciones de su marido después de tener un bebé.

Sin embargo, se obligó a no ceder a la compasión. Todo el mundo debía hacer sacrificios. Bea podía sentirse afortunada de no tener que correr entre el fuego de ametralladoras.

—Creo que hasta ahora he cumplido con mi deber —dijo—. Cuando nos casamos, saldé las deudas de tu familia. Reuní a expertos rusos e ingleses para planificar la reorganización de las propiedades. —Habían aconsejado a Andréi que avenara las ciénagas para generar más tierra de cultivo y que realizara prospecciones en busca de carbón y otros minerales, pero ellos nunca hicieron nada—. No es culpa mía que Andréi malgastara todas las oportunidades.

—Sí, Fitz —dijo ella—. Hiciste todo lo que habías prometido.

—Pues te pido que también cumplas con tus obligaciones. Tienes que engendrar herederos. Si Andréi muere sin tener hijos, el nuestro pronto heredará dos propiedades inmensas. Será uno de los mayores terratenientes del mundo. Debemos tener más hijos por si, Dios no lo quiera, le ocurre algo a Boy.

Ella mantuvo la mirada agachada.

—Conozco mis obligaciones.

Fitz se sintió deshonesto. Hablaba de un heredero —y todo cuanto decía era cierto—, pero no le confesaba que se moría por ver su cuerpo desnudo y receptivo sobre las sábanas, blanco sobre blanco, y su cabello derramado sobre la almohada. Trató de reprimir esa imagen.

—Si conoces tus obligaciones, cúmplelas. La próxima vez que venga a tu dormitorio espero que me recibas como el esposo cariñoso que soy.

—Sí, Fitz.

El conde se marchó. Se alegraba de haberse plantado, pero también tenía la incómoda sensación de que había hecho algo mal. Era ridículo: había expuesto a Bea lo errado de su comportamiento, y ella lo había aceptado. Así debían ser las cosas entre un hombre y su esposa. Pero no conseguía sentirse tan satisfecho como cabía esperar.

Apartó a Bea de sus pensamientos cuando se encontró con Maud y tía Herm en el salón. Se caló la gorra del uniforme, se miró en el espejo y apartó rápidamente la mirada. Esos días procuraba no pensar demasiado en su apariencia. La bala le había dañado los músculos del lado izquierdo de la cara, y tenía el párpado semicerrado. Era un defecto ínfimo, pero su vanidad jamás se recuperaría. Se dijo que debía sentirse agradecido de conservar la visión del ojo.

El Cadillac azul seguía en Francia, pero se las había arreglado para conseguir otro. El chófer conocía el camino; era obvio que ya había llevado antes a Maud al East End. Media hora después, aparcaron frente al Calvary Gospel Hall, una pequeña y humilde capilla con tejado de calamina, que debían de haber trasladado allí desde Aberowen. Fitz se preguntó si el pastor sería galés.

La merienda ya había comenzado y el lugar estaba repleto de mujeres jóvenes con sus hijos. La estancia olía peor que en los cuarteles, y Fitz tuvo que resistir la tentación de taparse la nariz con un pañuelo.

Maud y tía Herm se pusieron a trabajar de inmediato, Maud atendiendo a las mujeres, una a una, en el despacho situado en la parte trasera, y tía Herm organizándolas. Fitz fue de mesa en mesa renqueante, preguntando a las mujeres si sus maridos estaban en servicio y qué experiencias habían tenido, mientras sus hijos jugaban en el suelo. Las mujeres jóvenes a menudo se mostraban tímidas y retraídas cuando el conde se dirigía a ellas, pero aquel grupo no se amedrentaba con tanta facilidad. Le preguntaron en qué regimiento servía y cómo se había hecho aquellas heridas.

Llevaba ya la mitad de la ronda cuando vio a Ethel.

Había observado que en la parte posterior del local había dos despachos; uno era de Maud, pero no se había preguntado quién ocupaba el otro. Casualmente alzó la mirada cuando la puerta se abrió y Ethel asomó por ella.

Llevaba dos años sin verla, pero no había cambiado mucho. Sus rizos morenos oscilaban con su andar, y su sonrisa era un rayo de sol. Llevaba un vestido sencillo y raído, como la ropa de todas aquellas mujeres a excepción de Maud y tía Herm, pero conservaba la figura esbelta, y él no pudo evitar pensar en aquel cuerpo menudo que tan bien había llegado a conocer. Sin siquiera mirarlo, consiguió hechizarlo. Era como si el tiempo no hubiera pasado desde que habían yacido juntos, rodando entre risas y besos en la cama de la Suite Gardenia.

Hablaba con el único otro hombre presente en la sala, una figura encorvada con un terno largo y gris de tela gruesa, que estaba sentado a una mesa y tomaba notas en un libro de contabilidad. Llevaba unas gafas de gruesos vidrios, pero pese a ello Fitz alcanzó a captar la admiración en sus ojos cuando miraba a Ethel. Ella le hablaba con actitud relajada y cordial, y Fitz se preguntó si estarían casados.

Ethel se dio la vuelta y vio a Fitz. Arqueó las cejas y la sorpresa dibujó una «O» en su boca. Retrocedió un paso, nerviosa, y tropezó con una silla. La mujer sentada en ella la miró irritada.

—Perdón —musitó Ethel sin mirarla.

Fitz se levantó de su asiento, lo cual no le resultó fácil con la pierna herida, sin dejar de mirar fijamente a Ethel. Ella temblaba visiblemente, indecisa entre acercarse a él o refugiarse en la seguridad de su despacho.

—Hola, Ethel —dijo él. El bullicio de la sala ahogó sus palabras, pero probablemente ella le habría leído los labios y adivinado lo que él le había dicho.

Ethel se decidió y se encaminó hacia él.

—Buenas tardes, lord Fitzherbert —dijo, y con su acento galés cantarín aquel saludo rutinario se convirtió en una melodía. Le tendió una mano y él se la estrechó y notó su piel áspera.

Fitz correspondió al formalismo:

—¿Cómo está, señora Williams?

Ella acercó una silla y se sentó. Mientras él hacía lo propio, cayó en la cuenta de la habilidad con que ella los había colocado de inmediato en un plano de igualdad, pero sin intimidad.

—Lo vi en el oficio religioso de Aberowen —dijo ella—. Lamento mucho... —Se le quebró la voz. Agachó la mirada y comenzó de nuevo—: Lamento mucho ver que lo han herido. Espero que ya esté mejor.

—Poco a poco. —Fitz advirtió que su interés era genuino. Ella no lo odiaba, al parecer, pese a todo lo sucedido. Se sintió conmovido.

—¿Cómo lo hirieron?

Fitz narraba aquel episodio con tanta frecuencia que ya le resultaba tedioso.

—Era el primer día del Somme. Apenas presencié el combate. Subimos a la cima, cruzamos nuestra alambrada y nos internamos en tierra de nadie, y lo siguiente que recuerdo es que me transportaban en una camilla y sentía un terrible dolor.

—Mi hermano lo vio caer.

Fitz recordaba al insubordinado cabo William Williams.

—¿De veras? ¿Qué fue de él?

—Su sección tomó una trinchera alemana, y luego tuvo que abandonarla al quedarse sin munición.

Fitz no había visto ningún informe, pues estaba en el hospital.

—¿Le concedieron una medalla?

—No. El coronel le dijo que debía haber defendido su posición hasta la muerte. A lo que Billy le respondió: «¿Sí? ¿Como hizo usted?», y lo arrestaron.

A Fitz no le sorprendió. Williams era problemático.

—Y bien, ¿qué hace aquí?

—Trabajo con su hermana.

—No me lo había dicho.

Ethel lo miró con serenidad.

—Debe de dar por hecho que a usted no le interesará recibir noticias de sus antiguos sirvientes.

Era una pulla, pero él la obvió.

—¿A qué se dedica?

—Soy directora editorial de *The Soldier's Wife*. Organizo la impresión y la distribución, y edito la página de cartas. Y también me encargo del dinero.

Fitz estaba impresionado. Era un paso considerable desde su condición de ama de llaves. Pero su capacidad de organización siempre había sido extraordinaria.

—Mi dinero, supongo.

—No lo creo. Maud es muy escrupulosa. Sabe que a usted no le importa sufragar el té y el pastel, y los cuidados médicos de los hijos de los soldados, pero no invertiría su dinero en propaganda antibélica.

Él siguió dándole conversación por el mero placer de contemplar su rostro mientras hablaba.

—¿Es eso lo que publica el periódico? —preguntó—. ¿Propaganda antibélica?

—Comentamos públicamente aquello de lo que ustedes solo hablan en privado: la posibilidad de la paz.

Tenía razón. Fitz sabía que los políticos veteranos de los dos partidos mayoritarios habían estado hablando de la paz, y eso lo enojaba. Pero no quería discutir con Ethel.

—Su héroe, Lloyd George, está a favor de intensificar la lucha.

—El rey no lo quiere, pero podría ser el único candidato capaz de unir al Parlamento.

—Me temo que prolongaría la guerra.

Maud salió del despacho y Fitz advirtió que la merienda llegaba a su fin, pues las mujeres fregaban las tazas y los platos y recogían a sus hijos. Le maravilló ver a tía Herm cargando con una pila de platos sucios. ¡Cómo cambiaba la guerra a las personas!

Volvió a mirar a Ethel. Seguía siendo la mujer más atractiva que había conocido nunca. Fitz cedió a un impulso. Bajando el tono de voz, le preguntó:

—¿Quieres que nos veamos mañana?

Ella se quedó atónita.

—¿Para qué? —preguntó con discreción.

—¿Sí o no?

—¿Dónde?

—Estación Victoria. A la una en punto. En el acceso al andén tres.

Antes de que ella pudiera contestar, el hombre de las gruesas gafas se acercó a ellos y Ethel lo presentó.

—Conde Fitzherbert, le presento al señor Bernie Leckwith, secretario del Partido Laborista Independiente de Aldgate.

Fitz le estrechó la mano. Leckwith tendría algo más de veinte años. Fitz dedujo que su mala visión le había impedido alistarse en las fuerzas armadas.

—Lamento ver que lo han herido, lord Fitzherbert —dijo Leckwith con acento londinense.

—Solo soy uno entre miles, y tengo la suerte de seguir vivo.

—Con la perspectiva del tiempo, ¿considera que hay algo que podríamos haber hecho de otro modo en el Somme y que hubiese cambiado de forma radical el resultado?

Fitz meditó un momento. Era una pregunta condenadamente buena. Mientras este reflexionaba, Leckwith añadió:

—¿Habríamos necesitado más hombres y munición, como aseguran los generales? ¿O tal vez tácticas más flexibles y mejores sistemas de comunicación, como sostienen los políticos?

Fitz contestó con precaución:

—Todo eso habría ayudado, pero, francamente, no creo que nos hubiera permitido obtener la victoria. El asalto estaba condenado desde el comienzo, pero eso es algo que no podíamos saber de antemano. Teníamos que intentarlo.

Leckwith asintió, dando a entender que se había confirmado su punto de vista.

—Agradezco su franqueza —dijo, como si Fitz acabara de hacerle una confesión.

Salieron de la capilla. Fitz acompañó a tía Herm y a Maud hasta el coche; luego subió él y el chófer se los llevó.

Fitz se sorprendió al notar que tenía la respiración agitada. Había sufrido una leve conmoción. Tres años antes Ethel se dedicaba a contar fundas de almohada en Tŷ Gwyn. En esos momentos era directora editorial de un periódico que, si bien de pequeña tirada, era considerado por los ministros más veteranos una espina para el gobierno.

¿Qué relación la unía a aquel muchacho sorprendentemente astuto llamado Bernie Leckwith?

—¿Quién es Leckwith? —preguntó a Maud.

—Un político local importante.

—¿Es el marido de Williams?

Maud se rió.

—No, aunque todo el mundo cree que debería serlo. Es un hombre inteligente que comparte sus ideales, y se desvive por su hijo. No sé por qué Ethel no se casó con él hace mucho tiempo.

—Quizá no le acelere el pulso.

Maud arqueó lás cejas, y Fitz comprendió que había sido peligrosamente franco, por lo que se apresuró a añadir:

—Esa clase de chicas buscan el amor romántico, ¿no? Se casará con un héroe de guerra, no con un bibliotecario.

—Ella no es de «esa clase de chicas» ni de ninguna otra —repuso Maud con cierta frialdad—. En todo caso, es excepcional. Es imposible conocer a dos como ella en toda una vida.

Fitz desvió la mirada. Sabía que era cierto.

Se preguntó cómo sería el niño. Cayó en la cuenta de que debía de haber sido alguno de los pequeños que jugaban en el suelo de la capilla con la cara sucia. Probablemente había visto a su hijo aquella tarde sin ser consciente de ello. Aquel pensamiento lo conmovió de un modo extraño. Y, por algún motivo, lo puso al borde del llanto.

El coche cruzaba Trafalgar Square. Le indicó al chófer que parase.

—Será mejor que pase por la oficina —le dijo a Maud.

Se encaminó renqueante hacia el antiguo edificio del Almirantazgo y subió las escaleras. Su escritorio se encontraba en la sección diplomática, que ocupaba la Sala 45. El teniente segundo Carver, estudiante de latín y griego que se había desplazado allí desde Cambridge para ayudar a decodificar mensajes alemanes, le dijo que no se habían interceptado demasiados durante la tarde, como era habitual, y que no había nada de lo que tuviera que ocuparse. Sí había, no obstante, una noticia de cariz político.

—¿Se ha enterado? —le preguntó Carver—. El rey ha convocado a Lloyd George.

II

La mañana siguiente, Ethel decidió que no acudiría a su cita con Fitz. ¿Cómo se atrevía a proponerle algo así? Durante más de dos años no había sabido nada de él. Y al encontrarse, ni siquiera le había preguntado por Lloyd, ¡su propio hijo! Seguía siendo el mismo impostor egoísta y desconsiderado de siempre.

Sin embargo, ella se había visto arrastrada a un torbellino. Fitz la había mirado con aquellos ojos verdes e intensos, le había preguntado por su vida y la había hecho sentirse importante para él... contra todo pronóstico. Ya no era perfecto, el hombre divino que había sido: su hermoso rostro se había echado a perder con un ojo semicerrado, y caminaba encorvado sobre el bastón. Pero su debilidad solo había inspirado en ella el deseo de cuidarle. Se dijo que era una idiota. Él ya tenía todo el cuidado que el dinero podía comprar. No, no acudiría a la cita.

A las doce salió de la sede de *The Soldier's Wife* —dos salas pequeñas situadas sobre una imprenta y compartidas con el Partido Laborista Independiente— y tomó un autobús. Maud no había ido al despacho aquella mañana, lo que le ahorró a Ethel tener que inventar una excusa.

El trayecto en autobús y en metropolitano desde Aldgate hasta Victoria era largo, y Ethel llegó al lugar de encuentro varios minutos después de la una. Se preguntó si Fitz se habría impacientado y marchado, y esa posibilidad la angustió levemente; pero él estaba allí, con un traje de tweed, como a punto de partir a la campiña, y ella se sintió mejor al instante.

Fitz sonrió.

—Temía que no fueras a venir —dijo.

—No sé por qué lo he hecho —respondió ella—. ¿Por qué me lo pediste?

—Quiero enseñarte algo. —La tomó de un brazo.

Salieron de la estación. Ethel se sentía complacida como una tonta al caminar al lado de Fitz. Le sorprendía su temeridad. Él era una figura fácilmente reconocible. ¿Y si se encontraban con alguno de sus amigos? Supuso que ambos fingirían no verse. En la clase social de Fitz, nadie esperaba que el hombre que llevaba casado varios años fuera fiel a su esposa.

Recorrieron en autobús varias paradas y se apearon en una zona de Chelsea famosa por su vida disoluta, una barriada de renta baja de artistas y escritores. Ethel se preguntó qué querría mostrarle. Caminaron por una calle llena de pequeñas villas.

—¿Has presenciado alguna vez un debate en el Parlamento? —le preguntó Fitz.

—No —contestó ella—, pero me encantaría.

—Hay que ser invitado por un parlamentario o un lord. ¿Quieres que lo organice?

—¡Sí, por favor!

Él pareció alegrarse de que ella aceptara.

—Me informaré de cuándo va a haber algo interesante. ¿Te gustaría ver a Lloyd George en acción?

—¡Sí!

—Hoy está formando su equipo de gobierno. Imagino que esta noche besará la mano del rey como primer ministro.

Ethel observó aquel entorno con aire pensativo. En ciertas zonas, Chelsea seguía pareciendo el pueblo rural que había sido siglos atrás. Los demás edificios eran casas de campo o de labranza con grandes jardines y huertos. No había mucha vegetación en diciembre, pero aun así el barrio desprendía un agradable aire semirrural.

—La política tiene algo de gracioso —comentó ella—. He querido que Lloyd George fuera primer ministro desde que tuve edad para leer los periódicos, pero ahora que por fin lo es, estoy preocupada.

—¿Por qué?

—Es la figura veterana más beligerante del gobierno. Su nombramiento podría acabar con cualquier posibilidad de paz. Además…

Fitz parecía intrigado.

—¿Qué?

—Es el único hombre que podría acceder a las conversaciones de paz sin ser crucificado por los sanguinarios periódicos de Northcliffe.

—Cierto —dijo Fitz, con aire abatido—. Si lo hiciera cualquier otro, los titulares clamarían: «¡Destituid a Asquith (o a Balfour, o a Bonar Law) y traed a Lloyd George!». Pero si atacan a Lloyd George, no queda nadie más.

—Así que quizá haya una esperanza de que se alcance la paz.

Fitz permitió que su voz delatara la irritación que sentía:

—¿Por qué no depositas más esperanzas en la victoria que en la paz?

—Porque así fue como nos metimos en este desastre —contestó ella con serenidad—. ¿Qué vas a enseñarme?

—Esto.

Fitz descorrió el cerrojo de una cancela y la abrió. Entró en el recinto de una casa individual de dos plantas. El jardín estaba lleno de maleza y el lugar necesitaba una capa de pintura, pero era un hogar acogedor de tamaño mediano, el tipo de hogar propio de un músico, imaginó Ethel, o tal vez de un actor famoso. Fitz sacó una llave del bolsillo y abrió la puerta. Ambos entraron y él cerró la puerta y la besó.

Ethel se entregó a él. Nadie la había besado en mucho tiempo y se sintió como una viajera sedienta en el desierto. Acarició el largo cuello de Fitz y apretó sus senos contra su pecho. Notó que él estaba tan desesperado como ella. Antes de perder por completo el control, lo apartó de sí.

—Para —dijo, casi sin aliento—. Para.

—¿Por qué?

—La última vez que hicimos esto acabé hablando con tu maldito abogado. —Se alejó unos pasos de él—. Ya no soy tan inocente como antes.

—Esta vez será diferente —afirmó él, jadeante—. Fui un idiota dejándote marchar. Yo también era joven.

Tratando de calmarse, Ethel echó un vistazo a las habitaciones. Estaban llenas de muebles viejos y anticuados.

—¿De quién es esta casa? —le preguntó.

—Tuya —contestó él—. Si la quieres.

Ella lo miró fijamente. ¿Qué quería decir con eso?

—Podrías vivir aquí con el niño —añadió él—. Durante años la habitó una anciana que había sido ama de llaves de mi padre. Murió hace unos meses. Podrías redecorarla y comprar muebles nuevos.

—¿Vivir aquí? —preguntó ella—. ¿En condición de qué?

Fitz no tenía arrestos de decirlo.

—¿De amante?

—Podrías tener una niñera, un par de criadas y un jardinero. Incluso un coche a motor con chófer, si te seduce la idea.

Lo que la seducía de todo aquello era él.

Fitz malinterpretó su mirada reflexiva.

—¿Es demasiado pequeña? ¿Preferirías una casa en Kensington? ¿Quieres un mayordomo y un ama de llaves? Te daré todo lo que quieras, ¿no lo entiendes? Mi vida está vacía sin ti.

Era sincero, ella lo percibía. O, al menos, lo era en ese momento, en que estaba excitado e insatisfecho. Ethel sabía por amarga experiencia lo deprisa que podía cambiar.

El problema era que ella lo deseaba con el mismo ardor.

Él debió de verlo en su cara, pues volvió a abrazarla. Ella alzó el rostro para recibir su beso. «Quiero más», pensó.

Pero volvió a zafarse de sus brazos antes de perder el control.

—¿Y bien?

Ethel no podía tomar una decisión sensata mientras él la besaba.

—Necesito estar sola —dijo. Se obligó a apartarse de él antes de que fuera demasiado tarde—. Me voy a casa —decidió. Abrió la puerta—. Necesito tiempo para pensar. —Vaciló en el umbral.

—Tómate todo el tiempo que necesites —contestó él—. Esperaré.

Ethel cerró la puerta y echó a correr.

III

Gus Dewar se encontraba en la National Gallery, en Trafalgar Square, contemplando el *Autorretrato a la edad de sesenta y tres años* de Rembrandt, cuando una mujer que estaba a su lado comentó:

—Un hombre extraordinariamente feo.

Gus se volvió hacia ella y se sorprendió al encontrarse con Maud Fitzherbert.

—¿Rembrandt o yo? —preguntó, y se echó a reír.

Pasearon juntos por el museo.

—Qué deliciosa coincidencia —dijo él—. Encontrarla aquí.

—En realidad, lo he visto y lo he seguido hasta aquí. —Bajó el tono de voz—. Quería preguntarle por qué los alemanes aún no han hecho la propuesta de paz que me dijo que iba a llegar.

Él ignoraba la respuesta.

—Podrían haber cambiado de opinión —contestó, apesadumbrado—. Allí, como aquí, hay una facción a favor de la paz y otra a favor de la guerra. Tal vez la facción favorable a la guerra se haya impuesto y haya conseguido hacer cambiar de opinión al káiser.

—¡Pero tienen que estar viendo que las batallas ya no deciden nada! —dijo, exasperada—. ¿Ha leído esta mañana en los periódicos que los alemanes han tomado Bucarest?

Gus asintió. Rumanía había declarado la guerra en agosto, y durante algún tiempo los británicos habían confiado en que su nuevo aliado pudiera asestar un poderoso golpe, pero Alemania había invadido el país en septiembre y la capital rumana había caído ya.

—De hecho, es algo bueno para Alemania, que ahora dispone del petróleo de Rumanía.

—Exacto —convino Maud—. Seguimos avanzando un paso y retrocediendo otro. ¿Cuándo aprenderemos?

—El nombramiento de Lloyd George como primer ministro no es alentador —comentó Gus.

—Ah. Podría equivocarse.

—¿Eso cree? Se ha fraguado una reputación como político de ser más agresivo que nadie. Le resultaría difícil firmar la paz después de eso.

—No esté tan seguro. Lloyd George es impredecible. Podría cambiar radicalmente de parecer. Y eso solo sorprendería a los que son lo bastante ingenuos para haberlo considerado sincero.

—Bueno, es esperanzador.

—En cualquier caso, desearía que tuviéramos una primera ministra.

Gus no creía que eso fuera a ocurrir nunca, pero no lo verbalizó.

—Quiero preguntarle algo más —dijo Maud, y se detuvo.

Gus se volvió para mirarla de frente. Debido tal vez a que los cuadros lo habían sensibilizado, se sorprendió admirando su rostro. Observó las líneas definidas de su nariz y su mentón, los pómulos altos, el cuello esbelto. La angulosidad de sus rasgos quedaba suavizada por sus labios carnosos y sus grandes ojos verdes.

—Lo que quiera —dijo él.

—¿Qué le contó Walter?

Los pensamientos de Gus retrocedieron hasta aquella sorprendente conversación en el bar del hotel Adlon de Berlín.

—Dijo que se veía obligado a compartir un secreto conmigo, aunque no me dijo cuál era el secreto.

—Creyó que lo deduciría.

—Supuse que está enamorado de usted. Y, a juzgar por su reacción cuando le di su carta en Tŷ Gwyn, supe que su amor es correspondido. —Gus sonrió—. Si me permite decirlo, es un hombre con suerte.

Maud asintió, y Gus advirtió algo similar al alivio en su semblante. Debía de haber más de un secreto, comprendió; por eso ella necesitaba averiguar cuánto sabía él. Se preguntó qué más estarían ocultando. Tal vez estuvieran prometidos.

Siguieron caminando. «Entiendo por qué te ama —pensó Gus—. Yo podría enamorarme de ti en un segundo.»

Ella volvió a sorprenderle.

—¿Alguna vez ha estado enamorado, señor Dewar? —le preguntó a bote pronto.

Era una pregunta indiscreta, pero aun así Gus contestó.

—Sí. Dos veces.

—Pero ahora ya no lo está.

Él sintió la necesidad de confiarse a ella.

—El año en que estalló la guerra, yo fui lo bastante perverso como para enamorarme de una mujer casada.

—¿Lo amaba ella?

—Sí.

—¿Qué ocurrió?

—Le pedí que abandonara a su marido por mí. Fue un gran error por mi parte, y le sorprenderá, lo sé. Pero ella era mejor persona que yo y rechazó mi propuesta inmoral.

—No me sorprendo tan fácilmente. ¿Cuándo fue la segunda vez?

—El año pasado me prometí con alguien en mi ciudad natal, Buffalo, pero ella se casó con otro.

—¡Oh! Lo lamento mucho. Quizá no debería haber preguntado. He reavivado recuerdos dolorosos.

—Extremadamente dolorosos.

—Discúlpeme si le digo que eso me hace sentir mejor. Ahora sé que conoce el dolor que el amor puede provocar.

—Sí, lo conozco.

—Pero quizá después de todo habrá paz, y mi dolor pronto cesará.

—Espero de corazón que así sea, lady Maud —dijo Gus.

IV

La propuesta de Fitz atormentó a Ethel durante días. Aterida de frío en el patio trasero, mientras escurría la colada con el rodillo, se imaginó en aquella preciosa casa de Chelsea, con Lloyd corriendo por el jardín y vigilado por una atenta niñera. «Te daré todo lo que quieras», le había dicho Fitz, y ella sabía que era verdad. Pondría la casa a su nombre. La llevaría a Suiza y al sur de Francia. Bien pensado, podía obligarlo a que le concediera una renta vitalicia y así dispondría de ingresos hasta su muerte, aunque él se cansara de ella… Sin embargo, también sabía que podía asegurarse de que él nunca se cansara.

Era ignominioso y repugnante, se dijo en tono severo. Sería una mujer pagada a cambio de sexo, ¿y qué otro significado tenía la palabra «prostituta»? Nunca podría invitar a sus padres a su escondrijo de Chelsea, ellos sabrían de inmediato lo que aquello significaba.

¿Le importaba eso? Tal vez no, pero había otras cosas. Deseaba algo más en la vida aparte de comodidades. Como amante de un millonario, difícilmente podría proseguir con la campaña a favor de las mujeres trabajadoras. Su vida política habría acabado. Perdería el contacto con Bernie y Mildred, y le resultaría incómodo incluso ver a Maud.

Pero ¿quién era ella para pedirle tanto a la vida? Era Ethel Williams, ¡y había nacido en la casa de un minero! ¿Cómo podía hacerle ascos a una vida plácida? «¡Ya quisieras!», se dijo, empleando uno de los dichos de Bernie.

Y allí estaba Lloyd. Tendría una institutriz, y después Fitz le pagaría una escuela de postín. Crecería entre la élite y llevaría una vida de privilegios. ¿Tenía derecho Ethel a privarlo de eso?

Aún no había tomado una decisión cuando abrió los periódicos en el despacho que compartía con Maud y supo de otra oferta trascendental: el 12 de diciembre, el canciller alemán, Theobald von Bethmann-Hollweg, proponía conversaciones de paz a los aliados.

Ethel estaba eufórica. ¡La paz! ¿En verdad era posible? ¿Podría volver a casa Billy?

El primer ministro francés se apresuró a describir la nota como un movimiento astuto, y el ministro de Exteriores ruso denunció las «propuestas embusteras» de los alemanes, pero Ethel creía que era la reacción británica la que contaría.

Lloyd George no estaba pronunciando discursos públicos de ningún tipo, con el pretexto de estar aquejado de un dolor de garganta. En Londres y en diciembre, la mitad de la población contraía catarros y constipados, pero aun así Ethel sospechaba que Lloyd George tan solo quería tiempo para pensar. Lo interpretó como una buena señal. Una respuesta inmediata habría sido un rechazo; cualquier alternativa era esperanzadora. Cuando menos, estaba considerando la vía de la paz, pensó con optimismo.

Mientras tanto, el presidente Wilson puso el peso de Estados Unidos en el lado de la balanza favorable a la paz. Propuso que, como preliminar a las conversaciones de paz, todos los poderes enfrentados expusieran sus objetivos: lo que trataban de conseguir por medio de la lucha.

—Eso los ha avergonzado —dijo Bernie Leckwith aquella tarde—.

Han olvidado por qué comenzaron esto. Ahora solo están luchando porque quieren ganar.

Ethel recordó lo que la señora de Dai Ponis había dicho sobre la huelga: «Esos hombres. En cuanto se meten en pelea, lo único que les importa es ganar. No cederán, sea cual sea el precio que tienen que pagar». Se preguntó cómo habría reaccionado una primera ministra a la propuesta de paz.

Pero Bernie tenía razón, comprendió Ethel con el transcurso de los días. La propuesta del presidente Wilson fue recibida con un extraño silencio. Ningún país respondió de forma inmediata. Eso la irritaba aún más. ¿Cómo iban a poder seguir adelante si ni siquiera sabían por qué luchaban?

Al final de la semana, Bernie organizó un mitin público para debatir la nota alemana. El día del mitin, Ethel se despertó y vio a su hermano junto a su cama ataviado con el uniforme caqui.

—¡Estás vivo!

—Y con un permiso de una semana —dijo él—. Anda, levántate, vaca gandula.

Ethel bajó de la cama de un salto, se puso una bata encima del camisón y lo abrazó.

—¡Oh, Billy! ¡Me alegro tanto de verte! —Reparó en los galones que lucía en una manga—. ¿Ahora eres sargento? ¿Sí?

—Sí.

—¿Cómo has entrado en casa?

—Mildred me abrió la puerta. En realidad, llegué anoche.

—¿Dónde has dormido?

Él se azoró.

—Arriba.

Ethel esbozó una sonrisa pícara.

—Un tipo con suerte.

—Me gusta de verdad, Eth.

—Y a mí —dijo Ethel—. Mildred es una joya. ¿Vas a casarte con ella?

—Sí, si sobrevivo a la guerra.

—¿No te importa la diferencia de edad?

—Tiene veintitrés años. No es como si fuera vieja de verdad, como si tuviera treinta o así.

—¿Y sus hijas?

Billy se encogió de hombros.

—Son buenas niñas, pero aunque no lo fueran las aguantaría por ella.

—La amas de verdad.

—No es difícil hacerlo.

—Ha montado un pequeño negocio, ya debes de haber visto todos esos sombreros en su dormitorio.

—Sí. Dice que le va bien.

—Muy bien. Trabaja con ahínco. ¿Está Tommy contigo?

—Vino en el mismo barco que yo, pero ha ido a Aberowen en tren.

Lloyd se despertó, vio a un extraño en la habitación y rompió a llorar. Ethel lo cogió en brazos y lo tranquilizó.

—Ven a la cocina —le dijo a Billy—. Haré el desayuno para los tres.

Billy se sentó y leyó el periódico mientras ella preparaba las gachas. Momentos después exclamó:

—¡Joder!

—¿Qué?

—Por lo que veo, el maldito Fitzherbert ya ha abierto la bocaza. —Miró de reojo a Lloyd, como si el crío pudiera haberse ofendido con la desdeñosa referencia a su padre.

Ethel miró por encima de su hombro y leyó:

PAZ: LA SÚPLICA DE UN SOLDADO
«¡No nos fallen ahora!»
Habla un conde herido

Ayer se pronunció un conmovedor discurso en la Cámara de los Lores contra la actual propuesta de conversaciones de paz realizada por parte del canciller alemán. El orador fue el conde Fitzherbert, oficial de los Fusileros Galeses, que se encuentra en Londres recuperándose de las heridas que sufrió en la batalla del Somme.

Lord Fitzherbert dijo que hablar de paz con los alemanes supondría una traición a todos los hombres que han sacrificado su vida en la guerra. «Creemos que estamos ganando y podemos alcanzar la victoria total si no nos fallan ahora», declaró.

Uniformado, con un parche en el ojo y apoyado en un bastón, el conde fue una presencia imponente en la cámara. Se le escuchó en absoluto silencio, y fue vitoreado cuando se sentó.

El artículo proseguía en la misma línea. Ethel se quedó horrorizada. No eran más que paparruchas, pero podían resultar eficaces. Fitz no solía llevar el parche; debía de habérselo puesto por puro efectismo. El discurso predispondría a mucha gente contra el plan de paz.

Tras desayunar con Billy, vistió a Lloyd, se arregló y salieron. Billy pasaría el día con Mildred, pero prometió asistir al mitin por la tarde.

Cuando Ethel llegó a la sede de *The Soldier's Wife*, vio que todos los periódicos se hacían eco del discurso de Fitz. Varios lo habían elegido como tema del editorial. Lo presentaban desde diferentes puntos de vista, pero convenían en que había asestado un potente golpe.

—¿Cómo puede nadie estar en contra de una mera discusión sobre la paz? —le preguntó a Maud.

—Vas a poder preguntárselo directamente a él —contestó Maud—. Lo he invitado al mitin de esta noche, y ha aceptado.

Ethel se quedó perpleja.

—¡Tendrá un cálido recibimiento!

—Eso espero.

Las dos mujeres pasaron el día trabajando en una edición especial del periódico, en cuya portada aparecería el titular: LEVE PELIGRO DE PAZ. A Maud le gustaba la ironía, pero Ethel consideraba que era demasiado sutil. A última hora de la tarde Ethel recogió a Lloyd, que estaba con la niñera, lo llevó a casa, le dio la cena y lo acostó. Lo dejó al cuidado de Mildred, que no tenía por costumbre asistir a mítines políticos.

El Calvary Gospel Hall empezaba a llenarse cuando Ethel llegó, y pronto todos los asientos quedaron ocupados. Entre los asistentes había numerosos soldados y marineros uniformados. Bernie presidía el mitin. Lo inauguró con un discurso propio que consiguió ser tedioso, aunque también breve; no era buen orador. A continuación cedió la palabra al primer ponente, un filósofo de la Universidad de Oxford.

Ethel conocía los argumentos a favor de la paz mejor que el filósofo, y mientras él hablaba escrutó a los dos hombres que la cortejaban y que en ese momento compartían la tarima. Fitz era el producto de centenares de años de riqueza y cultura. Como siempre, iba vestido con elegancia, con el cabello corto, las manos blancas y las uñas limpias. Bernie procedía de una tribu de nómadas perseguidos que sobrevivían siendo más astutos que aquellos que los atormentaban. Llevaba el único traje que tenía, el terno gris de tela gruesa. Ethel nunca lo había visto con otra ropa: cuando hacía calor, sencillamente se quitaba la chaqueta.

El público escuchaba en silencio. El movimiento laborista estaba dividido en lo referente a la paz. Ramsay MacDonald, que se había pronunciado contra la guerra en el Parlamento el 3 de agosto de 1914, había renunciado como líder del Partido Laborista cuando, dos días después, se declaró la guerra, y desde entonces el parlamentario había respaldado la guerra, como la mayoría de sus votantes. Pero los partidarios laboristas solían ser los más escépticos de la clase obrera, y había una fuerte minoría a favor de la paz.

Fitz empezó hablando de las orgullosas tradiciones británicas. Durante siglos habían mantenido el equilibrio de poder en Europa, por lo general poniéndose de parte de países más débiles para asegurarse de que ninguno fuera predominante.

—El canciller alemán no ha dicho nada de los términos de un acuerdo de paz, pero cualquier discusión debería partir del *statu quo* —afirmó—. Ahora, la paz implica que Francia sea humillada y se le arrebaten territorios, y que Bélgica se convierta en un satélite. Alemania dominaría el continente gracias a su fuerza militar. No podemos permitir que eso ocurra. Tenemos que luchar por la victoria.

Cuando se abrió el debate, Bernie dijo:

—El conde Fitzherbert ha venido exclusivamente a título personal, no como oficial del ejército, y me ha dado su palabra de honor de que los soldados en servicio aquí presentes no serán sancionados por nada de lo que digan. De hecho, no habríamos invitado al conde a asistir al mitin en ninguna otra calidad.

Fue también Bernie quien planteó la primera cuestión. Y, como de costumbre, fue un buen planteamiento.

—Según su análisis, lord Fitzherbert, si Francia es humillada y pierde territorio, eso desestabilizará Europa. —Fitz asintió—. Mientras que si Alemania pierde los territorios de Alsacia y Lorena, como sin duda ocurrirá, eso estabilizará Europa.

Ethel advirtió que Fitz se quedaba sin palabras. Estaba claro que no contaba con tener que bregar con una oposición tan aguda en el East End. Intelectualmente, no podía competir con Bernie. Ethel lo compadeció un poco.

—¿Por qué esa diferencia? —concluyó Bernie, y se oyó un murmullo de aprobación entre la facción del público partidaria de la paz.

Fitz se recompuso rápidamente.

—La diferencia —dijo— es que Alemania es el agresor, brutal, militarista y cruel, y que si firmamos la paz ahora estaremos recompensando su actitud, ¡y alentándola en el futuro!

La respuesta arrancó vítores en la otra sección del público, y Fitz salvó las apariencias, pero Ethel pensó que era un argumento débil, y Maud se puso en pie para verbalizarlo.

—¡El estallido de la guerra no fue culpa de un solo país! —exclamó—. Culpar a Alemania se ha convertido ya en la opinión generalizada, y nuestros periódicos militaristas fomentan este cuento de hadas. Recordamos la invasión alemana de Bélgica y hablamos como si no hubiese habido ninguna provocación. Hemos olvidado la movilización de seis millones de soldados rusos en la frontera alemana. Hemos olvidado la negativa de Francia a declarar la neutralidad. —Varios hombres la abuchearon. Nadie recibe nunca vítores por decirle a la gente que la situación no es tan sencilla como cree, reflexionó Ethel con ironía—. ¡Yo no digo que Alemania sea inocente! —protestó Maud—. Digo que ningún país lo es. Digo que no estamos luchando por la estabilidad de Europa, o por la justicia para los belgas, o para castigar el militarismo alemán. ¡Estamos luchando porque somos demasiado orgullosos para admitir que cometimos un error!

Un soldado uniformado se puso en pie para intervenir, y Ethel se enorgulleció al ver que se trataba de Billy.

—Yo combatí en el Somme —empezó a decir Billy, y el público guardó silencio—. Quiero explicaros por qué perdimos a tantos hombres allí. —Ethel oía la fuerte voz y la serena convicción de su padre, y cayó en la cuenta de que Billy habría sido un gran predicador—. Nuestros oficiales nos dijeron... —y en este punto alargó una mano y señaló con un dedo acusador a Fitz— que el asalto sería como un paseo por el parque.

Ethel vio cómo Fitz se removía incómodo en la silla.

Billy prosiguió:

—Nos dijeron que nuestra artillería había destruido posiciones enemigas, destrozado sus trincheras y demolido sus refugios subterráneos, y que cuando llegáramos al otro lado no veríamos sino alemanes muertos.

No se dirigía a los hombres que ocupaban la tarima, observó Ethel, sino a todos los demás, al público, con una mirada intensa, asegurándose de que todos los ojos estuvieran puestos en él.

—¿Por qué nos dijeron eso? —añadió Billy, y en ese instante miró directamente a Fitz y habló con deliberado énfasis—: Era todo mentira. —Se oyó un murmullo cómplice en el público.

Ethel advirtió que a Fitz se le crispó el rostro. Sabía que para los hombres de la clase a la que él pertenecía ser acusados de embusteros era el peor de todos los agravios. Billy también lo sabía.

—Las posiciones alemanas no habían sido destruidas, como descubrimos cuando empezaron a ametrallarnos —prosiguió Billy.

La reacción de la concurrencia fue más sonora.

—¡Qué vergüenza! —gritó alguien.

Fitz se puso en pie para hablar, pero Bernie se le adelantó:

—Un momento, por favor, lord Fitzherbert. Deje que el orador concluya su intervención.

Fitz se sentó, sacudiendo la cabeza vigorosamente.

Billy alzó la voz.

—¿Comprobaron nuestros oficiales, por medio de un reconocimiento aéreo y enviando patrullas, el daño real que había ocasionado la artillería en las líneas alemanas? Y si no lo hicieron, ¿por qué?

Fitz volvió a levantarse, furioso. Algunos de los presentes aclamaron a Billy, otros lo abuchearon. Fitz empezó a hablar:

—¡No lo entiendes! —exclamó.

Pero la voz de Billy se impuso.

—Si sabían la verdad —gritó—, ¿por qué nos dijeron otra cosa?

Fitz comenzó a vociferar, y la mitad del público también lo hizo, pero la voz de Billy podía oírse sobre todas las demás.

—¡Tan solo estoy haciendo una pregunta muy sencilla! —bramó—. ¿Son nuestros oficiales imbéciles... o embusteros?

V

Ethel recibió una carta con la caligrafía grande y segura de Fitz en su lujoso papel de carta con escudo. En ella no mencionaba el mitin de Aldgate, sino que la invitaba a ir al palacio de Westminster al día siguiente, el martes 19 de diciembre, para sentarse en la tribuna de la Cámara de los Comunes y presenciar el primer discurso de Lloyd George como primer ministro. Se sintió emocionada. Nunca había creído que algún día vería el interior del palacio de Westminster, por no hablar de ver y oír a su héroe.

—¿Por qué crees que te ha invitado? —le preguntó Bernie aquella tarde; hacía, como siempre, la pregunta clave.

Ethel no tenía una respuesta convincente. La amabilidad pura y genuina nunca había sido un rasgo del carácter de Fitz; podía ser generoso cuando le convenía. Bernie se preguntaba astutamente si querría algo a cambio.

Bernie era más cerebral que intuitivo, pero aun así había percibido que existía algún vínculo entre Fitz y Ethel, y había reaccionado a ello volviéndose algo más cariñoso. No era nada teatral, pues no era el estilo de Bernie, pero tomaba la mano de Ethel un instante más largo de lo que debiera, se acercaba a ella un ápice más de lo que resultaba cómodo, le daba palmadas en el hombro cuando le hablaba y la tomaba por el codo cuando ella bajaba un escalón. De repente, Bernie se sentía inseguro y hacía gestos de forma instintiva que comunicaban que ella le pertenecía. Por desgracia, Ethel no se estremecía cuando lo hacía. Fitz le había recordado cruelmente lo que ella no sentía por Bernie.

El martes, Maud entró en el despacho a las diez y media, y ambas trabajaron codo con codo toda la mañana. Maud no podía escribir la primera plana de la siguiente edición hasta que Lloyd George hubiese hablado, pero el periódico contenía mucha más información en la que trabajar: ofertas laborales, anuncios solicitando niñeras, consejos de salud para mujeres y niños escritos por el doctor Greenward, recetas y cartas.

—Fitz está rabioso desde el mitin —dijo Maud.

—Ya te dije que se lo harían pasar mal.

—A él eso no le importa —repuso Maud—, pero Billy lo llamó embustero.

—¿Estás segura de que no está así solo porque Billy venció en el debate?

Maud sonrió, arrepentida.

—Quizá.

—Solo espero que no haga sufrir a Billy por esto.

—No lo hará —dijo Maud con firmeza—. Eso significaría romper su palabra.

—Bien.

Almorzaron en una cafetería de Mile End Road, «Una buena cafetería para los conductores», según rezaba el cartel del local, y de hecho estaba lleno de camioneros. El personal del mostrador saludó a Maud alegremente. Comieron empanada de ternera y ostras; las ostras, baratas, se habían generalizado para camuflar la escasez de ternera.

Después cruzaron Londres en autobús, en dirección al West End. Ethel miró la esfera gigantesca del Big Ben y vio que eran las tres y media. Estaba previsto que Lloyd George hablara a las cuatro. Tenía en sus manos poner fin a la guerra y salvar millones de vidas. ¿Lo haría?

Lloyd George siempre había luchado por la clase obrera. Antes de la guerra había batallado con la Cámara de los Lores y el rey para restablecer las antiguas pensiones. Ethel sabía cuánto significaban para los ancianos depauperados. El primer día en que se pagaron, Ethel vio a mineros jubilados —hombres antaño fuertes ya encorvados y temblorosos— salir de la oficina de correos de Aberowen llorando abiertamente de alegría por dejar de ser indigentes. Fue entonces cuando Lloyd George se erigió en el héroe de la clase obrera. Los lores querían gastarse el dinero en la Royal Navy.

«Yo podría haber escrito su discurso —pensó Ethel—. Diría: "Hay momentos en la vida de un hombre, de un país, en que es correcto afirmar: 'He hecho cuanto he podido, y no puedo hacer más; por consiguiente, cesaré de esforzarme y buscaré otro camino'. En la última hora he ordenado el alto el fuego en toda la línea británica en Francia. Caballeros, las armas guardan ya silencio".»

Era posible. Los franceses se enfurecerían, pero tendrían que sumarse al alto el fuego o se arriesgarían a que los británicos pudieran firmar un tratado de paz por su cuenta y abandonarlos a una derrota segura. El acuerdo de paz sería arduo en Francia y en Bélgica, pero no tanto como la pérdida de más millones de vidas.

Sería un acto de gran talla gubernamental. Sería asimismo el final de la trayectoria política de Lloyd George: los electores no podrían votar a un hombre que había perdido la guerra. Pero ¡menuda salida iba a tener!

Fitz esperaba en el vestíbulo central. Gus Dewar lo acompañaba. Sin duda, estaba más ansioso que nadie por saber lo que Lloyd George respondería a la iniciativa de paz.

Subieron la larga escalinata hasta la tribuna y ocuparon sus asientos, que daban a la sala de debate. Ethel quedó sentada entre Fitz, a su derecha, y Gus, a su izquierda. Bajo ellos, las hileras de bancos de cuero verde a ambos lados estaban ya llenas de parlamentarios, salvo los pocos asientos de la primera fila tradicionalmente reservados para el gabinete.

—Todos los parlamentarios son hombres —dijo Maud en voz alta.

Un ujier, ataviado con los bombachos de terciopelo y las medias blancas del uniforme de gala, la mandó callar de forma expeditiva:

—¡Silencio, por favor!

Un parlamentario estaba de pie, pero apenas nadie lo escuchaba. Todos esperaban al nuevo primer ministro. Fitz le susurró a Ethel:

—Tu hermano me insultó.

—Oh, pobrecito —repuso Ethel, con sarcasmo—. ¿Te sientes herido?

—Muchos hombres se retaban a duelo por menos.

—Pero ya hace unos años que estamos en el siglo xx...

Él no se inmutó ante aquella pulla.

—¿Sabe quién es el padre de Lloyd?

Ethel dudó; no quería decírselo pero tampoco quería mentir.

Su vacilación le confirmó lo que quería saber.

—Ya veo —dijo—. Eso explica sus injurias.

—No creo que tengas que buscar motivos ocultos —replicó ella—. Lo que ocurrió en el Somme fue suficiente para enfurecer a los soldados, ¿no crees?

—Debería ser juzgado en consejo de guerra por su insolencia.

—Pero prometiste que no...

—Sí —confirmó, enojado—. Por desgracia, lo hice.

Lloyd George entró en la cámara.

Era una figura menuda y delgada, vestida con chaqué, con el cabello excesivamente largo y algo desaliñado, y un poblado bigote ya completamente blanco. Tenía cincuenta y tres años, pero su paso era ágil y, cuando se sentó y le dijo algo a un diputado, Ethel atisbó su sonrisa, que ya conocía de las fotografías de los periódicos.

Empezó a hablar a las cuatro y diez. Su voz era algo ronca, y se excusó por la afección de garganta. Hizo una pausa y luego dijo:

—Comparezco hoy ante la Cámara de los Lores con la más terrible responsabilidad que puede recaer sobre los hombros de un hombre.

Era un buen comienzo, pensó Ethel. Al menos no iba a despreciar la carta de los alemanes como un truco banal o una táctica de despiste, como habían hecho los franceses y los rusos.

—Cualquier hombre o grupo de hombres que prolongue gratuitamente, o sin motivo suficiente, un conflicto terrible como este, verá su alma mancillada por un crimen que ni todos los océanos podrían lavar.

Era un toque bíblico, pensó Ethel, una referencia baptista al lavado de los pecados.

Pero entonces, como un predicador, hizo la afirmación contraria.

—Cualquier hombre o grupo de hombres que, sin estar exhaustos o desesperados, abandone la lucha sin que se haya alcanzado el elevado propósito por el cual la entablamos, será culpable del acto de cobardía más caro jamás perpetrado por ningún hombre de Estado.

Ethel se removió, ansiosa. ¿En qué dirección saltaría? Pensó en el día de los telegramas en Aberowen, y volvió a ver los rostros de los familiares de las víctimas. ¿Iba a permitir Lloyd George —de entre todos los políticos— que ese terrible dolor prosiguiera si él podía evitarlo? Si lo hacía, ¿qué sentido tenía en realidad que se dedicara a la política?

Lloyd George citó a Abraham Lincoln:

—Aceptamos esta guerra por un objetivo, un objetivo digno, y la guerra no cesará hasta que se logre ese objetivo.

Aquello no presagiaba nada bueno. A Ethel le dieron ganas de preguntarle cuál era el objetivo. Woodrow Wilson había hecho esa misma pregunta y aún no había obtenido respuesta. Tampoco en ese momento se concedió ninguna. Lloyd George prosiguió:

—¿Podemos lograr ese objetivo aceptando la invitación del canciller alemán? Esa es la única cuestión que debemos plantearnos.

Ethel se sintió frustrada. ¿Cómo podía discutirse esa cuestión si nadie conocía cuál era el objetivo de la guerra?

Lloyd George alzó la voz, como un predicador a punto de hablar sobre el infierno:

—Participar en una conferencia a invitación de Alemania, que se proclama vencedora, y sin conocer las propuestas que prevé hacer… —hizo una pausa y barrió la cámara con la mirada, primero a los liberales, sentados a su derecha y detrás, y después a los conservadores, sentados en el lado opuesto— ¡equivaldría a ponernos una soga al cuello, cuyo extremo está en manos de Alemania!

Un intenso rumor de aprobación se alzó entre los parlamentarios.

Estaba rechazando la oferta de paz.

Gus Dewar hundió la cara entre las manos.

—¿Y qué hay de Alun Pritchard, muerto en el Somme? —gritó Ethel.

El ujier la reprendió:

—¡Silencio!

Ethel se puso en pie.

—El sargento Elijah el Profeta Jones, ¡muerto! —vociferó.

—¡Por el amor de Dios, cállate y siéntate! —le dijo Fitz.

Abajo, en la cámara, Lloyd George siguió hablando, aunque un par de parlamentarios miraban hacia la tribuna.

—¡Clive Pugh! —gritó Ethel con todas sus fuerzas.

Dos ujieres se acercaron a ella, uno por cada lado.

—¡Arthur Llewellyn el Manchas!

Los ujieres la agarraron por los brazos y se la llevaron por la fuerza.

—¡Joey Ponti! —chilló ella, y los dos ujieres la arrastraron al otro lado de la puerta.

22

Enero y febrero de 1917

I

Walter von Ulrich soñaba que iba de camino a encontrarse con Maud en un carro tirado por caballos. El carro iba cuesta abajo y empezó a coger una velocidad peligrosa y a traquetear sobre la superficie irregular de la carretera. Él gritaba: «¡Frene! ¡Frene!», pero el cochero no podía oírlo por encima de la trápala de los cascos de los animales, que, curiosamente, sonaba igual que el rugido del motor de un coche. A pesar de esa anomalía, a Walter lo aterrorizaba que el carro descontrolado pudiera estrellarse y él no llegara a ver a Maud. De nuevo intentó ordenarle al cochero que fuera más despacio, y el esfuerzo de gritar lo despertó.

En realidad iba en un automóvil, un Mercedes 37/95 Double Phaeton con chófer, que viajaba a una velocidad moderada por una carretera de Silesia llena de baches. Su padre estaba sentado a su lado, fumando un puro. Habían salido de Berlín a primera hora de la mañana, ambos envueltos en abrigos de piel —era un coche abierto—, y se dirigían al cuartel general oriental del alto mando.

El sueño era fácil de interpretar. Los aliados habían rechazado con desdén la oferta de paz que Walter tanto se había esforzado por sacar adelante. Ese rechazo había fortalecido la posición del ejército alemán, que deseaba reanudar la guerra submarina sin restricciones y hundir todas las embarcaciones que se encontraran en zona de guerra (militares o civiles, de pasajeros o de carga, combatientes o neutrales) para conseguir la capitulación de Gran Bretaña y Francia haciendo que murieran de hambre. Los políticos, y el canciller en particular, temían que ese camino los llevara a la derrota, puesto que era probable que hiciera entrar a Estados Unidos en el conflicto, pero los defensores de la guerra submarina iban ganando la discusión. El káiser ya había demostrado por qué bando se decantaba al ascender al agresivo Arthur Zimmermann a ministro de Asuntos Exteriores. Y Walter soñaba que se precipitaba cuesta abajo, directo al desastre.

Estaba convencido de que Estados Unidos era el mayor peligro para Alemania. El objetivo de la política alemana debía ser mantener a los norteamericanos fuera de la guerra. Cierto, Alemania estaba muriendo de inanición a causa del bloqueo naval de las fuerzas aliadas, pero los rusos no podrían aguantar mucho más y, en cuanto capitularan, Alemania invadiría las ricas regiones del oeste y el sur del Imperio ruso, con sus extensos campos de cereales y sus insondables pozos petrolíferos; el ejército alemán podría concentrar entonces todo su poder en el frente occidental. Esa era la única esperanza.

Sin embargo, ¿lo vería así también el káiser?

La decisión final se tomaría ese mismo día.

Una mortecina luz invernal despuntaba sobre el paisaje salpicado de nieve. Walter se sentía como un haragán, tan lejos de la batalla.

—Debería haber regresado al frente hace semanas —dijo.

—Es evidente que el ejército te quiere en Alemania —replicó Otto—. En los servicios secretos se te valora como analista.

—Alemania está llena de hombres mayores que yo que podrían hacer ese trabajo al menos igual de bien. ¿Ha movido usted los hilos?

Otto se encogió de hombros.

—Me parece que, si te casaras y tuvieras un hijo, podrías conseguir que te trasladaran a donde quisieras.

—¿Me está usted reteniendo en Berlín para conseguir que me case con Monika von der Helbard? —preguntó Walter con incredulidad.

—Conseguir eso no está en mi mano, pero puede que en el alto mando haya hombres que comprendan la necesidad de preservar las líneas de sangre de la nobleza.

Aquello era falso, y cuando Walter tenía la protesta en la punta de la lengua, el coche abandonó la carretera principal, cruzó una verja ricamente ornamentada y enfiló un largo camino de entrada que estaba flanqueado por árboles pelados y un césped cubierto de nieve. Al final de ese camino se alzaba una construcción enorme, la mayor que Walter había visto jamás en Alemania.

—¿El castillo de Pless? —inquirió.

—En efecto.

—Es gigantesco.

—Trescientas salas.

Bajaron del coche y entraron en un vestíbulo tan grande como una estación de ferrocarril. Las paredes estaban decoradas con cabezas de jabalíes enmarcadas en seda roja, y una enorme escalera de mármol subía hacia las magníficas salas del primer piso. Walter había pasado la mitad de la vida en edificios formidables, pero aquel era excepcional.

Se les acercó un general, y Walter reconoció a Von Henscher, un compañero de su padre.

—Tenéis tiempo de lavaros y adecentaros si os dais prisa —les dijo con afable apremio—. Os esperan en el comedor de mandatarios dentro de cuarenta minutos. —Miró a Walter—. Este debe de ser tu hijo.

—Está en el servicio secreto —dijo Otto.

Walter le dirigió un enérgico saludo.

—Ya lo sé. Yo puse su nombre en la lista. —El general se dirigió a Walter—: Tengo entendido que conoces Estados Unidos.

—Pasé tres años en nuestra embajada de Washington, señor.

—Bien. Yo nunca he estado en América. Como tampoco tu padre, ni la mayoría de los que estamos aquí, de hecho… con la notable excepción de nuestro nuevo ministro de Exteriores.

Veinte años atrás, Arthur Zimmermann había regresado de China a Alemania pasando por Estados Unidos, cruzando en tren desde San Francisco hasta Nueva York, y sobre la base de esa experiencia se lo consideraba todo un experto en Norteamérica. Walter no hizo ningún comentario.

—Herr Zimmermann me ha pedido que os consulte una cosa a ambos —dijo Von Henscher. Walter se sintió halagado aunque perplejo. ¿Por qué querría conocer su opinión el nuevo ministro de Asuntos Exteriores?—. Pero ya habrá tiempo para eso más tarde. —Llamó a un lacayo vestido con una anticuada librea, que los acompañó hasta un dormitorio.

Media hora después estaban en el comedor, convertido en sala de reuniones para la ocasión. Al mirar en derredor, Walter se quedó atónito cuando vio que casi todos los hombres mínimamente relevantes de Alemania estaban presentes, inclusive el canciller, Theobald von Bethmann-Hollweg, con su cortísimo pelo casi blanco ya a la edad de sesenta años.

La mayoría de los altos cargos militares de Alemania estaban sentados a una larga mesa. Para hombres de menor graduación, Walter entre ellos, habían dispuesto unas hileras de duras sillas contra la pared. Un edecán repartió unas cuantas copias de un memorando de doscientas páginas. Walter miró el documento por encima del hombro de su padre. Vio gráficos del tonelaje que entraba y salía de los puertos británicos, tablas de índices de flete y espacio de carga, el valor calorífico de las comidas británicas, e incluso un cálculo de cuánta lana se necesitaba para tejer una falda de señora.

Esperaron dos horas y entonces llegó el káiser Guillermo, vestido con uniforme de general. Todos se pusieron en pie atropelladamente. Su Majestad estaba pálido y parecía malhumorado. Faltaban solo unos días para que cumpliera cincuenta y ocho años. Como siempre, llevaba su atrofiado brazo izquierdo inmóvil a un lado del cuerpo, intentando que no llamara la atención. A Walter le resultó difícil evocar esa emoción de jubilosa lealtad que con tanta facilidad lo embargaba cuando era pequeño. Ya no podía seguir fingiendo que el káiser era el padre de su pueblo. Se había hecho demasiado evidente que Guillermo II era un hombre que no tenía nada de extraordinario y que se había visto superado por los acontecimientos. Incompetente, desconcertado y tristemente desgraciado, era un argumento viviente en contra de la monarquía hereditaria.

El káiser miró alrededor y saludó con la cabeza a uno o dos validos especiales, Otto entre ellos; después se sentó y le dirigió un gesto a Henning von Holtzendorff, el barbicano jefe del Estado Mayor del Almirantazgo.

El almirante empezó a hablar, citando su propio memorando: la cantidad de submarinos que la Armada podía tener desplegados en alta mar en un momento dado, el tonelaje de flete requerido por los aliados para mantenerse con vida y la velocidad a la que podían reemplazar las embarcaciones que les hundieran.

—Calculo que podemos hundir seiscientas mil toneladas de transporte al mes —anunció.

La puesta en escena era impresionante; cada una de sus afirmaciones estaba respaldada por una cifra. Walter, sin embargo, se mostraba escéptico precisamente porque el almirante era demasiado exacto, hablaba con demasiada seguridad: una guerra, sin duda, no podía ser tan predecible.

Von Holtzendorff señaló un documento atado con cinta que había sobre la mesa y que debía de ser la orden imperial para lanzar la guerra submarina sin restricciones.

—Si Su Majestad aprueba hoy mi plan, garantizo que los aliados capitularán dentro de cinco meses exactamente. —Se sentó.

El káiser miró al canciller. «Ahora —pensó Walter— oiremos una valoración más realista.» Bethmann llevaba siete años en el cargo de canciller y, al contrario que el monarca, comprendía la complejidad de las relaciones internacionales.

Bethmann habló con pesimismo sobre la entrada estadounidense en la guerra y sobre los incontables recursos de que disponía Estados Unidos, tanto en efectivos como en provisiones y capital. A su favor citó las opiniones de todo alto cargo alemán con cierto conocimiento sobre Estados Unidos. Sin embargo, para decepción de Walter, parecía que estuviera cumpliendo con una mera formalidad. Debía de creer que el káiser ya había decidido. ¿Se había convocado aquella reunión únicamente para ratificar una decisión que estaba tomada de antemano? ¿Habían condenado ya a Alemania?

El káiser tenía muy poca capacidad de atención para cualquiera que no le agradara y, mientras su canciller peroraba, él no se estaba quieto, gruñía con impaciencia y ponía muecas de reprobación. Bethmann empezó a titubear.

—Si las autoridades militares consideran imprescindible la guerra de submarinos, no estoy en situación de contradecirlas. Por otra parte...

No llegó a decir lo que sucedía por otra parte. Von Holtzendorff se puso en pie bruscamente y lo interrumpió.

—¡Les doy mi palabra de oficial de la Armada de que ningún estadounidense pondrá un pie en este continente! —exclamó.

Walter pensó que eso era absurdo. ¿Qué tenía que ver su palabra de oficial de la Armada con nada de todo aquello? Sin embargo, esa promesa caló mucho mejor que todas sus estadísticas. Al káiser se le iluminó la cara, y muchos de los demás hombres asintieron con aprobación.

Bethmann pareció rendirse. Su cuerpo se desplomó en la silla, la tensión abandonó su rostro y habló con voz derrotada:

—Si estamos llamados al éxito, debemos ir tras él —dijo.

El káiser hizo un gesto y Von Holtzendorff empujó el documento atado con cinta sobre la mesa.

«¡No —pensó Walter—, no podemos tomar una decisión tan fatídica sobre una base tan inadecuada!»

El káiser cogió una pluma y firmó: «Wilhelm I. R.».

Dejó la pluma y se puso en pie.

Toda la sala hizo lo mismo enseguida.

«Esto no puede ser el final», pensó Walter.

El káiser abandonó la estancia. La tensión desapareció y estalló un rumor de conversaciones. Bethmann permanecía sentado sin apartar la mirada de la mesa. Parecía un condenado a muerte. Estaba mascullando algo, y Walter se acercó para oírlo. Era una frase en latín: *Finis Germaniae*, el final de los alemanes.

El general Von Henscher le dijo a Otto:

—Si eres tan amable de acompañarme, comeremos en privado. Tú también, joven. —Los llevó a una sala auxiliar en la que habían servido un bufet frío.

El castillo de Pless se utilizaba como residencia del káiser, de modo que la comida era muy buena. Walter estaba furioso y deprimido, pero, como todo el mundo en Alemania, también tenía hambre, así que llenó su plato hasta arriba de fiambre de pollo, ensalada de patata y pan blanco.

—El ministro de Exteriores Zimmermann ya había anticipado la decisión de hoy —dijo Von Henscher—. Quiere saber qué podemos hacer para disuadir a los americanos.

«Pocas probabilidades hay —pensó Walter—. Si hundimos sus embarcaciones y hacemos que ciudadanos estadounidenses mueran ahogados, a duras penas podremos amortiguar el golpe.»

El general prosiguió:

—¿Podríamos, por ejemplo, fomentar un movimiento de protesta entre el millón trescientos mil estadounidenses que nacieron aquí, en Alemania?

Walter rezongó para sí.

—De ninguna manera —contestó—. Eso es un cuento de hadas estúpido.

—Ten cuidado. A ver cómo les hablas a tus superiores —espetó su padre.

Von Henscher hizo un gesto para apaciguarlo.

—Deja que el chico nos dé su parecer, Otto. Estaría bien contar con su sincera opinión. ¿Qué me dices, comandante?

—No aman a la patria. ¿Por qué cree que se marcharon? Puede que coman *Wurst* y beban cerveza, pero son americanos y lucharán por Estados Unidos —contestó Walter.

—¿Y los de origen irlandés?

—Lo mismo. Odian a los británicos, desde luego, pero cuando nuestros submarinos maten estadounidenses, nos odiarán a nosotros más aún.

—¿Cómo va a declararnos la guerra el presidente Wilson? ¡Si acaba de conseguir la reelección por ser el hombre que ha mantenido a Estados Unidos fuera de la contienda! —terció Otto, indignado.

Walter se encogió de hombros.

—En cierta forma, eso lo hace más fácil. La gente creerá que no ha tenido alternativa.

—¿Qué podría impedírselo? —preguntó Von Henscher.

—Protección para las embarcaciones de países neutrales…

—Descartado —interrumpió su padre—. Sin restricciones significa sin restricciones. Eso es lo que pedía la Armada, y eso es lo que les ha concedido Su Majestad.

—Si no es probable que Wilson se vea incomodado por discrepancias en el seno de su país, ¿hay alguna posibilidad de distraerlo mediante conflictos internacionales en su propia área de influencia? —dijo Von Henscher, y se volvió hacia Otto—. ¿México, por ejemplo?

Otto sonrió. Parecía satisfecho.

—Estás pensando en el *Ypiranga*. Debo admitir que fue un pequeño triunfo de la diplomacia agresiva.

Walter nunca había compartido la euforia de su padre respecto al incidente del cargamento de armas que Alemania había enviado a México. Otto y su camarilla habían conseguido que el presidente Wilson pareciera un necio, y puede que no tardaran en lamentarlo.

—¿Y bien? —insistió Von Henscher.

—La mayor parte del ejército de Estados Unidos está o bien en México o desplegado en la frontera —dijo Walter—. Su pretexto es que persiguen a un bandido llamado Pancho Villa, cuyas incursiones abarcan suelo de ambos países. El presidente Carranza está que no puede más de indignación ante tales infracciones fronterizas de su territorio soberano, pero no puede hacer demasiado por evitarlo.

—Si contara con nuestra ayuda, ¿cambiaría eso en algo?

Walter lo pensó. Ese estilo de diplomacia alborotadora le parecía arriesgado, pero su deber era responder a las preguntas con toda la exactitud posible.

—Los mexicanos sienten que les han robado Texas, Nuevo México y Arizona. Sueñan con recuperar esos territorios, un sueño muy parecido a la quimera francesa de recuperar Alsacia y Lorena. Puede que el presidente Carranza sea tan estúpido como para pensar que podría conseguirlo.

—¡En cualquier caso, al intentarlo seguro que consigue que Estados Unidos deje de prestar atención a Europa! —dijo Otto con entusiasmo.

—Durante un tiempo —convino Walter, muy a su pesar—. Pero, a largo plazo, nuestra interferencia podría dar más peso a los norteamericanos que quieren entrar en la guerra del lado de los aliados.

—Lo que nos interesa es el corto plazo. Ya has oído a Von Holtzendorff: nuestros submarinos conseguirán que los aliados hinquen la rodilla dentro de cinco meses. Lo único que hay que lograr es mantener a los estadounidenses ocupados durante todo ese tiempo.

—¿Y Japón? ¿Hay alguna posibilidad de convencer a los japoneses para que ataquen el canal de Panamá, o incluso California? —preguntó Von Henscher.

—Siendo realistas, no —respondió Walter con firmeza.

La discusión se estaba aventurando cada vez más en el terreno de la fantasía.

Pero Von Henscher insistía.

—Aun así, la mera amenaza podría conseguir que los norteamericanos destacaran más tropas en la costa Oeste.

—Supongo que sí.

Otto se dio unos toquecitos con la servilleta en los labios.

—Esto es de lo más interesante, pero debo ir a ver si Su Majestad me necesita.

Todos se pusieron en pie.

—Si me permite decirlo, general… —repuso Walter.

Su padre suspiró, pero Von Henscher lo animó:

—Por favor.

—Creo que todo esto es muy peligroso, señor. Solo con que corra el rumor de que los altos cargos alemanes han estado hablando de fomentar un conflicto con México y alentar una agresión japonesa en California, la opinión pública americana se sentiría tan indignada que la declaración de guerra llegaría muchísimo antes, cuando no inmediatamente. Discúlpeme si estoy diciendo obviedades, pero esta conversación debería mantenerse en el más absoluto secreto.

—Completamente de acuerdo —dijo Von Henscher, y le sonrió a Otto—. Tu padre y yo somos de una generación mayor, desde luego, y no nacimos ayer. Puedes confiar en nuestra discreción.

II

Fitz se alegraba de que la propuesta de paz alemana hubiese sido despreciada y estaba orgulloso del papel que había desempeñado él en la decisión. Sin embargo, cuando todo hubo terminado, lo asaltaron las dudas.

Meditaba sobre ello la mañana del 17 de enero, mientras caminaba —o, mejor dicho, cojeaba— por Piccadilly hacia su despacho del Almirantazgo. Las conversaciones de paz habrían resultado ser una artimaña encubierta de los alemanes para consolidar sus conquistas y legitimar así su control sobre Bélgica, el nordeste de Francia y parte de Rusia. La participación británica en esas conversaciones habría equivalido a admitir una derrota. Con todo, Gran Bretaña tampoco había ganado todavía.

Las palabras de Lloyd George sobre una victoria fulminante habían calado bien en los periódicos, pero cualquier persona sensata sabía que no eran más que fantasías. La guerra continuaría; quizá durante un año, quizá incluso más. Y si los estadounidenses seguían manteniéndose neutrales, puede que al final sí hubiera que recurrir a unas conversaciones de paz. ¿Y si nadie era capaz de ganar la guerra? Otro millón de hombres moriría en vano. La idea que obsesionaba a Fitz era que Ethel, después de todo, tuviera razón.

¿Y si Gran Bretaña perdía? Se produciría una crisis económica, tendrían desempleo e indigencia. Los hombres de la clase trabajadora harían suyo el grito del padre de Ethel y dirían que nunca les habían permitido votar para declarar esa guerra. La furia de la población contra sus dirigentes no conocería límites. Las protestas y las marchas se convertirían en disturbios. Solo algo más de un siglo antes, los parisinos habían ejecutado a su rey y a gran parte de la nobleza. ¿Harían lo mismo los londinenses? Fitz se imaginó a sí mismo atado de pies y manos mientras lo transportaban en un carro hacia el patíbulo y la muchedumbre le escupía y lo abucheaba. Peor aún, vio cómo les sucedía eso a Maud, a tía Herm y a Bea, y también a Boy. Desterró esa pesadilla de su mente.

Menuda fiera estaba hecha Ethel, pensó con una mezcla de admiración y pesar. Había querido que se lo tragara la tierra de vergüenza cuando habían expulsado a su invitada de la galería durante el discurso de Lloyd George, pero al mismo tiempo se había sentido todavía más atraído por ella.

Desgraciadamente, Ethel había arremetido contra él, que la siguió fuera y la alcanzó en el vestíbulo central. Allí lo reprendió, echándole la culpa a él y a los suyos de prolongar la guerra. Por la forma en que habló, casi parecía que todos y cada uno de los soldados que habían perdido la vida en Francia habían muerto a manos del propio Fitz.

Ese día fue el final de su plan de Chelsea. Le había enviado a Ethel un par de mensajes, pero ella no había contestado y la decepción había hecho mella en el conde. Cuando pensaba en las deliciosas tardes que podrían haber pasado en su nido de amor, sentía la pérdida como un dolor físico en el pecho.

Sin embargo, tenía cierto consuelo. Bea se había tomado muy en serio su reprimenda y de pronto lo recibía en su dormitorio, vestida con ropa de dormir bonita, ofreciéndole su cuerpo perfumado como lo había hecho cuando estaban recién casados. Al fin y al cabo, era una aristócrata que había recibido una buena educación y sabía muy bien para qué servía una esposa.

Pensando aún en la dócil princesa y en la activista irresistible, entró en el edificio del Viejo Almirantazgo, donde se encontró con un telegrama alemán descifrado a medias sobre su escritorio.

El encabezamiento decía:

Berlin zu Washington. W.158. 16 de enero de 1917.

Fitz miró automáticamente al pie del mensaje para ver quién lo enviaba. El nombre que aparecía al final era:

Zimmermann.

Se le despertó el interés. Se trataba de un mensaje del ministro de Exteriores alemán a su embajador en Estados Unidos. Fitz fue escribiendo la traducción a lápiz, incluyendo garabatos y equis en las partes en que el código no había sido descifrado.

Alto secreto, para información personal de Su Excelencia y para que sea entregado al embajador del Imperio en (¿México?) con xxxx por ruta segura.

La parte sin descifrar indicaba signos en clave cuyo significado no estaba del todo claro. Los especialistas en descodificación ofrecían una posible interpretación. Si estaban en lo cierto, ese mensaje era para el embajador alemán de México. Simplemente lo estaban enviando a través de la embajada de Washington.

«México —pensó Fitz—. Qué extraño.»

La siguiente frase había sido descifrada por completo.

Nos proponemos empezar una guerra submarina sin restricciones el 1 de febrero.

—¡Dios mío! —exclamó Fitz en voz alta.

Era algo que se esperaba con temor, pero ahí tenía la confirmación... ¡y con fecha! La noticia sería todo un éxito para la Sala 40.

Al hacerlo sin embargo intentaremos conseguir neutralidad por parte de Estados Unidos xxxx. En caso de no lograrlo proponemos a (¿México?) una alianza sobre la siguiente base: librar la guerra, alcanzar la paz.

—¿Una alianza con México? —se preguntó Fitz—. Esto es algo verdaderamente serio. ¡Los americanos van a ponerse hechos una furia!

Su Excelencia debería por la presente informar al presidente en secreto de que la guerra con los Estados Unidos de América xxxx y al mismo tiempo negociar entre nosotros y Japón xxxx nuestros submarinos obligarán a Inglaterra a aceptar la paz dentro de unos meses. Acuse de recibo.

Fitz levantó la mirada y se encontró con los ojos del joven Carver, que (tal como vio entonces) estaba pletórico.

—Debe de estar leyendo el mensaje interceptado de Zimmermann —dijo el teniente segundo.

—Lo poco que hay —contestó Fitz con calma. Estaba tan eufórico como Carver, pero se le daba mejor disimularlo—. ¿Por qué está tan deshilvanada la descodificación?

—Se trata de un nuevo código que aún no hemos descifrado por completo. De todas formas, el mensaje es material candente, ¿verdad?

Fitz volvió a leer su traducción. Carver no exageraba. Aquello se parecía mucho a una intentona de que México se aliara con Alemania en contra de Estados Unidos. Era sensacional.

Puede que incluso hiciera enfadar lo bastante al presidente estadounidense como para que declarara la guerra a Alemania.

A Fitz se le aceleró el pulso.

—Estoy de acuerdo —dijo—. Y voy a llevárselo directamente a Guiños Hall. —El capitán William Reginald Hall, director de los servicios secretos de la Royal Navy, tenía un tic facial crónico, de ahí el apodo; pero su cerebro funcionaba perfectamente—. Me hará preguntas, y necesito tener algunas respuestas preparadas. ¿Qué posibilidades hay de conseguir una descodificación completa?

—Nos llevará varias semanas dominar el nuevo código.

Fitz soltó un bufido de exasperación. La reconstrucción de códigos nuevos desde cero era una tarea meticulosa que no podía acometerse con prisas.

—Pero me he fijado en que el mensaje tiene que seguir viaje de Washington a México —prosiguió Carter—. En esa ruta todavía utilizan un viejo código diplomático que desciframos hace más de un año. A lo mejor podríamos conseguir una copia del telegrama que envíen desde allí.

—¡A lo mejor sí! —dijo Fitz con impaciencia—. Tenemos un agente en la oficina de telégrafos de Ciudad de México. —Se adelantó ya con el pensamiento—. Cuando le revelemos esto al mundo…

—No podemos hacerlo —repuso Carver, angustiado.

—¿Por qué no?

—Los alemanes sabrían que estamos leyendo sus comunicaciones.

Fitz comprendió que tenía razón. Era el eterno problema de la información secreta: cómo utilizarla sin comprometer las fuentes.

—Pero esto es tan importante que quizá deberíamos estar dispuestos a arriesgarnos —replicó.

—Lo dudo. Este departamento ha suministrado demasiada información fiable. No lo pondrán en peligro.

—¡Maldita sea! ¡Pero es que no podemos haber dado con algo como esto y luego vernos impotentes a la hora de usarlo!

Carver se encogió de hombros.

—Así es este trabajo.

Fitz no estaba dispuesto a aceptarlo. La entrada de Estados Unidos en la guerra podía significar la victoria. Estaba claro que eso merecía cualquier sacrificio. Sin embargo, sabía lo suficiente sobre el ejército para darse cuenta de que había hombres más dispuestos a mostrar valor e ingenio para proteger su departamento que para defender una plaza fuerte. Debía tomar muy en serio la objeción de Carver.

—Necesitamos una tapadera —dijo.

—Digamos que el telegrama lo han interceptado los estadounidenses —propuso Carver.

Fitz asintió con la cabeza.

—Deben enviarlo de Washington a México, así que podríamos decir que el gobierno de Estados Unidos lo ha conseguido de Western Union.

—Puede que a Western Union no le guste...

—Al cuerno con ellos. Bueno: ¿cómo debemos utilizar exactamente esta información para obtener el máximo efecto? ¿Realiza el anuncio nuestro gobierno? ¿Se lo damos a los estadounidenses? ¿Buscamos a algún tercero que desafíe a los alemanes?

Carver levantó las manos en un gesto de rendición.

—Yo ya no doy más de mí.

—Pero yo sí —dijo Fitz, inspirado de pronto—. Y conozco precisamente a la persona que nos ayudará.

III

Fitz se encontró con Gus Dewar en un pub del sur de Londres llamado The Ring.

Le sorprendió saber que Dewar era un amante del boxeo. De adolescente había entrenado con regularidad en un cuadrilátero de los muelles de Buffalo y, en sus viajes por toda Europa, allá por 1914, había asistido a combates de boxeo en todas las capitales. Fitz, con malicia, pensó que llevaba su afición muy discretamente: el boxeo no era un tema de conversación demasiado popular en las residencias de Mayfair a la hora del té.

No obstante, en The Ring estaban representadas todas las clases sociales. Caballeros vestidos de etiqueta se mezclaban con estibadores de abrigos desgarrados. Corredores ilegales aceptaban apuestas en todos los rincones mientras los camareros trajinaban bandejas llenas de pintas. El ambiente estaba cargado por el humo de los puros, las pipas y los cigarrillos. No había asientos y tampoco mujeres.

Encontró a Gus enfrascado en una conversación con un londinense de nariz rota. Discutían sobre el boxeador estadounidense Jack Johnson, el primer campeón del mundo de los pesos pesados negro, cuyo matrimonio con una blanca había provocado que los pastores cristianos exhortaran a su linchamiento. El londinense había instigado a Gus mostrándose de acuerdo con el clero.

Fitz abrigaba la secreta esperanza de que el norteamericano acabara enamorándose de Maud. Harían buena pareja. Los dos eran intelectuales, los dos eran liberales, los dos se lo tomaban todo tremendamente en serio y siempre estaban leyendo libros. Los Dewar provenían de lo que los americanos llamaban «dinero de familia», lo más parecido que tenían a una aristocracia.

Además, tanto Gus como Maud estaban a favor de la paz. Fitz no lograba hacerse una idea de por qué Maud siempre había demostrado tan extraño apasionamiento por el fin de la contienda. Gus, por su parte, reverenciaba a su jefe, Woodrow Wilson, que en un discurso pronunciado hacía un mes había hecho un llamamiento por la «paz sin victoria», una frase que había enfurecido a Fitz y a la mayoría de los altos cargos británicos y franceses.

Sin embargo, la compatibilidad que veía el conde entre Gus y Maud no había llegado a ninguna parte. Fitz amaba a su hermana, pero se preguntaba qué era lo que le sucedía. ¿Acaso quería acabar siendo una solterona?

Cuando logró separar a Gus del hombre de la nariz rota, el conde sacó a colación el tema de México.

—La situación es desastrosa —dijo Gus—. Wilson ha retirado al general Pershing y sus tropas con la intención de satisfacer al presidente Carranza, pero no ha funcionado: Carranza no quiere ni oír hablar de patrullas fronterizas. ¿Por qué lo preguntas?

—Te lo contaré más tarde —respondió Fitz—. Ya empieza el siguiente combate.

Mientras veían a un púgil llamado Benny el Judío machacarle los sesos a Albert Collins el Calvo, Fitz decidió no tocar el tema de la propuesta de paz alemana. Sabía que el estadounidense estaba muy afligido por el fracaso de la iniciativa de Wilson. Gus no dejaba de preguntarse si no podría haber conducido mejor la situación, o haber hecho algo más para respaldar el plan de su presidente. Fitz creía que ese plan había estado condenado al fracaso desde un principio porque, en realidad, ninguno de los dos bandos deseaba la paz.

En el tercer asalto, Albert el Calvo cayó y ya no volvió a levantarse.

—Me has llamado justo a tiempo —dijo Gus—. Estoy a punto de regresar a casa.

—Debes de tener muchas ganas.

—Eso si logro llegar. A lo mejor me hunde algún submarino por el camino.

Los alemanes habían reanudado la guerra submarina sin restricciones el 1 de febrero, exactamente como había predicho el mensaje interceptado de Zimmermann. Esa decisión había encolerizado a los estadounidenses, pero no tanto como había esperado Fitz.

—La reacción del presidente Wilson al anuncio de la guerra submarina fue sorprendentemente comedida —dijo.

—Ha roto las relaciones diplomáticas con Alemania. Eso no es comedimiento —replicó Gus.

—Pero no ha declarado la guerra.

Fitz había quedado desolado. Él se había opuesto con todas sus fuerzas a las conversaciones de paz, pero Maud, Ethel y sus amigos pacifistas tenían razón al decir que no había esperanza de lograr una victoria en el futuro inmediato… sin un poco de ayuda extra de alguien más. Fitz había estado convencido de que la guerra submarina sin restricciones haría entrar a los americanos en juego, pero de momento no había sido así.

—Con franqueza, creo que al presidente Wilson lo ha enfurecido la decisión de los submarinos y que ahora sí estaría dispuesto a declarar la guerra. Ya ha intentado todo lo demás, por el amor de Dios. Sin embargo, consiguió ser reelegido por ser el hombre que nos ha mantenido fuera del conflicto. La única forma de poder darle la vuelta a eso sería que se viera arrastrado a la guerra por una marea de entusiasmo público —comentó Gus.

—En ese caso —dijo Fitz—, creo que tengo algo que podría ayudarlo.

Gus enarcó una ceja.

—Desde que me hirieron, he estado trabajando en una unidad que descodifica mensajes radiotelegráficos alemanes. —Fitz sacó de su bolsillo una hoja de papel cubierta por su propia caligrafía—. Tu gobierno recibirá esto oficialmente en los próximos días. Te lo estoy enseñando ahora porque necesitamos consejo sobre cómo llevar el asunto. —Le dio el papel.

El espía británico de Ciudad de México se había hecho con el mensaje retransmitido en código antiguo, y la hoja que Fitz le entregó a Gus contenía el descifrado completo del mensaje interceptado de Zimmermann. En su totalidad, decía:

De Washington a México, 19 de enero de 1917.

Hemos previsto comenzar la guerra submarina sin restricciones el 1 de febrero. A pesar de ello, intentaremos por todos los medios conseguir que Estados Unidos siga manteniéndose neutral. En caso de no conseguirlo, ofrecemos a México una propuesta de alianza en los siguientes términos:

Juntos en la guerra.

Juntos en la paz.

Por nuestra parte, una generosa ayuda económica y nuestro compromiso con México para que reconquiste los territorios perdidos de Texas, Nuevo México y Arizona. Los detalles del acuerdo son cosa suya.

Informe al presidente Carranza de todo lo anterior con el máximo secreto en cuanto el estallido de la guerra con Estados Unidos sea seguro, y sugiérale también que él, por iniciativa propia, debería invitar a Japón a adherirse inmediatamente al acuerdo y, al mismo tiempo, mediar entre los japoneses y nosotros.

Por favor, llame la atención del presidente sobre el hecho de que el uso implacable de nuestros submarinos ofrece ahora la perspectiva de obligar a Inglaterra a aceptar la paz dentro de unos meses.

Gus leyó unas cuantas líneas bajo la tenue luz del cuadrilátero, acercándose mucho el papel a los ojos.

—¿Una alianza? ¡Dios mío! —exclamó.

Fitz miró en derredor. Había empezado un nuevo combate y el estruendo del público era demasiado fuerte para que los hombres que tenían cerca pudieran oír nada de lo que decían.

Gus siguió leyendo.

—¿Reconquistar Texas? —preguntó con incredulidad. Y luego, enfadado, añadió—: ¿Cómo que invitar a Japón? —Alzó la mirada del papel—. ¡Esto es un escándalo!

Esa era precisamente la reacción que había esperado Fitz, así que tuvo que contener su euforia.

—Un escándalo, tú lo has dicho —repuso con forzada solemnidad.

—¡Los alemanes están ofreciéndose a pagar a México para que invada Estados Unidos!

—Sí.

—¡Y le están pidiendo a México que intente implicar también a Japón!

—Sí.

—¡Espera a que esto se sepa!

—De eso quería hablar contigo. Nos gustaría asegurarnos de que salga a la luz de una forma que le sea favorable a tu presidente.

—¿Por qué no se lo revela al mundo el gobierno británico y ya está?

Fitz se dio cuenta de que Gus no lo estaba meditando lo suficiente.

—Por dos razones —dijo—. En primer lugar, no queremos que los alemanes sepan que leemos sus comunicaciones. En segundo, nos podrían acusar de haber falsificado esta interceptación.

Gus asintió con la cabeza.

—Discúlpame. Estoy demasiado furioso para pensar. Analicémoslo fríamente.

—Si es posible, nos gustaría que dijerais que el gobierno de Estados Unidos ha conseguido una copia del telegrama de manos de Western Union.

—Wilson no querrá valerse de una mentira.

—Pues consigue una copia de Western Union, y ya no será mentira.

Gus asintió.

—Eso debería ser factible. En cuanto al segundo problema, ¿quién podría hacer público el telegrama sin despertar sospechas de falsificación?

—El presidente en persona, supongo.

—Es una posibilidad.

—Pero ¿tienes una idea mejor?

—Sí —dijo Gus en un tono reflexivo—. Creo que sí.

IV

Ethel y Bernie se casaron en Calvary Gospel Hall. Ninguno de los dos tenía una opinión demasiado firme sobre la religión, y a ambos les gustaba el pastor de allí.

Ethel no había vuelto a ponerse en contacto con Fitz desde el día del discurso de Lloyd George. La oposición pública de Fitz a la paz le había hecho recordar durante la verdadera naturaleza del conde. Defendía todo lo que ella odiaba: la tradición, el conservadurismo, la explotación de la clase trabajadora, el rendimiento del capital. No podía ser la amante de un hombre así, y se avergonzaba de haberse sentido tentada siquiera por esa casita en Chelsea. Se había dado cuenta de que su verdadera alma gemela era Bernie.

Ethel se había puesto el vestido rosa de seda y el sombrero de flores que Walter von Ulrich le había comprado para la boda de Maud Fitzherbert. Como damas de honor tuvo a dos jóvenes amigas, Mildred y Maud. Los padres de Ethel llegaron en tren desde Aberowen. Por desgracia, Billy estaba en Francia y no consiguió que le dieran permiso. El pequeño Lloyd llevaba un traje de paje que Mildred le había cosido especialmente para la ocasión, color azul cielo, con botones de latón y un gorrito.

Bernie sorprendió a Ethel presentándole a una familia de la que nadie sabía nada. Su anciana madre no hablaba más que yídish y se pasó todo el oficio mascullando para sí. Vivía con el próspero hermano mayor de Bernie, Theo, quien —como descubrió Mildred, coqueteando con él— poseía una fábrica de bicicletas en Birmingham.

Después sirvieron té y pastel en el vestíbulo. No hubo bebidas alcohólicas, lo cual satisfizo a los padres de Ethel, y los fumadores tuvieron que salir fuera. Su madre le dio un beso a la recién casada.

—De todas formas, me alegro de verte sentando cabeza por fin —le dijo.

Ethel pensó que ese «de todas formas» contenía una fuerte carga. Significaba: «Enhorabuena, aunque seas una mujer perdida y tengas un hijo ilegítimo a cuyo padre nadie conoce, y aunque te estés casando con un judío, además de vivir en Londres, que viene a ser lo mismo que Sodoma y Gomorra». Pero Ethel aceptó la bendición con reservas de su madre y prometió no decirle nunca esas cosas a su hijo.

Sus padres habían comprado billetes baratos de ida y vuelta en el mismo día, así que se marcharon para no perder el tren. Cuando la mayoría de los invitados se fueron, los que quedaron se dirigieron al Dog and Duck a tomar unas pintas.

Ethel y Bernie volvieron a casa cuando llegó la hora de acostar a Lloyd. Esa mañana, Bernie había metido su escasa ropa y sus numerosos libros en una carretilla y los había transportado desde su habitación alquilada a casa de Ethel.

Para poder disfrutar de una noche a solas, acostaron a Lloyd en el piso de arriba con las hijas de Mildred, algo que el pequeño consideró como un regalo especial. Después, Ethel y Bernie se tomaron un chocolate en la cocina antes de irse a la cama.

Ethel tenía un camisón nuevo. Bernie se puso un pijama limpio. Cuando se metió en la cama junto a ella, los nervios le hicieron empezar a sudar. Ethel le acarició la mejilla.

—Aunque ya conozco la vida, no tengo mucha experiencia —dijo—. Solo mi primer marido, y no fueron más que unas semanas antes de que se fuera. —No le había contado a Bernie lo de Fitz, y nunca lo haría. Solo Billy y el abogado Albert Solman sabían la verdad.

—Ya sabes más que yo —dijo Bernie, pero ella sintió que su marido empezaba a relajarse—. Solo unos cuantos desatinos.

—¿Cómo se llamaban?

—Ay, no quieras saberlo.

Ethel sonrió.

—Claro que quiero. ¿Cuántas mujeres? ¿Seis? ¿Diez? ¿Veinte?

—Madre mía, no. Tres. La primera fue Rachel Wright, en el colegio. Después me dijo que tendríamos que casarnos, y yo la creí. Estaba preocupadísimo.

Ethel soltó una risita.

—¿Qué pasó?

—A la semana siguiente lo hizo con Micky Armstrong, y quedé libre.

—¿Disfrutaste al estar con ella?

—Supongo que sí. Solo tenía dieciséis años, sobre todo quería poder decir que ya lo había hecho.

Ella le dio un beso con ternura y luego preguntó:

—¿Quién fue la siguiente?

—Carol McAllister. Era una vecina. Le pagué un chelín. Fue un tanto breve… Creo que ella sabía lo que tenía que hacer y decir para acabar cuanto antes. Lo que más le gustó fue cuando le di el dinero.

Ethel arrugó la frente en un gesto de reproche; después recordó la casa de Chelsea y comprendió que ella se había planteado hacer lo mismo que Carol McAllister. Sintiéndose algo incómoda, inquirió:

—¿Quién fue la otra?

—Una mujer mayor. Era mi casera. Se metió en mi cama una noche que su marido no estaba en casa.

—¿Y con ella te gustó?

—Mucho. Fue una época muy feliz para mí.

—¿Qué salió mal?

—Su marido empezó a sospechar y tuve que marcharme.

—¿Y después?

—Después te conocí a ti y perdí el interés por las demás mujeres.

Empezaron a besarse. Él enseguida le subió la falda del camisón y se colocó encima de ella. Fue cariñoso, le preocupaba hacerle daño, pero la penetró con facilidad. Ella sintió un arrebato de afecto por él, por su bondad, su inteligencia y la devoción que tenía por ella y por su hijo. Lo rodeó con sus brazos y estrechó el cuerpo de él contra su pecho. Bernie no tardó en llegar al clímax. Después, satisfechos, los dos se quedaron tumbados boca arriba y se durmieron.

V

Gus Dewar se fijó en que las faldas de las mujeres habían cambiado. Ya dejaban ver los tobillos. Hacía diez años, conseguir atisbar un tobillo era excitante; ahora era ramplón. A lo mejor las mujeres cubrían su desnudez para resultar más seductoras, no menos.

Rosa Hellman lucía un abrigo granate bastante moderno que caía en tablas desde el canesú de la espalda. Llevaba ribetes de pieles negras, lo cual debía de agradecerse bastante en el febrero de Washington, supuso él. Su sombrero gris era pequeño y redondo, y tenía una cinta roja y una pluma. No parecía muy práctico, pero ¿desde cuándo se diseñaban los sombreros de las estadounidenses siguiendo criterios de practicidad?

—Es todo un honor para mí que me hayas invitado —dijo Rosa. Gus no estaba muy seguro de que no se estuviera burlando de él—. Acabas de regresar de Europa, ¿verdad?

Habían ido a almorzar al comedor del hotel Willard, dos manzanas al este de la Casa Blanca. Gus la había invitado por un motivo muy concreto.

—Tengo una historia para ti —le dijo en cuanto hubieron pedido.

—¡Ay, qué bien! Déjame adivinar. ¿El presidente va a divorciarse de Edith y se casará con Mary Peck?

Gus arrugó la frente. Wilson había tenido un devaneo con Mary Peck estando casado con su primera mujer. No creía que hubieran llegado a cometer adulterio, pero Wilson había sido lo bastante necio para escribir unas cartas que mostraban más afecto del que resultaba apropiado. Los chismosos de Washington lo sabían todo al respecto, pero no se había publicado nada.

—Estoy hablando de algo grave —repuso Gus con severidad.

—Lo siento —dijo Rosa, y su rostro adoptó una expresión tan solemne que Gus sintió ganas de reír.

—La única condición será que no puedes decir que la información te ha llegado desde la Casa Blanca.

—Trato hecho.

—Voy a enseñarte un telegrama del ministro de Asuntos Exteriores alemán, Arthur Zimmermann, a su embajador de México.

La mujer se quedó atónita.

—¿De dónde lo has sacado?

—De Western Union —mintió él.

—¿Y no está codificado?

—Los códigos pueden descifrarse. —Le pasó una copia mecanografiada de la traducción inglesa completa.

—¿Esto es extraoficial? —preguntó ella.

—No. Lo único que quiero que te guardes para ti es de dónde lo has sacado.

—De acuerdo. —Empezó a leer. Al cabo de un momento se le abrió la boca de asombro. Lo miró a él—. Gus —dijo—, ¿esto es de verdad?

—¿Cuándo me has visto a mí gastar bromas pesadas?

—La última vez fue… nunca. —Siguió leyendo—. ¿Los alemanes van a pagar a México para que invada Texas?

—Eso es lo que dice herr Zimmermann.

—Esto no es una historia, Gus… ¡Es la primicia del siglo!

Gus se permitió una pequeña sonrisa, intentando que no se notara mucho el triunfalismo que lo embargaba.

—Es lo que pensaba que dirías.

—¿Actúas de forma independiente o en nombre del presidente?

—Rosa, ¿imaginas acaso que haría algo así sin aprobación desde lo más alto?

—Supongo que no. Caray. O sea que esto me llega desde el presidente Wilson.

—Oficialmente, no.

—Pero ¿cómo sé yo que es verdad? No creo que pueda escribir un artículo basándome solo en un pedazo de papel y en tu palabra.

Gus ya había previsto esa pega.

—El secretario de Estado, Lansing, le confirmará personalmente a tu jefe la autenticidad del telegrama, siempre que la conversación sea confidencial.

—Me vale. —Volvió a mirar el papel—. Esto lo cambia todo. ¿Te imaginas lo que dirá el pueblo americano cuando lo lean?

—Creo que estarán más predispuestos a entrar en la contienda y luchar contra Alemania.

—¿Predispuestos? —dijo ella—. ¡Sacarán espuma por la boca! Wilson se verá obligado a declarar la guerra.

Gus no dijo nada.

Un momento después, Rosa interpretó su silencio.

—Ah, comprendo. Por eso estás filtrando el telegrama. El presidente ya desea declarar la guerra.

Tenía muchísima razón. Gus sonrió, disfrutando de ese baile de intelectos con una mujer brillante.

—Yo no lo he dicho.

—Pero este telegrama enfurecerá tanto al pueblo americano que exigirán la guerra, y Wilson podrá decir que no ha renegado de sus promesas electorales… sino que la opinión pública lo ha obligado a cambiar su política.

Gus se dio cuenta de que, en realidad, Rosa era incluso demasiado inteligente para lo que él pretendía.

—No será eso lo que escribas en el artículo, ¿verdad? —preguntó con inquietud.

Ella sonrió.

—Oh, no. Es solo que tengo la costumbre de ponerlo siempre todo en duda. Antes era anarquista, ¿sabes?

—¿Y ahora?

—Ahora soy reportera. Y solo hay una forma de escribir este artículo.

Gus se sintió aliviado.

El camarero trajo la comida: salmón poché para ella, filete con puré de patatas para él. Rosa se levantó.

—Tengo que volver a la redacción.

Gus se sobresaltó.

—¿Y la comida?

—¿Me lo dices en serio? —preguntó ella—. No puedo comer. ¿No entiendes lo que has hecho?

Él creía que sí, pero repuso:

—Dímelo tú.

—Acabas de enviar a Estados Unidos a la guerra.

Gus asintió.

—Lo sé —dijo—. Ve a escribir ese artículo.

—Oye, gracias por escogerme.

Un momento después, ya se había ido.

23

Marzo de 1917

I

Ese invierno en Petrogrado estuvo marcado por el frío y la hambruna. El termómetro que había fuera de los barracones del 1.er Regimiento de Artillería señalaba quince grados bajo cero desde hacía todo un mes. Los panaderos habían dejado de hacer pasteles, tartas, repostería y cualquier cosa que no fuera pan, pero aun así no había suficiente harina. La puerta de la cocina de los barracones estaba protegida por guardias armados, porque muchísimos soldados intentaban mendigar o robar un poco de comida extra.

Un día de crudo frío de principios de marzo, Grigori consiguió un permiso de tarde y decidió ir a ver a Vladímir, que estaría al cuidado de la casera mientras Katerina trabajaba. Se puso su capote militar y salió a las calles heladas. En la avenida Nevski, cruzó una mirada con una pequeña mendiga, una niña de unos nueve años que estaba de pie en una esquina, a merced del viento ártico. La pequeña tenía algo que lo inquietó, y arrugó la frente al pasar de largo. Un minuto después se dio cuenta de qué era lo que le había llamado la atención. La mendiga le había dirigido una mirada de invitación sexual. Se quedó tan atónito que detuvo sus pasos. ¿Cómo podía una niña de esa edad ofrecerse como prostituta? Se volvió con la intención de preguntárselo, pero ya no estaba.

Siguió caminando con ánimo preocupado. Desde luego, sabía que había hombres que buscaban el contacto sexual con niños: lo había descubierto aquella vez en que el pequeño Lev y él habían acudido a un sacerdote en busca de ayuda, hacía ya muchísimos años. Pero, de algún modo, la imagen de esa niña de nueve años imitando patéticamente una sonrisa insinuante le partía el corazón. Hacía que le dieran ganas de echarse a llorar por su país. «Estamos convirtiendo a nuestras niñas en putas —pensó—, ¿acaso puede empeorar más la situación?»

Estaba de un humor muy funesto cuando llegó a su antiguo alojamiento. En cuanto entró en la casa, oyó berrear a Vladímir, así que fue directo a la habitación de Katerina y encontró al niño solo, con toda la cara colorada y crispada por el llanto. Lo cogió y lo acunó entre sus brazos.

La habitación estaba limpia y recogida, olía a Katerina. Grigori iba allí casi todos los domingos. Ya se había convertido en una costumbre: salían por la mañana, después regresaban a casa y hacían la comida con alimentos que Grigori compraba en los barracones cuando conseguía encontrar algo. Después, mientras Vladímir dormía la siesta, hacían el amor. Los domingos en que tenían suficiente para comer, Grigori estaba radiante de felicidad.

Los gritos de Vladímir se convirtieron en una cantinela de lloros de descontento. Con el niño en brazos, Grigori fue a buscar a la casera, que se suponía que debía estar cuidando de él. La encontró en el lavadero, una construcción de techo bajo añadida a la parte de atrás de la casa, pasando sábanas mojadas por un rodillo escurridor. Era una mujer de unos cincuenta años que llevaba el pelo cano recogido con un pañuelo. Había sido regordeta allá por 1914, cuando Grigori se marchó para alistarse en el ejército, pero se le había quedado un cuello escuálido y tenía los carrillos descolgados. Incluso las caseras pasaban hambre últimamente.

La mujer se sobresaltó y puso cara de culpabilidad al ver a Grigori.

—¿No ha oído llorar al niño? —preguntó este.

—No puedo pasarme el día acunándolo —respondió la mujer a la defensiva, y siguió dando vueltas a la manivela del rodillo.

—A lo mejor tiene hambre.

—Ya se ha tomado su leche —se apresuró a decir la mujer.

La respuesta fue sospechosamente rápida, y Grigori imaginó que la leche debía de habérsela bebido ella. Sintió ganas de estrangularla.

En la fría atmósfera del lavadero sin estufa, advirtió que la suave piel de bebé de Vladímir irradiaba calor.

—Me parece que tiene fiebre —dijo—. ¿No se ha dado cuenta de que le ha subido la temperatura?

—¿Ahora también tengo que ser médico?

Vladímir dejó de llorar y cayó en un estado de lasitud que a Grigori le pareció aún más preocupante. Normalmente era un niño despierto y activo, curioso y algo destructivo, pero de pronto yacía inerte en sus brazos; el rostro sonrojado, la mirada fija.

Volvió a meterlo en su cama, que ocupaba un rincón de la habitación de Katerina. Cogió una jarra de la estantería de ella y salió de la casa para ir corriendo hasta la calle de al lado, donde había una tienda. Compró algo de leche, un poco de azúcar en un cucurucho de papel y una manzana.

Cuando volvió, Vladímir seguía igual.

Calentó la leche, disolvió en ella el azúcar y deshizo un mendrugo de pan duro en la mezcla; después, le fue dando al niño bocados de pan mojado. Recordaba que eso era lo que le daba su madre al pequeño Lev cuando estaba enfermo. Vladímir engullía como si estuviera hambriento y sediento.

Cuando el niño se terminó todo el pan y toda la leche, Grigori sacó la manzana. La cortó en trozos con su navaja y peló una de las tajadas. Él se comió la peladura y le ofreció el resto a Vladímir, diciendo: «Una para mí, una para ti». En el pasado, al pequeño le había divertido ese juego, pero esta vez parecía indiferente y dejó que la manzana se le cayera de la boca.

No había ningún médico cerca, y de todas formas Grigori no podía permitirse sus honorarios, pero sí tenían a una comadrona a tres calles de allí. Era Magda, la bella mujer de Konstantín, el viejo amigo de Grigori, secretario del Comité Bolchevique de Putílov. Grigori y Konstantín jugaban al ajedrez siempre que tenían oportunidad; solía ganar Grigori.

Le puso un pañal limpio a Vladímir, después lo arropó en la manta de la cama de Katerina y tan solo le dejó la nariz y los ojos al descubierto. Salieron al frío de la calle.

Konstantín y Magda vivían en un apartamento de dos habitaciones con la tía de ella, que cuidaba de sus tres niños pequeños. Grigori temía que Magda hubiera salido a traer al mundo a algún bebé, pero tuvo suerte y la encontró en casa.

Magda sabía mucho y tenía buen corazón, aunque era algo enérgica. Le palpó la frente a Vladímir y dijo:

—Tiene una infección.

—¿Es grave?

—¿Tose?

—No.

—¿Cómo hace las deposiciones?

—Líquidas.

Desnudó al pequeño.

—Supongo que los pechos de Katerina no tienen leche —dijo.

—¿Cómo lo sabes? —preguntó Grigori, sorprendido.

—Es muy habitual. Una mujer no puede alimentar a su hijo a menos que ella esté bien alimentada. Nada sale de la nada. Por eso el niño es tan delgadito.

Grigori no sabía que Vladímir fuera delgadito.

Magda le dio unos golpecitos en la tripa y le hizo llorar.

—Tiene los intestinos inflamados —dictaminó.

—¿Se pondrá bien?

—Es probable. Los niños pasan infecciones continuamente, y suelen sobrevivir.

—¿Qué podemos hacer?

—Mojadle la frente con agua tibia para bajarle la temperatura. Dadle mucho de beber, todo lo que quiera. No os preocupéis de si come o no. Que Katerina se alimente bien, para que pueda darle el pecho. Lo que necesita es leche materna.

Grigori se llevó a Vladímir a casa. Compró más leche por el camino y, al llegar, la calentó al fuego y se la fue dando con una cucharita al pequeño, que se la bebió toda. Después calentó un cazo de agua y le mojó toda la cara a Vladímir con un paño. Parecía que funcionaba: el niño perdió el rubor y la mirada fija y empezó a respirar con normalidad.

Grigori ya estaba menos angustiado cuando Katerina llegó a casa a las siete y media. Estaba cansada y tenía mucho frío. Había comprado col y unos cuantos gramos de manteca de cerdo, y Grigori los puso en una cacerola para hacer un guiso mientras ella descansaba. Le contó lo de la fiebre de Vladímir, la negligencia de la casera y la prescripción de Magda.

—¿Qué voy a hacer? —preguntó Katerina con voz de desesperación y agotamiento—. Tengo que ir a la fábrica. No hay nadie más para cuidar a Volodia.

Grigori le dio al niño el caldo del guiso y después lo puso a dormir. Cuando Grigori y Katerina hubieron comido, se tumbaron juntos en la cama.

—No me dejes dormir mucho rato —dijo Katerina—. Tengo que ir a hacer la cola del pan.

—Iré yo por ti —propuso él—. Tú descansa. —Volvería tarde a los barracones, pero seguro que se libraría del castigo: últimamente los oficiales tenían demasiado miedo de que estallara un motín, así que no armaban mucho revuelo por faltas leves.

Katerina le tomó la palabra y se quedó profundamente dormida.

Cuando oyó el reloj de la iglesia dar las dos, Grigori se puso las botas y el capote. Vladímir parecía dormir con normalidad, y él salió de casa y fue andando hasta la panadería. Se sorprendió al ver que ya había una larga cola, y se dio cuenta de que había salido un poco tarde. Había un centenar de personas en la fila, bien abrigados y dando fuertes pisotones sobre la nieve. Algunos se habían llevado sillas o taburetes. Una emprendedora joven con un brasero vendía gachas y lavaba los cuencos en la nieve cuando la gente había terminado. Una docena de personas se unieron a la cola detrás de Grigori.

Mientras esperaban, chismorreaban y rezongaban. Por delante de él, dos mujeres discutían sobre quién tenía la culpa de la escasez de pan: una decía que los alemanes de la corte; la otra, que los judíos que acaparaban la harina.

—¿Quién gobierna? —les preguntó Grigori—. Si un tranvía vuelca, se le echa la culpa al conductor, porque es quien está al mando. Los judíos no nos gobiernan. Los alemanes tampoco. Son el zar y la nobleza. —Ese era el mensaje bolchevique.

—Y ¿quién gobernaría si no tuviéramos zar? —adujo con escepticismo la más joven de las dos. Llevaba un sombrero de fieltro amarillo.

—Yo creo que deberíamos gobernarnos nosotros mismos —afirmó Grigori—. Igual que hacen en Francia y América.

—No sé —dijo la mayor—. Esto no puede seguir así.

La panadería abrió a las cinco. Un minuto después, por la cola llegó la noticia de que las existencias estaban racionadas a una hogaza por persona.

—¡Toda la noche, solo para una hogaza! —exclamó la mujer del sombrero amarillo.

Tardaron otra hora en avanzar hasta el principio de la cola. La mujer del panadero iba dejando pasar a los clientes de uno en uno. La mayor de las dos mujeres que estaban delante de Grigori entró, y entonces la panadera dijo:

—Se acabó. Ya no hay más pan.

—¡No, por favor! ¡Solo una hogaza más! —exclamó la mujer del sombrero amarillo.

La panadera tenía una expresión glacial. Seguramente aquello ya le había sucedido antes.

—Si mi marido tuviera más harina, haría más pan —dijo—. Se ha vendido todo, ¿me oye? No puedo venderle pan si ya no me queda nada.

La última clienta salió de la panadería con su hogaza de pan bajo el abrigo y se alejó corriendo.

La mujer del sombrero amarillo se echó a llorar.

La panadera cerró la puerta de golpe.

Grigori dio media vuelta y se alejó.

II

La primavera llegó a Petrogrado el jueves 8 de marzo, pero el Imperio ruso seguía aferrándose obstinadamente al calendario juliano, de manera que para ellos era el 23 de febrero. El resto de Europa llevaba ya trescientos años utilizando el calendario moderno.

El aumento de las temperaturas coincidió con el Día Internacional de la Mujer, y las trabajadoras de las fábricas textiles se declararon en huelga y marcharon desde los suburbios industriales hacia el centro de la ciudad para protestar por las colas del pan, la guerra y el zar. El racionamiento del pan había sido algo anunciado, pero parecía haber empeorado más aún la escasez.

El 1.er Regimiento de Artillería, igual que todas las unidades militares que había en la ciudad, estaba allí destacado para ayudar a la policía y a la caballería cosaca a mantener el orden. ¿Qué sucedería si los soldados recibían órdenes de disparar contra las manifestantes?, se preguntó Grigori. ¿Obedecerían, o volverían los fusiles contra sus oficiales? En 1905 habían obedecido las órdenes y habían disparado a los obreros. Sin embargo, desde entonces el pueblo ruso había padecido una década de tiranía, represión, guerra y hambre.

Con todo, no se produjo ningún altercado y, esa noche, Grigori y su sección regresaron a los barracones sin haber disparado un solo tiro.

El viernes, más trabajadores se declararon en huelga.

El zar estaba en el cuartel general del ejército en Mogilev, a unos seiscientos cuarenta kilómetros de allí. Al mando de la ciudad se encontraba el comandante del Distrito Militar de Petrogrado, el general

Jabálov, quien decidió mantener a los manifestantes alejados del centro destacando a los soldados en los puentes. La sección de Grigori estaba apostada cerca de los barracones, protegiendo el puente Liteini, que cruzaba el río Neva hacia la avenida Liteini. Pero el agua todavía estaba congelada y el hielo era firme, así que los manifestantes frustraron el empeño del ejército marchando sencillamente sobre el río... para gran alegría de los soldados que los contemplaban, la mayoría de los cuales, igual que Grigori, simpatizaban con ellos.

Ningún partido político había organizado la huelga. Los bolcheviques, así como los demás partidos revolucionarios de izquierdas, se encontraron siguiendo a la clase trabajadora, en lugar de liderándola.

Una vez más, la sección de Grigori no tuvo que entrar en acción, pero no sucedió lo mismo en todas partes. Cuando volvió a los barracones el sábado por la noche, se enteró de que la policía había atacado a los manifestantes delante de la estación del ferrocarril, al final de la avenida Nevski. Sorprendentemente, los cosacos habían defendido a los trabajadores contra la policía. Los hombres hablaban ya de los «camaradas cosacos». Grigori se mostraba escéptico. Los cosacos nunca habían sido leales de verdad a nadie más que a sí mismos, pensó; solo les apasionaba luchar.

El domingo, Grigori se despertó a las cinco de la madrugada, mucho antes de las primeras luces del alba. Durante el desayuno corrió el rumor de que el zar había dado órdenes al general Jabálov de que pusiera fin a las huelgas y las manifestaciones valiéndose de toda la fuerza que fuese necesaria. Grigori pensó que esa era una frase muy agorera: «toda la fuerza que fuese necesaria».

Después de desayunar, los sargentos recibieron sus órdenes. Cada pelotón tenía que proteger un punto diferente de la ciudad: no solo los puentes, sino también los cruces, las estaciones de ferrocarril y las oficinas de correos. Los piquetes estarían comunicados mediante teléfonos de campo. La capital del país tenía que salvaguardarse como si fuera una ciudad enemiga capturada. Y lo peor de todo: el regimiento tenía que apostar ametralladoras en los puntos conflictivos más probables.

Cuando Grigori transmitió las órdenes a sus hombres, quedaron horrorizados.

—¿De verdad piensa el zar ordenar al ejército que ametralle a su propio pueblo? —preguntó Isaak.

—Si lo hace, ¿le obedecerán los soldados? —preguntó Grigori a su vez.

Su creciente alteración iba acompañada por un miedo equiparable. Se sentía alentado por las huelgas, ya que sabía que el pueblo ruso tenía que desafiar a sus gobernantes. De no ser así, la guerra se alargaría, la gente moriría de hambre y no habría ninguna esperanza de que Vladímir pudiera conseguir una vida mejor que la de Grigori y Katerina. Fue esta convicción lo que hizo que se uniera al Partido. Por otro lado, abrigaba la secreta esperanza de que, si los soldados sencillamente se negaban a obedecer las órdenes, la revolución podría estallar sin un gran derramamiento de sangre. No obstante, cuando su propio regimiento recibió instrucciones de apostar ametralladoras en las esquinas de las calles de Petrogrado, empezó a sentir que esa esperanza había sido una necedad.

¿Era posible siquiera que el pueblo ruso lograra escapar de la tiranía de los zares? A veces no le parecía más que una fantasía. Sin embargo, otras naciones habían vivido su revolución y habían derrocado a sus opresores. Incluso los ingleses habían matado una vez a su rey.

Petrogrado era como una olla de agua puesta al fuego, pensó Grigori: de ella salían algunos remolinos de vapor y unas cuantas burbujas de violencia, la superficie cabrilleaba a causa del intenso calor, pero el agua parecía titubear y, como decía la sabiduría popular, la olla observada no arrancaba nunca a hervir.

Enviaron a su pelotón al Palacio de Táurida, la inmensa residencia estival de Catalina II en la ciudad, reconvertida en sede del Parlamento títere de Rusia, la Duma. La mañana fue tranquila: incluso a los muertos de hambre les gustaba dormir hasta tarde los domingos. Sin embargo, el tiempo seguía soleado y al mediodía empezó a llegar gente desde los barrios de la periferia, a pie y en tranvía. Algunos se reunieron en el amplio jardín del palacio. No todos ellos eran trabajadores de las fábricas, comprobó Grigori. Había hombres y mujeres de clase media, estudiantes y unos cuantos empresarios de aspecto próspero. Algunos habían llevado también a sus hijos. ¿Se estaba formando una manifestación política, o solo habían salido a pasear por el parque? Grigori supuso que ni ellos mismos lo sabían.

En la entrada del palacio vio a un joven bien vestido, cuyo apuesto rostro le resultó conocido de haberlo visto en las fotografías de los periódicos, y reconoció entonces al diputado trudovique Aleksandr Fiódorovich Kérenski. Los trudoviques eran una facción moderada disidente de los Socialistas Revolucionarios. Grigori le preguntó qué estaba sucediendo dentro.

—Hoy el zar ha disuelto formalmente la Duma —le explicó Kérenski.

Grigori sacudió la cabeza con disgusto.

—Una reacción muy típica —dijo—. Reprimir a los que protestan, en lugar de ocuparse de sus quejas.

Kérenski le lanzó una mirada severa. Tal vez no había esperado semejante análisis por parte de un soldado.

—Ciertamente —repuso—. De todas formas, los diputados no estamos acatando el edicto del zar.

—¿Qué sucederá?

—La mayoría de la gente cree que las manifestaciones se irán apagando en cuanto las autoridades consigan restablecer el suministro de pan —dijo Kérenski, y entró.

Grigori se preguntó qué hacía creer a los moderados que eso iba a suceder. Si las autoridades fueran capaces de restablecer el suministro de pan, ¿no lo habrían hecho ya, en lugar de racionarlo? Sin embargo, los moderados siempre parecían fiarse más de las esperanzas que de los hechos.

A primera hora de la tarde, Grigori se sorprendió al ver los rostros sonrientes de Katerina y Vladímir. Siempre pasaba el domingo con ellos, pero había supuesto que ese día no los vería. Para gran alivio de Grigori, el niño tenía muy buen aspecto y se lo veía feliz. Era evidente que se había recuperado de la infección. Hacía una temperatura lo suficientemente buena para que Katerina llevara el abrigo abierto, dejando ver su voluptuosa figura. Él deseó poder acariciarla. Ella le sonrió, y le hizo pensar en cómo le besaría la cara cuando estuvieran tumbados en la cama, y Grigori sintió una punzada de anhelo que le resultó casi insoportable. Detestaba perderse esos abrazos del domingo por la tarde.

—¿Cómo sabías que estaría aquí? —le preguntó.

—He acertado de casualidad.

—Me alegro de verte, pero es peligroso que estés en el centro de la ciudad.

Katerina miró a la marea de gente que paseaba por el parque.

—A mí me parece bastante seguro.

Grigori no podía discutírselo. No había indicio alguno de que fueran a producirse disturbios.

Madre e hijo se fueron a pasear por el lago helado. Grigori contuvo el aliento al ver a Vladímir dar unos pasitos y, casi de inmediato, caer al suelo. Katerina lo recogió, lo consoló y siguieron caminando. Se los veía muy vulnerables. ¿Qué sería de ellos?

Cuando regresaron, Katerina dijo que se llevaba a Vladímir a casa para que durmiera la siesta.

—Ve por calles secundarias —aconsejó Grigori—. Aléjate del gentío. No sé lo que podría pasar.

—De acuerdo.

—Prométemelo.

—Te lo prometo.

Grigori no vio ningún derramamiento de sangre ese día, pero en los barracones, por la noche, oyó contar una historia muy diferente a otros grupos. En la plaza Znamenskaia, los soldados habían recibido órdenes de disparar contra los manifestantes, y habían muerto cuarenta personas. Grigori sintió que una mano fría le aferraba el corazón. ¡Podrían haber matado a Katerina, caminando por la calle!

En el comedor había otros que también estaban indignados, y los sentimientos empezaron a exaltarse. Al percibir el ánimo de los hombres, Grigori se subió a una mesa y se hizo cargo de la situación, llamando al orden e invitando a los soldados a que hablaran por turnos. La cena se convirtió rápidamente en una asamblea masiva. Primero llamó a Isaak, que era muy conocido por ser la estrella del equipo de fútbol del regimiento.

—Yo me alisté en el ejército para matar alemanes, no rusos —dijo Isaak, y sus palabras fueron recibidas con un rugido de aprobación—. Los manifestantes son nuestros hermanos y nuestras hermanas, nuestras madres y nuestros padres… ¡y el único delito que han cometido es pedir pan!

Grigori conocía a todos los bolcheviques del regimiento y llamó a muchos de ellos para que hablaran, pero tuvo cuidado de señalar también a otros, para no parecer demasiado parcial. Normalmente, los hombres eran muy cautelosos a la hora de expresar sus opiniones por miedo a que sus comentarios llegaran a sus superiores y recibieran un castigo, pero ese día no parecía importarles.

El orador que causó más sensación fue Yákov, un hombre alto y con las espaldas de un oso. Subió a la mesa, junto a Grigori, con lágrimas en los ojos.

—Cuando nos han ordenado disparar, no he sabido qué hacer —dijo. Parecía incapaz de levantar la voz, y en la sala se hizo el silencio mientras los demás se esforzaban por oírlo—. Me he dicho: «Dios, por favor, guíame tú», y he escuchado la voz de mi corazón, pero Dios no me ha enviado ninguna respuesta. —Los hombres seguían guardando silencio—. He levantado el fusil —prosiguió—. El capitán gritaba: «¡Disparad! ¡Disparad!». Pero ¿a quién iba a disparar? En Galitzia sabíamos quiénes eran nuestros enemigos porque disparaban contra nosotros. Pero hoy, en la plaza, nadie nos estaba atacando. Casi toda aquella gente eran mujeres, algunas con niños. Ni siquiera los hombres iban armados.

Se quedó callado. Los soldados permanecían inmóviles, como estatuas; como si temieran que cualquier movimiento pudiera romper el hechizo. Al cabo de un momento, Isaak lo ayudó a seguir.

—¿Qué ha pasado entonces, Yákov Davídovich?

—He apretado el gatillo —confesó Yákov, y derramó unas lágrimas que se deslizaron hacia su poblada barba negra—. Ni siquiera he apuntado a ningún sitio. El capitán me gritaba y yo he disparado solo para que se callara, pero le he dado a una mujer. Una niña, en realidad, de unos diecinueve años, supongo. Llevaba un abrigo verde. Le he dado en el pecho, y la sangre le ha salpicado por todo el abrigo, rojo sobre verde. Entonces ha caído. —A esas alturas ya estaba llorando sin reservas y hablaba entre gimoteos—. He bajado el arma y he intentado acercarme para ayudarla, pero la gente se me ha tirado encima, dándome puñetazos y patadas, aunque yo casi no me daba ni cuenta. —Se enjugó la cara con la manga—. Ahora me he metido en un lío, porque he perdido el fusil. —Se produjo otra larga pausa—. Diecinueve —dijo—. Creo que no debía de tener más de diecinueve años.

Grigori no había advertido cuándo se había abierto la puerta, pero de repente el teniente Kirílov estaba allí.

—Baja de esa maldita mesa, Yákov —gritó, y miró a Grigori—. Tú también, Peshkov, alborotador. —Se volvió y les habló a los hombres que estaban sentados en los bancos que había a lo largo de las mesas de caballetes—. Regresad a los barracones —ordenó—. Todo el que siga sentado en esta sala dentro de un minuto será azotado.

Nadie se movió. Los hombres miraban al teniente con cara de mal humor. Grigori se preguntó si era así como empezaba un motín.

Sin embargo, Yákov estaba demasiado inmerso en su desgracia para darse cuenta del dramático momento que había creado; bajó torpemente de la mesa y la tensión se disipó. Algunos hombres de los que estaban más cerca de Kirílov se levantaron, sombríos pero asustados. Grigori permaneció de pie sobre la mesa unos instantes más, en actitud desafiante, pero sintió que sus compañeros no estaban lo bastante furiosos para volverse en contra de un oficial, así que al final también él bajó. Los soldados empezaron a salir del comedor. Kirílov se quedó donde estaba, fulminándolos a todos con la mirada.

Grigori volvió a los barracones y pronto sonó la señal de apagar las luces. Como sargento, él tenía el privilegio de dormir en una alcoba separada por cortinas al final del dormitorio de su pelotón. Desde allí oía a los hombres hablando en voz baja.

—No pienso disparar contra mujeres —decía uno.

—Ni yo.

—¡Si no lo hacéis, alguno de esos oficiales hijos de mala madre os disparará por desobediencia! —dijo una tercera voz.

—Pues apuntaré mal adrede —replicó otra voz.

—Podrían darse cuenta.

—Solo tienes que apuntar un poco por encima de las cabezas de la gente. Nadie puede estar seguro de lo que estás haciendo.

—Eso es lo que haré yo —dijo alguien más.

—Y yo.

—Y yo.

«Ya veremos», pensó Grigori mientras se quedaba dormido. Era fácil pronunciar palabras valientes en la oscuridad. La luz del día podía contar una historia muy diferente.

III

El lunes, el pelotón de Grigori recorrió la escasa distancia que había hasta el puente Liteini marchando por la avenida Samsonievski; tenían órdenes de impedir que los manifestantes cruzaran el río para dirigirse al centro de la ciudad. El puente tenía unos trescientos cincuenta metros de largo y descansaba sobre unos macizos pilares de piedra clavados en el río helado como si fueran rompehielos encallados.

Se trataba del mismo cometido que habían recibido el viernes, pero las órdenes eran distintas. Fue el teniente Kirílov quien informó a Grigori. Últimamente hablaba como si estuviera de perpetuo mal humor, y quizá así fuera: era probable que a los oficiales les disgustara tanto como a los soldados rasos tener que formar filas contra sus compatriotas.

—Ningún manifestante debe cruzar el río, ya sea por el puente o por el hielo, ¿entendido? Dispara a todo el que desacate las órdenes.

Grigori ocultó su desdén.

—¡Sí, excelencia! —dijo con presteza.

Kirílov repitió las órdenes y después desapareció. Grigori pensó que el teniente estaba asustado. No cabía duda de que temía que lo considerasen responsable de lo que sucediera, tanto si sus órdenes eran acatadas como si se contravenían.

Grigori no tenía intención de obedecer. Permitiría que los cabecillas de la marcha entablaran conversación con él mientras sus seguidores cruzaban el hielo, exactamente como había sucedido el viernes.

Sin embargo, a primera hora de la mañana un destacamento de la policía se unió a su pelotón. Grigori vio con horror que estaban comandados por su antiguo enemigo Mijaíl Pinski. Ese hombre no parecía estar sufriendo la escasez de pan: su cara redonda mostraba un aspecto más rollizo que nunca, y el uniforme de policía le quedaba estrecho y le tiraba en la barriga. Llevaba un megáfono. A ese adlátere suyo con cara de rata, Kozlov, no se lo veía por ninguna parte.

—Te conozco —le dijo Pinski a Grigori—. Tú trabajabas en la fábrica Putílov.

—Hasta que hiciste que me llamaran a filas —replicó él.

—Tu hermano es un asesino, pero se escapó a América.

—Eso es lo que tú dices.

—Nadie va a cruzar el río por aquí hoy.

—Ya veremos.

—Espero una cooperación total por parte de tus hombres, ¿entendido?

—¿No tienes miedo? —preguntó Grigori.

—¿De la chusma? No seas idiota.

—No, me refería al futuro. Imagina que los revolucionarios se salen con la suya. ¿Qué crees que harán contigo? Te has pasado la vida intimidando a los débiles, dando palizas a la gente, acosando a mujeres y aceptando sobornos. ¿No te da miedo que llegue el día de la represalia?

Pinski señaló a Grigori con un dedo enguantado.

—Pienso denunciarte por ser un maldito subversivo —dijo, y se alejó.

Grigori se encogió de hombros. A la policía ya no le resultaba tan fácil como antes detener a todo el que le apetecía. Isaak y otros podrían amotinarse si encarcelaban a Grigori, y los agentes de policía lo sabían.

El día empezó tranquilo, pero Grigori se dio cuenta de que había pocos trabajadores en las calles. Muchas fábricas habían cerrado porque no podían conseguir combustible para sus motores de vapor y sus hornos. Otras empresas estaban en huelga, sus empleados exigían más dinero para pagar unos precios inflados, o calefacción para los talleres gélidos, o barandillas de seguridad alrededor de la maquinaria peligrosa. Parecía que casi nadie fuese a ir a trabajar ese día. El sol, sin embargo, había salido con alegría y la gente no pensaba quedarse en casa. Claro que no; a media mañana Grigori vio a un gran gentío que avanzaba por la avenida Samsonievski: hombres y mujeres vestidos con característicos harapos de obreros industriales.

Grigori contaba con treinta hombres y dos cabos. Los había apostado en cuatro líneas de a ocho cortando la calle, bloqueando el extremo del puente. Pinski tenía más o menos la misma cantidad de hombres, la mitad a pie y la mitad a caballo, y él los dispuso a ambos lados de la calzada.

Grigori observaba con inquietud la marcha que se aproximaba. No podía predecir lo que sucedería. De haber estado solo, podría haber evitado la carnicería ofreciendo una resistencia puramente simbólica y luego dejando pasar a los manifestantes. Pero no sabía qué haría Pinski.

El gentío se acercaba. Había cientos de personas… no, miles. Eran hombres y mujeres vestidos con casacas azules y sobretodos rasgados, típicos de los trabajadores de las fábricas. La mayoría llevaban brazaletes o cintas rojas. Sus pancartas decían «Abajo el zar» y «Pan, paz y tierra». Grigori llegó a la conclusión de que aquello ya no era una mera protesta: se había convertido en un movimiento político.

A medida que los cabecillas se acercaban, sintió cómo el nerviosismo atenazaba a sus hombres, que aguardaban firmes.

Se adelantó para ir al encuentro de los manifestantes. A su cabeza, para sorpresa suya, iba Varia, la madre de Konstantín. Llevaba el pelo cano recogido con un pañuelo rojo y enarbolaba una bandera, roja también, atada a una gran vara.

—Hola, Grigori Serguéievich —dijo la mujer con afabilidad—. ¿Vas a dispararme?

—No, no voy a hacerlo —respondió él—. Pero no puedo hablar por la policía.

Aunque Varia se detuvo, los demás siguieron la marcha, empujados desde atrás por miles de personas más. Grigori oyó que Pinski ordenaba avanzar a su caballería. La policía montada, los llamados «faraones», era la sección más odiada del cuerpo. Iban armados con látigos y porras.

—Lo único que queremos es ganarnos la vida y dar de comer a nuestras familias. ¿No es eso lo que quieres tú también, Grigori? —preguntó Varia.

Los manifestantes no se enfrentaron a los soldados ni intentaron atravesar su formación para cruzar el puente. En lugar de eso, se estaban dispersando por los terraplenes que había a lado y lado. Los faraones de Pinski hacían avanzar nerviosamente a sus caballos por el camino de sirga intentando cerrar el paso hacia el hielo, pero no eran suficientes para formar una barrera continua. Sin embargo, ningún manifestante quería ser el primero en echar a correr hacia el río, y se produjo un momento de indecisión.

El teniente Pinski se llevó el megáfono a la boca.

—¡Háganse atrás! —gritó. El instrumento no era más que una pieza de hojalata en forma de cono, y solo conseguía amplificar un poco su voz—. No les está permitido entrar en el centro de la ciudad. Vuelvan a sus lugares de trabajo de manera ordenada. Es una orden de la policía. ¡Atrás!

Nadie se hizo atrás (la mayor parte de la gente ni siquiera pudo oírlo), pero los manifestantes empezaron a abuchearlo y a silbar. Desde el grueso de la muchedumbre, alguien lanzó una piedra que le dio a un caballo en la grupa. El animal se sobresaltó. El jinete, pillado por sorpresa, casi cayó al suelo. Furioso, volvió a enderezarse, tiró de las riendas y aguijó al caballo con su látigo. La muchedumbre se rió, lo cual enfureció más aún al policía montado, que aun así logró dominar a su caballo.

Un valiente manifestante aprovechó el momento de diversión, esquivó a uno de los faraones del terraplén y echó a correr por el hielo. Muchos otros, a ambos lados del puente, siguieron su ejemplo. Los faraones sacaron entonces los látigos y las porras, y empezaron a hacer avanzar y retroceder a sus caballos mientras arremetían contra la multitud. Varios manifestantes cayeron al suelo, pero algunos consiguieron pasar y otros se envalentonaron y decidieron intentarlo también. Al cabo de unos segundos, treinta personas o más corrían sobre el río helado.

Para Grigori era un desenlace feliz. Podría decir que había intentado hacer cumplir la prohibición, y que, de hecho, había impedido que la gente cruzara por el puente, pero que la cantidad de manifestantes era demasiado grande y había resultado imposible impedir que la gente cruzara el hielo.

Pinski no lo veía así.

Volvió su megáfono hacia los policías armados y gritó:

—¡Apunten!

—¡No! —exclamó Grigori, pero ya era demasiado tarde.

Los agentes adoptaron la posición de disparo, apoyados en una rodilla, y alzaron los fusiles. Los manifestantes que estaban al frente de la aglomeración intentaron retroceder, pero los miles que tenían detrás los empujaban hacia delante. Algunos corrieron en busca del río, haciendo frente a los faraones.

—¡Fuego! —gritó Pinski.

Se oyó el estruendo de los disparos, como si fueran fuegos de artificio, seguidos de gritos de pánico y chillidos de dolor a medida que los manifestantes caían muertos y heridos.

Grigori sintió que retrocedía doce años. Vio la plaza de delante del Palacio de Invierno, a cientos de hombres y mujeres rezando de rodillas, a los soldados con sus fusiles y a su madre tirada en el suelo mientras su sangre se esparcía sobre la nieve. Mentalmente, oyó al Lev de once años gritar: «¡Está muerta! ¡Mamá está muerta, mi madre está muerta!».

—No —dijo en voz alta—. No dejaré que vuelvan a hacerlo. —Quitó el seguro de su fusil Mosin-Nagant para liberar el cerrojo y después lo afianzó contra su hombro.

La muchedumbre gritaba y corría en todas direcciones, pisoteando a los caídos. Los faraones habían perdido el control de la situación y arremetían a diestro y siniestro. La policía disparaba indiscriminadamente a la multitud.

Grigori apuntó con mucho cuidado a Pinski, intentando darle hacia la mitad del cuerpo. No tenía muy buena puntería, y el policía se encontraba a unos cincuenta metros, pero tenía posibilidades de acertar. Apretó el gatillo.

Pinski siguió gritando por su megáfono.

Grigori había fallado. Bajó la mira (el fusil saltaba un poco hacia arriba al disparar) y volvió a apretar el gatillo.

De nuevo falló.

La matanza seguía, la policía disparaba indiscriminadamente contra una muchedumbre de hombres y mujeres que huían.

El fusil de Grigori tenía cinco cartuchos en el cargador, y él solía dar en el blanco con alguno de los cinco. Disparó una tercera vez.

Pinski profirió un grito de dolor que fue amplificado por el megáfono. Su rodilla derecha pareció doblarse bajo su peso. Tiró el megáfono y cayó al suelo.

Los hombres de Grigori siguieron su ejemplo. Atacaron a la policía, algunos disparando y otros utilizando los fusiles como porras. Los había que tiraban a los faraones de sus caballos. Los manifestantes se armaron de valor y se unieron a ellos. Algunos de los que estaban en el hielo dieron media vuelta y regresaron.

La furia de la turba era espantosa. Durante más tiempo del que nadie podía recordar, los policías de Petrogrado se habían comportado como bestias desdeñosas, indisciplinadas y descontroladas, y de pronto el pueblo se estaba cobrando su venganza. Los agentes que habían caído al suelo recibían patadas y pisotones, los que seguían de pie eran abatidos, y los faraones veían caer sus caballos a disparos. La policía resistió solo unos momentos más; después, los que pudieron huyeron.

Grigori vio a Pinski intentando ponerse en pie. Volvió a apuntar, impaciente por acabar con aquel malnacido, pero un faraón se cruzó en su línea de fuego, subió a Pinski a pulso sobre el cuello de su caballo y se alejó al galope.

Grigori se quedó plantado, mirando cómo huía la policía.

Se dio cuenta de que se había buscado el problema más grave de toda su vida.

Su pelotón se había amotinado. Contraviniendo directamente las órdenes que tenían, habían atacado a la policía, no a los manifestantes. Y él los había dirigido al disparar al teniente Pinski, que había sobrevivido para contar la historia. No tenía forma de encubrir lo que acababa de suceder, ninguna excusa que pudiera ofrecer cambiaría en nada la situación, no había modo de escapar del castigo. Era culpable de traición. Podían formarle un consejo de guerra y ejecutarlo.

A pesar de todo, se sentía feliz.

Varia se abrió camino entre el gentío. Tenía sangre en la cara, pero sonreía.

—¿Y ahora qué, sargento?

Grigori no pensaba resignarse a recibir su castigo. El zar estaba asesinando a su pueblo. Bueno, pues su pueblo contestaría disparando.

—A los barracones —dijo Grigori—. ¡Armaremos a la clase obrera! —Le arrebató a Varia la bandera roja—. ¡Seguidme!

Echó a andar de vuelta por la avenida Samsonievski con paso resuelto. Sus hombres lo siguieron, capitaneados por Isaak, y la multitud se les unió también. Grigori no estaba seguro de qué era lo que iba a hacer exactamente, pero no sentía la necesidad de tener ningún plan: marchaba a la cabeza del gentío con la sensación de que podía conseguir todo lo que se propusiera.

El centinela abrió las puertas de los barracones para los soldados, y después fue incapaz de cerrárselas a los manifestantes. Grigori, que se sentía invencible, encabezó la marcha por la plaza de armas hacia el arsenal. El teniente Kirílov salió del edificio del cuartel general, vio a toda aquella gente y, echando a correr, se enfrentó a ellos.

—¡Soldados! —gritó—. ¡Alto! ¡Deteneos ahí mismo!

Grigori desoyó sus órdenes.

Kirílov se quedó inmóvil y desenfundó su revólver.

—¡Alto! —dijo—. ¡Alto o disparo!

Dos o tres hombres del pelotón de Grigori levantaron sus fusiles y dispararon a Kirílov. Varias balas impactaron en él, que cayó al suelo, sangrando.

Grigori siguió andando.

El arsenal estaba protegido por dos centinelas. Ninguno de los dos intentó detenerlo. Los dos últimos cartuchos de su cargador le sirvieron para volar el cerrojo de las pesadas puertas de madera. La muchedumbre irrumpió en el arsenal, empujándose y dándose codazos para llegar a las armas. Algunos de los hombres de Grigori se hicieron con el mando de la situación, abrieron las cajas de madera de los fusiles y los revólveres y las fueron pasando junto con cajas de munición.

«Ya está —pensó Grigori—. Esto es una revolución.» Estaba pletórico y aterrorizado al mismo tiempo.

Se armó con dos de los revólveres Nagant que recibían los oficiales, recargó su fusil y se llenó los bolsillos de munición. No estaba muy seguro de qué era lo que pretendía hacer, pero ahora que era un criminal, necesitaba armas.

El resto de los soldados de los barracones se unieron al saqueo del arsenal, y pronto todo el mundo fue armado hasta los dientes.

Enarbolando la bandera roja de Varia, Grigori condujo a la multitud fuera de los barracones. Las manifestaciones siempre se dirigían al centro de la ciudad. Con Isaak, Yákov y Varia, marchó cruzando el puente hacia la avenida Liteini, en dirección al acomodado corazón de Petrogrado. Se sentía como si volara, o como si soñara; como si hubiera dado un enorme trago de vodka. Llevaba años hablando de desafiar a la autoridad del régimen, pero ese día lo estaba haciendo realidad, y eso le hacía sentirse un hombre nuevo, una criatura diferente, un ave del cielo. Recordó entonces las palabras del anciano que le había hablado después de que mataran a su madre. «Que tengas una larga vida —había dicho el hombre mientras Grigori se alejaba de la plaza del Palacio de Invierno con el cadáver de su madre en brazos—. Lo bastante larga para vengarte del zar, que tiene las manos manchadas de sangre por todos los crímenes que ha cometido hoy.» «Puede que tu deseo se haga realidad, anciano», pensó, exultante.

El 1.º de Artillería no era el único regimiento que se había amotinado esa mañana. Cuando Grigori llegó al otro lado del puente, su euforia fue mayor aún al ver que las calles estaban llenas de soldados con el gorro vuelto hacia atrás o el capote desabrochado, desafiando alegremente el reglamento. La mayoría lucían brazaletes rojos o cintas rojas en la solapa para distinguirse como revolucionarios. Coches requisados rugían al pasar, conducidos sin rumbo, con cañones de fusiles y bayonetas que asomaban por las ventanillas y chicas que reían en el regazo de los soldados que iban en el interior. Los piquetes y los controles del día anterior habían desaparecido. El pueblo había tomado las calles.

Grigori vio una bodega con el escaparate hecho añicos y la puerta echada abajo. Un soldado y una chica salieron de dentro con botellas en ambas manos, pisoteando los cristales rotos. Justo al lado, el propietario de una cafetería había sacado una mesa con platos de pescado ahumado y lonchas de embutidos, y estaba de pie junto a las viandas, luciendo una cinta roja en la solapa, sonriendo con nerviosismo e invitando a los soldados a que se sirvieran. Grigori se dio cuenta de que estaba intentando asegurarse de que nadie irrumpiera en su local y lo saqueara, como había sucedido con la bodega.

El ambiente festivo se intensificaba más aún a medida que se acercaban al centro. Había muchos que ya estaban bastante borrachos, aunque solo era mediodía. Las muchachas parecían contentas de besar a todo el que llevara un brazalete rojo, y Grigori vio a un soldado acariciando abiertamente los grandes pechos de una mujer madura sonriente. Algunas chicas se habían vestido con uniformes de soldado y caminaban con paso arrogante por las calles, con sus gorros y esas botas que les venían grandes, sintiéndose a todas luces liberadas.

Un reluciente Rolls-Royce llegó por la calle y la muchedumbre intentó detenerlo. El chófer pisó a fondo el pedal del gas, pero alguien abrió la portezuela y lo sacó del vehículo. La gente se empujaba para intentar subir al automóvil. Grigori vio al conde Maklakov, uno de los directores de la fábrica Putílov, salir peleándose del asiento de atrás. Grigori recordó lo extasiado que se mostró Maklakov con la princesa Bea el día que visitó la fábrica. La multitud abucheó al conde, pero no siguió acosándolo cuando se alejó a toda prisa, subiéndose el cuello de pieles para cubrirse las orejas. Nueve o diez personas se apretaron en su coche y alguien lo puso en marcha y tocó la bocina con alegría.

En la siguiente esquina, un grupito de gente atormentaba a un hombre alto ataviado con el sombrero de ala estrecha y el gastado abrigo de un profesional de clase media. Un soldado lo empujó con el extremo del cañón de su fusil, una anciana le escupió, un joven vestido con sobretodo obrero le lanzó un puñado de inmundicia.

—¡Déjenme pasar! —decía el hombre intentando sonar autoritario, pero los demás solo se reían.

Grigori reconoció la delgada figura de Kanin, supervisor de la sección de fundición de Putílov. Al hombre se le cayó el sombrero, y el joven vio que se había quedado calvo.

Se abrió paso entre la pequeña multitud.

—¡Este hombre no ha hecho ningún mal! —gritó—. Es ingeniero, yo antes trabajaba con él.

Kanin lo reconoció.

—Gracias, Grigori Serguéievich —dijo—. Solo estaba intentando llegar a casa de mi madre, para ver si se encuentra bien.

El sargento se volvió hacia la gente.

—Dejadlo pasar —dijo—. Yo respondo de él.

Vio a una mujer que llevaba un carrete de cinta roja (obtenido probablemente del saqueo de una mercería) y le pidió un largo. Ella cortó un poco con un par de tijeras y Grigori ató la cinta en la manga izquierda de Kanin. La multitud los jaleó.

—Ahora estarás seguro —le dijo Grigori.

Kanin le estrechó la mano y se alejó. Lo dejaron pasar.

El grupo de Grigori desembocó en la avenida Nevski, el amplio bulevar comercial que iba desde el Palacio de Invierno hasta la estación Nikoláievski. Estaba abarrotada de gente bebiendo de botellas, comiendo, besándose y disparando tiros al aire. Los restaurantes que estaban abiertos habían sacado carteles que decían «¡Comida gratis para los revolucionarios!» y «¡Comed lo que queráis, pagad lo que podáis!». Muchas tiendas habían sido saqueadas y los adoquines estaban cubiertos de añicos de cristal. Uno de los odiados tranvías (cuyos billetes eran demasiado caros para que pudieran montar en ellos los trabajadores) había quedado volcado en medio de la calle y alguien había estrellado un automóvil Renault contra él.

Grigori oyó un disparo de fusil, pero era uno entre muchos y por un segundo ni siquiera le prestó atención; pero entonces Varia, que estaba junto a él, se tambaleó y cayó al suelo. Grigori y Yákov se arrodillaron a lado y lado de ella. Parecía inconsciente. Volvieron el pesado cuerpo, no sin dificultades, y enseguida vieron que no habría forma de reanimarla: la bala le había entrado por la frente y sus ojos lucían una mirada fija perdida en la nada.

Grigori no se permitió sentir pena, ni por él mismo ni por el hijo de Varia, su mejor amigo, Konstantín. En el campo de batalla había aprendido a contraatacar primero y a llorar después. Sin embargo, ¿era aquello un campo de batalla? ¿Quién podía querer matar a Varia? Aun así, la herida había acertado en un lugar tan concreto que se hacía difícil creer que hubiera sido víctima de una bala perdida disparada al azar.

Su pregunta fue respondida un momento después. Yákov cayó fulminado, sangrando del pecho. Su pesado cuerpo se desplomó sobre los adoquines e hizo un ruido sordo.

Grigori se alejó de los dos cadáveres.

—Pero ¿qué…? —Se agachó hasta ir en cuclillas, para ser un blanco menos conspicuo, y enseguida miró en derredor buscando algún lugar donde resguardarse.

Oyó otro disparo, y un soldado que pasaba por allí con un pañuelo rojo atado en el gorro cayó al suelo aferrándose la barriga.

Había un francotirador y estaba apuntando a los revolucionarios.

Grigori corrió tres pasos y se lanzó tras el tranvía volcado.

Una mujer gritó, luego otra. La gente vio los cuerpos sangrantes y empezó a correr.

Grigori levantó la cabeza y barrió con la mirada los edificios que los rodeaban. El tirador tenía que ser un fusilero de la policía, pero ¿dónde estaba? Le había parecido que el chasquido del arma procedía del otro lado de la calle, a menos de una manzana de allí. Los edificios relucían bajo la luz de la tarde. Había un hotel, una joyería con las persianas de acero cerradas, un banco y una iglesia en la esquina. No veía ninguna ventana abierta, así que el francotirador tenía que estar apostado en un tejado. Ninguno de los tejados ofrecía un lugar donde estar a cubierto… salvo el de la iglesia, que era un edificio de piedra de estilo barroco con torres, pretiles y una cúpula de bulbo.

Se oyó otro disparo, y una mujer vestida con ropa de trabajadora de fábrica gritó y cayó llevándose una mano al hombro. Grigori estaba seguro de que el sonido había salido de la iglesia, pero no veía humo. Aquello debía de querer decir que la policía había equipado a sus tiradores con munición de pólvora sin humo. Sí que era una guerra.

Toda una manzana de la avenida Nevski se había quedado desierta.

Grigori apuntó su fusil hacia el pretil que discurría por todo lo alto de la pared lateral de la iglesia. Ese era el puesto de tiro que habría escogido él, desde donde se dominaba toda la calle. Observó con atención. Por el rabillo del ojo vio dos fusiles más que apuntaban en la misma dirección que el suyo, empuñados por soldados que estaban a cubierto por allí cerca.

Un soldado y una chica llegaron tambaleándose por la calle, borrachos los dos. La muchacha iba bailando una giga, con la falda del vestido levantada para enseñar las rodillas mientras su novio bailaba un vals a su alrededor, sosteniendo el fusil en el cuello como si tocara el violín. Los dos llevaban brazaletes rojos. Varias personas dirigieron gritos de advertencia a los juerguistas, pero ellos no los oyeron. Cuando, felizmente ajenos al peligro, pasaron por delante de la iglesia, resonaron dos disparos y el soldado y su chica fueron abatidos.

Tampoco esta vez vio Grigori ni una voluta de humo, pero de todas formas disparó con furia hacia el pretil, por encima del pórtico de la iglesia, y vació el cargador. Sus balas desportillaron la mampostería y levantaron nubecillas de polvo. Los otros dos fusiles restallaron, y Grigori vio que estaban disparando en la misma dirección que él, aunque no parecía que ninguno de ellos le hubiera dado a nada.

Era imposible, pensó Grigori mientras recargaba. Estaban disparando contra un blanco invisible. El tirador debía de estar tumbado en el suelo, bien apartado del borde para que ninguna parte de su arma tuviera que sobresalir entre los balaustres.

Pero había que detenerlo. Ya había matado a Varia, a Yákov, a dos soldados y a una chica inocente.

Solo había una forma de alcanzarlo, y era subir a aquel tejado.

Grigori volvió a disparar contra el pretil. Tal como esperaba, eso provocó que los otros dos soldados hicieran lo mismo. Suponiendo que el francotirador debía de haber bajado la cabeza unos segundos,

Grigori se levantó, abandonó el refugio del tranvía volcado y corrió hacia el otro lado de la calle, donde se apretó contra el escaparate de una librería: una de las pocas tiendas que todavía no habían sido saqueadas.

Sin salir de la sombra de tarde que proyectaban los edificios, avanzó por la acera en dirección a la iglesia. Una callejuela la separaba del banco que tenía al lado. Esperó pacientemente varios minutos hasta que el tiroteo empezó otra vez, y entonces cruzó la callejuela a todo correr y pegó la espalda al muro este de la iglesia.

¿Lo habría visto correr el tirador? ¿Imaginaría lo que estaba tramando? No había forma de saberlo.

Sin despegarse de la pared, rodeó la iglesia hasta llegar a una puertecilla. No estaba cerrada con llave. Se coló dentro.

Era una iglesia rica, fastuosamente decorada con mármoles amarillos, verdes y rojos. En ese momento no se estaba celebrando ningún oficio, pero había unos veinte o treinta fieles de pie o sentados con la cabeza gacha, rezando en privado sus oraciones. Grigori paseó la mirada por el interior en busca de una puerta que pudiera llevar a una escalera. Se apresuró por el pasillo central, con miedo a que más personas fueran asesinadas a cada minuto que él se retrasara.

Un sacerdote joven y de espectacular apostura, con el cabello negro y la piel muy blanca, vio el fusil de Grigori y abrió la boca para pronunciar una protesta, pero él no le prestó atención y pasó de largo.

En el vestíbulo descubrió una pequeña puerta de madera encajada en la pared. La abrió y vio una escalera de caracol que subía a lo alto. Detrás de él, una voz dijo:

—Detente ahí, hijo mío. ¿Qué estás haciendo?

Se volvió y vio al joven sacerdote.

—¿Esto lleva al tejado?

—Soy el padre Mijaíl. No puedes entrar con esa arma en la casa de Dios.

—Hay un francotirador en su tejado.

—¡Es un agente de policía!

—¿Lo sabía? —Grigori miró al sacerdote con incredulidad—. ¿Se da cuenta de que está matando a personas?

El sacerdote no contestó.

Grigori subió corriendo la escalera.

Un viento frío llegaba desde arriba. Era evidente que el padre Mijaíl estaba de parte de la policía. ¿Había alguna forma de que el sacerdote pudiera advertir al tirador? Ninguna, a menos que saliera corriendo a la calle y le hiciera señas... con lo que seguramente acabaría recibiendo un disparo.

Después de una larga ascensión casi a oscuras, Grigori vio otra puerta.

Cuando sus ojos quedaron a la altura del borde inferior del batiente, de modo que apenas sería un blanco visible, abrió unos centímetros con la mano izquierda, mientras con la derecha sostenía el fusil. La radiante luz del sol entró por la abertura. Abrió del todo.

No se veía a nadie.

Entornó los ojos para evitar que lo deslumbrara el sol y examinó el área que se veía por el pequeño rectángulo del vano. Estaba en el campanario. La puerta se abría hacia el sur. La avenida Nevski quedaba al norte de la iglesia. El francotirador se encontraba al otro lado; a menos que se hubiera desplazado para tenderle una emboscada.

Con cautela, Grigori subió un escalón, luego otro, y asomó la cabeza.

No sucedió nada.

Cruzó la puerta.

Bajo sus pies, el tejado descendía suavemente hacia un canalón que corría paralelo a un pretil decorativo. Unos tablones de enrejado de madera permitían a los obreros moverse por allí sin pisar las tejas. A su espalda, la torre se elevaba hasta lo alto del campanario.

Fusil en mano, la rodeó.

Al llegar a la primera esquina se encontró mirando al oeste, a lo largo de la avenida Nevski. En la clara luz de la tarde vio los Jardines de Alejandro y el Almirantazgo, al fondo. A media distancia, la avenida estaba concurrida, pero en aquel punto seguía vacía. El francotirador debía de estar trabajando aún.

Grigori aguzó el oído, pero no había tiros.

Siguió desplazándose sigilosamente alrededor de la torre hasta que pudo mirar por la siguiente esquina. Entonces vio todo el lado norte del tejado. Estaba convencido de que encontraría al francotirador allí, echado boca abajo, disparando entre los balaustres; pero no había nadie. Más allá del pretil veía la amplia calle de abajo y a la gente acurrucada en portales y tratando de pasar inadvertidos en las esquinas, esperando a ver qué sucedía.

Un momento después, el fusil del francotirador restalló otra vez.

Un grito que procedía de la avenida le dijo a Grigori que el hombre había dado en el blanco.

El disparo procedía de por encima de su cabeza.

Miró hacia arriba. El campanario estaba perforado por ventanas sin cristales y flanqueado por unas torrecillas abiertas, dispuestas diagonalmente en las esquinas. El tirador estaba escondido en algún sitio de allí arriba, disparando desde una de las numerosas aberturas que tenía a su disposición. Por suerte, Grigori no se había separado lo más mínimo de la pared, donde el hombre no tenía forma de verlo.

Volvió a entrar. En el confinado espacio del hueco de la escalera, su fusil resultaba grande y torpe. Lo dejó y desenfundó uno de sus revólveres. Por su peso, se dio cuenta de que estaba vacío. Renegó: cargar el Nagant M1895 era un proceso lento. Sacó una caja de cartuchos del bolsillo del capote de su uniforme e insertó siete, uno a uno, en la incómoda trampilla de carga del tambor. Después armó el martillo.

Dejando atrás el fusil, subió la escalera de caracol intentando no hacer ruido al pisar. Se movía a un ritmo lento y constante, no quería forzarse demasiado para que su respiración no se hiciera audible. Llevaba el arma en la mano derecha, apuntando hacia lo alto de la escalera.

Un momento después olió a humo.

El francotirador se estaba fumando un cigarrillo, pero el acre olor del tabaco ardiendo podía recorrer una larga distancia, y Grigori no podía estar seguro de a cuánto estaba el hombre.

Por delante y por encima de él veía reflejos de la luz del sol. Se arrastró hacia arriba, preparado para abrir fuego. La luz entraba por una ventana sin cristal. El francotirador no estaba allí.

Grigori siguió subiendo y volvió a ver luz. El olor del humo se hizo más intenso. ¿Eran imaginaciones suyas o sentía la presencia del tirador un poco más adelante en la curva de la escalera? Y, en tal caso, ¿lo habría percibido el hombre a él?

Oyó una brusca inspiración y se sobresaltó tanto que estuvo a punto de apretar el gatillo. Entonces se dio cuenta de que era el ruido que hacía el tirador al dar una calada. Un momento después oyó el sonido más suave, más satisfecho, de la espiración del fumador.

Titubeó. No sabía hacia dónde estaba mirando el francotirador ni hacia dónde apuntaba su arma. Quería oír un disparo del fusil otra vez, ya que eso le confirmaría que la atención del hombre estaba puesta en la calle.

Esperar podía significar otra muerte, otro Yákov u otra Varia sangrando sobre los fríos adoquines. Por otra parte, si Grigori fallaba, ¿cuántas personas más serían abatidas esa tarde?

Se obligó a tener paciencia. Era como encontrarse en el campo de batalla. No se apresuraba uno a salvar a un camarada herido, sacrificando así su vida. Solo se arriesgaba algo cuando los motivos eran aplastantes.

Oyó otra calada, seguida de una larga exhalación, y un momento después una colilla de cigarrillo aplastada cayó escalera abajo, rebotando en la pared y aterrizando a sus pies. Se oyó el ruido de alguien que cambiaba de postura en un espacio reducido. Entonces Grigori percibió unos tenues murmullos cuyas palabras sonaban sobre todo a imprecaciones:

—Cerdos... revolucionarios... judíos apestosos... fulanas infecciosas... retrasados... —El francotirador se estaba preparando para matar otra vez.

Si Grigori lograba detenerlo, salvaría al menos una vida.

Subió un escalón.

El hombre seguía mascullando:

—Ganado... eslavos... ladrones y criminales... —La voz le resultaba vagamente familiar, y Grigori se preguntó si sería alguien a quien ya conocía.

Otro escalón, y entonces vio los pies del hombre, calzados en unas botas de cuero negras, nuevas y relucientes, con la insignia de la policía. Eran unos pies pequeños: el tirador era un hombre minúsculo. Estaba apoyado en una rodilla, la posición más estable para disparar. Grigori vio entonces que se había apostado en el interior de una de las torrecillas de las esquinas, de modo que podía apuntar hacia tres direcciones diferentes.

«Un escalón más —pensó Grigori— y podré matarlo de un tiro.»

Subió otro escalón, pero los nervios le hicieron trastabillar. Tropezó, se cayó y perdió el arma. Al caer, resonó en la piedra.

El francotirador, sobresaltado, profirió una maldición en voz alta y se volvió a mirar.

Sorprendido, Grigori reconoció al compañero de Pinski, Ilia Kozlov.

Grigori quiso recuperar su revólver, pero no lo consiguió. Cayó más aún escalera abajo, con una lentitud agonizante, de escalón en escalón, hasta que se detuvo donde no podría alcanzarlo.

Kozlov hizo amago de volverse, pero no podía hacerlo muy deprisa, arrodillado como estaba.

Grigori recuperó el equilibrio y subió otro escalón.

Kozlov intentó dar media vuelta con su fusil. Era el Mosin-Nagant reglamentario, pero con una mira telescópica añadida. Medía más de un metro, aun sin la bayoneta, y el hombre no logró recolocarlo lo bastante deprisa. Moviéndose con rapidez, Grigori se acercó tanto que el cañón del fusil le golpeó en el hombro izquierdo. Kozlov apretó el gatillo en vano, y la bala rebotó en la curvada pared interior del hueco de la escalera.

Kozlov se puso en pie de un salto, con una agilidad sorprendente. Tenía la cabeza pequeña, una cara mezquina, y una parte de la mente de Grigori le dijo que se había hecho francotirador para vengarse de todos esos niños más altos, y niñas también, que siempre lo habían empujado.

Grigori asió el fusil con ambas manos, y los dos hombres lucharon por hacerse con él, cara a cara en el estrecho espacio de la pequeña torrecilla, junto a la ventana sin cristal. Grigori oyó unos gritos exaltados y se dio cuenta de que la gente de la calle debía de estar viéndolos.

Él era más grande y más fuerte, y sabía que conseguiría hacerse con el arma. Kozlov también lo comprendió y de pronto soltó el fusil. Grigori se tambaleó hacia atrás. Veloz como el rayo, el policía sacó su corta porra de madera, arremetió contra el soldado y le golpeó en la cabeza. Por un momento, Grigori vio las estrellas. También vio, como entre niebla, que Kozlov volvía a alzar la porra. Levantó el fusil y la porra se estrelló contra el cañón. Antes de que el policía pudiera atacar de nuevo, Grigori soltó el arma, agarró a Kozlov con ambas manos por la parte delantera del abrigo y lo levantó.

El hombre era pequeño y pesaba poco. Grigori lo alzó del suelo un momento. Después, con todas sus fuerzas, lo arrojó por la ventana.

Kozlov pareció caer por el aire muy despacio. La luz del sol hacía resaltar las vueltas verdes de su uniforme mientras sobrepasaba el pretil del tejado de la iglesia. Un largo grito de puro terror resonó en el silencio. Después se estrelló contra el suelo con un golpe sordo que se oyó incluso desde el campanario, y el grito quedó bruscamente interrumpido.

Tras un momento de silencio, estallaron los vítores.

Grigori se dio cuenta de que la gente lo aclamaba a él. Habían visto el uniforme de la policía en el suelo y el uniforme del ejército en la torrecilla, y habían comprendido lo que acababa de suceder. Mientras miraba hacia abajo, la gente salía de los portales y de las esquinas y se quedaba de pie en la calle, dirigiendo la vista hacia arriba, hacia él, gritando y aplaudiendo. Era un héroe.

No se sentía cómodo con ello. Había matado a muchos hombres en la guerra y ya no sufría aprensión, pero de todas formas le resultaba difícil celebrar una muerte más, por mucho que Kozlov hubiese merecido morir. Se quedó allí unos instantes, dejando que lo aplaudieran, aunque se sentía a disgusto. Después volvió a esconderse dentro y bajó la escalera de caracol.

Recogió su revólver y su fusil al bajar. Cuando salió a la iglesia, el padre Mijaíl lo estaba esperando con cara de miedo. Grigori lo apuntó con el revólver.

—Debería dispararle —dijo—. Ese francotirador al que ha permitido subir a su tejado ha matado a dos amigos míos y por lo menos a tres personas más, y usted es un demonio asesino por dejar que lo hiciera.

El sacerdote se sobresaltó tanto al oír que lo llamaban demonio que se quedó sin palabras, pero Grigori no encontró valor para disparar a un civil desarmado, así que masculló algo con repugnancia y salió a la calle.

Los hombres de su pelotón lo estaban esperando y rugieron con entusiasmo cuando apareció a la luz del sol. No pudo evitar que lo subieran a hombros y se lo llevaran en procesión.

Desde ese elevado punto de vista, vio que el ambiente de la calle había cambiado. La gente estaba más borracha, y en cada manzana había una o dos personas inconscientes tiradas en algún portal. Se asombró al ver a hombres y mujeres que iban mucho más allá de un simple beso en los callejones. Todo el mundo iba armado: estaba claro que la turba había saqueado otros arsenales, y puede que también fábricas de armamento. En todos los cruces había coches estrellados, algunos con ambulancias y médicos atendiendo a los heridos. Tanto niños como adultos recorrían las calles, y los más pequeños se lo estaban pasando especialmente bien, robando comida, fumando cigarrillos y jugando en los automóviles abandonados.

Grigori vio una tienda de pieles saqueada con una eficiencia que parecía profesional, y reconoció a Trofim, un antiguo socio de Lev, sacando abrigos de la tienda a brazadas y cargándolos en una carretilla mientras otro compinche de Lev, el policía corrupto Fiódor, vestido ese día con un sobretodo de campesino para ocultar su uniforme, supervisaba su trabajo. Los criminales de la ciudad veían la revolución como una oportunidad de negocio.

Al cabo de un rato, los hombres de Grigori lo dejaron en el suelo. La luz de la tarde se iba desvaneciendo, en la calle se habían encendido muchas hogueras. La gente se reunía a su alrededor a beber y cantar canciones.

Grigori se sintió abatido al ver a un niño de unos diez años quitándole la pistola a un soldado que había quedado inconsciente. Era una Luger P08 de cañón largo semiautomática, un arma con las que pertrechaban a las unidades de artillería del ejército alemán: aquel soldado debía de habérsela robado a un prisionero en el frente. El niño la sostuvo con ambas manos, sonriendo, y apuntó con ella al hombre que estaba en el suelo. Cuando Grigori se movió para quitarle la pistola, el niño apretó el gatillo y una bala se hundió en el pecho del soldado borracho. El pequeño gritó, pero, espantado como estaba, mantuvo el gatillo apretado, de manera que la pistola semiautomática siguió disparando. El retroceso del arma hizo que el chico levantara los brazos y que las balas se dispersaran. Le dio a una anciana y a otro soldado, hasta que el cargador de ocho disparos quedó vacío. Entonces bajó el arma.

Antes de que Grigori pudiera reaccionar a ese horror, oyó otro grito y giró en redondo. En el portal de una sombrerería cerrada, una pareja estaba realizando el acto sexual. La mujer tenía la espalda contra la pared y la falda levantada hasta la cintura, las piernas muy separadas y los pies, calzados en botas, plantados con firmeza en el suelo. El hombre, que vestía un uniforme de cabo, estaba entre las piernas de ella, las rodillas dobladas, los pantalones desabrochados, embistiéndola. El pelotón de Grigori se había reunido a su alrededor para animarlos.

El hombre pareció llegar al clímax. Se retiró enseguida, se volvió y se abrochó la bragueta mientras la mujer se bajaba la falda.

—Espera un momento… ¡Ahora me toca a mí! —dijo un soldado llamado Ígor. Le levantó la falda a la mujer y dejó ver sus piernas blancas.

Los demás lo jalearon.

—¡No! —gritó la mujer, e intentó quitárselo de encima. Estaba borracha, pero no indefensa.

Ígor era un hombre bajo y enjuto, pero con una fuerza sorprendente. La empujó contra la pared y la agarró de las muñecas.

—Venga —le dijo—. Todos los soldados son igual de buenos.

La mujer se resistió, pero otros dos la asieron con fuerza y la inmovilizaron.

—¡Eh, dejadla en paz! —dijo su primer compañero.

—Tú ya has tenido lo tuyo, ahora me toca a mí —dijo Ígor, desabrochándose los pantalones.

Grigori sintió repugnancia al ver esa escena.

—¡Parad! —gritó.

Ígor le dirigió una mirada desafiante.

—¿Me estás dando una orden como oficial, Grigori Serguéievich?

—No como oficial... ¡como ser humano! —dijo Grigori—. Vamos, Ígor, ya ves que la chica no quiere estar contigo. Hay muchas otras mujeres.

—Yo quiero a esta. —Ígor miró alrededor—. Todos queremos a esta, ¿verdad, chicos?

Grigori dio un paso al frente y puso los brazos en jarras.

—¿Sois hombres, o perros? —vociferó—. ¡Esta mujer ha dicho que no! —Le pasó un brazo por los hombros a Ígor, que estaba furioso—. Dime una cosa, camarada, ¿hay algún sitio por aquí donde un hombre pueda echarse un trago?

Ígor sonrió con malicia, los soldados vitorearon y la mujer se escabulló.

—Veo un hotelito al otro lado de la calle. ¿Por qué no le preguntamos al propietario si, por casualidad, le queda algo de vodka? —propuso Grigori.

Los hombres volvieron a aclamarlo, y entraron todos en el hotel.

En el vestíbulo, el espantado propietario estaba sirviendo cerveza gratis. Grigori pensó que era listo. Los hombres tardaban más en beber cerveza que vodka, y era menos probable que se pusieran violentos.

Aceptó un vaso y bebió un buen trago. Su euforia se había esfumado. Se sentía como si hubiera estado ebrio y de pronto hubiese recuperado la sobriedad. El incidente con la mujer del portal lo había consternado, y lo del chiquillo disparando la pistola semiautomática había sido espantoso. La revolución no era cuestión simplemente de liberarse de las cadenas. Armar a la gente conllevaba peligros. Dejar que los soldados requisaran los coches de la burguesía era casi igual de mortífero. Incluso la libertad aparentemente inofensiva de besar a quien uno quisiera había desembocado, en cuestión de horas, en la intentona del pelotón de Grigori de cometer una violación en grupo.

Aquello no podía continuar así.

Tenía que imponerse el orden. Grigori no quería regresar a los viejos tiempos, desde luego. El zar les había dado colas para conseguir pan, una policía cruenta y soldados sin botas. Pero tenía que existir una libertad sin caos.

El sargento masculló como excusa que tenía que ir a mear y se alejó de sus hombres. Regresó caminando por donde había venido, a lo largo de la avenida Nevski. Ese día, el pueblo había ganado la batalla. Los oficiales de la policía y el ejército del zar habían sido derrotados. Sin embargo, si eso solo conducía a una orgía de violencia, no pasaría mucho tiempo antes de que la gente clamara por la restauración del antiguo régimen.

¿Quién estaba al mando? La Duma había desafiado al zar y se había negado a disolverse, según le había explicado Kérenski a Grigori el día anterior. Era un Parlamento prácticamente impotente, pero al menos simbolizaba la democracia. Grigori decidió dirigirse al Palacio de Táurida a ver si allí sucedía algo.

Caminó hacia el norte en dirección al río y luego al este, hacia los Jardines de Táurida. La noche había caído ya cuando llegó. La fachada clásica del palacio contenía decenas de ventanas, y en todas ellas había luz. Varios miles de personas habían tenido la misma idea que Grigori, y el amplio patio de la entrada estaba abarrotado de soldados y trabajadores.

Un hombre con un megáfono estaba haciendo un anuncio, y lo repetía sin cesar. Grigori se abrió paso hasta el frente para poder oírlo.

—El Grupo de Obreros de la Comisión de Industrias de Guerra ha sido liberado de la cárcel de Krestí —voceaba el hombre.

Grigori no estaba muy seguro de quiénes eran esos, pero el nombre le sonaba bien.

—Junto con otros camaradas, han formado el Comité Ejecutivo Provisional del Sóviet de Diputados Obreros.

A Grigori le gustó la idea. Un sóviet era un consejo de representantes. Ya había existido uno en San Petersburgo en 1905, cuando él no tenía más que dieciséis años, pero sabía que aquel sóviet había sido votado por obreros de las fábricas y que había organizado huelgas. Había contado con un líder carismático, León Trotski, exiliado desde entonces.

—Todo ello será anunciado oficialmente en una edición especial del periódico *Izvestiia*. El Comité Ejecutivo ha formado una Comisión de Suministro de Alimentos para garantizar que los obreros y los soldados tengan qué comer. También ha creado una Comisión Militar para defender la revolución.

No mencionó a la Duma para nada. La muchedumbre lo vitoreaba, pero Grigori se preguntó si los soldados aceptarían órdenes de una Comisión Militar autoerigida. ¿Qué democracia era esa?

Su pregunta fue respondida por la frase final del anuncio:

—¡El comité exhorta a obreros y soldados a escoger representantes para el Sóviet lo antes posible, y que los envíen aquí, al palacio, para que participen en el nuevo gobierno revolucionario!

Eso era lo que quería oír. El nuevo gobierno revolucionario: un sóviet de obreros y soldados. Así sí que habría cambio sin caos. Embargado de entusiasmo, salió del patio y regresó a los barracones. Tarde o temprano, los hombres volverían a la cama. Estaba impaciente por explicarles las novedades.

Y entonces, por primera vez, celebrarían unas elecciones.

IV

A la mañana siguiente, el 1.er Regimiento de Artillería se reunió en la plaza de armas para elegir a su representante al Sóviet de Petrogrado. Isaak propuso al sargento Grigori Peshkov.

Fue elegido por unanimidad.

Grigori se sintió satisfecho. Sabía cómo era la vida de los soldados y los obreros, y llevaría el olor de la grasa de las máquinas de la vida real hasta los pasillos del poder. Jamás olvidaría sus raíces ni se pondría un sombrero de copa. Se aseguraría de que la agitación condujera a mejoras, y no a una violencia aleatoria. Esta vez sí que tenía una posibilidad real de conseguir una vida mejor para Katerina y Vladímir.

Cruzó el puente Liteini a paso rápido, solo en esta ocasión, y se dirigió al Palacio de Táurida. Su prioridad más acuciante debía ser el pan. Katerina, Vladímir y los otros dos millones y medio de habitantes de Petrogrado tenían que comer. En ese momento, al asumir su responsabilidad —al menos en su imaginación—, empezó a sentirse arredrado. Los campesinos y los molineros del campo debían enviar más harina a los panaderos de Petrogrado inmediatamente; pero no lo harían a menos que se les pagara. ¿Cómo iba a garantizar el Sóviet que hubiese suficiente dinero? Empezó a preguntarse si derrocar al gobierno no habría sido más que la parte fácil.

El palacio contaba con una fachada central alargada y dos alas. Grigori descubrió que tanto la Duma como el Sóviet tenían sesión. Muy apropiadamente, la Duma (el antiguo Parlamento de la clase media) se encontraba en el ala derecha, mientras que el Sóviet ocupaba la izquierda. Pero ¿quién estaba al mando? Nadie lo sabía. Eso era lo primero que tendría que resolverse, pensó Grigori con impaciencia, antes de que pudieran empezar a ocuparse de los problemas reales.

En los escalones del palacio, Grigori reconoció la silueta enjuta y la espesa mata de pelo negro de Konstantín. Se sobresaltó al darse cuenta de que ni siquiera había intentado explicarle a su amigo la muerte de Varia, su madre, pero enseguida vio que él ya lo sabía. Además de su brazalete rojo, Konstantín llevaba un pañuelo negro atado alrededor del sombrero.

Grigori le dio un abrazo.

—Vi cómo pasó —dijo.

—¿Fuiste tú el que mató al francotirador de la policía?

—Sí.

—Gracias. Pero su verdadera venganza será la revolución.

Konstantín había sido elegido como uno de los dos diputados de la fábrica Putílov. A lo largo de la tarde, cada vez fueron llegando más representantes hasta que, más o menos al caer el sol, eran tres mil los que se apretaban en la enorme Sala de Catalina. Casi todos ellos eran soldados. Las tropas ya estaban organizadas en regimientos y pelotones, y Grigori supuso que a ellos les había resultado más sencillo celebrar elecciones que a los obreros de las fábricas, a muchos de los cuales ni siquiera se les permitía acceder a su lugar de trabajo. Algunos diputados habían sido elegidos por varias decenas de personas, otros por miles. La democracia no era tan sencilla como parecía.

Unos cuantos propusieron que debían cambiar su nombre por el de Sóviet de Diputados Obreros y Soldados de Petrogrado, y la idea fue aprobada por un atronador aplauso. No había orden del día, no se presentaban ni se secundaban mociones, no había mecanismo de voto. La gente simplemente se ponía en pie y hablaba, a menudo más de uno a la vez. En el estrado, muchos hombres con un sospechoso aspecto de clase media tomaban notas; Grigori supuso que serían los miembros del comité ejecutivo formado el día anterior. Al menos alguien estaba dejando constancia de todo.

A pesar de ese preocupante caos, reinaba un entusiasmo formidable. Todos ellos sentían que habían librado una batalla y la habían ganado. Para bien o para mal, estaban construyendo un mundo nuevo.

Sin embargo, nadie hablaba del pan. Frustrados por la inactividad del Sóviet, Grigori y Konstantín salieron de la Sala de Catalina durante un momento especialmente caótico y cruzaron todo el palacio para ver qué se debatía en la Duma. Por el camino vieron tropas con brazaletes rojos haciendo acopio de provisiones y munición en el pasillo, como si se prepararan para un sitio. «Desde luego —pensó Grigori—, el zar no va a aceptar sin más lo que ha sucedido. En algún momento intentará recuperar el control por la fuerza.» Y eso suponía que atacaría ese edificio.

En el ala derecha se encontraron con el conde Maklakov, uno de los directores de la fábrica Putílov. Era delegado de un partido de centro derecha, pero se dirigió a ellos hablando con bastante educación. Les dijo que se había formado otro comité, el Comité Provisional de Miembros de la Duma para la Restauración del Orden en la Capital y el Establecimiento de Relaciones con Individuos e Instituciones. A pesar de su absurdo título, Grigori tenía la sensación de que era un funesto intento de la Duma por recuperar el control. Se preocupó más aún cuando Maklakov le dijo que el comité había nombrado al coronel Engelhardt como comandante militar de Petrogrado.

—Sí —dijo Maklakov con satisfacción—. Y han ordenado a todos los soldados que regresen a sus barracones y esperen instrucciones.

—¿Qué? —Grigori estaba atónito—. Pero eso acabará con la revolución. ¡Los oficiales del zar se harán de nuevo con el control!

—Los miembros de la Duma no creen que haya ninguna revolución.

—Los miembros de la Duma son unos idiotas —replicó Grigori con enfado.

Maklakov levantó la nariz en un gesto altanero y se marchó.

Konstantín compartía la furia de su amigo.

—¡Esto es una contrarrevolución! —exclamó.

—Y hay que detenerla —contestó Grigori.

Corrieron de vuelta al ala izquierda. En la gran sala, un presidente intentaba poner orden en el debate. Grigori subió de un salto al estrado.

—¡Tengo un anuncio de emergencia que hacer! —gritó.

—Igual que todo el mundo —dijo el presidente con hastío—. Pero ¡qué diablos!, adelante.

—La Duma está ordenando a los soldados que regresen a los barracones… ¡y acepten la autoridad de sus oficiales!

Un grito de protesta se alzó de entre los delegados.

—¡Camaradas! —gritó Grigori, intentando acallarlos—. ¡No vamos a volver a lo de antes!

Los presentes rugieron de asentimiento.

—El pueblo de esta ciudad debe tener pan. Nuestras mujeres deben sentirse seguras en las calles. Las fábricas deben reabrir y los molinos deben girar… pero no como lo hacían en el pasado.

Esta vez le prestaban más atención, sin saber muy bien adónde quería ir a parar.

—Los soldados debemos dejar de apalear a la burguesía, no seguir acosando a las mujeres en las calles y poner fin a los saqueos de las bodegas. Debemos regresar a nuestros barracones, recuperar la sobriedad y volver a asumir nuestros deberes, pero… —hizo una pausa teatral—… ¡con nuestras propias condiciones!

Se oyó un murmullo de aquiescencia.

—Y ¿qué condiciones serán esas?

—¡Comités electos para dar las órdenes, en lugar de oficiales! —gritó alguien.

—Se acabó lo de «excelencia» e «ilustrísima», habría que llamarlos «coronel» y «general» —dijo otro.

—¡Y nada de saludos! —gritó alguien más.

Grigori no sabía qué hacer. Todo el mundo tenía algo que proponer. Él no podía oír todas las sugerencias, y menos aún recordarlas.

El presidente acudió en su auxilio.

—Propongo que todo el que tenga alguna idea forme un grupo con el camarada Sokolov. —Grigori sabía que Nikolái Sokolov era un abogado de izquierdas. «Eso está bien», pensó. Necesitaban a alguien que redactara sus propuestas en términos legales correctos. El presidente siguió hablando—: Cuando os hayáis puesto de acuerdo sobre lo que queréis, traed vuestra propuesta al Sóviet para que sea aprobada.

—Bien. —Grigori bajó del estrado de un salto.

Sokolov estaba sentado a una mesa pequeña en un lateral de la sala. Grigori y Konstantín se le acercaron junto con una docena de diputados o más.

—Muy bien —dijo el abogado—. ¿A quién va dirigido el documento?

Grigori volvió a quedarse perplejo. Estuvo a punto de decir: «Al mundo», pero un soldado se le adelantó:

—A la guarnición de Petrogrado.

—Y a todos los soldados de la guardia, el ejército y la artillería —dijo otro.

—Y de la marina de guerra —añadió alguien más.

—Muy bien —dijo Sokolov, tomando nota—. Para su ejecución exacta e inmediata, supongo.

—Sí.

—Y ¿que sean informados también los obreros de Petrogrado?

Grigori empezó a impacientarse.

—Sí, sí —dijo—. Bueno, ¿quién había propuesto comités electos?

—He sido yo —dijo un soldado con bigote gris. Estaba sentado en el borde de la mesa, directamente delante de Sokolov. Como si le estuviera dictando, declaró—: Todas las tropas deberán organizar comités con sus representantes electos.

Sokolov, escribiendo aún, añadió:

—En todas las compañías, batallones, regimientos…

—Almacenes, baterías, escuadrones, buques de guerra…

—Todos los que no hayan elegido aún a sus diputados, deben hacerlo —dijo el del bigote gris.

—Bien —intervino Grigori con impaciencia—. Veamos. Todo tipo de armamento, inclusive los carros blindados, quedan bajo el control de los comités de batallones y compañías, no de los oficiales.

Varios de los soldados expresaron su acuerdo.

—Muy bien —dijo Sokolov.

—Toda unidad militar está subordinada al Sóviet de Diputados Obreros y Soldados y a sus comités —siguió dictando Grigori.

Por primera vez, el abogado alzó la mirada.

—Eso querría decir que el Sóviet controla el ejército.

—Sí —repuso Grigori—. Las órdenes de la comisión militar de la Duma se seguirán solo cuando no contradigan las decisiones del Sóviet.

Sokolov no apartaba la mirada de Grigori.

—Eso deja a la Duma tan impotente como siempre. Antes estaba sujeta a los caprichos del zar. Ahora, toda decisión requerirá la aprobación del Sóviet.

—Exacto —convino Grigori.

—De modo que es la cámara suprema.

—Escribe eso.

Sokolov lo escribió.

—Se prohíbe a los oficiales que sean maleducados con los demás rangos —dijo alguien.

—Está bien —dijo Sokolov.

—Y no deben dirigirse a nosotros llamándonos *tyi*, como si fuéramos animales o niños.

A Grigori esas cláusulas le parecían triviales.

—El documento necesita un título —intervino.

—¿Qué propones? —preguntó el abogado.

—¿Cómo has titulado órdenes anteriores promulgadas por el Sóviet?

—No existen órdenes anteriores —dijo Sokolov—. Esta es la primera.

—Pues que así sea —dijo Grigori—. Llamémosla «Orden Número Uno».

V

Grigori sintió una inmensa satisfacción al aprobar su primera norma legislativa como representante electo. En el transcurso de los dos días siguientes hubo muchas más, y él se vio profundamente inmerso en el laborioso trabajo de formar un gobierno revolucionario. Sin embargo, no dejaba de pensar en Katerina y Vladímir ni un solo momento, y el martes por la noche por fin tuvo ocasión de escaparse e ir a ver cómo se encontraban.

Un mal presentimiento pesaba en su corazón mientras caminaba hacia los barrios periféricos del sudoeste. Katerina le había prometido que no se acercaría a los altercados, pero las mujeres de Petrogrado creían que aquella revolución era tan suya como de los hombres. Al fin y al cabo, había estallado el Día Internacional de la Mujer. No era nada nuevo. La madre de Grigori había muerto en la revolución fallida de 1905. Si Katerina hubiera decidido ir al centro de la ciudad con Vladímir apoyado en la cadera para ver lo que sucedía, no habría sido la única madre en hacer lo mismo. Y muchas personas inocentes habían muerto: por un disparo de la policía, pisoteadas por la turba, atropelladas por soldados borrachos en coches requisados o abatidas por balas perdidas. Al entrar en la vieja casa, temió que uno de los inquilinos lo recibiera con cara solemne y lágrimas en los ojos, y que le dijera: «Ha sucedido algo terrible».

Subió la escalera, llamó a la puerta de Katerina y entró. La muchacha se levantó enseguida de la silla y se lanzó a sus brazos.

—¡Estás vivo! —exclamó. Lo besó con ansia—. ¡Estaba preocupadísima! No sé qué haríamos sin ti.

—Siento no haber podido venir antes —dijo Grigori—. Pero es que soy delegado del Sóviet.

—¡Delegado! —Katerina resplandecía de orgullo—. ¡Mi marido! —Lo abrazó.

Grigori se dio cuenta de que la había impresionado de verdad. Era algo que nunca había conseguido.

—Un delegado no es más que un representante de la gente que lo ha elegido —replicó con modestia.

—Pero siempre escogen a los más listos y los más dignos de confianza.

—Bueno, lo intentan.

La habitación estaba pobremente iluminada por una lámpara de aceite. Grigori dejó un paquete en la mesa. Con su nuevo estatus no le había sido difícil conseguir comida de la cocina de los barracones.

—Ahí dentro también tienes algunas cerillas y una manta —dijo.

—¡Gracias!

—Espero que te hayas quedado en casa todo lo que hayas podido. Todavía es peligroso andar por la calle. Algunos estamos organizando una revolución, pero hay otros que simplemente se han vuelto locos.

—Casi no he salido. Estaba esperando noticias tuyas.

—¿Cómo está nuestro chiquillo? —Vladímir dormía en el rincón.

—Echa de menos a su papá.

Se refería a Grigori. No había sido deseo suyo que Vladímir lo llamara «papá», pero había aceptado el capricho de Katerina. No era muy probable que ninguno de ellos volviera a ver a Lev (hacía casi tres años que no tenían noticias suyas), así que el niño nunca sabría la verdad, y quizá fuera lo mejor.

—Siento que esté dormido. Le encanta verte —dijo Katerina.

—Hablaré con él por la mañana.

—¿Puedes quedarte a pasar la noche? ¡Qué maravilla!

Grigori se sentó y Katerina se arrodilló ante él y le quitó las botas.

—Pareces cansado —le dijo.

—Lo estoy.

—Vamos a acostarnos. Ya es tarde.

Empezó a desabrocharle la guerrera y él se reclinó en la silla para dejarse hacer.

—El general Jabálov se está ocultando en el Almirantazgo —comentó—. Nos temíamos que pudiera recuperar el control de las estaciones de ferrocarril, pero ni siquiera lo ha intentado.

—¿Por qué no?

Grigori se encogió de hombros.

—Por cobardía. El zar ordenó a Ivánov que marchara sobre Petrogrado e impusiera una dictadura militar, pero los hombres de Ivánov se amotinaron y la expedición fue cancelada.

Katerina frunció la frente.

—¿Es que la antigua clase gobernante se ha rendido sin luchar?

—Eso es lo que parece. Es extraño, ¿verdad? Pero está claro que no va a haber una contrarrevolución.

Se metieron en la cama; Grigori en ropa interior, Katerina todavía con el vestido puesto. Nunca se había desnudado delante de él. A lo mejor sentía que tenía que ocultarle algo. Era una peculiaridad de ella que Grigori aceptaba, aunque no sin lamentarlo. La estrechó entre sus brazos y la besó. Cuando la penetró, le dijo: «Te quiero», y se sintió el hombre más feliz del mundo.

Después, medio dormida, Katerina preguntó:

—¿Qué pasará ahora?

—Habrá una Asamblea Constituyente, elegida mediante lo que se denomina un sufragio cuatripartito: universal, directo, secreto e igualitario. Mientras tanto, la Duma está formando un gobierno provisional.

—¿Quién será su dirigente?

—Lvov.

Katerina se incorporó.

—¡Un príncipe! ¿Por qué?

—Quieren la confianza de todas las clases.

—¡Al cuerno con todas las clases! —Cuando se indignaba se ponía aún más guapa, le salían los colores a la cara y le brillaban los ojos—. La revolución la hemos hecho los obreros y los soldados, ¿para qué necesitamos la confianza de nadie más?

Esa pregunta también había inquietado a Grigori, pero la respuesta lo había convencido.

—Necesitamos a los empresarios para que reabran las fábricas, a los mayoristas para que reanuden el abastecimiento de la ciudad, a los tenderos para que vuelvan a abrir sus puertas.

—¿Y el zar qué va a hacer?

—La Duma está pidiendo su abdicación. Han enviado dos delegados a Pskov para comunicárselo.

Katerina puso unos ojos como platos.

—¿La abdicación? ¿Del zar? Pero eso sería el final.

—Sí.

—¿Es posible?

—No lo sé —dijo Grigori—. Lo descubriremos mañana.

VI

El debate que se celebró el viernes en la Sala de Catalina del Palacio de Táurida fue poco metódico. Dos o tres mil hombres y unas cuantas mujeres abarrotaban la estancia, cuya atmósfera estaba cargada por el humo del tabaco y el olor a soldados faltos de higiene. Estaban esperando oír lo que haría el zar.

La sesión se veía constantemente interrumpida por anuncios. A menudo no eran ni mucho menos urgentes: un soldado se levantaba para decir que su batallón había formado un comité y había arrestado al coronel, por ejemplo. A veces ni siquiera eran anuncios, sino discursos que exhortaban a la defensa de la revolución.

Sin embargo, Grigori supo que algo había cambiado cuando un sargento de pelo cano, con la cara colorada y sin aliento, subió de un salto al estrado con una hoja de papel en la mano y pidió silencio.

Despacio y en voz bien alta, declaró:

—El zar ha firmado un documento…

Los vítores estallaron ya tras esas palabras.

El sargento alzó la voz:

—… en el que abdica la corona…

Los vítores se convirtieron en un bramido. Grigori estaba exultante. ¿De verdad había sucedido? ¿Se había hecho realidad el sueño?

El sargento levantó una mano para acallar el griterío. Todavía no había terminado.

—… y, a causa de la mala salud de su hijo Alejandro, de diecisiete años, ha nombrado como sucesor al gran duque Miguel, el hermano pequeño del zar.

El bramido se convirtió en un abucheo de protesta.

—¡No! —gritó Grigori, y su voz se perdió entre miles más.

Cuando, varios minutos después, los gritos empezaron a decaer, un estruendo aún mayor llegó desde fuera. La muchedumbre del patio debía de haberse enterado de la misma noticia, y la recibían con igual indignación.

—El gobierno provisional no debe aceptarlo —le dijo Grigori a Konstantín.

—Estoy de acuerdo —repuso este—. Vayamos a decírselo.

Salieron del Sóviet y cruzaron el palacio. Los ministros del recién formado gobierno se reunían en la misma sala que había ocupado el antiguo Comité Provisional; de hecho, era preocupante hasta qué punto se trataba de los mismos hombres. Ya estaban hablando sobre la declaración del zar.

Pável Miliukov estaba en pie. El moderado de monóculo argüía que la monarquía debía preservarse como símbolo de legitimidad.

—Sandeces —masculló Grigori.

La monarquía simbolizaba la ineptitud, la crueldad y la derrota, no la legitimidad. Por suerte, también otros lo sentían así. Kérenski, que se había convertido en ministro de Justicia, propuso ordenar al gran duque Miguel que rechazara la corona, y, para alivio de Grigori, la mayoría estuvo de acuerdo.

El propio Kérenski y el príncipe Lvov recibieron instrucciones de ir a reunirse con Miguel de inmediato. Miliukov miró fijamente a través de su monóculo y exclamó:

—¡Yo iré con ellos, en representación de la opinión de la minoría!

Grigori supuso que esa absurda propuesta sería aplastada, pero los demás ministros asintieron con debilidad. En ese momento, Grigori se levantó.

—Y yo acompañaré a los ministros como observador del Sóviet de Petrogrado —dijo, sin reflexionarlo mucho.

—Muy bien, muy bien —accedió Kérenski con cansancio.

Salieron del palacio por una puerta lateral y subieron a dos limusinas Renault que ya los estaban esperando. El antiguo presidente de la Duma, el orondo Mijaíl Rodzianko, también iba con ellos. Grigori no acababa de creerse que eso le estuviera sucediendo a él. Formaba parte de una delegación que iba a ordenar a un príncipe heredero que se negara a ser coronado zar. Menos de una semana antes, había bajado dócilmente de una mesa porque el teniente Kirílov se lo había ordenado. El mundo cambiaba tan deprisa que era difícil seguirle el paso.

Grigori nunca había estado dentro de la residencia de un acaudalado aristócrata, y fue como entrar en un mundo de ensueño. La enorme casa estaba repleta de riquezas. Allá adonde mirara había jarrones espléndidos, sofisticados relojes, candelabros de plata y adornos con engarces de piedras preciosas. Si hubiera arramblado con un cuenco de oro y hubiese salido corriendo por la puerta principal, podría haberlo vendido por dinero suficiente para comprarse una casa; solo que en esos momentos nadie querría comprar un cuenco de oro, la gente solo quería pan.

Al príncipe Gueorgui Lvov, un hombre de cabello plateado con una enorme barba muy poblada, estaba claro que la decoración no le impresionaba lo más mínimo, como tampoco lo intimidaba la solemnidad de su cometido; todos los demás, sin embargo, sí parecían nerviosos. Esperaron en el salón, bajo la severa mirada de ancestrales retratos, arrastrando los pies sobre las espesas alfombras.

Por fin apareció el gran duque. Era un hombre de treinta y ocho años que estaba quedándose prematuramente calvo y lucía un pequeño mostacho. Para sorpresa de Grigori, se lo veía más nervioso que a la delegación. Parecía tímido y desconcertado, a pesar de que mantenía la cabeza erguida con altivez. Al final reunió suficiente valor para hablar.

—¿Qué tienen que decirme?

—Hemos venido a pedirle que no acepte la corona —contestó Lvov.

—Oh, válgame… —dijo Miguel, que no parecía saber qué hacer a continuación.

Kérenski mantuvo la presencia de ánimo. Habló con voz clara y firme.

—El pueblo de Petrogrado ha reaccionado con indignación a la decisión de Su Majestad el zar —dijo—. Un enorme contingente de soldados ya está marchando hacia el Palacio de Táurida. Se producirá un violento levantamiento, seguido de una guerra civil, a menos que anunciemos de inmediato que se ha negado usted a asumir el gobierno como zar.

—Ay, Dios mío… —dijo Miguel con debilidad.

Grigori vio que el gran duque no era un hombre muy brillante. «¿De qué me sorprendo?», pensó. Si esa gente fuera inteligente, no estarían a punto de perder el trono de Rusia.

—Alteza real, yo represento a la opinión minoritaria del gobierno provisional. A nuestro parecer, la monarquía es el único símbolo de autoridad legítima —dijo Miliukov, siempre con su monóculo.

Miguel parecía más desconcertado aún. Lo último que necesitaba era tener que decidir, comprendió Grigori; eso solo empeoraba las cosas.

—¿Les importaría que hablase un momento en privado con Rodzianko? No, no se vayan todos, nosotros nos retiraremos a una sala contigua —dijo el gran duque.

Cuando el antiguo presidente y el titubeante zar recién designado salieron, los demás se pusieron a hablar en voz baja. Nadie le dijo nada a Grigori. Era el único hombre de clase obrera de la sala y sentía que les daba un poco de miedo, sospechando (y con acierto) que los bolsillos de su uniforme de sargento estaban repletos de armas y munición.

Rodzianko reapareció.

—Me ha preguntado si podríamos garantizar su seguridad personal en caso de que se convirtiera en zar —dijo. Grigori sintió repugnancia, aunque no sorpresa, al ver que al gran duque le preocupaba más su persona que su país—. Le he dicho que no —terminó Rodzianko.

—¿Y…? —preguntó Kérenski.

—Se reunirá con nosotros dentro de un momento.

Se produjo una pausa que pareció interminable y, después, Miguel volvió a entrar. Todos guardaron silencio. Durante un largo momento, nadie dijo nada.

Al cabo, fue Miguel quien tomó la palabra:

—He decidido rechazar la corona.

Grigori sintió que se le detenía el corazón. «Ocho días —pensó—. Hace ocho días que las mujeres de Viborg marcharon por el puente Liteini. Y hoy el reinado de los Romanov ha llegado a su fin.»

Recordó las palabras de su madre el día en que muriera: «No descansaré hasta que Rusia sea una república». «Descansa ahora, madre», pensó él.

Kérenski le estrechaba la mano al gran duque mientras le decía algo grandilocuente, pero Grigori no lo estaba escuchando.

«Lo hemos conseguido —pensó—. Hemos organizado una revolución.»

«Hemos derrocado al zar.»

VII

En Berlín, Otto von Ulrich descorchó una mágnum de champán Perrier-Jouët de 1892.

Los Von Ulrich habían invitado a los Von der Helbard a comer. El padre de Monika, Konrad, era *Graf*, o conde, y su madre era, por tanto, *Gräfin*, o condesa. Gräfin Eva von der Helbard era una mujer formidable, con una melena cana recogida en un complicado peinado alto. Antes de comer, se llevó a Walter aparte y le explicó que Monika era una virtuosa violinista y que había sido la primera de su clase en todas las materias. De sóslayo, Walter vio que su padre estaba hablando con Monika, y supuso que le estaba ofreciendo un informe académico sobre él.

Estaba furioso con sus padres por verlos insistir tanto en endilgarle a la muchacha, y el hecho de que se sintiera fuertemente atraído por ella no hacía más que empeorar las cosas. Era inteligente además de bella. Siempre llevaba el cabello muy bien peinado, pero él no podía evitar imaginar que le quitaba las horquillas por la noche y se lo alborotaba para liberar sus rizos. Últimamente, a veces le resultaba difícil recordar el rostro de Maud.

Otto alzó entonces su copa.

—¡Adiós al zar! —exclamó.

—Me sorprende usted, padre —dijo Walter, molesto—. ¿De verdad está celebrando el derrocamiento de una monarquía legítima a manos de una turba de obreros de fábrica y soldados amotinados?

A Otto se le congestionó el rostro. La hermana de Walter, Greta, le dio unas palmaditas a su padre en el brazo para tranquilizarlo.

—No haga caso —dijo—. Walter solo dice esas cosas para importunarlo.

—Llegué a conocer al zar Nicolás cuando estuve en nuestra embajada de Petrogrado —terció Konrad.

—¿Y qué impresión se llevó, señor? —preguntó Walter.

Monika respondió por su padre.

—Papá solía decir que, si el zar hubiese nacido con otra condición social, podría haber llegado a ser, no sin cierto esfuerzo, un cartero competente —dijo, dirigiéndole a Walter una sonrisa de complicidad.

—Esa es la tragedia de la monarquía hereditaria. —Walter se volvió hacia su padre—. Pero, sin duda, desaprobará usted la democracia de Rusia.

—¿Democracia? —repitió Otto con desdeñosa burla—. Ya veremos. Todo lo que sabemos es que el nuevo primer ministro es un aristócrata liberal.

—¿Crees que el príncipe Lvov intentará alcanzar la paz con nosotros? —le preguntó Monika a Walter.

Era la pregunta del momento.

—Eso espero —contestó él, intentando no mirarle los pechos—. Si todas nuestras tropas del frente oriental pudieran trasladarse a Francia, superaríamos a los aliados.

Ella levantó su copa y miró a Walter a los ojos por encima del borde.

—Bebamos, entonces, por ello —dijo.

En una trinchera fría y húmeda del nordeste de Francia, el pelotón de Billy bebía ginebra.

La botella la había sacado Robin Mortimer, el oficial retirado del servicio.

—Había reservado esto —dijo.

—Vaya, me dejas patitieso —dijo Billy, usando una de las expresiones de Mildred. Mortimer era un tacaño y nunca se le había visto invitar a nadie a tomar un trago.

Sirvió el licor en los platos de campaña.

—Por la maldita revolución —dijo, y todos bebieron.

Después volvieron a tender los platos para que Mortimer se los llenara otra vez.

Billy estaba de muy buen humor, ya lo había estado antes de beber la ginebra. Los rusos habían demostrado que todavía era posible derrocar a los tiranos.

Estaban cantando «La roja bandera» cuando el conde Fitzherbert rodeó la barrera de protección cojeando y chapoteando en el fango. Lo habían ascendido a coronel y se había vuelto más arrogante que nunca.

—¡Silencio, hombres! —gritó.

Los cánticos se fueron apagando.

—¡Estamos celebrando el derrocamiento del zar de Rusia! —dijo Billy.

—Era un monarca legítimo, y quienes lo han depuesto no son más que criminales. Basta de canciones —replicó Fitz, furioso.

El desprecio de Billy por el conde aumentó un poco más.

—Era un tirano que asesinó a miles de sus súbditos. Hoy, todos los hombres civilizados tienen un motivo de alegría.

Fitz lo miró más detenidamente. Ya no llevaba el parche, pero el párpado izquierdo le había quedado caído, aunque no parecía que le afectara a la visión.

—Sargento Williams… Tendría que haberlo adivinado. Te conozco… a ti y a tu familia.

«Y que lo digas», pensó Billy.

—Tu hermana es una agitadora pacifista.

—Igual que la suya, señor —contestó Billy, y Robin Mortimer rió a carcajadas, aunque calló enseguida.

—Como digas una sola palabra insolente más, quedarás arrestado —le dijo Fitz a Billy.

—Lo siento, señor —dijo Billy.

—Y ahora, calmaos. Todos. Y se acabaron las canciones. —Fitz se alejó.

—Larga vida a la revolución —dijo Billy en voz baja.

Fitz fingió no oírlo.

En Londres, la princesa Bea gritó:

—¡No!

—Intenta tranquilizarte —dijo Maud, que acababa de darle la noticia.

—¡No pueden! —gritó Bea—. ¡No pueden obligar a abdicar a nuestro amado zar! ¡Es el padre de su pueblo!

—Puede que sea lo mejor…

—¡No te creo! ¡Es una horrenda mentira!

Se abrió la puerta y Grout asomó la cabeza con aspecto preocupado.

Bea agarró un jarrón japonés que contenía un arreglo de hierbas secas y lo lanzó al otro lado de la estancia. Se hizo añicos al estrellarse contra la pared.

Maud le dio unas palmaditas en el hombro a su cuñada.

—Ya está, ya está —dijo.

No estaba muy segura de qué más podía hacer. Ella se sentía encantada con el derrocamiento del zar, pero aun así se compadecía de Bea, a quien acababan de destruirle toda una forma de vida.

Grout le hizo señas con un dedo a una criada, y la chica entró. El mayordomo le señaló el jarrón roto y la doncella empezó a recoger los añicos.

Los enseres del té estaban ya dispuestos en una mesita: tazas, platitos, teteras, jarritas de leche y nata, azucareros. Bea lo lanzó todo al suelo violentamente.

—¡Esos revolucionarios van a matar a todo el mundo!

El mayordomo se arrodilló y se puso a recoger el estropicio.

—No te exaltes —le pidió Maud.

Bea se echó a llorar.

—¡La pobre zarina! ¡Y sus hijos! ¿Qué será de ellos?

—A lo mejor deberías echarte un rato. Vamos, te acompañaré a tu dormitorio. —Cogió a Bea del codo, y la princesa dejó que se la llevara de allí.

—Es el fin de todo —dijo entre sollozos.

—No te preocupes —repuso Maud—. A lo mejor es un nuevo comienzo.

Ethel y Bernie estaban en Aberowen. Era una especie de luna de miel. A Ethel le estaba gustando mostrarle a Bernie los lugares de su infancia: la bocamina, el templo, el colegio. Incluso se lo llevó a visitar Tŷ Gwyn —Fitz y Bea no estaban en la casa—, aunque no le enseñó la Suite Gardenia.

Dormían en casa de la familia Griffiths, que habían vuelto a ofrecerle a Ethel la habitación de Tommy, con lo que evitaban molestar al abuelo. Estaban en la cocina de la señora Griffiths cuando su marido, Len, socialista ateo y revolucionario, irrumpió agitando un periódico en la mano.

—¡El zar ha abdicado! —exclamó.

Todos lo aclamaron y aplaudieron. Llevaban una semana oyendo hablar de los disturbios de Petrogrado, y Ethel se había preguntado en qué terminarían.

—¿Quién se ha hecho con el poder? —preguntó Bernie.

—Un gobierno provisional encabezado por el príncipe Lvov —contestó Len.

—Entonces no es tan gran triunfo para el socialismo —dijo Bernie.

—No.

—Animaos, hombre. ¡Cada cosa a su tiempo! Vayamos al Two

Crowns a celebrarlo. Dejaré a Lloyd un rato con la señora Ponti —dijo Ethel.

Las mujeres se pusieron el sombrero y todos salieron hacia el pub. Al cabo de una hora, el local estaba abarrotado. Ethel se quedó de piedra al ver entrar a su madre y a su padre. La señora Griffiths también los vio.

—¿Qué demonios hacen estos aquí? —preguntó.

Unos minutos después, el padre de Ethel se subió a una silla y pidió silencio.

—Sé que algunos de vosotros os sorprendéis de verme aquí, pero las ocasiones especiales requieren actos especiales. —Les mostró una pinta—. No voy a cambiar las costumbres de toda una vida, pero el dueño ha sido tan amable de darme un vaso de agua del grifo. —Todos rieron—. Estoy aquí para compartir con mis vecinos el triunfo que ha tenido lugar en Rusia. —Alzó su vaso—. Un brindis: ¡por la revolución!

Todos lo vitorearon y bebieron.

—¡Bueno...! —dijo Ethel—. ¡Mi padre en el Two Crowns! Nunca imaginé que llegaría a ver este día.

En la modernísima casa campestre de Josef Vyalov en Buffalo, Lev Peshkov se sirvió una bebida del mueble bar. Ya no bebía vodka. Desde que vivía con su adinerado suegro, había empezado a sentir predilección por el whisky escocés. Le gustaba como lo bebían los americanos, con cubitos de hielo.

A Lev no le entusiasmaba vivir con sus suegros. Habría preferido que Olga y él tuvieran casa propia, pero ella lo había querido así, y su padre lo pagaba todo. Hasta que Lev lograra acumular unos ahorros, se encontraba atado de manos.

Josef leía el periódico y Lena estaba cosiendo. Lev levantó su vaso hacia ellos.

—¡Larga vida a la revolución! —exclamó con euforia.

—Cuidado con lo que dices —comentó Josef—. Será malo para los negocios.

Olga entró.

—Sírveme una copita de jerez, por favor, cariño —dijo.

Lev reprimió un suspiro. A Olga le encantaba pedirle que realizara pequeños servicios, y delante de sus padres él no podía negarse. Le sirvió jerez dulce en una copita y se lo dio, inclinándose como un camarero. Ella lo obsequió con una sonrisa encantadora, sin captar la ironía.

Lev dio un trago de whisky, paladeando su sabor y disfrutando de su ardor.

—Lo lamento por la pobre zarina y sus hijos. ¿Qué harán ahora? —dijo la señora Vyalov.

—No me extrañaría que la turba los matara a todos —contestó Josef.

—Pobrecillos. ¿Qué les ha hecho el zar a esos revolucionarios para merecer esto?

—Yo puedo contestar esa pregunta —dijo Lev. Sabía que debería callar, pero no podía, sobre todo porque el whisky le caldeaba las entrañas—. Cuando tenía once años, la fábrica donde trabajaba mi madre se declaró en huelga.

La señora Vyalov chasqueó la lengua en un gesto de desaprobación. No creía en las huelgas.

—La policía se llevó en una redada a todos los hijos de los huelguistas. Jamás lo olvidaré. Estaba aterrorizado.

—¿Por qué habrían de hacer algo así? —preguntó la señora Vyalov.

—La policía nos azotó a todos —explicó Lev—. En las nalgas, con bastones. Para darles una lección a nuestros padres.

La mujer se quedó blanca. No soportaba la crueldad con los niños ni con los animales.

—Eso fue lo que el zar y su régimen me hizo a mí, madre —dijo Lev. El hielo sonó cuando movió su vaso—. Por eso brindo por la revolución.

—¿Tú qué piensas, Gus? —preguntó el presidente Wilson—. Eres el único de por aquí que ha llegado a estar en Petrogrado. ¿Qué es lo que sucederá?

—Detesto parecer un funcionario del Departamento de Estado, pero la situación podría decantarse en cualquier dirección —respondió Gus.

El presidente rió. Se encontraban en el Despacho Oval; Wilson tras su escritorio, Gus de pie delante de él.

—Venga —dijo el presidente—. Aventura algo. ¿Se retirarán los rusos de la guerra o no? Es la pregunta del año.

—De acuerdo. Todos los ministros del nuevo gobierno pertenecen a partidos políticos que espantan, con «socialista» y «revolucionario» en el nombre, pero la verdad es que son empresarios y profesionales de clase media. Lo que quieren en realidad es una revolución burguesa que les dé libertad para fomentar la industria y el comercio. Pero la gente quiere pan, paz y tierra: pan para los obreros de las fábricas, paz para los soldados y tierra para los campesinos. Nada de eso llama realmente la atención a hombres como Lvov y Kérenski. De modo que, respondiendo a su pregunta, me parece que el gobierno de Lvov intentará promover cambios graduales. En concreto, creo que seguirán adelante con la guerra. Pero los obreros no quedarán satisfechos.

—Y ¿quién ganará al final?

Gus recordó su viaje a San Petersburgo, y al hombre que le había enseñado cómo se fabricaba una rueda de locomotora en una fundición sucia y medio en ruinas de la fábrica Putílov. Después, Gus había visto a ese mismo hombre peleándose con un policía por una chica. No recordaba el nombre de aquel obrero, aunque sí su aspecto: sus anchos hombros, sus fuertes brazos y su dedo cortado, pero, sobre todo, la implacable determinación de su fiera mirada de ojos azules.

—El pueblo ruso —dijo Gus—. Son ellos quienes ganarán al final.

24

Abril de 1917

I

Un agradable día de principios de primavera, Walter paseaba con Monika von der Helbard por el jardín de la casa que tenían los padres de ella en Berlín. Era un edificio magnífico y el jardín era muy grande, con pabellón de tenis, campo de bochas, un picadero para ejercitarse con los caballos y un parque infantil con columpios y un tobogán. Walter recordaba haber ido allí de niño y pensar que era el paraíso. Solo que ya no era un parque idílico. Todos los caballos, salvo los más viejos, habían acabado en el ejército. Las gallinas rebuscaban entre las losas de la amplia terraza. La madre de Monika estaba engordando a un cerdo en el pabellón de tenis. Por el campo de bochas pastaban las cabras, y se rumoreaba que la *Gräfin* en persona las ordeñaba.

Sin embargo, los viejos árboles empezaban a recuperar su follaje, el sol brillaba y Walter iba en chaleco y mangas de camisa, con la americana echada sobre un hombro. Su madre no habría aprobado semejante informalidad, pero la mujer estaba dentro de la casa, chismorreando con la condesa. Greta, la hermana de Walter, también había estado paseando con ellos dos, pero les había puesto una excusa y los había dejado solos; otra cosa que su madre no habría visto con buenos ojos, al menos en teoría.

Monika tenía un perro al que llamaba Pierre. Era como todos los caniches, elegante y de patas largas, con muchísimo pelo rizado de color herrumbre y ojos castaño claro. Walter, a pesar de lo hermosa que era Monika, no podía evitar pensar que perro y dueña se parecían.

Le gustaba cómo trataba la joven a su perro. No le dedicaba mimos ni le daba de comer sobras, y tampoco le hablaba igual que si fuera un niño pequeño, como hacían algunas chicas. Ella solo dejaba que caminara a sus pies, y de vez en cuando le lanzaba una pelota de tenis vieja para que fuera a buscarla.

—Qué decepcionante ha resultado lo de Rusia —comentó la muchacha.

Walter asintió con la cabeza. El gobierno del príncipe Lvov había anunciado que seguirían adelante con la guerra. El frente oriental de Alemania no quedaría liberado, así que no podrían enviar refuerzos a Francia. La contienda se alargaría más aún.

—Ahora, nuestra única esperanza es que el gobierno de Lvov caiga y la facción pacifista se haga con el poder —repuso él.

—¿Lo crees probable?

—Es difícil de decir. Los revolucionarios de izquierdas siguen exigiendo pan, paz y tierra. El gobierno ha prometido unas elecciones democráticas para formar una Asamblea Constituyente... pero ¿quién ganará?

Recogió una rama del suelo y se la lanzó a Pierre. El perro saltó a por ella y se la trajo de vuelta con orgullo. Walter se agachó para darle unas palmaditas en la cabeza y, al erguirse de nuevo, Monika estaba muy cerca de él.

—Me gustas, Walter —dijo, mirándolo muy fijamente con sus ojos color ámbar—. Tengo la sensación de que nunca nos quedamos sin tema de conversación.

Él sentía lo mismo, y también sabía que, si intentaba besarla en ese momento, ella se lo permitiría.

Se apartó.

—También tú me gustas a mí —aseguró—. Y me gusta tu perro. —Se echó a reír para hacer notar que hablaba desenfadadamente.

Aun así, vio que sus palabras habían herido a Monika, que se mordió el labio y se volvió de espaldas. Acababa de rozar el límite del atrevimiento que una muchacha de buena educación no podía rebasar, y él la había rechazado.

Siguieron paseando. Tras un largo silencio, Monika dijo:

—Me pregunto qué secreto guardas.

«Dios mío —pensó él—. Qué lista es.»

—No guardo ningún secreto —mintió—. ¿Y tú?

—Ninguno que valga la pena contar. —Levantó una mano y se la pasó a él por el hombro, como quitándole algo—. Una abeja —dijo.

—Es todavía muy pronto para que haya abejas.

—A lo mejor es que este año el verano se va a adelantar.

—No hace tanto calor.

Ella fingió sentir un escalofrío.

—Tienes razón, hace fresco. ¿Querrías ir a buscarme un chal? Si vas a la cocina y se lo pides a la doncella, te dará uno.

—Desde luego.

No hacía frío, pero un caballero nunca se negaba a atender una petición así, por muy antojadiza que fuera. Era evidente que Monika quería estar unos momentos a solas.

Walter caminó de vuelta a la casa. Estaba obligado a rechazar las insinuaciones de ella, pero le dolía herirla. Era cierto que hacían muy buena pareja (sus madres tenían mucha razón en eso) y estaba claro que Monika no lograba comprender por qué Walter no hacía más que apartarse de ella.

Entró en la casa y bajó al sótano por la escalera trasera. Allí encontró a una anciana criada vestida de negro y con cofia de encaje que fue a buscarle un chal.

Walter esperó en el vestíbulo. Aquella casa tenía una moderna decoración *Jugendstil*, que había puesto fin a las florituras rococó que tanto adoraban los padres de él y que se decantaba por las salas bien iluminadas y de colores suaves. El vestíbulo con columnas era todo él de un frío mármol gris, y con alfombras color champiñón.

Walter tenía la sensación de que Maud estaba a un millón de kilómetros, en otro planeta. Y así era, en cierto modo, puesto que el mundo de antes de la guerra no volvería jamás. Hacía casi tres años que no veía a su mujer ni recibía noticias suyas, y existía la posibilidad de que nunca volvieran a estar juntos. Aunque su recuerdo no se había desvanecido (jamás olvidaría la pasión que habían compartido ambos), le angustiaba darse cuenta de que sí le resultaba muy difícil rememorar los delicados detalles de los momentos que habían pasado juntos: qué vestido había llevado puesto ella, dónde habían estado cuando se habían besado o se habían dado la mano, qué habían comido o bebido o comentado cuando coincidían en aquellas interminables veladas londinenses, que eran todas iguales. A veces se le cruzaba por la cabeza que la guerra los había divorciado, por así decir. Sin embargo, enseguida desterraba ese pensamiento: era vergonzosamente desleal.

La criada le entregó un chal de cachemir amarillo. Walter volvió con Monika y la encontró sentada en el tocón de un árbol, con Pierre a sus pies. Le dio el chal y ella se lo echó sobre los hombros. Ese color le sentaba bien, hacía que sus ojos relucieran y su piel brillara.

La chica tenía una extraña expresión en el rostro, y entonces le entregó a Walter su cartera.

—Debe de habérsete caído de la americana —dijo.

—Vaya, gracias. —Él volvió a guardarla en el bolsillo interior de su americana, que todavía llevaba echada sobre un hombro.

—Volvamos dentro —añadió Monika.

—Como desees.

El ánimo de la muchacha había cambiado. A lo mejor sencillamente había decidido darse por vencida. Aparte de eso, ¿qué más podía haber sucedido?

A Walter se le pasó por la cabeza una idea espantosa. ¿De verdad se le había caído la cartera de la americana? ¿O se la había hurtado ella, con mano de carterista, cuando le había apartado del hombro aquella improbable abeja?

—Monika —dijo. Se detuvo y se volvió hacia ella—. ¿Has curioseado en mi cartera?

—Has dicho que no tenías secretos —contestó la joven, que se puso muy colorada.

Debía de haber visto el recorte de periódico que llevaba encima: «Lady Maud Fitzherbert siempre va vestida a la última moda».

—Eso ha sido muy descortés por tu parte —le espetó Walter, enfadado.

Estaba furioso sobre todo consigo mismo. No debería conservar esa foto incriminatoria. Si Monika era capaz de adivinar su significado, también otros podrían hacerlo y, entonces, caería en desgracia y lo expulsarían del ejército. Puede que lo acusaran de alta traición y lo encarcelaran, o que lo ejecutaran incluso.

Había sido un necio. Sin embargo, sabía que jamás se desharía de esa fotografía. Era todo lo que tenía de Maud.

Monika le puso una mano en el brazo.

—Nunca había hecho nada semejante en toda mi vida, y me avergüenzo de ello. Pero debes comprender lo desesperada que me encontraba. Ay, Walter, me sería tan fácil enamorarme de ti… Y veo que también tú podrías amarme… Lo veo, en tus ojos y por la forma en que sonríes cuando me ves. ¡Pero no me decías nada! —Se le saltaban las lágrimas—. Me estaba volviendo loca.

—Lo siento mucho. —Ya no podía sentirse indignado. Monika había sobrepasado las fronteras del decoro y le había abierto su corazón. Se sentía muy triste por ella, triste por los dos.

—Tenía que comprender por qué no haces más que apartarte de mí. Ahora lo veo, desde luego. Es muy guapa. Incluso se parece un poco a mí. —Se secó las lágrimas—. Ella te encontró antes que yo, nada más. —Se quedó mirándolo con esos penetrantes ojos ámbar—. Supongo que estáis prometidos.

Walter no podía mentirle a alguien que estaba siendo tan sincero con él. No sabía qué decir.

Ella adivinó el motivo de su titubeo.

—¡Ay, Dios mío! —exclamó—. Estáis casados, ¿verdad?

Aquello era un desastre.

—Si se llegara a saber, me vería en serios apuros.

—Ya lo sé.

—¿Puedo confiar en ti para que guardes mi secreto?

—¿Cómo puedes preguntarlo? —replicó ella—. Eres el mejor hombre que he conocido jamás. No haría nada que pudiera perjudicarte. No diré una sola palabra.

—Gracias. Sé que mantendrás tu promesa.

Monika apartó la mirada e intentó contener las lágrimas.

—Vayamos dentro.

Ya en el vestíbulo, le dijo:

—Ve tú delante. Tengo que lavarme la cara.

—Está bien.

—Espero… —Su voz se deshizo en un sollozo—. Espero que sepa lo afortunada que es —murmuró. Después dio media vuelta y entró en una sala auxiliar.

Walter se puso la americana y se serenó antes de subir la escalera de mármol. La sala de estar estaba decorada en ese mismo estilo sobrio, con madera rubia y unas cortinas de un turquesa pálido. Decidió que los padres de Monika tenían mejor gusto que los suyos.

Su madre lo miró y al instante supo que algo iba mal.

—¿Dónde está Monika? —preguntó con brusquedad.

Él la miró enarcando una ceja. No era propio de ella hacer una pregunta cuya respuesta podía ser «Ha ido al baño». Era evidente que estaba tensa.

—Vendrá dentro de unos minutos —respondió en voz baja.

—Mira esto —dijo su padre, agitando una hoja de papel—. Me lo acaban de enviar del despacho de Zimmermann para que les mande mi opinión. Esos revolucionarios rusos quieren enfurecer a Alemania. ¡Qué descaro! —Se había tomado un par de copitas de licor y estaba de un humor eufórico.

—¿A qué revolucionarios se refiere, padre? —repuso Walter con educación. En realidad no le importaba, pero agradecía tener un tema de conversación.

—¡A los de Zurich! Mártov, Lenin y esa gente. Se supone que en Rusia hay libertad de expresión ahora que el zar ha sido derrocado, así que quieren volver a su país. ¡Pero no pueden llegar hasta allí!

—Imagino que no es posible. No hay forma de viajar de Suiza a Rusia sin pasar por Alemania... Cualquier otra ruta por tierra supondría atravesar la línea de batalla. Pero todavía hay vapores que van de Inglaterra a Suecia cruzando el mar del Norte, ¿verdad? —replicó con ánimo meditabundo el padre de Monika, Konrad von der Helbard.

—Sí, pero esa gente no se arriesgará a viajar vía Gran Bretaña. Los británicos han detenido a Trotski y a Bujarin. Y Francia o Italia sería peor —dijo Walter.

—¡Conque están atrapados! —exclamó Otto, triunfal.

—¿Qué le aconsejará hacer al ministro de Exteriores Zimmermann, padre? —preguntó Walter.

—Que se niegue, desde luego. No queremos que esa chusma contamine a nuestro pueblo. ¿Quién sabe qué clase de alborotos tramarían esos demonios en Alemania?

—Lenin y Mártov —repitió Walter con aire distraído—. Mártov es menchevique, pero Lenin es bolchevique. —Los servicios secretos alemanes estaban muy interesados en los revolucionarios rusos.

—Bolcheviques, mencheviques, socialistas, revolucionarios, son todos iguales —comentó Otto.

—No, no lo son —replicó Walter—. Los bolcheviques son los de línea más dura.

—¡Razón de más para no dejarlos pasar por nuestro país! —exclamó la madre de Monika, exaltada.

Walter no hizo caso de su comentario.

—Y, lo que es más importante, los bolcheviques del extranjero suelen ser más radicales que los que están en su país. Los bolcheviques de Petrogrado respaldan al gobierno provisional del príncipe Lvov, pero sus camaradas de Zurich no.

—¿Cómo sabes tú esas cosas? —preguntó Greta, su hermana.

Walter lo sabía porque había leído informes secretos de espías alemanes en Suiza que interceptaban el correo de los revolucionarios. Sin embargo, respondió:

—Lenin pronunció un discurso en Zurich hace unos días en el que repudiaba al gobierno provisional.

Otto profirió un gruñido desdeñoso, pero Konrad von der Helbard se inclinó hacia delante en su sillón.

—¿En qué estás pensando, joven?

—Al negarles a los revolucionarios el permiso para atravesar Alemania, estamos protegiendo a Rusia de sus ideas más subversivas —aclaró Walter.

Su madre puso cara de perplejidad.

—Explícate, por favor.

—Estoy sugiriendo que deberíamos ayudar a esos hombres peligrosos a llegar a su país. En cuanto estén allí, o bien intentarán minar al gobierno ruso y menoscabarán su capacidad para librar una guerra, o bien se harán con el poder y querrán firmar la paz. De uno u otro modo, Alemania saldría ganando.

Se produjo un momento de silencio mientras todos ellos lo reflexionaban. Después, Otto soltó una fuerte carcajada y dio una palmada.

—¡Mi propio hijo! —dijo—. ¡Al final resulta que sí ha heredado un poco de su padre!

II

> Queridísima mía:
>
> Zurich es una ciudad fría que se encuentra junto a un lago [escribió Walter], pero el sol brilla sobre el agua, en las boscosas laderas que lo rodean y en los Alpes, a lo lejos. Las calles están proyectadas en forma de cuadrícula, sin ninguna curva: ¡los suizos son todavía más ordenados que los alemanes! Ojalá estuvieras aquí, mi estimada amiga. ¡¡¡Ojalá estuvieras conmigo allá adonde voy!!!

Los signos de exclamación estaban pensados para que el censor postal se llevara la impresión de que la remitente era una muchacha exaltada. Aunque Walter se encontraba en la Suiza neutral, de todos modos llevaba mucho cuidado para que el texto de la carta no identificara ni al remitente ni al destinatario.

Me pregunto si sufres el bochorno de recibir la atención no deseada de pretendientes a quienes todos consideran buenos partidos. Eres tan hermosa y encantadora que seguro que sí. Yo tengo el mismo problema. No cuento con tu belleza ni tu encanto, pero, a pesar de eso, sí que recibo atenciones. Mi madre ha escogido a alguien para casarme, una antigua amistad de mi hermana, una persona a la que conozco de siempre y que siempre me ha gustado. Durante un tiempo me resultó muy difícil, pero me temo que al final esa persona ha descubierto que tengo una amistad que impide mi matrimonio. Sin embargo, me parece que nuestro secreto está a salvo.

Si algún censor se molestaba en leer hasta ahí, a esas alturas estaría convencido de que aquellas letras se las escribía una lesbiana a su amante. A esa misma conclusión llegaría cualquiera que leyera la carta en Inglaterra. Poco importaba: era evidente que Maud, siendo feminista y estando aparentemente soltera como estaba a la edad de veintiséis años, ya despertaba sospechas de mostrar inclinaciones sáficas.

Dentro de unos días estaré en Estocolmo, otra fría ciudad junto al agua, y podrías mandarme una carta al Grand Hotel de allí. [Suecia, al igual que Suiza, era un país neutral que disponía de servicio postal con Inglaterra.] ¡¡¡Me encantaría recibir noticias tuyas!!!
Hasta entonces, querida mía, recuerda a tu amor,

WALTRAUD

III

Estados Unidos declaró la guerra a Alemania el viernes 6 de abril de 1917.

Walter ya lo había esperado, pero de todas formas acusó el golpe. Estados Unidos era rico, enérgico y democrático: no lograba imaginar un enemigo peor. La única esperanza que les quedaba era que Rusia se viniera abajo y le diera a Alemania ocasión de vencer en el frente occidental antes de que los norteamericanos tuvieran tiempo de organizar sus fuerzas.

Tres días después, treinta y dos revolucionarios rusos exiliados se reunieron en el hotel Zähringerhof de Zurich: hombres, mujeres y un niño, un crío de cuatro años llamado Robert. Desde allí fueron a pie hasta el arco barroco de la estación del ferrocarril para subir a un tren que los llevaría a su hogar.

Walter había temido que no acudieran. Mártov, el líder menchevique, se había negado a partir sin el permiso del gobierno provisional de Petrogrado; una actitud extrañamente deferente para un revolucionario. El permiso no había llegado, pero Lenin y los bolcheviques habían decidido regresar de todos modos. Walter tenía mucho interés en que no se produjera ningún altercado durante el viaje, así que acompañó al grupo hasta la estación, que estaba junto al río, y subió al tren con ellos.

«Esta es el arma secreta de Alemania —pensó—: treinta y dos descontentos e inadaptados que sueñan con derrocar al gobierno de Rusia. Que Dios nos asista.»

Vladímir Iliich Uliánov, conocido como Lenin, tenía cuarenta y seis años. Era un hombre bajo y fornido, bien vestido pero sin elegancia, pues estaba demasiado ocupado para malgastar tiempo preocupándose por su estilo. En su día había sido pelirrojo, pero había perdido mucho pelo siendo aún joven y lucía una reluciente calva rodeada por los vestigios de su cabello y una perilla cuidadosamente recortada, pelirroja y veteada de canas. Al conocerlo, a Walter le había parecido mediocre, sin encanto ni apostura.

Von Ulrich se hizo pasar por un modesto funcionario del Ministerio de Asuntos Exteriores al que le habían encargado la tarea de ocuparse de todas las gestiones prácticas necesarias para el viaje de los bolcheviques por Alemania. Lenin le había dirigido una mirada dura e inquisitiva, adivinando a todas luces que en realidad era algún tipo de agente de espionaje.

Viajaron hasta Schaffhausen, en la frontera, donde hicieron transbordo y subieron a un tren alemán. Todos hablaban algo de alemán, ya que habían vivido en la zona germanohablante de Suiza. El propio Lenin lo dominaba bastante. Era un lingüista destacado, según había descubierto Walter. Hablaba francés con fluidez, un inglés aceptable y leía a Aristóteles en griego antiguo. La idea que tenía Lenin de la relajación era sentarse un par de horas con un diccionario de un idioma extranjero.

En Gottmadingen volvieron a cambiar de tren y subieron a uno que tenía un vagón especialmente precintado para ellos, como si fueran portadores de una enfermedad infecciosa. Tres de sus cuatro puertas estaban atrancadas. La cuarta quedaba junto al compartimiento en que dormía Walter. Lo habían dispuesto así para tranquilizar a las preocupadísimas autoridades alemanas, pero no era necesario: los rusos no tenían deseo alguno de escapar, querían regresar a casa.

Lenin y su mujer, Nadia, disfrutaban de una estancia para ellos solos, pero los demás habían tenido que conformarse con un compartimiento para cada cuatro. «Bien por el igualitarismo», pensó Walter con cinismo.

A medida que el tren cruzaba Alemania de sur a norte, Walter empezó a sentir la fortaleza de carácter que se ocultaba bajo el anodino exterior de Lenin. Al bolchevique no le interesaban la comida, la bebida, la comodidad ni los bienes materiales. La política ocupaba todo su día. Siempre estaba discutiendo sobre política, escribiendo sobre política o pensando sobre política y haciendo anotaciones. Walter se fijó en que, en las discusiones, Lenin siempre parecía saber más que sus camaradas y haber reflexionado más y durante más tiempo que nadie... a menos que el tema de la discusión no tuviera nada que ver ni con Rusia ni con la política, en cuyo caso estaba bastante mal informado.

Era un auténtico aguafiestas. La primera noche, un joven con gafas, Karl Rádek, estaba contando chistes en el compartimiento contiguo.

—Detienen a un hombre por gritar: «¡Nicolás es un imbécil!», y él va y le dice al policía: «Me refería a otro Nicolás, agente, no a nuestro amadísimo zar». Y el policía le contesta: «¡Embustero! ¡Está claro que, si le has llamado imbécil, solo podías referirte al zar!».

Los compañeros de Rádek estaban desternillándose de risa, pero entonces Lenin salió de su compartimiento con cara de muy pocos amigos y les ordenó que bajaran la voz.

Al bolchevique no le gustaba el tabaco. Él lo había dejado, por insistencia de su madre, hacía treinta años. En deferencia a él, la gente fumaba en el aseo que había al final del vagón. Puesto que solo había un lavabo para treinta y dos personas, aquello ocasionaba colas y peleas. Lenin aplicó su notable intelecto a la resolución de ese problema. Cortó unos trocitos de papel y repartió a todo el mundo dos tipos de vales, unos cuantos para uso normal del lavabo y algunos menos para fumar. Así se redujo la cola y se terminaron las discusiones. Walter se quedó asombrado. El sistema funcionaba y todo el mundo parecía contento, pero no se había producido ningún debate, ningún intento de realizar una toma de decisiones colectiva. En ese grupo, Lenin era un dictador benévolo. Si alguna vez conseguía el verdadero poder, ¿dirigiría el Imperio ruso de la misma manera?

Pero ¿lograría hacerse con el poder? En caso contrario, Walter estaba perdiendo el tiempo.

Solo se le ocurría una forma de mejorar las posibilidades de Lenin, y se decidió a hacer lo posible por lograrlo.

En Berlín, bajó del tren diciéndoles a los rusos que volvería a reunirse con ellos para acompañarlos en la última etapa.

—No tarde —le dijo uno—. Partiremos otra vez dentro de una hora.

—Me daré prisa —repuso él.

El tren partiría cuando Walter lo dijera, pero eso los rusos no lo sabían.

El vagón se encontraba en un apartadero de la estación de Potsdamer Platz, y le llevó solo unos minutos llegar a pie desde allí al Ministerio de Asuntos Exteriores, en el número 76 de Wilhelmstrasse, en el corazón del viejo Berlín. El espacioso despacho de su padre tenía un pesado escritorio de caoba, un retrato del káiser y una vitrina con puertas de cristal que contenía su colección de cerámica, donde se encontraba el frutero de loza blanca del siglo XVIII que había comprado en su último viaje a Londres. Tal como había esperado Walter, Otto estaba sentado a su escritorio.

—No hay duda sobre las convicciones de Lenin —le explicó a su padre mientras tomaban un café—. Dice que han acabado con el símbolo de la opresión, el zar, sin transformar la sociedad rusa. Los obreros no han logrado hacerse con el poder: la clase media sigue dirigiéndolo todo. Además de eso, Lenin odia personalmente a Kérenski por alguna razón.

—Pero ¿conseguirá derrocar al gobierno provisional?

Walter extendió las manos en un gesto de impotencia.

—Es sumamente inteligente y resuelto; un líder nato. Nunca hace nada que no sea trabajar, pero los bolcheviques son solo un pequeño partido político de entre la docena o más que pugnan por el poder, y no hay forma de saber quién llegará a lo alto.

—De modo que todo este esfuerzo puede haber sido en balde.

—A menos que hagamos algo por ayudar a los bolcheviques a imponerse.

—¿Como qué?

Walter inspiró hondo.

—Darles dinero.

—¿Qué? —Otto estaba indignado—. ¿Que el gobierno de Alemania les dé dinero a unos revolucionarios socialistas?

—Recomiendo cien mil rublos, para empezar —prosiguió Walter con frialdad—. Preferiblemente en monedas de oro de diez rublos, si puede usted conseguirlas.

—El káiser nunca accedería a eso.

—¿Acaso tiene que saberlo? Zimmermann podría aprobar la medida valiéndose de su autoridad personal.

—Jamás haría algo así.

—¿Está seguro?

Otto miró a Walter en silencio durante largo rato, pensando.

—Se lo preguntaré —dijo al cabo.

IV

Después de tres días en el tren, los rusos salieron de Alemania. En Sassnitz, en la costa, compraron billetes para cruzar el Báltico hasta el extremo meridional de Suecia en el ferry *Queen Victoria*. Walter los acompañó. La travesía fue dura y todo el mundo acabó mareado, excepto Lenin, Rádek y Zinóviev, que estaban en cubierta, enfrascados en una violenta discusión política, y no parecían darse cuenta de lo gruesa que estaba la mar.

Cogieron un tren nocturno hacia Estocolmo, donde el *borgmästare*, el alcalde, que era socialista, les ofreció un desayuno de bienvenida. Allí, Walter se registró en el Grand Hotel con la esperanza de encontrar una carta de Maud aguardándole. No había nada.

Sintió tal decepción que estuvo tentado de arrojarse a las frías aguas de la bahía. Esa había sido la única oportunidad de comunicarse con su esposa en casi tres años, y algo había salido mal. ¿Habría recibido ella su carta?

Aciagas fantasías lo atormentaban. ¿Lo amaría Maud todavía? ¿Se habría olvidado de él? ¿Acaso había un nuevo hombre en su vida? Walter estaba en la más completa ignorancia.

Rádek y los elegantes socialistas suecos se llevaron a Lenin, bastante en contra de su voluntad, a la sección de vestimenta masculina de los almacenes PUB. Las botas de montaña con suela de tacos que llevaba el ruso desaparecieron. Salió de allí con un abrigo de cuello de terciopelo y un sombrero nuevo. Rádek comentó que, al menos, por fin iba vestido como alguien que podía dirigir a su pueblo.

Esa tarde, al anochecer, los rusos fueron a la estación para subir a otro tren, esta vez con destino a Finlandia. Walter se despedía allí del grupo, pero los acompañó hasta la estación. Antes de que el tren partiera, mantuvo una reunión a solas con Lenin.

Se sentaron en un compartimiento, bajo una tenue luz eléctrica que relucía en la calva del ruso. Walter estaba tenso. Aquello tenía que salirle bien. De nada serviría suplicarle ni rogarle a Lenin, estaba convencido. También era evidente que no había forma de intimidar a aquel hombre, así que solo la fría lógica lograría persuadirlo.

Von Ulrich había preparado bien su parlamento.

—El gobierno alemán los está ayudando a regresar a su país —dijo—. Usted sabe que no lo estamos haciendo por buena voluntad.

Lenin lo interrumpió en un alemán muy correcto.

—¡Creen que seremos perjudiciales para Rusia! —bramó.

Walter no lo contradijo.

—Y, aun así, han aceptado nuestra ayuda.

—¡Por el bien de la revolución! Ese es el único baremo de lo bueno y lo malo.

—Imaginaba que diría eso. —Walter había llevado consigo una pesada maleta, y en ese momento la dejó en el suelo del vagón de tren, produciendo un sonoro golpe—. En el falso fondo de esta maleta encontrará cien mil rublos en billetes y monedas.

—¿Qué? —Lenin solía ser imperturbable, pero de pronto parecía sobresaltado—. ¿Para qué son?

—Son para usted.

El bolchevique se sintió ofendido.

—¿Un soborno? —preguntó con indignación.

—De ninguna manera —contestó Walter—. No tenemos ninguna necesidad de sobornarlo. Sus objetivos son los mismos que los nuestros. Usted ha exhortado al derrocamiento del gobierno provisional y el final de la guerra.

—Entonces, ¿por qué?

—Para propaganda. Para colaborar en la difusión de su mensaje. Es el mismo mensaje que también nosotros quisiéramos transmitir. La paz entre Alemania y Rusia.

—¡Para poder ganar su guerra capitalista-imperialista contra Francia!

—Tal como le he dicho, no los estamos ayudando por buena voluntad… y tampoco esperarían ustedes que lo hiciéramos. Se trata de pragmatismo político, nada más. Por el momento, sus intereses coinciden con los nuestros.

Lenin puso la misma cara que cuando Rádek había insistido en que se comprara ropa nueva: aborrecía la idea, pero no podía negar que tenía sentido.

—Les entregaremos más o menos la misma cantidad de dinero una vez al mes… siempre y cuando, desde luego, ustedes continúen haciendo campaña activamente por la paz —dijo Walter.

Se produjo un largo silencio.

—Dice usted que el éxito de la revolución es el único baremo de lo bueno y lo malo. En tal caso, debería aceptar el dinero —añadió después.

Fuera, en el andén, sonó un silbato.

Walter se levantó.

—Debo dejarlos ya. Adiós, y buena suerte.

Lenin se quedó mirando la maleta del suelo y no contestó.

El joven alemán salió del compartimiento y bajó del tren.

Se volvió y echó la mirada atrás, hacia la ventanilla del compartimiento de Lenin. Casi esperaba que se abriera y ver salir la maleta volando por ella.

Se oyó otro silbido y un pitido. Los vagones dieron una sacudida y se pusieron en marcha, y el tren salió de la estación echando vapor, lentamente, con Lenin, los demás exiliados rusos y el dinero a bordo.

Walter se sacó el pañuelo del bolsillo del pecho de su abrigo y se secó la frente. A pesar del frío, estaba sudando.

V

Fue andando desde la estación hasta el Grand Hotel a lo largo de los muelles. Estaba oscuro y soplaba un frío viento del este que venía del Báltico. Debería haber estado exultante: ¡acababa de sobornar a Lenin! Sin embargo, sentía una especie de anticlímax, además de estar más deprimido de lo que debiera a causa del silencio de Maud. Había una docena de razones posibles por las que no le había mandado una carta. No tenía por qué dar por sentado lo peor, pero él había estado peligrosamente cerca de acabar enamorándose de Monika, así que ¿por qué no habría de haberle sucedido a Maud algo parecido? No podía evitar sentir que debía de haberlo olvidado.

Decidió que esa noche se emborracharía.

En recepción le entregaron una nota mecanografiada: «Por favor, pase por la suite 201, donde tienen un mensaje para usted». Supuso que sería algún funcionario de Asuntos Exteriores. Tal vez habían cambiado de opinión acerca de su apoyo a Lenin. En tal caso, llegaban tarde.

Subió por la escalera y llamó a la puerta de la 201.

—¿Sí? —dijo desde dentro, en alemán, una voz amortiguada.

—Walter von Ulrich.

—Adelante, está abierto.

Entró y cerró la puerta. La suite estaba iluminada por la luz de unas velas.

—¿Tienen aquí un mensaje para mí? —preguntó Walter, esforzándose por ver en la penumbra.

Una figura se levantó de una silla. Era una mujer y estaba de espaldas, pero en ella vio algo que le hizo dar un vuelco a su corazón. La mujer volvió el rostro hacia él.

Era Maud.

Walter se quedó boquiabierto. Estaba paralizado.

—Hola, Walter.

Pero entonces Maud perdió el control sobre sí misma y se lanzó a los brazos de él.

El familiar aroma de su esposa abrumó su sentido del olfato, y entonces Walter empezó a besarle el pelo y acariciarle la espalda. No podía hablar, por miedo a echarse a llorar. Estrechó el cuerpo de Maud contra el suyo, apenas capaz de creer que de verdad fuera ella, que de verdad la estuviera abrazando y acariciando, algo que tan dolorosamente había ansiado durante casi tres años. La joven alzó la mirada hacia él con los ojos anegados de lágrimas, y él contempló su rostro y se embebió de él. Era la misma pero diferente: estaba más delgada y tenía unas tenuísimas arrugas bajo los ojos, donde antes no las había, pero, aun así, su mirada era penetrante e inteligente como siempre.

—Fijó la vista en mi rostro recorriéndolo con atención, como si hubiese de retratarlo —le dijo Maud en inglés.

Él sonrió.

—No somos Hamlet y Ofelia, así que, por favor, no te metas en un convento.

—Dios mío, cómo te he echado de menos.

—Y yo a ti. Esperaba recibir una carta... pero ¡esto! ¿Cómo te las has ingeniado?

—Dije en la oficina de pasaportes que me proponía entrevistarme con algunos políticos escandinavos para tratar el tema del voto para la mujer. Después coincidí con el ministro del Interior en una fiesta y le susurré algo al oído.

—¿Cómo has llegado hasta aquí?

—Todavía hay vapores de pasajeros.

—Pero es demasiado peligroso. Nuestros submarinos lo están hundiendo todo.

—Ya lo sé. Me he arriesgado. Estaba desesperada. —Se echó a llorar.

—Ven, siéntate. —Rodeándole todavía la cintura con un brazo, la acompañó al sofá que había al otro lado de la habitación.

—No —dijo ella cuando estaban a punto de sentarse—. Hemos esperado demasiado tiempo, desde antes de la guerra. —Le cogió la mano y se lo llevó hacia el dormitorio por una puerta interior. En la chimenea chisporroteaban varios troncos—. No perdamos más tiempo. Ven a la cama.

VI

Grigori y Konstantín formaban parte de la delegación del Sóviet de Petrogrado que acudió a la estación de Finlandia ya entrada la noche del lunes 16 de abril para darle la bienvenida al país a Lenin.

La mayoría de los delegados nunca habían visto al gran hombre, que, salvo algunos meses, había pasado los últimos diecisiete años en el exilio. Grigori tenía once años cuando Lenin se fue. No obstante, lo conocía por su reputación, igual que lo conocían, por lo visto, los miles de personas que se habían dado cita en la estación para recibirlo. ¿Por qué tantos?, se preguntó Grigori. A lo mejor ellos, igual que él, se sentían descontentos con el gobierno provisional, desconfiaban de los ministros de clase media y estaban furiosos al ver que no habían puesto fin a la guerra.

La estación de Finlandia se encontraba en el distrito de Viborg, cerca de las fábricas textiles y los barracones del 1.er Regimiento de Artillería. Una muchedumbre había tomado la plaza. Grigori no esperaba ningún acto de traición, pero le había dicho a Isaak que desplegara un par de pelotones y varios carros blindados para que montaran guardia, solo por si acaso. En el tejado del edificio había un reflector, y alguien estaba enfocando con él a la masa de personas que esperaban en la oscuridad.

Dentro, la estación estaba abarrotada de obreros y soldados, todos ellos enarbolando banderas y estandartes rojos. Una banda militar tocaba música. Cuando faltaban veinte minutos para las doce, dos unidades de marineros formaron en el andén como guardia de honor. La delegación del Sóviet aguardaba en la grandiosa sala de espera que antiguamente había estado reservada para el zar y la familia real, pero Grigori salió al andén con la muchedumbre.

Rondaba la medianoche cuando Konstantín señaló a donde la vía se perdía de vista, y Grigori, siguiendo la dirección de su dedo, vio las lejanas luces de un tren. Un murmullo de expectación se levantó de entre los que esperaban. La locomotora entró en la estación expulsando vapor y tosiendo humo, y se detuvo con un silbido. Llevaba el número 293 pintado al frente.

Tras una pausa, un hombre bajo y fornido, vestido con un abrigo de lana cruzado y un sombrero de fieltro, bajó del tren. Grigori pensó que no podía tratarse de Lenin; ¿cómo iba a vestir las prendas de la clase dirigente? Una joven se adelantó y le entregó un ramo, que él aceptó frunciendo el entrecejo con descortesía. Sí que era Lenin.

Detrás de él bajó Lev Kámenev, a quien el Comité Central Bolchevique había enviado para reunirse con el cabecilla ya en la frontera, por si había algún problema; aunque, de hecho, nadie había puesto ninguna pega al regreso de Lenin. Kámenev le indicó entonces con un gesto que debían dirigirse a la sala de espera real.

Sin embargo, Lenin le volvió la espalda con bastante brusquedad y se dirigió a los marineros:

—¡Camaradas! —exclamó—. ¡Os han engañado! Vosotros habéis hecho la revolución… ¡y los traidores del gobierno provisional os han robado sus frutos!

Kámenev se quedó blanco. Casi todas las personas de izquierdas habían adoptado la política de respaldar al gobierno provisional, al menos por el momento.

Grigori, no obstante, estaba encantado. Él no creía en la democracia burguesa. En 1905, el Parlamento tolerado por el zar había sido una farsa y había quedado despojado de todo poder en cuanto los disturbios terminaron y todo el mundo volvió a trabajar. Este otro gobierno provisional iba camino de correr la misma suerte.

Y, de repente, alguien tenía las agallas de decirlo.

Grigori y Konstantín siguieron a Lenin y a Kámenev a la sala de recepción. La muchedumbre intentó apretarse para entrar tras ellos, pero en la estancia pronto no cupo ni un alfiler. El presidente del Sóviet de Petrogrado, Nikolái Chjeidze, con sus grandes entradas y su cara de rata, dio un paso al frente. Le estrechó la mano a Lenin y dijo:

—En nombre del Sóviet de Petrogrado y de la revolución, celebramos tu llegada a Rusia. Pero…

Grigori miró a Konstantín y enarcó las cejas. Ese «pero» parecía inapropiado, tan al principio de un discurso de bienvenida. El delgado Konstantín se encogió de hombros.

—Pero creemos que el principal cometido de la democracia revolucionaria consiste ahora en defender nuestra revolución contra todo ataque… —Chjeidze hizo una pausa y luego, con énfasis, añadió—: ya sea procedente del interior o del exterior.

—Esto no es una bienvenida, es una advertencia —murmuró Konstantín.

—Creemos que, para conseguirlo, no es la desunión, sino la unidad, lo que necesitamos por parte de todos los revolucionarios. Esperamos que, de acuerdo con nosotros, tú también persigas nuestros mismos objetivos.

Se produjo un educado aplauso entre algunos hombres de la delegación.

Lenin esperó antes de contestar. Observó los rostros que tenía alrededor y miró a la magnífica decoración del techo. Después, con un gesto que pareció un insulto deliberado, le volvió la espalda a Chjeidze y habló para el público:

—¡Camaradas, soldados, marineros y obreros! —vociferó, excluyendo abiertamente a los parlamentarios de clase media—. Os saludo como la vanguardia del Ejército Proletario del Mundo. Hoy, o tal vez mañana, puede que todo el imperialismo europeo se derrumbe. La revolución que vosotros habéis logrado ha iniciado una nueva época. ¡Larga vida a la Revolución Socialista Mundial!

Lo aclamaron. Grigori estaba algo espantado. La revolución solo había salido adelante en Petrogrado… y su resultado todavía era bastante dudoso. ¿Cómo podían pensar en una revolución mundial? Sin embargo, la idea lo entusiasmó de todas formas. Lenin tenía razón: toda la gente debería volverse en contra de los dirigentes que habían enviado a tantos hombres a morir en esa guerra mundial que carecía de sentido.

Lenin echó a andar alejándose de la delegación y salió a la plaza.

Un rugido se levantó en la muchedumbre que esperaba allí. Las tropas de Isaak subieron a Lenin al techo reforzado de un carro blindado. El reflector lo enfocaba. Se quitó el sombrero.

Su voz era un bramido monótono, pero sus palabras desprendían electricidad.

—¡El gobierno provisional ha traicionado la revolución! —gritó.

Todos lo vitorearon. Grigori no salía de su asombro: no se había dado cuenta de la cantidad de gente que pensaba igual que él.

—Esta guerra es una guerra imperialista y depredadora. No queremos formar parte de esta vergonzosa carnicería humana imperialista. ¡Con el derrocamiento del capital podemos alcanzar una paz democrática!

Esa frase arrancó un rugido aún mayor.

—¡No queremos las mentiras ni los fraudes de un Parlamento burgués! La única forma de gobierno posible es un Sóviet de Diputados Obreros. Debemos tomar todos los bancos y someterlos al control del Sóviet. Toda la propiedad privada debe ser confiscada. ¡Y todos los oficiales del ejército deben ser electos!

Eso era exactamente lo que pensaba Grigori, y vitoreó y alzó su mano igual que todos los demás de aquel gentío.

—¡Larga vida a la revolución!

La muchedumbre enloqueció.

Lenin bajó como pudo de lo alto del vehículo y entró en el carro blindado, que arrancó y avanzó al paso. La multitud lo rodeó y lo siguió, agitando banderas rojas. La banda militar se unió al desfile, tocando una marcha.

—¡Este es el hombre que quiero! —exclamó Grigori.

—¡Y yo! —repuso Konstantín.

Y siguieron el desfile.

25

Mayo y junio de 1917

I

El Monte Carlo, el club nocturno de Buffalo, tenía un aspecto horrible a plena luz del día, pero aun así a Lev Peshkov le gustaba. La carpintería estaba rayada, la pintura desconchada, la tapicería manchada, y había colillas de cigarrillo por toda la moqueta; sin embargo, Lev lo consideraba el paraíso. Cuando entró le dio un beso a la chica del guardarropa, un puro al portero, y le dijo al camarero que tuviera cuidado al levantar una caja.

El trabajo de gerente de club nocturno era ideal para él. Su principal responsabilidad era cerciorarse de que nadie robaba. Puesto que él mismo era ladrón, sabía cómo hacerlo. Por lo demás, tan solo debía asegurarse de que hubiera suficiente bebida en la barra y un grupo decente en el escenario. Aparte de su sueldo, tenía cigarrillos gratis y todo el alcohol que pudiera beber sin caerse al suelo. Siempre llevaba un traje de noche formal, que lo hacía sentirse como un príncipe. Josef Vyalov le permitía dirigir el negocio sin meter baza. Mientras hubiera beneficios, su suegro no mostraba un gran interés por el club, tan solo aparecía de vez en cuando con sus compinches para ver la actuación.

Lev únicamente tenía un problema: su mujer.

Olga había cambiado. Durante unas cuantas semanas, en el verano de 1915, se había comportado como una viciosa, siempre tenía ganas de sentir su cuerpo. Pero ahora sabía que aquel comportamiento fue la excepción, no la regla. Desde que se habían casado, todo lo que él hacía la disgustaba. Ella quería que se bañara a diario, que usara cepillo de dientes y dejara de tirarse pedos. A Olga no le gustaba bailar ni beber, y le pidió que no fumara. Nunca iba al club. Dormían en camas separadas. Le decía que era un hombre de clase baja.

—Soy de clase baja —le dijo Lev un día a su mujer—. Por eso era el chófer. —Su respuesta no satisfizo a Olga.

De modo que contrató a Marga.

Su antiguo amor estaba en el escenario, ensayando un nuevo número con el grupo, mientras dos mujeres negras con pañuelos en la cabeza limpiaban las mesas y barrían el suelo. Marga llevaba un vestido ceñido y pintalabios rojo. Lev le había dado trabajo como bailarina, sin tener ni idea de si era buena o no. Al final, resultó que no solo era buena, sino que era toda una estrella. Ahora estaba cantando a pleno pulmón una canción muy sugerente sobre una mujer que esperaba a que llegara su hombre toda la noche.

> *Aunque me consume la frustración,*
> *el anhelo de la espera*
> *aviva nuestra relación*
> *cuando me devora entera.*

Lev sabía exactamente a qué se refería.

Observó su actuación hasta que acabó. Marga bajó del escenario y le dio un beso en la mejilla. Lev cogió dos botellas de cerveza y la siguió hasta el camerino.

—Ha sido una gran actuación —dijo, cuando entró.

—Gracias. —Se llevó la botella a la boca y la inclinó. Lev miró sus labios rojos alrededor del cuello de la botella. Marga tomó un gran sorbo. Se dio cuenta de que Lev la miraba, tragó la cerveza y sonrió—. ¿Esto te recuerda algo?

—Y que lo digas.

La abrazó y deslizó las manos por su cuerpo. Al cabo de unos minutos, ella se arrodilló, le desabrochó los pantalones y se la empezó a chupar. Era muy buena, la mejor que había conocido. O bien le gustaba mucho, o era la mejor actriz de Estados Unidos. Lev cerró los ojos y lanzó un suspiro de placer.

De repente se abrió la puerta y entró Josef Vyalov.

—¡De modo que es cierto! —gritó con furia.

Lo siguieron dos de sus matones, Ilya y Theo.

Lev se llevó un susto de muerte. Intentó abrocharse el pantalón a toda prisa y disculparse al mismo tiempo.

Marga se puso en pie rápidamente y se limpió la boca.

—¡Estáis en mi camerino!

—Y tú en mi club nocturno —replicó Vyalov—. Pero por poco tiempo. Estás despedida. —Se volvió hacia Lev—. ¡Cuando estás casado con mi hija, no te puedes follar al personal!

—No me estaba follando, Vyalov —dijo Marga en tono desafiante—. ¿Es que no te has dado cuenta?

Vyalov le dio un puñetazo en la boca. Ella gritó y cayó de espaldas, con el labio ensangrentado.

—Estás despedida —le repitió—. Que te den por culo.

La cantante agarró su bolso y se fue.

Vyalov miró a Lev.

—Eres un imbécil —le dijo—. ¿Acaso no he hecho bastante por ti?

—Lo siento, padre.

Su suegro lo aterraba. Era capaz de todo: quien lo contrariaba corría el peligro de ser azotado, torturado, mutilado o asesinado. No tenía piedad ni miedo de la ley. A su manera, era tan poderoso como el zar.

—No me digas que es la primera vez —espetó Vyalov—. He oído estos rumores desde que te puse al mando del negocio.

Lev no abrió la boca. Los rumores eran ciertos. Había habido otras, pero no desde que contrató a Marga.

—Voy a trasladarte —dijo Vyalov.

—¿A qué se refiere?

—Que voy a apartarte del club. Hay demasiadas chicas por aquí, joder.

A Lev se le cayó el alma a los pies. Le encantaba el Monte Carlo.

—Pero ¿qué haré?

—Tengo una fundición en el puerto, donde no trabaja ninguna mujer. El gerente se ha puesto enfermo, está en el hospital. Dirígela por mí.

—¿Una fundición? —preguntó Lev con incredulidad—. ¿Yo?

—Trabajaste en la fábrica Putílov.

—¡En los establos!

—Y en la mina de carbón.

—Haciendo lo mismo.

—De modo que conoces el entorno.

—¡Y lo odio!

—¿Te he preguntado lo que te gusta? Joder, acabo de pillarte con los pantalones bajados. Aún has tenido suerte.

Lev se calló.

—Sal y métete en el maldito coche —le ordenó Vyalov.

Lev salió del camerino y atravesó el club, seguido de Vyalov. No podía creer que se fuera para siempre. El camarero y la chica del guardarropa lo miraron fijamente, con el presentimiento de que algo iba mal.

—Iván, esta noche estás tú al mando —le dijo Lev al camarero.

—Sí, jefe.

El Packard Twin Six de Vyalov se encontraba aparcado en la acera. Junto al coche había un chófer nuevo, un muchacho de Kiev, que esperaba con actitud orgullosa. El portero se apresuró a abrir la puerta trasera a Lev. «Al menos aún puedo ir en el asiento de atrás», pensó Lev.

Vivía como un noble ruso, cuando no mejor, se recordó a sí mismo para consolarse. Olga y él disponían de toda el ala infantil de la casa campestre para ellos. Los norteamericanos ricos no tenían tantos criados como los rusos, pero sus casas estaban más limpias y eran más luminosas que los palacios de Petrogrado. Tenían baños modernos, congeladores y calefacción central. La comida era muy buena. Vyalov no compartía la pasión por el champán de la aristocracia rusa, pero siempre había whisky en el aparador. Y Lev tenía seis trajes.

Cuando se sentía oprimido por su suegro intimidador, pensaba en los viejos tiempos en Petrogrado: la habitación que compartía con Grigori, el vodka barato, el pan negro y basto y el estofado de nabo. Se recordaba a sí mismo, cuando le parecía que era un lujo ir en tranvía en lugar de tener que caminar a todas partes. Estiró las piernas en el asiento posterior de la limusina de Vyalov, miró sus calcetines de seda y zapatos negros brillantes, y se dijo a sí mismo que debía ser más agradecido.

Vyalov subió al coche después de él y se dirigieron a la orilla del río. La fundición de su suegro era una versión en pequeño de la fábrica Putílov: los mismos edificios ruinosos con las ventanas rotas, las mismas chimeneas altas y el humo negro, los mismos trabajadores anodinos con el rostro sucio. A Lev se le cayó el alma a los pies.

—Se llama Metalurgia Buffalo, y solo se fabrica una cosa —dijo Vyalov—: ventiladores. —El coche pasó por la estrecha verja—. Antes de la guerra perdía dinero. La compré y les bajé el sueldo a los trabajadores para no cerrarla. Últimamente el negocio vuelve a ir bien. Tenemos una larga lista de pedidos de hélices de avión y barco y de ventiladores para motores de vehículos blindados. Ahora los hombres quieren un aumento, pero tengo que recuperar una parte de lo que he gastado antes de empezar a regalar dinero.

A Lev le aterraba trabajar allí, pero el temor que le inspiraba Vyalov era mayor, y no quería fracasar. Decidió que no sería él quien les concedería el aumento a los trabajadores.

Vyalov le mostró la fábrica. Lev habría preferido no llevar su esmoquin. Sin embargo, el lugar no era como la fábrica Putílov por dentro. Estaba mucho más limpio. No había niños corriendo. Aparte de los hornos, todo funcionaba con electricidad. Allí donde los rusos tenían que recurrir a doce hombres para tirar de una cuerda y levantar la caldera de una locomotora, ahí era una grúa eléctrica la que levantaba la enorme hélice de un barco.

Vyalov señaló a un hombre calvo que llevaba camisa de cuello y corbata bajo el mono de trabajo.

—Ese es tu enemigo —dijo—. Brian Hall, secretario de la filial local del sindicato.

Lev miró fijamente a Hall. El hombre estaba ajustando una troqueladora, apretando una tuerca con una llave inglesa larga. Tenía un aire agresivo y, cuando alzó los ojos y vio a Lev y Vyalov, les lanzó una mirada desafiante, como si estuviera a punto de preguntarles si habían ido a buscar problemas.

Vyalov alzó la voz para hacerse oír a pesar del estruendo de la trituradora.

—Ven aquí, Hall.

El hombre se tomó su tiempo: dejó la llave inglesa en la caja de herramientas y se limpió las manos con un trapo antes de acercarse a Vyalov.

—Este es tu nuevo jefe, Lev Peshkov.

—¿Qué tal? —le dijo Hall a Lev, y se volvió hacia Vyalov—. Esta mañana Peter Fisher se ha hecho un corte muy feo en la cara por culpa de una esquirla de acero. Hemos tenido que llevarlo al hospital.

—Siento lo que ha sucedido —dijo Vyalov—. La metalurgia es una industria peligrosa, pero no obligamos a nadie a trabajar aquí.

—No le dio en el ojo de milagro —replicó Hall, indignado—. Deberíamos llevar gafas protectoras.

—Desde que estoy aquí nadie ha perdido un ojo.

Hall se enfureció rápidamente.

—¿Tenemos que esperar a que alguien se quede ciego para comprar gafas?

—¿Cómo voy a saber, si no, que las necesitáis?

—Un hombre a quien nunca han robado no deja de poner por ello un cerrojo en la puerta de su casa.

—Pero lo paga de su bolsillo.

Hall asintió como si no hubiera esperado una respuesta mejor y, con un aire de resignada sabiduría, regresó a su máquina.

—Siempre andan pidiendo cosas —le explicó Vyalov a Lev.

Lev dedujo que su suegro quería que tuviera mano dura. Pues bien, sabía cómo hacerlo. Era el modo en que se dirigían todas las fábricas de Petrogrado.

Salieron de la fábrica y tomaron Delaware Avenue. Lev supuso que volvían a casa a cenar. A Vyalov jamás se le pasaría por la cabeza preguntarle si le parecía bien. Era un hombre que tomaba decisiones por todo el mundo.

Al llegar a casa Lev se quitó los zapatos, que estaban sucios debido a la visita a la fundición, se puso un par de zapatillas bordadas que Olga le había regalado en Navidad y se fue a la habitación del bebé, donde encontró a Lena, la madre de Olga, con Daisy.

—¡Mira, Daisy, tu padre está aquí!

La hija de Lev tenía ya catorce meses y empezaba a dar sus primeros pasos. Cruzó la habitación tambaleándose para dirigirse a su padre, sonriendo, se cayó y se puso a llorar. Lev la tomó en brazos y le dio un beso. Jamás había mostrado el menor interés por los bebés o los niños, pero Daisy le había robado el corazón. Cuando se ponía tozuda y no quería irse a la cama, y nadie era capaz de calmarla, Lev la acunaba, le murmuraba palabras cariñosas y le cantaba fragmentos de canciones populares rusas, hasta que se le cerraban los ojos, su pequeño cuerpo se relajaba y caía dormida en los brazos de su padre.

—¡Se parece a su padre y es tan guapa como él! —dijo Lena.

Lev creía que su hija simplemente parecía un bebé, pero no contradijo a su suegra. Lena lo adoraba. Coqueteaba con él, lo manoseaba y lo besaba cuando se le presentaba la menor oportunidad. Estaba enamorada de él, aunque, sin duda, la mujer creía que no mostraba nada más que afecto familiar.

En el otro lado de la habitación había una chica rusa llamada Polina. Era la niñera, pero no trabajaba demasiado: Olga y Lena pasaban gran parte del tiempo cuidando de Daisy. Lev le dio el bebé a Polina. Cuando se la entregó, la niñera lo miró a los ojos. Era la típica belleza rusa, rubia y con los pómulos altos. Por un instante, Lev se preguntó si podría tener una aventura con ella sin que lo descubrieran. La chica tenía un pequeño dormitorio. ¿Podría entrar en él sin que nadie lo viera? Quizá valía la pena correr el riesgo: la mirada que le había lanzado estaba preñada de ansia.

Olga entró y lo hizo sentirse culpable.

—¡Qué sorpresa! —exclamó cuando lo vio—. Creía que no volverías hasta las tres de la madrugada.

—Tu padre me ha asignado otra tarea —dijo agriamente—. Ahora dirijo la fundición.

—Pero ¿por qué? Creía que estabas haciendo un buen trabajo en el club.

—No lo sé —mintió Lev.

—Quizá es por el llamamiento a filas —dijo Olga. El presidente Wilson había declarado la guerra contra Alemania y estaba a punto de decretar el reclutamiento obligatorio—. La fundición será clasificada como una industria de guerra esencial. Papá quiere mantenerte fuera del ejército.

Lev sabía por los periódicos que las juntas locales de reclutamiento serían las encargadas de llevar a cabo el proceso. Vyalov estaba seguro de que tenía al menos un amigo en la junta que sería capaz de solucionar cualquier cuestión que le planteara. Así era como funcionaba esa ciudad. Sin embargo, Lev no sacó a Olga de su equívoco. Necesitaba una tapadera que no implicara a Marga, y Olga había inventado una.

—Claro —dijo—. Supongo que debe de haber sido por eso.

—Papá —balbuceó entonces Daisy.

—¡Qué niña tan lista! —exclamó Polina.

—Estoy segura de que harás un buen trabajo al mando de la fundición —lo animó Olga.

Lev le lanzó su mejor sonrisa tímida americana.

—Lo haré tan bien como sepa —dijo.

II

Gus Dewar tenía la sensación de que la misión europea que le había encomendado el presidente había sido un fracaso. «¿Un fracaso? —preguntó Woodrow Wilson—. ¡Claro que no! Lograste que los alemanes presentaran una oferta de paz. No es culpa tuya que los británicos y los franceses les dijeran que se fueran al diablo. Puedes acompañar a un caballo hasta el agua, pero no puedes obligarlo a beber.» Aun así, lo cierto era que Gus ni tan siquiera había logrado un acercamiento entre ambas partes para que iniciaran unas negociaciones preliminares.

De modo que estaba ansioso por tener éxito en la nueva tarea que Wilson le había encargado.

—La Metalurgia Buffalo ha cerrado por huelga —dijo el presidente—. Tenemos barcos, aviones y vehículos militares parados en las cadenas de producción esperando las hélices y los ventiladores que fabrican. Tú eres de Buffalo, ve allí y haz que regresen al trabajo.

En la primera noche en su ciudad, Gus fue a cenar a casa de Chuck Dixon, su rival en el pasado en la lucha por el corazón de Olga Vyalov. Chuck y su reciente esposa, Doris, tenían una mansión victoriana en Elmwood Avenue, calle que discurría paralela a Delaware Avenue; él tomaba el tren de Belt Line todas las mañanas para ir a trabajar al banco de su padre.

Doris era una chica guapa que se parecía un poco a Olga, y mientras Gus observaba a los recién casados se preguntó hasta qué punto le gustaría aquella vida hogareña. En el pasado había soñado con despertarse cada mañana junto a Olga, pero aquello había sido dos años atrás, y como los efectos de la fascinación se habían desvanecido, creía que prefería su apartamento de soltero de la calle Dieciséis de Washington.

Cuando se sentaron para comer el filete con puré de patatas, Doris preguntó:

—¿Qué ha sucedido con la promesa del presidente Wilson de mantenernos al margen de la guerra?

—Hay que confiar en él —dijo Gus con suavidad—. Durante tres años ha hecho campaña a favor de la paz. Lo que ocurre es que no lo han escuchado.

—Eso no significa que debamos entrar en combate.

—¡Cariño, los alemanes están hundiendo barcos estadounidenses! —espetó Chuck con impaciencia.

—¡Pues entonces que les digan a los barcos estadounidenses que se alejen de la zona de guerra!

Doris parecía enfadada, y Gus supuso que no era la primera vez que mantenían esa discusión. Sin duda, su ira se alimentaba del temor a que llamaran a filas a Chuck.

Gus opinaba que aquellos temas tenían demasiados matices como para caer en declaraciones apasionadas sobre lo que estaba bien y mal.

—Bueno, es una alternativa —dijo sin perder la compostura—, y el presidente la tuvo en cuenta. Pero eso implicaría aceptar que Alemania tiene el poder para decirnos adónde pueden ir los barcos estadounidenses y adónde no.

—¡No podemos permitir que Alemania ni ningún otro país nos intimide de ese modo! —exclamó Gus, indignado.

Doris se mostraba inflexible.

—Si con ello se pueden salvar vidas, ¿por qué no?

—La mayoría de los norteamericanos comparten la opinión de Chuck.

—Eso no significa que esté bien.

—Wilson cree que un presidente debe hacer frente a la opinión pública como un velero al viento: debe aprovecharse de ella, pero nunca ir directamente en contra de ella.

—Entonces, ¿por qué tiene que haber reclutamiento obligatorio? Eso convierte a los hombres de nuestro país en esclavos.

Chuck volvió a meter baza.

—¿No crees que todos deberíamos ser responsables por igual de la defensa de nuestro país?

—Tenemos un ejército profesional. Al menos esos hombres se enrolaron de forma voluntaria.

—Tenemos un ejército de ciento treinta mil hombres, una cifra insignificante en esta guerra. Necesitaremos al menos un millón.

—Para que mueran muchos hombres más —dijo Doris.

—Puedo asegurarte que en el banco estamos encantados. Hemos prestado mucho dinero a compañías estadounidenses que están pertrechando a los aliados. Si ganan los alemanes, y los británicos y los gabachos no pueden pagar sus deudas, nos veremos en problemas.

—No lo sabía —admitió Doris, pensativa.

Chuck le dio unas palmaditas en la mano.

—No te preocupes, cariño. No va a suceder. Los aliados ganarán, sobre todo si los Estados Unidos de América los ayudan.

—Hay otra razón para que entremos en combate —dijo Gus—. Cuando se acabe el conflicto bélico, Estados Unidos podrá tomar parte como igual en los acuerdos de posguerra. Tal vez no parezca algo muy importante, pero Wilson sueña con crear una Sociedad de las Naciones para solucionar futuros conflictos sin matarnos unos a otros. —Miró a Doris—. Imagino que estarás a favor de eso.

—Sin duda.

Chuck cambió de tema.

—¿Qué te trae a casa, Gus? Aparte del deseo de explicarnos las decisiones del presidente a la gente de la calle.

Les habló de la huelga. Comentó el tema sin darle mucha importancia, ya que se trataba de una conversación en mitad de la cena, pero, en realidad, estaba preocupado. La Metalurgia Buffalo desempeñaba un papel vital en el esfuerzo bélico, y no sabía cómo lograr que los hombres regresaran a su puesto de trabajo. Wilson había puesto fin a una huelga nacional del ferrocarril poco antes de su reelección y parecía pensar que la intervención en los conflictos industriales era un elemento natural de la vida política. A Gus le parecía una gran responsabilidad.

—Sabes quién es el amo, ¿verdad? —preguntó Chuck.

—Vyalov. —Gus se había informado.

—¿Y quién la dirige por él?

—No.

—Su nuevo yerno, Lev Peshkov.

—Oh —dijo Gus—. No lo sabía.

III

Lev estaba furioso a causa de la huelga. El sindicato intentaba aprovecharse de su inexperiencia. Creía que Brian Hall y los demás trabajadores lo consideraban un hombre débil, pero estaba decidido a demostrarles que se equivocaban.

Había intentado ser razonable.

—El señor V necesita recuperar parte del dinero que perdió en la época de vacas flacas —le había dicho a Hall.

—¡Y los hombres tienen que recuperar parte del dinero que perdieron cuando les bajaron el sueldo! —replicó Hall.

—No es lo mismo.

—No, no lo es —admitió Hall—. Usted es rico y ellos, pobres. Es más duro para ellos. —El hombre era tan agudo que lo sacaba de quicio.

Lev estaba desesperado por volver a recuperar la confianza de su suegro. Era peligroso dejar que un hombre como Josef Vyalov estuviera disgustado con uno durante mucho tiempo. El problema era que el encanto era la única baza de Lev, y este no surtía efecto alguno en Vyalov.

Sin embargo, su suegro le había dado su apoyo en el asunto de la fundición.

—A veces hay que dejar que vayan a la huelga —le había dicho—. No conviene ceder. Hay que aguantar. Entran en razón cuando empiezan a tener hambre. —Pero Lev sabía que Vyalov podía cambiar de opinión rápidamente.

No obstante, Lev tenía su propio plan para precipitar el fin de la huelga: iba a utilizar el poder de los medios de comunicación.

Lev era socio del Club Náutico de Buffalo, gracias a su suegro, que había logrado que lo aceptaran. La mayoría de los hombres de negocios más prominentes de la ciudad también eran socios, incluido Peter Hoyle, director del *Buffalo Advertiser*. Una tarde, Lev abordó a Hoyle en la sede del club, situado en Porter Avenue.

El *Advertiser* era un periódico conservador que siempre exigía estabilidad y culpaba a los extranjeros, a los negros y a los socialistas alborotadores de todos los males. Hoyle, un tipo imponente que lucía un bigote negro, era amigo de Vyalov.

—Hola, joven Peshkov —dijo, con voz fuerte y áspera, como si estuviera acostumbrado a gritar para hacerse oír por encima del ruido de una rotativa—. He oído que el presidente ha enviado a la ciudad al hijo de Cam Dewar para que solucione vuestra huelga.

—Eso creo, pero aún no he tenido noticias suyas.

—Lo conozco. Es un chico ingenuo. No tienes de qué preocuparte.

Lev se mostró de acuerdo. Le había robado un dólar a Gus Dewar en Petrogrado en 1914, y el año anterior le había robado a su prometida con la misma facilidad.

—Quería hablar con usted sobre la huelga —repuso, sentándose en el sillón de cuero que había frente a Hoyle.

—El *Advertiser* ya ha condenado a los huelguistas como socialistas y revolucionarios antiamericanos —dijo Hoyle—. ¿Qué más podemos hacer?

—Llámenlos agentes infiltrados —respondió Lev—. Han interrumpido la producción de los vehículos que nuestros chicos van a necesitar cuando lleguen a Europa, ¡pero los trabajadores de la fábrica están exentos del reclutamiento!

—Es una forma de verlo. —Hoyle frunció el entrecejo—. Pero aún no sabemos cómo se va a organizar el reclutamiento.

—Seguro que excluirá a las industrias bélicas.

—Eso es cierto.

—Y, a pesar de todo, siguen pidiendo más dinero. Mucha gente aceptaría un sueldo menor por un trabajo que le permitiera librarse de ser llamada a filas.

Hoyle sacó una libreta del bolsillo de la chaqueta y empezó a escribir.

—Aceptar un sueldo más bajo por un trabajo que los eximiera del reclutamiento —murmuró.

—Quizá quiera preguntar: ¿y ellos en qué bando están?

—Suena a titular.

Lev se sorprendió y se dio por satisfecho. Había sido fácil.

Hoyle levantó la mirada de la libreta.

—Supongo que el señor V sabe que estamos manteniendo esta conversación.

Lev no había esperado que le hicieran esa pregunta. Sonrió para disimular su confusión. Se dio cuenta de que si decía que no, Hoyle dejaría aquel asunto de inmediato.

—Sí, por supuesto —mintió—. De hecho, ha sido idea suya.

IV

Vyalov le pidió a Gus que se reuniera con él en el Club Náutico, mientras que Brian Hall propuso una reunión en la sede de Buffalo del sindicato. Cada uno quería celebrar el encuentro en su propio territorio, en un lugar donde se sintiera seguro y al frente de la situación, de modo que Gus reservó una sala de reuniones en el hotel Statler.

Lev Peshkov había atacado a los huelguistas acusándolos de prófugos, y el *Advertiser* se había hecho eco de sus diatribas publicándolas en portada, con el titular de «¿En qué bando están?». Cuando Gus vio el periódico se quedó consternado: unos comentarios tan agresivos solo conseguirían echar más leña al fuego. Sin embargo, a Lev le había salido el tiro por la culata, porque los periódicos de esa mañana informaban de una oleada de protestas por parte de los trabajadores en otras fábricas relacionadas con la industria bélica, indignados ante la propuesta de recibir salarios más bajos a cambio de su condición privilegiada por no ser llamados a filas, y furiosos porque los hubiesen llamado «prófugos», como si quisieran eludir sus responsabilidades. La torpeza de Lev alentó a Gus, pero sabía que su verdadero enemigo era Vyalov, y eso lo ponía muy nervioso.

Gus se llevó todos los periódicos consigo al Statler y los depositó en una mesa auxiliar en la sala de reuniones. En una posición destacada colocó un periodicucho popular con un titular que decía: «¿Y tú, Lev? ¿Te vas a alistar?».

Gus le había pedido a Brian Hall que llegase allí un cuarto de hora antes que Vyalov, y el jefe sindical apareció puntual como un reloj. Gus reparó en que llevaba un traje elegante y sombrero de fieltro gris. Una buena táctica, porque era un error parecer inferior, aunque fuese el representante de los trabajadores. Hall era tan extraordinario, a su manera, como Vyalov.

Hall vio los periódicos y sonrió.

—El joven Lev ha cometido un error —dijo con satisfacción—. Se ha metido él solito en un buen lío.

—Manipular a la prensa es un juego peligroso —convino Gus. A continuación, fue directo al grano—: Sus hombres piden un aumento de un dólar al día.

—Solo son diez céntimos más de lo que cobraban mis hombres antes de que Vyalov comprara la fábrica, y...

—Eso da igual —lo interrumpió Gus, mostrando más audacia de la que sentía realmente—. Si le consigo cincuenta centavos, ¿lo aceptará?

Hall parecía tener sus reservas.

—Tendría que discutirlo con los hombres...

—No —dijo Gus—. Tiene que decidirlo ahora. —Esperaba que no se le notase el nerviosismo.

Hall empezó a dar rodeos.

—¿Lo ha aceptado Vyalov?

—Yo me encargo de Vyalov. Cincuenta centavos, lo toma o lo deja. —Gus venció el impulso de secarse el sudor de la frente.

Hall miró a Gus durante largo rato, pensativamente. Gus sospechaba que tras aquel aspecto belicoso se ocultaba una inteligencia muy astuta. Hall habló al fin.

—Lo aceptamos... de momento.

—Gracias. —Gus logró reprimir a tiempo un largo suspiro de alivio—. ¿Le apetece un café?

—De acuerdo.

Gus se volvió, agradeciendo poder ocultar el rostro, y llamó a un camarero.

Josef Vyalov y Lev Peshkov entraron en la sala. Gus no les estrechó la mano.

—Siéntense —dijo con brusquedad.

La mirada de Vyalov se desplazó a los periódicos que había encima de la mesa y una expresión de irritación le ensombreció el rostro. Gus supuso que esos titulares ya le habían causado más de un problema a Lev.

Evitó mirarlo directamente: aquel era el chófer que había seducido a la prometida de Gus… pero no podía permitir que eso le nublase el juicio. Le habría gustado darle un puñetazo a Lev en la cara, pero si aquella reunión salía según lo planeado, eso sería más humillante para Lev que un puñetazo… y mucho más gratificante para Gus.

Apareció un camarero y Dewar dijo:

—Traiga café para estos señores, por favor, y un plato de bocadillos de jamón. —No les preguntó qué querían tomar a propósito. Había visto a Woodrow Wilson obrar del mismo modo con la gente cuando pretendía intimidarla.

Se sentó y abrió una carpeta que contenía una hoja de papel en blanco y fingió leerla.

Lev tomó asiento y dijo:

—Bueno, Gus, así que el presidente te ha enviado hasta aquí para negociar con nosotros…

En ese momento, Gus sí se permitió mirar a Lev: se quedó mirándolo largo rato, fijamente, sin hablar. Era atractivo, sí, pensó, pero también una persona débil en la que no se podía confiar. Cuando Lev empezaba a sentirse incómodo, Gus habló al fin.

—¿Es que estás mal de la puñetera cabeza?

Lev se quedó tan perplejo que separó la silla de la mesa como si temiese que fuese a golpearlo.

—Pero ¿qué demonios…?

Gus endureció el tono de voz.

—Estados Unidos está en guerra —dijo—. El presidente no va a «negociar» contigo. —Miró a Brian Hall—. Ni con usted —dijo, a pesar de que había cerrado un trato con Hall apenas diez minutos antes. Al final, miró a Vyalov—. Ni siquiera con usted —concluyó.

Vyalov le sostuvo la mirada. A diferencia de su yerno, no se amilanaba fácilmente. Sin embargo, había perdido el gesto de estudiado desdén con el que había llegado a la reunión. Tras una larga pausa, respondió:

—Entonces, ¿qué haces tú aquí?

—Estoy aquí para decirle lo que va a suceder —dijo Gus en el mismo tono de voz—. Y cuando termine, usted lo aceptará.

—¡Ja! —exclamó Lev.

—Cállate, Lev. Adelante, Dewar.

—Va a ofrecer a los hombres un aumento de cincuenta centavos al día —anunció Gus. Se dirigió a Hall—: Y usted va a aceptar esa oferta.

Hall mantuvo el rostro impertérrito y dijo:

—¿Ah, sí?

—Y quiero que sus hombres vuelvan al trabajo hoy a mediodía.

—¿Y por qué diablos deberíamos hacer lo que nos dice? —inquirió Vyalov.

—Porque no querrán la alternativa.

—¿Cuál es esa alternativa?

—El presidente enviará a un batallón de hombres armados a la fundición para hacerse con el control de las instalaciones, garantizar la seguridad, hacer entrega de todos los productos terminados al cliente y seguir adelante con la producción con la labor de los ingenieros del ejército. Después de la guerra, es posible que la devuelva a sus manos. —Se volvió hacia Hall—. Y entonces tal vez sus hombres puedan recuperar sus puestos de trabajo también. —Gus pensó que ojalá le hubiese comentado aquello a Woodrow Wilson antes, pero ya era demasiado tarde.

—¿Tiene derecho a hacer una cosa así? —exclamó Lev, sin salir de su asombro.

—Bajo la legislación de guerra, sí —afirmó Gus.

—Eso lo dirás tú —repuso Vyalov con aire escéptico.

—Pues denúncienos ante los tribunales —le sugirió Gus—. ¿Cree que va a haber algún juez en este país que vaya a ponerse de su lado… y del de los enemigos de nuestro pueblo?

Se recostó en la silla y los miró con una arrogancia que no sentía en absoluto. ¿Surtirían efecto sus palabras? ¿Lo creerían? ¿O pensarían que era un farol, se reirían de él y abandonarían la sala?

Siguió un largo silencio. Al rostro de Hall no asomaba ninguna expresión, Vyalov estaba pensativo y Lev tenía mala cara.

Al final, Vyalov se dirigió a Hall.

—¿Están dispuestos a aceptar cincuenta centavos?

—Sí —fue la lacónica respuesta de Hall.

Vyalov volvió a mirar a Gus.

—En ese caso, nosotros aceptamos también.

—Gracias, caballeros. —Gus cerró la carpeta, intentando dominar el temblor de sus manos—. Se lo comunicaré al presidente.

V

El sábado amaneció soleado y cálido. Lev le dijo a Olga que lo necesitaban en la fundición y luego se dirigió en coche a casa de Marga, quien vivía en una pequeña habitación en Lovejoy. Se abrazaron, pero cuando Lev empezó a desabrocharle la blusa, la joven dijo:

—Vayamos a Humboldt Park.

—Yo prefiero follar.

—Luego. Primero llévame al parque, y te enseñaré algo especial cuando volvamos. Algo que no hemos hecho todavía.

A Lev se le secó la garganta.

—¿Y por qué tengo que esperar?

—Es que hace un día tan bonito...

—¿Y si nos ve alguien?

—Pero si habrá un millón de personas.

—Aun así...

—Supongo que tendrás miedo de tu suegro...

—Joder, claro que no... —dijo Lev—. Oye, que soy el padre de su nieta. ¿Qué va a hacerme, pegarme un tiro?

—Deja que me cambie de vestido.

—Te esperaré en el coche. Si me quedo aquí a ver cómo te desvistes, puede que pierda el control.

Tenía un nuevo Cadillac cupé con capacidad para tres personas; no era el coche más despampanante de la ciudad, pero no estaba mal para empezar. Se sentó al volante y se encendió un cigarrillo. Claro que tenía miedo de Vyalov, por supuesto, pero había pasado toda su vida corriendo riesgos. Al fin y al cabo, él no era Grigori, y las cosas no le habían ido tan mal, por el momento, pensó, sentado en su coche, con aquel traje azul ligero de verano, a punto de llevarse a una chica guapa al parque. La vida le sonreía.

Antes de que le diera tiempo a terminarse el cigarrillo, Marga salió del edificio y se sentó a su lado en el coche. Llevaba un atrevido vestido sin mangas y se había recogido el pelo en un moño, según la última moda.

Condujo hasta Humboldt Park, en el East Side, y al llegar, ambos se acomodaron en un banco de listones de madera del parque, disfrutando del sol y observando a los niños jugar en el estanque. Lev no podía dejar de acariciar los brazos desnudos de Marga. Le encantaba percibir las miradas de envidia de los otros hombres. «Es la chica más guapa del parque —pensó—, y está conmigo, ¿qué te parece?»

—Siento lo de tu labio —le dijo.

La muchacha aún tenía el labio inferior inflamado en el lugar donde Vyalov le había pegado. A él le resultaba muy sexy.

—No es culpa tuya —dijo Marga—. Tu suegro es un cerdo.

—Eso es verdad.

—En el Hot Spot me han propuesto trabajo. Quieren que empiece enseguida y lo haré en cuanto pueda volver a cantar.

—¿Te duele?

Probó con una breve cancioncilla.

> *Paseo por el escenario,*
> *juego un poco al solitario*
> *a la espera de que mi millonario*
> *aparezca al fin.*

Se tocó la boca rápidamente.

—Sí, aún me duele al cantar —dijo.

Él inclinó el cuerpo hacia ella.

—Deja que te lo bese.

Ella volvió su rostro hacia el de él y Lev la besó con ternura, sin rozarla apenas.

—Puedes apretar un poco más —lo animó ella.

Él sonrió.

—Muy bien, ¿qué te parece esto? —Volvió a besarla, y esta vez, le acarició la parte interna de los labios con la punta de la lengua.

—Así también está bien —dijo ella al cabo de un minuto, y se echó a reír.

—En ese caso...

Esta vez le metió la lengua en la boca por completo, y ella respondió con avidez... como respondía siempre. Las lenguas de ambos se encontraron y ella le puso la mano por detrás de la nuca y le acarició el cuello. Lev oyó a alguien decir: «Qué asco...», y se preguntó si quienes pasaban por su lado repararían en su erección.

Sonriendo a Marga, comentó:

—Estamos escandalizando a los respetables habitantes de esta ciudad. —Levantó la vista para ver si alguien los estaba observando... y se topó con la mirada de su esposa, Olga.

La mujer lo miraba sin poder dar crédito a lo que veían sus ojos, formando con los labios un círculo perfecto de estupor.

A su lado estaba su padre, con traje y chaleco y un sombrero canotier. Tenía a Daisy en brazos. La hija de Lev llevaba un gorrito blanco para protegerse la cara del sol. La niñera, Polina, estaba detrás de ellos.

—¡Lev! —exclamó Olga—. ¿Qué...? ¿Quién es esa mujer?

Lev pensó que tal vez habría podido salir airoso de aquella situación si Vyalov no hubiese estado allí.

Se puso de pie.

—Olga... No sé qué decir.

Vyalov lo increpó duramente:

—No digas nada, patán.

Olga se echó a llorar.

Vyalov le entregó a Daisy a la niñera.

—Llévate a mi nieta al coche inmediatamente.

—Sí, señor Vyalov.

Vyalov agarró a Olga del brazo y tiró de ella.

—Ve con Polina, cariño.

Olga se tapó los ojos con la mano para ocultar sus lágrimas y siguió a la niñera.

—Maldito hijo de perra —insultó Vyalov a Lev.

Lev apretó los puños con fuerza. Si Vyalov le pegaba, él le devolvería el golpe. Vyalov era fuerte como un toro, pero tenía veinte años más que él. Lev era más alto, y se había curtido en las peleas callejeras de Petrogrado. No pensaba dejar que le dieran una paliza.

Vyalov le leyó el pensamiento.

—No voy a pelear contigo —dijo—. No merece la pena.

Lev quiso decirle: «Y entonces, ¿qué vas a hacer?», pero mantuvo la boca cerrada.

Vyalov miró a Marga.

—Debería haberte pegado más fuerte —espetó.

Marga cogió su bolso, lo abrió, metió la mano en él y la dejó allí.

—Si se me acerca aunque solo sea un centímetro, juro por Dios que le pegaré un tiro, maldito cerdo campesino ruso —lo amenazó.

Lev admiró la valentía de la chica: pocas personas tenían las agallas de amenazar a Josef Vyalov.

El rostro de Vyalov se puso pálido de ira, pero apartó la mirada de Marga y se dirigió a Lev.

—¿Sabes lo que vas a hacer?

¿Qué diablos vendría ahora?

Lev no dijo nada.

—Te vas a alistar en el puñetero ejército —dijo Vyalov.

Lev se quedó paralizado.

—No será en serio...

—¿Cuándo fue la última vez que me oíste decir algo que no fuera en serio?

—No pienso enrolarme en el ejército. ¿Cómo va a obligarme?

—O te presentas voluntario, o te llamarán a filas.

Marga interrumpió la conversación.

—¡No puede hacer eso! —le espetó.

—Sí que puede —dijo Lev, desolado—. Puede hacer lo que quiera en esta ciudad.

—¿Y sabes qué? —añadió Vyalov—. Puede que seas mi yerno, pero espero con toda mi alma que acabes muerto.

VI

Chuck y Doris Dixon dieron una merienda en su jardín a finales de junio. Gus fue con sus padres. Todos los hombres iban con traje, pero las mujeres llevaban vestidos de verano y exagerados sombreros, y los invitados formaban un grupo muy vistoso. Había sándwiches y cerveza, limonada y tarta. Un payaso repartía caramelos y un maestro en pantalones cortos se encargaba de organizar las actividades de los niños: carreras de sacos, de huevos y cucharas, y con las piernas atadas.

Doris quería hablar con Gus sobre la guerra, otra vez.

—Hay rumores de un motín en el ejército francés —le dijo.

Gus sabía que la verdad era peor que los rumores: había habido motines en cincuenta y cuatro divisiones francesas, y veinte mil hombres habían desertado.

—Supongo que por eso han cambiado su táctica, de ofensiva a defensiva —dijo en tono neutro.

—Por lo visto, los oficiales franceses no tratan bien a sus hombres. —A Doris le encantaba dar malas noticias sobre la guerra porque eso la reafirmaba en su oposición—. Y la ofensiva Nivelle ha sido un desastre.

—La llegada de nuestras tropas les dará un nuevo impulso. —Ya habían embarcado los primeros soldados norteamericanos rumbo a Francia.

—Pero hasta ahora solo hemos enviado una cantidad simbólica de hombres. Espero que eso signifique que no vamos a desempeñar un papel importante en la contienda —replicó Doris.

—No, no significa eso. Tenemos que reclutar, entrenar y armar al menos a un millón de hombres, y eso no lo podemos hacer de la noche a la mañana, pero el año que viene los enviaremos en centenares de miles.

Doris miró por encima del hombro de Gus y exclamó:

—Dios santo, aquí viene uno de nuestros nuevos reclutas.

Gus se volvió y vio a la familia Vyalov: Josef y Lena con Olga, Lev y una niña pequeña. Lev llevaba el uniforme del ejército. Estaba muy elegante, pero tenía ensombrecido el atractivo rostro.

Gus se sentía incómodo, pero su padre, haciendo gala de su personaje público como senador, estrechó cordialmente la mano de Josef y dijo algo que le hizo reír. Su madre se dirigió cortésmente a Lena y le dedicó arrumacos a la niña. Gus se dio cuenta de que sus padres ya habían previsto aquel encuentro y habían decidido actuar como si él y Olga nunca hubiesen estado prometidos.

Miró a Olga y la saludó educadamente con la cabeza. Ella se ruborizó.

Lev se mostró tan desenvuelto como de costumbre.

—¿Y qué, Gus, está contento contigo el presidente por haber solventado lo de la huelga?

Los demás oyeron la pregunta y se quedaron en silencio, atentos a la respuesta de Gus.

—Está contento con vosotros por mostraros razonables —dijo Gus con delicadeza—. Veo que te has alistado en el ejército.

—Me he presentado voluntario —repuso Lev—. Estoy acudiendo a las sesiones de entrenamiento.

—¿Y qué te parece?

De pronto, Gus advirtió que Lev y él habían congregado a su alrededor a un buen número de asistentes: los Vyalov, los Dewar y los

Dixon. Desde que se había roto el compromiso, nadie había vuelto a ver a aquellos dos hombres juntos en público. Todo el mundo sentía curiosidad.

—Me acostumbraré al ejército —dijo Lev—. ¿Y tú?

—¿Y yo, qué?

—¿Vas a presentarte voluntario? Al fin y al cabo, habéis sido tú y tu presidente quienes nos habéis metido en esta guerra.

Gus no dijo nada, pero se sintió avergonzado; Lev tenía razón.

—Siempre puedes esperar a ver si te llaman a filas —añadió Lev, hurgando en la herida—. Nunca se sabe, a lo mejor tienes suerte. Además, si vuelves a Washington, supongo que el presidente puede hacer que te declaren exento. —Se echó a reír.

Gus negó con la cabeza.

—No —dijo—. Lo he estado pensando y tienes razón: formo parte del gobierno que convocó el reclutamiento obligatorio. No podría eludirlo.

Vio a su padre asentir con la cabeza, como si ya esperase aquello, pero su madre protestó:

—Pero Gus, ¡tú trabajas para el presidente! ¿De qué otro modo podrías contribuir mejor al éxito de nuestra intervención en la guerra?

—Supongo que quedaría como un cobarde —dijo Lev.

—Exactamente —dijo Gus—. Así que no volveré a Washington. Esa parte de mi vida ha terminado por el momento.

—¡Gus, no! —oyó decir a su madre.

—Ya he hablado con el general Clarence, de la División de Buffalo —anunció—: voy a alistarme en el ejército.

Su madre se echó a llorar.

26

Mediados de junio de 1917

I

Ethel jamás había pensado en los derechos de las mujeres hasta que se encontró en la biblioteca de Tŷ Gwyn, soltera y embarazada, mientras el abogado Solman, hombre tan repugnante, le exponía su situación real. Iba a pasar los mejores años de su vida luchando por alimentar y criar al hijo de Fitz, pero el padre del bebé no tenía obligación de ayudarla en ningún sentido. Esa injusticia había hecho que sintiera deseos de asesinar a Solman.

Su ira se había acrecentado aún más al buscar trabajo en Londres. Solo podría acceder a un empleo si había sido rechazado previamente por un hombre y, en ese caso, le ofrecerían la mitad del salario de aquel o incluso menos.

Sin embargo, su feminismo más airado se había fortalecido como el acero durante los años que había vivido junto a las mujeres curtidas, trabajadoras y más que pobres del East End londinense. Los hombres solían contar el cuento de la distribución de tareas en la familia: ellos salían a ganarse el pan y las mujeres se ocupaban de la casa y de los niños. La realidad era muy distinta. La mayoría de las mujeres que conocía Ethel trabajaban doce horas diarias y además cuidaban de la casa y de los niños. Pese a estar mal alimentadas, explotadas en el trabajo, a pesar de vivir en chabolas y vestir harapos, les quedaba ánimo para cantar canciones, reír y amar a sus hijos. En opinión de Ethel, una sola de esas mujeres tenía más derecho al voto que diez hombres juntos.

Había defendido la causa durante tanto tiempo que sintió algo muy raro cuando el voto femenino se convirtió en una posibilidad real a mediados de 1917. De pequeña había preguntado: «¿Cómo será el cielo?», y jamás había recibido una respuesta satisfactoria.

El Parlamento accedió a debatir la cuestión a mediados de junio.

—Es el resultado de dos compromisos —dijo Ethel, emocionada, a Bernie mientras leía la noticia en *The Times*—: la Conferencia Parlamentaria, que Asquith creó para esquivar el problema, estaba desesperada por evitar que se armase demasiado revuelo.

Bernie estaba dando a Lloyd el desayuno: tostadas mojadas en té con azúcar.

—Supongo que el gobierno teme que las mujeres vuelvan a encadenarse a las vías del tren.

Ethel asintió en silencio.

—Y si los políticos se dedican a solucionar un lío como ese, el pueblo empezará a decir que no se concentran en ganar la guerra. Así que el comité ha recomendado otorgar el voto solo a las mujeres mayores de treinta años que sean propietarias de una casa o esposas de propietarios. Lo que significa que soy demasiado joven.

—Ese es el primer compromiso —dijo Bernie—. ¿Y el segundo?

—Según Maud, el gabinete estaba dividido. —El gabinete de guerra estaba formado por cuatro hombres más el primer ministro, Lloyd George—. Curzon está en nuestra contra, por supuesto. —El conde Curzon, líder de la Cámara de los Lores, se enorgullecía de su misoginia. Era presidente de la Liga para la Oposición al Sufragio Femenino—. Y también Milner. Pero Henderson nos apoya. —Arthur Henderson era el presidente del Partido Laborista, cuyos diputados apoyaban a las mujeres, aunque muchos hombres laboristas no lo hicieran—. Bonar Law está de nuestro lado, aunque no demuestra demasiado interés.

—Dos a favor, dos en contra, y Lloyd George, como siempre, queriendo contentar a todo el mundo.

—El compromiso es que existirá el voto libre. —Eso significaba que el gobierno no ordenaría a sus partidarios que votaran en uno u otro sentido.

—De esa forma, ocurra lo que ocurra, no será culpa del gobierno —observó Bernie.

—Nadie ha dicho que Lloyd George no fuera ocurrente.

—Pero os ha dado una oportunidad.

—Eso es todo, una oportunidad. Todavía nos queda hacer bastante trabajo de campaña —repuso Ethel.

—Creo que descubrirás que la actitud en general ha cambiado —anunció Bernie con optimismo—. El gobierno está desesperado por conseguir que las mujeres entren en la industria a sustituir a los hombres enviados a Francia, así que están generando montones de propaganda para ensalzar la grandeza de las mujeres como conductoras de autobuses y fabricantes de armamento. Eso hace más difícil que la gente alegue que las mujeres son inferiores.

—Espero que tengas razón —dijo Ethel con fervor.

Llevaban cuatro meses casados, y Ethel no se arrepentía. Bernie era inteligente, interesante y amable. Creían en las mismas cosas y luchaban juntos por conseguirlas. Seguramente, Bernie sería el candidato laborista por Aldgate en las siguientes elecciones generales, se celebrasen cuando se celebrasen; como casi todo, los comicios tenían que esperar a que finalizara la guerra. Bernie sería un buen diputado, trabajador e inteligente. No obstante, Ethel no sabía si el Partido Laborista podría ganar en Aldgate. El diputado de la localidad en ese momento era del Partido Liberal, pero habían cambiado muchas cosas desde los comicios de 1910. Aunque no se admitiese la cláusula sobre el voto para las mujeres, las demás propuestas de la Conferencia Parlamentaria darían el voto a muchos más hombres de la clase trabajadora.

Bernie era un hombre bueno, pero, aunque a Ethel le avergonzase reconocerlo, todavía recordaba con nostalgia a Fitz, que no era inteligente, ni interesante ni amable, y cuyas creencias estaban totalmente en contra de las suyas. Cuando pensaba en él estaba convencida de no ser mejor que esos hombres que babean al ver a las chicas que bailaban cancán. Esos individuos se excitaban al ver las medias, las combinaciones y las bragas con volantes; se sentía hipnotizada por las suaves manos de Fitz, por su forma de hablar cortante y por su aroma a limpio y ligeramente perfumado.

Sin embargo, ahora era Eth Leckwith. Todos hablaban de Eth y Bernie como si dijeran «sal y pimienta», «té con leche».

Puso los zapatos a Lloyd y lo llevó a casa de la cuidadora; luego se dirigió a la oficina de *The Soldier's Wife*. El tiempo era agradable y se sentía animada. «Sí que podemos cambiar el mundo —pensó—. No es fácil, pero sí posible. El periódico de Maud conseguirá respaldo para la aprobación de la ley entre las mujeres de la clase trabajadora, y garantizará que todas las miradas estén puestas en los diputados cuando estos voten.»

Maud ya se encontraba en la diminuta oficina, pues había llegado temprano; sin duda, por las noticias. Estaba sentada en una vieja mesa manchada, llevaba un vestido de verano de color lila y un sombrerito con solapa delantera y trasera, con una llamativa y larguísima pluma que atravesaba la visera. La mayor parte de su ropa era de preguerra, pero seguía vistiendo con elegancia. Parecía alguien con demasiada clase para aquel lugar, como un purasangre en una granja.

—Tenemos que sacar una edición especial —anunció al tiempo que tomaba notas en una libreta—. Estoy escribiendo la primera plana.

A Ethel la invadió una oleada de emoción. Eso era lo que a ella le gustaba: la acción. Se sentó del otro lado de la mesa y dijo:

—Me aseguraré de que el resto de las páginas estén listas. ¿Qué te parece una columna en la que hablemos de cómo pueden colaborar las lectoras?

—Sí. Que vengan a nuestras reuniones, que presionen a su diputado, que escriban una carta a algún periódico, esa clase de cosas.

—Haré un borrador. —Tomó un lápiz y una libreta de un cajón.

—Tenemos que movilizar a las mujeres en contra de esta propuesta de ley —dijo Maud.

Ethel se quedó de piedra, con el lápiz paralizado en la mano.

—¿Cómo? —preguntó—. ¿Has dicho «en contra»?

—Por supuesto. El gobierno solo va a fingir que da el voto a las mujeres, pero seguirá negándonoslo a la mayoría.

Ethel miró al otro lado de la mesa y leyó el titular que Maud había escrito: «¡Votemos en contra de esta farsa!».

—Un segundo. —Ella no lo consideraba una farsa—. Puede que esto no sea lo que todas queremos, pero peor es nada.

Maud la miró, enfadada.

—No, nada no es peor. Esta propuesta de ley solo aspira a la igualdad para las mujeres mayores.

Maud estaba siendo demasiado teórica. Por supuesto que estaba mal el discriminar, por principio, a las mujeres más jóvenes. Pero, en ese preciso instante, no tenía importancia. Era un asunto de realidad política.

—Verás, algunas veces, las reformas tienen que hacerse paso a paso —replicó Ethel—. Poco a poco, todos los hombres han ido consiguiendo el derecho al voto. Incluso ahora, solo la mitad de ellos pueden votar…

Maud la interrumpió con brusquedad.

—¿Has pensado en quiénes son las mujeres excluidas?

Era un defecto de Maud el poder parecer, de vez en cuando, prepotente. Ethel intentó no sentirse ofendida. Con calma, respondió:

—Bueno, yo soy una de ellas.

Maud no suavizó el tono.

—La mayoría de las mujeres que se dedican a la fabricación de armamento, y que son esenciales para la campaña de guerra, serán demasiado jóvenes para votar. Y también la mayoría de las enfermeras que han arriesgado su vida al cuidar a los heridos en Francia. Las viudas de los soldados no pueden votar, pese al terrible sacrificio que han hecho, si resulta que viven en casas de alquiler. ¿Es que no te das cuenta de que el objetivo de esta propuesta de ley es convertir a las mujeres en una minoría?

—¿Y por eso quieres hacer campaña en contra de la propuesta de ley?

—¡Por supuesto!

—Es una locura. —Ethel se sintió sorprendida y molesta por estar en tan rotundo desacuerdo con alguien que había sido su amiga y su colega durante tanto tiempo—. Lo siento, pero no veo cómo vamos a pedir a los diputados que voten en contra de algo que hemos exigido durante décadas.

—¡Eso no es lo que vamos a hacer! —Maud se enfadó aún más—. Hemos estado haciendo campaña por la igualdad, y esto no es igualdad. Si caemos en esta trampa, ¡nos quedaremos al margen durante otra generación!

—No se trata de caer o no en una trampa —dijo Ethel, irascible—. A mí no me están tomando el pelo. Entiendo lo que dices… no has sido muy sutil. Pero te equivocas en la valoración.

—¿Ah, sí? —respondió Maud, dándose aires de importancia, y de pronto Ethel le vio el parecido con Fitz: los hermanos defendían los argumentos contrarios con la misma tozudez.

—¡Tú piensa en la propaganda que sacarán los de la oposición! —replicó Ethel—. «Siempre hemos sabido que las mujeres no saben decidirse», dirán. «Por eso no pueden votar.» Volverán a burlarse de nosotras.

—Nuestra propaganda tiene que ser mejor que la suya —respondió Maud, airada—. Solo tenemos que explicar la situación a todos con mucha claridad.

Ethel sacudió la cabeza.

—Te equivocas. Estos temas tocan la fibra sensible. Durante años hemos hecho campaña en contra de la ley que prohibía el voto a las mujeres. Esa es la barrera. Una vez que se ha derribado, la gente verá las demás cuestiones como simples tecnicismos. Será relativamente fácil conseguir el voto para las mujeres más jóvenes y las demás restricciones ya se relajarán. Tienes que entenderlo.

—No, no lo entiendo —replicó Maud con frialdad. No le gustaba que le dijeran lo que tenía que hacer—. Esta propuesta de ley es un retroceso. Cualquiera que la apoye es un traidor.

Ethel se quedó mirando a Maud. Se sintió herida.

—No puedes decirlo en serio —espetó.

—Por favor, no me digas qué puedo y qué no puedo decir.

—Hemos trabajado y hecho campaña juntas durante dos años —dijo Ethel, y le brotaron las lágrimas—. ¿De verdad crees que si estoy en desacuerdo contigo soy desleal con la causa del sufragio femenino?

Maud se mostró implacable.

—Por supuesto que sí.

—Muy bien —respondió Ethel; y, sin saber qué otra cosa podía hacer, salió de allí.

II

Fitz encargó a su sastre que le confeccionara seis trajes nuevos. Todos los que tenía le quedaban grandes a su nueva y delgada figura y lo envejecían. Se puso su nueva ropa de fiesta: esmoquin negro, chaleco blanco y cuello de camisa de esmoquin con pajarita blanca. Se miró en el espejo de cuerpo entero de su habitación y pensó: «Así está mejor».

Bajó a la sala. Dentro de casa, podía moverse sin bastón. Maud le sirvió una copa de madeira.

—¿Cómo te encuentras? —le preguntó tía Herm.

—Los médicos dicen que la pierna está recuperándose, aunque es un proceso lento.

Fitz había regresado al frente a principios de año, pero el frío y la humedad habían resultado demasiado duros para él, y había regresado en el grupo de convalecientes; estaba trabajando para el servicio secreto.

—Sé que preferirías estar allí —dijo Maud—, pero no lamentamos que te hayas perdido los combates de esta primavera.

Fitz asintió en silencio. La ofensiva Nivelle había resultado un fracaso, y el general francés Nivelle había sido destituido. Los soldados franceses se habían amotinado: defendían las trincheras pero se negaban a cumplir la orden de avanzar. Hasta ese momento, había sido otro mal año para los aliados.

Sin embargo, Maud se equivocaba al pensar que Fitz habría preferido estar en el frente. El trabajo que hacía en la Sala 40 era seguramente más importante que la contienda en Francia. Muchas personas temían que los submarinos alemanes obstaculizaran las líneas de abastecimiento de Gran Bretaña. Pero en la Sala 40 se averiguaba dónde se encontraban los submarinos y se prevenía a los buques de guerra. Esa información, combinada con la táctica de enviar barcos en convoy escoltados por destructores, hacía que los submarinos resultasen mucho menos efectivos. Era una victoria, pese a que muy pocas personas estaban al tanto.

En ese momento, el peligro se encontraba en Rusia. El zar había sido depuesto, y podía ocurrir cualquier cosa. Hasta entonces, los moderados habían mantenido el control de la situación, pero ¿hasta cuándo podrían aguantar? No solo la familia de Bea y la herencia de Boy estaban en peligro. Si los extremistas tomaban el gobierno ruso podían declarar la paz con Alemania y liberar a cientos de miles de soldados alemanes para luchar en Francia.

—Al final no hemos perdido Rusia —comentó Fitz.

—De momento —dijo Maud—. Los alemanes están deseando que triunfen los bolcheviques. Todo el mundo lo sabe.

Mientras Maud hablaba, había entrado la princesa Bea, llevando un vestido de falda corta de seda plateada y un conjunto de joyas de diamantes. Fitz y Bea iban a una cena y luego a un baile: era la temporada londinense. Bea había escuchado el comentario de Maud y dijo:

—No subestimes a la familia real rusa. Todavía puede producirse una contrarrevolución. Al fin y al cabo, ¿qué ha ganado el pueblo ruso? Los trabajadores todavía se mueren de hambre, los soldados siguen muriendo y los alemanes continúan avanzando.

Grout entró con una botella de champán. La abrió sin hacer ruido y sirvió una copa a Bea. Como siempre, ella tomó un sorbo y la dejó.

—El príncipe Lvov ha anunciado que las mujeres podrán votar en las elecciones para la Asamblea Constituyente —dijo Maud.

—Si es que eso llega a ocurrir alguna vez —advirtió Fitz—. El gobierno provisional está haciendo muchas promesas, pero ¿alguien está escuchando? Por lo que yo sé, en las aldeas, todos crean un sóviet y se autogobiernan.

—¡Imagínatelo! —exclamó Bea—. ¡Esos campesinos supersticiosos y analfabetos pretendiendo gobernar!

—Es muy peligroso —convino Fitz, enfadado—. La gente no tiene ni idea de lo fácil que es caer en la anarquía y la barbarie. —El tema lo enfurecía.

—¡Qué irónico sería que al final Rusia acabara siendo más democrática que Gran Bretaña! —exclamó Maud.

—El Parlamento está a punto de debatir la cuestión del voto para las mujeres —comentó Fitz.

—Solo para las mujeres mayores de treinta años que sean propietarias, o para las esposas de propietarios.

—Aun así, tienes que estar encantada de haber conseguido este avance. He leído un artículo sobre ello firmado por tu camarada Ethel en uno de los periódicos. —Fitz se había quedado sorprendido, mientras estaba sentado en la sala de su club leyendo *The New Statesman*, al descubrir que estaba leyendo las palabras escritas por su antigua ama de llaves. Le hizo sentir incómodo el hecho de pensar que él no habría sido capaz de redactar un artículo tan claro y bien argumentado—. En su opinión, las mujeres deberían aceptar esta propuesta porque peor es nada.

—Me temo que estoy en desacuerdo —dijo Maud con absoluta frialdad—. No pienso esperar hasta los treinta para que se me considere miembro de la especie humana.

—¿Os habéis peleado?

—Hemos llegado al acuerdo de seguir por caminos distintos.

Fitz se dio cuenta de que Maud estaba furiosa. Como la atmósfera se había tornado demasiado tensa, se volvió hacia lady Hermia.

—Si el Parlamento da el voto a las mujeres, tía, ¿a quién entregará su voto?

—No estoy segura de que votara —respondió tía Herm—. ¿No es un tanto vulgar?

Maud pareció enfadada, pero Fitz sonrió.

—Si las damas de buena familia piensan así, las únicas votantes serán las trabajadoras, y conseguirán que los socialistas suban al poder —dijo.

—¡Oh, cielos! —exclamó la tía Herm—. Pues quizá sí vote.

—¿Daría su voto a Lloyd George?

—¿A un abogado galés? Por supuesto que no.

—Tal vez a Bonar Law, el líder conservador.

—Supongo que sí.

—Pero es canadiense.

—¡Oh, por el amor de Dios!

—Es el problema de tener un imperio. La chusma de todo el mundo cree que forma parte de él.

La niñera entró con Boy. Ya tenía dos años y medio, y era una criatura de mejillas lozanas y abundante pelo rubio. Corrió hacia Bea y se sentó en su regazo.

—¡He comido gachas y a ella se le ha caído el azúcar! —dijo riendo.

En eso había consistido el gran acontecimiento del día con la niñera.

Fitz pensó que Bea estaba más radiante que nunca cuando se encontraba con el niño. Se le suavizaba el gesto y se volvía afectuosa, no paraba de acariciarlo y besarlo. Pasados unos minutos, el pequeño saltó del regazo de su madre y se dirigió hacia Fitz.

—¿Cómo está mi soldadito? —preguntó Fitz—. ¿Vas a hacerte mayor para ir a disparar a los alemanes?

—¡Bang! ¡Bang! —exclamó Boy.

Fitz se dio cuenta de que tenía mocos.

—¿Ya se ha resfriado, Jones? —preguntó con sequedad.

La niñera pareció asustada. Era una joven de Aberowen, pero había recibido preparación profesional.

—No, milord, estoy segura, ¡estamos en junio!

—Existen los constipados de verano.

—Ha estado bien todo el día. Simplemente tiene mocos.

—Seguro que es eso. —Fitz sacó un pañuelo de algodón del bolsillo de la pechera de su chaqueta y le limpió la nariz a Boy—. ¿Ha estado jugando con niños de la calle?

—No, señor, en absoluto.

—¿Y en el parque?

—En las zonas que visitamos solo hay niños de buenas familias. Me aseguro siempre de ello.

—Espero que así sea. Este niño heredará el título de los Fitzherbert, y puede que llegue a ser príncipe ruso. —Fitz dejó a Boy en el suelo y el pequeño salió corriendo con su niñera.

Grout reapareció con un sobre en una bandeja de plata.

—Un telegrama, milord —dijo—. Está dirigido a la princesa.

Fitz hizo un gesto para indicar que Grout debía entregar el sobre a Bea. Ella hizo un gesto de impaciencia —en tiempos de guerra, los telegramas ponían a todo el mundo nervioso—, y rasgó el sobre para abrirlo. Leyó rápidamente el papel y lanzó un grito de angustia.

Fitz se levantó de un salto.

—¿Qué ocurre?

—¡Mi hermano!

—¿Está vivo?

—Sí... herido. —Rompió a llorar—. Le han amputado un brazo, pero está recuperándose. ¡Oh, pobre Andréi!

Fitz cogió el telegrama y lo leyó. La única información adicional era que el príncipe Andréi había sido enviado a su casa en Bulovnir, la localidad en la que había nacido, en la provincia de Tambov, al sudeste de Moscú. Deseó que Andréi realmente estuviera recuperándose. Muchos hombres morían por las heridas infectadas, y la amputación no siempre detenía la propagación de la gangrena.

—Querida, lo siento muchísimo —dijo Fitz. Maud y tía Herm se situaron a ambos lados de Bea para intentar consolarla—. Dice que pronto llegará una carta, pero Dios sabe cuánto tiempo tardará en arribar hasta aquí.

—¡Tengo que saber cómo está! —exclamó Bea entre sollozos.

—Pediré al embajador británico que averigüe todo cuanto pueda —prometió Fitz.

Un conde seguía teniendo privilegios, incluso en aquella época de democracia.

—Permite que te llevemos a tu habitación, Bea —dijo Maud.

Bea asintió y se levantó.

—Será mejor que yo asista a la cena de lord Silverman; Bonar Law estará allí. —Fitz quería convertirse algún día en ministro del gobierno conservador y le alegraba poder tener la oportunidad de charlar con el presidente del partido—. Pero no iré al baile y regresaré directamente a casa.

Bea hizo un gesto afirmativo con la cabeza y dejó que la acompañaran a su cuarto.

Grout entró y anunció:

—El coche está listo, milord.

Durante el breve recorrido hasta Belgrave Square, Fitz pensó en lo ocurrido. El príncipe Andréi jamás había sido un buen administrador de las tierras de la familia. Seguramente utilizaría su lesión como excusa para encargarse aún menos de la gestión del legado. Las propiedades caerían en una decadencia aún mayor. Pero Fitz no podía hacer nada en Londres, a dos mil quinientos kilómetros de distancia. Se sintió frustrado y preocupado. La anarquía estaba a la vuelta de la esquina, y la dejadez por parte de nobles como Andréi era lo que daba a los revolucionarios una oportunidad.

Cuando llegó a la residencia de Silverman, Bonar Law ya estaba allí, y también Perceval Jones, diputado por Aberowen y director de Celtic Minerals. Jones, en el mejor de los casos, era un engreído, y esa noche estaba henchido de orgullo al encontrarse en tan distinguida compañía, hablando con lord Silverman con las manos metidas en los bolsillos; tenía un enorme reloj de oro cuya cadena asomaba por el ancho bolsillo de su chaleco.

Fitz no tendría que haberse sorprendido tanto. Era una cena política, y Jones estaba adquiriendo cada vez más popularidad en el Partido Conservador: sin duda alguna esperaba convertirse en ministro y que Bonar Law llegara a ser primer ministro. De todas formas, era como encontrarse con el jefe de cuadras en el baile de tu club de campo, y Fitz tuvo el horrible presentimiento de que el bolchevismo podía estar llegando a Londres, no con la revolución, sino con sigilo.

Ya en la mesa, Jones sobresaltó a Fitz al declarar que estaba a favor de conceder el voto a las mujeres.

—¡Por el amor de Dios! ¿Por qué? —preguntó Fitz.

—Hemos hecho una consulta entre los presidentes y representantes electorales de cada localidad —respondió Jones, y Fitz vio que Bonar Law asentía en silencio—. Dos de cada tres están a favor de la propuesta.

—¿Los conservadores? —preguntó Fitz con incredulidad.

—Sí, milord.

—Pero ¿por qué?

—La propuesta de ley concede el voto solo a las mujeres mayores de treinta años y propietarias o esposas de propietarios. La mayoría de las trabajadoras de las fábricas quedan excluidas, porque suelen ser más jóvenes. Y todas esas horribles intelectuales son solteronas que viven en casas que no son suyas.

Fitz estaba atónito. Siempre había considerado aquello como una cuestión de principios. Pero los principios no contaban para hombres de negocios con ínfulas como Jones. Fitz jamás había pensado en las consecuencias electorales.

—Pero sigo sin entender…

—La mayoría de las nuevas votantes serán mujeres maduras de clase media, madres de familia. —Jones torció el gesto con una mueca burlona—. Lord Fitzherbert, son el mayor grupo conservador del país. Esta ley otorgará seis millones de votos más a nuestro partido.

—¿Así que va a apoyar el sufragio femenino?

—¡Eso debemos hacer! Necesitamos a esas mujeres conservadoras. En las próximas elecciones habrá tres millones más de votantes varones, muchos de ellos vendrán de la guerra y la mayoría no estarán de nuestro lado. Pero nuestras nuevas mujeres los superarán en número.

—Pero ¿y los principios, señor? —protestó Fitz, aunque le dio la sensación de estar perdiendo esa batalla.

—¿Principios? —espetó Jones—. Esta es la realidad política. —Dedicó una sonrisa condescendiente a Fitz que enfureció al conde—. Pero entonces, si me lo permite, siempre ha sido usted un idealista, milord.

—Todos somos idealistas —dijo lord Silverman, intentando suavizar el tono de la discusión, como buen anfitrión—. Por eso estamos metidos en política. Las personas sin ideales no molestan. Aunque también tenemos que enfrentarnos a la realidad de los comicios y a la opinión pública.

Fitz no quería que lo etiquetasen como soñador falto de sentido práctico, así que dijo rápidamente:

—Por supuesto que sí. Aun así, la cuestión del lugar que corresponde a la mujer afecta al núcleo de la vida familiar, cuestión que creía de suma importancia para los conservadores.

—El debate sigue abierto —dijo Bonar Law—. Los diputados tienen libertad de voto. Seguirán el dictado de su conciencia.

Fitz asintió con sumisión, y Silverman empezó a hablar del motín del ejército francés.

El conde permaneció callado durante el resto de la cena. Le parecía escandaloso que aquella propuesta de ley contara con el apoyo tanto de Ethel Leckwith como de Perceval Jones. Existía la peligrosa posibilidad de que fuera aceptada. Creía que los conservadores defenderían los valores tradicionales, no que cambiarían de chaqueta con tanta facilidad por ganar votos; pero había visto con toda claridad que Bonar Law no opinaba lo mismo, y Fitz no había querido expresar que él estaba en desacuerdo. El resultado era que se avergonzaba de sí mismo al no ser del todo sincero, y era una sensación que detestaba.

Abandonó la casa de lord Silverman inmediatamente después que Bonar Law. Regresó a casa y subió a la habitación enseguida. Se desvistió en su vestidor, se puso una bata de seda y fue al dormitorio de Bea.

La encontró sentada en la cama, tomando una taza de té. Se dio cuenta de que había estado llorando, pero se había empolvado la cara y se había puesto su camisón de flores y una mañanita rosa de punto con mangas de globo. Le preguntó cómo se sentía.

—Estoy destrozada —respondió ella—. Andréi es toda la familia que me queda.

—Lo sé. —Los padres de Bea estaban muertos y no tenía otros parientes cercanos—. Resulta preocupante, pero seguramente sabrá salir adelante.

Ella dejó la taza y el platillo.

—He estado pensándolo mucho, Fitz.

No era una frase muy típica de Bea.

—Por favor, toma mi mano —dijo ella.

Le agarró la mano izquierda con ambas manos. Estaba preciosa y, pese al tema de la conversación, sintió cómo afloraba en él el deseo. Notó los anillos que ella llevaba: el anillo de compromiso de diamantes y una alianza de matrimonio de oro. Sintió el deseo de meterse su mano en la boca y mordisquearle el pulgar.

—Quiero que me lleves a Rusia —anunció Bea.

Se quedó tan sorprendido que le soltó la mano.

—¿Cómo?

—No te niegues todavía… piénsalo —dijo ella—. Dirás que es peligroso, ya lo sé. De todas formas, en la actualidad, hay cientos de ingleses en Rusia: diplomáticos en la embajada, hombres de negocios, oficiales del ejército y soldados en nuestras misiones militares en el país, periodistas y otros.

—¿Y Boy?

—Detesto tener que dejarlo, pero la niñera Jones es excelente, Hermia está totalmente volcada en él y Maud puede tomar decisiones difíciles en momentos de crisis.

—Pero necesitaremos visados…

—Podrías llamar a las puertas necesarias. Por el amor de Dios, si acabas de cenar al menos con un miembro del gabinete.

Bea tenía razón.

—El Foreign Office seguramente me pedirá que escriba un informe del viaje, sobre todo porque viajaremos por la zona rural, que es una ruta que nuestros diplomáticos rara vez se arriesgan a seguir.

Ella volvió a agarrarlo de la mano.

—Mi único pariente vivo está gravemente herido y puede morir. Tengo que verlo. Por favor, Fitz. Te lo suplico.

La verdad era que Fitz no tenía tantas reticencias como ella se imaginaba. Su percepción sobre el peligro había quedado alterada en el frente. Al fin y al cabo, la mayoría de las personas sobrevivían a una cortina de fuego. Un viaje a Rusia, pese a ser peligroso, no era nada en comparación con aquello. De todas formas, tenía sus dudas.

—Entiendo lo que me pides —dijo—. Deja que haga algunas averiguaciones.

Bea lo tomó como su consentimiento.

—¡Oh, gracias! —exclamó.

—No me lo agradezcas todavía. Deja que averigüe si es realmente viable.

—Está bien —repuso ella, pero Fitz se dio cuenta de que daba por sentada la respuesta.

Fitz se levantó.

—Voy a prepararme para ir a la cama —dijo, y se dirigió hacia la puerta.

—Cuando te pongas el pijama… vuelve, por favor. Quiero que me abraces.

Fitz sonrió.

—Por supuesto —convino.

III

El día en que el Parlamento debatió el voto para la mujer, Ethel organizó una concentración cerca del palacio de Westminster.

Ahora trabajaba para el Sindicato Nacional de Trabajadores de la Confección, que se había mostrado muy interesado en contratar a una activista tan conocida. Su función principal era conseguir la adhesión de mujeres al sindicato en las fábricas del East End donde se explotaba a las trabajadoras, aunque la organización creía en la lucha por sus miembros no solo en el lugar de trabajo sino también en el plano de la política nacional.

Ethel estaba triste por haber finalizado su relación con Maud. Quizá siempre hubiera existido algo artificial en esa amistad entre la hermana del conde y su antigua ama de llaves, pero Ethel creía que llegarían a superar esa división de clases. Sin embargo, en lo más profundo de su corazón, Maud creía —sin ser siquiera consciente de ello— que ella había nacido para mandar y Ethel para obedecer.

Ethel esperaba que la votación del Parlamento se produjera antes de que finalizara la concentración, para poder anunciar así el resultado, pero el debate se prolongó hasta tarde, y el grupo debía dispersarse a las diez. Ethel y Bernie fueron a un pub de Whitehall del que eran asiduos los diputados del Partido Laborista y esperaron las noticias.

Eran ya más de las once y el pub estaba cerrando cuando dos diputados entraron a todo correr. Uno de ellos vio a Ethel.

—¡Hemos ganado! —gritó el hombre—. Quiero decir, habéis ganado. Las mujeres.

Ethel no podía creerlo.

—¿Han aprobado la ley?

—Por una inmensa mayoría: ¡387 a favor y 57 en contra!

—¡Hemos ganado! —Ethel besó a Bernie—. ¡Hemos ganado!

—Bien hecho —dijo él—. Disfruta de tu victoria. Te lo mereces.

No podrían haber bebido para celebrarlo. Las nuevas normativas de guerra prohibían servir alcohol en los pubs a partir de una hora determinada. Se suponía que era para mejorar la productividad de la clase trabajadora. Ethel y Bernie salieron a Whitehall para tomar el autobús de regreso a casa.

Mientras esperaban en la parada, Ethel estaba eufórica.

—No puedo asimilarlo. Después de todos estos años… ¡el voto para la mujer!

Un viandante la escuchó; era un hombre alto, vestido de etiqueta, que caminaba con un bastón.

Ethel reconoció a Fitz.

—No esté tan segura —le dijo—. Conseguiremos derrotarlas en la Cámara de los Lores.

27

Junio-septiembre de 1917

I

Walter von Ulrich salió trepando de la trinchera y, jugándose la vida, echó a andar por tierra de nadie.

En los cráteres abiertos por los obuses empezaban a brotar hierba y flores silvestres. Era una tarde templada de verano en una región que en el pasado había pertenecido a Polonia, después a Rusia y que en ese momento estaba parcialmente ocupada por tropas alemanas. Walter llevaba un abrigo de paisano sobre el uniforme de cabo. Se había embadurnado de tierra la cara y las manos para resultar más verosímil. Llevaba una gorra blanca, a modo de bandera de tregua, y una caja de cartón al hombro.

Se recordó que no había motivo para tener miedo.

Las posiciones rusas apenas eran visibles a la tenue luz del crepúsculo. Habían pasado semanas sin que se oyera un disparo, y Walter creyó que su aproximación sería considerada con más curiosidad que recelo.

Si se equivocaba, estaba muerto.

Los rusos preparaban una ofensiva. Los aviones y las patrullas de reconocimiento alemanes habían informado que en las primeras líneas del frente se estaban desplegando nuevos contingentes y descargando camiones de munición. Lo habían confirmado rusos famélicos que habían cruzado las líneas y se habían rendido con la esperanza de que sus captores alemanes les dieran algo de comer.

Las pruebas de una ofensiva inminente supusieron una gran decepción para Walter. Confiaba en que el nuevo gobierno ruso fuera incapaz de seguir luchando. En Petrogrado, Lenin y los bolcheviques clamaban categóricamente por la paz, y editaban un sinfín de periódicos y panfletos... sufragados con dinero alemán.

El pueblo ruso no quería la guerra. El anuncio de Pável Miliukov, el ministro de Asuntos Exteriores, de que Rusia seguía aspirando a una «victoria decisiva» había llevado de nuevo a las calles a obreros y soldados ultrajados. El joven e histriónico ministro de la Guerra y de la Armada, Kérenski, responsable de la nueva ofensiva prevista, había reinstaurado la flagelación en el ejército y restituido la autoridad de los oficiales. Pero ¿regresarían al combate los soldados rusos? Eso era lo que los alemanes necesitaban saber, y averiguarlo era el motivo por el que Walter estaba poniendo en peligro su vida.

Las señales eran ambiguas. En algunas secciones del frente, los soldados habían izado banderas blancas y declarado el armisticio de forma unilateral. En otras parecía reinar la calma y la disciplina; era una de ellas la que Walter había decidido visitar.

Al fin había conseguido alejarse de Berlín. Probablemente Monika von der Helbard les habría dicho ya abiertamente a sus padres que no habría boda. En cualquier caso, Walter volvía a estar en el frente, recabando información para los servicios secretos.

Se recolocó la caja sobre el hombro. En ese instante atisbó decenas de cabezas asomando por el borde de la trinchera. Llevaban gorras; los soldados rusos no disponían de cascos. Lo miraban fijamente pero no lo apuntaban con las armas, de momento.

Pensó en la muerte con ánimo fatalista. Creía que ya podía morir feliz después de la gloriosa noche que había compartido con Maud en Estocolmo, pero, obviamente, prefería vivir. Quería formar un hogar con Maud y tener hijos. Y esperaba poder hacerlo en una Alemania próspera y democrática. Pero eso significaba ganar la guerra, lo que a su vez significaba arriesgar su vida, de modo que no tenía elección.

Pese a ello, sintió un nudo en el estómago al adentrarse en el radio de alcance de los fusiles. Para cualquiera de aquellos soldados, era muy fácil apuntarle con el arma y apretar el gatillo… A fin de cuentas, estaban allí para eso.

No llevaba fusil, y confiaba en que los otros reparasen en ello. Sí llevaba una pistola Luger 9 mm sujeta al cinturón, a la espalda, pero ellos no podían verla. Lo que sí podían ver era la caja que cargaba. Confiaba en que pareciera inofensiva.

Cada paso que daba le hacía sentirse agradecido por seguir vivo, pero era consciente de que también lo acercaba un poco más al peligro. «Podría pasar en cualquier momento», pensó filosóficamente. Se preguntó si un hombre oiría el disparo que lo mataba. Lo que más temía Walter era que lo hirieran y se fuera desangrando lentamente hasta morir, o sucumbir a una infección en algún hospital de campaña inmundo.

Empezó a distinguir las caras de los rusos, y en sus semblantes vio regocijo, asombro y alegre desconcierto. Ansioso, buscó con la mirada indicios de miedo: ese era el mayor peligro. Un soldado asustado podía disparar tan solo para aliviar la tensión.

Al fin le quedaban diez metros para llegar, después nueve, ocho… Alcanzó el borde de la trinchera.

—Hola, camaradas —dijo en ruso, y dejó la caja en el suelo.

Tendió una mano al soldado que tenía más cerca. Automáticamente, el hombre hizo lo propio y lo ayudó a bajar a la trinchera. Un reducido grupo se congregó a su alrededor.

—He venido a preguntaros algo —dijo.

Los rusos mejor educados chapurreaban el alemán, pero los soldados eran campesinos y pocos entendían ningún idioma aparte del suyo. De niño, Walter había aprendido ruso como parte de su formación, rígidamente impuesta por su padre, para labrarse una carrera en el ejército y el Ministerio de Asuntos Exteriores. No lo hablaba a menudo, pero creyó que recordaría lo suficiente para esa misión.

—Antes, un trago —añadió.

Bajó la caja a la trinchera, rasgó la parte superior, la abrió y sacó una botella de aguardiente. La descorchó, tomó un trago, se secó los labios y ofreció la botella al soldado que tenía al lado, un cabo espigado de unos dieciocho o diecinueve años. El joven sonrió, bebió y pasó la botella a sus compañeros.

Walter observó el entorno con disimulo. La trinchera era precaria, con las paredes inclinadas y sin puntales de madera. El suelo era irregular y carecía de pasaderas, de modo que incluso entonces, en verano, estaba enlodado. Ni siquiera seguía una línea recta… aunque probablemente fuera mejor así, ya que también carecía de los travesaños que ayudaban a contener la onda expansiva de las bombas. El olor era nauseabundo; obviamente, los hombres no siempre se molestaban en desplazarse a las letrinas. ¿Qué les pasaba a esos rusos? Todo cuanto hacían era chapucero y caótico, y para colmo lo dejaban a medias.

Mientras la botella pasaba de mano en mano, apareció un sargento.

—¿Qué ocurre aquí, Fiódor Igórovich? —preguntó, dirigiéndose al espigado cabo—. ¿Por qué estás hablando con un enculavacas alemán?

Fiódor era joven, pero lucía un mostacho poblado, largo y rizado.

Por alguna razón, llevaba una gorra de marinero ladeada con aire desenfadado. Desprendía una confianza en sí mismo rayana en la arrogancia.

—Tome un trago, sargento Gávrik.

El sargento también bebió de la botella, pero sin la despreocupación de sus hombres. Dirigió a Walter una mirada recelosa.

—¿Qué cojones estás haciendo aquí?

Walter tenía preparada la respuesta.

—De parte de los obreros, los soldados y los campesinos alemanes, vengo a preguntar por qué combatís contra nosotros.

Tras un instante de silencio atónito, Fiódor dijo:

—¿Por qué combatís vosotros contra nosotros?

Walter también había preparado una respuesta para eso.

—No tenemos elección. Nuestro país sigue estando gobernado por el káiser, aún no hemos hecho una revolución. Pero vosotros sí. El zar se ha ido, y Rusia ahora está gobernada por su pueblo. Por eso he venido a preguntaros a vosotros, el pueblo: ¿por qué combatís contra nosotros?

Fiódor miró a Gávrik y exclamó:

—¡Eso es lo que nos preguntamos nosotros a todas horas!

Gávrik se encogió de hombros. Walter supuso que era un tradicionalista y que, como tal, se reservaba prudentemente sus opiniones.

Varios hombres más se acercaron por la trinchera y se unieron a ellos. Walter abrió otra botella. Miró a aquellos hombres delgados, harapientos y sucios que empezaban ya a achisparse.

—¿Qué quieren los rusos?

Varios hombres contestaron:

—Tierra.

—Paz.

—Libertad.

—¡Más alcohol!

Walter sacó otra botella de la caja. Lo que en verdad necesitaban, pensó, era jabón, comida en abundancia y botas nuevas.

—Yo quiero irme a mi pueblo. Están repartiendo la tierra del príncipe y tengo que asegurarme de que mi familia reciba una porción justa —dijo Fiódor.

—¿Apoyáis a algún partido político? —preguntó Walter.

—¡A los bolcheviques! —contestó un soldado, y los demás lo aclamaron.

Walter estaba satisfecho.

—¿Estáis afiliados al Partido?

Todos negaron con la cabeza.

—Yo antes apoyaba a los socialistas revolucionarios, pero nos han defraudado —intervino Fiódor—. Kérenski ha vuelto a instaurar la flagelación.

—Y ha ordenado una ofensiva en verano —añadió Walter. Frente a él veía una pila de cajas de munición, pero no hizo referencia a ellas por temor a desviar la atención de los rusos hacia la obvia posibilidad de que fuera un espía—. Lo hemos visto desde los aviones —añadió.

—¿Por qué necesitamos atacar? ¡Podríamos firmar la paz ahora mismo! —le reprochó Fiódor a Gávrik.

Se oyó un murmullo de acuerdo.

—Entonces, ¿qué haréis si os dan la orden de avanzar? —preguntó Walter.

—Habrá que reunir al comité de soldados para debatirlo —contestó Fiódor.

—No digas sandeces —intervino Gávrik—. A los comités de soldados ya no se les permite debatir órdenes.

Se oyó un rumor de descontento, y en uno de los extremos del grupo alguien masculló:

—Eso ya lo veremos, camarada sargento.

La congregación siguió creciendo. Tal vez los rusos tenían la capacidad de oler el alcohol a distancia. Walter ofreció dos botellas más. A modo de explicación a los recién llegados, dijo:

—El pueblo alemán desea la paz tanto como vosotros. Si no nos atacáis, nosotros no os atacaremos.

—¡Brindo por eso! —exclamó uno de los que acababan de unirse a ellos, y se oyeron algunos vítores.

Walter temía que el bullicio atrajera la atención de algún oficial, y se preguntaba cómo podía conseguir que los rusos bajaran la voz pese al aguardiente... pero ya era demasiado tarde. Una voz contundente y autoritaria bramó:

—¿Qué está pasando ahí? ¿Qué os traéis entre manos? —La muchedumbre se abrió para dejar pasar a un hombre corpulento ataviado con uniforme de comandante, que miró a Walter y le preguntó—: ¿Quién demonios eres tú?

A Walter se le encogió el alma. Sin duda, el deber de un oficial era hacerlo prisionero. Los servicios secretos alemanes sabían cómo trataban los rusos a los prisioneros de guerra. Ser apresado por ellos equivalía a ser condenado a morir lentamente de hambre y frío.

Se obligó a sonreír y ofreció al comandante la última botella que quedaba por abrir.

—Tome un trago, comandante.

El oficial no le hizo caso y se volvió hacia Gávrik.

—¿Qué cree que está haciendo?

Gávrik no se amedrentó.

—Los hombres no han cenado hoy, comandante, así que no podía negarles un trago.

—¡Debería haberlo apresado!

—No podemos apresarlo, ahora que nos hemos bebido estas botellas —repuso Fiódor; empezaba a arrastrar las palabras—. ¡No sería justo!

Los demás lo ovacionaron.

El comandante se dirigió a Walter:

—Eres un espía y debería volarte la maldita cabeza. —Se llevó una mano al revólver que llevaba enfundado en el cinturón.

Los soldados protestaron a gritos. El comandante seguía furioso, pero no dijo nada más; era evidente que no quería enfrentarse a sus hombres.

—Será mejor que me vaya —les dijo Walter—. Vuestro comandante es un poco antipático. Además, tenemos un burdel justo detrás de la primera línea, y hay una chica rubia con unas tetas enormes que debe de sentirse un poco sola...

Todos prorrumpieron en risas y vítores. Era una verdad a medias: había un burdel, pero Walter nunca lo había visitado.

—Recordad —añadió—: ¡nosotros no lucharemos si vosotros no lo hacéis!

Salió a trompicones de la trinchera. Ese era el momento de mayor peligro. Se irguió, avanzó unos pasos, se dio media vuelta, se despidió con la mano y siguió andando. Aquellos soldados habían satisfecho su curiosidad y se habían bebido todo el aguardiente, pero quizá entonces empezaran a creer que debían cumplir con su deber de disparar al enemigo. Walter se sintió como si llevara una diana pintada en la espalda.

Anochecía. Pronto desaparecería de su vista. Unos metros más y estaría a salvo. Tuvo que hacer acopio de toda su entereza para no echar a correr, pues creía que si lo hacía provocaría un disparo. Apretando las mandíbulas, caminó a paso regular por entre los restos de proyectiles sin explosionar.

Volvió la mirada fugazmente. Ya no alcanzaba a ver la trinchera. Eso significaba que los otros tampoco podían verlo a él. Estaba a salvo.

Siguió avanzando, con la respiración más relajada. El riesgo había merecido la pena. Había obtenido mucha información. Aunque aquella sección no tenía izada ninguna bandera blanca, los rusos se encontraban en condiciones pésimas para el combate. Era evidente que los hombres estaban descontentos y a un paso de la rebelión, y que los oficiales a duras penas conseguían imponer la disciplina. El sargento, prudente, había procurado no contrariarlos apresando a Walter. Con semejante estado de ánimo, era imposible que sus soldados opusieran excesiva resistencia.

Accedió al campo de visión de la línea alemana. Gritó su nombre y una contraseña previamente acordada. Saltó a la trinchera. El teniente lo saludó.

—¿Una salida fructífera, señor?

—Sí, gracias —contestó Walter—. En realidad, mucho.

II

Katerina yacía en la cama de la antigua habitación de Grigori, vestida solo con una enagua. La ventana estaba abierta y dejaba entrar el cálido aire de julio y el clamor de los trenes que pasaban a apenas unos metros. Estaba embarazada de seis meses.

Grigori dibujó con un dedo el perfil de su cuerpo, partiendo del hombro, ascendiendo sobre su generoso seno, bajando hacia las costillas, ascendiendo de nuevo sobre la suave loma de su vientre y deslizándose hacia el muslo. Nunca había conocido esa dicha relajada. Sus amoríos de juventud habían sido precipitados y efímeros. Para él era una experiencia nueva y emocionante yacer al lado de una mujer después de hacer el amor, acariciando su cuerpo con ternura y cariño, sin apremio ni lujuria. Quizá esa era la esencia del matrimonio, pensó.

—Embarazada eres aún más guapa —le dijo con un hilo de voz para no despertar a Vlad.

Durante dos años y medio había hecho de padre al hijo de su hermano, pero en pocos meses iba a tener un hijo propio. Le habría gustado llamarle Lenin, pero ya tenían a un Vladímir. El embarazo había transformado a Grigori en un político de línea dura. Tenía que pensar en el país en el que crecería su hijo, y quería que aquel niño fuera libre. (Por algún motivo, daba por hecho que sería un varón.) Tenía que asegurarse de que Rusia fuera gobernada en adelante por el pueblo, no por un zar, ni por un Parlamento de clase media, ni por una coalición de empresarios y generales que traerían de vuelta los viejos métodos con nuevas máscaras.

En realidad, Lenin no le gustaba. Era un hombre que vivía permanentemente encolerizado. Gritaba a todo el mundo a todas horas. Cualquiera que discrepara de él era un canalla, un malnacido, un cabrón. Pero trabajaba con mayor ahínco que nadie, pensaba a largo plazo y sus decisiones siempre eran acertadas. En el pasado, toda «revolución» rusa no había conducido más que a la vacilación. Grigori sabía que Lenin no permitiría que eso ocurriera.

El gobierno provisional también lo sabía, y había indicios de que tenía a Lenin entre sus objetivos. La prensa de derechas lo había acusado de hacer de espía para Alemania. Era una acusación ridícula. Sin embargo, sí era cierto que Lenin tenía una fuente de financiación secreta. Grigori, que se contaba entre los que ya eran bolcheviques antes de la guerra, formaba parte de su círculo más próximo y sabía que el dinero procedía de Alemania. Si el secreto se aireaba, despertaría sospechas.

Empezaba a dormirse cuando oyó pasos en el rellano, seguidos de unos golpes fuertes y apremiantes en la puerta. Mientras se ponía los pantalones, gritó:

—¿Quién es?

Vlad se despertó y rompió a llorar.

—¿Grigori Serguéievich? —preguntó una voz masculina.

—Sí.

Grigori abrió la puerta y vio a Isaak.

—¿Qué ha ocurrido?

—Han expedido órdenes de detención para Lenin, Zinóviev y Kámenev.

A Grigori se le heló la sangre.

—¡Tenemos que avisarlos!

—Tengo un coche del ejército fuera.

—Voy a ponerme las botas.

Isaak bajó. Katerina cogió en brazos a Vlad y lo consoló. Grigori acabó de vestirse a toda prisa, los besó a los dos y corrió escaleras abajo.

Subió al coche al lado de Isaak y dijo:

—Lenin es el más importante. —Había motivos de peso para que el gobierno lo tuviera entre sus objetivos. Zinóviev y Kámenev eran dos revolucionarios de peso, pero Lenin era el motor que propulsaba el movimiento—. Debemos avisarlo a él primero. Vamos a casa de su hermana. Conduce tan deprisa como puedas.

Isaak pisó a fondo el acelerador. Grigori se sujetó con fuerza cuando el coche chirrió al doblar una esquina.

—¿Cómo te has enterado? —preguntó cuando el vehículo volvió a enderezarse.

—Me lo ha dicho un bolchevique del Ministerio de Justicia.

—¿Cuándo se han firmado las órdenes?

—Esta mañana.

—Espero que lleguemos a tiempo.

A Grigori le aterraba la posibilidad de que ya hubieran detenido a Lenin. Nadie más poseía su inflexible determinación. Era un bravucón, pero había transformado a los bolcheviques en el partido mayoritario. Sin él, la revolución podría retroceder e incluso peligrar.

Isaak condujo hasta la calle Shirokaya y aparcó frente a un edificio de apartamentos de clase media. Grigori bajó de un salto, entró corriendo en el inmueble y llamó a la puerta de los Yelizárov. Fue Anna Yelizárova, la hermana mayor de Lenin, quien abrió. Pasaba de los cincuenta; tenía el pelo cano y lo llevaba peinado con la raya al medio. Grigori ya la conocía; trabajaba en el diario *Pravda*.

—¿Está aquí? —le preguntó.

—Sí. ¿Por qué? ¿Qué ha pasado?

Grigori sintió un alivio inmenso. No era demasiado tarde. Entró en el apartamento.

—Van a detenerlo.

Anna cerró de un portazo.

—¡Volodia! —gritó, empleando la variante familiar del nombre de pila de Lenin—. ¡Ven! ¡Deprisa!

Lenin apareció, vestido como de costumbre con un traje oscuro y raído con cuello y corbata. Grigori le refirió la situación rápidamente.

—Me marcharé de inmediato —dijo Lenin.

—¿No quieres llevarte una maleta con algunas cosas…? —le preguntó Anna.

—Es demasiado arriesgado. Ya me lo enviarás más adelante. Te informaré de dónde estoy. —Miró a Grigori—. Gracias por avisarme, Grigori Serguéievich. ¿Tienes coche?

—Sí.

Sin decir nada más, Lenin salió al rellano.

Grigori lo siguió hasta la calle y se apresuró a abrir la puerta del coche.

—También han expedido órdenes de detención para Zinóviev y Kámenev —dijo Grigori mientras Lenin subía al vehículo.

—Vuelve al apartamento y llámalos —le indicó Lenin—. Mark tiene teléfono y sabe dónde están.

Cerró la portezuela del coche, se inclinó hacia delante y le dijo a Isaak algo que Grigori no alcanzó a oír. Isaak arrancó el motor y se alejaron.

Así era Lenin. Bramaba órdenes a todo el mundo, y los demás las obedecían porque siempre eran lógicas.

Grigori saboreó el placer de haberse quitado un gran peso de encima. Miró a ambos lados de la calle. Del edificio que había enfrente salió un grupo de hombres. Algunos llevaban traje; otros, uniformes de oficiales del ejército. Grigori se sorprendió al reconocer entre ellos a Mijaíl Pinski. Teóricamente, la policía secreta había sido desmantelada, pero al parecer los hombres como Pinski seguían trabajando en el seno del ejército.

«Esos hombres deben de venir a por Lenin… y no lo han encontrado solo porque se han equivocado de edificio.»

Grigori regresó corriendo al apartamento. La puerta de los Yelizárov seguía abierta. Justo al otro lado estaban Anna, su esposo, Mark, el hijo adoptivo de ambos, Gora, y la criada de la familia, una muchacha de campo llamada Aniuska, todos con aspecto conmocionado. Grigori entró y cerró la puerta.

—Se ha marchado —dijo—, pero la policía está fuera. Tengo que llamar enseguida a Zinóviev y a Kámenev.

—El teléfono está sobre la mesita —le indicó Mark.

Grigori vaciló.

—¿Cómo funciona? —Nunca había utilizado un teléfono.

—Oh, lo siento —se disculpó Mark; rápidamente cogió el aparato, y se llevó una pieza a la oreja y otra a la boca—. También es bastante nuevo para nosotros, pero lo usamos tanto que ya damos por hecho que todo el mundo lo hace. —Pulsó con impaciencia la horquilla que coronaba la base del aparato—. ¿Sí?, por favor, operadora —dijo, y dictó un número.

Se oyeron unos golpes rotundos en la puerta.

Grigori se llevó un dedo a los labios, indicando a los demás que guardaran silencio.

Anna condujo a Aniuska y al niño al fondo de la vivienda.

Mark hablaba precipitadamente por el teléfono. Grigori se apostó junto a la puerta del apartamento.

—¡Abrid o tiraremos la puerta abajo! ¡Traemos una orden de detención!

Grigori contestó a voces:

—¡Un momento! ¡Me estoy vistiendo!

La policía iba a menudo al tipo de edificios en los que él había vivido siempre, y conocía todos los pretextos para hacerla esperar.

Mark volvió a pulsar la horquilla y pidió que le pusieran con otro número.

—¿Quién es? ¿Quién llama a la puerta? —gritó Grigori.

—¡Policía! ¡Abran de inmediato!

—Ya voy… Tengo que encerrar al perro en la cocina.

—¡Dense prisa!

Grigori oyó que Mark decía:

—Dile que se esconda. La policía está llamando a mi puerta ahora mismo. —Colgó el auricular y le hizo un gesto afirmativo a Grigori.

Grigori abrió la puerta y se retiró unos pasos.

Pinski entró en el apartamento.

—¿Dónde está Lenin? —preguntó.

Varios oficiales del ejército entraron tras él.

—Aquí no hay nadie con ese nombre —contestó Grigori.

Pinski lo escrutó.

—¿Qué estás haciendo tú aquí? —le espetó—. Siempre supe que eras un alborotador.

Mark se acercó a ellos y dijo, con voz templada:

—Muéstreme la orden de detención, por favor.

Pinski le tendió el documento a regañadientes.

Mark lo estudió unos instantes y luego dijo:

—¿Alta traición? ¡Eso es ridículo!

—Lenin es un agente alemán —repuso Pinski, y dirigió una mirada ceñuda a Mark—. Tú eres su cuñado, ¿no es así?

Mark le devolvió el documento.

—El hombre al que buscan no está aquí —declaró.

Pinski supo que decía la verdad y se enfureció.

—¿Y por qué diablos no está? —preguntó—. ¡Vive aquí!

—Lenin no está aquí —repitió Mark.

El rostro de Pinski se encendió.

—¿Alguien lo ha avisado? —Agarró a Grigori por las solapas de la guerrera—. ¿Qué haces tú aquí?

—Soy delegado del Sóviet de Petrogrado, representante del 1.er Regimiento de Artillería, y a menos que quieras que el regimiento haga una visita a tus cuarteles, será mejor que quites tus manazas de mi uniforme.

Pinski lo soltó.

—De todos modos, echaremos un vistazo —dijo.

Junto a la mesilla del teléfono había una librería. Pinski sacó de las estanterías media docena de libros y los tiró al suelo. Indicó con gestos a los oficiales que se desplegaran por el interior del piso.

—Destrozadlo —ordenó.

III

Walter fue hasta un pueblo situado en el territorio arrebatado a los rusos y le dio una moneda de oro a un atónito y fascinado campesino a cambio de su ropa: un abrigo de piel de carnero mugriento, un blusón de hilo, unos pantalones holgados y bastos, y unos zapatos de una especie de esparto hecho con corteza de haya. Afortunadamente, no tenía necesidad de comprarle también la ropa interior, ya que el hombre no llevaba.

Walter se cortó el pelo con unas tijeras de cocina y dejó de afeitarse.

En una pequeña ciudad en la que había un mercado compró un saco de cebollas. En el fondo del saco, debajo de las cebollas, escondió una bolsa de cuero que contenía diez mil rublos en monedas y billetes.

Una noche se embadurnó las manos y la cara con tierra y después, ataviado con la ropa del campesino y con el saco al hombro, echó a andar por tierra de nadie, cruzó de incógnito las líneas rusas y se encaminó hacia la estación de tren más próxima, donde compró un billete de tercera clase.

Adoptó una actitud agresiva y gruñía a todo el que le hablara, como temeroso de que quisieran robarle las cebollas, lo cual seguramente era su intención. Llevaba un cuchillo grande, herrumbroso pero afilado, sujeto al cinturón y a la vista, y un revólver Mosin-Nagant, que le había confiscado a un oficial ruso prisionero, oculto bajo el apestoso abrigo. En dos ocasiones, cuando sendos agentes de la policía se dirigieron a él, esbozó una sonrisa bobalicona y les ofreció una cebolla, un soborno tan desdeñable que en ambas ocasiones los agentes rezongaron asqueados y se alejaron. Si alguno de ellos hubiera insistido en inspeccionar el contenido del saco, Walter habría estado dispuesto a matarlo, pero no había sido necesario. Compraba billetes de tren para trayectos cortos, de tres o cuatro paradas a lo sumo, ya que un campesino no se desplazaría centenares de kilómetros para vender sus cebollas.

Estaba tenso y receloso. Su disfraz era precario. Cualquiera que hablara con él advertiría en pocos minutos que no era ruso. El castigo por lo que estaba haciendo era la muerte.

Al principio se sintió asustado, pero el miedo acabó por disiparse y al segundo día ya lo había reemplazado el tedio. No tenía nada en que ocupar sus pensamientos. No podía leer, por descontado; de hecho, debía tener cuidado de no consultar los horarios colgados en las estaciones ni mirar sino fugazmente los anuncios, pues la mayoría de los campesinos eran analfabetos. En los lentos trenes en los que viajaba por los bosques infinitos de Rusia entre traqueteos y sacudidas, empezó a fantasear con los detalles del piso en el que Maud y él vivirían después de la guerra. Tendría una decoración moderna, con madera clara y colores neutros, como la casa de los Von der Helbard, en lugar del aspecto lóbrego y pesado del hogar de sus padres. Todo sería fácil de limpiar y mantener, especialmente la cocina y el lavadero, para reducir el servicio al mínimo. Tendrían un piano muy bueno, un Steinway de cola, ya que a ambos les gustaba tocar. Comprarían uno o dos cuadros modernos y vistosos, tal vez de expresionistas austríacos, para escandalizar a la generación previa y establecerse como una pareja progresista. Su dormitorio sería diáfano y espacioso, y yacerían desnudos en una cama blanda, besándose, charlando y haciendo el amor.

De este modo viajó hasta Petrogrado.

Según el plan, urdido por medio de un socialista revolucionario de la embajada sueca, un bolchevique esperaría en la estación de Varsovia de Petrogrado todos los días entre las seis y las siete de la tarde para recoger el dinero de manos de Walter. Este llegó al mediodía y tuvo oportunidad de dar una vuelta por la ciudad para evaluar la capacidad de lucha del pueblo ruso.

Le conmocionó lo que vio.

En cuanto salió de la estación, lo asaltaron mujeres y hombres, adultos y menores, ofreciéndole sexo. Cruzó un puente sobre un canal y caminó unos tres kilómetros al norte, en dirección al centro de la ciudad. La mayor parte de los comercios estaban cerrados, muchos entablados, otros simplemente abandonados, con los vidrios de los escaparates rotos y esparcidos a la entrada. Vio muchos borrachos y dos peleas a puñetazos. De cuando en cuando, un automóvil o un carruaje tirado por caballos pasaba a toda prisa, ahuyentando a los transeúntes y con sus pasajeros ocultos tras unas cortinas cerradas. Casi todo el mundo estaba demacrado, harapiento y descalzo. La situación era bastante peor que en Berlín.

Vio a muchos soldados, solos y en grupos; la mayoría daban muestras de poca disciplina: se salían de la fila mientras marchaban con el uniforme desabotonado, charlaban con civiles; aparentemente hacían lo que les placía. Walter vio confirmada la impresión que se había llevado cuando visitó la primera línea rusa: aquellos hombres no estaban en disposición de combatir.

Pensó que era una buena noticia.

Nadie se le acercó y la policía no le prestó atención. No era sino otra figura andrajosa más buscándose la vida en una ciudad que se desmoronaba.

Más animado, volvió a la estación a las seis y vio de inmediato a su contacto, un sargento con un pañuelo rojo atado al cañón del fusil. Antes de identificarse, Walter escrutó al hombre. Era un individuo imponente, no alto pero sí corpulento y de espaldas anchas. Le faltaba la oreja derecha, un incisivo y el dedo anular de la mano izquierda. Esperaba con la paciencia de un soldado veterano, pero tenía una mirada azul y perspicaz que no pasaba nada por alto. Aunque Walter trataba de observarlo de incógnito, el soldado lo vio, hizo un gesto afirmativo con la cabeza, dio media vuelta y se alejó. Tal como se había acordado, Walter lo siguió. Ambos se dirigieron a una sala llena de mesas y sillas, y se sentaron.

—¿Sargento Grigori Peshkov? —preguntó Walter.

Grigori asintió.

—Sé quién eres. Siéntate.

Walter miró a su alrededor. En un rincón siseaba un samovar, y una mujer con chal vendía pescado ahumado y escabechado. A las mesas había sentadas quince o veinte personas. Nadie prestó demasiada atención a un soldado y a un campesino que obviamente confiaba en vender su saco de cebollas. Un joven ataviado con una guerrera azul de obrero de fábrica los siguió y entró en la sala. Walter intercambió una mirada fugaz con él y miró cómo se sentaba, encendía un cigarrillo y abría un ejemplar del *Pravda*.

—¿Podría comer algo? Estoy hambriento, pero es posible que un campesino no pueda permitirse los precios de este lugar —dijo Walter.

Grigori pidió una ración de pan negro y arenques, y dos vasos de té azucarado. Walter devoró la comida. Después de observarlo unos minutos, Grigori se echó a reír.

—No puedo creer que hayas pasado por un campesino —comentó—. Yo habría sabido al instante que eres un burgués.

—¿Por qué?

—Llevas las manos sucias, pero comes con delicadeza y te limpias la boca con un trapo como si fuera una servilleta de hilo. Un campesino auténtico engulle la comida y sorbe ruidosamente el té antes de tragarla.

A Walter le irritó aquella condescendencia. «A fin de cuentas, he sobrevivido tres días en un maldito tren —pensó—. Ya quisiera verte a ti haciendo lo mismo en Alemania.» Era el momento de recordar a Peshkov que tenía que ganarse el dinero.

—Cuéntame cómo les va a los bolcheviques.

—Peligrosamente bien —contestó Grigori—. Miles de rusos se han afiliado al Partido en los últimos meses. León Trotski ha anunciado al fin su apoyo. Deberías oírlo. Casi todas las noches abarrota el Cirque Moderne. —Walter advirtió que Grigori idolatraba a Trotski, aunque los alemanes sabían que su oratoria era hechizadora. Era una buena adquisición para los bolcheviques—. En febrero teníamos diez mil miembros; hoy tenemos doscientos mil —concluyó, ufano.

—Eso está bien. Pero ¿podéis cambiar las cosas? —preguntó Walter.

—Tenemos muchas posibilidades de ganar las elecciones a la Asamblea Constituyente.

—¿Cuándo se celebrarán?

—Se han aplazado mucho…

—¿Por qué?

Grigori suspiró.

—Primero el gobierno provisional convocó un consejo de representantes que, al cabo de dos meses, finalmente accedió a la creación de un segundo consejo con sesenta miembros para redactar la ley electoral...

—¿Por qué? ¿Por qué un proceso tan complicado?

Grigori parecía airado.

—Dicen que quieren que las elecciones sean absolutamente incontestables, pero la verdadera razón es que los partidos conservadores están dando largas, porque saben que pueden perder.

Solo era un sargento, pensó Walter, pero su análisis parecía elaborado.

—Entonces, ¿cuándo se celebrarán las elecciones?

—En septiembre.

—¿Y por qué crees que los bolcheviques ganaréis?

—Aún somos el único grupo firmemente comprometido con la paz. Y todos lo saben... gracias a los periódicos y los panfletos que hemos hecho circular.

—¿Por qué has dicho que os va «peligrosamente bien»?

—Porque eso nos convierte en el principal objetivo del gobierno. Se ha expedido una orden de detención contra Lenin. Ha tenido que esconderse. Pero seguirá dirigiendo el Partido.

Walter también creyó esto. Si Lenin había podido mantener el control de su partido desde su exilio en Zurich, sin duda podría hacerlo desde algún lugar secreto dentro de Rusia.

El alemán había efectuado la entrega y recabado la información que precisaba. Había cumplido su misión. Le inundó una sensación de alivio. Lo único que tenía que hacer ya era volver a casa.

Empujó con un pie hacia Grigori el saco que contenía los diez mil rublos. Apuró el té y se puso en pie.

—Que disfrutes de las cebollas —dijo, y se encaminó hacia la puerta.

Por el rabillo del ojo vio cómo el hombre de la guerrera azul plegaba el *Pravda* y se levantaba.

Walter compró un billete para Luga y subió al tren. Entró en un vagón de tercera, se abrió paso entre un grupo de soldados que fumaban y bebían vodka, una familia de judíos con todas sus pertenencias atadas en fardos y varios campesinos con jaulas vacías en las que quizá habían transportado las gallinas que acababan de vender. Al llegar al final del vagón, se detuvo y miró atrás.

El hombre de la guerrera azul entró en el vagón.

Walter lo observó unos instantes; el desconocido avanzaba entre el resto de los pasajeros apartándolos a codazos sin la menor consideración. Solo un policía haría algo así.

Walter saltó del tren y abandonó la estación a toda prisa. Recordando el paseo exploratorio de la tarde, se dirigió a paso ligero hacia el canal. Era verano, la época del año en que las noches eran más cortas, por lo que aún había claridad. Confió en haber despistado al hombre de la guerrera azul, pero cuando volvió la mirada atrás vio que iba tras él. Probablemente había estado siguiendo a Peshkov y había decidido investigar al amigo campesino que vendía cebollas.

El hombre apuró el paso.

Si apresaban a Walter, lo fusilarían por espía. Solo tenía una salida.

Se encontraba en una barriada humilde. Todo Petrogrado parecía pobre, pero aquel barrio albergaba los hoteles baratos y los bares lúgubres que solían aglomerarse cerca de las estaciones de tren de todo el mundo. Walter echó a correr, y el sujeto de la guerrera azul hizo lo propio.

Von Ulrich llegó a una fábrica de ladrillos, junto al canal. Lo tapiaba un muro alto y una cancela con barrotes de hierro, pero al lado había un almacén abandonado, en ruinas y sin vallar. Walter dobló por esa calle, cruzó corriendo el recinto del almacén hacia el canal, trepó el muro y saltó a la fábrica.

Tenía que haber algún vigilante allí, pero Walter no vio a nadie. Buscó un rincón donde esconderse. Lamentó que aún hubiera tanta luz. El patio disponía de un pequeño embarcadero de madera. A su alrededor, por todas partes, se alzaban pilas de ladrillos de la altura de un hombre, pero Walter necesitaba ver sin ser visto. Fue hacia una pila medio derruida —supuso que parte de sus ladrillos habrían sido ya vendidos— y recolocó varios dejando una pequeña rendija por la que mirar mientras se ocultaba detrás. Se sacó el Mosin-Nagant del cinturón y lo amartilló.

Instantes después vio al hombre de la guerrera azul saltar de lo alto del muro.

Era un individuo de estatura mediana, delgado y con un bigote fino. Parecía asustado; había comprendido ya que no seguía a un mero sospechoso. Estaba metido en una persecución en toda regla, y no sabía si él era el cazador o la presa.

Desenfundó un revólver.

Walter apuntó a la guerrera azul por la rendija, pero no estaba lo bastante cerca para estar seguro de alcanzarle.

El hombre se quedó inmóvil un momento, barriendo el patio con la mirada, visiblemente indeciso sobre qué era lo que debía hacer. Al rato se dio la vuelta y se dirigió hacia el agua con paso vacilante.

Walter lo siguió. Se habían invertido los papeles.

El hombre fue esquivando las pilas, rastreando el lugar. Walter lo imitó, escondiéndose tras los ladrillos cuando el otro detenía sus pasos y aproximándose cada vez un poco más a él. No quería un tiroteo prolongado, pues podría atraer la atención de otros policías. Tenía que abatir a su enemigo de uno o dos disparos y marcharse de allí a toda prisa.

Cuando el hombre alcanzó la orilla del canal, apenas los separaban diez metros. Miró a un lado y al otro, como creyendo que Walter pudiera haber huido en una barca a remo.

El alemán salió a descubierto y lanzó un guijarro contra la espalda de la guerrera azul.

El hombre se dio la vuelta y miró directamente a Walter.

Y gritó.

Fue un grito agudo, afeminado, de sorpresa y terror. En ese instante, Walter supo que recordaría ese grito el resto de su vida.

Apretó el gatillo, se oyó la detonación del revólver y el grito cesó al instante.

Solo había necesitado un disparo. El policía secreto se desplomó inerte en el suelo.

Walter se inclinó sobre el cuerpo. Los ojos del hombre miraban sin vida al cielo. No tenía pulso, no respiraba.

Von Ulrich arrastró el cuerpo hasta el canal. Le metió ladrillos en los bolsillos del pantalón a modo de plomada. A continuación, lo deslizó sobre el bajo antepecho y lo dejó caer al agua.

El hombre se hundió, y Walter se dio la vuelta y se marchó.

IV

Grigori se encontraba en una sesión del Sóviet de Petrogrado cuando comenzó la contrarrevolución.

Se sintió inquieto, pero no sorprendido. A medida que los bolcheviques ganaban popularidad, las reacciones habían ido tornándose más violentas y crueles. El partido estaba obteniendo buenos resultados en las elecciones locales, adquiriendo el control de un sóviet regional tras otro, y había obtenido el 33 por ciento de los votos al ayuntamiento de Petrogrado. En respuesta, el gobierno —dirigido por Kérenski— detuvo a Trotski y de nuevo retrasó las ya aplazadas elecciones generales a la Asamblea Constituyente. Los bolcheviques no se habían cansado de decir que el gobierno provisional nunca celebraría unas elecciones generales, y este nuevo aplazamiento reforzaba su credibilidad.

Entonces intervino el ejército.

El general Kornílov era un cosaco de cabeza rapada que tenía el corazón de un león y el cerebro de una oveja, según el famoso comentario del general Alexéiev. El 9 de septiembre, Kornílov ordenó marchar a sus tropas sobre Petrogrado.

El Sóviet reaccionó rápidamente. Los delegados decidieron crear el Comité para la Lucha contra la Contrarrevolución.

Un comité no era nada, pensó Grigori con impaciencia. Se puso en pie, conteniendo la ira y el temor. Como delegado del 1.er Regimiento de Artillería, se le escuchaba con respeto, especialmente en lo referente a asuntos militares.

—Un comité no tiene sentido si sus miembros solo se dedican a hacer discursos —dijo, vehemente—. Si los informes que acabamos de oír son ciertos, algunas de las tropas de Kornílov no se encuentran lejos de los límites de la ciudad de Petrogrado. Solo se les puede detener por la fuerza. —Siempre llevaba el uniforme de sargento, junto con el fusil y el revólver—. El comité no servirá de nada a menos que movilice a los obreros y los soldados de Petrogrado contra el motín del ejército.

Grigori sabía que solo el partido bolchevique podría movilizar al pueblo. Y el resto de los delegados también lo sabían, al margen del partido al que pertenecieran. Al final se acordó de que el comité estaría formado por tres mencheviques, tres socialistas revolucionarios y tres bolcheviques, entre ellos Grigori; pero todos tenían claro que los bolcheviques eran los únicos que contaban.

En cuanto se decidió esto, el Comité para la Lucha abandonó la sala de debate. Hacía seis meses que Grigori era político, y ya había aprendido cómo funcionaba el sistema. Obvió la composición formal del comité e invitó a una docena de personas útiles a que se sumaran a él, entre ellos Konstantín, de la fábrica Putílov, e Isaak, del 1.er Regimiento de Artillería.

El Sóviet se había trasladado del Palacio de Táurida al instituto

778

Smolni, una antigua escuela femenina, y el comité se reunió en un aula, tapizada con bordados enmarcados y acuarelas cursis.

—¿Tenemos alguna moción que debatir? —preguntó el presidente.

Era una sandez, pero Grigori llevaba suficiente tiempo siendo delegado para saber sortearla. Reaccionó al instante para hacerse con el control de la reunión y conseguir que el comité se centrara en la acción y no en las palabras.

—Sí, camarada presidente. Con la venia —dijo—. En mi opinión, hay cinco cosas que debemos hacer. —Siempre era una buena idea ofrecer una enumeración, la gente creía que tenía que escuchar hasta el final—. Primero: movilizar a los soldados de Petrogrado contra el motín del general Kornílov. ¿Cómo podemos conseguirlo? Propongo que el cabo Isaak Ivánovich elabore un listado con los principales cuarteles y los nombres de líderes revolucionarios de confianza en cada uno de ellos. Habiendo identificado a nuestros aliados, deberíamos enviar una carta con la instrucción de que se pongan a las órdenes de este comité y se preparen para repeler a los amotinados. Si Isaak se pone ahora con ello, podría proporcionarnos el listado y la carta en pocos minutos para que este comité los apruebe.

Grigori hizo una breve pausa para dejar que los presentes asintieran e, interpretando ese gesto como una aprobación, prosiguió.

—Gracias. Proceda, camarada Isaak. Segundo: debemos enviar un mensaje a Kronstadt. —La base naval de Kronstadt, una isla situada a veinte millas de la costa, era funestamente famosa por el trato brutal que dispensaba a los marineros, en especial a los reclutas más jóvenes. Seis meses antes, los marineros se habían rebelado contra sus verdugos, y habían torturado y asesinado a muchos de sus oficiales. El lugar se había transformado en un bastión radical—. Los marineros deben armarse, desplegarse en Petrogrado y ponerse a nuestras órdenes. —Grigori señaló a un delegado bolchevique que sabía próximo a los marineros—. Camarada Gleb, ¿asumirá esa tarea, con el beneplácito del comité?

Gleb asintió.

—Si se me permite, redactaré una carta para que nuestros presidentes la firmen, y después la llevaré a Kronstadt en persona.

—Hágalo, por favor.

Los miembros del comité parecían ya algo desconcertados. Las cosas avanzaban más deprisa de lo habitual. Solo los bolcheviques permanecían impertérritos.

—Tercero: debemos organizar a los obreros de las fábricas en unidades defensivas y armarlos. Podemos conseguir las armas en arsenales del ejército y fábricas de armamento. La mayoría de los obreros precisarán cierto adiestramiento en el uso de armas de fuego y disciplina militar. Recomiendo que esta tarea la lleven a cabo conjuntamente los sindicatos y la Guardia Roja. —La Guardia Roja estaba formada por soldados y obreros revolucionarios armados. No todos eran bolcheviques, pero por lo general obedecían órdenes de los comités bolcheviques—. Propongo que el camarada Konstantín, delegado de la fábrica Putílov, se encargue de esto. Él sabrá cuál es el sindicato mayoritario en cada una de las fábricas principales.

Grigori sabía que estaba convirtiendo a la población de Petrogrado en un ejército revolucionario, y los otros bolcheviques del comité también, pero ¿lo advertirían los demás? Al final de este proceso, asumiendo que la contrarrevolución fuera sofocada, a los moderados les resultaría muy difícil desmantelar la fuerza que habían creado y restaurar la autoridad del gobierno provisional. Si pensaban a tan largo plazo, podrían intentar moderar o cambiar radicalmente lo que Grigori estaba proponiendo. Pero por el momento estaban centrados en prevenir un golpe de Estado. Como era habitual, solo los bolcheviques tenían una estrategia.

—Sí, por supuesto, confeccionaré un listado —dijo Konstantín. Obviamente, favorecería a los líderes sindicalistas bolcheviques, aunque también era cierto que eran los que estaban siendo más eficientes.

—Cuarto —prosiguió Grigori—: el Sindicato de Ferroviarios debe hacer todo cuanto esté en sus manos para obstaculizar el avance del ejército de Kornílov. —Los bolcheviques habían luchado con ahínco por hacerse con el control de ese sindicato, y en esos momentos tenían al menos un partidario en cada cochera. Los sindicalistas bolcheviques siempre se ofrecían voluntarios como tesoreros, secretarios o presidentes—. Aunque algunas tropas ya se encuentran de camino por carretera, el grueso de los hombres y sus suministros tendrán que llegar en tren. El sindicato podría asegurarse de que sean retenidos o desviados de su ruta. Camarada Víktor, ¿puede confiarle el comité esta tarea?

Víktor, delegado del sindicato, asintió.

—Crearé un comité a tal efecto en el seno del sindicato para organizar el desbaratamiento del avance de los amotinados.

—Por último: deberíamos exhortar a otras ciudades a que creen comités como este —dijo Grigori—. La revolución debe ser defendida en todas partes. ¿Desea algún miembro de este comité sugerir con qué ciudades deberíamos ponernos en contacto?

Era una distracción deliberada, y surtió efecto. Alegrándose de tener algo que hacer, los miembros del comité citaron los nombres de ciudades que deberían organizar comités para la lucha. De este modo Grigori se aseguró de que no se detuvieran a analizar sus propuestas más importantes y estas prosperasen, y de que en ningún momento se plantearan las consecuencias a largo plazo de armar a los ciudadanos.

Isaak y Gleb redactaron los borradores de las cartas y el presidente los firmó sin mayor discusión. Konstantín elaboró una lista con los líderes de las fábricas y empezó a enviarles mensajes. Víktor se marchó para organizar a los ferroviarios.

El comité empezó a debatir la redacción de una carta a las ciudades vecinas. Grigori se escabulló. Ya tenía lo que quería. La defensa de Petrogrado, y de la revolución, estaba encaminada. Y los bolcheviques, al cargo de ella.

Lo que necesitaba entonces era información fidedigna sobre el paradero del ejército contrarrevolucionario. ¿Era cierto que había tropas aproximándose a los barrios del sur de Petrogrado? En tal caso, habría que encargarse de ellas deprisa y adelantarse al Comité para la Lucha.

Cruzó el puente y recorrió a pie el breve trecho que distaba entre el instituto Smolni y los cuarteles. Allí encontró a los soldados preparándose ya para combatir a los amotinados de Kornílov. Reunió a un conductor y a tres soldados revolucionarios de confianza, y, a bordo de un carro blindado, cruzaron la ciudad en dirección al sur.

Con la menguante luz de la tarde otoñal, zigzaguearon por el extrarradio en busca del ejército invasor. Tras un par de infructíferas horas, Grigori concluyó que era muy probable que los informes acerca de la progresión de Kornílov fueran exagerados. En cualquier caso, seguramente no iba a encontrar más que alguna avanzadilla. Aun así, era importante inspeccionarla y persistió en su búsqueda.

Finalmente toparon con una brigada de infantería acampada en una escuela.

Grigori sopesó la posibilidad de volver a los cuarteles y regresar con el 1.er Regimiento de Artillería para atacar, pero se le ocurrió una solución mejor. Era arriesgada, pero si funcionaba ahorraría mucho derramamiento de sangre.

Iba a intentar ganar hablando.

Pasaron junto a un apático centinela, accedieron al patio de la escuela y Grigori se apeó del vehículo. Como precaución, desenfundó la bayoneta de pica calzada en el extremo del fusil y la colocó en posición de ataque. Luego se colgó el fusil al hombro. Se sentía vulnerable, pero se obligó a parecer relajado.

Varios soldados se acercaron a él.

—¿Qué está haciendo aquí, sargento? —le preguntó un coronel.

Grigori no le hizo caso y se dirigió a un cabo.

—Necesito hablar con el líder de vuestro comité de soldados, camarada —dijo.

—En esta brigada no hay comités de soldados, camarada. Vuelva al carro y lárguese de aquí —espetó el coronel.

Pero el cabo habló con tono desafiante, aunque nervioso.

—Yo era el líder del comité de mi pelotón, sargento… antes de que se prohibieran los comités, claro.

La ira enturbió el semblante del coronel.

Grigori comprendió que aquello era la revolución en miniatura. ¿Quién se impondría, el coronel o el cabo?

Otros soldados se acercaron para escuchar.

—Entonces, dime —instó Grigori al cabo—, ¿por qué atacáis a la revolución?

—No, no —contestó el cabo—. Estamos aquí para defenderla.

—Alguien te ha mentido. —Grigori se dio la vuelta y alzó la voz para dirigirse a los presentes—: El primer ministro, el camarada Kérenski, ha destituido al general Kornílov, pero Kornílov se niega a marcharse, y por eso os ha enviado a Petrogrado para que ataquéis la ciudad.

Se oyó un murmullo reprobatorio.

El coronel parecía incómodo: Grigori estaba en lo cierto.

—¡Basta de mentiras! —bramó—. ¡Márchese de aquí, sargento, o tendré que dispararle!

—No toque su arma, coronel —repuso Grigori—. Sus hombres tienen derecho a saber la verdad. —Miró a la creciente muchedumbre—. ¿No es así?

—¡Sí! —exclamaron varios.

—No me gusta lo que ha hecho Kérenski —prosiguió Grigori—. Ha restituido la pena de muerte y la flagelación. Pero es nuestro líder en la revolución. Mientras que vuestro general Kornílov quiere destruirla.

—¡Mentiras! —vociferó el coronel, airado—. ¿No lo entendéis?

Este sargento es un bolchevique. ¡Todo el mundo sabe que los bolcheviques están a sueldo de los alemanes!

El cabo intervino:

—¿Cómo vamos a saber a quién debemos creer? Usted dice una cosa, sargento, pero el coronel dice otra.

—No nos creáis a ninguno de los dos —dijo Grigori—. Id y averiguadlo vosotros mismos. —Alzó la voz para asegurarse de que todos lo oyeran—: No tenéis por qué esconderos en esta escuela. Id a la fábrica más cercana y preguntad a cualquier obrero. Hablad con los soldados que veáis por la calle. Pronto sabréis la verdad.

El cabo asintió.

—Buena idea.

—No haréis tal cosa —replicó el coronel, furioso—. Os estoy ordenando a todos que no salgáis del recinto de la escuela.

Eso era un gran error, pensó Grigori, y espetó:

—Vuestro coronel no quiere que preguntéis y os informéis. ¿No demuestra eso que os está mintiendo?

El coronel se llevó una mano al revólver y dijo:

—¡Esas son palabras de amotinado, sargento!

Los hombres miraron fijamente al coronel y a Grigori. Era un momento crítico, y la muerte estaba más cerca de Grigori de lo que lo había estado nunca.

De pronto, Grigori cayó en la cuenta de que estaba en desventaja. Se había centrado tanto en sus argumentos que había olvidado prever qué haría después. Portaba el fusil al hombro, pero con el seguro puesto. Le llevaría varios segundos descolgárselo, desengranar la incómoda presilla que bloqueaba el seguro y colocar el arma en posición de ataque. El coronel podía desenfundar y disparar su revólver mucho más deprisa. Grigori sintió un acceso de miedo, y tuvo que reprimir el impulso de dar media vuelta y salir corriendo.

—¿Amotinado? —dijo para ganar tiempo, procurando que el miedo no debilitara el tono asertivo de su voz—. Cuando un general destituido marcha sobre la capital pero las tropas se niegan a atacar a su gobierno legítimo, ¿quién es el amotinado? Yo digo que es el general, y aquellos oficiales que intentan llevar a término sus órdenes desleales.

El coronel desenfundó el revólver.

—Márchese de aquí, sargento. —Se volvió hacia los demás—. Y vosotros, volved a la escuela y reuníos en el vestíbulo. Recordad: la desobediencia es un delito en el ejército, y se ha restituido la pena de muerte. Dispararé a todo el que se niegue a obedecerme.

Apuntó al cabo con el arma.

Grigori vio que los hombres estaban a punto de obedecer a su autoritario oficial, muy seguro de sí mismo y armado. Comprendió, desesperado, que solo quedaba una salida: tenía que matar al coronel.

Vio cómo hacerlo. En realidad, tendría que ser muy rápido, pero creyó que podría conseguirlo.

Si fallaba, moriría.

Se descolgó el fusil del hombro izquierdo y, sin detenerse a pasárselo a la mano derecha, embistió con todas sus fuerzas contra un costado del coronel. La afilada punta de la larga bayoneta rasgó la tela de su uniforme, y Grigori notó cómo penetraba en su blando vientre. El coronel profirió un grito de dolor, pero no se desplomó. A pesar de estar herido, se volvió dibujando un arco en el aire con el revólver. Apretó el gatillo.

Erró el disparo.

Grigori presionó el fusil hacia dentro y arriba, en dirección al corazón. El rostro del coronel se contrajo por la agonía y abrió la boca, pero ningún sonido brotó de ella; instantes después cayó al suelo, sin soltar el revólver.

Grigori arrancó la bayoneta de un tirón.

El revólver se desprendió de los dedos del coronel.

Todos lo miraron perplejos mientras el oficial se retorcía en un tormento mudo sobre el césped agostado del patio. Grigori quitó el seguro al fusil, apuntó al corazón del coronel y disparó dos veces. El hombre quedó inmóvil.

—Como usted bien ha dicho, coronel —declaró Grigori—, es la pena de muerte.

V

Fitz y Bea tomaron un tren en Moscú acompañados solo por la doncella rusa de la princesa, Nina, y el ayuda de cámara del conde, Jenkins, antiguo campeón de boxeo rechazado por el ejército por su incapacidad para ver más allá de diez metros.

Se apearon en Bulovnir, la diminuta estación que daba acceso a la finca del príncipe Andréi. Los expertos de Fitz habían sugerido que Andréi construyera allí una pequeña villa, con un depósito de madera, silos y un molino, pero nada se había hecho, y los campesinos seguían transportando sus productos a caballo o en carreta hasta el mercado de una vieja ciudad situada a unos treinta kilómetros de allí.

Andréi había enviado un carruaje a recogerlos, con un hosco conductor que se dedicó a mirar mientras Jenkins cargaba los baúles en la parte posterior del vehículo. Mientras avanzaban por un camino de tierra que discurría entre labrantíos, Fitz recordó su anterior visita; la había hecho en condición de esposo de la princesa recién casada, y los aldeanos se acercaron a las márgenes del camino para aclamarlos. Ese día el ambiente era muy distinto. Los hombres que trabajaban en los campos apenas alzaban la mirada cuando el carruaje pasaba, y los habitantes de los pueblos y las aldeas les daban la espalda deliberadamente.

Era algo que irritaba y malhumoraba a Fitz, pero su ánimo mejoró al ver de nuevo las desgastadas piedras de la vieja casa, teñidas de un tono amarillento por el sol bajo de la tarde. Un pequeño tropel de sirvientes con uniformes inmaculados emergieron por la puerta principal como patos acudiendo al abrevadero y se afanaron alrededor del carruaje, abriendo puertas y cargando con el equipaje. El mayordomo de Andréi, Gueorgui, besó la mano de Fitz y recitó una frase en inglés que obviamente había aprendido de memoria:

—Bienvenido de nuevo a su hogar en Rusia, conde Fitzherbert.

Las casas rusas solían ser imponentes, pero acostumbraban a estar deslucidas, y Bulovnir no era una excepción. El vestíbulo de doble altura necesitaba una mano de pintura, la araña de luces, de valor incalculable, estaba cubierta de polvo y un perro había orinado en el suelo de mármol. El príncipe Andréi y la princesa Valeria aguardaban bajo un gran retrato del abuelo de Bea, que los miraba severo y ceñudo.

Bea corrió hasta Andréi y lo abrazó.

Valeria era una belleza clásica, con rasgos uniformes y el cabello negro, que llevaba pulcramente peinado. Le estrechó la mano a Fitz y dijo en francés:

—Gracias por venir. Nos alegramos mucho de veros.

Cuando Bea se separó al fin de Andréi, enjugándose las lágrimas, Fitz le tendió una mano. Andréi le devolvió la izquierda: la manga derecha de la chaqueta colgaba vacía. Estaba pálido y delgado, como si lo aquejara una enfermedad devastadora, y su barba empezaba a lucir trazas grises, aunque solo tenía treinta y tres años.

—No os hacéis una idea de cuánto me alivia veros —dijo.

—¿Algo va mal? —preguntó Fitz. Hablaban en francés, idioma que todos dominaban.

—Ven a la biblioteca. Valeria acompañará arriba a Bea.

Dejaron a las mujeres y entraron en una sala polvorienta repleta de libros encuadernados en cuero, que daban la impresión de no haber sido abiertos en mucho tiempo.

—He pedido que nos sirvan té. Me temo que no tenemos jerez.

—El té será perfecto, gracias. —Fitz se acomodó en una silla. Le dolía la pierna herida, resentida del largo viaje—. ¿Qué ocurre?

—¿Vas armado?

—Sí, en efecto. Llevo mi revólver de servicio en el equipaje. —Fitz tenía un Webley Mark V que le habían asignado en 1914.

—Por favor, tenlo a mano. Yo no me separo del mío. —Andréi se abrió la chaqueta para mostrarle la pistolera que llevaba al cinturón.

—Será mejor que me expliques por qué.

—Los campesinos han creado un Comité de la Tierra. Algunos socialistas revolucionarios han hablado con ellos y les han insuflado ideas estúpidas. Ahora reclaman el derecho de apoderarse de todas las tierras que no estoy cultivando y repartírselas.

—¿Ya había ocurrido antes?

—En los tiempos de mi abuelo. Ahorcamos a tres campesinos y creímos que eso había zanjado el asunto. Pero esas ideas endemoniadas seguían latentes, y han resurgido años después.

—¿Qué has hecho esta vez?

—Les solté un sermón y les mostré que había perdido el brazo defendiéndolos de los alemanes, y se calmaron… hasta hace unos días, cuando media docena de hombres regresaron del frente. Aseguraban que habían sido dados de baja en el ejército, pero estoy seguro de que desertaron. Por desgracia, es imposible comprobarlo.

Fitz asintió. La ofensiva Kérenski había sido un fracaso, y los alemanes y los austríacos habían contraatacado. Los rusos habían sido aplastados, y en esos momentos los alemanes se dirigían a Petrogrado. Miles de soldados rusos habían abandonado el campo de batalla y regresado a sus pueblos.

—Trajeron consigo los fusiles, y revólveres que debieron de robar a los oficiales o a los prisioneros alemanes. En cualquier caso, están bien armados, y llenos de ideas subversivas. Hay un cabo, Fiódor Igórovich, que parece ser el cabecilla. Le dijo a Gueorgui que no entendía por qué yo seguía reclamando la propiedad de ninguna tierra, y aún menos de las que están en barbecho.

—No comprendo qué les está pasando a los hombres en el ejército —espetó Fitz, exasperado—. Uno piensa que aprenden el valor de la autoridad y la disciplina, pero da la impresión de que está ocurriendo todo lo contrario.

—Me temo que la situación ha alcanzado un punto crítico esta mañana —prosiguió Andréi—. El hermano pequeño del cabo Fiódor, Iván Igórovich, llevó su ganado a pastar en mis campos. Gueorgui se enteró, y fui con él a ver a Iván para aclarar la situación. Empezamos a desviar al ganado hacia el camino. Él intentó cerrar la cancela para impedírnoslo. Yo llevaba una escopeta, y le golpeé en la cabeza con la culata. La mayoría de esos malditos campesinos tienen la cabeza dura como una bala de cañón, pero este era distinto, y el desgraciado se desplomó y murió. Los socialistas están usando eso como excusa para agitar a todo el mundo.

Fitz ocultó cortésmente su repugnancia. Reprobaba la práctica rusa de golpear a los subordinados, y no le sorprendió que hubiera desembocado en aquella clase de agitación.

—¿Se lo has contado a alguien?

—Envié un mensaje a la ciudad, informando de la muerte del hombre y solicitando un destacamento de policía o de soldados para imponer el orden, pero aún no he recibido respuesta.

—De modo que, de momento, estamos solos.

—En efecto. Si las cosas empeoran, me temo que tendríamos que alejar de aquí a las mujeres.

Fitz se sintió desolado. Aquello era mucho peor de lo que había supuesto. Podrían morir todos. Aquella visita había sido un terrible error. Tenía que llevarse a Bea de allí lo antes posible.

Se puso en pie. Sabedor de que los ingleses en ocasiones presumían ante los extranjeros de su frialdad frente a las crisis, dijo:

—Será mejor que vaya a cambiarme para la cena.

Andréi lo acompañó a su dormitorio. Jenkins había sacado ya su ropa de etiqueta y la había planchado. Fitz empezó a desvestirse. Se sentía imprudente. Había puesto en peligro la vida de Bea, y también la suya. Se había formado una valiosa imagen de la situación en Rusia, pero el informe que redactaría apenas compensaba el riesgo que había asumido. Se había dejado convencer por su esposa, y eso siempre era una equivocación. Decidió que tomarían el primer tren de la mañana.

Su revólver descansaba sobre el tocador junto con los gemelos. Lo inspeccionó, lo abrió y lo cargó con cartuchos Webley de calibre 455. No tenía dónde guardarlo en aquel traje. Al final se lo embutió en el bolsillo de los pantalones, pese a lo antiestético del bulto.

Llamó a Jenkins para que retirase su ropa de viaje y entró en el dormitorio de Bea. Ella, en ropa interior, se miraba en el espejo mientras se probaba un collar. Parecía más voluptuosa de lo habitual, sus senos y caderas algo más carnosos, y Fitz se preguntó súbitamente si acaso estaría embarazada. Había tenido náuseas esa mañana, recordó, en el trayecto en coche por Moscú hacia la estación de tren. Eso le devolvió a la memoria su primer embarazo, y lo llevó de vuelta a una época que ya consideraba dorada, cuando tenía a Ethel y a Bea, y no había guerra.

Estaba a punto de decirle que tendrían que marcharse al día siguiente cuando miró por la ventana un instante y se quedó petrificado.

El dormitorio se hallaba en la parte frontal de la casa y daba al parque y a los campos que la separaban del pueblo más próximo. Lo que atrajo la atención de Fitz fue una muchedumbre. Con un hondo y agorero presentimiento, fue hasta la ventana y escrutó el terreno.

Vio a un centenar aproximado de campesinos cruzando el parque en dirección a la casa. Aunque aún había luz, muchos de ellos llevaban antorchas encendidas. Algunos, según vio, también fusiles.

—Oh, mierda —masculló.

Bea dio un respingo.

—¡Fitz! ¿Has olvidado que estoy aquí?

—Mira esto —le dijo el conde.

La princesa contuvo el aliento.

—¡Oh, no!

—¡Jenkins! ¡Jenkins! ¿Estás ahí? —gritó Fitz. Abrió la puerta que daba a su dormitorio y vio al ayuda de cámara, que, perplejo, colgaba la ropa de viaje en una percha—. ¡Corremos peligro de muerte! Tenemos que marcharnos de aquí inmediatamente. Ve al establo, prepara el carruaje y llévalo a la puerta de la cocina tan deprisa como puedas.

Jenkins dejó caer el traje al suelo y salió disparado.

Fitz se volvió hacia Bea.

—Ponte un abrigo, el que sea, y unos zapatos cómodos. Luego baja a la cocina y espérame allí.

Para alivio de Fitz, su esposa no dio la menor muestra de histeria, sino que se limitó a hacer lo que él le había dicho.

Fitz salió del dormitorio y se dirigió renqueando tan deprisa como pudo hasta el de Andréi. Su cuñado no se encontraba allí, ni tampoco Valeria.

Bajó las escaleras. Gueorgui y otros sirvientes, todos hombres, estaban en el vestíbulo visiblemente asustados. Fitz también lo estaba, pero confiaba en ser capaz de disimularlo.

Encontró al príncipe y a la princesa en la sala de estar. Sobre una mesa había una botella de champán en hielo y dos copas llenas, pero ninguno de los dos bebía. Andréi estaba de pie frente a la chimenea y Valeria, junto a la ventana, observando a la turba, que seguía aproximándose. Fitz se acercó a ella. Los campesinos casi habían llegado a la puerta. Varios iban armados; la mayoría llevaban cuchillos, martillos y guadañas.

—Gueorgui va a intentar razonar con ellos —dijo Andréi—, y si eso falla, tendré que hacerlo yo mismo.

—¡Por el amor de Dios, Andréi! ¡Ya no es momento de hablar! ¡Tenemos que marcharnos ahora mismo! —repuso Fitz.

Antes de que Andréi pudiera contestar, oyeron voces exaltadas en el vestíbulo.

Fitz fue hasta la puerta y abrió una rendija. Vio a Gueorgui discutiendo con un campesino joven, alto y con un poblado bigote que le cruzaba las mejillas: Fiódor Igórovich, dedujo. Estaban rodeados de hombres y varias mujeres, algunos enarbolaban antorchas encendidas. Otros pugnaban por entrar por la puerta principal. Resultaba difícil entender su acento local, pero uno gritó una frase que se repitió varias veces:

—¡Hablaremos con el príncipe!

Andréi también lo oyó y pasó de largo junto a Fitz en dirección al vestíbulo.

—No… —dijo Fitz, pero ya era demasiado tarde.

La muchedumbre abucheó y silbó cuando Andréi apareció vestido de etiqueta.

Alzando la voz, Andréi dijo:

—Si os marcháis todos ahora, es posible que no tengáis más problemas.

—Usted es quien tiene problemas… —le espetó Fiódor—. ¡Ha matado a mi hermano!

Con un movimiento raudo y repentino, Fiódor dio la vuelta al fusil y golpeó a Andréi en la cara con la culata.

Andréi retrocedió a trompicones y se palpó la mejilla.

Los campesinos vitorearon.

—¡Esto es lo que usted le hizo a Iván! —gritó Fiódor.

Fitz se llevó una mano al revólver.

Fiódor alzó el fusil por encima de la cabeza. Por un instante, el largo Mosin-Nagant se cernió en el aire como el hacha de un verdugo. Luego Fiódor lo bajó con fuerza y asestó otro golpe en la cabeza a Andréi. Se oyó un crujido espeluznante, y el príncipe cayó al suelo.

Valeria gritó.

Fitz, de pie junto a la puerta entornada, soltó con el pulgar el seguro del revólver, situado en el lado izquierdo del cañón, y apuntó a Fiódor, pero los campesinos se arracimaron alrededor de su objetivo. Empezaron a dar patadas y golpes a Andréi, que yacía en el suelo inconsciente. Valeria intentó llegar hasta él para ayudarlo, pero no consiguió abrirse paso entre el gentío.

Un campesino que llevaba una guadaña arremetió contra el retrato del severo abuelo de Bea y rasgó el lienzo. Uno de los hombres disparó contra la araña de luces, que cayó y se rompió en mil pedazos. Unas cortinas empezaron a arder: alguien había acercado una antorcha a ellas.

Fitz había estado en el campo de batalla y había aprendido que la gallardía debía templarse con el cálculo frío. Sabía que él solo no podría salvar a Andréi de aquella turba. Pero tenía que conseguir rescatar a Valeria.

Enfundó el revólver.

Salió al vestíbulo. Toda la atención estaba centrada en el príncipe yaciente. Valeria seguía junto a la turba, golpeando en vano las espaldas de los campesinos que tenía delante. Fitz la agarró por la cintura, la levantó y se la llevó en volandas a la sala de estar. Sintió un dolor tremendo en la pierna al cargar con ella, pero apretó las mandíbulas y siguió.

—¡Suéltame! —gritó ella—. ¡Tengo que ayudar a Andréi!

—¡No podemos ayudarlo! —repuso Fitz.

Se acomodó mejor sobre el hombro a su cuñada para aliviar un poco la presión en la pierna. Al hacerlo, una bala pasó lo bastante cerca para que él pudiera oírla. Fitz miró atrás y vio a un soldado uniformado sonriendo y apuntándolo con una pistola.

Oyó un segundo disparo, y notó un impacto. Por un instante creyó que estaba herido, pero no sentía dolor, y echó a correr hacia la puerta que daba al comedor.

Oyó que el soldado gritaba:

—¡Se la llevan!

Fitz cruzó la puerta justo cuando otra bala alcanzó la madera del marco. A los soldados rasos no se les adiestraba en el uso de pistolas y en muchos casos ignoraban que esas armas eran mucho menos precisas que los fusiles. Corriendo tan deprisa como le permitía la pierna herida, pasó junto a la mesa esmeradamente preparada para que cuatro acaudalados aristócratas cenaran en ella, con cubertería de plata y cristalería. Oyó que le seguían varios hombres. Al final del comedor, otra puerta comunicaba con la zona de las cocinas. Accedió a un pasillo estrecho y de allí a la cocina. Un cocinero y varias criadas habían dejado de trabajar y lo miraron, paralizados y aterrados.

Fitz advirtió que los hombres estaban ya demasiado cerca. En cuanto lo tuvieran a tiro, lo matarían. Tenía que hacer algo para impedirles avanzar.

Bajó a Valeria al suelo. Ella se balanceó, y Fitz vio sangre en su vestido. Le había alcanzado una bala, pero seguía con vida y consciente. La sentó en una silla y volvió al pasillo. El sonriente soldado corría tras él, disparando a discreción y seguido por varios hombres más; la estrechez del pasillo los obligaba a ir en fila. Tras ellos, en el comedor y la sala de estar, Fitz vio llamas.

Desenfundó el Webley. Era un revólver de doble acción, por lo que no era preciso amartillarlo. Desplazando todo su peso a la pierna sana, apuntó con cuidado al vientre del soldado que corría hacia él. Apretó el gatillo, se oyó la explosión y el hombre cayó al suelo de piedra delante de él. En la cocina, Fitz oyó gritar a las mujeres, aterrorizadas.

Fitz disparó de inmediato al siguiente hombre, que también cayó. Volvió a disparar al tercero, con el mismo resultado. El cuarto reculó al comedor.

El conde cerró de golpe la puerta de la cocina. Los demás hombres dudarían, y se preguntarían cómo podían averiguar si Fitz los esperaba con la pistola, y eso le proporcionó justo el tiempo que necesitaba.

Cogió a Valeria, que daba la impresión de estar perdiendo el conocimiento. Fitz nunca había estado en las cocinas de aquella casa, pero avanzó hacia la parte trasera. Enfiló otro pasillo y dejó atrás las despensas y los lavaderos. Finalmente abrió una puerta que daba al exterior.

Al salir, jadeante y con un dolor indecible en la pierna, vio que el carruaje estaba ya preparado y aguardaba por ellos, con Jenkins en el asiento del conductor y Bea dentro con Nina, que sollozaba incontroladamente. Un asustado mozo de cuadra sujetaba las riendas de los caballos.

Cargó con Valeria hasta el carruaje, subió a él y gritó a Jenkins:

—¡Vámonos! ¡Vámonos!

Jenkins fustigó a los caballos, el mozo de cuadra se apartó del camino y el carruaje se puso en marcha.

—¿Estás bien? —le preguntó Fitz a Bea.

—No, pero estoy viva e ilesa. ¿Y tú?

—No me han herido, pero temo por la vida de tu hermano. —En realidad, tenía la certeza de que Andréi ya estaría muerto, pero no quería decírselo.

Bea miró a la princesa.

—¿Qué ha pasado?

—Ha debido de alcanzarla una bala. —Fitz la examinó más de cerca. El rostro de Valeria estaba pálido—. Oh, Dios santo —dijo.

—Está muerta, ¿verdad? —preguntó Bea.

—Tienes que ser valiente.

—Seré valiente. —Bea tomó la mano exánime de su cuñada—. Pobre Valeria.

El carruaje se precipitó por el sendero y dejó atrás la pequeña casa donde la madre de Bea había vivido tras el fallecimiento del padre. Fitz volvió la mirada hacia la gran mansión. Frente a la puerta de la cocina había un grupo de hombres que habían visto frustrada su persecución. Uno de ellos los apuntaba con un fusil, y Fitz bajó la cabeza de Bea y se agachó.

Cuando volvió a mirar, ya estaban fuera de su alcance. Los campesinos y el servicio salían de la casa por todas sus puertas. Las ventanas desprendían un brillo extraño, y Fitz comprendió que la mansión estaba ardiendo. Siguió mirando y vio que por la puerta principal empezaba a brotar humo, y que una llama asomaba por una ventana e incendiaba la enredadera que tapizaba la fachada.

El carruaje alcanzó lo alto de una loma y descendió entre traqueteos por el otro lado, y la casa desapareció de su vista.

28

Octubre-noviembre de 1917

I

Walter, airado, dijo:

—El almirante Von Holtzendorff nos prometió que los británicos morirían de hambre en cinco meses. De eso hace ya nueve.

—Cometió un error —contestó su padre.

Walter reprimió una réplica sarcástica.

Se encontraban en el despacho de Otto, en la sede del Ministerio de Asuntos Exteriores en Berlín. Otto estaba sentado a su gran escritorio en una silla de madera tallada. En la pared, tras él, colgaba un lienzo del káiser Guillermo I, abuelo del monarca, de su proclamación como emperador alemán en el Salón de los Espejos de Versalles.

A Walter le enfurecían las excusas infundadas de su padre.

—El almirante dio su palabra de oficial de que ningún estadounidense llegaría a Europa —dijo—. Nuestros servicios de espionaje afirman que en junio desembarcaron catorce mil en Francia. ¡Suerte que era la palabra de un oficial!

Aquel comentario escoció a Otto.

—Hizo lo que consideraba mejor para su país —replicó, irritado—. ¿Qué más puede hacer un hombre?

Walter alzó la voz.

—¿Y usted me pregunta qué más puede hacer un hombre? Puede evitar las falsas promesas. Puede evitar decir algo que no sabe a ciencia cierta. Puede decir la verdad, o mantener su estúpida boca cerrada.

—Von Holtzendorff aconsejó lo mejor que pudo.

La debilidad de esos argumentos lo sacaba de quicio.

—Tal humildad habría sido apropiada antes. Pero no la hubo. Usted estuvo allí, en el castillo de Pless; usted sabe lo que pasó. Von Holtzendorff dio su palabra. Engañó al káiser. Fue él quien hizo entrar en la guerra a Estados Unidos. ¡Difícilmente podría un hombre servir peor a su monarca!

—Supongo que quieres que dimita, pero, en tal caso, ¿quién ocuparía su lugar?

—¿Dimitir? —Walter empezaba a ceder a la ira—. ¡Quiero que se meta el cañón del revólver en la boca y apriete el gatillo!

Otto le dirigió una mirada grave.

—Eso que has dicho es perverso.

—Su muerte sería una ínfima compensación por todos los que han perecido a causa de su engreída insensatez.

—Los jóvenes no tenéis sentido común.

—¿Se atreve a hablarme de sentido común? Usted y su generación llevaron Alemania a una guerra que nos ha traumatizado y ha matado a millones de personas; una guerra que, tres años después, aún no hemos ganado.

Otto desvió la mirada. No podía negar que Alemania aún no había ganado la guerra. Los bandos opuestos estaban atascados en un punto muerto en Francia. La guerra submarina sin restricciones había fracasado en su objetivo de cortar los suministros a los aliados. Mientras tanto, el bloqueo naval británico mataba de hambre lentamente al pueblo alemán.

—Tenemos que esperar y ver qué ocurre en Petrogrado —dijo Otto—. Si Rusia abandona la guerra, la balanza se decantará.

—Exacto —repuso Walter—. Todo depende ahora de los bolcheviques.

II

A principios de octubre, Grigori y Katerina fueron a visitar a la comadrona.

Grigori pasaba ya la mayor parte de las noches en el apartamento de una habitación próximo a la fábrica Putílov. Ya no hacían el amor, a ella le resultaba demasiado incómodo. Tenía el vientre enorme, con la piel tensa como un balón de fútbol y el ombligo protuberante. Grigori nunca había mantenido relaciones con una mujer embarazada, y le resultaba tan aterrador como emocionante. Sabía que todo era normal, pero al mismo tiempo le producía pavor pensar en la cabeza de un bebé dilatando cruelmente el estrecho pasaje que él tanto amaba.

Se encaminaron hacia la casa donde vivía la comadrona, Magda, esposa de Konstantín. Grigori llevaba a Vladímir a hombros. El pequeño ya tenía casi tres años, pero Grigori seguía cargando con él sin esfuerzo. La personalidad del pequeño empezaba a emerger; sin dejar de ser infantil, era inteligente y juicioso, más como Grigori que como su encantador y díscolo padre, Lev. Un bebé era como una revolución, pensó Grigori: era posible iniciarla, pero no controlar qué derrotero tomaba.

La contrarrevolución del general Kornílov había sido sofocada antes incluso de comenzar. El Sindicato de Ferroviarios se había asegurado de que la mayoría de los soldados de Kornílov quedaran atascados en vías muertas a kilómetros de Petrogrado. Los que, pese a ello, consiguieron aproximarse a la ciudad, se encontraron con los bolcheviques, que los desalentaron sencillamente desvelándoles la verdad, como había hecho Grigori en el patio de aquella escuela. Los soldados se sublevaron entonces contra los oficiales que participaban en la conspiración y los ejecutaron. El propio Kornílov fue detenido y encarcelado.

Grigori empezó a ser conocido como el hombre que había repelido al ejército de Kornílov. Él lo consideraba una exageración, pero su modestia solo consiguió aumentar su talla. Fue elegido miembro del Comité Central del partido bolchevique.

Trotski salió de prisión. Los bolcheviques ganaron las elecciones municipales de Moscú con el 51 por ciento de los votos. El partido alcanzó la cifra de 350.000 afiliados.

Grigori tenía la embriagadora sensación de que cualquier cosa podía ocurrir, incluida la catástrofe absoluta. Cualquier día la revolución podía fracasar. Eso era lo que más temía, pues en tal caso su hijo crecería en una Rusia que no sería mejor que aquella. Grigori pensó en los momentos trascendentales de su propia infancia: el ahorcamiento de su padre, la muerte de su madre frente al Palacio de Invierno, el sacerdote que le bajó los pantalones al pequeño Lev, el trabajo extenuante en la fábrica Putílov. Quería una vida distinta para su hijo.

—Lenin está pidiendo un levantamiento armado —le dijo a Katerina mientras caminaban hacia la casa de Magda.

Lenin se había mantenido oculto fuera de la ciudad, pero enviaba un torrente constante de cartas furibundas exhortando al partido a que pasara a la acción.

—Creo que hace bien —contestó Katerina—. Todo el mundo está harto de gobiernos que hablan de democracia pero no hacen nada para que baje el precio del pan.

Como era habitual, Katerina decía lo que la mayoría de los obreros de Petrogrado opinaban.

Magda los esperaba y preparó té.

—Lo siento, no tengo azúcar —dijo—. Llevo semanas intentando conseguir un poco.

—Qué ganas tengo de que se acabe esto —comentó Katerina—. Estoy agotada de cargar con este peso.

Magda le palpó el vientre y dijo que aún le quedaban unas dos semanas.

—Cuando nació Vladímir fue horrible —dijo Katerina—. No tenía amigos y la comadrona era una arpía siberiana, una caradura; se llamaba Ksenia.

—Conozco a Ksenia —dijo Magda—. Es competente, pero un poco ruda.

—¡Ya lo creo!

Konstantín se marchaba en ese momento al instituto Smolni. Aunque el Sóviet no celebraba sesiones diarias, sí había reuniones constantes de los comités generales y especiales. El gobierno provisional de Kérenski estaba ya tan debilitado que el Sóviet adquirió autoridad por defecto.

—He oído que Lenin ha vuelto a la ciudad —le dijo Konstantín a Grigori.

—Sí, volvió anoche.

—¿Dónde se aloja?

—Es secreto. La policía todavía pretende detenerlo.

—¿Qué es lo que le ha hecho volver?

—Lo sabremos mañana. Ha convocado una reunión del Comité Central.

Konstantín salió y tomó un tranvía en dirección al centro de la ciudad. Grigori acompañó a Katerina a casa. Cuando estaba a punto de irse al cuartel, ella le dijo:

—Me quedo más tranquila sabiendo que Magda estará conmigo.

—Bien. —A Grigori seguía pareciéndole más peligroso un parto que un levantamiento armado.

—Y tú también estarás conmigo —añadió Katerina.

—Bueno, no en la misma sala —repuso Grigori, nervioso.

—No, claro. Pero sí fuera, caminando arriba y abajo, y eso me hará sentir segura.

—Bien.

—Estarás, ¿verdad?

—Sí —contestó él—. Pase lo que pase, estaré.

Al llegar al cuartel, una hora después, lo encontró sumido en la confusión. En la plaza de armas, los oficiales intentaban cargar armamento y munición en camiones, aunque con poco éxito: todos los comités de batallón estaban reunidos o bien preparando reuniones urgentes.

—¡Kérenski lo ha hecho! —le informó Isaak, exultante—. ¡Está intentando enviarnos a todos al frente!

A Grigori se le cayó el alma a los pies.

—¿Enviarnos… a quién?

—¡A toda la guarnición de Petrogrado! Ya se ha expedido la orden. Tenemos que reemplazar a los soldados que están en el frente.

—¿Qué motivos aducen?

—Dicen que es por el avance alemán.

Los alemanes habían tomado las islas del golfo de Riga y avanzaban hacia Petrogrado.

—¡Tonterías! —dijo Grigori, irritado—. Es un intento de minar al Sóviet. —Y era un intento astuto, comprendió al meditarlo. Si los soldados apostados en Petrogrado eran reemplazados por los que venían del frente, se precisarían días, quizá semanas, para formar y organizar nuevos comités de soldados y elegir otros delegados al Sóviet. Peor aún: aquellos hombres carecerían de su experiencia en las batallas políticas de los últimos seis meses, que deberían volver a librarse—. ¿Qué opinan los soldados?

—Están furiosos. Quieren que Kérenski negocie la paz, en vez de enviarlos a la muerte.

—¿Se negarán a abandonar Petrogrado?

—No lo sé. Ayudaría que el Sóviet los respaldara.

—Me encargaré de eso.

Grigori subió con dos guardaespaldas a un carro blindado y cruzó el puente Liteini en dirección al edificio Smolni. Aquello parecía un revés, pensó, pero podría transformarse en una oportunidad. Hasta el momento, no todos los soldados habían apoyado a los bolcheviques, pero la tentativa de Kérenski de enviarlos al frente podría decantar a los indecisos. Cuanto más pensaba en ello, tanto más creía que aquel podría ser el gran error de Kérenski.

El Smolni era un edificio espléndido que había albergado una escuela para las hijas de los ricos. Dos artilleros del regimiento de Grigori custodiaban la entrada. Miembros de la Guardia Roja trataban de verificar la identidad de todos los visitantes, pero Grigori observó con desasosiego que el gentío que entraba y salía era tan numeroso que el control de ningún modo podía ser riguroso.

El patio era escenario de una actividad frenética. Carros blindados, motocicletas, camiones y coches iban y venían constantemente compitiendo por el espacio. Una amplia escalinata conducía a una arcada y una columnata clásica. En una sala de la planta alta, Grigori encontró reunido al comité ejecutivo del Sóviet.

Los mencheviques apelaban a que los soldados de la guarnición se preparasen para ir al frente. Como de costumbre, pensó Grigori, asqueado, se rendían sin luchar, y lo invadió de pronto el pánico a que la revolución se le estuviera escapando de las manos.

Hizo corrillo con los demás bolcheviques del ejecutivo para elaborar una moción más combativa.

—La única forma de defender Petrogrado de los alemanes es movilizar a los obreros —dijo Trotski.

—Como hicimos con el golpe de Estado de Kornílov —añadió Grigori, entusiasmado—. Necesitamos otro Comité para la Lucha que se encargue de la defensa de la ciudad.

Trotski redactó un borrador a toda prisa y se puso en pie para presentar la moción.

Los mencheviques estaban indignados.

—¡Estaríais creando un segundo centro de mando militar al margen del ya existente del ejército! —dijo Mark Broido—. Ningún hombre puede servir a dos patronos.

Para repulsa de Grigori, la mayoría de los miembros del comité convinieron con eso. La moción de los mencheviques fue aceptada y Trotski fue derrotado. Grigori, desesperado, abandonó la reunión. ¿Podía la lealtad de los soldados al Sóviet sobrevivir a tal desaire?

Aquella tarde, los bolcheviques se reunieron en la Sala 36 y decidieron que no podían aceptar esa decisión. Acordaron volver a presentar su moción ese mismo día, en la reunión que celebraría el Sóviet al completo.

En esa segunda ocasión, los bolcheviques ganaron el voto.

Grigori se sintió aliviado. El Sóviet había respaldado a los soldados y creado un mando militar alternativo.

Habían dado un gran paso más hacia el poder.

III

Al día siguiente, lleno de optimismo, Grigori y los demás líderes bolcheviques se escabulleron sigilosamente del Smolni de forma individual y en parejas, con cuidado de no llamar la atención de la policía secreta, y se dirigieron al apartamento de una camarada, Galina Flakserman, para asistir a la reunión del Comité Central.

Grigori estaba inquieto por la reunión y llegó antes de la hora. Dio la vuelta a la manzana, en busca de sospechosos que deambularan por la zona y que pudieran ser espías de la policía, pero no encontró ninguno. Ya dentro del edificio inspeccionó los diferentes accesos —había tres— y averiguó cuál de ellos proporcionaría una salida más rápida.

Los bolcheviques se sentaron alrededor de una mesa de comedor grande, muchos con el abrigo de cuero que empezaba a convertirse en una especie de uniforme entre ellos. Lenin aún no había llegado y empezaron sin él. Grigori estaba muy preocupado —podrían haberlo detenido—, pero Lenin llegó a las diez en punto, disfrazado con una peluca que le resbalaba constantemente y le confería un aspecto casi ridículo.

Sin embargo, no hubo nada gracioso en la resolución que propuso, llamando a un levantamiento armado liderado por los bolcheviques para derrocar al gobierno provisional y hacerse con el poder.

Grigori se sintió eufórico. Todos querían un levantamiento armado, por supuesto, pero la mayoría de los revolucionarios arguyeron que aún no era el momento oportuno. Al fin, el más poderoso de todos ellos decía «ahora».

Lenin habló durante una hora. Como de costumbre, lo hizo con estridencia, dando puñetazos en la mesa, gritando e insultando a quienes discrepaban de él. Su estilo jugaba en su contra: daban ganas de no votar a alguien tan grosero. Pero, pese a ello, resultaba persuasivo. Sus conocimientos eran vastos; su instinto político, infalible, y pocos hombres conseguían mantenerse firmes bajo la lógica aplastante de sus argumentos.

Grigori estuvo de parte de Lenin desde el principio. Creía que lo importante era hacerse con el poder y poner fin a los titubeos. El resto de los problemas podrían solventarse después. Pero ¿opinarían lo mismo los demás?

Zinóviev se pronunció en contra. Era un hombre apuesto, pero también él había modificado su apariencia para despistar a la policía. Se había dejado barba y cortado al rape la mata de pelo negro y rizado. Consideraba que la estrategia de Lenin era demasiado arriesgada. Temía que un alzamiento proporcionara a la derecha una excusa para perpetrar un golpe militar. Quería que el partido bolchevique se concentrara en ganar las elecciones a la Asamblea Constituyente.

Ese tímido argumento enfureció a Lenin.

—¡El gobierno provisional nunca celebrará unas elecciones generales! —dijo—. Quien crea lo contrario es idiota e ingenuo.

Trotski y Stalin eran partidarios del levantamiento, pero Trotski irritó a Lenin diciendo que debían esperar a que se llevara a cabo el Congreso Panruso de los Sóviets, programado para diez días después.

A Grigori le pareció una buena idea —Trotski siempre era razonable—, pero Lenin lo sorprendió al bramar:

—¡No!

—Es probable que seamos mayoría entre los delegados… —repuso Trotski.

—¡Si el congreso forma gobierno, tendrá que hacerlo en coalición! —replicó Lenin, exasperado—. Los bolcheviques que lo compongan serán centristas. ¿Quién querría eso… sino un traidor contrarrevolucionario?

Trotski se ruborizó por el insulto, pero no dijo nada.

Grigori comprendió que Lenin tenía razón: como de costumbre, había pensado a más largo plazo que ningún otro. En una coalición, la primera exigencia de los mencheviques sería que el primer ministro fuera un moderado… y probablemente no se decantarían por Lenin.

Grigori concluyó, y supuso que también lo estaba haciendo el resto del comité, que la única manera de que Lenin llegara a ser primer ministro era por medio de un golpe.

La discusión se prolongó hasta la madrugada. Al final, decidieron, por diez votos a dos, llevar a cabo un levantamiento armado.

Cuando la reunión acabó, Galina preparó un samovar y sacó queso, salchichas y pan para los hambrientos revolucionarios.

IV

Siendo niño, en la hacienda del príncipe Andréi, Grigori presenció en una ocasión el apogeo de una cacería de venados. Los perros habían derribado a un ciervo justo a las afueras del pueblo, y todos fueron a mirar. Cuando Grigori llegó, el animal agonizaba y los perros ya devoraban sus entrañas con voracidad, derramando sus intestinos destrozados mientras los cazadores, a lomos de caballos, lo celebraban con tragos de brandy. Incluso entonces la desgraciada bestia hizo un último intento de defenderse. Embistió con su poderosa cornamenta y ensartó a un perro y tajó a otro, y por un instante dio la impresión de que conseguiría ponerse en pie; luego se desplomó de nuevo sobre el charco de sangre y cerró los ojos.

Grigori pensó que el primer ministro, Kérenski, líder del gobierno provisional, era como aquel ciervo: todos sabían que estaba acabado... excepto él.

A medida que el gélido frío del invierno ruso se cerraba como un puño sobre Petrogrado, la crisis alcanzó un punto crítico.

En el Comité para la Lucha, pronto renombrado como Comité Militar Revolucionario, predominaba la carismática figura de Trotski. No era un hombre atractivo, con su nariz y su frente prominentes, y unos ojos saltones que miraban a través de unas lentes al aire, pero era cautivador y persuasivo. Donde Lenin gritaba e intimidaba, Trotski razonaba y seducía. Grigori sospechaba que Trotski era tan duro como Lenin, pero más capaz de disimularlo.

El lunes 5 de noviembre, dos días antes del inicio del Congreso Panruso de los Sóviets, Grigori asistió a una concentración masiva, organizada por el Comité Militar Revolucionario, de todos los soldados designados en la Fortaleza de Pedro y Pablo. La concentración comenzó al mediodía y se prolongó toda la tarde, con centenares de soldados debatiendo sobre política en la plaza situada frente a la fortaleza, mientras que sus oficiales rabiaban de impotencia. Entonces llegó Trotski, que fue recibido con un aplauso atronador, y después de escucharlo todos votaron por obedecer al comité y no al gobierno, a Trotski y no a Kérenski.

Mientras se alejaba de la plaza, Grigori pensó que el gobierno no podía tolerar que una unidad militar clave declarase su lealtad a otro. Los cañones de la fortaleza quedaban justo enfrente del Palacio de Invierno, situado al otro lado del río y donde el gobierno provisional había instalado su sede. Sin duda, concluyó, Kérenski admitiría la derrota y dimitiría.

Al día siguiente, Trotski anunció medidas para prevenir un posible golpe contrarrevolucionario por parte del ejército. Ordenó a la Guardia Roja y a las tropas leales al Sóviet que tomaran los puentes, las estaciones ferroviarias y las comisarías de policía, además de la oficina de correos y la de telégrafos, la central de telefonía y el banco estatal.

Grigori respaldaba a Trotski, transformando el caudal interminable de órdenes del gran hombre en instrucciones precisas para unidades militares específicas y despachándolas por toda la ciudad por medio de mensajeros a caballo, bicicleta y coche. Pensó que las «medidas de precaución» de Trotski se parecían bastante a un golpe de Estado.

Para su asombro y deleite, la resistencia fue mínima.

Un espía infiltrado en el palacio Marinski informó de que el primer ministro Kérenski había solicitado un voto de confianza al Preparlamento, el organismo que tan lamentablemente había fracasado en su cometido de crear la Asamblea Constituyente. El Preparlamento lo denegó. Nadie se hizo demasiado eco. Kérenski era historia, tan solo un incompetente más que había intentado gobernar Rusia y había fracasado. Regresó al Palacio de Invierno, donde su impotente gabinete seguía fingiendo que gobernaba.

Lenin vivía de incógnito en el apartamento de una camarada, Margarita Fofanova. El Comité Central le había ordenado que no anduviera por la ciudad, temiendo que pudieran detenerlo. Grigori era una de las pocas personas que conocían su paradero. A las ocho en punto de la tarde, Margarita llegó al Smolni con una nota de Lenin en la que ordenaba a los bolcheviques que organizaran de inmediato una insurrección armada. Trotski, irritado, exclamó:

—¿Qué imagina que estamos haciendo?

Pero Grigori creía que Lenin estaba en lo cierto. Pese a todo, los bolcheviques no se habían hecho con el poder. En cuanto se reuniera, el Congreso Panruso de los Sóviets detentaría toda la autoridad, y entonces, aunque los bolcheviques tuvieran mayoría, el resultado sería otro gobierno de coalición pactado.

Estaba previsto que el congreso comenzara al día siguiente, a las dos en punto. Solo Lenin parecía comprender la perentoriedad de la situación, pensó Grigori con cierta desesperación. Se le necesitaba allí, en el centro mismo de todo.

Grigori decidió ir a buscarlo.

Era una noche gélida, con un viento del norte que parecía atravesar el abrigo de cuero que Grigori llevaba sobre el uniforme de sargento. El centro de la ciudad presentaba un aspecto sorprendentemente normal: ciudadanos de clase media, bien vestidos, entraban y salían de los teatros y acudían a restaurantes profusamente iluminados, mientras los mendigos los acosaban por una moneda y las prostitutas les sonreían desde las esquinas. Grigori saludó con la cabeza a un camarada que vendía un panfleto elaborado por Lenin y titulado: «¿Podrán los bolcheviques retener el poder?». Grigori no lo compró. Ya conocía la respuesta a esa pregunta.

El piso de Margarita se encontraba en el extremo septentrional del barrio de Viborg. Grigori no podía llegar allí en coche por temor a llamar la atención sobre el escondrijo de Lenin. Fue andando hasta la estación de Finlandia y allí tomó un tranvía. El trayecto era largo, y dedicó gran parte de él a preguntarse si Lenin se negaría a asistir.

Sin embargo, para su alivio, no fue preciso insistirle.

—Sin usted, no creo que los demás camaradas den el paso final y decisivo —dijo Grigori, y eso bastó para persuadir a Lenin de la importancia de su asistencia.

Lenin dejó una nota sobre la mesa de la cocina para que Margarita no imaginara que lo habían detenido. Decía: «He ido a donde no querías que fuera. Adiós, Iliich». Los miembros del partido lo llamaban Iliich, su segundo nombre.

Grigori inspeccionó su revólver mientras Lenin se ponía la peluca, una gorra de obrero y un abrigo raído, y después salieron.

El joven sargento caminó vigilante, temeroso de toparse con un destacamento de la policía o una patrulla armada que reconociera a Lenin. Decidió que, en lugar de permitir que lo detuvieran, dispararía sin vacilar.

Eran los únicos pasajeros del tranvía. Lenin preguntó a la conductora sobre lo que opinaba al respecto de los últimos acontecimientos políticos.

Mientras se alejaban a pie de la estación de Finlandia, oyeron ruido de cascos y se escondieron de lo que resultó ser una tropa de cadetes leales al gobierno buscando pelea.

Grigori acompañó a Lenin con aire triunfal al interior del Smolni a medianoche.

Lenin fue directo a la Sala 36 y convocó una reunión del Comité Central Bolchevique. Trotski informó que la Guardia Roja controlaba ya muchos de los puntos clave de la ciudad. Pero eso no fue suficiente para Lenin. Por motivos simbólicos, argumentó, los soldados revolucionarios tenían que tomar el Palacio de Invierno y arrestar a los ministros del gobierno provisional. Esa acción sería lo que convencería al pueblo de que el poder había pasado, de forma definitiva e irrevocable, a manos de los revolucionarios.

Grigori sabía que tenía razón.

Y todos los demás también.

Trotski inició la planificación de la toma del Palacio de Invierno.

Aquella noche, Grigori no volvió a casa.

V

No podía producirse ningún error.

Grigori sabía que la acción final de la revolución tenía que ser decisiva. Se aseguró de que las órdenes fueran claras y llegaran a su destino a tiempo.

El plan no era complejo, pero a Grigori le preocupaba que los plazos establecidos por Trotski fueran demasiado optimistas. El grueso de las fuerzas de ataque estaría formado por marineros revolucionarios. La mayoría procedían de Helsingfors, capital de la región finlandesa, en tren y barco. Zarparon de allí a las tres de la madrugada. Otros llegarían desde Kronstadt, la base naval insular situada a veinte millas de la costa.

Estaba previsto que el ataque comenzara a las doce del mediodía.

Como si de una operación en el campo de batalla se tratase, empezaría con una descarga de artillería: los cañones de la Fortaleza de Pedro y Pablo dispararían sobre el río y derruirían los muros del palacio. A continuación, los marineros y los soldados tomarían el edificio. Trotski calculó que acabarían hacia las dos, hora para la que estaba programado el comienzo del Congreso Panruso de los Sóviets.

Lenin quería personarse en la sesión de apertura y anunciar que los bolcheviques ya habían tomado el poder. Era el único modo de prevenir otro gobierno pactado, indeciso e ineficaz, el único modo de garantizar que Lenin acabara accediendo al poder.

A Grigori le preocupaba que las cosas no progresaran tan deprisa como Trotski confiaba.

La seguridad era débil en el Palacio de Invierno, y al amanecer Grigori envió allí a Isaak para que efectuara un reconocimiento. Isaak comunicó que en el edificio había unos tres mil soldados leales. Si estaban debidamente organizados y luchaban con valentía, la batalla sería temible.

Isaak descubrió también que Kérenski había abandonado la ciudad. Dado que la Guardia Roja controlaba las estaciones ferroviarias, no había podido huir en tren y finalmente lo hizo en un coche requisado.

—¿Qué clase de primer ministro no puede viajar en tren en su propia capital? —se asombró Isaak.

—En cualquier caso, se ha ido —repuso Grigori, satisfecho—. Y no creo que vuelva nunca.

Sin embargo, el ánimo de Grigori se tornó pesimista cuando al mediodía ningún marinero había aparecido aún.

Cruzó el puente en dirección a la Fortaleza de Pedro y Pablo para asegurarse de que los cañones estaban preparados. Para su horror, descubrió que no eran sino objetos de museo, con la mera función de impresionar, y que no podían dispararse. Ordenó a Isaak que buscara artillería en buen estado.

Se apresuró a volver al Smolni para informar a Trotski de que su plan empezaba a acumular retraso. El guardia apostado a la entrada le dijo:

—Alguien lo buscaba, camarada. Algo sobre una comadrona.

—Ahora no puedo ocuparme de eso —contestó Grigori.

Los acontecimientos se desarrollaban muy deprisa. Grigori supo que la Guardia Roja había tomado el palacio Marinski y desmantelado el Preparlamento sin derramamiento de sangre. Los bolcheviques encarcelados habían sido puestos en libertad. Trotski había ordenado a todas las tropas apostadas fuera de Petrogrado que permanecieran en sus puestos, y los soldados estaban obedeciéndolo, no así los oficiales.

Lenin redactaba un manifiesto que comenzaba diciendo: «A los ciudadanos de Rusia: ¡el gobierno provisional ha sido derrocado!».

—Pero el asalto aún no ha comenzado —le dijo, abatido, Grigori a Trotski—. No creo que podamos conseguirlo antes de las tres.

—No te preocupes —repuso Trotski—. Podemos aplazar el inicio del congreso.

Grigori volvió a la plaza del palacio. A las dos de la tarde, al fin, vio el minador *Amur* navegando rumbo al Neva con mil marineros de

Kronstadt a bordo, y a los obreros de Petrogrado congregados en las riberas para recibirlos con ovaciones.

Si Kérenski hubiera previsto la colocación de minas en el angosto canal, habría impedido que los marineros accedieran a la ciudad y habría sofocado la revolución. Pero no había minas, y los marineros, con sus chaquetas negras, empezaron a desembarcar armados con fusiles. Grigori se preparó para desplegarlos alrededor del Palacio de Invierno.

Pero el plan seguía estando plagado de contratiempos, para inmensa exasperación de Grigori. Isaak encontró un cañón y, con grandes esfuerzos, consiguió que fuera arrastrado hasta un punto estratégico... solo para descubrir que no había munición para hacerlo funcionar. Mientras tanto, los soldados leales construían barricadas en el palacio.

Desquiciado por la frustración, Grigori volvió en coche al Smolni.

Allí estaba a punto de comenzar una sesión de emergencia del Sóviet de Petrogrado. El espacioso salón de la escuela femenina, pintado de un blanco virginal, rebosaba con centenares de delegados. Grigori subió a la tarima y se sentó al lado de Trotski, que estaba a punto de inaugurar la sesión.

—El asalto ha sido aplazado debido a una serie de problemas —comunicó.

Trotski se tomó con serenidad la mala noticia. A Lenin le daría un ataque de histeria.

—¿Cuándo podréis tomar el palacio? —preguntó Trotski.

—Siendo realistas, a las seis.

Trotski asintió, templado, y se puso en pie para dirigirse a la concurrencia.

—En nombre del Comité Militar Revolucionario, ¡declaro que el gobierno provisional ya no existe! —vociferó.

El público estalló en vítores y gritos. «Espero ser capaz de convertir esa mentira en una verdad», pensó Grigori.

Cuando el fragor cesó, Trotski enumeró los logros de la Guardia Roja: la toma durante la noche de las estaciones ferroviarias y de otros edificios clave, y el desmantelamiento del Preparlamento. Anunció asimismo que varios ministros del gobierno habían sido detenidos.

—El Palacio de Invierno aún no ha sido tomado, ¡pero su sino se decidirá de un momento a otro!

Se oyeron más ovaciones.

Un disidente gritó:

—¡Os estáis anticipando a la voluntad de los sóviets!

Era el blando argumento democrático, un argumento que el propio Grigori habría esperado en los viejos tiempos, antes de volverse un hombre realista.

Trotski fue tan raudo en responder que sin duda había previsto aquella crítica.

—La voluntad de los sóviets ya ha sido anticipada por el alzamiento de los obreros y los soldados —replicó.

De pronto, se oyó un murmullo en toda la sala. Los presentes empezaron a ponerse en pie. Grigori miró hacia la puerta, preguntándose por el motivo. Vio entrar a Lenin. Los delegados prorrumpieron en vítores. El bullicio se tornó ensordecedor cuando Lenin subió a la tarima. Él y Trotski se pusieron hombro con hombro, sonrieron y se inclinaron ante el público para agradecerle la ovación, un público que aclamaba un golpe que aún no se había llevado a cabo.

La tensión entre la proclamación de la victoria en el vestíbulo y la realidad del desorden y el retraso fuera era excesiva para Grigori, que, incapaz de soportarla, se marchó.

Los marineros procedentes de Helsingfors aún no habían llegado, y el cañón de la fortaleza todavía no estaba preparado para disparar. Con la caída de la noche empezó a lloviznar. Apostado en un extremo de la plaza, con el Palacio de Invierno delante y los cuarteles del Estado Mayor detrás, Grigori vio una fuerza de cadetes saliendo del palacio. Las insignias de sus uniformes los identificaban como alumnos de la Escuela de Artillería Mijailovski; llevaban cuatro pesadas armas. Grigori los dejó marchar.

A las siete ordenó a una fuerza de soldados y marineros que entraran en los cuarteles generales del Estado Mayor y se hicieran con el control. Los hombres obedecieron sin oponerse.

A las ocho, los doscientos cosacos de guardia en el palacio decidieron regresar a sus cuarteles, y Grigori les dejó franquear el cordón. Comprendió que los irritantes retrasos tal vez no supusieran del todo una catástrofe: las fuerzas a las que tenía que vencer se iban reduciendo con el paso de las horas.

Justo antes de las diez, Isaak informó de que el cañón estaba al fin preparado en la Fortaleza de Pedro y Pablo. Grigori ordenó una ráfaga de fogueo, seguida de una pausa. Como habían esperado, más soldados abandonaron el palacio.

¿Podía ser tan fácil?

Fuera, en el río, una alarma sonó a bordo del *Amur*. Grigori miró hacia allí en busca de lo que la había causado y vio las luces de otros barcos aproximándose. Se le heló el corazón. ¿Había conseguido Kérenski enviar fuerzas leales para salvar su gobierno en el último momento? Pero instantes después oyó unos vítores procedentes de la cubierta del *Amur* y supo que los recién llegados eran los marineros de Helsingfors.

Cuando hubieron echado anclas sin contratiempos, Grigori dio la orden de que comenzara el bombardeo… al fin.

Se oyó un tronar de cañones. Algunos proyectiles explotaron en el aire, iluminando los barcos que estaban en el río y el palacio sitiado. Grigori vio un impacto en una ventana esquinera de la tercera planta, y se preguntó si habría alguien en aquella estancia. Para su asombro, los tranvías, bien iluminados, siguieron circulando sin interrupción por los cercanos puentes del Palacio y Troitski.

La escena no era comparable al campo de batalla, por descontado. En el frente, centenares de armas disparaban a la vez; allí, tan solo lo hacían cuatro. Largos intervalos separaban un disparo del siguiente, y sorprendía ver cuántos se desperdiciaban, al frenarse su trayectoria o al caer en el río sin producir el menor perjuicio.

Grigori ordenó el alto el fuego y envió pequeños grupos de soldados al interior del palacio para que efectuaran un reconocimiento. A su vuelta, los soldados informaron de que los pocos guardias que quedaban dentro no oponían resistencia.

Poco después de la medianoche, Grigori encabezó un contingente más numeroso. Según la táctica acordada, se dispersaron por el palacio, corriendo por los amplios y oscuros pasillos, neutralizando a los oponentes y buscando ministros del gobierno. El palacio parecía un cuartel indisciplinado, con los colchones de los soldados sobre los suelos de parquet de los dorados salones de gala, y por todas partes había desperdigada basura y colillas, chuscos de pan y botellas vacías con etiquetas francesas que los guardias probablemente se habían llevado de las exquisitas bodegas del zar.

Grigori oyó varios disparos, pero el combate era ínfimo. No encontró a ningún ministro en la planta baja. Pensó de pronto que tal vez algunos de ellos se hubieran escabullido y sintió una punzada de pánico. No quería tener que informar a Trotski y a Lenin de que los miembros del gobierno de Kérenski se le habían escurrido entre los dedos.

Acompañado de Isaak y de otros dos hombres, subió la amplia escalinata para inspeccionar la primera planta. Irrumpieron por una doble puerta en una sala de reuniones y allí encontraron lo que quedaba del gobierno provisional: un reducido grupo de hombres amedrentados con traje y corbata y los ojos abiertos como platos, sentados en sillones frente a una mesa y por el resto de la sala.

Uno de ellos hizo acopio de la poca autoridad que le quedaba.

—El gobierno provisional está aquí… ¿Qué es lo que queréis?

Grigori reconoció a Aleksandr Konoválov, el acaudalado magnate de la industria textil que era primer ministro en funciones de Kérenski.

—Están todos detenidos —informó Grigori.

Fue un momento agradable, y lo saboreó.

Se volvió hacia Isaak:

—Anota sus nombres. —Los reconoció a todos—. Konoválov, Maliantóvich, Nikitin, Teréschenko… —Cuando la lista estuvo completa, añadió—: Llévalos a la Fortaleza de Pedro y Pablo y enciérralos en las celdas. Yo iré al Smolni y comunicaré la buena noticia a Trotski y a Lenin.

Salió del edificio. Al cruzar la plaza, se detuvo un instante, recordando a su madre. Había muerto en aquel lugar doce años antes, víctima del disparo de la guardia del zar. Se dio la vuelta y contempló el inmenso palacio, con sus hileras de columnas blancas y la luz de la luna destellando en sus centenares de ventanas. En un repentino acceso de rabia, sacudió el puño en dirección al edificio.

—Esto es lo que habéis conseguido, malditos —dijo en voz alta—. Esto es lo que habéis conseguido por matarla.

Esperó hasta que logró calmarse. «Ni siquiera sé a quién le estoy hablando», pensó. Subió al carro blindado de color tierra que aguardaba junto a una barricada desmantelada.

—Al Smolni —indicó al conductor.

Durante el breve trayecto empezó a sentirse eufórico. «Ahora sí que hemos ganado —se dijo—. Somos los vencedores. El pueblo ha derrocado a sus opresores.»

Subió corriendo los escalones que llevaban al Smolni y entró en la sala. Estaba atestada, y Grigori cayó en la cuenta de que el Congreso Panruso de los Sóviets había dado comienzo. Trotski no había conseguido seguir posponiéndolo. Era una mala noticia. Sin duda los mencheviques, y los demás revolucionarios de medio pelo, exigirían un cargo en el nuevo gobierno aunque no hubiesen hecho nada para derrocar al antiguo.

Una bruma de humo de tabaco envolvía las arañas de luces. Los miembros del Presídium estaban sentados en la tarima. Grigori conocía a la mayoría, y estudió la composición del grupo. Los bolcheviques ocupaban catorce de los veinticinco asientos, observó. Eso significaba que el partido tenía el mayor número de delegados. Pero le horrorizó ver que el presidente era Kámenev, ¡un bolchevique moderado que había votado contra el levantamiento armado! Tal como Lenin había advertido, el congreso iba camino de formar otro gobierno de pacto.

Grigori barrió con la mirada a los delegados presentes en la sala y vio a Lenin en la primera fila. Se acercó a él y le dijo al hombre que estaba sentado a su lado:

—Tengo que hablar con Iliich, cédeme tu asiento.

El hombre pareció molestarse, pero al cabo se levantó.

Grigori habló a Lenin al oído.

—El Palacio de Invierno está en nuestras manos —le dijo, y le refirió los nombres de los ministros que habían sido detenidos.

—Demasiado tarde —contestó Lenin, con aire sombrío.

Era lo que Grigori había temido.

—¿Qué está pasando aquí?

Lenin volvió la mirada atrás.

—Mártov ha presentado la moción. —Yuli Mártov era el antiguo enemigo de Lenin. Mártov siempre había querido que el Partido Laborista Social Democrático ruso fuera como el Partido Laborista británico y luchara por la clase obrera con medios democráticos, y su disputa con Lenin sobre esta cuestión había escindido el PLSD en 1903 en dos facciones: los bolcheviques de Lenin y los mencheviques de Mártov—. Ha abogado por el fin de la lucha en las calles seguido de negociaciones para la formación de un gobierno democrático.

—¿Negociaciones? —repitió Grigori, incrédulo—. ¡Pero si hemos tomado el poder!

—Hemos apoyado la moción —repuso Lenin con voz neutra.

Grigori estaba sorprendido.

—¿Por qué?

—Si nos hubiéramos opuesto, habríamos perdido. Tenemos trescientos de los seiscientos setenta delegados. Somos el partido mayoritario por muy poco margen, pero no contamos con mayoría absoluta.

A Grigori le entraron ganas de llorar. El golpe había llegado demasiado tarde. Habría otra coalición cuya composición se decidiría por medio de acuerdos y compromisos, y el gobierno seguiría titubeando mientras los rusos pasaban hambre en sus casas y morían en el frente.

—Pero, de todos modos, nos están atacando —añadió Lenin.

Grigori escuchó al ponente que hablaba en ese momento, alguien a quien no conocía.

—Este congreso ha sido convocado para debatir sobre el nuevo gobierno, pero ¿con qué nos encontramos? —decía el hombre, airado—. ¡Con que se ha llevado a cabo una irresponsable toma de poder y con que un sector se ha adelantado a la voluntad del congreso! Debemos rescatar la revolución de esta empresa demencial.

Entre los delegados bolcheviques estallaron las protestas. Grigori oyó que Lenin decía:

—¡Canalla! ¡Malnacido! ¡Traidor!

Kámenev llamó al orden.

Pero el siguiente discurso también fue amargamente hostil contra los bolcheviques y su golpe, y lo siguieron otros en la misma línea. Lev Jinchuk, un menchevique, apeló a negociar con el gobierno provisional, y la reacción indignada de los delegados fue tan violenta que Jinchuk no pudo continuar durante unos minutos. Finalmente, alzando la voz sobre el griterío, dijo:

—¡Abandonamos este congreso! —y se marchó de la sala.

Grigori supo que la táctica que debían seguir era decir que el congreso no tendría autoridad si lo abandonaban.

—¡Desertores! —gritó alguien, y el insulto fue coreado en toda la sala.

Grigori estaba consternado. Llevaban mucho tiempo esperando aquel congreso. Los delegados representaban la voluntad del pueblo ruso. Pero se estaba desmoronando.

Miró a Lenin. Se quedó perplejo al ver que sus ojos refulgían de regocijo.

—Esto es fantástico —dijo—. ¡Estamos salvados! Nunca imaginé que cometerían este error.

Grigori no tenía idea de a qué se refería. ¿Se habría trastornado?

El siguiente orador fue Mijaíl Gendelman, un líder socialista revolucionario, que dijo:

—Teniendo conocimiento de la toma de poder por parte de los bolcheviques, responsabilizándolos de este acto insensato y criminal, y considerando imposible colaborar con ellos, la facción socialista revolucionaria abandona el congreso. —Y se marchó, seguido de todos los socialistas revolucionarios, que recibieron los abucheos y los silbidos del resto de los delegados.

Grigori se sentía abochornado. ¿Cómo podía aquel triunfo haber degenerado tan deprisa en esa clase de desmanes públicos?

Pero Lenin parecía incluso más complacido.

Una serie de soldados delegados hablaron a favor del golpe bolchevique, y Grigori empezó a animarse, pero seguía sin comprender la alegría de Lenin. Iliich garabateaba algo en un cuaderno. A medida que se sucedían los discursos, corregía y reescribía. Finalmente, le tendió dos hojas a Grigori.

—Hay que presentar esto al congreso para su inmediata aprobación —dijo.

Era una declaración larga, cargada de la retórica habitual, pero Grigori centró su atención en la frase clave: «Por la presente el congreso decide asumir el poder gubernamental».

Era lo que Grigori quería.

—¿Para que lo lea Trotski? —preguntó Grigori.

—No, Trotski no. —Lenin miró a los hombres, y a la mujer, que ocupaban la tarima—. Lunarcharski —decidió.

Grigori supuso que Trotski ya se había granjeado suficiente gloria.

El joven llevó la proclama a Lunarcharski, que hizo una señal al presidente. Minutos después, Kámenev cedió la palabra a Lunarcharski, que se puso en pie y leyó las palabras de Lenin.

Cada una de las frases fue recibida con una ovación.

El presidente solicitó una votación.

Y en ese momento, al fin, Grigori comprendió por qué Lenin estaba tan contento. Con los mencheviques y los socialistas revolucionarios fuera de la sala, los bolcheviques tenían una mayoría abrumadora. Podían hacer lo que quisieran. No había necesidad de pactar.

Se llevó a cabo una votación. Solo dos delegados votaron en contra.

Los bolcheviques tenían el poder, y también la legitimidad.

El presidente clausuró la sesión. Eran las cinco de la madrugada del jueves 8 de noviembre. La Revolución rusa había vencido. Y los bolcheviques estaban al mando.

Grigori abandonó la sala detrás de Iósif Stalin, el revolucionario georgiano, y de otro hombre. El acompañante de Stalin llevaba un abrigo de cuero y una cartuchera, como muchos otros bolcheviques, pero había algo en él que provocó un chispazo en la memoria de Grigori.

Cuando el hombre se volvió para decirle algo a Stalin, el joven lo reconoció, y un espasmo de sorpresa y terror lo sacudió.

Era Mijaíl Pinski.

Se había unido a la revolución.

VI

Grigori estaba exhausto. De pronto cayó en la cuenta de que llevaba dos noches sin dormir. Había habido tanto por hacer que apenas se había apercibido del paso del tiempo. El carro blindado era el vehículo más incómodo en el que había viajado nunca, pero pese a ello se durmió en el trayecto hasta su casa. Cuando Isaak lo despertó, vio que estaban ya frente a la puerta. Se preguntó cuánto sabría Katerina de lo ocurrido. Confiaba en que no fuera demasiado, pues eso le proporcionaría el placer de narrarle con detalle el triunfo de la revolución.

Entró en casa y subió la escalera a trompicones. Vio luz por la rendija inferior de la puerta.

—Soy yo —dijo, y entró en la habitación.

Katerina estaba sentada en la cama con un bebé diminuto en los brazos.

Grigori se sintió arrobado de felicidad.

—¡Ya ha llegado el bebé! ¡Es precioso!

—Es una niña.

—¡Una niña!

—Me prometiste que estarías conmigo —le dijo Katerina con tono reprobatorio.

—¡No lo sabía! —Miró al bebé—. Es morena, como yo. ¿Qué nombre le ponemos?

—Te envié un mensaje.

Grigori recordó al guardia que le había dicho que alguien lo buscaba. «Algo sobre una comadrona», habían sido sus palabras.

—Oh, Dios mío… —se lamentó—. Estaba tan atareado…

—Magda estaba atendiendo otro parto —dijo Katerina—. Tuvo que atenderme Ksenia.

Grigori se sintió acongojado.

—¿Sufriste mucho?

—¡Pues claro que sufrí mucho! —le espetó Katerina.

—Lo siento… Pero ¡escucha! ¡Ha habido una revolución! Una revolución de verdad esta vez… ¡Nos hemos hecho con el poder! ¡Los bolcheviques están formando gobierno! —Se inclinó sobre ella para besarla.

—Eso es lo que suponía —repuso ella, y volvió la cara.

29

Marzo de 1918

I

Walter se encontraba de pie en el tejado de una pequeña iglesia medieval de Villefranche-sur-Oise, un pueblo cercano a San Quintín. Durante algún tiempo había sido una zona de descanso y ocio para la intendencia alemana, y los habitantes franceses, aprovechando las circunstancias, se dedicaron a vender a sus conquistadores tortillas y vino, cuando conseguían provisiones. «*Malheur la guerre* —decían—. *Pour nous, pour vous, pour tout le monde.*» Maldita guerra; para nosotros, para vosotros, para todo el mundo. Desde entonces, los discretos avances de los aliados habían ahuyentado a los residentes franceses, arrasado la mitad de los edificios y acercado el pueblo a la primera línea; en esos momentos era ya una zona de reunión.

Más abajo, en la angosta carretera que cruzaba el centro del pueblo, soldados alemanes marchaban en columna de cuatro en fondo. Llevaban haciéndolo horas, miles de ellos habían desfilado ya. Parecían cansados pero alegres, aunque debían de saber que se dirigían a la primera línea. Habían sido trasladados desde el frente oriental. Francia en marzo era mejor que Polonia en febrero, supuso Walter, al margen de lo que les aguardara.

Lo que veía le alegró el alma. Aquellos hombres habían sido liberados por el armisticio entre Alemania y Rusia. En los últimos días, los negociadores de Brest-Litovsk habían firmado un tratado de paz. Rusia había abandonado la guerra definitivamente. Walter había participado en su consecución, apoyando a Lenin y a los bolcheviques, y la escena que tenía frente a sí era el triunfal resultado.

El ejército alemán contaba ya con 192 divisiones en Francia, frente a las 129 del año anterior; la mayor parte de este incremento lo componían unidades desplazadas desde el frente oriental. Por primera vez tenían allí a más hombres que los aliados, con 173 divisiones, según los servicios secretos alemanes. En numerosas ocasiones a lo largo de los tres años y medio anteriores, al pueblo alemán se le había dicho que estaba a un paso de la victoria. Walter pensó que esta vez era verdad.

No compartía la creencia de su padre de que los alemanes eran una especie humana superior, pero por otra parte veía que el dominio de Europa por parte de sus compatriotas sería positivo. Los franceses poseían muchas aptitudes destacables —la gastronomía, la pintura, la moda, el vino—, pero no tenían mano para gobernar. Los oficiales franceses se consideraban una especie de aristocracia, y creían que era perfectamente lícito hacer esperar a los ciudadanos. Una dosis de eficacia alemana les iría de maravilla. Y lo mismo podía decirse de los indisciplinados italianos. La Europa oriental sería la que más se beneficiaría. El antiguo Imperio ruso seguía anclado en la Edad Media, con campesinos harapientos muriendo de hambre en casuchas y mujeres azotadas por haber cometido adulterio. Alemania reportaría orden, justicia y técnicas agrícolas modernas. Habían creado el primer servicio aéreo regular. Los aviones cubrían el trayecto entre Viena y Kiev en ambas direcciones como si fueran trenes. Habría una red de vuelos por toda Europa después de que Alemania ganase la guerra. Y Walter y Maud criarían a sus hijos en un mundo pacífico y bien ordenado.

Pero esa oportunidad de vencer en el campo de batalla no habría de durar mucho. Los norteamericanos habían empezado a llegar en grandes cantidades. Habían tardado casi un año en organizar un buen ejército, pero en esos momentos había trescientos mil soldados estadounidenses en Francia, y seguían llegando más a diario. Alemania tendría que ganar pronto, conquistar Francia y empujar a los aliados hacia el mar antes de que los refuerzos estadounidenses inclinaran la balanza.

El inminente asalto había recibido el nombre de *Kaiserschlacht*, la batalla del Káiser. De un modo u otro, sería la última ofensiva de Alemania.

Habían vuelto a destinar a Walter al frente. Alemania necesitaba a todos sus hombres en el campo de batalla, sobre todo habiendo muerto tantos oficiales. Se le había asignado el mando de un *Sturmbataillon* —tropas de asalto—, y tanto él como sus hombres habían recibido un curso de adiestramiento sobre las últimas tácticas. Algunos eran veteranos curtidos; otros, muchachos y ancianos reclutados a la desesperada. Walter había llegado a apreciarlos durante el curso, pero tenía que cuidarse de no sentir excesivo afecto por hombres a quienes podría verse obligado a enviar a la muerte.

Al mismo curso había asistido Gottfried von Kessel, antiguo rival de Walter en la embajada alemana de Londres. Pese a su mala vista, Gottfried era capitán en el batallón de Walter. La guerra no había hecho mella en su fanfarronería.

Walter inspeccionó el territorio aledaño con los binoculares. Era un día frío y despejado, con buena visibilidad. En el sur, el ancho río Oise fluía entre marismas. Al norte, la fértil tierra estaba salpicada de caseríos, granjas, puentes, huertos y pequeñas arboledas. A algo más de un kilómetro al oeste se encontraba el entramado de trincheras alemanas, y más allá, el campo de batalla. Aquel mismo paisaje agrícola había sido devastado por la guerra. Los yermos trigales lucían cráteres similares a los de la Luna; todos los pueblos estaban reducidos a pilas de piedras; los huertos estaban arrasados, y los puentes, destrozados. Si enfocaba bien los binoculares, alcanzaba a ver los cadáveres en descomposición de hombres y caballos, y los armazones de acero de tanques abrasados.

Al final de aquel erial se encontraban los británicos.

Un repentino estruendo lo hizo mirar hacia el este. Nunca antes había visto el vehículo que se aproximaba, pero había oído hablar de él. Era una pieza de artillería autopropulsada, con un cañón gigantesco y un mecanismo de disparo montado sobre un bastidor y un motor de cien caballos. Lo seguía de cerca un resistente camión cargado, presumiblemente, con munición de tamaño proporcional. A continuación, iban dos cañones más. Sus ocupantes, artilleros, saludaron con las gorras al pasar, como si se encontraran en un desfile celebrando la victoria.

Walter se sintió eufórico. Se podría reposicionar rápidamente aquellos cañones en cuanto comenzara la ofensiva. Supondrían un refuerzo mejor para la infantería en su avance.

Von Ulrich había oído que un cañón aún más grande estaba bombardeando París desde una distancia de casi cien kilómetros. Apenas le parecía verosímil.

A los cañones los seguía un Mercedes 37/95 Double Phaeton que le resultó conocido. El coche abandonó la carretera y aparcó en la plaza situada frente a la iglesia, y de él se apeó el padre de Walter.

«¿Qué está haciendo aquí?»

Walter cruzó la entrada baja que daba acceso a la torre y bajó a toda prisa la escalera de caracol. La nave de aquella iglesia abandonada se había convertido en un dormitorio comunitario. Se abrió paso entre los petates y las cajas que los hombres utilizaban a modo de mesas y sillas.

Fuera, el camposanto estaba atestado de rampas de trinchera, plataformas prefabricadas de madera que permitirían a la artillería y a los camiones de abastecimiento cruzar las trincheras británicas tomadas para alcanzar a las tropas de asalto. Estaban ocultas entre las lápidas, como para impedir que se vieran desde el aire.

El torrente de hombres y vehículos que cruzaban el pueblo desde el este hacia el oeste se había reducido ya a apenas un goteo. Algo ocurría.

Otto iba uniformado y saludó formalmente. Walter vio que su padre era presa de la emoción.

—¡Viene una visita especial! —le dijo Otto de inmediato.

De modo que era eso.

—¿Quién?

—Ya lo verás.

Walter supuso que se trataba del general Ludendorff, que en esos momentos ostentaba el cargo de comandante en jefe.

—¿Qué pretende hacer?

—Dirigirse a los soldados, por supuesto. Por favor, reúne a los hombres delante de la iglesia.

—¿Cuándo?

—No tardará en llegar.

—De acuerdo. —Walter miró a su alrededor—. ¡Sargento Schwab! Venga aquí. Usted y el cabo Grunwald… y el resto de sus hombres, vengan aquí. —Envió mensajeros a la iglesia, al comedor que se había improvisado en un granero grande y al campamento que se había montado sobre una loma situada al norte—. Quiero que todos los hombres, convenientemente vestidos, formen delante de la iglesia en quince minutos. ¡Enseguida!

Todos se pusieron en marcha a toda prisa.

Walter recorrió todo el pueblo para informar a oficiales, ordenar a los hombres que acudieran a la plaza y vigilar mientras tanto el sector oriental de la carretera. Encontró a su comandante, el *Generalmajor* Schwarzkopf en una vieja granja que desprendía un fuerte olor a queso, terminando su desayuno de pan con sardinas de lata.

En un cuarto de hora se habían reunido dos mil hombres y, diez minutos más tarde, todos ellos presentaban un aspecto decente, con el uniforme abrochado y la gorra bien puesta. A continuación llevó un camión de plataforma a la plaza y lo aparcó frente a ellos. Con cajas de munición, improvisó unos escalones junto a la parte trasera.

Otto sacó del Mercedes una alfombra roja y la extendió frente a la escalinata.

Walter se llevó aparte a Grunwald. El cabo era un hombre alto, con grandes manos y pies. Walter le ordenó que subiera al tejado con los binoculares y un silbato.

Y esperaron.

Pasó media hora, y después una hora más. Los hombres se inquietaban, se salían de las filas y empezaban a charlar.

Al cabo de otra hora, Grunwald hizo sonar el silbato.

—¡Preparaos! —bramó Otto—. ¡Ya llega!

Estalló un alboroto de órdenes. Los hombres se pusieron firmes rápidamente. Una caravana de vehículos llegó a la plaza.

La portezuela de un carro blindado se abrió, y un hombre ataviado con uniforme de general se apeó de él. Sin embargo, no se trataba del calvo Ludendorff. El visitante especial se movía con torpeza, con la mano izquierda en el bolsillo de la guerrera, como si tuviera el brazo herido.

Instantes después, Walter cayó en la cuenta de que era el mismísimo káiser.

El *Generalmajor* Schwarzkopf se acercó a él y lo saludó.

Cuando los hombres vieron quién era el visitante, los murmullos y las reacciones fueron aumentando rápidamente hasta convertirse en un estallido de vítores. El *Generalmajor* pareció enojarse en un primer momento ante aquella muestra de indisciplina, pero el káiser esbozó una sonrisa benévola y Schwarzkopf recompuso de inmediato un semblante de aprobación.

El káiser subió los escalones, se apostó en la plataforma del camión y agradeció la ovación. Cuando el bullicio cesó al fin, empezó a hablar.

—¡Alemanes! —dijo—. ¡Ha llegado la hora de la victoria!

Todos lo aclamaron de nuevo, y esta vez Walter se sumó a ellos.

II

A la una de la madrugada del jueves 21 de marzo, la brigada ocupaba ya su puesto en la vanguardia, preparada para el ataque. Walter y los oficiales de su batallón se sentaron en un refugio subterráneo, en la trinchera de la primera línea. Charlaban para aliviar la tensión de la espera.

Gottfried von Kessel exponía la estrategia de Ludendorff.

—Esta ofensiva hacia el oeste abrirá una cuña entre los británicos y los franceses —dijo, con la falsa seguridad de que solía hacer gala cuando trabajaban juntos en la embajada alemana de Londres—. Después girará hacia el norte, rodeará a los británicos por el flanco derecho y los llevará hacia el canal de la Mancha.

—No, no —opinó el teniente Von Braun, un hombre entrado en años—. La opción más astuta es que, en cuanto hayamos penetrado en su primera línea, vayamos directos hacia la costa atlántica. Imaginen una línea alemana prolongándose por todo el centro de Francia y separando a los franceses de sus aliados...

Von Kessel discrepó:

—¡Pero entonces tendríamos enemigos al norte y al sur!

Un tercer hombre, el capitán Kellerman, se sumó a la conversación.

—Ludendorff girará hacia el sur —predijo—. Tenemos que tomar París. Eso es lo único que cuenta.

—¡París solo es simbólico! —repuso Von Kessel con desdén.

Especulaban; nadie sabía nada a ciencia cierta. Walter se sentía demasiado tenso para escuchar una discusión sin sentido, por lo que decidió salir. Los hombres estaban sentados en el suelo de la trinchera, aún tranquilos. Las horas previas a la batalla eran un tiempo de reflexión y rezo. La sopa de cebada que habían cenado llevaba ternera, un lujo escaso. Los ánimos eran buenos, todos presentían que el final de la guerra se acercaba.

Era una noche clara y estrellada. Las cocinas de campaña repartían el desayuno: pan negro y café aguado con sabor a colinabo. Había llovido un poco, pero la lluvia había cesado ya y el viento prácticamente también. Eso significaba que podrían dispararse bombas de gas tóxico. Los dos bandos utilizaban gas, pero Walter había oído que en esa ocasión los alemanes emplearían una mezcla nueva: el temible fosgeno y gas lacrimógeno. El gas lacrimógeno no era mortal, pero podía traspasar las máscaras antigás reglamentarias de los británicos. En teoría, la irritación producida por el gas lacrimógeno haría que los soldados se quitaran las máscaras para frotarse los ojos, y entonces inhalarían el fosgeno y morirían.

Los grandes cañones fueron dispuestos a lo largo del límite más próximo de aquella tierra de nadie. Walter nunca había visto tanta artillería junta. Los artilleros apilaban la munición. Detrás de ellos, una segunda línea de cañones y caballos estaban ya preparados para avanzar: constituirían la siguiente barrera de fuego.

A las cuatro y media todo seguía en calma. Las cocinas de campaña desaparecieron; los artilleros se sentaron en el suelo a esperar; los oficiales, de pie en las trincheras, escrutaban la oscuridad que los separaba del otro extremo del erial, donde el enemigo dormía. Incluso los caballos estaban calmados. «Esta es nuestra última oportunidad de vencer», pensó Walter. Se preguntó si debía rezar.

A las cuatro y cuarenta minutos un fulgor blanco estalló en el cielo apagando las titilantes estrellas. Instantes después, el cañón más próximo a Walter escupió una llamarada y produjo un estallido tan fuerte que lo hizo trastabillar hacia atrás, como si alguien lo hubiera empujado. Pero eso no era nada. En cuestión de segundos, toda la artillería empezó a disparar. El estruendo era mucho mayor que el de una tormenta. Los fogonazos iluminaban el rostro de los artilleros, que manipulaban los pesados proyectiles y las cargas de cordita. El humo empezó a saturar el aire, y Walter trató de respirar solo por la nariz. La tierra temblaba bajo sus pies.

Pronto vio explosiones y llamaradas en el bando británico provocadas por el impacto de las bombas alemanas en depósitos de munición y tanques de combustible. Sabía lo que era estar bajo fuego de artillería, y sintió compasión por el enemigo. Confiaba en que Fitz no se encontrara allí.

Los cañones alcanzaron tal temperatura que abrasaban la piel de todo aquel que fuera lo bastante imprudente para tocarlos. El calor deformaba los cilindros hasta el punto de malograr su precisión, por lo que los artilleros trataban de enfriarlos con la ayuda de sacos húmedos. Los soldados de Walter se ofrecieron voluntarios para llevar cubos de agua desde los cráteres más cercanos para que no les faltaran. La infantería siempre estaba dispuesta a ayudar a los artilleros antes de un asalto, pues cada soldado enemigo que los cañones mataran era un hombre menos al que ellos tendrían que disparar cuando avanzaran.

El día amaneció con niebla. Cerca de los cañones, la explosión de las cargas consumía el vapor, pero era imposible ver nada en la distancia. Walter se inquietó. Los artilleros tendrían que apuntar «sobre mapa». Afortunadamente, disponían de planos detallados y precisos de las posiciones británicas, la mayoría de las cuales habían sido alemanas tan solo un año antes. Pero nada podía reemplazar a la rectificación por observación. Era un mal comienzo.

La bruma se mezcló con el humo de las explosiones. Walter se cubrió la nariz y la boca con un pañuelo que se ató a la nuca. Los británicos no disparaban, al menos a su sector. Eso lo alentó. Tal vez la artillería enemiga ya estuviera destruida. La única baja alemana que Walter tenía cerca era un operador de mortero; posiblemente, un proyectil había explosionado en el cañón de su arma. Los camilleros se llevaron su cuerpo mientras un equipo médico vendaba las heridas de los soldados alcanzados por la metralla.

A las nueve de la mañana Von Ulrich ordenó a sus hombres que ocuparan sus puestos: los soldados de las tropas de asalto se tendieron en el suelo detrás de los cañones, la infantería regular se apostó en las trincheras. Tras ellos se concentraba la siguiente tanda de artillería, los equipos médicos, los telefonistas, los abastecedores de munición y los mensajeros.

Los soldados de las tropas de asalto iban equipados con el moderno casco «cubo de carbón». Habían sido los primeros en abandonar el antiguo *Pickelhaube*, con púa. Iban armados con la carabina Mauser K98. Su cañón corto le restaba precisión en distancias largas, pero era menos torpe y pesada que los fusiles de mayor longitud en la lucha cuerpo a cuerpo en las trincheras. Todos los hombres llevaban una bolsa cruzada sobre el pecho que contenía una docena de granadas de palo. Los soldados rasos británicos las llamaban *tatermashers*, por el utensilio que empleaban sus esposas para triturar las patatas. Por lo visto, había uno en todas las cocinas británicas. Walter lo sabía por los interrogatorios a los prisioneros de guerra; en realidad, nunca había estado en una cocina británica.

Walter se colocó la máscara antigás e indicó a sus hombres que hicieran lo propio para que no les afectaran los gases que lanzaba su propio bando cuando alcanzaran el frente enemigo. Después, a las nueve y media, se puso en pie. Se cruzó el fusil a la espalda y cogió una granada de palo con cada mano, lo cual era el procedimiento correcto en el avance de las tropas de asalto. No podía gritar órdenes, pues nadie las oiría, de modo que hizo un gesto con una mano y echó a correr.

Sus hombres lo siguieron por el erial.

El suelo era firme y seco; no había llovido en abundancia en varias semanas. Era algo positivo para los atacantes, pues facilitaba el desplazamiento de los hombres y los vehículos.

Avanzaban a toda prisa semiagachados. Los cañones alemanes disparaban sobre sus cabezas. Los hombres de Walter eran conscientes del peligro que corrían de ser alcanzados por los proyectiles que caían antes de alcanzar su objetivo, más aún con niebla, cuando los observadores no podían rectificar la dirección en la que apuntaban los artilleros. Pero el riesgo merecía la pena. De ese modo conseguirían acercarse tanto a las trincheras enemigas que, cuando cesara el bombardeo, los británicos no tendrían tiempo de reposicionarse y montar las ametralladoras antes de que las tropas de asalto cayeran sobre ellos.

Mientras seguían corriendo por tierra de nadie, Walter confió en que la alambrada del otro bando hubiera sido destruida por la artillería. De lo contrario, sus hombres se demorarían cortándola.

Walter oyó una explosión a su derecha, seguida de un grito. Instantes después, un destello en el suelo llamó su atención: era un cable trampa. Aquel campo estaba minado y ellos no lo sabían. Le asaltó el pánico al comprender que podría morir en una explosión con el siguiente paso que diera. Pero enseguida se recompuso.

—¡Cuidado con dónde pisáis! —gritó, pero sus palabras se perdieron en el estruendo de las bombas.

Continuaron avanzando; a los heridos hubo que dejarlos a la espera de los equipos médicos, como siempre.

Poco después, a las nueve y cuarenta minutos, los cañones enmudecieron.

Ludendorff había abandonado la antigua táctica consistente en disparar fuego de artillería durante varios días antes de un ataque, pues eso concedía al enemigo demasiado tiempo para obtener refuerzos. Se calculaba que cinco horas bastaban para confundirlo y desmoralizarlo sin permitirle reorganizarse.

«En teoría», pensó Walter.

Se irguió y apuró el paso. Su respiración era agitada pero estable; apenas transpiraba, estaba alerta pero sereno. Faltaban pocos segundos para establecer contacto con el enemigo.

Alcanzó la alambrada británica. No estaba destruida pero presentaba huecos, y penetró por uno de ellos seguido de sus hombres.

Los comandantes de compañía y pelotón ordenaron a los hombres que volvieran a dispersarse, más con gestos que con palabras; el enemigo podía estar lo bastante cerca para oírlos.

La bruma era en esos momentos su aliada, los ocultaba del enemigo, pensó Walter, y se estremeció de alegría. En ese punto esperaban enfrentarse ya al infierno de las ametralladoras enemigas. Pero los británicos no podían verlos.

Walter llegó a un tramo que había sido completamente arrasado por las bombas alemanas. Al principio no vio sino cráteres y montículos de tierra, pero enseguida atisbó una trinchera y comprendió que había llegado a la línea británica. Sin embargo, la trinchera estaba destrozada; la artillería había hecho un buen trabajo.

¿Había alguien dentro? Nadie había disparado desde ella, pero era mejor asegurarse. Walter arrancó el pasador de una granada y la arrojó a la trinchera como precaución. Después de la explosión, se asomó por el parapeto. Varios hombres yacían en el suelo, ninguno de ellos se movía. A los que no hubiera matado la artillería, los había aniquilado la granada.

«Hasta ahora has tenido suerte —pensó Walter—. No esperes que dure mucho.»

Corrió a lo largo de la línea para comprobar los progresos de su batallón. Vio cómo media docena de británicos abandonaban las armas y se rendían, con las manos sobre sus cascos de acero con forma de cuenco. Parecían bien alimentados en comparación con sus captores alemanes.

El teniente Von Braun apuntaba con el fusil a los cautivos, pero Walter no quería que sus oficiales malgastaran tiempo haciendo prisioneros. Se quitó la máscara antigás; los británicos no llevaban.

—¡Moveos! —les dijo en inglés—. Por allí, por allí. —Señaló hacia las líneas alemanas. Los británicos echaron a andar, ansiosos por alejarse del combate y salvar la vida—. ¡Déjelos marchar! —gritó a Von Braun—. La intendencia se encargará de ellos. Tenemos que seguir avanzando. —Esa era la función primordial de las tropas de asalto.

Se puso en marcha. A lo largo de varios centenares de metros, el escenario siguió siendo el mismo: trincheras destrozadas, bajas enemigas, ausencia de resistencia. Entonces oyó una ráfaga de ametralladora. Instantes después topó con un pelotón que se había puesto a cubierto en cráteres abiertos por las bombas. Se tiró al suelo al lado del sargento, un bávaro llamado Schwab.

—No podemos ver el emplazamiento —dijo Schwab—. Estamos disparando en dirección al ruido.

Schwab no había comprendido la táctica. Las tropas de asalto debían sobrepasar puntos fuertes y después dejarlos atrás para que a continuación los barriera la infantería.

—¡Siga avanzando! —le ordenó Walter—. Rodee la ametralladora. —En cuanto se produjo una pausa en el fuego, se puso en pie e hizo gestos a los hombres—. ¡Vamos! ¡Arriba, arriba!

Todos obedecieron. Walter los alejó del fuego y cruzaron una trinchera vacía.

Volvió a topar con Gottfried. El teniente llevaba una lata de galletas y se las embutía en la boca mientras corría.

—¡Increíble! —gritó—. ¡Tendrías que probar la comida británica!

Walter golpeó la caja y la tiró al suelo.

—¡Estás aquí para luchar, no para comer, maldito idiota! —vociferó—. ¡Sigue avanzando!

De pronto, lo sobresaltó algo que pasó corriendo sobre sus pies. Bajó la mirada y vio un conejo desapareciendo en la niebla. Sin duda, la artillería había destruido su madriguera.

Consultó la brújula para asegurarse de que se dirigían al oeste. No sabía si las trincheras que estaba encontrando eran de comunicación o de abastecimiento, por lo que su orientación no le proporcionó mucha información.

Sabía que los británicos habían emulado a los alemanes en la creación de múltiples líneas de trincheras. Poco después de dejar atrás la primera, se encontró con otra bien defendida a la que llamaron Línea Roja, y luego otra, situada a poco menos de dos kilómetros hacia el oeste, a la que asignaron el nombre de Línea Marrón.

Después de eso, no vio sino campo abierto hasta la costa oeste.

Las bombas caían sobre esa zona. ¿Podía estar seguro de que no eran británicas? No era posible, estarían atacando a sus propias defensas. Debía de tratarse de la siguiente barrera de fuego alemana. Él y sus hombres corrían el riesgo de sobrepasar a su propia artillería. Se giró. Afortunadamente, la mayoría de sus hombres estaban detrás de él. Alzó los brazos.

—¡A cubierto! —gritó—. ¡Corred la voz!

Apenas fue necesario hacerlo, pues todos habían llegado a esa misma conclusión. Retrocedieron corriendo unos metros y saltaron a varias trincheras vacías.

Walter se sintió eufórico. Todo iba sorprendentemente bien.

En el suelo de la trinchera yacían tres soldados británicos. Dos no se movían, el tercero gruñía. ¿Dónde estaban los demás? Tal vez hubieran huido. O quizá esos tres soldados formaban parte de un pelotón suicida; tal vez los hubieran dejado allí para que defendieran una posición imposible de defender y dar así a sus camaradas en retirada más probabilidades de sobrevivir.

Uno de los británicos muertos era un hombre insólitamente alto, con las manos y los pies muy grandes. Grunwald se apresuró a quitarle las botas.

—¡Son de mi talla! —le dijo a Walter a modo de justificación. Von Ulrich no tuvo arrestos de impedírselo, las botas de Grunwald estaban llenas de agujeros.

Se sentó para recuperar el aliento. Repasando aquella primera fase, pensó que nada podía haber ido mejor.

Una hora después, los cañones alemanes volvieron a enmudecer. Walter reunió a sus hombres y siguió avanzando.

A media ascensión de una larga pendiente oyó voces. Alzó una mano para detener a los hombres que le seguían de cerca. Frente a él, alguien dijo en inglés:

—No veo un carajo.

Algo en aquella voz le resultó conocido. ¿Era australiano? Aunque más bien parecía indio…

Otra dijo, con el mismo acento:

—¿De qué coño te quejas? ¡Si no pueden verte, no pueden dispararte!

En ese instante, Walter se vio transportado de vuelta a 1914, a la gran casa de Fitz, en Gales. Así era como hablaban sus sirvientes. Los hombres que tenía frente a él, allí, en aquel campo francés arrasado, eran galeses.

El cielo pareció iluminarse un poco.

III

El sargento Billy Williams escrutó la niebla. El fuego de artillería había cesado, gracias a Dios, pero eso solo significaba que los alemanes se estaban acercando. ¿Qué debía hacer?

No tenía órdenes. Su pelotón había ocupado un reducto, un puesto defensivo situado en un promontorio a cierta distancia de la primera línea. Con un tiempo normal, aquella posición proporcionaba una amplia panorámica de una pendiente larga y regular a cuyos pies había una montaña de escombros, que antaño debían de haber pertenecido a las edificaciones de una granja. Una trinchera los comunicaba con otra montaña de escombros, que en esos momentos sí eran visibles. Las órdenes solían llegar desde la retaguardia, pero ese día no había llegado ninguna. El teléfono guardaba silencio; las bombas debían de haber cortado la línea.

Los hombres aguardaban de pie o sentados en la trinchera. Habían salido del refugio subterráneo al cesar el bombardeo. A veces, a media mañana, la cocina de campaña enviaba a la trinchera una carreta con una tetera grande llena de té caliente, pero ese día no había indicios de que fueran a recibir ningún refrigerio, y ya habían agotado las raciones en el desayuno.

El pelotón disponía de una ametralladora ligera Lewis de diseño estadounidense. Estaba colocada en el muro posterior de la trinchera, sobre el refugio subterráneo. La manipulaba George Barrow, un chico de diecinueve años salido de un correccional, un buen soldado con una educación tan pobre que creía que el último invasor de Inglaterra se llamaba Normando el Conquistador. George estaba sentado detrás del arma, protegido de las balas perdidas por la recámara de acero, y fumaba una pipa.

También tenían un mortero Stokes, un arma muy práctica capaz de disparar una bomba de 7,6 centímetros de diámetro a una distancia de hasta ochocientos metros. El cabo Johnny Ponti, hermano de Joey Ponti, que había muerto en el Somme, poseía un dominio letal del arma.

Billy trepó hasta la ametralladora y se apostó al lado de George, pero no podía ver nada.

—Billy, ¿tienen otros países imperios, como nosotros? —le preguntó George.

—Sí —contestó Billy—. Los franceses poseen la mayor parte del norte de África, y también están las Indias Orientales holandesas, el sudeste de África, que es alemán…

—Vaya —dijo George, desilusionado—. Lo había oído, pero no creía que fuera verdad.

—¿Por qué no?

—Bueno, ¿qué derecho tienen a gobernar otros pueblos?

—¿Qué derecho tenemos nosotros a gobernar Nigeria y Jamaica y la India?

—Pero nosotros somos británicos.

Billy asintió. George Barrow, que obviamente nunca había visto un atlas, se sentía superior a Descartes, Rembrandt y Beethoven. Y no era el único. Durante años, en la escuela, todos habían soportado el bombardeo de la propaganda que informaba de todas las victorias militares pero de ninguna de las derrotas. Les enseñaban la democracia de Londres, pero no les hablaban de la tiranía de El Cairo. Cuando aprendían algo sobre la justicia británica, no oían ninguna mención a la flagelación en Australia, el hambre en Irlanda o las matanzas en la India. Aprendían que los católicos quemaban a los protestantes en la hoguera, y se horrorizaban cuando los protestantes hacían lo mismo con los católicos en cuanto se les presentaba la ocasión. Pocos de ellos tenían un padre como el de Billy que les dijera que el mundo que les describían sus maestros en la escuela era una fantasía.

Pero ese día Billy no tenía tiempo para aclararle las cosas a George. Tenía otras preocupaciones.

El cielo se iluminó levemente y a Billy le pareció que la niebla empezaría a disiparse; entonces, de pronto, la bruma se levantó por completo.

—¡Joder! —exclamó George.

Un segundo después, Billy vio lo que lo había sobresaltado. A unos cuatrocientos metros, subiendo por la pendiente en dirección a ellos, había varios centenares de soldados alemanes.

Billy saltó a la trinchera. Algunos hombres habían avistado ya al enemigo y sus exclamaciones de sorpresa alertaron a los demás. Billy atisbó por una ranura de un panel de acero adosado al parapeto. Los alemanes estaban tardando más en reaccionar, quizá porque, en la trinchera, los británicos eran menos visibles. Un par se detuvieron, pero la mayoría siguió corriendo.

Un minuto después estalló el fuego cruzado de fusiles. Varios alemanes cayeron. El resto se lanzó al suelo, buscando protección en los cráteres de las bombas y detrás de arbustos raquíticos. Sobre la cabeza de Billy, la Lewis empezó a disparar produciendo un ruido similar al clamor de los aficionados en un partido de fútbol. Instantes después, los alemanes comenzaron también a disparar. Parecían no llevar ametralladoras ni morteros, observó Billy, aliviado. Oyó gritar a uno de sus hombres; un alemán avispado había visto a alguien mirando indiscretamente por encima del parapeto, tal vez; o, más probablemente, un tirador afortunado había alcanzado a un desafortunado británico en la cabeza.

Tommy Griffiths apareció al lado de Billy.

—Le han dado a Dai Powell —dijo.

—¿Está herido?

—Ha muerto. Le han reventado la cabeza.

—Hijos de puta —masculló Billy.

La señora Powell era una tejedora prodigiosa que enviaba jerséis a su hijo a Francia. ¿Para quién iba a tejer ya?

—He cogido esto de uno de sus bolsillos —dijo Tommy.

Dai llevaba un fajo de postales pornográficas que había comprado a un francés. En ellas aparecían chicas rollizas luciendo sus matas de vello púbico. La mayoría de los hombres del batallón se las habían pedido prestadas en un momento u otro.

—¿Por qué? —le preguntó Billy con aire distraído mientras inspeccionaba al enemigo.

—No quiero que las envíen a su casa de Aberowen.

—Ah, claro.

—¿Qué hago con ellas?

—¡Joder, Tommy! Pregúntamelo más tarde, ¿vale? Ahora mismo tengo que ocuparme de varios centenares de putos alemanes.

—Perdona, Bill.

¿Cuántos alemanes había allí? Era difícil hacer ese tipo de cálculos en el campo de batalla, pero Billy creía que había visto al menos doscientos, y posiblemente hubiera más escondidos. Supuso que se enfrentaba a un batallón. Su pelotón de cuarenta hombres estaba superado abrumadoramente en número.

¿Qué se suponía que tenía que hacer?

Llevaba más de veinticuatro horas sin ver a un oficial. Allí era el hombre de mayor rango. Estaba al mando. Necesitaba un plan.

Hacía ya tiempo que no se enfurecía por la incompetencia de sus superiores, todo formaba parte del sistema de clases que él debía despreciar, tal y como lo habían educado. Pero en las raras ocasiones en que la pesada carga del mando caía sobre él, lo cierto era que no lo disfrutaba. Por el contrario, solo sentía el peso de la responsabilidad, y el miedo de tomar decisiones erróneas y provocar la muerte de sus camaradas.

Si los alemanes atacaban de frente, su pelotón quedaría aplastado. Pero el enemigo no sabía lo débil que era. ¿Podía fingir que contaba con más hombres?

Le cruzó por la mente la idea de retirarse. Pero se suponía que los soldados no se retiraban en cuanto eran atacados. Aquel era un puesto defensivo, y debía tratar de resistir.

Lucharía, al menos de momento.

En cuanto tomó la decisión, los demás lo siguieron.

—¡Dales otra serenata, George! —gritó. Mientras la ametralladora disparaba, corrió por la trinchera—. No dejéis de disparar, chicos. Hacedles creer que somos cientos.

Vio el cuerpo de Dai Powell tendido en el suelo, la sangre que rodeaba el orificio de la cabeza empezaba a ennegrecerse. Dai llevaba uno de los jerséis de su madre debajo de la guerrera del uniforme. Era una prenda marrón y horrenda, pero probablemente abrigaba.

—Descansa en paz, chaval —musitó Billy.

Más adelante encontró a Johnny Ponti.

—Monta el Stokes, Johnny —dijo—. Haz saltar a esos hijos de puta.

—De acuerdo —contestó Johnny, que cogió el soporte del mortero y afianzó sus dos patas en el suelo de la trinchera—. ¿A qué distancia están? ¿Quinientos metros?

El compañero de Johnny era un muchacho de cara rolliza llamado el Seboso Hewitt. Se encaramó al escalón del soporte y contestó:

—Sí, entre quinientos y seiscientos.

Billy estimó la distancia, pero el Seboso y Johnny ya habían trabajado juntos y dejó la decisión en sus manos.

—Vale. Dos aros, a cuarenta y cinco grados —dijo Johnny.

Las bombas autopropulsadas podían complementarse con cargas adicionales de propergol con forma de aro, que ampliaban su alcance.

Johnny subió al escalón del soporte para echar otro vistazo a los alemanes y afinó la puntería. Los soldados que estaban cerca se apartaron. Johnny introdujo la bomba en el cañón; cuando llegó al fondo, un percutor prendió el propergol y se produjo el disparo.

La bomba cayó antes de lo previsto y explotó a cierta distancia de los soldados enemigos más próximos.

—¡Cincuenta metros más, y un poco a tu derecha! —gritó el Seboso.

Johnny hizo los ajustes y volvió a disparar. La segunda bomba impactó en el cráter donde se ocultaban varios alemanes.

—¡Bien hecho! —exclamó el Seboso.

Billy no podía ver si habían alcanzado a algún soldado enemigo, el fuego los estaba obligando a mantener la cabeza agachada.

—¡Envíales una docena como ese! —dijo.

Se apostó detrás de Robin Mortimer, el oficial apartado del servicio, que estaba sobre el escalón disparando rítmicamente. Cuando se detuvo para recargar el arma vio a Billy.

—Ve a buscar más munición, *taffy* —dijo. Como siempre, su tono era hosco aunque su intención fuera la de ayudar—. No querrás que se nos acabe a todos a la vez.

Billy asintió.

—Buena idea. Gracias.

El depósito de la munición se encontraba a unos cien metros, junto a una trinchera de comunicación. Escogió a dos reclutas que, de todos modos, difícilmente iban a disparar bien.

—Jenkins y Nosey, traed más munición. Deprisa.

Los dos chicos se marcharon corriendo.

Billy echó otro vistazo por la mirilla del parapeto. En ese preciso instante, uno de los alemanes se puso en pie. Billy dedujo que sería el oficial al mando, a punto de ordenar el ataque. Se le encogió el alma. Debían de haber concluido que se enfrentaban a no más de varias docenas de hombres y que sería fácil acabar con ellos.

Pero se equivocaba. El oficial ordenó a sus hombres con gestos que retrocedieran, y echó a correr pendiente abajo. Los soldados lo siguieron de inmediato. El pelotón de Billy vitoreó y disparó a discreción contra los hombres en retirada; abatió a varios antes de que quedaran fuera de su alcance.

Los alemanes llegaron a los edificios en ruinas de la antigua granja y se pusieron a cubierto entre los escombros.

Billy no pudo contener una sonrisa. ¡Habían repelido a una fuerza diez veces superior a la suya! «Debería ser un maldito general», pensó.

—¡Alto el fuego! —gritó—. Están fuera de nuestro alcance.

Jenkins y Nosey reaparecieron acarreando cajas de munición.

—Traed más, chicos —les dijo Billy—. Podrían volver.

Pero, cuando miró de nuevo, vio que los alemanes tenían otro plan. Se habían dividido en dos grupos y se encaminaban hacia la derecha y hacia la izquierda de las ruinas, respectivamente. Billy vio cómo empezaban a rodear su posición, permaneciendo fuera de su alcance.

—Serán hijos de puta… —masculló.

Iban a filtrarse entre su posición y los reductos de las proximidades, y después lo atacarían desde ambos flancos. O bien sobrepasarían su puesto, y lo dejarían a merced de la retaguardia.

En cualquier caso, su posición iba a caer en manos del enemigo.

—Desmonta la ametralladora, George —dijo Billy—. Y tú, Johnny, el mortero. Coged vuestras cosas, chicos. Nos replegamos.

Todos se colgaron a la espalda el fusil y el petate, se dirigieron a toda prisa a la trinchera de comunicación más próxima y echaron a correr.

Billy bajó al refugio subterráneo para asegurarse de que no hubiera nadie dentro. Arrancó la anilla de una granada y la arrojó dentro para no regalar al enemigo los suministros que quedaban.

Después se sumó a sus hombres en la retirada.

IV

Al final de la tarde, Walter y su batallón habían tomado la línea de retaguardia de las trincheras británicas.

Se sentía cansado, pero triunfal. El batallón se había enfrentado a varias escaramuzas pero no había entablado batalla. La táctica de las tropas de asalto había funcionado mejor incluso de lo que había esperado, gracias a la niebla. Habían aniquilado a una oposición débil, sobrepasado puntos fuertes y ganado mucho terreno.

Walter encontró un refugio subterráneo y entró en él. Lo siguieron varios de sus hombres. El lugar tenía un aspecto hogareño, como si los británicos hubiesen vivido varios meses allí: había fotografías de revistas clavadas en las paredes, una máquina de escribir sobre una caja puesta del revés, cubiertos y platos dentro de viejas latas de galletas, e incluso una manta extendida a modo de mantel sobre una pila de cajas. Walter supuso que se trataba del cuartel general del batallón.

Sus hombres encontraron la comida de inmediato. Había galletas saladas, mermelada, queso y jamón. No pudo impedirles que comieran, pero sí les prohibió que abrieran ninguna de las botellas de whisky. Forzaron un armario cerrado con llave y dentro encontraron un tarro con café; uno de los hombres hizo una pequeña hoguera fuera y puso a calentar agua. Después le dio a Walter una taza de café y vertió en ella leche condensada. Sabía a gloria.

—He leído en los periódicos que los británicos andan escasos de comida, como nosotros —dijo el sargento Schwab, y sostuvo en alto el tarro de mermelada del que estaba comiendo—. ¡Menuda escasez!

Walter se había preguntado cuánto tardarían en averiguarlo. Llevaba tiempo sospechando que las autoridades alemanas estaban exagerando el efecto de la guerra submarina contra el suministro a los aliados. En ese momento supo la verdad, y sus hombres también. En Gran Bretaña se racionaba la comida, pero los británicos no tenían aspecto de estar pasando hambre. Los alemanes sí.

Encontró un mapa imprudentemente abandonado por las fuerzas en retirada. Comparándolo con el suyo, vio que no se encontraban lejos del canal Crozat. Eso significaba que en un día los alemanes habían recuperado todo el territorio que tanto les había costado ganar a los aliados durante los cinco meses de la batalla del Somme, hacía dos años.

Ciertamente, los alemanes tenían la victoria al alcance de la mano.

Walter se sentó frente a la máquina de escribir británica y empezó a redactar un informe.

30

Finales de marzo-abril de 1918

I

El fin de semana de Pascua, Fitz celebró una fiesta en Tŷ Gwyn, aunque lo cierto es que tenía un motivo adicional para celebrar aquel encuentro, además de la señalada fecha: los hombres a los que había invitado se oponían con tanta ferocidad como él al nuevo régimen en Rusia.

Su invitado estrella era Winston Churchill. Miembro del Partido Liberal, habría sido lógico esperar que simpatizase con los revolucionarios, pero también era nieto de un duque, y tenía cierta vena autoritaria. Hacía ya tiempo que Fitz lo consideraba un traidor a los de su clase, pero lo cierto es que se sentía inclinado a perdonarlo dado su enconado odio hacia los bolcheviques.

Winston llegó el Viernes Santo, y Fitz envió el Rolls-Royce a la estación de Aberowen para ir a recogerlo. Entró con gran ímpetu en la sala de estar, una figura menuda con el pelo rojo y la tez rosada. Tenía las botas empapadas de agua, y llevaba un traje de buen corte de tweed de color pajizo, y una pajarita del mismo azul que sus ojos. Tenía cuarenta y tres años, pero todavía conservaba cierto aire juvenil que se ponía aún más de manifiesto mientras saludaba con la cabeza a quienes ya conocía y estrechaba las manos de las personas que le iban presentando.

Mirando a su alrededor, a los frisos de madera tallada, el papel pintado de las paredes, la chimenea de piedra labrada y los muebles de roble oscuro, exclamó:

—¡Tu casa está decorada igual que el palacio de Westminster, Fitz!

Tenía razones para estar exultante, pues había vuelto al gobierno. Lloyd George lo había nombrado ministro de Municiones. Habían circulado numerosos rumores acerca de por qué el primer ministro había recuperado a un colega tan problemático e impredecible, y la conclusión era que prefería tener a Churchill dentro del gobierno, despotricando contra los de fuera.

—Tus mineros del carbón apoyan a los bolcheviques —dijo Winston, entre divertido y escandalizado, mientras tomaba asiento y acercaba las botas mojadas al calor del fuego—. Había banderas rojas ondeando en la mitad de las casas por las que he pasado.

—No tienen ni idea de a qué están brindando su apoyo —repuso Fitz con sumo desprecio, aunque bajo su fachada desdeñosa se escondía una profunda inquietud.

Winston aceptó una taza de té de Maud y tomó un bollo de mantequilla de una bandeja que le ofrecía un lacayo.

—Tengo entendido que has sufrido una pérdida personal.

—Los campesinos han matado a mi cuñado, el príncipe Andréi, y a su mujer.

—Lo siento mucho.

—Bea y yo estábamos casualmente allí y escapamos por los pelos.

—Sí, eso había oído...

—Los aldeanos se han apropiado de sus tierras, una finca muy extensa que corresponde legítimamente en herencia a mi hijo, y el nuevo régimen ha respaldado el robo.

—Eso me temo. Lo primero que hizo Lenin fue aprobar el decreto sobre la tierra.

—Para hacerle justicia —intervino Maud—, Lenin también ha anunciado una jornada de ocho horas para los trabajadores y educación universal y gratuita para sus hijos.

Fitz estaba enfadado; Maud no tenía ningún tacto, porque, desde luego, aquel no era el momento más oportuno para defender a Lenin.

Sin embargo, para su hermana, Winston era justo la horma de su zapato.

—Y también un decreto sobre la prensa que prohíbe a los periódicos hacer oposición al gobierno —replicó él—. Bienvenida la libertad socialista.

—El derecho natural de mi hijo no es la única razón, ni siquiera la razón principal por la que estoy tan preocupado —explicó Fitz—. Si los bolcheviques se salen con la suya en Rusia, ¿quién será el siguiente? Los mineros galeses ya creen que el carbón que hay varios metros bajo tierra en realidad no pertenece al propietario de las tierras de la superficie, y cualquier sábado por la noche se oye cantar *La bandera roja* en la mitad de los pubs de Gales.

—Habría que arrancar de raíz ese régimen bolchevique —sentenció Winston, y se quedó pensativo—. Arrancar de raíz... —repitió, complacido con la expresión.

Fitz trató de dominar su impaciencia. A veces Winston creía haber ideado una estrategia política él solo cuando lo único que había hecho era acuñar una frase.

—¡Pero no estamos haciendo nada! —exclamó Fitz, exasperado.

Sonó el gong que anunciaba el momento de cambiarse de ropa para la cena. Fitz no insistió más en la conversación, pues disponía de todo el fin de semana para exponer sus opiniones.

De camino al vestidor se dio cuenta de que, en contra de lo habitual, no habían traído a Boy a la sala de estar a la hora del té, por lo que antes de vestirse, echó a andar por el alargado pasillo que conducía al ala infantil.

Boy tenía tres años y tres meses de edad, y ya no era ningún bebé, sino un niño que ya sabía andar y hablar, con los ojos azules y los tirabuzones rubios de Bea, su madre. Estaba sentado cerca de la chimenea, arropado con una manta, y la niñera Jones, joven y guapa, le leía un cuento. El legítimo señor de millares de hectáreas de tierras de labranza rusas se estaba chupando el pulgar. Al ver a su padre, no se levantó de un salto ni echó a correr hacia Fitz como hacía normalmente.

—¿Qué le pasa? —preguntó Fitz.

—Le duele la barriguita, milord.

La niñera Jones le recordaba un poco a Ethel Williams, aunque no era tan avispada.

—Trata de ser más precisa —le ordenó Fitz con impaciencia—. ¿Qué le pasa a su estómago?

—Tiene diarrea.

—¿Y cómo demontre ha cogido eso?

—No lo sé. El retrete del tren no estaba muy limpio...

Eso implicaba que la culpa era de Fitz, por haber arrastrado a su familia hasta allí abajo, hasta Gales, para su fiesta. Contuvo una blasfemia.

—¿Has llamado a un médico?

—El doctor Mortimer está de camino.

Fitz se dijo que no debía preocuparse tanto, que los niños sufrían infecciones de poca importancia a todas horas. ¿Cuántas veces si no había enfermado él mismo del estómago en su infancia? Aunque lo cierto era, pese a todo, que en ocasiones los niños llegaban a morir de gastroenteritis.

Se arrodilló delante del sofá, poniéndose a la misma altura que su hijo.

—¿Cómo está mi soldadito?

Boy contestó con tono aletargado.

—Tengo cagalera.

Sin duda debía de haber aprendido aquella expresión malsonante de los sirvientes, y de hecho, se detectaba el deje cantarín galés en la forma en que lo había dicho, pero Fitz decidió pasarlo por alto en ese momento.

—El médico no tardará en llegar —dijo—. Él hará que te encuentres mejor, ya lo verás.

—No quiero bañarme.

—A lo mejor hoy no hace falta que te bañes. —Fitz se levantó—. Que me avisen cuando llegue el médico —le indicó a la niñera—. Me gustaría hablar con él directamente.

—Muy bien, milord.

Salió de la habitación y se dirigió a su vestidor. Su ayuda de cámara le había dejado preparada la ropa de etiqueta, con las tachuelas de diamantes en la parte delantera de la camisa y los gemelos a juego en las mangas, un pañuelo limpio de hilo en el bolsillo de la levita y sendos calcetines de seda en el interior de cada uno de los zapatos de charol.

Antes de cambiarse, se asomó a la habitación de Bea. Su mujer estaba embarazada de ocho meses, y él no la había visto en estado tan avanzado en su embarazo anterior, con Boy, porque se había ido a Francia en agosto de 1914, cuando ella solo estaba de cuatro o cinco meses, y no había vuelto hasta mucho después del nacimiento de su hijo. No había presenciado hasta ese momento aquella espectacular plenitud, ni se había maravillado ante la impactante capacidad del cuerpo de transformarse y dilatarse.

Bea estaba sentada ante su tocador, pero no se miraba al espejo, sino que estaba recostada hacia atrás, con las piernas separadas y las manos apoyadas en el abultado vientre. Tenía los ojos cerrados y estaba muy pálida.

—Es que no hay manera de que me sienta cómoda —se quejó—. Ni de pie, ni sentada, ni tumbada… todo me duele.

—Deberías ir al cuarto de juegos a ver cómo está nuestro hijo.

—¡Lo haré en cuanto consiga reunir las fuerzas! —le espetó—. No debería haber venido al campo. Es absurdo que sea la anfitriona de una reunión social en este estado.

Fitz sabía que tenía razón.

—Pero necesitamos el apoyo de estos hombres si queremos hacer algo con respecto a los bolcheviques.

—¿Aún tiene problemas de barriga el pobrecillo?

—Sí. Va a venir un médico.

—Será mejor que me examine a mí también, ya que está aquí… aunque no creo que un medicucho del campo pueda saber gran cosa sobre embarazos.

—Se lo diré al servicio. Entonces, deduzco que no bajarás a cenar…

—¿Cómo voy a hacerlo, si me encuentro tan mal?

—Solo era una pregunta. Maud puede presidir la mesa.

Fitz regresó a su habitación. Algunos hombres habían dejado el frac y las pajaritas blancas y se ponían esmoquin y corbatas negras para cenar, apelando a la guerra como excusa, pero Fitz no veía la relación. ¿Por qué iba a obligar la guerra a la gente a vestir de manera informal?

Se vistió con su traje de etiqueta y bajó las escaleras.

II

Después de cenar, mientras se servía el café en la sala, Winston dijo con afán provocador:

—Bueno, lady Maud, conque al final las mujeres han obtenido el derecho al voto…

—Algunas de nosotras, sí —repuso ella.

Fitz sabía que estaba disgustada porque la ley solo hubiese incluido a las mujeres mayores de treinta años propietarias de una casa o esposas del propietario de una casa. El propio Fitz, por su parte, estaba disgustado porque se hubiese aprobado cualquier ley en ese sentido.

Churchill siguió hablando maliciosamente:

—Debería darle las gracias, en parte, a lord Curzon, aquí presente, quien, sorprendentemente, se abstuvo cuando la ley pasó a la Cámara de los Lores.

El conde Curzon era un hombre brillante cuyo aire de rígida superioridad se acentuaba aún más por el corsé metálico que debía ponerse para su espalda. Hasta había una rima sobre él:

> *Soy George Nathaniel Curzon,*
> *alguien de lo más superior.*

Había sido virrey de la India y era ahora presidente de la Cámara de los Lores y uno de los cinco miembros del gabinete de guerra. También era el presidente de la Liga Antisufragio Femenino, de modo que su abstención había causado perplejidad en círculos políticos y decepcionado profundamente a los oponentes al derecho de sufragio femenino, uno de cuyos principales representantes era Fitz.

—La ley había sido aprobada por la Cámara de los Comunes —se defendió Curzon—. Y a mi entender, no podíamos cuestionar a los miembros electos del Parlamento.

Fitz aún seguía muy contrariado por aquello.

—Pero precisamente, la Cámara de los Lores existe para supervisar las decisiones de los comunes, y para templar sus excesos. ¡Sin duda este ha sido un caso ejemplar!

—Si hubiésemos rechazado la ley, me temo que los comunes se habrían sentido ofendidos y nos la habrían vuelto a enviar.

Fitz se encogió de hombros.

—Ya habíamos tenido esa clase de disputas antes.

—Pero por desgracia, la Comisión Bryce está reunida en estos momentos.

—¡Oh! —Fitz no había pensado en eso; la Comisión Bryce estaba considerando la reforma de la Cámara de los Lores—. ¿Así que ya está?

—Tienen que presentar el informe en breve. No podemos permitirnos un enfrentamiento con los comunes antes de entonces.

—No. —A regañadientes, Fitz no tuvo más remedio que darle la razón. Si los lores trataban de desafiar a los comunes, Bryce podía recomendar limitar el poder de la cámara alta—. Habríamos perdido toda nuestra influencia... permanentemente.

—Esa es precisamente la reflexión que me llevó a abstenerme.

A veces a Fitz la política le resultaba deprimente.

Peel, el mayordomo, trajo a Curzon una taza de café y se dirigió a su señor.

—El doctor Mortimer está en el estudio, milord, esperando sus indicaciones.

A Fitz le preocupaba el dolor de estómago de Boy, y agradeció la interrupción.

—Será mejor que vaya a verlo —dijo el conde, que se excusó y salió.

El estudio estaba decorado con piezas que no encajaban en ninguna otra parte de la casa: una incómoda silla tallada de estilo gótico, un paisaje escocés que no gustaba a nadie y la cabeza de un tigre que el padre de Fitz había cazado en la India.

Mortimer era un médico local muy competente que tenía un aire de desmesurada seguridad en sí mismo, como si pensase que, por su profesión, su personalidad pudiese equipararse de algún modo a un conde. Sin embargo, era sumamente cortés.

—Buenas tardes, milord —dijo—. Su hijo padece una infección gástrica de poca importancia que probablemente no le causará ninguna complicación.

—¿Probablemente?

—He usado esa palabra con plena conciencia. —Mortimer hablaba con acento galés atenuado por los años de educación—. Nosotros los científicos siempre manejamos probabilidades, nunca certidumbres. Por ejemplo, a sus mineros, que bajan al pozo todas las mañanas, les digo que lo hacen sabiendo que «probablemente» no habrá ninguna explosión.

—Hummm… —Eso a Fitz no le servía de consuelo—. ¿Ha visitado a la princesa?

—Sí, señor. Su condición tampoco reviste gravedad. De hecho, no está enferma en absoluto, solo está dando a luz.

Fitz dio un brinco.

—¿Qué?

—Creía que estaba embarazada de ocho meses, pero el cálculo era erróneo. Está en su noveno mes de embarazo y, felizmente, no seguirá embarazada muchas más horas.

—¿Quién está con ella?

—Está rodeada de todo el servicio. He enviado a una comadrona competente, y yo mismo atenderé el parto si ese es su deseo.

—Es culpa mía —repuso Fitz con amargura—. No debería haberla convencido de que abandonara Londres para venir aquí.

—Fuera de Londres nacen niños perfectamente sanos todos los días.

A Fitz le dio la sensación de que se estaba burlando de él, pero optó por pasarla por alto.

—¿Y si algo sale mal?

—Conozco la reputación de su médico de Londres, el profesor Rathbone. Por supuesto, es un médico muy distinguido, pero creo que puedo decir sin temor a equivocarme que he asistido al parto de más niños que él.

—Niños de mineros.

—La inmensa mayoría, desde luego; aunque en el momento de nacer no hay ninguna diferencia obvia entre ellos y los pequeños aristócratas.

No eran imaginaciones suyas: se estaba burlando de él.

—No me gusta nada su descaro.

Mortimer no se sintió amedrentado.

—Y a mí tampoco me gusta el suyo —replicó—. Ha dejado muy claro, sin el menor intento de parecer cortés, que no me considera el médico adecuado para tratar a su familia, de modo que, con mucho gusto, me marcharé inmediatamente. —Recogió su maletín.

Fitz lanzó un suspiro. Era un enfrentamiento absurdo; con quienes estaba furioso era con los bolcheviques, no con aquel galés susceptible de clase media.

—No sea insensato, hombre.

—Eso es lo que intento. —Mortimer se dirigió a la puerta.

—¿No se supone que debe anteponer los intereses de sus pacientes a los suyos?

Mortimer se detuvo en la puerta.

—Dios mío, tiene usted la cara muy dura, Fitzherbert.

Muy pocas personas osaban dirigirse a él de esa manera, pero Fitz contuvo la cáustica réplica que le vino a la mente en ese momento. Podía tardar horas en encontrar a otro médico, y Bea no se lo perdonaría nunca si dejaba que Mortimer se marchase de allí ofendido.

—Olvidaré que ha dicho eso —repuso Fitz—. De hecho, olvidaré toda esta conversación, si lo hace usted también.

—Supongo que eso es lo más parecido a una disculpa que voy a conseguir de usted.

Lo era, pero Fitz no dijo nada.

—Volveré arriba —repuso el médico.

III

La princesa Bea no dio a luz en silencio: sus gritos se oían por toda el ala principal de la casa, donde se hallaba su dormitorio. Maud interpretaba piezas de *rag* al piano a un volumen muy alto, para amenizar la velada a los invitados y, de paso, sofocar los gritos, pero cada pieza se parecía mucho a la siguiente, y se cansó al cabo de veinte minutos. Algunos de los invitados se fueron a la cama, pero, cuando llegó la medianoche, unos cuantos hombres se congregaron en la sala de billar. Peel les sirvió coñac.

Fitz ofreció a Winston un habano El Rey del Mundo de Cuba. Mientras Winston lo encendía, el conde comentó:

—El gobierno tiene que hacer algo con los bolcheviques.

Winston echó un rápido vistazo por la habitación, como si quisiera asegurarse de que todos los presentes eran dignos de plena confianza. Luego se recostó en la silla y dijo:

—Esta es la situación: el escuadrón británico del Norte ya se encuentra en aguas rusas, en la costa de Múrmansk. En teoría, su tarea consiste en asegurarse de que los barcos rusos no caigan en manos alemanas. También tenemos una pequeña misión en Arcángel. Estoy presionando para que desembarquen a los soldados en Múrmansk. A largo plazo, allí podría formarse el núcleo de una fuerza contrarrevolucionaria en el norte de Rusia.

—No es suficiente —replicó Fitz de inmediato.

—Estoy de acuerdo. Me gustaría que enviásemos tropas a Bakú, en el mar Caspio, para asegurarnos de que los alemanes no invadan esos inmensos yacimientos de petróleo, ni los turcos tampoco, y al mar Negro también, donde ya hay un foco de resistencia antibolchevique en Ucrania. Por último, en Siberia contamos con miles de toneladas de suministros en Vladivostok, valorados quizá en miles de millones de libras, cuyo fin primordial era apoyar a los rusos cuando estos eran nuestros aliados. Tenemos derecho a enviar allí a nuestros soldados para proteger nuestras posesiones.

Fitz habló con una mezcla de esperanza y de aprensión.

—¿Y va a hacer Lloyd George algo de todo eso?

—Públicamente, no —respondió Winston—. El problema son todas esas banderas rojas que ondean en las casas de los mineros. En nuestro propio país hay un inmenso sentimiento de apoyo al pueblo ruso y su revolución, y entiendo por qué, por mucho que deteste a Lenin y a sus secuaces. Con el debido respeto por la familia de la princesa Bea... —Miró al techo justo cuando empezaba a oírse un nuevo grito—. No puede negarse que la clase dirigente rusa actuó con extrema lentitud en el momento de abordar los problemas de su población...

Winston era una curiosa mezcla, pensó Fitz: aristócrata y hombre del pueblo, un administrador brillante incapaz de resistirse a inmiscuirse en los asuntos ajenos, un encantador con gran carisma que provocaba el rechazo de la mayoría de sus colegas políticos.

—Los revolucionarios rusos son unos ladrones y unos asesinos —sentenció Fitz.

—Desde luego, pero tenemos que vivir con el hecho de que no todo el mundo los ve de ese modo. Y por eso, nuestro primer ministro no puede manifestar abiertamente su postura de oposición a la revolución.

—Pues no resulta de mucha utilidad que se oponga a ella únicamente de pensamiento —comentó Fitz con impaciencia.

—Aunque sí se puede hacer algo útil sin que él lo sepa... oficialmente.

—Ya entiendo. —Fitz no sabía si eso significaba mucho o no.

Maud entró en la habitación. Los hombres se pusieron en pie, sobresaltados. En una casa de campo, las mujeres no tenían por costumbre entrar en la sala de billar, pero Maud hacía caso omiso de las reglas que no se adaptaban a su conveniencia. Se acercó a Fitz y le dio un beso en la mejilla.

—Enhorabuena, mi querido Fitz —dijo—. Tienes otro hijo.

Los hombres prorrumpieron en exclamaciones de júbilo, aplaudieron y se arremolinaron en torno al conde para darle palmaditas en la espalda y estrecharle la mano.

—¿Está bien mi mujer? —le preguntó a Maud.

—Exhausta pero orgullosa.

—Gracias a Dios.

—El doctor Mortimer se ha ido, pero la comadrona dice que ahora puedes ir y ver al niño.

Fitz se dirigió a la puerta.

—Subiré contigo —dijo Winston.

Cuando salían de la habitación, Fitz oyó decir a Maud:

—Sírveme un poco de brandy, por favor, Peel.

En voz más baja, Winston dijo:

—Has estado en Rusia, por supuesto, y hablas el idioma.

Fitz se preguntó adónde querría ir a parar con aquella conversación.

—Un poco —contestó—. No es nada de lo que alardear, pero me defiendo.

—¿No conocerás por casualidad a un hombre que se llama Mansfield Smith-Cumming?

—Pues da la casualidad de que sí lo conozco. Dirige… —Fitz vaciló antes de mencionar en voz alta el nombre de los servicios secretos—. Dirige un departamento especial. He escrito un par de informes para él.

—Ah, bien. Cuando vuelvas a la ciudad, es posible que tengas unas palabras con él.

Vaya, vaya, aquello se ponía interesante…

—Me reuniré con él cuando quiera, claro —dijo Fitz, tratando de disimular su entusiasmo.

—Le diré que se ponga en contacto contigo. Es posible que tenga otra misión para ti.

Estaban delante de la puerta de los aposentos de Bea, y oyeron el llanto inequívoco de un niño recién nacido, procedente del interior. Fitz sintió vergüenza cuando notó que las lágrimas le humedecían los ojos.

—Será mejor que entre —dijo—. Buenas noches.

—Enhorabuena, y que tengas buenas noches tú también.

IV

Lo llamaron Andrew Alexander Murray Fitzherbert. Era un pedacito minúsculo de vida con una mata de pelo tan negro como el de Fitz. Lo llevaron a Londres envuelto en arrullos, a bordo del Rolls-Royce y seguidos de otros dos coches por si se producía alguna avería por el camino. Se pararon a desayunar en Chepstow y almorzaron en Oxford, de manera que llegaron a su casa en Mayfair a tiempo para la cena.

Al cabo de unos días, una apacible tarde de mediados de abril, Fitz caminaba por la orilla del río Támesis, contemplando sus aguas enfangadas, en dirección a un encuentro con Mansfield Smith-Cumming.

Los servicios secretos se habían mudado de su sede en Victoria, que se había quedado pequeña. El hombre llamado «C» había trasladado su organización, en expansión constante, a un edificio victoriano con mucha solera llamado Whitehall Court, justo al lado del río y con vistas al Big Ben. Un ascensor privado llevó a Fitz a la planta superior, donde el jefe del espionaje ocupaba dos apartamentos comunicados por una pasarela en el tejado.

—Llevamos años observando a Lenin —explicó C—. Si no conseguimos derrocarlo, será uno de los peores tiranos que haya conocido la historia.

—Creo que tiene razón. —Fitz sintió un gran alivio al ver que C compartía su parecer con respecto a los bolcheviques—. Pero ¿qué podemos hacer?

—Hablemos de lo que puede hacer usted. —C cogió de su escritorio un compás de puntas como los que se usaban para medir la distancia en los mapas. Con aire distraído, se clavó una punta en la pierna izquierda.

Fitz logró contener el grito de sorpresa que acudió a sus labios: lo estaba poniendo a prueba, por supuesto. Recordó que C tenía una pierna de madera a consecuencia de un accidente de coche. Sonrió.

—Buen truco —dijo—. He estado a punto de caer como un tonto.

C dejó el compás y lanzó una mirada grave a Fitz a través de su monóculo.

—Hay un líder cosaco en Siberia que ha derrocado al régimen bolchevique local —dijo—. Necesito saber si merece la pena que lo apoyemos.

Fitz se quedó muy sorprendido.

—¿Abiertamente?

—Por supuesto que no, pero dispongo de fondos secretos. Si logramos mantener el germen de un gobierno contrarrevolucionario en el este, valdría la pena dedicar un gasto de, pongamos, diez mil libras al mes.

—¿Nombre?

—Capitán Seménov, veintiocho años de edad. Tiene su base de operaciones en Manchuli, localidad situada en las proximidades del lugar donde el Transiberiano empalma con el Ferrocarril del Este de China.

—De modo que ese tal capitán Seménov controla una línea de ferrocarril y podría controlar otra más.

—Exactamente. Y odia a los bolcheviques.

—Entonces, tenemos que averiguar más cosas sobre él.

—Momento en que usted entra en juego.

A Fitz le entusiasmaba la idea de formar parte de un plan para derrocar a Lenin. Se le ocurrían numerosas preguntas: ¿cómo iba a encontrar a Seménov? Ese hombre era un cosaco, y eran famosos por disparar primero y hacer preguntas después: ¿hablaría con Fitz o lo mataría? Por supuesto, Seménov le aseguraría que era perfectamente capaz de acabar con los bolcheviques, pero ¿cómo iba Fitz a analizar la realidad para saber si eso era verdad? ¿Había algún modo de asegurarse de que el dinero británico que iba a gastar estaba bien empleado?

Y al final, la pregunta que formuló fue la siguiente:

—¿Soy yo el hombre adecuado para esa misión? Perdóneme, pero soy un personaje más bien conocido, incapaz de diluirme en el anonimato, ni siquiera en Rusia…

—Con franqueza, lo cierto es que no tenemos mucha elección. Necesitamos a alguien de alto nivel por si llegamos a la etapa de entablar negociaciones con Seménov, y no hay muchos hombres dignos de toda confianza capaces de hablar ruso. Créame, es usted el mejor candidato disponible.

—Ya entiendo.

—Será una misión arriesgada, por supuesto.

Fitz recordó la muchedumbre de campesinos moliendo a palos a Andréi hasta matarlo… Eso mismo podía pasarle a él. Reprimió un escalofrío de miedo.

—Me hago cargo del peligro —dijo con voz serena.

—Entonces, dígame: ¿irá a Vladivostok?

—Por supuesto —respondió Fitz.

31

Mayo-septiembre de 1918

I

Gus Dewar no se adaptó fácilmente a la vida de soldado. Era un hombre desgarbado y de aspecto torpe, y le costaba un gran esfuerzo marchar, hacer el saludo militar y desfilar dando fuertes pisotones en el suelo, al más puro estilo del ejército. En cuanto al ejercicio físico, no había vuelto a hacer flexiones desde sus tiempos en la escuela. Sus amigos, que sabían de su afición por tener siempre un centro de flores en la mesa del comedor y sábanas de hilo en la cama, estaban seguros de que el ejército supondría para él una terrible conmoción. Chuck Dixon, que había asistido al entrenamiento militar con él, le dijo:

—Gus, pero si en casa ni siquiera corres para tomar el autobús...

Sin embargo, Gus sobrevivió. A los once años sus padres lo habían enviado a un internado, de manera que ser perseguido por una panda de bravucones o recibir órdenes de superiores estúpidos no supuso una gran novedad para él. Era blanco de un buen número de burlas a causa de su origen adinerado y sus exquisitos modales, pero lo sobrellevaba con paciencia y estoicismo.

En el momento de la acción, tal como Chuck comprobó bastante sorprendido, Gus se distinguió, pese a su aspecto desgarbado, haciendo gala de cierta gracia y aplomo, cualidades que hasta entonces solo había revelado en la cancha de tenis.

—Pareces una puñetera jirafa —dijo Chuck—, pero es que también corres como si lo fueras.

A Gus también se le daba bien el boxeo, debido a su gran envergadura, aunque su sargento instructor le dijo, con aire pesaroso, que carecía de instinto asesino.

Por desgracia, resultó ser desastroso como tirador.

Quería salir airoso de su paso por el ejército, en parte porque sabía que había quienes pensaban que no aguantaría la presión. Necesitaba demostrarles a esas personas, y quizá también a sí mismo, que no era ningún blandengue. Pero también tenía otra razón: creía en la causa por la que luchaba.

El presidente Wilson había pronunciado un discurso, ante el Congreso y el Senado, que había dado la vuelta al mundo. Había hecho un llamamiento reivindicando un nuevo orden mundial, ni más ni menos. «Es necesario crear una alianza general de naciones bajo pactos específicos con el fin de otorgar garantías mutuas de independencia política e integridad territorial a todos los Estados, grandes y pequeños, por igual.»

Una Sociedad de las Naciones era un sueño para Wilson, para Gus y para muchos otros, entre los que se incluía, de forma harto sorprendente, sir Edward Grey, quien había concebido la idea cuando era secretario del Foreign Office británico.

Wilson había expuesto su programa en catorce puntos: había hablado de reducción de armamento, del derecho de los pueblos coloniales a hacer oír su voz respecto a su propio futuro, y de la libertad para los países balcánicos, Polonia y los súbditos del Imperio otomano. El discurso había pasado a ser conocido como los Catorce Puntos de Wilson. Gus sentía envidia de los hombres que habían ayudado al presidente a redactarlo. En los viejos tiempos, él mismo habría colaborado en su elaboración.

—Un principio manifiesto recorre la totalidad del programa —había dicho Wilson—. Es el principio de la justicia para con todos los pueblos y las nacionalidades, y el derecho de estos a vivir disfrutando de la misma libertad y seguridad los unos respecto a los otros, ya sean fuertes o débiles. —Al leer esas palabras, las lágrimas habían aflorado a los ojos de Gus—. El pueblo de Estados Unidos no podría regirse por ningún otro principio —había afirmado el presidente.

¿De verdad era posible que los países pudiesen solucionar sus conflictos sin necesidad de recurrir a una guerra? Aunque pudiera parecer paradójico, lo cierto es que era algo por lo que merecía la pena luchar.

Gus y Chuck y su batallón de ametralladoras se embarcaron en Hoboken, New Jersey, a bordo del *Corinna*, antaño un transatlántico de lujo reconvertido en buque de transporte para las tropas. La travesía duró dos semanas. En calidad de tenientes segundos, compartieron un camarote en la cubierta superior. A pesar de que ambos habían rivalizado por el amor de Olga Vyalov, se habían convertido en grandes amigos.

El buque formaba parte de un convoy, con escolta de la Armada, y el viaje transcurrió sin contratiempos, salvo por el hecho de que varios hombres murieron víctimas de la gripe española, una nueva enfermedad que estaba causando estragos entre la población mundial. La alimentación era más bien deficiente, y los hombres decían que los alemanes habían abandonado la guerra submarina y ahora pretendían derrotarlos envenenando su comida.

El *Corinna* permaneció atracado durante un día y medio en el puerto de Brest, en el extremo noroccidental de Francia. Desembarcaron en un muelle abarrotado de hombres, vehículos y provisiones, dominado por el bullicio de las órdenes a voz en grito y los motores en marcha, amén del ajetreo de los oficiales impacientes y los sudorosos estibadores. Gus cometió el error de preguntar a uno de los sargentos que había en el muelle cuál era el motivo del retraso.

—¿Retraso, señor? —le espetó, pronunciando la palabra «señor» con un marcado desdén, de manera que sonó como un insulto—. Ayer desembarcamos a cinco mil hombres, con sus coches, armas, tiendas y hornillos, y los transferimos al transporte por ferrocarril y carretera. Hoy procederemos a desembarcar a otros cinco mil, y lo mismo mañana. De manera que no, señor, no hay ningún retraso. Esto es un desembarco puñeteramente rápido.

Chuck dedicó una sonrisa a Gus y murmuró:

—Te está bien empleado.

Los estibadores eran soldados de color. Cada vez que los soldados blancos y los negros tenían que compartir las mismas instalaciones, siempre se armaba jaleo, provocado normalmente por los reclutas blancos del Sur, de modo que el ejército había acabado rindiéndose a la evidencia, y en lugar de mezclar las razas en el frente, el ejército asignaba a los regimientos de color tareas de poca importancia en la retaguardia. Gus sabía que los soldados negros se quejaban con amargura ante esas condiciones, puesto que querían luchar por su país como todos los demás.

La mayor parte del regimiento abandonó Brest por tren. No les habían asignado vagones de pasajeros, sino que iban apretujados a bordo de un furgón para el ganado. Gus arrancó las risas de los hombres traduciendo el letrero que aparecía en el lateral de uno de los vagones: «Cuarenta hombres u ocho caballos». Sin embargo, el batallón de ametralladoras disponía de sus propios vehículos, de modo que Gus y Chuck fueron por carretera a su campamento al sur de París.

En Estados Unidos habían hecho prácticas de la guerra de trincheras con fusiles de madera, pero ahora tenían armas y munición de verdad. Por su condición de oficiales, a Gus y a Chuck les habían hecho entrega de una pistola semiautomática Colt M1911 con cargador de siete balas. Antes de abandonar el país, se habían deshecho de sus gorros de piel como los que llevaba la policía montada y los habían sustituido por gorras más prácticas con un ribete distintivo que recorría toda la prenda. También tenían cascos de acero con la misma forma de cuenco para la sopa que los británicos.

En ese momento, unos instructores franceses de uniforme azul los estaban entrenando para luchar en colaboración con la artillería pesada, una táctica que el ejército de Estados Unidos no había necesitado hasta entonces. Gus sabía hablar francés, por lo que no tardaron en asignarle las tareas de enlace. Las relaciones entre ambas nacionalidades eran buenas, aunque los franceses se quejaban de que el precio del coñac había subido en cuanto habían llegado los soldaditos.

La ofensiva alemana había proseguido con éxito a lo largo de todo el mes de abril. Ludendorff había avanzado con tanta rapidez en Flandes que el general Haig declaró que los británicos se hallaban entre la espada y la pared, una frase que provocaba escalofríos entre los norteamericanos.

Gus no tenía ninguna prisa por ver la acción, pero a Chuck lo devoraba la impaciencia en el campo de entrenamiento. ¿Qué narices estaban haciendo, quería saber él, ensayando batallas de pacotilla cuando deberían estar enfrentándose en luchas reales? La sección más cercana del frente alemán se hallaba en la ciudad de Reims, al nordeste de París, famosa por su champán; pero el oficial al mando de Gus, el coronel Wagner, le dijo que los servicios de espionaje de los aliados estaban seguros de que no habría ofensiva alemana en ese sector.

Aunque con esa predicción, los servicios de espionaje de los aliados se equivocaban de medio a medio.

II

Walter se sentía exultante. Las bajas eran muy numerosas, pero la estrategia de Ludendorff estaba funcionando. Los alemanes atacaban en los puntos más débiles de la línea enemiga, con penetraciones rápidas y dejando los principales focos de resistencia para más adelante. Pese a algunas maniobras defensivas muy inteligentes por parte del general Foch, el nuevo comandante en jefe de los ejércitos aliados, los alemanes estaban ganando territorio con mucha más rapidez que en cualquier otro momento desde 1914.

El mayor problema era que el avance se detenía cada vez que los soldados alemanes se topaban con provisiones de alimentos. Se paraban allí y se ponían a comer, sin más, y a Walter le resultaba imposible obligarlos a seguir adelante hasta que tenían el estómago lleno. Era una estampa muy curiosa ver a los hombres sentados en el suelo, sorbiendo huevos crudos, atiborrándose de pastel y jamón al mismo tiempo, o bebiéndose botellas enteras de vino, mientras una lluvia de proyectiles caía a su alrededor y las balas surcaban el aire por encima de sus cabezas. Sabía que a otros oficiales les ocurría lo mismo; algunos optaban por amenazar a sus hombres con sus pistolas, pero ni siquiera eso los persuadía para soltar la comida y ponerse en marcha.

Con esa salvedad, la ofensiva de primavera era un éxito. Walter y sus hombres estaban exhaustos, tras cuatro años de guerra, pero también lo estaban los soldados franceses y británicos que encontraban en el camino.

Después del Somme y de Flandes, Ludendorff había planeado el tercer ataque de 1918 para el sector entre Reims y Soissons, lugar donde los aliados controlaban un macizo montañoso denominado el «Chemin des Dames», el Camino de las Damas, así llamado por la carretera que lo recorría, construida para que las hijas de Luis XV pudiesen ir a visitar a una amiga.

El despliegue final tuvo lugar el domingo 26 de mayo, un día soleado en el que soplaba una fresca brisa del nordeste. Una vez más, Walter sintió una oleada de orgullo al ver las columnas de hombres marchando hacia la línea del frente, los millares de armas tomando posiciones bajo el fuego implacable de la artillería francesa, las líneas telefónicas tendidas desde los refugios subterráneos del puesto de mando hasta las unidades de baterías.

Las tácticas de Ludendorff seguían siendo las mismas: esa noche, a las dos de la madrugada, miles de armas abrieron fuego, disparando gas, metralla y explosivos contra las líneas francesas que ocupaban la cima de la montaña. Walter advirtió con satisfacción que los disparos franceses disminuían de intensidad inmediatamente, señal inequívoca de que la artillería alemana estaba alcanzando sus objetivos. La descarga ofensiva fue breve, en consonancia con la nueva estrategia, y a las cinco y cuarenta minutos de la mañana cesó por completo.

Los soldados de las tropas de asalto ganaron terreno.

El avance de los alemanes se producía cuesta arriba, pero a pesar de eso, encontraban escasa resistencia, y para sorpresa y regocijo de Walter, alcanzaron la carretera de lo alto de la montaña en menos de una hora. Bajo la luz del día, vio a los franceses batiéndose en retirada por la pendiente de la ladera.

Las tropas de asalto siguieron avanzando a un ritmo regular, acompañando a la lenta pero implacable batería de la artillería, pero pese a todo llegaron al río Aisne, en el vértice del valle, antes de mediodía. Algunos granjeros habían destruido sus máquinas cosechadoras y quemado las cosechas tempranas acumuladas en sus graneros, pero la mayoría habían huido a todo correr, y había abundantes recompensas para las milicias de requisa en la retaguardia de las fuerzas alemanas. Para asombro de Walter, los franceses en retirada ni siquiera habían volado por los aires los puentes que cruzaban el Aisne, lo cual era un indicio muy significativo del estado de pánico en el que habían huido.

Los quinientos hombres de Walter avanzaron por el siguiente puente a lo largo de la tarde y montaron el campamento en la orilla opuesta del río Vesle, tras haber recorrido veinte kilómetros en una sola jornada.

Al día siguiente descansaron, a la espera de refuerzos, pero al tercer día reanudaron de nuevo el avance, y al cuarto día, el jueves 30 de mayo, tras haber recorrido la nada desdeñable extensión de cincuenta kilómetros desde el lunes, alcanzaron la orilla norte del río Marne.

Justo allí, tal como recordó Walter con un negro presentimiento, era donde se había detenido el avance alemán en 1914.

Se juró que eso no volvería a suceder.

III

El 30 de mayo, Gus se encontraba con las fuerzas expedicionarias estadounidenses en la zona de entrenamiento de Châteauvillain, al sur de París, cuando la 3.ª División recibió órdenes de ayudar en la defensa del río Marne. La mayor parte de la división empezó a embarcar a bordo de los trenes, a pesar de que el maltrecho sistema ferroviario francés podía tardar varios días en llevarlos hasta allí. Sin embargo, Gus y Chuck y las ametralladoras se pusieron en camino por carretera inmediatamente.

Gus estaba entusiasmado y nervioso a la vez. Aquello no era como el boxeo, donde había un árbitro que velaba por el correcto cumplimiento de las reglas y detenía la contienda si la cosa se ponía peligrosa. ¿Cómo reaccionaría cuando alguien le disparase de verdad con un arma? ¿Se daría media vuelta y echaría a correr? ¿Qué le impediría hacer una cosa así? Por lo general, siempre actuaba según la lógica.

Los coches eran tan poco fiables como los trenes, y numerosos vehículos se averiaban o se quedaban sin combustible. Además, sufrían retrasos a causa de los civiles que viajaban en la dirección opuesta, huyendo de la batalla, algunos de ellos conduciendo manadas de ganado, otros con sus pertenencias apiladas en lo alto de carros y carretillas.

A las seis de la tarde del viernes, diecisiete ametralladoras llegaron a la pequeña localidad arbolada de Château-Thierry, situada a ochenta kilómetros al este de París. Era un sitio pequeño con mucho encanto bajo la luz del atardecer. Se hallaba a horcajadas sobre el Marne, con dos puentes que unían el distrito del sur con el centro de la ciudad, en el norte. Los franceses resistían en ambas orillas, pero la avanzadilla de las líneas alemanas se había hecho fuerte en los límites del norte de la ciudad.

El batallón de Gus recibió órdenes de instalar el armamento a lo largo de la orilla sur, dominando los puentes. Sus hombres iban equipados con pesadas ametralladoras M1914 Hotchkiss, cada una de ellas montada sobre un robusto trípode, con cintas de alimentación metálicas y articuladas con capacidad para doscientos cincuenta cartuchos. También disponían de granadas de fusil que se disparaban a un ángulo de cuarenta y cinco grados desde un bípode, y unos cuantos morteros de trinchera del modelo Stokes británico.

Al anochecer, Gus y Chuck estaban supervisando la ubicación de sus pelotones entre los dos puentes. Ninguna formación previa los había preparado para tomar aquella clase de decisiones: simplemente, tenían que hacer caso de lo que les dictase su sentido común. Gus escogió un edificio de tres plantas con una cafetería destrozada en la planta baja. Entró por la puerta trasera y subió las escaleras. Desde una de las ventanas del desván había una vista muy despejada de la otra orilla del río y de una calle que subía en dirección norte por el otro lado, de modo que ordenó a un escuadrón de ametralladoras que se instalase allí. Esperó a que el sargento le dijese que aquella idea era una estupidez, pero el hombre se limitó a asentir con la cabeza y se puso manos a la obra.

Gus colocó tres ametralladoras más en emplazamientos similares.

Buscando una cobertura adecuada para los morteros, encontró un cobertizo de ladrillo para guardar los botes en la orilla del río, pero no tenía claro de si estaba en su sector o en el de Chuck, de modo que salió en busca de su amigo para averiguarlo. Vio a su compañero cien metros más allá en la orilla, cerca del puente del este, examinando el otro lado del río con unos prismáticos. Avanzó dos pasos en esa dirección y entonces se oyó una terrible explosión.

Se volvió hacia el lugar de donde provenía el estallido, y en los segundos siguientes tuvieron lugar varias detonaciones ensordecedoras más. Advirtió que la artillería alemana había abierto fuego contra ellos cuando un proyectil aterrizó en el río y propulsó hacia arriba una columna de agua.

Volvió a mirar hacia el lugar donde estaba Chuck, justo a tiempo de ver desaparecer a su amigo bajo una explosión de tierra.

—¡Joder! —exclamó, y echó a correr hacia allí.

La lluvia de obuses y morteros estalló a lo largo de la totalidad de la ribera sur, y los hombres se arrojaron cuerpo a tierra. Gus llegó al sitio donde había visto a Chuck por última vez y miró a su alrededor, presa del desconcierto: no veía más que cúmulos de tierra y piedras. En ese momento, vio un brazo asomando entre los escombros, apartó una piedra y descubrió, horrorizado, que el brazo no iba adherido a ningún cuerpo.

¿Era el brazo de Chuck? Tenía que haber una forma de averiguarlo, pero Gus estaba demasiado conmocionado para pensar cómo. Empleó la punta de sus botas para apartar parte de la tierra suelta sin conseguirlo y, acto seguido, se puso de rodillas y empezó a escarbar con las manos. Vio un cordón de cuero y una chapa metálica marcada con la inscripción «US», y lanzó un gemido de dolor. Rápidamente, desenterró la cara de Chuck. No había pulso, ni latido, ni ningún movimiento.

Trató de recordar qué era lo que se suponía que debía hacer a continuación. ¿Con quién debía ponerse en contacto para comunicar una muerte? Había que hacer algo con el cuerpo, pero ¿qué? Lo normal era llamar a una funeraria…

Levantó la vista y vio a un sargento y dos cabos mirándolo. Un mortero hizo explosión en la calle que había a sus espaldas, y todos agacharon la cabeza a la vez, en un acto reflejo, y luego volvieron a mirarlo. Gus se percató de que aguardaban sus órdenes.

Se levantó bruscamente y recordó algunas nociones básicas de su entrenamiento: no era tarea suya encargarse de los compañeros muertos, ni siquiera de los heridos. Él estaba vivo e incólume, y su deber consistía en luchar. Sintió una oleada de ira irracional contra los alemanes que habían matado a Chuck. «A la mierda —pensó—. Ahora se van a enterar.» Recordó qué era lo que había estado haciendo: asignar la localización de las armas. Tenía que seguir con eso; ahora, además, tendría que hacerse cargo también del pelotón de Chuck.

Señaló al sargento a cargo de los morteros.

—Olvide el cobertizo para los botes, sargento; demasiado expuesto —dijo. Apuntó al otro lado de la calle, a un estrecho callejón entre una bodega y unas caballerizas—. Coloque tres morteros en ese callejón.

—Sí, señor. —El sargento se fue a toda prisa.

Gus miró a la calle.

—¿Ve ese tejado plano, cabo? Coloque allí una ametralladora.

—Señor, perdóneme, pero eso es un taller de reparación de automóviles, puede que debajo haya un depósito de combustible.

—Maldita sea, tiene razón, cabo. Entonces, en la torre de esa iglesia. Ahí debajo no puede haber nada más que himnarios.

—Sí, señor, mucho mejor; gracias, señor.

—El resto, síganme. Nos pondremos a cubierto mientras pienso dónde colocar todo lo demás.

Los guió al otro lado de la carretera y por un callejón. Un estrecho sendero recorría la parte posterior de los edificios. Un obús aterrizó en el patio de un establecimiento que vendía suministros agrícolas, y lanzó sobre Gus una nube de fertilizante en polvo, como si quisiera recordarle que no estaba fuera de su alcance.

Siguió avanzando a toda prisa por el sendero, tratando, en la medida de lo posible, de protegerse de la lluvia de proyectiles detrás de los muros, dando órdenes a gritos a sus suboficiales, haciendo el despliegue de sus ametralladoras en las estructuras más altas y de aspecto más sólido posible, y sus morteros en los jardines, entre una casa y la contigua. De vez en cuando, los suboficiales le hacían sugerencias o mostraban su disconformidad. Él los escuchaba y luego tomaba las decisiones rápidamente.

No tardó en hacerse de noche, lo que dificultó aún más la tarea. Los alemanes enviaron una ráfaga de artillería por toda la ciudad, buena parte dirigida, con una puntería excelente, a las posiciones estadounidenses en la ribera sur del río. Varios edificios quedaron destruidos, dejando una estampa desoladora de la calle frente a la orilla, que ahora parecía una dentadura mellada. Gus perdió tres ametralladoras por culpa de los proyectiles en las primeras horas del combate.

Hasta medianoche no logró regresar al cuartel general del batallón, en una fábrica de máquinas de coser varias calles más al sur. El coronel Wagner estaba con su homólogo francés, examinando un mapa a gran escala de la ciudad. Gus informó de que todas sus armas y las de Chuck estaban ya en posición.

—Buen trabajo, Dewar —dijo el coronel—. ¿Está usted bien?

—Por supuesto, señor —respondió Gus, sintiéndose perplejo y un poco ofendido, pensando que tal vez el coronel no le creía con el temple necesario para llevar a cabo aquella misión.

—Es que va usted completamente cubierto de sangre.

—¿De veras? —Gus se miró el uniforme y vio que, de hecho, llevaba la parte delantera manchada por una buena cantidad de sangre coagulada—. No sé de dónde habrá salido.

—De su cara, por lo que parece. Se ha hecho usted un buen corte.

Gus se palpó la mejilla y se estremeció de dolor al tocar con los dedos la herida en carne viva.

—No sé cuándo me lo he hecho —repuso.

—Vaya a la enfermería a que se lo limpien.

—No es más que un rasguño, señor. Preferiría…

—Haga lo que le digo, teniente. Será algo mucho más grave si se le infecta. —El coronel le dedicó una leve sonrisa—. No quiero perderlo: parece tener madera de buen oficial.

IV

A las cuatro en punto de la mañana siguiente, los alemanes lanzaron un ataque de gas. Al alba, Walter y sus soldados de asalto se aproximaron al borde septentrional de la ciudad, esperando encontrar la misma resistencia debilitada por parte de los franceses que durante los dos meses anteriores.

Habrían preferido sortear Château-Thierry, pero era imposible, porque la línea férrea hasta París atravesaba la ciudad y había dos puentes absolutamente cruciales. Tenían que invadir la ciudad.

Las granjas y los campos de labranza daban paso a casas y pequeñas fincas para, a continuación, convertirse en calles pavimentadas y jardines. Cuando Walter se acercó a la primera de las casas de dos plantas, una ráfaga de fuego de ametralladora procedente de una ventana en el piso superior agujereó la carretera a sus pies como si fueran gotas de lluvia horadando la superficie de un estanque. Se arrojó al suelo por encima de una valla baja, en un huerto de hortalizas, y fue rodando hasta ponerse a cubierto detrás de un manzano. Imitándolo, todos sus hombres se dispersaron, todos salvo dos caídos en la carretera. Uno permaneció inmóvil, mientras que el otro chillaba y se retorcía de dolor.

Walter miró hacia atrás y vio al sargento Schwab.

—Tome seis hombres, encuentre la entrada trasera de esa casa y destruya la ametralladora apostada en la planta de arriba —le ordenó. Localizó a sus tenientes—. Von Kessel: vaya una manzana en dirección oeste y entre en la ciudad desde ahí. Von Braun, usted vendrá al este conmigo.

Se mantuvo alejado de las calles, desplazándose a través de los callejones y los patios traseros, pero había ametralladoras y fusileros apostados cada diez casas. Walter advirtió con inquietud que había pasado algo que había devuelto a los franceses su espíritu combativo.

Durante toda la mañana, los soldados de asalto lucharon desplazándose de casa en casa y sufrieron un gran número de bajas. No era así como se suponía que debían avanzar, desangrándose por las esquinas. Estaban entrenados para seguir la línea de menor resistencia, penetrar a fondo detrás de la línea enemiga e interrumpir las comunicaciones para que las fuerzas del frente quedaran desmoralizadas, sin indicaciones claras de la cadena de mando, y se rindiesen rápidamente al regimiento de infantería que venía detrás. Sin embargo, ahora esa táctica había fallado estrepitosamente, y se enfrentaban en una descarnada lucha cuerpo a cuerpo con un enemigo que parecía haber recobrado las energías.

Sin embargo, consiguieron avanzar, y hacia mediodía Walter alcanzó las ruinas del castillo medieval que daba su nombre a la ciudad. La fortaleza se hallaba en la cima de una colina, y el ayuntamiento se encontraba a los pies de esta. Desde allí, la avenida principal se extendía en línea recta a lo largo de unos doscientos cincuenta metros hasta un puente de doble arco que cruzaba el Marne. Al este, quinientos metros río arriba, se hallaba la otra única vía de paso, un puente de ferrocarril.

Podía ver todo eso a simple vista. Se quitó los prismáticos y se centró en las posiciones enemigas de la orilla sur. Los hombres se exhibían despreocupadamente, de modo que debían de ser novatos en la guerra, porque los veteranos siempre permanecían ocultos. Se fijó en que eran jóvenes y vigorosos, y en que estaban bien alimentados e iban bien vestidos… y entonces vio también que sus uniformes no eran azules sino de color tostado.

Eran norteamericanos.

V

Durante la tarde, los franceses se replegaron en la margen norte del río y Gus logró sacar el máximo rendimiento a sus armas de ataque, disparando los morteros y las ametralladoras por encima de las cabezas de los franceses directamente a la avanzadilla de alemanes. El armamento norteamericano lanzaba torrentes de munición sobre las avenidas rectas que cruzaban Château-Thierry de norte a sur, convirtiéndolas en vías mortíferas. Pero a pesar de todo eso, veía a los alemanes avanzar sin temor desde la orilla del río a un café, desde un callejón a la entrada de una tienda, imponiéndose a los franceses por simple superioridad numérica.

Mientras la tarde daba paso a un anochecer sangriento, Gus observaba el desarrollo de los acontecimientos desde una ventana alta y vio los restos de las diezmadas tropas francesas de uniforme azul replegándose hacia el puente de poniente. Lograron resistir durante un rato en el extremo norte del puente mientras el sol del ocaso, de un rojo intenso, corría a ocultarse tras las colinas del oeste. Luego, en la penumbra, se retiraron al otro lado del puente.

Un pequeño grupo de alemanes se dio cuenta de lo que estaba sucediendo y se dispuso a darles caza. Gus los vio correr por el puente, apenas visibles en el crepúsculo, gris sobre gris, y justo en ese momento, el puente voló en pedazos: los franceses habían colocado explosivos para hacerlo estallar. Los cuerpos saltaron por los aires y el arco de la parte norte del puente se desplomó, formando un montón de escombros en el agua.

A continuación, todo quedó en silencio.

Gus se echó en un jergón del cuartel general y durmió un poco, la primera vez que lo hacía en casi cuarenta y ocho horas. Lo despertó la cortina de fuego de la artillería alemana del amanecer. Con los ojos aún vidriosos, corrió de la fábrica de máquinas de coser a la orilla del agua. Bajo la luz perlada de la mañana de junio vio que los alemanes habían ocupado la totalidad de la margen norte del río y estaban disparando proyectiles contra las posiciones norteamericanas de la margen sur desde muy cerca, por lo que aquello podía convertirse rápidamente en un infierno.

Gus ordenó que los hombres que habían pasado la noche en vela fuesen relevados por aquellos que hubiesen descansado un poco. A continuación, se desplazó de posición en posición, manteniéndose en todo momento protegido tras los edificios de la orilla del río. Aconsejaba a sus hombres diferentes maneras de cubrirse mejor: trasladando un arma a una ventana más pequeña, utilizando láminas de chapa ondulada para protegerse de los cascotes que surcaban el aire o apilando escombros a uno y otro lado del arma. Sin embargo, el mejor modo de protegerse que tenían sus hombres consistía en hacerle la vida imposible al enemigo.

—¡A freír a tiros a esos cabrones! —los animó.

Los hombres respondieron con entusiasmo. La Hotchkiss disparaba cuatrocientos cincuenta cartuchos por minuto, con un alcance de cuatro mil metros, de forma que era extremadamente eficaz al otro lado del río. El mortero Stokes no resultaba tan útil, porque su trayectoria ascendente estaba diseñada para la guerra de trincheras, donde el fuego de línea de mira no tenía ninguna eficacia. Sin embargo, las granadas de fusil eran muy destructivas en las distancias cortas.

Los dos bandos se disparaban mutuamente como boxeadores peleándose a puñetazo limpio con un golpe tras otro, sin parar, y el ruido de la apabullante cantidad de munición que se disparaba era, sencillamente, ensordecedor. Los edificios se desplomaban, los hombres proferían gritos de agonía por las heridas y los camilleros ensangrentados corrían de la orilla del río a la enfermería y luego vuelta a empezar, mientras los mensajeros llevaban más munición y litros de café humeante a los cansados soldados que manejaban las armas.

A medida que iba avanzando el día, Gus se dio cuenta, casi sin pensar, de que, en el fondo, no tenía miedo. No era un pensamiento que se le ocurriese a menudo, porque por regla general, estaba demasiado ocupado. Por un breve instante, en mitad de la jornada, mientras se encontraba en la cantina de la fábrica de máquinas de coser dando sorbos de café con leche dulzón en lugar de almorzar, se quedó asombrado ante el desconocido en que se había convertido. ¿De veras podía ser Gus Dewar ese que iba corriendo de un edificio a otro, bajo la lluvia de la artillería enemiga, gritando a sus hombres que machacasen vivo al enemigo? El mismo hombre que hasta entonces había temido no estar dotado del temple suficiente, el que tenía miedo de perder el valor y darse media vuelta y huir en plena batalla, cuando en realidad, en el momento de la verdad, apenas pensaba en su propia seguridad, sino solo en el peligro que corrían sus hombres. ¿Cómo se había obrado semejante milagro? En ese momento, un cabo fue a comunicarle que su escuadrón había perdido la llave especial que se empleaba para cambiar los cañones recalentados de la Hotchkiss, y apuró de un sorbo el resto del café y corrió a solucionar el problema.

Lo cierto es que sufrió un momento de tristeza esa tarde. Ya había anochecido, y miró por casualidad por la ventana hecha añicos de una cocina hacia el lugar de la margen del río donde había caído Chuck Dixon. Ya no estaba conmocionado por el modo en que Chuck había desaparecido en la explosión, pues había visto mucha más muerte y destrucción en los tres días anteriores. Lo que más le sobrecogía en ese instante, con un grado de intensidad distinto, era pensar que, algún día, tendría que contarles ese terrible momento a los padres de Chuck, Albert y Emmeline, propietarios de un banco de Buffalo; y a su joven esposa, Doris, quien tan enconadamente se había opuesto a la participación de Estados Unidos en la guerra… seguramente por el temor de que ocurriese exactamente lo que había acabado sucediendo. ¿Qué iba a decirles Gus? «Chuck luchó como un valiente.» Chuck no había luchado en ningún momento: había muerto en el primer minuto de su primera batalla, sin disparar ni un solo tiro. Daba igual que hubiese sido un cobarde, el resultado habría sido el mismo. Había sido una muerte inútil.

Mientras permanecía con la mirada fija en aquel lugar, ensimismado en sus pensamientos, un movimiento en el puente del ferrocarril captó su atención.

Se le aceleró el corazón: unos hombres se acercaban al extremo opuesto del puente. Sus uniformes gris militar apenas se distinguían en la penumbra. Corrían con torpeza entre los raíles, tropezándose con las traviesas y la gravilla. Llevaban cascos en forma de cubos para el carbón y se colgaban los fusiles en bandolera: eran alemanes.

Gus corrió a la ametralladora más próxima, tras el muro de un jardín. Sus hombres no habían advertido la presencia de las fuerzas de asalto. Gus llamó la atención del artillero dándole unos golpecitos en el hombro.

—¡Dispare al puente! —le ordenó—. Mire: ¡alemanes!

El artillero desplazó el cañón del arma hacia el nuevo objetivo. Gus señaló a uno de los soldados que había por allí.

—Corra al cuartel general e informe de una incursión enemiga en el puente del este —gritó—. ¡Rápido, rápido!

Encontró a un sargento.

—Asegúrese de que todos nuestros hombres disparen al puente —dijo—. ¡Ahora mismo!

Se encaminó hacia el oeste. No era fácil desplazar con rapidez las ametralladoras pesadas, y las Hotchkiss pesaban cuarenta kilos contando el trípode, pero ordenó a todos los artilleros a cargo de las granadas de fusil y de los morteros que se desplazasen a nuevas posiciones desde las que defender el puente.

Los alemanes empezaron a caer pero, con férrea determinación, no cejaron en su empeño de conquistar el puente. A través de los prismáticos, Gus vio a un hombre alto con uniforme de comandante que le resultaba familiar. Se preguntó si no sería alguien a quien hubiese conocido antes de la guerra. Mientras Gus lo miraba, el comandante recibió el impacto de una bala y cayó al suelo.

Los alemanes contaban con el apoyo de la implacable batería de fuego de su propia artillería. Era como si todas las armas de la margen norte del río hubiesen enfocado sus miras a la orilla sur del puente del ferrocarril, donde se había agrupado la defensa norteamericana. Gus veía a sus hombres caer uno tras otro, pero sustituía a cada artillero herido o muerto por otro, y apenas había pausa en los disparos.

Los alemanes dejaron de correr y empezaron a tomar posiciones, utilizando los cadáveres de los compañeros muertos para cubrirse. Los más audaces seguían avanzando, pero no había donde esconderse, por lo que caían rápidamente.

Anocheció, pero todo siguió igual: los disparos prosiguieron con una intensidad máxima por parte de ambos bandos. El enemigo se convirtió en unas siluetas imprecisas iluminadas por los destellos de los disparos y de los obuses al estallar. Gus trasladó algunas de las ametralladoras más pesadas a posiciones nuevas, con la certeza casi absoluta de que aquella incursión no era ninguna maniobra de distracción para tratar de cruzar el puente por otro sitio.

Habían llegado a un punto muerto, y al fin los alemanes se percataron de ello e iniciaron la retirada.

Al ver los grupos de camilleros en el puente, Gus ordenó el alto el fuego.

Como respuesta, la artillería alemana enmudeció.

—Dios santo… —exclamó Gus, sin dirigirse a nadie en particular—. Creo que los hemos derrotado.

VI

Una bala norteamericana le había roto a Walter la espinilla. Permaneció tendido sobre la línea ferroviaria transido de dolor, pero se sintió aún peor cuando vio a sus hombres batirse en retirada y oyó enmudecer las armas. Supo entonces que había fracasado.

Gritó de dolor cuando lo subieron a la camilla. Para la moral de los hombres era perjudicial oír gritar a los compañeros heridos, pero no pudo evitarlo. Lo llevaron a trompicones por la vía y a través de la ciudad en dirección a la enfermería, donde alguien le suministró morfina, y se desmayó.

Se despertó con la pierna entablillada. Preguntaba a todo aquel que pasaba por su lado por el avance en la batalla, pero nadie le dio ninguna información hasta que Gottfried von Kessel se acercó a regodearse en su sufrimiento: el ejército alemán había cesado en su intento de atravesar el Marne por Château-Thierry, le contó Gottfried. Tal vez debían intentarlo por otra parte.

Al día siguiente, justo antes de que lo subieran en un tren de vuelta a casa, se enteró de que el cuerpo principal de la 3.ª División de Estados Unidos había llegado y tomado posiciones a lo largo de la totalidad de la ribera sur del Marne.

Un compañero herido le habló de una cruenta batalla en un bosque en las proximidades de una ciudad llamada Bois de Belleau. Había habido muchísimas bajas en ambos bandos, pero los norteamericanos habían ganado.

Una vez de vuelta en Berlín, los periódicos seguían hablando de las victorias alemanas, pero las líneas de los mapas no se acercaban a París, y Walter llegó a la amarga conclusión de que la ofensiva de primavera había fracasado. Los estadounidenses habían llegado demasiado pronto.

Le dieron el alta del hospital para que pudiese pasar la convalecencia en su antigua habitación en casa de sus padres.

El 8 de agosto, un ataque de los aliados en Amiens utilizó casi quinientos de los nuevos tanques. Los vehículos acorazados presentaban multitud de problemas, pero podían ser imparables, y los británicos avanzaban unos trece kilómetros en un solo día.

Solo eran trece kilómetros, pero Walter sospechaba que se habían vuelto las tornas, y adivinaba, por la expresión de la cara de su padre, que el anciano pensaba lo mismo. Ahora nadie en Berlín hablaba de ganar la guerra.

Una noche, a finales de septiembre, Otto llegó a casa con el ánimo de alguien que acaba de asistir a un funeral. No quedaba ni rastro de su vitalidad natural, y Walter se preguntó incluso si no iba a echarse a llorar.

—El káiser ha vuelto a Berlín —anunció.

Walter sabía que el káiser Guillermo había estado en el cuartel general del ejército en una población de las montañas de Bélgica llamada Spa, famosa por sus aguas medicinales.

—¿Y por qué ha vuelto?

Otto bajó el tono de voz hasta hablar casi en un susurro, como si no pudiera soportar decir en voz alta lo que tenía que decir:

—Ludendorff quiere un armisticio.

32

Octubre de 1918

I

Maud estaba almorzando en el Ritz con su amigo lord Remarc, subsecretario del Ministerio de Guerra. Johnny llevaba un chaleco nuevo de color lavanda. Cuando atacaban el *pot-au-feu*, ella le preguntó:

—¿De veras está a punto de acabar la guerra?

—Eso piensa todo el mundo —respondió Johnny—. Los alemanes han sufrido setecientas mil bajas este año; no pueden seguir.

Maud se preguntó, angustiada, si sería Walter una de aquellas setecientas mil víctimas. Podía estar muerto, lo sabía, y aquella posibilidad era como una losa fría que le pesaba en el pecho, en el lugar donde tenía el corazón. No había vuelto a recibir noticias suyas desde su segunda e idílica luna de miel en Estocolmo. Imaginaba que su trabajo ya no lo llevaba a países neutrales desde los que poder escribirle cartas. La terrible verdad era que, seguramente, habría vuelto al campo de batalla para llevar a cabo la última y definitiva ofensiva de Alemania.

Eran pensamientos morbosos, pero realistas a fin de cuentas. Muchas mujeres habían perdido a sus seres más queridos: maridos, hermanos, hijos, prometidos... Todos habían vivido cuatro años en los que esa clase de tragedias sucedían a diario. A esas alturas, era imposible ser demasiado pesimista: el luto era la norma.

Apartó su plato de caldo a un lado.

—¿Hay alguna otra razón que avale la esperanza de que la paz esté próxima?

—Sí. Alemania tiene un nuevo canciller, y este le ha escrito al presidente Wilson proponiéndole un armisticio basado en sus famosos Catorce Puntos.

—¡Eso sí es esperanzador! ¿Y Wilson ha accedido?

—No. Ha dicho que, antes, Alemania debe retirarse de todos los territorios ocupados.

—¿Qué piensa nuestro gobierno?

—Lloyd George está furioso. Los alemanes tratan a los estadounidenses como si fueran sus socios en la alianza… y el presidente Wilson actúa como si pudiesen firmar la paz sin consultarnos a nosotros.

—¿E importa eso?

—Me temo que sí. Nuestro gobierno no está necesariamente de acuerdo con los Catorce Puntos de Wilson.

Maud asintió con la cabeza.

—Supongo que estamos en contra del punto cinco, que aboga por el derecho de los territorios coloniales a tener voz y voto en su autogobierno.

—Exacto. ¿Qué pasa entonces con Rodesia, Barbados y la India? No pueden esperar de nosotros que pidamos permiso a los nativos antes de civilizarlos. Los norteamericanos son demasiado liberales. Y estamos completamente en contra del punto dos, la absoluta libertad de navegación en la paz y en la guerra. La hegemonía británica se asienta sobre la Marina. No habríamos podido doblegar a los alemanes si no hubiéramos tenido la capacidad de establecer un bloqueo sobre su comercio marítimo.

—¿Y qué opinan los franceses?

Johnny sonrió.

—Clemenceau dijo que Wilson estaba tratando de superar al Todopoderoso: «Al mismísimo Dios solo se le ocurrieron diez puntos», dijo.

—Tengo la impresión de que, en Gran Bretaña, a la mayor parte del pueblo llano le gustan Wilson y sus puntos.

Johnny asintió con la cabeza.

—Y los jefes de Estado europeos no pueden decirle al presidente de Estados Unidos que cese en sus intentos de firmar la paz.

Maud tenía tantas ganas de creerlo que se asustó, y se dijo que debía tranquilizarse, que no debía alegrarse todavía. La vida aún podía depararle una gran decepción.

Un camarero les trajo unos filetes de lenguado a la Waleska y lanzó una mirada de admiración al chaleco de Johnny.

Maud desvió la conversación hacia su otro asunto de mayor preocupación.

—¿Qué sabes de Fitz? —La misión de su hermano en Siberia era confidencial, pero él había confiado en ella y Johnny le transmitía los partes.

—Ese líder cosaco ha resultado ser un fiasco: Fitz hizo un pacto con él y estuvimos pagándole durante un tiempo, pero en realidad, no era más que un señor de la guerra, sinceramente. Sin embargo, Fitz se va a quedar allí, con la esperanza de alentar a los rusos a que se revuelvan contra los bolcheviques. Entretanto, Lenin ha trasladado su gobierno de Petrogrado a Moscú, donde se siente más seguro para defenderse de una invasión.

—Aunque los bolcheviques fueran depuestos, ¿existe alguna posibilidad de que el nuevo régimen reanudara la guerra contra Alemania?

—En términos realistas, no. —Johnny tomó un sorbo de Chablis—. Pero un buen número de personas muy poderosas dentro del gobierno británico detesta a los bolcheviques.

—¿Por qué?

—El régimen de Lenin es brutal.

—También lo era el del zar, y Winston Churchill nunca tramó ningún complot contra él.

—En el fondo, tienen miedo de que si el movimiento bolchevique triunfa allí, el próximo lugar donde surja sea aquí.

—Bueno, pero si es un éxito, ¿por qué no?

Johnny se encogió de hombros.

—No puedes esperar que las personas como tu hermano lo vean del mismo modo.

—No —repuso Maud—. Me pregunto cómo estará…

II

—¡Estamos en Rusia! —exclamó Billy Williams cuando el barco atracó y oyó las voces de los estibadores—. ¿Se puede saber qué diablos hacemos en la puñetera Rusia?

—¿Cómo podemos estar en Rusia? —preguntó Tommy Griffiths—. Rusia está en el este, y llevamos semanas navegando en dirección oeste.

—Hemos dado la vuelta al mundo y hemos aparecido por el otro lado.

Tommy no estaba muy convencido; inclinó el cuerpo por la borda, observando.

—Esta gente parece un poco achinada —señaló.

—Pero hablan ruso. Hablan como ese encargado de los ponis, Peshkov, el que timó a los hermanos Ponti a las cartas y luego se largó.

Tommy siguió escuchando.

—Sí, tienes razón. Pues no lo entiendo.

—Tiene que ser Siberia —dijo Billy—. Con razón hace este frío de cojones.

Al cabo de unos minutos descubrieron que estaban en Vladivostok.

La gente apenas reparó en los Aberowen Pals desfilando por la ciudad, pues allí ya había miles de soldados de uniforme. La mayoría eran japoneses, pero también había estadounidenses, checos y de otras nacionalidades. La ciudad contaba con un puerto importante, con tranvías que recorrían amplios bulevares, con teatros y hoteles modernos y centenares de tiendas. Era como Cardiff, se dijo Billy, solo que hacía más frío.

Cuando llegaron a sus barracones se encontraron con un batallón de londinenses de avanzada edad que habían llegado allí procedentes de Hong Kong. Tenía sentido, pensó Billy, enviar a aquellos vejestorios a aquel agujero, pero los Pals, pese a haber sufrido numerosas bajas, estaban formados por un importante núcleo de veteranos curtidos en el campo de batalla. ¿Quién habría movido los hilos para hacer que se retiraran de Francia y acabaran en la otra punta del mundo?

No tardaría en averiguarlo. Tras la cena, el general de brigada, un hombre de aspecto relajado que, a todas luces, estaba a las puertas de la jubilación, les dijo que iban a recibir instrucciones del coronel, el conde Fitzherbert.

El capitán Gwyn Evans, el dueño de los grandes almacenes, trajo una caja de madera que había contenido latas de manteca y Fitz se encaramó a ella, no sin dificultad a causa de su pierna malherida. Billy lo observó con mirada hostil. Se reservaba su compasión para Pugh el Retaco y los muchos otros antiguos mineros tullidos que habían quedado lisiados extrayendo el carbón del conde. Fitz era un hombre arrogante y pagado de sí mismo, un explotador de hombres y mujeres humildes. Era una lástima que los alemanes no le hubiesen acertado en el corazón en lugar de dispararle a la pierna.

—Nuestra misión tiene cuatro vertientes —empezó a decir Fitz, alzando la voz para dirigirse a seiscientos hombres—. En primer lugar, estamos aquí para defender nuestras posesiones. Saliendo de los muelles, al pasar por las vías muertas del ferrocarril, tal vez se hayan fijado en un enorme depósito de suministros custodiado por soldados. Esa extensión de cuatro hectáreas contiene seiscientas mil toneladas de municiones y otras piezas de equipamiento militar que Gran Bretaña y Estados Unidos enviaron aquí cuando los rusos eran nuestros aliados. Ahora que los bolcheviques han firmado la paz con Alemania, no queremos que el armamento sufragado por nuestros países caiga en sus manos.

—Eso no tiene sentido —dijo Billy, lo bastante alto para que Tommy y todos cuantos había a su alrededor lo oyesen—. En lugar de traernos hasta aquí, ¿por qué no han enviado la intendencia a casa en barco?

Fitz lanzó una mirada irritada en dirección al alboroto, pero siguió hablando.

—En segundo lugar, en este país hay muchos checos nacionalistas, algunos de ellos prisioneros de guerra y otros que ya trabajaban aquí antes de la guerra y que se han agrupado bajo la Legión Checa y que intentan embarcarse en Vladivostok para sumarse a nuestras fuerzas en Francia. Los bolcheviques los están hostigando, por lo que nuestra tarea consiste en ayudarlos a conseguir embarcar. Los cabecillas locales de la comunidad cosaca nos brindarán su apoyo.

—¿Los cabecillas de la comunidad cosaca? —exclamó Billy—. ¿A quién pretende engañar? ¡Pero si no son más que bandidos!

Una vez más, Fitz oyó los murmullos de discrepancia, y esta vez fue el capitán Evans quien, con aspecto contrariado, atravesó el comedor para colocarse junto a Billy y su grupo.

—Aquí en Siberia hay ochocientos mil prisioneros de guerra alemanes y austríacos que han sido puestos en libertad desde la firma del tratado de paz. Debemos impedir que vuelvan al campo de batalla europeo. Por último, sospechamos que los alemanes codician los yacimientos petrolíferos de Bakú, en el sur de Rusia. Tenemos que cortarles el acceso a esos yacimientos.

—Tengo la sensación de que Bakú está bastante lejos de aquí —señaló Billy.

El general de brigada preguntó afablemente:

—¿Alguno de ustedes tiene alguna pregunta?

Fitz lo fulminó con la mirada, pero era demasiado tarde.

—No he leído nada de esto en los periódicos —comentó Billy.

—Como muchas misiones militares —contestó Fitz—, es secreta, y no se les permitirá decir dónde están en las misivas que envíen a casa.

—¿Estamos en guerra con Rusia, señor?

—No, no lo estamos. —Fitz apartó la mirada de Billy deliberadamente. Tal vez se acordaba de cuando Billy lo había dejado en evidencia en el debate sobre la paz en el Calvary Gospel Hall—. ¿Alguien más aparte del sargento Williams tiene alguna pregunta?

Billy insistió.

—¿Estamos intentando derrocar al gobierno bolchevique?

Se oyó un murmullo de indignación entre los soldados, muchos de los cuales simpatizaban con la revolución.

—No hay ningún gobierno bolchevique —sostuvo Fitz con creciente exasperación—. El régimen de Moscú no ha sido reconocido por Su Majestad el rey.

—¿Ha sido autorizada nuestra misión por el Parlamento?

El general de brigada parecía incómodo, pues no esperaba aquella clase de pregunta, precisamente. El capitán Evans decidió intervenir.

—Ya basta, sargento. Deje que los demás formulen sus preguntas.

Sin embargo, Fitz no fue lo bastante inteligente para cerrar la boca. Al parecer, no se le pasó por la cabeza que las dotes como orador de Billy, heredadas del radicalismo inconformista de su padre, podían ser superiores a las suyas propias.

—Las misiones militares las autoriza el Ministerio de Guerra y no el Parlamento —respondió.

—¡De modo que esta misión se ha organizado a espaldas de nuestros representantes electos! —exclamó Billy con indignación.

—Ten cuidado, compañero —murmuró Tommy con angustia.

—Necesariamente —dijo Fitz.

Billy hizo caso omiso del consejo de Tommy; estaba demasiado enfadado. Se levantó y dijo en voz alta y clara:

—Señor, lo que estamos haciendo, ¿es legal?

Fitz se ruborizó y Billy supo que había dado en el blanco.

—Por supuesto que lo es... —empezó a decir el conde.

—Si nuestra misión no ha sido aprobada por el pueblo británico ni por el pueblo ruso —lo interrumpió Billy—, ¿cómo puede ser legal?

—Siéntese, sargento —ordenó el capitán Evans—. No estamos en uno de sus malditos mítines del Partido Laborista. Una palabra más y lo mando al calabozo.

Billy se sentó, satisfecho. Había conseguido lo que quería.

—Hemos sido invitados aquí —dijo Fitz— por el gobierno provisional panruso, cuyo brazo ejecutivo es un directorio de cinco hombres con sede en Omsk, en la frontera occidental de Siberia. Y ahí —terminó— es adonde van a dirigirse a continuación.

III

Había anochecido. Lev Peshkov esperaba, tiritando de frío, en un almacén de Vladivostok, la parte más infernal del ferrocarril Transiberiano. Llevaba un abrigo del ejército encima de su uniforme de teniente, pero Siberia era el lugar más frío donde había estado en su vida.

Estaba furioso por tener que estar en Rusia. Había tenido mucha suerte escapando de allí, cuatro años antes, y más suerte aún casándose con la heredera de una rica familia americana. Y ahora había vuelto… todo por culpa de una mujer. «¿Se puede saber qué diablos me pasa? —se dijo—. ¿Por qué nunca estoy satisfecho?»

Se abrió una puerta, y un carro tirado por una mula salió del depósito de suministros. Lev se subió de un salto al lado del soldado británico que lo conducía.

—Eh, Sid —lo saludó Lev.

—¿Qué hay? —respondió Sid.

Era un hombre delgado de unos cuarenta años con un cigarrillo siempre en los labios y un rostro surcado prematuramente de arrugas. Un *cockney*, hablaba inglés con un acento muy distinto del habla del sur de Gales o el norte de Nueva York. Al principio, a Lev le costaba horrores entenderlo.

—¿Traes el whisky?

—Qué va… solo latas de cacao.

Lev se volvió, se inclinó sobre el carro y destapó una esquina de la lona. Estaba casi seguro de que Sid no hablaba en serio. Vio una caja de cartón con la inscripción: «Chocolates y Cacaos Fry's».

—No debe haber mucha demanda de eso entre los cosacos —comentó.

—Mira debajo.

Lev apartó la caja a un lado y vio una inscripción distinta:

—«Teacher's Highland Cream: el viejo whisky escocés hecho perfección» —leyó—. ¿Cuántas hay?

—Doce cajas.

Tapó la caja.

—Mejor que el cacao.

Dio instrucciones a Sid para que se alejase del centro de la ciudad. Echaba la vista atrás con frecuencia para asegurarse de que no los seguía nadie, y miraba con aprensión cada vez que veía a algún oficial estadounidense de alto rango, pero ninguno les hizo preguntas. Vladivostok estaba abarrotado de refugiados que huían de los bolcheviques, la mayoría de los cuales habían traído montones de dinero consigo. Se lo gastaban como si no fuesen a ver el día de mañana, lo cual seguramente era cierto para muchos de ellos. Como consecuencia, los comercios estaban siempre atestados de gente y las calles llenas de carros como aquel repartiendo mercancía. Puesto que casi todo escaseaba en Rusia, buena parte de lo que se comercializaba procedía del contrabando de China o, como en el caso del whisky escocés de Sid, eran productos robados a los militares.

Lev vio a una mujer con una niña y se acordó de Daisy. La echaba de menos. Para entonces ya hablaba y caminaba, y estaba explorando el mundo. Cuando hacía pucheros, enternecía a todos hasta derretirles el corazón, incluido el de Josef Vyalov. Llevaba seis meses sin verla. Ya había cumplido los dos años y medio, y debía de haber cambiado en el tiempo que hacía que él estaba fuera.

También echaba de menos a Marga, y era ella quien habitaba sus sueños, su cuerpo desnudo retorciéndose entre las sábanas de la cama. Era por ella por quien se había metido en líos con su suegro y por quien había acabado en Siberia, pero pese a todo, ardía en deseos de volver a verla.

—¿Tienes alguna debilidad, Sid? —le preguntó Lev, quien sentía la necesidad de trabar una amistad más íntima con el taciturno Sid: para ser cómplices de andanzas delictivas se precisaba cierto grado de confianza.

—Qué va —dijo Sid—. Solo el dinero.

—¿Y tu amor por el dinero te lleva a correr grandes riesgos?

—No, solo a robar.

—¿Y nunca te has metido en líos por robar?

—La verdad es que no. Estuve en prisión, una vez, pero eso solo fue durante seis meses.

—Mi debilidad son las mujeres.

—¿Tu debilidad son las mujeres?

Lev ya se había acostumbrado a aquella manía británica de formular la pregunta después de haber dado la respuesta.

—Sí —contestó—. Me resultan irresistibles. No sé entrar en un club nocturno sin ir agarrado del brazo de una chica guapa.

—¿De veras?

—Sí. No lo puedo remediar.

El carro entró en un barrio portuario lleno de calles sin asfaltar y hoteluchos de marineros, lugares que no tenían nombre ni dirección. Sid parecía nervioso.

—Vas armado, ¿verdad? —dijo Lev.

—Qué va —contestó Sid—. Solo llevo esto. —Se destapó el abrigo y dejó al descubierto una enorme pistola con un cañón de un palmo metida en el cinturón.

Lev nunca había visto un arma como aquella.

—¿Qué diablos es eso?

—Una Webley-Mars, la pistola más potente del mundo. Una pieza única.

—No hace falta que aprietes el gatillo, solo tienes que menearla un poco y seguro que todo el mundo se muere de miedo.

En aquella zona no pagaban a nadie para que limpiase la nieve de las calles, y el carro seguía las huellas de los vehículos anteriores, o se deslizaba sobre el hielo de los carriles menos transitados. Estar en Rusia le hacía pensar en su hermano. No había olvidado su promesa de enviar a Grigori el pasaje a América. Estaba ganando mucho dinero vendiéndoles a los cosacos mercancía militar robada. Con la transacción de ese día, ya habría suficiente para el billete de Grigori.

Había cometido multitud de fechorías en su corta vida, pero si podía compensar a su hermano por todas las malas pasadas, se sentiría mucho mejor consigo mismo.

Llegaron a un callejón y doblaron la esquina de un edificio bajo. Lev abrió una caja de cartón y extrajo una botella de whisky escocés.

—Quédate aquí y vigila la carga —le dijo a Sid—. De lo contrario, habrá desaparecido para cuando salgamos.

—No te preocupes —dijo Sid, pero parecía intranquilo.

Lev hurgó bajo su abrigo para tocar la pistola semiautomática Colt 45, que llevaba enfundada en el cinturón, y acto seguido se coló por la puerta trasera del edificio.

El lugar era lo que en Siberia se consideraba una taberna. Se trataba de una estancia pequeña con unas cuantas sillas y una mesa. No había barra, pero una puerta abierta revelaba la existencia de una cocina sucia con un estante con botellas y un tonel. Había tres hombres sentados junto a la chimenea, vestidos con jirones de pieles. Lev reconoció al de en medio, un hombre al que conocía como Sótnik. Llevaba unos pantalones holgados metidos por dentro de unas botas de montar. Tenía los pómulos muy marcados y los ojos rasgados, y lucía un elaborado bigote además de patillas. La tez se le veía enrojecida y curtida por el clima, y podía tener cualquier edad entre los veinticinco y los cincuenta y cinco años.

Lev estrechó las manos de todos los hombres. Destapó la botella y uno de ellos, supuestamente el dueño del bar, trajo cuatro vasos disparejos. Lev sirvió unas cantidades generosas y todos se pusieron a beber.

—Es el mejor whisky del mundo —dijo Lev en ruso—. Viene de un país donde hace mucho frío, como en Siberia, donde el agua de los arroyos de la montaña es pura nieve derretida. Es una pena que sea tan caro.

La cara de Sótnik era inexpresiva.

—¿Cuánto?

Lev no pensaba dejarle volver a regatear.

—El precio que acordamos ayer —dijo—, todo en rublos de oro, ni más ni menos.

—¿Cuántas botellas?

—Ciento cuarenta.

—¿Dónde están?

—Por aquí cerca.

—Deberías tener cuidado, en este barrio hay muchos ladrones.

Aquello tanto podía ser una advertencia como una amenaza: Lev supuso que la ambigüedad era intencionada.

—Sé moverme entre ladrones —dijo—. Soy uno de ellos.

Sótnik miró a sus dos compañeros y luego, tras una pausa, se echó a reír. Los demás también rieron.

Lev sirvió otra ronda.

—No te preocupes —dijo—. Tu whisky está a salvo… detrás del cañón de un arma. —Eso también era deliberadamente ambiguo: podía ser una garantía para tranquilizarlo o una advertencia para ponerlo nervioso.

—Eso está bien —dijo Sótnik.

Lev se bebió el whisky y luego consultó su reloj.

—Tiene que venir una patrulla militar por esta zona de un momento a otro —mintió—, así que tengo que irme.

—Una última copa —propuso Sótnik.

Lev se levantó.

—¿Quieres el whisky? —Esta vez dejó traslucir su irritación—. Porque puedo vendérselo a otro... —Era verdad, siempre había alguien dispuesto a comprar el alcohol.

—Me lo quedo.

—El dinero, encima de la mesa.

Sótnik recogió unas alforjas del suelo y empezó a contar monedas de cinco rublos. El precio acordado era de sesenta rublos la docena, de modo que Sótnik colocó despacio las monedas en pilas de doce hasta que tuvo doce pilas. Lev supuso que lo que pasaba era que no sabía contar hasta 144.

Cuando Sótnik terminó, miró a Lev, quien asintió con la cabeza. Sótnik devolvió las monedas a la saca.

Salieron a la calle, Sótnik con la bolsa al hombro. Había anochecido, pero brillaba la luna, y se veía con toda claridad. Lev se dirigió a Sid en inglés:

—Quédate en el carro y mantente alerta.

En una transacción ilegal, aquel era siempre el momento más delicado y peligroso: la ocasión en que el comprador podía llevarse la mercancía y quedarse con el dinero. Lev no pensaba correr ningún riesgo con el dinero para el pasaje de su hermano Grigori.

Lev destapó la lona del carro y apartó a un lado tres cajas de cacao para dejar al descubierto el whisky. Sacó una caja del carro y la puso en el suelo, a los pies de Sótnik.

El otro cosaco se acercó al carro y buscó otra caja.

—No —dijo Lev, y miró a Sótnik—. La bolsa.

Se produjo una larga pausa.

En el asiento del conductor, Sid se destapó el abrigo y enseñó su arma. Entonces, Sótnik le dio a Lev la bolsa.

Lev miró en el interior, pero decidió no volver a contar el dinero; al fin y al cabo, se habría dado cuenta si Sótnik hubiese sustraído algunas monedas a escondidas. Le dio la bolsa a Sid y luego ayudó a los otros a descargar el carro.

Estrechó las manos de todos y estaba a punto de subirse al carro cuando Sótnik lo detuvo.

—Mira —dijo, señalando a una caja abierta—. Aquí falta una botella.

Esa botella estaba sobre la mesa de la taberna, y Sótnik lo sabía.

¿Por qué quería provocar una pelea a esas alturas? Aquello se ponía peligroso.

—Dame una moneda de oro —le dijo a Sid en inglés.

Sid abrió la bolsa y se la entregó.

Lev hizo equilibrios con la moneda en su puño cerrado y la lanzó al aire. La moneda dio vueltas sobre sí misma y destelló bajo la luz de la luna. Cuando, en un acto reflejo, Sótnik extendió el brazo para atraparla, Lev se subió de un salto al asiento del carro.

Sid hizo restallar el látigo.

—Quedad con Dios —exclamó Lev cuando el carro se puso en movimiento—. Y avísame cuando necesitéis más whisky.

La mula se alejó trotando del patio, enfiló hacia la carretera y Lev respiró aliviado.

—¿Cuánto nos han dado? —dijo Sid.

—Lo que acordamos, trescientos sesenta rublos cada uno. Menos cinco: esa última moneda perdida corre de mi cuenta. ¿Tienes una bolsa?

Sid sacó una bolsa de cuero de gran tamaño. Lev contó setenta y dos monedas y las introdujo en ella.

Se despidió de Sid y se bajó del carro cerca de los alojamientos para los oficiales estadounidenses. Cuando se dirigía a su habitación, lo abordó el capitán Hammond.

—¡Peshkov! ¿Dónde ha estado?

Lev deseó no ir cargado en esos momentos con unas alforjas cosacas con trescientos cincuenta y cinco rublos en su interior.

—He ido a dar una vuelta, señor.

—¡Pero si es de noche!

—Por eso he regresado.

—Lo hemos buscado por todas partes. El coronel quiere verlo.

—Enseguida, señor.

Lev prosiguió su camino hacia su habitación para dejar las alforjas, pero Hammond dijo:

—El despacho del coronel está por el otro lado.

—Sí, señor. —Lev se dio media vuelta.

Al coronel Markham no le caía bien Lev. El coronel era un militar de carrera, no un recluta de guerra, y tenía la impresión de que Lev no compartía su compromiso con la excelencia del ejército de Estados Unidos, y tenía razón… al ciento diez por ciento, tal como habría dicho el propio coronel.

A Lev se le pasó por la cabeza dejar la bolsa en el suelo, al otro lado de la puerta del despacho del coronel, pero luego pensó que era demasiado dinero para dejarlo por ahí.

—¿Dónde diablos se había metido? —dijo Markham en cuanto Lev entró por la puerta.

—Estaba dando una vuelta por la ciudad, señor.

—Voy a reasignarlo a otro destino: nuestros aliados británicos necesitan un intérprete y me han pedido que les envíe a usted con ellos.

Parecía una buena opción.

—Sí, señor.

—Los acompañará a Omsk.

Aquello no era tan bueno: Omsk estaba a seis mil quinientos kilómetros, en el corazón de la Rusia más salvaje.

—¿Para qué, señor?

—Ellos lo pondrán al corriente.

Lev no quería ir: estaba demasiado lejos.

—¿Está pidiéndome que me ofrezca voluntario, señor?

El coronel vaciló unos instantes y Lev se dio cuenta de que ya se daba por supuesto el carácter voluntario de la misión, tal como lo era todo en el ejército.

—¿Es que acaso se niega a llevar a cabo la misión? —exclamó Markham con aire amenazador.

—Solo si es voluntaria, señor, por supuesto.

—Le explicaré la situación, teniente —dijo el coronel—: si usted se ofrece voluntario, yo no le pediré que abra esa bolsa y me muestre qué hay dentro.

Lev maldijo para sus adentros. No podía hacer absolutamente nada, el coronel era demasiado listo... y el pasaje para América de Grigori estaba dentro de aquella bolsa.

«Omsk —pensó—. Mierda...»

—Será un placer acompañarlos, señor —dijo.

IV

Ethel subió al apartamento de Mildred, que tenía un aspecto impoluto aunque no ordenado: había juguetes tirados por todas partes, un cigarrillo consumiéndose en un cenicero y unas bragas secándose frente al fuego.

—¿Podrías cuidar de Lloyd esta noche? —le preguntó Ethel.

Ella y Bernie iban a ir a una reunión del Partido Laborista. Lloyd ya casi tenía cuatro años y era perfectamente capaz de bajarse solito de la cama e irse a dar un paseo por su cuenta si nadie lo vigilaba.

—Pues claro —respondió Mildred. Con frecuencia cuidaban mutuamente de sus respectivos hijos por las noches—. He recibido carta de Billy —añadió.

—¿Se encuentra bien?

—Sí, pero me parece que no está en Francia; no dice nada de las trincheras.

—Debe de estar en Oriente Próximo, entonces. Me pregunto si habrá visto Jerusalén. —La ciudad santa había sido tomada por las fuerzas británicas a finales del año anterior—. Nuestro padre se alegrará si la ha visto.

—Manda un mensaje para ti. Dice que ya te escribirá más adelante, pero quiere que te diga… —Rebuscó en el bolsillo del delantal—. Te lo quiero leer tal como está escrito: «Creo que estoy mal informado, aquí, sobre novedades en política de Rusia». Un mensaje un poco extraño, la verdad.

—Está en código —dijo Ethel—. Solo hay que contar la tercera palabra de cada tres, así que el mensaje dice, en realidad: «Estoy aquí en Rusia». ¿Qué estará haciendo allí?

—No sabía que nuestro ejército estuviese en Rusia.

—Ni yo tampoco. ¿Menciona alguna canción, o el título de un libro?

—Sí… ¿cómo lo sabías?

—Eso también está en lenguaje codificado.

—Dice que te recuerde una canción que se titula «Estoy con Freddie inaugurando tu zoo». Nunca había oído hablar de esa canción.

—Ni yo tampoco. Son las iniciales de cada palabra: «Freddie inaugurando tu zoo» significa… Fitz.

En ese momento entró Bernie, que lucía una corbata roja.

—Está dormido —dijo, refiriéndose a Lloyd.

—Mildred ha recibido una carta de Billy —le contó Ethel—. Parece ser que está en Rusia con el conde Fitzherbert.

—¡Ajá! —exclamó Bernie—. Me preguntaba cuánto tiempo tardarían.

—¿A qué te refieres?

—Hemos enviado soldados a combatir contra los bolcheviques. Sabía que tarde o temprano ocurriría.

—¿Estamos en guerra con el nuevo gobierno de Rusia?

—Oficialmente no, claro. —Bernie consultó su reloj—. Tenemos que irnos. —Detestaba llegar tarde.

Una vez en el autobús, Ethel señaló:

—No podemos estar en guerra «extraoficialmente»: o estamos en guerra o no lo estamos.

—Churchill y esa gente saben que el pueblo británico no apoyará una guerra contra los bolcheviques, así que están tratando de hacerla en secreto.

—Estoy decepcionada con Lenin... —dijo Ethel con aire reflexivo.

—¡Solo hace lo que tiene que hacer! —Bernie la interrumpió. Era un defensor acérrimo de los bolcheviques.

Ethel siguió hablando:

—Lenin podría convertirse en un tirano igual que el zar...

—¡Eso es absurdo!

—... pero a pesar de eso, tendrían que darle la oportunidad de demostrar lo que puede hacer por Rusia.

—Bueno, al menos estamos de acuerdo en eso.

—Aunque no estoy segura de lo que podemos hacer al respecto.

—Necesitamos más información.

—Billy me escribirá pronto; él me dará más detalles.

Ethel estaba indignada con la guerra secreta del gobierno, si verdaderamente era eso, pero sentía una gran preocupación por Billy. Su hermano no sabía mantener la boca cerrada; si pensaba que el ejército no estaba haciendo lo correcto, lo diría y se metería en un lío.

El Calvary Gospel Hall estaba lleno a rebosar: el Partido Laborista había ganado popularidad durante la guerra, gracias en parte a que su líder, Arthur Henderson, había estado en el gabinete de guerra de Lloyd George. Henderson había empezado a trabajar en una fábrica de locomotoras a la edad de doce años, y su labor como ministro del gabinete había destrozado el argumento de los conservadores de que no se podía confiar el gobierno de un país a los trabajadores.

Ethel y Bernie se sentaron junto a Jock Reid, un hombre de rostro rubicundo, natural de Glasgow, que había sido el mejor amigo de Bernie cuando era soltero. El encargado de presidir el acto era el doctor Greenward. El punto principal del orden del día eran las siguientes elecciones generales. Circulaban rumores de que Lloyd George convocaría elecciones nacionales en cuanto acabase la guerra. Aldgate necesitaba un candidato laborista, y Bernie era el favorito para el puesto.

Propusieron su nombre y los demás secundaron la propuesta. Alguien sugirió al doctor Greenward como alternativa, pero el médico dijo que su deber era limitarse al ámbito de la medicina.

Entonces, Jayne McCulley se puso en pie. Había sido miembro del partido desde que Ethel y Maud protestaron contra la negativa a concederle la prestación por separación y Maud acabó siendo arrastrada a la cárcel en los brazos de un policía. En ese momento, Jayne dijo:

—He leído en el periódico que las mujeres pueden presentarse a las próximas elecciones, y yo propongo que Ethel Williams sea nuestra candidata.

La sala enmudeció de asombro, pero luego todo el mundo quiso hablar a la vez.

Ethel se había quedado estupefacta. En ningún momento se le había pasado por la cabeza algo semejante. Desde que conocía a Bernie, este siempre había querido ser el representante parlamentario local, y ella lo había aceptado desde el principio. Además, nunca hasta entonces había sido posible que una mujer se presentase como candidata, y tampoco estaba segura de que ahora lo fuese. Su primer impulso fue negarse inmediatamente.

Pero Jayne no había terminado. Era una mujer joven y guapa, pero la dulzura de su apariencia física era engañosa, porque también podía ser temible.

—Respeto a Bernie, pero es más bien un hombre de mítines y de organización —dijo—. Aldgate tiene un parlamentario liberal que se ha ganado la simpatía de la gente y que podría ser un hueso muy duro de roer. Necesitamos un candidato que pueda ganar ese escaño para los laboristas, una persona que pueda decirle a la gente del East End: «¡Seguidme a la victoria!», y que lo hagan. Necesitamos a Ethel.

Todas las mujeres empezaron a lanzar vítores, así como algunos hombres, aunque otros permanecieron mudos y sombríos. Ethel se dio cuenta de que iba a tener mucho apoyo si decidía presentarse como candidata.

Y Jayne tenía razón: seguramente Bernie era el hombre más inteligente de la sala, pero no era un líder nato capaz de arrastrar a las multitudes. Podía explicar cómo ocurrían las revoluciones y por qué las empresas se iban a la quiebra, pero Ethel sabía animar a la gente a que se sumara a una cruzada.

Jock Reid se levantó.

—Compañero, tengo entendido que la legislación no permite que se presenten mujeres.

—Puedo responder a esa pregunta —dijo el doctor Greenward—. La ley que se aprobó este año, y que otorgaba el derecho de sufragio a algunas mujeres mayores de treinta años, no consideraba que estas pudiesen presentarse a las elecciones. Sin embargo, el gobierno ha admitido que eso es una anomalía, de modo que ha redactado un anteproyecto de ley que sí tiene en cuenta esa posibilidad.

—Pero tal y como está redactada la ley hoy, se prohíbe la elección de mujeres, por lo que no podemos nombrar candidata a una —insistió Reid.

Ethel esbozó una sonrisa irónica: era curioso que unos hombres que propugnaban una revolución mundial pudiesen insistir tanto en obedecer la ley al pie de la letra.

El doctor Greenward respondió:

—Está previsto, claramente, que la ley que consideraba el derecho de las mujeres a presentarse como candidatas entre en vigor antes de las próximas elecciones generales, de modo que es del todo legal que esta delegación nombre a una mujer.

—Pero Ethel es menor de treinta años.

—Por lo visto, esta nueva ley incluye a las mujeres mayores de veintiún años.

—¿Por lo visto? —preguntó Reid—. ¿Cómo vamos a nombrar a una candidata si no conocemos las reglas?

—Tal vez deberíamos posponer el nombramiento hasta que se haya aprobado la nueva legislación —sugirió el doctor Greenward.

Bernie le susurró algo a Reid al oído y este dijo:

—Preguntémosle a Ethel si quiere presentarse. Si no es así, entonces no hay necesidad de posponer la decisión.

Bernie se volvió hacia Ethel con una sonrisa rebosante de confianza.

—De acuerdo —convino el doctor Greenward—. Ethel, si te nombrasen candidata, ¿aceptarías?

Todas las miradas estaban clavadas en ella.

Ethel vaciló.

Aquel era el sueño de Bernie, y Bernie era su marido. Pero ¿cuál de los dos sería la mejor opción para los laboristas?

A medida que iban pasando los segundos, una expresión de incredulidad fue apoderándose del rostro de Bernie, pues esperaba que su mujer declinase el nombramiento inmediatamente.

Y eso fue lo que la hizo reafirmarse en su decisión.

—Yo nunca… nunca me lo había planteado —dijo—. Y… mmm… tal como ha dicho el presidente, todavía ni siquiera es una posibilidad legal… Así que es una pregunta difícil de responder. Creo que Bernie sería un buen candidato… pero pese a eso, me gustaría disponer de un poco de tiempo para pensarlo, de modo que tal vez deberíamos aceptar la propuesta del presidente de posponer la decisión.

Se volvió hacia Bernie.

Parecía capaz de asesinarla allí mismo.

33

11 de noviembre de 1918

I

A las dos en punto de la madrugada, sonó el teléfono en la casa de Fitz de Mayfair.

Maud todavía estaba despierta, sentada en el salón con una vela; los retratos de difuntos antepasados la observaban desde las paredes; las cortinas corridas, como mortajas; el mobiliario que la rodeaba apenas visible, como fieras en un campo nocturno. Durante los últimos días apenas había dormido. Un presentimiento supersticioso le decía que matarían a Walter antes del fin de la guerra.

Estaba sola, con una taza de té frío en las manos, mirando cómo ardía el carbón, preguntándose dónde estaría él y qué estaría haciendo. ¿Se encontraría durmiendo en alguna húmeda trinchera, o preparándose para la batalla del día siguiente? ¿Habría muerto ya? Puede que Maud se hubiera quedado viuda, habiendo pasado solo dos noches con su marido en cuatro años de matrimonio. De lo único que podía estar segura era de que no había caído prisionero de guerra. Johnny Remarc le hacía el favor de comprobar por ella todas las listas de oficiales capturados. Johnny no conocía su secreto: creía que solo estaba preocupada por Walter porque había sido un amigo muy querido de Fitz antes de la guerra.

El timbre del teléfono la sobresaltó. Al principio pensó que la llamada podía ser por Walter, pero enseguida comprendió que no tenía sentido. La noticia de que un amigo había caído prisionero podía esperar hasta la mañana siguiente. Debía de ser por Fitz, pensó angustiada: ¿lo habrían herido en Siberia?

Salió corriendo al vestíbulo, pero Grout llegó antes que ella. Con una punzada de culpabilidad, Maud se dio cuenta de que había olvidado darle permiso al servicio para que se acostaran.

—Preguntaré si lady Maud está en casa, milord —dijo Grout al aparato. Cubrió el auricular con la mano y le dijo a su señora—: Lord Remarc, del Ministerio de Guerra, milady.

Ella le arrebató el teléfono y preguntó:

—¿Es Fitz? ¿Está herido?

—No, no —dijo Johnny—. Tranquilízate. Son buenas noticias. Los alemanes han aceptado las condiciones del armisticio.

—¡Oh, Johnny, gracias a Dios!

—Están todos en el bosque de Compiègne, al norte de París, en dos trenes aparcados en una vía muerta. Los alemanes acaban de entrar en el vagón restaurante del tren francés. Están dispuestos a firmar.

—Pero ¿todavía no lo han hecho?

—No, aún no. Están poniendo pegas por la redacción del texto.

—Johnny, ¿volverás a llamarme cuando hayan firmado? Esta noche no me acostaré.

—Te llamaré. Adiós.

Maud le devolvió el auricular al mayordomo.

—Puede que la guerra acabe esta noche, Grout.

—Me alegra mucho oír eso, milady.

—Pero tú deberías irte a la cama.

—Con el permiso de milady, me gustaría seguir levantado hasta que lord Remarc vuelva a llamar.

—Desde luego.

—¿Le apetece otra taza de té, milady?

II

Los Aberowen Pals llegaron a Omsk muy temprano por la mañana.

Billy siempre recordaría hasta el último detalle de ese viaje de más de seis mil trescientos kilómetros desde Vladivostok, a lo largo de la línea del ferrocarril Transiberiano. Habían tardado veintitrés días, aun con un sargento armado apostado en la locomotora para asegurarse de que el conductor y el fogonero mantenían la velocidad máxima. Billy pasaba frío durante todo el día: la estufa que había en el centro del vagón apenas si ahuyentaba el rigor de las mañanas siberianas. Vivían a base de pan negro y carne en conserva, pero para Billy cada jornada era una revelación.

No sabía que en el mundo existieran lugares tan hermosos como el lago Baikal. De extremo a extremo, el lago era más largo que todo Gales, les había explicado el capitán Evans. Desde el raudo tren veían salir el sol sobre las inmóviles aguas azules e iluminar las cimas de las montañas de miles de metros de altitud que quedaban al otro lado, tiñendo de oro la nieve de sus cumbres.

Durante toda su vida atesoraría el recuerdo de una interminable caravana de camellos que había visto avanzar paralela a la vía del tren: las bestias cargadas, dando pesados y pacientes pasos en la nieve, hacían oídos sordos al siglo XX, que pasaba junto a ellas traqueteando velozmente, convertido en un estruendo de hierro y un chillido de vapor. «Estoy una barbaridad de lejos de Aberowen», pensó en ese momento.

Sin embargo, el episodio más memorable fue una visita a un instituto de la ciudad de Chitá. El tren estuvo allí dos días detenido mientras el coronel Fitzherbert parlamentaba con el gobernante local, un cacique cosaco llamado Seménov. Billy se unió a un grupo de estadounidenses para hacer una visita. El director del centro, que hablaba inglés, les explicó que hasta hacía un año solo había tenido alumnos de la próspera clase media, y que a los judíos se les había prohibido la entrada aunque pudieran costearse la cuota. Eso había cambiado por orden de los bolcheviques, y ahora la educación era gratuita para todo el mundo. La consecuencia era evidente. Sus aulas estaban abarrotadas hasta más no poder de niños vestidos con harapos que aprendían a leer, a escribir y a contar, y que incluso estudiaban ciencias y arte. Al margen de cualquier otra cosa que hubiera hecho Lenin —y era difícil separar la verdad de la propaganda conservadora—, Billy pensó que al menos se tomaba en serio la educación de los niños rusos.

Lev Peshkov viajaba en ese mismo tren. Había saludado a Billy con calidez y sin dar muestra alguna de sentirse avergonzado, como si se le hubiera olvidado que había salido de Aberowen perseguido por mentiroso y ladrón. Había conseguido llegar a Estados Unidos y allí se había casado con una chica rica, pero había acabado de teniente, destinado como intérprete con los Pals.

La población de Omsk aclamó al batallón al verlos marchar desde la estación del ferrocarril hasta sus barracones. Billy vio en las calles a muchísimos oficiales rusos con sus historiados y anticuados uniformes, aunque por lo visto no tenían ningún cometido militar. También había muchísimas tropas canadienses.

Cuando el batallón pudo retirarse, Billy y Tommy se fueron a pasear por la ciudad. No había mucho que ver: una catedral, una mezquita, una fortaleza de ladrillo y un río muy transitado, con tráfico de mercancías y pasajeros. Les sorprendió ver que muchos de los lugareños llevaban prendas y complementos de uniformes del ejército británico. Una mujer con una guerrera caqui vendía pescado frito caliente en un puesto callejero; un repartidor con su carretilla llevaba unos gruesos pantalones reglamentarios; un colegial muy alto caminaba por la calle con una cartera llena de libros y unas relucientes botas británicas nuevas.

—¿De dónde lo sacarán? —preguntó Billy.

—Proporcionamos uniformes al ejército ruso de aquí, pero Peshkov me ha dicho que los oficiales los venden en el mercado negro —explicó Tommy.

—Nos está bien empleado, puñetas, por apoyar al bando equivocado —dijo Billy.

La Asociación de Jóvenes Cristianos canadiense había abierto un comedor. Muchos de los Pals ya estaban allí: parecía ser el único sitio al que se podía ir. Billy y Tommy pidieron té caliente y dos grandes pedazos de tarta de manzana, que los norteamericanos llamaban «tartaleta».

—Esta ciudad es el cuartel general del gobierno reaccionario antibolchevique —explicó Billy—. Lo he leído en el *New York Times*.
—Los periódicos estadounidenses, que podían encontrarse en Vladivostok, eran más sinceros que los británicos.

Entonces entró Lev Peshkov. Con él iba una guapa joven rusa con un abrigo barato. Todos se quedaron mirándolo. ¿Cómo lo conseguía tan deprisa?

Lev parecía entusiasmado.

—Eh, ¿os habéis enterado del rumor, chicos?

Billy pensó que seguramente Lev siempre era el primero en enterarse de los rumores.

—Sí, he oído decir que te gustan los tíos —dijo Tommy.

Todos se echaron a reír.

—¿Qué rumor? —preguntó Billy.

—Han firmado un armisticio. —Lev hizo una pausa—. ¿No lo captáis? ¡La guerra ha terminado!

—Para nosotros no —replicó Billy.

III

El pelotón del capitán Dewar estaba atacando un pueblito llamado Aux Deux Églises, al este del río Mosa. Gus había oído el rumor de que se produciría un alto el fuego a las once de la mañana, pero el oficial al mando había ordenado el asalto, así que él lo estaba llevando a cabo. Había apostado sus ametralladoras pesadas en la linde de un bosquecillo, y desde allí estaban disparando hacia los distantes edificios que había al otro lado de una amplia pradera con la intención de darle al enemigo tiempo suficiente para retirarse.

Por desgracia, los alemanes no habían querido aprovechar la oportunidad. Habían dispuesto morteros y ametralladoras ligeras en corrales y huertos, y devolvían el fuego con ganas. Una ametralladora en concreto, que disparaba desde el tejado de un granero, había conseguido inmovilizar a la mitad del pelotón de Gus.

El capitán habló con el cabo Kerry, el mejor tirador de la unidad.

—¿Podría lanzar una granada en el tejado de ese granero?

Kerry, un chico de diecinueve años con pecas, respondió:

—Si pudiera acercarme un poco más...

—Ese es el problema.

Kerry inspeccionó el terreno.

—Hay una ligera elevación como a un tercio de la pradera —dijo—. Desde allí podría hacerlo.

—Es arriesgado —replicó Gus—. ¿Quiere ser un héroe? —Consultó su reloj—. La guerra podría acabar dentro de cinco minutos, si los rumores son ciertos.

Kerry sonrió a pesar de todo.

—Quiero intentarlo, capitán.

Gus titubeó, reacio a dejar que Kerry arriesgara la vida; pero así era el ejército, y las órdenes eran las órdenes.

—Está bien —aceptó—. Cuando usted quiera, cabo.

Casi esperó que Kerry se tomara su tiempo, pero el muchacho de inmediato se echó el fusil al hombro y cargó con una caja de granadas.

—¡Fuego a discreción! Cubran a Kerry todo lo que puedan —gritó Gus.

Las ametralladoras restallaron y Kerry echó a correr.

El enemigo lo vio enseguida, y también sus ametralladoras abrieron fuego. El chico corría en zigzag por el campo como una liebre perseguida por perros de caza. Los morteros alemanes explotaban a su alrededor, pero, milagrosamente, fallaban.

La «ligera elevación» de Kerry se encontraba a unos doscientos setenta y cinco metros.

Estuvo a punto de conseguirlo.

El artillero enemigo tenía al cabo en su mira, perfectamente apuntado, y arremetió contra él con una prolongada ráfaga. El chico recibió decenas de impactos en pocos segundos. Levantó los brazos, soltó los morteros y cayó; el impulso lo llevó por el aire hasta que aterrizó a unos cuantos pasos de su elevación. Quedó allí inerte, y Gus pensó que debía de haber muerto antes de llegar al suelo.

Las ametralladoras enemigas callaron. Unos instantes después, también los norteamericanos dejaron de disparar. Gus creyó oír el sonido de unos vítores lejanos. Todos los hombres que tenía cerca se quedaron en silencio, escuchando. Entonces el capitán se dio cuenta de que los alemanes celebraban algo.

Empezaron a aparecer soldados salidos de los refugios del pueblo, al otro lado de la pradera.

Gus oyó el rumor de un motor. Una motocicleta estadounidense de la marca Indian llegó rugiendo por el bosque, conducida por un sargento y con un comandante en el asiento de atrás.

—¡Alto el fuego! —gritaba el comandante. El motociclista lo estaba llevando a lo largo de la línea de batalla, de posición en posición—. ¡Alto el fuego! —volvió a gritar—. ¡Alto el fuego!

El pelotón de Gus rompió a dar gritos de alegría. Los hombres se quitaron los cascos y los lanzaron al aire. Algunos se pusieron a bailar gigas, otros se estrecharon la mano. Gus oyó cantar a alguien.

Él no podía apartar la mirada del cabo Kerry.

Caminó despacio por la pradera y se arrodilló junto al cuerpo del joven. Había visto muchos cadáveres y no tenía ninguna duda de que Kerry estaba muerto. Se preguntó cuál sería el nombre de pila del muchacho. Le dio la vuelta al cadáver. Tenía el pecho lleno de pequeños agujeros de bala. Gus le cerró los ojos y se puso de pie.

—Perdóname —dijo.

IV

Dio la casualidad de que ni Ethel ni Bernie habían ido a trabajar y se encontraban en casa ese día. Bernie estaba en cama con gripe, igual que la niñera de Lloyd, así que Ethel se había quedado a cuidar de su marido y su hijo.

Se sentía muy desanimada. Habían tenido una pelea tremenda por quién de los dos iba a presentarse como candidato al Parlamento. No es solo que hubiera sido la peor discusión de su vida de casados; también había sido la única. Y apenas se habían hablado desde entonces.

Ethel sabía que había tenido motivos de sobra para discutir, pero de todas formas se sentía culpable. Era muy posible que ella resultara mejor parlamentaria que Bernie, pero, aun así, la decisión tendrían que tomarla sus camaradas, no ellos. Bernie llevaba años planeándolo, pero eso no quería decir que el puesto fuese suyo por derecho. Aunque Ethel no se lo había planteado antes, de pronto estaba ansiosa por presentarse. Las mujeres habían conseguido el voto, pero quedaba mucho más por hacer. En primer lugar, había que bajar el límite de edad para que fuera el mismo que el de los hombres. También habría que mejorar sus condiciones de paga y trabajo. En la mayoría de las fábricas, a las mujeres se les pagaba menos que a los hombres, aun cuando hacían exactamente el mismo trabajo. ¿Por qué no habrían de recibir idéntico salario?

Sin embargo, quería mucho a Bernie y, al ver en su rostro lo dolido que estaba, enseguida había sentido la tentación de rendirse.

—Esperaba verme atacado por mis enemigos —le había dicho él una noche—. Los conservadores, los liberales de centro, los imperialistas capitalistas, la burguesía. Incluso esperaba oposición por parte de uno o dos personajes envidiosos del partido. Pero había una persona en la que sentía que podía confiar sin ninguna duda, y es ella la que me ha saboteado.

Ethel todavía sentía una dolorosa punzada en el pecho al recordarlo.

A las once en punto le llevó una taza de té. Su dormitorio era cómodo, aunque estaba algo destartalado. Tenía unas cortinas de algodón barato, una mesa para escribir y una fotografía de Keir Hardie en la pared. Bernie dejó a un lado *The Ragged Trousered Philanthropists*, la novela que también él, igual que todos los socialistas, estaba leyendo.

—¿Qué vas a hacer esta noche? —preguntó con frialdad. La reunión del Partido Laborista era ese día—. ¿Has tomado una decisión?

Sí que la había tomado. Podría habérselo dicho hacía ya dos días, pero no había encontrado el valor para pronunciar las palabras. Esta vez Bernie se lo había preguntado directamente, así que le respondería.

—Debería elegirse al mejor candidato —dijo Ethel con ánimo desafiante.

Bernie parecía herido.

—No sé cómo puedes hacerme esto y, aun así, decir que me quieres.

Ella sentía que era injusto por su parte valerse de semejante argumento. ¿Por qué no funcionaba también en sentido contrario? Pero no se trataba de eso.

—No deberíamos pensar en nosotros, deberíamos pensar en el partido.

—Y nuestro matrimonio ¿qué?

—No voy a ceder ante ti porque sea tu esposa.

—Me has traicionado.

—¡Pero si estoy cediendo ante ti…! —replicó ella.

—¿Qué?

—He dicho que cedo.

El alivio se extendió por su rostro.

—Pero no porque sea tu esposa —prosiguió Ethel—. Y tampoco porque tú seas el mejor candidato.

Él parecía perplejo.

—¿Por qué, entonces?

Ethel suspiró.

—Estoy embarazada.

—¡Caramba!

—Sí. Justo en el momento en que una mujer puede llegar a parlamentaria, me quedo encinta.

Bernie sonrió.

—Bueno, entonces, ¡todo ha salido a pedir de boca!

—Sabía que pensarías eso —dijo Ethel.

En ese momento estaba molesta con Bernie, molesta con el bebé que aún no había nacido y molesta con toda su vida. Entonces se dio cuenta de que sonaba la campana de una iglesia. Miró al reloj que había en la chimenea. Eran las once y cinco. ¿Por qué estaban repicando a esa hora un lunes por la mañana? Después oyó otra. Arrugó la frente y se asomó a la ventana. No veía nada fuera de lo común en la calle, pero más campanas empezaron a tocar. Hacia el oeste, sobre el centro de Londres, vio en el cielo una bengala roja de las que todos llamaban «petardos».

Se volvió de nuevo hacia Bernie.

—Es como si estuvieran repicando las campanas de todas las iglesias de Londres.

—Algo ha pasado —repuso él—. Apuesto a que es el fin de la guerra. ¡Deben de estar tocando por la paz!

—Bueno —dijo Ethel con amargura—, por mi maldito embarazo no es.

V

Todas las esperanzas de Fitz de lograr el derrocamiento de Lenin y sus secuaces estaban puestas en el gobierno provisional panruso, con sede en Omsk. Fitz no era el único, también los hombres poderosos de casi todos los gobiernos importantes del mundo miraban hacia esa ciudad con el deseo de que estallara la contrarrevolución.

El directorio de cinco hombres estaba alojado en una estación ferroviaria de las afueras de la ciudad. Una serie de vagones blindados y protegidos por tropas de élite contenían, tal como sabía Fitz, lo que quedaba del tesoro imperial: oro por valor de muchos millones de rublos. El zar había muerto, los bolcheviques lo habían asesinado, pero su dinero seguía allí para conceder poder y autoridad a la oposición monárquica.

Fitz sentía que su implicación personal en el directorio había sido profunda. El grupo de hombres influyentes que él mismo había reunido en Tŷ Gwyn, allá por abril, había formado una discreta red dentro de la política de Gran Bretaña y había conseguido alimentar el clandestino pero decisivo apoyo británico a la resistencia rusa. Eso, a su vez, había traído consigo el respaldo de otros países, o al menos los había disuadido de dar su aprobación al régimen de Lenin, de eso estaba seguro. Sin embargo, los extranjeros no podían hacerlo todo: eran los propios rusos quienes tenían que alzarse.

¿Hasta dónde podía llegar el directorio? A pesar de ser antibolchevique, su presidente era un revolucionario socialista, Nikolái D. Avksentiev. Fitz le hacía el vacío con toda intención. Los revolucionarios socialistas eran casi tan espantosos como la cuadrilla de Lenin. Las esperanzas del conde estaban puestas en el ala derechista y en el ejército. Eran los únicos en quienes se podía confiar para restaurar la monarquía y la propiedad privada. Fue a ver al general Bóldirev, comandante en jefe del ejército siberiano del directorio.

Los vagones de tren que ocupaba el gobierno estaban amueblados con decadente esplendor zarista: asientos de terciopelo desgastado, marquetería desportillada, lámparas con pantallas manchadas y ancianos sirvientes que vestían los sucios vestigios de las libreas bordadas con cuentas y elaborados galones de la antigua corte de San Petersburgo. En uno de los vagones había una joven con los labios pintados que lucía un vestido de seda y estaba fumando un cigarrillo.

Fitz se sintió desalentado. Quería recuperar los viejos tiempos, pero aquel escenario se le antojaba demasiado atrasado, aun para su gusto. Pensó con rabia en la desdeñosa burla del sargento Williams. «Señor, lo que estamos haciendo, ¿es legal?» Fitz sabía que la respuesta era dudosa. Presa de la ira, decidió que había llegado el momento de hacer callar a Williams para siempre; ese hombre también era prácticamente un bolchevique.

El general Bóldirev era un personaje grandullón y de aspecto torpe.

—Hemos movilizado a doscientos mil hombres —le dijo a Fitz con orgullo—. ¿Puede equiparlos?

—Es impresionante —contestó él, pero contuvo un suspiro. Esa era la clase de mentalidad que había provocado que un ejército ruso de seis millones de soldados acabara derrotado por una cantidad mucho menor de fuerzas alemanas y austríacas. Bóldirev llevaba incluso las absurdas charreteras del viejo régimen, grandes placas redondeadas con unos flecos que más bien lo hacían parecer un personaje de una ópera bufa de Gilbert y Sullivan. Con su ruso de andar por casa, Fitz añadió—: Pero, yo que usted, enviaría a casa a la mitad de los reclutas.

Bóldirev se quedó perplejo.

—¿Por qué?

—Como mucho podremos equipar a cien mil. Y habrá que entrenarlos. Es mejor contar con un ejército pequeño y disciplinado que tener una turba ingente que retroceda o se rinda a las primeras de cambio.

—Eso sería lo ideal, sí.

—Los suministros que les hagamos llegar deben entregarse primero a los hombres de la línea del frente, no a los de la retaguardia.

—Desde luego. Muy sensato.

Fitz tenía la funesta sensación de que Bóldirev accedía a todo sin prestarle atención. Sin embargo, tenía que seguir avanzando.

—Gran parte del material que enviamos acaba extraviándose; demasiado, a juzgar por la cantidad de civiles que he visto en la calle llevando artículos de uniformes del ejército británico.

—Sí, bastante.

—Recomiendo encarecidamente que todos los oficiales que no sean aptos para el servicio queden despojados de sus uniformes y se les pida que vuelvan a casa.

El ejército ruso estaba plagado de aficionados y de diletantes entrados en años que interferían en las decisiones pero se mantenían apartados de la lucha.

—Hummm.

—Y sugiero que se le dé más poder al almirante Kolchak como ministro de Guerra. —El Foreign Office creía que Kolchak era el más prometedor de los miembros del directorio.

—Muy bien, muy bien.

—¿Está dispuesto a realizar todo lo que le pido? —preguntó Fitz, desesperado por conseguir que el ruso se comprometiera de algún modo.

—Sin lugar a dudas.

—¿Cuándo?

—Cada cosa a su tiempo, coronel Fitzherbert, cada cosa a su tiempo.

Fitz se sentía hundido. Menos mal que hombres como Churchill y Curzon no podían ver lo poco impresionantes que eran las fuerzas que se alineaban contra el bolchevismo, pensó con desaliento. Sin embargo, puede que se pusieran más en forma con un poco de ayuda británica. De cualquier forma, él tenía que hacer todo lo posible con el material del que disponía.

Llamaron a la puerta y su edecán, el capitán Murray, entró con un telegrama en la mano.

—Siento interrumpir, señor —dijo sin aliento—, pero estoy convencido de que querrá leer esta noticia lo antes posible.

Mildred bajó a mitad del día.

—Vayamos al oeste —le dijo a Ethel. Se refería al West End de Londres—. Todo el mundo va —insistió—. Yo he enviado a mis chicas a casa. —Había contratado a dos jóvenes costureras para su negocio de confección de sombreros—. Todo el East End está cerrando puertas. ¡Es el fin de la guerra!

Ethel estaba deseando ir. El ambiente en casa no había mejorado mucho con su decisión de ceder ante Bernie. Él estaba contento, pero la amargura de ella se había enconado. Le sentaría bien salir de allí.

—Tendré que llevarme a Lloyd —dijo.

—No pasa nada, yo llevaré a Enid y a Lil. Lo recordarán toda su vida: el día que ganamos la guerra.

Ethel le preparó a Bernie un sándwich de queso para la comida, después vistió a Lloyd bien abrigado y salieron. Consiguieron subir a un autobús que no tardó en llenarse hasta los topes, con hombres y niños colgando incluso en la parte de fuera. Parecía que en todas las casas ondeaba una bandera, no solo la del Reino Unido, sino también el dragón rojo de la galesa, las tricolores francesas y las barras y estrellas de la estadounidense. La gente se abrazaba a desconocidos, bailaba por las calles, se besaba. Estaba lloviendo, pero a nadie le importaba.

Ethel pensó en todos los jóvenes que por fin estaban a salvo de quedar malheridos y empezó a olvidarse de sus problemas y a compartir el espíritu de alegría del momento.

Cuando pasaron por delante de los teatros y entraron en el distrito gubernamental, el tráfico redujo la marcha hasta quedar casi parado. Trafalgar Square se había convertido en una masa palpitante de humanidad jubilosa. El autobús ya no pudo avanzar más y ellas bajaron y se abrieron camino por Whitehall hacia Downing Street. No consiguieron acercarse al Número Diez a causa de la aglomeración de gente que esperaba ver, aunque fuera desde lejos, al primer ministro Lloyd George, el hombre que había ganado la guerra. Entraron en el parque de St. James, que estaba lleno de parejas abrazándose entre los arbustos. Al otro lado del parque, miles de personas aguardaban frente al palacio de Buckingham. Estaban cantando «Keep the Home Fires Burning». Cuando la canción terminó, empezaron con «Now Thank We All Our God». Ethel vio que una joven delgada, vestida con un traje de tweed, estaba dirigiendo los cánticos de pie sobre un camión, y pensó que una chica jamás se habría atrevido a hacer algo así antes de la guerra.

Cruzaron la calle hacia Green Park, esperando poder acercarse al palacio. Un joven le sonrió a Mildred y, al ver que ella le correspondía la sonrisa, la rodeó con sus brazos y le dio un beso. Mildred le devolvió el beso con entusiasmo.

—Parece que te ha gustado —comentó Ethel, algo envidiosa, cuando el chico se alejó.

—Pues sí. Y se la habría chupado si me lo hubiese pedido.

—Eso no se lo diré a Billy —repuso Ethel, riendo.

—Billy no es tonto, ya sabe cómo soy.

Rodearon la multitud y llegaron a una calle que se llamaba Constitution Hill. Allí la aglomeración no era tanta, pero estaban en un lateral del palacio de Buckingham, así que no podrían ver al rey si decidía salir al balcón. Ethel se estaba preguntando adónde más podían ir cuando una compañía de la policía montada llegó por la calzada, obligando a la gente a apartarse de en medio.

Tras ellos iba un carruaje abierto tirado por caballos y, dentro, sonriendo y saludando, el rey y la reina. Ethel los reconoció enseguida porque los recordaba vívidamente de su visita a Aberowen, hacía ya casi cinco años. Apenas podía creer la suerte que habían tenido mientras el carruaje se acercaba lentamente hacia ellos. El rey tenía la barba gris, vio entonces; aún la había lucido oscura aquellos días de Tŷ Gwyn. Parecía exhausto pero feliz. Junto a él, la reina sostenía un paraguas para que la lluvia no le mojara el sombrero. Su famoso busto parecía aún más generoso que antes.

—¡Mira, Lloyd! —exclamó Ethel—. ¡Es el rey!

El carruaje pasó a pocos centímetros de Ethel y Mildred.

—¡Hola, rey! —gritó Lloyd con fuerza.

El rey lo oyó y sonrió.

—Hola, jovencito —dijo, y el carruaje siguió adelante.

VII

Grigori estaba sentado en el vagón restaurante del tren blindado y miró al otro lado de la mesa. El hombre que tenía sentado enfrente era el presidente del Consejo de la Guerra Revolucionaria y comisario del pueblo para Asuntos Militares y Navales. Eso quería decir que estaba al mando del Ejército Rojo. Se llamaba Lev Davídovich Bronstein, pero, al igual que la mayoría de los líderes revolucionarios, había adoptado un alias y era conocido como León Trotski. Hacía unos cuantos días que había cumplido los treinta y nueve, y tenía el destino de Rusia en sus manos.

La revolución ya tenía un año de edad, y Grigori nunca había estado tan preocupado por su futuro. El asalto al Palacio de Invierno había parecido un punto y final, pero en realidad había sido el comienzo de la batalla. Los gobiernos más poderosos del mundo eran hostiles a los bolcheviques. El armisticio que acababa de producirse implicaba que podrían centrar toda su atención en destruir la revolución. Y solo el Ejército Rojo podía impedírselo.

A muchos soldados no les gustaba Trotski porque creían que era judío y, además, aristócrata. En Rusia era imposible ser ambas cosas, pero los soldados no pensaban con lógica. Trotski no era aristócrata, aunque su padre sí había sido un próspero granjero y él había recibido una buena educación. De todos modos, sus prepotentes maneras no le hacían ningún favor, y era lo bastante necio para viajar con su propio chef y ataviar a su servicio con botas nuevas y botones de oro. Parecía mayor para la edad que tenía. Su gran mata de pelo rizado seguía siendo negro, pero su rostro ya estaba lleno de arrugas de preocupación.

Trotski había obrado milagros en el ejército.

La Guardia Roja que había derrocado al gobierno provisional había resultado ser menos eficaz en el campo de batalla. Estaba compuesta por borrachos carentes de disciplina. Decidir las tácticas a mano alzada en las reuniones de los soldados había resultado una forma pésima de luchar, peor aún que aceptar órdenes de aristócratas diletantes. Los rojos habían perdido batallas fundamentales a manos de los contrarrevolucionarios, que estaban empezando a llamarse a sí mismos «los blancos».

Trotski había vuelto a introducir el servicio militar obligatorio, a pesar de los alaridos de protesta. Había reclutado a muchos antiguos oficiales zaristas, les había dado el título de «especialistas» y los había devuelto a sus antiguos puestos. También había vuelto a imponer la pena de muerte para los desertores. A Grigori no le gustaban esas medidas, pero comprendía que eran necesarias. Cualquier cosa era mejor que la contrarrevolución.

Lo que mantenía unido al ejército era un núcleo de miembros del partido bolchevique. Estaban cuidadosamente repartidos por todas las unidades para maximizar su impacto. Algunos eran soldados rasos; los había también en puestos de mando; otros, como Grigori, eran comisarios políticos que trabajaban junto a los comandantes militares e informaban al Comité Central Bolchevique de Moscú. Mantenían la moral alta recordando a los soldados que luchaban por la mayor causa de la historia de la humanidad. Cuando el ejército se veía obligado a ser despiadado y cruel, y requisaba el cereal y los caballos de familias de campesinos desesperadamente pobres, los bolcheviques explicaban a los soldados por qué era aquello necesario para el bien supremo. También informaban enseguida a sus superiores de cualquier rumor de descontento, para que pudiera ser aplastado antes de que se extendiera.

Pero ¿bastaría con eso?

Grigori y Trotski estaban inclinados sobre un mapa. Trotski señaló la región transcaucásica que había entre Rusia y Persia.

—Los turcos siguen controlando el mar Caspio con algo de ayuda alemana —dijo.

—Y amenazan los yacimientos de petróleo —masculló Grigori.

—Denikin es fuerte en Ucrania.

Miles de aristócratas, oficiales y burgueses que huían de la revolución habían acabado en Novocherkassk, donde habían formado una fuerza contrarrevolucionaria al mando del renegado general Denikin.

—El llamado Ejército Voluntario —dijo Grigori.

—Exactamente. —El dedo de Trotski se movió hacia el norte de Rusia—. Los británicos tienen una escuadra naval en Múrmansk. Hay tres batallones de infantería estadounidense en Arcángel. Cuentan con refuerzos de casi todos los demás países: Canadá, China, Polonia, Italia, Serbia... sería más rápido hacer una lista de las naciones que no tienen tropas en el helado norte del país.

—Y luego está Siberia.

Trotski asintió.

—Japoneses y norteamericanos tienen fuerzas en Vladivostok. Los checos controlan la mayor parte del ferrocarril Transiberiano. Los británicos y los canadienses están en Omsk, apoyando al llamado Gobierno Provisional Panruso.

Grigori ya estaba enterado de gran parte de todo eso, pero nunca se había formado una imagen general de la situación.

—¡Caray, si estamos rodeados! —exclamó.

—Exacto. Y ahora que las potencias imperialistas capitalistas han firmado la paz, tendrán millones de tropas disponibles.

Grigori buscó un rayo de esperanza.

—Por otra parte, en los últimos seis meses hemos incrementado el tamaño del Ejército Rojo de trescientos mil hombres a un millón.

—Lo sé. —Trotski no se animó al oír eso—. Pero no es suficiente.

VIII

Alemania estaba sumida en una revolución... y a Walter le recordaba muchísimo a la Revolución rusa de hacía un año.

Había empezado con un motín. Los oficiales navales habían ordenado a la flota de Kiel que zarpara y atacara a los británicos en una misión suicida, pero los marineros sabían que se estaba negociando el armisticio y se habían negado. Walter le había hecho ver a su padre que los oficiales estaban yendo en contra de los deseos del káiser, así que los amotinados eran ellos, mientras que los marineros eran leales. Ese argumento había provocado en Otto un ataque de ira.

Después de que el gobierno intentara aplastar a los marineros, la ciudad de Kiel había quedado en manos de un consejo de obreros y soldados muy semejante a los sóviets rusos. Dos días después, Hamburgo, Bremen y Cuxhaven también estaban controladas por sóviets. El káiser había abdicado hacía dos días.

Walter sentía miedo. Quería una democracia, no la revolución. Pero el día de la abdicación, los obreros de Berlín habían marchado a miles ondeando banderas rojas, y el izquierdista radical Karl Liebknecht había declarado Alemania república socialista libre. Walter no sabía cómo terminaría aquello.

El armisticio estaba siendo un momento especialmente malo. Él siempre había creído que la guerra era un terrible error, pero no encontraba ninguna satisfacción en tener razón. Su patria había sido derrotada y humillada, y sus compatriotas morían de hambre. Estaba sentado en el salón de la casa que sus padres tenían en Berlín, hojeando los periódicos, demasiado deprimido para tocar el piano siquiera. El papel de pared estaba desvaído y la moldura de madera de la que colgaban los cuadros, llena de polvo. El viejo parquet del suelo tenía piezas sueltas, pero no quedaban artesanos para repararlo.

Walter solo podía esperar que el mundo aprendiera la lección. Los Catorce Puntos del presidente Wilson ofrecían un rayo de luz que tal vez anunciaran el sol de un nuevo día. ¿Era posible que los gigantes entre naciones encontraran una forma de resolver sus diferencias en la paz?

Se enfureció al leer un artículo de un periódico de derechas.

—Este periodista idiota dice que el ejército alemán jamás ha sido vencido —comentó cuando su padre entró en la sala—. Sostiene que nos han traicionado los judíos y los socialistas de nuestra propia casa. Tenemos que acabar con esta clase de sinsentido.

Otto se mostró airado y desafiante.

—¿Por qué habríamos de hacer eso? —dijo.

—Porque sabemos que no es verdad.

—Yo sí creo que los judíos y los socialistas nos han traicionado.

—¿Qué? —preguntó Walter con incredulidad—. No fueron los judíos ni los socialistas los que nos hicieron retroceder en el Marne, dos veces. ¡La guerra la hemos perdido nosotros!

—Nos debilitó la falta de suministro.

—Eso fue por el bloqueo británico. Y ¿de quién fue la culpa de que los norteamericanos entraran en la guerra? No fueron los judíos ni los socialistas quienes exigieron una guerra submarina sin restricciones y hundieron barcos con pasajeros estadounidenses.

—Son los socialistas los que han aceptado las indignantes condiciones del armisticio de los aliados.

Walter casi había perdido la coherencia a causa de la ira.

—Sabe usted perfectamente bien que fue Ludendorff quien pidió un armisticio. Al canciller Ebert no lo nombraron más que hace dos días, ¿cómo puede culparlo a él?

—Si el ejército siguiera al mando, jamás habríamos firmado el documento de hoy.

—Pero no están al mando, porque han perdido la guerra. Le dijeron ustedes al káiser que podíamos ganarla, y él los creyó, y por eso ha perdido su corona. ¿Cómo vamos a aprender de nuestros errores si dejan que el pueblo alemán crea mentiras como estas?

—Si creen que nos han derrotado, se desmoralizarán.

—¡Es que deberían desmoralizarse! Los dirigentes de Europa hicieron algo infame y necio, y diez millones de hombres han muerto de resultas de ello. ¡Al menos deje que la gente comprenda eso para que nunca permitan que vuelva a pasar!

—No —dijo su padre.

TERCERA PARTE

La formación de un nuevo mundo

34

Noviembre-diciembre de 1918

I

Ethel despertó temprano la mañana siguiente al día del armisticio. De pie en el suelo de piedra de la cocina, tiritando mientras esperaba a que la tetera rompiera a hervir sobre los antiguos fogones, tomó la decisión de ser feliz. Había muchos motivos para sentirse dichosa. La guerra había terminado y ella iba a tener otro hijo. Tenía un marido fiel que la adoraba. Las cosas no habían salido exactamente como ella hubiese querido, pero no dejaría que eso la hiciera desgraciada. Decidió que pintaría la cocina de un amarillo alegre. Los colores vivos en la cocina eran una nueva moda.

Sin embargo, primero tenía que intentar arreglar su matrimonio. Bernie se había aplacado con la rendición de ella, pero Ethel aún sentía rencor, y el ambiente en casa seguía viciado. Estaba furiosa, pero no quería que su distanciamiento fuera permanente. Se preguntó si podrían volver a ser amigos.

Llevó dos tazas de té al dormitorio y se metió en la cama. Lloyd todavía dormía en su cuna del rincón.

—¿Cómo te encuentras? —le preguntó a Bernie cuando este se sentó y se puso las gafas.

—Mejor, creo.

—Guarda cama un día más, asegúrate de que te has curado del todo.

—Puede que lo haga. —Su tono era neutro, ni cálido ni hostil.

Ethel dio unos sorbos de té caliente.

—¿Qué preferirías, un niño o una niña?

Bernie no dijo nada, y al principio ella creyó que se negaba a contestar, enfurruñado; pero lo cierto es que solo lo estaba pensando un momento, como solía hacer antes de responder a una pregunta. Al cabo, dijo:

—Bueno, ya tenemos un niño, así que estaría bien tener uno de cada.

Ella sintió un arrebato de afecto por él. Siempre hablaba de Lloyd como si fuera hijo suyo.

—Tenemos que asegurarnos de que este sea un buen país para que los niños crezcan en él —dijo Ethel—. Un país donde puedan recibir una buena educación y conseguir un trabajo y una casa digna para criar a sus propios hijos. Y que no haya más guerras.

—Lloyd George convocará elecciones anticipadas.

—¿Tú crees?

—Es el hombre que ha ganado la guerra. Querrá ser reelegido antes de que eso se olvide.

—Yo creo que, aun así, a los laboristas no nos irá mal.

—Al menos tenemos una oportunidad en lugares como Aldgate.

Ethel dudó.

—¿Te gustaría que te llevara yo la campaña?

Bernie no parecía convencido.

—Le he pedido a Jock Reid que sea mi consejero.

—Jock puede ocuparse de los documentos legales y las finanzas —dijo Ethel—. Yo organizaré los mítines y todo eso. Puedo hacerlo mucho mejor. —De pronto sintió que estaba hablando de su matrimonio, no solo de la campaña.

—¿Estás segura de querer hacerlo?

—Sí. Jock solo te enviaría a dar discursos. Eso tendrás que hacerlo, desde luego, pero no es tu punto fuerte. Brillas más sentado con unas cuantas personas, no muchas, charlando con una taza de té. Yo te llevaré a fábricas y almacenes, donde podrás hablar con los hombres de manera informal.

—Seguro que tienes razón —repuso Bernie.

Ethel se terminó el té y dejó la taza y el platito en el suelo, junto a la cama.

—Bueno, ¿te encuentras mejor?

—Sí.

Le cogió la taza y el platito y los dejó en el suelo, después se quitó el camisón por la cabeza. Sus pechos ya no eran tan lozanos como lo habían sido antes de que se quedara embarazada de Lloyd, pero seguían firmes y redondos.

—¿Cuánto mejor? —preguntó.

Él se quedó mirándola.

—Mucho.

No habían hecho el amor desde aquella tarde en que Jayne McCulley había propuesto a Ethel como candidata. Ethel lo echaba muchísimo de menos. Se sostuvo los pechos con las manos. El aire frío de la habitación le había erguido los pezones.

—¿Sabes qué es esto?

—Me parece que son tus pechos.

—Hay quien los llama tetas.

—Pues yo digo que son preciosas. —Su voz se había vuelto algo ronca.

—¿Te gustaría jugar con ellas?

—Todo el día.

—No estoy muy segura de que se pueda —replicó ella—. Pero podríamos empezar, y ya veremos hasta dónde llegamos.

—Muy bien.

Ethel suspiró de alegría. Qué simples eran los hombres…

Una hora después, dejó a Lloyd con Bernie y se fue a trabajar. No había mucha gente en las calles: Londres estaba de resaca esa mañana. Llegó a las oficinas del Sindicato Nacional de Trabajadores de la Confección y se sentó a su escritorio. Mientras pensaba en la jornada que tenía por delante, se dio cuenta de que la paz traería consigo nuevos problemas para la industria. Millones de hombres dejarían el ejército y buscarían empleo, y querrían apartar de un codazo a las mujeres que llevaban cuatro años haciendo su trabajo. Pero esas mujeres necesitaban sus salarios. No todas tenían a un hombre que volvía a casa desde Francia: muchos maridos se habían quedado allí enterrados. Necesitaban su sindicato, y necesitaban a Ethel.

Cuando llegaran las elecciones, naturalmente, el sindicato haría campaña por el Partido Laborista. Ethel pasó casi todo el día planeando reuniones.

Los periódicos de la tarde traían sorprendentes noticias sobre las elecciones. Lloyd George había decidido extender el gobierno de coalición a los tiempos de paz. No haría campaña como líder de los liberales, sino como cabeza de la coalición. Esa mañana se había dirigido a doscientos parlamentarios liberales en Downing Street y había conseguido su apoyo. Al mismo tiempo, Bonar Law había convencido a sus parlamentarios conservadores para que respaldaran la idea.

Ethel estaba perpleja. ¿Para qué se suponía que tenía que votar la gente?

Cuando llegó a casa, encontró a Bernie furioso.

—Esto no son elecciones, es una puñetera coronación —exclamó—. Su Majestad David Lloyd George. El muy traidor. Tiene la oportunidad de conseguir un gobierno de izquierda radical y ¿qué hace? ¡Se queda con sus amigotes conservadores! Es un chaquetero de mierda.

—No nos rindamos todavía —dijo Ethel.

Dos días después, el Partido Laborista se retiró de la coalición y anunció que haría campaña contra Lloyd George. Cuatro diputados laboristas que eran ministros del gobierno se negaron a dimitir y fueron elegantemente expulsados del partido. La fecha de las elecciones estaba prevista para el 14 de diciembre. Para dar tiempo a que los votos de los soldados fueran enviados desde Francia y recontados, los resultados no se anunciarían hasta después de Navidad.

Ethel empezó a elaborar el plan de campaña de Bernie.

II

El día después del armisticio, Maud le escribió a Walter en el papel de carta con emblema de su hermano y echó el sobre al buzón rojo de la esquina.

No tenía ni idea de cuánto tardaría en restablecerse el servicio postal normal, pero, cuando sucediera, quería que su sobre estuviera en lo alto del montón. Había redactado su carta con sumo cuidado por si todavía había censura: no mencionaba su matrimonio, sino que decía simplemente que esperaba que pudieran retomar su antigua relación ahora que sus países habían firmado la paz. Tal vez la carta fuese arriesgada de todas formas, pero ella estaba desesperada por saber si Walter seguía con vida y, en tal caso, por verlo.

Temía que los victoriosos aliados quisieran castigar al pueblo alemán, pero el discurso de Lloyd George ante los parlamentarios liberales de ese mismo día había sido tranquilizador. Según los periódicos de la tarde, había dicho que el tratado de paz con Alemania debía ser justo y recto. «No debemos permitirnos ningún sentimiento de venganza, ningún espíritu de codicia, ningún deseo avaricioso de pasar por alto los principios fundamentales de la rectitud.» El gobierno se opondría decididamente a lo que él había llamado «una idea de venganza y avaricia miserable, sórdida, básica». Eso la animó. La vida para los alemanes, de todas formas, ya sería bastante dura.

Sin embargo, a la mañana siguiente se horrorizó al abrir el *Daily Mail* en el desayuno. El artículo principal llevaba el título de «Los hunos deben pagar». El artículo argumentaba que había que enviar ayuda alimentaria a Alemania... solo porque «si Alemania muriera de hambre, no podría pagar lo que debe», y añadía que había que procesar al káiser por crímenes de guerra. El periódico avivaba las llamas de la venganza publicando en lo alto de su sección de cartas al director una diatriba de la vizcondesa Templetown titulada «Fuera los hunos».

—¿Durante cuánto tiempo se supone que debemos seguir odiándonos? —le preguntó Maud a tía Herm—. ¿Un año? ¿Diez? ¿Para siempre?

Sin embargo, Maud no debería haberse sorprendido. El *Mail* ya había orquestado una campaña de odio contra los treinta mil alemanes que vivían en Gran Bretaña al inicio de la guerra; la mayoría residían en el país desde hacía años y lo consideraban su hogar. A consecuencia de ello se habían roto familias, y miles de personas inofensivas habían pasado años en campos de concentración británicos. Era estúpido, pero la gente necesitaba odiar a alguien y los periódicos siempre estaban dispuestos a avivar el fuego del rencor.

Maud conocía al propietario del *Mail*, lord Northcliffe. Igual que todos los grandes hombres de la prensa, creía sinceramente en las tonterías que publicaba. Su talento era el de expresar los prejuicios más ignorantes y necios de sus lectores como si tuvieran sentido, de modo que lo vergonzoso parecía respetable. Por eso compraban el periódico.

También sabía que Lloyd George había desairado personalmente a Northcliffe no hacía mucho. El engreído lord de la prensa se había propuesto a sí mismo como miembro de la delegación británica para la próxima conferencia de paz, y se había sentido ofendido al recibir el rechazo del primer ministro.

Maud estaba preocupada. En política, a veces había que consentir a gente despreciable, pero Lloyd George parecía haberlo olvidado. Se preguntó con inquietud cuál sería el efecto de la malévola propaganda del *Daily Mail* en las elecciones.

Lo descubrió pocos días después.

Fue a un mitin electoral en una sala municipal del East End de Londres. Eth Leckwith estaba entre el público, y su marido, Bernie, subido al estrado. Maud no había hecho las paces con Ethel desde su pelea, aunque hacía años que eran amigas y compañeras de trabajo. De hecho, Maud todavía temblaba de furia al recordar cómo Ethel y otros habían alentado al Parlamento a aprobar una ley que seguía dejando a las mujeres en desventaja respecto a los hombres en las elecciones. De todas formas, echaba en falta el buen ánimo de Ethel y su pronta sonrisa.

Durante las presentaciones, los asistentes se movían inquietos en sus asientos. Seguían siendo en gran parte hombres, aunque algunas mujeres ya podían votar. Maud suponía que la mayoría de las mujeres todavía no se habían acostumbrado a la idea de que era necesario que se interesaran por las discusiones políticas. Sin embargo, también tenía la sensación de que las desalentaría el tono de esos mítines políticos, donde los hombres se subían a un estrado y despotricaban mientras el público los aclamaba o los abucheaba.

Bernie fue el primero en hablar. Maud vio enseguida que no era un gran orador. Habló sobre la nueva constitución del Partido Laborista, en concreto sobre la cuarta cláusula, que exhortaba a la propiedad pública de los medios de producción. Maud pensó que aquello era interesante, ya que trazaba una clara línea entre los laboristas y los liberales que estaban a favor del libre comercio y la propiedad privada; pero enseguida se dio cuenta de que se encontraba en minoría. El hombre que estaba sentado a su lado empezó a agitarse y al final gritó:

—¿Echaréis a los alemanes de este país?

Bernie se vio en un apuro. Masculló algo unos instantes y luego dijo:

—Yo haría cualquier cosa que beneficiase al hombre trabajador. —Maud se preguntó por la mujer trabajadora, y supuso que Ethel debía de estar pensando lo mismo. Bernie prosiguió—: Pero no veo que una acción contra los alemanes de Gran Bretaña sea una prioridad.

Eso no caló bien; de hecho, despertó unos cuantos abucheos aislados.

—Pero, volviendo a temas más importantes... —dijo Bernie.

—Y del káiser ¿qué? —gritó alguien desde el otro extremo de la sala.

Bernie cometió el error de responder al espontáneo con una pregunta.

—¿Qué, del káiser? —replicó—. Ha abdicado.

—¿No habría que procesarlo en un juicio?

—¿No te das cuenta de que un juicio supone que tendrá derecho a defenderse? ¿De verdad quieres darle al emperador alemán un estrado para que desde allí proclame su inocencia ante el mundo? —preguntó Bernie con exasperación.

Maud pensó que se trataba de un argumento muy convincente, pero no era lo que el público quería oír. Los abucheos crecieron y se oyeron también gritos de «¡A la horca con el káiser!».

Los votantes británicos eran difíciles cuando se los irritaba, pensó Maud; al menos los hombres. Pocas mujeres querrían asistir jamás a mítines como esos.

—Si colgamos a nuestros enemigos vencidos, seremos unos bárbaros —argumentó Bernie.

El hombre que estaba al lado de Maud volvió a gritar:

—¿Haréis pagar a los hunos?

Esa pregunta fue la que recibió mayor respuesta. Mucha gente se puso a vociferar «¡Que paguen los hunos!».

—Dentro de lo razonable —empezó a decir Bernie, pero no llegó más allá.

—¡Que paguen los hunos! —El grito se extendió y, en cuestión de segundos, todo el mundo voceaba al unísono—: ¡Que paguen los hunos! ¡Que paguen los hunos!

Maud se levantó de su asiento y se fue.

III

Woodrow Wilson fue el primer presidente estadounidense que salía del país antes del final de su mandato.

Partió desde Nueva York el 4 de diciembre. Nueve días después, Gus lo estaba esperando en el muelle de Brest, en el extremo occidental de la franja de tierra de la Bretaña. A mediodía, la niebla se levantó y el sol salió por primera vez desde hacía días. En la bahía, buques de guerra de las armadas francesa, británica y estadounidense formaban una guardia de honor entre la cual el presidente avanzó en un vapor de transporte de la marina de guerra de Estados Unidos, el *George Washington*. Se dispararon salvas de bienvenida y una banda tocó el himno estadounidense.

Fue un momento muy solemne para Gus. Su presidente iba allí para asegurarse de que jamás volvía a haber una guerra como la que acababa de terminar. Los Catorce Puntos de Wilson y su Sociedad de las Naciones estaban pensados para cambiar por siempre jamás la forma en que los distintos países resolvían sus conflictos. Era una ambición estratosférica. En la historia de la civilización humana, ningún político había tenido jamás tan altas aspiraciones. Si lo conseguía, sería la formación de un nuevo mundo.

A las tres de la tarde, la primera dama, Edith Wilson, bajó la pasarela del brazo del general Pershing y seguida del presidente, con sombrero de copa.

La ciudad de Brest recibió a Wilson como a un héroe conquistador. «*Vive Wilson* —decían las pancartas—, *Défenseur du Droit des Peuples*»: Viva Wilson, defensor de los derechos de los pueblos. En todos los edificios ondeaba la bandera de Estados Unidos. En las aceras se apretaba la muchedumbre; muchas de las mujeres llevaban los altos tocados de encaje tradicionales de la Bretaña. El sonido de las gaitas bretonas se oía por todas partes. Gus habría podido prescindir de las gaitas.

El ministro de Asuntos Exteriores francés pronunció un discurso de bienvenida. Gus estaba entre los periodistas estadounidenses y se fijó en una mujer bajita que llevaba un gran sombrero de pieles. La mujer volvió la cabeza y Gus vio que la belleza de su rostro estaba estropeada por un ojo permanentemente cerrado. Le sonrió con deleite: era Rosa Hellman. Estaba impaciente por oír su opinión sobre la conferencia de paz.

Después de los discursos, toda la comitiva presidencial subió al tren nocturno para realizar el trayecto de seiscientos cuarenta kilómetros hasta París. El presidente le estrechó la mano a Gus.

—Me alegro de tenerte de nuevo en el equipo, Gus —le dijo.

Wilson quería rodearse de colaboradores conocidos durante la conferencia de paz de París. Su principal consejero sería el coronel House, el pálido texano que llevaba años aconsejándole extraoficialmente sobre política exterior. Gus sería el miembro más joven del equipo.

Wilson parecía cansado y enseguida se retiró a su compartimiento con Edith. Gus estaba preocupado. Había oído rumores que decían que el presidente tenía mala salud. Allá por 1906, a Wilson le había reventado un vaso sanguíneo en el ojo izquierdo y le había causado una ceguera transitoria; los médicos le habían diagnosticado hipertensión y le habían recomendado que se retirase. Wilson había hecho caso omiso de ese consejo y había continuado su carrera política hasta ser elegido presidente, desde luego... pero últimamente sufría unos dolores de cabeza que podían ser un nuevo síntoma de ese mismo problema de tensión arterial elevada. La conferencia de paz sería agotadora: Gus esperaba que Wilson pudiera soportarlo.

Rosa iba en el tren, y él estaba sentado frente a ella en la tapicería brocada del vagón restaurante.

—Me preguntaba si te vería —dijo la joven. Parecía contenta de que se hubieran encontrado.

—El ejército me ha concedido un permiso —dijo Gus, que todavía llevaba el uniforme de capitán.

—En casa, a Wilson le han llovido críticas por la elección de sus acompañantes. No por ti, claro...

—Yo soy un pez chico.

—Pero hay gente que dice que no debería haber traído a su mujer.

Gus se encogió de hombros. Le parecía un tema banal. Después de haber estado en el campo de batalla, se dio cuenta de que le resultaría difícil tomarse en serio muchas de las cosas que preocupaban a la gente en tiempos de paz.

—Y lo que es más importante, no ha traído a ningún republicano —dijo Rosa.

—En su equipo quiere aliados, no enemigos —replicó Gus con indignación.

—También necesita aliados en su país —arguyó Rosa—. Ha perdido el Congreso.

Gus comprendió que en eso tenía parte de razón, y recordó lo lista que era. Las elecciones a mitad de mandato habían sido un desastre para Wilson. Los republicanos se habían hecho con el control del Senado y la Cámara de Representantes.

—¿Cómo sucedió? —preguntó—. No estoy muy al corriente de los acontecimientos.

—La gente de a pie estaba harta del racionamiento y de los altos precios, y el final de la guerra llegó demasiado tarde para que sirviera de algo. Además, los liberales detestan la Ley del Espionaje. Permitía que Wilson encarcelara a todo el que estuviera en contra de la guerra. Y la puso en práctica... Eugene Debs fue condenado a diez años. —Debs había sido candidato a la presidencia por los socialistas. Rosa parecía enfadada cuando dijo—: No se puede encarcelar a la oposición y seguir fingiendo que crees en la libertad.

Gus recordó lo mucho que le gustaba el toma y daca de las discusiones con Rosa.

—En la guerra a veces hay que comprometer la libertad —dijo.

—Está claro que los votantes americanos no creen eso. Y hay una cosa más: Wilson ha segregado al personal de sus despachos de Washington.

Gus no sabía si los negros llegarían algún día a estar al mismo nivel que los blancos, pero, igual que la mayoría de los estadounidenses liberales, pensaba que la forma de descubrirlo era darles mejores oportunidades en la vida y ver qué sucedía. No obstante, Wilson y su mujer eran sureños, y lo sentían de otra forma.

—Edith no quiso que su doncella los acompañara a Londres por miedo a que la chica se malacostumbrara —comentó Gus—. Dice que los británicos son demasiado educados con los negros.

—Woodrow Wilson ya no es la novia de la América de izquierdas —concluyó Rosa—. Lo cual significa que va a necesitar el respaldo de los republicanos para su Sociedad de las Naciones.

—Supongo que Henry Cabot Lodge se siente despreciado. —Lodge era un republicano de derechas.

—Ya conoces a los políticos —dijo Rosa—. Son tan sensibles como colegialas, y mucho más vengativos. Lodge es el presidente del Comité de Relaciones Exteriores del Senado. Wilson tendría que haberlo traído a París.

—¡Pero es que Lodge se opone a la idea misma de una Sociedad de las Naciones! —protestó Gus.

—La capacidad de escuchar a gente inteligente que no está de acuerdo contigo es un talento difícil de encontrar... pero un presidente debe tenerlo. Y, trayendo a Lodge aquí, lo habría neutralizado. Como miembro del equipo, no podría volver a casa y oponerse a cualquier cosa que se acordara aquí en París.

Gus supuso que tenía razón, pero Wilson era un idealista que creía que la fuerza de la rectitud superaba todos los obstáculos. Subestimaba la necesidad de dar coba, engatusar y seducir.

La comida, en honor al presidente, era muy buena. Les sirvieron lenguado fresco del Atlántico con una salsa de mantequilla. Gus no comía tan bien desde antes de la guerra. Le divirtió ver a Rosa atacar su plato con tanto apetito. Era una mujer menuda: ¿dónde metía todo lo que comía?

Al final de la cena, les sirvieron un café fuerte en taza pequeña. Gus pensó que no quería dejar a Rosa y retirarse a su compartimiento dormitorio. Le interesaba muchísimo más seguir hablando con ella.

—De todas formas, Wilson tendrá una posición fuerte en París.

Rosa parecía escéptica.

—¿Y eso por qué? —preguntó.

—Bueno, lo primero, porque hemos ganado la guerra por ellos.

La joven asintió.

—Wilson dijo: «En Château-Thierry salvamos al mundo».

—Chuck Dixon y yo estuvimos en esa batalla.

—¿Fue allí donde murió?

—Un impacto directo de un proyectil. La primera baja que vi. Y no la última, por desgracia.

—Lo siento mucho, sobre todo por su mujer. Hace años que conozco a Doris… teníamos el mismo profesor de piano.

—Pero no sé si salvamos al mundo —prosiguió Gus—. Entre los fallecidos hay muchos más franceses, británicos y rusos que norteamericanos. Pero nosotros conseguimos inclinar la balanza. Eso debería significar algo.

Rosa negó con la cabeza, moviendo sus rizos oscuros.

—No estoy de acuerdo. La guerra ha terminado y los europeos ya no nos necesitan.

—Hombres como Lloyd George parecen pensar que el poder militar estadounidense no puede ser desoído.

—Pues se equivoca —dijo Rosa. Gus estaba sorprendido e intrigado al oír a una mujer hablar con tanta vehemencia sobre un tema así—. Supón que los franceses y los británicos simplemente se niegan a seguir a Wilson. ¿Recurriría él al ejército para imponer sus ideas? No. Aunque quisiera, un Congreso republicano no se lo permitiría.

—Tenemos poder económico y financiero.

—No cabe duda de que es cierto que los aliados tienen una gran deuda con nosotros, pero no estoy segura de cuánta influencia nos da eso. Ya sabes lo que dicen: si debes cien dólares, el banco te tiene en su poder; pero si debes un millón, eres tú quien tienes en tu poder al banco.

Gus empezaba a ver que la tarea de Wilson podía ser más complicada de lo que había imaginado.

—Bueno, ¿y la opinión pública? Ya has visto la recepción que ha tenido nuestro presidente en Brest. Los europeos miran hacia él para crear un mundo de paz.

—Esa es su mayor baza. La gente está cansada de tanta carnicería. «Nunca más», es lo que gritan. Solo espero que Wilson pueda darles lo que quieren.

Volvieron a sus compartimientos y se dieron las buenas noches. Gus estuvo un buen rato despierto en la cama, pensando en Rosa y en lo que había dicho. La verdad es que era la mujer más inteligente que conocía. Y también era guapa. En cierta forma, enseguida te olvidabas de su ojo. Al principio parecía una deformidad terrible, pero al cabo de un rato Gus había dejado de verlo.

Rosa, sin embargo, se había mostrado pesimista en cuanto a la conferencia, y todo lo que había dicho era cierto. Gus comprendió entonces que a Wilson le esperaba una buena batalla. Se sentía muy contento de formar parte del equipo, y decidió colaborar con cuanto estuviera en su mano por hacer realidad los ideales del presidente.

Esa noche, ya de madrugada, miró por la ventanilla mientras el tren atravesaba Francia en dirección al este, echando vapor. Al cruzar una ciudad, le sorprendió ver a una muchedumbre en los andenes de la estación y en la carretera que había junto a las vías, mirando al tren. Estaba oscuro, pero se los distinguía claramente bajo la luz de las farolas. Se dio cuenta de que eran miles de personas: hombres, mujeres y niños. No aclamaban a nadie, estaban más bien en silencio. Gus vio que los hombres y los niños se quitaban los sombreros, y ese gesto de respeto lo conmovió tanto que casi lo hizo llorar. Habían esperado hasta altas horas de la noche para ver pasar el tren en que viajaba la esperanza del mundo.

35

Diciembre de 1918-febrero de 1919

I

El recuento de los votos se realizó tres días después de Navidad. Eth y Bernie Leckwith fueron al ayuntamiento de Aldgate para escuchar los resultados; Bernie en el estrado con su mejor traje, Eth entre el público.

Bernie perdió.

Él lo encajó con estoicismo, pero Ethel lloró. Para él era el final de un sueño. A lo mejor había sido un sueño tonto, pero de todas formas se sentía herido, y ella sufría por él.

El candidato liberal respaldó la coalición de Lloyd George, de modo que no había habido ningún candidato conservador. Por lo tanto los conservadores habían votado a los liberales, y la unión de ambas fuerzas había sido demasiado para que los laboristas los vencieran.

Bernie felicitó a su oponente ganador y bajó del estrado. Los demás miembros del Partido Laborista tenían una botella de whisky escocés y querían celebrar un velatorio, pero Bernie y Ethel se fueron a casa.

—No estoy hecho para esto, Eth —dijo Bernie mientras ella ponía agua a hervir para preparar un chocolate.

—Tú has hecho tu trabajo —lo consoló ella—. Ese maldito Lloyd George ha sido más listo que nosotros.

Bernie sacudió la cabeza.

—No soy un líder —dijo—. Soy un pensador y un planificador. Todo este tiempo he intentado hablar con la gente igual que lo haces tú y encenderlos de entusiasmo por nuestra causa, pero nunca lo he logrado. Cuando tú hablas, te adoran. Esa es la diferencia.

Ethel sabía que tenía razón.

A la mañana siguiente, los periódicos mostraron que los resultados de Aldgate se habían reflejado en todo el país. La coalición había conseguido 525 de los 707 escaños, una de las mayorías más amplias de la historia del Parlamento. La gente había votado al hombre que había ganado la guerra.

Ethel estaba amargamente decepcionada. Los hombres de siempre seguían gobernando el país. Los mismos políticos que habían propiciado millones de muertes, de pronto lo celebraban como si hubieran hecho algo maravilloso. Pero ¿qué habían conseguido? Dolor, hambre y destrucción. Diez millones de hombres y niños habían muerto sin razón alguna.

El único ápice de esperanza era que el Partido Laborista había mejorado su posición. Habían logrado sesenta escaños, más que los cuarenta y dos de antes.

Eran los liberales contrarios a Lloyd George quienes más habían sufrido. Solo habían ganado en treinta circunscripciones, y el mismísimo Asquith había perdido su escaño.

—Podría ser el fin del Partido Liberal —dijo Bernie durante la comida, echándose salsa en el pan—. Le han fallado al pueblo, y ahora los laboristas somos la oposición. Puede que sea nuestro único consuelo.

Justo antes de que se fueran a trabajar, llegó el correo. Ethel comprobó las cartas mientras Bernie le ataba a Lloyd los cordones de los zapatos. Había una de Billy, escrita en su código, así que se sentó a la mesa de la cocina para descifrarlo.

Subrayó las palabras clave con un lápiz y las escribió en una libreta. A medida que iba descifrando el mensaje, su fascinación aumentaba.

—Ya sabes que Billy está en Rusia —le dijo a Bernie.

—Sí.

—Bueno, pues dice que nuestro ejército está allí para luchar contra los bolcheviques. Y que el ejército americano también.

—No me sorprende.

—Sí, pero escucha, Bern —dijo ella—, sabemos que los blancos no pueden derrotar a los bolcheviques… pero ¿y si se les unieran ejércitos extranjeros? ¡Podría pasar cualquier cosa!

Bernie parecía meditabundo.

—Podrían restablecer la monarquía.

—La gente de este país no lo permitiría.

—La gente de este país no sabe lo que está pasando.

—Pues será mejor que se lo expliquemos —repuso Ethel—. Voy a escribir un artículo.

—¿Quién lo publicará?

—Ya veremos. A lo mejor el *Daily Herald*. —El *Herald* era de izquierdas—. ¿Llevarás a Lloyd con la niñera?

—Sí, por supuesto.

Ethel reflexionó unos instantes y luego escribió en lo alto de una hoja de papel:

¡RUSIA NO SE TOCA!

II

A Maud, pasear por París la hacía llorar. En los amplios bulevares había montañas de escombros donde habían caído los obuses alemanes. Las ventanas rotas de los grandes edificios estaban reparadas con tablones, y así le recordaban dolorosamente a su apuesto hermano con su ojo desfigurado. Las avenidas de árboles estaban malogradas por los huecos surgidos al sacrificar un viejo castaño o un noble plátano por su madera. La mitad de las mujeres vestían de negro por el luto, y en muchas esquinas había soldados tullidos que mendigaban unas monedas.

Maud también lloraba por Walter. No había recibido respuesta a su carta. Había preguntado si se podía viajar a Alemania, pero era imposible. Ya le había sido bastante difícil conseguir permiso para llegar a París. Ella había esperado que Walter acompañara a la delegación alemana, pero no había tal delegación: los países vencidos no estaban invitados a la conferencia de paz. Los victoriosos aliados se proponían llegar a un acuerdo entre sí y luego presentarles a los perdedores el tratado para que lo firmaran.

Mientras tanto, escaseaba el carbón y en todos los hoteles hacía un frío de muerte. Ella tenía una suite en el Majestic, donde estaba situado el cuartel general de la delegación británica. Para protegerse de posibles espías franceses, los británicos habían sustituido a todo el personal por sus propios trabajadores. Por eso la comida era espantosa: gachas para desayunar, verduras demasiado cocidas y un café malísimo.

Arrebujada en un abrigo de pieles de antes de la guerra, Maud fue a encontrarse con Johnny Remarc en el Fouquet's, en los Campos Elíseos.

—Gracias por conseguirme el permiso para venir a París —le dijo.

—Por ti, cualquier cosa, Maud. Pero ¿por qué tenías tanto interés en venir?

No iba a decirle la verdad, y menos aún a alguien a quien le encantaban los chismorreos.

—Para ir de compras —respondió—. Hace cuatro años que no me compro un vestido nuevo.

—Ay, perdóname, pero no hay casi nada que comprar, y lo que queda cuesta un dineral. ¡Mil quinientos francos por un vestido! Incluso Fitz habría puesto reparos. Me parece a mí que debes de tener un *mon chéri* francés.

—Ojalá fuera así. —Maud cambió de tema—. He encontrado el coche de Fitz. ¿Sabes dónde puedo conseguir gasolina?

—Veré qué puedo hacer.

Pidieron la comida.

—¿Crees que de verdad vamos a obligar a los alemanes a pagar miles de millones en reparaciones de guerra? —preguntó Maud.

—No están en muy buena situación para negarse —dijo Johnny—. Después de la guerra franco-prusiana obligaron a Francia a pagar cinco mil millones de francos... lo cual los franceses consiguieron hacer en tres años. Y el marzo pasado, en el Tratado de Brest-Litovsk, Alemania hizo prometer a los bolcheviques seis mil millones de marcos, aunque, desde luego, ahora ya no los pagarán. De cualquier forma, la justificada indignación alemana tiene el sonido huero de la hipocresía.

Maud detestaba que la gente hablara con dureza de los alemanes. Era como si el hecho de que hubieran perdido los convirtiera en unas bestias. «¿Y si los perdedores hubiésemos sido nosotros? —sintió ganas de replicar Maud—. ¿Nos habríamos visto obligados a decir que la guerra había sido culpa nuestra y pagar por ello?»

—Pero nosotros les estamos pidiendo mucho más: veinticuatro mil millones de libras, les requerimos, y los franceses hablan del doble.

—Es difícil discutir con los franceses —dijo Johnny—. A nosotros nos deben seiscientos millones de libras, y más aún a los americanos; pero, si les negamos las reparaciones de Alemania, dirán que no pueden pagarnos.

—¿Pueden pagar los alemanes lo que les pedimos?

—No. Mi amigo Pozzo Keynes dice que podrían pagar más o menos una décima parte, unos dos mil millones de libras, aunque eso podría paralizar su país.

—¿Te refieres a John Maynard Keynes, el economista de Cambridge?

—Sí. Nosotros le llamamos Pozzo.

—No sabía que fuera uno de tus... amigos.

Johnny sonrió.

—Pues sí, querida, muchísimo.

Maud sufrió un arrebato de celos por el alegre libertinaje de Johnny. Ella había reprimido con fiereza su necesidad de amor físico. Hacía casi dos años desde la última vez que un hombre la había tocado con cariño. Se sentía como una monja vieja, arrugada y seca.

—¡Qué mirada más triste! —A Johnny no se le escapaban muchas cosas—. Espero que no estuvieras enamorada de Pozzo.

Maud rió, y luego encaminó la conversación hacia la política.

—Si sabemos que los alemanes no pueden pagar, ¿por qué insiste tanto Lloyd George?

—Yo mismo le hice esa pregunta. Lo conozco bastante bien, desde que era ministro de Municiones. Dice que todos los países beligerantes acabarán pagando sus propias deudas, y que nadie hablará de reparaciones de ningún tipo.

—Entonces, ¿por qué esta farsa?

—Porque, al final, serán los contribuyentes de cada país quienes paguen la guerra... pero el político que les diga eso jamás volverá a ganar ningunas elecciones.

III

Gus asistía a las reuniones diarias de la Comisión de la Sociedad de las Naciones, el grupo que estaba encargado de redactar el pacto que constituiría la sociedad. El propio Woodrow Wilson presidía el comité, y tenía prisa.

Wilson había dominado por completo el primer mes de la conferencia. Había conseguido dejar de lado el orden del día francés, que tenía como máxima prioridad las reparaciones alemanas y relegaba la sociedad al último punto, y había insistido en que la sociedad debía formar parte de cualquier tratado firmado por él.

La Comisión de la Sociedad de las Naciones se reunía en el lujoso hotel Crillon, en la plaza de la Concordia. Los ascensores hidráulicos eran viejos y lentos, y a veces se paraban entre dos pisos mientras se restablecía la presión del agua; Gus pensaba que se parecían mucho a los diplomáticos europeos, que de nada disfrutaban más que de una discusión pausada, y no tomaban una decisión a menos que se vieran obligados. Observó divertido, aunque sin dar muestras de ello, que tanto diplomáticos como ascensores hacían que el presidente de Estados Unidos se inquietara y mascullara con furiosa impaciencia.

Los diecinueve comisionados se sentaban alrededor de una gran mesa cubierta con un mantel rojo; sus intérpretes detrás, susurrándoles al oído; sus ayudantes repartidos por la sala, con expedientes y cuadernos. Gus vio que a los europeos les impresionaba la capacidad de su jefe de avanzar con el orden del día. Algunos habían dicho que la redacción del pacto se alargaría durante meses, cuando no años; otros decían que las naciones jamás llegarían a un acuerdo. Sin embargo, para deleite de Gus, al cabo de diez días ya estaban muy cerca de terminar un primer borrador.

Wilson tenía que marcharse a Estados Unidos el 14 de febrero. Regresaría pronto, pero estaba decidido a tener un borrador del pacto que llevarse a casa.

Por desgracia, la tarde antes de partir, los franceses presentaron un importante escollo. Propusieron que la Sociedad de las Naciones tuviera su propio ejército.

Wilson, desesperado, cerró los ojos.

—Imposible —refunfuñó.

Gus sabía por qué. El Congreso no permitiría que nadie más controlara las tropas estadounidenses.

El delegado francés, el antiguo primer ministro Léon Bourgeois, argumentó que la sociedad no tendría poder real a menos que contara con una forma de obligar a que sus decisiones se cumplieran.

Gus compartía la frustración de Wilson. La Sociedad de las Naciones tenía otras maneras de presionar a los países canallas: diplomacia, sanciones económicas y, como último recurso, un ejército ad hoc, formado para llevar a cabo una misión específica y desmantelado cuando el trabajo se hubiera terminado.

Sin embargo, Bourgeois decía que nada de eso habría protegido a

Francia de Alemania. Los franceses no podían concentrarse en nada más. A lo mejor era comprensible, pensó Gus, pero no era forma de crear un nuevo orden mundial.

Lord Robert Cecil, quien había realizado gran parte de la redacción, alzó un dedo huesudo para pedir la palabra. Wilson asintió: le gustaba Cecil, que era un férreo defensor de la sociedad. No todo el mundo pensaba igual: Clemenceau, el primer ministro francés, decía que, cuando Cecil sonreía, se parecía a un dragón chino.

—Discúlpenme por ser tan directo —dijo Cecil—. La delegación francesa parece decir que, puesto que la sociedad a lo mejor no será tan fuerte como ellos esperaban, la rechazarán por completo. Permítanme señalar con toda franqueza que, en tal caso, es casi seguro que se produzca entre Gran Bretaña y Estados Unidos una alianza bilateral que no le ofrecería nada a Francia.

Gus reprimió una sonrisa. «Eso sí que es decir las cosas», pensó.

Bourgeois puso cara de espanto y retiró su enmienda.

Wilson le dirigió una mirada de gratitud a Cecil, al otro lado de la mesa.

El delegado japonés, el barón Makino, quería la palabra. Wilson asintió y consultó su reloj.

Makino se refirió a una cláusula ya acordada del pacto, la cual garantizaba la libertad de culto. Deseaba añadir una enmienda a efecto de que todos los miembros trataran a los ciudadanos de los demás países de forma igualitaria, sin discriminaciones raciales.

A Wilson se le heló la expresión.

El discurso de Makino era elocuente, aun en su traducción. Las diferentes razas habían luchado en la guerra codo con codo, señaló.

—Se ha establecido un vínculo común de simpatía y gratitud.

La sociedad sería una gran familia de naciones. ¿No habrían de tratarse, sin duda, como iguales?

Gus estaba preocupado, aunque no sorprendido. Los japoneses llevaban hablando de ello una o dos semanas, y ya había causado consternación entre los australianos y los californianos, que querían mantener a Japón fuera de sus territorios. A Wilson lo había desconcertado, ya que ni por un instante creía que los negros estadounidenses fueran sus iguales. Pero sobre todo había molestado a los británicos, que gobernaban sin ninguna clase de democracia sobre cientos de millones de personas de diferentes razas y no querían que pensaran que eran igual de buenos que sus caciques blancos.

De nuevo, fue Cecil quien habló.

—Vaya por Dios, se trata de un asunto muy controvertido —dijo, y Gus casi podía haberse creído su tristeza—. La mera sugerencia de que pudiera discutirse ya ha generado discordancias.

Se produjo un murmullo de aquiescencia en toda la mesa.

Cecil prosiguió:

—En lugar de retrasar el acuerdo de un borrador del pacto, quizá deberíamos posponer la discusión de… hummm… la discriminación racial a una fecha posterior.

El primer ministro griego tomó la palabra:

—Toda esta cuestión de la libertad religiosa también es un asunto peliagudo. A lo mejor deberíamos dejarlo correr de momento.

—¡Mi gobierno jamás ha firmado un tratado que no apelara a Dios! —exclamó el delegado portugués.

Cecil, un hombre profundamente religioso, replicó:

—Puede que esta vez todos tengamos que arriesgarnos.

Se oyeron algunas risas, y Wilson, con evidente alivio, dijo:

—Si estamos de acuerdo, sigamos adelante.

IV

A la mañana siguiente, Wilson fue al Ministerio de Asuntos Exteriores francés, en el Quai d'Orsay, y leyó el borrador en una sesión plenaria de la conferencia de paz, en el famoso Salón del Reloj, bajo unas enormes arañas de luz que parecían estalactitas en una cueva del Ártico. Esa noche regresaba a su país. El día siguiente era un sábado, y por la noche Gus salió a bailar.

París, puesto el sol, era una fiesta. La comida seguía escaseando, pero parecía haber litros y litros de alcohol. Los jóvenes dejaban abiertas las puertas de sus habitaciones de hotel para que las enfermeras de la Cruz Roja pudieran entrar siempre que necesitaran compañía. Era como si la moralidad convencional hubiera quedado en suspenso. La gente no intentaba ocultar sus aventuras amorosas. Los afeminados abandonaron toda pretensión de masculinidad. Larue's se convirtió en el restaurante de las lesbianas. Corría el rumor de que la escasez de carbón era un mito inventado por los franceses para que todo el mundo se mantuviera caliente por la noche durmiendo con sus amigos.

Todo era caro, pero Gus tenía dinero. Contaba también con otras ventajas: conocía París y hablaba francés. Fue a las carreras de Saint-Cloud, disfrutó de *La Bohème* en la Ópera y vio un musical subidito de tono que se titulaba *Phi Phi*. Como era uno de los hombres cercanos al presidente, lo invitaban a todas las fiestas.

Sin saber cómo, cada vez pasaba más tiempo con Rosa Hellman. Tenía que andarse con cuidado cuando hablaba con ella, decirle solo aquello que no le importara ver impreso, pero la costumbre de la discreción ya había llegado a ser algo automático en él. Rosa era una de las personas más inteligentes a las que había conocido. Le gustaba, pero no había nada más. Siempre estaba dispuesta a salir con él, pero ¿qué reportero rechazaría la invitación de un ayudante del presidente? Gus nunca podría estrecharle las manos, ni intentar darle un beso de buenas noches por si Rosa pensaba que estaba aprovechándose de su cargo, siendo alguien a quien ella no podía permitirse ofender.

Habían quedado en el Ritz para tomar unos cócteles.

—¿Qué es un cóctel? —preguntó Rosa.

—Un licor fuerte camuflado para que parezca más respetable. Te lo prometo, están a la última.

Rosa también estaba a la última. Llevaba el pelo a lo *garçon*. Su sombrerito le cubría las orejas, igual que el casco de acero de un soldado alemán. Las curvas y los corsés habían quedado anticuados, y el vestido drapeado de Rosa caía recto desde los hombros hasta una cintura asombrosamente baja. Al ocultar sus formas, paradójicamente, el vestido hacía pensar a Gus en lo que había debajo. Rosa llevaba carmín en los labios y polvos de maquillaje, algo que las europeas aún consideraban atrevido.

Tomaron un martini cada uno y luego siguieron camino. Atrajeron muchísimas miradas al cruzar juntos el alargado vestíbulo del Ritz: el desgarbado hombre de cabeza grande y su menudita compañera tuerta; él de etiqueta, ella de seda azul plata. Cogieron un taxi para ir al Majestic, donde los sábados por la noche los británicos celebraban un baile al que iba todo el mundo.

La sala estaba abarrotada. Jóvenes ayudantes de las delegaciones, periodistas de todo el mundo y soldados liberados de las trincheras disfrutaban del jazz junto a enfermeras y mecanógrafas. Rosa enseñó a Gus a bailar el fox-trot, después lo dejó solo y bailó con un apuesto hombre de ojos oscuros de la delegación griega.

Gus, celoso, empezó a pasear por la sala y estuvo charlando con conocidos hasta que se encontró con lady Maud Fitzherbert, que llevaba un vestido morado y zapatos de punta.

—¡Hola! —exclamó con sorpresa.

La joven parecía alegrarse de verlo.

—Tienes muy buen aspecto.

—Me ha favorecido la suerte. Estoy de una pieza.

Ella le tocó la cicatriz de la mejilla.

—Casi.

—Es solo un rasguño. ¿Te apetece bailar?

La estrechó entre sus brazos. Estaba muy delgada: Gus le notaba los huesos a través del vestido. Bailaron un vals lento.

—¿Cómo está Fitz? —preguntó Gus.

—Bien, creo. Está en Rusia. Seguramente se supone que no debo decirlo, pero es un secreto a voces.

—Ya he visto esos periódicos británicos que claman «¡Rusia no se toca!».

—Esa campaña la dirige una mujer a la que conociste en Tŷ Gwyn, Ethel Williams, ahora Eth Leckwith.

—No la recuerdo.

—Era el ama de llaves.

—¡Dios santo!

—Se está convirtiendo en un personaje de peso en la política británica.

—Cómo ha cambiado el mundo…

Maud lo acercó más hacia sí y bajó la voz:

—Supongo que no tendrás noticias de Walter…

Gus recordó al oficial alemán que le había resultado conocido y al que había visto caer en Château-Thierry, pero no estaba ni mucho menos seguro de que fuera Walter, así que dijo:

—Nada, lo siento. Debe de resultarte difícil.

—De Alemania no llega ninguna información, ¡y no permiten que nadie viaje allí!

—Me temo que tendrás que esperar hasta que se firme el tratado de paz.

—Y eso ¿cuándo será?

Gus no lo sabía.

—El pacto de la Sociedad de las Naciones está prácticamente terminado, pero todavía queda mucho para llegar a un acuerdo sobre cuánto debe pagar Alemania en reparaciones.

—Es estúpido —dijo Maud con acritud—. Necesitamos que los alemanes sean prósperos para que las fábricas británicas puedan venderles coches, estufas y cepillos mecánicos para las alfombras. Si paralizamos su economía, Alemania se hará bolchevique.

—La gente clama venganza.

—¿Te acuerdas de 1914? Walter no quería la guerra. Igual que la mayoría de los alemanes. Pero el país no era una democracia. El káiser fue incitado por los generales y, en cuanto los rusos se movilizaron, no les quedó otra opción.

—Claro que lo recuerdo. Pero la mayoría de la gente no.

El baile terminó. Rosa Hellman se acercó y Gus presentó a las dos mujeres. Estuvieron hablando un minuto, pero Rosa estuvo muy poco amable (algo rarísimo en ella) y Maud los dejó enseguida.

—Ese vestido cuesta una fortuna —dijo Rosa, refunfuñando—. Es de Jeanne Lanvin.

Gus estaba perplejo.

—¿No te ha caído bien Maud?

—A ti sí, es evidente.

—¿Qué quieres decir?

—Bailabais muy pegaditos.

Rosa no sabía nada de Walter, pero a Gus de todas formas le sentó mal que lo acusaran falsamente de coquetear.

—Quería hablarme de algo bastante confidencial —repuso con un deje de indignación.

—Me figuro que sí.

—No sé por qué te pones así —replicó Gus—. Tú te has ido con ese griego empalagoso.

—Es muy guapo, y no tiene nada de empalagoso. ¿Por qué no habría de bailar con otros hombres? Ni que estuvieras enamorado de mí.

Gus se quedó mirándola.

—Ay —dijo—. Ay, madre mía. —De pronto se sentía confundido e inseguro.

—Y ahora ¿qué te pasa?

—Acabo de darme cuenta de algo… creo.

—Y ¿vas a contarme qué es?

—Supongo que no tengo más remedio —dijo él, titubeante, y se quedó callado.

Rosa esperó a que hablara.

—¿Y bien? —preguntó con impaciencia.

—Que estoy enamorado de ti.

Ella le devolvió la mirada en silencio. Al cabo de un largo rato, inquirió:

—¿Lo dices en serio?

Aunque la idea lo había pillado por sorpresa, Gus no tenía ninguna duda.

—Sí. Te quiero, Rosa.

Ella sonrió con debilidad.

—Imagínate...

—Creo que a lo mejor llevo enamorado de ti sin saberlo desde hace bastante tiempo.

Rosa asintió, como si le hubieran confirmado una sospecha. La banda empezó a tocar una canción lenta. Se le acercó.

Gus la estrechó automáticamente entre sus brazos, pero estaba demasiado nervioso para bailar bien.

—No estoy seguro de poder seguir...

—No te preocupes. —Ella sabía lo que estaba pensando—. Finge que sí.

Gus arrastró los pies durante unos cuantos pasos. Tenía la mente agitada. Rosa no había dicho nada acerca de sus propios sentimientos. Por otro lado, tampoco se había alejado de él. ¿Había alguna posibilidad de que le correspondiera su amor? Estaba claro que le gustaba, pero eso no era ni mucho menos lo mismo. ¿Se estaría preguntando en ese mismo instante qué era lo que sentía? ¿O estaba intentando elaborar una suave disculpa de rechazo?

Rosa lo miró, y él pensó que estaba a punto de darle una respuesta.

—Llévame a algún otro sitio, por favor, Gus —dijo entonces.

—Desde luego.

Ella recogió su abrigo. El portero les paró un taxi Renault rojo.

—A Maxim's —dijo Gus.

El trayecto era corto y lo recorrieron en silencio. Gus anhelaba saber qué estaba pensando Rosa, pero no quería atosigarla. Pronto tendría que decírselo.

El restaurante estaba lleno hasta los topes, las pocas mesas que quedaban libres estaban reservadas para clientes que llegarían más tarde. El *maître* estaba *désolé*. Gus buscó su cartera, sacó un billete de cien francos y dijo:

—Una mesa tranquila en un rincón. —Una tarjeta que decía *Réservée* desapareció y ellos se sentaron.

Escogieron una cena ligera, y Gus pidió una botella de champán.

—Has cambiado mucho —comentó Rosa.

Él se sorprendió.

—No lo creo.

—Eras un joven muy diferente, allá en Buffalo. Creo que incluso te sentías cohibido conmigo. Ahora te paseas por París como si fueras el dueño.

—Ah, vaya… eso suena arrogante.

—No, solo seguro de ti mismo. A fin de cuentas, has trabajado para un presidente y has luchado en una guerra… esas cosas lo cambian a uno.

Les sirvieron la cena, pero ninguno de los dos comió mucho. Gus estaba demasiado tenso. ¿En qué estaba pensando Rosa? ¿Lo quería o no? Tenía que saberlo, ¿verdad? Dejó el cuchillo y el tenedor, pero, en lugar de preguntarle lo que lo tenía preocupado, dijo:

—Tú siempre has parecido muy segura de ti misma.

Rosa se echó a reír.

—¿No es asombroso?

—¿Por qué?

—Supongo que me sentí segura hasta que cumplí unos siete años. Y entonces… bueno, ya sabes cómo son las niñas del colegio. Todas quieren ser amigas de la más guapa. Yo tuve que jugar con las niñas gordas y las feas, y las que se vestían con ropa heredada. Así llegué a la adolescencia. Incluso trabajar para el *Buffalo Anarchist* fue algo típico de inadaptada. Cuando me hicieron directora, sin embargo, empecé a recuperar la autoestima. —Dio un sorbo de champán—. Tú me ayudaste.

—¿Yo? —Gus estaba sorprendido.

—Fue por cómo me hablabas, como si yo fuera la persona más lista y la más interesante de todo Buffalo.

—Seguramente lo eras.

—Salvo por Olga Vyalov.

—Ah. —Gus se sonrojó. Al recordar cómo se había encaprichado con Olga se sintió tonto, pero no quería decirlo, ya que eso habría sido como criticarla, lo cual habría sido muy poco caballeroso.

Cuando terminaron los cafés y Gus pidió la cuenta, todavía no sabía qué sentía Rosa por él.

En el taxi, le cogió la mano y se la llevó a los labios.

—Oh, Gus, eres una joya —dijo ella.

Gus no sabía qué quería decir con eso. Sin embargo, Rosa tenía el rostro vuelto hacia él de una forma que casi parecía expectante. ¿Quería que él...? Se armó de valor y la besó en la boca.

Se produjo un gélido momento en el que ella no respondió, y él pensó que se había equivocado al obrar así. Después, Rosa suspiró con alegría y separó los labios.

«Oh —pensó Gus, feliz—. Entonces va todo bien.»

La rodeó con sus brazos y se besaron hasta que llegaron al hotel. El trayecto resultó demasiado corto. De repente, un portero abrió la portezuela del coche.

—Límpiate los labios —le dijo Rosa mientras bajaba.

Gus sacó un pañuelo y se frotó la cara a toda prisa. La tela blanca acabó roja del pintalabios de ella. Él lo dobló con cuidado y se lo volvió a guardar en el bolsillo.

La acompañó hasta la puerta.

—¿Puedo verte mañana? —preguntó.

—¿Cuándo?

—Temprano.

Rosa rió.

—Nunca finges nada, ¿verdad, Gus? Me encanta eso de ti.

Aquello estaba bien. «Me encanta eso de ti» no era lo mismo que «Te quiero», pero era mejor que nada.

—Pues hasta mañana temprano —dijo.

—¿Qué haremos?

—Es domingo. —Gus dijo lo primero que se le pasó por la cabeza—. Podríamos ir a la iglesia.

—De acuerdo.

—Deja que te lleve a Notre Dame.

—¿Eres católico? —preguntó Rosa, sorprendida.

—No, episcopaliano, si es que soy algo. ¿Y tú?

—Lo mismo.

—Está bien, podemos sentarnos al fondo. Me enteraré de a qué hora hay misa y te llamaré al hotel.

Ella le tendió la mano y se la estrecharon como dos amigos.

—Gracias por una velada tan bonita —dijo Rosa con formalidad.

—Ha sido un placer. Buenas noches.

—Buenas noches —repuso ella, dio media vuelta y desapareció en el vestíbulo de su hotel.

36

Marzo-abril de 1919

I

Cuando la nieve se derritió y la tierra rusa, dura como el hierro, se convirtió en un fango húmedo y fértil, los ejércitos blancos realizaron un descomunal esfuerzo por librar a su país de la maldición del bolchevismo. La fuerza de cien mil hombres del almirante Kolchak, pertrechada a medias con uniformes y armamento británicos, salió atropelladamente de Siberia y atacó a los rojos en un frente que se extendía a lo largo de 1.125 kilómetros de norte a sur.

Fitz seguía a los blancos unos cuantos kilómetros por detrás. Estaba al mando de los Aberowen Pals, así como de algunos canadienses y unos cuantos intérpretes. Su trabajo consistía en respaldar a Kolchak supervisando las comunicaciones, los servicios secretos y el aprovisionamiento.

Fitz tenía grandes esperanzas. Puede que encontraran dificultades, pero era inimaginable que los blancos permitieran que Lenin y Trotski les robaran Rusia.

A principios de marzo se encontraba en la ciudad de Ufa, en el lado europeo de los Urales, leyendo una pila de periódicos británicos de hacía una semana. Las noticias de Londres eran contradictorias. Fitz estaba encantado con que Lloyd George hubiera nombrado a Winston Churchill ministro de Guerra. De los principales políticos, Winston era el más firme defensor de la intervención en Rusia. Sin embargo, algunos periódicos defendían la opinión contraria. A Fitz no le sorprendió del *Daily Herald* y el *New Statesman*, que, a su parecer, de todas formas ya eran publicaciones más o menos bolcheviques. Pero incluso el conservador *Daily Express* llevaba un titular que decía «Retírense de Rusia».

Por desgracia, también contaban con detalles muy precisos de lo que estaba sucediendo. Sabían incluso que los británicos habían ayudado a Kolchak con el golpe que había abolido el directorio y lo había convertido a él en gobernante supremo. ¿De dónde sacaban la información? Levantó la mirada del periódico. Estaba acuartelado en la Escuela de Comercio de la ciudad, y su edecán ocupaba el escritorio que había frente al suyo.

—Murray —dijo—, la próxima vez que haya una tanda de correo de los hombres para enviar a casa, tráigamela antes a mí.

Aquello era irregular, y Murray parecía tener dudas.

—¿Señor?

Fitz pensó que sería mejor explicarlo.

—Sospecho que está saliendo información desde aquí. El censor debe de estar dormido al volante.

—A lo mejor creen que pueden aflojar ahora que la guerra en Europa ha terminado.

—Sin duda. De todos modos, quiero ver si la filtración procede de nuestra parte de la cañería.

La contraportada del periódico traía una fotografía de la mujer que encabezaba la campaña de «Rusia no se toca», y Fitz se quedó mudo de asombro al ver que era Ethel. En Tŷ Gwyn había sido doncella, pero ahora, según decía el *Express*, era la secretaria general del Sindicato Nacional de Trabajadores de la Confección.

Fitz se había acostado con muchas mujeres desde entonces; la última, en Omsk, una rubia rusa espectacular, la amante aburrida de un general zarista que estaba demasiado borracho y era demasiado vago para tirársela él mismo. Pero Ethel aún brillaba en su recuerdo. Se preguntó cómo sería su hijo. El conde seguramente tenía media docena de bastardos repartidos por todo el mundo, pero el de Ethel era el único del que conocía su existencia.

Y era ella la que estaba azuzando la protesta contra la intervención en Rusia. De pronto, Fitz supo de dónde procedía la información. Ese condenado hermano de Ethel era sargento de los Aberowen Pals. Siempre había sido un alborotador, y a Fitz no le cabía ninguna duda de que era él quien le estaba enviando información. «Bueno —pensó Fitz—, lo atraparé, y entonces se armará una buena.»

En el transcurso de las siguientes semanas, los blancos siguieron avanzando a toda velocidad y espantando ante sí a los sorprendidos rojos, que habían creído que el gobierno siberiano era una fuerza muerta. Si los ejércitos de Kolchak lograban conectar con sus partidarios de Arcángel, en el norte, y con el Ejército Voluntario de Denikin, en el sur, formarían una fuerza semicircular, una curva cimitarra oriental de más de mil kilómetros de largo que avanzaría implacablemente hacia Moscú.

Pero entonces, a finales de abril, los rojos contraatacaron.

En aquel momento, Fitz se encontraba en Buguruslán, una ciudad tristemente empobrecida de un territorio boscoso unos ciento sesenta kilómetros al este del río Volga. Las ruinas de algunas iglesias de piedra y edificios municipales asomaban por encima de los tejados de las bajas casas de madera como malas hierbas en un vertedero. El conde estaba sentado en una gran sala del ayuntamiento junto a la unidad de los servicios secretos, cribando informes de interrogatorios de prisioneros. No sabía que algo fuera mal hasta que miró por la ventana y vio a los harapientos soldados del ejército de Kolchak ocupando toda la carretera principal que atravesaba la ciudad y avanzando en la dirección equivocada. Envió a un intérprete norteamericano, Lev Peshkov, para preguntar a los hombres que se batían en retirada.

Peshkov volvió con una historia lamentable. Los rojos habían atacado con fuerza desde el sur y habían golpeado el esforzado flanco izquierdo del avance del ejército de Kolchak. Para evitar que su frente se viera partido en dos, el comandante blanco local, el general Belov, les había ordenado retirarse y reagruparse.

Unos minutos después le llevaron a un desertor rojo para que lo interrogara. Había sido coronel del ejército del zar. Lo que tenía que decir consternó a Fitz. Explicó que a los rojos les había sorprendido la ofensiva de Kolchak, pero que enseguida se habían reagrupado y habían vuelto a abastecerse. Trotski había declarado que el Ejército Rojo debía continuar la ofensiva en el este.

—Trotski cree que, si los rojos titubean, los aliados reconocerán a Kolchak como gobernante supremo y, en cuanto lo hagan, enviarán a Siberia grandes cantidades de hombres y suministros.

Era exactamente lo que Fitz esperaba. Y con su fuerte acento ruso, preguntó:

—Entonces, ¿qué ha hecho Trotski?

La respuesta fue rápida, y Fitz no entendió lo que decía hasta que oyó la traducción de Peshkov.

—Trotski realizó levas especiales de reclutas del partido bolchevique y de los sindicatos. Su respuesta fue asombrosa. Veintidós provincias enviaron destacamentos. ¡El Comité Provincial de Novgorod movilizó a la mitad de sus miembros!

Fitz intentó imaginar a Kolchak obteniendo una respuesta así de sus partidarios. Jamás sucedería.

Volvió a sus dependencias para empaquetar su equipo. Casi no le dio tiempo: los Pals salieron justo antes de que llegaran los rojos, y algunos hombres incluso se quedaron atrás. Aquella misma noche, el Ejército Occidental de Kolchak estaba batiéndose en retirada total y Fitz se encontraba en un tren, regresando hacia los Urales.

Dos días después, estaba de vuelta en la Escuela de Comercio de Ufa.

En el transcurso de esos dos días, el ánimo de Fitz se oscureció. Se sentía amargado y embargado por la ira. Llevaba cinco años en la guerra y era capaz de reconocer el cambio de la marea; conocía las señales. La guerra civil rusa estaba prácticamente acabada.

Los blancos eran demasiado débiles y no había más que hacer. Los revolucionarios ganarían. A menos que se produjera una invasión aliada, nada podría volver las tornas… y eso no iba a suceder: Churchill ya tenía bastantes problemas con lo poco que estaba haciendo. Billy Williams y Ethel se estaban asegurando de que los ansiados refuerzos nunca llegaran a enviarse.

Murray le llevó una saca de correo.

—Me pidió usted ver las cartas que los hombres envían a casa, señor —dijo con un deje de reprobación en la voz.

Fitz no hizo caso de los escrúpulos de Murray y abrió la saca. Buscó una carta del sargento Williams. Al menos podría castigar a alguien por la catástrofe.

Encontró lo que quería. La carta del sargento Williams iba dirigida a E. Williams, su apellido de soltera: sin duda, temía que al usar el de casada llamaría la atención sobre su carta traidora.

Fitz la leyó. La letra de Billy era grande y de trazo seguro. A primera vista, el texto parecía inocente, aunque algo extraño. Sin embargo, Fitz había trabajado en la Sala 40 y sabía de códigos. Se sentó a descifrar aquel.

—En otro orden de cosas, señor, ¿ha visto al intérprete americano, Peshkov, este último par de días? —preguntó Murray.

—No —dijo Fitz—. ¿Qué le ha pasado?

—Parece que lo hemos perdido, señor.

II

Trotski estaba cansadísimo, pero no abatido. Las arrugas de tensión que se veían en su rostro no apagaban el brillo de esperanza de sus ojos. Grigori, con admiración, pensaba que se sustentaba gracias a una creencia inamovible en lo que estaba haciendo. Sospechaba que todos ellos la tenían; también Lenin, y Stalin. Estaban convencidos de saber qué era lo correcto, fuera cual fuese el problema, desde la reforma agraria hasta las tácticas militares.

Grigori no era así. Con Trotski intentaba idear la mejor forma de combatir a los ejércitos blancos, pero nunca se sentía seguro de haber tomado la decisión correcta hasta conocer los resultados. Tal vez por eso Trotski era famoso en todo el mundo y Grigori no era más que otro comisario.

Igual que muchas otras veces, Grigori estaba sentado en el tren personal de Trotski con un mapa de Rusia sobre la mesa.

—Prácticamente no tenemos que preocuparnos por los contrarrevolucionarios del norte —dictaminó Trotski.

Grigori estaba de acuerdo.

—Según nuestros servicios secretos, allí hay motines entre los soldados y los marineros británicos.

—Y han perdido toda esperanza de conectar con Kolchak. Sus ejércitos están regresando a toda prisa a Siberia. Podríamos perseguirlos hasta el otro lado de los Urales... pero me parece que tenemos asuntos más importantes en otras zonas.

—¿En el oeste?

—Allí la situación pinta bastante mal. Los blancos están reforzados por nacionalistas reaccionarios en Letonia, Lituania y Estonia. Kolchak ha nombrado a Yudénich comandante en jefe y ha respaldado a la flotilla dc la armada británica que tiene a nuestra flota inmovilizada en Kronstadt. Pero estoy aún más preocupado por el sur.

—El general Denikin.

—Cuenta con unos ciento cincuenta mil hombres, está apoyado por tropas francesas e italianas y recibe suministros de los británicos. Creemos que está planeando un ataque hacia Moscú.

—Si se me permite decirlo, creo que la clave para derrotarlo sería política, no militar.

Trotski parecía intrigado.

—Sigue.

—Allá adonde va, Denikin se gana enemigos. Sus cosacos roban por todas partes. Cada vez que toma una ciudad, hace una redada de judíos y los ajusticia. Si las minas de carbón no llegan a los objetivos de producción, mata a uno de cada diez mineros. Y, desde luego, ejecuta a todos los desertores de su ejército.

—Nosotros también —replicó Trotski—. Y matamos a los aldeanos que esconden a desertores.

—Y a los campesinos que se niegan a entregarnos su cereal. —Grigori había tenido que endurecer su corazón para aceptar esa brutal necesidad—. Pero conozco a los campesinos; mi padre lo era. Lo que más les importa es la tierra. Muchas de esas personas se hicieron con considerables extensiones de terreno en la revolución y quieren aferrarse a ellas... pase lo que pase.

—¿Y bien?

—Kolchak ha anunciado que la reforma de la tierra debería basarse en el principio de la propiedad privada.

—Lo cual significa que los campesinos tendrían que devolver los campos que le han arrebatado a la aristocracia.

—Y todo el mundo lo sabe. Me gustaría imprimir lo que proclama Kolchak y colgarlo en la puerta de todas las iglesias. No importa lo que hagan nuestros soldados, los campesinos nos preferirán a nosotros, y no a los blancos.

—Hazlo —dijo Trotski.

—Una cosa más. Anunciar una amnistía para los desertores. Durante siete días, cualquiera que regrese a filas eludirá el castigo.

—Otra maniobra política.

—No creo que exhorte a la deserción, porque solo será una semana; pero a lo mejor nos permite recuperar a algunos hombres... sobre todo cuando se den cuenta de que los blancos quieren quitarles la tierra.

—Inténtalo —lo animó Trotski.

Un ayudante entró y saludó.

—Un extraño informe, camarada Peshkov, que he pensado que le gustaría oír.

—Está bien.

—Es sobre uno de los prisioneros que hicimos en Buguruslán. Estaba con el ejército de Kolchak, pero llevaba uniforme estadounidense.

—Los blancos tienen soldados de todo el mundo. Los imperialistas capitalistas apoyan a la contrarrevolución, naturalmente.

—No es eso, señor.

—Entonces, ¿qué?

—Señor, dice que es su hermano.

III

El andén era largo y había una espesa niebla matutina, así que Grigori no veía el extremo final del tren. Seguramente se trataba de un error, pensó; una confusión de nombres o un fallo de traducción. Intentó prepararse para llevarse una decepción, pero no lo consiguió del todo: el corazón le latía más deprisa y parecía tener los nervios a flor de piel. Habían pasado casi cinco años desde la última vez que había visto a su hermano. A menudo había pensado que Lev debía de estar muerto. Esa podía ser aún la terrible realidad.

Caminó despacio, escudriñando la arremolinada neblina con la mirada. Si de verdad se trataba de Lev, era evidente que habría cambiado. En los últimos cinco años, Grigori había perdido un incisivo y la mayor parte de una oreja, y seguramente había cambiado también en otras cosas que él mismo no percibía. ¿Cuánto se habría transformado Lev?

Tras unos momentos, dos figuras salieron de la niebla blanca: un soldado ruso, con uniforme ajado y zapatos de confección casera; y, junto a él, un hombre que parecía estadounidense. ¿Era ese Lev? Llevaba el pelo muy corto, al estilo americano, y se había afeitado el bigote. Tenía ese aspecto de cara redondeada de los soldados estadounidenses bien alimentados, con hombros rollizos bajo el elegante uniforme nuevo. Un uniforme de oficial, comprobó Grigori con creciente incredulidad. ¿Podía ser Lev un oficial estadounidense?

El prisionero lo miraba fijamente y, al acercarse, Grigori vio que sí, era su hermano. En efecto, estaba diferente, y no era solo por ese aspecto general de pulcra prosperidad. Era la forma en que se movía, la expresión de su rostro y, sobre todo, la mirada de sus ojos. Había perdido su engreimiento infantil y había adquirido un aire precavido. De hecho, había madurado.

Cuando estuvieron lo bastante cerca para tocarse, Grigori pensó en todas las veces que lo había decepcionado Lev, y a sus labios afluyeron una horda de reproches; pero no pronunció ninguno de ellos y, en lugar de eso, abrió los brazos y abrazó a su hermano. Se dieron dos besos en las mejillas, se dieron palmadas en la espalda con cariño, volvieron a abrazarse y Grigori se sorprendió al verse llorar.

Al cabo de un rato, hizo subir a Lev al tren y lo llevó al vagón que utilizaba como despacho. Grigori le dijo a su ayudante que les trajera té. Se sentaron en dos sillones raídos.

—¿Estás en el ejército? —preguntó Grigori con incredulidad.

—En Estados Unidos el servicio militar es obligatorio —dijo Lev.

Eso tenía sentido. Lev jamás se habría alistado voluntariamente.

—¡Y eres oficial!

—Igual que tú —contestó Lev.

Grigori sacudió la cabeza.

—En el Ejército Rojo hemos abolido los rangos. Soy comisario militar.

—Pero todavía hay hombres que piden té y otros que lo sirven —repuso Lev cuando el ayudante entró con las tazas—. ¿No estaría orgullosa mamá?

—A más no poder. Pero ¿por qué no me escribiste nunca? ¡Pensaba que habías muerto!

—Ay, maldita sea, lo siento —dijo Lev—. Me sentía tan mal por haberme quedado con tu billete que quería escribir y decirte que podía pagarte un pasaje a ti también. No hacía más que retrasar la carta hasta que tuviera el dinero.

Era una excusa endeble, pero muy típica de Lev. No iba a una fiesta a menos que tuviera una chaqueta elegante que ponerse, y se negaba a entrar en un bar si no tenía dinero para invitar a una ronda de copas.

Grigori recordó otra traición.

—No me dijiste que Katerina estaba embarazada cuando te marchaste.

—¡Embarazada! No lo sabía.

—Sí que lo sabías. Le dijiste que no me lo contara.

—Ah. Supongo que lo olvidé. —Lev parecía tonto, pillado en plena mentira, pero no tardó mucho en recuperarse y contraatacar con su propia acusación—: ¡Ese barco en el que me enviaste ni siquiera iba a Nueva York! Me dejaron en tierra en una ciudad de mala muerte llamada Cardiff. Tuve que trabajar durante meses para ahorrar y poder comprar otro billete.

Grigori incluso se sintió culpable un instante; después recordó cómo le había suplicado su hermano ese billete.

—A lo mejor no debería haberte ayudado a escapar de la policía —dijo, arisco.

—Supongo que hiciste lo mejor para mí —repuso Lev a regañadientes. Después le dirigió esa cálida sonrisa con la que siempre conseguía el perdón de Grigori—. Como has hecho siempre —añadió—. Desde que murió mamá.

Grigori sintió un nudo en la garganta.

—De todas formas —dijo, concentrándose en que su voz sonara firme—, deberíamos castigar a la familia Vyalov por engañarnos.

—Yo ya tuve mi venganza —dijo Lev—. Hay un Josef Vyalov en Buffalo. Me follé a su hija y la dejé embarazada, y él tuvo que permitir que me casara con ella.

—¡Dios mío! ¿Ahora formas parte de la familia Vyalov?

—Después lo lamentó, y por eso se encargó de que me llamaran a filas. Espera que me maten en el campo de batalla.

—Joder, ¿todavía piensas con la polla?

Lev se encogió de hombros.

—Supongo que sí.

También Grigori tenía que darle algunas noticias, y estaba nervioso por cómo hacerlo. Empezó por decir con cautela:

—Katerina tuvo un niño, tu hijo. Lo llamó Vladímir.

Lev parecía satisfecho.

—Ah, ¿sí? ¡Conque tengo un hijo!

Grigori no tuvo valor para revelarle que Vladímir no sabía nada de Lev, y que lo llamaba «papá» a él. En lugar de eso, dijo:

—Yo he cuidado de él.

—Sabía que lo harías.

Grigori sintió una punzada de indignación familiar al ver cómo Lev daba por sentado que otros asumirían las responsabilidades que él iba dejando por el camino.

—Lev —dijo—, me casé con Katerina. —Esperó a ver la reacción de ultraje.

Pero Lev permaneció calmado.

—También sabía que harías eso.

Grigori no salía de su asombro.

—¿Qué?

Lev asintió.

—Siempre estuviste loco por ella, y Katerina necesitaba a un hombre fuerte y digno de confianza para criar a su hijo. Estaba convencido de que sucedería así.

—¡Pasé un infierno! —exclamó Grigori. ¿Había sufrido tanto por nada?—. Me torturaba la idea de haberte sido desleal.

—Diablos, no. Yo la dejé en la estacada. Os deseo lo mejor.

Grigori se enfureció al ver que Lev se lo tomaba todo tan a la ligera.

—¿No te preocupábamos ni un poco? —preguntó, dolido.

—Ya me conoces, Grishka.

Por supuesto que Lev no se había preocupado por ellos.

—Casi ni pensabas en nosotros.

—Claro que pensaba en vosotros. No seas tan santurrón. Tú la querías; durante una temporada mantuviste las distancias, puede que unos años; pero al final te la tiraste.

Era la pura verdad. Lev tenía una forma muy molesta de rebajar a todo el mundo a su nivel.

—Tienes razón —dijo Grigori—. De todas formas, ahora tenemos también una niña, Anna. Tiene un año y medio.

—Dos adultos y dos niños. No importa. Tengo bastante.

—¿De qué estás hablando?

—He hecho un poco de dinero vendiéndoles whisky de los almacenes del ejército británico a los cosacos a cambio de oro. He acumulado una pequeña fortuna. —Lev se metió una mano por dentro de la camisa del uniforme, desabrochó una hebilla y sacó una faltriquera—. ¡Aquí hay bastante para pagar los pasajes de los cuatro y que os vengáis a América! —Le dio la faltriquera a su hermano.

Grigori estaba atónito y emocionado. Lev, después de todo, no se había olvidado de su familia. Había ahorrado para un pasaje. Naturalmente, tenía que realizar la entrega del dinero con un gesto ampuloso: así era el carácter de Lev. Pero había mantenido su promesa.

Qué lástima que no sirviera de nada.

—Gracias —dijo Grigori—. Estoy orgulloso de ti al ver que has hecho lo que dijiste. Pero, desde luego, ya no es necesario. Puedo conseguir que te liberen y ayudarte a recuperar una vida normal en Rusia. —Le devolvió el cinturón con el dinero.

Lev lo aceptó y lo sostuvo en las manos sin dejar de mirarlo.

—¿Qué quieres decir?

Grigori vio que Lev estaba ofendido y comprendió que lo había herido al rechazar su regalo. Sin embargo, le preocupaba más otra cosa. ¿Qué sucedería cuando Lev y Katerina se reencontraran? ¿Volvería ella a enamorarse del hermano más atractivo? A Grigori se le heló el corazón al pensar que podía perderla después de todo lo que habían pasado juntos.

—Ahora vivimos en Moscú —dijo—. Tenemos un apartamento en el Kremlin; Katerina, Vladímir, Anna y yo. Me resultará bastante fácil conseguirte uno a ti también…

—Espera un momento —lo interrumpió Lev, y en su rostro apareció una expresión de incredulidad—. ¿Crees que quiero volver a Rusia?

—Ya lo has hecho —repuso Grigori.

—¡Pero no para quedarme!

—No es posible que quieras regresar a América.

—¡Claro que quiero! Y tú deberías venir conmigo.

—¡Pero es que no hay necesidad! Rusia ya no es como antes. ¡El zar ya no está!

—Me gusta América —dijo Lev—. A ti también te gustará, a todos vosotros, sobre todo a Katerina.

—¡Pero aquí estamos haciendo historia! Hemos inventado una nueva forma de gobierno, el sóviet. Esto es la nueva Rusia, el nuevo mundo. ¡Te lo estás perdiendo todo!

—Eres tú el que no lo entiende —replicó Lev—. En América tengo mi propio coche. Hay más alimentos de los que puedas comer. Todo el alcohol que quieras, todos los cigarrillos que puedas fumar. ¡Tengo cinco trajes!

—¿De qué sirve tener cinco trajes? —preguntó Grigori con frustración—. Es como tener cinco camas. ¡Solo se usa uno a la vez!

—No es así como yo lo veo.

Lo que hacía que la conversación resultara tan exasperante era que estaba claro que Lev creía que era Grigori el que no entendía nada. Grigori ya no sabía qué más decir para hacer cambiar de opinión a su hermano.

—¿De verdad es eso lo que quieres? ¿Cigarrillos, demasiada ropa y un coche?

—Es lo que desea todo el mundo. Será mejor que los bolcheviques lo recordéis bien.

Grigori no pensaba dejar que Lev le diera ninguna lección de política.

—Los rusos quieren pan, paz y tierra.

—De todas formas, en América tengo una hija. Se llama Daisy. Tiene tres años.

Grigori arrugó la frente, dubitativo.

—Sé lo que estás pensando —dijo Lev—. No me ocupé del hijo de Katerina… ¿cómo has dicho que se llamaba?

—Vladímir.

—Piensas que él no me importó, así que, ¿por qué debería importarme Daisy? Pero es diferente. A Vladímir no llegué a conocerlo. Solo era una cosa diminuta en el vientre de su madre cuando me fui de Petrogrado. Pero a Daisy la quiero y, lo que es más importante, ella me quiere a mí.

Al menos eso sí que lo entendía Grigori. Se alegraba de que Lev tuviera suficiente corazón para sentirse unido a su hija. Y, aunque lo soliviantaba que prefiriese Estados Unidos, en el fondo se sentiría enormemente aliviado si Lev no volvía a casa. Porque seguro que querría conocer a Vladímir y, entonces, ¿cuánto tiempo pasaría antes de que el niño se enterase de quién era su verdadero padre? Y, si Katerina decidía dejar a Grigori por Lev y llevarse a Vladímir con ella, ¿qué pasaría con Anna? ¿La perdería Grigori también a ella? Para él, pensó con culpabilidad, era mucho mejor que Lev volviera a Estados Unidos solo.

—Creo que estás tomando la decisión equivocada, pero no voy a obligarte —dijo.

Lev sonrió.

—Tienes miedo de que me lleve a Katerina, ¿verdad? Te conozco demasiado, hermano.

Grigori se estremeció.

—Sí —dijo—. Que te la lleves, y luego vuelvas a abandonarla y dejes que sea yo quien recoja los pedazos una segunda vez. También yo te conozco a ti.

—Pero me ayudarás a volver a América.

—No. —Grigori no pudo evitar sentir una punzada de satisfacción al ver la expresión de miedo que asomó al rostro de Lev, pero no prolongó la agonía—. Te ayudaré a volver al ejército blanco. Ellos podrán llevarte a América.

—¿Cómo lo haremos?

—Iremos en coche hasta la línea de batalla, algo más allá. Allí te liberaré en tierra de nadie. Después de eso, estarás solo.

—Podrían dispararme.

—A los dos podrían dispararnos. Esto es una guerra.

—Supongo que tendré que arriesgarme.

—No te pasará nada, Lev —sentenció Grigori—. Nunca te pasa nada.

IV

Llevaron escoltado a Billy Williams a pie por las polvorientas calles de la ciudad desde la cárcel municipal de Ufa hasta la Escuela de Comercio que el ejército británico estaba utilizando como acuartelamiento provisional.

El consejo de guerra tuvo lugar en un aula. Fitz estaba sentado al escritorio del profesor, con su edecán, el capitán Murray, a su lado. También se hallaba presente el capitán Gwyn Evans, con una libreta y un lápiz.

Billy iba sucio y sin afeitar, y había dormido mal junto a los borrachos y las prostitutas de la ciudad. Fitz llevaba un uniforme perfectamente planchado, como siempre. El muchacho sabía que tenía graves problemas. El veredicto era de prever: las pruebas eran claras. Había revelado secretos militares en cartas codificadas a su hermana. Sin embargo, estaba decidido a no dejar que notaran que tenía miedo. Iba a dar una buena imagen de su persona.

Fitz tomó la palabra:

—Esto es un consejo de guerra sumarísimo de campaña, permitido cuando el acusado está en servicio activo en el extranjero y no es posible celebrar el consejo de guerra habitual. Solo se necesitan tres oficiales en el papel de jueces, o dos, si no se dispone de más. Se puede enjuiciar a un soldado de cualquier rango por cualquier tipo de infracción, y tiene potestad para imponer la pena capital.

La única posibilidad de Billy era influir en la sentencia. Entre los posibles castigos estaban el encarcelamiento o la deportación con trabajos forzados y la muerte. Sin duda, Fitz querría enviar a Billy al pelotón de fusilamiento, o al menos condenarlo a muchos años de cárcel. El objetivo del sargento era sembrar en la mente de Murray y Evans suficientes dudas sobre la imparcialidad del juicio para hacerles optar por un breve período de prisión.

—¿Dónde está mi abogado? —preguntó entonces.

—No nos es posible ofrecerle representación legal —respondió Fitz.

—Está seguro de eso, ¿verdad, señor?

—Hable solo cuando se lo digan, sargento.

—Que conste en acta que se me ha negado el acceso a un abogado —dijo Billy. Miró a Gwyn Evans, el único que tenía una libreta. Como Evans no hacía nada, Billy añadió—: ¿O será el acta de este juicio un embuste? —Puso muchísimo énfasis en la palabra «embuste», sabiendo que ofendería al conde. Era parte del código del caballero inglés decir siempre la verdad.

Fitz le hizo un gesto con la cabeza a Evans, que tomó nota.

«Primer punto para mí», pensó Billy, y se alegró un poco.

—William Williams, se le acusa según la Primera Parte de la Ley del Ejército. La acusación consiste en que, a sabiendas y estando de servicio, ha cometido un acto calculado para poner en peligro el éxito de las fuerzas de Su Majestad. La pena es la muerte, o un castigo menor que le imponga este tribunal.

El repetido énfasis en la pena de muerte hizo que Billy se estremeciera, pero mantuvo el rostro impertérrito.

—¿Qué tiene que decir?

Billy respiró hondo. Habló con voz clara e imprimió en su tono toda la burla y el desprecio que fue capaz de reunir.

—Tengo que decir que cómo se atreve —espetó—. ¿Cómo se atreve a fingirse un juez imparcial? ¿Cómo se atreve a actuar como si nuestra presencia en Rusia fuese una operación legítima? Y ¿cómo se atreve a acusar de traición a un hombre que ha luchado a su lado durante tres años? Eso es lo que tengo que decir.

—No seas insolente, Billy, muchacho. Así no harás más que empeorar las cosas —intervino Gwyn Evans.

Billy no iba a permitir que Evans fingiera ser benevolente.

—Y yo le aconsejo que se marche ahora y no tenga nada más que ver con este tribunal desautorizado —dijo Billy—. Cuando corra la voz... y, créame, esto saldrá publicado en la portada del *Daily Mirror*... descubrirá que es usted el que ha caído en desgracia, no yo. —Miró a Murray—. Todo el que haya tenido algo que ver con esta farsa caerá en desgracia.

Evans parecía incómodo. Era evidente que no había pensado que aquello pudiera hacerse público.

—¡Ya basta! —exclamó Fitz con voz imperiosa y airada.

«Bien —pensó Billy—; ya lo he sacado de quicio.»

—Veamos las pruebas, por favor, capitán Murray —prosiguió Fitz.

Murray abrió una carpeta y sacó una hoja de papel. Billy reconoció su letra. Tal como esperaba, era una carta suya para Ethel.

Murray se la enseñó y dijo:

—¿Ha escrito usted esta carta?

—¿Cómo ha llegado a su poder, capitán Murray? —contestó Billy.

—¡Responda la pregunta! —bramó Fitz.

—Fue usted a la escuela de Eton, ¿verdad, capitán? —dijo Billy—. Un caballero jamás leería el correo de otra persona, o eso nos decían. Pero, según tengo entendido, solo el censor oficial tiene derecho a examinar las cartas de los soldados. De manera que doy por hecho que ha llegado a su poder a través del censor. —Hizo una pausa. Tal como esperaba, Murray se resistía a responder. Prosiguió—: ¿O acaso se ha obtenido la carta de manera ilegal?

—¿Ha escrito usted esta carta? —repitió Murray.

—Si se ha obtenido ilegalmente, entonces no puede utilizarse en un juicio. Me parece que eso es lo que diría un abogado. Pero aquí no hay ninguno. Eso es lo que hace que esto sea un tribunal desautorizado.

—¿Ha escrito esta carta?

—Responderé la pregunta cuando me hayan explicado cómo llegó a sus manos.

—Ya sabe que puede ser castigado por desacato al tribunal —dijo Fitz.

«Me estoy enfrentando a una pena de muerte —pensó Billy—; ¡qué estúpido por parte de Fitz amenazarme!» Pero dijo:

—Quiero defenderme llamando la atención sobre la irregularidad de este tribunal y la ilegalidad del proceso. ¿Va a prohibírmelo… señor?

Murray se rindió.

—El sobre lleva escrita la dirección de remite y el nombre del sargento Billy Williams. Si el acusado desea afirmar que no la ha escrito, debería decirlo ahora.

Billy no dijo nada.

—Esta carta es un mensaje codificado —siguió diciendo Murray—. Se puede descifrar leyendo una de cada tres palabras, y la letra mayúscula inicial de títulos de canciones y películas. —Murray le pasó la carta a Evans—. Descodificada así, dice lo siguiente…

La carta de Billy describía la incompetencia del régimen de Kolchak y decía que, a pesar de todo el oro que tenían, no habían llegado a pagar al personal del ferrocarril Transiberiano, de manera que continuaban teniendo problemas de suministro y transporte. También detallaba la ayuda que intentaba ofrecer el ejército británico. La información se había mantenido en secreto para el público de Gran Bretaña, que pagaba al ejército y cuyos hijos estaban arriesgando la vida.

—¿Niega haber enviado este mensaje? —le dijo Murray a Billy.

—No puedo comentar nada sobre una prueba que ha sido obtenida de manera ilegal.

—La destinataria, E. Williams, es de hecho la señora Ethel Leckwith, impulsora de la campaña «Rusia no se toca», ¿verdad?

—No puedo comentar nada sobre una prueba que ha sido obtenida de manera ilegal.

—¿Le ha escrito otras cartas codificadas?

Billy no respondió.

—Y ella ha utilizado la información que le ha dado usted para publicar artículos de prensa hostiles que desacreditan al ejército británico y ponen en peligro el éxito de nuestras acciones aquí.

—De ninguna manera —replicó Billy—. El ejército ha sido desacreditado por los hombres que nos enviaron en una misión secreta e ilegal sin el conocimiento ni el consentimiento del Parlamento. La campaña «Rusia no se toca» es el primer paso necesario para devolvernos nuestro legítimo papel como defensores de Gran Bretaña, en lugar de ser el ejército privado de una pequeña conspiración de generales y políticos de derechas.

El rostro cincelado del conde estaba congestionado de ira, y Billy se sintió muy satisfecho al verlo.

—Creo que ya hemos oído suficiente —zanjó Fitz—. El tribunal debe deliberar ahora su veredicto. —Murray murmuró algo y Fitz dijo—: Ah, sí. ¿Tiene algo que añadir el acusado?

Billy se levantó.

—Llamo como mi primer testigo al coronel, el conde Fitzherbert.

—No sea ridículo —dijo Fitz.

—Que conste en acta que el tribunal se ha negado a permitirme interrogar a un testigo, aunque estaba presente en el juicio.

—Prosiga de una vez.

—Si no se me hubiera negado mi derecho a llamar a un testigo, le habría preguntado al coronel qué relación tenía con mi familia. ¿Acaso no me guarda un rencor personal a causa del papel de mi padre como líder de los mineros? ¿Cuál fue su relación con mi hermana? ¿No la empleó como su ama de llaves y luego la despachó misteriosamente? —Billy estuvo tentado de decir más acerca de Ethel, pero eso habría sido arrastrar su nombre por el fango y, además, seguramente con la insinuación bastaba—. Le habría preguntado por su interés personal en esta guerra ilegal contra el gobierno bolchevique. ¿No es su mujer una princesa rusa? ¿No es su hijo heredero de propiedades rusas? ¿No está aquí el coronel, en realidad, para defender sus intereses económicos personales? ¿No son todas estas cuestiones la verdadera explicación de por qué ha convocado esta farsa de tribunal? Y ¿no lo descalifica eso completamente para ser juez en este caso?

Fitz lo miraba impertérrito, pero tanto Murray como Evans estaban desconcertados. No sabían nada de todos esos asuntos personales.

—No tengo más que añadir —dijo Billy—. El káiser de Alemania está acusado de crímenes de guerra. Se argumenta que declaró la guerra exhortado por sus generales y en contra de la voluntad del pueblo alemán, tal como expresaron claramente sus representantes en el Reichstag, su Parlamento. Por el contrario, se argumenta que Gran Bretaña le declaró la guerra a Alemania solo tras un debate en la Cámara de los Comunes.

Fitz fingía aburrirse, pero Murray y Evans escuchaban con atención.

—Pensemos ahora en esta guerra de Rusia —prosiguió Billy—. Jamás se ha debatido en el Parlamento británico. Sus hechos se ocultan al pueblo de Gran Bretaña bajo la pretensión de la seguridad operativa… la excusa que se da siempre para los secretos vergonzosos del ejército. Estamos luchando, pero no se ha declarado ninguna guerra. El primer ministro británico y los suyos se encuentran exactamente en la misma situación que el káiser y sus generales. Son ellos los que actúan ilegalmente… no yo. —Billy se sentó.

Los dos capitanes hicieron corrillo con Fitz. Billy se preguntó si había ido demasiado lejos. Había sentido la necesidad de ser mordaz, pero puede que hubiera ofendido a los capitanes, en lugar de ganarse su apoyo.

No obstante, parecía haber divergencia de opiniones entre los jueces. Fitz hablaba con vehemencia y Evans negaba con la cabeza. Murray parecía sentirse violento allí. Billy pensó que eso seguramente era buena señal. De todas formas, estaba más asustado que nunca. Ni cuando se había enfrentado a las ametralladoras en el Somme ni cuando había vivido una explosión en el pozo de la mina había sentido tanto miedo como el que estaba experimentando al ver su vida en manos de unos oficiales malévolos.

Por fin parecían haber llegado a un acuerdo.

Fitz miró a Billy y ordenó:

—Levántese.

Billy se puso de pie.

—Sargento William Williams, este tribunal lo considera culpable de la acusación. —Lo miró fijamente, como confiando ver en su cara la vergüenza de la derrota.

Pero Billy ya esperaba el veredicto de culpabilidad. Era la sentencia lo que temía.

—Queda sentenciado a diez años de trabajos forzados —dijo Fitz.

Billy no pudo seguir manteniendo la inexpresividad de su rostro. No era la pena capital, pero… ¡diez años! Cuando saliera tendría treinta años. Estarían en 1929. Mildred tendría treinta y cinco. Podría haber pasado ya la mitad de sus vidas. Su fachada de desafío se desmoronó y se le saltaron las lágrimas.

Una expresión de profunda satisfacción iluminó el rostro de Fitz.

—Retírese —dijo.

Se llevaron a Billy custodiado para que empezara su sentencia en prisión.

37

Mayo y junio de 1919

I

El primero de mayo, Walter von Ulrich le escribió una carta a Maud y la envió en la ciudad de Versalles.

No sabía si estaba viva o muerta. No había tenido noticias suyas desde su encuentro en Estocolmo. Todavía no había servicio postal entre Alemania y Gran Bretaña, así que era la primera oportunidad que tenía de escribirle en dos años.

Walter y su padre habían viajado a Francia el día anterior junto con ciento ochenta políticos, diplomáticos y funcionarios del Ministerio de Asuntos Exteriores, como parte de la delegación alemana de la conferencia de paz. Los ferrocarriles franceses habían reducido la marcha de su tren especial hasta hacerlos cruzar el paisaje devastado del nordeste de Francia a una velocidad de a pie.

—Como si nosotros fuéramos los únicos que dispararon obuses aquí —comentó Otto, malhumorado.

Desde París los habían llevado en autobús hasta la pequeña ciudad de Versalles y los habían dejado en el Hôtel des Réservoirs. Su equipaje fue descargado en el patio, donde de bastante mala manera les dijeron que lo entraran ellos mismos. Walter pensó que estaba claro que los franceses no iban a ser magnánimos en la victoria.

—No han ganado, eso es lo que les pasa —dijo Otto—. Puede que tampoco hayan perdido, o no del todo, porque los británicos y los norteamericanos los han salvado... pero de eso no pueden alardear mucho. Los hemos vencido, y ellos lo saben, por eso se sienten heridos en su descomedido orgullo.

El hotel era frío y lúgubre, pero los magnolios y los manzanos de fuera estaban en flor. Los alemanes tenían permiso para pasear por las tierras del gran *château* y visitar las tiendas. Siempre había un pequeño corrillo frente al hotel. La gente normal no era tan maligna como los funcionarios. En ocasiones los abucheaban, pero la mayoría de las veces simplemente sentían curiosidad por ver al enemigo.

Walter le escribió a Maud el primer día. No mencionó su matrimonio; no estaba convencido de que fuera seguro y, de todas formas, era difícil romper la costumbre del secretismo. Le dijo dónde estaba, describió el hotel y sus alrededores y le pidió que le contestara. Fue andando a la ciudad, compró un sello y envió la carta.

Esperaba la respuesta con anhelante impaciencia. Si seguía viva, ¿lo amaría aún? Estaba casi seguro de que sí. Sin embargo, habían pasado dos años desde que Maud lo abrazara con ansia en aquella habitación de hotel de Estocolmo. El mundo estaba lleno de hombres que habían regresado de la guerra y se habían encontrado con que sus novias o sus esposas se habían enamorado de otro durante los largos años de separación.

Unos cuantos días después, los jefes de las delegaciones fueron convocados en el hotel Trianon Palace, al otro lado del parque, donde se les hizo entrega con gran ceremonia de copias impresas del tratado de paz esbozado por los victoriosos aliados. Estaba en francés. De vuelta en el Hôtel des Réservoirs, las copias fueron entregadas a los equipos de traductores. Walter era el jefe de uno de estos. Dividió su trabajo en secciones, las repartió y se sentó a leer.

Era aún peor de lo que había esperado.

El ejército francés ocuparía la región fronteriza de Renania durante quince años. La región alemana del Sarre se convertiría en protectorado de la Sociedad de las Naciones y los franceses controlarían sus minas de carbón. Alsacia y Lorena serían devueltas a Francia sin plebiscito: el gobierno francés temía que la población votara por seguir siendo alemana. El nuevo estado de Polonia era tan vasto que abarcaba los hogares de tres millones de alemanes y los yacimientos de carbón de Silesia. Alemania perdería todas sus colonias: los aliados se las habían repartido como ladrones dividiendo el botín. Y los alemanes tendrían que acceder a pagar una cantidad sin especificar en concepto de reparaciones: dicho de otro modo, firmarían un cheque en blanco.

Walter se preguntó qué clase de país querían que fuera Alemania. ¿Tenían en mente un gigantesco campo de esclavos donde todo el mundo viviría de raciones de campaña y se mataría a trabajar para que los caciques se quedaran con la producción? Si él mismo iba a ser un esclavo en esas condiciones, ¿cómo podía plantearse formar un hogar con Maud y tener hijos?

Sin embargo, lo peor de todo era la cláusula de la culpabilidad de la guerra.

El artículo 231 del tratado decía: «Los gobiernos aliados y asociados afirman, y Alemania acepta, que Alemania y sus aliados son responsables de haber causado todas las pérdidas y los daños a los que se han visto sujetos los gobiernos aliados y asociados, así como sus ciudadanos, como consecuencia de la guerra que les fue impuesta por la agresión de Alemania y sus aliados».

—Eso es mentira —dijo Walter con enfado—. Una maldita mentira atroz, perversa, ignorante y estúpida.

Alemania no era inocente, lo sabía, y él lo había discutido mucho con su padre, una y otra vez. Pero había vivido en primera persona las crisis diplomáticas del verano de 1914, conocía hasta el último paso del camino que había conducido a la guerra, y no había ninguna nación que fuera culpable. La principal preocupación de los mandatarios de ambos lados había sido proteger sus países, y ninguno de ellos había tenido intención de abocar al mundo a la mayor guerra de la historia: ni Asquith, ni Poincaré, ni el káiser, ni el zar, ni el emperador austríaco. Incluso Gavrilo Princip, el asesino de Sarajevo, se había sentido horrorizado, por lo visto, al darse cuenta de lo que había empezado. Sin embargo, ni siquiera él era responsable de «todas las pérdidas y los daños».

Walter se encontró con su padre algo pasada la medianoche, cuando los dos se estaban dando un pequeño descanso, tomando un café para permanecer despiertos y seguir trabajando.

—¡Esto es indignante! —bramó Otto—. Accedimos a un armisticio basado en los Catorce Puntos de Wilson... ¡pero este tratado no tiene nada que ver con ello!

Por una vez, Walter estaba de acuerdo con su padre.

Por la mañana ya se habían impreso copias de la traducción y se enviaron a Berlín con un mensajero especial: un ejercicio clásico de la eficiencia alemana, pensó Walter, a quien le resultaba más fácil ver las virtudes de su país ahora que lo estaban denigrando. Demasiado agotado para dormir, decidió ir a pasear hasta que se sintiera lo bastante relajado para acostarse.

Salió del hotel y fue al parque. Los rododendros estaban brotando. Era una mañana buena para Francia; sombría para Alemania. ¿Qué efecto causarían las propuestas en el apurado gobierno socialdemócrata alemán? ¿Se desesperaría la gente y abrazarían el bolchevismo?

Estaba solo en el gran parque, salvo por una mujer que llevaba un ligero abrigo de primavera y que estaba sentada en un banco, bajo un castaño. Absorto en sus pensamientos, Walter se llevó la mano al borde del sombrero de fieltro con educación al pasar junto a ella.

—Walter —dijo la mujer.

Se le detuvo el corazón. Conocía esa voz, pero no podía ser ella. Se volvió y la miró fijamente.

La mujer se levantó.

—Oh, Walter —dijo—. ¿No me has reconocido?

Era Maud.

La sangre de Walter parecía cantar al recorrer sus venas. Dio dos pasos hacia ella y Maud se lanzó a sus brazos. La estrechó con fuerza. Hundió su rostro en la curva del cuello de Maud e inhaló su fragancia, todavía tan familiar a pesar de los años transcurridos. Le besó la frente, las mejillas y luego la boca. Le hablaba y la besaba a la vez, pero ni las palabras ni los besos podían expresar todo lo que guardaba en su corazón.

Al final, fue ella quien habló.

—¿Todavía me quieres? —preguntó.

—Más que nunca —respondió él, y volvió a besarla.

II

Maud pasó las manos por el torso desnudo de Walter mientras estaban tumbados en la cama después de haber hecho el amor.

—Estás muy delgado —dijo.

El vientre de Walter formaba una curva cóncava, y los huesos de las caderas le sobresalían. Ella quería engordarlo a base de cruasanes con mantequilla y *foie gras*.

Estaban en una habitación de una fonda a algunos kilómetros de París. La ventana permanecía abierta, y una suave brisa primaveral hacía ondear las cortinas amarillo pálido. Maud había descubierto aquel lugar hacía muchos años, cuando Fitz lo había usado para sus citas con una mujer casada, la *comtesse* de Cagnes. El establecimiento, poco más que una casa grande en un pueblo pequeño, ni siquiera tenía nombre.

Los hombres hacían una reserva para la comida y cogían una habitación para la tarde. Tal vez hubiera lugares así en las afueras de Londres, pero, en cierta forma, aquel sistema parecía muy francés.

Se registraron como el señor y la señora Wooldridge, y Maud se puso la alianza de boda que había escondido durante casi cinco años. Sin duda, la discreta propietaria dio por supuesto que solo fingían estar casados. Eso no les importaba, siempre que no sospechara que Walter era alemán, lo cual podría traerles problemas.

Maud no podía quitarle las manos de encima. Estaba tan agradecida de que hubiera vuelto a ella con su cuerpo intacto... Le recorrió la larga cicatriz de la espinilla con las yemas de los dedos.

—Me la hicieron en Château-Thierry —explicó Walter.

—Gus Dewar estuvo en esa batalla. Espero que no fuera él quien te disparó.

—Tuve suerte de que curase bien. Muchos hombres murieron de gangrena.

Hacía tres semanas que se habían reencontrado. Durante ese tiempo, Walter había estado trabajando día y noche en la respuesta alemana al borrador del tratado, y solo salía una media hora al día para dar un paseo con ella por el parque o a sentarse en la parte de atrás del Cadillac azul de Fitz mientras el chófer conducía dando vueltas.

Maud estaba tan asombrada como Walter por las duras condiciones que les habían ofrecido a los alemanes. El objeto de la conferencia de París era crear un nuevo mundo justo y pacífico; no permitir que los ganadores se vengaran de los perdedores. La nueva Alemania debía ser democrática y próspera. Ella quería tener hijos con su marido, y estos serían alemanes. A menudo pensaba en ese pasaje del Libro de Rut que empezaba diciendo: «Dondequiera que vayas, iré yo». Tarde o temprano tendría que decirle eso a Walter.

No obstante, le había reconfortado saber que no era la única a quien no le parecían bien las propuestas del tratado. Había más gente del lado de los aliados que creía que la paz era más importante que la venganza. Doce miembros de la delegación estadounidense habían dimitido en señal de protesta. En Gran Bretaña, en unas elecciones para cubrir un escaño que había quedado vacío, había ganado el candidato que abogaba por una paz no vengativa. El arzobispo de Canterbury había declarado públicamente que se sentía «muy incómodo» y decía hablar en nombre de un silencioso cuerpo de opinión que no estaba representado en los periódicos «antihunos».

El día anterior, los alemanes habían presentado su contrapropuesta: más de un centenar de páginas rigurosamente argumentadas que se basaban en los Catorce Puntos de Wilson. Esa mañana, la prensa francesa estaba que echaba humo. Indignados hasta más no poder, dijeron que el documento era un monumento a la insolencia y una payasada detestable.

—Nos acusan de arrogancia… ¡los franceses! —exclamó Walter—. ¿Cómo es ese dicho de un puchero?

—Apártate que me tiznas, dijo la sartén al cazo —contestó Maud.

Walter se tumbó de lado y empezó a jugar con el vello púbico de ella. Era oscuro, rizado y exuberante. Maud se había ofrecido a recortárselo, pero él le dijo que le gustaba tal como estaba.

—¿Qué vamos a hacer? —preguntó—. Es romántico verse en un hotel y acostarse por la tarde, como dos amantes ilícitos, pero no podemos seguir así para siempre. Tenemos que decirle al mundo que somos marido y mujer.

Maud estaba de acuerdo. También ella esperaba con impaciencia el día que pudiera dormir con él todas las noches, aunque no lo decía: le daba un poco de vergüenza lo mucho que le gustaba disfrutar del sexo con él.

—Podríamos formar un hogar, simplemente, y dejar que sacaran sus propias conclusiones.

—No me sentiría cómodo con eso —dijo Walter—. Parecería que los dos nos avergonzamos.

Ella sentía lo mismo. Quería anunciar su felicidad a los cuatro vientos, no ocultarla. Estaba orgullosa de Walter: era guapo, valiente y tenía una inteligencia fuera de lo común.

—Podríamos volver a casarnos —propuso—. Nos prometemos, lo anunciamos, organizamos una ceremonia, y nunca le diremos a nadie que ya llevábamos casados casi cinco años. No es ilegal casarse dos veces con la misma persona.

Walter lo meditó bien.

—Mi padre y tu hermano se opondrían. No podrían detenernos, pero sí hacérnoslo todo muy desagradable… lo cual marchitaría la felicidad de la ocasión.

—Tienes razón —dijo ella, entristecida—. Fitz diría que puede que algunos alemanes sean hombres de bien, pero que de todas maneras a nadie le gusta que se casen con su hermana.

—De modo que debemos anunciarles un hecho consumado.

—Podemos contárselo, y luego lo publicamos en la prensa —dijo

Maud—. Diremos que es un símbolo del nuevo orden mundial. Un matrimonio angloalemán al mismo tiempo que el tratado de paz.

Él parecía dudarlo.

—¿Cómo podríamos conseguirlo?

—Hablaré con el director de la revista *Tatler*. Me tienen en estima; les he proporcionado muchísimo material.

Walter sonrió y dijo:

—Lady Maud Fitzherbert siempre va vestida a la última moda.

—¿Qué dices?

Walter cogió su billetera de la mesilla de noche y sacó un recorte de periódico.

—La única fotografía que tenía de ti —dijo.

Maud se la arrebató. Estaba desgastada por los años y su color se había desvanecido hasta quedar arenoso. Miró la foto con atención.

—Es de antes de la guerra.

—Y ha estado conmigo desde entonces. Como yo, ha sobrevivido.

Los ojos de Maud se llenaron de lágrimas y la imagen se emborronó más aún.

—No llores —dijo él, abrazándola.

Maud apretó su rostro contra el torso desnudo de Walter y siguió llorando. Había mujeres que lloraban por cualquier cosa, pero ella nunca había sido de esas. En ese momento, sin embargo, gimoteaba sin poder contenerse. Lloraba por los años perdidos, por los millones de jóvenes que yacían en su tumba y por el desperdicio estúpido e inútil que había supuesto la guerra. Estaba derramando todas las lágrimas reprimidas durante cinco años de autocontrol.

Cuando terminó y se le secaron los ojos, lo besó con avidez y volvieron a hacer el amor.

III

El 16 de junio, el Cadillac azul de Fitz recogió a Walter en el hotel y lo llevó al centro de París. Maud había decidido que la revista *Tatler* querría una fotografía de ellos dos. Walter llevaba puesto un traje de tweed confeccionado en Londres antes de la guerra. Le venía demasiado ancho en la cintura, pero todos los alemanes iban por ahí con ropa que les quedaba grande.

Walter había montado un pequeño departamento de los servicios secretos en el Hôtel des Réservoirs, y desde allí hacían un seguimiento de los periódicos franceses, británicos, estadounidenses e italianos, además de recopilar todos los chismes de los que se enteraba la delegación alemana. Sabía que había enconadas discusiones entre los aliados sobre las contrapropuestas alemanas. Lloyd George, un político que pecaba de flexible, estaba dispuesto a reconsiderar el borrador de tratado. Pero el primer ministro francés, Clemenceau, decía que ya había sido bastante generoso y resoplaba de indignación ante cualquier insinuación de enmienda. Sorprendentemente, Woodrow Wilson también se mostraba obstinado. Creía que el borrador era un acuerdo justo, y siempre que tomaba una decisión hacía oídos sordos a cualquier crítica.

Los aliados también estaban negociando tratados de paz para los socios de Alemania: Austria, Hungría, Bulgaria y el Imperio otomano. Estaban creando nuevos países como Yugoslavia y Checoslovaquia, y repartiéndose Oriente Próximo en zonas británicas y francesas. También discutían sobre si firmar la paz con Lenin. La gente estaba cansada de la guerra en todos los países, pero quedaban unos cuantos hombres poderosos que aún insistían en luchar contra los bolcheviques. El diario británico *Daily Mail* había descubierto una conspiración de financieros judíos internacionales que apoyaban al régimen de Moscú: una más de las inverosímiles fantasías de ese periódico.

En el tratado para Alemania, Wilson y Clemenceau habían invalidado la posición de Lloyd George, y ese mismo día, algo antes, el equipo alemán del Hôtel des Réservoirs había recibido un impaciente mensaje que les daba tres días para aceptar.

Walter, sentado en la parte de atrás del coche de Fitz, pensaba en el futuro de su país con pesimismo. Sería como una colonia africana, se dijo, donde los primitivos habitantes no trabajan más que para enriquecer a sus amos extranjeros. No querría educar a sus hijos en un lugar así.

Maud lo esperaba en el estudio del fotógrafo, maravillosa, con un vaporoso vestido veraniego que, según le dijo, era de Paul Poiret, su modisto favorito.

El fotógrafo tenía un fondo pintado en el que se veía un jardín repleto de flores, pero Maud decidió que era de mal gusto, así que posaron frente a las cortinas del comedor, que por suerte eran lisas. Al principio se colocaron uno al lado del otro, sin tocarse, como dos desconocidos. El fotógrafo propuso que Walter se arrodillara frente a Maud, pero aquello resultaba demasiado sentimental. Al final encontraron una postura que les gustó a todos: ellos dos dándose la mano y mirándose a los ojos en lugar de a la cámara.

El hombre prometió que al día siguiente ya tendrían listas las copias de la fotografía.

Se fueron a comer a la fonda.

—Los aliados no pueden ordenar a Alemania que firme y ya está —dijo Maud—. Eso no es una negociación.

—Es lo que han hecho.

—¿Qué pasará si os negáis?

—No lo han dicho.

—Y ¿qué vais a hacer?

—Unos cuantos de la delegación vuelven a Berlín esta noche para consultar con nuestro gobierno. —Suspiró—. Me temo que me han elegido para acompanarlos.

—Entonces, este es el momento para hacer nuestro anuncio. Volveré a Londres mañana, después de recoger las fotografías.

—Está bien —accedió él—. Yo se lo contaré a mi madre en cuanto llegue a Berlín. Ella se lo tomará bien. Después se lo diré a mi padre. Con él será otra cosa.

—Yo hablaré con tía Herm y la princesa Bea, y le escribiré a Fitz a Rusia.

—O sea que esta será la última vez que nos veamos en una temporada.

—Pues acaba de comer y vayamos a la cama.

IV

Gus y Rosa habían quedado en el Jardín de las Tullerías. París empezaba a recobrar la normalidad, pensó Gus con alegría. El sol lucía, los árboles tenían hojas y había hombres con claveles en el ojal que se sentaban a fumar un cigarro y a ver pasar a las mujeres mejor vestidas del mundo. A un lado del parque, la rue de Rivoli bullía de coches, camiones y carros tirados por caballos; al otro, las barcazas de carga navegaban por el Sena. Tal vez el mundo se recuperara, después de todo.

Rosa estaba deslumbrante con su vestido rojo de algodón ligero y un sombrero de ala ancha. «Si supiera pintar —pensó Gus al verla—, la pintaría así.»

Él llevaba una chaqueta azul y un canotier de paja muy de moda. Nada más verlo, Rosa se echó a reír.

—¿Qué pasa? —preguntó Gus.

—Nada. Estás muy guapo.

—Es por el sombrero, ¿verdad?

Ella reprimió otra risilla.

—Estás adorable.

—Me hace parecer estúpido. No puedo evitarlo. Los sombreros me sientan mal. Es porque tengo la misma forma que un martillo de bola.

Ella le dio un beso suave en los labios.

—Eres el hombre más atractivo de todo París.

Lo asombroso era que lo sentía de verdad. «¿Cómo he tenido tanta suerte?», pensó Gus.

La agarró del brazo.

—Vamos a pasear. —Y se la llevó hacia el Louvre.

—¿Has visto el *Tatler*? —preguntó Rosa.

—¿La revista de Londres? No, ¿por qué?

—Parece que tu íntima amiga lady Maud se ha casado con un alemán.

—¡Oh! —exclamó—. ¿Cómo lo han descubierto?

—¿Me estás diciendo que ya lo sabías?

—Lo suponía. Vi a Walter en Berlín en 1916 y me pidió que le llevara una carta a Maud. Supuse que eso significaba que, o estaban prometidos, o estaban casados.

—¡Qué discreto eres! Nunca me dijiste nada.

—Era un secreto peligroso.

—Puede que aún lo sea. El *Tatler* se porta bien con ellos, pero otras publicaciones podrían seguir una línea diferente.

—Maud ya ha sido víctima de la prensa en otras ocasiones. Es bastante dura.

Rosa parecía avergonzada.

—Supongo que era de eso de lo que hablabais aquella noche, cuando te vi teniendo aquel *tête-à-tête* con ella.

—Exacto. Me estaba preguntando si tenía alguna noticia de Walter.

—Me siento boba por haber sospechado que coqueteabas.

—Te perdono, pero me reservo el derecho a recordártelo la próxima vez que me critiques injustificadamente. ¿Puedo preguntarte una cosa?

—Lo que tú quieras, Gus.

—En realidad son tres preguntas.

—Qué mal presagio. Como en un cuento popular. Si no adivino las respuestas, ¿desapareceré?

—¿Sigues siendo anarquista?

—¿Te molestaría?

—Supongo que me pregunto si la política podría separarnos.

—El anarquismo es la creencia de que nadie está legitimado para gobernar. Todas las filosofías políticas, desde el derecho divino de los reyes hasta el contrato social de Rousseau, intentan justificar la autoridad. Los anarquistas creen que todas esas teorías fallan, y que por tanto ninguna forma de autoridad es legítima.

—Irrefutable, en teoría. Imposible de llevar a la práctica.

—Lo pillas todo al vuelo. En efecto, todos los anarquistas se oponen a la clase dirigente, pero difieren muchísimo en su visión de cómo debería funcionar la sociedad.

—Y ¿cuál es tu visión?

—Ya no lo tengo tan claro como antes. Cubrir la información de la Casa Blanca me ha dado una perspectiva diferente de la política, pero todavía creo que la autoridad debe justificarse.

—Me parece que nunca nos pelearemos por eso.

—Bien. ¿Siguiente pregunta?

—Cuéntame lo de tu ojo.

—Nací así. Podría operarme para abrirlo. Detrás del párpado no tengo más que una masa de tejido inútil, pero podría llevar un ojo de cristal. Sin embargo, nunca se cerraría. Supongo que este es el mal menor. ¿Te incomoda?

Gus dejó de caminar y se volvió para mirarla de frente.

—¿Puedo darle un beso?

Ella dudó.

—Está bien.

Se inclinó y le dio un beso en el párpado cerrado. El tacto contra sus labios no tenía nada de extraño. Era igual que darle un beso en la mejilla.

—Gracias —le dijo.

—Nadie lo había hecho nunca —repuso ella en voz baja.

Él asintió. Suponía que podía ser una especie de tabú.

—¿Por qué has querido hacerlo? —le preguntó Rosa.

—Porque me gustas toda tú, y quiero asegurarme de que lo sepas.

—Ah. —Se quedó callada un rato, y él se dio cuenta de que estaba embargada por la emoción; pero entonces sonrió y recuperó ese tono burlón que tanto le gustaba—. Bueno, si hay alguna otra cosa extraña que quieras besar, házmelo saber.

Gus no estaba muy seguro de cómo responder a ese ofrecimiento vagamente incitante, así que lo archivó para futuras reflexiones.

—Tengo una pregunta más.

—Dispara.

—Hace cuatro meses te dije que te quería.

—No se me ha olvidado.

—Pero tú no me has dicho lo que sientes por mí.

—¿No es evidente?

—A lo mejor, pero me gustaría que me lo dijeras. ¿Me quieres?

—Oh, Gus, ¿no lo entiendes? —Su rostro se transformó, parecía angustiada—. No soy lo bastante buena para ti. Tú eras el mejor partido de Buffalo, y yo la anarquista tuerta. Se supone que debes enamorarte de una chica elegante, guapa y rica. Yo soy hija de un médico… mi madre era doncella. No soy la persona adecuada, digna de tu amor.

—¿Me quieres? —preguntó él con tranquila insistencia.

Rosa se puso a llorar.

—Claro que sí, bobo, te quiero con todo mi corazón.

La abrazó.

—Pues eso es lo único que importa —dijo.

V

Tía Herm dejó el *Tatler*.

—Ha sido muy poco apropiado por tu parte casarte en secreto —le dijo a Maud. Después sonrió con complicidad—. Pero ¡qué romántico!

Estaban en el salón de la casa de Fitz en Mayfair. Bea la había redecorado después del final de la guerra siguiendo el nuevo estilo *art déco*, con sillas de aspecto utilitario y baratijas modernistas de plata de Aspreys. Con Maud y tía Herm estaban Bing Westhampton, el granuja amigo de Fitz, y la mujer de este. La temporada de Londres estaba en pleno apogeo y ellos se disponían a ir a la ópera en cuanto Bea estuviese lista. La princesa les estaba dando las buenas noches a Boy, que ya tenía tres años y medio, y a Andrew, de dieciocho meses.

Maud cogió la revista y volvió a mirar el artículo. No es que la fotografía le gustara demasiado. Había imaginado que retrataría a dos personas enamoradas. Por desgracia, semejaba una escena de una película sentimental. Walter parecía depredador, sosteniéndole la mano y mirándola a los ojos como un perverso Lothario, y ella la ingenua a punto de caer víctima de sus artimañas.

Sin embargo, el texto era justo lo que había esperado. El redactor recordaba a los lectores que lady Maud había sido «la moderna sufragista» de antes de la guerra que había fundado la publicación *The Soldier's Wife* para luchar por los derechos de las mujeres que se habían quedado en casa y había ido a la cárcel por protestar en defensa de Jayne McCulley. Decía que Walter y ella habían tenido intención de anunciar su compromiso de la manera habitual, pero que el estallido de la guerra se lo había impedido. Su precipitado matrimonio secreto quedaba retratado como un intento desesperado por hacer lo correcto en unas circunstancias que se salían de lo normal.

Maud había insistido en que la citaran textualmente, y la revista había mantenido su promesa. «Sé que hay británicos que odian a los alemanes —había dicho—, pero también sé que Walter y muchos otros compatriotas suyos hicieron cuanto pudieron por evitar la guerra. Ahora que se ha terminado, debemos crear paz y amistad entre los antiguos enemigos, y espero sinceramente que la gente vea nuestra unión como un símbolo del nuevo mundo.»

A lo largo de sus años de campañas políticas, Maud había aprendido que a veces se podía conseguir el apoyo de una publicación dándole una buena historia en exclusiva.

Walter había regresado a Berlín, tal como habían planeado. Los alemanes habían recibido los abucheos de la muchedumbre al salir hacia la estación del ferrocarril para volver a su país. Una secretaria resultó herida por una piedra que lanzó alguien. El comentario francés había sido: «Recordad lo que le hicieron a Bélgica». La secretaria todavía estaba en el hospital. Entretanto, el pueblo alemán se mostraba furiosamente contrario a la firma del tratado.

Bing estaba sentado al lado de Maud en el sofá. Por una vez, no intentaba coquetear con ella.

—Cómo me gustaría que tu hermano estuviera aquí para aconsejarte sobre esto —dijo, señalando la revista con un gesto de la cabeza.

Maud había escrito a Fitz para darle la noticia de su matrimonio, y había incluido el recorte del *Tatler* para demostrarle que lo que había hecho era aceptado por la sociedad londinense. No tenía idea de cuánto tardaría su carta en llegar a dondequiera que estuviera Fitz, y no esperaba recibir respuesta hasta al cabo de unos meses. Entonces ya sería demasiado tarde para que su hermano protestara. No podría más que sonreír y felicitarla.

Maud se enfureció al oír la insinuación de que necesitaba a un hombre para que le dijera qué hacer.

—Y ¿qué podría decirme Fitz?

—Que, en el futuro inmediato, la vida de la esposa de un alemán va a ser dura.

—No necesito a un hombre para que me diga eso.

—En ausencia de tu hermano, siento cierto grado de responsabilidad.

—Por favor, no te molestes. —Maud intentó no ofenderse. ¿Qué consejo podía darle Bing a nadie, aparte de cómo apostar y beber en los garitos nocturnos de todo el mundo?

Bing bajó la voz:

—Tengo mis dudas al decirte esto, pero... —Miró con intensidad a tía Herm, que captó la indirecta y fue a servirse algo más de café—. Si pudieras decir que el matrimonio nunca se consumó, tal vez podría ser anulado.

Maud pensó en la habitación de las cortinas amarillo pálido y tuvo que contener una sonrisa de felicidad.

—Pero no puedo...

—Por favor, no me expliques nada. Solo quiero asegurarme de que comprendes las opciones que tienes.

Maud reprimió su creciente indignación.

—Sé que lo haces con toda tu buena intención, Bing...

—También existe la posibilidad del divorcio. Siempre hay una forma, ya sabes, de que el hombre le dé motivos a la mujer...

Maud ya no pudo contener más su furia.

—Por favor, deja el tema ahora mismo —dijo alzando la voz—. No tengo el menor deseo de conseguir ni una anulación ni el divorcio. Amo a Walter.

Bing pareció tomárselo a mal.

—Solo intentaba decir lo que creo que Fitz, como cabeza de familia, te diría si estuviera aquí. —Se levantó y le habló a su mujer—: Nos iremos ya, ¿quieres? No hay ninguna necesidad de que lleguemos todos tarde.

Unos minutos después, Bea entró con un vestido nuevo de seda rosa.

—Yo ya estoy lista —dijo, como si la que hubiese estado esperando fuera ella, y no al revés.

Su mirada se dirigió a la mano izquierda de Maud y vio en ella la alianza, pero no hizo ningún comentario. Cuando Maud le había dado la noticia, su respuesta había sido cuidadosamente neutral. «Espero que seas feliz —había dicho sin afabilidad—. Y espero que Fitz sea capaz de aceptar el hecho de que no contaras con su permiso.»

Salieron y subieron al coche. Era el Cadillac negro que Fitz había comprado después de que el azul se quedara abandonado en Francia. Maud pensó que Fitz lo proveía todo: la casa en la que vivían las tres mujeres, los vestidos fabulosamente caros que llevaban, el coche y el palco de la ópera. Sus facturas del Ritz de París habían sido enviadas a Albert Solman, el gestor de los negocios de su hermano, allí en Londres, quien las había pagado sin hacer ninguna pregunta. Fitz nunca se quejaba. Maud sabía que con Walter jamás podría llevar ese estilo de vida. Tal vez Bing estuviera en lo cierto y a ella le costaría pasar sin todos los lujos a los que estaba acostumbrada. Sin embargo, estaría junto al hombre al que amaba.

Llegaron a Covent Garden en el último minuto a causa del retraso de Bea. El público ya había ocupado sus asientos. Las tres mujeres subieron corriendo la escalera de alfombra roja y se dirigieron al palco. Maud recordó de pronto lo que le había hecho a Walter en ese palco durante *Don Giovanni*. Sintió vergüenza: ¿cómo se le había pasado por la cabeza arriesgarse de tal manera?

Bing Westhampton ya estaba allí con su mujer, y se levantó para sostenerle la silla a Bea. El auditorio permanecía en silencio: la representación estaba a punto de empezar. Observar a la gente era uno de los atractivos de la ópera, y muchas cabezas se volvieron para mirar a la princesa mientras tomaba asiento. Tía Herm se sentó en la segunda fila, pero Bing le sostuvo una silla también a Maud. Un murmullo de comentarios se levantó desde el patio de butacas: la mayoría habrían visto la fotografía y habrían leído el artículo del *Tatler*. Muchos de ellos conocían personalmente a Maud: así era la sociedad londinense, los aristócratas y los políticos, los jueces y los obispos, los artistas de éxito y los ricos hombres de negocios… y sus mujeres. Maud se quedó un momento de pie para que pudieran mirarla bien y ver lo satisfecha y orgullosa que estaba.

Fue un error.

El sonido que procedía del público cambió. El murmullo creció. No se distinguía ninguna palabra, pero de todas formas las voces adoptaron una nota de reprobación, como el cambio del zumbido de una mosca cuando se topa con una ventana cerrada. Maud se sintió desconcertada. Después oyó otro sonido, el cual se parecía horriblemente a un abucheo. Confundida y consternada, se sentó.

No sirvió de nada. Todo el mundo la estaba mirando. El abucheo se extendió por toda la platea en cuestión de segundos y después empezó también en el primer piso.

—Lo que yo decía —comentó Bing en una débil protesta.

Maud jamás se había enfrentado a un odio semejante, ni siquiera en el apogeo de las manifestaciones de las sufragistas. Sentía en el estómago un dolor, como un calambre. Deseó que empezara la música, pero también el director la estaba mirando y tenía la batuta a un lado.

Intentó devolverles la mirada con orgullo a todos ellos, pero se le saltaron las lágrimas y se le nubló la vista. Comprendió que aquella pesadilla no terminaría por sí sola. Tenía que hacer algo.

Se levantó, y los abucheos se intensificaron.

Las lágrimas le caían por las mejillas. Casi a ciegas, se volvió de espaldas, tiró la silla al suelo y se tambaleó hacia la puerta del fondo del palco. Tía Herm se levantó y dijo:

—Ay, Dios mío, Dios mío, Dios mío.

Bing se levantó también de un salto y abrió la puerta. Maud salió, seguida de cerca por tía Herm. Bing fue tras ellas. Maud oyó cómo los abucheos se desvanecían entre unas cuantas carcajadas, y luego, para horror suyo, el público arrancó a aplaudir, felicitándose por haberse librado de ella. La burla de su aplauso la siguió por el pasillo, escalera abajo y hasta salir del teatro.

VI

El trayecto desde la puerta del parque hasta el palacio de Versalles era de un kilómetro y medio. Ese día estaba flanqueado por cientos de soldados montados de la caballería francesa con su uniforme azul. El sol estival relucía en el acero de sus cascos. Sostenían lanzas con banderines rojos y blancos en la cálida brisa.

A pesar de la vergüenza sufrida en la ópera, Johnny Remarc le había conseguido a Maud una invitación para la firma del tratado de paz, pero había tenido que viajar en la parte de atrás de un camión abierto, apretada con todas las secretarias de la delegación británica como ovejas de camino al mercado.

En cierto momento había parecido que los alemanes se negarían a firmar. El héroe de guerra y mariscal de campo Von Hindenburg había dicho que prefería una derrota honrosa a una paz vergonzosa. El gabinete alemán en pleno había dimitido para no aceptar el tratado. También lo había hecho el jefe de su delegación en París. Al final, la Asamblea Nacional había votado a favor de firmar todo, excepto la bien conocida cláusula de culpabilidad. Los aliados se habían apresurado a decir que incluso eso era inaceptable.

—¿Qué harán los aliados si los alemanes se niegan a firmar? —le había preguntado Maud a Walter en su fonda, donde vivían juntos sin llamar la atención.

—Dicen que invadirán Alemania.

Maud sacudió la cabeza.

—Nuestros soldados no querrán luchar.

—Tampoco los nuestros.

—Estaríamos en un punto muerto.

—Solo que la armada británica no ha levantado el bloqueo, así que Alemania sigue sin suministros. Los aliados sencillamente esperarían a que estallaran disturbios por la comida en todas las ciudades alemanas y entonces podrían entrar sin encontrar resistencia.

—O sea que tendréis que firmar.

—Firmar o morir de hambre —dijo Walter con acritud.

Era 28 de junio, cinco años después del día que asesinaron al archiduque en Sarajevo.

El camión llevó a las secretarias al patio de Versalles, y ellas bajaron todo lo dignamente que pudieron. Maud entró en el palacio y subió la gran escalinata, flanqueada por más soldados franceses de excesiva gala; esta vez la Garde Républicaine, con sus cascos de plata y sus penachos de crin.

Por fin entró en el Salón de los Espejos. Era una de las salas más imponentes del mundo entero. Tenía el tamaño de tres pistas de tenis puestas en fila. A lo largo de todo un lado, diecisiete altas ventanas daban al jardín; en la pared contraria, las ventanas se reflejaban en diecisiete arcos de espejo. Y, lo que era más importante, se trataba de la misma sala en la que, en 1871, al finalizar la guerra franco-prusiana, los victoriosos alemanes habían coronado a su primer emperador y habían obligado a los franceses a firmar la concesión de Alsacia y Lorena. Esta vez los alemanes serían humillados bajo el mismo techo de bóveda de cañón. Y sin lugar a dudas, algunos de entre ellos soñarían con el momento futuro en que, a su vez, pudieran cobrarse su venganza. «Las vejaciones a las que sometes a los demás regresan, tarde o temprano, para torturarte», pensó Maud. ¿Harían esa misma reflexión los hombres de uno y otro lado en la ceremonia de ese día? Seguramente no.

Maud encontró su sitio en uno de los bancos de felpa roja. Había decenas de reporteros y fotógrafos, y un equipo cinematográfico con enormes cámaras para grabar el acontecimiento. Los gerifaltes entraron de uno en uno y de dos en dos y se sentaron a la larga mesa: Clemenceau, relajado e irreverente; Wilson, fríamente formal; Lloyd George, como un gallito avejentado. Entonces apareció Gus Dewar, que le dijo algo al oído a Wilson antes de acercarse a la sección de la prensa y hablar con una joven y guapa reportera que tenía un solo ojo. Maud recordaba haberla visto antes. Se dio cuenta de que Gus estaba enamorado de ella.

A las tres en punto, alguien llamó al orden y se hizo un silencio reverente. Clemenceau dijo algo, se abrió una puerta y entraron los dos signatarios alemanes. Maud sabía, por Walter, que en Berlín nadie había querido que su nombre figurara en el tratado, así que al final habían enviado al ministro de Asuntos Exteriores y al ministro de Correos. Los dos hombres estaban pálidos y se los veía abochornados.

Clemenceau dio un breve discurso y luego les hizo una señal a los alemanes para que se acercaran. Ambos se sacaron una pluma del bolsillo y firmaron el papel que había en la mesa. Un momento después, a una señal oculta, las armas dispararon en el exterior, comunicándole al mundo que el tratado de paz había sido firmado.

Entonces se acercaron a dejar su firma también los demás delegados, no solo los de las principales potencias, sino los de todos los países que formaban parte del tratado. Aquello llevó su tiempo, y entre los espectadores empezó a surgir la conversación. Los alemanes permanecieron rígidamente sentados hasta que, por fin, todo hubo terminado y los acompañaron para salir.

Maud sentía náuseas de repugnancia. «Predicamos un sermón de paz —pensó—, pero no hacemos más que planear la venganza.» Salió del palacio. Fuera, el público asediaba a Wilson y a Lloyd entre celebraciones. Ella esquivó la muchedumbre, caminó hacia la ciudad y fue al hotel de los alemanes.

Esperaba que Walter no estuviera muy desanimado: había sido un día horrible para él.

Lo encontró haciendo las maletas.

—Nos vamos a Alemania esta noche —le comunicó—. Toda la delegación.

—¡Tan pronto! —Maud casi no había pensado en lo que sucedería después de la firma. Era un acontecimiento de tan enorme importancia simbólica que no había sido capaz de ver más allá.

Walter, por el contrario, sí que lo había contemplado, y tenía previsto un plan.

—Ven conmigo —dijo simplemente.

—No me darán permiso para ir a Alemania.

—¿De quién necesitas permiso? Te he conseguido un pasaporte alemán a nombre de frau Maud von Ulrich.

Estaba desconcertada.

—¿Cómo lo has hecho? —preguntó, aunque no era ni mucho menos la pregunta más importante que tenía en la cabeza.

—No ha sido difícil. Eres la esposa de un ciudadano alemán. Tienes derecho a un pasaporte. Solo he usado mi influencia especial para acelerar el proceso y que fuera cuestión de horas.

Maud se quedó mirándolo. Era tan repentino...

—¿Vendrás? —preguntó él.

En los ojos de Walter vio un miedo terrible. Pensaba que podía echarse atrás en el último momento. Al ver el pánico que tenía Walter de perderla, a Maud le dieron ganas de llorar. Se sintió muy afortunada de que la amara con tanta pasión.

—Sí —dijo—. Sí, iré contigo. Por supuesto que iré.

Walter no estaba convencido.

—¿Estás segura de que es lo que quieres?

Ella asintió.

—¿Recuerdas la historia de Rut, en la Biblia?

—Desde luego. ¿Por qué...?

Maud la había leído muchas veces en las últimas semanas, y en ese momento citó las palabras que tanto la habían emocionado:

—«Dondequiera que tú vayas, iré yo, y dondequiera que vivas, viviré; tu pueblo será mi pueblo y tu Dios, mi Dios; donde tú mueras...

—Se detuvo, incapaz de hablar por el nudo que le cerraba la garganta; después, tras un momento, tragó saliva y continuó—: Donde tú mueras, moriré yo, y allí seré enterrada».

Walter sonrió, pero tenía lágrimas en los ojos.

—Gracias —dijo.

—Te quiero —repuso Maud—. ¿A qué hora sale el tren?

38

Agosto-octubre de 1919

I

Gus y Rosa regresaron a Washington al mismo tiempo que el presidente. En agosto se las ingeniaron para que les concedieran permiso a ambos simultáneamente y volvieron a casa, a Buffalo. Al día siguiente a su llegada, Gus llevó a Rosa a la residencia de sus padres para que la conocieran.

Estaba nervioso, porque lo que más deseaba en este mundo era que a su madre le gustase Rosa. Sin embargo, la mujer tenía una opinión demasiado idealizada de lo atractivo que resultaba su hijo para las mujeres, y siempre había encontrado defectos a todas las chicas a las que él había mencionado a lo largo de su vida. Ninguna era lo bastante buena para él, sobre todo socialmente. Si hubiese querido casarse con la hija del rey de Inglaterra, seguramente su madre le habría dicho: «Hijo mío, ¿es que no puedes encontrar una chica americana de buena familia?».

—Lo primero que te llamará la atención de ella es que es muy guapa —dijo Gus durante el desayuno esa mañana—. En segundo lugar, verás que solo tiene un ojo. Al cabo de unos minutos, te darás cuenta de que es muy lista, y cuando llegues a conocerla mejor, entenderás que es la muchacha más maravillosa del mundo.

—Estoy segura de que así será —dijo su madre, con su apabullante falta de sinceridad habitual—. ¿Quiénes son sus padres?

Rosa llegó poco después de mediodía, cuando la madre de Gus estaba durmiendo la siesta y el padre todavía no había vuelto de la ciudad. Gus le enseñó la casa y los alrededores.

—¿Te das cuenta de que provengo de una familia más bien humilde? —preguntó ella, nerviosa.

—Te acostumbrarás a esto enseguida —dijo él—. Además, tú y yo no vamos a vivir rodeados de todos estos lujos, aunque es muy posible que nos compremos una casita elegante en Washington.

Jugaron al tenis. La partida no estaba muy igualada: Gus, con aquellas piernas y aquellos brazos tan largos, era demasiado bueno para ella, y la joven no sabía calcular con la necesaria precisión las distancias. Sin embargo, se enfrentó a su contrincante con una gran resolución, yendo a por cada pelota, y llegó a ganar algún set. Además, con aquel vestido de tenis blanco con el dobladillo a la altura de la pantorrilla, siguiendo la última moda, la joven estaba tan atractiva que Gus tuvo que hacer un gran esfuerzo para concentrarse en los golpes.

Para cuando llegó la hora del té, estaban sudando a mares.

—Haz acopio de todas tus reservas de tolerancia y buena voluntad —dijo Gus al otro lado de la puerta de la sala de estar—. Mamá puede ser una esnob insoportable.

Sin embargo, la madre de Gus estaba absolutamente encantadora; dio dos besos a Rosa en las mejillas y dijo:

—Pero qué aspecto tan sano tenéis los dos, así, tan acalorados después del ejercicio. Señorita Hellman, me alegro mucho de conocerla y espero que nos hagamos grandes amigas.

—Es usted muy amable —dijo Rosa—. Sería un privilegio ser su amiga.

La madre de Gus estaba muy complacida con aquel cumplido: sabía que era una *grand dame* de la alta sociedad de Buffalo, y consideraba muy apropiado que las mujeres más jóvenes le presentasen sus respetos. Rosa lo había adivinado de inmediato. Una chica muy lista, pensó Gus. Y generosa, además, teniendo en cuenta que, en el fondo, odiaba la autoridad bajo cualquiera de sus formas.

—Conozco a Fritz Hellman, su hermano —dijo la mujer. Fritz tocaba el violín en la Orquesta Sinfónica de Buffalo, y la madre de Gus estaba en la junta—. Tiene mucho talento.

—Gracias. Estamos muy orgullosos de él.

La madre de Gus siguió charlando de cosas triviales y Rosa dejó que llevara la voz cantante en la conversación. Gus no pudo evitar acordarse de la última vez que había llevado a casa a una chica con la que pensaba casarse: Olga Vyalov. La reacción de su madre en aquella ocasión había sido distinta: se había mostrado cortés y amigable, pero Gus sabía que no estaba siendo del todo sincera. Ese día parecía hablar con franqueza.

Le había preguntado a su madre por la familia Vyalov el día anterior. Habían enviado a Lev Peshkov a Siberia como intérprete del ejército. Olga no acudía a demasiadas reuniones sociales y parecía entregada en cuerpo y alma a la educación de su hijita. Josef había presionado al padre de Gus, el senador, para que enviase más ayuda militar a los rusos blancos.

—Parece ser que cree que los bolcheviques van a perjudicar los negocios familiares de los Vyalov en Petrogrado —le había dicho su madre.

—Es lo mejor que he oído decir sobre los bolcheviques —había contestado Gus.

Después del té, subieron a cambiarse. A Gus le turbaba la idea de pensar que Rosa estaba duchándose en la habitación de al lado. Nunca la había visto desnuda. Habían pasado horas apasionadas en su habitación del hotel de París, pero no habían llegado a mantener relaciones sexuales.

—Siento ser tan anticuada —le había dicho ella entonces, disculpándose—, pero me parece que deberíamos esperar. —En el fondo no era ninguna anarquista, ciertamente.

Los padres de Rosa estaban invitados a cenar. Gus se puso un esmoquin corto y bajó las escaleras. Preparó un whisky escocés para su padre pero no para él, pues presentía que necesitaría tener la cabeza bien despejada esa noche.

Rosa bajó ataviada con un vestido negro, con un aspecto absolutamente arrebatador. Sus padres llegaron a las seis en punto. Norman Hellman apareció vestido de rigurosa etiqueta, con frac, un atuendo no del todo adecuado para una cena familiar, aunque tal vez no tuviese ningún esmoquin. Era un hombre más bien bajito con una sonrisa encantadora, y Gus se dio cuenta de inmediato de que Rosa se parecía a él. Se bebió un par de martinis bastante rápido, el único indicio de que seguramente estaba nervioso, pero luego rechazó seguir tomando más alcohol. La madre de Rosa, Hilda, era una auténtica belleza, y tenía unas manos preciosas de dedos largos y finos. Costaba imaginársela trabajando como sirvienta. Al padre de Gus le gustó inmediatamente.

Cuando se sentaron a cenar, el doctor Hellman preguntó:

—Y dime, Gus, ¿cuáles son tus planes respecto a tu carrera profesional?

Tenía todo el derecho a hacerle aquella pregunta, pues era el padre de la mujer a la que amaba, pero lo cierto es que Gus no tenía una respuesta muy clara.

—Trabajaré para el presidente mientras me necesite —dijo.

—Ahora mismo tiene una tarea muy delicada entre manos.

—Es cierto. El Senado está planteando muchos problemas para aprobar el tratado de paz de Versalles. —Gus intentó que sus palabras no sonaran demasiado amargas—. Al fin y al cabo, fue Wilson quien consiguió persuadir a los europeos para que formaran la Sociedad de las Naciones, así que ahora me cuesta creer que sean los propios norteamericanos los que vayan a dar la espalda a la idea.

—El senador Lodge es un alborotador incorregible.

A Gus le parecía que el senador Lodge era un hijo de puta egocéntrico.

—El presidente decidió no llevarse a Lodge consigo a París, y ahora Lodge se está cobrando su venganza.

El padre de Gus, que era un viejo amigo tanto del presidente como del senador, dijo:

—Woodrow creó la Sociedad de las Naciones como parte del tratado de paz, pensando que, puesto que sería imposible que rechazásemos el tratado, no tendríamos más remedio que aceptar la sociedad. —Se encogió de hombros—. Lodge lo mandó al diablo.

—Para ser justos con Lodge —comentó el doctor Hellman—, creo que el pueblo americano tiene razón al preocuparse por el Artículo Diez. Si nos incorporamos a una sociedad que garantiza la protección de sus miembros frente a una agresión, estamos comprometiendo a las fuerzas estadounidenses a participar en conflictos desconocidos en el futuro.

La respuesta de Gus fue muy rápida.

—Si la sociedad es fuerte, nadie se atreverá a desafiarla.

—Yo no estoy tan seguro de eso como tú.

Gus no quería empezar una discusión con el padre de Rosa, pero lo cierto es que tenía sentimientos muy fuertes con respecto a la Sociedad de las Naciones.

—Yo no digo que nunca vaya a haber otra guerra —señaló en tono conciliador—, pero sí creo que las guerras serían menos frecuentes y más cortas, y los agresores obtendrían escasas recompensas.

—Y yo creo que puede que tengas razón, pero muchos votantes dicen: «Me importa muy poco el resto del mundo: a mí solo me interesa Estados Unidos. ¿No corremos el peligro de convertirnos en la policía del mundo?». Es una pregunta razonable.

Gus hizo todo lo posible por disimular su irritación. La Sociedad de las Naciones era la mayor esperanza para la paz que había tenido la humanidad en toda su historia, y corría el peligro de no llegar a ver la luz a causa de aquella estrechez de miras.

—El Consejo de la Sociedad de las Naciones —dijo— tiene que tomar decisiones unánimes para que Estados Unidos nunca se vea arrastrado a luchar en una guerra en contra de su voluntad.

—De todas maneras, no tiene ningún sentido tener la sociedad a menos que esté preparada para luchar.

Los enemigos de la Sociedad de las Naciones eran así: primero protestaban porque tendría que luchar y luego protestaban porque no tendría que hacerlo.

—¡Esos problemas son menores en comparación con la muerte de millones de personas! —exclamó Gus.

El doctor Hellman se encogió de hombros, demasiado cortés para seguir defendiendo su punto de vista frente a un oponente tan apasionado.

—En cualquier caso —dijo—, creo que un tratado extranjero requiere el apoyo de dos tercios del Senado.

—Y ahora mismo ni siquiera contamos con la mitad —repuso Gus en tono apesadumbrado.

Rosa, encargada de escribir sobre aquel asunto para el periódico, comentó:

—Yo he contado cuarenta a favor, incluyéndolo a usted, senador Dewar. Cuarenta y tres tienen sus reservas, ocho están definitivamente en contra y cinco, indecisos.

—¿Y qué piensa hacer el presidente? —le preguntó su padre a Gus.

—Va a dirigirse directamente a la gente, al pueblo al que representan los políticos. Tiene planeado un recorrido de dieciséis mil kilómetros por todo el país. Va a pronunciar más de cincuenta discursos en cuatro semanas.

—Un calendario agotador. Tiene sesenta y dos años y la tensión alta.

Gus advirtió que el doctor Hellman tenía algo de malicioso, pues todo cuanto decía parecía ir con segundas. Saltaba a la vista que sentía la necesidad de poner a prueba el temple del pretendiente de su hija.

—Sí, pero al final —contestó Gus—, el presidente habrá explicado al pueblo norteamericano que el mundo necesita una Sociedad de las Naciones para asegurarnos de que nunca volvamos a tener que intervenir en una guerra como la que acaba de terminar.

—Rezo a Dios por que tengas razón.

—Si hace falta explicar las complejidades políticas al ciudadano de a pie, Wilson es la persona idónea.

Se sirvió champán con el postre.

—Antes de que empecemos, me gustaría decir algo —anunció Gus. Sus padres parecían perplejos, pues él nunca pronunciaba discursos—. Doctor y señora Hellman, saben que amo a su hija, que es la muchacha más maravillosa del mundo. Ya sé que es muy anticuado, pero me gustaría pedirles permiso... —extrajo del bolsillo una pequeña cajita roja de piel—... permiso para ofrecerle este anillo de compromiso.

Abrió la caja, que contenía un anillo de oro con un único diamante de un quilate. No era un anillo ostentoso, pero era un diamante blanco puro, el color más atractivo, de corte redondo brillante, y tenía un aspecto fabuloso.

Rosa dio un respingo.

El doctor Hellman miró a su mujer y ambos sonrieron.

—Por supuesto, cuenta con nuestro permiso —dijo.

Gus rodeó la mesa y se arrodilló junto a la silla de Rosa.

—¿Quieres casarte conmigo, Rosa? —le preguntó.

—¡Claro que sí, Gus, amor mío! ¡Mañana mismo, si quieres!

Gus extrajo el anillo de la caja y lo deslizó en el dedo de la joven.

—Gracias —dijo él.

Y su madre se echó a llorar.

II

La tarde del miércoles 3 de septiembre, a las siete, Gus estaba a bordo del tren del presidente cuando salió de la estación Union de Washington, DC. Wilson iba vestido con un *blazer* azul, pantalones blancos y sombrero de paja. Iba acompañado por su esposa, Edith, así como por Cary Travers Grayson, su médico personal. A bordo del tren viajaban también veintiún periodistas, entre los que se encontraba Rosa Hellman.

Gus estaba seguro de que Wilson podía ganar aquella batalla, pues siempre le había gustado el contacto directo con los votantes. Además, había ganado la guerra, ¿verdad?

El tren viajó toda la noche hasta llegar a Columbus, Ohio, donde el presidente dio su primer discurso del recorrido. Desde allí prosiguió la ruta hacia Indianápolis, realizando visitas relámpago en algunas poblaciones del camino, y al llegar a la ciudad, esa misma noche se dirigió a una multitud de veinte mil personas.

Sin embargo, Gus se había quedado un tanto descorazonado al término de la primera jornada. Los discursos de Wilson no habían sido brillantes, y su tono era apagado. Había empleado notas, y eso que siempre se le daba mejor cuando improvisaba, sin tener que recurrir a ellas, y cuando entraba en los tecnicismos del tratado que tantos quebraderos de cabeza habían dado a los participantes de París, el presidente parecía irse por las ramas y perdía la atención de su público. Sufría un dolor de cabeza, eso Gus lo sabía, tan fuerte que a veces se le nublaba la visión.

El joven estaba muy preocupado. No era solo que su amigo y mentor estuviese enfermo, es que había muchas cosas importantes en juego: el futuro de Estados Unidos y del mundo dependía de lo que sucediese a lo largo de las semanas siguientes, y solo el compromiso personal de Wilson podía salvar la Sociedad de las Naciones de sus intransigentes oponentes.

Después de la cena, Gus se dirigió al coche cama de Rosa. Era la única mujer periodista de la comitiva, de modo que disponía de un compartimiento para ella sola. Era casi tan partidaria de la sociedad como Gus, pero dijo:

—Es difícil encontrar algo positivo que decir de lo de hoy.

Se tumbaron un rato en su litera, besándose y acariciándose, luego se dieron las buenas noches y se despidieron. La fecha prevista para su boda era en octubre, después del viaje del presidente. A Gus le habría gustado que fuese antes aún, pero los padres de ambos querían tiempo para encargarse de los preparativos, y la madre de él había mascullado algo acerca de unas prisas indecentes, de modo que el joven había acabado cediendo.

Wilson trabajaba incansablemente tratando de mejorar su discurso, aporreando las teclas de su vieja máquina de escribir Underwood mientras las interminables praderas del Medio Oeste desfilaban por la ventanilla del tren. Sus intervenciones mejoraron a lo largo de las jornadas siguientes, y Gus le aconsejó que intentase hacer que el tratado resultase relevante para cada ciudad. Wilson les dijo a los principales comerciantes de San Luis que el tratado era necesario para la construcción del comercio internacional. En Omaha proclamó que el mundo sin el tratado sería como una comunidad con disputas sobre la propiedad sin resolver, con todos los granjeros apostados en las cercas de sus fincas revólver en mano. En lugar de dar largas explicaciones, trataba de hacer entender los puntos principales con frases cortas y claras.

Gus también recomendó que Wilson apelase a los sentimientos de la gente. Aquello no era meramente un asunto político, dijo, sino que afectaba directamente a los sentimientos que tenían sobre su país. En Columbus, Wilson habló de los muchachos de caqui. En Sioux Falls, dijo que quería compensar el sacrificio de las madres que habían perdido a sus hijos en el campo de batalla. Rara vez se rebajaba a emplear el lenguaje insidioso para referirse a la oposición, pero en Kansas City, hogar del cáustico senador Reed, comparó a sus oponentes con los bolcheviques. Y proclamó el atronador mensaje, una y otra vez, de que si el proyecto de la Sociedad de las Naciones fracasaba, habría otra guerra.

Gus se encargaba de las relaciones con los reporteros que iban a bordo del tren y con la prensa local cada vez que el tren se detenía. Cuando Wilson hablaba sin un discurso redactado previamente, su taquígrafo elaboraba una transcripción inmediata que Gus se encargaba de distribuir. También persuadió a Wilson para que acudiese al vagón cafetería de vez en cuando a charlar de manera informal con los periodistas.

Funcionó. El público respondía cada vez mejor. La cobertura de la prensa seguía siendo poco entusiasta, pero el mensaje de Wilson se repetía de forma constante, aun en los periódicos que se oponían abiertamente a él. Y los informes procedentes de Washington sugerían que la oposición se estaba debilitando.

Sin embargo, para Gus era evidente el desgaste que la campaña le estaba causando al presidente. Sus dolores de cabeza eran ya casi continuos, dormía mal, no podía digerir comida normal y el doctor Grayson le administraba líquidos. Sufrió una infección de garganta que se convirtió en algo similar al asma, y empezó a tener problemas para respirar. Intentó dormir incorporado.

Todo aquello se le ocultaba a la prensa, incluida Rosa. Wilson seguía dando discursos, aunque su voz era débil. Miles de personas lo vitorearon en Salt Lake City, pero parecía demacrado, y apretaba las manos con fuerza repetidas veces, en un ademán extraño que a Gus le evocaba un hombre moribundo.

Entonces, la noche del 25 de septiembre, ocurrió lo que se temía. Gus oyó a Edith llamar al doctor Grayson. Se puso un batín y acudió al coche cama del presidente.

Lo que vio allí le dejó horrorizado y consternado: Wilson tenía un aspecto espantoso. Apenas podía respirar y sufría una especie de tic facial. A pesar de todo, él quería seguir adelante, pero Grayson se mostró inflexible, insistiendo en que debía cancelar el resto de la gira por el país, y al final Wilson cedió.

A la mañana siguiente, Gus anunció ante la prensa, con gran pesar, que el presidente había sufrido una grave crisis nerviosa. Despejaron las vías del ferrocarril para cubrir con mayor rapidez los tres mil kilómetros del trayecto de vuelta a Washington. Se anularon todos los compromisos presidenciales para las dos semanas siguientes, en detrimento, principalmente, de la reunión que debía mantener con los senadores favorables al tratado a fin de planear la estrategia para la defensa de la ratificación.

Esa noche, Gus y Rosa estaban en el compartimiento de ella, mirando por la ventanilla con aire desconsolado. La gente se aglomeraba en cada estación para ver pasar al presidente. El sol se ocultó, pero la muchedumbre seguía acudiendo para presenciar el paso del tren presidencial en la penumbra. Gus se acordó entonces del tren de Brest a París, y de la multitud silenciosa apostada junto a las vías en plena noche. De eso hacía menos de un año, pero sus esperanzas ya habían quedado rotas.

—Hemos hecho todo cuanto hemos podido —dijo Gus—. Pero hemos fracasado.

—¿Estás seguro?

—Cuando el presidente estaba haciendo campaña, aún teníamos posibilidades, pero con Wilson enfermo, es imposible que el Senado ratifique el tratado.

Rosa le tomó la mano.

—Lo siento —dijo—. Por ti, por mí, por el mundo… —Hizo una pausa y luego añadió—: ¿Qué vas a hacer?

—Me gustaría incorporarme a un bufete de abogados de Washington especializado en derecho internacional. A fin de cuentas, tengo algo de experiencia en eso.

—Estoy segura de que ahora todos se pelearán por ofrecerte trabajo. Y puede que algún futuro presidente requiera tu ayuda.

Gus sonrió. A veces Rosa tenía una opinión desmesuradamente elevada de él.

—¿Y tú?

—A mí me encanta lo que hago. Espero poder seguir cubriendo la Casa Blanca.

—¿Te gustaría tener hijos?

—¡Sí!

—Y a mí también. —Gus se puso a mirar por la ventanilla con aire pensativo—. Solo espero que Wilson se equivoque con respecto a ellos.

—¿Con respecto a nuestros hijos? —Percibió la nota de solemnidad en su voz y preguntó en tono asustado—: ¿A qué te refieres?

—Dice que tendrán que luchar en otra guerra mundial.

—No lo quiera Dios… —exclamó Rosa con vehemencia.

En el exterior se había hecho noche cerrada.

39

Enero de 1920

I

Daisy estaba sentada a la mesa del comedor de la casa campestre de la familia Vyalov en Buffalo. Llevaba un vestido rosa. La gran servilleta de lino que le habían puesto alrededor del cuello la cubría casi por completo. Estaba a punto de cumplir cuatro años y Lev la adoraba.

—Voy a hacer el bocadillo más grande del mundo —dijo Lev, y ella soltó una risita. Cortó dos trocitos de pan de un centímetro de lado, los untó de mantequilla con cuidado, añadió una pizca del huevo revuelto que Daisy no quería comer y juntó los dos pedacitos de pan—. Le falta un grano de sal —dijo. Se echó un poco de sal en el plato y, con gran delicadeza, cogió un único grano con la punta del dedo y lo puso en el bocadillo—. ¡Ahora ya me lo puedo comer! —exclamó.

—Lo quiero yo —dijo Daisy.

—¿De verdad? ¿Pero no es un bocadillo de tamaño gigante para papás?

—¡No! —respondió ella, entre risas—. ¡Es un bocadillo pequeño para niñas!

—Ah, vale —dijo Lev, y se lo metió en la boca a Daisy—. No querrás otro, ¿verdad?

—Sí.

—Pero ese era muy grande.

—¡No lo era!

—Bueno, supongo que tendré que hacerte otro.

A Lev todo le iba viento en popa. Su situación era incluso mejor de lo que le había contado a Grigori diez meses atrás cuando coincidieron en el tren de Trotski. Llevaba una vida muy cómoda en la casa de su suegro. Dirigía tres clubes nocturnos de Vyalov, ganaba un buen sueldo más extras con los sobornos de los proveedores. Le había puesto un lujoso piso a Marga e iba a verla casi a diario. La muchacha se había quedado embarazada al cabo de una semana de su regreso, y acababa de dar a luz a un chico, a quien llamaron Gregory. Lev había logrado mantenerlo todo en secreto.

Olga entró en el comedor, le dio un beso a Daisy y se sentó. Lev adoraba a Daisy, pero no sentía nada por Olga. Marga era más atractiva y divertida. Y había muchas chicas más, tal y como había averiguado cuando Marga estaba en los últimos meses de embarazo.

—¡Buenos días, mamá! —dijo Lev alegremente.

Daisy imitó a su padre y repitió las mismas palabras.

—¿Te está dando de comer papá? —preguntó Olga.

En aquellos días hablaban así, a través de la niña. Habían mantenido relaciones sexuales unas cuantas veces desde que Lev había regresado de la guerra, pero no tardaron en caer de nuevo en su habitual indiferencia, y volvieron a dormir en habitaciones separadas; a los padres de Olga les dijeron que era porque Daisy se despertaba de noche, aunque raras veces lo hacía. Olga tenía la mirada de una mujer decepcionada, y a Lev no le importaba demasiado.

Josef entró en el comedor.

—¡Aquí está el abuelo! —exclamó Lev.

—Buenos días —dijo Josef secamente.

—El abuelo quiere un bocadillo —intervino Daisy.

—No —replicó Lev—. Son demasiado grandes para él.

A Daisy le encantaba que su padre dijera cosas que estaban mal claramente.

—No lo son —replicó la niña—. ¡Son demasiado pequeños!

Josef se sentó. Al volver de la guerra, Lev se había dado cuenta de lo mucho que había cambiado su suegro: había engordado, y el traje de rayas le apretaba. Jadeaba por el mero esfuerzo de bajar las escaleras. El músculo se había convertido en grasa, el pelo negro se había encanecido y su tez rosada se había teñido de un rojo enfermizo.

Polina llegó de la cocina con una cafetera y le sirvió una taza a Josef, que abrió el *Buffalo Advertiser*.

—¿Qué tal van los negocios? —preguntó Lev.

No era una pregunta vana. La Ley Volstead había entrado en vigor la medianoche del 16 de enero, e ilegalizó la producción, el transporte y la venta de las bebidas alcohólicas. El imperio Vyalov se sustentaba en bares, hoteles y en la venta al por mayor de bebidas alcohólicas. La Ley Seca era la serpiente del paraíso de Lev.

—Estamos muriendo —dijo Josef con una sinceridad muy poco habitual en él—. He cerrado cinco bares en una semana, y lo peor aún ha de llegar.

Lev asintió.

—Estoy vendiendo sucedáneo de cerveza en los clubes, pero nadie lo quiere. —La ley permitía la venta de cerveza que tuviera menos de un 0,5 por ciento de alcohol—. Tienes que beber cuatro litros para que te suba un poco.

—Podemos vender licor casero bajo mano, pero no tenemos muchas existencias y, de todos modos, la gente tiene miedo de comprar.

Olga se sorprendió. Sabía muy poco sobre los negocios de su padre.

—Pero, papá, ¿qué vas a hacer?

—No lo sé —confesó Josef.

Aquello era otro cambio. En los viejos tiempos, Josef habría actuado con previsión para evitar la crisis. Sin embargo, hacía tres meses que se había aprobado la ley y su suegro no había hecho nada para prepararse para la nueva situación. Lev había esperado que sacara un conejo de la chistera. Entonces empezó a darse cuenta, con consternación, de que no iba a suceder.

La situación era preocupante. Lev tenía una esposa, una amante y dos hijos, y todos vivían de los negocios de Vyalov. Si el imperio se derrumbaba, Lev tendría que tramar algo.

Polina avisó a Olga de que tenía una llamada de teléfono y salió al pasillo. Lev la oyó hablar.

—Hola, Ruby —dijo—. Te has levantado pronto. —Hubo una pausa—. ¿Qué? No puedo creerlo. —Se hizo un gran silencio y Olga rompió a llorar.

Josef alzó la vista del periódico y preguntó:

—¿Qué demonios…?

Olga colgó con fuerza y regresó al comedor. Con los ojos arrasados en lágrimas señaló a Lev y dijo:

—Cabrón.

—¿Qué he hecho? —preguntó él, aunque temía saber la respuesta.

—Maldito… maldito cabrón.

Daisy empezó a berrear.

—Olga, cariño, ¿qué te pasa? —inquirió Josef.

—¡Ha tenido un bebé! —respondió Olga.

—Oh, mierda —dijo Lev, en voz baja.

—¿Quién ha tenido un bebé? —preguntó Josef.

—La puta de Lev. La que vimos en el parque. Marga.

Josef se puso rojo.

—¿La cantante del Monte Carlo? ¿Ha tenido un hijo de Lev?

Olga asintió, sollozando.

Josef se volvió hacia Lev.

—Eres un hijo de puta.

—Intentemos mantener la calma —dijo Lev.

Josef se puso en pie.

—Dios mío, creía que te había enseñado una maldita lección.

Lev echó la silla hacia atrás y se puso en pie. Se apartó de Josef, con los brazos estirados en actitud defensiva.

—Cálmate, Josef, joder —dijo.

—No te atrevas a decirme que me calme —replicó Josef.

Con una agilidad sorprendente se abalanzó sobre él y arremetió con su puño rollizo. Lev no fue lo bastante rápido para esquivar el golpe y recibió un puñetazo en el pómulo izquierdo. Le dolió mucho y retrocedió, tambaleándose.

Olga agarró a Daisy, que seguía chillando, y se dirigió hacia la puerta.

—¡Parad! —gritó.

Josef lanzó otro puñetazo con la izquierda.

Hacía mucho tiempo que Lev no se había visto envuelto en una pelea, pero había crecido en los suburbios de Petrogrado, y aún tenía reflejos. Bloqueó el golpe de Josef, se acercó a él y le asestó dos puñetazos en la barriga, primero con la izquierda y luego con la derecha. Josef se quedó sin respiración. Entonces Lev le asestó varios directos en la cara, y le golpeó en la nariz, en la boca y en los ojos.

Josef era un hombre fuerte y un matón, pero la gente le tenía demasiado miedo para contraatacar, y había perdido práctica para defenderse. Se tambaleó y levantó los brazos en un débil intento de protegerse de los golpes de su yerno.

El instinto callejero de Lev no le permitía parar mientras el agresor se mantuviera en pie, y siguió arremetiendo contra Josef, golpeándolo en el tronco y en la cabeza, hasta que el hombre mayor tropezó con una silla, se vino abajo y cayó sobre la moqueta.

La madre de Olga, Lena, entró corriendo en el comedor, gritó y se arrodilló junto a su marido. Polina y la cocinera se asomaron por la puerta de la cocina, con cara de asustadas. Josef tenía el rostro magullado y ensangrentado, pero se apoyó en un codo y apartó a Lena. Entonces, cuando intentó levantarse, dio un grito y cayó de nuevo.

Se quedó pálido como la cera y dejó de respirar.

—Dios mío —masculló Lev.

—¡Josef, oh, mi Joe, abre los ojos! —Lena rompió a llorar.

Lev le palpó el pecho a su suegro. El corazón no latía. Le agarró la muñeca y no le encontró el pulso.

«Ahora sí que me he metido en una buena», pensó.

Se puso en pie.

—Llama a una ambulancia, Polina.

La mujer salió al pasillo y cogió el teléfono.

Lev miró el cuerpo. Tenía que tomar una gran decisión, y tenía que hacerlo rápido. ¿Quedarse ahí, defender su inocencia, fingir pena e intentar salir indemne? No. Las probabilidades eran muy escasas.

Tenía que huir.

Subió corriendo al piso de arriba y se quitó la camisa. Había regresado de la guerra con mucho oro, gracias al whisky que les había vendido a los cosacos. Lo había convertido en poco más de cinco mil dólares, había metido los billetes en la faltriquera y la había guardado en el fondo de un cajón. En esos momentos se estaba poniendo la faltriquera, la camisa y la chaqueta.

Se puso el abrigo. Encima del armario había un viejo talego que contenía su pistola semiautomática Colt 45, modelo 1911, de oficial del ejército estadounidense. Guardó el arma en el bolsillo del abrigo. Metió una caja de munición y unas cuantas mudas de ropa interior en el talego y bajó.

En el comedor, Lena le había puesto un cojín a Josef bajo la cabeza, pero el hombre parecía más muerto que antes. Olga estaba al teléfono, en el pasillo, y decía:

—¡Dense prisa, por favor, creo que podría morir!

«Demasiado tarde, nena», pensó Lev.

—La ambulancia tardará demasiado en llegar. Voy a buscar al doctor Schwarz —dijo. Nadie preguntó por qué llevaba el talego.

Se fue al garaje y puso en marcha el Packard Twin Six de Josef. Salió de la finca y se enfiló hacia el norte.

No iba a buscar al doctor Schwarz.

Se dirigió hacia Canadá.

Lev conducía rápido. Al dejar atrás el barrio residencial del norte de Buffalo, intentó calcular de cuánto tiempo disponía. Sin duda, los enfermeros de la ambulancia llamarían a la policía. En cuanto esta llegara a casa de los Vyalov, descubriría que Josef había muerto en una pelea. Olga no dudaría en decirles quién había noqueado a su padre: si no odiaba a Lev antes, seguro que entonces sí. A partir de ese momento, lo buscarían por homicidio.

En el garaje de los Vyalov acostumbraba a haber tres coches: el Packard, el Ford T de Lev y un Hudson azul utilizado por los matones de Josef. Aquellos inútiles no tardarían en deducir que Lev había huido en el Packard. Al cabo de una hora, calculó, la policía empezaría a buscar el coche.

Por entonces, con un poco de suerte, ya estaría fuera del país.

Había ido a Canadá con Marga en varias ocasiones. Toronto estaba solo a ciento cincuenta kilómetros, tres horas en un coche rápido. Les gustaba registrarse en el hotel como señor y señora Peters y salir por la ciudad, de tiros largos, sin tener que preocuparse de que los viera alguien que pudiera decírselo a Josef Vyalov. Lev no tenía pasaporte estadounidense, pero conocía varios pasos fronterizos en los que no había punto de control.

Llegó a Toronto a mediodía y se registró en un hotel tranquilo.

Pidió un bocadillo en la cafetería y se sentó un rato para analizar su situación. Lo buscaban por asesinato. No tenía hogar y no podía ir a visitar a ninguna de sus dos familias sin arriesgarse a que lo detuvieran. Tal vez nunca volvería a ver a sus hijos. Tenía cinco mil dólares en la faltriquera y un coche robado.

Pensó en cómo había alardeado ante su hermano tan solo diez meses antes. ¿Qué pensaría Grigori de él ahora?

Se comió el bocadillo y luego vagó por el centro de la ciudad. Se sentía deprimido. Entró en una licorería y compró una botella de vodka para llevársela a la habitación. Quizá esa noche se emborracharía. Se dio cuenta de que el whisky de centeno costaba cuatro dólares. En Buffalo, las pocas botellas que circulaban valían diez; en la ciudad de Nueva York, quince o veinte. Lo sabía porque había intentado comprar alcohol ilícito para los clubes nocturnos.

Volvió al hotel y compró un poco de hielo. La habitación estaba sucia, tenía unos muebles descoloridos y daba al patio trasero de unas tiendas de mala muerte. Cuando empezó a anochecer, más pronto de lo que estaba acostumbrado ya que se encontraba más al norte, se dio cuenta de que nunca se había sentido tan deprimido en toda su vida. Se le pasó por la cabeza la posibilidad de salir a buscar una chica, pero se vio incapaz de hacerlo. ¿Iba a huir de todos los lugares en los que había vivido? Tuvo que irse de Petrogrado por culpa de un policía muerto, se fue de Aberowen escapando por los pelos de unos hombres a los que había timado a las cartas; ahora había huido de Buffalo como fugitivo.

Tenía que hacer algo con el Packard. La policía de Buffalo podía enviar una descripción por telegrama a Toronto. Debía cambiar la matrícula o cambiar el coche. Pero le faltaban las fuerzas.

A buen seguro Olga se alegraba de haberse librado de él. Se quedaría con toda la herencia. Sin embargo, el imperio Vyalov perdía valor cada día que pasaba.

Se preguntó si podría traer a Canadá a Marga y su bebé. ¿Estaría ella dispuesta a hacerlo? Estados Unidos era su sueño, tal y como había sido el de Lev. Canadá no era el destino anhelado de las cantantes de club nocturno. Tal vez lo seguiría a Nueva York o a California, pero no a Toronto.

Iba a echar de menos a sus hijos. Cuando pensó en la idea de que Daisy fuera a crecer sin él, se le saltaron las lágrimas. Estaba a punto de cumplir cuatro años: quizá se olvidaría de él por completo. Como mucho, guardaría un vago recuerdo. No recordaría el bocadillo más grande del mundo.

Después del tercer vaso de vodka cayó en la cuenta de que era una víctima lastimosa de la injusticia. No había querido matar a su suegro. Josef lo había atacado primero. De todos modos, en realidad no lo había matado: había muerto de una especie de ataque o infarto. Había sido mala suerte. Pero nadie iba a creerlo. Olga era el único testigo y tendría sed de venganza.

Se sirvió otro vodka y se tumbó en la cama. «Al diablo con todo», pensó.

Mientras se sumía en un sueño inquieto y alcohólico, pensó en las botellas del escaparate de la tienda. «Canadian Club, 4 $», decía el cartel. Sabía que ahí había algo importante, pero de momento no sabía exactamente qué.

Cuando se despertó a la mañana siguiente tenía la boca seca y le dolía la cabeza, pero sabía que el Canadian Club, a cuatro dólares la botella, podía ser su salvación.

Limpió el vaso y se bebió el hielo fundido que había en el fondo del cubo. Al tercer vaso ya tenía un plan.

Después de tomar zumo de naranja, café y unas aspirinas, se sintió mejor. Pensó en los peligros que lo aguardaban. Sin embargo, nunca había dejado que los riesgos lo disuadieran de algo. «Si lo hubiera permitido —pensó—, sería como mi hermano.»

Su plan tenía un gran inconveniente. Dependía de la reconciliación con Olga.

Se dirigió en coche a un barrio de mala muerte y entró en un restaurante barato que estaba sirviendo desayunos a trabajadores. Se sentó a una mesa con un grupo de hombres que parecían pintores y les dijo:

—Necesito cambiar mi coche por un camión. ¿Conocéis a alguien que podría estar interesado?

—¿Es legal? —preguntó uno de los hombres.

Lev puso su sonrisa más encantadora.

—Dame un descanso, amigo —dijo—. Si fuera legal, ¿lo estaría vendiendo aquí?

No encontró a nadie interesado en aquel restaurante ni en los siguientes lugares donde probó suerte, pero acabó en un taller mecánico dirigido por un padre y un hijo. Intercambió el Packard por una camioneta Mack Junior de dos toneladas, con dos ruedas de recambio. Fue un trato sin papeles y sin dinero. Era consciente de que lo estaban timando, pero el mecánico sabía que estaba desesperado.

Esa misma tarde, fue a ver a un mayorista de bebidas alcohólicas, cuya dirección había encontrado en la guía telefónica de la ciudad.

—Quiero cien cajas de Canadian Club —dijo—. ¿Cuánto pides?

—Por esa cantidad, treinta y seis dólares la caja.

—Trato hecho. —Lev sacó el dinero—. Voy a abrir una taberna a las afueras de la ciudad, y…

—No hacen falta explicaciones, amigo —dijo el mayorista. Señaló hacia la ventana. En el terreno que había al lado, un grupo de albañiles estaba empezando una obra—. Mi nuevo almacén, cinco veces más grande que este. Bendita sea la Ley Seca.

Lev se dio cuenta de que no era el primero que había tenido aquella brillante idea.

Pagó al hombre y cargaron el whisky en la camioneta Mack.

Al día siguiente, Lev regresó a Buffalo.

Lev aparcó la camioneta llena de whisky en la calle, frente a la casa Vyalov. La tarde invernal daba paso al anochecer. No había coches en la entrada. Esperó un rato, en tensión, a la expectativa, listo para huir, pero no vio actividad.

Con los nervios a flor de piel, bajó de la camioneta, se dirigió a la puerta principal y entró utilizando su llave.

La casa estaba casi en silencio. Podía oír la voz de Daisy arriba y los murmullos de Polina. No se oía nada más.

Se deslizó con rapidez sobre la gruesa moqueta, cruzó el vestíbulo y echó un vistazo en el salón. Todas las mesas estaban pegadas a la pared. En el centro había una tarima cubierta con seda negra, sobre la que descansaba un ataúd de caoba negra pulida, con agarraderas de latón reluciente. En el féretro reposaba el cadáver de Josef Vyalov. La muerte había suavizado las duras facciones del hombre, y parecía inofensivo.

Olga estaba sentada a solas junto al cuerpo. Llevaba un vestido negro. Se encontraba de espaldas a la puerta.

Lev entró en el salón.

—Hola, Olga —dijo en voz baja.

Su mujer abrió la boca para gritar, pero él se la tapó con una mano para evitarlo.

—No hay nada de lo que preocuparse —le dijo—. Solo quiero hablar. —Lentamente, apartó la mano.

No gritó.

Lev se relajó un poco. Había salvado el primer obstáculo.

—¡Mataste a mi padre! —exclamó, enfadada—. ¿De qué quieres hablar?

Lev respiró hondo. Tenía que manejar la situación de forma adecuada. No podía valerse únicamente de su encanto. Tendría que utilizar también el cerebro.

—Del futuro —dijo en voz baja y con un tono íntimo—. Del tuyo, el mío y el de la pequeña Daisy. Estoy en problemas, lo sé... Pero tú también.

Ella no quería escucharlo.

—Yo no tengo ningún problema. —Se volvió y miró hacia el cuerpo.

Lev acercó una silla y se sentó a su lado.

—El negocio que has heredado está condenado. Se viene abajo, apenas tiene valor.

—¡Mi padre era muy rico! —dijo, indignada.

—Era propietario de bares, hoteles y un negocio de venta de bebidas alcohólicas al por mayor. Todos pierden dinero, y solo hace dos semanas que ha entrado en vigor la Ley Seca. Tuvo que cerrar cinco bares. Dentro de poco no quedará nada. —Lev dudó y, entonces, recurrió al argumento más fuerte que tenía—: No puedes pensar solo en ti. Debes tener en cuenta cómo vas a criar a Daisy.

Aquello pareció desconcertarla.

—¿El negocio se va a pique de verdad?

—Ya oíste lo que me dijo tu padre durante el desayuno, antes de ayer.

—No lo recuerdo bien.

—Bueno, pues no te fíes solo de mi palabra, por favor. Compruébalo tú misma. Pregúntaselo a Norman Niall, el contable. Pregúntaselo a quien quieras.

Olga lo miró gravemente y decidió tomárselo en serio.

—¿Por qué has venido a decirme esto?

—Porque se me ha ocurrido un modo de salvar el negocio.

—¿Cómo?

—Importando alcohol de Canadá.

—Eso es ilegal.

—Sí. Pero es tu única esperanza. Sin bebida, no tienes negocio.

Olga negó con la cabeza.

—Puedo cuidar de mí misma.

—Por supuesto —dijo él—. Puedes vender esta casa por una buena cifra, invertir los beneficios y trasladarte a un pequeño apartamento con tu madre. Seguramente te quedaría una herencia que os permitiría seguir adelante, a Daisy y a ti, durante unos años, aunque deberías meditar sobre la posibilidad de buscar trabajo…

—¡No puedo trabajar! —replicó ella—. Nunca me he preparado para realizar ningún oficio. ¿Qué podría hacer?

—Oh, pues mira, podrías trabajar de dependienta en unos grandes almacenes, o en una fábrica…

Lev no hablaba en serio, y Olga lo sabía.

—No digas tonterías —le espetó.

—Entonces, solo te queda una opción. —Estiró un brazo para tocarla.

Ella se apartó.

—¿Por qué te importa lo que me ocurra?

—Porque eres mi esposa.

Olga lo miró, extrañada.

Lev puso su cara más sincera.

—Sé que no te he tratado bien, pero antes nos queríamos.

Olga soltó un gruñido de desdén.

—Y tenemos una hija de la que preocuparnos.

—Pero vas a ir a la cárcel.

—A menos que digas la verdad.

—¿A qué te refieres?

—Olga, viste lo que ocurrió. Tu padre me atacó. Mírame la cara: tengo un ojo morado que lo demuestra. Tuve que defenderme. Debía de tener problemas de corazón. Quizá ya llevaba un tiempo enfermo, lo que explicaría por qué no logró preparar los negocios para la Ley Seca. De todos modos, murió a causa del esfuerzo que hizo para agredirme, no por los golpes que le di en defensa propia. Lo único que debes hacer es contarle la verdad a la policía.

—Ya les he dicho que lo mataste.

Lev se animó: estaba progresando.

—No pasa nada —la tranquilizó—. Cuando declaraste estabas muy alterada, afectada por el dolor. Ahora que estás más calmada, te has dado cuenta de que la muerte de tu padre fue un horrible accidente, causado por su mal estado de salud y su arrebato de ira.

—¿Me creerán?

—Un jurado sí. Pero si contrato a un buen abogado ni tan siquiera habrá juicio. ¿Cómo va a haberlo si el único testigo jura que no fue homicidio?

—No lo sé. —Cambió de tema—: ¿Cómo vas a vender el alcohol?

—Es fácil. No te preocupes de ello.

Se volvió para mirarlo a la cara.

—No te creo. Solo lo dices para que cambie la declaración.

—Ponte el abrigo y te enseñaré una cosa.

Era un momento tenso. Si lo acompañaba, la tenía en el bote.

Al cabo de un instante Olga se puso en pie.

Lev reprimió una sonrisa triunfal.

Salieron del salón. Ya en la calle, abrió las puertas traseras de la camioneta.

Olga permaneció en silencio durante un buen rato. Entonces dijo:

—¿Canadian Club? —Lev se dio cuenta de que su tono había cambiado. Era más realista. La consternación quedó en segundo plano.

—Cien cajas. Las he comprado a tres dólares la botella. Aquí puedo sacar diez… más aún si lo servimos directamente en tus bares.

—Tengo que pensarlo.

Era una buena señal. Estaba dispuesta a aceptar, pero no quería precipitarse.

—Lo entiendo, pero no hay tiempo —dijo Lev—. Me busca la policía, tengo una camioneta llena de whisky ilegal y debo saber tu decisión de inmediato. Siento presionarte, pero ya ves que no tengo elección.

Olga asintió, pensativa, pero no dijo nada.

—Si me dices que no —prosiguió Lev—, venderé el whisky, ganaré dinero y desapareceré. Entonces, estarás sola. Te deseo buena suerte y me despido de ti para siempre, sin resentimientos. Lo entendería.

—¿Y si digo que sí?

—Iremos a la policía de inmediato.

Hubo un largo silencio.

Al final, Olga asintió.

—De acuerdo.

Lev apartó la mirada para que no le viera el rostro. «Lo has logrado —dijo para sí—. Te has sentado con ella en la sala donde se encuentra el cuerpo de su padre, y la has recuperado.»

«Perro.»

IV

—Tengo que ponerme un sombrero —dijo Olga—. Y tú necesitas una camisa limpia. Debemos causar buena impresión.

Era fantástico. Se había puesto de su lado.

Regresaron a la casa y se prepararon. Mientras la esperaba, Lev llamó al *Buffalo Advertiser* y pidió por Peter Hoyle, el director. Una secretaria le preguntó el motivo de su llamada.

—Dígale que soy el hombre a quien buscan por el asesinato de Josef Vyalov.

Al cabo de un instante, una voz gritó:

—Aquí Hoyle. ¿Quién es usted?

—Lev Peshkov, el yerno de Vyalov.

—¿Dónde está?

Lev no hizo caso de la pregunta.

—Si envía a un periodista a los escalones de la comisaría central de policía dentro de media hora, haré una declaración para su periódico.

—Ahí estaremos.

—¿Señor Hoyle?

—¿Sí?

—Envíe también a un fotógrafo. —Colgó.

Olga y Lev se sentaron en la parte delantera de la camioneta, que estaba descubierta, y se dirigieron al almacén que Josef tenía junto al río. Había cajas de cigarrillos amontonadas en las paredes. En el despacho situado al fondo encontraron a Norman Niall, el contable de Vyalov, y al grupo habitual de matones. Lev sabía que Norman era muy poco honrado pero puntilloso. El hombre estaba sentado en la silla, tras el escritorio de su difunto jefe.

Todos se sorprendieron al ver a Lev y a Olga.

—Olga ha heredado el negocio. A partir de ahora lo dirigiré yo —dijo Lev.

Norman no se levantó de la silla.

—Eso ya lo veremos —replicó.

Lev lo fulminó con la mirada y no abrió la boca.

—El testamento debe ser validado —añadió.

Lev negó con la cabeza.

—Si esperamos a que se lleven a cabo los formalismos, no quedará nada del negocio. —Señaló a uno de los matones—. Ilya, sal ahí fuera, echa un vistazo a la camioneta y dile a Norm lo que hayas visto.

Ilya obedeció. Lev dio la vuelta al escritorio y se quedó junto a Norman. Esperaron en silencio hasta que volvió el matón.

—Cien cajas de Canadian Club. —Puso una botella sobre la mesa—. Podemos probarlo, a ver si es del de verdad.

—Voy a dirigir el negocio y a importar alcohol de Canadá. La Ley Seca es la mayor oportunidad de negocio de la historia. La gente pagará lo que sea por un trago. Vamos a ganar una fortuna. Levántate de la silla, Norm.

—Ni hablar, muchacho —replicó el contable.

Lev sacó la pistola con un gesto rápido y golpeó a Norman en ambos pómulos. El hombre gritó. Lev apuntó a los matones como quien no quiere la cosa.

Olga no gritó, lo cual dijo mucho en su favor.

—Eres un imbécil —le dijo Lev a Norman—. Maté a Josef Vyalov, ¿crees que tengo miedo de un puto contable?

Norman se puso en pie y salió del despacho apresuradamente, con una mano en la boca ensangrentada.

Lev se volvió hacia los demás hombres, sin bajar el arma, y espetó:

—Todo aquel que no quiera trabajar para mí puede irse ahora; sin rencor.

Nadie se movió.

—Bien —dijo Lev—. Porque lo del rencor era mentira. —Señaló a Ilya—. Ven con la señora Peshkov y conmigo. Conducirás tú. Los demás, descargad la camioneta.

Ilya los llevó al centro con el Hudson azul.

Lev tenía la sensación de que tal vez había cometido un error. No debería haber dicho «Maté a Josef Vyalov» delante de Olga. Aún estaba a tiempo de cambiar de opinión. Si hacía alguna referencia al respecto, le diría que no hablaba en serio, que solo lo dijo para asustar a Norm. Sin embargo, Olga no sacó el tema.

Frente a la comisaría de policía, dos hombres con abrigo y sombrero los esperaban junto a una gran cámara sobre un trípode.

Olga y Lev salieron del coche.

Lev le dijo al periodista:

—La muerte de Josef Vyalov es una tragedia para nosotros, su familia, y para la ciudad. —El hombre tomó nota en una libreta—. He venido a darle a la policía mi versión de lo sucedido. Mi esposa, Olga, la única persona presente cuando su padre se desplomó, va a testificar que soy inocente. La autopsia demostrará que mi suegro falleció de un ataque al corazón. Mi mujer y yo queremos continuar expandiendo el gran negocio que Josef Vyalov empezó aquí en Buffalo. Gracias.

—Miren a la cámara, por favor —dijo el fotógrafo.

Lev abrazó a Olga, la atrajo hacia sí y miró a la cámara.

—¿A qué se debe ese ojo morado? —preguntó el periodista.

—¿Esto? —dijo Lev, que se señaló el ojo—. Eso es otra historia, diablos. —Puso su sonrisa más encantadora, y el fogonazo de magnesio del fotógrafo los cegó.

40

Febrero-diciembre de 1920

I

La prisión militar de Aldershot era un lugar desolador, pensó Billy, pero era mejor que Siberia. Aldershot era una ciudad militar situada a sesenta kilómetros al sudoeste de Londres. La cárcel era un edificio moderno con galerías de tres pisos, llenos de celdas, alrededor del atrio. Estaba muy bien iluminado gracias a un techo de cristal, que le dio su apodo de «El invernadero». Gracias a las tuberías de la calefacción y a la iluminación de gas, era un lugar más cómodo que la mayoría de los sitios en los que había dormido Billy durante los últimos cuatro años.

Aun así, no dejaba de ser un edificio inhóspito. Hacía más de un año que había finalizado la guerra y, sin embargo, aún estaba en el ejército. La mayor parte de sus amigos lo habían dejado, ganaban un buen sueldo e iban al cine con chicas. Billy todavía llevaba el uniforme y tenía que hacer el saludo militar, dormía en una cama del ejército y se alimentaba de comida del ejército. Trabajaba todo el día haciendo esteras, que era la principal actividad de la prisión. Lo peor de todo era que nunca podía ver a una mujer. En algún lugar ahí fuera, Mildred lo estaba esperando, probablemente. Todo el mundo conocía la historia de algún soldado que había vuelto a casa y había descubierto que su mujer o su novia se había largado con otro hombre.

No podía comunicarse con Mildred ni con nadie del exterior. Normalmente los presos —o «soldados condenados», esa era su denominación oficial— podían enviar y recibir correspondencia, pero Billy era un caso especial. Puesto que lo habían condenado por revelar secretos del ejército en sus cartas, su correo era confiscado por las autoridades. Aquello formaba parte de la venganza del ejército. Obviamente ya no podía revelar ningún secreto. ¿Qué demonios iba a contarle a su hermana? «La patata hervida siempre está un poco cruda.»

¿Sabían sus padres y su abuelo que lo habían sometido a un consejo de guerra? Los familiares más cercanos del soldado debían ser informados, pensó, pero no estaba seguro y nadie respondía a sus preguntas. De todos modos, lo más probable era que Tommy Griffiths se lo hubiera contado. Esperaba que Ethel les hubiera explicado lo que había hecho en realidad.

No recibía visitas. Sospechaba que su familia ni tan siquiera sabía que había vuelto de Rusia. Le habría gustado recurrir la prohibición de recibir correo, pero no tenía forma alguna de ponerse en contacto con un abogado, ni dinero para pagarlo. Su único consuelo era una vaga sensación de que aquella situación no podía prolongarse de manera indefinida.

Gracias a los periódicos tenía conocimiento de las noticias del mundo exterior. Fitz había vuelto a Londres y se dedicaba a pronunciar discursos en los que pedía más ayuda militar para los rusos blancos. Billy se preguntó si aquello significaba que los Aberowen Pals habían regresado a casa.

Los discursos de Fitz no sirvieron de mucho. La campaña «Rusia no se toca» de Ethel había recibido un gran apoyo y había sido refrendada por el Partido Laborista. A pesar de los acalorados discursos antibolcheviques del ministro de Guerra, Winston Churchill, Gran Bretaña había retirado sus tropas de la Rusia ártica. A mediados de noviembre, los rojos habían expulsado al almirante Kolchak de Omsk. Todo lo que Billy había dicho sobre los blancos, y que Ethel había repetido en su campaña, resultó ser cierto; todo lo que contaron Fitz y Churchill era falso. Sin embargo, Billy estaba en la cárcel y Fitz, en la Cámara de los Lores.

Tenía poco en común con los otros internos. No eran presos políticos. La mayoría habían cometido delitos de verdad, robo, agresión y homicidio. Eran hombres duros, pero Billy también y no les tenía miedo. Lo trataban con una deferencia cautelosa ya que, al parecer, tenían la sensación de que su delito estaba por encima del suyo. Él se dirigía a ellos en un tono amistoso, pero los demás presos no tenían ningún interés en política. No veían nada de malo en la sociedad que los había encarcelado; tan solo estaban decididos a vencer al sistema en la siguiente oportunidad.

Durante el receso de media hora del almuerzo, leía el periódico. La mayoría de los internos eran analfabetos. Un día abrió el *Daily Herald* y vio una fotografía de una cara familiar. Tras un momento de sorpresa se dio cuenta de que era una fotografía suya.

Recordó cuándo se la tomaron. Mildred lo había arrastrado a un fotógrafo de Aldgate para que le hiciera una foto vestido con el uniforme. «Todas las noches la rozaré con los labios», le había dicho. Billy había pensado a menudo en aquella ambigua promesa mientras estuvo alejado de ella.

El titular decía: «¿Por qué está en la cárcel el sargento Williams?». Billy leyó con una emoción cada vez mayor.

> William Williams, del 8.º Batallón de los Fusileros Galeses (los «Aberowen Pals») está cumpliendo una pena de diez años en una cárcel militar, condenado por traición. ¿Es este hombre un traidor? ¿Acaso traicionó a su país, desertó y se unió al enemigo o huyó de la batalla? Al contrario. Luchó con valentía en el Somme y siguió sirviendo en Francia durante dos años, donde fue ascendido a sargento.

Billy estaba emocionado. «¡Soy yo! —pensó—. ¡Salgo en el periódico y dicen que luché con valentía!»

> Luego fue destinado a Rusia. No estamos en guerra con ese país. Tal vez el pueblo británico no apruebe el régimen bolchevique, pero no atacamos a todos los regímenes con los que no estamos de acuerdo. Los bolcheviques no representan una amenaza para nuestro país ni para nuestros aliados. El Parlamento nunca ha aprobado que se lleven a cabo acciones militares contra el gobierno de Moscú. Existe una seria posibilidad de que nuestra misión en Rusia sea una violación de las leyes internacionales.
>
> De hecho, durante unos meses, el pueblo británico no tuvo conocimiento de que su ejército estuviera combatiendo en Rusia. El gobierno realizó declaraciones engañosas, en las que aseguraba que nuestras tropas solo estaban protegiendo nuestra propiedad, organizando una retirada ordenada, o en estado de alerta. De todo ello solo cabía deducir que nuestros hombres no habían entrado en combate con las fuerzas rojas.
>
> El hecho de que se descubriera la mentira se debe, en gran parte, a William Williams.

—Eh —dijo, sin dirigirse a nadie en particular—. Mirad esto. Gracias a William Williams.

Los hombres de su mesa se arremolinaron junto a él para leer por encima de su hombro. Su compañero de celda, un bestia llamado Cyril Parks, dijo:

—¡Es una fotografía tuya! ¿Qué haces en el periódico?

Billy leyó el resto de la noticia en voz alta.

Su delito fue decir la verdad, en las cartas a su hermana, escritas en un sencillo código para eludir la censura. El pueblo británico tiene una deuda de gratitud con él.

Sin embargo, su acción disgustó a aquellos miembros del ejército y del gobierno responsables de utilizar en secreto a los soldados británicos para sus propios fines políticos. Williams fue sometido a un consejo de guerra y recibió una condena de diez años.

No es el único. Un gran número de militares que se negaron a formar parte del intento de contrarrevolución fueron sometidos a una serie de juicios de dudosa legalidad en Rusia y recibieron unas condenas escandalosamente largas.

William Williams y otros han sido las víctimas de unos hombres vengativos que ocupan cargos de poder. Hay que poner fin a esta situación. Gran Bretaña es un país donde existe la justicia, que es, a fin de cuentas, por lo que luchamos.

—¿Qué te parece? —preguntó Billy—. Dicen que soy la víctima de unos hombres poderosos.

—Yo también —dijo Cyril Parks, que había violado a una chica belga de catorce años en un granero.

De repente le arrancaron el periódico de las manos. Billy alzó la mirada y vio la estúpida cara de Andrew Jenkins, uno de los celadores más desagradables.

—Tal vez tengas amigos en las putas altas instancias, Williams —dijo el hombre—. Pero aquí no eres más que un jodido preso del montón, así que regresa al trabajo de una maldita vez.

—Ahora mismo, señor Jenkins —dijo Billy.

II

Fitz se indignó, ese verano de 1920, cuando una delegación comercial rusa fue a Londres y fue recibida por el primer ministro, David Lloyd George, en el Número Diez de Downing Street. Los bolcheviques aún estaban en guerra con Polonia, país recién reconstituido, y Fitz opinaba que Gran Bretaña debía alinearse con los polacos, pero su propuesta apenas halló apoyo. Los estibadores de Londres fueron a la huelga para no cargar barcos con fusiles para el ejército polaco, y el congreso de sindicatos amenazó con una huelga general si el ejército británico intervenía.

Fitz se resignó a no tomar posesión de las propiedades del difunto príncipe Andréi. Sus hijos, Boy y Andrew, habían perdido su herencia rusa, y tenía que aceptarlo.

Sin embargo, no pudo permanecer callado cuando supo lo que tramaban los rusos, Kámenev y Krassin, en su viaje por Gran Bretaña. La Sala 40 aún existía, aunque bajo una forma distinta, y los servicios secretos británicos interceptaban y descifraban los telegramas que los rusos enviaban a casa. Lev Kámenev, el presidente del Sóviet de Moscú, se dedicaba a hacer circular propaganda revolucionaria de forma descarada.

Fitz estaba tan encendido que reprendió a Lloyd George, a principios de agosto, en una de las últimas cenas de la temporada londinense.

Fue en la casa que lord Silverman tenía en Belgrave Square. La cena no fue tan opípara como las que había celebrado antes de la guerra. Hubo menos platos, se devolvió menos comida sin probar a la cocina y la decoración de la mesa fue más sencilla. El banquete fue servido por doncellas, en lugar de lacayos: nadie quería ser lacayo en esos días. Fitz supuso que aquellas fiestas eduardianas derrochadoras se habían acabado para siempre. Sin embargo, Silverman aún era capaz de atraer a los hombres más poderosos del país a su casa.

Lloyd George preguntó a Fitz por su hermana, Maud.

Aquel era otro tema que enfurecía al conde.

—Lamento decir que se ha casado con un alemán y que se ha ido a vivir a Berlín —explicó. No añadió que ya había dado a luz a su primer hijo, un niño llamado Eric.

—Lo entiendo —dijo Lloyd George—. Tan solo me preguntaba cómo se encontraba. Una muchacha encantadora.

El gusto del primer ministro por las muchachas encantadoras era de sobra conocido, por no decir notorio.

—Me temo que la vida en Alemania es dura —dijo Fitz.

Maud le había escrito para suplicarle que le concediera una asignación, pero él se negó en redondo. Ella no le había pedido permiso para casarse, así pues, ¿cómo podía esperar que la ayudara?

—¿Dura? —se preguntó Lloyd George—. Tal y como debería ser, después de lo que han hecho. Aun así, lo siento por ella.

—Cambiando de tema, primer ministro —dijo Fitz—, ese tipo, Kámenev, es un bolchevique judío, debería deportarlo.

El primer ministro se mostraba afable, con una copa de champán en la mano.

—Estimado Fitz —repuso en tono amable—, al gobierno no le preocupa en exceso la desinformación rusa, que es burda y violenta. Le ruego que no subestime a los trabajadores británicos: reconocen los disparates cuando los oyen. Créame, los discursos de Kámenev están haciendo más para desacreditar al bolchevismo que nada de lo que podamos decir usted y yo.

Fitz creía que aquello era un montón de sandeces displicentes.

—¡Incluso le ha dado dinero al *Daily Herald*!

—Es un gesto descortés, lo admito, que un gobierno extranjero financie uno de nuestros periódicos, pero, de verdad, ¿tenemos miedo del *Daily Herald*? No se puede decir que nosotros los liberales y los conservadores no tengamos nuestros propios periódicos.

—Pero se están poniendo en contacto con los grupos revolucionarios más radicales del país, ¡con unos maníacos que pretenden acabar con nuestro estilo de vida!

—A los británicos, menos les gusta el bolchevismo cuanto más lo conocen, recuerde mis palabras. Solo parece formidable cuando se observa desde lejos, a través de una niebla impenetrable. Casi se podría decir que el bolchevismo es una salvaguarda para la sociedad británica, ya que contagia a todas las clases el terror de lo que podría suceder si se destruye la organización actual de la sociedad.

—No me gusta.

—Además —prosiguió Lloyd George—, si los echamos tal vez tengamos que explicar cómo sabemos lo que traman; y si se llegara a divulgar que los espiamos, la noticia podría encender a la clase trabajadora y ponerla en contra de nosotros con una mayor efectividad que todos sus rimbombantes discursos.

Fitz no quería que le dieran lecciones sobre la realidad política, aunque lo hiciera el primer ministro, pero insistió en su argumentación porque se sentía muy furioso.

—¡Pero no es necesario que hagamos negocios con los bolcheviques!

—Si nos negáramos a mantener relaciones comerciales con todos aquellos que utilizan sus embajadas de Londres con fines propagandísticos, no nos quedarían muchos socios. ¡Venga, Fitz, hacemos negocios con los caníbales de las islas Salomón!

Fitz no estaba muy seguro de que fuera cierto, ya que los caníbales de las islas Salomón no tenían mucho que ofrecer, pero pasó la cuestión por alto.

—¿Tan grave es nuestra situación que tenemos que tratar con esos asesinos?

—Me temo que sí. He hablado con muchos hombres de negocios y me han asustado bastante con sus perspectivas sobre los próximos dieciocho meses. No están llegando pedidos. Los clientes no compran. Podríamos estar a punto de entrar en la peor época de desempleo que todos hayamos conocido jamás. Pero los rusos quieren comprar... y pagan con oro.

—¡Yo no aceptaría su oro!

—Ah, pero Fitz —dijo Lloyd George—, usted ya tiene de sobra.

III

Hubo fiesta en Wellington Row, cuando Billy llevó a su esposa a Aberowen.

Era un sábado soleado y, por una vez, no llovía. A las tres de la tarde Billy y Mildred llegaron a la estación con las niñas de Mildred, las nuevas hijastras de Billy, Enid y Lillian, de ocho y siete años. Para entonces los mineros habían salido del pozo, se habían dado su baño semanal y se habían puesto sus trajes de domingo.

Los padres de Billy esperaban en la estación. Habían envejecido y parecían haber encogido, ya no sobresalían entre la gente que los rodeaba. Papá le estrechó la mano a Billy y dijo:

—Estoy orgulloso de ti, hijo. Te enfrentaste a ellos, tal y como te enseñé.

Billy estaba contento, aunque no se consideraba uno más de los éxitos en la vida de su padre.

Los padres de Billy habían conocido a Mildred en la boda de Ethel. David le estrechó la mano y la madre la besó.

—Es un placer verla de nuevo, señora Williams. ¿Puedo llamarla mamá? —preguntó Mildred.

Era lo mejor que podría haber dicho, y Cara se sentía encantada. Billy estaba convencido de que su padre llegaría a quererla, siempre que ella se abstuviera de decir palabras malsonantes.

Las preguntas insistentes de los parlamentarios en la Cámara de los Comunes, alimentadas con la información de Ethel, habían obligado al gobierno a anunciar la reducción de las condenas de varios soldados y marineros sometidos a consejos de guerra en Rusia acusados de amotinamiento y otros delitos. La pena de cárcel de Billy se había reducido a un año y lo habían liberado y desmovilizado. De modo que se casó con Mildred en cuanto pudo.

Aberowen le resultaba un lugar extraño. No había cambiado mucho, pero sus sentimientos eran distintos. Era una ciudad pequeña y gris, y las montañas que la rodeaban parecían muros destinados a retener a la gente. Ya no estaba seguro de que fuera su hogar. Como le sucedió cuando se puso el traje antes de partir a la guerra, le parecía que, a pesar de que todavía encajaba, ya no se sentía a gusto. Se dio cuenta de que nada de lo que sucediera allí cambiaría el mundo.

Subieron la cuesta de Wellington Row y vieron las casas decoradas con banderitas: la Union Jack, el Dragón Galés y la bandera roja. Había también un gran cartel que cruzaba la calle y decía: «Bienvenido a casa, Billy Doble». Todos los vecinos habían salido a la calle. Había mesas con jarras de cerveza y teteras, y bandejas con pasteles, tartas y bocadillos. Cuando vieron a Billy cantaron «We'll Keep a Welcome in the Hillsides».

Billy lloró.

Le dieron una pinta de cerveza. Una multitud de jóvenes admiradores se arremolinó en torno a Mildred. Para ellos era una mujer exótica, con sus vestidos de Londres, su acento *cockney* y un sombrero con una gran ala que ella misma había adornado con flores de seda. Incluso cuando hacía gala de sus mejores modales no podía evitar decir cosas atrevidas como: «No podía dejar que se me pudriera en el pecho».

El abuelo parecía mayor, y caminaba encorvado, pero aún tenía la cabeza en su sitio. Se ocupó de Enid y Lillian, les dio unos caramelos que sacó de los bolsillos del chaleco y les enseñó cómo cra capaz de hacer desaparecer un penique.

Billy tuvo que hablar con todas las familias de sus compañeros muertos: Joey Ponti, Jones el Profeta, Llewellyn el Manchas y los demás. Se reencontró con Tommy Griffiths, a quien había visto por última vez en Ufa, Rusia. El padre de Tommy, Len, el ateo, estaba demacrado por culpa del cáncer.

Billy iba a bajar de nuevo a la mina el lunes, y todos los mineros querían explicarle los cambios que había habido bajo tierra desde que se había ido: se habían abierto nuevos túneles que se ahondaban aún más en la mina, había más luces eléctricas y mejores medidas de seguridad.

Tommy se subió a una silla y pronunció un discurso de bienvenida, y luego tomó la palabra Billy.

—La guerra nos ha cambiado a todos —dijo—. Recuerdo cuando la gente decía que Dios había puesto a los ricos en la tierra para gobernarnos a nosotros, a la gente inferior. —La frase fue recibida con risas de desdén—. Muchos hombres dejaron de llamarse a engaño cuando tuvieron que luchar bajo las órdenes de unos oficiales de clase alta a los que ni tan siquiera se les debería confiar la organización de una excursión de domingo de un grupo de catequesis. —Los demás veteranos asintieron en un gesto cómplice—. La guerra se ganó gracias a hombres como nosotros, hombres de a pie, sin educación pero no estúpidos.

Todos se mostraron de acuerdo, y se oyeron varios «tiene razón» y «sí».

—Ahora podemos votar, y también una parte de las mujeres, aunque no todas, tal y como os dirá enseguida mi hermana Eth. —Hubo una pequeña ovación por parte de las mujeres—. Este es nuestro país, y debemos tomar el control de él, tal y como han hecho los bolcheviques en Rusia y los socialdemócratas en Alemania. —Los hombres lo vitorearon—. Tenemos un partido de la clase trabajadora, el Partido Laborista, y somos suficientes para lograr que nuestro partido forme gobierno. Lloyd George nos jugó una mala pasada en las últimas elecciones, pero no volverá a salirse con la suya.

Alguien gritó:

—¡No!

—Ahora voy a deciros por qué he vuelto. Los días de Perceval Jones como parlamentario por Aberowen están a punto de llegar a su fin. —Hubo una ovación—. ¡Quiero ver que un candidato laborista nos represente en la Cámara de los Comunes! —Billy miró a su padre, que estaba rebosante de alegría—. Gracias por vuestra fantástica bienvenida. —Bajó de la silla y todo el mundo aplaudió con entusiasmo.

—Buen discurso, Billy —lo felicitó Tommy Griffiths—. Pero ¿quién va a ser el candidato laborista?

—¿Sabes qué, Tommy? —dijo Billy—. Te doy tres oportunidades para que lo adivines.

IV

El filósofo Bertrand Russell fue a Rusia ese año y escribió un breve libro titulado *Teoría y práctica del bolchevismo*, que estuvo a punto de provocar el divorcio de los Leckwith.

Russell se mostró en contra de los bolcheviques con gran vehemencia. Y, lo que es peor aún, lo hizo desde un punto de vista de izquierdas. A diferencia de los críticos conservadores, él no afirmaba que el pueblo ruso no tuviera derecho a deponer al zar, a repartir las tierras de los nobles entre los campesinos y a dirigir sus propias fábricas. Al contrario, se mostraba conforme con todo aquello. Sin embargo, atacó a los bolcheviques, no por tener los ideales equivocados, sino por tener los ideales correctos pero ser incapaces de vivir de acuerdo con ellos. De modo que sus conclusiones no podían desecharse de plano por ser propaganda.

Bernie lo leyó primero. Como todos los bibliotecarios, no soportaba que la gente escribiera en los libros, pero en este caso hizo una excepción, y garabateó las páginas con comentarios iracundos, subrayó frases y escribió «¡Sandeces!» o «¡Argumento inválido!» con lápiz en los márgenes.

Ethel lo leyó con el bebé en brazos, que ya había cumplido un año. Le pusieron Mildred, pero siempre la llamaban Millie. La Mildred mayor se había trasladado a Aberowen con Billy y ya estaba embarazada del primer hijo de ambos. Ethel la echaba de menos, aunque se alegraba de poder utilizar las habitaciones del piso de arriba de la casa. La pequeña Millie tenía el pelo rizado y, a pesar de su corta edad, una mirada coqueta que recordaba a Ethel a todo el mundo.

Ethel disfrutó del libro. Russell era un escritor ingenioso. Con su aristocrática indiferencia, le había pedido una entrevista a Lenin, y había pasado una hora con el gran hombre. Hablaron en inglés. Lenin le dijo que lord Northcliffe era su mejor propagandista: las historias de terror que el *Daily Mail* contaba sobre el modo en que los rusos habían saqueado a los aristócratas tal vez aterraban a los burgueses, pero tendrían el efecto contrario en la clase trabajadora británica.

Sin embargo, Russell dejó muy claro que los bolcheviques eran totalmente antidemocráticos. La dictadura del proletariado era una verdadera dictadura, dijo, pero los gobernantes eran intelectuales de clase media como Lenin y Trotski, que solo permitían la ayuda de los proletarios que estaban de acuerdo con sus opiniones.

—Creo que esto es muy preocupante —comentó Ethel cuando acabó el libro.

—¡Bertrand Russell es un aristócrata! —exclamó Bernie, furioso—. ¡Es el tercer conde!

—Eso no implica que sea una mala persona. —Millie dejó de mamar y se quedó dormida. Ethel le acarició sus suaves mejillas con la punta de los dedos—. Russell es socialista. Se queja de que los bolcheviques no están poniendo en práctica el socialismo.

—¿Cómo puede decir algo así? Han aplastado a la nobleza.

—Pero también a la prensa que estaba en su contra.

—Es una necesidad temporal…

—¿Hasta cuándo? ¡La Revolución rusa ya tiene tres años!

—Quien algo quiere, algo le cuesta.

—Dice que hay detenciones y ejecuciones arbitrarias, y que la policía secreta tiene más poder ahora que cuando mandaba el zar.

—Pero actúan para detener a contrarrevolucionarios, no a socialistas.

—El socialismo significa libertad, incluso para los contrarrevolucionarios.

—¡No es cierto!

—Para mí sí.

Sus gritos despertaron a Millie. La niña, que sintió la ira que reinaba en la habitación, se puso a llorar.

—¿Ves? —dijo Ethel con resentimiento—. Mira lo que has hecho.

V

Cuando Grigori regresó a casa de la guerra civil, se fue al confortable apartamento en el que vivían Katerina, Vladímir y Anna, situado en el enclave del gobierno en el antiguo fuerte del Kremlin. Para su gusto, tenía demasiadas comodidades. El país entero sufría escasez de comida y combustible, pero en las tiendas del Kremlin había de sobra. En el complejo disponían de tres restaurantes con cocineros de escuela francesa y, para consternación de Grigori, los camareros daban un taconazo ante los bolcheviques, tal y como habían hecho con los antiguos nobles. Katerina dejaba a los niños en la guardería mientras iba a la peluquería. Por la noche, los miembros del Comité Central iban a la ópera en coches con chófer.

—Espero que no nos estemos convirtiendo en la nueva nobleza —le dijo una noche a Katerina en la cama.

Su mujer soltó una risa de desdén.

—Si lo somos, ¿dónde están mis diamantes?

—Bueno, ya sabes, organizamos banquetes, viajamos en primera clase en el ferrocarril, etcétera.

—Los aristócratas nunca hicieron nada útil. Todos vosotros trabajáis doce, quince, dieciocho horas al día. No se puede esperar que hurguéis en la basura en busca de ramas para quemarlas y no moriros de frío, como hacen los pobres.

—Pero entonces siempre hay una excusa para que la élite tenga sus privilegios especiales.

—Ven aquí —dijo ella—. Voy a darte un privilegio especial.

Después de hacer el amor, Grigori permaneció despierto. A pesar de sus dudas, no podía reprimir un sentimiento de secreta satisfacción al ver que su familia vivía tan bien. Katerina había engordado. Cuando la conoció era una chica de veinte años voluptuosa; ahora era una madre rolliza de veintiséis. Vladímir tenía cinco años y estaba aprendiendo a leer y a escribir en la escuela, junto con los hijos de los demás nuevos gobernantes de Rusia; Anna, a la que llamaban Ania, era una niña traviesa de tres años con el cabello rizado. Su hogar había pertenecido a una de las damas de honor de la zarina. Era un piso cálido, seco y espacioso, que tenía un dormitorio para los niños y también cocina y sala de estar; en el pasado, en Petrogrado, habría servido de alojamiento para veinte personas. Había cortinas en las ventanas, tazas de porcelana para el té, una alfombra frente al fuego y un óleo del lago Baikal sobre la chimenea.

Al final Grigori se durmió y se despertó a las seis cuando alguien llamó a la puerta. La abrió y encontró a una mujer esquelética, vestida con harapos, que le resultaba familiar.

—Siento molestarlo tan pronto, excelencia —dijo, utilizando la forma antigua y respetuosa de tratamiento.

La reconoció enseguida, era la mujer de Konstantín.

—¡Magda! —exclamó, asombrado—. Estás muy distinta, ¡pasa! ¿Qué sucede? ¿Vives en Moscú ahora?

—Sí, nos hemos trasladado aquí, excelencia.

—No me llames así, por el amor de Dios. ¿Dónde está Konstantín?

—En la cárcel.

—¿Qué? ¿Por qué?

—Por contrarrevolucionario.

—¡Es imposible! —dijo Grigori—. Deben de haber cometido un grave error.

—Sí, señor.

—¿Quién lo ha detenido?

—La Cheka.

—La policía secreta. Bueno, trabajan para nosotros. Averiguaré lo que ha sucedido. Lo investigaré inmediatamente después del desayuno.

—Por favor, excelencia, se lo suplico, haga algo ahora. Van a fusilarlo dentro de una hora.

—¡Diablos! —exclamó Grigori—. Espera mientras me visto.

Se puso el uniforme. Aunque no tenía insignias de rango, era de mucha mejor calidad que el de los soldados rasos, y lo distinguía claramente como comandante.

Al cabo de unos minutos, Magda y él abandonaron el complejo del Kremlin. Estaba nevando. Recorrieron la corta distancia que los separaba de la plaza Lubianka. El cuartel de la Cheka era un enorme edificio barroco de ladrillo amarillo, que antiguamente habían sido las oficinas de una compañía aseguradora. El guardia de la puerta hizo el saludo militar a Grigori, que empezó a gritar en cuanto puso un pie en el edificio.

—¿Quién manda aquí? ¡Traedme al oficial de servicio! Soy el camarada Grigori Peshkov, miembro del Comité Central Bolchevique. Deseo ver al prisionero Konstantín Vorotsintsev de inmediato. ¿A qué esperáis? ¡Poneos manos a la obra! —Había descubierto que aquella era la forma más rápida de hacer las cosas, aunque le traía a la mente el horrible recuerdo del comportamiento irascible de un noble malcriado.

Los guardias echaron a correr, presas del pánico, y entonces Grigori se llevó una gran sorpresa. El oficial de servicio bajó al vestíbulo. Grigori lo conocía. Era Mijaíl Pinski.

Grigori se horrorizó. Pinski había sido un matón y un animal que había pertenecido a la policía zarista: ¿era ahora un matón y un animal al servicio de la revolución?

Pinski esbozó una sonrisa empalagosa.

—Camarada Peshkov —dijo—. Qué honor.

—No dijiste eso cuando te di un puñetazo por molestar a una pobre campesina —replicó Grigori.

—Cómo han cambiado las cosas, camarada... para todos.

—¿Por qué habéis detenido a Konstantín Vorotsintsev?

—Por llevar a cabo actividades contrarrevolucionarias.

—Eso es absurdo. Era el moderador del grupo de discusión bolchevique de la fábrica Putílov en 1914. Fue uno de los primeros representantes del Sóviet de Petrogrado. ¡Es más bolchevique que yo!

—¿Es eso cierto? —preguntó Pinski con un deje de amenaza.

Grigori no le hizo caso.

—Traédmelo.

—Ahora mismo, camarada.

Al cabo de unos minutos apareció Konstantín. Estaba sucio, sin afeitar y olía a pocilga. Magda rompió a llorar y lo abrazó.

—Tengo que hablar con el prisionero en privado —le dijo Grigori a Pinski—. Llévanos a tu despacho.

Pinski negó con la cabeza.

—Mi humilde oficina...

—No discutas —dijo Grigori—. A tu despacho. —Era una forma de realzar su poder. Tenía que mantener dominado a Pinski.

Subieron a una oficina del piso superior con vistas al patio interior. Pinski se apresuró a guardar un puño de acero en un cajón.

Grigori miró por la ventana y vio que amanecía.

—Espera fuera —le ordenó a Pinski.

Se sentaron y Grigori le preguntó a Konstantín:

—¿Qué demonios está sucediendo?

—Vinimos a Moscú cuando se trasladó el gobierno —le explicó su amigo—. Creía que me nombrarían comisario político. Pero fue un error. Aquí no tengo apoyo político.

—Entonces, ¿qué has hecho hasta ahora?

—Busqué un trabajo normal. Estoy en la fábrica Tod, haciendo partes de motores, ruedas dentadas, pistones y cojinetes.

—Pero ¿por qué cree la policía que eres un contrarrevolucionario?

—La fábrica elige a un representante para el Sóviet de Moscú. Uno de los ingenieros anunció que se presentaría como candidato menchevique. Organizó un mitin y fui a escucharlo. Solo asistieron una docena de personas. No hablé, me fui a la mitad y no lo voté. Ganó el candidato bolchevique, por supuesto. Pero, después de las elecciones, todos los que asistimos al mitin menchevique fuimos despedidos. Entonces, la semana pasada, nos detuvieron.

—No podemos hacer esto —dijo Grigori con desesperación—. Ni tan siquiera en nombre de la revolución. No podemos detener a trabajadores por el mero hecho de que escuchen un punto de vista distinto.

Konstantín lo miró extrañado.

—¿Has estado fuera?

—Por supuesto —respondió Grigori—. Luchando contra los ejércitos contrarrevolucionarios.

—Entonces por eso no sabes lo que está sucediendo.

—¿Te refieres a que ya ha ocurrido antes?

—Grishka, sucede a diario.

—No puedo creerlo.

—Anoche recibí un mensaje —intervino Magda—, de una amiga que está casada con un policía, en el que me decía que Konstantín y los demás serían fusilados a las ocho en punto de la mañana.

Grigori miró su reloj de pulsera del ejército. Ya eran casi las ocho.

—¡Pinski! —gritó.

El policía entró.

—Detén la ejecución.

—Me temo que es demasiado tarde, camarada.

—¿Quieres decir que esos hombres ya han sido fusilados?

—Aún no. —Pinski se acercó a la ventana.

Grigori hizo lo mismo. Konstantín y Magda permanecieron a su lado.

Abajo, en el patio cubierto de nieve, se había reunido ya el pelotón de fusilamiento bajo la tenue luz de los primeros rayos del día. Frente a los soldados había una docena de hombres con los ojos vendados, que tiritaban de frío a causa de la ropa fina que llevaban. Una bandera roja ondeaba sobre ellos.

Mientras Grigori miraba, los soldados levantaron los fusiles.

Grigori gritó:

—¡Paraos ahora! ¡No disparéis! —Pero su voz quedó amortiguada por la ventana, y nadie lo oyó.

Al cabo de un instante se oyó el estruendo de unos disparos.

Los condenados cayeron al suelo. Grigori miró fijamente la escena, aterrado.

Alrededor de los cuerpos desplomados, unas manchas de sangre tiñeron la nieve; de un rojo brillante a juego con la bandera que ondeaba encima.

41

11-12 de noviembre de 1923

I

Maud durmió durante el día y se despertó a media tarde, cuando Walter volvió con los niños a casa de la catequesis dominical. Eric tenía tres años y Heike, dos; tenían un aspecto tan adorable vestidos con su mejor ropa que Maud pensó que el corazón le iba a estallar de amor.

Nunca había sentido algo como aquello. Ni tan siquiera su pasión arrebatadora por Walter había sido tan abrumadora. Los niños también le hacían sentir una mezcla de desesperación y ansiedad. ¿Sería capaz de alimentarlos y evitar que pasaran frío, y protegerlos de los disturbios y de la revolución?

Les dio pan con leche caliente para hacerlos entrar en calor, y luego empezó a prepararse para la noche. Walter y ella habían organizado una pequeña fiesta familiar para celebrar el cumpleaños del primo de Walter, Robert von Ulrich, que cumplía treinta y ocho años.

Robert no había muerto en la guerra, a pesar de los temores de sus padres, ¿o eran acaso sus esperanzas? Sea como fuere, Walter no se había convertido en el *Graf* Von Ulrich. Robert fue encerrado en un campo para prisioneros de guerra de Siberia. Cuando los bolcheviques firmaron la paz con Austria, Robert y su compañero, Jörg, tuvieron que caminar, hacer dedo y montarse en trenes de mercancías para volver a casa. Tardaron un año, pero lo consiguieron, y cuando llegaron Walter les encontró un apartamento en Berlín.

Maud se puso el delantal. En la diminuta cocina de su pequeña casa preparó una sopa con repollo, pan duro y nabos. También hizo un pastel, aunque tuvo que compensar la escasez de ingredientes con más nabos.

Había aprendido a cocinar y muchas cosas más. Una bondadosa vecina, una anciana, se apiadó de la apabullada aristócrata y le enseñó a hacer la cama, a planchar una camisa y a limpiar la bañera. Para Maud todo aquello fue un duro golpe.

Vivían en una casa de clase media, en la ciudad. No habían podido reformarla y tampoco podían permitirse los sirvientes a los que Maud estaba acostumbrada, y tenían muchos muebles de segunda mano que ella aborrecía, aunque jamás lo decía.

Habían albergado grandes esperanzas de que llegarían tiempos mejores, pero, de hecho, las cosas no habían sino empeorado: la carrera de Walter en el Ministerio de Asuntos Exteriores estaba en un punto muerto debido a su matrimonio con una inglesa; no le habría importado cambiar de trabajo, pero teniendo en cuenta el caos económico imperante podía considerarse afortunado por el mero hecho de tener empleo. Y la insatisfacción de los primeros tiempos de Maud parecía algo trivial ahora, después de cuatro años de pobreza. Los remiendos de la tapicería eran las cicatrices de los juegos de los niños, las ventanas rotas se tapaban con cartón y la pintura se descascarillaba por todas partes.

Sin embargo, Maud no se arrepentía de nada. Podía besar a Walter siempre que quería, meterle la lengua en la boca, desabrocharle los pantalones y hacer el amor con él en la cama, en el sofá o incluso en el suelo, lo que compensaba todo lo demás.

Los padres de Walter acudieron a la fiesta y llevaron medio jamón y dos botellas de vino. Otto había perdido su finca familiar, Zumwald, que ahora pertenecía a Polonia. Su ahorros habían quedado en nada por culpa de la inflación. Sin embargo, cultivaba patatas en el gran jardín de su casa de Berlín y aún le quedaba mucho vino de antes de la guerra.

—¿Cómo ha logrado encontrar jamón? —preguntó Walter con incredulidad. Por lo general aquellos lujos solo podían comprarse con dólares estadounidenses.

—Lo he cambiado por una botella de champán añejo —respondió Otto.

Los abuelos pusieron a dormir a sus nietos. Otto les contó un cuento popular. Por lo que pudo oír Maud, trataba sobre una reina que ordenó decapitar a su hermano. Se estremeció, pero no metió baza. Luego Susanne les cantó nanas con su voz aflautada y los niños se quedaron dormidos, sin que, al parecer, les afectara el sangriento relato de su abuelo.

Robert y Jörg llegaron, luciendo unas corbatas rojas idénticas. Otto los saludó efusivamente. Parecía desconocer la verdadera naturaleza de su relación y, por lo visto, creía que Jörg no era más que el compañero de piso de su sobrino. De hecho, así era como se comportaban ambos cuando se encontraban en presencia de gente mayor. Maud creía que Susanne sospechaba la verdad. Era más difícil engañar a las mujeres que, por suerte, tenían una mentalidad más abierta.

Robert y Jörg podían ser muy diferentes cuando gozaban de compañía más liberal. En las fiestas que organizaban en su casa no ocultaban su amor. Muchos de sus amigos eran iguales. Al principio Maud se sorprendió: nunca había visto besarse a dos hombres, que alabaran la ropa del otro y que coquetearan como colegialas. Pero tal comportamiento ya no era tabú, al menos en Berlín. Y Maud había leído *Sodoma y Gomorra*, de Proust, que parecía sugerir que aquel tipo de comportamiento siempre había existido.

Sin embargo, esa noche Robert y Jörg hicieron gala de su mejor comportamiento. Durante la cena todo el mundo habló de lo que estaba sucediendo en Baviera. El jueves, una asociación de grupos paramilitares llamada Kampfbund había declarado una revolución nacional en una cervecería de Munich.

Últimamente a Maud le resultaba casi imposible leer las noticias. Los trabajadores se declaraban en huelga, de modo que grupos de matones de derechas se dedicaban a darles palizas. Las amas de casa organizaban marchas para protestar contra la escasez de provisiones, y sus protestas degeneraban en disturbios para conseguir comida. En Alemania todo el mundo estaba furioso por culpa del Tratado de Versalles y, sin embargo, el gobierno socialdemócrata lo había aceptado sin restricciones. La gente creía que las reparaciones estaban paralizando la economía, a pesar de que Alemania solo había pagado una pequeña parte de la cantidad estipulada y, obviamente, no tenía la menor intención de liquidar toda la deuda.

El golpe de Estado de la cervecería de Munich había exaltado a todo el mundo. El héroe de guerra Erich Ludendorff era el partidario más prominente. Las autodenominadas tropas de asalto, con sus camisas pardas, y los estudiantes de la Escuela de Oficiales de Infantería se habían hecho con el control de los principales edificios. Los concejales de la ciudad habían sido tomados rehenes, y los judíos más prominentes, detenidos.

El viernes, el gobierno legítimo contraatacó. Cuatro policías y dieciséis paramilitares murieron. A juzgar por las noticias que habían llegado a Berlín, Maud no podía saber si la insurrección se había acabado o no. Si los extremistas tomaban el control de Baviera, ¿se harían con el poder en el resto del país?

Aquella situación enfureció a Walter.

—Tenemos un gobierno elegido democráticamente —dijo—. ¿Por qué la gente no puede dejar que haga su trabajo?

—Nuestro gobierno nos ha traicionado —espetó su padre.

—Esa es su opinión. ¿Y qué? ¡En Estados Unidos, cuando los republicanos ganaron las últimas elecciones, los demócratas no se amotinaron!

—En Estados Unidos los bolcheviques y los judíos no están subvirtiendo el país.

—Si le preocupan los bolcheviques, dígale a la gente que no los vote. ¿Y a qué viene esta obsesión con los judíos?

—Son una influencia perniciosa.

—Hay judíos en Gran Bretaña. Padre, ¿no recuerda que, en Londres, lord Rothschild hizo todo lo posible para evitar la guerra? Hay judíos en Francia, en Rusia, en América. Y no están conspirando para traicionar a sus gobiernos. ¿Qué le hace pensar que los nuestros son especialmente malvados? La mayoría de ellos solo quieren ganar dinero para alimentar a sus familias y enviar a sus hijos a la escuela, como todo el mundo.

Robert decidió intervenir, lo que sorprendió a Maud.

—Estoy de acuerdo con el tío Otto —dijo—. La democracia se está debilitando. Alemania necesita un liderazgo sólido. Jörg y yo nos hemos unido a los nacionalsocialistas.

—¡Oh, Robert, por el amor de Dios! —exclamó Walter, indignado—. ¿Cómo se te ha ocurrido?

Maud se puso en pie.

—¿Alguien quiere un pedazo de tarta de cumpleaños? —preguntó con alegría.

II

Maud se fue de la fiesta a las nueve para ir a trabajar.

—¿Dónde está tu uniforme? —preguntó su suegra mientras se despedía. Susanne creía que trabajaba de enfermera para un caballero anciano y rico.

—Lo tengo en el trabajo y me cambio cuando llego —respondió Maud.

De hecho, tocaba el piano en un club nocturno llamado Nachtleben. Sin embargo, era cierto que dejaba el uniforme en su lugar de trabajo.

Tenía que ganar dinero y nunca le habían enseñado demasiado, salvo a vestirse elegante y asistir a fiestas. Había recibido una pequeña herencia de su padre, pero la había convertido en marcos cuando se trasladó a Alemania y ya no valía nada. Fitz se negó a concederle una asignación porque aún estaba furioso con ella por casarse sin su permiso. El sueldo de Walter en el Ministerio de Asuntos Exteriores subía cada mes, pero nunca al ritmo de la inflación. Para compensar todo aquello, en parte, la renta que pagaban por su casa era insignificante, y el casero ya no se molestaba en cobrársela. Pero tenían que comprar comida.

Maud llegó al club a las nueve y media. Lo habían decorado y amueblado recientemente, y tenía un buen aspecto incluso con las luces encendidas. Los camareros sacaban brillo a los vasos, el barman picaba hielo y un ciego afinaba el piano. Maud se puso un vestido de noche escotado, joyas falsas, y se maquilló con una espesa capa de polvos, lápiz de ojos y pintalabios. Estaba al piano cuando el local abrió a las diez.

Se llenó enseguida de hombres y mujeres vestidos con trajes de noche, que bailaban y fumaban. Pedían cócteles de champán y esnifaban cocaína, con discreción. A pesar de la pobreza y de la inflación, la vida nocturna de Berlín era muy agitada. Aquella gente no tenía problemas de dinero. O bien recibía ingresos del extranjero, o tenía algo mejor que el dinero: reservas de carbón, un matadero, un almacén de tabaco o, lo mejor de todo, oro.

Maud formaba parte de un grupo femenino que tocaba un nuevo tipo de música que se llamaba jazz. De haberlas visto, Fitz se habría horrorizado, pero a ella le gustaba el trabajo. Siempre se había rebelado contra las restricciones de su educación. Repetir las mismas melodías todas las noches podía resultar tedioso, pero a pesar de ello la ayudaba a liberar algo que reprimía en su interior. Se contoneaba en el taburete de su piano y lanzaba miradas coquetas a los clientes.

A medianoche llegaba su actuación en solitario: cantaba y tocaba temas popularizados por cantantes negras como Alberta Hunter, que había aprendido gracias a los discos americanos que sonaban en un gramófono del dueño del Nachtleben. La anunciaban como Mississippi Maud.

Entre canción y canción, un cliente se acercó al piano y le pidió:

—¿Te importaría tocar «Downhearted Blues», por favor?

Conocía la canción, un gran éxito de Bessie Smith. Empezó a tocar los acordes de blues en *mi* bemol.

—Podría —dijo ella—. ¿A cambio de qué?

El hombre le dio un billete de mil millones de marcos.

Maud se rió.

—Con eso no paga ni el primer acorde —le dijo—. ¿No tiene moneda extranjera?

Le dio un billete de un dólar.

Maud cogió el dinero, se lo metió en la manga y tocó «Downhearted Blues».

Sintió un arrebato de alegría por tener un dólar, que equivalía a un billón de marcos. Aun así, no la abandonó del todo el sentimiento de tristeza, que había hecho mella en su corazón. Era un logro remarcable que una mujer de sus orígenes hubiera aprendido a sonsacar propinas, pero el proceso era degradante.

Después de su actuación, la abordó el mismo cliente, mientras se dirigía al camerino. Le puso una mano en la cadera y le preguntó:

—¿Te gustaría desayunar conmigo, cielo?

La mayoría de las noches la manoseaban, a pesar de que a sus treinta y tres años era una de las mujeres mayores del club: había muchas chicas de diecinueve y veinte años. Cuando sucedía eso, no se les permitía montar un escándalo. Se suponía que debían poner la mejor de sus sonrisas, apartar la mano del caballero con delicadeza, y decir: «Esta noche no, señor». Pero en ocasiones esa respuesta no era lo bastante desalentadora, y las demás chicas le habían enseñado una réplica más efectiva:

—Tengo unos insectos pequeños en el vello púbico —le dijo—. ¿Cree que es algo que debería preocuparme?

El hombre desapareció.

Después de llevar cuatro años en el país, Maud hablaba alemán con fluidez, y gracias al trabajo en el club también había aprendido las palabras más vulgares.

El Nachtleben cerró a las cuatro de la madrugada. Maud se desmaquilló y se puso la ropa de calle. Fue a la cocina y pidió unos granos de café. Un cocinero al que le gustaba le metió unos cuantos en un cucurucho de papel.

Los músicos cobraban en efectivo cada noche. Todas las chicas llevaban unos grandes bolsos para guardar los fajos de billetes.

Cuando salía, Maud cogió un periódico que había dejado un cliente. A Walter le gustaba leerlo y no podían permitirse el lujo de comprar la prensa.

Salió del club y fue directamente a la panadería. Era peligroso conservar el dinero mucho tiempo: corría el riesgo de que al día siguiente no pudiera comprar ni una hogaza de pan con el sueldo. Ya había varias mujeres esperando frente a la tienda, pasando frío. A las cinco y media el panadero abrió la puerta y escribió los precios con tiza en una pizarra. Aquel día una hogaza de pan costaba 127.000 millones de marcos.

Maud compró cuatro hogazas. No se lo comerían todo en un día, pero no importaba. El pan duro se podía utilizar para espesar sopas: los billetes, no.

Llegó a casa a las seis. Más tarde vestiría a los niños y los llevaría a casa de sus abuelos para que pasaran el día, así ella podría dormir. Tenía una hora para estar con Walter a solas. Era el mejor momento del día.

Preparó el desayuno y lo llevó en una bandeja al dormitorio.

—Mira —le dijo—. Pan fresco, café… ¡y un dólar!

—¡Qué lista eres! —La besó—. ¿Qué compraremos? —Se estremeció de frío a pesar de que llevaba puesto el pijama—. Necesitamos carbón.

—No hay prisa. Podemos guardarlo, si quieres. La semana que viene valdrá lo mismo. Si tienes frío, yo te haré entrar en calor.

Él sonrió.

—Pues venga.

Maud se quitó la ropa y se metió en la cama.

Comieron el pan, bebieron el café e hicieron el amor. El sexo aún era algo excitante, a pesar de que el acto en sí no duraba tanto como al principio.

Cuando terminaron, Walter leyó el periódico que Maud le había llevado.

—La intentona golpista de Munich se ha acabado —dijo.

—¿Definitivamente?

Walter se encogió de hombros.

—Han atrapado al líder. Es Adolf Hitler.

—¿El jefe del partido al que se unió Robert?

—Sí. Lo han acusado de alta traición. Está en la cárcel.

—Bien —dijo Maud, aliviada—. Gracias a Dios que ha acabado.

42

De diciembre de 1923 a enero de 1924

I

El conde Fitzherbert se subió a la tribuna frente al ayuntamiento de Aberowen a las tres de la tarde, el día antes de las elecciones generales. Llevaba chaqué y sombrero de copa. Hubo una ovación estruendosa por parte de los conservadores, que ocupaban las primeras filas, pero gran parte de la multitud lo abucheó. Alguien lanzó un periódico arrugado y Billy dijo:

—Basta ya, chicos, dejad que hable.

Unas nubes bajas ensombrecían la tarde invernal, y las luces de la calle ya estaban encendidas. Llovía, pero había acudido una gran multitud, unas doscientas o trescientas personas, la mayoría mineros con sus gorras, aunque se veían unos cuantos bombines en las primeras filas y algunas mujeres cobijadas bajo paraguas. Junto a la muchedumbre, los niños jugaban sobre los adoquines mojados.

Fitz hacía campaña en favor del diputado actual de la región, Perceval Jones. Empezó a hablar sobre aranceles, lo cual ya le estaba bien a Billy. Fitz podía parlotear sobre aquel tema todo el día sin llegar al corazón de la gente de Aberowen. En teoría, era el gran tema electoral. Los conservadores proponían poner fin al desempleo mediante un aumento de los impuestos a las importaciones para proteger los productos británicos. Aquella cuestión había unido a los liberales, que estaban en la oposición, ya que el punto más antiguo de su ideología era el comercio libre. Los laboristas estaban de acuerdo en que los aranceles no eran la respuesta a sus males, y proponían un programa nacional de empleo para dar trabajo a los parados, y también querían aumentar el período de educación para impedir la llegada de más jóvenes a un mercado laboral saturado.

Sin embargo, el verdadero tema era quién iba a gobernar.

—Con el fin de fomentar el empleo en el sector agrícola, el gobierno conservador proporcionará una ayuda de una libra por acre a cada campesino, siempre que pague un mínimo de treinta chelines a la semana a sus jornaleros —dijo Fitz.

Billy negó con la cabeza, divertido e indignado al mismo tiempo. ¿Por qué tenían que dar dinero a los granjeros? No se estaban muriendo de hambre. En cambio, los operarios en paro de las fábricas, sí.

El padre de Billy, que estaba a su lado, comentó:

—Ese tipo de discurso no le va a hacer ganar muchos votos en Aberowen.

Billy estaba de acuerdo. En el pasado aquella circunscripción electoral había sido un feudo de agricultores, pero aquellos días ya habían pasado. Ahora que la clase trabajadora podía votar, los mineros ganarían en número a los campesinos. Perceval Jones había conservado su escaño, en las confusas elecciones de 1922, gracias a un puñado de votos. En esa ocasión no podía revalidar el éxito.

Fitz se ponía nervioso:

—Si votáis a los laboristas, votaréis a un hombre cuyo historial militar está manchado —dijo.

A la gente no le gustó demasiado aquel comentario: conocían la historia de Billy y lo consideraban su héroe. Hubo un murmullo de disconformidad y el padre de Billy gritó:

—¡Debería darle vergüenza!

—Un hombre que traicionó a sus compañeros de armas y a sus oficiales —prosiguió el conde—, un hombre que fue sometido a un consejo de guerra por traición y enviado a la cárcel. Os lo pido: no deshonréis a Aberowen votando a un hombre como ese.

Fitz se bajó de la tribuna entre aplausos y abucheos. Billy lo miró fijamente, pero el conde esquivó su mirada.

Billy se subió a la tribuna.

—Seguramente estáis esperando a que insulte a lord Fitzherbert tal y como ha hecho él conmigo —dijo.

Entre la muchedumbre, Tommy Griffiths gritó:

—¡Dale su merecido, Billy!

—Pero esto no es una pelea de la mina —repuso Billy—. Estas elecciones son demasiado importantes para que se decidan con un puñado de burlas.

Los amansó. Sabía que no les gustaría su enfoque sensato. Les gustaban las burlas. Pero vio que su padre asintió con la cabeza. Sabía lo que intentaba hacer su hijo. Claro que lo sabía. Era él quien lo había educado.

—El conde ha hecho gala de un gran valor al venir aquí y expresar sus opiniones ante una multitud de mineros del carbón —prosiguió Billy—. Tal vez se equivoque, y creo que se equivoca, pero no es un cobarde. Se comportó del mismo modo durante la guerra. Al igual que muchos de nuestros oficiales. Eran valientes, pero muy tercos. Apostaron por la estrategia y la táctica erróneas, no dialogaban y sus ideas estaban desfasadas. Pero fueron incapaces de corregirse hasta que murieron millones de hombres.

El público se había quedado en silencio. Ahora estaban interesados. Billy vio a Mildred, que lo miraba orgullosa, con un bebé en cada brazo: los dos hijos de Billy, David y Keir, de uno y dos años. A Mildred no le entusiasmaba la política, pero quería que Billy se convirtiera en parlamentario para regresar a Londres y que ella pudiera poner en marcha de nuevo su negocio.

—En la guerra, ningún hombre de la clase trabajadora fue ascendido a un rango superior al de sargento. Y todos los chicos de las escuelas privadas entraban en el ejército como tenientes segundos. Todos los veteranos presentes hoy aquí pusieron su vida en riesgo de un modo innecesario por culpa de unos oficiales imbéciles, y muchos de nosotros logramos salvarnos gracias a un sargento inteligente.

Hubo un gran murmullo de asentimiento.

—He venido aquí para deciros que esos días se han acabado. En el ejército y en otros ámbitos de la vida, los hombres deberían ser ascendidos en virtud de su inteligencia, no de su cuna. —Alzó la voz y oyó en su tono la pasión que tantas veces había escuchado en los sermones de su padre—. Estas elecciones son sobre el futuro, y sobre el tipo de país en el que crecerán nuestros hijos. Debemos asegurarnos de que será distinto de aquel en el que crecimos nosotros. El Partido Laborista no quiere la revolución, es algo que ya hemos visto en otros países, y no funciona. Pero sí queremos el cambio, un cambio profundo, importante y radical.

Hizo una pausa y alzó de nuevo la voz para culminar el discurso.

—No, no voy a insultar a lord Fitzherbert ni al señor Perceval Jones —dijo, y señaló dos sombreros de copa de la primera fila—. Tan solo les digo: caballeros, son ustedes historia. —Los mineros estallaron en vítores. Billy miró más allá de la primera fila, a la multitud:

hombres fuertes y valientes que habían nacido sin nada, a pesar de lo cual habían logrado labrarse un porvenir para ellos y sus familias—. Compañeros de la mina —dijo—: ¡somos el futuro!

Bajó de la tribuna.

Cuando acabaron de contar los votos, Billy había ganado por una mayoría aplastante.

II

Ethel también.

Los conservadores constituían el primer partido del nuevo Parlamento, pero no tenían la mayoría absoluta. Los laboristas eran el segundo partido, con 191 diputados, incluida Eth Leckwith de Aldgate y Billy Williams de Aberowen. Los liberales representaban la tercera fuerza. Los prohibicionistas escoceses obtuvieron un escaño. El Partido Comunista, ninguno.

Cuando se convocó la primera sesión parlamentaria, los diputados laboristas y liberales unieron sus votos para expulsar a los conservadores del gobierno, y el rey se vio obligado a preguntarle al jefe del Partido Laborista, Ramsay MacDonald, si deseaba convertirse en el primer ministro. Por primera vez, Gran Bretaña tenía un gobierno laborista.

Ethel no había estado en el interior del palacio de Westminster desde aquel día de 1916 en que fue expulsada por gritar a Lloyd George. Ahora estaba sentada en el banco de cuero verde, estrenando abrigo y sombrero, escuchando los discursos, alzando de vez en cuando la mirada a la tribuna del público, de donde la habían echado hacía ya más de siete años. Salió al pasillo y votó junto con los miembros del gabinete, famosos socialistas a los que había admirado desde la distancia: Arthur Henderson, Philip Snowden, Sidney Webb y el mismísimo primer ministro. Ethel tenía su propio escritorio en una pequeña oficina que compartía con otra parlamentaria laborista. Echó una ojeada a la biblioteca, comió tostadas con mantequilla en la sala del té y cogió unas sacas de correo para ella. Recorrió el enorme edificio, aprendiendo a orientarse en él, intentando sentir que tenía derecho a estar allí.

Un día, a finales de enero, llevó a Lloyd con ella y le enseñó el lugar. Tenía casi nueve años y nunca había estado en un edificio tan grande y lujoso. Ella quiso explicarle los principios de la democracia, pero aún era demasiado pequeño.

En una escalera estrecha, cubierta por una alfombra roja, en el límite entre la zona de los comunes y la de los lores, se encontraron con Fitz. Él también tenía un joven invitado: su hijo George, al que llamaban Boy.

Ethel y Lloyd subían, Fitz y Boy bajaban, y se cruzaron en un rellano.

Fitz la miró como si esperara que lo dejara pasar.

Los dos hijos del conde, Boy y Lloyd, su heredero al título nobiliario y el bastardo no reconocido, tenían la misma edad. Se observaron mutuamente con sincero interés.

En Tŷ Gwyn, recordó Ethel, siempre que se encontraba con Fitz en el pasillo, tenía que hacerse a un lado, contra la pared, y agachar la mirada mientras él pasaba.

Ahora ella estaba en medio del rellano, agarrando a Lloyd de la mano con fuerza, y miró a Fitz.

—Buenos días, lord Fitzherbert —le saludó, y alzó el mentón en un gesto desafiante.

Él le aguantó la mirada. Su rostro reflejaba un resentimiento furioso. Al final, dijo:

—Buenos días, señora Leckwith.

Ethel miró a Boy.

—Debe de ser el vizconde de Aberowen —comentó—. Encantada.

—Encantado, señora —respondió el niño con educación.

—Y este es mi hijo, Lloyd —le dijo a Fitz.

El conde se negó a mirarlo.

Ethel no iba a permitir que Fitz se saliera con la suya tan fácilmente.

—Dale la mano al conde, Lloyd —le ordenó Ethel.

El niño le tendió la mano y saludó:

—Es un placer conocerlo, conde.

Habría sido un gesto muy indecoroso despreciar a un niño de nueve años. Fitz se vio obligado a estrecharle la mano.

Por primera vez, tocó a su hijo Lloyd.

—Y ahora les deseamos que pasen un buen día —dijo Ethel con desdén y dio un paso hacia delante.

Fitz puso cara de pocos amigos. Se hizo a un lado junto con su hijo, muy a regañadientes, y esperaron, con la espalda pegada a la pared, a que Ethel y Lloyd pasaran frente a ellos y subieran por las escaleras.

Personajes históricos

En estas páginas aparecen varios personajes históricos y, en ocasiones, los lectores me preguntan dónde trazo la línea entre historia y ficción. Es una pregunta razonable, y he aquí mi respuesta.

En algunos casos, por ejemplo cuando sir Edward Grey se dirige a la Cámara de los Comunes, mis personajes ficticios están presenciando un acontecimiento que sucedió de verdad. Lo que sir Edward dice en esta novela se ajusta a las actas parlamentarias, aunque he abreviado el discurso, sin que se haya perdido nada importante, espero.

En ciertos momentos un personaje real va a un lugar ficticio, como cuando Winston Churchill visita Tŷ Gwyn. En tal caso, me he asegurado de que visitó casas de campo con frecuencia y de que pudo haberlo hecho alrededor de esa fecha.

Cuando los personajes reales mantienen conversaciones con mis personajes ficticios, acostumbran a decir cosas que realmente dijeron en algún momento. La explicación que Lloyd George le da a Fitz sobre los motivos por los que no quiere deportar a Lev Kámenev está basada en lo que escribió Lloyd George en un memorando citado en la biografía de Peter Rowland.

Mi regla es: o bien la escena sucedió, o bien podría haber sucedido; o se pronunciaron esas palabras, o se podrían haber pronunciado. Y si encuentro algún motivo por el que la escena no podría haber tenido lugar en la vida real, o por el que las palabras no podrían haberse pronunciado —si, por ejemplo, el personaje se encontraba en otro país en ese momento—, la elimino.

Agradecimientos

Mi principal asesor histórico para la elaboración de este libro ha sido Richard Overy. Asimismo, varios historiadores leyeron los borradores e hicieron correcciones: John M. Cooper, Mark Goldman, Holger Herwig, John Keiger, Evan Mawdsley, Richard Toye y Christopher Williams. Susan Pedersen me asesoró con el tema de las ayudas económicas para las esposas de los soldados.

Como siempre, Dan Starer, de la empresa Research for Writers de Nueva York, me ayudó a encontrar a muchos de estos asesores.

Entre los amigos que me ayudaron se cuentan Tim Blythe, que me proporcionó algunos libros imprescindibles; Adam Brett-Smith, que me aconsejó sobre champán; Nigel Dean, con sus grandes dotes de observador; Tony McWalter y Chris Manners, dos críticos sensatos y perspicaces; Geoff Mann, aficionado a los trenes que me asesoró sobre máquinas locomotoras, y Angela Spizig, que leyó el primer borrador y lo analizó desde el punto de vista alemán.

Los editores y agentes que leyeron el manuscrito y me aconsejaron fueron Amy Berkower, Leslie Gelbman, Phyllis Grann, Neil Nyren, Imogen Taylor y, como siempre, Al Zuckerman.

Para acabar, me gustaría dar las gracias a los familiares que leyeron el borrador y me aconsejaron, en especial a Barbara Follett, Emanuele Follett, Marie-Claire Follett, Jann Turner y Kim Turner.

La obra maestra de Ken Follett. Un viaje inolvidable a la Edad Media.

Descubre un fascinante mundo de reyes, damas, caballeros, pugnas feudales, castillos y ciudades amuralladas. El amor y la muerte se entrecruzan en este magistral tapiz cuyo centro es la construcción de una catedral gótica.

La esperada continuación de *Los pilares de la Tierra*.

Dos siglos después de su construcción, la catedral y el priorato de Kingsbridge
vuelven a ser el centro de esta magnífica historia de amor y de odio, de ambición
y de venganza, con el fondo amenazador de la Peste Negra que aniquiló a la mitad
de la población europea.

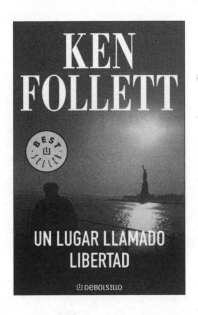

En el siglo XVIII un humilde minero escocés trata de cambiar su destino.

Cansado de los abusos a los que se ve sometido diariamente, el joven Mack McAsh se revela ante su amo y se ve obligado a huir a Londres. Allí comenzará una odisea que finalizará en las colonias de América del Norte, convertidas, más que nunca, en esperanza de libertad.

Una aguda recreación de los esplendores y miserias de las altas finanzas
en el Londres victoriano.

Todas las ambiciones de la familia Pilaster giran en torno al consejo de administración
del banco familiar, que preside el anciano Seth. Su nuera, la maliciosa Augusta,
y su nieto, el honrado Seth, se enfrentan durante treinta años en un juego
de pasiones encontradas que marcará el destino de uno de los bancos más
importantes de la capital británica.